BASTEI LÜBBE

JASON DARK

JOHN SINCLAIR

Satans Welt

Acht spannende Grusel-Abenteuer

BASTEI LÜBBE

BASTEI LÜBBE TASCHENBUCH
Band 73 926

1. Auflage: September 2000

Vollständige Taschenbuchausgabe

Bastei Lübbe Taschenbücher
ist ein Imprint der
Verlagsgruppe Lübbe

Lektorat: Rainer Delfs
Titelillustration: Sanjulian / Agentur Bassols, Barcelona
Umschlaggestaltung: QuadroGrafik, Bensberg
Satz: QuadroPrintService, Bensberg
Druck und Verarbeitung: 51884
Société Nouvelle Firmin-Didot,
Mesnil-sur-l'Estrée, Frankreich
Printed in France

ISBN 3-404-73926-4

Inhalt

Ich stieß das Tor zur Hölle auf

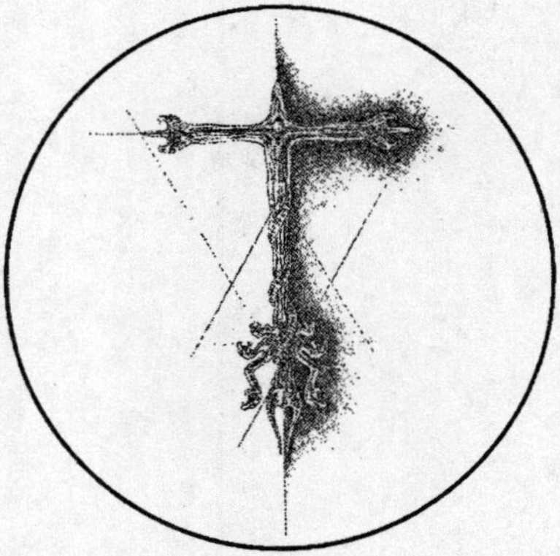

Der Blick seiner Augen war so kalt wie das Eis eines Gletschers. Und er sagte alles über den Mann.

Menschenverachtung, Habgier, Brutalität, Mordlust und eine unbeschreibliche Gefühlskälte. Dieser Blick war immer so. Er spiegelte weder Freude noch Schmerz, weder Lebenslust noch Trauer wider, er blieb hart, kalt und grausam.

Diejenigen, die ihn kannten, hatten sich längst daran gewöhnt. Sie hätten sich nur gewundert, wenn es anders gewesen wäre, denn sie erwarteten nichts anderes von einem Mann wie Solo Morasso, der sich selbst den Namen Dr. Tod gegeben hatte und in seiner Person einen wirklich einmaligen Fall darstellte.

Er war ein Mensch-Dämon, der vor längerer Zeit schon einmal gestorben war!

Gestorben, ja. Durch einen silbernen Nagel, den der Geisterjäger John Sinclair ihm gegeben und mit dem er sich in aussichtsloser Lage selbst getötet hatte. Seine Seele war jedoch vom Jenseits nicht angenommen worden. Sie schwebte in einer Zwischenwelt, und zwar so lange, bis der Spuk Asmodinas Bitte entsprochen hatte, seinen Geist aus dieser Zwischenwelt zu entlassen, damit er in einen inzwischen für ihn gefundenen Wirtskörper schlüpfen konnte.

Dr. Tods Geist kroch in den Körper des soeben gestorbenen Mafiabosses Solo Morasso aus Palermo. Als dieser beerdigt werden sollte, geschah das Unwahrscheinliche. Der tote Mafioso, mit dem Geist des anderen beseelt, wurde wieder lebendig. In einem gläsernen Sarg hatte er gelegen, und alle, die sich zu seiner Beerdigung eingefunden hatten, erlebten das Schauspiel seiner Wiederauferstehung.

Eine Panik brach aus, und Solo Morasso konnte in dem allgemeinen Durcheinander fliehen.

Der alte Geist in einem neuen Körper. So sah es aus, und Morasso hatte nichts vergessen. Vor allen Dingen den Mann nicht, dem er seinen ersten Tod verdankte.

Doch Morasso war gleichzeitig auch schlau geworden. Er griff den für seinen Tod verantwortlichen John Sinclair nicht direkt an, sondern bereitete alles sorgfältig vor.

Er gründete die Mordliga!

Dabei hatte er das Glück, daß ihm Asmodina, die Tochter des Teufels, zur Seite stand. Sie unterstützte seine Bemühungen, und Solo Morasso gelang es tatsächlich, die Mitglieder der Mordliga zu finden. Damit wurde er zu einem Machtfaktor bei den Schwarzblütern. Und das wußte er auch.

Dr. Tod kannte so etwas wie Dankbarkeit oder Hilfsbereitschaft nicht. Er war nur auf seinen eigenen Vorteil bedacht. Er rechnete eiskalt, und als er Xorron, das letzte Mitglied der Mordliga, erweckte, da nahm ein Plan langsam Gestalt an, mit dem er sich eigentlich schon immer beschäftigt hatte.

Er wollte Asmodina stürzen!

Es hatte einige Versuche gegeben, doch die Teufelstochter erwies sich als stärker. Sie schlug jedesmal zurück. Eigentlich grenzte es bereits an ein Wunder, daß Solo Morasso noch lebte und von Asmodina nicht ausgeschaltet worden war nach seiner Rebellion.

Wahrscheinlich jedoch kettete sie ein Umstand aneinander.

John Sinclair!

Er war ihrer beider Todfeind. Wenn es gegen ihn und seine Freunde ging, hielten Asmodina und Dr. Tod zusammen. Bis jetzt hatte das Bündnis funktioniert, aber Sinclair lebte noch immer. Vor kurzem war es ihm noch gelungen, einem mörderischen Labyrinth zu entrinnen, aber er hatte dafür etwas Wichtiges eingebüßt.

Seinen Nagel, mit dem er einst Dr. Tod getötet hatte. Der befand sich nun im Besitz der Teufelstochter, wovon Solo Morasso wiederum nichts wußte.

Asmodina war natürlich nicht verborgen geblieben, wie sehr Solo Morasso sie haßte. Und sie wußte auch, daß es irgendwann eine Entscheidung geben mußte. Nur wollte sie den Zeitpunkt bestimmen, denn sie hatte ja nicht nur Morasso als Feind, sondern innerhalb der Dämonenreiche gab es zahlreiche hohe Dämonen, die nun wirklich nicht auf ihrer Seite standen und abwartend lauerten, wie der Kampf zwischen John Sinclair, der Mordliga und ihr wohl ausgehen würde. Asmodina hatte ihren Kredit verspielt, und die anderen mächtigen Dämonen nahmen auch keine Rücksicht darauf, daß sie die Tochter des Teufels war. Denn was zählte schon Asmodis, dieser eingebildete Fant und selbstherrliche Narr?

Asmodis war eine lächerliche Figur. Zwar stark, das mußte man zugeben, und er hatte sich auch die Zeiten über gehalten, aber es gab welche, die wirklich ebenso mächtig, wenn nicht noch mächtiger waren, obwohl Asmodis dies nicht wahrhaben wollte.

Da Asmodina seine Tochter war und sie doch einige Feinde hatte, übertrug sich die Feindschaft der anderen auch auf ihren Vater. Nur hatten sie es bisher noch nicht gewagt, offen gegen Asmodis vorzugehen. Sie warteten ab und lauerten darauf, daß der Haß eines Solo Morasso noch von seiner Machtgier übertroffen wurde.

Wenn er Asmodina nicht stürzte, dann konnte er sie zumindest anschlagen. Und darauf warteten die anderen. Ein geschwächter Asmodis war leichter zu töten als ein normaler.

So sah der große Plan der anderen Gegner des Teufels und seiner Tochter aus.

Das wußte auch Dr. Tod. Zumindest ahnte er es. Er war trotz seiner Machtgier schlau genug, zu wissen, wann er zurückzustecken hatte. Mit den anderen mächtigen Dämonen wollte er sich noch nicht anlegen. Sein Nahziel war wichtiger.

Und das mußte er erreichen.

Allerdings drängte die Zeit.

Ein Ereignis war eingetreten, das ihm einigen Ärger bereitete. Monatelang hatte es Dr. Tod verstanden, sich und die Mitglieder seiner Mordliga zu verstecken, um in Ruhe an dem Plan arbeiten zu können. Zwar hatte es einige Aktivitäten der einzelnen Mitglieder der Mordliga gegeben, aber er selbst hatte sich im Hintergrund gehalten.

Sein letzter großer Einsatz war die Erweckung von Xorron, dem Herrn der Zombies, gewesen.

Und Xorron war es auch gewesen, den man entdeckt hatte. Drei Seeleuten war die Flucht von ihrem gesunkenen Schiff gelungen. Wind und Wetter hatten sie an die Küste von Feuerland getrieben, wohin sich Dr. Tod und seine Mordliga zurückgezogen hatten. Sie hausten in einem unterirdischen Bunker- und Höhlensystem, gut ausgebaut und für sie ideal. Doch die Mitglieder der Mordliga konnten nicht nur warten. Sie brauchten Aktivitäten. So auch Xorron.

Er hatte tatsächlich eine Reihe von Zombies aufgetrieben und begab sich mit ihnen, seinen Dienern, ans Tageslicht. Auf einer kleinen Insel hatten sie sich zusammengeschart, und zufällig war das Boot mit den drei Seeleuten angetrieben worden.

Die Männer hatten bereits eine große Gefahr überstanden, denn ihr Schiff war von dem grünen Dschinn zerstört worden. Stundenlang hatten sie danach in einem Rettungsboot gehockt, waren über das Meer getrieben worden und strandeten schließlich am Ufer der einsamen Insel. Dort lauerte Xorron mit seinen lebenden Leichen.

Und der sah die drei Seeleute natürlich als willkommene Opfer an. Doch die Männer gaben nicht auf. In einem übermenschlichen Kampf war es ihnen gelungen zu fliehen. Allerdings war einer von ihnen in den Kreis der Zombies eingereiht worden. Xorrons Diener hatten ihn sich geholt. Die beiden anderen konnten mit dem Rettungsboot wieder auf die See fliehen.

Solo Morasso tobte, als er davon erfuhr. Jetzt war sein Plan gefährdet und vor allen Dingen sein Versteck, denn er war sicher, daß die Leute reden würden. Und ihre

Aussagen gelangten bestimmt an die richtige Adresse. Die hieß in diesem Fall John Sinclair.

Sein Versteck war also keines mehr.

Deshalb hatte er sich entschlossen, eine Krisensitzung einzuberufen. Und er mußte auch so rasch wie möglich gegen die Teufelstochter vorgehen. Unter Umständen konnte er sogar zwei Fliegen mit einer Klappe schlagen.

Asmodis und John Sinclair!

Diese Gedanken bewegten den nur mittelgroßen Mann mit den eisgrauen Haaren, den brutalen, kalten Augen und dem flachen Betongesicht. Wie immer trug er einen grauen Anzug, der seine Figur noch kompakter erscheinen ließ.

Dr. Tod, dieser Mensch-Dämon, war wirklich ein Phänomen. Er schwankte in seiner Existenz zwischen einem Dämon und einem Menschen. Die Waage blieb dabei immer gleich. Sie schlug nie stärker zur einen oder zur anderen Seite hin aus. Und er besaß noch eine nahezu phänomenale Eigenschaft. Er konnte sogar weißmagische Waffen anfassen, ohne zu vergehen. Das war ein ungemein großer Vorteil, denn so blieb eine wichtige weißmagische Waffe in seinem Besitz.

Der Bumerang!

Für John Sinclair gedacht und aus den letzten Seiten des Buchs der grausamen Träume geformt, als Erbe für den Sohn des Lichts, war dieser Bumerang durch einen unglückseligen Zufall in die Hände von Solo Morasso gelangt, wo er auch blieb. Dr. Tod dachte nicht daran, diese Waffe auch nur eine Sekunde aus den Augen zu lassen. Er wußte genau, welch einen Trumpf er damit in der Hand hielt.

Und noch eine zweite Waffe besaß er. Die konnte man sogar als ungleich stärker bezeichnen.

Es war der Würfel des Unheils.

Woher er genau stammte, das wußte selbst Dr. Tod nicht. Seine Herkunft lag im dunkeln, aber dieser weißbläulich schimmernde Würfel ließ sich manipulieren. Er gehorchte immer demjenigen, der ihn gerade in Besitz hatte. Und das war schon lange Dr. Tod.

Durch den Würfel hatte er eine Waffe produzieren können, die das Grauen an sich war.

Den Todesnebel!

Er war so gefährlich, daß er Menschen, die in seine Nähe gelangten, das Fleisch von den Knochen löste. Dieser Nebel wirkte wie eine feine Säure. Allerdings reagierte er nur bei Personen, die ungeschützt waren. Bei John Sinclair entfaltete er seine Kraft vergebens, denn der Geisterjäger war durch sein magisches Kreuz gesichert. Zudem bestand der Nebel aus den Seelen getöteter Dämonen. Sie besaßen die Kraft, Menschen regelrecht aufzulösen.

Bumerang und Würfel gaben Solo Morasso alias Dr. Tod eine nahezu unheimliche Macht.

Das alles wußte er, und er hatte die Einzelheiten auch sorgfältig gegeneinander aufgerechnet, bevor er sich entschloß, diese Krisensitzung einzuberufen und die Lage zu erklären.

Sie waren natürlich alle gekommen. Solo Morasso hockte vor ihnen und schaute sich die einzelnen Mitglieder seiner Mordliga noch einmal genau an.

Im Halbkreis standen sie vor ihm. Ganz außen, von ihm aus rechts gesehen, hielt sich der einzige Mensch dieser Gruppe auf.

Es war Marvin Mondo, der Monstermacher. Ein Mann, noch kleiner als Dr. Tod. Er trug eine randlose Brille, hinter deren Gläsern zwei blaue, kalte Augen blitzten. An sich sah er unscheinbar aus, und kaum jemand ahnte, welche Gedanken sich in seinem Schädel bewegten. Dieser Mondo war nicht nur als genial zu bezeichnen, er war zudem noch ein gefährlicher Verbrecher, der wirklich über Leichen ging. Das hatte er schon mehr als einmal bewiesen.

Neben ihm stand Tokata, der Samurai des Satans. Ein Jahrtausende altes Ungeheuer in Menschengestalt. Ein

Wesen, das sein Schwert meisterlich beherrschte und trotzdem gehandikapt war, denn dem Geisterjäger John Sinclair war es gelungen, ihm durch einen Wurf des Bumerangs den linken Arm abzuschlagen. Allein das bewies, welch eine Kraft in dieser Waffe steckte. Seit dieser Zeit verfolgte Tokata den Geisterjäger mit blindwütigem Haß. Er trug eine an altes Leder erinnernde Rüstung und eine Maske vor dem Gesicht.

Einen Schritt weiter schaute Solo Morasso in das Gesicht einer schönen Frau. Sie hieß Pamela Barbara Scott, wurde aber nur Lady X genannt. Diesen Namen hatten ihr Reporter gegeben, als sie noch ein Mensch und gleichzeitig Terroristin gewesen war. Lady X war schon als Mensch völlig gefühllos gewesen, und als Mensch hatte sie Solo Morasso auch für die Mordliga ausgesucht. Sie sollte Sonderaufgaben übernehmen, denn sie konnte sich im Gegensatz zu den übrigen Monstern frei unter den normalen Menschen bewegen. Das ging einige Zeit gut, bis die Sache in Paris passierte. Da hatte sie etwas Großes aushecken wollen, und bei der Modenschau des Teufels war das Verhängnis dann über sie hereingebrochen. Ein blutrünstiger Vampir, der die Kontrolle über sich verloren hatte, war eigentlich auf John Sinclair gehetzt worden, um ihn zu einem Blutsauger zu machen. Der Zufall wollte es, daß die Sache schiefging. Nicht Sinclair war gebissen worden, sondern Lady X. Seit dieser Zeit lief sie als Vampir herum, was Dr. Tod natürlich wurmte, denn nun konnte er sie nicht mehr so einsetzen wie früher.

Vom Äußeren her hatte sie sich nicht verändert. Nur ihr Gesicht war etwas bleicher geworden. Deshalb hob sich das Schwarz ihrer Haare noch deutlicher hervor. Wie immer trug sie ihre eng anliegende Lederkleidung und hatte auch ihren Bräutigam aus alten Zeiten, die Maschinenpistole, bei sich. An einem Gurt trug sie die Waffe über die Schulter gehängt.

Neben ihr stand ein wahres Monstrum. Vampiro-del-mar. Kaiser der Vampire nannte er sich. Um seine Gestalt rankte sich ein Geheimnis. Er war ebenso alt wie Tokata, nur hatte er nicht unter dem Hügel eines Vulkans begraben gelegen, sondern tief im Boden der Nordsee, wo er von Dr. Tod und Tokata erweckt worden war. Dieser Vampir widerstand dem Wasser. Ihn umgab sowieso ein gewaltiges Rätsel, das auch Dr. Tod noch nicht hatte lösen können. Vampiro-del-mar trug Kleidung, die nur noch aus Fetzen bestand. Sein Gesicht war widerlich anzuschauen, mit Geschwüren und Löchern übersät, in seinen Augen glühte ein gefährliches Licht. Er hatte ein hartes Gebiß und mörderische Eckzähne, die schon fast an die eines prähistorischen Säbelzahntigers erinnerten.

Die Reihe wäre nicht vollzählig, wenn sich nicht auch noch ein Vertreter der Werwölfe in diesem höllischen Reigen aufgehalten hätte. In diesem speziellen Falle war es eine Vertreterin. Und zwar Lupina, die Königin der Wölfe. Eine wirklich seltsame Erscheinung, eine Mischung zwischen Frau und Bestie. Sie hatte den Körper eines Werwolfs, doch das Gesicht einer Frau. Blond war ihr Haar. Blond und lang, so daß es bis auf die mit Fell bedeckten Schultern fiel. Die Augen in ihrem Gesicht schillerten gelbgrün und ließen etwas von dem Temperament ahnen, das in ihr steckte. In der Tat war Lupina am schwersten einzuordnen. Sie opponierte oft gegen die Strenge des Reglements und träumte von einer Allianz aller Werwölfe unter ihrer Führung. Ein paarmal hatte sie es schon versucht, aber es war schiefgelaufen. Einmal hatte ihr Silva, eine andere Werwölfin, die Suppe versalzen, und wenig später war ein großer Coup in Sibirien geplatzt. Doch ihr Ziel hatte sie nicht aufgegeben. Irgendwann würde sie es schaffen, und dann sollten Werwölfe die Welt beherrschen. Doch diese Gedanken behielt sie für sich. Dr. Tod hätte das sicherlich falsch verstanden.

Der sechste und letzte im Bunde der Mordliga war auch als letzter erweckt worden. Xorron, Herr der

Zombies und der Ghouls. Er hatte in New York unter dem Central Park gelegen, und über sein Vorleben wußte Solo Morasso ebensowenig Bescheid wie über das von Tokata und Vampiro-del-mar. Da lag vieles im dunkeln, doch Dr. Tod war es im Prinzip egal. Für ihn zählte nur Xorron an sich, die Person und das, was sie mitbrachte. Xorron stach von den anderen ab. Seine Haut bestand aus einem Material, das wohl noch kein Wissenschaftler der Welt analysiert hatte. Xorron glänzte milchigweiß, und unter der Haut schimmerten die Knochen eines Skeletts. Es wurde durch die Haut geschützt, denn sie war resistent gegen Feuer, Kugeln und Schläge. Man wußte wirklich nicht, wie man sie durchbrechen konnte. Xorron hatte ein Gesicht, das eigentlich keines war, wenn man es sehr streng nahm. Es schimmerte im gleichen Farbton wie die Haut, die angeblich von einem sehr mächtigen, jetzt allerdings toten Dämon übernommen sein sollte. Sie hatte selbst einer Berührung durch Tokatas Schwert widerstanden, und das wollte etwas heißen. Der Kopf war völlig kahl, und wo bei den Menschen Sinnesorgane zu finden sind, sah man bei Xorron nur Schlitze. Asmodina gehörte nicht zu seinen Freunden, denn sie hatte es lange verhindern können, daß Solo Morasso den Platz fand, wo Xorron vergraben war. Warum er und Asmodina auf verschiedenen Seiten standen, wußte Dr. Tod nicht. Es spielte auch keine Rolle. Für ihn war Xorron eine besondere Trumpfkarte in dem höllischen Spiel. Hinter dem Mundschlitz verborgen lagen Zähne wie lange Reißstifte. Ein Gegner mußte sich hüten, Xorron als Feind zu haben.

Solo Morasso war mit der Musterung zufrieden, und ein kaltes Lächeln umspielte seine Lippen. Dann fragte er mit tonloser Stimme: »Könnt ihr euch denken, weshalb ich euch habe zu mir kommen lassen?«

Die Monster erwiderten nichts, nur Mr. Mondo blickte durch. Er hob den rechten Arm und rückte an seiner randlosen Brille. »Ja, ich kann es mir vorstellen. Es geht gegen sie.« Den Namen sprach er nicht aus.

»Genau.« Morasso wußte Bescheid. »Es geht gegen sie. Aber nicht nur gegen sie allein. Es sind in den letzten beiden Tagen Veränderungen eingetreten. Man hat unser gut gesichertes und wohlbehütetes Versteck entdeckt. Das hatte ich immer verhindern wollen, doch es gelang nicht länger. Der Zufall spielte eine wichtige Rolle, und Xorron ist es mit seinen Zombies nicht gelungen, die Entdecker zu töten und in seinen Dienerreigen einzuordnen. Zwei von ihnen sind entkommen. Wir müssen uns darauf gefaßt machen, daß sie berichten, was sie erlebt haben, und dann wird es nicht mehr lange dauern, bis einer hier ist.«

»John Sinclair!« stieß Mondo hervor.

»Genau!«

Da lachte der Monstermacher. »Ist es nicht gut, wenn er hier erscheint? Wir sind viele. Gegen uns hat er keine Chance. Wir können ihn zerreißen und sein Blut austrinken. Er …«

»Nein!« Solo Morasso schüttelte den Kopf. »Dieses Versteck ist gut, und ich will nicht, daß Sinclair herkommt.«

»Wie willst du das verhindern?« fragte Lady X, verzog die Lippen und zeigte ihre beiden langen Vampirzähne.

»Ganz einfach, indem ich ihm zuvorkomme.«

»Das ist gut«, bestätigte auch Marvin Mondo. »Nur – wie stellen wir es an?«

»Ich habe mir da etwas ausgedacht, das ich noch mit dir besprechen werde. Wir haben allerdings noch das schon angesprochene Problem, das endlich gelöst werden muß. Wir sind vollständig und fühlen uns in der Lage, damit fertig zu werden. Das Problem heißt Asmodina!«

Nach diesen Worten schwiegen die Mitglieder der Mordliga. Jeder wußte, welch ein mächtiger Gegner Asmodina war, aber auch jeder sah ein, daß sie nicht ewig einer Entscheidung ausweichen konnten. Bisher hatten sie nur Niederlagen einstecken müssen, wenn sie etwas versuchten. Diesmal sollte ein Großangriff gestartet werden.

»Es ist nicht einfach, gegen sie zu bestehen«, gab Marvin Mondo zu bedenken. »Sie hat mächtige Freunde, und ihr stehen unzählige Diener zur Seite.«

Solo Morasso machte eine wegwerfende Handbewegung. »Unsinn, das weiß ich alles. Aber ihre Helfer setzen sich zumeist aus niederen Vasallen zusammen. Die schaffen wir allemal. Auch Asmodis ist für mich kein Thema. Ihn hetzen wir auf Sinclair. Ich habe alles genau durchgedacht und mit einem neuen Verbündeten abgesprochen, so daß eigentlich nichts mehr schiefgehen kann.«

»Wer ist der Verbündete?« wollte Mondo wissen, der bei Dr. Tod eine Heimat gefunden hatte, nachdem er von seinen eigenen Kollegen ausgestoßen worden war.

»Es ist – der Spuk!«

Nach dieser Antwort schwiegen die Mitglieder der Mordliga. Sie sahen Dr. Tod erstaunt an, und Morasso entnahm diesen Blicken, daß er noch etwas hinzufügen sollte. Das tat er auch, indem er fast flüsternd bemerkte: »Ich habe dem Spuk versprochen, ihm den Kopf von Asmodina zu bringen. Und das Versprechen werden wir einhalten ...«

Wo der Schrecken zu Hause ist, wo grauweiße Nebel wallen, wo die Schreie verurteilter Dämonenseelen durch die Unendlichkeit der Dimensionen hallen, da herrschte er.

Der Spuk!

Sein Reich war ungemein vielschichtig. Er hatte es in regelrechte Strafabteilungen unterteilt. Da gab es Foltergärten, wo Heulen und Zähneknirschen herrschten, oder gewaltige Labyrinthe, die bisher niemand, der einmal gefangen darin war, wieder verlassen hatte.

Bis auf zwei.

Einer hieß John Sinclair. Er hatte einen Ausweg aus dem Labyrinth gefunden. Mit ihm Glenda Perkins, deretwegen er überhaupt in den Irrgarten eingedrungen war.

Der Spuk hatte nicht damit gerechnet, daß John Sinclair es schaffen würde, und er gab wirklich Asmodina die Schuld an dieser für ihn kaum verdaulichen Tatsache.

Der Geisterjäger war entkommen. Eine schlimme Sache, die kaum mehr ausgemerzt werden konnte und für Asmodina noch Folgen haben sollte. Bisher hatte sich der Spuk auf ihre Seite gestellt. Ihre Gegner wußten ihn als Rückendeckung und hatten deshalb kaum angegriffen, denn der Spuk war ein wirklicher Machtfaktor im Reich der Finsternis. Ihn als Feind zu wissen war nie gut. Aber jetzt war auch die Geduld des Spuks am Ende. Er wollte Asmodinas Fehlschläge nicht mehr stützen und auch nicht verteidigen. Sie sollte ihren eigenen Weg gehen.

Als der König im Reich der Schatten so dachte, da kam ihm ein Vorschlag gerade recht. Solo Morasso hatte sich mit ihm in Verbindung gesetzt und ihn nicht ohne Hintergedanken an die Niederlagen erinnert, die Asmodina schon erlitten hatte.

Dr. Tods Worte fielen bei dem Spuk auf fruchtbaren Boden. Und als Morasso ihn fragte, wie er zu Asmodina stünde, da hob er nur die Schultern und demonstrierte damit seine Gleichgültigkeit.

Innerlich rieb sich Morasso die Hände. Dahin hatte er den Spuk gern haben wollen. Asmodina interessierte ihn nicht mehr. Sie hatte also eine große Stütze weniger.

Ideal für Morassos Pläne.

Er hatte nichts mehr gesagt, sondern war verschwunden. Jedoch mit einem guten Gefühl, wenn man das von ihm überhaupt sagen konnte.

Asmodina gab nicht auf, und sie wollte auch noch einmal mit dem Spuk reden. Die Teufelstochter spürte die Sinneswandlung dieses mächtigen Dämons. Es war wirklich nicht gut, wenn dieser auf einer anderen Seite stand als sie.

Der Spuk sah aus wie immer. Ein Schatten, mehr nicht. Er zeigte sich am liebsten in dieser Gestalt, obwohl er noch eine andere besaß, die jedoch in Vergessenheit geraten war.

Auch Asmodina hatte sich nicht verändert. Wie immer leuchtete das Haar feuerrot, die Stirn war hoch und glatt. Aus ihr wuchsen zwei Hörner, leicht gekrümmt wie die einer Ziege. Kalt waren die Augen, schmal das Gesicht, so daß es fast die Form eines Dreiecks hatte. Um den Hals hatte sie eine Kette aus kleinen Totenköpfen hängen, die violett leuchteten.

Sie trug ein schwarzes, langes Gewand, das ab der Taille mit roten Fäden durchwirkt war, so daß sie aussahen wie lange, erst an den Füßen endende Blutstreifen.

Wie ein Schemen tauchte sie aus dem Nebel auf, und im Hintergrund vernahm sie ein häßliches Lachen, ausgestoßen von Maddox, dem Dämonenrichter und dem treuesten Diener des Spuks. Bevor die Seelen der versagenden Dämonen in die ewige Qual eingingen, wurden sie von Maddox abgeurteilt. Es war die Pervertierung einer Gerichtsverhandlung, aber sie bereitete Maddox Spaß, er brauchte so etwas.

»Was willst du?« fragte der Spuk, als er Asmodina aus den Nebelschleiern treten sah.

Die Teufelstochter blieb stehen und verzog ihre Lippen. »Freundlich bist du nicht gerade.«

»Warum sollte ich?«

Asmodina versuchte, auf den Busch zu klopfen. »Wir sind schließlich Verbündete.«

»So?«

Das Lachen von Asmodina klang ein wenig verunsichert. »Wieso nicht? Du gehörst hierher, ich gehöre hierher, und ich bin die Mächtige. Das ist doch wohl klar.«

Dumpf drang das Lachen dort hervor, wo man bei der schwarzen Gestalt einen Mund vermuten konnte. »Überschätzt du dich nicht ein wenig, Asmodina?«

»Nein!«

»Gut, dann nicht.«

»Was sollte die Antwort?«

Die Teufelstochter wollte jetzt nachhaken.

»Ich meine, du hast schließlich einige harte Niederlagen einstecken müssen. Sogar dein Erzfeind John Sinclair ist aus dem Labyrinth der Angst entkommen. So etwas spricht nicht für dich, das mußt du verstehen.«

»Es war keine Niederlage«, zischte Asmodina.

»Was dann?«

»Ich nenne es Taktik.«

Der Spuk schüttelte sich in einem nahezu lautlosen Lachen, wobei seine Gestalt hin und her wogte. »Nein, das ist keine Taktik, was du da versucht hast. Ich nenne es einfach Unvermögen. Du bist nicht mehr in der Lage, die dir zugeteilten Aufgaben zu ...«

»Hör auf!« schrie Asmodina und trat mit dem Fuß auf den Boden. »Hüte deine Zunge, Spuk!«

»Verträgst du die Wahrheit so schlecht?«

Die Teufelstochter war sprachlos. Es hatte noch nie jemand gewagt, so mit ihr zu reden. Wenigstens niemand aus den eigenen Dämonenreihen. Wie kam der Spuk überhaupt dazu, so zu antworten, als wäre sie ein Nichts, ein mieser, kleiner Dämon?

»Meinst du deine Worte ernst?« erkundigte sie sich zischend.

»Ja.«

»Das wirst du büßen. Ich bin die Tochter des Teufels. Aus der Schlange hat er mich geformt, und niemand hat bisher gewagt, so mit mir zu reden. Bisher waren wir keine Feinde, Spuk. Treibe es nur nicht auf die Spitze. Ich könnte sonst zu deiner Todfeindin werden und würde dein Reich vernichten.«

Der Spuk schüttelte den Kopf. Bei ihm war es nur ein Hin- und Herhuschen des Schattens, der von dem grauen Nebel als dunkle, gestaltlose Masse abstach. »Du nimmst dir wirklich zuviel vor, Asmodina«, sagte er, »und du vertraust zu stark auf die Kräfte deines Erzeugers Asmodis. Täusche dich nur nicht. Auch er ist nicht allmächtig. Er hat Feinde, starke Feinde, das will ich dir nur sagen, gewissermaßen als Warnung, weil wir einmal zusammengehalten haben.«

»Und jetzt nicht mehr?« fragte die Teufelstochter.

»Ich werde dir keine Unterstützung mehr gewähren. Verlange nichts von mir. Du wirst keine Hilfe mehr von mir erhalten. Einmal habe ich dir geholfen und die Seele von Dr. Tod freigegeben. So etwas wird nie mehr geschehen, denn du hast es trotz Hilfe der Mordliga und von Solo Morasso nicht verstanden, unseren großen Gegner zu vernichten. Es ist sehr viel Zeit vergangen. Du hast sie nicht genützt. Was jetzt passiert, hast du dir selbst zuzuschreiben!«

Es waren harte Worte, die Asmodina entgegengeschleudert wurden. Sehr harte sogar. Noch nie hatte jemand gewagt, so mit ihr zu sprechen, und ihr Gesicht verzerrte sich vor Wut und Haß. Sie wußte selbst, daß sie manches Mal zu lasch gehandelt hatte, aber sie hatte nicht anders gekonnt. Es war ihr einfach nicht möglich gewesen, sich nur auf den Geisterjäger zu konzentrieren, weil es im eigenen Lager Gegenströmungen und Entwicklungen gegeben hatte, die sie einfach nicht auffangen konnte. So hatte sie nicht damit gerechnet, daß Dr. Tod und die Mordliga sich gegen sie stellen konnten. Sie hatte den Machthunger dieses Mensch-Dämons unterschätzt, und sie sah auch hinter der Sinneswandlung des Spuks eine Gestalt stehen, die sie mit Solo Morasso identifizierte. Ja, so mußte es sein.

»Du wirst noch von mir hören, Spuk«, versprach sie mit krächzender Stimme. »Ihr alle werdet noch von mir hören. Ich lasse mir die Macht nicht nehmen. Ich bin Asmodina, die Tochter des …«

»Deine Macht ist dir schon genommen«, erwiderte der Gestaltlose. »Du weißt es nur nicht. Denk an AEBA. Auch sie warten nur darauf, daß du verlierst. Der Schwarze Tod hatte viele Freunde. Du hast sie nicht, und sein Erbe ist noch nicht vergessen. Das alte Atlantis wirft bereits seine Schatten auf deine Welten, und du weißt selbst, daß es dort mächtigere Dämonen gab als heute. Denke an die Großen Alten. Sie sind nicht tot, sie schlafen, vielleicht werden sie erwachen. Irgendwann. Solltest du dann noch existieren und den gleichen Machthunger besitzen, wirst du zwischen die Mühlsteine geraten, das verspreche ich dir. Auch Asmodis wird dir nicht helfen, kann dir nicht helfen, denn die Großen Alten werden ihn als selbsternannten König nicht anerkennen. Lange Zeit konnte er viele täuschen. Das ist vorbei. Auch im Reich der Dämonen haben sich die Vorzeichen geändert. Die Macht von Asmodis wird ebenso vergehen wie auch deine.«

»Eins hast du vergessen, Spuk«, erwiderte die Teufelstochter nach einer kleinen Pause.

»Was?«

»Ich werde kämpfen. Ich werde sogar stark kämpfen, und du wirst ebenso untergehen wie die anderen. Das verspreche ich dir.« Mehr sagte sie nicht, sondern machte auf dem Absatz kehrt und wurde von den wallenden Nebelschwaden verschluckt.

Der Spuk aber lachte. Höhnisch und grell. So lange, bis er diesen Gefühlsausbruch abrupt unterbrach und mit dumpfer Stimme sprach: »Närrin, verfluchte Närrin. Du hast als einzige die Zeichen nicht erkannt. So mußt du auch die Folgen tragen ...«

Das Kreuz war etwa so groß wie eine Hand. Von weitem sah es völlig normal aus, doch wer es aus der Nähe betrachtete, sah, daß die vier Ecken Rundungen zeigten, in die vier Großbuchstaben eingraviert waren.

Ganz oben ein M. Es stand für den Erzengel Michael.

Unten ein U. Es stand für Uriel.

Rechts ein R. Das Zeichen für Raphael.

Und links ein G. Der Anfangsbuchstabe des Namens Gabriel.

Es folgten noch weitere geheimnisvolle Zeichen wie das Allsehende Auge über dem in einem Kreis gezeichneten Drudenfuß in der Mitte des Kreuzes oder geheimnisvolle Hieroglyphen im unteren Drittel. Diese Schrift war noch nicht enträtselt worden. Doch das war eigentlich für den Mann, der es betrachtete, uninteressant. Er schaute auf die neben dem M stehenden, ineinander verschlungenen Buchstaben. Sie stellten ein J und ein S dar.

John Sinclair!

Er war der Träger des Kreuzes. Ihm gehörte es, denn er galt als der geheimnisvolle Sohn des Lichts.

Doch der Mann, der das Kreuz anschaute, war nicht John Sinclair. Er war zwar ein gewöhnlicher Mensch und kein Dämon, doch er stand auf der Seite der Schwarzblüter, denn er war als der Mafiachef von London ebenso brutal wie die Dämonen.

Dieser Mann hieß Logan Costello!

Er beherrschte die Unterwelt der Riesenstadt an der Themse, und es gab nicht wenige Menschen, die sich vor ihm fürchteten. Auch die eigenen Leute hatten einen Heidenrespekt vor ihm. Wenn Costello etwas befahl, dann wurde der Befehl ausgeführt. Völlig egal, wie er auch lautete. Man hatte einem Mann wie Costello eben zu gehorchen. So stand es geschrieben, so würde es sein.

Die Polizei jagte ihn. Vor allen Dingen Scotland Yard hatte ihn auf seine Liste ganz oben gesetzt, doch es war Costello immer wieder gelungen, sich herauszuwinden. Nicht nur er war clever und raffiniert, sondern auch seine Anwälte, die dafür sorgten, daß man ihm nie etwas beweisen konnte. Costello schlüpfte immer wieder durch die Maschen des Gesetzes.

Obwohl er wirklich ein Mächtiger war, wollte er seine Macht immer weiter ausdehnen. Deshalb schloß er über Solo Morasso alias Dr. Tod ein Bündnis mit den Schwarzblütern. Er war sozusagen der vorgeschobene Posten im Dunstkreis des ärgsten Feindes der Schwarzblüter. Denn einen Mann haßte Costello besonders.

John Sinclair.

Er gab dem Geisterjäger die Schuld am Tod seines Bruders, und das vergaß er nie. Die andere Seite konnte sich voll und ganz auf Costello verlassen. Er würde alles tun, was sie verlangten. Und er tat es gern, denn er wollte Sinclairs Tod.

Leider wußte das der Geisterjäger auch. Er war dementsprechend vorsichtig und hatte bisher sämtliche Pläne von Logan Costello durchkreuzt. Aber der Plan, den Costello und Dr. Tod gemeinsam ausgeheckt hatten, würde Sinclair das Genick brechen. Er war so raffiniert und genau durchdacht, daß es einfach keine andere Möglichkeit gab. Der Geisterjäger mußte verschwinden, damit Costello und die Schwarzblüter endlich freie Bahn hatten.

Diese Gedanken durchströmten den Mafioso, als er das Kreuz betrachtete, und ein Lächeln umspielte seinen grausamen Mund, der wie ein Strich in dem Granitgesicht wirkte.

Sinclair sollte nicht nur büßen, er mußte auch vernichtet werden. Jetzt oder nie.

Selten hatten die Vorzeichen so günstig gestanden …

Feuerland!

Seit einigen Tagen spukte mir dieser Name im Kopf herum.

Zuerst war es nur eine Meldung unter vielen gewesen, die uns erreicht hatte. Dann, nach einer genauen Analyse, kristallisierte sich hervor, daß mein Erzfeind Dr. Tod nur in Feuerland sein Versteck gefunden haben konnte. Einsam genug war es dort. Wie ich erfahren hatte, gab es an der Südspitze Amerikas noch zahlreiche Inseln, die nie ein Mensch betreten hatte.

Dort war Morasso sicher!

Himmel, was hatten wir geforscht. Sir James Powell, mein Chef, hatte praktisch ein unsichtbares Netz quer über die Welt gespannt. Er wollte wissen, was an außergewöhnlichen Vorfällen auf dem Globus passierte, und es hatte tatsächlich geklappt.

Angefangen hatte alles am Südpol. Dort war der grüne Dschinn erschienen, um sich das Erbe des Schwarzen Tods, die gewaltige Sense, zu holen.

Er hatte zwei Engländer getötet, wovon einer für den Geheimdienst arbeitete. Seine letzten Meldungen waren weitergeleitet worden, und wir erfuhren von der Existenz des grünen Dschinns und waren dementsprechend gewarnt.

Er erschien auch in London, denn er hatte nicht vergessen, wer ihm damals eine Niederlage beigebracht hatte. Mich wollte er vernichten. Daß es anders gekommen war, verdankte ich einem Wolf mit der Seele eines Menschen. Nadine Berger steckte in diesem Tier. Es hatte eingegriffen, und durch mein Kreuz war der grüne Dschinn vernichtet worden. Später erfuhren wir, daß er auf seinem Weg nach England einen Frachter überfallen hatte. Dies geschah in der Nähe von Kap Hoorn. Das Schiff sank, und nur drei Seeleute konnten sich retten. In einem kleinen Boot trieben sie zu einer Insel, wo ihnen das Grauen in Gestalt von mehreren Zombies begegnete.

Es war zu harten Kämpfen gekommen, und zwei Seeleuten gelang noch einmal die Flucht.

Einer blieb leider zurück und wurde in den höllischen Reigen der Untoten aufgenommen.

Die beiden anderen jedoch fischte man aus dem Bach, und was sie zu berichten hatten, war äußerst interessant und wichtig. Sie hatten ja nicht nur die lebenden Leichen gesehen, sondern eine gewaltige Gestalt, deren Körper milchigweiß schimmerte und noch so durchsichtig war, daß die Männer sogar das Gerippe sehen konnten.

Diese Entdeckung war die wichtigste überhaupt. Als die Aussagen uns erreichten, da wußten wir natürlich sofort Bescheid. Es gab auf der Welt nur einen, der so aussah.

Xorron, Herr der Zombies und Ghouls!

Die beiden Seeleute hatten tatsächlich Xorron gesehen und es sogar überlebt.

Eine unwahrscheinliche Sache und eminent wichtig. Durch diesen Hinweis wußten wir Bescheid, wo wir mit fast hundertprozentiger Wahrscheinlichkeit die Mordliga finden konnten.

Wirklich ein Zufall.

Aber ein kalkulierter. Hätte es nicht die Order gegeben, die Sir James erlassen hatte, wäre alles ganz anders verlaufen, und die Meldung hätte uns wohl nie erreicht.

Wir blieben trotz dieser brisanten Entdeckung kühl und gelassen. Der größte Fehler wäre gewesen, einfach loszubrausen und zu versuchen, die Mordliga samt Dr. Tod zu vernichten, denn sicherlich hatte Morasso vorgesorgt. Einfach würde es für uns nicht werden, das stand fest.

Selten hatte ich so viele Konferenzen erlebt wie in den Tagen nach der Entdeckung. Sir James hatte sich die Aussageprotokolle geben lassen, und wir gingen sie immer wieder durch. An einem kalten Januartag hockten wir im Büro und redeten.

»Ich habe jetzt alles vorliegen«, sagte Sir James und blinzelte hinter seinen Brillengläsern. »Wenn es bisher noch einen kleinen Zweifel gegeben haben sollte, dann ist er nun ausgeräumt worden. Die beiden Zeugen, Mr. Hansen und Mr. Cumberland, haben tatsächlich Xorron gesehen.« Der Superintendent ließ das Blatt sinken und schaute Suko und mich an, die wir vor seinem Schreibtisch saßen. Wenn er so blickte, dann wartete er auf einen Kommentar. So gut kannte ich unseren Chef inzwischen.

Ich enttäuschte ihn auch nicht. »Meiner Ansicht nach müssen wir davon ausgehen, daß auch Solo Morasso seine richtigen Schlüsse gezogen hat. Er wird sicherlich annehmen, daß wir nun wissen, wo er sich mit seiner verdammten Mordliga aufhält.«

»Was meinen Sie, Suko?« fragte Sir James.

»Ich stimme nicht völlig mit John überein. Solo

Morasso weiß ja nichts von dem feinen Fahndungsnetz, das wir über den Globus gespannt haben. Wenn die Geretteten etwas erzählen – und er mußte davon ausgehen, daß die Männer gerettet wurden –, wird er dies für Spinnerei halten. Denn wer sollte ihnen schon glauben?«

Die Antwort meines Freundes war auch nicht von der Hand zu weisen. Das bestätigte ich durch ein Nicken.

Sir James faßte zusammen. »Sie meinen also, daß er sich erst einmal zurückhält?«

»Vielleicht sogar zurückhalten muß«, sagte ich.

»Wieso?«

Ich lächelte vor meiner Antwort. »Dabei denke ich an den Nagel, Sir, mit dem ich Dr. Tod getötet und den ich nun leider eingebüßt habe. Er befindet sich in Asmodinas Besitz.«

»Aber der Nagel besteht aus geweihtem Silber. Er ist eine weißmagische Waffe«, hielt mir mein Chef entgegen. »Wissen wir, wie stark Asmodina ist?«

»Das stimmt«, erwiderte ich und fingerte nach der Zigarettenschachtel. »Nur gehe ich von einer anderen Voraussetzung aus, Sir. Wenn Asmodina den Nagel besitzt – für sie muß er ja so etwas wie ein Kultgegenstand sein –, wird sie versuchen, sich Solo Morasso nebst der Mordliga endgültig vom Hals zu schaffen.«

Sir James wiegte den Kopf. »John, das waren große Worte. Verdammt große sogar. Sie sind wirklich ein Optimist. Ich frage mich nur, ob sie es schafft.«

»Unterschätzen Sie die Teufelstochter nicht. Sie hat immerhin starke Freunde zur Seite. Asmodis und der Spuk sind nicht zu verachten.«

»Das stimmt natürlich. Allerdings frage ich mich, ob deren Geduld unendlich währt. Hat Asmodina nicht in letzter Zeit einige Niederlagen einstecken müssen?«

»Das allerdings. Nur habe ich einen kleinen Aufstand von Dr. Tod und der Mordliga erlebt. Asmodina hat sie eiskalt in ihre Schranken verwiesen.« Dabei blickte ich Suko an, und der Chinese nickte. Auch er erinnerte sich noch daran, wie Myxin entführt werden sollte, wir es jedoch im letzten Augenblick hatten verhindern können.

»So pessimistisch kenne ich Sie nicht, John.«

Ich zündete mir die Zigarette an und blies den ersten Rauch gegen die Decke. »Das hat nicht einmal etwas mit Pessimismus zu tun. Ich versuche nur, das eine gegen das andere abzuwägen und realistisch zu denken.«

»Und was schlagen Sie vor?« fragte der Superintendent.

»Abwarten, Sir!«

»Ist das auch Ihre Meinung, Suko?«

Der Chinese nickte.

»Sie wollen, wenn ich Sie richtig verstehe, die lachenden Dritten sein«, stellte unser Chef fest.

»Genau, Sir.«

»Hoffentlich schneiden Sie sich da nicht in den Finger.« Sir James hob die Schultern. »Wie dem auch sei, ich glaube sogar, daß die Zeit für uns arbeitet. Zudem habe ich mich in Absprache mit den Kollegen vom Geheimdienst entschlossen, um die Insel bei Feuerland einen Ring zu ziehen. Ich will erst einmal herausfinden, wo Solo Morasso und seine Mordliga ihr Versteck haben. Unser Freund Costello wird uns darauf bestimmt keine genaue Antwort geben.«

»Da haben Sie recht, Sir.«

Der Superintendent schaute auf seine Uhr. »Machen Sie mal pünktlich Feierabend, meine Herren. Das geschieht selten genug, wie ich Sie kenne.«

»Und wie, Sir.« Wir standen auf, und ich drückte meine Zigarette in dem Kristallascher aus.

»Und noch etwas, John«, sagte Sir James, als wir bereits an der Tür standen. »Sollte Ihnen irgend etwas Neues einfallen, ich bin natürlich Tag und Nacht für Sie zu erreichen.«

»Das weiß ich, Sir.«

Auch Suko nickte.

In unser Büro zurückgekehrt, schaute ich auf meinen

Schreibtisch. Leer sah er wirklich nicht aus. Ich hatte aber keine Zeit, die Akten noch aufzuräumen. Der Kram sollte liegenbleiben, bis Glenda Perkins wieder da war. Sie entspannte sich bei einer Verwandten, denn die letzten Fälle hatten sie geschafft.

Mein Mantel hing am Haken. Ich hatte das Futter in den Burberry geknöpft. Draußen war es wirklich lausig kalt. Als ich den Mantel vom Haken hievte, fragte ich Suko: »Willst du mitfahren?«

Der Chinese schüttelte den Kopf. »Vielen Dank, John, aber Shao wartet auf mich. Sie wird sicherlich schon unten in der Halle sein. Außerdem wollen wir noch etwas einkaufen.«

»Was denn?« Ich war neugierig.

Suko verzog das Gesicht. »Sie will mir unbedingt zwei Hemden und auch Hosen andrehen.«

Ich prustete los. Wie viele Männer, so hatte auch Suko keine Lust, in ein Geschäft geschleppt zu werden, wo er Kleidung kaufen sollte. Aber Shao war da rigoros. Sie kannte kein Erbarmen, ebenso wie Sheila mit ihrem Bill.

»Dann kauft mal schön«, kommentierte ich und warf mir meinen Mantel über.

Gemeinsam fuhren wir nach unten. Ich schaute vom Fahrstuhl aus in die Eingangshalle hinein, sah Shao nicht und trennte mich von dem Chinesen. Ich bat ihn, seine Freundin von mir zu grüßen.

»Mach ich.«

Der Bentley stand im Hof. Er war inzwischen wieder ein Jahr älter geworden, und ich hatte ihn vor einem Tag zur Inspektion gegeben. Der zuständige Meister hatte den Kopf gewiegt und gemeint: »Wenn Sie noch länger Freude an Ihrem Fahrzeug haben wollen, dürfen Sie es nicht so stark mißhandeln, Sir.«

Eine Antwort war ich ihm schuldig geblieben. Mir hätte er das nicht zu sagen brauchen, sondern meinen Gegnern. Dämonen nahmen nun mal auf Autos keine Rücksicht.

Aber das Innenleben des Fahrzeugs war okay, wie mir der Meister versicherte. Nur von außen glänzte er nicht mehr so wie früher. Einige Roststellen, durch Steinschlag hervorgerufen, waren doch zu sehen. Einem Fahrzeug ergeht es ebenso wie einem Menschen. Wir werden auch nicht jünger.

Ich ging einmal um den Wagen herum und fand ihn ganz in Ordnung. Er sprang auch sofort an, kaum daß er den Zündschlüssel gerochen hatte. Gemächlich rollte ich mit dem Silbergrauen über den hinteren Parkplatz am Yard-Gebäude. Ich schaltete das Radio ein, hörte Nachrichten und erfuhr, daß es wieder einmal nur Schlechtes in der Welt gegeben hatte. Meist wurde über Polen gesprochen.

Nach den Neuigkeiten brachte der Sender Tanzmusik, vermischt mit Interviews, die mich auch nicht gerade fröhlicher stimmten, denn da war wieder einmal von Streik die Rede. Wie gern hätte ich mir gewünscht, daß die Dämonen mal streikten. Das allerdings würde wohl niemals geschehen.

Die Straßen glänzten naß. Die Temperaturen lagen unter dem Gefrierpunkt, so daß sich mancher Autofahrer fragte, ob es nun glatt war oder nicht. Die meisten verhielten sich vorsichtig.

Als ich an einer Ampel stoppte, sah ich einen Bobby, der durch die Fenster der haltenden Wagen in die Fahrzeuge blickte. Er sah auch mich, stutzte für einen Moment und lächelte dann. Der gute Mann hatte mich erkannt.

Und er lächelte, obwohl sein Dienst wirklich keine Erholung war. Denn ich hätte nicht gern mit ihm getauscht. Trotzdem hatte er gute Laune.

Ich beschloß, seine Laune zu übernehmen, und dachte an den vor mir liegenden Abend. Ihn wollte ich in aller Ruhe genießen, ein wenig auf den Bildschirm starren, etwas lesen und eigentlich früh ins Bett gehen. In meinem Job wußte man nicht, was der nächste Tag noch alles bringen konnte. Da hatte ich schon die tollsten Überraschungen erlebt. Deshalb ist für mich ein gemütlicher Feierabend Gold wert.

Ich dachte an das frische Bier, das mir Will Mallmann aus Deutschland geschickt hatte. Die acht Flaschen standen in Styropor verpackt in meiner kleinen Küche.

Zwei Flaschen würde ich mindestens trinken, das nahm ich mir fest vor.

Ich kannte mich in London sehr gut aus. Vor allen Dingen wußte ich über Schleichwege in der eigentlichen City Bescheid. Dieses Wissen nutzte ich aus, umging die großen Ampelstaus und gelangte in meine Wohngegend.

Der Wagen hatte, wie auch Sukos Feuerstuhl, seinen Platz in der Tiefgarage. Die Parktaschen befanden sich nebeneinander. Ich sah sie im Licht der eingeschalteten Scheinwerfer, die helle Tunnels in das Dämmerlicht stachen.

Ich kurbelte am Volant und lenkte den schweren Wagen auf seinen Standplatz.

Licht aus, Gurt lösen, Motor abstellen, alles Bewegungen, die mir in Fleisch und Blut übergegangen waren.

Ich öffnete die Tür.

Irgendein Wagen fuhr mit nicht mehr heilem Auspuff. Das Röhren hallte von den Wänden wider.

Die Tür zum Lift befand sich nicht weit entfernt. Ich mußte nur durch den Gang schreiten.

Als ich das Heck meines Wagens passiert hatte und mich nach rechts wandte, da geschah es.

Für einen Moment blieb ich stehen, denn ich sah, daß die Gestalt vor mir auf dem Boden in verkrümmter Haltung dalag und bei ihr eine dunkle Flüssigkeit aus einer Verletzung am Kopf rann.

Tiefgaragen sind zwar bequem, aber auch gefährliche Orte. Sie eignen sich besonders für Überfälle, und man las fast täglich von Verbrechen, die in Tiefgaragen geschehen waren.

Wie auch hier.

Mit einer Falle rechnete ich nicht, eben weil ich von den Berichten wußte. Mit drei großen Schritten war ich bei dem am Boden liegenden Mann, beugte mich zu ihm hinunter und nahm einen seltsamen Geruch wahr, der mit Blutgeruch überhaupt nicht übereinstimmte.

In meinem Kopf klingelte es Alarm. Leider zu spät, denn eine kalte Stimme sagte: »Bleib so, wie du bist, Bulle, sonst jagen wir dir deinen Schädel voll Blei!«

Asmodina kochte fast über in ihrer Wut. So etwas hatte sie noch nie erlebt. Dieser verdammte Spuk hatte es tatsächlich gewagt, sie durch Worte zu demütigen.

Eine Schande, eine Unverschämtheit, die sie sich nicht länger bieten lassen konnte.

Das war Meuterei!

Am liebsten hätte sie ihre Kräfte voll ausgespielt und vor Zorn mehrere ihrer Reiche vernichtet. So aber war sie gemeinsam mit einigen Todesengeln in ihr Versteck geflüchtet und hockte dort auf einem knöchernen Thron.

Ihre Augen schienen in Flammen zu stehen. Die Totenkopfkette klirrte, wenn sie sich bewegte, und ihre Lippen formten unhörbare Worte. So etwas war ihr noch nie passiert, das durfte es nicht geben, das war einfach zuviel.

Was nahm sich der Spuk eigentlich heraus? Wollte er Streit? Und wieso kam er dazu, sich nicht mehr auf ihre Seite zu stellen? Das mußte einen Grund haben.

Asmodina trat mit dem rechten Fuß auf. Es grollte, als sie den Boden traf, und nach Schwefel stinkender Rauch wallte in die Höhe. Sie fauchte wie ein Tier, aber sie wußte auch, daß Wut und Zorn schlechte Ratgeber waren. Wenn sie etwas erreichen wollte, dann mußte sie eiskalt überlegen und ebenso kalt vorgehen, sich jetzt nur nicht von Rachegefühlen leiten lassen, obwohl sie gerade die Rache und die Abrechnung nicht aus den Augen verlor.

Der Spuk sollte büßen!

Nur, was hatte ihn dazu veranlaßt, so plötzlich gegen sie, die Tochter des Teufels, zu opponieren? War es nur die Tatsache, daß John Sinclair und Glenda Perkins aus dem Labyrinth der Angst entkommen konnten? Natürlich, das zählte, und der Spuk hatte durch diese Flucht auch eine Niederlage erlitten, denn Glenda Perkins war nach dämonischer Sitte durch Maddox, den unheimlichen Richter, verurteilt worden. Die Flucht der beiden Menschen war natürlich ein schwerwiegendes Ereignis. Aber wog es wirklich so schwer, daß der Spuk all das über den Haufen warf, was ihn jahrelang ausgezeichnet hatte?

Dies konnte sich Asmodina nicht vorstellen. Für ihn mußte es noch einen anderen Grund geben, sich als Aussteiger gewissermaßen zu betätigen.

Da war sicherlich einiges geschehen, von dem sie, Asmodina, keine Ahnung hatte. Sie war ehrlich genug, sich einzugestehen, daß sie auch Feinde hatte. Sogar starke Feinde, die sich ihren Tod wünschten. Denen hatte es von Beginn an nicht gepaßt, daß Asmodis seine Tochter mit einer ungeheuren Machtfülle ausgestattet hatte. Die anderen hatten sich nie damit abgefunden, immer nur gegen sie gestichelt, aber sie waren noch nie offen gegen Asmodina angetreten. Vor allen Dingen waren es die AEBA-Dämonen, die es störte, daß Asmodina so mächtig geworden war. Steckten sie vielleicht hinter den Vorgängen?

Es war möglich. Allerdings gab es noch eine andere Gruppe, die Asmodina den Tod aus vollem Herzen wünschte.

Solo Morasso und seine Mordliga!

Als die Teufelstochter an ihn dachte, da verzerrte sich ihr glattes, kaltes Gesicht. Es wurde zu einer wirklich teuflischen Grimasse, und die Haut nahm sogar einen grünlichen Schimmer an, so wie bei Apep, der Höllenschlange, denn Asmodina und die Schlange waren ein und dieselbe Person.

Ein paarmal hatte es Dr. Tod schon versucht. Er war immer wieder aufgelaufen. Asmodina hatte sich im Endeffekt als die Stärkere erwiesen, und sie hatte einen Fehler begangen, wie sie sich nun im nachhinein eingestand.

Sie hätte Dr. Tod und mit ihm die Mordliga vernichten sollen!

Ja, das wäre die beste Lösung gewesen. Sie hatte es nicht getan, was sie nun bereute, denn damals hätte sie gern in die Zukunft geschaut. Leider waren ihr die Zeichen der Zeit verborgen geblieben. Sie hätte wissen sollen, daß Dr. Tod es immer wieder versuchen würde, doch es gab zwischen ihnen eine Gemeinsamkeit, die sie praktisch zusammenkittete, obwohl sie diese unterschiedlichen Ansichten hatten.

Diese Gemeinsamkeit trug den Namen John Sinclair!

Der Geisterjäger war ihrer beider Feind. Sogar ein Todfeind. Um ihn zu vernichten, hatte die Teufelstochter über manch anderes hinweggesehen.

Nun allerdings war sie an einem Punkt angelangt, wo sie sich selbst eine Frage stellen mußte: Dr. Tod oder John Sinclair? Auf wen sollte sie ihre höllischen Kräfte konzentrieren?

Sinclair, ein Feind, Dr. Tod ebenfalls. Sie beschloß, ihre Kräfte auf die Mordliga und ihren Anführer zu verdichten, denn er war der Gefährlichere, wenn man ihn zum Gegner hatte. Der Grund lag auf der Hand. Sinclair war ein Mensch. Und als Mensch besaß er auch Gefühle. Er kannte die Angst, die Freude, hatte alle menschlichen Schwächen und Vorzüge, und er besaß noch etwas: ein Gewissen!

Ja, er hatte ein Gewissen. Er war längst nicht so eiskalt und ging über Leichen. Auf Menschen nahm er Rücksicht, während Dr. Tod sie eiskalt in die Waagschale warf, denn ihn interessierte ein Mensch nur so lange, wie er für ihn nützlich war. Ging die Zeit vorbei, dann ließ er ihn fallen, was zumeist mit einem Mord an dieser Person endete.

Mit der gleichen Brutalität würde er auch gegen Asmodina vorgehen, doch die Teufelstochter störte sich nicht daran. Sie würde ebenso eiskalt über Leichen gehen wie Dr. Tod.

Ihre Gedanken drehten sich zwar noch immer um Dr. Tod, aber sie bewegten sich jetzt in eine andere Richtung. Asmodina dachte daran, daß Solo Morasso aus seinen Niederlagen gelernt hatte. Er würde sicherlich nicht mehr so forsch vorwärts stürmen und direkt auf sein Ziel losgehen. Wie Asmodina ihn jetzt einschätzte, suchte er sicherlich nach spitzfindigeren Methoden, und Raffinesse gehörte bei ihm dazu. Die Hinterlist war bei ihm angeboren. Er würde es mit allen Tricks versuchen, und Asmodina wollte in der nächsten Zeit wirklich mehr als vorsichtig sein.

Sie dachte auch an Asmodis, der praktisch ihr Vater war. Er mußte ihr helfen, wenn sie ihn darum bat, denn es gab keinen anderen Weg.

Dabei hatte sich Asmodis oft nicht sehr kooperationsbereit gezeigt. Er hatte seine Tochter allein gelassen. Sie sollte selbst auf sich achtgeben und ihre eigenen Wege gehen, so wie er seine eigenen Wege ging.

Im Anfang hatte Asmodina dies gewurmt, doch mittlerweile hatte sie sich daran gewöhnt. Allerdings befand sie sich nun in einer Lage, in der sie Hilfe brauchen konnte, und sie dachte sehr stark an Asmodis. Sie wünschte ihn sich herbei.

Er kam.

Asmodis war der Herrscher, zudem ein Telepath. Er konnte die Gedanken seiner Tochter empfangen.

Zuerst erschien das Feuer.

Eine wilde, flammende Lohe, grünrot leuchtend und alles verbrennend, was sich ihm in den Weg stellte.

Asmodina stand von ihrem Thron auf. Sie blickte starr in die seltsamen Flammen, die nicht einmal Hitze verströmten, und sah darin das fratzenhafte Gesicht ihres Vaters leuchten.

Die alten Maler und Holzschnitzer des Mittelalters hatten tatsächlich recht gehabt. Der Teufel zeigte sich als ziegenköpfiger Bastard. Der Schädel hatte die Form eines Dreiecks, Hörner wuchsen wie bei Asmodina aus der Stirn, die Augen waren Kreise in einem braunen Gesicht. Sie leuchteten wie das Feuer kalter Diamanten. Ohne Gefühl, ohne Gnade.

Das Wahnsinnsprodukt der Hölle stand vor Asmodina und schaute sie an. Ein Mensch wäre vielleicht vergangen, nicht allein durch den Anblick. Er war gar nicht so schlimm, doch Asmodis verbreitete eine Aura des Grauens.

Sie war kaum zu beschreiben, so schrecklich stellte sie sich dar. In ihr schienen alle Kräfte und Bösartigkeiten der Hölle sowie des Dämonenreiches vereint zu sein.

Asmodina erschreckte diese Aura nicht. Im Gegenteil, sie war für sie ein Labsal, und sie badete sich regelrecht darin, gab sie ihr doch Kraft und Macht.

»Du hast mich gerufen?« Jedes Wort des Teufels klang wie ein Donnergrollen.

»Ja.«

Die Flammen fielen zusammen, nur das Gesicht blieb. »Ich hoffe, du kannst mir einen triftigen Grund für deine Störung nennen, Asmodina.«

»Das kann ich!«

»Dann rede!«

»Es geht um den Spuk.«

Der Teufel lachte schallend. »Um den Spuk?« höhnte er. »Ist er nicht dein Freund? Hat er dir nicht geholfen, die Seele des Dr. Tod zu holen?«

»Das schon. Er stand auch immer auf meiner Seite, aber jetzt nicht mehr. Der Spuk meutert!«

Das Gesicht Asmodis' verzerrte sich. »Er meutert also, dieser Wicht. Wieso?«

»Er will meine Macht nicht anerkennen.«

»Dann sorge dafür, daß er es tut!« zischte Asmodis. Als Asmodina keine Antwort gab, fragte er lauernd: »Oder bist du zu schwach, meine Tochter?«

»Ich fürchte – ja.«

Für einen Moment schwieg der Teufel. Dann begann er zu lachen. Das war ein wahres Höllengelächter. Es schallte und hallte, wanderte weiter durch die Dimensionen und trieb als schauriges Echo hinaus in die Unendlichkeit des Dämonenreiches. Der Teufel konnte sich kaum beruhigen, und als er schließlich sein Lachen abbrach, da stieß er ein tiefes Knurren aus.

»Du bist lächerlich, meine Tochter. Habe ich dich erschaffen, damit du kapitulierst? Ich hatte mir mehr von dir erwartet, besonders deshalb, weil du dir ja deine Diener geholt hast. Der Spuk, Dr. Tod, die Mordliga – was ist mit ihnen? Sind aus den Zauberlehrlingen Meister geworden?«

»So ähnlich«, gab die Teufelstochter zu.

»Dann vernichte sie.«

Wieder nahm das Gesicht von Asmodina einen grünen Schimmer an. Ein Zeichen, wie nahe ihr die Worte ihres Vaters gingen.

»Es geht nicht mehr so einfach. Sie sind mir zu mächtig geworden. Ich bekomme sie nicht so ohne weiteres klein. Morasso allein, ja, aber er hat sich Helfer geholt, die eine nie gekannte Stärke aufweisen. Sie entstammen zum Teil anderen Mythologien, gegen die ich nichts ausrichten kann, auch Apep nicht, wie du aus der fernen Vergangenheit selbst weißt.«

»Ja, ja, das kenne ich alles.« Der Teufel grinste häßlich. »Was hat das mit mir zu tun?«

»Du sollst mir helfen!«

»Ich?« Kreischend lachte Asmodis auf. Er lachte so sehr, daß aus seinen kalten Augen dunkle Tränen rollten. »Ich werde dir nicht helfen. Du bist ein selbständiges Geschöpf, und du hast mir immer erzählt, daß du mit deinen Problemen, unter die ja auch ein gewisser John Sinclair fällt, allein fertig wirst.«

»Du bist nur zu feige!« schrie Asmodina. »Du bist viel zu feige, denn gegen den Geisterjäger bist auch du nicht angekommen. Denk an die Blutorgel. Da hast nämlich du verloren, nicht ich.«

»Hüte deine Zunge!« zischte der Teufel.

»Stimmt es etwa nicht? Soll ich dein ganzes Imperium zerstören, das doch nur auf einer Lüge aufgebaut ist? Die Menschen hast du die Jahrhunderte über getäuscht. Du bist nicht der oberste Herrscher der Hölle. Nein, das bist du nicht. Es verhält sich alles ganz anders, und wenn es die Menschen wüßten, würde ihr gesamter Glaube wie ein Kartenhaus zusammenbrechen, das kann ich dir versprechen. Wenn du mir nicht hilfst, dann werde ich ...« Auf einmal schossen Flammen aus seinem Maul. Sie fuhren zischend in Asmodinas Gesicht, wo sie die Haut verbrannten.

Die Teufelstochter brüllte. Zum erstenmal verspürte sie Schmerzen. Es schien ihr, als würde glühendes, flüssiges Metall ihre Haut zerfressen, als der Kopf von den Flammen umhüllt wurde. Sie merkte, wie etwas mit ihrer Gesichtshaut geschah, konnte jedoch nicht sehen, was. Erst als das Feuer abkühlte, hatte sie wieder freie Sicht und schaute Asmodis an.

»Noch einmal diese Worte, und ich werde dich ganz verbrennen!« drohte dieser. »So ist es nur dein Gesicht!« Aus dem Nichts erschien ein Arm und damit eine braune Klaue mit langen Nägeln. Die Klaue hielt eine schwarze, polierte und spiegelnde Fläche umklammert, die tatsächlich Ähnlichkeit mit einem Spiegel hatte.

Asmodina sah sich darin. Es war ein dämonischer Spiegel, der ihr Gesicht zeigte.

Nichts war von der kalten Pracht geblieben. Die Haut war völlig verbrannt. Schwarz und aufgerauht präsentierte sie sich, und die Teufelstochter sah innerhalb des Spiegels jedes Detail. Nur die Augen blickten hell. Sie erinnerten an zwei Kugeln. Die Haare hatten ebenfalls die Farbe behalten. Nach wie vor leuchteten sie rot. Sie schufen einen harten Kontrast zum Schwarz des Gesichtes.

»Reicht dir das als Antwort?« fragte der Teufel.

Seine Tochter gab keine Antwort. Denn sie hätte nicht anders gehandelt als der Teufel. Bei Dämonen und Wesen der Finsternis gab es keine Beziehungen wie bei den Menschen. Jeder dachte nur an seinen eigenen Vorteil. Er spielte diesen eiskalt aus.

Es dauerte eine Weile, bis sich die Teufelstochter wieder gefangen hatte. Dann sagte sie: »Ich habe deine Antwort verstanden. Ich weiß auch, daß du selbst genug Probleme hast, denn auch du stehst auf der Liste. Hüte dich, Asmodis. Sollte ich irgendwann nicht mehr sein, wird es nicht lange dauern, dann bist du auch verschwunden!«

»Willst du mir drohen?«

»Nein, das kann ich nicht. Du bist stärker. Du hast es ja durch das Feuer bewiesen, aber eins sage ich dir. Nimm dir nicht zuviel heraus. Unterschätze mich nicht. Ich werde kämpfen!«

»Auch gegen mich?«

»Bist du mein Gegner?«

»Ich würde dich zerreißen!« schrie der Teufel. Im nächsten Augenblick entstanden wieder die grüngelben Flammen, hüllten das Gesicht nebst Arm und Hand ein, dann war der Satan verschwunden.

Zurück blieb Asmodina. Mit einem zerstörten Gesicht, das wie schwarzes, verbranntes und aufgerauhtes Leder aussah.

Die Hände hatte sie zuvor zu Fäusten geballt gehabt. Jetzt hob sie die rechte Hand an und öffnete die Faust.

Ein kleiner Gegenstand lag darin.

Ein silberner Nagel!

Er hatte ihr nichts getan, obwohl er aus geweihtem Silber bestand. Nur ein kaum wahrnehmbarer Abdruck war auf der Handfläche zu sehen. Mehr nicht ...

Und dann flüsterte sie folgende Worte: »Noch habe ich dich nicht, Solo Morasso, aber ich besitze den Nagel. Schon einmal hat er dich getötet, und er wird es auch ein zweites Mal schaffen. Das verspreche ich dir!«

Und diesmal war sie es, die ein gellendes Gelächter ausstieß ...

Ich hätte mich selbst irgendwohin beißen können, denn ich war auf einen Uralt-Trick reingefallen. Mit den Gedanken schon beim Feierabend lief ich voll in die Falle.

Jemand hatte hinter mir gesprochen. Das gab mir nicht die Gewähr, daß es auch tatsächlich nur ein Typ war, der sich in meinem Rücken aufhielt. Und eine geladene Waffe hielt er sicherlich in der Hand, darauf konnte ich Gift nehmen.

Der Kerl vor mir am Boden drehte sich auf den Rücken und grinste. Dann hob er den Arm und wischte das ›Blut‹ von seiner Stirn. Es war Ketchup, mit irgendeinem Zeug verdünnt. Von weitem hatte es echtem Blut ähnlich gesehen.

»Rühr dich ja nicht, Bulle!« zischte auch er und rutschte vor mir über den Boden. Er atmete dabei stoßweise, und kleine graue Wolken standen vor seinen Lippen.

Hinter mir pfiff jemand ein Liedchen, das abbrach, als der Typ vor mir auf die Beine kam und sich das restliche Zeug aus den Haaren schüttelte.

Dicke Tropfen blieben auf dem Boden zurück. Ich stellte mir die Frage, ob sich nicht mein Blut bald mit dem des nachgemachten vermischen würde.

»Und nun dreh dich um, Bulle!« Das sagte der Typ, der mich zuerst angesprochen hatte.

Ich kam seiner Aufforderung langsam nach. Die Hände hatte ich dabei erhoben. Ich wollte meine Gegner nicht unnötig reizen, zudem kannte ich die Spielregeln.

Sie waren zu dritt. Vor mir standen zwei, und hinter mir hielt sich noch der angeblich Verletzte auf. Die beiden Typen sahen wirklich nicht so aus, als wäre mit ihnen zu spaßen. Ich kannte solche Kerle. Die waren mit allen Wassern gewaschen. Eiskalte Soho-Killer und Schläger.

Beide trugen Lederjacken. Die Farbe konnte ich nicht

genau erkennen, die Jacken waren aber dunkel. Einer war ein Farbiger. Er hatte große, abstehende Ohren, die wegen der auf dem Kopf sitzenden Pudelmütze besonders auffielen. Auf seiner Oberlippe wuchs ein pechschwarzer Bartflaum.

Der zweite war zwar weiß, aber er schien eine schwarze Seele zu haben. Und ich glaubte sogar, ihn erkannt zu haben. Wenn mich nicht alles täuschte, hatte ich Darling Roberts auf einem Fahndungsfoto gesehen. Aus welchem Grunde man ihm den Namen Darling gegeben hatte, wußte ich nicht genau. Angeblich hatte er sich als Halbwüchsiger früher mal in der Homoszene angeboten.

Jetzt führte er das große Wort. »Ja, Bulle, da bist du reingefallen, nicht?« Er schwenkte seine Waffe, eine Luger-Pistole.

Ich hob die Schultern. »Okay, ihr habt mich. Nur kann ich mir nicht vorstellen, was ihr eigentlich von mir wollt.«

Da grinsten beide. Auch der Typ in meinem Rücken lachte. Er gab sogar die Antwort. »Bullen sind für uns immer ein besonderes Festessen. Kannst du das nicht verstehen?«

»Nein.«

»Und warum nicht?« Der Farbige hechelte den Satz hervor.

»Weil ich meist unverdaulich bin.«

Jetzt hatten sie ihren Spaß und wieherten. Allerdings nicht so laut, daß es durch die gesamte Garage schallte, denn sie mußten damit rechnen, daß Zeugen auftauchten.

Einen Schalldämpfer hatte der Typ nicht über die Mündung geschraubt. Diese Tatsache konnte meine Chancen verbessern, denn umbringen wollten die Kerle mich wohl nicht. Dann hätten sie sich anders verhalten. Sie hatten irgend etwas anderes auf Lager, das spürte ich irgendwie, und ich wollte es auch herausfinden.

»Was soll das Gerede? Sagt mir, was ihr von mir wollt. Auch ein Polizist hat ein Recht auf Feierabend.«

»Willst wohl mit 'ner Süßen auf die Matratze steigen, Bulle, wie?« hechelte der Luger-Träger. »Aber daraus wird nichts. Gar nichts, glaub mir. Denn Jamie wird sich jetzt mit dir beschäftigen. Und vielleicht schneidet er richtig zu. Wer weiß ...?« Er grinste mich an, und die Kanone lag ruhig in seiner Rechten.

Also doch Profis.

Mir wurde es langsam ungemütlich. Jamie war der Schwarze. Und er nickte, als er seinen Namen hörte. Er würde sicherlich gern schneiden, nur womit?«

Das Messer schüttelte er sich wirklich aus dem Ärmel. Ob Sie es glauben oder nicht, Freunde, ich sah kein Heft, sondern nur eine verdammt lange, dünne Klinge, die schon mehr Ähnlichkeit mit einer Stricknadel hatte. Irgendwie war sie an seinem Arm befestigt und fuhr auf einen Kontakt heraus.

Jetzt zeigte sie auf mich. Dann drehte Jamie sie und grinste noch breiter. »Damit kann ich auch schneiden.«

»Sicher.« Ich nickte. »Gib nur acht, daß du dir nicht ins eigene Fleisch schneidest.«

Jamie lachte. Er konnte sich überhaupt nicht mehr einkriegen. Dabei bog er den Oberkörper zurück und drehte den Kopf, um seinen Kumpan anzuschauen.

Auch der sah zu ihm.

Mich ließ er für einen Sekundenbruchteil aus den Augen.

Da versuchte ich es. Auch wenn hinter mir der Verletzte stand und ich nicht wußte, ob er eine Waffe auf mich gerichtet hielt. Ich startete und warf mich gegen Jamie. Meine Handkante wühlte sich durch. Er verzog das Gesicht, das Grinsen erstarrte zur Grimasse, dann kippte er mit weichen Knien gegen seinen Kumpan mit der Luger, denn mein Hieb hatte ihn verdammt mitgenommen. Ich hörte ihn pfeifend atmen und auch stöhnen.

»Die Bullensau, dieser Hund – Dieser ...«

Noch hatte Darling seine Kanone. Das gefiel mir gar nicht. Doch in meiner Euphorie hatte ich den dritten Typ vergessen. Der angeblich Verletzte wurde sehr schnell aktiv.

Er sprang mir in den Nacken. Das wäre nicht einmal so tragisch gewesen, aber er hieb mit beiden Händen zu, und den Schlag vertrug höchstens ein Ochse.

Ich war jedenfalls keiner, kriegte plötzlich keine Luft mehr, weil man meinen Rücken »zerschnitten« hatte, und sah alles nur verschwommen. Die beiden anderen Kerle wurden zu aufgeblähten Ballons.

Jamie hatte noch Schwierigkeiten mit dem Gleichgewicht. Er wurde nicht mehr von seinem Partner gehalten, und für mich sah er aus wie eine aufgeblasene Bubblegum-Figur.

Darling hielt noch seine Pistole fest. Damit schlug er zu.

Mein Seh- und auch Reaktionsvermögen waren schwer beeinträchtigt. Was mir so lange vorkam, das geschah in Wirklichkeit innerhalb von Sekunden.

Darling holte nicht einmal weit aus, aber der Waffengriff sollte meine Stirn treffen.

Riesengroß tauchte er vor mir auf, und dann dröhnte etwas gegen meinen Kopf. Gleichzeitig platzte im Schädel einiges auf, jedenfalls hatte ich das Gefühl. Und im nächsten Augenblick meldete ich mich ab. Ich fiel nach vorn.

Zuletzt hörte ich noch ein Dröhnen. Auf die Erde konnte ich nicht gefallen sein, dafür allerdings auf die Kühlerhaube eines abgestellten Wagens. Von ihr rutschte ich langsam nach unten und legte mich auf dem schmutzigen Boden der Tiefgarage lang.

Das war's.

Die drei Schläger jedoch erwachten zu einer fieberhaften Tätigkeit …

Die Finger waren lang wie Pfeile. Dazu mit spitzen Nägeln, auf denen der grüne Lack glänzte. Dabei stachen die Hände aus zwei Ärmeln hervor, die zu einem Gewand gehörten, das eine violette Farbe hatte und wie Seide glänzte.

Übergestreift hatte das Gewand eine außergewöhnliche Frau. Ein Wesen, das zu dieser Kleidung paßte, denn die Frau konnte man wirklich mit dem Begriff geheimnisvoll umschreiben. Und sie tat alles, um das Geheimnis um ihre Person zu bewahren.

Ihr Name: Tanith.

Ihr Beruf: Wahrsagerin und Astrologin.

Ihr Einkommen: sehr hoch.

Gerade das letzte mußte man besonders anmerken, denn in den vergangenen zwei Jahren hatten Hellseher und Wahrsagerinnen eine Hochkonjunktur erlebt. Durch Fernsehsendungen und Zeitungsberichte waren sie in aller Munde, und besonders tat sich eine attraktive Schweizerin hervor, die praktisch in ganz Europa ein Begriff war und sogar eine eigene Fernsehschau hatte.

Nicht so Tanith.

Sie haßte Popularität, denn sie brauchte sie nicht. Tanith hatte auch so ihren Kundenstamm, und zu dem zählten die reichsten Leute der Welt.

Der griechische Ölmilliardär suchte sie ebenso auf wie der deutsche Industrielle oder der französische Adelige. Entsprechend hoch waren ihre Honorare, doch die Gäste zahlten gern, denn die Voraussagen einer Tanith trafen fast immer ein.

Bisher hatte sie kaum einen Flop erlebt. Man verließ sich auf sie, und man gab ihren Namen weiter. So wußten die reichen Bekannten ihrer Kunden Bescheid, an wen sie sich zu wenden hatten, wenn es Probleme gab. Und Tanith war ausgebucht. Allerdings verteilte sie die Termine gut, nie mehr als drei in der Woche, denn sie wollte Zeit haben, sich mit ihrem Beruf hobbyistisch zu beschäftigen. Sie hatte die Wirkung der Tarockkarten genau studiert. Sie kannte den Verlauf der Gestirne, wußte, welchen Einfluß sie auf die Menschen hatten, und ihr war bekannt, daß es zwischen Himmel und Erde Dinge gab, die mit der reinen Astrologie nicht zu erklären waren.

Es war ihr gelungen, mit anderen Kontakt aufzunehmen. Durch ein Medium hatte sie andere Reiche kennengelernt. Jenseitsreiche, in denen der Schrecken und die Angst zu Hause waren.

Tanith war wirklich kein ängstlicher Mensch, doch was sie da geboten bekam, das jagte ihr schon Angst ein. Irgendwie hatte sie immer gefühlt, daß es Geister oder Dämonen gibt, und diese Theorie war nun durch die Praxis bestätigt worden.

Sie hatte es tatsächlich geschafft, Kontakt zu den anderen Welten aufzunehmen. Sehr intensiven sogar, nur war sie froh gewesen, daß die anderen in ihrer Welt blieben. Sie kamen nicht, hielten sich zurück, und das gab ihr Hoffnung.

Allerdings wurde ihr Innerstes auch aufgewühlt. Als Wahrsagerin und Astrologin fühlte sie eine gewisse Verantwortung auf ihren Schultern ruhen. Immer wieder stellte sie sich die quälende Frage, ob sie der Welt nicht Bescheid sagen sollte über das, was sie bei ihren Sitzungen gesehen hatte.

Aber war die Welt überhaupt reif? Würden die Menschen einer modernen Zeit ihr dann glauben?

Sie rechnete nicht damit, da es zu viele Ignoranten gab, die nur der Technik hörig waren. Und so behielt Tanith ihr Wissen für sich. Aber sie forschte weiter. In langen, nächtlichen Sitzungen nahm sie mit dem anderen Reich Kontakt auf. Sie redete gedanklich mit den Herrschern, und sie erfuhr Dinge, die sie unter allen Umständen für sich behalten wollte. Die Erde war eingekreist.

Eine unbeschreibliche Gefahr lauerte im Dunkel der anderen Dimensionen. Uralte, längst vergessene Dämonen schienen aus einem tiefen, langen Schlaf zu erwachen, um wieder von der Welt Besitz nehmen zu wollen.

Tanith hörte ihre Gespräche, nahm ihre Gedanken auf und erfuhr so manches.

Wer hatte je schon von einer Asmodina gehört, die sich die Tochter des Teufels nannte? Sie nicht und die meisten anderen Menschen auch nicht.

Oder von dem Spuk, der Herrscher im Reich der Schatten sein sollte? Das alles waren Dinge, die Tanith für sich behalten wollte. Die Welt war einfach nicht reif.

Allerdings spürte sie als übersensible Frau, daß etwas in der Luft lag. Irgendeine Entscheidung stand dicht bevor, nur wußte sie nicht, welche Entscheidung dies war. Aber die anderen Welten oder in den anderen Welten war etwas in Bewegung geraten. Eine große Unruhe hatte sich ausgebreitet. Sie war wie ein dünner Nebelstreif, der sich allerdings immer mehr verdichtete und bestimmt zu einem Bild wurde, das sie empfangen wollte.

In der letzten Woche hatte sie alle Termine abgesagt, um sich auf die eine große Sitzung vorzubereiten. Sie mußte konzentriert sein, durfte sich nicht ablenken lassen und hatte auch Christina, ihre Sekretärin, nach Hause geschickt.

Nun war es soweit.

In der folgenden Nacht sollte die Sitzung stattfinden, um ihr Wissen zu erweitern.

Angst hatte sie kaum gekannt. Wenn sie ehrlich gegen sich selbst war, mußte sie zugeben, daß sie doch etwas bedrückt und ängstlich war.

Die andere Seite, so nannte sie die Dämonen immer, ließ nicht mit sich spaßen, und man konnte sie auch nicht manipulieren. Wenn man etwas von ihnen wollte, dann mußte man sie zwingen, wobei niemand wußte, wie sie reagieren würden.

Positiv für das Medium oder negativ.

Tanith schaute auf ihre Uhr. Der schmale Goldstreifen um das Zifferblatt glänzte, als er von einem Lichtstrahl getroffen wurde. Draußen lag längst die Dunkelheit über Paris. Tausende von Lichtern glühten. Davon sah Tanith nichts, obwohl ihr kleines Haus an der höchsten Stelle des Künstlerviertels Montmartre stand.

Sie wollte auch nichts sehen, sondern sich auf ihre eigentliche Aufgabe konzentrieren.

Als sie den Vorhang zur Seite schlug, der zwei Räume voneinander trennte, gelangte sie in eine Diele, wo sie ihre Besucher empfing. Auch hier war schon das Flair des anderen, des Fremdartigen zu spüren. Die Besucher betraten eine andere Welt.

Samt an den Wänden. Geheimnisvoll, wenn nicht ein wenig düster das Licht. Die Lampen waren in die Decke eingelassen worden. Ihr Schein fiel in langen Bahnen senkrecht auf den mit einem weichen roten Teppich belegten Boden.

Die Garderobe bestand aus schwarzem Holz. Bei der Versteigerung eines Schloßinventars hatte Tanith sie erworben. Das wertvolle Möbelstück hatte ihr damals so gut gefallen, daß sie es direkt kaufte.

Die Garderobe war durch einen Spiegel unterteilt. In seiner Form bildete er einen Kreis. Der Spiegelrand zeigte die zwölf Tierkreiszeichen der Sternbilder.

Diesen Spiegel hatte sie sich anfertigen lassen, und immer wieder wurde er von ihren Kunden und Gästen bewundert.

Auch Tanith blieb vor ihm stehen und schaute sich an. Die letzten Tage waren für sie anstrengend gewesen, obwohl sie keine Kunden empfangen hatte. Der Spiegel log nicht. Er gab ihr Gesicht so wieder, wie es in Wirklichkeit war, und er verdeckte auch nicht die Ringe unter ihren Augen, die dunkle Halbkreise bildeten.

Dieser Spiegel war unbestechlich!

Das Haar ließ sich Tanith bei einem Coiffeur dunkel färben. Sie mochte keine grauen Strähnen, und die bekam ein Mensch nun mal, wenn er die vierzig überschritten hatte. Manchmal band sie das Haar zu einem Knoten im

Nacken zusammen, was ihrem Gesicht dann einen strengen Ausdruck verlieh. An diesem Abend jedoch hatte sie es lang auf ihre Schultern fallen lassen.

Man merkte ihr an, daß slawisches Blut in ihren Adern floß. Und in der Tat stammte sie aus Ungarn. Sie hatte dieses Land als junges Mädchen während des Einmarsches der Russen verlassen und in Paris eine zweite Heimat gefunden. Ihre Eltern kannte sie nicht. Sie sollten jedoch einem alten Zigeunergeschlecht entstammen.

Die Nase war leicht gebogen, der Mund vielleicht ein wenig zu schmal, und ihr Gesicht hätte ein wenig herb ausgesehen, wenn da nicht die beiden Augen gewesen wären.

Sie waren wirklich das Besondere an ihr. Dunkel, geheimnisvoll und angefüllt mit einer inneren Glut, glichen sie zwei kostbaren Perlen. Diese Augen spiegelten die Gefühle der Frau wider. Sie konnten traurig, aber auch feurig blicken. Sinnlich und hart, ebenso warnend und verschleiert.

Das wechselte je nach Empfindungen und Stimmung.

Die Figur der Frau war unter dem langen, umhangähnlichen Hausmantel nur zu ahnen, doch die Frau achtete sehr auf ihren Körper, der noch die Straffheit und Jugendlichkeit einer Fünfundzwanzigjährigen hatte.

Abermals warf sie einen Blick auf die Uhr.

Noch zwei Minuten, dann mußte sie kommen. Sie – das war ihr Medium, eine junge Malerin, die sich mehr schlecht als recht durchs Leben schlug und von dem existierte, was sie verkaufte. Es war wenig genug, denn mit ihren Bildern lag sie nicht im Trend. Im Gegensatz zu Tanith, der Astrologin. So manchen Franc hatte ihr die Wahrsagerin zugesteckt, denn das Medium war für sie sehr wertvoll.

Lucille hieß die Kleine.

Zwanzig Lenze zählte sie, doch sie hatte mehr erlebt als mancher Greis. Dieses Medium hatte Welten gesehen, die den Augen eines Normalsterblichen verschlossen waren. Hineingeschaut hatte sie in die Reiche der Dämonen, kannte manche Strukturen und hatte sie der Astrologin mitgeteilt.

Es schellte.

Warm und weich war der Klang des Gongs. Er füllte die Diele aus und verhallte nur allmählich.

Tanith straffte sich. Ihre dunklen Augen blitzten. Jetzt war es soweit. Nun gab es kein Zurück mehr für sie.

Mit festen Schritten ging sie zu der hohen Tür und zog sie auf. Kälte fuhr in den Raum. Ein Wagen fuhr mit abgeblendeten Lichtern auf der Straße an ihrem Haus vorbei. Aus seinem Auspuff quoll eine helle Fahne und zerflatterte.

Lucille stand auf der schmalen Treppe. »Da bin ich«, sagte sie leise.

»Bitte, komm herein«, erwiderte die Astrologin. Sie gab den Weg für die Besucherin frei.

Um Lucilles Lippen spielte ein leichtes Lächeln, als sie auf der Matte den Schneematsch von ihren Schuhen trat und in die Diele schritt. Tanith schloß die Tür und drehte auch den Schlüssel herum. Niemand sollte sie jetzt stören.

Lucille war ein wenig unvorteilhaft gekleidet. So zog sich kein junges Mädchen in der heutigen Zeit an. Sie trug einen grauen Mantel, dessen Schnitt vor zwanzig Jahren einmal modern gewesen war. Die braunen Schuhe hatten schiefgelaufene Absätze, und die dunklen Wollstrümpfe ließen die Beine plump erscheinen.

Tanith half ihrem Medium aus dem Mantel. Darunter trug Lucille einen braunen Pullover mit Rollkragen.

»Wie fühlst du dich?« fragte die Astrologin.

»Gut.«

»Wirklich?«

Lucille nickte. Sie hatte Naturkrause, und die blonden Locken bewegten sich heftig. Wie kleine Spiralen schwangen sie auf und nieder. Das Gesicht des Mädchens war schmal. Lucille trug Haftschalen, weil sie schlecht sehen konnte. Sie gehörte zu den Typen, die von den Männern auf der Straße übersehen wurden und für die man den Begriff Mauerblümchen geprägt hatte.

Auch von der Psyche her war Lucille eher still, bescheiden, zurückhaltend und manchmal sogar ängstlich. Sie hatte an ihrer Begabung schwer zu tragen. Deshalb zog sie sich in ihr Schneckenhaus zurück.

Tanith hängte den Mantel auf. »Hast du gegessen?« erkundigte sie sich.

»Ja.«

Als Lucille rot wurde, lachte Tanith auf. »Warum lügst du? Ich höre deinen Magen knurren. Komm mit, ich habe ein wenig vorbereitet.«

Sie gingen in die Küche.

Hier gab es nichts Geheimnisvolles. In diesem Raum regierte die moderne Technik. Eine Mischung aus blitzendem Stahl und weißem Kunststoff.

Die Hähnchenschenkel standen auf dem Tisch. Dazu gab es Stangenbrot und einen trockenen Rotwein.

»Bitte, iß.«

»Danke.« Lucille nahm Platz und griff nach einem Schenkel. Während sie kräftig hineinbiß – sie hatte wirklich Hunger – schaute sie Tanith an.

»Woran denkst du?« fragte die Astrologin.

»Ich weiß es nicht.«

Taniths Lippen kräuselten sich. »Das gibt es nicht. Du mußt doch wissen …«

»Doch, das gibt es. In meinem Kopf ist alles so seltsam. Es geht so durcheinander …«

»Das legt sich wieder.«

»Ich hoffe es.«

Die nächsten zwei Minuten vergingen schweigend. Lucille aß mit gutem Appetit und nahm auch ab und zu einen Schluck von dem Roten. Als sie die letzten Fleischstücke hinuntergeschluckt hatte, wischte sie sich an einem bereitliegenden Tuch die Hände ab.

»Möchtest du eine Zigarette?« fragte Tanith.

»Bitte.«

Die Wahrsagerin gab ihr eine. Lucilles Hände zitterten ein wenig, was Tanith wohl bemerkte. Tief sog das Medium den Rauch ein, lehnte sich zurück und schloß die Augen halb.

»Hast du Bilder verkauft?«

»Nein, nichts.« Lucille ließ den Rauch durch ihre Nasenlöcher ausströmen. »Die Menschen mögen meine Kunst nicht. Sie ist ihnen zu fremd. Ich kann aber nicht das malen, was sie wollen. Ich muß meine Empfindungen, meine Gefühle und damit auch meine Seele zeigen.« Sie beugte sich heftig vor. »Stimmt doch – oder?«

»Natürlich.«

Tanith kannte Lucilles Bilder. Sie hatte selbst einige erworben. Diese Bilder zeigten einen Wirrwarr aus düsteren Farben, und sie dokumentierten die innere Zerrissenheit, die Lucille an manchen Tagen depressiv erschienen ließ. Aber sie sprachen auch von einem Gefühl der Wärme, von der Suche nach Geborgenheit, und sie verkündeten von anderen Welten, die jenseits der normalen lagen.

Lucille drückte die Zigarette aus. Dann legte sie ihre Hände auf die Tischplatte und schaute Tanith auffordernd an.

»Sollen wir?«

»Ja.«

Beide Frauen standen auf. Tanith legte einen Arm um die Schultern des Mediums und führte es aus der Küche in das Arbeitszimmer der Astrologin.

Viele Menschen glauben, daß das Arbeitszimmer einer Wahrsagerin einer Hexenküche gleicht. Bei einigen mag das ja zutreffen, nicht so bei Tanith. Dieses Zimmer war fast nüchtern eingerichtet und praktisch in zwei Hälften unterteilt.

In einer, rechts von der Tür aus gesehen, stand ein alter, wertvoller Schreibtisch. In der Ecke daneben, wo sich auch das Fenster befand, es war in einen kleinen, ausgebauten Erker hineingepaßt, standen zwei Sessel und eine kleine Rundcouch. Der Tisch zwischen ihnen war aus Metall und hatte eine Schieferplatte.

Die andere Hälfte des Zimmers lag ein wenig im Halbdunkel. Die Lampen gaben nur soviel Licht, wie eben nötig war. Sie ließen auch den runden Meditationstisch und die mit dunklem Stoff bezogene Couch aus, so daß niemand geblendet werden konnte, der am Tisch saß oder auf der Couch lag.

Neben der Couch stand ein Produkt der modernen Elektronik. Eine sehr teure Anlage, deren Turm durch das hochkant gestellte Tonband seinen Abschluß fand. Auf diesen Bändern nahm die Astrologin jedes Gespräch auf, falls sich ihr Kunde nicht eindeutig dagegen aussprach.

Vor einer halben Stunde noch hatte sie ein neues Band aufgelegt, so daß sie das Gespräch mit ihrem Medium aufzeichnen konnte.

Neben der Anlage bedeckten Regale die Wand. Sie waren vollgestopft mit Büchern, meist Fachliteratur. Es waren alte Werke darunter. Tanith hatte sie nur unter großen Schwierigkeiten erworben, denn Bücher des Spätmittelalters gab es so gut wie nicht mehr zu kaufen, auch wenn man horrende Summen dafür bot.

Gerade diese Literatur hatte es Tanith angetan. Was die Menschen damals schon alles gewußt hatten, war phänomenal. Und sie hatten Erklärungen für Phänomene gefunden, nach denen die moderne Wissenschaft heute vergeblich sucht.

Nostradamus-Weissagungen – waren nicht zahlreiche von ihnen eingetroffen? Hatte dieser große Mann des Mittelalters mit seinen Worten nicht Ereignisse beschrieben, die die Menschen der Gegenwart direkt betreffen?

Auch hatte er den Untergang des Abendlandes vorausgesagt. In einigen Jahren sollte er stattfinden. Tanith dachte mit Schrecken daran, was sich im Reich der Dämonen abspielte. Welche Umstürze und Umstrukturierungen es dort gab, all dies deutete auf eine schreckliche Veränderung hin, die auch den Untergang des Abendlandes herbeiführen konnte.

Ihr Blick traf das Gesicht des Mediums. Es war möglich, daß Tanith in den nächsten Stunden mehr erfuhr. Vielleicht auch etwas über die Weissagungen eines Nostradamus, denn Lucille war wandelbar. Sie konnte wirklich Dinge sehen, die anderen verschlossen blieben.

Die Wahrsagerin war nicht ohne Grund an das hohe Bücherregal getreten. Sie holte etwas hervor, das auch an die Zeit aus dem Mittelalter erinnerte.

Eine Kristallkugel.

Sie stand auf einem schwarzen Ständer. Zwei geöffnete Hände waren nach außen gebogen und umfaßten das Unterteil der Kugel. Die Kugel selbst schimmerte weißrot. Das Glas bestand aus winzigen wabenförmigen Mustern, und wenn Licht auf die Kugel fiel, wurde es gebrochen und erzeugte ein geheimnisvolles Bild, das aus der Jenseitswelt in die Kugel projiziert wurde.

Manchmal verzerrt, dann wieder klar und scharf.

Mit beiden Händen umfaßte die Wahrsagerin die Kugel und stellte sie auf den Tisch.

Lucille lag bereits rücklings auf der Couch. Sie hielt die Augen halb geschlossen, ihr Gesicht hatte weichere Formen angenommen, ein Zeichen, daß sie sich konzentrierte.

Die Astrologin kannte ihre Medien genau. Sie wußte auch, daß Lucille nicht gestört werden durfte. Selbst das Ticken der alten Wanduhr störte sie, deshalb stellte Tanith die Uhr ab.

Dann setzte sie sich an den Tisch. Und zwar so, daß sie ihr Medium anschauen konnte.

Tanith schaute über die runde schwarze Platte hinweg und blickte in das Gesicht ihres Mediums.

»Wie fühlst du dich, Lucille?«

»Gut.«

»Können wir beginnen?«

»Ja.«

Tief atmete Tanith durch. Auch sie war innerlich erregt, und es gelang ihr nicht, diese Nervosität abzuschütteln. So etwas geschah höchst selten. Sie schüttelte sich, als würde ein Schauer über ihren Rücken rieseln.

Instinktiv ahnte die Frau, daß etwas Großes, aber auch Unheimliches bevorstand. Und eine innere Stimme sagte ihr, die Finger davon zu lassen. Sie sollte die Geister nicht wecken, die im Verborgenen lauerten.

Andererseits wollte sie es endlich wissen, und sie begann mit der Séance ...

Lange war ich nicht weggetreten, aber das Erwachen war ebenso schlimm, als hätte ich mich für einen halben Tag im Reich der Träume befunden.

Als ich die Augen aufschlug, da dröhnte etwas in meinen Ohren. Ein rhythmisches Hacken, das jedoch verstummte, weil ich mich zur Seite bewegt hatte.

Eine Frauenstimme kreischte: »Da, sieh doch, Charles! Dieser Kerl. Er liegt da.«

Charles lachte hart. »Wahrscheinlich betrunken.«

»Widerlich, diese Penner.«

»Dabei sieht er gar nicht so aus.«

»Komm, Charles, das hört sich ja an, als hättest du Mitleid mit dem Kerl.«

»Na ja, ich ...«

»Denkst wohl daran, wie du mal so gelegen hast!«

»Habe ich nie, Maggie. Ich habe mir wohl mal einen gegönnt, aber ich bin immer noch auf meinen eigenen Füßen nach Hause gekommen. Aufgelesen hat mich noch niemand.«

»Dann bleib nicht länger stehen.«

»Okay.«

Wieder die Schritte. Diesmal hastiger, als sie sich entfernten. Dann schlug eine Tür zu, und ich hatte Ruhe.

Wie eine gewaltige Wurst sah der Reifen neben mir aus. Ich lag so nahe bei ihm, daß ich genau das Profil erkennen konnte, und irgendwie hatte ich das Gefühl, daß der Reifen zu meinem Bentley gehörte. Ich bewegte mich ein wenig zur Seite, wobei es in meinem Schädel anfing zu hämmern, sah die Stoßstange, streckte den Arm aus, hielt mich an ihr fest und quälte mich auf die Beine.

Der erste Versuch ging in die Hose. Ich fiel wieder zurück und landete hart auf beiden Kniescheiben. Dann versuchte ich es ein zweites Mal. Jetzt klappte es besser. Allerdings stand ich wie das berühmte schwankende Rohr im Wind, mußte mich abstützen, beugte meinen Kopf nach vorn und schaute auf die Motorhaube des Silbergrauen.

Mir war übel, unter meiner Schädeldecke veranstalteten kleine Teufel ein Feuerwerk, und sogar in meinen Ohren schmerzte es.

Ich biß die Zähne zusammen und hatte plötzlich auf die Schläger einen unheimlichen Zorn. Wenn ich die zwischen die Finger kriegte, würden sie erst einmal hinter Gittern landen.

Aber warum hatten sie mich angegriffen?

Das war die Frage. Wollten sie mich nur ausrauben, oder bezweckten sie etwas anderes damit?

Ausrauben, das war es!

Wahrscheinlich hatte ich es mit Straßenräubern zu tun gehabt, die scharf auf ein paar Pfund gewesen waren. Mit der linken Hand stützte ich mich weiter ab, mit der rechten fühlte ich nach meiner Brieftasche. Sie war weg!

Wie hätte es auch anders sein können. Ebenso war meine Beretta verschwunden und auch die Geldbörse. Nur das Kreuz hatten sie mir gelassen.

Ich fluchte. Hin und wieder unterbrochen von den bohrenden Kopfschmerzen. Dabei fühlte ich mich nicht in der Lage, allein in die Wohnung hochzufahren. Ich wollte mich erst ein wenig ausruhen. Und das konnte ich am besten in meinem Wagen.

Vorsichtig setzte ich einen Fuß vor den anderen. Es war schwer für mich, das Gleichgewicht zu behalten. Ohne mich abzustützen, schaffte ich es wirklich nicht. An der Regenrinne des Daches hielt ich mich fest und suchte nach den Autoschlüsseln.

Auch sie waren verschwunden.

Jetzt konnte ich mich nicht einmal mehr in den Wagen setzen.

Meine Wut wurde noch größer. Ich glitt einen Schritt vor und stieß mit der rechten Schuhspitze gegen einen auf dem Boden liegenden Gegenstand.

Sofort hielt ich inne, denn ich hatte ein Geräusch vernommen, das an ein leichtes Klirren erinnerte. Als ich unter großen Mühen den Kopf senkte, sah ich auch, wogegen ich gestoßen war.

Vor mir lag mein Schlüsselbund. Und nicht nur er. Auch meine Brieftasche fand ich wieder und die Geldbörse. Sie waren zum Glück nicht unter den Wagen gefallen, als sie vom Schlüsselbund weggestoßen worden waren.

Aber ich mußte mich bücken.

Eigentlich ein Klacks. In meinem Zustand jedoch glich es einem kleinen Horrortrip.

Fest mußte ich die Zähne zusammenbeißen. Mehrmals hatte ich Mühe, das aufkommende Schwindelgefühl zurückzudrängen, und als ich die persönlichen Dinge schließlich in den Händen hielt, da war ich wirklich ziemlich geschafft.

Meine zitternden Finger konnten den Wagenschlüssel kaum halten, als ich die Tür aufschloß. Wie ein alter Mann, der sich kaum bewegen kann, ließ ich mich in den Sitz fallen. Geldbörse und Brieftasche lagen in meinem Schoß.

Ich schaute nach.

Zwei Schilling hatte man mir noch gelassen. Ein verdammter Hohn. Ungefähr zweiundzwanzig Pfund waren weg, dagegen hatten sich die Räuber nicht für meine Papiere interessiert.

Obwohl sie auf dem Schwarzmarkt damit auch einiges

hätten verdienen können. Mehr, als sie mir abgenommen hatten. Wahrscheinlich dachten sie nicht soweit.

Ich steckte beides ein. Die Tür hatte ich offengelassen. So weit es ging, lehnte ich mich in den Sitz zurück und lag mit dem Hinterkopf an der Stütze.

Erst einmal atmete ich tief durch. Das tat wirklich gut. Ich merkte, wie sich mein Kreislauf stabilisierte und es mir besser ging. Ich hob den rechten Arm und fühlte dort nach, wo mich der Hieb getroffen hatte.

Eine Beule zierte meine Stirn. Der Pistolengriff hatte exakt die Stelle zwischen den Augen markiert. Wahrscheinlich würde mir ein Horn wachsen, so daß ich zum Gespött der anderen Kollegen würde.

Der Polizeibeamte in mir meldete sich. Immer wieder überlegte ich, ob diese Typen wirklich nur einen Überfall auf mich vorgehabt hatten oder ob etwas anderes dahintersteckte. Die zweite Möglichkeit war auf keinen Fall auszuschließen, denn ich hatte Gegner genug. Die Dämonen schickten zumeist ihre eigenen Geschöpfe, um mich zu attackieren. Wenn Gangster oder Straßenräuber auftraten, war meist ein anderer im Spiel.

Logan Costello!

Er gehörte ebenfalls zu meinen Feinden. Nicht erst einmal hatte er seine Leute losgeschickt, um mich zu überfallen, doch das waren immer härtere Kaliber gewesen als die drei in der Tiefgarage. Denn die anderen schossen zuerst, danach stellten sie die Fragen, die sie sich meistens sparen konnten.

Ein Geräusch schreckte mich aus meinen Gedanken hoch. Es war außerhalb des Wagens aufgeklungen, und es hörte sich an, als würde jemand im Hintergrund schmatzen oder schlürfen.

Ich wurde vorsichtig.

Zuerst ein Blick in den Rückspiegel. Ich sah wohl einige abgestellte Wagen, zwei Säulen und Gangausschnitte, aber keinen Gegner, der sich an meinen Wagen heranschleichen wollte.

Im Innenspiegel bot sich das gleiche Bild. Trotzdem war ich sicher, mich nicht getäuscht zu haben. Da schlich irgend etwas heran und kam immer näher, denn jetzt waren die seltsamen Geräusche abermals zu hören.

Mein Herz schlug schneller. Ich verfluchte den Umstand, daß die Kerle meine Beretta an sich genommen hatten. Nun war ich so gut wie waffenlos – bis auf das Kreuz natürlich. Wenn es kein dämonisches Wesen war, das sich meinem Wagen näherte, dann sah es übel aus, denn mit dem Kreuz konnte ich gegen einen normalen Menschen überhaupt nichts ausrichten.

Ich runzelte die Stirn, als sich das Geräusch wiederholte. Es war mir nicht fremd, denn in der letzten Zeit hatte ich es des öfteren vernommen. So hörten sich Ghouls an, wenn sie auf Beutezug waren.

Sollte hier unten wirklich ein Ghoul lauern?

Auszuschließen war so etwas nie. Da konnte mir jemand eine geschickte Falle gestellt haben, mich erst kampfunfähig zu schlagen, um danach den Ghoul zu schicken.

Ich dachte an meine Ersatz-Beretta, die im Handschuhfach lag, und wollte mich gerade vorbeugen, als mir der Geruch in die Nase drang.

Leichengestank!

Widerlich zu riechen. Er trieb in den Wagen hinein. Diesmal irrte ich mich nicht.

Es war tatsächlich ein Ghoul, der sich meinem Wagen näherte. Oder zumindest ein mit ihm verwandter Dämon.

Ich duckte mich zusammen und stieß die Tür noch weiter auf. Im Wagen sitzenzubleiben war zu gefährlich. Ich mußte raus, wenn ich meinen Gegner stellen wollte. Nur so hatte ich eine reelle Chance.

Ich schwang beide Beine herum. Gleichzeitig streifte ich die Kette, an der das Kreuz hing, über meinen Kopf. Jetzt hielt ich eine sehr starke Waffe in der Hand. Ihr hatte der Ghoul nichts entgegenzusetzen.

Mit beiden Füßen berührte ich den Boden. In meinem Schädel begann wieder das Stechen. Ich riß mich zusammen, darum konnte ich mich einfach nicht kümmern.

Kaum stand ich neben dem Bentley, als ich ihn schon sah. Der Ghoul befand sich links von mir, sogar offen in dem langen Mittelgang. Es machte ihm nichts aus, ob er nun gesehen wurde oder nicht. Der hatte wirklich Nerven.

Dann traf mich der Schreck.

In meinem Leben hatte ich viele Ghouls gesehen. Ich kannte ihre Gestalten, sie waren mal teigig, mal halbflüssig, mal plump und auch wie Menschen anzusehen.

Dieser jedoch übertraf alle.

Vor mir sah ich eine große schleimige Kugel. Ungefähr doppelt so groß wie ein Fußball. Die Kugel schimmerte bräunlich-grün, und mit Bestimmtheit konnte ich sagen, daß es kein Ghoul im eigentlichen Sinne war, sondern mehr ein Mittelding zwischen Ghoul und Monster, denn als sich die Kugel bewegte, da klappte ein Maul auf.

Und was für eins.

Es war so groß wie die Gestalt selbst. Dementsprechend wirkte das Gebiß. Dieses widerliche, runde, schleimige Ding bestand fast nur aus Zähnen.

Ekelerregend …

Und es kam näher.

Es wollte mich erledigen.

Ich ging auf noch ziemlich wackligen Knien um den Wagen herum, bis ich vor der Kühlerschnauze stand und schräg auf den Ghoul hinabschauen konnte.

In der rechten Hand hielt ich die Kette. An ihrem Ende baumelte das Kreuz, und ich ließ es hin- und herpendeln, so daß der Ghoul es sehen mußte.

Augen hatte das Wesen. Hellgraue Knöpfe in der schleimigen Masse. Sie bewegten sich mal nach rechts, dann wieder nach links. Dabei rollten sie noch, quollen hervor, wichen danach wieder zurück und hielten mich unter Beobachtung.

Weit klappte der Ghoul seine beiden Kiefer auf.

Wieder sah ich die Zähne. Er bewegte sich auch noch mehr auf mich zu, und ich ließ ihn kommen. Ich wollte ihn so weit haben, daß ich mein Kreuz in sein gräßliches Maul stoßen konnte.

Er kam, er tat mir den Gefallen. Die Schmerzen in meinem eigenen Kopf spürte ich überhaupt nicht mehr, ich hatte nur Augen für den Ghoul und konzentrierte mich auf ihn.

Jetzt befand er sich so dicht vor mir, daß er schon meine Fußspitzen berührte.

Ich senkte den rechten Arm. Schnell führte ich die Bewegung durch, damit dieses kugelige, widerliche Wesen nicht schon sein Maul zuklappen konnte.

Ich hatte Glück.

Das Kreuz verschwand im Rachen dieses Horrorwesens und bohrte sich tief in sein Fleisch.

Das war's also.

Eine Sekunde verging, eine zweite, auch eine dritte. In meinem Gehirn schien etwas ausgerastet zu sein, denn ich begriff erst gar nicht, was da passiert war. Das Wesen lebte noch. Und es gab ein häßliches Geräusch von sich, das mich an ein sattes Schmatzen erinnerte.

Langsam schloß sich sein Maul.

In einer reaktionsschnellen Bewegung zog ich mein Kreuz hervor, schaute es für einen Moment an, und erst jetzt traf mich die Erkenntnis wie ein Blitzstrahl.

Das Kreuz hatte nicht reagiert!

Das Schweigen lastete wie eine Wand zwischen den beiden Frauen. Lucille, dem Medium, und der Astrologin mußte es gelingen, eine Einheit zu schaffen. Sie mußten verschmelzen. Die eine sollte die Gedanken der anderen erfassen können.

Auch Tanith hielt die Augen geschlossen. Ihre Hände umkrampften die Kugel. Die Wahrsagerin konzentrierte sich jetzt nur noch auf ihr Medium, als wollte sie dessen Seele erforschen.

Und sie spürte es.

Da war etwas im Zimmer. Physisch nicht sichtbar, nicht zu erfassen, aber es lebte und existierte. Ein Wesen, ein Geist, der sich vortastete und versuchte, die Dimensionen zu überbrücken, um in die anderen, geheimnisvollen Länder zu gelangen.

Wenn er es schaffte und von dort Eindrücke mitbrachte, dann wurden diese in der geheimnisvollen Kugel sichtbar, denn die Kugel und auch Tanith waren das Band, das Lucille hielt.

Noch war es ruhig. Nur der Atem des Mediums durchdrang die Stille. Tanith warf einen Blick über die Kugel in das Gesicht der blonden Lucille.

Ihr Medium lag ruhig da. Es war nicht innerlich erregt, sondern schien nur zu schlafen, und zwar mit offenem Mund, denn wie Lucille immer behauptete, stieg ihre Seele aus dem Mund hinaus ins Freie, ohne daß andere sie dazu aufforderten. Tanith hatte dies auch nicht getan, sie ließ Lucille gewähren.

Sie gab ihr Zeit, bevor sie das Mädchen ansprach. »Lucille, hörst du mich?«

»Ja.« Die Lippen bewegten sich kaum bei der Antwort.

»Wie geht es dir?«

»Es geht mir gut.«

»Was siehst du?«

Obwohl Lucille die Augen geschlossen hielt, gab sie an, was sie sah.

»Das Zimmer hier. Ich sehe mich, ich sehe dich. Ich sehe die Kugel und deine Hände, die Möbel, die Bücher, die Fenster und die Tische. Alles, alles sehe ich, wirklich ...«

»Reicht es dir, was du siehst, Lucille?«

»Nein.«

»Möchtest du mehr sehen?«

»Gern.«

»Dann verlasse das Zimmer.«

»Aber wo soll ich hin?«

Tanith warf einen knappen Blick auf die sich drehenden Tonbandspulen. »Vielleicht dorthin, wo die Geister leben. Dein Geist hat doch den Körper verlassen – oder?«

»Ja.«

»Dann flieh dorthin. Überwinde die Dimensionen. Geh ein in das andere Reich und sage mir, was du alles siehst. Bitte ...«

»Ich – ich kann nicht.« Nach diesen Worten zeigte das Medium zum erstenmal eine Reaktion. Lucille öffnete den Mund. Selbst bei diesen schlechten Lichtverhältnissen erkannte Tanith den Schweißfilm auf ihrer Stirn. Die Haut glänzte feucht, auch auf der Oberlippe lagen winzige Perlen. Schwer sog sie den Atem in die Lungen. Sie zitterte dabei, ein Zeichen, daß die Séance sehr an ihren Kräften zehrte.

Tanith ließ sie einige Zeit in Ruhe. Sie kannte das Spiel. Ihr Medium würde sich gleich wieder erholen. In der Tat atmete Lucille schon bald ruhiger und gleichmäßiger. Den ersten Ansturm der fremden Magie hatte sie abgeblockt und verkraftet.

»Wie fühlst du dich?« erkundigte sich die Astrologin nach einer Weile.

»Es geht.«

»Ist dein Geist noch immer draußen«

»Ja, er kreist im Zimmer, aber er will wieder zurück. Das spüre ich deutlich. Ich will ihn daran hindern, ich will ihn lenken ...«

»Warum möchte er zurückkehren?«

»Weil – weil er Angst hat. Die anderen Welten, sie sind viel zu schlimm und schrecklich.«

»Woher weiß er das? Hat er sie denn gesehen?«

»Nein, das nicht, aber er hat es gefühlt. Ja, ganz deutlich hat er es gefühlt, wirklich ...«

»Das verstehe ich nicht. Wie kann er nicht sehen und doch fühlen?«

»Die Ausstrahlung ist einfach zu stark. Ich komme nicht dagegen an. Das andere wehrt sich ...«

Tanith, die Astrologin, wußte genau, daß ihr das Medium nichts vorspielte. Wenn Lucille so redete, befand sie sich wirklich in einer mißlichen Situation. Dann war die Gefahr groß. Tanith hatte solche Experimente oft unterbrochen, und sie spielte auch diesmal mit dem Gedanken einer Unterbrechung, dann aber dachte sie daran, was alles auf dem Spiel stand. Sie erinnerte sich an die schrecklichen Voraussagen des Nostradamus, die in einigen Jahren eintreffen würden, und sie wollte darüber mehr in Erfahrung bringen.

Aber setzte sie damit nicht das Leben des Mediums aufs Spiel? Würden die anderen Kräfte so stark sein und das Leben, Lucilles Leben zerstören? Es war die Frage, die Tanith quälte. Sie trieb ein Spiel mit dem Feuer. Ein Menschenleben war in Gefahr, wenn sie weitermachte. Dies hier war etwas anderes als die Erstellung eines Horoskops, und sie senkte den Blick, um in ihre Kugel zu schauen.

Zeigte sich vielleicht dort ein Bild? Konnte sie möglicherweise aus der Kugel einiges herauslesen?

Das Glas gab keine Antwort. Auch im Innern der Kugel zeigte sich nichts, sie blieb stumm.

Wenn sie die Hände von der Kugel wegnahm, dann war die Verbindung zwischen ihr, der Kugel und dem Medium gerissen, denn die geheimnisvollen Kräfte wirkten dann nicht mehr.

Noch zögerte sie. Sie stand dicht vor der Schwelle zum Wissen. Tanith ahnte, daß der Geist des Mediums in Dimensionen eindrang, die nie eines Menschen Auge gesehen hatte.

Da mußte was geschehen.

»Tanith!«

Es war ein leiser Schrei, den Lucille ausstieß, und die Wahrsagerin erschrak.

»Was hast du?«

»Verbindung, Tanith. Ich habe Verbindung. Wirklich. Ich sehe es wieder.«

Plötzlich war die Spannung zurückgekehrt. »Was siehst du wieder, kleine Lucille?«

»Die Welt, die andere Welt! Meine Güte ...«

Sie mußte etwas Schreckliches sehen, das merkte Tanith sofort. Unruhe entstand, als sich das Medium nicht mehr halten konnte und sich von einer Seite auf die andere warf. Lucilles Gesicht war blaß geworden, durchscheinend, und Tanith glaubte, sogar die Knochen unter der Haut erkennen zu können.

Sollte sie jetzt abbrechen? Ja, sie mußte es tun. Sie konnte dem Medium nicht noch mehr zumuten.

Tanith wollte ihre Hände von der Kugel lösen, als sie das Bild sah. Es war eine schreckliche Vision, und sie schwamm im Innern der geheimnisvollen Kugel wie in einem Meer. Noch nie in ihrem Leben hatte die Astrologin so etwas gesehen.

Sie sah das Höllentor!

Wahnsinn! schrie es in mir. Das gibt es nicht! Das Kreuz muß doch reagieren! Das Wesen hätte die Kraft des Lichts spüren und zerplatzen müssen.

Das war nicht geschehen. Nach wie vor befand es sich am Boden und hatte sogar das Maul aufgerissen, wobei es mir seine gräßlichen Reißzähne zeigte.

Sie würden zupacken – sie packten zu!

Ich war noch immer in Gedanken und dachte darüber nach, aus welchem Grunde mich das Kreuz im Stich gelassen hatte, deshalb reagierte ich nicht so schnell wie sonst.

Gierige Zähne verhakten sich in meinem Hosenbein, zerrten daran und bissen sich durch.

Wütend und haßerfüllt drosch ich mit der rechten Hand zu. Ich hielt darin mein Kreuz und hämmerte den geweihten Talisman in die weiche Masse.

Fast verschwand meine Hand darin, und ich hoffte noch darauf, daß mein Kreuz reagieren würde.

Es blieb stumm.

Statt dessen reagierte das dämonische Wesen. Er ließ meine Hose los und riß abermals sein Maul auf, um die Zähne mit einem schnellen Biß in meine Waden zu schlagen.

Diesmal allerdings reagierte ich richtig. Mit einem heftigen Satz sprang ich zurück, so daß mich die Zähne dieses dämonischen Widerlings verfehlten. Sie klackten aufeinander. Das Geräusch hörte sich an, als würden Knochen gegeneinander geschlagen.

Ich holte tief Luft.

Mein Blick zuckte von einer Seite zur anderen. Da stand der Bentley! In seinem Kofferraum lag mein Einsatzkoffer. An ihn konnte ich nicht heran, denn das Schleimwesen griff erneut an. Und diesmal hatte es sich etwas Neues einfallen lassen.

Bevor ich mich versah, wuchtete es seinen runden Körper in die Höhe.

Jetzt wirkte es auf mich wie eine gefährliche Kanonenkugel. In Gesichtshöhe blieb es für einen Moment stehen, dann erschien es riesengroß vor meinen Augen.

Bei normaler Konstitution und Reaktion wäre es keine Schwierigkeit gewesen, diesem dämonischen Ball auszuweichen. Ein Sprung zur Seite hätte genügt. Aber ich war durch den gemeinen Schlag gegen die Stirn zu sehr gehandikapt, und meine Reaktionszeit war doppelt so lang wie normal.

Als Schutz riß ich noch die Arme in die Höhe, dann warf ich mich zu Boden und spürte im Fall den Schmerz an meinem rechten Handgelenk, wo mich die verdammten Zähne getroffen hatten.

Sie waren durch den Stoff gedrungen, hatten ihren Weg zur Haut gefunden und diese aufgerissen.

Ich schlug auf.

Am liebsten hätte ich geschrien, denn der Schmerz

zuckte bös durch meinen Schädel. Sterne platzten vor meinen Augen auf, die sich in rote Kreise verwandelten. Mein Kopf schien zerspringen zu wollen, doch trotz dieser Widrigkeiten sagte mir mein Selbsterhaltungstrieb, daß ich nicht auf dem Boden liegenbleiben durfte. Dieses unheimliche Wesen würde mich zerreißen.

Ich rollte mich um meine eigene Achse, zog den linken Arm an und stützte mich auf.

Zwei Dinge nahm ich wahr.

Das Wesen stand in der Luft und drehte sich wie ein Kreisel. Dabei lösten sich Tropfen von der widerlichen schleimigen Kugel, und sie spritzten wie ein Regen durch die Garage. Wo sie aufprallten, zerplatzten sie und bildeten weitere kleine Tropfen, die zusammenliefen und zu Lachen wurden.

Dann hörte ich, daß ein Wagen in die Garage fuhr.

Mein Herz schlug plötzlich schneller. Innerhalb des Autos saßen Unschuldige und durften auf keinen Fall dem Ungeheuer in die Quere gelangen.

Scheinwerferlanzen wischten geisterhaft über die Wände und glitten an den abgestellten Wagen entlang. Ich hatte hinter einer der tragenden Säulen Deckung gefunden und wartete zitternd ab, was wohl geschehen würde.

Der Wagen kam zwar näher, dann bog er jedoch ab und wurde auf einen Abstellplatz irgendwo weiter hinten gelenkt.

Ich atmete auf. Jetzt konnte ich mich wieder auf meinen Gegner mit dem übergroßen Maul konzentrieren.

Noch hielt er sich zurück. Ich sah ihn auch nicht mehr. Er mußte die Zeit der Ablenkung genutzt und sich verkrochen haben. Nervös fuhr meine Zungenspitze über die Lippen. Die Gefährlichkeit dieses seltsamen Dämons war nicht zu unterschätzen, und ich hatte keine Waffe zur Verfügung. An meine Ersatz-Beretta im Bentley traute ich mich nicht heran. Ich mußte erst herausfinden, wo sich mein Gegner aufhielt.

Eine Wagentür schlug. Das dumpfe Geräusch hallte durch das unterirdische Parkdeck.

Ich warf einen schnellen Blick dorthin, wo sich der Lift befand. Ein Mann ging auf die Tür zu. Er schaute sich nicht um, sondern verschwand im Aufzug.

Ich hatte mich vorhin aufgerichtet. Jetzt ließ ich mich auf Hände und Füße nieder. Als ich dabei den Kopf vorbeugte, spürte ich wieder die bohrenden Schmerzen. Den Schlag hatte ich noch lange nicht verdaut. Aber ich wollte in dieser Haltung bleiben, denn ich hatte das Gefühl, als hätte sich mein Gegner irgendwo am Boden versteckt. Möglichkeiten, sich zu verbergen, gab es genug.

Wenn ich den Kopf schief legte, konnte ich unter die Wagen schauen.

Der runde Dämonenkopf war nicht zu sehen.

Verdammt, wo steckte er denn?

Sosehr ich mich auch anstrengte, ich bekam ihn nicht zu Gesicht. Inzwischen fuhren mehrere Wagen in die Tiefgarage. Einer stoppte auch in meiner Nähe. Die Rückenmuskeln zogen sich bei mir zusammen, ich hatte Angst, daß etwas passierte, doch dieses Gefühl konnte ich vergessen. Nichts geschah – es blieb alles ruhig.

Sollte sich der seltsame Dämon verzogen haben?

Das konnte ich kaum glauben, nein, das war nicht möglich. Ich hätte es gesehen, er mußte noch dasein, und er mußte ein so gutes Versteck gefunden haben, daß ich ihn auch bei genauerem Suchen nicht entdecken konnte.

Ich geriet in die Nähe meines Wagens und dachte an die zweite Beretta. Silberkugeln würden den seltsamen Kugeldämon schon vernichten.

Mit ein paar Schritten erreichte ich den Wagen.

Noch einmal schaute ich mich um. Mein Blick glitt über die Autodächer, da war von dem Kugeldämon nichts zu sehen. Vielleicht war er wirklich verschwunden.

Offen stand nur die rechte Fahrertür. Um an das Handschuhfach heranzukommen, mußte ich mich in den Wagen beugen.

Ich duckte mich und tauchte dann in das Innere meines Bentley. Jedes Auto hat eigentlich einen typischen Geruch. So auch mein Bentley. In ihm roch es immer ein wenig nach den Ledersitzen und auch nach kaltem Rauch.

Aber nach Verwesung stank es nie.

Deshalb zuckte ich sofort zurück, als mir der Geruch in die Nase wehte.

Dann sah ich ihn.

Auf dem Rücksitz hatte der Dämon gelauert. Er schnellte in die Höhe, und hätte ich mich weiter in den Wagen gebeugt, dann hätte er mich eiskalt gepackt. So aber gelang es mir, zurückzuzucken und im letzten Augenblick den Wagen zu verlassen.

Ich hörte noch, wie die Zähne aufeinanderklackten, dann stand ich draußen.

Der Kopf veränderte seine kugelige Gestalt, wurde flacher und wischte zwischen Kopfstütze und Decke auf den Vordersitz des Wagens, um sofort den Weg zum Ausgang zu suchen.

Ich lief zurück, denn zwischen den abgestellten Wagen hatte ich nicht genügend Bewegungsfreiheit. Jetzt begann dieses verdammte Spiel wieder von vorn. Wenn ich doch nur irgendeine Waffe gehabt hätte, mit der ich den Kugeldämon hätte abwehren können.

So blieben mir noch meine Hände. Mein Gegner ließ mir keine Zeit, an den Kofferraum oder das Handschuhfach zu gelangen. Ich lief wieder auf die Säule zu. Es war die einzige Möglichkeit, sich zu verstecken. Er würde auch dort versuchen, mich zu fassen, aber wenn ich schnell genug war, konnte ich immer die Säule zwischen uns bringen.

Und dann sah ich nicht weit von der Säule entfernt etwas auf dem Boden liegen.

Es war eine kantige Holzstange. Sie erschien mir ziemlich schwer. Jemand hatte sie wohl dort hingelegt, um damit die Räder seines Wagens zu blockieren.

Die Stange schickte mir der Himmel. Bevor mich der Kugeldämon erreicht hatte, lag sie schon in meinen Händen. Sie war wirklich schwer und deshalb auch unhandlich, aber damit konnte ich mir den Gegner vielleicht für einige Zeit vom Hals halten.

Er kam.

Kniehoch schwebte er über dem Boden, und er kümmerte sich auch nicht darum, daß ich jetzt bewaffnet war. Er schien sich seiner Stärke bewußt zu sein, bis ihn der erste Schlag traf.

Ich hatte gut gezielt, und die Stange klatschte gegen den Schädel. Es war ein wuchtiger Hieb. Er schleuderte den Kopf zur Seite, und einige Tropfen lösten sich aus dem Gebilde. Auf dem schmutzigen Garagenboden überrollte er sich. Es war allerdings zu früh, einen Jubelschrei auszustoßen, denn er war sofort wieder hoch und startete einen erneuten Angriff.

Als er sich in der Bewegung befand, hörte ich ein dröhnendes Geräusch. Das war kein Wagen, der da in die Tiefgarage fuhr, sondern ein Motorrad. Ich erkannte die Maschine am Klang.

Eine Harley Davidson.

Suko fuhr diese Maschine.

Endlich.

Innerlich mußte ich grinsen, obwohl ich mich noch immer in Gefahr befand. Der Chinese stellte sein Motorrad immer neben meinem Bentley ab. Er würde kommen, das war sicher.

Von den kahlen Wänden wurde das Echo der heranfahrenden Maschine zurückgeworfen, und ich mußte mich wieder auf meinen Gegner konzentrieren.

Abermals griff er an.

Diesmal im Zickzack. Er schoß einmal hoch, war wieder unten und sprang wie ein Ball. Dabei hatte er das Maul aufgerissen, ich sah seine Reißzähne, schlug zu und verfehlte ihn.

Durch den ersten Treffer gewarnt, war er einfach zu

schnell geworden. Mir nutzte die Stange nichts mehr. Ich schleuderte sie zur Seite, und erwischte ihn, als er auf dem untersten Punkt der Zickzackkurve angelangt war, mit einem Tritt.

Der schleuderte ihn erst einmal zur Seite.

Für Sekunden hatte ich Luft.

Ein Lichtstrahl stach in den Gang. Suko hatte die Abfahrt hinter sich gelassen und nahm Kurs auf seine Parktasche.

Meine Entscheidung hatte ich längst getroffen. Mit rudernden Armen rannte ich Suko entgegen, der mich in dem breiten Gang nicht übersehen konnte.

Der Chinese stoppte.

»John!« hörte ich seinen Ruf.

»Gib mir deine Beretta!« brüllte ich.

Das Licht erlosch. Suko zögerte keine Sekunde. Er stellte keine Fragen, sondern riß den Reißverschluß seiner schweren Lederjacke auf und hielt die Beretta schon in der Hand.

Sein Arm vollführte eine Halbkreisbewegung, er öffnete die Hand und ließ die Pistole los.

Im Bogen flog sie auf mich zu.

Ich stieß meinen rechten Arm vor und fing die Pistole auf. So etwas hatten wir eingeübt, das konnten wir praktisch im Schlaf. Als die Waffe in meiner rechten Hand lag, durchströmte mich ein gutes Gefühl.

Auf der Stelle kreiselte ich herum, denn ich wollte den verfluchten Schädel vor mir haben.

Das gelang mir auch.

Er hatte die ungefähre Höhe beibehalten, ebenfalls seinen Kurs, aber er schien schon gemerkt zu haben, daß ich nun nicht mehr so völlig hilflos war wie zuvor.

Der Kugeldämon stoppte und wollte nach links in den Spalt zwischen zwei abgestellten Wagen.

Ich feuerte zweimal.

Fahle Mündungslichter vereinigten sich zu einer Flamme, so rasch hintereinander drückte ich ab.

Beide Kugeln saßen.

Eine fuhr in das offene Maul des Wesens, die andere dicht darüber in den restlichen Kopf.

Der Schädel wurde zerstört.

Als hätte ihn der Schlag eines Hammers voll getroffen, so platzte der Kopf auseinander. Wie eine reife Melone sah er dabei aus, die irgendein Gegenstand zerhämmert hatte.

Die höllischen Reste spritzten über den Boden. Schleim und Knorpel, und ich hörte eine gewaltige Stimme, die durch die Tiefgarage hallte und aus den Schädelresten drang.

»Das Tor zur Hölle, Sinclair! Das Tor zur Hölle! Du wirst es sehen. Es wird aufgestoßen!«

... aufgestoßen ... aufgestoßen ...

So schwang das Echo nach, bis es einer nahezu bedrückenden Stille Platz machte ...

Ich stand da und hatte den Arm mit der Waffe sinken lassen. Hinter mir bockte Suko die Maschine auf. Ich vernahm die typischen Geräusche und dann seine Schritte, als er näher kam.

»John, was war los?«

Ich hob die Schultern und schaute auf die Reste des gefährlichen Kugeldämons. »Man wollte mich umbringen«, sagte ich leise.

»Der da?« Suko deutete zu Boden.

»Ja.«

»Aber der war doch eine Kleinigkeit für dich! Ein Schuß aus der Waffe, und er war erledigt.«

»Nur hatte ich die nicht.«

»Du hast doch deine Beretta immer bei dir.«

»Ja, eigentlich schon, aber diesmal ...« Ich hob die Schultern. »Komm, das erzähle ich dir oben.«

Ich holte meinen Einsatzkoffer aus dem Kofferraum und schloß den Wagen ab. Mit dem Lift fuhren wir hoch.

Erst jetzt fiel Suko auf, daß ich ziemlich lädiert aussah. »Du bist ja verletzt!« rief er.

»Wo?«

»An der Stirn, da wächst dir ein Horn.«

»Das habe ich meinen Freunden zu verdanken.«

»Welchen?«

»Gleich, warte.«

Der Lift hielt. Türen schwangen auseinander, wir verließen ihn und sahen Shao, die vor der Wohnung mit Einkaufstüten in der Hand wartete.

»John, wo kommst du denn her?« fragte sie erstaunt, als wir auf sie zu schritten.

»Aus der Garage.«

»Und?«

»Laß ihn«, mischte sich Suko ein. Er merkte, daß es mir nicht besonders ging.

Ich schloß die Tür auf und betrat meine Wohnung. Shao und Suko folgten mir. Den Mantel hängte ich an die Garderobe. Er zeigte noch den Schmutz der Tiefgarage. Da war wieder eine Reinigung fällig. Der Besitzer des Geschäfts verdiente sich an mir eine goldene Nase.

»Kann ich was für dich tun?« fragte der Chinese.

»Ja, zwei Kopfschmerztabletten.«

»Ich hole sie«, sagte Shao schnell.

Ich warf mich in den Sessel im Wohnzimmer und stützte meinen Kopf in beide Hände. Ein paarmal atmete ich tief durch und schloß die Augen. So blieb ich sitzen.

»Nun erzähl mal«, sagte der Chinese.

Ich berichtete in wenigen Worten von dem ersten Überfall, vom nicht Reagieren des Kreuzes und dem Auftauchen des gefährlichen Kugeldämons. Einmal unterbrach ich die Erzählung nur, um die beiden Tabletten zu schlucken, die Shao gebracht hatte. Mit Wasser spülte ich nach.

Meine beiden Freunde waren erstaunt. »Das Kreuz hat nicht reagiert?« flüsterte Suko.

»Nein.«

»Aber wie ist das möglich?«

»Ich weiß es nicht.«

»Zeig doch mal.«

»Es steckt in der Manteltasche.«

Suko ging in die Diele und holte es. Als er zurückkam, hielt er das Kreuz auf seiner flachen Hand. Er schüttelte den Kopf. »Das verstehe ich nicht.«

»Ich auch nicht.«

Er gab es mir. Ich schaute mir das Kreuz an und auch die Kette. Ich sah das Erbe der Erzengel, das Allsehende Auge und all die anderen geheimnisvollen Zeichen. Wie oft hatte ich mich auf das Kreuz verlassen, wie oft hatte es mich aus lebensgefährlichen Situationen gerettet, und jetzt versagte es.

Das mußte einen Grund haben.

Meine Gedanken drehten sich im Kreis. Ich erlebte noch einmal die Szene, als ich mein Kreuz in die Hand nahm und damit gegen den Kugeldämon schlug.

Er war nicht vergangen!

Und das irritierte mich nicht nur, es hatte mir auch einen Schock versetzt. Je länger ich darüber nachdachte, um so stärker wurde mir bewußt, daß ich meine wertvollste Waffe verloren hatte. Ich war den Kräften aus dem Jenseits zwar nicht hilflos ausgeliefert, zumindest aber sehr geschwächt.

Noch waren es Gedanken, doch sie formierten sich zu regelrechten Szenen. Ich sah mich im Geiste schon Asmodina oder Tokata und Vampiro-del-mar gegenüberstehen – ohne Kreuz. Sicher, gegen manche Dämonen war selbst das Kreuz zu schwach, aber in Verbindung mit den vier Erzengeln hatte es sich als Waffe mehr als einmal bewährt.

Und jetzt?

Es reagierte nicht mehr. Irgend etwas war geschehen, für das ich keine Erklärung hatte. Es mußte passiert sein, als ich nicht dagewesen war.

Aber verdammt noch mal, ich hatte mein Kreuz immer

bei mir getragen. Ich legte es nicht einmal nachts im Bett ab. Und trotzdem war etwas mit ihm geschehen.

Das ging über meinen Horizont.

Wann hatte man das Kreuz manipuliert?

Suko ahnte, welche Gedanken hinter meiner Stirn abliefen. Deshalb fragte er: »John, denk nach. Wann hast du das Kreuz zum letzten Mal ohne Aufsicht gelassen?«

»Ich kann mich nicht erinnern.«

Der Chinese hockte sich auf die Tischkante, während Shao im Hintergrund blieb und unserem Dialog lauschte. »Und wie war es mit dem Überfall vorhin?«

»Du meinst die drei Schläger?«

»Genau.«

Ich winkte ab. »Vergiß sie, Suko. Die haben nichts gerissen. Das waren normale Gangster, keine Dämonen. Die können ein uraltes, geweihtes Kreuz nicht manipulieren. Wirklich nicht. Nein, dahinter muß etwas anderes stecken.« Wie in Trance faßte ich nach dem geweihten Kruzifix und nahm es in die Hand.

Ich öffnete die Faust. Das Kreuz lag auf meinem Handteller. Es bedeckte ihn fast. Abermals schaute ich es mir genau an. Ja, das war es. Ein normales Kreuz ohne magische Kraft, ohne die Stärke, die ich von ihm gewohnt war.

Plötzlich stutzte ich. Dabei setzte ich mich aufrecht hin, denn mir war etwas aufgefallen.

»Was hast du?« fragte Suko.

Ich holte tief Luft und schluckte. »Suko«, flüsterte ich. »Das darf nicht wahr sein ...«

»Was?«

Ich schüttelte den Kopf. »Verdammt, Suko, die haben mich reingelegt. Sie haben es geschafft. Ich weiß jetzt, warum das Kreuz nicht reagierte. Es konnte gar nicht reagieren, weil es nicht das echte Kreuz ist. Verstehst du?«

Ich sprang auf und schleuderte das Kreuz zu Boden. »Es ist nicht das echte!« schrie ich. »Die Gegenseite hat mir ein anderes Kreuz untergejubelt.«

Schweigen!

Sekundenlang. Niemand sprach, keiner konnte sprechen, denn was ich da behauptete, war eine Ungeheuerlichkeit.

Aber eine Ungeheuerlichkeit, die stimmte. Das war nicht mein Kreuz, das da vor meinen Füßen lag.

Suko brach das Schweigen. Gleichzeitig trat Shao näher. Auch sie schaute auf das Kruzifix.

»Woher weißt du, daß dies nicht dein Kreuz ist? Spürst du das?«

»Nein!« Ich schüttelte den Kopf. »Spüren kann man das nicht. Wenigstens nicht so, wie du es meinst. Ich spüre es wohl anhand des Gewichtes. Das Kreuz hier auf dem Boden ist leichter als mein eigenes.« Ich schaute Suko und Shao an. »Begreift ihr, es hat ein anderes Gewicht. Das wird euch vielleicht nicht auffallen, aber mir fällt es auf. Ich habe das Kreuz immer Tag und Nacht bei mir getragen und merke, wenn etwas nicht stimmt. Und hier stimmt einiges nicht. Ich habe es nicht sofort gespürt, doch je länger ich es in der Hand hielt, um so mehr war ich davon überzeugt. Man hat mir mein Originalkreuz weggenommen und mir dafür ein anderes angedreht. So ist es, Suko, und nicht anders. Darauf kannst du Gift nehmen.«

Es war eine lange Rede gewesen. Shao und Suko hatten schweigend zugehört. Jetzt nickten sie. Der Chinese schwieg, während Shao auf ihrer Unterlippe nagte. Nun ging den beiden auf, welch einen Schaden unsere Gegner dem gesamten Sinclair-Team zugefügt hatten. Das war wirklich so ungeheuerlich, daß man es kaum auszusprechen wagte.

Ich ging zum Fenster und schaute hinaus. Es hatte angefangen zu schneien. Feine Körner rieselten aus den dicken, grauen Wolken. Der Schnee würde liegenbleiben. Ich sah ihn und sah ihn doch nicht. Mein Blick verlor sich irgendwo in der Ferne.

»Und jetzt?« fragte Shao.

Bevor Suko eine Antwort geben konnte, drehte ich mich um. »Wir müssen es zurückholen.«

»Klar, John. Nur von wem?«

Ich atmete tief ein und stieß dann die Luft aus. »Die drei Straßenräuber haben mich nicht ohne Motiv niedergeschlagen. Sie hatten einen Auftrag, und den haben sie auch ausgeführt. Irgend jemand hat sie geschickt, um mir das nachgemachte Kreuz umzuhängen. Und zwar jemand, der mit den finsteren Mächten im Bunde steht, denn er hat noch diesen Dämon geschickt. Die Waffe nahm man mir ab, man ließ mir das Kreuz, und es reagierte nicht, der Kugeldämon hätte es fast zerrissen. Der Plan wäre beinahe aufgegangen.«

»Wer könnte dahinterstecken?«

Obwohl Suko die Antwort ebenso ahnte oder wußte wie ich, gab ich die Erwiderung auf seine Frage. »Es kommt eigentlich nur Dr. Tod dafür in Frage. Er selbst wird es auch nicht getan haben, sondern über unseren speziellen Freund Logan Costello. Der hat schließlich die Möglichkeiten und auch die Leute, um so etwas in Gang zu setzen.«

Ich redete nicht gegen taube Ohren. Suko nickte. Shao stimmte ebenfalls zu. Sie hatte allerdings einen Einwand, an den wir auch dachten.

»Costello wird kaum etwas zu beweisen sein.«

»Leider«, erwiderte ich.

»Hast du die Kerle erkannt?« fragte mich Suko.

»Ja, zumindest einen. Er heißt Darling Roberts. Der dunkelhäutige Typ, der dabei war, wurde Jamie genannt.«

»Fahndung!«

»Und wie.«

Erst jetzt begann ich wieder zu denken. Normalerweise hätte ich sofort eine Fahndung angekurbelt, aber ich war zu geschockt und durcheinander gewesen.

Ich eilte zum Telefon und rief Sir James Powell, meinen Chef, an. Er hörte zu und schnaufte dabei ein paarmal.

Ich merkte auch, wie er zum Sprechen ansetzte, doch er brachte kein Wort hervor, da ich schnell weiterredete.

Schließlich schaffte er es, meinen Redefluß zu unterbrechen. »Sind Sie wirklich sicher, daß man Ihnen ein anderes Kreuz untergeschoben hat?«

»Ja, Sir.«

»Ihr Verdacht richtet sich gegen Costello. Aber wir werden nichts unternehmen können, der hat sich abgesichert, gerade wenn es um so eine spektakuläre Aktion geht.«

»Das ist mir klar, Sir. Nur kenne ich die Namen von zwei Schlägern. Vielleicht ist es nicht zu spät. Wenn wir eine Großfahndung starten, dann müßte es unter Umständen klappen, daß sie uns in die Falle laufen.«

»Sie klammern sich an einen Strohhalm, John.«

»Was bleibt mir anderes übrig?«

»Stimmt auch wieder. Na denn, wir werden sehen, was wir tun können. Halten Sie auf jeden Fall die Ohren steif, und lassen Sie sich nicht einschüchtern.«

»Nein, Sir, bestimmt nicht. Ich hole mir das Kreuz wieder. Und wenn es sein muß, aus der Hölle!«

Sir James lachte. »Ich dachte immer, die Hölle könnte Ihr Kreuz nicht vertragen?«

»Es war auch nur sinnbildlich gemeint.« Damit beendete ich unser Gespräch.

Ich drehte mich um.

»Du brauchst nicht viel zu sagen«, erklärte mir Suko, »aber etwas möchte ich gerne wissen.«

»Rede?«

»Dieser Dämon hat, kurz bevor er verging, von einem Tor zur Hölle gesprochen. Kannst du dir etwas darunter vorstellen, John?«

»Schon. Vielleicht ist es der Eingang in die Hölle.« Als ich Sukos Gesicht sah, verbesserte ich mich. »Klar, ich weiß selbst, daß die Hölle überall lauert. Aber ich glaube, daß ich es trotz allem herausfinden werde.«

»Das wollen wir hoffen, John.« Er trat auf mich zu und

schlug mir auf die Schulter. »Keine Panik, gemeinsam werden wir es schaffen.«

Zum erstenmal gelang mir wieder ein Lächeln.

Der dritte Mann hieß Eagle. Es war sein Spitzname, den er schon aus Kinderzeiten hatte. Eagle heißt Adler, und wie ein Adler hatte er sich immer gefühlt, nachdem er als Mutprobe aus dem zweiten Stock einer Mietskaserne gesprungen war.

Eagle fuhr auch, während die beiden anderen im Fond des alten Chevy saßen und tranken. Sie hatten billigen Brandy aufgegabelt, den Darling Roberts aus der Flaschenöffnung in seinen Mund gluckern ließ.

Jamie spielte verrückt. Er hatte sich die Mütze vom Kopf gerissen und schlug sie immer wieder auf seine Knie. »Das hätte ich nicht für möglich gehalten, daß ein Bulle so leicht zu erledigen ist. Mann, den hätten wir doch auseinandernehmen können. Wenn ich noch einmal so eine Gelegenheit bekomme ...«

»Hör auf, Mensch!« zischte Roberts und setzte die Flasche ab. Er rülpste und wischte über seine Lippen. »Wir haben einen Job gehabt, das ist alles. Da kannst du nicht aus der Reihe tanzen.«

»Aber mit dem Messer hätte ich ihn kitzeln können!« hechelte Jamie, wobei seine Augen strahlten.

Eagle fluchte. »Scheißschnee. Es fängt wieder an.«

»Dann fahr langsamer«, sagte Roberts.

»Tu ich doch schon!«

Jamie drehte sich um und schaute durch die Heckscheibe. Zahlreiche Autos befanden sich hinter ihnen, aber einen Streifenwagen entdeckte er nicht. »Die Bullen pennen noch«, meldete er.

»Sei froh«, erwiderte Roberts.

Sie näherten sich inzwischen der Hafengegend. Dort waren sie mit dem Auftraggeber verabredet.

Mit Logan Costello!

Roberts, der Chef des Trios, war fast vor Ehrfurcht erstarrt, als Costello ihnen den Job gab. Hoch und heilig hatten sie ihm versprechen müssen, sich an alles zu halten und um keinen Deut von dem Auftrag abzugehen. Momentan befanden sie sich auf dem Weg zum Treffpunkt.

Der Schnee fiel dichter. Da der Boden hart gefroren war, blieb er auch liegen. Kopfsteinpflaster löste normalen Asphalt ab. Sie fuhren durch eine schmale Straße, vorbei an den Mauern rußgeschwärzter Fabriken. Die Gegend sah schon bei Sonnenschein ziemlich trostlos aus, im Winter wirkte sie noch mieser.

Schnee plus Kopfsteinpflaster schufen eine gefährliche Glätte, die Eagle unterschätzte. Auf einmal glitt der Wagen aus der Spur, kam nach links ab und konnte auch nicht mehr gegengesteuert werden. Die Mauer war schon da.

Mit dem Kotflügel klatschte der Wagen dagegen. Es gab ein häßliches Geräusch, denn er rutschte noch weiter an der Mauer entlang. Die beiden im Fond begannen zu fluchen, und auch Eagle schimpfte. Endlich stand der Wagen.

Jamie drehte durch. »Du Idiot!« schrie er, beugte sich nach vorn und trommelte mit beiden Fäusten gegen den Rücken des Fahrers. Als sich Eagle umdrehte, streifte ein Faustschlag seine Wange.

»Hör auf!« brüllte Roberts.

Jamie sank zurück. Er hatte die Zähne gefletscht, in seinen Augen irrlichterte es. »Der will uns fertigmachen!« knirschte er. »Der will uns verschaukeln ...«

Eagle stieg aus.

Und da merkte er selbst, wie glatt es war. Mit dem rechten Bein rutschte er aus und fiel zurück. Hart stieß er sich seinen Hinterkopf am Wagen.

»Hast du dir deinen hirnlosen Schädel eingeschlagen?« brüllte Jamie.

»Shut up!« schrie Eagle zurück, kam auf die Beine und

rieb sich den Kopf. Vorsichtig umrundete er den Wagen. Er schaute nach, was geschehen war.

Die linke Seite zeigte bis zur Beifahrertür keinen Lack mehr. Der klebte jetzt an der Mauer. Auch war der Kotflügel nach innen gebogen, so daß er beim Weiterfahren den Reifen aufschlitzen würde. Das konnte man wieder hinkriegen.

Sie schafften es zu dritt.

Als sie wieder einsteigen wollten, packte Darling Roberts Eagle am Kragen der Jacke. »Noch einmal so einen Blindgänger, dann ist es aus.«

»Okay.«

»Darf ich ihn dann schlitzen?« fragte Jamie.

Für diese Frage erhielt er von Roberts einen Tritt. Die drei stiegen ein und fuhren weiter.

Jetzt allerdings sehr vorsichtig.

Die Straße endete nach ungefähr zweihundert Yards. Sie rollten auf einen Platz, auf den sich eine weiße Schicht gelegt hatte. Rechts stand ein Lagerhaus. Parallel zur Rückseite lief eine Rampe. Vor ihr parkte ein dunkler Mercedes, dessen hintere Scheiben verhängt waren. Zwei Männer standen auf der Rampe. Sie trugen Mäntel und hatten Hüte auf.

»Das sind sie«, flüsterte Eagle.

Die drei schauten durch die Frontscheibe. Selbst Jamie war ruhig. Das Bild, das sich ihren Augen bot, erinnerte sie an eine Drohung. Bisher hatten sie sich nur in Straßenschlägereien oder kleineren Überfällen hervorgetan, doch der Anblick dieser Profigangster jagte selbst ihnen Angst ein.

»Halte bloß deine vorlaute Schnauze«, wandte sich Roberts an seinen dunkelhäutigen Freund.

»Klar, bin doch nicht lebensmüde.«

Sie hielten neben dem Mercedes, allerdings so, daß sie dem zweiten Wagen freie Fahrt garantierten.

Dann stiegen sie aus.

Körnige Schneeflocken bissen in ihre Gesichter. Der

Wind war scharf und schnitt durch die Kleidung. Auf der Themse tutete das Horn eines Schiffes.

»Kommt rauf«, sagte einer der beiden Männer.

Die drei enterten die Rampe.

Der Mann, der gesprochen hatte, warf ihnen einen kurzen Blick zu, trat nach hinten und stieß mit der ausgestreckten Hand gegen eine rostige Tür.

Sie glitt quietschend nach innen. Dahinter war es düster. Durch die wenigen Fenster sickerte kaum Licht. Instinktiv fürchteten sich die drei Schläger, den Bau zu betreten. Ihre Beine zitterten, sie hatten plötzlich Angst, auch weil sich der zweite Kerl in ihrem Rücken befand und dort blieb.

»Geht rein!«

Sie übertraten die Schwelle. Im Innern des Lagerhauses war es kaum wärmer, aber zugiger.

Eine Gestalt löste sich aus dem Halbdunkel. Sie trug einen Mantel und hatte die Hände in den Taschen vergraben. Als die drei Schläger stehenblieben, nahm der Mann – es war Logan Costello – seine Rechte aus der Tasche. Die Finger steckten in einem schwarzen Handschuh.

»Habt ihr es?« fragte er.

»Ja.«

»Dann her damit.«

Darling Roberts holte das Kreuz hervor. Er hatte es unter der Jacke verborgen gehabt. Costello riß es ihm aus den Fingern, warf einen prüfenden Blick darauf und nickte.

»Jetzt geht es dir an den Kragen, Sinclair!« flüsterte er und hob mit einer herrischen Bewegung den Kopf. »Ihr bekommt noch etwas, nicht wahr?«

»Ja, Sir.«

Costello schaute an den drei Typen vorbei und nickte seinen Leuten zu. »Gebt ihnen, was sie verdient haben.« Dann straffte er die Schultern und verließ das Gebäude.

»Geht weiter!« wurde den dreien befohlen.

Ein paar zögernde Schritte machten sie, dann drehte sich Jamie um. Er kreischte, als er trotz des schlechten Lichts die Waffen in den Händen der Männer erkannte. Die Revolver waren ziemlich groß. Dafür sorgten die Schalldämpfer, die auf die Läufe geschraubt waren.

Jamie wollte den anderen eine Warnung zurufen. Deshalb traf ihn die Kugel zuerst. Sein Mund füllte sich mit Blut, der Schrei erstickte, und er sah, wie seine Freunde unter den Einschlägen der Geschosse zusammenbrachen.

Wenig später traf ihn die zweite Kugel, riß ihn von den Beinen und zerstörte seinen Lebensfaden endgültig.

Die Männer gingen, als wäre nichts geschehen. Vorsichtig drückten sie die Tür zu.

Ihr Boß wartete schon im Wagen.

Sekunden später setzte sich der schwere Mercedes in Bewegung. Im Fond trank Logan Costello ein Glas Rotwein aus der Autobar. Den Schluck hatte er sich verdient. Was niemand geschafft hatte, war ihm gelungen. Er besaß John Sinclairs Kreuz!

Das Höllentor!

So unwahrscheinlich es klang, so verrückt dies auch war, es entsprach trotzdem den Realitäten.

Tanith sah das Höllentor!

Im Innern der geheimnisvollen Kugel schien es zu schwimmen. Es stand nicht still, es bewegte sich, vielleicht auch durch die blutroten Schwaden, die es umwallten und von der Fratze Satans ausgestoßen wurden, die auf die Tür gemalt war.

Der Eingang zur Hölle!

Tanith stöhnte auf. Sie sah ihn, sie sah ihn durch Lucille, ihr Medium. In weiter Ferne hörte sie harte, abgehackte Schreie. Sie wußte, daß es Lucille war, aber sie konnte sich nicht darum kümmern, das Geschehen in der Kugel zog sie zu sehr in ihren Bann.

Die roten Nebel bewegten sich. Sie wallten wie gewaltige Schleier auf und nieder, und Tanith glaubte sogar, die Gestalt eines Menschen zu sehen.

Zwergenhaft klein schälte er sich aus dem Nebel. Es war ein Mann mit blonden Haaren, ein einsamer Wanderer in der Stätte des Schreckens, der auf das Tor zuschritt.

Er schien den Boden überhaupt nicht zu berühren, sondern schwebend über ihm zu hängen, und Tanith sah, wie gierige Klauen aus dem Nebel stießen, den Mann packten und ihn auf das Tor zu schleuderten.

Der Mann wehrte sich, aber die Kraft der Fangarme war zu groß.

Sie drängten ihn weiter auf das geheimnisvolle Tor mit der Teufelsfratze zu.

Wer war dieser Mann?

Tanith wußte es nicht, sie hatte ihn nie gesehen, sie kannte nicht seinen Namen, aber sie konnte seine Empfindungen spüren, hörte seine Schreie und merkte mit jeder Faser ihres Körpers, wie er sich verzweifelt gegen das drohende Schicksal stemmte.

Da wurde jemand in die Hölle geschafft!

Eine andere Erklärung hatte sie nicht, und die Hölle war bereit.

Etwas durchzuckte sie. Ihr Kopf schien plötzlich unter Strom zu stehen. Es waren nur Gedanken, doch sie reichten aus, um den Namen des Mannes zu erfahren.

John Sinclair!

Ich bin John Sinclair!

John Sinclair …

Dem Mann war es gelungen, sich in den kräftigen Armen auf den Rücken zu drehen. Tanith hatte das Gefühl, als würde er genau in ihr Gesicht schauen.

Ja, als würde er sie sehen, was gar nicht möglich sein konnte. Aber gab es überhaupt ein Unmöglich?

Ich bin John Sinclair …

Wieder diese stummen Schreie, und dazwischen ein

schreckliches Wimmern. Lucille hatte es ausgestoßen. Dann bäumte sich ihr liegender Körper hoch, und sie schrie, wobei Speichel in winzigen Tropfen von ihren Lippen sprühte.

»Das Tor zur Hölle! Der Teufel will es offen haben. Er wird es öffnen. John Sinclair ...«

Stille!

Wie abgehackt. Verschwunden war das Bild in der Kugel. Auch Lucille redete nicht mehr. Sie atmete nur noch schwer, war schweißüberströmt und bleich im Gesicht.

Tanith gelang es, ihre Finger von der Kugel zu lösen. Gleichzeitig zuckte Lucille zusammen, als hätten unsichtbare Hände sie angestoßen. Dem war nicht so, nur ihr Geist kehrte zurück in den Körper. Das Zusammenzucken war eine natürliche Reaktion darauf.

Tanith stand auf.

Dieser Vorgang geschah langsam, und es hatte den Anschein, als müßte sich die Wahrsagerin erst mit der neuen Situation abfinden. Sie war mit ihren Gedanken noch immer in einer anderen, so fremden Welt, und mit beiden Händen wischte sie über ihr Gesicht, als wollte sie einen Schleier abstreifen.

Ihre Knie zitterten, als sie auf Lucille, das Medium, zuschritt. Neben der Liege blieb sie für einen Augenblick stehen und schaute in das leichenblasse Gesicht der Malerin.

Lucille mußte Qualen erleiden. Sie atmete schwer. Es war ein tiefes, geräuschvolles Luftholen, die Schultern bewegten sich, ebenso die Brust, ihre Lippen zitterten, die Nasenflügel waren gebläht. Noch nie hatte Tanith ihr Medium in einer derartigen Verfassung erlebt. Bisher war alles glattgegangen. Lucille hatte sich zwar angestrengt, aber sie war noch nie so erschöpft gewesen.

»Wie fühlst du dich?« fragte Tanith flüsternd.

»Wasser«, hauchte das Medium. »Bitte, ein Glas Wasser ...«

»Sofort.«

Während Tanith in die Küche eilte, dachte sie über das Erlebte nach. Nicht von ungefähr hatte die geheimnisvolle Kugel dieses Bild gezeigt. Es mußte irgendeine Verbindung zwischen ihr, Lucille, dem Höllentor und dem blonden Mann geben, der sich in den Händen dieser Nebelwesen befunden hatte und auf das Höllentor zugeschleift wurde.

Aber welche Verbindung war es? Und wer war der Mann? Sein Name klang nicht romanisch. Eher englisch oder schottisch. John Sinclair! Nie würde Tanith ihn vergessen, er hatte sich unauslöschlich in ihr Gedächtnis eingeprägt.

Befand sich der Mann bereits in der Hölle? Mit Bestimmtheit konnte sie dies nicht behaupten. Wenn auch nur der Rest einer Chance da war, ihn zu warnen, dann mußte sie die Chance nutzen. Sie konnte dem Teufel nicht einfach ein Opfer überlassen – das ging nicht.

Lucille trank das Wasser in gierigen Schlucken. Ihre Kehle schien ausgedörrt zu sein, und sie leerte das Glas.

»Möchtest du noch eins?«

»Nein.«

Tanith nahm ihrem Medium das Glas aus den Fingern. Sie stellte es zur Seite und nahm auf dem Rand der Liege Platz. »Du weißt, was du gesehen hast?«

»Ich nicht, mein Geist.«

»Was war es denn?«

»Vielleicht die Hölle.«

»Ja, das glaube ich auch.«

»Und hast du auch den Mann gesehen?«

»Das habe ich.«

»Kennst du ihn?«

»Kaum.«

»Aber du schließt es nicht aus. Du weißt seinen Namen ebenso wie ich. Es ist ein gewisser John Sinclair. Stimmt es?«

»Ja. Wo lebt er?«

»Nicht hier, sondern weiter weg.«

»In England?«

»Vielleicht.«

Tanith schaute auf Lucilles Gesicht. Es sah noch immer bleich aus, nur langsam kehrte die Farbe zurück. Das Medium erholte sich. Normalerweise hätte Tanith die Gedanken, die sie jetzt überfielen, weit von sich gedrängt, aber hier ging es um das Leben eines Menschen, und sie wollte ihr Medium noch einmal zu einem Experiment überreden. Allerdings zu einem, das nicht so gefährlich war wie das vorhergehende.

»Fühlst du dich wieder besser?« erkundigte sie sich sicherheitshalber.

»Ich glaube ja.«

»Ich möchte dich um etwas bitten, Lucille.«

Das blonde Mädchen schaute die Wahrsagerin aus großen Augen an. Ein stummes Flehen lag in ihrem Blick, eine ähnliche Séance nicht zu wiederholen, und fast wäre Tanith schwach geworden, aber sie wollte dem Mann helfen, wenn es irgendwie ging.

Die Séance würde nicht so schlimm werden, und das sagte Tanith ihrem Medium auch.

Lucille blickte die Wahrsagerin an. »Was – was soll ich denn tun?«

Da lächelte Tanith. »Du sollst versuchen, mit dem Mann Verbindung aufzunehmen, und ihn warnen.«

»Kann ich das denn schaffen?«

»Ein Versuch lohnt sich immer.«

»Er wird mich trotzdem Kraft kosten«, sagte das Medium und senkte den Blick, »aber wenn Sie es wünschen, Madame ...«

»Es geht wirklich um ein Menschenleben, Lucille. Wir müssen alles einsetzen ...«

»Ja, ja, ich tue es.« Lucille hatte sich ein wenig aufgesetzt, jetzt lehnte sie sich wieder zurück und blieb auch in dieser Stellung liegen. Sie hatte sie schon einmal eingenommen.

Auch die Astrologin ging wieder an ihren Platz. Die Kugel stand so da, wie sie sie verlassen hatte. Sie zeigte kein Bild.

»Bist du bereit, Lucille?«

»Ja, Madame.«

Die Wahrsagerin beherrschte auch die Hypnose. Sie schaffte es allerdings nur durch die Kugel, nicht wenn sie die zu hypnotisierende Person direkt anschaute. Deshalb rutschte sie ein wenig mit dem Stuhl zurück, beugte sich dann vor und blickte von der Seite her durch die Kugel, so daß sie die auf der Couch liegende Lucille ein wenig verzerrt sehen konnte.

Die Malerin erschien ihr fremd. So, wie sie da auf dem Bett lag, sah sie in Wirklichkeit nicht aus. Das Wabenmuster der Kugel verzerrte die Perspektive, Lucille wirkte, als wäre sie aus zahlreichen Einzelheiten zusammengesetzt.

»Dreh den Kopf ein wenig nach links«, sagte die Astrologin, »und dann sieh mich durch die andere Seite der Kugel an.«

Lucille bewegte sich. Sie folgte der Aufforderung, ohne zu murren.

Die Blicke der beiden trafen sich.

»Du bist jetzt ruhig. Lucille. Du bist ganz ruhig. Du schließt die Augen und denkst nur an den Mann, den wir beide noch nicht richtig kennen. Hast du verstanden?«

»Ja. Ich bin ruhig. Ich denke an ihn. Ich will ihn warnen. Er soll nicht in die Hölle.«

»So ist es richtig, Lucille. Und nun versuche, seine Gedanken zu finden. Sieh zu, daß du erfährst, woran er denkt und warum er so denkt. Steht er mit der Hölle in Verbindung? Kann er sich wehren? Bitte …«

Schweigen.

Selbst Tanith hielt den Atem an. Würde das Experiment gelingen? Sie hatte bereits ähnliche Versuche durchgeführt. Da hatte es immer geklappt. Aber da waren Gegenstände in der Nähe des anderen gewesen, die irgend etwas mit Magie zu tun gehabt hatten. Gegenstände, die die geistigen, suchenden Verbindungen intensivierten, so daß sie auch zum Erfolg führten. Von dem Fremden wußte sie überhaupt nichts.

Lucille lag still da. Wie eine Tote. Aber Tanith wußte, daß sie jetzt ihre Gedanken darauf konzentrierte, den Fremden zu finden und vor allen Dingen mit ihm in Kontakt zu treten. Sie sollte ihn warnen, sie mußte ihn warnen.

»Was empfindest du Lucille?«

Zuerst erhielt Tanith keine Antwort. Erst nach einer Weile hörte sie ihr Medium sprechen. »Ich empfinde kaum etwas. Nur eine Leere, eine absolute Leere. Keine Gedanken, keine Strömungen, alles leer, so schrecklich leer ...« Die Worte drangen nicht flüssig, sondern stockend über ihre Lippen.

Tanith kannte das Spiel. Sie wollte auf keinen Fall aufgeben. Lucille sollte weitermachen.

»Suche ihn. Suche weiter, kleine Lucille. Laß ihn nicht im Stich. Er muß gefunden werden.«

»Er ist so weit weg. So unendlich weit ...« Die Antwort klang wie ein Hauch.

»Lebt er auf der Erde, oder befindet er sich bereits in einer anderen Dimension?«

»Auf der Erde ...«

»Dann mach weiter. Bitte.«

»Es ist so schwer ...«

Tanith ließ sie jetzt in Ruhe. Sie wußte wirklich, daß es schwer war, die Entfernung zu überbrücken. Lucille mußte die Gedanken irgendeines fremden Menschen erkennen und finden.

Eine fast unlösbare Aufgabe.

Minuten vergingen.

Lucille blieb nicht ruhig. Sie atmete mal stärker, mal schwächer. Sie befand sich in einer Unruhe, wie man sie sonst bei Hypnotisierten kaum fand. Irgend etwas schien sie zu stören, funkte dazwischen. Vielleicht eine starke geistige oder magische Gegenströmung.

Plötzlich richtete sie sich auf. Das war noch nie geschehen, und Tanith kannte ihr Medium schon lange. Durch das Hinsetzen war ihr Sichtkontakt unterbrochen, aber die Verbindung bestand trotzdem, das bewiesen Lucilles nächste Reaktionen.

»Ich habe ihn gesehen!« flüsterte sie. »Ich weiß jetzt, wer er ist und wo er wohnt. John Sinclair – Geisterjäger – London – der Kelch des Feuers ist das Verbindungsglied. Vorsicht – er ist gefährlich – Gefahr! Gefahr! Hier, andere, die Teufelstochter schlägt zu – jetzt!« Das letzte Wort endete in einem furchtbaren Schrei. Lucille war völlig durcheinander – wie auch Tanith.

Und der Schrei hallte noch im Raum nach, als plötzlich die Tür aufgestoßen wurde und das Verhängnis über die beiden Frauen hereinbrach …

Asmodina war noch unzufriedener geworden! Sie hatte stark mit Asmodis' Unterstützung gerechnet, aber er hatte sie im Stich gelassen. Der Teufel hatte genügend eigene Probleme, denn auch seine Macht war nicht mehr so gefestigt.

Asmodina lachte heiser auf, als sie an Asmodis dachte. Viele Menschen glaubten, daß er der absolute Herrscher der Hölle wäre, doch sie irrten sich.

Es war anders, ganz anders. Viel komplizierter und kaum zu begreifen. Allerdings war ihr eines klargeworden: Sie mußte mit den Dingen allein fertig werden.

Zwei große Probleme hatte die Teufelstochter. Das eine hieß Solo Morasso und die Mordliga, das andere John Sinclair, der Geisterjäger. Und diese beiden Probleme wollte sie mit einem Streich aus der Welt schaffen und es ihrem Vater beweisen.

Vor den Erfolg haben aber auch die Höllengötter den Schweiß gesetzt, es war selbst für Asmodina nicht einfach, an beide heranzukommen. Dr. Tod hatte sich ausgezeichnet geschützt. Er besaß in dem Würfel des Unheils eine so starke Waffe, gegen die selbst Asmodina nichts ausrichten konnte. Er und damit der Todesnebel umgaben ihn und die Mordliga wie ein gewaltiger Schutzschild.

Blieb noch Sinclair!

Welche Waffen besaß er? Einmal das Kreuz, seine stärkste Waffe, dann die Beretta mit den Silberkugeln, auch den Dolch und Desteros Schwert. Damit konnte er etwas ausrichten. Wenn er die Waffen richtig einsetzte, konnte er manches Höllenreich zum Wanken bringen. Aber er wußte es nicht und bohrte immer nur an der Oberfläche herum. Ein paarmal hatte er tiefe Wunden gerissen, mehr nicht.

Wie kam sie an Sinclair heran?

Darüber dachte Asmodina nach. Es mußte einen Weg geben, der Sinclair in die Falle führte. Im Labyrinth der Angst hatte es nicht geklappt, aber einmal ist keinmal. Sie mußte es eben auf eine andere Art und Weise versuchen.

Plötzlich sah sie wieder die kalten Flammen vor sich. Sie wich nicht zurück, sondern schaute aus ihrem geschwärzten Gesicht voll hinein. Wieder grinste sie die Teufelsfratze an, und sie spürte den Hohn, der aus den Blicken sprach.

»Jetzt bist du ratlos, wie?« lachte der Satan.

»Vielleicht.«

»Gib es zu, du kommst ohne mich nicht weiter.«

»Es bleibt abzuwarten.«

»Was sollen wir uns streiten, meine Tochter? Wir wollen beide das gleiche, und auch Solo Morasso will Sinclairs Tod. Er hat sogar einen großen Fortschritt erzielt.«

»Welchen?«

»Sinclair besitzt sein Kreuz nicht mehr!«

»Ha!« Asmodina schrie auf. Ihre Augen leuchteten wild, und sie zischte: »Stimmt das?«

»Ja.«

»Hast du es ihm abgenommen?«

»Nein, ich nicht.«

»Wer dann?«

»Das spielt keine Rolle, aber ich kann dir etwas zeigen. Willst du mitkommen?«

Darauf erwiderte Asmodina nichts. Sie schritt kurzerhand auf das kalte Feuer zu und auch hindurch. Im nächsten Augenblick verschmolz sie mit dem Gesicht des Teufels, das kalte Feuer verschwand und entstand an einer anderen Stelle, die zeit- und raummäßig nicht in Zahlen zu fassen war.

Sie befanden sich im Nichts.

In der Schwärze der Dimensionen, in Asmodis' eigenem Reich. Sie gingen nicht, sie schwebten, aber sie hatten ein Ziel.

Eine riesige Wand türmte sich plötzlich vor ihnen auf. Sie war etwas heller als die Schwärze um sie herum, und diese Wand war wie ein gewaltiger Fernsehschirm, der das Leben auf der Erde wiedergab, so daß Asmodis es beobachten konnte.

So etwas hatte sich Asmodina immer gewünscht, aber diese Wand, das Zentrum des Schreckens, blieb nur den ganz hohen Dämonen vorbehalten.

»Hier kannst du ihn sehen«, flüsterte Asmodis. »Und zwar ohne sein Kreuz.«

»Zeig ihn mir, los!«

Der Teufel lachte. »Hinter der Wand liegt das Tor zur Hölle. Ich habe ihn bereits. Ich zeige dir jetzt etwas, das erst in der Zukunft stattfindet. Sinclair wird kommen, er kommt auf das Tor zu, er wird die Hölle betreten!«

»Ich will es sehen!«

»Das kannst du auch.«

»Wann?« Asmodina hatte den Streit mit ihrem Vater vergessen. Sie dachte nur noch an John Sinclair. Von hier würde er nicht fliehen können, wenn er einmal da war. Asmodis war zu stark. Grenzenlos war Asmodinas Haß auf John Sinclair, da verzieh sie ihrem Vater sogar alles, wenn er den Geisterjäger erledigte.

»Kann ich ihn sehen?« fragte sie.

Der Teufel grinste. »Du möchtest einen Blick in die Welt werfen, meine Tochter?«

»Ja!«

»Dann bitte.« Der Teufel breitete die Arme aus. Aus seinem Maul drangen zischende Laute, und im nächsten Augenblick erschien auf der magischen Leinwand ein Bild. Asmodina zitterte innerlich. Obwohl sie ein Geschöpf der Hölle war, fühlte sie doch manchmal wie ein Mensch. Wie jetzt zum Beispiel, sie wartete auf Sinclair, sie wollte ihn endlich sehen.

Sinclair kam nicht.

Asmodina wollte etwas sagen, doch sie verstummte, denn sie hatte auf dem magischen Bildschirm etwas gesehen.

Eine Gestalt.

Einen Mann!

Groß, mit blonden Haaren und einem Gesicht, das sie nie vergessen würde.

John Sinclair!

Jetzt endlich zeigte die Leinwand das Bild. Asmodina sah ihn, wie er durch einen roten Nebel trieb und gierige Hände nach ihm griffen. Ihr Gesicht verzerrte sich. Das Lächeln war kalt, breit und auch tödlich zu nennen.

Nur wußte Asmodina leider nicht, ob sich das, was die Wand zeigte, in der Gegenwart, der Zukunft oder der Vergangenheit abspielte. Sie fragte ihren Vater danach.

»Sinclair wird kommen«, erwiderte der Teufel. »Er muß das Tor zur Hölle aufstoßen. Es ist eine magische Konstellation entstanden, die ihn einfach zwingt, hierher zu kommen. Ich spüre es, und dabei spielt der Kelch des Feuers eine Rolle, der einmal im Kloster der Teufelsmönche gestanden hat.« Plötzlich glühten die Augen des Satans wie Feuerräder. »Lange Zeit hat er nichts, aber auch gar nichts getan. Er stand nur bei John Sinclair. Eine kleine Zeitbombe, jahrelang. Nun ist es soweit. Die magische Konstellation ist geschaffen worden. Durch die Kugel und das Mädchen.«

»Welches Mädchen?«

»Ein Medium.«

»Und die Kugel?«

Da lachte der Satan. »Sie befindet sich in der Hand einer Frau. Sie nennt sich Wahrsagerin und Astrologin. Sie hat die Kugel damals erhalten, aber sie weiß nicht genau, woher sie wirklich stammt, nämlich aus der Hölle.«

»Ich verstehe das nicht«, gab Asmodina zu.

Der Teufel grinste. »Das brauchst du auch nicht. Kugel und Kelch gehörten einmal zusammen. Die Teufelsmönche haben ihren Terror damit aufgebaut, aber ich habe die Kugel verschwinden lassen.«

»Ist der Kelch des Feuers nicht dem Guten geweiht?« hielt die Teufelstochter dagegen.

»Man kann ihn manipulieren. Nicht so stark wie den Würfel, aber es geht. Er bleibt harmlos, solange er nicht aktiviert wird, aber wehe, es entsteht die Verbindung, dann ist sein Besitzer den Kräften der Hölle ausgeliefert.«

Asmodina lachte laut. Es hallte durch die Leere des Raums und brach urplötzlich ab, denn Sinclair war ebenso schnell verschwunden.

»Er ist weg!«

Auch Asmodis starrte jetzt auf diesen großen magischen Bildschirm, der leer vor ihm lag. Er zeigte eine graue Farbe, und nur noch ein letztes Flimmern war zu erkennen.

»Wie kann das sein?« Asmodina zeigte sich nervös.

»Etwas hat gestört!«

»Was?«

»Gedanken. Andere Gedanken, die des Mediums. Es weigert sich, es lehnt sich auf. Es steht nicht auf unserer Seite.«

»Auf unserer? Heißt das, du willst wieder mit mir zusammengehen, Asmodis?«

Der Teufel drehte ihr seinen Ziegenbockkopf zu. Der Mund wurde zu einem Rechteck, als er ihn öffnete. »Ja, wir gehen wieder zusammen. Ich habe es mir überlegt.«

»Dann können wir Sinclair gemeinsam vernichten.«

»Genau.«

»Und auch Solo Morasso?«

»Ist er nicht dein Problem?«

»Nein, jetzt nicht mehr. Deine Sorgen sind auch meine Sorgen. Und eine Sorge werde ich dir abnehmen, Asmodis. Wo befindet sich dieses Medium? Hast du es herausfinden können?«

»Ja, ich weiß es. In Paris. Bei einer gewissen Tanith, der Wahrsagerin, die auch die Kugel besitzt.«

Asmodina nickte. »Dann weiß ich genau, was ich zu tun habe. Ich muß eingreifen, bevor das Medium John Sinclair auf gedanklichem Wege warnen kann ...«

Sie sprach es aus und war wenig später verschwunden, als hätte es sie nie gegeben ...

Ich wußte von alledem nichts, was sich über meinem Kopf zusammenbraute. Ich ahnte wohl, daß einiges in Bewegung geraten war, doch wie es im einzelnen lief, das konnte ich nicht sagen.

Für mich war es wirklich eine Qual, untätig herumzusitzen, doch es mußte sein. Ich selbst konnte bei der Fahndung nach den drei Kreuzdieben nicht helfen. Wenn meine Kollegen einen Erfolg hatten, dann würden sie mir Bescheid geben.

Suko war mit Shao in die Wohnung nebenan gegangen. Er brauchte nicht bei mir zu bleiben und den Babysitter zu spielen. Wenn sich eine Gefahr anbahnte oder sich etwas Neues ergab, würde ich es ihm sagen.

Ich hatte mich mit Waffen versorgt und trug den Dolch bei mir, eine Gemme, die magische Kreide. Auch Desteros Schwert lag griffbereit auf der Couch.

Mit dem Feierabend war es vorbei. Wie gern hätte ich mir einen ruhigen Abend gemacht, doch ich konnte nicht ahnen, daß meine Gegner ausgerechnet jetzt zuschlugen.

Wenn ich darüber nachdachte, wer hinter allem steckte, fiel mir nur ein Name ein.

Dr. Tod!

Er hatte zuletzt Xorron geholt, der unter dem Central Park in New York begraben worden war.

Damit stand seine Mordliga. Und wir rechneten damit, daß er zu einem großen Schlag ausholen würde. Wir hatten verzweifelt versucht, sein Versteck herauszufinden. Jetzt war es uns gelungen.

In Feuerland hatte er sich verkrochen. Daß wir dies überhaupt wußten, hatten wir einzig und allein Sir James Powell zu verdanken. Durch langes und intensives Nachdenken war er darauf gekommen, die westlichen Geheimdienste mit einzuspannen. Deren Agenten saßen überall, und durch eine Kette von Ereignissen war es uns schließlich gelungen, das Versteck des Dr. Tod zu lokalisieren.

Ich konnte es kaum fassen. Am liebsten wäre ich selbst nach Feuerland geflogen und hätte die Höhle des Löwen gestürmt. Aber ich war nicht lebensmüde. Solo Morasso hätte eiskalt zurückgeschlagen und mich praktisch zermalmt.

So mußte ich abwarten.

Mein Kreuz hatte ich verloren. Eine verdammt schlimme Tatsache, und auch ein Zeichen, daß Morasso nicht untätig war. Selbst über Tausende von Meilen hinweg operierte er gegen mich. Er hatte eben zu gute Beziehungen.

Ich ging in die Küche und holte eine Flasche Bier. Mein Durst war groß geworden, die trockene Heizungsluft sorgte dafür. Draußen wurde es immer kälter, und der Schnee fiel wie ein dichter Vorhang aus den grauen Wolken. Im Wetterbericht wurde von einer Kältewelle geredet, und erste Katastrophenmeldungen kamen aus Wales, wo Dörfer durch Schneeverwehungen von der Außenwelt abgeschnitten waren.

Ich öffnete die Flasche, nahm ein Glas aus dem

Schrank und schenkte es voll. Mit dem gefüllten Glas in der Hand ging ich zurück ins Wohnzimmer.

Dort warf ich mich in einen Sessel und streckte die Beine aus. Die ersten Schlucke taten gut. Ich zündete mir auch eine Zigarette an und rauchte.

Entspannung wollte sich nicht einstellen. Dazu war ich zu aufgeregt. Die innere Nervosität steckte tief, sie nagte an meiner Psyche.

Es tat sich nichts. Ich schaute hinüber zum Telefon und versuchte es regelrecht zu hypnotisieren, doch es gab keinen Laut von sich.

Noch ein Schluck – und das Glas war leer.

Verdammt, ich hielt es nicht mehr länger im Sessel aus. Ich mußte endlich wissen, woran ich war. Vielleicht hatte Sir James schon einen Teilerfolg zu vermelden, deshalb stand ich auf, ging zum Apparat und wählte die Nummer meines Vorgesetzten.

Es hatte kaum einmal geläutet, da hielt Sir James bereits den Hörer in der Hand.

»Ich bin es, Sir. Haben Sie schon ein Ergebnis?«

»Nein, ich hätte Ihnen Bescheid gesagt.« Seine Stimme klang vorwurfsvoll.

»Soll ich ins Büro kommen?«

»Hier können Sie auch nicht helfen, John. Bleiben Sie in Ihrer Wohnung.«

»Ja, Sir.«

»Sie sind nervös, nicht?«

»Gut geraten.«

»Gibt es einen Grund, außer dem verschwundenen Kreuz?«

»Ich habe das Gefühl, Sir, daß über meinem Kopf eine Schlinge hängt, die sich immer mehr zusammenzieht. Etwas liegt in der Luft. Ich weiß nur nicht, was. Das Unheil kann jeden Augenblick zuschlagen. Mit der Zeit bekommt man wirklich einen sechsten Sinn für Gefahren, und ich habe das Gefühl, eingekesselt zu sein.«

»Brauchen Sie Schutz?«

»Nein, Sir, so habe ich das nicht gemeint. Ich wollte Ihnen nur meine Vermutungen mitteilen. Die andere Seite wird kaum noch zögern, sie bereitet ...« Ich sprach nicht mehr weiter, denn die Leitung war plötzlich gestört. Erst rauschte es nur, dann knatterte es, danach war wieder das Rauschen zu hören.

Ich legte auf. Meine Gedanken wirbelten. Bei der extremen Kälte konnte dieser Ausfall eine natürliche Ursache haben. Es gab allerdings auch eine andere Erklärung.

Magie setzt sich aus Wellen zusammen. Die Ströme des Bösen waren – physikalisch gesehen – Wellen.

Und die konnten stören.

Ich war gewarnt.

Die Wohnung kam mir plötzlich wie eine Falle vor. Ich wußte, daß meine Gegner schon lauerten, daß sie bereit waren zuzuschlagen, aber ich konnte sie nicht packen oder fassen, sie hielten sich noch verborgen und beobachteten.

Es schellte.

Wie nervös ich war, merkte ich daran, daß ich beim Klingeln zusammenzuckte. Auf leisen Sohlen näherte ich mich der Tür und hörte die Stimme meines Wohnungsnachbarn.

»Öffne, John!«

Es war Suko, der nicht in die Wohnung trat, als ich die Tür aufgezogen hatte, sondern auf der Schwelle stehenblieb. »Möchtest du nicht doch zu uns kommen, John? Shao hat etwas zu essen gemacht und ...«

»Nein, danke. Ich bleibe hier. Ich muß hierbleiben ...«

»Du siehst schlecht aus.«

»So?«

»Ja, irgend etwas stimmt nicht, John. Was ist los? Nimmt dich der Verlust des Kreuzes so sehr mit?«

»Das wird es wohl sein.«

»Oder ist es etwas anderes?«

»Nein, Suko, wirklich nicht.«

Mein chinesischer Freund und Kollege nickte nachdenklich. »All right, John, es war nur eine Frage. Falls du es dir noch überlegst, kannst du ja rüberkommen.«

»Klar. Und vielen Dank.«

Suko ging wieder. Ich schloß die Tür. Für einen Moment blieb ich in der Diele stehen. Als ich mit dem Handrücken über meine Stirn wischte, fühlte ich den Schweiß. Und wieder war das Gefühl der Bedrohung vorhanden. Es saß verdammt tief in mir, und es befand sich überall. In jeder Ecke, hinter jedem Schrank schien es zu lauern und darauf zu warten, endlich zuschlagen zu können.

Krampfhaft versuchte ich, mir das Gefühl auszureden. Doch das schaffte ich nicht, es blieb, und ich suchte nach einer Erklärung. Vielleicht bildete ich es mir nur ein, unter Umständen war es nur die Nachwirkung des Schocks, der mich getroffen hatte, als mir mein Kreuz gestohlen wurde.

Ich ging zurück in den Wohnraum.

Kaum hatte ich die Tür aufgestoßen, als ich es sah. Endlich meldeten sich meine Gegner, und sie taten es auf eine raffinierte Art und Weise.

Es gibt in meiner Wohnung einen Schrank. Dort hatte ich den silbernen Nagel aufbewahrt, den Kelch des Feuers und auch hin und wieder mein Schwert.

Und dieser Schrank glühte!

Er stand nicht in Flammen, sondern glühte von innen heraus, und dieses rote Licht übertrug sich auch auf die Tür des Schrankes. Das Glühen hatte sie etwa in Brusthöhe erfaßt. Ich wußte genau, daß dort auf einem Regal der Kelch des Feuers stand, und ich ging davon aus, daß nur er für dieses Glühen verantwortlich sein konnte.

Tief atmete ich ein.

Meine Knie zitterten ein wenig, als ich mich dem Schrank näherte. Ich wollte aufschließen, mußte es sogar, wenn ich die Ursache dieses magischen Glühens herausfinden wollte.

Einen Schritt vor dem Schrank blieb ich stehen. Eine

kalte Hand fuhr über meinen Rücken, ich spürte die Gänsehaut sogar auf meinem Kopf, und das Frösteln erreichte den gesamten Körper.

Sollte ich öffnen?

Vorsichtig streckte ich meinen Arm aus. Es war der linke. Mit der rechten Hand holte ich die Beretta aus dem Gürtelholster. Wenn irgend etwas war, wollte ich sofort schießen.

Behutsam drehte ich den Schlüssel herum. Ich riskierte es und zog die Türmit einem Ruck auf!

Der Kelch des Feuers schien von Flammen eingehüllt zu sein. Aber er verbrannte nicht. Nur ein roter Strahlenkranz hüllte ihn ein, der sich jedoch, als ich die Tür aufzog, veränderte.

Ich sah, wie sich ein breiter Strahl von dem Kelch löste und genau auf mich zufuhr.

Ausweichen konnte ich nicht, dazu ging alles zu schnell.

Der Strahl traf mich am Kopf. Ich rechnete damit, bewußtlos zu werden, aber ich hörte plötzlich die fremde Stimme in meinem Gehirn …

»Das Tor zur Hölle. Ich sehe das Tor zur Hölle.« So vernahm ich die Worte. »Geisterjäger John Sinclair. Du befindest dich in Gefahr. Sie will zuschlagen. Asmodina, sie ist nahe, sie hat es geschafft, John Sinclair. Vorsicht!«

Ich blieb steif stehen und konzentrierte mich nur auf die anderen Gedanken. Schon nach den ersten Sekunden hatte ich gemerkt, daß mir die Person, die die Gedanken ausströmte, nicht feindlich gegenüberstand. Sie wollte etwas von mir, sie hatte mich gesucht, um mich zu warnen. Aber wer war sie?

Diese Frage formulierte ich in Gedanken und erhielt auch eine telepathische Antwort.

»Lucille, das Medium. Meine Gedanken durchstreifen die Dimensionen. Ich spüre den Schrecken, der sich dir immer mehr nähert. Furchtbar. Er wird dich treffen. Flieh ...«

»Wohin?« Diese Worte flüsterte ich sogar und formulierte sie gleichzeitig in Gedanken.

»Zu spät, es ist zu spät. Die anderen sind nah. Das Tor zur Hölle – ich habe dich gesehen. Du wirst es aufstoßen. Sie packen dich. Und hinter dem Tor wartet der Teufel. Der Teufel, John Sinclair! Hörst du? Der Teufel!«

Über meinen Rücken lief ein Schauer nach dem anderen. Das Medium Lucille sprach so eindringlich, daß mir angst und bange wurde.

Sie redete vom Teufel.

Von Asmodis!

Steckten er und Asmodina denn hinter den Vorgängen und nicht Solo Morasso?

Ich erfuhr es nicht mehr, denn in meinem Kopf hallte das Echo eines markerschütternden Schreis wider.

Lucille hatte ihn ausgestoßen.

Ein letztes Signal empfing ich.

»Der Tod – der Tod ist da – die Engel ...« Dann war Schluß!

Wie eine Statue blieb ich stehen.

Auf der Schwelle standen zwei von Asmodinas gefährlichen Todesengeln. Sie hatten die Tür nicht nur aufgestoßen, sondern sie sogar aus den Angeln gerissen.

Die beiden sahen aus wie immer. Sie trugen schwarze Kleidung, die irgendwie an Leder erinnerte. Das Oberteil endete dicht unter der Brust. Zwischen ihm und dem Hosengürtel schimmerte helle Haut. Die Haare der beiden Todesengel hatten eine rostrote Farbe, die Gesichter waren glatt und kalt.

Auf den Rücken dieser Wesen wuchsen Flügel, die es ihnen ermöglichten zu fliegen.

Bewaffnet waren sie auch. Beide trugen ihre gefährlichen Bogen. Die Sehnen waren gespannt, auf ihnen lagen die Pfeile, und die Todesengel brauchten nur noch loszulassen, um die gefährlichen Waffen ins Ziel zu schießen.

Der Schock und der Schreck hatten die beiden Frauen getroffen. Sie waren in ihren Haltungen erstarrt.

Lucille saß auf der Couch, während die Astrologin neben der Liege stand.

Beide mußten den Anblick dieser Todesengel erst verkraften. So etwas hatten sie noch nie gesehen, doch Lucille wußte Bescheid. Auf ihren transzendentalen Reisen hatte sie die Todesengel schon des öfteren zu Gesicht bekommen, sie wußte genau, wie gefährlich sie waren und wie sie bedingungslos zu Asmodina standen.

»Die Todesengel«, hauchte Lucille, »gütiger Himmel ...«

Mehr sagte sie nicht, mehr brauchte sie auch nicht zu sagen, denn auch Tanith spürte die Gefahr, die von diesen beiden Wesen ausging. Sie strömten das Grauen aus, und sie waren erschienen, um den Auftrag ihrer Herrin auszuführen.

Lautlos und gleitend bewegten sie sich zur Seite. Einer nach links, der andere nach rechts. Die kalten Augen in ihren Gesichtern bewegten sich dabei, der Blick blieb immer auf Tanith und das Medium Lucille gerichtet.

Erst jetzt bewegte sich die Astrologin. Sie hatte die Zusammenhänge intuitiv erfaßt, und sie wußte plötzlich, weshalb die Todesengel geschickt worden waren.

Um zu töten!

Tanith stellte sich so hin, daß sie mit ihrem Körper das Medium schützte. Sie war sehr ehrlich und gab sich die Schuld, daß die Todesengel überhaupt erschienen waren. Hätte sie Lucille nicht die Beschwörung durchführen lassen, wäre es erst gar nicht soweit gekommen. Jetzt mußten sie die Folgen tragen.

»Was wollt ihr?« fragte sie. Ihre Stimme war dabei nur noch ein Hauch.

»Sie!«

Der Todesengel, der die Antwort gegeben hatte, blickte

dabei auf Lucille, damit keine Mißverständnisse aufkamen.

»Und warum?«

»Sie ist eine gefährliche Person. Ihr Geist kann unsere Dimensionen durchdringen, sie hat uns gestört, und das darf nicht sein. Deshalb muß sie sterben!«

»Nein!« schrie Tanith. »Das könnt ihr nicht. Sie soll leben. Sie hat euch nichts getan, gar nichts ...«

Da schoß der erste Engel.

Der Pfeil war so schnell von der straff gespannten Sehne geflogen, daß Tanith ihn kaum sah. Sie hörte nur ein gefährliches Sirren und rechnete mit dem harten Einschlag in ihrem Körper.

Die Astrologin täuschte sich. Der abgeschossene Pfeil wischte dicht an ihrem Ohr vorbei und hieb gegen die Wand, von wo er zu Boden fiel und liegenblieb.

»Es war nur eine Warnung«, erklärte der Todesengel, der geschossen hatte. Er griff hinter sich und holte einen zweiten Pfeil aus dem auf dem Rücken hängenden Köcher. Er legte ihn sofort an und spannte die Sehne.

Wie erstarrt blieb Tanith stehen.

Anders Lucille. Sie hatte endlich begriffen, daß sie sterben sollte. Ihr Gesicht schien zu zerfließen, es wurde zu einer Grimasse der Furcht, und sie klammerte sich angstvoll an Tanith fest.

»Tu was!« flüsterte sie erstickt. »Tu doch endlich etwas! Ich will nicht, daß ...«

»Wenn ihr sie umbringt, dann müßt ihr auch mich töten«, erklärte Tanith mit fester Stimme. »Denn ich kenne die Geheimnisse mancher Jenseitsreiche ebenfalls.«

»Dir werden wir auch noch die Rechnung präsentieren!« wurde der Astrologin gesagt. »Die Kugel wirst du nicht mehr lange behalten können. Wir werden sie zerstören, und damit zerstören wir dein Lebenswerk. Damit du aber nicht noch auf dumme Gedanken kommst, werden unsere Pfeile dich ebenfalls durchbohren!«

Harte Worte, die eine Mordabsicht dokumentierten. Die Todesengel wollten ihrem Ruf gerecht werden.

»Neiinnn!« Lucille brüllte plötzlich auf. Sie ließ Tanith los und warf sich nach vorn. Die Couch war weich, sie kam nicht so gut weg, wie sie es sich vorgestellt hatte. Sie mußte die Hände als Stütze nehmen, stieß sich ab, und bevor Tanith sie wegzerren konnte, war Lucille ihr schon entglitten.

Das Medium sprang auf das Ende der Couch zu, wollte sich auf den ersten Todesengel stürzen und hatte die Arme bereits ausgestreckt, als dieser die Sehne losließ.

Das Sirren des Pfeils war diesmal kaum zu hören. Die Distanz war sehr kurz.

Der Pfeil traf hart.

Und zielgenau.

Tanith hörte den Aufschlag.

Lucille spürte den brennenden Schmerz in ihrer Brust. Er breitete sich gedankenschnell aus, war plötzlich überall und schien sie zu zerreißen. Langsam kippte Lucille, das Medium, auf die Seite. Die Couch war so breit, daß sie nicht hinunterfallen konnte und dicht an deren Rand liegenblieb. Halb auf der Seite, halb auf dem Rücken.

Aus ihrer Brust ragte der lange Schaft des Pfeils. Es war ein mörderischer Todesbote, der das Mädchen mitten ins Herz getroffen hatte. Lucilles Leben war ausgelöscht. Sie hatte die lange Reise angetreten, von der es keine Rückkehr gab.

Fassungslos starrte Tanith auf die Tote. Sie dachte daran, daß Lucille erst in der Blüte des Lebens gestanden hatte und eiskalt umgebracht worden war.

Nur allmählich begriff sie und hob ihren Blick, um die vor ihr stehenden Gegnerinnen anzuschauen. Tanith sah sie nicht klar, ihre Augen schwammen in Tränen, die Lippen zuckten, und sie mußte hart schlucken, weil sich ein heißer Kloß in ihrer Kehle festgesetzt hatte.

Dieses schreckliche Erlebnis hatte sie bis in die Grundfesten erschüttert.

Zitternd blieb sie stehen und schaute zu, wie die unheimliche Mörderin ihren Arm bewegte und einen neuen Pfeil aus dem Köcher holte, den sie auf die Sehne legte und sie spannte.

»Der ist für dich!« versprach sie mit höhnischer Stimme. Ihre Augen waren zwei Eiskristalle in einem bewegungslosen Gesicht, als sie Tanith anvisierte.

Ihre Artgenossin bewegte sich dabei zur Seite. Sie wollte die geheimnisvolle Kugel an sich nehmen.

Tanith schüttelte den Kopf. »Dann schieß doch!« schrie sie. »Verdammt, schieß!«

Die Wahrsagerin und Astrologin hatte mit ihrem Leben abgeschlossen.

Es war etwas passiert!

Und zwar mit dem geheimnisvollen Medium, dessen Stimme ich in meinem Kopf vernommen hatte.

War es tot? Hatte es die Hilfe, die es mir geben wollte, mit dem Leben bezahlt?

Nichts hörte ich mehr. Mein Kopf war frei von fremden Gedanken. Nur ein dumpfes Gefühl blieb zurück.

Ich schaute auf den Kelch. Nach wie vor stand er in seinem Fach. Golden schimmerte er. Ich sah die geheimnisvollen Zeichen, die in den Rand graviert waren. Uralte Worte, Beschwörungen, die ich ebensowenig kannte wie die auf meinem Kreuz.

Die Vorwürfe kamen von allein. Ich hätte mich mehr um den Kelch kümmern können, um sein Geheimnis zu …

Weiter dachte ich nicht mehr, denn mit dem Kelch geschah etwas sehr Seltsames.

Seine Farbe veränderte sich. Aus dem Innern des Kelchs und auch in den Wänden begann es zu brodeln. Ich sah rote Schlieren, die sich erst langsam, dann jedoch immer schneller bewegten und schließlich in einem rasenden Wirbel endeten.

Eine starke magische Kraft traf mich. Meine Gedanken wurden gestört, ich war nicht mehr ich selbst und sah nur noch auf den Kelch des Feuers, der seinem Namen alle Ehre machte, denn aus der breiten runden Öffnung schoß eine violette Flamme.

Sie puffte regelrecht auf, wurde, als sie zu breit war, zusammengedrückt, knickte weg und richtete ihre Spitze auf mich.

Asmodis' Gesicht leuchtete mir aus der Flamme entgegen. Eine widerliche dreieckige Fratze, zu einem höhnischen Grinsen verzogen, das mir ankündigte, welches Schicksal ich zu erleiden hatte.

Ich konnte nicht nach links und nach rechts. Ich war wie festgeleimt. Hilflos ohne mein Kreuz. Keine Abwehrkräfte gegen die starke Magie und gegen das Feuer, das sich immer mehr ausbreitete und mich umfing. Die Umrisse des Schrankes verschwammen vor meinen Augen, ich sah nur noch das Feuer, das mich umhüllte und wegtrug.

Die Wohnung verschwand vor meinen Augen. Ich wurde nicht einmal bewußtlos, sondern zu einem Teil einer gewaltigen magischen Kraft, die mich hineinzog in den Strudel des Schreckens.

Dem Tor der Hölle entgegen …

Es waren Lichtblitze.

Grünlich schimmernd und innerhalb von Sekundenbruchteilen aufflammend.

Tanith, die einfach nicht mehr glauben konnte, daß sie noch gerettet werden könnte, sah, wie der Todesengel vor ihr zusammenzuckte und ihm der Bogen aus den Händen fiel.

Die grünen Lichtpfeile hatten ihn getroffen. Sie waren nicht nur in seine Gestalt hinein-, sondern auch hindurchgefahren, sie rissen dieses Wesen auseinander.

Löcher entstanden an den Auftreffstellen, Staub rieselte wie feiner Schnee, und dann gab es den Todesengel nicht mehr.

Tanith war so erstaunt, daß sie kein Wort hervorbrachte. Ihr wurde schwindlig, so etwas hatte sie noch nie erlebt. Aus den Augenwinkeln nahm sie eine Bewegung wahr, hörte das Sirren des Pfeils, sah etwas Goldenes blitzen und vernahm einen dumpfen Fall.

Als sie den Kopf wandte, lag der zweite Todesengel erledigt am Boden. Über ihm stand eine schwarzhaarige Frau. Ein goldenes Schwert hielt sie in der Hand. Die Spitze berührte den Boden. Und neben ihr lag der Kopf des zweiten Todesengels. Aus der Wunde am Hals strömte eine dunkle, schwarzgrüne Flüssigkeit, die sich mit dem Staub vermischte, als sich der Kopf auflöste.

Ich bin gerettet! durchschoß es Tanith. Gütiger Himmel, ich bin gerettet. Sie wollte es kaum glauben. Schwindel erfaßte sie.

Tanith ging rückwärts, stieß gegen einen Stuhl und setzte sich automatisch hin. Nun erst war sie in der Lage, sich umzusehen. Sie sah zwei Personen, die ihr noch nie im Leben begegnet waren. Menschen zwar, aber dennoch sehr seltsam.

Da war einmal die Frau.

Noch jung an Jahren, mit langen, schwarzen Haaren, die ein schmales schneeweißes Gesicht umrahmten und in dessen dunklen Augen ein geheimnisvolles Leuchten stand. Die Frau trug ein buntes, bodenlanges Kleid, und sie hielt in ihrer rechten Hand das Schwert mit der schmalen, goldenen Klinge.

An der Tür stand ein Mann.

Kleiner als die meisten Personen. Er sah zwar aus wie ein Mensch, doch seine Haut schimmerte grünlich. So, als hätte jemand dünne Farbe darüber gestrichen.

Der Mann trug einen dunklen Mantel, hielt die Arme ausgestreckt, und die Astrologin sah, daß seine schmalen Finger in einem stärkeren grünen Ton leuchteten. Sie dachte an die Blitze, die den ersten Todesengel getötet hatten, und sie wußte plötzlich, daß die Blitze aus den Händen des Mannes geschossen sein mußten.

Sein Gesicht war etwas rundlich, die Augen lächelten, wie auch der Mund.

Tanith hatte Mühe zu sprechen. »Wer – seid ihr?« fragte sie krächzend.

Der kleine Mensch bewegte sich und trat tiefer in den Raum. »Ich heiße Myxin«, erklärte er. »Und die Frau, die dir das Leben gerettet hat, Tanith, ist Kara.«

»Ihr kennt mich?« Die Frage klang erstaunt. Taniths Blick glitt von einem zum anderen.

»Ja, wir kennen dich.«

»Aber woher?«

»Wir haben deine und die Ströme deines Mediums empfangen können, und wir merkten, daß ihr euch in Gefahr befandet. Mächte der Finsternis wollten euer Leben auslöschen, wir sind schnell gekommen. Leider nicht schnell genug.« Diese Worte hatte Kara gesprochen, und Tanith nahm sie nickend zur Kenntnis.

In ihrem Kopf überschlugen sich die Gedanken. Damit mußte sie erst einmal fertig werden. Nie hätte sie mit einer Chance gerechnet, und dann, als es fast zu spät war, da tauchten die beiden wie die rettenden Märchenfeen auf.

»Seid ihr überhaupt von hier?« Die Frage drang automatisch über ihre Lippen.

»Nein, das sind wir nicht.«

»Woher kommt ihr dann?« wollte die Astrologin wissen.

Myxin drehte sich um und schritt zur Haustür. Sie stand offen, war jedoch nicht beschädigt worden. Erst als der kleine Magier zurückkehrte, gab er die Antwort.

»Es ist nicht leicht, unsere Herkunft zu erklären«, erwiderte er. »Wir müßten uns Zeit nehmen. Hast du Zeit, Tanith?«

Die Wahrsagerin warf einen Blick auf die tote Lucille. »Ja«, sagte sie, »ich habe Zeit.«

»Dann laß uns reden«, stimmte auch Kara zu. Sie ließ sich auf der Kante eines Sessels nieder.

Tanith war überzeugt davon, daß sie einige Überraschungen erleben würde. Sie sollte sich nicht getäuscht haben ...

Die Kräfte der Hölle hielten mich gepackt!

Meine Gegner hatten ihre Trümpfe ausgespielt und mich doppelt überlistet. Nicht nur mein Kreuz hatte ich verloren, ich war den anderen auch so gut wie hilflos ausgeliefert. Sie hatten mich zu einem Spielball degradiert.

Ich trieb irgendwohin.

Die Flammen waren verloschen, dafür hüllte mich jedoch ein seltsam aussehender roter Nebel ein. Nicht Dr. Tods Nebel, sondern ein anderer. Er schien aus verdampfendem Blut zu bestehen, denn er hatte die gleiche Farbe.

Hilflos trieb ich durch den Nebel.

Ich selbst konnte mich bewegen, aber wohin sollte ich greifen? Da war nichts, was ich hätte fassen können, an einer langen Nebelschliere konnte ich mich schlecht festhalten.

Weiter trieb ich, immer weiter. Der Hölle entgegen, dem Höllentor zu, wie es mir gedanklich schon prophezeit worden war und es auch der Kugeldämon gesagt hatte.

Und ihn sah ich wieder.

Vielmehr Artgenossen von ihm. Sie lauerten innerhalb der Nebelstreifen, ich sah ihre runden Gestalten und die aufgerissenen Mäuler, die mir wie Teufelsrachen vorkamen, als wollten sie mich mit Haut und Haaren verschlingen.

Sie taten mir nichts, sie hielten sich zurück und beobachteten meinen Weg in das Grauen.

Die Kugeldämonen belauerten meinen Weg, sie begleiteten mich als höllische Wachhunde, was sie sich eigentlich hätten sparen können, denn eine Fluchtchance gab es für mich nicht. Ich war und blieb ein Gefangener der Hölle.

Manchmal spürte ich fremde Einflüsse. Es waren Gedankenströme, die versuchten, mich zu erreichen, auch fanden, aber dennoch abgeblockt wurden, weil die Gegenkräfte zu stark waren.

Sie befahlen hier!

Plötzlich sah ich etwas vor mir.

Ein gewaltiges Gebilde, eine Mauer vielleicht, die mir den weiteren Weg versperrte.

Ich trieb genau auf die Mauer zu.

Zum erstenmal verspürte ich Angst. Wenn das so weiterging, würde ich gegen die Mauer prallen und mich vielleicht verletzen, falls nicht noch etwas Schlimmeres geschah.

Ich irrte mich total!

Plötzlich begann der Nebel zu leben. Erst quirlte er nur an einigen Stellen, dann gerieten die Wände rechts und links in Bewegung, und aus ihnen drangen lange grüne Arme hervor mit klauenartigen Fingern versehen, die mich packten, an mir zerrten, mich festhielten und meine unfreiwillige Reise bremsten.

Die Hände konnte ich kaum noch zählen. Ich spürte nur die harten Finger, sie befanden sich überall, und sie drückten so fest, daß ich vor Schmerzen hätte schreien können.

Allerdings stoppten sie mich nicht. Sie schoben mich weiter auf die Wand zu, die ich, je näher ich kam, immer besser sah. Ich erkannte, daß sie gar nicht fest war, sondern aus einer wabernden Masse bestand, ähnlich wie im Labyrinth der Angst die Wände aus den grünen Würmern.

Noch ein Stück weiter, dann mußte ich gegen die Wand prallen. Das geschah nicht.

Die Hände stoppten mich.

Direkt davor.

Wenn ich die Arme ausstreckte, konnte ich die Wand

berühren. Das tat ich auch. Meine Finger hatten kaum Kontakt gefunden, als vor mir ein Ausschnitt, in der Größe mit einer Tür zu vergleichen, nach innen schwang. Er war mit der Fratze des Teufels versehen.

Ich hatte ein Tor aufgestoßen!

Das Tor zur Hölle ...

ENDE

Im Zentrum des Schreckens

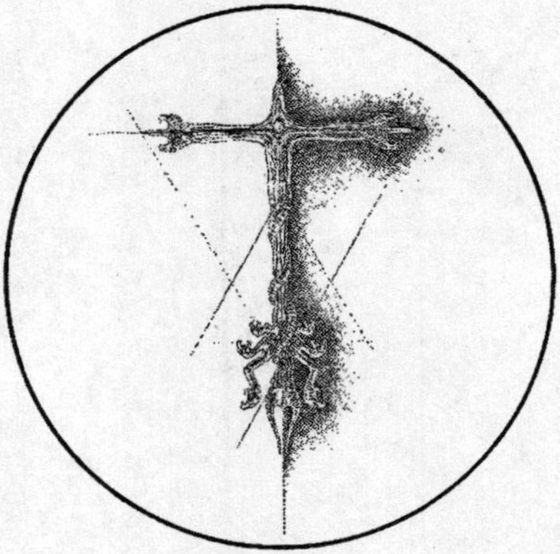

Sein Lächeln zeigte einen Triumph, wie ihn nur jemand empfinden konnte, der auf der ganzen Linie gesiegt hatte. Und das war bei Logan Costello tatsächlich der Fall.

Er besaß John Sinclairs Kreuz!

Daß dabei drei Menschen von seinen Leuten erschossen worden waren, kümmerte ihn nicht weiter. Der Zweck heiligt jedes Mittel, so lautete für den Mafiaboß Logan Costello die Maxime.

Das Kreuz!

Wenn er daran dachte, daß er es nun in den Händen hielt, wurde ihm ganz anders. Seine Gefühle waren kaum zu beschreiben. Triumph, Freude, Überschwang, das alles mischte sich und steigerte sich bei ihm zu einer regelrechten Euphorie.

Und dabei war es so einfach gewesen, das wertvolle Kruzifix in seinen Besitz zu bringen. Drei Männer, von ihm gekauft, hatten John Sinclair in einer Tiefgarage niedergeschlagen und ihm während der Bewußtlosigkeit das Kreuz entwendet. Sie hatten ihm jedoch ein anderes dafür umgehängt. Das zweite Kreuz glich dem Original aufs Haar, ein Unterschied war kaum festzustellen, Sinclair war nahezu wehrlos. Ein Dämon hatte es ausprobieren sollen. Was aus ihm oder Sinclair geworden war, wußte Logan Costello nicht, aber er wußte eins: In der Gunst seines Gönners Dr. Tod stand er jetzt sehr weit oben.

Vor ihm lag das Kreuz. Er hatte es extra auf ein Samtkissen gelegt. Der Samt schimmerte dunkelblau, und das silberne Kreuz stach davon deutlich ab. Die Kette lag zusammengerollt neben dem Kissen. Auch sie bestand aus geweihtem Silber, und so mancher Vampir hatte sich daran schon seine Klauen verbrannt.

Costellos Gesicht verzog sich, als er daran dachte, daß er das Kreuz nicht behalten konnte. Er mußte es Dr. Tod geben. Morasso, unter diesem Namen kannte man Dr. Tod auch, würde ihn bald aufsuchen und das Kreuz an sich nehmen, denn im Gegensatz zu den Mitgliedern seiner Mordliga konnte er es anfassen, denn er war ein Mensch-Dämon.

Er hatte die Eigenschaften eines Menschen behalten, nur konnten ihn normale Waffen wie Bleigeschosse nicht mehr töten. Diese Existenz verdankte er Asmodina und dem Spuk. Asmodina war jedoch inzwischen zu einer Feindin geworden.

Seine Fingerkuppen glitten über das Silber. Sie tasteten genau, fühlten und zeichneten die Eingravierungen nach. Der Mafioso konnte sich einfach nicht erklären, daß in diesem Kreuz so starke Kräfte stecken sollten, er selbst merkte davon nichts. Sie waren auch nicht zu ertasten, er spürte kein Kribbeln in den Fingern, das Kreuz blieb völlig normal.

Und doch war es die gefährlichste Waffe, die John Sinclair besessen hatte.

Hatte, wohlgemerkt!

Als er über dieses Wort nachdachte, wurde sein Grinsen noch breiter. Es zog sich fast von Ohr zu Ohr hin. Dann jedoch zerfaserte es blitzartig, denn vor seinem großen Mahagonischreibtisch entstand plötzlich eine graue Nebelspirale.

Logan Costello, der große Mafiaboß, erschrak so heftig, daß er mit seinem gut gepolsterten Stuhl fast umgekippt wäre, denn er wußte das Zeichen genau zu deuten.

Dr. Tod war da!

Wenn Costello vor nichts auf der Welt Angst hatte, vor Morasso allerdings fürchtete er sich. Dieser Mann war so unberechenbar wie ein hungriger Tiger. Er konnte von einem Augenblick zum anderen seine Meinung wechseln und einen Mord begehen.

Costello schluckte. Er holte ein Tuch aus der Innentasche seines Jacketts und trocknete sich den Schweiß von der Stirn, der ihm plötzlich ausgebrochen war.

Seine Hände zitterten. Er hoffte, alles richtig gemacht zu haben, denn Morasso rieb ihm jeden Fehler unter die Nase.

Die Nebelwolke breitete sich nicht aus, sondern wurde schmal und stieg hoch zur Decke. Bevor sie die jedoch erreicht hatte, blieb sie zitternd stehen.

Logan Costello wagte nicht, sich zu rühren. Vor allen Dingen traute er sich nicht, seinen Arm auszustrecken und die Wolke zu berühren. Dann wäre etwas Gräßliches geschehen. Dieser Nebel hatte die Eigenschaft, Menschen das Fleisch von den Knochen zu lösen, so daß sie als lebende Skelette herumliefen oder vergingen.

Deshalb rührte er sich nicht vom Fleck und blieb auf seinem Stuhl sitzen. Aus weit geöffneten Augen starrte er die lange Nebelspirale an. Noch war von seinem unheimlichen Gast nichts zu sehen, doch das würde sich rasch ändern, wie er wußte. Dr. Tod besuchte ihn nicht zum erstenmal auf diese Art und Weise, aber jedesmal fürchtete sich der sonst eisenharte Mafioso.

Er brauchte in der Tat nicht lange zu warten, denn innerhalb der Spirale tat sich etwas.

Zuerst nur als Schatten sichtbar, formten sich allmählich die Umrisse eines Menschen hervor. Sie zirkulierten und vibrierten noch, wurden jedoch im Verlauf der nächsten Sekunden immer fester, härter und deutlicher.

Ein Mensch entstand.

Dr. Tod!

Plötzlich stand er da. Er war nicht einmal groß, sogar kleiner als Costello, jedoch kompakt gebaut und mit breiten Schultern. Sein Gesicht war blaß, er hielt sich wenig an der Sonne auf, grausam blickten die Augen, das Kinn sprang hart hervor, und das kurze Haar zeigte eine dunkelgraue Farbe.

Er hatte sich nicht verändert, dieser Mensch-Dämon. Er veränderte sich nie.

Und er trat aus der Nebelwolke, ging einen Schritt vor und blieb erst stehen, als er fast den Schreibtischrand berührte.

Logan Costello wußte, was er seinem großen Gönner schuldig war. Er stand auf.

Die Nebelwolke blieb hinter Morasso. Costello wußte

auch, daß der Würfel des Unheils sie produziert hatte. Er transportierte seinen Besitzer über Entfernungen hinweg zu seinem Ziel.

Morasso schaute Costello kurz an und nickte. Ohne ein Wort der Begrüßung zu sprechen, senkte er den Kopf und schaute auf das Kreuz.

»Das ist es«, sagte Costello, vor dem die Londoner Unterwelt zitterte, mit leiser Stimme.

Um Morassos Lippen zuckte es. »Ich weiß«, erwiderte er trocken. Ansonsten war bei ihm keine Gefühlsregung zu entdecken. Vielleicht spürte er den gleichen Triumph wie Costello, nur zeigte er ihn nicht, sondern blieb kalt und gelassen. Er streckte den Arm aus, faßte das Kreuz jedoch nicht an, sondern ließ seine Hand auf dem Schreibtisch liegen. »Hat es viel Mühe bereitet?« erkundigte er sich mit tonloser Stimme.

»Nein.«

Dr. Tod verzog die Mundwinkel. »Dabei waren wir so lange hinter ihm hergewesen. Verdammt, man braucht wirklich nur die gute Idee zu haben, und die hatte ich.« Seine Finger bewegten sich. Sie zitterten ein wenig, so ganz konnte sich Morasso doch nicht unter Kontrolle halten. Dann griff er zu.

Es war wie der Angriff einer Klapperschlange. So schnell. Er umkrallte das Kreuz regelrecht, hielt es für einen Moment fest und hob es dann langsam an.

Ja, das war es!

Und er konnte es anfassen, ohne daß die Kräfte des Kreuzes ihn zerstörten. Aber sie würden eine andere zerstören, eine Todfeindin, die vernichtet werden mußte, das hatte sich Solo Morasso geschworen.

Asmodina!

Sie sollte sterben. Vielleicht auch durch das Kreuz, das er als letzten Trumpf ausspielen wollte.

Er hielt es dicht vor sein Gesicht. Die wulstigen Lippen zogen sich in die Breite und bewegten sich kaum, als er die folgenden Worte sprach.

»Ich habe dich endlich bekommen«, flüsterte er. »Lange genug hat es gedauert, wirklich lange genug. Aber nun gehörst du mir. Und nie wirst du in John Sinclairs Hände zurückkehren. Du hast mir noch in meiner Sammlung gefehlt. Ich habe den Bumerang, ich habe den Würfel des Unheils und das Kreuz. Jetzt bin ich unbesiegbar!«

Und dann stieß er ein Lachen aus, das grausam und kalt durch den Raum hallte. Selbst der abgebrühte Logan Costello bekam eine Gänsehaut.

Solo Morasso schleuderte seinen rechten Arm in die Höhe. Die Finger hielten das Kreuz umklammert, nur ein kleiner Teil von ihm ragte aus seiner Faust.

In Siegerpose stand er da. Er hatte es geschafft.

Er – Solo Morasso.

Sieg auf der ganzen Linie!

Und wieder lachte er. Lange genug hatte er sich beherrschen müssen, aber nun mußte er seinen Triumph loswerden. Er hatte das Spiel für sich entschieden.

Da flog die Tür auf.

Ein Mann stand auf der Schwelle. Er gehörte zu den beiden Killern, die die Morde an den drei Soho-Schlägern auf dem Gewissen hatten. Der Leibwächter, er hielt sich immer in Nähe des Arbeitszimmers seines Chefs auf, war durch das Lachen irritiert worden. Seine Waffe hatte er zwar noch nicht gezogen, doch seine rechte Hand war bereits unter dem Jackett verschwunden, um den Revolver blitzschnell hervorholen zu können.

Zwei Sekunden stand er starr, dann stürzte er in den Raum. »Capo, was ist? Soll ich …?«

»Bleib stehen!« schrie Costello.

Er hatte das Unheil kommen sehen, doch er konnte es nicht mehr verhindern, weil sein Leibwächter zu schnell gewesen war. Dieser Mann sah den Nebelstreifen zwar, doch er wußte nichts von seiner schaurigen Funktion.

Er rannte praktisch mit der linken Hälfte seines Körpers hindurch. Das war sein Verderben.

Im nächsten Moment bewies der Nebel, welch eine grausame und mörderische Kraft in ihm steckte. Und Dr. Tod sah grinsend zu, während Logan Costello fassungslos den Kopf schüttelte, aber nicht wagte, einzugreifen.

Der Killer kam nicht einmal bis zum Schreibtisch. Einen halben Schritt davor stoppte er.

Sein Gesicht veränderte sich. Die Züge schienen einzufrieren, als er nach links schielte.

Dort veränderte sich der Stoff des Jacketts. Er wurde zuerst grau, das kleine Karomuster der Jacke verschwand ganz, und auch der Stoff löste sich auf.

Damit war das Grauen noch nicht beendet. Der gefährliche Nebel drang weiter. Er zerstörte das Hemd und berührte anschließend die Haut.

Und nun zeigte er seine gewaltige, mörderische Kraft.

Das Schreien des Mannes war markerschütternd. Der Killer erhielt für seine Verbrechen eine furchtbare Strafe. Vor dem Schreibtisch sackte er zusammen. Dabei fiel sein Kopf nach vorn, so daß er mit dem Kinn hart auf die Platte schlug. Den Mund hatte er aufgerissen. Ein gequältes Wimmern drang über seine Lippen. Mit einem flehenden Ausdruck in den Augen schaute er den stehenden Logan Costello an.

Der konnte ihm nicht helfen. Costello war froh, vom Nebel verschont geblieben zu sein. Der Killer hob den Kopf, eine letzte, verzweifelte Bewegung. Er hielt sich noch an der Kante fest, obwohl seine linke Hand bereits aus weißen, knöchernen Fingern bestand.

Dann fiel er zur Seite.

Solo Morasso hob die Schultern. »Er war ein Narr, ein Idiot«, erklärte er mit kalter Stimme. »Er hätte nicht hereinkommen sollen, aber er wollte es nicht anders.«

Costello nickte. Im Moment konnte er nicht sprechen, dafür war ihm der Tod eines seiner besten Leibwächter zu sehr auf den Magen geschlagen. Er verfluchte Morasso und wünschte ihn weit weg.

Dr. Tod bedachte ihn mit einem Blick, als könne er

Gedanken lesen. Logan Costello fühlte sich ertappt und zuckte wie unter einem Peitschenhieb zusammen.

Morasso grinste nur. Das Kreuz hielt er noch immer fest. »Ich werde wieder verschwinden«, sagte er, und so etwas wie ein Lächeln umspielte seine Lippen. »Mit diesem Kreuz hast du dir auch selbst einen Gefallen getan, mein Lieber.«

»Wieso?«

»John Sinclair wird bald nicht mehr leben. Wir löschen ihn eiskalt aus!«

Nach diesen Worten bewegte sich Dr. Tod zurück und stieg in die stehende Nebelfahne. Seine Gestalt begann bereits nach zwei Sekunden zu flimmern, und einen Herzschlag später waren sie und der Nebel verschwunden.

Logan Costello wischte sich über die Augen. Hatte er das alles nur geträumt?

Nein, es war kein Traum. Er brauchte sich nur vorzubeugen und über den Rand des Schreibtisches zu schauen.

Dort lag sein Leibwächter.

Als Skelett ...

Vor mir öffnete sich die Wand!

Jedenfalls hatte ich das Gefühl. Meine Finger waren nur leicht dagegengestoßen, und schon war dieses Riesengebilde – oder zumindest ein Teil davon – zurückgeschwungen.

Was lag dahinter?

Die Hölle? Das waren Vermutungen, und ich holte sie nicht einmal so weit her, denn vom Tor der Hölle hatte der sterbende Kugeldämon in der Tiefgarage gesprochen und auch die Stimme des Mediums Lucille in meinem Gehirn.

Ich war durch einen blutroten Nebelkanal geschwebt, hatte innerhalb der Nebelwolken die Kugeldämonen gesehen und war von gierigen, grünen Armen gepackt worden, bevor ich gegen die Mauer prallte, die vor mir hochwuchs.

Dadurch stieß ich einen Teil auf.

Das Tor zur Hölle!

Was erwartete mich dahinter? Trotz der miesen Lage, in der ich mich befand, siegte die Neugierde. Ich konnte nämlich klar denken und auch entsprechend reagieren. Die Reise in die fremde Dimension hatte ich seelisch und körperlich bisher unbeschadet überstanden.

Tat sich wirklich vor mir die Hölle auf, von der in der langen Geschichte der Menschheit immer wieder gesprochen und geschrieben wurde? Würde ich das Höllenfeuer sehen? Das absolute Grauen? Oder nur in einem Pandämonium landen?

Fragen, die mich quälten und auf die ich trotz der gefährlichen Situation nur zu gerne eine Antwort gewußt hätte.

Hinter dem Tor befand sich die absolute Schwärze. Ich tauchte in sie hinein und spürte sofort die Aura des Schreckens. Sie war so stark und drohend, daß sie mir die Brust zusammenpreßte und ich überhaupt Mühe hatte, einen klaren Gedanken zu fassen. Hier herrschte das absolut Böse, und ich hatte das Gefühl, tatsächlich in die Hölle zu schweben. So stark hatte ich das Grauen noch nie in meinem Leben empfunden. Es preßte mir das Herz zusammen, ein überstarkes Gefühl der Angst breitete sich in mir aus, daß jetzt alles vorbei wäre, daß man mich für immer gefangenhielt in der endlosen, absoluten und tiefen Schwärze des Dämonenreiches.

Die Dunkelheit blieb nicht.

Vor mir, eine genaue Entfernung war schlecht abzuschätzen, sah ich einen helleren Umriß, der sich bewegte. Genaues konnte ich nicht erkennen. Erst als ich näher heran war, da entdeckte ich, daß es zwei Personen waren, die mich offenbar erwarteten.

Ohne daß ich mich dagegen wehren konnte, wurde ich auf diese Personen zugetrieben. Unsichtbare Hände schienen mich voranzustoßen, immer weiter, bis ich schließlich die beiden identifizieren konnte.

Sie wußten, wer ihnen da entgegen kam, und ich konnte verstehen, daß sie triumphierend grinsten.

Es waren meine beiden Todfeinde.

Asmodis, der Teufel, und Asmodina, seine höllische Tochter!

Überrascht war ich nicht, ich hatte ja damit gerechnet. Asmodina grinste sogar noch höhnischer. Gegen sie hatte ich öfter gekämpft als gegen ihren Vater, aber beide haßten mich mit der gleichen Intensität.

Während ich noch weiter auf sie zuschwebte, öffnete Asmodina ihre rechte Hand, nachdem sie den Arm ausgestreckt hatte.

Auf der Fläche sah ich etwas blinken.

Es war der silberne Nagel, mit dem ich Dr. Tod damals vernichtet hatte …

Über die Tischplatte hinweg schaute Shao, die Chinesin, ihren Freund Suko an. »Dir schmeckt es nicht, was?«

»Doch, doch.«

»Lüg doch nicht. Sonst ißt du immer mehr als heute. Du hast etwas, Suko.«

»Klar. Dir würde es auch nicht schmecken, und dir schmeckt es auch nicht, obwohl du dich zwingst, zu essen.« Der Chinese schob seinen Teller zurück. »Ich war selten in meinem Leben so unruhig wie heute, das kannst du mir glauben.«

»Das Kreuz?«

»Ja. John hat es verloren. Sie haben es ihm abgenommen. Keiner weiß, wo es sich befindet. Ich glaube nicht daran, daß Costello es noch hat. Sicherlich befindet es sich bereits in den Händen von Solo Morasso. Jetzt hat er alle Trümpfe. Den Bumerang, den Würfel des Unheils und auch das Kreuz. Damit kann er sich zum Höllenherrscher aufschwingen.«

»Malst du da nicht zu schwarz?« fragte Shao.

»Kaum. Du weißt selbst über das Kreuz Bescheid und auch darüber, welche Macht und Kraft es besitzt. Zudem kann Morasso es anfassen, das darfst du nicht vergessen. Er ist ein Mensch-Dämon, eine gefährliche Mischung, wie sie noch nie vorher erschaffen wurde.«

»Dann ist er unbesiegbar?«

Suko hob die Schultern und bemerkte, wie seine Partnerin fröstelte. Deshalb formulierte er die Antwort anders. »Unbesiegbar ist wohl keiner. Es ist zumindest schwer, gegen Dr. Tod zu gewinnen, sagen wir mal so.«

»Ja, das sehe ich ein.« Auch Shao schob ihren Teller zur Seite. »Sollen wir John nicht zu uns holen?«

»Das wird kaum Zweck haben. Er wollte ja allein bleiben. Ich verstehe das auch. Er muß es erst einmal überwinden, ohne seine stärkste Waffe dazustehen.«

»Ja, da hast du recht.«

Einige Minuten vergingen schweigend. Als das Telefon schrillte, zuckte Shao zusammen.

Suko stand blitzschnell auf und hatte den Hörer schon abgenommen, bevor es zum zweitenmal klingelte. Er erwartete, John Sinclair zu hören, war allerdings überrascht, als Sir James Powells Stimme an sein Ohr drang.

»Wo befindet sich John Sinclair?« fragte der Superintendent sofort.

»In seiner Wohnung, Sir.«

»Nein, da ist er nicht.«

Suko lief es bei dieser Antwort kalt über den Rücken. »Da ist er nicht? Aber wir haben uns doch ...«

»Jedenfalls meldet er sich nicht auf meinen Anruf. All right, dann sage ich es Ihnen. Durch Zufall sind von einem Nachtwächter drei Tote gefunden worden. Die Leichen lagen in einer leerstehenden Fabrikhalle in der Nähe des Hafens. Sie müssen etwas mit dem Überfall auf John Sinclair zu tun gehabt haben, denn bei einem der drei haben wir die Beretta des Oberinspektors gefunden.«

»Und die Männer sind tot?« fragte Suko entsetzt.

»Ja, sie wurden erschossen.«

»Costello löscht alle Spuren.«

»Genau. Jetzt aber zu Sinclair. Hat er Ihnen gesagt, wo er hingegangen ist?«

»Nein, Sir, er wollte allein bleiben und auf Ihren Anruf warten.«

»Ich mache mir Sorgen. Sehen Sie mal nach, Suko, und rufen Sie mich dann an.«

»Das geht in Ordnung, Sir.«

Suko legte auf. Shao hatte sich neben ihn gestellt und so einen Teil des Gesprächs mitbekommen. »John ist nicht da?«

Der Chinese nickte.

»Aber wo kann er nur sein?«

Da hob Suko die Schultern. »Ich weiß es nicht, wirklich nicht. Da ist irgend etwas passiert. Ich muß rüber.« Suko drehte sich um und holte den Zweitschlüssel zur Wohnung seines Freundes. Es waren nur ein paar Schritte über den Gang. Shao wollte mit, doch Suko schüttelte den Kopf. »Nein, bleib du lieber hier, es ist besser so. Wenn etwas passieren sollte, habe ich dich aus dem Gefahrenbereich.«

»Wenn du meinst ...«

Suko nahm nicht nur den Schlüssel mit, sondern auch seine Waffen. Die Beretta hatte er schon gezogen. Er hielt sie in der rechten Hand, mit der linken hatte er die Tür aufgeschlossen.

In der Wohnung war es still. Der übersensible Suko spürte, daß etwas geschehen war, denn ihm erschien die Stille nicht normal, sondern unheimlich.

Er wagte kaum zu atmen, als er durch die schmale Diele schlich. Die Tür zum Wohnraum stand offen. Auf der Schwelle blieb Suko stehen und hatte einen freien Blick.

Er sah sofort den Schrank, wo der Kelch des Feuers stand. Die Tür war geöffnet.

Suko blickte auf den Kelch.

Aus welchem Grunde hatte John Sinclair die Tür geöffnet? Wollte er an den Kelch?

Tief atmete der Chinese ein und ging langsam vor. Ein Kampf hatte nicht stattgefunden. Nichts wies darauf hin. Alles war normal. Auf dem Tisch stand noch ein Glas, an dessen Innenwand letzte Bierschaumreste klebten.

Der Chinese verstand nichts. Es gab auch keine Spuren, aus denen er einen Tathergang hätte nachvollziehen können. Alles war so seltsam, so unheimlich ...

Vor dem Schrank blieb er stehen, steckte die Pistole weg und ließ seine Finger über den Kelch des Feuers gleiten.

Er fühlte sich völlig normal an. Suko konnte sich nicht vorstellen, daß von ihm eine Gefahr ausgehen sollte. Und doch mußte er mit Johns Verschwinden zu tun haben.

»Hast du etwas gefunden?« Shao war ihrem Freund gefolgt und stand dicht hinter Suko.

Der Chinese drehte sich um. »Nein«, erwiderte er. »Nur den Kelch im offenen Schrank.«

»Dann hat er irgendeine Bedeutung gehabt«, folgerte Shao sofort.

»Das kann sein.«

»Aber John kann sich doch nicht einfach in Luft aufgelöst haben«, rief Shao erschreckt. »Das ist unmöglich ...« Sie stockte, denn ihr war eingefallen, daß es für das Sinclair-Team eigentlich das Wort unmöglich nicht geben durfte.

»In Luft aufgelöst«, murmelte Suko. »Verdammt, da kannst du recht haben oder auch nicht. Ich würde es gern umschreiben. Man kann auch sagen, er hat eine Dimensionsreise hinter sich gebracht.«

»Das weißt du nicht genau.«

»Nein, es ist Spekulation. Wenn ich nur wüßte, welche Kräfte in dem Kelch stecken! Sie müssen auf irgendeine Art und Weise geweckt worden sein.«

»Durch John?«

»Kann sein.«

Shao wollte es genau wissen und durchsuchte die Wohnung. Als sie zu ihrem Freund zurückkehrte, hob sie nur die Schultern. »Nichts«, stellte sie mit tonloser Stimme fest.

Suko ging erst gar nicht in die Nachbarwohnung zurück, sondern rief direkt an. Er tippte die einzelnen Zahlen. Sir James Powell meldete sich auf der Stelle.

»Sir, John Sinclair ist verschwunden! Seine Wohnung fanden wir leer. Irgend jemand muß ihn erwischt haben, wenn ich das mal so sagen darf. Und dabei spielt der Kelch des Feuers eine entscheidende Rolle.«

Sir James atmete heftig ein. An den folgenden Geräuschen erkannte Suko, daß er einen Schluck von seinem Magenwasser nahm. »Sonst haben Sie keine Spur gefunden, Suko?«

»Nein, Sir.«

»Dann bleibt uns nichts anderes zu tun, als abzuwarten«, gab Sir James kleinlaut zu.

»Sollen wir nicht Costello auf den Zahn fühlen?«

»Das wird keinen Zweck haben. Wie Sie mir zudem die Sachlage geschildert haben, nehme ich an, daß Logan Costello damit nichts zu tun hat. Am besten ist es, wenn Sie in Sinclairs Wohnung bleiben. Vielleicht meldet er sich auf irgendeine Art und Weise.«

»Ja, das könnte möglich sein«, erwiderte Suko leise.

»Sie rufen mich an, falls etwas geschehen sollte.«

»Natürlich, Sir.«

»Und?« fragte Shao. Sie hatte diesmal nicht mitgehört.

Der Chinese hob nur die Schultern. Diese Geste sagte eigentlich alles.

Ein schriller Entsetzensschrei drang aus dem Mund der ehemaligen Terroristin Pamela Barbara Scott, auch Lady X genannt und seit kurzer Zeit ein Vampir. Sie hatte das Kreuz gesehen, das Solo Morasso hochhielt, und sie spürte die starke Ausstrahlung des Kruzifixes, so daß sie zusätzlich noch zurückwich und den rechten Arm als Deckung vor ihr Gesicht riß.

»Nimm es weg! Nimm es weg!« kreischte sie.

Morasso lachte. »Was hast du? Du brauchst es doch nicht zu berühren, Lady X.«

»Trotzdem.«

Dr. Tod dachte nicht daran, dem Wunsch der Vampirin nachzukommen. Er behielt das Kreuz offen in der Hand. Schließlich mußten die anderen sehen, daß er gesiegt hatte. Und zwar auf der ganzen Linie gesiegt, denn er hatte das Wertvollste, was es für ihn überhaupt geben konnte.

In dem alten unterirdischen Betonbunker, einem Überrest des Zweiten Weltkriegs, hallte das Lachen des Solo Morasso von den kahlen Wänden wider. »Jetzt ist Sinclair erledigt!« schrie er. »Endgültig und für alle Zeiten.«

Abermals lachte er. Die Lampen an den Wänden und der Decke begannen zu flackern, als wollten sie ihm zustimmen.

Die anderen Mitglieder der Mordliga schauten ebenfalls auf ihn und das Kreuz.

Vor allen Dingen Mr. Mondo. Er konnte es auch anfassen, denn er war der einzige Mensch in der Mordliga. Sein Blick zeigte großes Interesse, die Augen hinter den Brillengläsern blitzten.

Lupina, die das Kreuz ebenso fürchtete wie Lady X, hatte sich zurückgezogen. Sie wußte ebenfalls um die Gefährlichkeit dieser Waffe. Tokata, Vampiro-del-mar und Xorron schauten ziemlich teilnahmslos, als ob das Kreuz sie nicht interessierte. Nur Mr. Mondo konnte nicht länger hinter dem Berg halten.

»Dir nutzt das Kreuz nichts gegen John Sinclair«, sagte er. »Damit kannst du ihn nicht besiegen!«

Morasso fuhr herum. »Das weiß ich selbst. Aber Sinclair ist geschwächt, und ich will das Kreuz gegen Asmodina einsetzen. Ich habe eine so starke Waffe, daß sie die Teufelstochter vernichten kann. Sinclair ist in diesem

Falle eine Nebensache, ein Abfallprodukt. Wir erwischen ihn so oder so. Asmodina ist mir wichtiger. Wenn wir sie ausgeschaltet haben, steht einer Machtübernahme nichts mehr im Wege. Ihre Reiche werden dann uns gehören.«

Starke Worte, jedoch nicht übertrieben, wenn es ihnen gelang, die Teufelstochter zu stürzen.

Solo Morasso hatte es im Laufe der Zeit geschafft, all seine Mitglieder davon zu überzeugen, daß Asmodina als Todfeindin Nummer Eins angesehen werden mußte. Das war praktisch die Bedingung, überhaupt Mitglied der Mordliga zu bleiben. Erst wenn Asmodina aus dem Weg geschafft war, konnte man sich anderen, großen Aufgaben widmen. Davon gab es genug. Denn auch Dr. Tod hatte von einer voratlantischen, unheimlichen Magie gehört, die noch schlief, von ihm jedoch zum Leben erweckt werden sollte. Wenn es ihm gelang, auch diese fürchterlichen Dämonen und Wesen auf seine Seite zu ziehen, war das die halbe Miete. Zuvor mußten allerdings sämtliche Hindernisse aus dem Weg geräumt werden.

»Ihr steht voll auf meiner Seite?« fragte Solo Morasso noch einmal.

Die Mitglieder der Mordliga sagten nichts. Morasso schaute jedes von ihnen an.

Bei Mondo begann er. Der verbrecherische Wissenschaftler grinste und nickte.

Lady X gab ebenfalls durch eine Kopfbewegung ihre Zustimmung.

Vampiro-del-mar stieß ein undefinierbares Geräusch aus. Ein Zeichen, daß auch er einverstanden war.

Xorron ebenfalls.

Und auch Lupina, die Königin der Wölfe, hatte nichts dagegen, obwohl sie ihr eigenes Süppchen später kochen wollte. Davon allerdings sagte sie nichts.

Blieb Tokata.

»Wie ist es mit dir?« fragte Dr. Tod, als er sah, daß der Samurai des Satans keine Anstalten machte, dem Vorschlag zuzustimmen.

»Ich bin auch damit einverstanden!« drang es dumpf unter seiner Maske hervor.

»Dann ist es ja gut.«

»Allerdings möchte ich dazu noch etwas sagen.«

Solo Morasso krauste die Stirn. Er spürte, daß Tokata doch nicht so einverstanden war, und schickte ihm ein gedehntes »Ja?« entgegen.

»Ich werde euch für eine Weile verlassen müssen, denn ich spüre, daß der große Kampf bevorsteht.«

Morasso beugte sich nach vorn. Sein Gesicht nahm einen lauernden Ausdruck an. »Von welch einem Kampf sprichst du?«

»Nicht von deinem, sondern von meinem.«

»Du willst allein gegen Asmodina vorgehen?«

»Nicht gegen Asmodina, sondern gegen einen anderen. Der Goldene Samurai treibt sich noch auf dieser Welt herum. Einer von uns ist zuviel. Ich habe inzwischen herausgefunden, daß er sich auf den Weg gemacht hat, um den heiligen Fächer der Göttin Amaterasu zu suchen. Er befindet sich versteckt auf einer Insel. Wenn der Goldene den Fächer findet, ist er sehr stark. So stark, daß er uns gefährden kann. Und das will ich nicht zulassen.«

Selbst Solo Morasso wußte nicht, was er darauf antworten sollte. Mit diesen Worten hatte er nicht gerechnet. Sollte Tokata etwa Angst haben?

Danach fragte er ihn.

»Nein, ich habe keine Angst. Ich werde mich dem Goldenen stellen, das ist alles.«

»Du wirst hier gebraucht.«

»Ihr seid doch jetzt stark genug.«

Das stimmte. Und doch wollte Solo Morasso es nicht zugeben.

Wenn das Beispiel Tokatas Schule machte, dann ging hinterher jedes Mitglied der Mordliga seinen eigenen Weg. Andererseits konnte er sich den Argumenten des untoten Samurai nicht verschließen. Er wußte auch um den Goldenen Bescheid und daß dieser ein Feind Tokatas war, deshalb suchte Dr. Tod nach einem Kompromiß und fand ihn auch.

»Es ist klar«, sagte er, »daß der Goldene eine Gefahr darstellt. Wir sollten sie gemeinsam angehen. Deshalb sage ich dir, bleib du so lange hier, bis wir Asmodina erledigt haben. Dann werden wir uns den Goldenen vorknöpfen.«

Tokata schüttelte das Maskengesicht. »Das geht nicht. Bis wir Asmodina erledigt haben, kann es längst zu spät sein. Ich muß ihn vorher finden.«

Morasso schwieg. Er befand sich in einer Zwickmühle. Urplötzlich war eine Situation entstanden, die er nicht einkalkuliert hatte.

Tokata spielte nicht mehr mit.

Konnte er das zulassen?

Morasso dachte an sein großes Ziel. Er mußte Asmodina vernichten, und er besaß das Kreuz. Wenn man es als Waffe mit Tokata verglich, dann war es wesentlich stärker als der Samurai des Satans, vor allen Dingen auf Asmodinas Person bezogen. Und der Goldene Samurai existierte tatsächlich und war ein Feind Tokatas. Also mußte er ausgelöscht werden. Nur paßte Morasso der momentane Zeitpunkt nicht. Er konnte allerdings daran nichts ändern.

»Und es gibt tatsächlich keinen anderen Weg für dich?« hakte er noch einmal nach.

»Nein«, erwiderte Tokata.

Solo Morasso nickte. Er hatte sich entschlossen, nachzugeben. Etwas, was bei ihm so gut wie nie geschah. Doch die Vorzeichen hatten sich verändert. Zudem besaß er das Kreuz.

»Du kannst gehen!« sagte er. »Geh und töte deinen Gegner!«

Tokata verbeugte sich. »Du wirst mit mir zufrieden sein«, antwortete er grollend. Auf dem Absatz machte er kehrt und verschwand aus dem großen Bunkerraum.

Die anderen schauten ihm nicht nach. Unter den

Mitgliedern der Mordliga gab es keine Verbindung. Sie waren eine Interessengemeinschaft, mehr nicht.

Für Solo Morasso war das Thema Tokata erledigt. Er drehte sich um und wandte sich wieder den gegenwärtigen Problemen zu. Auf einem Tisch stand der Würfel des Unheils. Harmlos sah er aus. Weißbläulich schimmerten seine Flächen. Schlieren hatten sich innerhalb des Materials gebildet, sie bewegten sich langsam.

Dr. Tod hatte mit Hilfe des Würfels den Nebel produziert. Eine ungemein starke und gefährliche Waffe. Die nächste, den Bumerang, legte er rechts neben den Würfel. Das Kreuz deckte die linke Seite ab.

Dann umfaßte Morasso den Würfel mit beiden Händen. Er senkte den Kopf und konzentrierte seine Gedanken auf den Spuk. Durch den Würfel als Katalysator sollte der Spuk mit ihm in Kontakt treten. Durch Morassos Gedanken war er zu manipulieren.

Innerhalb des Würfels begannen sich die Schlieren schneller zu bewegen. Sie rotierten nicht, aber sie zuckten vor und zurück sowie nach oben und unten.

Eine feine Nebelspirale quoll aus der Oberseite. Sie stieg bis zur hohen Decke und durchdrang sie nicht, sondern breitete sich wie ein großer Pilz aus.

Heftig dachte Morasso an den Spuk. Der Dämon, der inzwischen auf seiner Seite stand, mußte seine gedanklichen Wünsche einfach vernehmen.

Er reagierte auf Schwarze Magie wie ein Seismograph auf die Wellen eines Erdbebens.

Und es tat sich etwas, der Spuk erschien, er hatte den Ruf des Mensch-Dämons vernommen.

Innerhalb der Nebelwolke bildete sich ein dunklerer Schatten. Er blieb nicht ruhig, doch Dr. Tod und auch die Mitglieder der Mordliga wußten, daß sie hohen Besuch bekommen hatten.

»Du hast mich gerufen?« Die Stimme des Spuks schien aus dem Nichts zu erschallen.

Dr. Tod drehte seinen Kopf ein wenig, so daß er jetzt

zur Decke blickte und den Spuk oder vielmehr den Schatten in der Nebelwolke anschauen konnte.

»Ja, ich habe dich gerufen!«

»Und warum?«

Solo Morasso kicherte wie ein Teenager. »Schau mal neben den Würfel. Dort siehst du etwas.«

Der Schatten in der Nebelwolke geriet in Bewegung. Dann drang ein dumpfes Grollen hervor, und im nächsten Augenblick erfüllte das schaurige Gelächter des gestaltlosen Dämons den Bunker. »Das Kreuz!« donnerte der Spuk. »Du hast das Kreuz!«

»Genau!« schrie Dr. Tod zurück. »Ich habe es, und damit werde ich Asmodina vernichten. Sei froh, daß du dich auf meine Seite gestellt hast. Jetzt kann nichts mehr schiefgehen. Wir schlagen zwei Fliegen mit einer Klappe, denn auch John Sinclair ist nun wehrlos. Wir können ihn zerquetschen.«

»Das stimmt«, erwiderte der Herr im Reich der geknechteten Dämonenseelen. »Aber ich habe auch eine Überraschung für dich, Solo Morasso. Du wirst dich um John Sinclair wohl kaum noch zu kümmern brauchen. Das übernehmen andere.«

»Wieso?«

»John Sinclair befindet sich nicht mehr in seiner Wohnung, auch nicht in London und nicht auf der Welt. Er ist von Asmodina in ihr Reich geholt worden. Sie hat sich mit Asmodis zusammengetan, die beiden kämpfen jetzt miteinander gegen Sinclair. Sie werden ihn töten. Du brauchst dir um ihn keine Gedanken zu machen.«

Dr. Tod duckte sich unter den Worten des Spuks. »Stimmt das wirklich?« fragte er lauernd.

»Ja.«

Morasso stieß ein tiefes Knurren aus. Seine Hände bewegten sich unruhig. Die Vorstellung, seinen Todfeind als Leiche zu sehen, machte ihn rasend. »Das ist natürlich noch besser gelaufen, als ich annahm«, erwiderte er, »viel besser.«

»Sei vorsichtig«, warnte der Spuk. »Denke daran, daß Asmodina dich vernichten will. Und im Verein mit ihrem Vater ist sie sehr gefährlich. Zudem hat sie etwas, das dir schon einmal den Tod gebracht hat. Den silbernen Nagel!«

Morasso reckte die Faust in die Luft. Sein Gesicht verzerrte sich. »Nein, sie wird es nicht schaffen. Das schwöre ich dir, Spuk. Sie packt es nicht, glaube mir.«

»Ich hoffe es, denn wenn sie gewinnen sollte, ginge es mir auch schlecht.«

Es waren seine letzten Worte. So rasch wie er erschienen war, verschwand er auch wieder.

Zurück blieben die fünf Mitglieder der Mordliga und Solo Morasso. »Asmodina wird nicht gewinnen«, flüsterte er heiser. »Sie schafft es nicht. Ich will ihren Kopf, und ich werde ihn bekommen. Zum Schluß triumphiere ich!«

Er sagte dies und schlug zur Bekräftigung seiner Worte mit der Faust auf den Tisch. Niemand der anderen widersprach ihm. Die Mordliga war von ihrem Sieg überzeugt.

Ich schaute auf den Nagel.

Er lag auf dem Handteller der Teufelstochter und hatte ihr nichts getan. Seine Kraft war einfach nicht stark genug, um Asmodina zu zerstören. Da hätte ich schon stärkere Kaliber wie mein Kreuz auffahren müssen.

Gut gegen Böse.

Der uralte Kampf. Bisher hatte ich ihn für mich entscheiden können, nun aber hatten sich die Vorzeichen verändert.

Mein Blick löste sich von dem Nagel und glitt über die Gestalt der Teufelstochter. Sie sah so aus, wie ich sie in Erinnerung hatte, bis auf eine Kleinigkeit.

Ihr Gesicht.

Es zeigte nicht mehr die normale Haut, sondern war pechschwarz und wirkte ledern. Irgend etwas mußte mit ihr geschehen sein, ich wagte allerdings nicht, danach zu fragen.

Einen Schritt neben ihr stand Asmodis. Der Teufel!

Von Angesicht zu Angesicht sah ich ihn.

Das dreieckige Gesicht. Spitz lief es unten zu. Über dem Kinn befand sich der langgezogene, viereckige Mund. Dann eine Nase, die keine normale Form aufwies. Sie erinnerte mich an eine Mischung zwischen dem Geruchsorgan eines Tieres und dem eines Menschen. Das Gesicht schimmerte bräunlich. Ich konnte sogar die wenigen Haare eines Fells erkennen. Aus der breiten Stirn wuchsen zwei Hörner. Sie waren ein wenig gedreht, die Spitzen zeigten nach oben. Der Teufel trug einen schwarzen Umhang, den er fest um seine magere Gestalt gezogen hatte. In der Mitte klaffte der Umhang auf. Ich sah ein Bein. An das Bein schloß sich jedoch kein menschlicher Fuß, sondern der eines Pferdes an.

Ich sah den Satan vor mir.

Und ich lebte, was für mich schon so etwas wie ein kleines Wunder war.

Zum erstenmal sprach Asmodis. Er sagte einen Satz, der mir unter die Haut ging. »Willkommen in der Hölle, John Sinclair!«

Obwohl ich große Angst verspürte, blieb ich äußerlich relativ gelassen. »Bin ich tatsächlich in der Hölle?«

»Ja, im Zentrum des Schreckens.«

»Die Hölle habe ich mir immer anders vorgestellt.«

Da riß der Satan seinen Rachen auf, und seine Augen rotierten feuerrot. »Du denkst zu menschlich, Sinclair. Die Hölle hat tausend Gesichter, eines davon siehst du hier. Es gibt auch das andere Gesicht, das grauenvolle. Vielleicht wirst du es sehen. Nein, nicht nur vielleicht, sondern bestimmt.«

»Danke, mir reicht dies schon.«

Satan lachte.

»Du bist wirklich noch nicht klein genug, John Sinclair. Aber wir werden es schon schaffen.« Dabei warf er seiner Tochter einen auffordernden Blick zu.

»Und wie«, sagte Asmodina. Sie hatte mich die gesamte

Zeit über angestarrt, und der Haß in ihren Augen war nicht zu übersehen. Sie wollte mich vernichten.

Von ihrem Standpunkt aus gesehen war das sogar legitim. Denn ich hatte ihr wirklich zu viele Niederlagen beigebracht. Sie hatte es oft versucht, aber immer wieder war sie zurückgeschlagen worden. Wie mußte es in einem Wesen, dessen Innerstes praktisch nur aus Haß bestand, aussehen, wenn es jetzt seinem ärgsten Todfeind gegenüberstand.

»Hat er Waffen?« fragte Asmodis. Er dachte da schon praktischer als seine Tochter.

»Bestimmt«, erwiderte seine Tochter und verzog das schwarze Gesicht zu einem Grinsen. »Gib es zu!« fuhr sie mich scharf an.

Ich wollte schon nicken, als mir etwas einfiel. Die Idee wurde wirklich in einem winzigen Augenblick in meinem Kopf geboren, und wenn man von dem Begriff Gedankenblitz sprechen kann, dann war es bei mir der Fall.

Warum sollte ich nicht versuchen, Asmodina und ihren Vater mit einem Bluff zu überlisten? Die Frage des Teufels war so gestellt worden, daß ich davon ausgehen konnte, ein Wesen vor mir zu haben, das nicht wußte, was lief. In meinem Fall hieß das: Der Satan hatte bestimmt nicht erfahren, daß mein Kreuz nicht echt war. Und seine Tochter natürlich auch nicht.

Ich nickte.

»Du hast also Waffen?« fragte Asmodina.

»Ja.«

»Welche?«

»Meine Pistole, den Dolch …«

Asmodina winkte ab. »Die Dinge kannst du vergessen. Mich interessiert nur dein Kreuz!«

Ich schaute sie an, und sie ließ sich tatsächlich bluffen, denn sie sagte: »Du hast es also!«

»Ich gehe nie ohne Kreuz!«

Die Teufelstochter warf ihrem Vater einen raschen Blick zu. Der Teufel grinste böse. Auch er hatte einen regelrechten Horror vor dem geweihten Kruzifix, und er verlangte mit herrischer Stimme, daß ich es abnahm und niederlegte.

Niederlegen war gut. Bisher hatte ich nicht bemerkt, daß wir überhaupt auf festem Boden standen. Mir schien es eher, als würde ich über der Erde schweben. Die Gravitationskraft war in dieser Welt aufgehoben, denn ich erkannte keine Länge, Breite oder Höhe.

Alles war so seltsam, so unwirklich. Es gab keine Wände, die ich greifen konnte, keine festen Punkte zum Orientieren, höchstens den Teufel und seine Tochter.

Und ich stand den beiden gegenüber.

Das mußte man sich einmal vorstellen. Es war zwar kein Menschheitstraum in Erfüllung gegangen, aber ich erlebte einen Teil der Hölle, wie er tatsächlich war. Ich konnte jetzt – vorausgesetzt, ich würde je hier herauskommen – mehr über die Hölle berichten. Doch wie hatte man mir gesagt?

Die Hölle ist vielschichtig. Sie bildet keine Einheit. Ich stellte mir darunter eine Konzentration mehrerer Dimensionen vor, die sich wie die Häute einer Zwiebel überlappten. Eine andere Vorstellung von diesem Phänomen schaffte ich einfach nicht.

»Was zögerst du?« fuhr die Teufelstochter mich an. »Nimm das verfluchte Kreuz ab!«

Ich hob meine Arme.

Gleichzeitig bewegte sich auch Asmodis. Mit der linken Klaue zeichnete er einen Kreis in die Luft. Im selben Augenblick erschienen aus dem Nichts Wesen, die ich genau kannte.

Es waren die gefährlichen Kugeldämonen, treue Diener des Satans, und die bauten sich wie eine Wand vor Asmodis und dessen Tochter auf, so daß ich die beiden nicht mehr sehen konnte.

Trotz meiner prekären Lage konnte ich mir ein Lächeln nicht verkneifen. Beide, Asmodis als auch seine Tochter, hatten vor dem Kreuz einen regelrechten Horror. Sie wußten genau um seine Stärke, und sie bauten deshalb einen Schutzwall auf, damit ich sie nicht direkt angreifen konnte.

Wenn die gewußt hätten ...

Ferner wunderte es mich, daß sie noch nichts von dem von mir getöteten Kugeldämon erfahren hatten. Er hätte ihnen ja sagen können, daß mein Kreuz versagte. Oder hielten sie sich bewußt damit zurück?

Eine Antwort wußte ich nicht. Sie spielte auch keine Rolle, ich mußte nur meinen Bluff weiter ausbauen.

Meine Finger fanden die Kette. Ich dachte daran, wie oft ich das Kreuz schon über den Kopf gestreift hatte, aber diesmal war es ein unechtes. Und ich drückte mir beide Daumen, daß die Gegenseite auf den Bluff hereinfiel.

Ich zog es hervor, dabei schielte ich auf die vor mir stehenden Kugeldämonen.

Sie rührten sich nicht und hatten nur ihre Mäuler weit aufgerissen, so daß ich die gefährlichen Zähne sehen konnte und die Rachen, mit denen sie ihre Opfer verschlangen.

Dann lag das Kreuz in meiner Hand. Ich hatte den rechten Arm ausgestreckt und das Kruzifix offen auf die Fläche gelegt. Die Kugeldämonen gerieten in Bewegung. Zwei von ihnen rückten ein kleines Stück zur Seite. Es entstand ein Zwischenraum, durch den Asmodina und der Teufel mich anschauen konnten.

Sie starrten auch auf das Kreuz. Gern hätte ich gesehen, wie es in ihren Gesichtern aussah. Statt dessen hörte ich einen zischenden Befehl.

»Wirf es zu Boden!«

Boden war gut. Ich kippte meine Hand nach links, so daß das nachgemachte Kreuz von der Fläche rutschen konnte. Würde es irgendwo verschwinden oder vor meinen Füßen liegenbleiben?

Es blieb liegen.

Im selben Augenblick verschwanden auch die gräßlichen Fratzen der Kugeldämonen. Die Köpfe, monsterhaft verzerrt, zogen sich zurück. Der Kreis um mich löste sich auf. Ich konnte wieder meine Erzfeinde direkt anschauen, und zwischen uns lag jetzt das, was die beiden immer gefürchtet hatten.

Das Kreuz!

Würden sie den Bluff schlucken? Bis jetzt hatte sich nichts getan. Ich konnte erkennen, wie beide die Köpfe senkten und auf das Kreuz schauten.

»Jetzt bist du ohne Schutz!« stieß Asmodis hervor und funkelte mich aus seinen roten Augen an.

»Ja, das bin ich.«

Asmodina sagte nichts. Das beunruhigte mich. Sie starrte nur auf das Kreuz, schaute mich kurz an, dann ihren Vater und ging plötzlich auf das Kruzifix zu.

Drei Schritte brauchte sie nur. Kleine Schritte. Dann blieb sie vor dem Kreuz stehen und bückte sich.

Sie befand sich noch in der Bewegung, als Asmodis schrie: »Was tust du? Du wirst sterben! Du wirst vergehen!«

Asmodina kümmerte sich nicht um die Worte ihres Vaters. Sie streckte zwar den Arm aus, aber griff noch nicht zu, sondern hob nur ihr schwarzes Gesicht, um Asmodis anzuschielen.

»Keine Angst, ich weiß genau, was ich tue. Du wirst dich wundern, Asmodis!«

Da wußte ich Bescheid. Wer reagierte wie Asmodina, der war nicht auf einen Bluff hereingefallen.

Sie packte das Kreuz!

Es war ein wilder, beinahe böser Griff, als ihre Finger den Gegenstand umklammerten. Auf dem Absatz fuhr sie herum und schleuderte Asmodis das Kreuz entgegen.

»Da!« schrie sie. »Nimm es! Fang es auf! Es wird dir nichts tun. Gar nichts!«

Der Teufel griff tatsächlich zu. Er bekam das Kreuz auch zu fassen. Es verschwand fast in seiner Klaue, und es geschah nichts. Keine zerstörerische Kraft riß den

Satan auseinander. Er überstand dies ebenso wie seine Tochter.

Der Teufel hielt das Kreuz fest. Langsam senkte er seinen dreieckigen häßlichen Schädel, und nur allmählich schien er zu begreifen, daß etwas nicht stimmte, denn er schüttelte den Kopf.

»Nein!« flüsterte er. »Nein, das ist nicht möglich. Es tut mir nichts. Es zerstört mich nicht. Das Zeichen des Guten, die Urangst des Bösen, ist vorbei. Wir, die Hölle, haben gesiegt!« Nach diesen Worten stieß er ein triumphierendes Brüllen aus und schaute seine Tochter an, die seltsam unbeteiligt und mit hängenden Armen vor ihm stand.

Das Brüllen brach ab. Eine Sekunde lastete die Stille zwischen uns. Mein Magen spannte sich. Die Szene trieb jetzt dem Höhepunkt zu.

»Du freust dich zu früh«, sagte Asmodina mit kalter Stimme. »Viel zu früh. Sinclair hat uns reingelegt!«

»Wieso?«

»Das Kreuz, das wir beide anfassen konnten und das du nun in der Hand hältst, ist nicht das echte!«

Diesmal dauerte das Schweigen länger. Der Teufel sagte nichts. Er schaute auf das Kreuz, zuckte, drehte den Kopf, blickte mich an und dann wieder das Kreuz. »Es ist nicht das echte?« flüsterte er rauh.

»Nein, nur ein Duplikat.« Asmodina wandte sich an mich. »Habe ich recht, John Sinclair?«

Es hatte keinen Zweck, noch eine große Lüge zu versuchen. Deshalb bejahte ich.

Der Satan erlitt einen Tobsuchtsanfall. Das geschah urplötzlich, ich hatte damit nicht gerechnet. Er schrie wie von Sinnen, drehte sich, schleuderte das Kreuz von sich, trat mit seinem Pferdefuß auf. Blitze zuckten vom Boden hoch, Feuer regnete hinter ihm zu Boden, ein gewaltiges Grollen erschütterte die Dimension. Ich sah die Kugeldämonen durcheinanderwirbeln, als hätte jemand mit ihnen gekegelt, ein wilder Sturm erfaßte mich und schleuderte mich fast zu Boden. So schien es zu sein, wenn die Hölle ihre Pforten öffnete. Wie aus dem Nichts erschienen schreckliche Gestalten, von denen ich nur die Köpfe sah. Unheimliche Monster, dagegen war Frankenstein noch eine Schönheit. Sie heulten und jaulten, bliesen mir den Pesthauch der Hölle ins Gesicht, und die Angst hielt mich umklammert.

Für einen Augenblick hatte ich wirklich das Gefühl, sterben zu müssen, denn die Monster hatten ihre Mäuler aufgerissen, als wollten sie mich zerreißen.

Dann verschwanden sie wieder.

Zurück blieben Asmodina, der Satan und ich!

Sie schauten mich an. Ich las kein Erbarmen in ihren Blicken. Hatte ich jetzt mein Todesurteil gesprochen?

Tief holte ich Luft, und ich freute mich darüber, daß ich noch atmen konnte.

Wie lange?

»Du hast uns reingelegt, Geisterjäger«, sprach der Teufel. »Du hast es tatsächlich gewagt, uns in der Hölle aufs Glatteis zu führen.« Er lachte kreischend. »Aber das hast du nicht umsonst getan, das schwöre ich dir. Verdammt, das hast du nicht umsonst getan! Du wirst die Qualen der Hölle erleiden. Du wirst das erleben, was die Menschen immer in ihren Büchern schreiben. Bei dir werden wir es wieder einmal ausprobieren. Lerne den Ort kennen, wo Heulen und Zähneknirschen herrschen. Die Hölle öffnet ihre Pforten. Für dich, John Sinclair. Nur für dich!«

Asmodina nickte bei jedem Wort. Sie bestätigte die Rede ihres Vaters. Freunde, es fiel mir verflucht schwer, ruhig zu bleiben. Ich hätte noch soviel zu sagen gehabt, ich hätte ihnen erklären können, wer das Kreuz wirklich besitzt, aber ich zögerte.

Wahrscheinlich hätte dies nur einen Aufschub bedeutet. Mehr nicht. Einen Pakt mit ihnen schließen konnte man nicht. Ich selbst konnte mir auch nicht mehr helfen, denn das mußten jetzt andere tun – wenn überhaupt ..

Sie hieß Tanith, und sie war das, was man im allgemeinen als Wahrsagerin und Astrologin bezeichnet. Aber sie konnte noch mehr, viel mehr. Sie besaß eine rote Kugel, unermeßlich in ihrem Wert, denn mit Hilfe der Kugel und eines Mediums war es Tanith möglich, mit der Welt der Dämonen Kontakt aufzunehmen.

Das Medium hieß Lucille und lag tot auf der Couch. Ein Pfeil hatte sie in die Brust getroffen. Auch Tanith wäre gestorben, wenn nicht zwei Retter auf wirklich wundersame Art und Weise bei ihr erschienen wären.

Ein Mann und eine Frau.

Myxin und Kara.

Zwei wirklich seltsame Wesen, die ebenfalls unglaubliche Fähigkeiten besaßen. Der Mann, klein von Gestalt und mit grünlich schimmernder Haut, erledigte einen Todesengel kraft seiner magischen Fähigkeiten. Aus seinen Fingerspitzen schossen Blitze, die das Wesen auf der Stelle töteten.

Den zweiten nahm sich die geheimnisvolle schwarzhaarige Frau vor. Sie tötete ihn durch ihr Schwert mit der goldenen Klinge. Und aus dem Körper des Wesens drang kein normales Blut, sondern eine schwarzgrüne Flüssigkeit. Für Tanith ein Beweis, daß sie es hier nicht mit Menschen, sondern dämonischen Wesen zu tun hatte.

Die Wahrsagerin und Astrologin hatte schon viel erlebt, doch den letzten Vorfall mußte sie erst noch verkraften. Ihre Retter waren geblieben, und sie ließen Tanith für ein paar Minuten in Ruhe, damit sie sich fangen konnte.

Sie hatten auch eine Erklärung geliefert, wieso und weshalb sie so plötzlich aufgetaucht waren. Die Erklärung war einfach, aber trotzdem kompliziert.

Myxin und Kara hatten ebenfalls die Gedankenströme des Mediums empfangen und bemerkt, daß sich Menschen in Gefahr befanden. Sie handelten schnell, leider hatten sie Lucille, das Medium, nicht vor dem Tod bewahren können.

Es war innerhalb des Hauses ruhig geworden. Tanith, die dunkelhaarige Wahrsagerin, saß in einem Sessel, hielt den Kopf gesenkt und die Hände übereinandergelegt. Ihre Fingernägel waren grün lackiert und sahen aus wie Pfeilspitzen. Taniths Blick glitt ins Leere, in ihrem Kopf jagten sich die Gedanken, aber sie wagte nicht, sie auszusprechen. Es herrschte ein zu großes Durcheinander.

Kara fragte: »Möchten Sie etwas trinken?«

Tanith nickte. »Ja, geben Sie mir bitte einen Cognac. Er steht in dem kleinen Schrank. Dort finden Sie auch die Schwenker.«

Kara wollte gehen. Myxin nahm ihr die Arbeit ab. »Ich mache das schon«, sagte er.

Tanith lebte in Paris. Als Französin trank sie nun mal den weichen, herrlichen Cognac. Myxin schenkte etwas von der hellbraunen Flüssigkeit in den kristallenen Schwenker und überreichte ihn der Astrologin. Sie bedankte sich mit einem Nicken.

Tanith ließ die Flüssigkeit kreisen, damit sich ihr Duft entfalten konnte, und nahm dann zwei kleine Schlucke. Allmählich kehrte Farbe in ihr Gesicht zurück, und die Augen verloren ihren stumpfen Glanz.

»Geht es Ihnen besser?« fragte Kara.

»Ja, danke.« Tanith stellte das Glas weg.

»Sie werden sich vorstellen können, daß wir zahlreiche Fragen haben. Sind Sie bereit, uns diese zu beantworten?« Diese Worte sprach Myxin, der Magier.

»Ja, fragen Sie.«

»Es wäre vielleicht besser, wenn Sie erzählen«, schlug Kara vor. »Ich meine von Ihren Experimenten und Séancen.«

»Wenn Sie das wünschen. Ich stehe tief in Ihrer Schuld.«

Kara winkte ab. »Das wollen wir jetzt einmal vergessen, Madame. Betrachten Sie uns wirklich als Freunde.«

»Danke.«

Dann berichtete Tanith. Sie sprach von ihrer wahrsagerischen Begabung und davon, daß sie ihr Geld dadurch verdiente, prominenten Zeitgenossen die Zukunft vorauszusagen. Danach kam sie auf das eigentliche Thema. Sie redete über Lucille, das Medium, das sie kennengelernt hatte und dessen Begabung so ziemlich einmalig war. Fast eine Viertelstunde sprach nur sie. Kara und Myxin hörten schweigend zu.

»Es ist natürlich alles sehr interessant, was Sie uns da berichtet haben«, begann Myxin. »Ich möchte direkt einsteigen. Kannten Sie John Sinclair schon früher? Haben Sie jemals etwas von diesem Mann gehört?«

Tanith schaute den kleinen Magier an. Ihr Blick war ehrlich. Kein Funke Falschheit lauerte in ihren Augen. »Nein«, erwiderte sie. »Von einem Mann namens John Sinclair habe ich zuvor noch nie etwas gehört oder gelesen. Erst als sich Lucille in tiefer Trance befand und ihr Geist auf Wanderschaft ging, fiel der Name Sinclair.«

»Dann wissen Sie also nicht, daß John Sinclair ein Feind der Dämonen ist?«

Tanith schüttelte den Kopf.

Myxin schaute Kara an. Die Schöne aus dem Totenreich hob die schmalen Schultern. Auch sie war ratlos. Allerdings lag auf ihrem Gesicht die unausgesprochene Frage, die auch den kleinen Magier beschäftigte. Welche Verbindung gab es zwischen der Kugel, dem jetzt toten Medium und Tanith?

Das wollten die beiden herausfinden.

Kara erhob sich mit einer gleitenden Bewegung von ihrer Sessellehne. Sie trat an den Tisch, stützte die Hände dicht neben der Kugel auf und schaute sie an.

Tanith hatte Karas Blick bemerkt. »Sie interessiert ihr Geheimnis, nicht wahr?«

»Ja.«

»Nun, es ist so«, berichtete sie mit stockender Stimme. »Ich weiß selbst nicht genau, wie die Kugel funktioniert. Das heißt, wie sie ihre Magie entfaltet.«

Die beiden schauten Tanith erstaunt an.

»Aber Sie arbeiten jeden Tag damit. Und dann wissen Sie nichts über die Funktion?«

»Nein.«

Myxin runzelte die Stirn. »Das ist seltsam«, meinte er lächelnd. »Wo haben Sie die Kugel her?«

»Von einem verstorbenen Mönch.«

»Der hat sie Ihnen als Erbe hinterlassen?«

»Ja. Er wußte von meinen Fähigkeiten. Der Mönch lebte in einem Kloster. Es befindet sich im Elsaß. Er hat die Kugel zeit seines Lebens gehütet, und er hat sie von einem Abt erhalten. Der wiederum von einem Abt und so weiter.«

»Wie kam der Mönch dazu, Ihnen die Kugel zu vererben?« wollte Kara wissen. »Damit hat er doch die Reihenfolge unterbrochen.«

»Das stimmt. Es war keiner mehr da, dem er die Kugel hätte geben können. Das Kloster wurde aufgelöst. Die Kirche klagt über Nachwuchsmangel.«

»Und Sie haben nie gefragt, wem die Kugel zuerst gehört hat?«

Nach einer Weile antwortete sie. »Doch, das habe ich.«

»Dann sagen Sie es bitte.«

Tanith lächelte ein wenig bitter. »Sie müssen Verständnis dafür haben, daß es mir schwerfällt, von so etwas zu sprechen. Die meisten würden mich auslachen, wenn ich ...«

»Wir sind nicht die meisten«, hielt Myxin entgegen. »Das sollten Sie bemerkt haben.«

»Natürlich.« Tanith senkte den Kopf und schaute auf ihre langen, grün lackierten Fingernägel. »Soviel ich gehört habe, soll die Kugel einmal dem großen Wahrsager und Hellseher Nostradamus gehört haben. Er war der erste Besitzer.« Nach dieser Antwort hob sie den Kopf und schaute beide an.

Weder Myxin noch Kara lachten. Ihre Gesichter waren sehr ernst. Sie dachten über die Erwiderung nach, und es hatte für Tanith den Anschein, als würden die beiden ihr glauben.

»Von Nostradamus also«, sagte Kara schließlich.

»Dann glauben Sie mir?« In der Frage klang Hoffnung mit.

»Warum nicht?«

»Die anderen Menschen würden mich für verrückt erklären.«

Kara lächelte. »Das ist eben ihr Fehler. Sie wollen einfach nicht sehen. Sie schauen bewußt an den Tatsachen vorbei. Anders kann man es nicht bezeichnen.«

»Haben Sie schon einmal Kontakt zu Nostradamus gehabt?« wollte Myxin wissen.

»Sie meinen, mit seinem Geist?«

»Ja.«

Die Hellseherin krauste die Stirn. »Einmal«, sagte sie leise. »Einmal hatte ich Kontakt. Aber nicht ich selbst, sondern Lucilles Geist. Er durchwanderte die Dimensionen, und er muß auch in ein Reich gelangt sein, in dem die Seelen der Verstorbenen als reine Geistwesen existieren. Dort hat Lucille dann den Geist des großen Wahrsagers Nostradamus getroffen.«

»Und die beiden haben sich unterhalten?«

»Ja, das haben sie. Nostradamus war froh und glücklich, daß sich die Kugel in meinem Besitz befand. Durch sie hat er früher in die Zukunft blicken können, allerdings besser, als ich es je gekonnt habe. Denn das Gerät ist nicht vollständig, will ich einmal sagen. Es fehlt noch etwas, das ich trotz intensiver Suche niemals gefunden habe.«

»Das wäre?«

»Ein Kelch!«

Die Antwort enthielt Brisanz. Myxin und Kara waren beide von ihr überrascht worden.

»Welcher Kelch?« fragte Kara.

»Ich habe sogar den genauen Namen. Er heißt der Kelch des Feuers!«

Jetzt war es heraus. An Myxins und Karas Gesichtern war abzulesen, daß sie mit einer ähnlichen Antwort gerechnet hatten, und irgendwie zeigte ihre Mimik Befriedigung.

»Sie sagen gar nichts«, flüsterte Tanith.

»Wir kennen den Kelch des Feuers.«

Die Augen der Wahrsagerin wurden groß. Sie schluckte ein paarmal, setzte zum Sprechen an und konnte erst nach einer Weile die nächsten Worte formulieren. »Sie – Sie kennen den Kelch? Ehrlich?«

»Ja, wir wissen sogar, wer ihn besitzt«, wurde Myxin deutlicher.

»Wer?«

»Der Geisterjäger John Sinclair.«

»Nein!« Ein Aufschrei.

»Doch«, sagte Myxin. »John Sinclair besitzt den Kelch. Deshalb gab es zwischen der Kugel und dem Kelch eine Verbindung. Nur aus diesem Grunde konnte Lucille die Gedanken des Geisterjägers empfangen und auch telepathisch mit ihm sprechen. Wir haben die Lösung gefunden. Sie war einfacher, als ich gedacht habe.«

Tanith schüttelte immer wieder den Kopf. »Ich kann es einfach nicht glauben«, hauchte sie. »Ich kann es nicht glauben. Das geht über meinen Horizont.«

»Ich kann verstehen, daß Sie überrascht sind«, sagte Myxin. »Aber es ist eine Tatsache, an der es nichts zu rütteln gibt. Glauben Sie mir, Tanith.«

»Hatte dieser John Sinclair denn auch mit Nostradamus Kontakt?« wollte sie wissen.

»Soviel wir wissen, nicht«, erwiderte Kara.

»Woher hat er dann den Kelch?«

»Auch aus einem Kloster. Er hat den Kelch den sogenannten Teufelsmönchen abgenommen. Sie haben sich auf die Seite des Satans gestellt, aber den Kelch des Feuers konnten sie nicht vernichten.«

»Es war nur so ähnlich«, berichtigte Myxin. »Soviel ich weiß, mußte John den Kelch erst holen, um damit die Teufelsmönche zu vernichten. Er stand irgendwo in Schottland. Aber das spielt jetzt keine Rolle. Wichtig allein ist, daß es zwischen dem Kelch und der Kugel eine Verbindung gibt.«

»Sie gehören zusammen«, bestätigte Tanith.

Kara und Myxin schauten sich an, sie dachten beide das gleiche. Nur Kara sprach es aus.

»Wir müssen nach London.«

»Mit der Kugel?« fragte Tanith.

Die Schöne aus dem Totenreich lächelte. »Ich bin sicher, daß Sie uns die Kugel zu treuen Händen überlassen werden.«

Die Wahrsagerin senkte den Kopf. Sehr wohl war ihr anscheinend nicht dabei. Sie gab die Kugel nicht gern her, das merkte man ihr an.

Kara und Myxin konnten die Frau verstehen. Sie hätten an deren Stelle nicht anders gehandelt. Deshalb schlug Myxin einen Kompromiß vor.

»Wäre es Ihnen recht, wenn wir Sie mit nach London nehmen? Dann können Sie in der Nähe der Kugel bleiben.«

»Ja, das wäre wirklich ausgezeichnet.« Sie strahlte für einen Moment, dann verdunkelte sich ihr Gesicht. »Nein, das geht ja nicht. Wir haben eine weite Reise, die Zeit in Anspruch nimmt. Und Lucille ist tot, wir müssen die Leiche abholen lassen, auch die Polizei anrufen. Es geht nicht.«

»Im Prinzip haben Sie recht«, gab der kleine Magier zurück. »Aber dieser Fall ist nicht mit normalen Maßstäben zu messen. Vertrauen Sie uns, Tanith, wir werden Sie nicht enttäuschen. Die Todesengel beweisen es, man wollte Sie eiskalt töten. Deshalb müssen Sie bei uns bleiben, sonst sind Sie Ihres Lebens nicht mehr sicher. Die andere Seite weiß, daß Sie ihr gefährlich werden können, und das wird sie auf keinen Fall dulden.«

Taniths Gesicht war bei den Worten des kleinen Magiers immer ernster geworden. »Es ist zwar schwer zu begreifen«, murmelte sie, »aber ich habe ein großes Erbe übernommen. Es muß wohl sein.«

»Zeigen Sie sich dessen würdig«, entgegnete Myxin.

»Und wie reisen wir?«

»Nicht mit dem Flugzeug und auch nicht mit der

Eisenbahn«, lächelte Kara. »Wir werden innerhalb eines Lidschlages in London sein. Magische Reisen nennt man so etwas.«

»Wirklich?« Tanith staunte.

»Ja«, sagte Kara und übergab Myxin die Kugel. Sie selbst zog ihr Schwert, holte aus ihrem Kleid ein Stück Kreide und zeichnete einen Kreis auf den Boden.

In ihn stellten sich die drei.

Myxin und Tanith hielten sich an Kara fest. Sie umklammerte das Schwert.

Die Schöne aus dem Totenreich spielte ihre magischen Kräfte aus. Zuerst entstand ein Flimmern, das sich als Kontur um die drei Personen legte. Im nächsten Augenblick lösten sie sich auf und waren verschwunden ...

Ich hing an einem Galgen!

Wie hatte Asmodis doch gesagt? Die Hölle ist verschieden. Man kann sie mit den Häuten einer Zwiebel vergleichen. Zieht man eine Schicht weg, erwartet den Betrachter schon die nächste Überraschung. Wie auch im Zentrum des Schreckens, denn der Name Hölle wollte mir nicht über die Lippen.

Allerdings war ich in der schlimmsten gelandet. Wenigstens konnte ich mir keine Steigerung vorstellen.

Neben mir pendelten meine Leidensgenossen – die Toten!

Wenn ich den Kopf drehte – und das konnte ich, weil der Strick, der mich festhielt, unter den Armen herlief –, dann sah ich die Reihe der Gehängten.

Es waren bleiche Gestalten. Männer und Frauen, wobei erstere überwogen. Sie entstammten allen Zeiten und Jahrhunderten. Manche trugen noch Fetzen ihrer alten Kleidung. Schaurig waren sie anzusehen. Aufgedunsen die Haut, manche auch regelrecht verbrannt oder zerfallen. Die Gliedmaßen baumelten von ihren Körpern, als würden sie überhaupt nicht zu ihnen gehören.

Rechts neben mir hing ein Mann. Er trug eine Uniform. Ich kramte in meinem Gedächtnis nach und wußte, daß diese Uniform etwa zur Zeit eines Napoleons getragen wurde. Das Gesicht des Mannes zeigte einen grünen Schimmer, die Zunge hing ihm aus dem Hals, quer durch sein Gesicht lief ein breiter Riß, in dem rostrot das eingetrocknete Blut schimmerte. Der Mann war vielleicht durch einen Säbelhieb gestorben.

Ich drehte den Kopf nach links.

Da wurde ich von einer Frau eingerahmt. Sie hing schief in dem Seil. Der Kopf war verdreht, auch ihre Zunge stach zwischen den blutleeren Lippen hervor. Ihr Haar gleich einer strähnigen Flut. Es mußte früher einmal schwarz gewesen sein, jetzt nur noch grau und verfilzt.

Das Gesicht war aufgedunsen. Der Vergleich mit einem Ballon kam mir in den Sinn.

Ich räusperte mich und wollte schon wieder woanders hinschauen, als ich sah, wie die Frau ihre Augen öffnete und mich anstarrte.

Der Blick ging mir durch und durch. Er war leer, tot, aber trotzdem voller Haß.

Ich schauderte …

Gleichzeitig dachte ich daran, daß vielleicht alle, die hier hingen, noch ein untotes, seelenloses Leben führten. Das war durchaus möglich, und ich stellte mir die Frage, wo ich hier gelandet war. Sollte dies hier etwa das Fegefeuer sein, von dem die Menschen in ihren Vorstellungen sprachen?

Mein Blick glitt die Reihe der Gehängten entlang. Soweit ich in dem düsteren, aber dennoch klaren Licht schauen konnte, sah ich nur Leidensgenossen, die ebenso an dem gewaltigen Galgen hingen wie ich. Eine wirklich schaurige Szenerie, denn das Licht gab ihr einen zusätzlichen gespenstischen Anstrich.

Ein graues, kaltes, klares Licht. Es entsteht manchmal, wenn helle und dunkle Wolken gegeneinanderstoßen und dahinter dann die Sonne lauert. So ähnlich war es hier, nur daß ich keine Sonne sah, sondern zu beiden Seiten die gewaltige Reihe der Toten.

Ich wußte nicht einmal, wie ich hierher gekommen war. Nach Asmodinas Versprechen, mich zu töten, hatte der Teufel noch gelacht, dann war die Welt zu einem Kreisel geworden, und ich war erst hier am Galgen wieder erwacht.

Ich warf einen Blick nach unten. Als ich mit Asmodina und deren Vater geredet hatte, da war kein Untergrund zu sehen gewesen. Nun wollte ich wissen, ob es sich hier ähnlich verhielt.

Ich sah den Untergrund, aber lieber wäre mir der vorherige Zustand gewesen, denn die lange Reihe der Gehängten, zu der auch ich zählte, schwebte über einem gewaltigen See.

Kein See, wie wir ihn kennen. Das Wasser war dunkel. Seine Farbe konnte schwarz, violett und auch rot sein. Auf der Oberfläche tanzten kleine Flämmchen, die sich so weit ausgebreitet hatten, wie der See reichte.

Wieder erinnerte ich mich an den Begriff Fegefeuer, und ein abermaliger Schauer rann über meinen Rücken.

Ich fragte mich, was dieser gewaltige See für eine Bedeutung haben könnte, und fror plötzlich, denn man brauchte wirklich keine große Phantasie zu haben, um sich vorstellen zu können, was in diesem Blutsee alles geschehen konnte.

Die Gehängten hingen nicht ruhig. Von irgendwoher wehte so etwas wie ein Wind, ein laues Lüftchen vielleicht, das gegen die Körper fuhr und sie zum Pendeln brachte.

Die Toten?

Ich glaubte nicht daran, daß alle noch lebten. Dazu sahen sie mir einfach zu leblos aus. Und wie lange hingen sie hier schon? Eine Ewigkeit? Jahre, Monate?

Gab es die Zeit in der Hölle überhaupt?

Das fragte ich mich wirklich. Zeit ist ein relativer Begriff. Um ihn festlegen zu können, braucht man einen

Bezugspunkt, und das schien mir in der Hölle nicht möglich zu sein.

Ich mußte mich in mein Schicksal ergeben.

Teuflisch war die Fesselung. Im ersten Augenblick war ich froh, daß man mich nicht erhängt hatte, aber wenn ich genauer darüber nachdachte, da wurde mir das Raffinierte der Fesselung erst bewußt. Ich konnte die Arme bewegen, wenn auch eingeschränkt, aber dennoch. Der Strick lief unter meinen Achselhöhlen her, beide Seiten bildeten über meinem Kopf ein Dreieck und trafen sich oben an der langen Galgenstange, die waagerecht lief und in die Unendlichkeit zu führen schien. Unter Umständen würde es mir sogar gelingen, aus der Fesselung herauszurutschen, nur brachte dies nichts. Ich wäre in den Blutsee gestürzt und jämmerlich ertrunken.

Vielleicht sogar zum Teil verbrannt, denn die Flammen tanzten weiterhin auf der unübersehbaren Oberfläche.

Ferner war ich ehrlich genug, zuzugeben, daß Asmodina und der Teufel gesiegt hatten. Oft genug hatten sie mir versprochen, mich in die Hölle zu schicken.

Diesmal war ich da. Das Zentrum des Schreckens hatte sich für mich geöffnet.

Da spürte ich eine Berührung. Genau an der linken Seite. Als ich meine Augen drehte und auch den Kopf ein wenig zur Seite wandte, bemerkte ich, daß sich die Gehängte bewegte. Sie brachte ihr Bein in meine Richtung und stieß mich mit dem Fuß an.

Unsere Blicke trafen sich.

Ein Grinsen spaltete das Gesicht der Frau. Es war ein böses, gemeines Grinsen, mir kam es vor, als würde es der Gehängten Spaß bereiten, mich hier zu sehen. Ein wahrlich höllischer Willkommensgruß.

Ich verzichtete darauf, sie anzulächeln, sie sagte auch kein einziges Wort, sondern grinste weiter. Wie festgefroren lag es auf ihrem Gesicht. Mich packte ein Schauder.

Zeit verging ...

Ich fragte mich, ob mich meine Gegner zwischen den

Gestalten für immer hängen lassen würden, und wenn ich darüber nachdachte, stieg Angst in mir hoch.

Nein, diese Gedanken mußte ich unterdrücken. Damit durfte ich mich erst gar nicht beschäftigen.

Dann hörte ich das Stöhnen.

Ein grausames Geräusch. Der Gehängte neben mir hatte es ausgestoßen. Sein Gesicht zeigte ja den Riß, und als ich hinschaute, da hatte er sich vergrößert.

Das Stöhnen verklang.

Stille umgab uns wieder.

Ruhig lag die Oberfläche des gewaltigen Sees unter uns. Keine Welle durchbrach die Glätte, nur die tanzenden Flammen auf der Oberfläche fanden immer wieder neue Nahrung.

War der See leer, oder lauerten darin Monster und andere Geschöpfe? Rechnen mußte ich mit allem, denn die Hölle hielt sicherlich noch schlimme Überraschungen bereit.

Und die erste begann.

Über mir knarrte etwas. Dann erzitterte das gewaltige Galgengerüst, ächzte, und plötzlich bewegten sich einige Gestalten.

Auch ich!

Im ersten Augenblick hielt ich den Atem an. Ich spürte den Ruck unter meinen Achseln, schwankte stärker und glitt in die Tiefe. Das heißt, über mir mußte sich eine Rolle bewegen, die ich nicht sah, aber sie brachte mich nach unten. Und über die Rolle mußte auch der Strick laufen, an den ich angebunden war.

Der See wartete …

Es war ein schlimmes Gefühl. Angst hatte ich bisher kaum verspürt, jetzt aber erfaßte sie mich. Ruckweise ging es in die Tiefe. Immer weiter, immer ein kleines Stück dem Verderben näher.

Und mit mir tauchten etwa die Hälfte der am Galgen hängenden Geschöpfe in die Tiefe, wo der See lauerte und Flammen uns fressen würden.

Die Frau und der Mann neben mir blieben hängen. Ich rutschte jedoch nach unten und sah links und rechts die Beine an mir vorbeigleiten. Die Frau trug keine Schuhe, Lumpen hingen an ihren Beinen, die Füße schauten daraus hervor. Das Fleisch sah schwarz aus und wirkte wie verbrannt.

Ich verzog das Gesicht. Ich spürte meinen Magen. Er schien um das Dreifache angewachsen zu sein. Im Innern meines Körpers lag er wie ein dicker Stein.

Es war die Angst.

Die Angst vor dem Unheimlichen, dem Unbekannten.

Ich würde in den dunklen See eintauchen und vielleicht elendig ertrinken.

Ich dachte wieder daran, einen Befreiungsversuch zu unternehmen. Nur, was nutzte er mir? Ich würde in den See fallen, der in seinen Ausmaßen unendlich war. So weit konnte ich gar nicht schwimmen, um das Ufer zu erreichen, und wer konnte mir garantieren, daß unter der Oberfläche keine Gefahren lauerten?

Es war grausam!

Über mir knarrte das Rad der Winde. Eine häßliche Begleitmusik, die Melodie des Todes, die mich auf meinem Weg in die Tiefe begleitete.

Die Hälfte der Strecke lag bereits hinter mir. Noch immer tanzten die Flammen, aber ich spürte keine Wärme an meinen Füßen. Normalerweise hätte ich sie schon merken müssen, aber das Feuer schien kalt zu sein.

Mit mir glitten zahlreiche Gestalten in die Tiefe. Zerlumpte Geschöpfe, und aus keinem Mund drang ein Laut der Klage. Alles geschah in einer erschreckenden Stille, nur das Knarren der Winde am großen Querbalken des Galgens war zu hören.

Grausame Musik für mich …

War ich der einzig normale Mensch? Lebten oder existierten die anderen als Untote?

Am liebsten hätte ich geschrien, aber den Triumph wollte ich meinen Gegnern nicht gönnen. Asmodina und ihr Vater lauerten sicherlich irgendwo im Hintergrund, um mich jammern zu hören. Nein, den Spaß gönnte ich ihnen wirklich nicht.

Schon umtanzten die kleinen Flammen meine Füße. Die Zungen bewegten sich, sie leckten gierig nach meinen Schuhen. Ich merkte keine Hitze. Das Feuer war kalt.

Dann berührte ich die Oberfläche!

Im ersten Moment schrak ich zusammen, zog wieder die Beine an, und ein Schüttelfrost packte mich. Ich hielt den Atem an, das Herz schlug noch schneller, es pochte dumpf in meiner Brust, und seine Schläge hallten in meinem Kopf wider.

Ein Ruck.

Ich tauchte bis zu den Schienbeinen ein. In eine Flüssigkeit, die ziemlich dick und träge war und auch eine entsprechende Temperatur hatte.

Sie war wirklich nicht kalt, sondern erinnerte mich in ihrer Temperatur an die eines übermäßig stark beheizten Schwimmbades. Der Vergleich mit verdünntem Sirup fiel mir ein.

Ich warf einen Blick nach links.

Überall dort, wo meine Leidensgenossen mit eingetaucht waren, ringelten Wellen. Sie verliefen jedoch sehr schnell, und der teuflische Galgen drehte sich weiter, um mich in den gewaltigen, uferlosen See zu tauchen.

Sah so das Ende aus, das sich der Teufel und Asmodina für mich ausgesucht hatten?

Sollte ich vielleicht als Lebender hineingetaucht werden, um als Untoter wieder aufzusteigen?

Diese Gedanken waren gar nicht so weit hergeholt. Meinen Todfeinden war wirklich alles zuzutrauen.

Die Angst steigerte sich. Das Knarren des Rades zerrte an meinen Nerven. Es kannte kein Erbarmen, stand nicht still und sorgte dafür, daß ich weiter hinabsank.

Der See wollte seine Opfer.

Und er bekam sie.

Bis über die Brust stand mir bereits die warme

Flüssigkeit. Flammen leckten vor meinem Gesicht hoch, glitten über die Haut, und ich hatte das Gefühl, dabei von gierigen Händen berührt und abgetastet zu werden.

Ich holte Luft.

Ein paarmal atmete ich tief durch. Wenn ich innerhalb des Sees verschwand, wollte ich die Luft so lange wie nur möglich anhalten. Vielleicht würde ich mich auch befreien und doch so lange schwimmen, bis es nicht mehr ging.

Wenn und aber zählte nicht mehr, als die Flüssigkeit mein Kinn erreicht hatte.

Jetzt gab es kein Zurück mehr!

Ich tauchte ein.

Feuer umtanzte mein Gesicht. Ich konnte auch keine Luft holen, noch ein Ruck, eine Umdrehung des Rads, und der See hatte mich verschlungen ...

Keine Nachricht von John Sinclair!

Suko, Freund und Kollege des Geisterjägers, machte sich große Sorgen. Zudem fühlte er sich wie ein gefangenes Raubtier, das unruhig in seinem Käfig auf und ab rennt. Er konnte wirklich nichts tun, war zur Hilflosigkeit verdammt, und gerade das zerrte an seinen Nerven.

Suko gehörte zwar zu den Menschen, die eine unerschütterliche Geduld auszeichnete, aber in Situationen wie diesen, da gab es auch für ihn keine Geduld. Da war das Gefühl der Angst um den Freund vorherrschend. In dieser Wohnung war etwas Unheimliches geschehen. John Sinclair war wirklich wie vom Erdboden verschluckt. Suko ging davon aus, daß sich sein Partner in einer anderen Dimension aufhielt. Es war nur die Frage, in welcher? Die Reiche und Dimensionen der anderen Welt waren unzählbar. Man konnte John überallhin verschleppt haben. Wenn sich erst einmal ein Spalt öffnete oder durch Schwarze Magie erweitert wurde, dann gab es kein Halten mehr.

Vor dem Schreibtisch im Wohnraum blieb der Chinese

stehen. Eine bunte Ansichtskarte lag dort. Jane Collins hatte sie aus Gran Canaria geschickt. Sonne, Meer, ein Strand, fröhliche Menschen. Sie schrieb, daß sie einen herrlichen Urlaub verbrachte und es eigentlich schade fände, daß John nicht mitgefahren war.

Suko runzelte die Stirn. Dabei nickte er. John hätte mitfahren sollen, dann wäre ihm sicherlich einiges erspart geblieben. Andererseits befanden sich die Dämonen und höllischen Wesen überall. Es gab keinen Platz auf der Welt, wo man sich vor ihnen verbergen konnte. Wenn sie sich jemanden als Opfer ausgesucht hatten, dann schlugen sie zu, egal, wo derjenige sich versteckt hatte.

Am Schreibtisch blieb Suko stehen und warf einen Blick in den offenen Schrank. Dort stand der Kelch.

Harmlos war er anzusehen, doch er barg eine nahezu teuflische Brisanz. Sein Geheimnis mußte gelüftet werden. Geschah dies nicht, würde der Weg zu John Sinclair sicherlich verschüttet bleiben.

Suko konnte mit dem Kelch des Feuers nicht viel anfangen. Er und John hatten wenig über ihn gesprochen. Der Kelch stand dort im Schrank und war eigentlich als Trophäe gedacht. Daß er aktiv in einen Fall eingreifen würde, daran hatten beide nicht gedacht.

Im Schloß der Wohnungstür drehte sich ein Schlüssel. Suko brauchte erst gar nicht zu raten, wer sich da zu schaffen machte. Es war Shao, die ebenfalls keine Ruhe mehr hatte.

Sie betrat die Wohnung und blieb dicht an der Wohnzimmertür stehen, wobei sie Suko fragend anschaute.

»Nichts?«

Der Chinese nickte.

Shao hob die schmalen Schultern. Sie schluckte hart, das war deutlich zu erkennen. Ihr Gesicht zeigte eine unnatürliche Blässe. Die Wangenmuskeln bewegten sich, in ihren Augen lag der stumpfe Ausdruck der Angst. Auch sie fühlte wie Suko die Hilflosigkeit, die beide in ihren Klauen hielt.

»Hast du schon wieder angerufen?« erkundigte sie sich.
Der Chinese schüttelte den Kopf. »Nein, Shao, es wird wohl keinen Sinn haben.«
»Möglich.«
Suko ging auf seine Freundin zu und nahm sie in die Arme. »Du darfst auf alle Fälle die Hoffnung niemals aufgeben, Shao. Irgendwie packen wir es schon.«
»Aber wie?«
Suko hielt Shao weiterhin fest und drehte den Kopf, so daß sein Blick auf den Kelch fiel.
»Durch ihn?« fragte Shao.
»Eine andere Möglichkeit gibt es nicht.«
»Aber wie willst du es schaffen?«
»Das weiß ich auch nicht.« Suko war ehrlich.
»Nein, ich glaube nicht, daß wir für John etwas tun können. Wir sind einfach viel zu hilflos, zu klein, nicht mächtig genug. Das sind nur die anderen.«
Suko schwieg. Ein Zeichen, daß er Shao recht gab. Die anderen waren wirklich stärker. Sie hatten es wieder einmal bewiesen.
»Wer weiß eigentlich alles von Johns Verschwinden?«
Suko löste sich von seiner Freundin. »Wir, Sir James ...«
»Auch die Conollys?«
»Nein.«
»Man sollte ihnen Bescheid geben.«
Suko hob die Schultern. »Was hätte das für einen Sinn? Sollen wir sie auch beunruhigen?«
»Stimmt.« Shao nahm in einem Sessel Platz. »Aber du vergißt, daß die Conollys ein neues Familienmitglied haben.«
Suko nickte. »Ja, Nadine, die Wölfin.« Er dachte daran, wie froh John Sinclair gewesen war, als die Wölfin mit der Seele der getöteten Nadine Berger plötzlich bei den Conollys aufgetaucht war und sich mit dem kleinen Johnny von Anfang an so gut verstanden hatte, daß Sheila und Bill nach kurzem Zögern damit einverstanden

gewesen waren, daß die Wölfin bei ihnen ein neues Zuhause fand.

Ein schmales Lächeln geisterte um Shaos volle Lippen. »Vielleicht könnte Nadine etwas herausfinden. Sie ist ein seltsames, auch sensibles Geschöpf, und vielleicht kann sie Kontakt zu den anderen Reichen aufnehmen.«

»Das ist natürlich schwierig.«

»Sicher, aber wir dürfen nichts unversucht lassen.«

Nach einigem Überlegen gab Suko seiner Freundin recht. Wenn wirklich nichts half, mußten sie tatsächlich auch diesen Weg einschlagen. Keine Chance durfte außer acht gelassen werden.

Shao deutete auf das Telefon. »Willst du Bill anrufen?«

»Ja.« Suko ging zum Apparat und hatte ihn noch nicht erreicht, als er klingelte.

Sir James wollte mit Suko reden.

»Wissen Sie etwas Neues, Suko?«

»Nein, keine Spur.«

Suko atmete tief ein. »Und was ist mit Logan Costello?«

»Zwei Leute waren bei ihm. Hohe Beamte, Verhörexperten. Der Mafioso hat sie ausgelacht. Er war sogar guter Laune, irgendwie jovial, als hätte er einen großen Fischzug gemacht.«

»Das stimmt leider auch.«

»Und von John Sinclair wissen Sie auch nichts, Suko?«

»Nein, Sir, gar nichts.«

»Wenn man nur eine Spur hätte oder zumindest einen Verdacht. Das ist ja das Schlimme, wohin man greift, nirgendwo Widerstand, man faßt immer ins Leere.«

»John wird sich in einem der Reiche befinden, die Asmodina gehören.«

»Sind Sie da sicher?«

»Es ist zumindest meine Ansicht, Sir.«

»Und es gibt keine Möglichkeit, dorthin zu gelangen? Sie wissen schon, wie ich es meine.«

»Natürlich, Sir, nur sehe ich keine Chance.«

»Im Prinzip existiert immer eine.«

»Ja, nur müßten wir den Weg finden, und so etwas kann dauern.«

»Und es könnte auch zu spät werden.«

»So ist es leider, Sir.«

»Gut, Suko, wir werden warten. Vielleicht geschieht ein kleines Wunder. Da fällt mir ein: Sie haben doch zwei Partner, die Kontakt zu den Jenseitsreichen herstellen können. Ich rede von Myxin, dem Magier, und Kara.«

»Das stimmt, Sir.«

»Dann setzen Sie sich mit ihnen in Verbindung. Tatenlos herumsitzen bringt nichts.«

»Sir, Myxin und Kara sind nicht so ohne weiteres zu erreichen. Sie kommen und gehen, wann sie wollen ...«

»Treiben Sie es ihnen aus. Hier geht es um wirklich alles oder nichts. Die Existenz der Welt oder zumindest eines großen Teils der Welt steht auf dem Spiel.«

»Das weiß ich leider, Sir.«

»Dann höre ich von Ihnen.« Mit diesen Worten legte Sir James Powell auf.

Suko hatte den letzten Satz wohl verstanden. Es war eine Aufforderung gewesen, etwas zu unternehmen. Aber Sir James hatte gut reden. Er befand sich nicht an der Front, war nicht mit dem Grauen unmittelbar konfrontiert worden.

Shao legte Suko ihre rechte Hand auf den Arm. »Du hast trotzdem noch optimistisch gesprochen«, sagte sie.

»Wieso?«

»Du hast nie darüber geredet, daß John ...« Sie schluckte, holte Luft und sprach dann erst weiter. »Nun ja, daß John unter Umständen auch tot sein könnte.«

Der Chinese schüttelte heftig den Kopf. »Nein, das will mir einfach nicht über die Lippen. Aber Sir James hat etwas Gutes gesagt. Myxin und Kara müßten uns helfen. Sie könnten unter Umständen ...«

»Da, sieh doch!« Shao unterbrach ihren Freund. Suko drehte sich hastig um.

Es gibt ein Sprichwort, das heißt: Wenn man vom

Teufel spricht, ist er nicht weit. Übertragen hieß das, Myxin und Kara, von denen erst gesprochen worden war, erschienen.

Sie kamen aus dem Nichts.

Plötzlich flimmerte die Luft, Konturen bildeten sich, und im nächsten Augenblick standen die beiden im Raum.

Aber nicht allein.

Zwischen ihnen befand sich eine dunkelhaarige Frau mit grün lackierten Fingernägeln, die weder Suko noch Shao je in ihrem Leben gesehen hatten. Die Frau schien so eine Reise zum ersten Mal gemacht zu haben, denn sie schaute sich erstaunt um und wirkte ein wenig geistesabwesend.

Sie taumelte leicht. Die seltsame Reise und deren Folgen hatte sie noch nicht überwunden.

»Kara, Myxin!« rief Shao. Ein Lächeln glitt über ihr Gesicht, und sie atmete tief ein.

Die beiden lächelten auch. Doch schnell wurden ihre Gesichter wieder ernst. »John ist verschwunden, nicht?« sagte Kara.

»Ja«, erwiderte Shao. »Woher wißt ihr?«

»Durch Tanith«, sagte Myxin und deutete auf die schwarzhaarige Frau, die sich umsah und danach fragte, ob sie wirklich in London wäre.

»Das sind Sie«, erwiderte Suko. Er stellte Shao und sich vor.

Nachdem man sich bekannt gemacht hatte, kam die Frau sofort zur Sache. Myxin drängte.

Kara ging zum Tisch und stellte dort etwas ab. Es war eine Kugel. Sie schimmerte rot, und ihre Fläche bestand aus zahlreichen kleinen Glaswaben. Suko und Shao spürten, daß diese Kugel ein Geheimnis barg und daß es vielleicht mit John Sinclairs Verschwinden zusammenhing.

Tanith ließ sich auch nicht mehr lange bitten, sondern berichtete. Sie erzählte mit ruhigen Worten. Emotionen kamen nicht auf, denn sie wollte die schwere Aufgabe so sachlich wie möglich angehen.

Shao und Suko waren gute Zuhörer. Staunen breitete sich auf dem Gesicht der Chinesen aus, als sie die Zusammenhänge zwischen der Kugel und dem Kelch des Feuers erfuhren. Ihre Lippen bewegten sich, allerdings waren ihre Worte so leise gesprochen, daß sie von keinem verstanden wurden.

Als sie mit ihrem Bericht fertig war, lastete das Schweigen innerhalb des Wohnraums. Die Versammelten mußten die Worte erst einmal durchdenken und einsortieren.

Myxin unterbrach das Schweigen, während Tanith, die gesprochen hatte, still dasaß und die Hände in den Schoß gelegt hatte.

»Was sagt ihr dazu?« fragte er Shao und Suko.

»Es ist zumindest ein Hoffnungsschimmer«, erwiderte der Chinese. »Wenn auch klein, aber immerhin.«

»Ja, der Ansicht sind wir auch.«

»Wir müßten nur versuchen, daß uns der Kelch des Feuers zusammen mit der Kugel die Verbindung zu dem verschollenen John Sinclair schafft.« Diese Worte sprach Kara.

Dagegen hatte niemand etwas. Alle waren einverstanden.

»Aber wie?« fragte Shao.

Kara saß der Kugel am nächsten, sie nahm sie vorsichtig in beide Hände. »Sie birgt ein Geheimnis, ebenso wie der Kelch des Feuers. Genaues weiß ich nicht, aber mit Hilfe der Kugel und des Mediums Lucille konnte Tanith zu anderen Reichen Kontakt aufnehmen. Der Geist des Mediums wanderte, obwohl nur die Kugel vorhanden war und nicht der Kelch. Jetzt ist beides in unseren Händen, und vielleicht gelingt es uns auch, ohne das Medium eine Verbindung zu den anderen Reichen herzustellen und damit auch zu John Sinclair.«

Die Schöne aus dem Totenreich blickte sich nach diesen Worten um. Von den anderen erntete sie ein beifälliges Nicken. Mit diesem Vorschlag war jeder einverstanden.

»Allerdings haben wir einen in unserer Rechnung vergessen«, gab Suko zu bedenken. Als er fragend angeschaut wurde, sagte er: »Dr. Tod! Er ist der Joker.«

»Wieso?«

Suko runzelte die Stirn und blickte Kara an. »Du weißt nichts davon?«

»Nein.«

Jetzt berichtete der Chinese. Kara und Myxin wurden blaß. Damit hatten sie nicht gerechnet. Das war für sie wirklich ein harter Schlag. Und ein Zeichen, daß sie sich auf der Verliererstraße befanden. Wenn John sein Kreuz nicht mehr besaß, war er in der anderen Welt rettungslos verloren.

Auch die Wahrsagerin hatte die Worte vernommen. »Hat es dann überhaupt noch Sinn?« fragte sie. »Ich meine, wenn unsere Chancen so schlecht stehen …«

»Es hat immer Sinn«, gab Suko schärfer als beabsichtigt zurück. »Noch wissen wir nichts. Wir hoffen nur, etwas durch die Kugel zu erfahren.« Er stand auf, trat an den Schrank und holte den Kelch des Feuers hervor. Suko baute ihn dort auf, wo auch Kara saß, die die geheimnisvolle Kugel hielt.

Die Schöne aus dem Totenreich wußte Bescheid. Sie drehte sich ein wenig und legte die Kugel in den Kelch.

Sie paßte haargenau.

Wie für den Kelch geschaffen!

»Ja«, flüsterte Myxin, »es ist die echte.« Er schaute die Wahrsagerin und Astrologin an. »Würden Sie für uns den Versuch unternehmen?«

Tanith nickte. »Ja«, erwiderte sie mit rauher Stimme. Dann beugte sie sich vor und legte beide Hände auf die Kugel, da sie eine Verbindung zwischen ihr und dem magischen Kelch des Feuers schaffen wollte.

Die Spannung stieg. Jeder der Anwesenden wußte, daß dieses Experiment die letzte Chance war, etwas über das Schicksal des Geisterjägers John Sinclair zu erfahren …

Ich befand mich von meinen Freunden so weit weg, daß Zahlen dafür nicht ausreichten. In anderen Dimensionen konnte man nicht relativieren. Hier wurden Gesetze der Physik aufgehoben.

Die Flüssigkeit des Sees schwappte fast über. Das heißt, ich mußte die Lippen schon schließen, sonst wäre mir das Zeug bereits in den Mund gedrungen. Einen letzten Blick warf ich über die Oberfläche, wobei ich die Augen weit aufgerissen hatte.

Vor mir tanzten die kalten Flammen. Es war ein bizarrer, bläulichrot schimmernder Reigen, ein ewiges Züngeln, ein Auf- und Abgleiten. Dann ein letzter Ruck – ich tauchte unter.

Über mir schwappte das dicke, sirupartige Zeug zusammen.

Für einen Moment rechnete ich damit, daß sich die Rolle am Galgen nicht mehr weiterbewegen würde, doch das war ein Irrtum. Sie ruckte tiefer, und ich sank weiter in den unheimlichen See hinein. Wenn die Mechanik des Galgens nicht stoppte, würde ich irgendwo auf dem Grund des Sees landen.

Diese Vorstellung bereitete mir Angst. Ich warf alle Vorsätze über den Haufen und begann damit, mich zu befreien. Ich mußte das Seil unter den Schultern abstreifen.

Es ging relativ leicht. Ein paar schlangengleiche Bewegungen, dann hatte ich es hinter mich gebracht.

Im Gegensatz zu den anderen eingesunkenen Personen war ich frei. Nur Luft holen konnte ich nicht, dafür riß ich die Augen auf. Es überraschte mich, daß ich unterhalb der Oberfläche ein anderes, klareres Gewässer vorfand.

Im Klartext hieß das: Ich konnte sehen.

Zwar nicht sehr deutlich, sondern nur eingeschränkt. Schattenhaft erkannte ich meine Leidensgenossen, die ebenfalls in den unheimlichen See getaucht waren.

Rechts und links von mir hatten sie die Oberfläche durchbrochen. Ich bewegte meine Arme und Beine, schwamm unter ›Wasser‹ ein Stück weiter und stieß mich dann nach oben.

Es war kein normales Schwimmen, sondern es kam mir vor, als müßte ich gegen eine Strömung kämpfen oder mich durch Leim bewegen. Auftrieb war so gut wie nicht vorhanden, meine Kleidung hatte sich vollgesogen, und es war schwer für mich aufzutauchen, obwohl ich überhaupt nicht tief eingesunken war.

Viel zu langsam durchbrach mein Kopf die Wasseroberfläche. Es schwappte ein paarmal, ich riß den Mund auf und holte Luft. Dann schleuderte ich meine Haare nach hinten und reinigte, so gut es ging, mein Gesicht. Diese Flüssigkeit rann herab wie Öl.

Über mir sah ich den unheimlichen Galgen und auch die Beine der Gehängten. Sie boten ein schauriges Bild, wie ihre Körper pendelten, als der laue Wind gegen sie fuhr.

In regelmäßigen Abständen hingen meine Leidensgenossen vom Galgengerüst herab. Sie befanden sich unter Wasser. Ich sah nur die Stellen, wo sie eingetaucht waren.

Wo sollte ich hin?

Meine Beine wurden bereits lahm. Ich mußte heftig treten, um überhaupt mit dem Kopf über Wasser zu bleiben. Zudem setzte mir die Flüssigkeit sehr viel Widerstand entgegen. Mir schien es, als wollte sie mich überhaupt nicht freilassen.

Aber raus mußte ich.

Eine Welle rollte langsam heran. Trotzdem noch schnell genug für mich, denn bevor ich den Kopf zur Seite nehmen konnte, überspülte sie mich. Die Welle mußte eine Ursache haben, sie war bestimmt nicht von allein entstanden.

Nicht weit entfernt waren Wesen aus der Flüssigkeit aufgetaucht. Grauenerregende Monster, die ich schon einmal gesehen hatte, kurz nach meinem Eintritt ins Schreckenszentrum.

Von ihnen sah ich nur die Köpfe. Es waren verwüstete Gesichter. Haut, die an alte Baumrinde erinnerte und in deren Falten sich die Flüssigkeit festgesetzt hatte.

Zerstörte Fratzen, halbe Totenschädel. Manche Augenhöhlen waren leer, in anderen wiederum glühte ein grünes oder rotes Feuer. Die meisten Mäuler waren geöffnet, und die Monster, deren Köpfe wie Korken auf der Oberfläche hüpften, schlürften und schluckten die widerliche Flüssigkeit schmatzend.

Sie machte ihnen nichts aus. Im Gegenteil, sie schien für sie sogar ein Labsal zu sein.

Genau ein halbes Dutzend Monsterschädel sah ich. Und diese sechs hatten um mich einen Kreis gebildet. Einen Kreis, den ich nie durchbrechen konnte.

Die anderen wurden von den Monstern in Ruhe gelassen. Sie waren eingetaucht und nicht mehr gefährlich, aber mich wollten sie packen, denn ich hatte es gewagt, mich zu befreien.

Sie zogen den Kreis enger.

Vielleicht wirkte dies sogar ein wenig lustig, denn ich sah keine Arme oder Beine, nur eben diese verdammten Schädel, die auf der Oberfläche hüpften.

Mir war nicht nach Spaßen zumute.

Wie kam ich weg?

Tauchen und versuchen, unter der Oberfläche zu schwimmen? Nein, das konnte ich vergessen, dieser unheimliche See war uferlos. Ich wußte überhaupt nicht, ob ich jemals festen Boden unter den Füßen erreichen würde. Und in diesem Gewässer schwimmen war mehr als mühsam. Meine Kräfte würden sehr schnell erlahmen.

Vielleicht hatte ich noch fünf Sekunden Zeit, mir etwas einfallen zu lassen, dann mußte ich kämpfen.

Meinen Dolch trug ich bei mir. Auch eine Ersatz-Beretta. Allerdings konnte ich mir nicht vorstellen, daß die Waffe noch funktionierte. Sie war naß geworden.

Ich zog die Pistole.

Dabei trat ich noch heftiger mit den beiden Füßen. Ich

mußte mich um Himmels willen an der Oberfläche halten.

Mühsam brachte ich den rechten Arm hoch, zielte kurz und drückte dann ab.

Dieses ›Klack‹ ist wohl für jeden Menschen, der sich in einer Notwehrsituation befindet und schießen will, ein reines Horror-Geräusch. Mir kam es genauso vor.

Die Pistole war durch die Flüssigkeit außer Funktion gesetzt worden. Daran gab es nichts zu rütteln.

Hastig steckte ich die Beretta wieder weg. Inzwischen hatten die Monster den Kreis enger gezogen. Ich glaubte sogar, Triumph in ihren Gesichtern zu lesen.

Verdammt, ich wollte nicht ein Opfer von ihnen werden. Die sollten sich wundern.

Die rettende Idee kam mir wirklich im letzten Augenblick. Vor mir hingen die Seile vom Galgengerüst herab, und ich wurde an die Turnstunde in der Schule erinnert, wenn wir zu Beginn in die Seile mußten. Dann ging es darum, wer sich am schnellsten hochhangeln konnte.

Dabei hatte ich nie gewonnen, war allerdings auch nie letzter Sieger gewesen. Ich hielt mich immer im Mittelfeld.

Jetzt mußte ich beweisen, daß ich noch nichts verlernt hatte. Das Seil befand sich so nahe vor mir, daß ich es mit den ausgestreckten Händen fassen konnte. Ich sammelte Kraft, schnellte mich aus der sirupartigen Flüssigkeit und packte das Seil.

Kaum berührten meine Handflächen den rettenden Anker, da rutschte ich ab. Eins hatte ich vergessen. Die Flüssigkeit hatte nicht nur die Dichte von Öl, sie wirkte auch so. Das Seil bekam ich zu fassen, aber ich konnte mich nicht halten, ich rutschte ab.

Ein neuer Versuch.

Diesmal war ich gewarnt. Ich hielt das Seil eisern mit einer Hand – der linken – fest und schüttelte die rechte hin und her. So verlor ich einige dicke Tropfen der

Flüssigkeit. Sie klatschten wieder zurück, und ich konnte besser zugreifen.

Kein weiteres Rutschen mehr, und auch die Rolle bewegte sich nicht mehr. Das Seil stand still.

Ich hangelte mich hoch.

Zuerst griff ich mit der rechten Hand zu, dann mit der linken. Stück für Stück arbeitete ich mich weiter. Es war wirklich ein kräftezehrendes Unternehmen, aber ich konnte nicht abwarten oder Pausen einlegen, sondern mußte weitermachen.

Auch die Monster blieben nicht untätig. Die sechs Schädel sahen sich ihrer Beute beraubt, was ihnen überhaupt nicht paßte. Sie bewegten sich jetzt schneller, und meine Beine hingen noch immer in der widerlichen Flüssigkeit.

Ich schielte nach unten, während ich die Zähne zusammenbiß und mich weiter in die Höhe zog.

Nur nicht aufgeben! Nur nicht schlappmachen! Das hämmerte ich mir buchstäblich ein.

Zwei Schädel erreichten das Seil zuerst. Widerliche Köpfe, mit aufgerissenen Mäulern und noch Fetzen von irgendwelchem Fleisch zwischen den Zähnen.

Dann biß ein Monster zu.

Wahrscheinlich war es Zufall, daß ich gerade jetzt das rechte Bein fest anzog. Die Zähne verfehlten mich, sie erwischten nur noch Seil und rüttelten daran.

Gleichzeitig wurde mir heiß, denn dieses Rütteln hatte mich auf eine Idee gebracht. Durchbeißen konnten sie das Seil ruhig, weil sie sich unter mir befanden, aber wenn die Schädel wie ich an dem Strick hochkletterten, sah das schon böse aus. Dann würden sie mich sicherlich packen, bevor ich das Gerüst erreicht hatte, das ich als meine Rettung ansah.

Ziehen, Klimmzug, ziehen, Klimmzug …

Ein Wechselspiel, in dem es wirklich um Sekunden ging. Die Entfernung erschien mir viel zu weit. Was von unten nur wie eine Kurzstrecke ausgesehen hatte, wurde länger und länger, je mehr mir die Zeit im Nacken saß.

Zudem bestätigten sich meine Befürchtungen. Die Monsterschädel kletterten mir nach.

Ich gönnte mir eine Sekunde Pause und schielte dabei nach unten. Sie stellten es sehr geschickt an. Mit ihren Zähnen hackten sie in das Seil, bissen allerdings nicht so fest zu, daß es riß.

Und sie hüpften Stück für Stück höher, indem sie immer wieder zubissen und sich so festhielten. Dabei waren sie schneller als ich. Sie verloren keine Kraft, denn sie waren dämonische Wesen, und die Energie der Hölle trieb sie an.

Ich kletterte weiter.

Meine Muskeln spannten sich. Ich hatte so große Furcht, daß ich mich innerlich verkrampfte, und ich mußte meinen inneren Schweinehund erst überwinden, was ebenso hart war wie das eigentliche Klettern.

Doch aufgeben durfte ich nicht.

Es mußte einfach weitergehen, und tatsächlich war der Querbalken des Galgens schon ein Stück näher gerückt.

Unter mir am Seil wurden die Bewegungen heftiger. Ich spürte sie jetzt in rascherer Folge, ein Zeichen, daß die verfluchten Monsterschädel aufgeholt hatten.

Ich setzte alles ein.

Mein Atem pfiff und keuchte. Manchmal schrie ich auch. Es waren regelrechte Befreiungsschreie, die ich ausstieß, und ich sah, daß mich zahlreiche tote Augen beobachteten.

Die noch hängenden Leidensgenossen hatten, soweit sie sich in meiner Nähe befanden, die Köpfe gedreht. Ihre leeren Blicke waren auf mich gerichtet.

Und es ging weiter.

Vier, fünf Griffe vielleicht, dann hatte ich es endlich hinter mich gebracht.

Da spürte ich die Berührung am Fuß.

Es war ein regelrechter Schlag, der mich traf. Für einen winzigen Augenblick stieg eine heiße Welle der Angst in mir hoch. Beim ersten Biß hatten sie nur meinen Absatz getroffen, der zweite würde aus ihrer Sicht bestimmt besser sitzen.

Deshalb riß ich hastig meine Beine hoch.

Glück gehabt. Der nächste Biß verfehlte mich tatsächlich. Auch beim dritten Versuch schnappten die Zähne vorbei. Ich hörte, wie sie aufeinanderklackten.

Der letzte Rest.

Rechter Arm hochgeschleudert, die Hand erst ausgestreckt, dann fest das Seil umklammert.

Mit der linken geschah das gleiche.

Ich packte es.

Noch einmal zog ich die Füße nach. Und als ich einen Blick nach oben warf, sah ich das Gerüst des Galgens. Eine zum Glück ziemlich breite Kante, die über mir verlief und an der die Rollen für die Seile befestigt waren.

Noch einmal streckte ich meinen rechten Arm aus, dann konnte ich den Querbalken fassen.

Eisern hielt ich fest.

Den anderen Arm nachziehen. Ich hatte es geschafft.

Endlich!

Jetzt hing ich an dem Balken wie ein Turner am Reck. Die Beine baumelten hoch über der Oberfläche des unheimlichen Sees, und ich hoffte, daß ich noch genügend Kraft für einen letzten Klimmzug hatte.

Tief durchgeatmet, dann legte ich alles in die Waagschale. Ich stöhnte, schrie und keuchte, aber ich kam hoch, Freunde. Jawohl, ich schaffte es.

Das rechte Bein hochgeschwungen. Auch wie damals im Turnunterricht. Mein Knie fand zuerst auf der Stange Halt. Ich rutschte mit dem Bein an der anderen Seite hinunter, und es gelang mir, mich hinzusetzen. Ein normales Sitzen war das natürlich nicht. Jetzt merkte ich, daß der Balken doch sehr schmal war, er hatte nur im Verhältnis zum Seil breit ausgesehen.

Ich beugte meinen Oberkörper etwas vor und klammerte mich mit beiden Händen an dem Holz fest.

Dabei zitterte ich von den Haaren bis zu den Zehenspitzen. Die letzte Hangelei hatte mich geschlaucht.

Natürlich dachten die Schädel nicht daran, die einmal so sicher geglaubte Beute fahrenzulassen. Sie hielten nicht mit der Verfolgung inne, bissen sich im wahrsten Sinne des Wortes höher, und ich sah, wie das Seil von einer Seite zur anderen schaukelte.

Wie weit waren sie noch entfernt?

Eine Armlänge?

Gegen teuflische Schädel hatte ich vor Jahren schon gekämpft, allerdings mit einer funktionstüchtigen Beretta. Hier versagte sie. Aber ich besaß noch den Dolch.

Und den holte ich hervor.

Die fünf Finger der linken Hand umspannten den Dolchgriff, denn die Schädel kletterten an der von mir aus gesehen linken Seite in die Höhe.

Sie näherten sich langsam, aber stetig.

Der erste sah besonders schaurig aus. Weit hatte er den Rachen aufgerissen. Ich konnte in seinen Schlund und in den Hals hineinschauen. Wenn er noch ein wenig höher kroch, dann konnte er zubeißen und meine Waden treffen.

Ich hielt mich mit der rechten Hand eisern fest, beugte mich nach links und stach zu.

Die Klinge traf auf Widerstand. Schräg fuhr sie in den Schädel, am Auge vorbei in die Wange hinein, wenn man überhaupt von so einer sprechen konnte.

Würde das Silber stark genug sein?

Ja, es war stark genug.

Plötzlich zischte es in der Wunde auf. Das sah ich, als ich den Dolch wieder zurückriß. Gleichzeitig quoll ein grauer Rauchfaden aus der Öffnung, die Zähne klackten zusammen und bissen dabei nicht mehr in das Seil, sondern daneben.

Es kam, wie ich es mir erhofft hatte. Der Schädel konnte sich nicht mehr halten und fiel nach unten.

Klatschend verschwand er in der dicken Brühe.

Ich atmete auf. Ein Gegner weniger. Ob ich ihn zerstört hatte oder nicht, war mir in diesem Moment egal, für mich zählte nur, daß die erste Gefahr gebannt war.

Die anderen Schädel rückten nicht nach. Sie verharrten in ihrer Haltung, und endlich hatte ich die Zeit, die ich brauchte, um das verdammte Seil zu kappen.

Den Dolch wechselte ich in die rechte Hand und säbelte damit an dem Strick herum.

Es gab einen Ruck, dann hatte ich ihn durchtrennt.

Das Seil fiel mit den daran hängenden Köpfen nach unten und verschwand in der Brühe.

Ich lachte auf. Es war ein Gelächter der Erleichterung, das ich nicht bewußt steuerte. Es kam einfach so, und ich beugte mich nach vorn, um erst einmal Luft zu holen.

Geschafft!

Endlich geschafft.

Wenn sich an der Gesamtsituation auch nichts geändert hatte, so freute ich mich doch über jeden kleinen Teilsieg, den ich in dieser Hölle erringen konnte.

Ein Knarren unterbrach meine Gedanken.

Das Geräusch war über mir aufgeklungen. Ich drehte mich so behutsam wie es eben ging um. Dabei schielte ich über die Schulter nach oben. Die an dem Balken angebrachten Räder bewegten sich. Und mit ihnen auch die Seile, an denen die unheimlichen Gestalten hingen. Allerdings drehten sich die Räder jetzt in die andere Richtung, also zurück. Das hieß, die Gestalten würden wieder hochkommen.

Ich hing nicht daran. Darüber war ich verdammt froh. Noch immer tanzten die kleinen Flammen auf der Oberfläche. Von den Köpfen sah ich nichts, dafür tauchten meine ehemaligen Leidensgenossen aus dieser makabren Brühe auf.

Im ersten Moment schien sich nichts geändert zu haben. Als ich genauer hinschaute, da erkannte ich, daß einige von ihnen nicht mehr so aussahen wie zuvor.

Die Flüssigkeit hatte sie verändert. Auf eine schreckliche Art und Weise, denn sie hatte nicht nur ihre Kleidung aufgelöst, sondern auch was von der Haut mitgenommen. Sie wirkte selbst bei diesem fahlen Licht aufgedunsen und schimmerte rötlich. Als wäre sie mit einer gefährlichen Säure in Verbindung gekommen.

Das hätte mir auch bevorgestanden, wenn ich länger in dieser Flüssigkeit geschwommen wäre. Im nachhinein bekam ich noch das Zittern. Von den Gestalten fielen die Tropfen ab. Es waren schon mehr Klumpen, die in die Brühe zurück klatschten.

Wie würde es jetzt weitergehen? Gesagt hatte mir niemand etwas, meine unheimlichen Nachbarn bewegten sich zwar, doch sie waren stumm wie die Fische.

Ich wartete ab, bis die Rollen gestoppt wurden, und mußte dann mit ansehen, wie der zweite Teil der Hängenden in die Tiefe glitt.

Jetzt rutschten auch meine Nachbarn. Alles lief so ab wie beim erstenmal.

Die Frau warf mir noch einen Blick zu. Ihr Gesicht zeigte bereits die Qualen an, die sie spüren würde.

Langsam wurde mir der Sinn dieser teuflischen Methode klar. Die Bestraften wurden in diese Flüssigkeit getaucht, ein ewiges, schreckliches Wechselbad, und sie hatten nie mehr eine Chance, dieser Hölle zu entrinnen.

Aber hatte ich eine?

Das war wirklich die große Frage. Wenn ich ehrlich gegen mich selbst war, wohl kaum. Nein, die anderen würden mir keine lassen. Dafür hatten schon Asmodis und seine Tochter gesorgt.

Was die beiden wohl machten? Und wie würde es den Freunden ergehen? Hatte Costello, der sicherlich mein Kreuz in den Händen hielt, es bereits an Dr. Tod weitergereicht?

Ganz bestimmt, und jetzt mußte sich Asmodina vorsehen, auch wenn sie den Nagel besaß.

Ich schaute wieder nach unten und gleichzeitig nach vorn. Die hängenden Gestalten waren bereits bis über die

Knie eingesunken. Nichts würde sie noch retten. Die satanischen Wechselbäder wurden weitergeführt bis in alle Ewigkeiten.

Ich war so mit meinen Gedanken beschäftigt, daß ich die Stimme erst für eine Halluzination hielt. Dann aber horchte ich. Wer rief mich da?

Plötzlich wußte ich es.

Nein, das war keine Stimme, die mich da rief, keine echte jedenfalls. Es waren Gedanken, tastende Signale, die in meinem Kopf ihren Widerhall fanden.

Ich hörte einen Namen.

»John Sinclair!«

Und da wußte ich Bescheid. Es war Karas Stimme, die meinen Namen ausgesprochen hatte.

Der Kelch des Feuers!

Jetzt war zu sehen, aus welchem Grunde er diesen Namen trug.

Als der Kontakt zwischen ihm, der Kugel und Tanith hergestellt worden war, da begann er zu glühen. Nicht nur die Kugel strahlte auf, sondern auch der Kelch. Er verbreitete einen roten und dennoch gleißenden Schein, der nicht nur die Menschen blendete, sondern auch das gesamte Zimmer einhüllte.

»Ich habe Kontakt«, hauchte Tanith. »Himmel, ich habe Kontakt mit ihm!«

»Mit John Sinclair?« fragte Suko.

»Nein, mit dem Land, wo er sich befindet. Ich spüre es genau, er ist in der Nähe, aber auch gleichzeitig so weit weg, daß ich seine Gedanken nicht fühlen kann. Aber ich muß da sein!«

»Machen Sie um Himmels willen weiter!« flüsterte Suko. »Sie dürfen nicht schwach werden, auf keinen Fall.«

Die Astrologin schüttelte den Kopf. Sie gab sich wirklich Mühe und konzentrierte sich auf die vor ihr liegende Aufgabe.

Und die war hart genug. Sie sollte mit einem im Höllenreich Verschollenen Kontakt aufnehmen. Würden ihre und die Kraft des Kelches überhaupt reichen?

Ihre Hände rutschten seitlich an der Kugel ab, so daß sie jetzt genau auf die Kugel schauen konnte – und hinein!

Intensiv dachte sie an den Geisterjäger. Der Name John Sinclair hämmerte in ihren Gedanken. Sie rief ihn mit all der Kraft, zu der sie fähig war.

Es war eine ungewöhnliche geistige Anstrengung. Kelch, Kugel und die Astrologin schienen eine Einheit zu bilden.

Sinclair!

So formulierte Tanith den Namen in Gedanken. Wenn er diesen Ruf nicht hörte, dann konnte sie nicht mehr, denn er hatte mehr einem Verzweiflungsschrei geglichen.

Da war etwas!

In der Kugel.

Sie sah genau, wie die Schlieren wanderten und sich zur Seite bewegten. Sogar das Wabenmuster verzerrte nichts mehr, für Sekunden hatte Tanith einen freien Blick.

Sie sah ihn.

John Sinclair!

Er befand sich in einer fremden, kaum vorstellbaren Welt. Und er saß auf irgendeinem Gerüst, das Tanith jedoch nicht genau erkennen konnte. Gut erging es ihm nicht, denn die Umgebung um ihn herum atmete das reine Grauen aus.

Tief holte Tanith Luft. »Ich – ich sehe ihn«, flüsterte sie erstickt. »Er lebt, er ist da, in einer anderen Welt. Der Kelch hat reagiert. Da, seht …«

Auch die anderen beugten sich über die Kugel. Ihre Gesichter waren starr, in den Augen fanden sich Hoffnung, Angst und Neugierde wieder.

Kara, Myxin, Suko, Shao – sie beugten sich über die kleine Kugel. Jeder wollte einen Blick erhaschen, John Sinclair sehen und …

Mit einem Schrei auf den Lippen fuhr Tanith plötzlich in die Höhe. Shao hatte zu nahe bei ihr gestanden, sie erhielt einen Ellbogenstoß in die Rippen und taumelte ein paar Schritte nach hinten.

Die Astrologin blieb für einen Moment starr stehen, dann sank sie erschöpft auf ihren Stuhl.

Die anderen schauten noch in die Kugel. Das Bild war verloschen. Die Kugel sah aus wie immer.

Leer ...

Langsam richteten sich die Freunde auf. »Hast du ihn gesehen?« fragte Myxin und schaute Kara dabei an.

»Nein.«

»Aber ich«, sagte Suko.

»Was?« Die anderen fuhren zu ihm herum.

»Ja. Und John lebt. Mit eigenen Augen konnte ich mich davon überzeugen. Er hat sich bewegt und befand sich auch nicht in direkter Lebensgefahr.«

»Aber wo er sich genau aufhält, konntest du auch nicht erkennen?« fragte Kara. Sie hatte sich ebenfalls voll auf John konzentriert.

»Nein.«

»Ich nehme an, daß Asmodis oder seine Tochter dahinterstecken. Sie werden John in irgendeinem ihrer Reiche als Gefangenen halten. Etwas anderes kann ich mir nicht vorstellen.«

»Wenn man nur wüßte wo«, sagte Shao gequält. Sie fuhr fort: »Kann man den Versuch nicht wiederholen?«

Alle schauten auf Tanith.

Erschöpft saß sie auf ihrem Stuhl. Der Kopf war nach vorn gesunken, die Stirn berührte die Tischplatte. Niemand sagte etwas direkt, aber jeder wußte, daß man von Tanith die gleiche Energieleistung nicht noch einmal so schnell erwarten konnte.

»Bleibt nur der Kelch des Feuers«, meint Myxin. »Aber ob er uns zu John Sinclair führen kann, ist wirklich fraglich.«

Da gaben ihm die anderen recht.

Jemand rief meinen Namen!

Nein, nicht jemand, sondern Kara.

Ich hörte ihre Stimme, saugte ihre Gedanken aus einer unvorstellbaren Entfernung auf und hörte auch eine andere Stimme, die ebenfalls meinen Namen rief.

Die kannte ich nicht.

Still hockte ich auf dem Gerüst und lauschte. Ein unbeschreibliches Gefühl durchströmte mich, denn die andere Seite, die normale Welt, hatte Kontakt mit mir aufgenommen. Es gab mir die Sicherheit, daß meine Freunde alles tun würden, um mir zu helfen. Sie setzten wirklich alles ein, um mich aus dieser Hölle zu holen.

Dann waren die Stimmen weg.

Noch bevor ich gedanklich Antwort geben konnte, riß der Kontakt ab. Irgendein unbekannter Störfaktor war ins Spiel gekommen, den wir beide, Sender und Empfänger, nicht hatten ausschalten können.

Sosehr ich mich auch konzentrierte, kein fremder Gedanke erreichte mehr mein Gehirn.

Dafür sah ich etwas.

Jemand ging über das Wasser. Mit gemessenen Schritten und von den kleinen Flammen umspielt, schritt Asmodina auf das Gerüst des Schreckens zu.

War sie der Störfaktor? Hatte sie vielleicht bemerkt, daß meine Freunde Kontakt mit mir aufgenommen hatten?

Bestimmt, denn in diesem Reich regierte sie allein.

Sie ließ sich Zeit. Ich war froh darüber, so konnte ich mir zurechtlegen, was ich ihr sagen würde.

Trotz des geschwärzten Gesichts war das Lächeln auf ihren Lippen zu sehen. Und es hatte nichts von diesem Siegerausdruck verloren. Asmodina fühlte sich sicher.

»Nun, großer Geisterjäger?« sagte sie, als sie nahe genug herangekommen war. »Du lebst ja noch.«

»Ja, so leicht bin ich nicht zu töten.«

»Es hätte mich wirklich gewundert.«

»Was?«

»Dich als Leiche zu finden. Aber das geschieht noch früh genug. Was ist das eigentlich für ein Gefühl, sich befreit zu haben und trotzdem zu wissen, daß man verloren ist?«

»Ein gutes und ein schlechtes.«

»Du bist ehrlich. Aber das hier ...«, sie deutete in die Runde, »... ist erst der Auftakt.«

»Was willst du?«

»Dich fragen, ob dir die Unterhaltung vorhin gut gefallen hat?«

Sie wußte also Bescheid. Demnach war Asmodina der Störfaktor in unserem gedanklichen Gespräch gewesen.

»Das Gespräch hat mir gut gefallen«, gab ich zu. »Es beweist mir, daß meine Freunde an mich denken.«

Asmodina nickte. »Das gebe ich zu, Geisterjäger, sie denken an dich. Sogar sehr stark, aber es nutzt ihnen und dir nichts. Sie werden dich hier nicht rausholen können.« Mit einer verächtlichen Bewegung winkte sie ab. »Nein, du hast keine Chance, Geisterjäger.«

Das wußte ich selbst. Doch wollte ich mir meinen Optimismus nicht nehmen lassen. Es war schon ein seltsames Bild. Ich hockte über Asmodina und schaute auf ihren Kopf hinunter.

Und sie stand auf dieser Flüssigkeit. Die Gehängten hingen nach wie vor in der Brühe, sie blieben auch dort. Nur die Seile schauten noch daraus hervor.

Ich blickte Asmodina an. In ihrem Gesicht zuckte es. Es strahlte den Triumph ab, den die Teufelstochter empfand. Noch nie hatte ich mich so in ihrer Hand befunden. Ich war nicht nur ihr Gefangener, sondern auch der meiner jetzigen Umwelt. Entkommen konnte ich aus eigener Kraft bestimmt nicht.

»Was ist das für eine Hölle, in die du mich geschleppt hast?« wollte ich wissen.

»Die Hölle der ewigen Leiden!«

»Ein guter Name.«

»Fegefeuer kommt dir vielleicht bekannter vor. Das

hier ist das Fegefeuer. Ihr Menschen habt diesen Ausdruck geprägt, ich habe ihn übernommen.«

»Und was haben die Bedauernswerten getan?«

»Sie sind in unsere Falle gelaufen. Wir brauchten sie. Und dann haben wir sie nie mehr losgelassen. Als ich nur Apep war, habe ich immer mit angesehen, wie der große Asmodis diese Menschen herbrachte. Sie entstammen allen Jahrhunderten, aber was ist schon Zeit in der Hölle? Das wirst auch du noch merken, John Sinclair. Du vergißt die Zeit, du wirst dir nur eines herbeisehnen. Deinen Tod.«

Die Drohungen ließen mich kalt. Ich hatte sie schon zu oft vernommen. Dafür fragte ich: »Dann willst du mich noch am Leben lassen, Asmodina? Und ich dachte schon, du wärst gekommen, um mich zu töten.«

»Du bist schon so gut wie tot.«

»Wenn du das sagst?«

»Ja, das sage ich. Du hast ausgespielt, John Sinclair. Das Team um dich wird zerfallen. Dann gibt es nur noch mich und Asmodis ...«

»Wie steht es denn mit Dr. Tod?« fragte ich dazwischen. »Der ist doch auch nicht dein Freund.«

»Ich werde ihn mit dem Nagel vernichten!«

»Bravo!« rief ich vom Galgengerüst herunter. »Was du alles willst. Nur mußt du dir über eins im klaren sein, Asmodina. Deine Feinde sind zahlreicher und stärker geworden. Sie haben es geschafft, mein echtes Kreuz gegen eine Kopie auszutauschen.«

Da lachte die Teufelstochter. »Du bist wahnsinnig, Sinclair. Jetzt versuchst du aber auch alles.«

»Es ist kein Versuch. Wenn du ein wenig nachdenken würdest, wärst du längst darauf gekommen. Ich bin in deiner Gewalt. Okay, das nehme ich hin, daran kann ich nichts ändern. Aber ist dir nicht aufgefallen, daß das reuz überhaupt keine Reaktion gezeigt hat?«

»Ich bin ja nicht dumm.«

Gut«, sagte ich und lächelte. »So weit wären wir also.

Das Kreuz hat keine Reaktion gezeigt. Es konnte keine zeigen, denn es war nicht das echte.«

»Stimmt, du wolltest uns reinlegen, aber das ist dir nicht gelungen, Geisterjäger.«

»Nein, ich wollte euch nicht reinlegen.«

»Jetzt redest du dich schon wieder heraus!« zischte sie, und in ihren Augen glühte es. Sie war ziemlich nervös und fühlte sich von mir auf den Arm genommen, vielleicht auch überrascht wegen meiner Sicherheit, die ich zur Schau stellte.

»Nein, das habe ich gar nicht nötig. Ich gebe doch offen zu, daß ich mein Kreuz nicht mehr habe.« Es machte mir mittlerweile Spaß, Asmodina ein wenig hinzuhalten, so wurde mir auch das Miese meiner eigenen Situation nicht so bewußt. »Willst du wirklich wissen, wo sich mein Kreuz befindet?«

»Ja, rede!«

»Er hat es!«

»Wer ist er?«

Ich holte tief Luft, steigerte die Spannung durch diese Verzögerung noch und erwiderte laut und deutlich: »Solo Morasso, auch Dr. Tod genannt!«

»Nein!« Es war ein Schrei, der aus Asmodinas Kehle drang. Ich hätte nicht gedacht, daß die Teufelstochter einmal so überrascht sein könnte. Erlebt hatte ich das noch nie. Sie duckte sich, als hätte sie einen Peitschenhieb erhalten, dann richtete sie sich wieder auf, öffnete den Mund, und eine gespaltene Zunge huschte daraus hervor. Eine Zunge, wie sie auch Apep hatte, nur war sie jetzt kleiner. »Ich glaube dir nicht, Geisterjäger. Du versuchst, dich aus deiner Lage herauszuwinden, weil du anders keine Chance mehr siehst. Das kann gar nicht sein, das ist nicht möglich. Dr. Tod ist nicht stärker als ich. Was ich nicht geschafft habe, das schafft er schon lange nicht. Er hat dein Kreuz nicht, Geisterjäger. Alles nur Bluff, um deinen miesen Kopf zu retten!«

»Ich habe es nicht nötig zu bluffen«, erwiderte ich

gelassen. »Es ist genauso, wie ich es dir gesagt habe. Du kannst es glauben oder nicht. Das bleibt dir überlassen.«

»Wie sollte er es geschafft haben?«

»Du unterschätzt ihn. Vielleicht ist er sogar stärker als du, Asmodina.«

»Niemand ist stärker als die Teufelstochter.« Sie litt noch immer unter Selbstüberschätzung.

»Dann ist er eben schlauer. Und er reibt sich nicht in Kämpfen so sehr auf wie du. Er hat sich auf mich konzentriert. Seinen Helfern ist es gelungen, mich zu überfallen und mir das Kreuz wegzunehmen. In London gibt es einen Mann, der auf ihn hört. Logan Costello arbeitet für Dr. Tod. Seine Leute haben mich überfallen, und sie haben auch dafür gesorgt, daß mir das Kreuz weggenommen wurde. Glaubst du mir nun, Teufelstochter?«

Sie schwieg. Asmodina war wirklich so entsetzt, daß sie keinen Laut hervorbrachte. Sie schluckte und schüttelte den Kopf, so daß ihre langen roten Haare flogen. Die Augen sahen in dem dunklen Gesicht weiß und hell aus.

Ich hockte auf dem Galgen und wartete ab. Jetzt war ich wirklich gespannt, was sie tun würde. Schließlich hob sie den Kopf und schaute mich an. »Nehmen wir einmal an, Geisterjäger, es stimmt, was du gesagt hast, dann glaubst du wirklich, daß Dr. Tod stärker ist als ich?«

»Mit dem Kreuz bestimmt.«

»Hör doch damit auf. Er ist ein Winzling gegen mich. Was hat er denn? Die Mordliga. Ein paar billige Gestalten, die ich mit einer Hand am Boden zerquetsche. Und ihn auch. Hast du nicht selbst erlebt, wie ich ihn gedemütigt habe, damals, als Myxin entführt werden sollte. Weißt du das nicht?«

»Ja, das habe ich noch in Erinnerung.«

Sie lachte gellend. »Und dann willst du mir Angst machen, du verdammter Hundesohn?«

»Zwischen damals und heute hat sich einiges geändert.«

»Was denn?«

»Dr. Tod ist mächtiger geworden. Er hat sich bestimmt unter deinen Feinden Freunde ausgesucht. Er steht nicht mehr allein da, Asmodina. Ich weiß, daß die AEBA-Dämonen dir nicht gerade wohlgesonnen sind und sicherlich auch noch andere Dämonen, die nie überwunden haben, daß der Schwarze Tod umgekommen ist.«

»Den hast du vernichtet.«

»Das weiß ich, denn die anderen sind auch meine Feinde. Wir sitzen gewissermaßen in einem Boot, Teufelstochter. Du kannst es drehen und wenden, es ist so. Ich bin dein Gefangener, aber dir ergeht es auch nicht besser, denn man hat dich bereits umzingelt. Für den großen Schlag gegen dich ist alles vorbereitet worden.«

»Das sind Märchen.«

»Nein, es sind keine. Alle Anzeichen deuten darauf hin. Schon vor Wochen wußte ich Bescheid, als zum erstenmal der Riesenwurm Izzi erschien. Du kennst ihn ja.«

Asmodina nickte. »Ich habe davon gehört, daß er aufgetaucht sein soll. Er will das magische Pendel.«

»Genau, denn damit kann er die Erdgeister beschwören. Und sie sollen sehr mächtig sein, wie ich hörte. Sogar noch mächtiger als du, weil die Erdgeister unter Umständen die gleichen sind wie die Großen Alten, vor denen du dich auch fürchtest!«

Es war eine regelrechte Abrechnung, die ich mit der Teufelstochter trieb. Ich hielt ihr alles vor, deckte ihre Karten auf und bewies, wie wenig mächtig sie doch war.

Und sie schluckte meine Worte. Zwar war ihr äußerlich nichts anzumerken, doch sie hatte viel von ihrer Sicherheit verloren. Und Izzi, der Riesenwurm, war ebenfalls ihr Feind. Er gehörte zu den Großen Alten, die nach wie vor von einem Geheimnis umgeben wurden.

»Habe ich recht?« fragte ich.

Asmodina knirschte. Wieder huschte ihre gespaltene Zunge aus dem Mund. Sie wollte es nicht zugeben, doch es blieb ihr wirklich keine andere Möglichkeit.

»Hast du das magische Pendel?« fragte sie plötzlich.

»Nein«, erwiderte ich.

»Weißt du denn, wo es sich befindet?«

»Noch nicht.«

»Aber ich.«

»Dann sage es mir.«

Sie lachte und zierte sich. Unsicherheit, wie ich feststellen konnte. Meine Worte waren bei ihr auf fruchtbaren Boden gefallen. Ich hatte sie stark verunsichert.

»Wenn du es weißt, warum hast du es dir dann nicht geholt?« wollte ich wissen.

»Weil ich es nicht brauche.«

Ich lachte spöttisch.

»Das ist eine Ausrede. Du bist einfach zu schwach, um dir das Pendel zu besorgen, das ist es. Du brauchst es schon, du würdest es gern haben, aber andere sind stärker, viel stärker sogar. Genau weiß ich nicht Bescheid, doch ich nehme an, daß das magische Pendel bewacht wird. Und zwar von Izzi. Gegen ihn kommst du nicht an, Asmodina.«

»Wer ist schon Izzi?« schrie sie.

»Ich habe ihn gesehen und konnte ihn auch nicht besiegen. Er war zu stark.«

»Ja, du. Du bist auch ein kleiner Wurm.« Sie lachte und machte sich selbst Mut. »Aber ich kann Izzi vernichten.«

»Dann tu es!«

»Warum? Ich sehe keinen Grund.«

»Wenn sich das magische Pendel in deinem Besitz befände, hättest du Macht über die Geister der Erde und damit eine sehr starke Armee im Rücken.«

»Izzi ist nicht mein Feind.«

»Das ist das neueste, was ich höre«, erwiderte ich kalt.

»Er kann gar nicht mein Feind sein, denn damals, als die Erde noch nicht so war wie heute, da gab es schon Izzi, die Großen Alten und mich. Aber Izzi und ich waren ein- und dieselbe Person. Da staunst du, nicht?« fragte sie, als sie in mein Gesicht schaute.

Ja, da staunte ich in der Tat.
Izzi und Asmodina waren eine Person.
»Willst du hören, wie es weiterging, Geisterjäger?«
»Gern.«
»Irgendwann wurden wir gespalten, denn Asmodis, den es auch schon gab, und die Großen Alten bekamen Streit. Aus Izzi wurden zwei. Apep war ich. Die Höllenschlange wurde geboren, und Izzi blieb. Unsere Wege trennten sich, ich gehörte zu Asmodis, während Izzi bei den Großen Alten blieb, die andere Dämonen erschufen, während sie sich in den langen Schlaf legten.«
»Wer wurde von ihnen erschaffen?« wollte ich wissen.
»Der Schwarze Tod!«
Das war eine Überraschung. Also stammte er von den Großen Alten ab. Damit hatte ich nicht gerechnet.
»Und du hast ihn umgebracht!« lachte Asmodina.
»Hast du ihn nicht selbst gehaßt?« fragte ich.
»Sicher, nur habe ich ihn nicht getötet. Und die Großen Alten wissen, wer ihn auf dem Gewissen hat, Geisterjäger. Aus diesem Grund sind auch die Großen Alten deine Feinde. Gegen sie bist du erst recht machtlos.«
Ich atmete tief durch. Ja, da hatte sie recht. Gegen sie kam ich auch nicht an, wenigstens jetzt nicht, wo ich mich in Asmodinas Gewalt befand.
»Außerdem ist das nicht nötig«, fuhr sie fort. »Ich werde dich töten und nehme den Großen Alten die Arbeit damit ab.«
»Und dann holst du dir das magische Pendel?«
»Wozu?«
»Damit kannst du die Geister der Erde unter Kontrolle bringen.«
»Vielleicht will ich das gar nicht.«
»Angst, nicht wahr? Du hast nicht nur Angst vor Dr. Tod und seiner Mordliga, sondern auch vor den Großen Alten. Ich glaube auch nicht, daß du weißt, wo genau das magische Pendel liegt.
Im Gegensatz zu mir versuchst du, dich durch Bluffs

über die Runden zu retten. Das hätte ich nie von dir gedacht.«

»Unter dem Galgenberg liegt das magische Pendel!« zischte die Teufelstochter.

Jetzt wußte ich Bescheid. Ich hatte sie so weit gereizt, daß sie sich aus der Reserve locken ließ.

»Und wo befindet sich der Galgenberg?«

»Such ihn.«

»Ich dachte, du läßt mir keine Chance mehr?«

Meine Antwort reizte sie. Die Kette aus Totenschädeln um ihren Hals begann zu glühen, und ihre Haare stellten sich hoch. Sie war drauf und dran, mich umzubringen, das bemerkte ich, denn über ihren Händen tanzte ein magisches Feuer.

Ich bekam wieder Angst …

Bisher war alles glatt verlaufen. Sollte Asmodina zum Schluß die Nerven verlieren? Ich hätte den Bogen doch nicht überspannen sollen und sah jetzt, wie sich die Blitze von ihren Fingern lösten, über die Oberfläche tanzten, wo noch immer das Feuer züngelte und die Blitze sich mit den Flammen vereinigten.

Dann verloschen sie wieder, und ich atmete auf. Asmodina schien es sich wirklich überlegt zu haben.

Ich ließ etwas Zeit verstreichen, bevor ich wieder das Wort übernahm. »Was willst du jetzt tun?« fragte ich sie. »Willst du dich Solo Morasso zum Kampf stellen?«

»Er wird nicht gegen mich kämpfen.«

»Warum das nicht?«

»Weil ich dafür gesorgt habe, daß er erweckt wurde. Und ich glaube noch immer nicht, daß er dein Kreuz besitzt.«

»Du kannst ja zu ihm gehen und dich davon überzeugen«, erwiderte ich. »Aber wahrscheinlich schaffst du es nicht. Dr. Tod hat sich abgesichert. Er besitzt schließlich noch den Würfel des Unheils, wie ich gehört habe.«

»Ich glaube, daß du dich täuschst, John Sinclair!« hielt mir die Teufelstochter entgegen. »Du täuschst dich sogar sehr. Ich werde mir Dr. Tod ansehen, und zwar sehr genau. Aber nicht allein. Du wirst mich begleiten, Geisterjäger, und ich werde Dr. Tod deine Leiche vor die Füße werfen ...«

In seinem unterirdischen Bunkersystem hockte Dr. Tod auf einem Stuhl und starrte die drei Waffen an, die für ihn die absolute Macht bedeuteten.

Da lagen der Würfel des Unheils und der Bumerang, und auch die wichtigste Waffe war da.

Das Kreuz!

Seine Augen glitzerten, als Morasso die Waffen anschaute. Jetzt war er mächtig. Damit konnte er der Hölle entgegentreten. Und die Hölle setzte er mit Asmodina und Asmodis gleich.

Seine Hände strichen über den Würfel. Er fühlte sich warm an. Morasso spürte regelrecht, daß er mit einer unheimlichen Magie gefüllt war. Dann faßte er nach dem Bumerang. Auch dieses Gerät bedeutete Macht. Es stammte aus dem Buch der grausamen Träume und war für den Sohn des Lichts gedacht worden.

Sohn des Lichts!

John Sinclair sollte der Erbe sein, aber wenn Morasso daran dachte, konnte er nur lachen. Sinclair war nichts mehr, er hatte alles verloren. Der Sieger, Dr. Tod, saß woanders. Und er schmiedete finstere Pläne.

Er hatte dem Spuk versprochen, ihm den Kopf der Asmodina zu bringen. Dieses Versprechen wollte er einhalten, die Macht der Teufelstochter sollte endlich gebrochen werden. Zu lange hatte sie schon regiert und auch ihn gedemütigt. Nie mehr sollte sie dazu in der Lage sein. Nie mehr!

Mit einer heftigen Bewegung stand er auf. Er war allein, die Mitglieder der Mordliga hielten sich in anderen Räumen des unterirdischen Systems auf.

Xorron war sicherlich bei seinen Zombies und Ghouls.

Als Morasso daran dachte, umspielte ein Lächeln seine Lippen. Zu ihnen wollte er, denn er mußte etwas ausprobieren.

Dr. Tod durchquerte den Raum und verließ ihn. Er gelangte in einen kahlen Gang, der so aussah wie alle Gänge des unterirdischen Systems. Grau und trostlos.

Am Ende des Gangs gab es einen alten Fahrstuhl, der ihn in die Höhe bringen sollte. Dr. Tod zog die schwere Tür auf und betrat den alten Aufzug.

An einer Leiste befanden sich mehrere Knöpfe. Er drückte den zweitobersten.

Rumpelnd setzte sich der Fahrstuhl in Bewegung. Man merkte ihm an, wie alt er war. Als er oben stoppte und Dr. Tod die Tür wieder aufzog, schaute er in eine große Halle, deren zweiflügeliges Tor aus Eisen bestand.

In der Halle hielten sich Lady X und Lupina auf. Sie blickten zum Fahrstuhl, als Morasso ihn verließ.

Lady X kam näher. Sie hatte die Lippen zurückgezogen, ihre Vampirzähne glänzten.

»Ist es soweit?« fragte sie.

Dr. Tod blieb stehen. »Fast. Noch möchte ich warten, weil ich etwas ausprobieren muß.«

»Was?«

Morasso grinste. »Das Kreuz!« Er griff in die Tasche und holte es hervor.

Sofort zuckte die Scott zurück. »Nimm es weg!« schrie sie und schüttelte sich. »Oder willst du meinen Untergang?«

»Nein.« Morasso grinste. »Warum sollte ich?«

Lady X wandte sich ab. Allein der Anblick des Kreuzes machte sie nervös.

»Wo steckt Xorron?« fragte Morasso.

»Er ist bei seinen Freunden.«

Dr. Tod nickte. Das hatte er nur hören wollen. Xorron hielt sich gern draußen auf. Er hatte immer einige Ghouls und Zombies um sich versammelt. Zwischen ihnen fühlte er sich wohl. Außerdem lauerte er darauf, daß Menschen in seine Nähe gerieten. Vor kurzem war es der Fall gewesen. Drei Gestrandete hatten auf einer Insel Schutz gesucht. Doch ausgerechnet auf der, die von Xorron und seinen Untoten bewohnt wurde. Sie hatten nicht alle Menschen erwischt. Zwei konnten wieder fliehen. Einer jedoch war als Zombie zurückgeblieben. Ein Seemann namens Gil Meier.

Auf Knopfdruck öffnete sich das schwere Tor. Die Schiene, auf der es lief, war in den Boden eingelassen. Rumpelnd rollte es zur Seite, und Morasso verließ den Bunker.

Sein Blick glitt über die große Insel. Zu seinem Reich zählten mehrere Inseln, doch das Hauptquartier mit dem gewaltigen Bunker lag auf der größten.

Etwas fiel auf. Die Sicht war nicht klar. Das lag allerdings nicht am Wetter, sondern an Dr. Tod selbst. Er hatte die Insel durch seinen mörderischen Nebel absichern lassen. Wie eine dünne Schicht lag er über dem Land und würde den Feinden der Mordliga die Haut vom Körper lösen. Dr. Tod und Mr. Mondo tat er nichts.

Die Insel lag dicht vor der Südspitze des südamerikanischen Kontinents, eingereiht innerhalb einer Inselkette.

Niemand wußte so recht, wem die Inseln offiziell gehörten. Chile und Argentinien stritten sich darum. Dr. Tod interessierte dies nicht. Für ihn zählte, daß die Inseln nicht bewohnt waren.

Solo Morasso hatte für sich und seine Mordliga hier einen idealen Unterschlupf gefunden.

Außerdem besaß er den Würfel des Unheils. Sein mörderischer Nebel schirmte die Insel vor Angriffen von außen ab. Dieser Nebel bestand aus den Seelen getöteter Dämonen.

Mit dem Würfel und damit dem Nebel war Dr. Tod eine satanische Macht in die Hände gefallen, die er auch eiskalt ausspielte, denn Skrupel kannte ein Mensch-Dämon wie Dr. Tod nicht. Er ging im wahrsten Sinne des Wortes über Leichen.

Jetzt verließ er den Bunker. Der Eingang lag zu ebener Erde. In der Luft lag ein nie abreißendes Rauschen, eine Folge der Brandung. Sie wurde Tag und Nacht von den Klippen am Südrand der Insel gebrochen, so daß hohe, weiße Gischtfontänen über die Wände wehten.

Solo Morasso hatte das Kreuz wieder weggesteckt und dafür den Bumerang in seine rechte Hand genommen. Die Finger umspannten das untere Ende. Ein paarmal hatte Dr. Tod mit der Waffe geübt, und er war zufrieden mit sich selbst.

Ja, er konnte damit umgehen.

Von Xorron war nichts zu sehen. Da vor Morasso das Gelände leicht anstieg, befand sich der Herr der Untoten und Zombies sicherlich hinter den Hügeln. Sie wiesen eine dünne Grasschicht auf, die allerdings braun schimmerte.

Im Boden steckte einfach zuviel Feuchtigkeit. In dieser windigen Ecke der Welt regnete es oft, und irgendwann war der Boden gesättigt.

Solo Morasso hatte Zeit. Der Wind fuhr über seinen Kopf. Das kurz geschnittene Haar geriet in Bewegung. Hinter Dr. Tod verließen Lady X und Lupina den Bunker.

Beide blieben allerdings in der Nähe des Eingangs stehen und schauten ihrem Herrn und Meister auf den Rücken.

Seit er das geweihte Kreuz besaß, fühlten sie sich nicht mehr wohl. Sie hatten wirklich eine unbeschreibliche Angst davor, weil beide wußten, wie zerstörerisch es sein konnte.

Etwa fünfzig Yards vor seinem Bunker blieb Morasso stehen. Er hatte an der linken Seite eine Bewegung bemerkt. Dort kam jemand. Dr. Tod drehte sich um.

Hinter einer Krüppelbuschreihe tauchte eine Gestalt auf. Es war ein Zombie.

Und zwar ein Mensch, der in seinem ersten Leben einmal Gil Meier geheißen hatte. Er war jetzt nur noch ein seelenloses Geschöpf, eine lebende Leiche.

Alle Zombies und Ghouls wußten, daß nicht nur

Xorron ihr Herr war, sondern daß Dr. Tod noch über ihm stand. Und sie würden sich hüten, ihn anzugreifen.

Gil Meier blieb stehen.

Er trug noch immer seine Seemannskleidung. Nur war sie jetzt zerfetzt und lumpig. Da fiel er nicht auf, denn sämtliche Diener Xorrons liefen so herum.

Ein dünnes Lächeln umspielte die Lippen des Solo Morasso, als er den Zombie betrachtete. Er war genau die Figur, die er für sein Experiment brauchte.

Und die Entfernung stimmte auch.

Ziemlich gemächlich hob Solo Morasso seinen rechten Arm. Der Bumerang lag wie festgeklebt in seiner Hand, als gehörte er schon seit allen Zeiten zu ihm.

Der lebende Tote starrte ihn an. Sein Gesicht zeigte eine kaum verheilte Wunde auf der rechten Seite. Der Mund stand halb offen. Die Augen erinnerten an Steine.

Er ahnte nichts. Auf dieser Insel fühlte er sich unter seinesgleichen sicher.

Das wollte Dr. Tod ändern.

Flach hielt er den Bumerang. Dabei holte er weit aus, führte seinen Arm über die Schulter zurück, ließ ihn dann vorschnellen und öffnete die Hand.

Von Schwung und Kraft getragen, flog der Bumerang auf sein Ziel zu. Er war ein wirbelndes Etwas, das die Luft zerschnitt, zu einem rasenden Blitz wurde und mit einem heftigen Schlag den Kopf vom Rumpf des Untoten trennte.

Aus!

Dr. Tod knickte leicht in den Knien ein. Sein Gesicht verzog sich. Er öffnete den Mund und lachte. Ja, er lachte, und sein Gelächter hallte über die Insel.

Er hatte gewonnen!

Ein Torso stand vor ihm. Er wunderte sich, daß der Zombie nicht umkippte. Erst nach wenigen Sekunden fiel er langsam nach vorn, und der Torso blieb neben dem Kopf liegen.

Solo Morasso nickte zufrieden. Er setzte sich in

Bewegung und ging mit langsamen Schritten dorthin, wo der Bumerang zu Boden gefallen war. Dabei passierte er Torso und Kopf. Er gönnte den beiden Teilen keinen Blick.

Der Bumerang war nicht zu ihm zurückgekehrt. Durch den Widerstand, den ihm der Zombie entgegengesetzt hatte, war er aus seiner ursprünglichen Flugrichtung geraten und hatte den Bogen nicht mehr geschafft. Deshalb lag er im Gras.

Dr. Tod hob ihn auf.

Als er sich wieder hochdrückte, vernahm er Schritte. Er drehte den Kopf und sah eine hochgewachsene, weißlich glänzende Gestalt, die so durchsichtig war, daß das Knochengestell schimmerte.

Es war Xorron!

Er hatte bemerkt, daß einer seiner Diener durch einen Bumerang getötet worden war. Etwa vier Schritte vor Dr. Tod blieb er stehen und starrte seinen Herrn und Meister an.

Bis auf einige Schlitze war in seinem Gesicht nichts zu sehen. Weiß und glatt präsentierte sich die Haut, die unverletzbar war, wie es immer hieß. Sie widerstand nicht nur Kugeln – auch geweihten – sondern sogar Feuer.

»Du hast ihn getötet«, sprach Xorron.

»Ja.« Morasso nickte. »Ich mußte meinen Bumerang ausprobieren. Es war nicht schade um ihn.«

»Er gehörte zu mir«, erwiderte Xorron.

Solo Morasso hatte den drohenden Unterton in seiner Stimme wohl vernommen und sog scharf die Luft durch die Nase ein. »Was willst du damit sagen?«

»Du hättest mich fragen können!«

Morasso wurde blaß vor Wut. »Bist du denn wahnsinnig!« schrie er. »Ich hätte dich fragen sollen? Ich?« Er deutete in die Runde. »Alles, was du hier siehst, gehört mir! Alles, hast du verstanden? Ich bin dein Meister. Ich habe dich erweckt, das solltest du dir einmal merken, Xorron. Es gibt nichts, was du mir zu sagen hättest. Ich hoffe, wir haben uns verstanden!«

»Ja.«

»Dann ist es gut. Es war eine Warnung, merk dir das. Ich warne nur einmal!« Mehr brauchte und wollte Morasso nicht sagen. Er drehte sich um und ging.

Marvin Mondo, der Monstermacher, erwartete ihn vor dem Eingang des Bunkers, während sich Lady X und Lupina zurückgezogen hatten. Mondo klatschte in die Hände. »Du bist gut, Solo«, sagte er, »sogar sehr gut. Eine ausgezeichnete Demonstration. Für wen war sie bestimmt?«

»Für mich.«

»Eine Übung?«

»Ja.«

»Dann willst du den Bumerang einsetzen?«

Solo Morasso nickte. »Ja, ihn und auch das Kreuz, außerdem den Würfel des Unheils. Glaubst du wirklich, daß Asmodina dieser geballten Macht widerstehen kann?«

Mondos Augen hinter den Brillengläsern zuckten. »Nein, das glaube ich nicht.«

»Genau. Ich habe dem Spuk versprochen, ihm den Kopf der Asmodina zu bringen. Und das Versprechen werde ich einhalten. Niemand kann mich daran hindern!«

»Dann wären wir mächtig!« sagte Mondo.

»Genau. Wir wären mächtig und könnten den anderen unsere Bedingungen diktieren. Keine Armee der Welt kann gegen die Mordliga etwas ausrichten. Keine!« zischte Morasso.

Mondo nickte. Wenn er Dr. Tod nie recht gegeben hatte, diesmal tat er es.

Morasso nickte. »Komm, laß uns gehen, ich habe etwas mit dir zu besprechen!«

»Geht es um Asmodina?«

Dr. Tod warf dem Monstermacher einen schrägen Blick zu. »Um wen wohl sonst?«

Ich hatte diesen plötzlichen Wutausbruch der Teufelstochter nicht erwartet, aber das hatte ich mir selbst zuzuschreiben. Ich hätte sie nicht so reizen sollen, denn der Bogen ihrer Geduld war überspannt.

Sie wollte mich töten und meine Leiche Dr. Tod vor die Füße werfen. Und dann sollte er bestimmt daran glauben, denn Asmodina haßte diesen Mensch-Dämon sicherlich ebenso stark wie mich.

Zwei Fliegen mit einer Klappe schlagen, so hieß die Devise.

Dr. Tod dachte ebenso, das konnte ich nicht wissen. Ich sah nur die Teufelstochter.

Lässig bewegte sie sich auf der Oberfläche, in die ich eingesunken war.

Ich hockte noch immer auf dem Galgengerüst in meiner verdammt unbequemen Lage. Leicht hatte ich meinen Oberkörper vorgebeugt und klammerte mich fest. Schweiß bedeckte meine Stirn, das Herz klopfte laut und deutlich. Ich hörte die Schläge in meinem Gehirn nachhallen. Dann dachte ich daran, welche Waffen ich besaß.

Nur den Dolch, die magische Kreide und die Gnostische Gemme. Mit ihnen konnte ich ebensowenig etwas anfangen wie mit der Beretta, die außer Funktion gesetzt geworden war.

Den Kopf hatte ich ein wenig nach links gedreht. So konnte ich die Teufelstochter anschauen.

Und sie kam näher.

Schritt für Schritt …

Kalt war ihr Lächeln. Das geschwärzte Gesicht glich einer widerlichen Grimasse. Die Augen leuchteten. Ich spürte fast körperlich den Haß, den sie mir entgegenstrahlte.

»Ich werde dein Leben zerstören, John Sinclair. Ich werde …«

Der Feuerball entstand aus dem Nichts. Urplötzlich puffte es zwischen mir und der Teufelstochter auf, und ein gewaltiges Flammenrad blendete uns beide.

Ein Gesicht erschien innerhalb des Rads. Es war so gedreht, daß es mich wie auch Asmodina anschauen konnte.

Die Visage des Teufels!

Asmodis war gekommen!

Wollte er dabeisein und zusehen, wie ich starb? Zuzutrauen war es ihm, der Satan ergötzte sich gern an Dingen, die für Menschen das Schlimmste waren, was es überhaupt gab.

Die grinsende Fratze innerhalb des Flammenrades drehte sich ein paarmal. Ich hörte das schaurige Lachen, das jedoch abrupt gestoppt wurde.

»Was willst du?« Asmodina fragte dies. »Du störst mich.«

Da lachte ihr Vater. »Ich störe dich? Wobei denn?«

»Ich wollte Sinclair töten und seine Leiche Solo Morasso vor die Füße werfen, damit er endlich merkt, wer hier der Stärkere ist. Nach Sinclair kommt er an die Reihe.«

Für wenige Sekunden wurde es still. Auch ich hielt den Atem an. Wie würde sich der Teufel verhalten?

Er lachte.

Ja, er lachte. Laut und unheimlich gellte sein Gelächter durch die Dimension des Schreckens. »Du willst Sinclair töten und ihn Morasso vor die Füße werfen?« höhnte er.

»Ja, das will ich!« kreischte Asmodina.

»Töten kannst du ihn. Sicher, dagegen habe ich nichts. Aber du wirst ihn Morasso nicht vor die Füße werfen können.«

»Und warum nicht?«

»Weil er und seine verfluchte Mordliga den Stützpunkt längst verlassen haben!«

Asmodina wich zurück. Sie schüttelte dabei den Kopf. Aus ihrem Mund fuhr wieder die Zunge hervor. »Das glaube ich nicht. Nein, das kann ich nicht glauben …«

»Es stimmt.«

»Dann hat dieser Feigling etwas bemerkt!« sagte sie. »Dann hat er geahnt, daß wir ihn ausschalten würden.«

»Ich glaube, du siehst das falsch«, erwiderte Asmodis. »Sogar ganz falsch.«

»Ist Flucht keine Feigheit?«

»Wenn es eine Flucht war!«

»Was sollte es denn sonst gewesen sein?« Asmodina hielt krampfhaft an ihrer Vorstellung fest.

Die dreieckige Satansfratze verzog sich zu einem schiefen Grinsen. »Feigheit ist es nicht, Flucht auch nicht, das kann ich dir sagen. Dr. Tod hat bereits zu seinem großen Schlag gegen dich und damit auch gegen mich ausgeholt.«

»Aber das tut er nie. Das traut er sich nicht.«

»Wie dumm bist du eigentlich? Sieh endlich ein, daß Dr. Tod ein Feind von dir geworden ist. Und zwar ein Todfeind. Das solltest du dir ein für allemal merken.«

Die Teufelstochter schwieg. Auch ich sagte nichts. Ich wollte mich auf keinen Fall in ihren Streit einmischen, das konnte nur gefährlich werden.

Als vorsichtiger Optimist glaubte ich allerdings, daß ich einen Aufschub erhalten hatte. Ich konnte für die nächste Zeit weiterleben. Dabei kam es natürlich darauf an, wer für Asmodina wichtiger war. Dr. Tod oder ich.

Sie dachte lange nach.

Meine innere Spannung steigerte sich. Sie stand sogar dicht vor dem Siedepunkt. Ich spürte das Zittern in meinen Armen und Beinen. Wann würde sich Asmodina entscheiden?

Wie ein Wurm wand sie sich, konnte nicht richtig stehenbleiben und trat von einem Fuß auf den anderen. Schließlich kam das Thema doch wieder auf mich. »Aber was ist mit Sinclair? Ihn wollte ich auch töten. Er ist mir am nächsten, er …«

»Wer ist denn gefährlicher?« drang die Frage aus dem Feuerrad.

»Ich weiß es nicht.«

»Sinclair hat sein Kreuz nicht mehr …«

»Das hat Morasso«, sagte die Teufelstochter schnell.

»Was?«

»Ja, man hat es dem Geisterjäger weggenommen.«

Die Stimme des Teufels klang drohend. »Und dann wagst du es, noch nach der Gefährlichkeit zu fragen? Sinclair kannst du jetzt, wo er praktisch waffenlos ist, nebenbei erledigen. Morasso ist und bleibt der wichtigere und auch gefährlichere von beiden. Sieh zu, daß du ihn zu Boden zwingst. Du hast doch den Nagel. Schlag ihn Morasso in seinen verdammten Schädel.«

Das hörte sich nach einem Befehl an, es war auch einer. Asmodina kuschte, das bewiesen ihre nächsten Worte.

»Was machen wir dann mit Sinclair?«

Der Teufel drehte sich um, so daß ich in das Feuerrad blickte. Ein glutroter, zuckender Streifen befand sich zwischen dem Galgen, auf dem ich saß, und dem Teufel.

»Ihn nehmen wir mit. Er soll auch seinen Triumph haben und erleben, wie Solo Morasso vernichtet wird, denn ihm muß einmal gezeigt werden, daß die Hölle unbesiegbar ist.«

»Ich bin einverstanden«, erklärte Asmodina.

»Es wäre dir auch nichts anderes übrig geblieben. Und jetzt hol deine Helfer, damit wir gerüstet sind!«

»Ja«, erwiderte die Teufelstochter und verschwand.

Ich aber sah weiterhin einem ungewissen Schicksal entgegen. Mein Tod war nicht aufgehoben, sondern nur aufgeschoben. Die Frage war: für wie lange?

Ich hoffte allerdings, in der Zwischenzeit noch eine Chance zu erhalten, auch wenn meine Zukunftsaussichten mehr als trübe waren …

Shao kam aus der Küche. Sie balancierte ein Tablett mit Orangensaft. Die gelbe Flüssigkeit füllte die hohen Gläser jeweils bis über die Hälfte.

Das Team war deprimiert. Ihre Gesichter sprachen das aus, was die Menschen fühlten.

Resignation!

Das erging Suko ebenso wie Shao, Kara oder Myxin. Auch Tanith, sie war erschöpft von der letzten Séance, erholte sich nur mühsam.

»Trinken Sie«, sagte Shao und reichte ihr ein Glas Orangensaft. »Das wird Ihnen guttun.«

Tanith hob den Kopf. »Ja, danke«, erwiderte sie und nahm das Glas. Sie trank nur einen kleinen Schluck und fühlte, daß die Blicke auf sie gerichtet waren.

Die Astrologin hob ihre Schultern. »Ich weiß, was Sie denken«, sagte sie leise. »Aber es ist für mich unmöglich, noch einmal mit John Sinclair Kontakt aufzunehmen.«

»War es so schwer?« fragte Kara leise.

Tanith nickte.

Da schlug das Telefon an. Suko spritzte förmlich in die Höhe, schnappte den Hörer und meldete sich.

Sir James war am Apparat.

»Haben Sie etwas erreicht?« fragte er sofort.

»Einen minimalen Erfolg.«

»Wie dies?«

»Zumindest wissen wir jetzt, daß John Sinclair noch am Leben ist. Wir haben ihn sogar gesehen.«

Der Superintendent war so überrascht, daß er vergaß, etwas darauf zu sagen.

»Soll ich es berichten, Sir?«

»Natürlich. Worauf warten Sie? Reden Sie!«

Der Chinese erzählte. Er malte nichts aus, berichtete nur die Fakten, und trotzdem dauerte das Gespräch fast fünfzehn Minuten. Wie immer zeigte sich Sir James als guter Zuhörer. »Das ist es, Sir, was ich Ihnen sagen wollte.«

»Mehr haben auch Myxin und Kara nicht erreicht?«

»Nein. Sie sind sogar schwächer als die Wahrsagerin gewesen. Zwischen der Kugel, dem Kelch sowie Myxin und Kara scheint es keine Verbindung zu geben.«

»Haben Sie schon einen weiteren Versuch gestartet?«

»Nein, Sir. Madame Tanith fühlte sich zu schwach.« Suko warf der Astrologin bei dieser Antwort einen Blick zu und sah ihr Nicken.

»Sie muß es noch einmal versuchen!« drängte Sir James. »Sie ist das einzige Verbindungsglied.«

»Das weiß ich, Sir.«

»Dann fragen Sie Madame Tanith noch einmal. Und machen Sie der Frau vor allen Dingen den Ernst der Lage klar. Sie muß es versuchen. Aber jetzt zum Grund meines Anrufes. Nachdem wir wissen, wo sich Dr. Tod mit seiner Mordliga aufhält, sind sofort Aufklärungsmaschinen losgeschickt worden. Sie haben fotografiert, aber eine genaue Ortung war nicht möglich.«

»Weshalb, Sir?«

»Einige Inseln konnte man überhaupt nicht fotografieren. Es blieben nur weiße, milchige Flecken.«

»Dann sind es die Inseln, die sich Morasso ausgesucht hat.«

»Das nehme ich auch an, denn die nicht von ihm besetzten Inseln sind klar und deutlich auf den Fotos zu sehen.«

»Da wir seinen Aufenthaltsort nun wissen«, sagte Suko, »wollen Sie etwas unternehmen?«

»Wie meinen Sie das?«

»Ganz einfach. Wollen Sie die Inseln angreifen?«

»Das geht auf keinen Fall. Wir würden nur internationale Rechte verletzen. Ich werde das Wissen auch für mich behalten. Andere Personen sind sowieso kaum eingeweiht.«

»Heißt das, daß wir in dieser Richtung nichts unternehmen und uns still verhalten?«

»So genau wird es sein. Wir werden die Inseln allerdings unter Beobachtung halten, gewissermaßen an der langen Leine führen.«

»Und was ist mit den beiden geretteten Seeleuten? Die haben doch schließlich Xorron und dessen Zombies erlebt?«

»Sie werden nichts aussagen. Wir verdonnern sie zu strengstem Stillschweigen.«

»Dann hoffe ich, daß es klappt, Sir.«

»Es muß klappen«, erwiderte der Superintendent. »Wenn nicht, können wir kaum noch etwas für John Sinclair tun.«

Vor seiner nächsten Antwort räusperte sich der Chinese die Kehle frei. »Ich weiß, Sir.«

»Und bitte, Suko, versuchen Sie noch einmal Madame Tanith zu überreden. Nur so kommen wir weiter.«

»Ich werde es tun, Sir.«

»Danke. Und halten Sie mich auf dem laufenden.«

»Auch das, Sir.«

»Erfolge?« fragte Myxin, als Suko sich umdrehte.

»Kaum.« Er berichtete und meinte danach: »Unsere große Hoffnung ist und bleibt Madame Tanith. Sie müßte es noch einmal versuchen.«

Die Astrologin nickte zwar, doch die Bewegung hatte keinerlei Überzeugungskraft. Allerdings wußte sie selbst, was auf dem Spiel stand. Vielleicht sollte sie es trotzdem noch einmal versuchen. Sie nahm ihr Glas und leerte es.

Suko ließ die Frau in Ruhe. Er wandte sich an Myxin, den kleinen Magier. »Du hast doch deine Kraft auch zurückgewonnen. Kannst du denn nichts versuchen?«

Das Lachen des Gefragten klang bitter. »Die alten Kräfte? Nein, Suko. Die habe ich nur zum Teil zurückerhalten. Kann ich kraft meiner Gedanken etwas verändern? Kann ich Dämonenheere befehlen? Nein, das war einmal. Ich bin zwar noch ein Magier und kann auch mehr als früher, doch von den Kräften aus atlantischer Zeit kann ich nur träumen. Glaube es mir.«

»Ja, natürlich. Und du, Kara?«

»Mir fehlt der Trank des Vergessens. Ich bin noch immer auf der Suche. Wenn ich ihn hätte, sähe alles anders aus. Aber so bin ich machtlos.«

Suko ließ sich auf einen Sessel fallen. Er schaute den Kelch mit der Kugel darin an und bemerkte überhaupt nicht, wie Shao ihm eine Hand auf die Schulter legte.

Der Kelch und die Kugel?

Welche Verbindung bestand zwischen ihnen? Der

Kelch stammte aus Schottland, die Kugel etwa auch? Aber wie Tanith erzählte, sollte sie dem großen Nostradamus gehört haben. Wie hatte er die Kugel gehandhabt? Hatte er durch ihre Hilfe all die Voraussagen treffen können? Und mußte man ein besonderer Mensch sein, um dies zu tun?

Fragen, auf die Suko keine Antwort wußte.

Auch der Kelch »schwieg«. Er schimmerte golden, und Suko sah seltsame Zeichen auf seiner Außenhaut. Das konnten germanische Runen sein. Allerdings war Suko nicht so firm, daß er deren Bedeutung kannte.

Das Räuspern der Wahrsagerin unterbrach die Stille in dem Zimmer. »Wir könnten einen neuen Versuch starten«, schlug sie vor.

Suko war wie elektrisiert. »Fühlen Sie sich stark genug, Madame?«

»Möglich.«

»Aber es darf nicht über Ihre Kräfte gehen.«

»Ich melde mich schon.« Sie lächelte schmal. »Wenn Sie vielleicht das Licht löschen würden?«

»Natürlich.«

Myxin sprang auf, lief zum Schalter und drückte ihn nach unten. Dunkelheit breitete sich aus.

»Eine Kerze!« hörte Suko die Stimme der Wahrsagerin.

»Ich gehe schon«, sagte Shao. Sie durchquerte den Raum. Ihr Schatten war zu sehen, wie er sich der Küchentür näherte. Sie drückte die Tür auf, die anderen – sie saßen schweigend da – hörten sie in der Küche hantieren. Eine Schublade wurde aufgezogen und wieder zugeschoben.

Geisterhaft tanzte ein Flammenschein durch die offenstehende Tür und fiel in den Wohnraum, als Shao mit der brennenden Kerze zurückkehrte.

»Bitte, stellen Sie sie neben die Kugel. Aber nicht so, daß sie mich blendet«, bat Tanith.

»Natürlich.« Shao stellte die Kerze ab, wurde noch korrigiert und trat dann zurück.

Dann holte Tanith Atem.

»Ich kann Ihnen nichts versprechen«, sagte sie leise. »Und ich hoffe, daß ich es mit seiner Hilfe schaffe. Der Geist des Nostradamus soll mir zur Seite stehen, nur durch ihn kann ich es schaffen.«

»Er hat sich beim ersten Mal auch nicht gezeigt«, sagte Suko.

»Nein, aber diesmal rufe ich ihn direkt an. Er ist immer der Führer des Mediums gewesen. Falls er irgend etwas für Lucille empfunden haben sollte, dann ist es seine Pflicht, sich zu melden. Denn sie soll nicht umsonst gestorben sein.«

»Das hoffen wir alle«, sprach Kara genau das aus, was die anderen dachten.

»Aber wirklich, versprechen Sie sich nicht zuviel von dieser Beschwörung oder Séance. Man kann den Geist nicht einfach rufen wie einen x-beliebigen Menschen.«

»Der Versuch ist es wert«, sagte Suko. »Bitte ...«

Es wurde still im Raum. Die Augen der Anwesenden waren auf Madame Tanith gerichtet. Shao, Kara, Myxin und Suko saßen so um die Frau herum, daß sie sie im Auge behalten konnten. Jeder sah, wie sich ihre Finger um die Kugel legten.

Dann beugte sie ihren Oberkörper zurück, verengte die Augen zu Schlitzen und bewegte die Lippen.

Zuerst drang kein Laut aus ihrem Mund, dann ein Flüstern, und wenig später konnte man die Worte verstehen.

»Du, der die Unendlichkeit durchwandert, für den Zeit und Raum nicht existieren, bitte, zeige dich. Zeige dich uns Menschen, die wir dich rufen und Hilfe von dir erflehen. Laß uns nicht im Stich, Nostradamus, großer Mann des Mittelalters, zeige dich durch diese Kugel, und hilf uns, einen Menschen zu finden, der zwischen Zeit und Raum verschollen ist.«

Obwohl die Worte flüsternd gesprochen waren, hatten sie an Eindringlichkeit nichts verloren. Jeder verstand sie, und Shao lief sogar eine Gänsehaut über den Rücken.

Was sie hier erlebte, schien ein Traum zu sein, allerdings ein realer Traum.

Die Kerze brannte ruhig. Gerade stach die Flamme der Decke zu. Dunkelrot war ihr Kern, heller die Außenränder. Sie war ein untrügliches Zeichen dafür, daß sich in diesem Raum eine absolute Windstille befand, ansonsten hätte sie geflackert.

Zehn Sekunden vergingen. Nichts geschah. Die Worte der Wahrsagerin schienen ungehört verhallt zu sein. Verklungen in der Ewigkeit. Es zeigte sich keine Reaktion. Der Geist des Nostradamus schien nichts vernommen zu haben.

Oder hatte er nicht hören wollen?

Tanith schaute auf die Kugel. Die Blicke brannten sich an der Oberfläche des Glases fest. Es hatte den Anschein, als wollten sie sogar das Glas durchbohren und in die Mitte schauen, wo sich unter Umständen ein Bild zeigte.

Vielleicht Nostradamus?

Niemand hörte Tanith. Aber sie strengte sich ungemein an, das war zu hören. Schwere Atemzüge durchbrachen die Stille. Ihr Gesicht war im Restlicht der Kerzenflamme zu sehen. Mit ihrem Rand streifte sie es, und jeder, der Tanith anschaute, sah den Schweiß auf ihrer Stirn. Sie gab sich Mühe, strengte sich an, und sie wollte das Beste für alle. Ihr Rücken bewegte sich unter den Atemzügen. Die Stirn schien fast auf der Kugel zu liegen, so weit hatte sich Tanith über sie gebeugt.

Hatte beim ersten Mal der Kelch des Feuers reagiert, so blieb er jetzt stumm. Kein Leuchten zeigte an, daß er die Beschwörung annahm. Die Worte waren an ihm vorbeigeglitten.

Abermals rief Tanith den Namen des großen Geistes Nostradamus. Sie erinnerte auch an Lucille, sprach von deren Tod und auch von den Schuldigen.

Würde Nostradamus reagieren? Oder ließ ihn das alles kalt?

Nicht nur Suko zuckte zusammen, auch die anderen,

denn sie hatten ebenfalls den kalten Hauch bemerkt, der sich plötzlich im Zimmer ausbreitete.

War er da?

Die Flamme flackerte. Für einen winzigen Moment hatte es den Anschein, als würde sie verlöschen. Der Hauch, auch als Wind zu spüren, drückte sie nach unten, und sie glitt zitternd über den Talgrand der Kerze hinweg.

Dann richtete sie sich wieder auf. Nur zögernd und dabei flackernd. Ruhig brannte sie nicht mehr weiter. Jeder im Zimmer wußte, daß etwas Entscheidendes geschehen war. Die Aura existierte auf einmal. Eine Aura, die nichts mit der normalen Welt zu tun hatte, sondern aus dem Jenseits gekommen war.

Ein Geist …

»Du bist da!« wispernd die Stimme. »Ich merke es. Du bist erschienen. Du willst uns etwas sagen. Tu es, tu es jetzt, sonst kann es zu spät sein. Zeige dich …« Urplötzlich fuhr die Wahrsagerin in die Höhe. Sie war aus ihrer Trance erwacht. Die Augen loderten, sie warf den Kopf herum und rief: »Nostradamus!« Dann hob sie den Arm, streckte ihn aus, und ihr Finger wies dorthin, wo sich das Fenster befand.

Jeder sah es.

Dort befand sich etwa fußhoch über dem Boden ein Geisterwesen.

Aber nicht Nostradamus schwebte dort, sondern jemand anderer.

Lucille, das Medium!

Sie tauchten ebenso schnell auf wie Asmodis, entstanden förmlich aus dem Nichts und waren da.

Ich meine damit die Todesengel.

Man konnte sie als Asmodinas Leibgarde bezeichnen. Es waren seltsame Geschöpfe, sie sahen zwar menschlich aus, aber sie waren keine Menschen, zudem wuchsen auf ihren Rücken Flügel, mit deren Hilfe sie sich fortbewegen konnten.

Ihre Kleidung war immer gleich. Schwarzes Leder, das eng an der Haut lag, jedoch in der Körpermitte durchbrochen wurde. Die Todesengel hatten feuerrote Haare, und ihre Waffen waren Pfeil und Bogen, mit denen sie vorzüglich umgehen konnten.

Ich hatte schon zahlreiche von ihnen erledigt, aber Asmodina schien über Legionen dieser Leibwächterinnen zu verfügen, denn es wurden immer mehr.

Aus den Tiefen der Dimensionen stießen sie und bahnten der Tochter des Teufels ihren Weg.

Auch bei mir tauchten sie blitzschnell aus der Düsternis auf. Ich hörte noch das Rauschen ihrer Flügel und wurde schon gepackt. Die kalten Finger umfaßten meine Arme dicht unterhalb der Schultern. Ihre Griffe waren hart und schmerzhaft, und es hatten sich gleich vier der Todesengel eingefunden. Anscheinend traute man mir nicht über den Weg. Verständlich bei den bösen Erfahrungen, die die Engel mit mir gemacht hatten.

Diesmal wollten sie auf Nummer Sicher gehen.

Es hatte überhaupt keinen Sinn, ihnen Widerstand entgegenzusetzen. So ergab ich mich in mein Schicksal und ließ mich vom Gerüst des Galgens in die Höhe ziehen.

Das war vielleicht ein Gefühl! Für Sekunden krampfte sich mein Magen zusammen, als ich in die Tiefe schaute, wo mein Blick die Oberfläche des geheimnisvollen Sees traf, auf dem Asmodina stand und nicht einsank.

Sie schaute zu mir hoch, während sich der Teufel schon wieder zurückgezogen hatte.

Vier Engel hielten mich. Mindestens zehnmal soviel sah ich in der Luft. Ihre Flügel bewegten sich hektisch. Sie zogen Kreise, die sie hoch in die Luft führten, falls man hier von Luft überhaupt sprechen konnte.

Auch mich schafften sie noch höher. Mein Blickwinkel wurde besser, und erst jetzt erkannte ich die Ausmaße des gewaltigen Sees, der unter mir lag.

Ich weiß nicht oder konnte nicht genau erkennen, ob es hier einen Horizont gab, auf jeden Fall schweifte mein Blick weit hinein in dieses geheimnisvolle Land, das Asmodis das Zentrum des Schreckens genannt hatte.

Auch der Galgen schien in die Unendlichkeit zu führen. Ich sah die armen Opfer, die in den Schlingen hingen.

Jahre schon, wenn nicht Jahrhunderte …

Und sie lebten noch immer. Die Zeit verging für sie in einem ewigen Wechselspiel. Sie wurden in den See getaucht, wurden wieder hochgezogen und trockneten, damit das Spiel von vorn beginnen konnte.

Die ewige Qual.

Für alle Zeiten …

Ich verspürte Angst, als ich daran dachte, und ich sah auch noch mehr.

Auf dem Wasser schwammen wieder die Köpfe der Ungeheuer. Die Aufpasser, die sofort eingriffen, wenn sich jemand befreit hatte, so wie ich. Nur hatten sie bei mir Pech gehabt.

Als ich die Köpfe sah, dachte ich wieder an meinen Dolch, die Gemme, die Kreide und auch an die Beretta. Unter Umständen war sie jetzt getrocknet, und ich konnte sie benutzen. Einen Versuch wollte ich jetzt nicht starten, doch wenn sich die Gelegenheit ergab, mußte ich es ausprobieren.

Wo flogen wir hin? Das war für mich die große Frage. Wieder dachte ich an den Vergleich mit der Zwiebel. Sie hat mehrere Schichten, ebenfalls die Hölle. Sollte unser Ziel eine andere Schicht – sprich Dimension – sein?

Damit rechnete ich fest, allerdings sagte ich mir auch, daß Asmodina ja primär ihr eigentliches Ziel, die Vernichtung Dr. Tods und der Mordliga, verfolgte.

Aus diesem Grunde hatte sie auch die zahlreichen Todesengel mitgenommen. Mit ihnen zusammen wollten sie die Mordliga angreifen und ihr einen ernsten Schaden zufügen. So jedenfalls malte ich mir das in meinem jugendlichen Leichtsinn aus.

Es war imponierend und abschreckend zugleich für mich, die Todesengel aus dem Grau der unendlichen Weite innerhalb dieses Schreckenszentrums stürzen zu sehen. Sie rauschten heran, flogen elegant und schlugen die entsprechenden Bögen, um sich in den Pulk der anderen einzureihen.

Asmodina als ihre Herrscherin ließ sich ebenfalls von ihnen tragen. Sie glitt dahin wie auf einer Sänfte liegend, und einem Feldherr gleich führte sie die kleine Armee an.

Ich befand mich dicht hinter ihr. Die vier Engel hielten mich nach wie vor fest. Ich hatte mich auch nicht mehr verkrampft, sondern war ziemlich gelockert. Mit der Zeit gewöhnt man sich an alles.

Die Engel flogen über und unter mir. Die Luft war erfüllt von einem gewaltigen Rauschen, und als ich den Kopf hob, sah ich zum erstenmal unser Ziel.

Zumindest hoffte ich stark, daß es das Ziel war.

Vor uns befand sich ein heller Streifen. Er lief von rechts nach links, schien keinen Anfang und kein Ende zu haben, und er war leicht gekrümmt.

Würden wir in eine andere Dimension stoßen?

Ich hatte den Gedanken kaum formuliert, da waren wir bereits dicht davor.

Und tauchten hinein!

Die Zeitspanne war kaum zu messen, aber ich fühlte so gut wie nichts mehr. Eine Schwärze oder Leere schien mich regelrecht zu fressen, mein Blutkreislauf stockte, die Eindrücke der näheren Umgebung verwischten, ich merkte gar nichts, hielt auch die Augen geschlossen und öffnete sie erst wieder, als ich das Rauschen vernahm und die Kälte spürte.

Ja, es war verflucht kalt. Die Luft drang in meine Lungen, als ich Atem holte und meinen Kopf drehte, um nach unten zu schauen.

Wir hatten das Zentrum des Schreckens verlassen und waren in eine andere Dimension geflogen.

Aber – und jetzt wurde meine Überraschung riesengroß – wir befanden uns nicht mehr im Reich des Teufels, sondern auf der Erde. Unter mir sah ich eine graugrüne wogende Fläche, aus der einige Flecken herausstachen.

Inseln …

Es dauerte etwas, bis ich meine Gedanken formuliert und gesammelt hatte.

Dann wußte ich Bescheid. Ja, Freunde, ich kannte genau den Ort, an den man mich geführt hatte. Sir James Powells Worte fielen mir ein. Dr. Tod hatte sein Hauptquartier dort, wo sich die Südspitze des amerikanischen Kontinents befand.

In Feuerland!

Und über diesen Inseln befanden wir uns auch!

Im ersten Augenblick übersprang mein Herz vor Freude einen Schlag. Ich hatte die Dimension des Schreckens hinter mir gelassen. Die höllische Reise war zu Ende, ich befand mich wieder in meiner Welt. Aber war die Reise wirklich beendet?

Ich dachte daran, was Asmodina vorhatte. Sie wollte Dr. Tod und die Mordliga vernichten. Die Taktik war dabei leicht zu erraten. Zusammen mit ihren Todesengeln wollte sie die Festung des Solo Morasso stürmen. Sie vertraute den Worten des Teufels nicht, der ihr gesagt hatte, daß Dr. Tod sein Versteck längst nicht mehr bewohnte, sondern sich mit seinen Monstern auf den Weg gemacht hatte, um Asmodina zu finden. Jetzt war sie gekommen, und ihr Angriff würde ins Leere stoßen.

Wir glitten tiefer.

Eine starke Spannung hatte mich ergriffen. Es war, als hätte ich einen Stromstoß erhalten. Je tiefer wir flogen, um so deutlicher erkannte ich die zahlreichen Inseln, deren Umrisse mit einer hellen Schaumkrone versehen waren. Verantwortlich dafür war die Brandung, die Tag und Nacht gegen die Klippen drosch.

Aber ich sah noch etwas.

Über drei Inseln lag ein feiner Dunst. Es waren keine Tropfen, die durch Gischtfontänen verursacht wurden und sich zu diesem Vorhang vereinten.

Das sah mir ganz nach Nebel aus.

Nebel? Und da klickte es in meinem Gehirn. Ich brauchte diesen Begriff nur durch zwei andere zu erweitern. Der Würfel des Unheils und Dr. Tod.

Durch den Würfel war Solo Morasso in der Lage, den Todesnebel zu produzieren. Er hatte es geschafft. Der Nebel blieb über den Inseln liegen, und auch der stärkste Wind konnte ihn nicht vertreiben. Ich bemerkte, wie der lange Fahnenschleier hin- und herbewegt wurde, die einzige Konzession an den starken Wind.

Ich kannte auch seine zerstörerische Kraft. Wenn ein Mensch mit diesem verfluchten Nebel in Berührung kam, dann löste ihm dieser die Haut vom Körper.

Mich hatte er bisher verschont, obwohl ich mit ihm schon mehrere Male in Berührung gekommen war. Er tat mir damals deshalb nichts, weil ich mein Kreuz bei mir trug. Es schützte mich davor. Nun aber war ich »nackt«.

Noch befanden wir uns hoch genug. Der Nebel hatte uns noch nicht erreicht, doch mit jeder Sekunde, die verstrich, näherten wir uns dem drohenden Verhängnis.

Angst kroch in mir hoch.

Ob der Nebel den Todesengeln etwas tat, konnte ich nicht sagen. Mich jedenfalls würde er auf grausame Art und Weise töten.

Näher und näher kamen wir.

Ich konnte sogar hindurchschauen und auf der größten Insel die braunen Hügel erkennen, so nahe waren wir bereits. Trotz meiner Angst versuchte ich mir auszurechnen, wann die vier Todesengel zusammen mit mir eintauchen würden.

Drei Sekunden – vielleicht vier?

Wenn die Zeit um war und bis dahin nichts geschah, gab es für mich keine Rettung mehr …

Wohl niemand hatte mit Lucilles Auftreten gerechnet. Auch Tanith nicht, denn sie stieß einen erschrockenen Ruf aus.

»Lucille!«

»Ja, ich bin es!« Die Antwort klang schwach, als hätte das Wesen Mühe, sie zu formulieren.

»Aber ich habe dich nicht gerufen.«

»Das weiß ich. Dein Ruf galt dem großen Nostradamus. Aber er hat mich auf der Reise ins Jenseits erreicht. Er war so stark, daß ich dagegen nichts tun konnte und umkehren mußte.«

Tanith stand noch immer unter Streß. Mit einer fahrigen Bewegung strich sie eine Haarsträhne aus der Stirn. Sie klimperte mit den Augendeckeln und sah sich um.

Die anderen waren ebenso überrascht und erschrocken wie sie. Niemand konnte sich einen Reim darauf machen. Alle starrten das durchscheinend wirkende Wesen an, das sich in der Nähe des Fensters aufhielt und wie ein Nebelstreif wirkte.

Niemand redete mehr. Was hier geschah, konnte man mit dem Wort ungeheuerlich umschreiben, und es war nur durch Schwarze Magie möglich gewesen.

»Fragen Sie den Geist, ob er etwas über John Sinclair weiß!« zischte Suko.

Tanith nickte. Sie umklammerte wieder die Kugel, hielt ihren Blick jedoch auf den Geist des toten Mediums gerichtet. »Was weißt du über John Sinclair? Er ist der Mann, dem der Kelch gehört, in den die Kugel genau hineinpaßt«, erklärte Tanith weiter, »und er ist ein berühmter Geister- sowie Dämonenjäger.«

»Ihr sucht ihn?«

»Ja.«

»Wo kann er denn sein?«

Auf diese Frage wußte Tanith keine Antwort. Die jedoch gab Suko, der Chinese.

»Es ist möglich, daß er sich auf dem Weg in die Hölle befindet oder schon dort ist.«

Der Geist vibrierte. »Bei Asmodis?«

»Ja.«

»Da komme ich nicht hin. Ich gehöre nicht zu den Seelen, die gequält werden. Mein Ziel ist das Licht. Es leuchtet, es wartet auf mich. Ich soll hin.«

»Dann weißt du nichts von John Sinclair?«

»Nein oder kaum.«

Doch eine Hoffnung? Suko fragte weiter. »Wieso kaum? Hast du irgend etwas gesehen?«

»Das nicht, nur gehört. Die Welt der Geister spricht über ihn. Es ist ein fremdes Wispern und Raunen. Sie reden über einen Gerechten, der in die Hölle gekommen ist, um den Satan zu stürzen.«

»Das ist John!« rief Suko. »Hat er eine Chance?«

»Er ist allein ...«

Diese Antwort sagte alles. Suko senkte den Kopf und hörte kaum die nächsten Worte des Geistwesens.

»Ich kann nicht mehr bleiben. Ich gehöre nicht zu euch. Ich muß wieder weg. Sie rufen mich. Sie wollen mich bei sich haben. Ich darf nicht mehr ...«

Die Versammelten sahen, wie die Gestalt noch bleicher und durchsichtiger wurde. Sie zerflatterte zu einem hauchdünnen Nebelstreifen.

Ein letztes Mal hörten sie die Stimme des Mediums. Da klang sie bereits weit entfernt. Es hörte sich an, als lägen gewaltige Welten dazwischen.

»John Sinclair – Gefahr – keine Angst – Nostradamus – er ist ...«

Schluß. Nichts mehr. Der Geist des toten Mediums verschwand wie ein Spuk. Er war ebenso rasch weg, wie er vorhin erschienen war. Nur noch die Menschen sowie Myxin und Kara befanden sich im Livingroom.

Sie schwiegen. Ein jeder mußte das eben Erlebte erst einmal verkraften.

Was geschehen war, glich einem kleinen Wunder. Nur hatte das Wunder nicht viel gebracht, denn über John Sinclair hatte der Geist des Mediums so gut wie nichts sagen können. Sein Name war zwar gefallen, mehr allerdings nicht.

»John Sinclair, Gefahr, keine Angst, Nostradamus. So lauteten doch die letzten Worte – oder?« fragte Suko.

»Ja.« Die anderen gaben ihm recht.

»Demnach befindet sich John in Gefahr«, formulierte der Chinese weiter. »Aber was bedeuten die Begriffe keine Angst und Nostradamus? Kann einer von euch damit etwas anfangen?«

Suko hatte alle gemeint, nur Kara gab ihm eine Antwort. »Vielleicht befindet sich John in Gefahr. Aber wir sollen uns keine Sorgen machen.«

»Gefahr und keine Sorgen? Das ist ein Widerspruch«, sagte Myxin.

Suko gab ihm recht.

»Du vergißt Nostradamus«, warf Kara ein.

Der Magier schaute die schwarzhaarige Frau an. »Er hat sich ja nicht gemeldet.«

»Trotzdem.«

»Wir sind da auf dem Holzweg«, meinte Suko. »Zwischen John und Nostradamus gibt es keine Verbindung, glaubt mir.«

»Genau weißt du es aber nicht«, hielt ihm Kara entgegen.

Der Chinese stand auf. »Wie sollte es? John Sinclair hat noch nie Kontakt mit dem Geist des großen Sehers gehabt. Ich wüßte das, wirklich, Freunde.«

»Es ist aber nicht ganz von der Hand zu weisen«, mischte sich Tanith ein. »Ich habe schon einmal gesagt, daß sich die Geister nicht so ohne weiteres melden. Sie sind sehr sensibel, glauben Sie mir. Es ist nicht ausgeschlossen, daß Lucille wirklich die Wahrheit gesagt hat. Das meine ich jedenfalls.«

»Wenn ich nur wüßte, wie wir das erfahren können«, murmelte Suko. »Wenn ich das nur wüßte.« Er blickte seine Freunde an. Niemand konnte ihm antworten.

In Shaos Augen funkelten Tränen …

Wir stießen hinab.

Da war der Nebel, dieser alles zerfressende Smog. Die ersten mußten jetzt hineintauchen und ...

Nein, Asmodina überlegte es sich anders. Kurz bevor sie den Nebel erreichte, schwenkte sie wieder hoch. Dabei flogen die Engel mit ihr einen eleganten Bogen, und auch ich wurde hochgerissen und weiterhin festgehalten, ohne mit dem Nebel in Berührung gekommen zu sein.

Wir blieben in der Luft. Ich atmete auf.

Asmodina gab die Befehle. Vier ihrer Engel sollten die Insel betreten. Aus dem Pulk lösten sie sich und glitten pfeilschnell ihrem Ziel entgegen.

Ich schaute ihnen gespannt nach. Sie tauchten in den Nebel ein, und es geschah nichts mit ihnen. Sanft landeten sie auf der Insel. Von meiner Sicht aus wirkten sie nicht größer als kleine Spielzeugpuppen. Auf dem Boden blieben sie stehen, sprachen miteinander und verteilten sich dann.

Die Waffen hielten sie schußbereit. Die Sehnen der Bögen waren gespannt, die Pfeile lagen auf. Sollte sich ein Gegner zeigen, würden sie mit tödlicher Präzision treffen.

Wir warteten.

Vier Todesengel teilten sich und durchsuchten die Insel.

Ich ließ meinen Blick wandern. Er glitt über das weite Meer. Und fern am Horizont, wo Himmel und Wasser zusammenwuchsen, glaubte ich, ein Schiff zu sehen.

Die vier Engel hielten mich weiterhin fest. An die schmerzhaften Griffe hatte ich mich ebenso gewöhnt wie auch daran, keinen Boden unter den Füßen zu wissen.

Die anderen durchsuchten die Insel.

Und da geschah es.

Ich hatte gedacht, der Nebel würde ihnen nichts ausmachen. Es war eine Täuschung. Auch die Todesengel konnten ihm nicht widerstehen, allerdings dauerte bei ihnen die Wirkung länger.

Die beiden ersten gerieten ins Taumeln. Sie warfen die Arme hoch, die Waffen wurden zu Boden geschleudert, dann brachen die Todesengel zusammen. Ihre Flügel lösten sich dabei zuerst auf, und als sie auf der Erde lagen, verschwand die Kleidung ebenso wie die Haut dieser Wesen.

Es war grauenhaft.

Zwei blieben übrig.

Sie hatten nicht gesehen, was mit ihren beiden Artgenossen geschehen war. Es erwischte sie auch so überraschend wie die ersten.

Taumeln, das Hochreißen der Arme, Zusammenbruch – aus …

Asmodina hatte mit ansehen müssen, was mit ihren vier Dienerinnen geschehen war.

Sie tobte. Ihre Stimme kreischte vor Haß. »Solo Morasso!« brüllte sie laut. »Das zahle ich dir heim. Verdammter Bastard, du wirst meine Rache zu spüren bekommen!«

Ihre Worte hallten über das Meer, und sie verhallten nicht ungehört, denn hoch über uns, weit in den Wolken, ertönte mit einemmal ein herrisches Lachen.

Wir blickten hoch.

Zuerst sah ich nichts, dann jedoch schälte sich eine Gestalt hervor, die die Umrisse eines gewaltigen Dämons hatte.

Es war der Spuk!

»Asmodina!« schrie er mit donnernder Stimme, als sein Lachen verklungen war. »Du suchst doch Solo Morasso, nicht wahr?«

»Ja, den suche ich!«

»Ich weiß, wo er sich befindet.«

»Sag es mir!« kreischte die Teufelstochter, hob den rechten Arm und zeigte den Nagel.

»Er ist bei mir! Du kannst ihn dir holen!« Wieder lachte der Spuk, und in sein Lachen schallte Asmodinas Antwort.

»Und ob ich ihn mir hole, Spuk. Darauf habe ich gewartet. Dr. Tod wird vernichtet .. «

Bring mir den Kopf von Asmodina

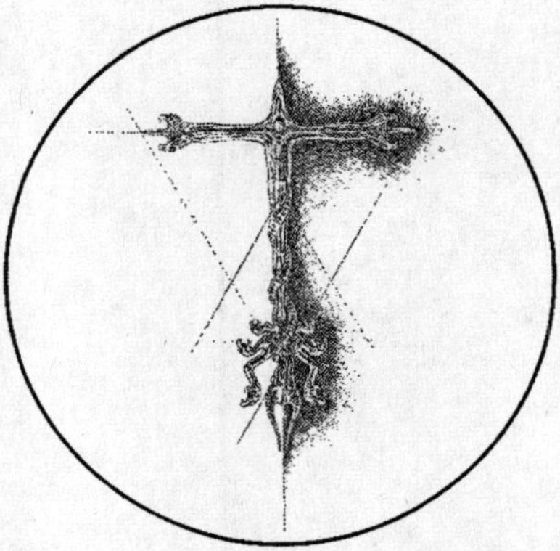

Sein Reich war ebenso grausam wie gewaltig. In dieses unheimliche Labyrinth aus Nebel, gequälten und gefolterten Dämonenseelen, aus Schreien und Wehklagen wagte sich normalerweise kein Mensch hinein. Es sei denn, er hätte sich mit dem Herrscher dieses Reiches verbündet. Und das hatte Dr. Tod!

Es war ihm gelungen, den Spuk auf seine Seite zu ziehen und damit auch gegen Asmodina, die Tochter des Teufels, ankämpfen zu lassen. Eine Ungeheuerlichkeit, noch nie zuvor dagewesen. Der Mensch-Dämon Dr. Tod stellte sich gegen die Urkräfte der Hölle. Er wollte sie sogar besiegen.

Und er besaß die entsprechenden Mittel.

Nicht nur die Mitglieder der Mordliga – bis auf Tokata – standen ihm zur Verfügung, sondern weitaus stärkere Waffen. Waffen der Weißen Magie. An ihrer Spitze das Kreuz, das einmal dem Geisterjäger John Sinclair gehört hatte. Hatte, wohlgemerkt, denn durch einen geschickten Schachzug befand es sich nun in Morassos Händen.

Und er besaß schon seit längerem den magischen Bumerang, mit dessen Hilfe John Sinclair einst den Schwarzen Tod besiegt hatte. Dieser Bumerang war sehr wichtig, wie auch der Würfel des Unheils, den Solo Morasso ebenfalls mit in das Reich des Spuks gebracht hatte.

Das Reich lag im Nirgendwo. Es gab keine Länge, keine Breite und auch keine Höhe.

Nur das Grauen.

Es war allgegenwärtig, lauerte innerhalb der dichten Nebelschwaden und wurde auch von den Dienern des Spuks ausgestrahlt, diesen echsenköpfigen Gestalten, die immer dann eingriffen, wenn es Schwierigkeiten gab. Mit ihren tödlichen Lanzen »bereinigten« sie die Probleme.

Selbst Solo Morasso fühlte sich in diesem Reich unwohl. Er sah sich und die fünf Mitglieder seiner Mordliga eingekreist von den dichten Nebelschwaden und auch umgeben von den Wächtern des Spuks, die ihre Lanzen waagerecht in den Pranken hielten, so daß die Spitzen auf die Besucher wiesen.

Solo Morasso stand neben Marvin Mondo, dem Monstermacher, während sich die anderen Mitglieder der Mordliga ein wenig abseits hielten. Auch ihnen war dieses geheimnisvolle Reich zwischen den Dimensionen des Schreckens suspekt, und sie würden sofort zuschlagen, falls sich irgend etwas tat, was nicht in ihren Kram paßte.

Noch zeigte sich der Spuk nicht, und das ärgerte sowohl Morasso als auch Mondo.

Der Monstermacher faßte an seine Brille. »Er läßt uns warten, dein großer Partner.«

»Ja«, knirschte Mondo. »Das gefällt mir nicht.«

»Was willst du tun?«

»Noch warte ich ab«, erwiderte Dr. Tod. Er ging ein paar Schritte nach vorn.

Augenblicklich traten ihm zwei Echsenköpfige entgegen. Vielleicht nahmen sie an, daß Morasso fliehen wollte, wo sie doch auf ihn achten sollten. Auf jeden Fall hoben sie ihre Arme und bedrohten Morasso hautnah mit ihren Waffen.

Dr. Tod zuckte zusammen. »Ihr wagt es?« flüsterte er. »Ihr wagt es wirklich, mir entgegenzutreten?«

Sie gaben keine Antwort, das allerdings reichte Morasso. Plötzlich zog er den Bumerang hervor, sprang zur Seite, holte geschickt aus und schleuderte die gefährliche Waffe.

Schon auf seiner Insel hatte er bewiesen, wie gut er mit dem Bumerang umgehen konnte. Er schien mit ihm verwachsen zu sein. Wenn er ihn warf, dann auch ins Ziel.

Diesmal war es nicht anders.

Die Echsenköpfigen hatten einen Fehler gemacht. Sie standen zu dicht beisammen.

Das rächte sich nun.

Der Bumerang war mit soviel Wucht geschleudert worden, daß er nicht nur einen köpfte, sondern den zweiten gleich mit. Die beiden häßlichen Schädel schienen für

Sekunden in der Luft zu stehen, bevor sie nach unten kippten und zu Boden prallten. Dort blieben sie liegen und lösten sich schon auf, als die beiden Torsos nach vorn fielen.

Morasso lachte kalt. Er ging ein paar Schritte weiter und nahm den Bumerang hoch, der auf der kalten Vulkanasche liegengeblieben war. »So kann man mit mir nicht umgehen, so nicht.« Er blickte in die Runde und schaute seine Vasallen dabei an.

Die nickten, denn Vampiro-del-mar, Lady X, Lupina, Xorron und Mondo waren einverstanden.

»Gut gemacht, wirklich ausgezeichnet.« Die Stimme erklang dumpf aus einer Nebelwand, und im nächsten Augenblick betrat händeklatschend eine Gestalt das Blickfeld des Solo Morasso.

Der Spuk war es nicht, sondern einer seiner direkten Untertanen.

Maddox, der Dämonenrichter!

Wie immer sah er scheußlich aus. Er trug alte, fleckige Kleidung. Das schwarze Jackett, die ebenfalls schwarze Hose und auch die Weste in der gleichen Farbe zeigten glänzende Flecken. Das Hemd unter der Hauptkleidung bestand nur noch aus Fetzen. Fast wie das Gesicht, das irgendwie einer verwüsteten Landschaft glich und Ähnlichkeiten mit dem von Vampiro-del-mar aufwies.

»Was soll die Ironie?« fragte Morasso.

Maddox ließ die Arme sinken. »Das war keine Ironie. Ich habe es ernst gemeint. Wer hier versagt und seines Postens nicht würdig ist, wird zerstört.« Er sprach die Worte gelassen und schritt an der Mordliga vorbei, denn er wollte seinen Platz einnehmen, den ihm der Spuk zugewiesen hatte.

Wie von Geisterhänden bewegt, so teilte sich der Nebel und gab den Blick frei auf einen regelrechten Richtertisch, wie er auch bei normalen Gerichtsverhandlungen benutzt wurde.

Hier war Maddox' Stammplatz.

Der Stuhl, auf den er sich fallen ließ, knarrte. Maddox selbst strich durch sein verfilztes, grauweißes Haar und zog die Winkel der lappigen Lippen nach unten. Beide Arme hob er an, bevor er die Hände nach unten fallen und auf den Schreibtisch klatschen ließ. Fehlte nur noch, daß ihm jemand einen Drink servierte, dann war der Friede in einer dämonischen Dimension perfekt.

Diese Haltung und auch das vorher Geschehene paßte Solo Morasso nun gar nicht in den Kram. Er fühlte sich wie ein Dienstbote, aber er kam nicht als Dienstbote, sondern als Partner.

Dr. Tod fühlte den Haß und den Zorn bis in die Spitzen seiner kurzgeschnittenen Haare steigen. Diesem arroganten Kerl würde und wollte er es zeigen. Er benötigte nur drei Schritte, um den Schreibtisch zu erreichen. Dicht davor blieb er stehen und senkte seinen Blick.

Maddox hielt ihm stand. »Was ist los?« fragte der Richter.

»Das fragst du noch, du dämonischer Bastard? Es geht um die Vernichtung der Teufelstochter, und da läßt dein Herr, der Spuk, uns warten. Er hat uns extra herbestellt, wir sind auch erschienen, und zwar pünktlich, aber er hält es wohl nicht für nötig, uns zu empfangen. Wir sind keine Bittsteller, sondern Partner, verstehst du, Maddox? Partner!«

»Du hast laut genug gesprochen.«

»Das wollte ich auch.«

»Allerdings bist du undankbar. Du darfst nicht vergessen, wer deine Seele freigegeben hat.«

Morasso beugte sich zurück, bog seinen Rücken durch und begann gellend zu lachen. »Ja, er hat meine Seele freigegeben, da hast du recht. Nur tat er dies nicht aus reiner Freundschaft. Er ahnte schon damals, wie sich die Dinge entwickeln würden, und er kannte auch den Machthunger der Teufelstochter.«

»Dem wollte er einen Riegel vorschieben, was ihm auch gelungen ist.«

»Trotzdem braucht er mich nicht warten zu lassen!«

»Er ist verhindert, denn er bereitet das vor, wovon du im Endeffekt profitierst. Überschätze dich nicht, Morasso, ich sage es noch einmal!«

Dr. Tod schaute den Dämonenrichter an. Die Erwiderung lag ihm auf der Zunge, doch er hielt sich zurück, weil er den Streit nicht weiter provozieren wollte. Aber Maddox hatte ihn nicht umsonst wie den letzten Dreck behandelt, darauf wollte er noch zurückkommen.

»Wann ist er hier?«

Maddox breitete die Arme aus und hob gleichzeitig die Schultern. »Was bedeutet schon Zeit, Morasso? Hier nichts.«

»Für mich aber. Denn ich will die Teufelstochter erledigt vor mir am Boden sehen. Ich fühle, daß die Zeit reif ist. Sie ist da, und ich darf nicht länger warten. Ich will sie töten!« Er schäumte fast über vor Wut.

»Das kannst du auch«, erwiderte eine dumpfe Stimme.

Solo Morasso fuhr herum.

Innerhalb der Nebelschwaden stand eine düstere Gestalt.

Der Spuk!

Ein Wesen, das seinen Namen zu Recht verdiente, denn er hatte kein Gesicht. Seine Gestalt schien ebenfalls nur aus Nebel zu bestehen, denn eigentlich war der Spuk ein Widerspruch in sich.

Er war gestaltlos …

Obwohl auch er eine Gestalt hatte, aber die nahm er nur selten an. So war er nur ein schwarzer Schemen, dunkel wie die Nacht und ebenso gefährlich.

»Du hast mich warten lassen!« Völlig war Morassos Wut noch nicht verraucht.

»Ja, das habe ich.« Der Spuk bewegte sich leicht. Seine Stimme drang aus der Schwärze. »Du hast zwei meiner Wächter getötet?«

»Sie benahmen sich mir respektlos gegenüber. Da habe ich sie bestraft.«

»Du nimmst dir viel heraus.«

Morasso blies sich auf wie ein Ochsenfrosch. »Das kann ich auch.«

»Noch lebt Asmodina.«

»Na und? Es ist wirklich nur eine kleine Sache, dann ...«

»Ich komme soeben von ihr.«

Morasso zuckte zusammen. Seine kalten Augen wurden zu schmalen Sicheln. »Du hast mit ihr geredet?«

»Ja«, lautete die Antwort. »Ich habe mit ihr gesprochen und ihren Haß auf dich gefühlt.«

Morasso lachte. »Soll sie nur. Sie soll mich hassen, denn ich hasse sie auch.«

»Und sie wird herkommen.«

»Wann?« schnappte Morasso.

»Du kannst sie bestimmt gleich sehen. Aber sie ist nicht allein. Eine Armee von Todesengeln begleitet sie. Es wird für dich nicht einfach sein, Asmodina zu töten. Und von mir kannst du keine Hilfe erwarten. Ich habe dir nur den Weg gewiesen!«

»Das ist mir klar.«

»Zudem wird sie noch jemanden mitbringen. Einen guten alten Freund von dir. John Sinclair!«

Morasso drehte sich um. »Habt ihr gehört?« schrie er den Geschöpfen der Mordliga zu. »Sie bringen Sinclair mit! Ich werde sie beide töten! Erst sie, dann ihn.«

Der Spuk und Maddox sagten nichts. Sie hielten sich zurück.

Dr. Tod erstarrte plötzlich. Die Hände hatte er zu Fäusten geballt. Seine Augen leuchteten in einem haßerfüllten Feuer. Obwohl er den Mund geschlossen hatte, drang ein tiefes Grunzen aus der Kehle. Ein Traum war in Erfüllung gegangen. Er würde nicht nur Asmo-dina vernichten, sondern auch Sinclair.

Das Lachen des Spuks riß ihn wieder in die Gegenwart zurück. »Ich sehe dir an, wie aufgeregt du bist, Morasso. Aber sei gewarnt. Asmodina ist kein leichter Gegner. Sie hat den Nagel, der dich schon einmal umgebracht hat. Und noch etwas. Ich werde dich nicht unterstützen. Asmodina und Sinclair sind deine Sache, denke daran. Ich werde warten und zuschauen, ob du es schaffst.«

»Etwas anderes habe ich auch nicht erwartet«, erwiderte Solo Morasso. Dann zeigte er auf die Echsenköpfigen. »Wie ist es mit ihnen? Werden sie mir zur Seite stehen?«

»Bist du denn auf sie angewiesen?«

»Wenn Asmodina mit ihrer Armee kommt, müssen welche vorhanden sein, um sie zu töten.«

»Dann fühlst du dich doch nicht so stark«, höhnte der Gestaltlose.

»Das hat damit nichts zu tun, ich will nur sichergehen.«

»Du hättest Tokata mitbringen können. Sein Schwert hätte viel erreicht.«

»Er ist in einer anderen Sache unterwegs.«

»Vielleicht fehlt er dir.«

Es war der letzte Satz, den der Spuk an Dr. Tod richtete. Dafür sprach er einen seiner Wächter an. »Hol mir das Tablett!«

Das Monster mit dem Echsenkopf verschwand innerhalb der Nebelschleier. Eine Schweigepause entstand. Solo Morasso versuchte vergeblich, mit seinen Blicken den Nebel zu durchdringen. Er sah nur die grauen, sich bewegenden Wände.

Dann kehrte der Echsenköpfige zurück. In der rechten Klaue hielt er seine Lanze, mit der linken jedoch hatte er das Tablett umfaßt, das der Spuk haben wollte.

»Gib es ihm!« erscholl dessen dumpfe Stimme.

Dr. Tod riß dem Wesen das Tablett aus der Klaue. Es schimmerte golden und hatte einen Rand, der ein wenig hochstand. »Was soll ich damit?« fragte Morasso.

Der Spuk lachte. »Ganz einfach. Hast du nicht versprochen, mir den Kopf der Asmodina zu bringen?«

»Das habe ich.«

»Gut. Ich habe es nicht vergessen. Wenn du mir den Kopf bringst, dann serviere ihn mir auf dem Tablett, Solo Morasso.«

Dr. Tod blieb für einige Sekunden stehen und starrte auf die goldene runde Fläche. Danach hob er den Kopf, und ein Grinsen huschte über seine Lippen. »Ja!« flüsterte er heiser. »Ja, ich werde dir ihren Schädel auf diesem Tablett servieren, darauf kannst du dich verlassen ...«

»Das hoffe ich!«

Eine Bewegung im Nebel. Quirlender Rauch, der sich schnell wieder zusammenfügte, und der Spuk war verschwunden.

Dr. Tod legte das Tablett zur Seite.

Da erreichte ihn schon der Ruf. Lady X hatte ihn ausgestoßen. »Sie kommen!« schrie sie. »Verdammt, sie kommen tatsächlich ...«

Der Spuk verschwand ebenso rasch, wie er erschienen war. Zurück blieben wir.

Das waren Asmodina, ihre zahlreichen Todesengel und ich. Die letzten Worte der Teufelstochter klangen mir noch in den Ohren nach.

»Und ob ich ihn mir hole, Spuk. Darauf habe ich gewartet. Dr. Tod wird vernichtet ...«

Harte Worte, ehrgeizige und auch haßerfüllte. Man nahm sie Asmodina ab, denn Solo Morasso war im Laufe der Zeit wirklich zu einem Todfeind geworden. Sie hatte die Macht, die er beanspruchte. Daß diese Konstellation nicht gutgehen würde, war klar. Irgendwann einmal mußte es zur Konfrontation kommen, und dieser Zeitpunkt war erreicht.

Aber nicht nur die beiden standen sich gegenüber, auch der Spuk mischte mit. Über seine Rolle war ich mir allerdings noch nicht im klaren. Er hatte Asmodina den Aufenthaltsort Dr. Tods verraten. Aus welchem Grund? Wollte er vielleicht der lachende Dritte sein und zusehen, wie sich die beiden vernichteten? Gut möglich, denn wenn wir kämpften, konnte er im Hintergrund bleiben und sich die Hände reiben. So nahm ich jedenfalls an.

Nur – was nutzte es mir? Was hatte es mir überhaupt genutzt in all dieser Zeit? Ich stand wirklich auf verlorenem Posten und war zu einem Spielball dämonischer Kräfte geworden.

Mir hatte sich noch immer keine Chance geboten, mich zu befreien. Nach wie vor schwebte ich über dem graugrünen Meer und wurde von meinen vier Bewacherinnen festgehalten.

Ihre Griffe hatten sich nicht gelockert. Die Bewacherinnen wußten, wie gefährlich ich war, denn einige ihrer Artgenossen waren früher unter meinen Kugeln gestorben.

Einer geweihten Silberkugel hatten sie eben nichts entgegenzusetzen. Da half ihnen auch die Verbindung zu Asmodina nichts. Im Moment jedoch konnte ich überhaupt nicht daran denken, gegen die Todesengel vorzugehen, ich mußte froh sein, wenn ich die nächste Zeit lebend überstand.

Da kam einiges auf mich zu.

Dr. Tod und Asmodina trafen aufeinander. Zu einem alles entscheidenden Kampf. Im Prinzip konnte es mir egal sein, wer ihn gewann. Beide waren meine Todfeinde, und dem Sieger würde es ein höllisches Vergnügen bereiten, mich umzubringen.

Die Teufelstochter sammelte ihre Dienerinnen. »Wir müssen zurück!« rief sie. »Und dann erwarte ich von jeder, daß sie sich voll auf meine Seite stellt und kämpft!«

Asmodina erntete keinen Beifall, dafür jedoch zeigten die Gesichter der Todesengel das an, was sie auch dachten. Sie würden kämpfen bis zuletzt.

»Im Reich des Spuks soll die endgültige Entscheidung stattfinden!« rief Asmodina. »Dann los!«

Ich warf noch einen Blick auf die alte Mutter Erde. Vielleicht war es das letzte Mal, daß ich das Meer sah, die zahlreichen Inseln, einen Küstenstreifen und gewaltige Wolken am Himmel. Der Dimensionssprung würde alles auslöschen.

Die vier Engel bewegten sich. Es schien mir, als hätten sie mich in einen Kreisel gesteckt. So heftig wurde ich herumgezogen. Ich hörte noch das Rauschen der zahlreichen Flügelpaare, dann schoß ich hinein in ein dichtes Wolkenband, wo auch der Übergang in die andere Dimension stattfand.

Es war seltsam. Auf einmal konnte ich die vor mir fliegenden Engel nicht mehr sehen. Sie waren verschwunden, und einen Atemzug später spürte auch ich die andere Welt.

Leere, Schwärze, unheimliche Geräusche. Ein Sog, der an mir riß und mich mitsamt meinen Bewachern in einen gewaltigen Trichter spülte.

Dann waren wir einfach weg.

Und wir wachten auf. Nur einen Lidschlag später hatten wir die andere Dimension erreicht. Ich hätte heulen können vor Wut. Sofort fühlte ich wieder das Grauen, das uns umgab.

Wir waren diesmal in eine andere Welt eingedrungen. Es war das Reich des Spuks, der geknechteten Seelen, der jammernden Dämonen, der Bestraften.

Hier regierte auch Maddox, der Dämonenrichter. Und in dieser Welt hatte er Glenda Perkins verurteilt und in einen Irrgarten schaffen lassen.

Das Labyrinth selbst mit den grünen Würmerwänden sah ich nicht, ich nahm allerdings an, daß es irgendwo in der Nähe lag.

Unter uns befand sich ein fester Boden. Manchmal sah ich ihn, wenn irgendein warmer Windstoß Nebelschleier vertrieb und der schwarze Untergrund zum Vorschein kam.

Vulkanboden.

Uralt. Uneben und sehr porös. Manchmal gewellt, mit Felsbrocken versehen, die auf dem Untergrund zu kleben schienen. Kleine Hügel, die wie Kuppen schwarzer Zuckerhüte auf dem Vulkanboden hochragten. Als wir darüber hinwegflogen und die Hügel günstig in mein Blickfeld gerieten, konnte ich Öffnungen erkennen, gerade groß genug, daß ein Mensch hineinpaßte.

Ich hatte das Gefühl, durch eine gewaltige Schlucht geführt zu werden, die solche Ausmaße hatte, daß ich die Wände rechts und links nicht sehen konnte.

Zudem war es still.

Ich vernahm nur das Rauschen der Flügel. Andere Lebewesen oder Monster entdeckte ich nicht, obwohl ich das Gefühl hatte, von zahlreichen Augenpaaren beobachtet zu werden. Das allerdings konnte auch Einbildung sein, da ich wußte, daß sich in dieser Welt die Seelen der Dämonen befanden.

Ich hörte und sah sie nicht, doch sie lauerten überall. Im ewigen Gefängnis siechten sie dahin bis ans Ende aller Tage. Eine schreckliche Vorstellung.

Die zahlreichen Todesengel hatten in ihrer Flugformation einen Keil gebildet. Sie flogen dicht zusammen.

Asmodina befand sich noch immer vor mir. Manchmal hörte ich ihre Rufe. Es waren regelrechte Haßtiraden, die sie gegen ihre Feinde anschlug.

Sie wollte den Kampf. Ihr Feind, Dr. Tod, sollte endlich erledigt werden.

Die meisten Todesengel hatten bereits ihre Waffen schußfertig. Die Sehnen waren gespannt, die Pfeile lagen auf, nur die, die mich festhielten, trugen Pfeil und Bogen nach wie vor auf dem Rücken. Sie brauchten ihre Hände.

Wie lang die Schlucht war, konnte ich nicht sagen und auch nicht, wieviel Zeit vergangen war.

Wir flogen immer tiefer hinein. Irgendwo am Ende der Schlucht mußte sich das Ziel befinden.

Ich dachte daran, daß wir auch in eine Falle fliegen konnten. Links und rechts an den für mich unsichtbaren Wänden konnten die Feinde lauern und blitzschnell über uns herfallen.

Das waren alles Spekulationen, denn noch waren wir nicht angegriffen worden.

Meine Hoffnung war wieder gestiegen. Ich nahm nicht an, daß sich Dr. Tod und seine Mordliga so ohne weiteres ergeben würden. Sie würden der Teufelstochter einen gnadenlosen Kampf liefern. Vielleicht rieben sich die beiden Parteien gegenseitig auf, so daß nicht nur der Spuk, sondern auch ich der lachende Dritte war.

Aber das waren Spekulationen. Erst einmal mußten sich die Feinde gegenüberstehen.

Wie weit war es noch?

Ich hatte den Gedanken kaum formuliert, als es geschah. Asmodina, die an der Spitze flog, stieß einen wilden Ruf aus. »Da sind sie!« brüllte sie. »Solo Morasso, wir kommen!«

Und dann flogen die ersten Lanzen!

Ich weiß nicht, ob Asmodina damit gerechnet hatte. Die Lanzen wurden nämlich nicht von Solo Morasso oder seinen Mitgliedern aus der Mordliga geschleudert, sondern von den echsenköpfigen Wesen, die beidseitig unserer Flugbahn gelauert hatten. Sie hatten ihre Verstecke verlassen, als die Todesengel mit Asmodina an der Spitze heranflogen.

Ich hörte die Aufschläge.

Drei-, viermal in meiner unmittelbaren Nähe. Ich befürchtete, daß eine der Lanzen mich treffen würde, zog den Kopf ein und versuchte, mich aus den Griffen zu winden.

Augenblicklich entstand ein Durcheinander. Dicht vor mir riß einer der Todesengel beide Arme hoch. Er war nicht einmal dazu gekommen, den Pfeil abzuschießen, die Lanze durchbohrte ihn in der Körpermitte. Wie ein Stein fiel er zu Boden.

Schon flog die nächste Waffe heran. Diesmal hörte ich den Schrei rechts neben mir, und im nächsten Augenblick löste sich einer der Griffe an meiner Seite. Der Todesengel konnte mich nicht festhalten, er trudelte ab und war verschwunden.

Sein Artgenosse hatte noch nicht richtig erfaßt, was überhaupt geschehen war.

Dafür ich.

Ich konnte meinen rechten Arm befreien, gleichzeitig geriet die Flugformation ins Stocken, wir prallten aufeinander, weil die restlichen Wesen, die mich festhielten, nicht so rasch reagierten, und ich erhielt meine große Chance.

Wie von selbst riß meine rechte Hand den Dolch aus der Scheide. Eine halbkreisförmige Bewegung nach links, dann traf die Klinge auf einen Widerstand.

Der Todesengel zuckte hoch. Ich sah die Bewegung schattenhaft und hörte einen Schrei.

Dann war er verschwunden.

Im nächsten Augenblick rammten wir gegen einen Pulk von Todesengeln, die wie eine Mauer in der Luft standen. Ich hörte Asmodinas gellende Anfeuerungsschreie und vernahm dazwischen immer wieder die dumpfen Aufschläge, wenn die Lanzen trafen.

Die Echsenköpfigen hatten uns wirklich voll in eine Falle fliegen lassen.

Ich mußte weg.

Und dies so rasch wie möglich. Noch hatte ich Glück gehabt, doch das würde nicht lange andauern, wenn ich mich nicht befreite.

Wieder hieb ich mit dem Dolch zu.

Ich traf einen Engel, der dabei war, einen Pfeil auf die Sehne zu legen. Er zuckte zurück, und sein Gesicht veränderte sich zu einer Grimasse.

Ich kam frei.

Plötzlich hielt mich niemand mehr fest, und ich fiel. Für den Bruchteil einer Sekunde schoß Angst in mir hoch. Ich wußte nicht, wie hoch wir über dem Boden geflogen waren.

Der Aufprall.

Instinktiv hatte ich mich in der Luft zusammengeduckt, so daß ich mich abrollen konnte, als ich den harten Vulkanboden berührte. Trotzdem spürte ich den Aufprall vom Rücken bis in die Zehenspitzen, warf mich allerdings sofort herum und stellte fest, daß ich Arme und Beine bewegen konnte.

Ich war frei.

Allerdings befand ich mich in einer trügerischen Freiheit. Man konnte es mit einem großen Gefängnis vergleichen, in das man mich eingesperrt hatte.

Jetzt mußte ich einen Ausweg finden!

Da hörte ich Geräusche, die mir bekannt vorkamen.

Das Sirren der Pfeile hatte mir schon oft genug Magenschmerzen bereitet. Nur waren sie diesmal nicht auf mich gezielt, sondern auf die Echsenköpfigen.

Während ich versuchte, aus der Gefahrenzone zu robben, sah ich, wie einer der Spukdiener dicht vor mir auftauchte und zur Seite huschen wollte.

Plötzlich entdeckte er mich und blieb stehen. Dabei schwang er seinen Arm herum, er wollte die Lanze auf mich schleudern.

Ich befand mich am Boden in einer verflucht ungünstigen Stellung. Bevor ich reagieren konnte, hätte mich die Waffe durchbohrt.

Da hörte ich das Sirren.

Ein Pfeil!

Er wischte über meinen Körper hinweg, war unheimlich schnell und hieb einen Lidschlag später in die Brust des Echsenköpfigen.

Das Wesen zuckte zusammen. Weit riß es sein Maul auf. Hervor drang grünlich schimmernder Rauch. Das Monstrum wankte, hob seine Arme und krallte die Klauen um den Schaft, aber es war ihm nicht möglich, den Pfeil aus seiner Brust zu ziehen.

Dieser Echsenköpfige bedeutete keine Gefahr mehr für mich. Vielleicht der Todesengel?

Auf dem Boden liegend, rollte ich mich herum. Keinen Augenblick zu früh, denn mein Lebensretter wollte mich töten.

Der Todesengel hatte den Pfeil schon auf den Bogen gelegt und war dabei, die Sehne zu spannen. Ich würde es nicht mehr schaffen, den Dolch zu schleudern. Retten konnte mich nur noch ein verzweifelter Hechtsprung.

Mit aller Kraft stieß ich mich von dem rauhen Boden ab und flog nach rechts.

Der Pfeil löste sich, aber er traf nicht mich, sondern das Vulkangestein. Staub und Splitter spritzten nach allen Seiten weg. Sie hatten kaum den Boden berührt, als ich meinen geweihten Silberdolch schon in der Hand hielt und ihn schleuderte.

Der Todesengel entwischte mir nicht. Mein wuchtig geschleuderter Dolch traf ihn tödlich. Asmodinas Dienerin machte noch zwei Schritte zurück und brach danach zusammen. Verkrümmt blieb sie auf dem Boden liegen.

Ich lief auf den vergehenden Todesengel zu und zog den Dolch aus seinem Körper. Ich dachte auch daran, Pfeile und Bogen mitzunehmen, verwarf den Gedanken allerdings wieder, denn beides wäre nur hinderlich gewesen.

Dafür nahm ich die Lanze des getöteten Echsenköpfigen mit.

Über mir tobte der Kampf. Er hatte sich allerdings auch verlagert. Weiter vorn beschossen sich die Todesengel und die Echsenköpfigen. Keiner von ihnen kannte Pardon oder Gnade. Es ging wirklich um alles.

Schreie zitterten durch die Schlucht. Nie hell oder kreischend, sondern dumpf klingend.

Ich sah Todesengel zu Boden fallen, aber auch Spukdiener, die, von Pfeilen getroffen, zusammenbrachen.

Als ein Pfeil meine Wade streifte, da wurde mir bewußt, daß ich mich noch immer in Gefahr befand. Es gab viele Querschläger, die mich leicht hätten verletzen oder töten können. Deshalb mußte ich verschwinden.

Wichtig für mich war ein Versteck. Nach vorn konnte ich nicht, dort tobte der Kampf mit unverminderter Härte, aber hinter mir, in der Richtung, aus der ich gekommen war, war der Weg frei. Ich erinnerte mich an die seltsamen Steinhügel, die mich wegen ihrer Eingänge an Höhlen erinnerten. Sie eigneten sich vorzüglich als gute Verstecke. Zudem gab es nicht nur einen Hügel, sondern mehrere, so daß meine Gegner Mühe haben würden, mich zu finden, wenn sie mich suchten.

Ich rannte weg.

Noch einmal flog ein verirrter Pfeil an mir vorbei und blieb in einer Bodenspalte stecken. Ich mußte weiter.

Der Boden machte mir zu schaffen. Er war nicht nur rauh, sondern auch uneben. Im herrschenden Dämmerlicht konnte man nicht alle Stolperfallen erkennen, so daß ich einige Male fast auf die Nase gefallen wäre.

Aus Spalten quollen dünne Rauchschleier, die sich ätzend auf meine Atemwege legten und mich zum Husten reizten.

Irgendwie mußte sich die Schlucht erweitern. Wenigstens hatte ich dieses Gefühl, denn ich sah die ersten Hügel, allerdings keine Steinwände, die eine Begrenzung der Schlucht anzeigten.

Ich wandte mich nach links.

Über die Schulter warf ich einen Blick zurück. Man verfolgte mich nicht. Wahrscheinlich hatten mich beide Parteien vergessen, und das war gut so. Ich wollte erst einmal den Kampf abwarten, um dann als Joker einzugreifen. Aufgegeben hatte ich nicht. Meine Befreiung war so etwas wie ein Funke gewesen, ein Signal zum Widerstand. Ich hatte nicht vergessen, wer mein Kreuz und auch den Bumerang besaß. Wenn es eben möglich war, wollte ich mir beides zurückholen, obwohl dies eine fast unmögliche Aufgabe war. Daran durfte ich allerdings nicht denken.

Es gab keine regelmäßigen Abstände zwischen den

Hügeln. Sie erhoben sich nicht in geometrischer Reihenfolge, sondern waren willkürlich entstanden.

Ich hatte die Qual der Wahl.

Die ersten wollte ich nicht nehmen. Wenn meine Gegner nach mir suchten, würden sie dort beginnen. Wenn ich mich in einem der hinteren Hügel versteckte, hatte ich erstens die Chance, meine Gegner auftauchen zu sehen, und zweitens konnte ich mich dann verziehen.

Es war ein riskantes Spiel, doch mir blieb keine andere Wahl. Obwohl ich mich im Reich des Spuks befand, sah ich nichts vom Labyrinth. Es mußte ganz woanders liegen, und ich durfte auch nicht mit menschlichen Maßstäben denken, denn unter Umständen war dieses Reich auch noch in mehrere Dimensionen oder Schichten unterteilt.

Ich sprang geduckt über einen im Wege liegenden großen Felsbrocken hinweg und näherte mich einem Hügel, der relativ weit hinten stand und damit zu den letzten gehörte. Er schien mir auch etwas größer zu sein als die anderen.

Nur ein paar Sekunden brauchte ich zu laufen, um ihn zu erreichen. Ein letzter Blick zurück. Niemand war mir auf den Fersen. Nur dumpf vernahm ich den Kampflärm, und so konnte ich ungesehen in den Hügel kriechen.

Tatsächlich, Freunde, ich mußte kriechen, denn der Eingang lag verflixt tief. Auf allen vieren glitt ich in die Dunkelheit im Innern des Hügels.

Obwohl ich einiges hinter mir hatte, war mir doch ein wenig bang ums Herz, mich einfach so in die Finsternis zu begeben. Ich wußte nicht, was mich dort erwartete, ob dort irgendwelche Feinde lauerten, sondern war allein auf meinen Spürsinn angewiesen und auf meine kleine Bleistiftleuchte, denn mir fiel plötzlich ein, daß ich sie noch bei mir trug.

Der fingerdünne Strahl erinnerte mich an meine Hoffnung. Auch sie war nicht groß, aber sie war vorhanden, und das war für mich persönlich sehr wichtig.

Ich bewegte den Arm und richtete den Strahl nach oben. Er fand ein Ziel, und zwar die Decke der kleinen Höhle. Dort hinterließ er einen schmalen Kreis, und ich konnte erkennen, daß die Decke der Höhle nicht sehr hoch war.

Aufrecht stehen konnte ich nicht.

Trotzdem wollte ich nicht auf beiden Knien weiterrutschen, sondern bewegte mich gebückt voran.

Ich leuchtete auch in die Runde und stellte fest, daß das Innere des kleinen Hügels leer war. Bis auf mich, den Eindringling.

Leider vergaß ich, den Boden genau abzuleuchten, und das rächte sich.

Ich merkte es erst, als es schon zu spät war, denn da fiel ich bereits in die Tiefe …

Asmodina sah die Lanzen!

Von zwei Seiten aus wurden sie geschleudert. Todbringende Wurfgeschosse, denen ihre Engel nichts entgegenzusetzen hatten. Sie hörte das gefährliche Zischen und sah, wie links und rechts zwei Engel getroffen wurden und zur Seite kippten.

Dann traf auch sie der erste Speer!

Er war ungemein hart geschleudert worden und durchbohrte ihren Körper dicht unter dem Hals. Aber Asmodina war die Tochter des Teufels und keine ihrer Dienerinnen.

Ihr tat der Treffer nichts. Er brachte sie allerdings aus dem Flugrhythmus, und sie stürzte ebenfalls hinein in das Chaos aus Leibern. Sie schrie.

Mit diesem Angriff hatte sie nicht gerechnet, dementsprechend groß war die Überraschung und auch das Durcheinander. Die Todesengel wußten nicht, wie sie sich verhalten sollten. Sie flatterten wild umher und wurden ein Opfer der zielsicher geschleuderten Lanzen.

Asmodina merkte natürlich, daß ihre Felle langsam

davonschwammen. Sie hätte auf den Teufel hören sollen und vorsichtiger sein müssen, dann wären sie nicht in die Falle gelaufen. Daran war nun nichts zu ändern, sie mußte das Beste aus der Lage machen.

Ihre Stimme überschlug sich fast, als sie die Befehle schrie. Sie wollte, daß sich ihre Dienerinnen formierten und auch Deckung suchten. Einige hatten es bereits geschafft. Sie lagen auf dem Boden und schossen zurück.

Das Pfeifen und Sirren der fliegenden Pfeile war Musik in den Ohren der Teufelstochter. Trotzdem war es ein deprimierendes Bild, ihre Dienerinnen leblos auf dem Vulkangestein liegen zu sehen. Durchbohrt von Lanzen, deren Magie so stark war, daß sie die Todesengel töteten.

Wieder wurde Asmodina getroffen. Diesmal an der Schulter. Doch die Waffe war nicht so wuchtig geschleudert worden. Die Teufelstochter riß sie hervor und warf sie zurück.

Dem Spukdiener wurde fast der Schädel vom Rumpf gerissen. Auch andere Pfeile trafen jetzt. Etwa die Hälfte der Todesengel hatte den ersten Ansturm überstanden. Sie schossen gezielt zurück und bewiesen, daß sie auch treffen konnten.

Immer mehr Spukdiener taumelten getroffen durch die Schlucht, bevor sie zusammenbrachen.

Die Teufelstochter war wirklich mit einer rasenden Furie zu vergleichen. Nicht nur der Verlust ihrer Dienerinnen schmerzte sie, sondern auch die Tatsache, daß es der Mordliga gelungen war, den Spuk auf ihre Seite zu ziehen. Die echsenköpfigen Wesen gehörten zu ihm. Sie unterstanden nicht dem Befehl eines Dr. Tod.

Demnach mußte sich der Spuk auch gegen sie verschworen haben. Der Zorn und der Haß wurden in ihrem Innern zu einer Flamme. Asmodina kannte nur noch das Ziel, ihre Gegner zu vernichten. Wenn die Todesengel dabei draufgingen, war ihr das völlig egal. Hauptsache sie schaffte es, sich ihren Feinden zu nähern und sie auszuschalten. So und nicht anders sah sie die Dinge.

Ihr Entschluß stand schnell fest. Sollten die Todesengel ruhig weiterkämpfen, sie würde sich absetzen, denn irgendwo mußten ihre Gegner sie schließlich erwarten.

Es fiel im allgemeinen Kampfgetümmel nicht auf, wie sie sich zurückzog. Geduckt ging sie und jederzeit bereit, ihre magischen Kräfte einzusetzen.

Als vor ihr zwei Spukdiener erschienen, da setzte sie sie voll ein. Sie wich den beiden nicht aus, sondern griff sie an. Bevor die Wesen überhaupt die Lanzen wurfbereit in die Höhe reißen konnten, spürten sie die Griffe, und die Hände der Teufelstochter wurden knallrot. Sie wirkten wie glühende Zangen, die beiden Monster mit den Echsenköpfen wurden regelrecht verbrannt.

Als Asche rieselten sie zu Boden.

Kalt lächelte die Teufelstochter.

So würde es jedem ergehen, der sich ihr in den Weg stellte. Sie huschte weiter, und ihr gelang es tatsächlich, der Falle zu entkommen.

Natürlich befand sie sich nicht zum erstenmal in diesem Reich. Sie wußte genau, was hinter der Schlucht lag. Dort lauerte zumeist Maddox, der Dämonenrichter, um die Versager abzuurteilen und sie anschließend in die jeweiligen Dimensionen zu schicken, damit sie dort ihre Strafe absitzen konnten.

Wenn Dr. Tod mit seiner Mordliga die Feindin erwartete, dann sicherlich an dem Platz.

Asmodina würde ihn auch nicht enttäuschen.

Ihr Lächeln war rätselhaft und grausam. Wie festgefroren lag es auf ihren Lippen. Noch hatten die anderen nicht gewonnen.

Noch nicht …

Plötzlich blieb sie stehen. Sie glaubte, Stimmen gehört zu haben, schlich ein wenig weiter und sah, daß sie sich nicht getäuscht hatte. Sogar Morassos Organ konnte sie vernehmen.

»Sie wird vernichtet. Sie hat keine Chance«, lachte Dr. Tod. »Ich werde mir ihre Leiche genau ansehen und ihren

Kopf ...« Was er weiter sagte, konnte Asmodina nicht verstehen, doch sie hatte genug gehört.

Sie öffnete die rechte Faust. Dort lag der Nagel auf ihrer Handfläche. So wie Solo Morasso davon überzeugt war, einen Sieg zu erringen, so dachte sie daran, Dr. Tod mit dem Nagel zu töten, indem sie ihn Morasso in den Schädel schlug.

Genau zwischen die Augen!

Asmodina bewegte sich noch vorsichtiger. Sie freute sich darauf, ihre Feinde zu treffen, und sie dachte daran, daß Morasso schon einmal einen Aufstand versucht hatte. Als er Myxin entführen wollte, um von Asmodina das Versteck Xorrons herauszupressen.

Und Xorron war auch der erste, den sie zu Gesicht bekam. Seine Gestalt war selbst vor den Nebelschleiern zu sehen. Etwas heller und irgendwie drohend hob sie sich ab.

Xorron, Herr der Untoten und Zombies, merkte nichts. Geradewegs schritt er auf Asmodina zu und würde sie in kurzer Zeit erreicht haben. Unter der weißlichen Haut schimmerten die Knochen eines Skeletts. Der poröse Boden knirschte unter Xorrons Gewicht.

Er war ein gefährlicher Gegner. Man durfte ihn auf keinen Fall unterschätzen. Er hielt sogar dem Höllenfeuer stand, das wußte Asmodina, deshalb hatte sie schon einen Plan entworfen.

Wieder dachte sie an die Flammenden Steine, wo Myxin damals entführt werden sollte. Und sie erinnerte sich daran, wie sie dort ihre zweite, eigentliche Gestalt angenommen hatte.

Die der Schlange!

Warum nicht das wiederholen, was einmal gut gewesen war? Die Verwandlung in eine Riesenschlange, in Apep, würde nur Sekunden in Anspruch nehmen.

Soviel Zeit hatte Asmodina noch.

Sie zog sich zurück. Gleitend und lautlos.

Xorron hatte noch immer nichts bemerkt, er konzentrierte sich auf die Kampfgeräusche, die dumpf zu ihm drangen.

Ihn hatte Solo Morasso vorgeschickt, um in den Kampf einzugreifen. Er würde die Dienerinnen der Teufelstochter in der Luft zerreißen. Denn Xorron bestand nur aus Gewalt.

Er fürchtete nichts, auch nicht Asmodina.

Aber sie war jetzt Apep, und als Xorron nah genug heran war, da öffnete sich vor ihm der gewaltige Rachen der Höllenschlange.

Xorron wurde überrascht.

Er blieb stehen und bekam noch mit, wie eine gewaltige Zunge aus dem Maul fuhr und sich gedankenschnell um seinen Körper wickelte. Xorron wurde hochgerissen und schwebte in der Luft, nur von der Zunge gehalten, die einen Augenblick später in den Rachen zurückschnellte, der Xorron verschlang …

Ich fiel nicht tief.

Meine schlimmsten Befürchtungen bewahrheiteten sich zum Glück nicht. Bereits eine Sekunde später prallte ich auf. Und zwar mit den Beinen zuerst. Der Sprung war so gut gelungen, daß ich nicht einmal hinfiel, sondern mich abfangen konnte.

Eine Weile blieb ich hocken, damit sich mein Herzschlag beruhigen konnte. Damit hatte ich wirklich nicht gerechnet. Diese komischen Hügel waren regelrechte Fallen, aber ich war in keiner Fallgrube gelandet, sondern in einem Gang, der nach vorn führte, wie ich im Strahl meiner kleinen Lampe erkennen konnte.

Ein Gang unter dieser grauen Vulkanerde! Ziemlich interessant, daß es so etwas gab.

Allerdings war er so niedrig, daß ich mich nur auf Händen und Füßen weiterbewegen konnte.

Die Erde war trocken. Ebenso die Wände. Ich sah keinerlei Wasser oder Feuchtigkeit, auch hörte ich keine

Geräusche oder bemerkte irgendwelche Feinde. Ich schien in diesem unterirdischen Labyrinth allein zu sein.

Schon bald erreichte ich den nächsten Schacht. Dort blieb ich hocken und leuchtete in die Höhe.

Der feine Strahl glitt in die dunkle Öffnung und verlor sich innerhalb einer Höhle.

Die Erklärung war einfach. Unter den Hügeln mußte sich ein wahres Labyrinth von Gängen befinden. Allerdings so angelegt, daß jeder Hügel mit einem anderen durch einen Gang in Verbindung stand.

Wem dieses Labyrinth diente oder gedient hatte, wußte ich nicht. Es war mir völlig gleichgültig. Hauptsache, ich kam weiter und konnte es für meine Zwecke ausnutzen.

Allerdings blieb ich erst einmal hocken und dachte nach. Ich durfte mich auf keinen Fall verlaufen, sondern mußte mich, wenn ich unterirdisch weiterging, genau an die Richtung halten, in die wir auch geflogen waren. Nur so würde ich mein Ziel erreichen, nämlich Dr. Tod und seine verfluchte Mordliga.

Ich hatte meine Absicht auf keinen Fall vergessen. Ich wollte diesen Mensch-Dämon besiegen, auch wenn dies in einer mir völlig fremden Umgebung geschah.

Zudem hatte ich vielleicht einen Vorteil. Den der Überraschung. Ich glaubte nicht daran, daß Dr. Tod mit meinem Auftauchen rechnete. Er würde sich auf Asmodina, seine Todfeindin, konzentrieren. So konnte ich in seinen Rücken gelangen …

Aber das waren alles Theorien. In der Praxis sah die Sache sicherlich ganz anders aus.

Die Richtung hatte ich mir gemerkt und schlich weiter durch den engen Gang.

Unter der Erde wand er sich wie eine gewaltige Schlange her. Mal nach rechts, dann nach links, schlug sogar einen Halbkreis und berührte jeden über dem Boden aufgetürmten Hügel. Er folgte dem genauen Verlauf dieser seltsamen Gebilde.

Dadurch verlor ich zweifelsohne sehr viel Zeit. Da jedoch nur ein Gang existierte, womit ich zuvor nicht gerechnet hatte, geriet ich nicht in die Gefahr, mich zu verlaufen. Es gab keine abzweigenden Stollen. Ich brauchte mich wirklich nur darauf zu konzentrieren, hier unten zu bleiben.

Luft bekam ich auch. Aus den Schächten drang immer genügend ein. Über das Phänomen Luft hatte ich mich sowieso schon gewundert. In allen Dimensionen, in die es mich verschlagen hatte, konnte ich atmen. Sicherlich gab es auch welche, in denen das nicht möglich war, doch die hatte ich zum Glück noch nicht kennengelernt.

Manchmal wurde der Stollen so schmal, daß ich mich nur mit Mühe hindurchwinden konnte. Meine Kleidung schabte dabei über das rauhe Gestein der Wände. Die Handgelenke hatte ich mir bereits aufgerissen.

Leider war ich zuvor nicht dazu gekommen, die Hügel zu zählen. So konnte ich mir kaum ausrechnen, wann ich ungefähr mein Ziel erreicht haben würde.

Deshalb wollte ich einen riskanten Versuch wagen. Bis zum nächsten Schacht schlängelte ich mich vor und hielt unter ihm inne. Langsam schraubte ich mich in die Höhe.

Die Lampe klemmte ich mir zwischen die Zähne, ging in die Knie, holte noch einmal tief Luft, gab mir genügend Schwung und stieß mich ab. Ich kam wirklich gut weg. Meine Hände klatschten gegen das rauhe Vulkangestein und fanden an einer vorspringenden Kante Halt. Ich konnte die Fußspitzen in einen Spalt klemmen und streckte dann meinen rechten Arm aus.

Es reichte, um mit den Fingern den Rand der heimtückischen Grube zu umfassen.

Der Rest war ein Kinderspiel.

Ein wenig außer Atem stand ich im Innern des Hügels. Meine Lampe schaltete ich aus. Wenn jemand zufällig hersah, brauchte er nicht unbedingt den Schein zu entdecken.

In den nächsten Sekunden war ich besonders auf der

Hut und bewegte mich wirklich nur auf Zehenspitzen durch den kleinen Hügel, wobei ich den Kopf einzog.

Neben dem Ausgang blieb ich stehen, wartete noch und schaute dann hinaus.

Die gleiche Düsternis, die ich auch innerhalb der Schlucht gesehen hatte. Hinzu kamen die langen Nebelschleier, die träge über das unwirtliche Gelände wehten.

Ich war leider weit abgekommen. In der Nähe sah ich zwar einige Hügel, aber sie standen so versetzt, daß es mir unmöglich war, zu sagen, ob ich sie schon passiert hatte oder nicht.

Wo hielten sich meine Feinde auf?

Ich sah sie nicht, ich hörte auch nichts, aber ich rechnete mir aus, daß sie sich eventuell weiter vor mir aufhielten, und zwar an einem Punkt, an dem die gerade, von mir aus gedachte Linie endete.

Ziemlich kompliziert das alles. Einfach gesagt: Ich mußte geradeaus gehen.

Das tat ich erst, nachdem ich meine Beretta untersucht hatte. Sie war inzwischen trocken geworden. Ich hoffte inständig, daß sie auch funktionieren würde.

Die Beutelanze ließ ich zurück. Ich wollte nicht noch einmal hinunter und sie erst holen.

Dann löste ich mich aus meinem Versteck und war kaum zwei Schritte gegangen, als an dem Hügel rechts von mir eine Bewegung entstand. Ich reagierte nicht überhastet, denn noch hatte mich der andere nicht entdeckt.

Langsam ging ich in die Knie und legte mich dann auf den Boden, so daß ich mit dem Untergrund verschmolz.

Wenn mich der andere jetzt entdecken wollte, mußte er schon sehr scharfe Augen haben.

Deutlich hob sich eine Gestalt vom dunkleren Untergrund ab. Es war einer der Spukdiener, der fast meinen Weg gekreuzt hätte. Er ging leicht gebeugt, der große Schädel wippte bei jedem Schritt und war nach unten gerichtet. In der Klaue hielt das Wesen eine dieser mörderischen Lanzen.

Es sah mich nicht. Es roch oder witterte mich nicht einmal, dabei mußte es mich in nur drei Schritten Entfernung passieren.

Ein schreckliches Geschöpf. Halb Mensch, halb Echse.

Ich ließ den Spukdiener kommen. Meine Beine hatte ich ein wenig angezogen, um blitzschnell aufspringen zu können. Die Überraschung mußte mir gelingen, denn in ihm hatte ich eine gute Geisel.

Jetzt befand er sich auf gleicher Höhe mit mir, merkte noch immer nichts, tat den nächsten Schritt und war vorbei.

Da schnellte ich hoch!

Im Rücken hatte er keine Augen, aber er spürte die Gefahr und kreiselte herum.

Der Spukdiener schaffte es nur zur Hälfte, da prallte ich bereits gegen ihn. Mit der linken Hand umschlang ich den Waffenarm und die rauhe, schuppige Brust, in der rechten hielt ich den Dolch, und dessen Spitze befand sich nur eine Fingerbreite von der Kehle des Monsters entfernt.

Ich wußte, daß er mich verstehen konnte, wenn nicht, sagte ihm der Dolch, woran er war.

»Keinen Laut«, zischte ich, »sonst stoße ich zu!«

Er blieb tatsächlich ruhig, denn die Überraschung konnte er nicht so leicht verdauen.

»Und jetzt weg mit der Lanze!« forderte ich.

Er verstand mich tatsächlich, denn er öffnete die Faust. Die gefährliche Lanze fiel zu Boden. Da sie mir noch nicht weit genug weg lag, kickte ich sie zur Seite.

Es tat gut, einmal selbst am Drücker zu sein. In diesem verfluchten Fall hatten bisher nur die anderen das Geschehen diktiert. Diesmal hielt ich das Heft fest und wollte es mir auch nicht wieder aus der Hand nehmen lassen.

»Wo kann ich den Spuk, Asmodina, Dr. Tod und seine Mordliga finden?« wollte ich von ihm wissen.

»Sie sind nicht hier.«

»Das sehe ich. Wo stecken sie?«

»Der Spuk ist nicht dabei!« Er stieß die Worte rauh und abgehackt hervor. »Er hält sich zurück, denn er wartet auf Dr. Tod.«

»Das ist ja prima. Dann wirst du mich am besten dorthin führen, wo ich Dr. Tod finden kann.«

»Er wird dich umbringen!«

Ich lachte heiser. »Danke für die Warnung. Aber laß das mal meine Sorge sein. Hat er schon Asmodina besiegt, oder hat sie ihn getötet?«

»Weiß ich nicht.«

»Wir werden es herausfinden. Geh. Und laß dir nur nicht einfallen, mich falsch zu führen. Du würdest es nicht überleben. Oder möchtest du in den Nebel eingehen?«

»Nein.«

»Dann denk an meine Worte.«

Ich löste den Griff, denn so konnten wir nicht laufen. Einen halben Schritt trat ich zurück, wechselte den Dolch in die linke Hand und nahm die Beretta in die rechte.

Der Echsenköpfige dachte nicht daran, sich meinen Befehlen zu widersetzen. Er trottete tatsächlich los. Allerdings ging er nicht in die Richtung, in die er ursprünglich gewollt hatte, er drehte sich um 90 Grad und nahm den Weg, den ich ebenfalls hatte einschlagen wollen.

Mir kam es so vor, als würden wir über ein Lavafeld schreiten. Es war ziemlich flach. Hin und wieder ragten die Hügel wie kleine Buckel hervor. Der Nebel existierte hier zwar auch noch, war aber nicht mehr so dicht. Als feiner Schleier hatte er sich über dem weiten Land ausgebreitet.

Wie ein dünnes, lebendes Gespinst kam er mir vor, und ich hatte das Gefühl, als würde der Nebel leben. Überall vernahm ich ein geheimnisvolles Wispern und Raunen. Stimmen, deren Herkunft für mich nicht zu lokalisieren war.

Hin und wieder schaute ich zurück und auch an der

Schulter des Echsenköpfigen vorbei. Ich suchte Gegner, aber wir befanden uns allein auf weiter Flur.

Verdammt, wo steckte Morasso mit seiner Mordliga?

Vor uns verschwammen die Hügel im dichten Nebel, und wir schritten genau auf diesen Vorhang zu. Was lauerte darin oder dahinter?

Ich hatte das unbestimmte Gefühl einer drohenden Gefahr, merkte beinahe körperlich, daß ich an einem entscheidenden Wendepunkt angelangt war und ich jetzt ungeheuer aufpassen mußte.

»Sei ja vernünftig!« flüsterte ich. Damit sprach ich den Spukdiener an, machte mir allerdings auch selbst Mut durch die eigenen Worte.

Bevor wir den Nebelvorhang erreichten, nahm der gesamte Fall eine dramatische Wende.

Schwach sah ich die Umrisse einer Gestalt. Und diese Gestalt bewegte sich, sie schritt sogar auf uns zu.

Im ersten Augenblick glaubte ich, den Spuk zu sehen, doch das war nicht der Fall, denn der ging anders, er schwebte zumeist über den Boden, während der Ankömmling ihn berührte.

»Verhalte dich ruhig!« zischte ich hinter dem Echsenköpfigen und machte mich klein, denn die aus dem Nebel tretende Gestalt hatte mich nicht gesehen, weil ich durch den breiten Körper des Monsters gut gedeckt wurde.

Zwischen Arm und Körper schielte ich hindurch.

Dabei hatte ich das Gefühl, einen Schlag erhalten zu haben. Die aus dem Nebel tretende Gestalt kannte ich.

Es war ein alter Bekannter, an den ich überhaupt nicht mehr gedacht hatte.

Maddox, der Dämonenrichter!

Er hatte mich wirklich noch nicht entdeckt. Ich konnte nur hoffen, daß es noch einige Sekunden so blieb.

Da spielte der Echsenköpfige nicht mehr mit. Wahrscheinlich hatte er durch das plötzliche Erscheinen des

Dämonenrichters Oberwasser bekommen, jedenfalls warf er sich vor und wollte Maddox warnen.

Mir blieb noch eine Chance.

Ich drückte ab.

Und die Beretta funktionierte wieder. Eine fahle Mündungsflamme stach mit der Kugel aus dem Lauf. Während die Flamme verlosch, hieb das geweihte Silbergeschoß in den Rücken des Monsters.

Der Echsenköpfige wurde nach vorn gestoßen. Er riß seine im Verhältnis zum Körper relativ kurzen Arme hoch, ich sah die sich schnell vergrößernde Wunde in seinem Rücken, wo der Rauch hervorquoll, und dann fiel er gegen Maddox, der mit so einer Überraschung nie gerechnet hatte.

Das schwere Monster riß den Dämonenrichter um. Es begrub ihn unter sich, so daß ich genügend Zeit hatte und abwarten konnte.

Maddox fluchte. Es gelang ihm nur schwer, sich von dem Körper zu befreien, auch wenn sich dieser bereits auflöste. Dann aber sprang der Dämonenrichter auf die Füße, wobei er mir noch den Rücken zudrehte und mich erst einmal nicht wahrnahm.

Halbhoch ließ ich ihn kommen, bevor ich meinen rechten Arm senkte und ihm die Mündung der Silberkugel-Beretta in das Genick drückte.

»Hallo, Maddox«, sagte ich spöttisch. »Wie lebt es sich denn so in der Hölle?«

Er gab zuerst keine Antwort. Die Überraschung mußte er verdauen.

»Sinclair?« Der Dämonenrichter sprach meinen Namen mehr wie eine Frage aus, als könnte er nicht begreifen, mich ausgerechnet an diesem Ort zu treffen.

»Genau, Maddox. Ich bin John Sinclair. Und ich bin hier, um mit dir einen kleinen Plausch zu halten ...«

Der Rachen war zugeklappt. Und Xorron, Herr der Untoten, Zombies und Ghouls befand sich innerhalb des gewaltigen Schlangenmauls.

Die Schlange lag wie eine riesige, kurvenreiche Linie inmitten der Schlucht. Sie lag auch nicht still, sondern bewegte sich hin und her, und innerhalb ihres Rachens bewegte sich noch Xorron.

Unendlich lange Zeit hatte er unter der Erde des Central Park in New York begraben gelegen, bis Dr. Tod ihn schließlich erweckt hatte. Ihm konnten Feuer sowie geweihte Kugeln nichts anhaben. Und er sah nicht ein, daß er im Rachen der Höllenschlange sein Leben verlieren sollte.

Xorron kämpfte.

Er hatte gewaltige Arme, in ihnen steckte eine mörderische Kraft, die Apep in dem Augenblick zu spüren bekam, als sie Xorron zermalmen wollte.

Der Dämon innerhalb des Mauls wehrte sich mit seinen Fäusten. Selbst Apep spürte Schmerzen, als ihre Reißzähne abbrachen, und sie schlug mit ihrem Körper wild auf und ab, während Xorron mit beiden Armen gegen den Oberkiefer drückte und ihn aufklappen wollte.

Immer wieder drosch er seine Fäuste in die weiche Masse. Obwohl Apep die Flüssigkeit absonderte, die andere Menschen auflöste, erzielte sie bei Xorron keine Wirkung. Sie rann an seiner Haut entlang und verletzte ihn nicht einmal.

Apep blieb nichts anderes übrig, als Xorron auszuspeien. So rasch es ging, öffnete sie ihr Maul, die Zunge fand die Beute wieder und schleuderte sie aus dem Rachen.

Dabei hatte die Schlange soviel Kraft hineingelegt, daß sich Xorron mehrere Male überschlug und erst nach einigen Körperlängen zur Ruhe kam, jedoch nicht liegenblieb, sondern sofort wieder aufsprang.

Für den Herrn der Zombies war der Kampf noch längst nicht beendet. Er war angegriffen worden, und er gehörte zu denen, die nie aufgaben, es sei denn, man vernichtete sie.

Waffenlos war Xorron, doch das kümmerte ihn nicht. Als die gespaltene Zunge der Höllenschlange wieder auf ihn zuraste, da gab er genau acht und packte im richtigen Moment zu.

Beide Klauen umklammerten dieses klebrige Etwas. Er stemmte seine Füße in den rauhen Vulkanboden, fand genügend Halt und bildete einen Gegendruck zu Apeps Kraft.

Es war ein Versuch wie beim Tauziehen. Wer hatte die meisten Kräfte? Keiner wollte nachgeben. Apep setzte ihre höllische Kraft ebenso ein wie Xorron, dabei achtete die Höllenschlange nicht einmal darauf, daß sich hinter dem Herrn der Untoten mehrere Gestalten aus den dünnen Nebelschleiern lösten und dem Kampf zuschauten.

Es waren Dr. Tod und seine Mordliga. In Morassos Augen lag ein gefährliches Leuchten, für ihn war der Kampf wie Balsam, er ergötzte sich daran und mußte wie auch die anderen mit ansehen, daß es Apep gelang, Xorron zu überwinden.

Sie zog ihn Stück für Stück auf ihr Höllenmaul zu, in dem die Reste der zersplitterten Zähne saßen.

Xorron gab nicht auf. In seinem glatten Gesicht öffnete sich ein Spalt und wurde zu einem Viereck.

Es sollte den Mund darstellen. Und daraus drangen urige Laute, mörderisch und donnernd, Schreie, so laut, daß die Erde vibrierte. Xorron geriet in einen wahren Rausch, und er setzte all seine höllischen Kräfte ein, die so lange geschlummert hatten.

Er packte es.

Plötzlich schienen die Kräfte der Riesenschlange zu erlahmen. Apep schaffte es nicht mehr, Xorron auf ihr Riesenmaul zuzuziehen, der Dämon war stärker.

Sein weißgrauer Körper bäumte sich auf, er schien auf den Zehenspitzen zu stehen, ein letztes Ziehen, und er schaffte es, Apep die Zunge aus dem Maul zu reißen.

Selbst Dr. Tod konnte einen Schrei nicht unterdrücken. Damit hätte er nie gerechnet.

Wie von einer Rakete angetrieben, flog Xorron zurück. Er hätte sogar noch Vampiro-del-mar über den Haufen gerannt, doch dieser sprang rechtzeitig genug zur Seite.

Dann fiel Xorron auf den Rücken. Mit beiden Händen hielt er die lange Zunge umklammert, deren hinteres Ende noch zuckte wie eine Peitsche.

Durch Xorron hatte Solo Morasso einen ersten Sieg errungen. Eine Schlacht nur, keinen Krieg, er wußte sehr wohl, wie gefährlich eine angeschlagene Schlange sein konnte.

Und das zeigte sie auch.

Aus Apep wurde Asmodina!

Innerhalb eines Herzschlages entstand um den Körper der Schlange ein greller Lichtblitz. Im selben Augenblick löste sich der Riesenkörper auf, und Asmodina stand vor Xorron.

Bis auf das schwarze Gesicht sah sie fast aus wie immer. Und dieses fast bezog sich auf die Zunge.

Die fehlte ihr, denn Xorron hielt sie noch in der Hand. Er bewegte den Arm und schleuderte sie zur Seite.

Dann stürzte er auf Asmodina zu. Er wollte sie zerquetschen, zerreißen. Seine gewaltigen Arme hielt er bereits ausgestreckt, und es sah auch so aus, als würde er sie um die Teufelstochter schlingen können, bis Asmodina ihre Macht demonstrierte.

Sie spielte mit der Materie, und plötzlich klaffte vor Xorron eine breite Spalte im Boden.

Der Dämon konnte nicht mehr stoppen. Er fiel hinein, bevor seine Hände die Teufelstochter berührten.

Im nächsten Moment wuchs die Spalte zu. Asmodina bewegte die harte Materie durch ihre Geisteskraft. Sie wollte Xorron darin einklemmen. Der merkte rechtzeitig genug, was die Teufelstochter vorhatte. Er winkelte seinen rechten Arm an, und bevor der Spalt ihn zerquetschen konnte, benutzte er den Arm wie eine Stange.

Tonnenschwer drückte das Gestein von beiden Seiten dagegen. Xorron lachte nur wild. Unartikulierte Laute drangen aus seinem Maul. Es gelang ihm tatsächlich, den magischen Vorgang zu stoppen, und Asmodina merkte zum ersten Mal, daß sie sich hier einem Gegner gegenübersah, der ihr Paroli bieten konnte. Sie kam mit diesem Trick nicht mehr weiter.

Bevor sie jedoch zu einem anderen greifen konnte, trat ein Mann vor.

»Halt!« rief er mit lauter Stimme.

Die Teufelstochter schaute auf.

»Solo Morasso!« knirschte sie.

»Genau.« Dr. Tod nickte. Dann wandte er sich an Xorron. »Komm raus da! Es sind genug Spielchen vorgeführt worden. Wir müssen langsam zur Sache kommen!«

»Ja, das meine ich auch!«

Xorron kletterte aus der Spalte. Er trat so weit zurück, daß er neben Morasso und Vampiro-del-mar stand. Die Teufelstochter ließ er keinen Moment aus den Augen, während sich die Spalte schloß.

»Endlich stehen wir uns gegenüber«, sagte Morasso, wobei seine Augen leuchteten. »Ich habe auf diesen Zeitpunkt lange gewartet!«

»Ich ebenfalls«, gab Asmodina zurück.

»Dann weißt du auch, worum es geht?«

»Ja, einer von uns beiden ist zuviel. Einer muß sterben!«

»Und das wirst du sein«, erwiderte Dr. Tod. »Hilfe kannst du nicht mehr erwarten. Sie stehen alle auf meiner Seite, denn du hast in deinem Machthunger den Bogen überspannt! Sogar der Spuk will dich nicht mehr haben, Asmodina!«

»Ich weiß es inzwischen.« Sie grinste kalt, und ihre aus der Stirn wachsenden Hörner zitterten. »Aber hüte dich davor, deinen Machtanspruch zu groß werden zu lassen, sonst kann das, was du jetzt vorhast, zu einem Bumerang werden.«

»Bumerang ist gut.« Dr. Tod amüsierte sich köstlich. »Denkst du noch an den Bumerang, mit dem Sinclair den Schwarzen Tod vernichtet hat?«

»Daran denke ich.«

»Sieh einmal an. Den habe ich nämlich.«

»Das weiß ich.«

»Dann weißt du sicherlich auch, daß ich dich damit töten kann, Teufelstochter.«

Asmodina grinste weiter. »Das glaube ich kaum, denn ich habe schon zu lange gelebt. Man kann mich nicht auslöschen. Als Schlange lebte ich zusammen mit Izzi, dem Riesenwurm. Wir waren aneinandergewachsen und wurden erst später getrennt. Ich entschied mich für Asmodis, ich wollte an seiner Seite bleiben, während Izzi weiterhin den jetzt schlafenden Großen Alten diente und über die Erdgeister wachte, die durch das magische Pendel erweckt werden konnten. Das geschah vor langer Zeit, da gab es dich noch gar nicht. Ich habe überlebt, und ich werde überleben. Ich bin die Hüterin der Riesenratten aus der Schädelwelt, mir gehören gewaltige Reiche, ich bin die Königin im Jenseits. Du wirst es nicht schaffen, mich zu vernichten, ebensogut könntest du versuchen, den Teufel auszulöschen. Auch das wird dir nicht gelingen, weil wir zu stark sind. Du überschätzt dich, Morasso. Und vergiß nie, wer dich überhaupt wieder erschaffen hat. Ich wollte, daß deine dreckige Seele in einen anderen Körper gelangt. Es hat sehr lange gedauert, bis mir der Spuk zustimmte, dann warst du, ein Mensch-Dämon entstanden. Noch ist Zeit genug, sich zu drehen, daran solltest du denken. Und du darfst unser gemeinsames Ziel nicht aus den Augen lassen. Wir haben es immer noch nicht geschafft, John Sinclair zu vernichten. Er lebt noch, allerdings befindet er sich in meiner Gefangenschaft ...«

Asmodina wollte weiterreden, wurde aber von Solo Morassos Lachen unterbrochen. »Das ist ein Bluff!« schrie Dr. Tod. »Wo steckt dein John Sinclair denn?«

»Irgendwo in der Schlucht.«

»Ist er tot?«

»Möglich!«

Wild schüttelte Dr. Tod den Kopf. »Auf deinen Bluff falle ich nicht herein. Ich gebe zu, daß du ihn mal hattest, aber jetzt nicht mehr. Dafür besitze ich etwas, das ihm gehörte.«

»Ich weiß, sein Kreuz.«

»Du bist gut informiert.«

»Sinclair hat es mir selbst gesagt.«

»Noch besser. Und dieses Kreuz wird mich schützen. Denn ich bin nun der Erbe des Lichts.«

Solo Morasso kicherte hohl und griff in seine rechte Jackentasche.

Die Mitglieder der Mordliga wußten, was nun folgte.

Langsam und genüßlich holte Dr. Tod das Kreuz hervor. Er mußte diese Gelegenheit einfach auskosten, sie war für seine schwarze Seele der reinste Balsam.

Dann hielt er es in der Hand. »Schau hierher, Asmodina. Schau auf dieses Kreuz! Es hat zahlreiche dämonische Leben vernichtet, und es wird auch deine Existenz zerstören. Und ich, ich allein, werde der Herrscher sein, denn mir wird man nachsagen ...«

»Rede nicht so dumm!« schrie Asmodina dagegen. Sie öffnete ihre Faust. »Und was ist das?« schrie sie.

Dr. Tod zuckte nicht einmal zusammen, als er antwortete. »Ein Nagel, mehr nicht.«

»Mit dem hast du dir selbst schon einmal den Tod geben müssen«, sagte Asmodina kalt. »Und diesmal werde ich es sein, der dafür sorgt, daß dich der Nagel tötet. Aber endgültig!«

Solo Morasso hob das Kreuz hoch. Er ließ sich nicht beirren. »Siehst du die Zeichen darin? Die Erzengel, auch deine Feinde, haben sie hinterlassen. Erinnere dich an den Anfang der Welt. Wer wurde in die Finsternis gestoßen? Luzifer, der Engel des Bösen. Und er steckt in Asmodis. Mit diesem Kreuz kann ich ihn ...«

Asmodina lachte so schallend auf, daß Dr. Tod seine Tirade unterbrach. »Was hast du?«

»Narr! Hirnverbrannter Narr! Was weißt du schon über die Hölle? Was weißt du über Luzifer oder Asmodis? Nichts, gar nichts, überhaupt nichts.«

Sie begleitete jedes Wort mit einer entsprechenden Armbewegung. »Du weißt ebensowenig etwas wie Sinclair, dieser Bastard!« Sie lachte glucksend. »Alles ist ein Irrtum.«

Solo Morasso hatte genau zugehört. »Wieso?«

»Ich sage nichts.«

»Dann ist alles auf einem Irrtum aufgebaut?« höhnte er.

»Nein. Die Hölle hat schon ihre Gesetze, sie kennt die Regeln. Aber diejenigen, die sie erforschen wollen, sind einem Irrtum erlegen. Das ist es. Ich glaube kaum, daß es Menschen gibt, die einen genauen Durchblick haben. Der fehlt selbst mir. Die Hölle ist einfach zu kompliziert.«

»Du willst dich nur herausreden«, schnappte Solo Morasso. »Du hast Angst, das ist es.«

»Ich habe keine Angst. Ich denke aber an Sinclair. Er ist auch ohne sein Kreuz noch gefährlich, du darfst ihn nicht unterschätzen. Ich schlage dir vor, daß wir unseren Streit solange begraben und den Geisterjäger suchen. Denn er kann nicht verschwunden sein, das steht fest. Aus diesem Land kommt er nicht ohne meine Zustimmung heraus, oder er müßte sich verdammt viel einfallen lassen.«

Morasso lachte. »Mach mir hier keine Vorschläge, die aus deiner Angst geboren sind. Ich suche ihn allein, aber erst, wenn ich dich erledigt habe.«

»Du bist nicht zu belehren!« schrie die Teufelstochter. »Sieh endlich ein, daß du Sinclair nur entgegenkommst, wenn wir beide uns vernichten. Das und nichts anderes hat er gewollt. Begreifst du das nicht? Er will der lachende Dritte sein.«

»Ich habe sein Kreuz«, erwiderte Dr. Tod. »Sinclair ist so schwach, daß ein Dämon der untersten Stufe ihn besiegen kann.«

Asmodina winkte ab. »Der Geisterjäger hat sich nicht nur auf sein Kreuz verlassen. Er besitzt auch andere Waffen.«

»Was sind die im Vergleich zu seinem Kreuz? Ein Nichts ...«

»Du bist nicht zu belehren«, erwiderte Asmodina, »wirklich nicht. Ich weiß nicht, wie ich dich davon abbringen soll, eine tödliche Dummheit zu begehen.«

»Um mich brauchst du dir keine Sorgen zu machen«, erwiderte Solo Morasso. »Denke lieber an dich, denn du wirst es sein, die durch meine Waffen stirbt.«

Asmodina war zwar auf der Hut, sie wurde trotzdem überrascht, denn Solo Morasso schleuderte das Kreuz auf sie zu ...

Maddox wollte es nicht glauben, daß ich in dieser Dimension frei herumlief. Er blieb in seiner gebückten Haltung stehen und schüttelte den Kopf, wobei seine grauen Haare zitterten und flogen.

»Sinclair!« Es war ein Laut, den man kaum beschreiben konnte. Eine Mischung aus Heulen und Aufschluchzen. Wut, Haß, Enttäuschung – all das sprach aus diesem Wort.

Ich zog den rechten Arm zurück. Die Waffe berührte ihn nicht mehr. »Du kannst dich aufrichten, Maddox, aber eine falsche Bewegung, und es ist um dich geschehen. Ich weiß, daß du Angst vor Silberkugeln hast. Die hätte ich an deiner Stelle auch.«

»Das schaffst du nie, Sinclair. Das schaffst du nie. Diesmal ist es anders. Nicht wie im Labyrinth, als du mit dem Schwert die Wände zerschlagen hast. Du bist zu einer falschen Zeit hier eingedrungen, denn du wirst zwischen die Mühlsteine der beiden Großen geraten und von ihnen zerrieben werden.«

»Du erlaubst, daß ich dabei noch ein Wörtchen mitreden darf, Dämonenrichter?«

»Unsinn.« Er schüttelte wieder den Kopf, richtete sich auf und drehte sich um, als er gemerkt hatte, daß ich nicht dagegen war.

Ich ging einen Schritt zurück, damit er auf Schußweite vor mir war.

Harmlos war Maddox auf keinen Fall. Er hatte sich vor einigen hundert Jahren einen Ruf als Richter gemacht, der weit über die Grenzen hinausging. Maddox war ein Satan. Für ihn gab es kein Recht und Gesetz, er ging seine eigenen Wege und verlas die Urteile, wie sie ihm gerade einfielen.

Maddox sprach nur Folter- und Todesstrafen aus. Er schaute sich diese gräßlichen Szenen auch an, bis man ihn selbst zum Galgen führte. Maddox wurde aufgehängt.

Er kehrte zurück.

Der Spuk hatte inzwischen Gefallen an ihm gefunden und raubte seine Seele. Ich hatte mit dem zurückgekehrten Maddox meine liebe Last und Mühe gehabt und es leider nicht geschafft, ihn auszuschalten. Er konnte entkommen und hielt nun im Reich des Spuks seine grausamen Gerichtsverhandlungen.

Sein Aussehen hatte sich nicht verändert. Der Kopf war ziemlich groß. Das Haar weiß und strähnig. Die Augen böse. Sein Gesicht zeigte eine verwüstete Haut, die Hände hatten eine lange Form, die Finger waren knotig gewachsen. Kein schöner Anblick, dieser Dämonenrichter.

»Willst du mich töten?« fragte Maddox lauernd.

Ich hob die Schultern. »Möglich. Es kommt darauf an, wie du dich mir gegenüber benimmst.«

»Wir können nie Partner werden.«

»Das weiß ich selbst. Nur mußt du in die Mündung der Waffe blicken, nicht ich. Und ich denke nicht daran, mir die Butter noch einmal vom Brot nehmen zu lassen. Du wirst mich führen, Maddox.«

Da lachte er. Das Maul riß er auf. Glucksende Laute drangen daraus hervor. Er schlug mit beiden Händen auf seine Schenkel und wollte sich nicht beruhigen.

»Was ist daran so komisch?«

»Alles ist komisch. Vor allen Dingen du, Geisterjäger.« Er lachte noch weiter. Schließlich brach es ab. »Du kannst es dir aussuchen, von wem du getötet werden willst. Wohin soll ich dich führen? Zu Solo Morasso? Der wartet nur darauf. Oder zu Asmodina? Auch sie würde sich freuen. Der Spuk ebenso. Alle drei, die ich dir eben aufgezählt habe, sind dir überlegen, Sinclair. Du steckst in einer verdammt miesen Lage, das will ich dir sagen.«

Ich nickte. »Gern gebe ich zu, daß ich mich schon besser gefühlt habe, Maddox, aber ich befand mich schon in schlimmeren Situationen. Noch ist nichts entschieden.«

»Nein, noch nicht.«

»Dann geh endlich.«

»Wohin willst du genau?«

»Zu deinen Freunden!«

Er lachte wieder. »Aber gern. Ich werde dich zu Dr. Tod und Asmodina bringen. Auch ich bin gespannt, wer von den beiden noch lebt, denn sie wollen hier ihren großen Kampf austragen. Morasso will Asmodina vernichten. Ich bin gespannt, ob er es schafft. Die Waffen dazu besitzt er. Das Kreuz, dein Kreuz, Sinclair, den Bumerang, der einmal dir gehört hat, und auch den Würfel des Unheils. Was willst du dagegen ausrichten?«

Eine berechtigte Frage. Die Antwort wußte ich selbst nicht. Nein, Freunde, ich wußte wirklich nicht, wie ich mich aus dieser Affäre ziehen konnte, aber ich mußte es wagen. Es hatte keinen Zweck, sich zu verstecken. Irgendwann wäre es zu einer Entscheidung gekommen. Oder sollte ich für immer in einer fremden Dimension verschollen bleiben?

»Geh!«

Und er ging, nachdem er sich umgedreht hatte. Seine Schritte waren schleppend, er hatte es nicht eilig, und er brabbelte Worte vor sich hin, die ich nicht verstand.

Der Nebel wurde dichter. Hatte er zuvor nur als lange Fahnen über der Vulkanerde gehangen, so wurden aus den Fahnen regelrechte Wolken, die zu leben schienen, denn mich erreichten ferne Stimmen.

Ich konnte leider nicht verstehen, was sie sagten oder mir sagen wollten, doch die Umgebung war erfüllt von einem geheimnisvollen Wispern und Raunen.

Manchmal glaubte ich, Namen zu verstehen. »Morasso – Asmodina – der Spuk – Kampf ...«

Waren sie schon dabei?

Maddox schlurfte weiter. Unter unseren Füßen befand sich noch immer schwarzer, poröser Vulkanboden. Wo das schwache Licht herkam, wußte ich nicht. Es war einfach da, und es schuf einen Dämmerzustand, der es mir ermöglichte, Konturen zu erkennen.

Geheimnisvoll war das Licht. Mal warf es Schatten, ein paar Schritte weiter nicht.

Einmal hatte es einen hellgrauen Ton, dann wurde es richtig dunkel. Fast schwarz. Wo gab es schwarzes Licht? Nur in diesen unheilvollen Dimensionen.

Maddox und ich sprachen nicht. Ich achtete nur darauf, daß er keine dumme Bewegung machte, und ich schaute mich auch des öfteren um, ob nicht irgendwo das Verhängnis lauerte, denn einer aus der Dunkelheit geschleuderten Lanze konnte ich kaum entgehen.

Bisher ließ man uns in Ruhe.

Es war eine tückische Stille. Mir war bekannt, daß das Verhängnis lauerte. Es hatte uns eingekreist, dies spürte ich genau. Im Laufe der Zeit hatte ich dafür eine Antenne, meine Nerven reagierten wie Seismographen, die ein Erdbeben anzeigten.

Da war etwas ...

Plötzlich hatte ich das Gefühl, von zahlreichen Augen beobachtet zu werden, und ich fragte mich, ob ich es jemals schaffen würde, Dr. Tod oder Asmodina zu erreichen.

Maddox schien nichts zu merken. Und wenn, dann würde er mir sicherlich nichts sagen. Nach wie vor trottete er mit gesenktem Kopf vor mir her und traf keinerlei

Anstalten, sich aus dieser Lage zu befreien. Mir war er einfach zu folgsam.

»Wann sind wir da?« sprach ich ihn an.

»Es dauert nicht mehr lange!« lautete die dumpfe Antwort. »Der Nebel wird dichter, ein Zeichen, daß wir unser Ziel bald erreicht haben.«

»Welches Ziel?«

»War es dir nicht egal?«

Da merkte ich, daß er mich reinlegen wollte. Mit zwei Schritten stand ich dicht hinter ihm, streckte den rechten Arm aus und drückte ihm die Mündung gegen den Kopf.

Der Dämonenrichter blieb sofort stehen. Angst hatte er doch. »Was ist?« fragte er.

»Ich habe das Gefühl, daß du mich hintergehen willst! Aber komm' mir nicht mit so etwas. Ich will endlich wissen, wo meine Gegner stecken.«

»Ich führe dich zu ihnen.«

»Das glaube ich dir eben nicht, Maddox. Du kennst dich hier aus. Ich nicht. Du kannst mich …«

Das gefährliche Sirren war ein Geräusch, das ich fürchtete. Es kam aus dem Nebel. Ich duckte mich unwillkürlich, kreiselte mit der Beretta im Anschlag herum und sah, wie ein Pfeil dicht vor meinen Füßen gegen den Boden prallte.

Steif blieb ich stehen.

Mindestens ein Dutzend Todesengel lösten sich aus den Nebelschleiern. Sie hielten ihre Bögen schußbereit, die Pfeile zeigten auf uns.

Eine Chance hatten wir nicht, denn die Todesengel hatten uns eingekreist …

Plötzlich schlug mein Herz bis hoch zum Hals. Ich überlegte fieberhaft und dachte darüber nach, wie viele von ihnen ich noch mitnehmen konnte, bevor mich einer der Pfeile tötete.

Drei, vier?

Mehr bestimmt nicht, denn die Todesengel waren Meister in der Handhabung ihrer Waffen.

Auch Maddox hatte bemerkt, was geschehen war. Er wandte mir jetzt nicht mehr den Rücken zu, sondern stand neben mir und starrte den Todesengeln entgegen.

Asmodina hatte nicht ihre gesamte Streitmacht verloren. Es waren noch einige übriggeblieben. Die hatten sich der neuen Situation gut angepaßt.

»Jetzt sind wir wohl beide dran!« sagte Maddox und lachte trotzdem.

»Auch dich können die Pfeile töten?«

»Sicher, aber der Spuk würde mich schrecklich rächen. Glaub mir, Sinclair.«

Eine Antwort erhielt Maddox trotzdem nicht von mir. Die neuen Gegner interessierten mich viel mehr. Es war wirklich eine seltsame Situation. Maddox und ich waren Feinde. In diesem Fall jedoch wurden wir von einem dritten Gegner bedroht, der unser gemeinsamer Feind war. Wie sollten wir uns verhalten?

Mich wunderte es nur, daß die Todesengel noch nicht geschossen hatten. Sie standen da wie Statuen und musterten uns starr.

Wieviel Zeit verging, konnte ich nicht sagen. Auch ich rührte mich nicht, hatte den rechten Arm allerdings nicht sinken lassen und war bereit, sofort zurückzufeuern, sollte sich irgend etwas ereignen, was meinen Tod zur Folge haben könnte.

»Anscheinend haben sie Angst«, zischte der Dämonenrichter und kicherte hohl.

Nein, Angst hatten sie nicht. Die brauchten sie gar nicht zu haben. Sie befanden sich schließlich in der Überzahl. Und sie taten auch etwas. Allerdings schossen sie nicht.

Einer der Todesengel, er war sogar der größte von ihnen, löste sich aus dem Kreis. Dabei ließ er den Bogen sinken und kam geradewegs auf mich zu.

Früher hatte man eine weiße Fahne gezeigt, wenn man

verhandeln wollte, hier war es anders. Mit dem Senken der Waffe bewies der Todesengel, daß er verhandeln wollte.

Wirklich verhandeln?

Das konnte ich mir nicht vorstellen. So etwas hatte es noch nie gegeben. Aber wußte ich, was inzwischen alles geschehen war?

Hatten sich Dr. Tod und Asmodina schon gegenseitig zerstört, oder war einer von ihnen Sieger geblieben?

Meine innere Spannung stieg. Jetzt war die Angst verflogen, ich wollte nur wissen, was mir das Wesen zu berichten hatte. Als Zeichen meiner friedlichen Absicht ließ ich den Arm mit der Waffe sinken. Der Todesengel schien es überhaupt nicht zu bemerken.

Ein paar Sekunden vergingen. Wir schauten uns gegenseitig prüfend ins Gesicht, als suchte der eine Falschheit bei dem anderen.

Auch Maddox sagte kein Wort. Er hatte wohl begriffen, daß es besser für ihn war, zu schweigen.

»John Sinclair«, sagte die rothaarige Person mit den Flügeln auf dem Rücken. »Du hast es also geschafft und bist dem heimtückischen Überfall entkommen.«

»Wie du siehst.«

»Es war Glück, denn viele von uns sind unter den Lanzen der Echsenköpfigen vernichtet worden. Wir haben sehr große Verluste erlitten.«

Ich hob den linken Arm und deutete in die Runde. »Ist das der Rest von euch?«

»Ja.«

Mein Grinsen fiel schief aus. »Ist nicht eben das Wahre«, erwiderte ich. »Ihr seid voll in die Falle gelaufen, das hätte ich wirklich nicht gedacht.«

»Wir wußten nicht, daß sich der Spuk und Solo Morasso verbündet haben. Die beiden legten uns herein.«

»Und nun?«

»Du willst doch auch, daß Solo Morasso vernichtet wird.«

»Ja, das stimmt.« Ich lächelte etwas süffisant. »Ich will aber auch, daß Asmodina nicht mehr am Leben bleibt.«

»Wer stellt denn eine größere Gefahr für dich dar?«

»Beide.«

»Nein, die Gefahr ist nicht gleich, Geisterjäger. Dr. Tods Machthunger kennt keine Grenzen, er ist unersättlich.«

»Ist Asmodina das nicht auch?«

»Sie ist die Herrscherin. Das darfst du nicht vergessen. Asmodina gehören die Reiche, die Dr. Tod in seinen Besitz bringen will.«

»Und doch hatte sie Feinde.«

»Da gebe ich dir recht. Es gibt alte Dämonen, die sie vom Thron stürzen wollen. Dazu gehören auch AEBA oder die Großen Alten. Viele wollen sie vernichten.«

»Und warum haben sie es bisher nicht getan?«

»Weil sie genau wissen, daß auch sie Verluste erleiden würden. Deshalb. Außerdem ist ihnen bekannt, wie sehr Dr. Tod die Teufelstochter haßt. Sie wollen abwarten, wie der Kampf ausgeht.«

»Um Asmodina steht es nicht gut«, sagte ich. »Wie mir scheint, habt ihr wenig Vertrauen zu ihr.«

»Die anderen haben sich verbündet. Damit rechneten wir nicht.«

»Und jetzt sucht ihr euch auch Verbündete.«

»So ist es.«

»Soll ich derjenige sein?«

»Genau.«

Ich lachte. »Was kann ich tun? Ich bin waffenlos. Oder so gut wie waffenlos. Man hat mir das Kreuz abgenommen, den magischen Bumerang besitzt Solo Morasso schon lange. Gegen Dr. Tod komme ich mit meiner Beretta und mit dem Dolch wirklich nicht an.«

»Wir sind noch da.«

Ich verzog die Mundwinkel. »Ich brauche nur daran zu denken, wie ihr in die Falle gelaufen seid. Nein, das ist nicht drin. Euch als Helfer kann man vergessen. Die Diener des Spuks töten euch, sowie ihr auftaucht.

Deshalb denke ich gar nicht daran, mich auf eure Seite zu stellen.«

»Und das hast du ernst gemeint?« fragte der Todesengel.

»Selbstverständlich.«

»Dann kann ich für dich nichts mehr tun. Oder willst du im Ernst behaupten, daß du noch eine Chance hast?«

Da hatte dieses Wesen wirklich einen wunden Punkt getroffen. Ich brauchte nur in die Runde zu blicken, dann sah ich, daß meine Chance auf dem Nullpunkt lag.

»Du scheinst einsichtig zu sein«, sagte mein Gegenüber.

Maddox prustete los. »Wie sagt man noch, Geisterjäger? Vom Regen in die Traufe geraten.«

Das war ich tatsächlich. Ich saß in der Tat in einer Zwickmühle.

»Ich gebe dir Zeit, dich zu entscheiden«, sagte der Todesengel. »Aber nicht lange.«

Verdammt, was sollte ich tun? Wenn ich mich weigerte, würden mich die Todesengel erschießen. Da waren sie eiskalt, da kannten sie kein Pardon. Sie hatten mich wirklich in eine aussichtslose Position gebracht. Und Maddox, der Dämonenrichter, hatte seine diebische Freude. Er kicherte und gluckste, denn er wußte, daß mir im Prinzip nichts anderes übrigblieb, wenn ich überleben wollte.

»Hast du dich entschieden?« Der Todesengel stellte die Frage. Seine Stimme klang flach, emotionslos.

Ich blickte in die Runde.

Die anderen rothaarigen Wesen hatten ihre Bögen halb erhoben. Sie lagen waagerecht, die Pfeile zielten auf mich, die Sehnen waren gespannt. Wenn sie losgelassen würden, fanden die Pfeile mit tödlicher Präzision ihr Ziel.

Ich hob die Schultern. Eine bezeichnende Geste, die auch der Dämonenrichter bemerkt hatte.

»Sinclair kuscht«, sagte er.

Da explodierte etwas in mir. Schon die gesamte Zeit über war mir dieser Widerling mit seinen dreckigen

Bemerkungen auf den Geist gefallen. Ich hatte einiges hinter mich gebracht, meine Wut kochte über, und der Hieb mit dem Handrücken kam so plötzlich, daß Maddox davon überrascht wurde.

Ich hörte noch das Klatschen, dann war der Dämonenrichter verschwunden. Er lag am Boden und brachte kein Wort hervor, so konsterniert war er.

Ich schaute auf ihn hinab. Er drehte sich zur Seite und stand langsam auf.

»Beim nächstenmal schieße ich!« warnte ich ihn.

Da schwieg er.

Fragend wandte ich mich an die Todesengel. »Mir bleibt keine andere Wahl. Was habt ihr vor?«

»Wir werden dich auf dem schnellsten Wege zu ihnen bringen«, erklärte mir das Wesen.

»Das wollte Maddox auch.«

»Auf uns kannst du dich verlassen«, erhielt ich zur Antwort.

»Gut. Und dann?«

»Wirst du dich nicht gegen Asmodina, sondern gegen die anderen stellen.«

»Und wenn nicht?«

»Wird dein Rücken mit Pfeilen gespickt. Denke immer daran, wir bleiben in der Nähe.«

Das war deutlich genug. Ich hatte auch nichts anderes erwartet und nickte. »Und was geschieht mit ihm?« Dabei deutete ich auf den Dämonenrichter.

»Er wird mitgenommen. So eine Geisel gibt es nicht alle Tage!«

Maddox stieß einen Knurrlaut aus. Er war wütend. Die Sache hier gefiel ihm nicht. Seine Blicke wieselten in die Runde. Einen Ausweg fand er nicht. Er starrte nur auf die Bögen und die dazugehörigen Pfeile.

Dann begann er zu keifen. »Der Spuk wird mich rächen, das schwöre ich euch! Er wird euch vernichten, ihr habt keine Chance, glaubt mir. Er ist viel stärker, und er befehligt Legionen von Echsenköpfigen, die sich auf meine Seite stellen und nur darauf warten, euch endgültig zu töten. Glaubt mir! Kehrt um, noch ist Zeit! Tötet Sinc...«

Zwei Todesengel schossen. Die beiden Pfeile zischten so nahe an Maddox' Kopf vorbei, daß sie seine Haare berührten ...

Da schwieg der Dämonenrichter. Diese Aktion hatte ihm gezeigt, was die anderen von seinem Vorschlag hielten. Die beiden abgeschossenen Pfeile wurden sofort durch zwei andere ersetzt.

»Wie weit müssen wir laufen?« wollte ich wissen.

»Überhaupt nicht laufen«, erwiderte der Sprecher der Todesengel. »Wir nehmen dich mit.«

Das Spiel kannte ich. Vier Todesengel bewegten ihre dunklen Flügel. Dicht über dem Boden schwebten sie auf mich zu.

Ich steckte die Waffe weg.

Im nächsten Augenblick wurde ich gepackt und hochgezerrt. Wieder einmal befand ich mich in den Klauen meiner Gegner. Und Feinde blieben sie, obwohl wir eine Allianz geschlossen hatten.

Auch Maddox wurde gepackt. Um ihn kümmerten sich ebenfalls vier dieser Wesen. Sie rissen ihn hoch, während die restlichen vier unseren Weg begleiten und die Flanken absichern würden.

An das seltsame Gefühl, vom Boden abgehoben zu werden, hatte ich mich gewöhnt. Mir machte es nichts mehr aus, wenn ich durch die Luft gezerrt wurde. Auch das Rauschen der Flügel kannte ich. Es war die richtige Begleitmusik.

Die Todesengel würden mich nicht reinlegen, wie Maddox es wahrscheinlich versucht hatte. Mit ihnen flog ich zu dem Platz, wo die Entscheidung stattfinden sollte.

Ich war gespannt und hatte gleichzeitig Angst ...

Solo Morasso hatte das Kreuz mit großer Wucht geschleudert. Er wollte treffen und schwächen. Gleichzeitig fingerte er mit seiner rechten Hand nach dem Bumerang, aber er hatte die Teufelstochter unterschätzt. Vor allen Dingen deren Reaktion.

Asmodina wußte genau, wie gefährlich ihr das Kreuz werden konnte. Deshalb tauchte sie zur Seite und entging mit einem blitzschnellen Sidestep dem heranfliegenden Kreuz.

Es wischte an ihr vorbei und fiel zu Boden, wo es durch die Aufprallwucht noch einmal hochsprang und dann liegenblieb.

»Verfehlt!« lachte die Teufelstochter und schaute auf das silberne Kruzifix.

Fast harmlos sah es aus. Allerdings waren die Umrisse ein wenig verschwommen. Folge des matten Glanzes, der das Kreuz umgab. Und weiterhin ein Zeichen dafür, daß es aktiviert worden war. Allerdings nicht durch seinen Besitzer, den Geisterjäger, sondern durch die Atmosphäre an sich. Es reagierte auf das Böse. Es stufte diese geheimnisvolle Dimension als Feind ein, und manchmal blitzte es innerhalb der Aura auf, als würden kleine Explosionen stattfinden.

»Freu dich nicht zu früh«, sagte Morasso. »Noch habe ich andere Waffen!«

»Wenn du damit ebensogut umgehen kannst, dann bitte«, erwiderte die Teufelstochter voller Spott.

»Besser, Asmodina, besser. Dies hier war nur ein Test.«

»Der dir bewiesen hat, daß der Besitz des Kreuzes allein nicht reicht. Man muß schon John Sinclair heißen, um damit umgehen zu können. Oder liege ich da falsch?«

Morassos Gesicht verzerrte sich vor Wut. »Du liegst immer falsch, Asmodina. Du hast schon immer falsch gelegen und du wirst es auch weiter bis zu deiner Vernichtung. Ich werde mir das Kreuz holen, du kannst nichts daran ändern.«

»Versuche es.«

»Das werde ich!«

Solo Morasso hatte nicht umsonst die Mordliga mitgebracht. Sie sollte ihm Schutz und Rückendeckung geben. Er hatte auch seinen Plan geändert. Ihn ärgerte es ungemein, daß das von ihm geschleuderte Kreuz sein Ziel verfehlt hatte, weil er den Bumerang noch hinterherwerfen wollte, um Asmodina zu köpfen. Das war nicht gelungen, jetzt mußte er sich etwas anderes einfallen lassen.

Xorron und Vampiro-del-mar sollten ihn decken. Das sagte er den beiden, während Lupina, Lady X und Mondo hinter ihm blieben. »Gebt acht, daß uns die Todesengel nicht anfallen«, bemerkte er und schaute wieder Asmodina an.

Die hatte sich nicht bewegt. Sie lächelte nur, aber in ihren Augen glühte der Tod. Dr. Tod spürte die Haßwelle, die Asmodina ihm entgegenschleuderte, es war wie eine Warnung, nur fruchtete sie bei ihm nicht, er hatte sich ein Ziel gesetzt und wollte es erreichen.

Da bebte plötzlich die Erde.

Tief im Schoß dieses unheimlichen Vulkanbodens begann es. Ein Zittern lief durch das Gestein, pflanzte sich schnell fort und erreichte die Oberfläche, so daß die Erde plötzlich schwankte. Erste Risse erschienen, und auch Löcher taten sich auf.

Nur dort, wo das Kreuz lag, geschah nichts.

Aber Asmodinas Stimme ertönte. »Wenn du mich vernichten willst, Solo Morasso, wirst du gegen die Kräfte der Hölle ankämpfen müssen, und die sind stärker. Sieh her!«

Abermals rollte und donnerte es unter der Erde. Als würden gewaltige Kräfte von unten dagegendrücken, brach an verschiedenen Stellen der Boden so weit auf, daß hohe Flammen und glühende Lavasäulen hervorstießen.

Ein Schrei!

Gellend, markerschütternd.

Marvin Mondo hatte ihn ausgestoßen. Er war der einzige normale Mensch in dieser gewaltigen Auseinandersetzung. Und genau neben ihm brach der Boden auseinander.

Nicht nur eine Spalte entstand, in die Marvin hineinrutschte, sondern der glühende Lavastrom schoß als Spirale daraus hervor. So gewaltig, daß selbst Lupina und Lady X zur Seite sprangen.

Mondo schaffte es nicht mehr. Sein Fuß verhakte sich im Boden. Er wollte ihn aus dem Spalt ziehen, warf sich dabei zur Seite, verlor seinen Schuh, weil er zu fest daran riß, und konnte dem Verhängnis doch nicht entgehen.

Als der Lavastrom zurückfiel, da erwischte es ihn. Die glühende rote Masse klatschte auf seinen Körper und überdeckte ihn wie mit einem Schleim.

»Aaahhhh …!«

Unmenschlich gellte der Schrei. In höchster Todesangst und Panik geboren, schüttelte sich Mondo, während er weiterschrie und nicht die Kraft hatte, noch etwas für seine Rettung zu unternehmen.

Die glühende Lava lag fest auf seinem Körper und verwandelte ihn in eine Mumie.

Mondo sank zusammen. Der Schrei war längst verstummt. Steif kippte er zu Boden, ein verbranntes Etwas, das einmal zur Mordliga gehört hatte und Erfinder der tödlichen Zombie-Roboter gewesen war.

Jetzt gab es ihn nicht mehr.

Die glühende Lava hatte Mondo getötet. Wenn sie erkaltet war, würde er in dem Vulkangestein liegen wie eine Seidenraupe in ihrem Kokon. Durch seinen Tod hatte Solo Morasso die erste Niederlage erlitten.

Alle hatten gesehen, was mit Mondo geschehen war. Auch die Teufelstochter.

Sie lachte. Ja, sie lachte gellend, konnte ihren großen Triumph einfach nicht verbergen.

Als das Lachen verebbte, rief sie: »Das war Nummer eins, Solo Morasso. Ich werde deine Vasallen nacheinander vernichten.« Abermals brach an einigen Stellen die

Erde auf, so daß menschenhohe Lavasäulen aus dem Boden schossen. »Wer will als nächster an die Reihe kommen? Los, meldet euch. Ihr geht doch für ihn durchs Feuer …«

Wieder das Lachen.

In Dr. Tod tobte eine Hölle. Zwischen ihm und Asmodina befanden sich die mörderischen Geysire, über die er keine Gewalt hatte. Er sah, daß sich die Waage zu Asmodinas Seite neigte. Mondos Tod hatte er mit Entsetzen miterleben müssen. Es tat ihm nicht um die Person leid, sondern darum, was er alles noch hätte leisten können.

An Aufgabe dachte er trotzdem nicht.

»Versuche es doch mal mit Xorron!« brüllte er Asmodina zu und stieß den Herrn der Untoten und Ghouls an. »Los, geh durch das Feuer! Zeige ihr, daß wir mächtiger sind!«

Xorron ging.

Trotz seiner Stärke und Macht war er nur ein Werkzeug in den Händen eines Solo Morasso. Ihm fehlte das Gehirn, um solche Entscheidungen zu treffen, wie es Dr. Tod tat. Deshalb war und würde er nur immer ein ausführendes Organ bleiben und nie an die Spitze gelangen.

Breit fauchte die Lavasäule vor ihm auf. Sie fächerte oben auseinander und bildete einen Kelch, bevor die Säule wieder ineinanderfiel, wobei dicke Tropfen wegklatschten und sich nach zahlreichen Seiten verteilten.

Die Spalte bereitete Xorron keine Mühe. Er konnte sie mit einem Schritt hinter sich lassen.

Dann ging es in den kochenden Lavastrom. Das aus dem Innern dringende glutheiße Gestein überspülte ihn und deckte ihn dabei zu wie ein Mantel.

In der nächsten Sekunde war Xorron nur noch eine rot glühende Figur, ein Schlamm- und Feuerwesen zur selben Zeit, doch es wurde nicht von der heißen Lava zerstört.

Xorron blieb lebendig.

Und er ging weiter.

Ein Schritt brachte ihn aus dem unmittelbaren Bereich der Lavasäule. Er trat wieder auf normalen Boden, und ein jeder konnte sehen, wie die dicke, zähe, rote Flüssigkeit an seinem Körper hinabrann. Sie lief in breiten Bahnen, berührte den Vulkanboden, verteilte sich dort, so daß Pfützen entstanden, die im Laufe der Zeit erkalten und dann so aussehen würden wie der normale Untergrund.

Dem Herrn der Zombies war nichts passiert! Seine Haut hatte auch der glühenden Lava widerstanden.

Diesmal lachte Solo Morasso. »Na, Teufelstochter? Wolltest du ihn nicht verbrennen?«

»Ich kriege euch noch!« erklang die Stimme, und wiederum schossen drei Lavasäulen aus dem Boden, genau dort, wo sich die Mitglieder der Mordliga aufhielten.

Die sprangen zurück.

Gegen Feuer waren auch Lady X, Lupina oder Vampiro-del-mar nicht gefeit. Es war die Waffe, die sie am meisten haßten. Dr. Tod erging es ebenso. Wenn er in die Flammen geriet, würde sein Körper verbrennen oder zerschmelzen.

Asmodina befand sich durch diesen von ihr eingesetzten Trick auf der Siegerstraße.

»Nun?« brüllte sie. »Hast du immer noch so ein großes Maul, Solo Morasso?«

»Zur Hölle mit dir!« keifte Dr. Tod. Er mußte zurück wie auch die übrigen Mitglieder der Mordliga.

Denn hinter ihnen befand sich noch keine Feuersäule. Sicher würde die Erde auch dort aufbrechen.

Xorron machte den Rückzug mit. Er ging durch die Lavaströme, als wären sie überhaupt nicht vorhanden.

Das war natürlich Wasser auf Asmodinas Mühle. So genau und nicht anders hatte sie es haben wollen. Sie wollte diesen größenwahnsinnigen Zwerg vernichten. In ihren Augen war er nur ein Zwerg, der es tatsächlich wagte, sich mit der Hölle anzulegen.

»Gib nur acht!« schrie sie. »Gleich werden auch die Lavaströme hinter euch hochschießen. Dann seid ihr eingekesselt und werdet elendig verbrennen. Nicht ich verliere, sondern ihr!«

Dr. Tod wußte, was auf dem Spiel stand. Fieberhaft sann er nach einem Ausweg. Seine Waffen konnte er vergessen. Was nutzte ihm der Bumerang, wenn er kein Ziel sah, weil es von den Lavasäulen verdeckt wurde?

Auch an das Kreuz kam er nicht heran. Und ob Xorron, der einzige, dem die Flammen nichts ausmachten, es aufheben konnte, war noch die große Frage. Dieses Risiko wollte er nicht eingehen.

Aber wie sollte er sich dann verteidigen?

Selbst Morasso schrie auf, als dicht neben ihm der Boden zerplatzte und eine Feuersäule nach oben schoß. In der Tiefe hatte sie gelauert, nun schuf sie sich freie Bahn.

Fast hätte es noch Vampiro-del-mar erwischt. Nur ein rascher Sprung brachte ihn aus dem Gefahrenbereich.

»Was sollen wir tun?« Lady X schrie kreischend. Als Vampirin hatte sie ebenfalls vor dem Feuer einen sagenhaften Horror. Die heiße Flüssigkeit würde sich über sie ergießen und sie verbrennen.

»Ich weiß es nicht!« knirschte Morasso. »Verdammt, ich weiß es wirklich nicht!«

Zum erstenmal erlebten die Mitglieder der Mordliga ihren Chef ratlos. Der sonst so souveräne Dr. Tod war in arge Bedrängnis geraten. Er sah seinen großen Plan fallen. Asmodina wollte er besiegen, nun drehte sie den Spieß um.

Würde sie es schaffen?

Alle Anzeichen sprachen dafür. Dr. Tod sah im Moment keinen Ausweg mehr, und auch Xorron, der soeben vor ihm aus einer Lavasäule erschien, brachte nichts. Er konnte zwar viel, aber es würde ihm nie gelingen, die flüssige Glut zu stoppen.

Solo Morasso, der sich großspurig Dr. Tod nannte, sah kaum noch eine Chance.

Er hatte seinen Meister gefunden!

Wir merkten es nicht, wir hörten es nur.

Ein fernes Grollen und Donnern erschütterte plötzlich das Land. Leider flogen wir zu hoch, so daß ich den Boden nicht erkennen konnte.

Aber irgend etwas war im Gange. Der Kampf näherte sich mit Macht, wenn er nicht schon längst entbrannt war.

»Asmodina wird ihn vernichten!« hörte ich die Stimme des Wesens, das mit mir verhandelt hatte. »Sie wird ihn zerstören, er hat keine Chance!«

Ich wunderte mich, welch großes Vertrauen die Todesengel in Asmodina setzten. Ich nicht, denn ich hatte die Mordliga schon mehrere Male in Aktion erlebt. Sie war verdammt gefährlich …

Wir flogen tiefer. Anscheinend wußten meine dämonischen Begleiterinnen auch nicht genau, was geschehen war, denn sie wollten sich informieren.

Zwei von ihnen flogen uns voraus. Sie wirkten wie lebende Pfeile, als sie dem rauhen Untergrund entgegenstachen. Ich hatte sie im Dämmer kaum aus den Augen verloren, als unter uns abermals ein gewaltiges Grollen erklang, und einen Herzschlag später sahen wir zahlreiche Feuer.

Sie leuchteten überall. Kleine Brandherde. Unregelmäßig hoch, in verschiedenen Abständen aufflackernd. Nur – das war kein echtes Feuer. Ich sah nicht, daß sich die Flammen bewegten oder tanzten, da unten existierten rotglühende Säulen, wie ich sie tausendfach größer von Vulkanausbrüchen her kannte.

»Asmodina!« Grell stachen mir die Stimmen der Todesengel in den Ohren. »Asmodinas Höllenfeuer!«

Sollte die Teufelstochter es tatsächlich geschafft haben, Solo Morasso zu besiegen? Und dies, obwohl er den Bumerang und mein Kreuz bei sich trug?

Das wäre wirklich eine Überraschung gewesen, falls dies eintreffen sollte.

Auch Maddox hatte die Worte gehört. »Asmodina hat noch nicht gewonnen!« brüllte er dagegen. »Noch nicht!«

Er flog rechts neben mir. Ich sah, wie er sich aus den Griffen der Todesengel lösen wollte. Obwohl er seine Arme und Beine bewegte, ließen die Wesen nicht los. Bis der Befehl erklang.

»Weg mit ihm!«

Der Anführer der Engel hatte gesprochen.

Die vier ließen los.

Maddox schrie, als er in die Tiefe fiel. Vielleicht für eine Sekunde sah ich ihn noch. Er hatte Arme und Beine ausgebreitet. Der Widerschein des Feuers traf seinen Körper und ließ ihn klar und deutlich erscheinen wie einen Scherenschnitt. Dann verschluckte ihn der dicke Qualm, der über den Lavasäulen lag.

Wie er aufprallte und ob er dabei verbrannt worden war, konnte ich aus meiner Position nicht erkennen. Es interessierte mich nicht sonderlich, denn ich hatte andere Sorgen. Hoffentlich widerfuhr mir nicht das gleiche Schicksal wie dem Dämonenrichter.

Asmodina schien sich auf dem Vormarsch zu befinden, sie würde, wenn alles glattging, die große Siegerin sein. Was brauchten sich die Todesengel dann noch mit mir abzuschleppen?

Wir flogen noch tiefer.

Es wurde heißer, weil wir bereits die Ausläufer der abgestrahlten Hitze erreichten. Roter Schein leuchtete auf unseren Gesichtern. Der dichte Rauch raubte mir den Atem. Nur wenn er von den wirbelnden Flügeln durcheinandergequirlt wurde, konnte ich normal Luft holen. Das geschah leider zu selten.

Als ich wieder einmal freie Sicht hatte und nach rechts blickte, loderten dort drei neue Lavasäulen auf. Sie sprangen buchstäblich aus dem alten Vulkanboden, und ich erkannte plötzlich die sich zurückziehenden Gestalten.

Solo Morasso, Lupina, Lady X und Vampiro-del-mar. Tokata und Marvin Mondo waren nicht zu sehen. Xorron ebenfalls nicht. Ihn entdeckte ich allerdings nicht weit von Asmodina entfernt, die inmitten der Lavahölle stand, ihre Arme hochgerissen hatte und so einen großen Triumph erlebte.

Xorron spazierte durch die Lavasäulen, als wären sie überhaupt nicht vorhanden. Sein Körper war geschützt, die helle Haut zeigte sich widerstandsfähig.

Dr. Tod und die anderen waren eingeschlossen. Sie saßen in der Falle. Unwahrscheinlich. Das hatte ich noch nie so deutlich gesehen. Sie hatten Asmodina unterschätzt.

Wieder einmal ...

»Sie verbrennen!« schrien die Todesengel über mir. »Sie werden verbrennen!«

Jubelschreie. Ich merkte, wie sie die Griffe lockerten. Zudem wurde es dunkler, weil wir über die meisten Säulen hinweggeflogen waren und uns jetzt in Asmodinas Rücken befanden.

Ich dachte wieder an Maddox. Ihn hatten sie einfach hinuntergeschleudert. Mir sollte das gleiche nicht passieren. Ich wollte nicht in den Flammen verbrennen.

Mit einem heftigen Ruck riß ich den rechten Arm los. Sofort holte ich meine Beretta hervor und kippte dabei nach rechts weg, weil ich nur noch an einem Arm und den beiden Beinen festgehalten wurde. Eine verdammt miese Lage, doch durch meine Aktion hatte ich einen Vorteil herausgeschunden.

Wir waren tiefer gesackt und fielen noch, weil die Todesengel erst nachgreifen mußten.

Mit einem Schuß machte ich ihnen einen Strich durch die Rechnung. Mir war es jetzt egal, was geschah, ich wollte nur weg aus dieser aussichtslosen Lage.

Die Kugel zerstörte ein Gesicht. Der Todesengel wurde noch einmal in die Höhe gedrückt und fiel danach wie ein Stein nach unten.

Die beiden, die mich noch festhielten, waren von meiner letzten Aktion so überrascht worden, daß sie gar nicht mehr an ihre eigentliche Aufgabe dachten.

Ich konnte mich befreien.

Wie hoch war der Abstand?

Acht Yards? Oder nur fünf?

Ich fiel.

Dabei schrie ich, denn der Boden kam rasend schnell auf mich zu. In den Sekundenbruchteilen des Falls rechnete ich außerdem damit, durch Pfeile getroffen zu werden und …

Der Aufschlag.

Meine Gedankenkette wurde brutal zerrissen. Jetzt hatte ich nur noch Angst, mit gebrochenen Knochen liegenzubleiben. Zum Glück fiel ich nicht auf den Kopf und auch nicht auf den Rücken. Mit den Füßen kam ich zuerst auf. Die Flug- und Fliehkraft schleuderte mich weit nach vorn, so daß ich mich nicht auf den Beinen halten konnte und mich überschlug.

Das Gestein war heiß.

Es kam mir vor wie zahlreiche kleine Messer, die meine Kleidung aufschlitzten, in die Haut bissen und Wunden hinterließen.

Ich überrollte mich, hörte Schreie, etwas zischte neben mir zu Boden, meine Schulter bekam einen Schlag, mein Knie ebenfalls, und auch durch die Haare fuhr ein Gegenstand, der dicht vor mir auf das Gestein klirrte.

Ein Pfeil.

Auch andere Pfeile waren abgeschossen worden, hatten mich jedoch verfehlt.

Endlich kam ich zur Ruhe.

Ausruhen? Nein, das war nicht drin. Ich schnellte sofort zur Seite, schaute dorthin, wo Asmodina stand, und sah, wie die Lavasäulen ineinandersanken.

In diesen Augenblicken saß ich wie auf dem Präsentierteller, und vielleicht hätten mich die Pfeile auch durchbohrt, wenn Asmodina nicht ihre Dienerinnen zusammengerufen hätte.

Die Lage hatte sich urplötzlich verändert. Wodurch und wieso, das wußte ich nicht, dafür sah ich etwas anderes, das in meiner Nähe lag.

Das silberne Kreuz!

Zuerst konnte ich es gar nicht glauben. Als ich jedoch den schwachen Schein erkannte, der sich um das Kreuz gelegt hatte, da war mir klar, das echte vor mir zu sehen.

Ich unterdrückte mühsam einen Jubelschrei, stieß mich ab und hechtete auf das Kruzifix zu.

Mit beiden Händen umfaßte ich es, spürte plötzlich Wasser im Gesicht, hörte um mich herum das Prasseln von Regen, und im nächsten Moment geschah etwas, was ich noch nie in meinem Leben erlebt hatte.

Mein Kreuz offenbarte mir einen Teil seiner Geheimnisse ...

Die Pranke hieb so stark auf Solo Morassos Schulter, daß dieser zusammenzuckte und herumfuhr.

Er schaute in Lupinas Gesicht.

Bisher hatte sich die Königin der Wölfe, wie sie sich selbst immer nannte, aus allem herausgehalten, nun aber mußte sie eingreifen. Wenn Solo Morasso verlor und getötet wurde, dann war das auch ihr Untergang.

»Was ist los, verdammt?« schrie Dr. Tod.

»Wir müssen weg!«

Morasso kreischte auf. »Das weiß ich selbst. Kannst du mir einen Ausweg nennen?«

»Ja.«

»Was?«

»Nimm den Würfel! Der Würfel des Unheils muß das verdammte Feuer löschen. Er gehört dir. Du kannst ihm deinen Willen aufzwingen, du kannst ihn manipulieren. Tu es!«

Das war die Lösung! Dr. Tod schalt sich einen Narren, daß er nicht selbst darauf gekommen war. Er hatte jedoch zu sehr an den Bumerang und das Kreuz gedacht, den Würfel hatte er dabei völlig vergessen.

Es wurde wirklich Zeit. Noch ein Zögern von ein oder zwei Sekunden konnte ihn das Leben kosten.

Der Würfel war unter seiner Kleidung versteckt. Während er noch einen Schritt zurückging und dabei Xorron an sich vorbei ließ, holte er ihn hervor.

Mit beiden Händen hielt er ihn fest. Er starrte gleichzeitig auf ihn und auf die Flammen, die vor ihm tanzten. Schattenhaft glaubte er, die Gestalt der Teufelstochter zu erkennen, zumindest hörte er ihr siegessicheres Schreien.

Solo Morasso vergaß das Chaos um sich herum. Er konzentrierte sich voll auf den Würfel und damit auf seine neue Aufgabe. Mit seiner Hilfe konnte er nicht nur den Todesnebel entstehen lassen, sondern auch Manipulationen an der Natur oder der Materie durchführen. Er konnte demnach so stark sein wie Asmodina.

Sie hatte ihn mit Feuer bekämpft.

Und wer war der große Gegner des Feuers?

Das Wasser!

Dr. Tod konzentrierte sich wie selten in seinem dämonischen Leben. Er dachte an den alles auslöschenden Regen, der vom Himmel stürzen und das Feuer löschen sollte.

Er merkte, wie der Würfel unter seinen Händen anfing zu zittern. Wie er erbebte, als seine Gedanken eins mit dem Würfel des Unheils wurden, der für ihn zum Lebensretter werden sollte.

Und es geschah!

Urplötzlich öffnete der Himmel seine Schleusen. Himmel war paradox in diesem Fall, aber Dr. Tod dachte wirklich so in diesen alles entscheidenden Augenblicken.

Wasser stürzte hervor.

Riesige Mengen. Sie knallten förmlich auf die wie ein trockener Schwamm wirkende Erde, wurden aufgesaugt, und es entstanden gewaltige Wolken aus grauweißem Dampf.

Die Lavasäulen wurden gelöscht. Das Wasser war stärker als ihre mörderische Kraft.

Dr. Tod lachte. Er schaute auf den Würfel, der ihm das Leben und seine dämonische Existenz gerettet hatte.

Die glühenden Lavasäulen vergingen.

Asmodina auch?

Sie war geschockt, das konnte Dr. Tod genau erkennen. Von ihrer Überheblichkeit war so gut wie nichts mehr zurückgeblieben, denn mit diesem Widerstand hätte sie nie gerechnet.

Und Solo Morasso bekam Oberwasser. Seine Überraschung hatte er verdaut. Es war ihm, als hätte ihm eine unbekannte Kraft neues Leben eingehaucht. Er schien regelrecht zu wachsen, und sein Gesicht verzerrte sich zu einem harten Grinsen.

»Feuer und Wasser!« flüsterte er. »Der alte Gegensatz. Wasser löscht Feuer. Du bist das Feuer, ich das Wasser, und ich werde dich auslöschen!«

Der Regen hatte aufgehört, sobald Dr. Tod seine Gedanken nicht mehr auf ihn und den Würfel konzentrierte. Nur noch dicke, weiße Dampfwolken lagen über dem rauhen Gestein, die träge wallten und die Todfeinde wie mit langen, gierigen Händen umschlossen.

Der Würfel in Morassos Händen hatte sich überhaupt nicht verändert. Er zeigte nach wie vor seine blauweiße Farbe, ein wenig milchig und mit Schlieren versehen.

»Was du auch versuchst, Asmodina. Ich bin stärker und mächtiger als du. Dabei brauche ich das Kreuz nicht einmal. Ich kann dich auch ohne vernichten ...«

Asmodina gab keine Antwort. Dafür hatte sie etwas vernommen. Ein bekanntes Rauschen über ihrem Kopf.

Die Todesengel kamen. Sie hatten bemerkt, in welch einer Lage sich die Teufelstochter befand. Und nun wollten sie eingreifen, um Asmodina zur Seite zu stehen.

Auch Dr. Tod sah sie.

Über Asmodina flogen sie hinweg, und schon schossen sie die ersten Pfeile ab.

Morasso lachte nur. Der Zufall wollte es, daß einer der Pfeile genau die Würfelfläche traf. Es gab ein schmatzendes Geräusch, der Pfeil drang ein winziges Stück ein und verging im nächsten Moment.

Er wurde zu einer dicken, sirupartigen Flüssigkeit, die tropfenweise zu Boden fiel.

Andere Pfeile wischten an Morasso vorbei. Xorron wurde aufs Korn genommen, es klang blechern, wenn die Pfeile gegen seinen Körper prallten und ihm nichts taten.

Die Todesengel griffen jetzt konzentriert an. Asmodina hatte sie ins Gefecht geschickt. Ihre scharfen Befehle blieben nicht ungehört, und die unheimlichen Todesboten stürzten sich wie Geier auf das Aas.

Darauf hatten die Mitglieder der Mordliga gewartet. Während Solo Morasso leicht in die Knie ging und dabei unbeobachtet blieb, gelang es Xorron, einen der Todesengel zu packen.

Plötzlich zappelte das Wesen zwischen seinen Klauen. Und dann riß Xorron es auseinander.

Kein Schrei gellte aus dem Mund des dämonischen Wesens. Wie Abfall schleuderte Xorron es weg.

Vampiro-del-mar stellte sich ebenfalls. Auch ihm taten die abgeschossenen Pfeile nichts. Mit seiner breiten, mächtigen Brust fing er sie auf, und aus seinem Maul drang ein kehliges Lachen. Gleich drei Pfeile auf einmal zog er aus seiner Brust. Er zerbrach sie.

Neben sich hörte er das wilde Geifern von Lady X. Die Scott kämpfte ebenfalls verbissen. Aus ihrem Rücken ragten die Schäfte von vier Pfeilen. Trotzdem war sie nicht gehandikapt. Diese Treffer überstand sie, denn die Pfeile bestanden nicht aus geweihtem Silber, und die Gegenmagie der Mordliga-Mitglieder war so stark, daß sie die andere Magie kompensierten.

Wie eine Furie kämpfte Lady X.

Ein fliegendes Wesen gab nicht acht. Lady X schnellte hoch und bekam es zu packen. Mit mörderischer Kraft riß sie den Todesengel zu Boden und zog ihn dorthin, wo ihr ›Bräutigam‹ lag.

Die Maschinenpistole!

Sie ließ den Todesengel los, um die Waffe zu packen. Bevor Asmodinas Diener auf die Füße gelangen konnte, hatte Lady X schon abgedrückt. Das trockene Belfern der Waffe übertönte die Kampfschreie und das Sirren der Pfeile.

Der Todesengel brach zusammen und konnte sich auch nicht mehr erheben, weil die Kugelgarbe seine Flügel zerstört hatte.

Wild lachte Lady X auf.

Lupina kämpfte ebenfalls. Mit ihren Pranken schlug sie tiefe Wunden in die Körper der dämonischen Wesen. Aus den Wunden strömte dunkles Blut, das einen grünen Schimmer hatte.

Asmodina merkte, daß die Mordliga, obwohl dezimiert, doch noch eine Macht darstellte, und sie sah, wie ihre Todesengel immer weniger wurden.

Aber sie gaben nicht auf. Jedesmal wenn sie zurückgeschmettert worden waren, formierten sie sich neu.

Nur noch fünf waren es.

Dicht über dem Boden trafen sie sich.

Und in diesen Pulk hinein warf sich Xorron. Er hatte jetzt sein Maul aufgerissen. Aus der viereckigen Öffnung ragten Zähne wie Eisenstifte. Wie ein Gewitter brach er über die Todesengel herein und ließ ihnen kaum eine Chance.

Diejenigen, die es trotzdem schafften – es waren nur zwei –, packte Vampiro-del-mar. Er hieb seine gewaltigen Eckzähne in ihre Körper, um das Blut zu trinken, fuhr jedoch mit einer wütenden Bewegung zurück, denn Dämonenblut wollte er nicht, sondern nur das von Menschen. Weil er trotzdem einen Erfolg verzeichnen wollte, riß er die Köcher mit den Pfeilen von den Rücken der Todesengel und zerstörte sie mit einer nahezu unheimlichen Wut. Auch die Bögen brach er auseinander, ebenso wie die Flügel.

Die Todesengel, so gefährlich sie auch waren, hatten gegen die Mitglieder der Mordliga keine Chance. Nicht umsonst hatte sich Solo Morasso diese Elite zugelegt, sie räumte unter Asmodinas Dienern schrecklich auf.

Das Blatt wendete sich. Die Teufelstochter befand sich plötzlich auf der Verliererstraße. Sie wußte es bestimmt, und Solo Morasso ebenfalls.

Er freute sich diebisch über die zerstörerischen Aktivitäten seiner Mordliga und hielt sich selbst zurück. Bewußt griff er nicht in den Kampf ein, er war gewissermaßen nur eine Randerscheinung. Dr. Tods großes Ziel hieß nach wie vor die Erringung der absoluten Macht. Weg mit Asmodina. Um dieses Ziel zu erreichen, setzte er die Mordliga ein, damit sie ihm den Weg ebnete.

Er hatte sich zu Boden geworfen und in einem kleinen Lavatrichter Deckung gefunden. Dort verschmolz er fast mit dem Boden und hatte nur Augen für Asmodina.

Die Teufelstochter schaute dem Kampf ebenfalls zu. Sie war erregt, denn sie merkte, daß ihre Todesengel eine Niederlage nicht mehr abwenden konnten. Die kurze Freude, als sie die Lavasäulen befehligt hatte, war einer Depression gewichen. Asmodina wußte wirklich nicht, wie sie ihre Kräfte noch einsetzen sollte. Morasso besaß den Würfel. Das war sehr schlimm, denn er konnte durch seine geheimnisvollen Kräfte die Materie beeinflussen. Wieso das möglich war und woher der Würfel stammte, das war Asmodina nicht bekannt. Auf jeden Fall befand er sich in den falschen Händen, sie wollte ihn besitzen.

Ein verzweifelter Plan wurde in ihrem Hirn geboren. Es mußte doch möglich sein, Solo Morasso zu überwältigen. Noch war Zeit, denn seine Helfer wurden von ihren Todesengeln beschäftigt.

Doch sie hatte die Rechnung ohne den Wirt gemacht. Solo Morasso nutzte eiskalt seine Chance. Er ahnte, was im Schädel der Teufelstochter vorging, und sie sollte keinen Ausweg mehr aus dieser Situation finden.

Einmal mußte Schluß sein.

Hinter sich vernahm Solo Morasso die Kampfgeräusche. Er hörte die harten Schläge, das böse Grunzen von Vampiro-del-mar und das Kreischen der Lady X.

Jetzt wollte er die Chance ergreifen!

Die Finger seiner rechten Hand umklammerten den Bumerang. Obwohl Dr. Tod ein Mensch-Dämon war, spürte auch er etwas von der Nervosität. Er stand dicht vor dem Ziel. Wochen und Monate hatte er davon geträumt.

Behutsam kroch er aus der Mulde. Er hütete sich, eine schnelle Bewegung zu machen, und hielt den rechten Arm hinter sich versteckt. So konnte die Teufelstochter den Bumerang nicht sehen.

Als er kniete, da drehte Asmodina ein wenig den Kopf und starrte ihm direkt ins Gesicht.

Eine Sekunde lang fraßen sich ihre Blicke ineinander. Die Zeitspanne war ungemein kurz, doch reichte sie der Teufelstochter aus, um erkennen zu können, daß Morasso alles auf eine Karte setzen wollte.

Das tat er auch.

Bevor Asmodina irgend etwas unternehmen konnte, schwang er seinen Arm zurück, holte weit, weit aus und schleuderte den silbernen Bumerang.

»Stirb endlich!« brüllte er und ließ die Waffe los ...

In der Wohnung des Geisterjägers John Sinclair saßen mehrere Personen und waren deprimiert.

Kara, Shao, Myxin, Suko und Tanith, die Wahrsagerin, wußten sich keinen Rat mehr. Sie hatten alles versucht, mit John Sinclair Kontakt aufzunehmen. Es war alles vergeblich gewesen.

»Was machen wir jetzt?« fragte Shao.

Achselzucken.

Suko schaute auf die Uhr. Es war längst Mitternacht. Draußen schlief langsam der Verkehr ein. Hier oben in der Wohnung summte die Heizung, im Haus war es still geworden.

»Ich meine ja noch immer, daß der Kelch uns Auskunft geben müßte«, murmelte Tanith. Sie war eine dunkelhaarige Frau. Nicht mehr ganz jung, vierzig Jahre zählte sie sicherlich, wirkte noch immer gepflegt und jugendlich. Die Fingernägel zeigten eine grüne Farbe. Tanith liebte es, sich extravagant zu kleiden und auch aufzutreten.

Die anderen gaben ihr recht. Nur wußte keiner, wie man dem Kelch des Feuers sein Geheimnis entlocken konnte.

»Was ist denn mit den Zeichen?« fragte Shao. »Kann die denn niemand enträtseln?«

Eine gute Frage. Sie war auch mehrmals gestellt worden. Die Anwesenden schauten sich an. Suko hatte die Vermutung geäußert, daß es germanische Runen waren, doch dem wollten die anderen nicht zustimmen. Als er dies noch einmal betonte, schüttelte vor allen Dingen Kara den Kopf. »Nein, das sind keine Runen, es muß wirklich eine alte christliche Sprache sein.«

»Die könnte man doch entziffern«, rief Shao.

»Wie?«

»Ja, wer kennt sich darin aus?« stöhnte Suko. »Ich bin leider nicht so firm, als daß ...«

»Hat John denn nicht alte Bücher?«

Shao fragte dies, und plötzlich saßen die anderen steif auf ihren Sesseln.

»Was ist?« Die Chinesin lächelte etwas verlegen. »Habe ich was Falsches gesagt?«

»Nein«, erwiderte Suko. »Das ist genau richtig. Warum sind wir nicht früher darauf gekommen?« Er schlug sich nachträglich noch gegen die Stirn.

»Hat Monsieur Sinclair wirklich diese Unterlagen?« erkundigte sich die Astrologin.

»Klar.« Suko stand auf. Er drehte sich und deutete auf einen Schrank, der aus einem Unter- und Oberteil bestand. Der obere Teil hatte zwei Türen mit einem Glaseinsatz. Hinter den Scheiben sah man die Rücken zahlreicher Bücher. Die Werke standen dicht an dicht. Dazwischen paßte kein Papierschnipsel mehr.

Suko stand auf. »Dieser Schrank ist gefüllt mit

Literatur«, sagte er, »da werden wir vielleicht etwas finden.« Er schaute die Freunde auffordernd an, und sie verstanden.

Gemeinsam begannen sie, die Bücher zu durchstöbern. Zum Glück wußte jeder, um was es ging. Man arbeitete sehr konzentriert und ließ die Werke weg, die sich mit anderen Themen und magischen Spielarten beschäftigten.

Zurück blieben die Bücher, deren Inhalte sich mit den alten, christlichen Religionen befaßten. Es waren sechs Wälzer. Wenn man je von schwerer Literatur sprechen konnte, dann traf das auf diese Bücher zu. Sie hatten ihr Gewicht, und sie wurden gemeinsam zum Tisch getragen, wo die Freunde sich niederließen und die Bücher durchblätterten. Wenn sie die Werke Seite für Seite durchgingen, hätte es sicherlich Stunden gedauert, bis sie vielleicht mal fündig geworden wären. So beschränkten sie sich auf Stichworte.

Man suchte den Begriff Kelch heraus.

Er fand sich in jedem Buch, und so verglichen die Freunde die einzelnen Beschreibungen und Abbildungen.

Die erste Enttäuschung folgte. Von den Abbildungen zeigte keine genau den Kelch des Feuers. Sie hatten den Kelch aus dem Schrank genommen und auf den Tisch gestellt. Kara suchte auch nach alten Schriften. Sie hatte das Buch vor sich, das sich mit Weissagungen beschäftigte. Die großen Propheten waren zitiert worden, und nicht nur die der christlichen Religion, sondern auch andere, auf deren Worte sich der Glaube der Sekten aufbaute.

Eine halbe Stunde verging. Nur das Atmen war zu hören, und ab und zu ein Rascheln, wenn jemand eine Seite umblätterte.

Plötzlich stieß Kara einen lauten Ruf aus. »Ich hab's!«

»Was?« rief Suko. Wie auch die anderen ließ er sein Buch sinken und legte es zu Boden, damit Kara Platz hatte, ihren Wälzer aufgeschlagen auf den Tisch zu legen.

Gespannt beugten sich alle darüber.

»Seht die Zeichen!« flüsterte sie. »Ich meine die Schrift. Die einzelnen Buchstaben sind mit denen identisch, die ich hier in diesem Buch gefunden habe.«

Sie schauten genau hin.

Tanith nickte. »Ja«, bestätigte sie, »das stimmt.«

Auch die anderen nickten.

»Kannst du sie vorlesen?« fragte Myxin, der kleine Magier.

»Sicher, hier ist auch die Übersetzung.« Kara fuhr mit dem Zeigefinger die Seite von oben nach unten entlang und stoppte am unteren Rand der Buchseite, wo die Erklärung allgemeinverständlich gegeben war.

»Dann lies vor«, flüsterte Shao.

Kara sprach mit leiser, aber dennoch verständlicher Stimme. Sie sagte folgende Worte: »Und nun wahrlich, wahrlich, ich sage dir: Vertraue dem Geist, der dich leitet, Gutes zu tun, ja, rechtschaffen zu handeln, demütig zu wandeln, gerecht zu urteilen. Und dann, oder dadurch, wirst du all dies wissen, was du dir wünschst, das zu den Dingen der Gerechtigkeit gehört, sofern du das große Vertrauen in die Sache des Guten hast.«

Sie schwieg und blickte ihre Freunde an.

»Das war alles?« fragte Suko.

»Ja.«

»Es klang nach einer Offenbarung«, meinte Tanith.

Kara nickte. »Das wird es wohl gewesen sein. Nur – wer hat diese Offenbarung von sich gegeben?«

»Steht das nicht dabei?« wollte Shao wissen.

»Nein.«

»Es hört sich sehr prophetisch an«, sagte Suko. »Könnte das unter Umständen Nostradamus gewesen sein?«

Tanith hob die Schultern. »Möglich ist es. Wer kann das alles wissen? Auch ich kenne Nostradamus nicht so gut, daß ich jeden Spruch von ihm auswendig weiß.«

»Die Teufelsmönche kann man nicht mehr fragen«, murmelte Suko. »Durch den Kelch hat John sie vernichtet. Und er hat sich den Kelch aus einer alten Kapelle geholt. Der Kelch des Feuers strahlt tatsächlich wie Feuer, wenn man ihn aktiviert.« Suko blickte Tanith an. »Sollen wir es noch einmal versuchen?«

»Was?«

»Ich möchte, daß Sie eine letzte Beschwörung vornehmen und dann die Worte sprechen, die auf dem Kelch zu lesen sind. Vielleicht gelingt es uns dann, das Geheimnis zu lösen. Diese Worte könnten die Kugel aktivieren, damit sie uns den Weg zu John Sinclair zeigt. Verstehen Sie?«

Tanith blickte die anderen an. Nirgendwo erntete sie Widerspruch. Auch sie waren davon überzeugt, daß es die letzte Chance war, noch etwas in die Wege zu leiten.

Die Wahrsagerin nickte. »Nun gut«, sagte sie. »Wenn Sie meinen, werde ich es noch einmal versuchen.«

»Danke«, erwiderte Suko schlicht. Er wußte, was die Astrologin da auf sich nahm. Sie hatte schließlich schon zwei Beschwörungen hinter sich. Eigentlich war es unverantwortlich, sie noch einmal darum zu bitten, doch diesmal glaubten sie, eine Chance zu haben, etwas zu erfahren, das ihnen weiterhalf.

»Kann ich zuvor noch etwas zu trinken haben?« fragte Tanith.

Shao stand auf. »Ich hole Ihnen ein Glas.«

Als sie verschwunden war, setzte sich Tanith entspannt hin. Sie schloß die Augen zur Hälfte und konzentrierte sich. Niemand sprach sie jetzt an. Jeder wußte, wie hart die nächsten Minuten werden würden, wenn sie den Versuch unternahm.

Mehrere Stunden saßen sie jetzt beisammen. Und endlich war es ihnen gelungen, einen Teilerfolg zu erzielen. Würde er sich zu einem vollen Erfolg entwickeln?

Keiner wußte es mit Sicherheit zu sagen, doch jeder hoffte es. Diese Hoffnung war das einzige Gefühl, das alle Anwesenden beseelte.

Shao brachte ein Glas mit Orangensaft.

Tanith trank es leer. Sie stellte es zur Seite und bat

darum, das Licht auszuschalten. Nur eine Kerze sollte brennen, damit sie die Worte aus dem Buch ablesen konnte.

Nach einer halben Minute war es soweit. Die Astrologin und Wahrsagerin konnte beginnen.

Wieder beugte sie sich vor, und abermals umfaßten ihre langen Finger die geheimnisvolle Kugel. Diesmal konzentrierte sie sich nicht nur gedanklich, sondern blickte nach links, wo aufgeschlagen das Buch lag, in dem die geheimnisvollen Worte standen.

Niemand sprach.

Konzentration!

Tanith wollte ihr Bestes geben. Sie merkte bereits, wie sich die Kugel erwärmte. Ein Kribbeln lief durch ihre Hände, aber noch hielt sie sich zurück.

Dann sprach sie die allgemeinen Worte aus. Abermals rief sie Nostradamus an und verband diesen Namen mit dem des Geisterjägers John Sinclair.

Der Kelch begann sich zu verfärben. Aus dem Gold wurde ein tiefes Rot, so daß er dem Namen Kelch des Feuers gerecht wurde. Seine Farbe wirkte wie die der Flammen, und es mußte einfach etwas geschehen.

Plötzlich holte Tanith tief Atem. Ihr Blick verschleierte. Er richtete sich in unendliche Fernen, und im nächsten Augenblick begann sie zu sprechen.

Dabei blickte sie kaum auf das Buch. Die Worte, die dort standen, drangen flüssig über ihre Lippen. Es hatte den Anschein, als wären sie nur für sie geschrieben worden.

Sie sprach leise und sehr deutlich. Jeder konnte die Worte hören, und sie rief die geheimnisvollen Mächte und Kräfte einer anderen Welt damit an.

»… sofern du das große Vertrauen in die Sache des Guten hast …«

Der letzte Satz! Er verklang wie ein leises Echo. Hatte die Beschwörung und Anrufung etwas genutzt?

Ja!

Der Kelch reagierte!

Urplötzlich glühte er auf. Mit ihm die Kugel. Und aus ihr schoß eine glühende Aura, rotsilbrig, ein Gesicht erschien und die Gestalt eines Menschen.

Geisterhaft schwebte sie innerhalb des Scheins.

»John Sinclair!« schrie Shao.

»Und er hat das Kreuz!« flüsterte Suko …

Ich hatte es wieder!

Mein Kreuz, das mir als dem Sohn des Lichts gehörte. Ich spürte seine Wärme, und ein kaum zu beschreibendes Gefühl durchströmte mich.

War es die Hoffnung, die Wahrheit der Offenbarung? Ich wußte es nicht, sondern gab mich völlig unter den Schutz meines Kreuzes, der mich wie ein Mantel umgab.

Die Umgebung veränderte sich. Ich merkte, daß ich herausgerissen wurde, daß Kräfte, die stärker als das Böse waren, eine Insel in diesem höllischen Reich geschaffen hatten, um mich, John Sinclair, zu schützen.

Beinahe verzweifelt umklammerte ich mein Kreuz. Ich spürte überhaupt nicht mehr, daß ich einen Körper hatte, sondern war eingekesselt in eine Lichtaura, die über mir in einer unendlichen Farbe verlief.

Und dann hörte ich Stimmen.

Leicht und singend. Ja, es war Gesang, der meine Ohren traf und ein melodisches Echo hinterließ. Ich riß die Augen weit auf, wollte etwas sagen, aber meine Stimme versagte. Ich war gefangen in einem magischen Bann, und das Kreuz wurde durch eine geheimnisvolle Kraft aktiviert.

Plötzlich sah ich ein Bild. Erst hielt ich es für eine Täuschung, weil es mir zu wenig real erschien. Denn der Kelch des Feuers stand vor meinen Augen. Er glühte in einer Pracht, wie ich sie nur einmal erlebt hatte, als ich gegen die Teufelsmönche kämpfte, und in ihm befand sich eine geheimnisvolle Kugel. Ich sah auch Gesichter, die den Kelch des Feuers umgaben, allerdings konnte ich nicht erkennen, zu wem sie gehörten, weil sie zu sehr im Schatten lagen und nur der Kelch die Lichtquelle darstellte.

Auch die Kugel strahlte. Ihr Licht schien mir sogar noch intensiver zu sein. Dieses Licht, aus Wellen geboren, erreichte mein Gehirn, und aus den Wellen formten sich Gedanken.

Für einen Moment war ich überrascht. Eine Leere überfiel mich, dann jedoch konnte ich die Gedanken verstehen.

Sie sprachen mich direkt an.

Du bist John Sinclair, der Sohn des Lichts. Du hast dich in die Hölle gewagt, um dem Bösen zu trotzen. Du hast Mut besessen, ungeheuren Mut, und deshalb werden wir dich nicht im Stich lassen, obwohl du es nicht schaffen wirst und kannst, die Hölle zu besiegen. Sie ist zu mächtig. Als der Erzengel Michael den aufsässigen Luzifer in die Tiefen der Finsternis verdammte, begann das große Drama. Die Hölle entstand, und sie wird weiterleben bis in alle Ewigkeiten. Damit mußt du rechnen, daran mußt du dich gewöhnen. Du kannst keinen Sieg erringen, sondern höchstens Teilerfolge …

Diese Stimme nahm mir jeglichen Mut. »Wer bist du?« schrie ich in Gedanken. »Bist du der Seher? Sag mir deinen Namen. Ich bitte dich darum.«

»Nein, ich bin nicht der Seher. Der Seher ist zu fern, aber ich bin derjenige, dem der Seher die Kraft gegeben hat, in die Zukunft schauen zu können. Mein Name ist Nostradamus.«

Das war eine Überraschung. Im nächsten Moment wurde sie noch größer, denn Nostradamus zeigte sich mir.

Hoch über mir sah ich sein Gesicht. Es war der Geist des Mannes, der im sechzehnten Jahrhundert gelebt und der so große und folgenschwere Prophezeiungen gewagt hatte. Er, der einen Teil der Zukunft kannte, wußte auch über die Hölle Bescheid. Wollte er mir ebenfalls eine Offenbarung zuteil werden lassen? Hatte er seine Offenbarungen durch den Seher erhalten? Wußte dieses Geistwesen mehr als Nostradamus? Wußte er vielleicht alles?

Der Mathematiker und Wahrsager hatte meine Gedanken erraten. »Nein«, hörte ich ihn. »Der Seher weiß auch nicht alles. Es gibt einen, der noch über ihm steht, dessen Geist allmächtig und unfaßbar ist ...«

Ich erschauerte, denn ich wußte genau, wen er meinte. Ich fühlte mich auf einmal so unendlich klein und hilflos wie ein Staubkorn im Mahlstrom der Ewigkeit.

»Aber du bist der Sohn des Lichts«, hörte ich ihn wieder. »Du hast das Kreuz und deshalb ein großes Erbe übernommen ...«

»Erzähle mir etwas von diesem Erbe. Berichte mir von meinem Kreuz. Woher stammt es genau? Wer hat es geschmiedet?«

»Du wirst es erfahren. Irgendwann einmal. Falls du dann noch lebst. Jetzt ist nicht der rechte Zeitpunkt, dich in die Geheimnisse des Kreuzes einzuweihen. Du wirst es schon erfahren. Stück für Stück, Teil für Teil, aber du mußt erst die Voraussetzungen schaffen. Du mußt mehr über deine Gegner wissen, denn dein Hauptgegner ist nicht Dr. Tod oder Asmodis, sondern die Hölle!«

»Ist Asmodis nicht der Herr der Hölle?«

»Nein!«

Die Antwort war so bestimmt gegeben worden, daß sie mich regelrecht erschreckte. Mit einemmal geriet mein Weltbild ins Wanken. Der Teufel, also Asmodis, sollte nicht der Herrscher der Hölle sein? Nicht der oberste Fürst?

Das konnte ich nicht glauben. Seit ewigen Zeiten hatten die Menschen den Teufel als das absolut Böse angesehen. Nein, Nostradamus lag hier falsch.

Lag er das wirklich?

Wieder vernahm ich seine Stimme. Sein Gesicht verzog sich zu einem Lächeln, in seinen Augen schienen Sterne zu blitzen, als er erwiderte: »Ich weiß genau, was jetzt in dir vorgeht, John Sinclair. Aber glaube mir, ich habe recht.«

»Wieso?«

»Ich will es dir sagen, und du mußt genau zuhören, denn viel Zeit bleibt nicht mehr. In deiner Nähe bahnen sich Dinge an, die entscheidend für deine Zukunft werden können, deshalb stelle keine Fragen, und höre genau zu: Vor unendlich langen Zeiten, als die Erzengel die Träger des Lichts waren, kam es zum großen Kampf zwischen Michael und dem abtrünnigen Luzifer. Dieser Kampf wurde mit Schwertern ausgetragen, und Luzifer, der das Böse verkörperte, verlor. Michael stieß ihn in die Tiefen der Verdammnis, wo er, als der Fürst der Hölle, ein gewaltiges Reich aufbaute. Es ist so groß, daß es sich mit dem Licht durchaus messen kann. Luzifer hatte zwar eine Niederlage erlitten, aber er gab nicht auf. Er sammelte die Bösen, die Wesen der Dunkelheit, um seinen Thron, und er gab ihnen den Auftrag, für immer und alle Zeiten gegen die Kräfte des Lichts zu kämpfen. Während die Wesen der Finsternis von den Engeln weiterhin verstoßen wurden, nahm Luzifer sie gern auf. Er arbeitete eine regelrechte Hierarchie der Finsternis auf und gab den Wesen Namen. Einige möchte ich dir nennen, und jeder von ihnen ist so mächtig wie Asmodis, denn auch er ist nur ein Teil der Hölle, einer der Unterführer, mehr nicht. Da gibt es Bael, den Herrscher mit den drei Köpfen. Er allein befiehlt über 66 Legionen von Teufeln. Und er kann auch seine Gestalt verändern. Er ist unheimlich stark, kann den Menschen Weisheit und Unsichtbarkeit geben. Ferner existiert Forkas, der den Menschen ebenfalls unsichtbar machen kann. Dann Buer und Marchocias. Auch sie sind Höllenfürsten. Astaroth findet man ebenfalls in diesem Reigen. Auch Eurynome oder Amducias. Zusammen mit Bael und Astaroth bilden sie AEBA, das höllische Quartett, das sich bisher ziemlich im Hintergrund gehalten hat. Es sind nur die Namen einiger Höllenfürsten, die ich dir aufgezählt habe, doch jeder von ihnen besitzt und besaß eine große Macht. Sie wurde ihnen gegeben, noch bevor die Menschen den Erdball bevölkerten. Und über allem steht Luzifer. Er ist der absolute Kaiser, und er zieht auch die Fäden. Ihn hat noch nie ein Mensch zu Gesicht bekommen, aber er gebietet über zahlreiche Fürsten. Als dann die Menschen die Welt bevölkerten und sich vermehrten, wobei die einzelnen Rassen entstanden, da begannen die Dämonen und Höllenfürsten, sich Menschen untertan zu machen. Sie schafften es tatsächlich, so daß die Menschen zwar mehrere Teufel kannten, in Wirklichkeit aber ein- und denselben anbeteten. Sie alle wollten das gleiche. Die, die bei dir leben, John Sinclair, sagen Asmodis. Im Orient wird Bael verehrt, in Japan Emmo-Hoo, und so hat jedes Volk seinen eigenen Teufel. Asmodis ist mit Emmo-Hoo identisch, nur trägt er dort einen anderen Namen, und er sieht auch anders aus. Er hat sich den Menschen anders gezeigt, und deshalb sind auch die Zeichnungen und Überlieferungen der Völker so grundverschieden. Im Prinzip meinen alle das gleiche. Hast du mich verstanden?«

Ich nickte und formulierte in Gedanken die Bejahung, obwohl ich kaum etwas begriffen hatte, denn in diesen Augenblicken wurde ein Weltbild in mir zerstört. Ich hatte bisher den Teufel, Asmodis also, für den obersten Höllenherrscher gehalten, doch das stimmte nicht. Aber nicht nur ich war diesem Irrtum erlegen, sondern auch die anderen Menschen, die einen ähnlichen Glauben vertraten wie ich. Wenn es wirklich so war, und warum sollte ich an den Worten des großen Nostradamus zweifeln, lohnte es sich dann noch, den Kampf gegen das Böse fortzusetzen? Wenn ich schon gegen Dr. Tod und seine Mordliga nicht ankam, die im Vergleich zur Hölle ja nur kleine Fische waren, dann würde ich gegen die Teufel doch erst recht nichts erreichen.

Diese Gedanken beschäftigten mich nicht nur, sie deprimierten mich auch.

Das merkte Nostradamus. »Und doch solltest du nicht aufgeben, John Sinclair. Es hat immer Menschen gegeben, die gegen das Böse kämpften. In allen Zeiten war das so. Du gehörst dazu, und du bist der Sohn des Lichts. Du hast das Kreuz, und du wirst im Buch der grausamen Träume erwähnt. John, ich beschwöre dich. Gib nicht auf, du bist einer der Stützpunkte auf einer Welt, die Luzifer erobern will. Deshalb schickt er seine Teufel vor, damit sie den Geist der Menschen zerstören. Er will das Chaos, er will die Kriege, und er findet immer wieder neue Diener. Stemm dich dagegen an, du schaffst es, du kannst es, denn du allein bist der Sohn des Lichts, dessen Bedeutung dir irgendwann einmal aufgehen wird. Noch ist es zu früh, aber ich weiß, ich sehe es, daß du die Geheimnisse einmal erfahren wirst. Ich merke, wie unser Kontakt schwächer wird. Das Böse ist stark, sogar sehr stark. Deine Freunde versuchen ebenfalls, mich zu rufen. Denk an den Kelch des Feuers, er ist mein Erbe an die Nachwelt, und er ist inzwischen vollständig. Wir werden über deine Zukunft wachen, auch wenn sie schlimm aussieht, denn die Großen Alten, die Dämonen der Urzeit, sind bereit, wieder aufzuerstehen. Das kann ein Jahr dauern, aber auch zwei. Nimm den Kampf auf, John Sinclair. Laß nicht ab, mache weiter! Du kannst es, denn wenn es einer kann, dann du. Vertraue auf deine Freunde, vertraue auf den, der hinter allem steht und alles erschaffen hat, dann wird die Hölle zwar weiter existieren, aber keine großen Siege erringen können …«

Es waren die letzten Worte des großen Sehers. Sein Gesicht verblaßte, als würde sich Nebel unter den Sonnenstrahlen blitzschnell auflösen.

Ich hielt noch immer den Blick nach oben gerichtet. Wo sich das Gesicht des Nostradamus befunden hatte, sah ich nur noch das helle Licht. Es schien zum Greifen nahe zu sein, war jedoch in Wirklichkeit so weit entfernt, daß unsere Mathematik nicht ausreichte, um alles in Zahlen zu erfassen.

Auf einmal wischten vier Strahlen hoch in diese Unendlichkeit. Mein Kreuz war aktiviert worden. Ich schaute den Strahlen nach und sah dort, wo sie endeten, vier Gesichter.

Nur für einen kurzen Augenblick.

Vier gütige, weise, junge und dennoch erfahrene Gesichter, mit Lippen, die auffordernd lächelten.

Die vier Erzengel ...

Und zwischen ihnen entdeckte ich ein Augenpaar, in dem die Weisheit der Ewigkeit stand.

Der Seher schaute mich an ...

Vielleicht war die Szene nur für den Bruchteil einer Sekunde zu erkennen, aber sie sagte mir alles. Sie gab mir Mut, ich fühlte mich bestätigt und holte tief Atem.

Ja, ich würde weitermachen.

Ja, ich wollte meine ganze Kraft einsetzen.

Ja, ich ließ mich nicht von den Kräften der Hölle unterkriegen. Nicht von einem Asmodis und weder von Asmodina noch von Dr. Tod. Ich wollte kämpfen.

Und ich sprach die Worte aus, obwohl ich die Gesichter und das Augenpaar nicht mehr sah.

Wie ein Schwur klangen meine Worte. Ein Schwur, den ich unbedingt erfüllen wollte.

Im selben Augenblick brach der Kontakt ab. Das Licht verschwand, und ich befand mich in der Realität wieder.

Das hieß, in einer der Höllen!

Sofort war ich voll da und stellte erst jetzt richtig fest, daß ich am Boden lag.

Rasch kniete ich mich hin.

Ich konnte nicht zeitlich bestimmen, wie lange die Offenbarung gedauert hatte, auf jeden Fall war inzwischen etwas geschehen, mit dem ich nie im Leben gerechnet hatte.

Meine Augen weiteten sich vor Staunen ...

Dr. Tod hatte wirklich weit ausgeholt. Und er hatte sich auch innerlich auf diesen alles entscheidenden Wurf eingestellt. Trotz der Hektik um ihn herum, trotz des vergangenen Durcheinanders blieb er cool.

Es mußte ihm einfach gelingen, Asmodina zu treffen und zu besiegen. Sie sollte verschwinden – endgültig und für alle Zeiten.

Obwohl es in dieser Dimension die eigentliche Zeit nicht gab, schien es Solo Morasso, als liefe alles verzögert ab, als würde er wirklich eine Zeitlupe erleben.

Sein Arm schwang zurück. Das Gesicht verzerrte sich dabei. Die Augen waren aufgerissen, er schaute auf Asmodina, fixierte sie, zitterte innerlich, sah nur sie und legte alles in den entscheidenden Wurf.

Er mußte gelingen!

Wie von selbst öffneten sich seine Finger. Der Bumerang verließ seine rechte Hand und begab sich auf die gefährliche Reise. Er durchschnitt die Luft wie ein Messer, zielte auf Asmodina, fuhr etwas schräg und in Halshöhe auf sie zu, und wieder kam Dr. Tod die Szene wie ein Zeitlupenfilm vor.

Die Teufelstochter bewegte sich ebenfalls. Sie zog ihre Schultern hoch und drehte sich nach links weg. Tänzerisch leicht sah das für Dr. Tod aus, und in diesen Sekunden wußte er, daß der Bumerang sein Ziel verfehlen würde.

Die langen roten Haare schwangen und wippten, als sich Asmodina in der Bewegung befand, vielleicht spürte sie noch den Hauch der Gefahr, auf jeden Fall wischte der Bumerang an ihr vorbei.

Dr. Tod hatte nicht getroffen!

Sein siegessicheres Lächeln zerbrach. Wut und Haß entstellten sein Gesicht.

Umsonst!

Es war alles umsonst!

So lange hatte er auf diesen Moment gewartet, hatte ihn sich immer wieder vorgestellt – und nun ...?

Er sah das Lachen. Er hörte es nicht, er bemerkte nur, wie sich das Gesicht der Teufelstochter verzog. Es wurde eine häßliche, triumphierende schwarze Fratze.

Morasso schaute an Asmodina vorbei, sah hinter ihr einen silbrigen Schein, wußte jedoch nicht, was er zu bedeuten hatte, und konzentrierte sich wieder auf die Teufelstochter, die jetzt einen Schritt auf ihn zuging.

Da vernahm er das Pfeifen.

Auch Asmodina hatte das Geräusch gehört. Sie wußte anscheinend Bescheid, wollte noch weg – zu spät.

Der Bumerang kehrte zurück!

Und diesmal traf er.

Es gab einen dumpfen, unüberhörbaren Schlag, als er von hinten gegen den Hals der Teufelstochter hieb und mit einem gewaltigen Schlag ihren Kopf vom Rumpf trennte.

Dr. Tod wollte es erst nicht glauben, was er da sah, denn der Bumerang hatte zwar den Kopf vom Körper getrennt, doch der Schädel fiel nicht.

Für eine gewisse Zeitspanne stand er in der Luft, und Morasso konnte die einzelnen Gesichtszüge trotz der Schwärze erkennen. Vor allen Dingen interessierten ihn die Augen. In ihnen spiegelte sich das wider, was die Teufelstochter in den letzten Sekunden ihrer Existenz fühlte.

Angst, Verzweiflung, Wahnsinn …

Als letztes, falls sie nicht schon vernichtet war, hörte sie noch das Lachen.

Es war ein gellendes, wahnsinniges, markerschütterndes Triumphgelächter, das Dr. Tod ausstieß. All die Spannung fiel von ihm ab. Er hob den Bumerang hoch, der nicht in seine geöffnete Hand zurückgeflogen war, und lachte.

Vor seinen Füßen lag der Kopf.

Ihr Kopf.

Und soeben kippte der Körper. Steif fiel er nach unten. Neben dem Kopf mit den langen roten Haaren blieb er liegen. Bewegungslos, tot, vernichtet …

Vor ihm stand der Sieger.

Der hieß Solo Morasso alias Dr. Tod!

Er konnte es kaum fassen. Noch immer lachte er. Aber sein Lachen war leiser geworden, kichernder, hämisch und böse zur gleichen Zeit.

Da lag sie nun. Sie, die Teufelstochter!

Vernichtet! Für alle Zeiten. Er hatte den großen Kampf gewonnen. Nie mehr würde sie ihn demütigen können. Nun war er der Meister, der große Fürst.

Seine Schultern strafften sich. Das Gesicht vereiste. In den Augen lag ein kaum zu beschreibender Ausdruck, eine Mischung aus Triumph, Haß und Genugtuung.

Langsam drehte er sich um. Es waren die Bewegungen eines Siegers und eines Despoten zugleich.

Die Mordliga stand hinter ihm.

Xorron, Vampiro-del-mar, Lady X und Lupina. Es fehlte Mr. Mondo. Er hatte den großen Triumph nicht mehr erleben können und in dieser Dimension sein verbrecherisches Leben gelassen. An ihn verschwendete Morasso keinen Gedanken. Er dachte nur an das Sprichwort: Wo gehobelt wird, da fallen Späne. So auch hier.

Um etwas Großes zu erreichen, mußte man schon Opfer bringen.

»Ich habe es geschafft!« flüsterte Dr. Tod und schaute die Monster der Reihe nach an. »Ich habe es tatsächlich geschafft, wie ich es euch versprach. Ich bin derjenige, der jetzt die Macht der Teufelstochter übernimmt. Vor mir wird man kuschen und sich ducken, und ich werde dem Spuk, wie versprochen, die Trophäe überreichen. Bring mir den Kopf von Asmodina, hat er gefordert. Er soll ihn haben!«

Die Mitglieder der Mordliga sagten nichts. Vielleicht hatten sie nicht damit gerechnet, daß Morasso es schaffen würde. Auf jeden Fall waren sie überrascht.

Morasso bückte sich. Den Bumerang steckte er ein. Somit hatte er beide Hände frei. Fünf Finger der Rechten krallte er in die rote Haarflut und hob den Kopf an.

»Seht!« schrie er. »Das ist von der großen Teufelstochter übriggeblieben. Ich bin der Sieger. So wie ihr ergeht es jedem, der mir zu nahe tritt und sich mir entgegenstellen will! Holt das Tablett!«

Lady X verschwand.

Dr. Tod aber blieb stehen, drehte Asmodinas Kopf und starrte ihn an. »Nichts kannst du mir mehr antun, Teufelstochter. Gar nichts. Ich habe dich besiegt, ich bin der Größte. In mir hast du deinen Meister gefunden. Und auch Asmodis hat dir nicht helfen können!«

Die Scott kehrte zurück. Sie brachte das Tablett mit einem Tuch.

»Halte das Tablett!« befahl Morasso.

Lady X gehorchte. Die Unterlage lag auf ihren vorgestreckten Armen, und Solo Morasso drapierte den Kopf der Asmodina auf die golden glänzende Fläche.

»So muß es sein!« flüsterte er.

»Und wo ist das Kreuz?« fragte Lady X.

Da zuckte Dr. Tod zusammen. »Ich habe es nicht«, erwiderte er rauh. »Es muß irgendwo liegen.«

»Willst du es suchen?«

»Später. Erst einmal muß ich dem Spuk ihren Kopf bringen. Das habe ich versprochen, und meine Versprechen halte ich ein.« Er kicherte hämisch.

»Sollen wir dich begleiten?«

»Natürlich!«

Die Monster schlossen sich Solo Morasso an, als er sich in Bewegung setzte. Sie blieben einen Schritt hinter ihm und deckten ihn gegen Gefahren ab.

Asmodina war zwar vernichtet, doch Asmodis lebte weiter. Es war die Frage, ob er den Tod seiner Tochter so ohne weiteres hinnehmen würde.

Das alles interessierte Solo Morasso im Augenblick nicht. Er war voll und ganz damit beschäftigt, seinen großen Triumph auszukosten. Einen Sieger hatte es nur geben können.

Und der Sieger war er!

Trotz der ziemlich schlechten Lichtverhältnisse erkannte ich den Körper, der vor mir am Boden lag.

Ein Körper ohne Kopf!

Zuerst wollte ich es nicht glauben, wischte mir über die Augen, doch das Bild blieb. Es war keine Täuschung.

Vor mir lag die geköpfte Asmodina!

Ich stand auf. Meine Beine zitterten, die Knie schienen mit Pudding gefüllt zu sein. Ich stolperte langsam näher. Meine Schuhe stießen gegen im Weg liegende Steine und kleine Erhebungen. Ich achtete nicht darauf, sondern sah nur Asmodina.

Neben ihr blieb ich stehen.

Der Torso rührte sich nicht. Keine Bewegung mehr. Die Teufelstochter war tatsächlich vernichtet worden. Ich senkte den Blick und schaute mir die Schnittstelle an.

Sie war glatt.

So glatt wie eine, die von einem Bumerang hinterlassen worden war. Da wußte ich, daß Dr. Tod es geschafft hatte. Mit der Waffe, die an sich mir gehörte. Ich hatte damals den Schwarzen Tod auf die gleiche Art und Weise vernichtet. Morasso hatte es mir nachgemacht.

Das Kreuz hielt ich in der Hand. Noch immer lag ein leichter Schleier darüber. Morasso hatte es vergessen, sicherlich würde er bald zurückkehren und es suchen.

Sollte er. Diesmal würde er das Kruzifix nicht bekommen, das schwor ich mir. Ich hielt die Kette fest und ließ das Kreuz nach unten fallen. Es landete auf dem Torso. Ein Blitzschlag schien den kopflosen Körper zu treffen. Er krümmte sich zusammen, und im nächsten Augenblick schlugen überall kleine Flämmchen hervor.

Asmodinas Körper verbrannte ...

Schwarze Asche blieb zurück.

Ich wollte mich schon abwenden, als ich in der schwarzen Asche etwas blinken sah. Rasch bückte ich mich und stieß ein zufriedenes Schnaufen aus, denn in der Hand hielt ich den silbernen Nagel, durch den Dr. Tod schon einmal den Tod gefunden hatte.

Er sah so aus wie immer. Asmodina war nicht dazu gekommen, ihn Dr. Tod in den Schädel zu schlagen. Sollte ich ihr Erbe übernehmen? Ja, Freunde, dazu war ich entschlossen, vorausgesetzt, die anderen ließen dies zu, denn ich hatte die Mordliga nicht vergessen. Lupina, Lady X, Xorron und Vampiro-del-mar würden ihren Boß mit allen Mitteln verteidigen. Und auch Mondo stand dabei sicherlich nicht zurück.

Ich starrte noch einmal auf die schwarze Asche. Also das war einmal die mächtige Teufelstochter gewesen, die auch mir so viel Ärger bereitet hatte.

Ich konnte es kaum glauben.

Wie hatte ich schon gegen sie gekämpft! In einem zerstörten London, das sie mir als Horror-Illusion geschickt hatte. Oder am Grab in der Hölle, wo für mich der Richtplatz geschaffen worden war, damit mich Destero, der Dämonenhenker, köpfen konnte. Fast in jedem Fall hatte sie ihre Hände im Spiel, ob in der Schädelwelt oder auf der Erde. Asmodina war immer die treibende Kraft im Hintergrund gewesen. Und jetzt gab es sie nicht mehr.

Aus, vorbei …

Solo Morasso, der ihr eigentlich seine Existenz zu verdanken hatte, war zu ihrem Mörder geworden. In der Dämonenwelt zählte keine Dankbarkeit. Jeder war auf seinen eigenen Vorteil bedacht und auf die Ausweitung seiner schrecklichen Macht. Solo Morasso würde mächtig werden, das stand fest.

Wie hatte man mir noch prophezeit? Die Zukunft würde für mich persönlich sehr, sehr schwer werden. Wenn ich auf Asmodina blickte, konnte ich das nur bestätigen. Es hatte eine Machtverschiebung stattgefunden, und ich war gespannt, wie die anderen, mächtigen Dämonen es aufnehmen würden. Würden sie die Mordliga agieren lassen? Das glaubte ich kaum.

Und wie würde Asmodis reagieren? Solo Morasso hatte durch diesen Sieg schließlich auch dem Teufel eine Niederlage beigebracht. Es war wirklich die Frage, ob er die so ohne weiteres hinnehmen oder ob er sich für diese Tat an Dr. Tod rächen würde.

Nur – wo steckte Solo Morasso? Hatte er vielleicht den Kopf der Teufelstochter mitgenommen? Als seine Trophäe, als Zeichen seines großen Sieges?

Möglich, und ich beschloß, ihn zu suchen. Ich war wieder im Besitz meines Kreuzes und des silbernen Nagels und fühlte mich stark genug, um Solo Morasso Paroli bieten zu können. Er sollte es nicht schaffen, noch war ich da. Wenn ich jetzt die Chance erhielt, dann wollte ich sie auch nutzen.

Wieder schritt ich über die verbrannte Vulkanerde. Wo die Lavasäulen aus dem Boden gequollen waren, stiegen feine Rauchschwaden in den grauen Himmel. Hier war der Boden noch warm.

Dann sah ich die nächsten Leichen.

Es waren die Todesengel, treue Diener der Teufelstochter. Keiner von ihnen lebte. Die Mitglieder der Mordliga hatten sich mit ihnen beschäftigt und sie sogar zerrissen.

Sie hatten grausam gewütet, und ich wandte mich ab. Abermals wurde mir bewußt, mit welch einer Erbarmungslosigkeit der Kampf der Schwarzblüter untereinander ausgetragen wurde, und über meinen Rücken lief ein Schauer.

Ich war froh, als ich den Kampfplatz endlich hinter mir gelassen hatte. Stille umgab mich. Mutterseelenallein schritt ich durch diese Alptraumlandschaft. Ich wollte Dr. Tod suchen und finden. Wenn er sich irgendwo versteckt hatte, würde ich ihn auch finden. Außerdem wollte ich meinen Bumerang zurück haben.

Das Kreuz hielt ich in der rechten Hand. Es erkaltete nicht, und ich spürte, daß es gegen das Böse, das hier überall lauerte, anging. Es wirkte wie eine Insel in dieser Welt des Schreckens.

Ich entdeckte weder Dr. Tod noch die Mordliga, aber ich hörte etwas.

Ein gellendes, triumphierendes Gelächter, das wie ein Jubelschrei des Satans über das Land schwang.

Das Lachen kannte ich! So triumphierend konnte es nur einer ausstoßen.

Solo Morasso!

»Ich komme!« flüsterte ich. »Noch hast du nicht gewonnen, Dr. Tod ...«

Solo Morasso schritt an der Spitze. Die Arme hatte er ausgestreckt. Auf ihnen lag das Tablett mit dem Kopf. Er hatte das schwarze Tuch über den Schädel gelegt. Der Stoff war ein wenig durchsichtig. Wenn er genau schaute, konnte er die Augen der Teufelstochter sehen. Die roten Haare hatten sich verteilt. Sie schauten mit ihren Spitzen unter den Rändern des Tuchs hervor.

Lupina, Lady X, Vampiro-del-mar und Xorron deckten ihrem Chef den Rücken. Sie würden dafür sorgen, daß sie nicht überraschend angegriffen werden konnten.

Der Spuk wartete sicherlich. Er würde sich wundern. Morasso grinste, als er daran dachte. Er dachte allerdings auch an Tokata, den Samurai des Satans. Er befand sich auf einer Insel, um den goldenen Samurai zu stellen. Wenn es Tokata gelang, ihn zu töten, dann konnte er die Macht der Mordliga noch mehr festigen.

Nur für Mondo brauchte Dr. Tod Ersatz. Er war ein Opfer der Teufelstochter geworden.

Der Nebel wurde wieder dichter. Ein Zeichen, daß sie sich dem Thron des Spuks näherten.

Und plötzlich löste sich eine Gestalt aus den grauen Schleiern. Sie ging geduckt, und Xorron, an dessen Seite die Gestalt auftauchte, blieb sofort stehen, wobei er ein drohendes Geräusch ausstieß.

»Halte sie zurück, Morasso!«

Dr. Tod blieb stehen. Die Stimme hatte er erkannt. Sie gehörte dem Helfer des Spuks.

Maddox!

Der Dämonenrichter sah aus, als hätte er wirklich einiges hinter sich. Die Kleidung war verbrannt, die Gesichtshaut angesengt, das Haar schwarz und mit Asche überdeckt.

»Was ist passiert?« wollte Morasso wissen.

Maddox blieb stehen. »Sinclair und die Todesengel!«

Als er den Namen Sinclair erwähnte, leuchtete es in Solo Morassos Augen auf. »Wo steckt der Hund?«

»Ich weiß es nicht. Ich bin nur froh, daß mich die Lavasäulen nicht zerstört haben. Die Todesengel ließen mich einfach fallen. Nur mit Mühe konnte ich fliehen.«

»Das sehe ich.«

»Wo willst du hin?« fragte Maddox.

»Zum Spuk. Er erwartet mich. Ich will ihm etwas bringen. Den Kopf von Asmodina.«

»Was?«

»Ja, ich habe sie getötet. Mit dem magischen Bumerang konnte ich ihren Kopf vom Rumpf abtrennen. Sie wird euch nie mehr Vorschriften machen.«

Maddox' Mund blieb vor Staunen offen. Sein Gesicht zuckte, und mit den Fingern schabte er schwarze, verbrannte Haut von der Wange.

»Ist das wahr?«

»Warum sollte ich dich belügen?«

Maddox stieß ein meckerndes Lachen aus.

»Das wird den Spuk freuen. Nur schade, daß ich vorher nicht mehr das Urteil aussprechen konnte. Ich hätte es sehr gern getan. Besonders jetzt, wo mich ihre verdammten Todesengel malträtiert haben. Aber so ist es auch gut.«

»Geh endlich!«

»Ja, ja, es ist nicht mehr weit. Der Spuk hat sich auf seinen Thron zurückgezogen. Alle hohen Herrscher besitzen einen Thron. Asmodina besaß auch einen, und du gehörst ebenfalls zu den Großen, Solo Morasso. Du mußt auch einen bekommen.«

»Sicher werde ich das.« Morasso fühlte sich geschmeichelt. »Aber erst will ich zum Spuk. Bring mich endlich hin, Dämonenrichter. Ich muß ihm zeigen, was ich geleistet habe.«

»Sofort, Solo Morasso, sofort.« Maddox dienerte. Es war gut, wenn man dem Sieger zeigte, auf welcher Seite man stand.

Der Dämonenrichter ging vor. Er schlug die Richtung ein, wo der Nebel noch dichter lag und bald wie eine graue Wand wirkte. Ein geheimnisvolles Wispern und Raunen lag in der Luft, das Grauen war spürbar und wurde noch stärker, je mehr sie sich dem Thron des Spuks näherten.

Dr. Tod wußte genau, woher das Flüstern kam. Es drang aus dem Nebel, denn in ihm schwebten auch die Seelen der Verurteilten. Allerdings war dieser nicht so beschaffen wie Morassos Todesnebel. Er löste die Menschen nicht auf, die mit ihm in Berührung kamen, er schuf einfach das Grauen.

Seine Existenz verwirklichte das Böse, machte es spürbar, und nur Schwarzblüter oder Typen wie Dr. Tod konnten sich hier wohl fühlen.

»Wir sind da«, sagte Maddox. Er trat zur Seite, damit Morasso an ihm vorbeischauen konnte.

Da saß der Spuk.

Es war genauso, wie Maddox berichtet hatte. Der mächtige Dämon hockte auf einem Thron aus bleichen Knochen. Niemand wußte zu sagen, ob es die Knochen von Schwarzblütern oder von Menschen waren. Der Thron hatte eine hohe Rückenlehne, die an ihrem Ende einen Halbbogen aufwies. Auf der höchsten Stelle des Bogens befand sich ein weißlich glänzender Totenschädel.

»Ich bin da!« sagte Solo Morasso und nickte den Monstern der Mordliga zu, damit sie stehenblieben.

»Komm her!« Die Stimme drang aus der Schwärze, die den Thron ausfüllte.

Dr. Tod ging die nächsten Schritte. Den Kopf hatte er hoch erhoben. Auf seinen Lippen lag das triumphierende

Lächeln wie festgefroren. Das war seine große Stunde. Und die wollte er ebenso auskosten wie den Mord an Asmodina.

Er hatte seinen Blick fest auf die Trophäe gerichtet, die nach wie vor von dem dunklen Tuch verdeckt wurde. Zwei Schritte vor dem Thron des Spuks blieb Morasso stehen.

»Bring mir den Kopf von Asmodina«, sagte Dr. Tod mit dumpfer Stimme. »So hast du es verlangt. Ich habe mein Versprechen gehalten. Hier ist er!«

Morasso hatte die Worte kaum ausgesprochen, als er die linke Hand unter dem Tablett wegnahm und mit spitzen Fingern das Tuch von dem Schädel zog.

Er warf es weg.

Der Kopf lag frei.

Asmodinas Kopf!

Zeit verging. Solo Morasso war erregt. Er hatte einen Kommentar erwartet, vielleicht ein Lob oder Erstaunen, aber der gestaltlose Spuk sagte nichts.

»Was ist?« fragte Dr. Tod, der es nicht mehr aushielt. »Warum sagst du nichts?«

»Ich wundere mich«, drang es dumpf aus der Schwärze hervor.

»Worüber? Daß ich es geschafft habe?«

»Ja.«

Da lachte Morasso gallig. »Ich hatte es dir versprochen. Und meine Versprechen halte ich.«

»Nicht immer.«

»Wieso?«

»Bei John Sinclair, zum Beispiel.«

»Wer ist schon Sinclair? Ein Nichts, ein Niemand, wenn man ihn mit Asmodina vergleicht. Ich werde ihn auch noch töten. Und zwar noch heute, denn er befindet sich ebenfalls in dieser Dimension. Ich wollte dir zuvor nur meinen Sieg zeigen.«

»Gib ihn her!«

»Den Kopf?«

»Ja.«

Morasso wunderte sich zwar, aber er tat das, was der Spuk gewünscht hatte. Er ging mit dem Tablett so weit vor, daß der Spuk den Schädel greifen konnte.

Ein dunkler Schatten fiel über den Kopf, der sich plötzlich vom Tablett löste und vor Dr. Tods Augen in der Luft schwebte. So hielt ihn der gestaltlose Spuk fest.

Der Spuk drehte den Schädel, damit die blicklosen Augen in Richtung Thron zeigten. »Asmodina«, hörte Solo Morasso die dumpfe Stimme. »Du hast es übertrieben, wolltest immer mehr, auch mein Reich. Und sogar Izzis Macht über die Erdgeister wolltest du haben. Das ist nun vorbei. Endgültig. Es gibt nichts Neues mehr für dich, Teufelstochter. Dieser Schädel ist alles, was von dir übrigblieb.«

Der Spuk lachte grollend und wandte sich an Solo Morasso, wobei er den Kopf weiterhin festhielt. »Hast du auch den Nagel, den dir Asmodina in den Schädel schlagen wollte?«

»Nein!« Dr. Tods Stimme klang ärgerlich und gleichzeitig deprimierend. »Den habe ich total vergessen.«

»Hol ihn!«

»Jetzt?«

»Ja. Bevor der Nagel noch in die Hand eines anderen gerät.«

»Wer sollte ihn nehmen?«

»Vielleicht John Sinclair.«

Morasso lachte. »Der wird sich verkrochen haben, wirklich. Sinclair hat anderes zu tun.«

»Ich glaube, du unterschätzt ihn«, erwiderte der Spuk und schüttelte den Kopf der Asmodina. Der Kopf schien in der Luft zu schweben. Es war nicht zu erkennen, daß er überhaupt gehalten wurde. Aber den Spuk und auch Solo Morasso stieß dieses Bild nicht ab. Die beiden fühlten sich dort zu Hause, wo der Schrecken existierte.

Und dann geschah etwas Seltsames. Plötzlich begann der Schädel zu leben. Zuerst waren es nur die Augen, die sich bewegten. Sie rollten in den Höhlen, was in dem geschwärzten Gesicht schaurig aussah.

Da der Spuk den Kopf gedreht hatte, so daß das Gesicht wieder auf Morasso gerichtet war, konnte dieser die Bewegung der Augen nicht sehen. Dafür Dr. Tod und auch Maddox.

Der Dämonenrichter war es auch, der plötzlich aufschrie. »Da, der Schädel lebt noch! Er lebt, verdammt ...«

Im selben Augenblick öffnete sich der Mund. Die Worte des Dämonenrichters hingen noch als Echo in der Luft, als sich die Lippen bewegten und Worte formten.

Eine Stimme sprach.

Rauh, höhnisch, hart: »Noch habt ihr nicht gewonnen, ihr Verräter! Sie konntet ihr töten, aber ich lebe ...«

Dr. Tods Gesicht wurde zur Grimasse. Mit dem Fuß stampfte er auf. »Das war Asmodis«, kreischte er. »Das war der Teufel! Er wird sauer sein, daß seine Tochter ...«

»Ach, laß ihn«, erwiderte der Spuk, hob den Kopf in die Höhe und schleuderte ihn weg.

Zwei Augenpaare beobachteten die Flugbahn. Es waren die von Maddox und Morasso.

Asmodinas Kopf war vom Spuk in die Höhe geworfen worden. Am Ende seiner Flugbahn mußte er wieder zurückkehren, da in dieser Dimension ebenfalls die Gravitation herrschte.

Er würde zu Boden klatschen.

Das ließ der Spuk nicht zu.

Auf seinen geistigen Befehl hin erschienen plötzlich die Echsenköpfigen. Und sie hielten ihre Lanzen wurfbereit. Vier Monster waren es, die warteten, bis der Schädel eine gewisse Fallhöhe erreicht hatte.

»Jetzt!« Es war der Befehl des Spuks, und seine Diener führten ihn sofort aus.

Vier Lanzen wischten durch die Luft. Sie stiegen in die Höhe und waren auf ein Ziel fixiert.

Asmodinas Kopf!

Die Lanzen trafen. Von vier verschiedenen Seiten drangen sie in den fallenden Schädel. Sie waren mit der gleichen Kraft geschleudert worden und drangen fast zur selben Zeit in den fallenden Schädel.

Der Kopf wurde zerstört. Die letzten Überreste der Asmodina vergingen, sie wurden zu einer Wolke aus Staub.

Drohend schüttelte Morasso die Faust. »Das war endgültig das letzte, was von dir übriggeblieben ist!« schrie er. »Jetzt bist du vernichtet, Asmodina! Aber ich habe es dir bewiesen. Ich bin stärker gewesen, ich habe lange genug gewartet und den entscheidenden Kampf gut vorbereitet. Jetzt habe ich ihn gewonnen!«

»Und das reicht auch!« donnerte der Spuk. »Genug der Selbstbeweihräucherung. Denk an John Sinclair!«

»Asmodina war stärker!«

»Ja, aber Sinclair lebt noch!«

Als der Spuk das sagte, wurden auch die Mitglieder der Mordliga unruhig. Zu Asmodina hatten sie kein direktes Feindverhältnis besessen, da sie ein Schwarzblüter war. Bei Sinclair lag die Sache anders. Er war ein Mensch, der sich gegen die Mächte der Finsternis gestellt hatte. Und ihn mußte man besiegen.

»Wir werden ihn suchen!« befahl Solo Morasso. »Sinclair muß sich noch in dieser Dimension befinden. Vielleicht ist er verletzt. Oder es ist ihm das gleiche Schicksal widerfahren wie Marvin Mondo.«

»Nein, Sinclair lebt«, erwiderte der Spuk. Seine Stimme drang abermals aus dem Nichts. »Ihr braucht ihn auch nicht erst groß zu suchen. Er befindet sich gar nicht weit weg. Ich spüre ihn. Er ist in der Nähe. Wenn ihr ihn packen wollt, dann jetzt …«

Ich befand mich tatsächlich in der Nähe und beschloß, sehr, sehr vorsichtig zu sein.

Niemand bemerkte mich, als ich über den rauhen Vulkanboden schlich. So gelangte ich, das hoffte ich zumindest, ungesehen in die Nähe des Throns, auf dem der Spuk saß.

Momentan lag ich am Boden und konnte die Gestalten sogar beobachten. Geisterhaft sahen sie aus. Nebelschleier umwallten sie. Die Mitglieder der Mordliga hatten einen Ring um Morasso gebildet. Besonders deutlich hoben sich die Gestalten von Vampiro-del-mar und Xorron ab. Letzterer schimmerte heller als der Nebel.

Ich hörte auch, was gesprochen wurde, und ich sah, wie der Spuk Asmodinas Schädel zerstören ließ. Es war für mich ein seltsames Erlebnis, als ich dies sah. Hart geschleuderte Lanzen zerstörten den sich in der Luft befindlichen Schädel.

Ein schlimmes Bild. Und ich dachte daran, wer Asmodina einmal gewesen war.

Jetzt gab es sie nicht mehr.

Meine Gedanken wurden bald durch die nächsten Worte des Spuks zerstört, denn er sprach von mir und davon, daß ich mich bereits in der Nähe befand.

Hatte man mich entdeckt?

Automatisch blickte ich mich um. Über meinen Rücken lief ein kalter Schauer. Dr. Tod wollte jetzt alles. Er befand sich in einer regelrechten Euphorie, seit es ihm gelungen war, die Teufelstochter zu vernichten. Nun sollte auch ich daran glauben, dann hatte er quasi alles erreicht.

Ich atmete nur durch die Nase. Auf keinen Fall wollte ich mich vorzeitig bemerkbar machen. Bisher lief noch alles glatt. Wenn Morasso seine Monster losschickte, um mich zu suchen, konnte ich ihn vielleicht packen.

Sie sprachen über mein Kreuz.

»Es war schlecht von dir, daß du es dir hast aus der Hand nehmen lassen«, sagte der Spuk. »Sehr schlecht sogar.«

»Dafür konnte ich nichts. Die Ereignisse überstürzten sich plötzlich. Ich mußte das Kreuz werfen, um Asmodina aus der Reserve zu locken. Danach spielte sie mit der Materie. Wir waren froh, nicht verbrannt zu werden wie Mondo, und deshalb habe ich das Kreuz vergessen.«

Das war eine Neuigkeit für mich. Mondo war verbrannt worden. Dann hatte die Mordliga also ein Mitglied weniger. Ein guter Erfolg, wirklich. Zu dem ich allerdings nicht beigetragen hatte. Wenn das so weiterging – und das hoffte ich – dezimierte sich die Mordliga selbst.

»Glaubst du denn, daß Sinclair sein Kreuz inzwischen wieder an sich genommen hat?« fragte Solo Morasso.

»Rechne mit allem. Und rechne damit, daß er sich schon dicht bei dir befindet. Ich spüre ihn. Er ist in der Nähe!«

»Dann packen wir ihn!« schrie Dr. Tod.

Jetzt wurde es kritisch. Morasso gab seine Befehle. Er ließ die Monster ausschwärmen. Sie sollten einen Ring um den Thron des Spuks ziehen und mich abfangen.

Auf dem Boden liegend, zog ich mich zurück. Da die Mitglieder der Mordliga nicht mehr so dicht beisammen standen, konnte ich sie auch nicht genau erkennen.

Dann jedoch erschien geisterhaft innerhalb der Nebelschleier eine Gestalt. Sie ging ein wenig nach vorn gebeugt und hatte einen etwas längeren Gegenstand in ihre Hüfte gestemmt.

Meine Lippen verzogen sich zu einem Grinsen. Wer da in typischer Haltung auf mich zuschlich, war keine geringere als Lady X, die Vampirin. Auch sie haßte mich bis auf den Grund ihrer schwarzen Seele, denn sie gab mir die Schuld, daß sie zu einer Blutsaugerin geworden war. Ich hatte es werden sollen, doch wie es der Zufall wollte und auch mein Glück, war Lady X von dem Vampir angefallen und gebissen worden. Nun lief sie als Untote herum.

Die Scott bewegte sich genau auf mich zu. Schon jetzt hätte ich sie mit einer Silberkugel erledigen können, doch ich traute mich nicht. Der Schuß hätte die anderen aufgeschreckt. Damit wäre nur meine Position verraten gewesen.

Deshalb hielt ich mich zurück und nahm statt dessen

mein Kreuz. Wenn ich es schleuderte und mich gleichzeitig zur Seite warf, konnte es mir gelingen, den gefährlichen Kugeln aus der Maschinenpistole zu entgehen, falls die Vampirin in einem letzten Reflex abdrückte.

Ich hob den rechten Arm. Im Schleudern des geweihten Kreuzes hatte ich schon Routine. Nicht zum erstenmal wehrte ich mich auf diese Art und Weise. Daß mein Kreuz auch in dieser Dimension seine Kraft nicht verloren hatte, war mir durch das Auftauchen des geheimnisvollen Nostradamus bewiesen worden.

Einen Schritt sollte sie noch vorwärts gehen, dann wollte ich werfen.

Sie tat den Schritt. Allerdings zögernd, und mir schien es, als würde sie die Gefahr riechen.

Jetzt!

Genau in dem Augenblick, als ich das Kreuz schleudern wollte, packte eine kalte Klaue mein rechtes Handgelenk …

Für den Bruchteil einer Sekunde rührte ich mich nicht. Ich wunderte mich darüber, was einem alles in dieser kurzen Zeitspanne durch den Kopf schießen kann.

Verloren, vorbei. Endgültig Schluß. Lady X würde mich sehen, und sie würde schießen …

Dann warf ich mich herum. Und zwar nach rechts, so daß mein Gegner die Bewegung mitmachen mußte, ob er wollte oder nicht. Er machte sie mit. Ich fiel auf den Rücken, schaute hoch und blickte genau in das häßliche Gesicht eines echsenköpfigen Monsters.

Ein Spukdiener hatte sich also lautlos an mich herangeschlichen. Und er hielt die Lanze wurfbereit.

Reiner Reflex bestimmte meine nächsten Handlungen. Ich zog die Beine an und ließ sie im nächsten Augenblick wieder vorschnellen. Dabei rollte ich mich ein wenig nach links, um sicher zu sein, daß ich meinen Gegner auch traf.

Es gelang. Beide Füße prallten gegen seine Brust. Er wurde nach hinten geschleudert und schaffte nicht mehr, seine Lanze in meinen Körper zu bohren. Er warf sie zwar, als er sich noch in der Bewegung befand, doch die Spitze verfehlte mich. Sie drang nicht in meinen Körper. Dicht an der Hüfte vorbei hackte sie in den Boden und riß dort eine tiefe Furche.

Alles war sehr schnell gegangen, so daß auch die Scott überrascht worden war.

Dann aber brüllte sie auf. »Ich habe ihn! Verdammt, ich habe ihn! Er hat sich hier verkrochen! Kommt!«

Eine Garbe ratterte aus der Mündung. Das Mündungsfeuer nahm ich nicht mehr wahr, ich hatte mich bereits zur Seite geworfen, rollte mich über den Boden und versuchte, den Kugeln zu entgehen.

Die Geschosse trafen nicht mich, sondern den Echsenköpfigen. Ich hörte, wie sie in seinen Körper schlugen und das Wesen durchschüttelten. Aber da befand ich mich bereits auf den Beinen und hetzte davon. Wohin, das wußte ich nicht. Ich wollte nur weg. Vielleicht hatte ich eine Chance, bevor die anderen mich einkesselten und den Ring noch enger zogen.

»Ich habe ihn! Ich habe ihn!« Lady X kreischte in ihrem Triumph. Sie schoß einfach drauflos.

Jetzt wurde der Nebel zu meinem vorläufigen Retter. Er war so dicht, daß ich nur noch als Schatten zu sehen war und dann überhaupt nicht mehr, als ich tiefer in ihn eindrang und vor allen Dingen auch weiter weglief.

Noch immer ratterte die Waffe. Dazwischen erklangen die Schreie der anderen. Besonders Morassos Stimme hörte ich hervor. Er war völlig aus dem Häuschen, trieb die Mitglieder seiner Mordliga zur Eile an und wollte meine Vernichtung.

»Laßt das Schwein nicht entwischen! Packt ihn! Tötet ihn!« Dr. Tod war rasend. Er scheuchte seine Vasallen hin und her. Allerdings wußte niemand genau, wo er mich suchen sollte.

Ich hatte zum Glück auf dem unebenen Untergrund eine kleine Erhebung gefunden, die mir einigermaßen Deckung bot. Innerhalb der Schwaden sah ich es aufblitzen. Lady X schoß weiter. Die Mündungslichter tanzten. Sie streute jetzt, und ich vernahm die harten Einschläge der Kugeln. Auch in meiner Nähe.

Der mit einer MPi bewaffneten Vampirin war es egal, wen sie traf. Ihren eigenen Kumpanen konnten die Kugeln nicht gefährlich werden. Vielleicht setzte sie darauf, daß mich ein Querschläger traf.

Ich lag hinter meiner Deckung und fieberte. Lange würde ich es hier nicht aushalten können. Irgendwann erfuhren meine Gegner, wo ich mich verkrochen hatte, dann war es aus.

Des öfteren warf ich einen Blick über die Schulter zurück. Sie würden sicherlich auch in meinem Rücken erscheinen, und ich hatte mich nicht getäuscht.

Die Gestalt wuchs gewaltig in meiner Nähe auf. Sie war, aus meiner Perspektive gesehen, ein riesiges Monster, das weißgrau schimmerte.

Xorron!

Ich hielt nicht nur das Kreuz umklammert, sondern auch die Beretta. Mit der schoß ich.

Zweimal zog ich ab, obwohl es eigentlich sinnlos war, auf Xorron zu feuern. Die geweihten Silbergeschosse trafen. Mit einem hellen Singen prallten sie gegen ihn und auch ab, so daß die Querschläger wie böse Hummeln um mich herumzischten.

Xorron walzte weiter.

Wenn ich ihn noch ein paar Schritte vorkommen ließ, würde er mich töten.

Ich sprang hoch, rannte zur Seite weg und geriet somit aus seinem unmittelbaren Bereich.

Viel gewonnen hatte ich nicht, denn plötzlich erschien Lupina. Wie ein Schatten tauchte sie seitlich von mir auf. Ich sah ihr menschliches Gesicht, die langen, blonden Haare und den Wolfskörper, der unter dem Kopf begann.

Lupina haßte mich ebenfalls. Zudem war sie unberechenbar. Sie konnte es nicht überwinden, daß ich mich einmal als Werwolf in sie verliebt und sie danach verstoßen hatte.

Ich schoß im Laufen.

Zu schnell. Da ich mir keine Zeit zum langen Zielen nahm, verfehlte ich sie. Der Schuß hatte allerdings als Warnung gereicht. Sie tauchte unter.

Ich lief weiter.

Die Richtung war mir egal. Irgendwann würde ich schon den Nebel verlassen können und in dem weiten Land untertauchen. Über mein weiteres Schicksal dachte ich nicht nach. Dazu hatte ich nicht die Zeit.

Und plötzlich sah ich den Thron.

Gewaltig tauchte er aus den dicken Nebelschwaden auf. Er war zum Glück leer, der Spuk mußte irgendwo anders stecken. Mir allerdings war klargeworden, daß ich mich im Zentrum seines Reiches befand. Hier regierte er, hier nahm er die Urteile entgegen, die Maddox, der Dämonenrichter, ausgesprochen hatte.

Als ich an Maddox dachte, erschien er. Vielleicht hatte er auch gelauert, auf jeden Fall war er dicht vor mir, sah mich, und sein Mund öffnete sich zu einem Schrei.

»Hier!« brüllte er. »Hier ist …«

Weiter kam er nicht.

Ich sprang ihn an. Es war ein gewaltiger, kraftvoller Satz, und mit meinem vollen Gewicht prallte ich gegen den Dämonenrichter. Allerdings nicht nur mit dem Gewicht, sondern auch mit dem Kreuz. Die Hand hatte ich halb erhoben. Maddox war kleiner als ich. Es kam, wie es kommen mußte und ich es mir gewünscht hatte.

Ich preßte dem Dämonenrichter die Hand mit dem Kreuz ins Gesicht, während wir beide zu Boden fielen.

Ein Blitzschlag schien ihn getroffen zu haben. Ich hörte ein dumpfes Röcheln. Maddox lag dabei auf dem Rücken. Mit seinen Armen schlug er um sich, doch die Schläge wurden bald schwächer.

Hastig stand ich auf.

Eine Sekunde nahm ich mir Zeit, um ihn anzuschauen.

Maddox, der Dämonenrichter, war erledigt!

Er lag auf der warmen Vulkanerde. Das Gesicht war durch die Kraft des Kreuzes zerstört. Es zeigte nur noch eine Horrorfratze, die sich langsam auflöste.

Ein Teil der Haut war vorhanden. Das meiste schien jedoch weggebrannt zu sein, und die fahlen Gesichtsknochen leuchteten durch die Reste.

Er rührte sich nicht mehr, und ich wußte, daß ich einen Gegner weniger hatte. Der Spuk mußte sich nun einen anderen suchen, der über die Versager innerhalb der Dämonenclique zu Gericht saß.

Ich holte tief Luft. Triumphgefühl wollte nicht aufkommen. Nicht in dieser verdammten Welt, in der ich nur gejagt wurde. Ein letztes Mal zuckte Maddox noch, dann war es endgültig vorbei.

Sein Schrei hatte sicherlich die anderen alarmiert. Deshalb mußte ich so rasch wie möglich die Stelle hier verlassen. Geduckt lief ich weiter. Manchmal sprang ich wie ein Känguruh, weil ich nicht über die Unebenheiten des Bodens stolpern wollte.

Wieder eine Stimme. Diesmal brüllte Dr. Tod. »Verdammt, er hat Maddox umgebracht! Dieser Hund hat es geschafft! Dieser verfluchte Bastard Sinclair!«

Trotz meiner bescheidenen Lage konnte ich mir ein Grinsen nicht verkneifen. Aber mir kam auch eine Idee. Wahnsinn eigentlich, doch ich steckte so voller Wut auf meine Gegner, daß ich nicht anders konnte.

Selten hatte sich Solo Morasso so dicht in meiner Nähe befunden. Mußte ich das nicht ausnutzen?

Freunde, ich machte kehrt!

Eigentlich hatte ich Angst vor meiner eigenen Courage, doch ein Zurück gab es nicht mehr. Ich wollte jetzt alles. Das hieß, die Vernichtung des Solo Morasso.

Mit Riesenschritten rannte ich zurück.

Dr. Tod stand noch immer neben dem vernichteten

Maddox. Er schrie jetzt nach dem Spuk als Helfer. Er sollte kommen und ihm zur Seite stehen.

Aber der Spuk zeigte sich nicht.

Dafür erschien ich.

Und wie!

Plötzlich tauchte ich aus dem Nebel auf. Wie ein rächender Geist mußte ich ausgesehen haben, denn trotz der dicken Schwaden erkannte ich Morassos entsetztes Gesicht.

»Sinclair!« heulte er.

»Ja!« schrie ich und hob den linken Arm. Morasso mußte erkennen, was aus meiner Faust hervorragte.

Es war der silberne Nagel!

»Für dich habe ich ihn aufbewahrt, Solo Morasso. Nur für dich!«

Dr. Tod duckte sich. Ich rechnete mit einem Angriff, doch er warf sich auf dem Absatz herum und rannte davon. Er lief auf den Thron des Spuks zu. Mehrere Stufen führten hoch. Sie waren ziemlich breit und bestanden ebenfalls aus dunklem Vulkanboden.

Dr. Tod war kleiner als ich, er konnte längst nicht so schnell laufen. Ich holte ihn ein und machte es dann wie ein Stuntman im Film. Den letzten Rest der Strecke sprang ich. Gewaltig und kraftvoll stieß ich mich ab, flog durch die Luft und hätte Morasso den Nagel auch in den Rücken hämmern können, aber das wollte ich nicht.

Ich bekam ihn zu packen. Meine Hände wühlten sich in seine Jacke, und sein Lauf wurde gebremst. Für einen winzigen Augenblick blieb er auf der dritten Stufe stehen, beide Arme halb erhoben, den Rücken durchgebogen.

Dann fiel er.

Solo Morasso kippte mir entgegen. Beide krachten wir zu Boden. Ich lag unten, er fiel auf mich, aber mir gelang es durch eine rasche Drehung, ihn auf den Rücken zu schleudern.

Ich hatte meine Knie angezogen und wuchtete den Körper auf ihn. Er stöhnte. Sein Gesicht verzerrte sich.

Aus einer halben Armlänge Entfernung starrten wir uns an.

Zwei Todfeinde, die sich immer bekämpft hatten und sich endlich gegenüberstanden.

»Jetzt hilft dir auch nicht der Teufel!« schrie ich Morasso an und übersprühte ihn mit Speichel. Meine Augen leuchteten, in meinem Innern schien sich ein elektrischer Motor zu befinden, ich sah, wie Morasso einen Arm anwinkelte, ihn in seine Jacke schob und den Bumerang hervorholte. Er wollte ihn mir ins Gesicht schlagen.

Sekundenlang war ich abgelenkt. Himmel, ich sah den Bumerang wieder! Wie lange hatte ich darauf gewartet, deshalb zögerte ich, meine rechte Faust mit dem Nagel nach unten sausen zu lassen.

Morassos Gesicht hatte sich verändert. Es war eine Fratze aus Wut, Angst und Haß.

Er stieß seinen kantigen Schädel hoch, wollte mir die breite Stirn ins Gesicht rammen. Ich hieb mit dem linken Ellbogen dagegen, er brüllte auf, und in seinen Schrei drangen meine nächsten Worte wie ein unheimliches Gewitter.

»Stirb endlich, du Hundesohn!«

Da traf mich der Hieb.

Seitlich an der rechten Schulter explodierte etwas, und ich hatte das Gefühl, von einem Bullen getroffen zu werden. Meine Hand, die nach unten rasen sollte, konnte die Bewegung nicht mehr vollführen. Wie vom Katapult geschleudert, wurde ich hinweggefegt, überschlug mich auf dem rauhen Boden und kam endlich auf dem Rücken liegend zur Ruhe.

Weit riß ich die Augen auf.

Die Szene war entsetzlich.

Erst jetzt sah ich, wer Dr. Tod im letzten Moment gerettet hatte.

Xorron!

Während er sich umdrehte und auf mich zustampfte, wuchtete sich Solo Morasso in die Höhe.

Er lachte wie ein Irrer. »Ja, bring ihn um!« schrie er. »Bring diesen verdammten Hundesohn um!« Gleichzeitig hob er den rechten Arm, um meinen Bumerang zu schleudern.

Er wollte mich mit dieser Waffe töten!

Für mich kam es auf Bruchteile von Sekunden an. Ich hatte nur eine Chance. Ich mußte zusehen, daß ich Xorron zwischen mich und Dr. Tod brachte.

Der Herr der Zombies und Ghouls wollte mich töten. In direkter Linie walzte er auf mich zu. Und er war schnell, ich durfte ihn keinen Schritt weiter herankommen lassen, drehte mich ab und wischte nach rechts weg.

Wenn Xorron mich jetzt packen wollte, mußte er erst eine Kehrtwendung vollführen.

Ich verschaffte mir ein wenig Luft, hob den Blick und sah Solo Morasso dicht vor der untersten Stufe stehen. Geworfen hatte er den Bumerang noch nicht, jedoch schon ausgeholt. Sein Blick irrte zwischen Xorron und mir hin und her.

Er war nicht voll konzentriert.

Aber ich.

Wieder wuchtete ich mich mit gewaltigen Sätzen auf ihn zu. Er sah mich, reagierte ein wenig zu spät, denn die trennende Distanz hatte ich bereits überwunden und fiel ihm in den Wurfarm. Wieder flog er zurück. Mit der Hand schlug er auf eine Stufenkante. Durch diesen Aufprall rutschte ihm der Bumerang aus den Fingern und glitt eine Stufe hinab.

An den Nagel dachte ich im Moment nicht mehr. Wie die Klaue eines Adlers, so stieß meine Hand vor und umkrallte die wertvolle Waffe. Ich riß den Bumerang an mich, kroch über Solo Morasso hinweg und auf die Treppenstufen zu. Kniend richtete ich mich auf.

Da war schon Xorron.

Ich sprang hoch. Mit einem Satz hatte ich die Stufen überwunden und stieß gegen den Thron. Aus dieser erhöhten Stellung hatte ich einen guten Überblick und bemerkte die restlichen Mitglieder der Mordliga. Sie waren zum Glück etwas weiter weg gewesen, erst jetzt erschienen sie aus den wallenden Schwaden.

Ich stand allein gegen sie.

Bewaffnet mit Bumerang, Kreuz und Beretta. Konnte ich es schaffen, sie zu besiegen?

Wohl kaum, zudem lauerte der Spuk noch im Hintergrund. Er würde sicherlich eingreifen.

Da geschah etwas, womit ich nicht mehr gerechnet hatte. Ich erhielt Hilfe von einer ganz anderen Seite. Urplötzlich hörte ich das gewaltige Brausen. Ich sah einen rasenden Wirbelwind, der orkanartig über das Land fegte sowie Feuer und Blitze spie.

Die Mitglieder der Mordliga wurden zur Seite geschleudert, als wären sie Puppen. Mich aber fing dieser Wirbel ein, und ich erkannte in seinem Innern die Fratze des Satans.

Er sprach zu mir.

Was vielleicht in Wirklichkeit Sekunden dauerte, kam mir wie Minuten vor.

»Ich werde dich hier rausholen, Sinclair. Sie haben mir meine Tochter genommen, dich sollen sie nicht kriegen. Den Spuk habe ich aufhalten können. Aber sei gewiß, ich helfe dir nur einmal, damit du weiterhin die Mordliga bekämpfen kannst. Wir beide bleiben auch in Zukunft Feinde!« So seine Worte.

Und dann sah ich nichts mehr. Abermals verschwand die Welt um mich herum in einer tiefen, erbarmungslosen Schwärze. Mein Bewußtsein wurde hineingerissen in diesen Trichter, und ich rutschte in die Schächte der Dimensionen.

Mit meinem Kreuz und mit dem Bumerang.

Ihn hatte ich wieder.

Endlich!

Eine bekannte Umgebung.

Die Sessel, die Couch, der Schrank – und Gesichter.

Meine Freunde …

Schreie, Jubelrufe. Ich wußte überhaupt nicht, was los war, wischte mir über die Augen und stellte erst jetzt fest, daß ich auf einem Teppich lag.

Auf meinem Teppich. In meiner Wohnung.

Starke Hände hievten mich hoch und setzten mich in einen Sessel. Ich sah Suko, Shao gab mir einen Kuß, Kara trat auf mich zu, Myxin ebenfalls, und ich sah eine mir fremde Frau mit schwarzen Haaren und grün lackierten Fingernägeln, die fragte: »Ist er das?«

»Ja, das ist der Geisterjäger John Sinclair«, erwiderte Suko. Er hieb mir auf die Schulter.

»Jetzt erzähle!« rief Myxin. Alle schauten mich gespannt an.

Ich hob den Kopf und lächelte. Ja, ich lächelte trotz meiner großen Erschöpfung. »Eigentlich hatte ich eine Flasche Bier trinken wollen. Kann ich die jetzt haben?«

Da rannten sie fast alle los. Nur Suko blieb zurück.

»Mensch, John«, sagte er und strahlte.

Fünf Minuten später erzählte ich. Es wurde ein langer Bericht. Meine Freunde konnten nur staunen. Auch ich erfuhr Zusammenhänge und wurde über die Kraft aufgeklärt, die im Kelch des Feuers steckte.

Das Telefon unterbrach meinen Bericht. Ich hob ab und meldete mich mit Sinclair.

»Was?« erklang Sir James Powells Stimme. »Sie sind wieder da?«

»Ja, Sir.«

»Wo waren Sie denn, zum Henker?«

»Eigentlich wollte ich mir nur Zigaretten holen. Sie wissen ja, wie das ist. Da trifft man den Teufel, wird in eine andere Dimension verschlagen, schaut zu, wie Asmodina von Dr. Tod vernichtet wird, erfährt von Mr. Mondos Ende, tötet selbst Maddox, den Dämonenrichter, und …«

»Hören Sie auf, hören Sie auf! Sind Sie verrückt? Wollen Sie mich auf den Arm nehmen?«

»Nein, verrückt bin ich nicht. Außerdem sind Sie mir zu schwer, Sir. Aber wenn Sie mir nicht glauben …«

»Natürlich glaube ich Ihnen. Aber das muß ich alles von Ihnen in Ruhe hören. Können Sie vorbeikommen?«

»Kommen Sie doch mal, Sir.«

»Gut, ich bin gleich da.«

Das überraschte mich und auch die anderen.

Es würde noch eine Weile dauern, bis Sir James bei uns eintreffen würde, und ich nahm mir die Zeit, ein Bad zu nehmen und frische Kleidung anzuziehen. Schließlich war es nicht angebracht, einem Mann von Adel und seinem Chef in zerfetzter Kleidung und von oben bis unten beschmutzt entgegenzutreten …

ENDE

Das Vampirnest

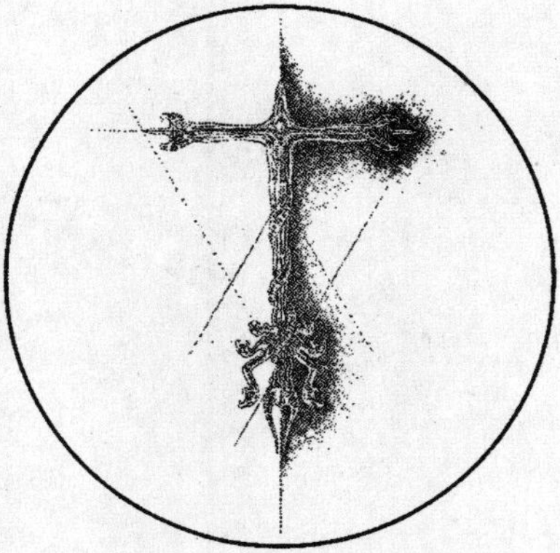

Vor Angst brachte die Frau kein Wort heraus. Sie stand auf der Treppe, das Gesicht verzerrt, die Hände halb erhoben und zu Fäusten geballt. Das grau gewordene Haar hing ihr in die Stirn, die Augen waren verdreht, und der Wind hatte die Frisur aufgelöst, so daß ihr die Haare wirr ins Gesicht fielen. Ich stürmte als erster die Treppe hoch. Suko folgte langsamer und deckte mir den Rücken.

Die Lampe über der offenstehenden Tür ließ das Gesicht gelblich-bleich erscheinen. Die Haut erinnerte mich an erstarrtes Fett.

»Wo ist er?« rief ich.

Die Frau gab keine Antwort.

Erst als ich sie an der Schulter rüttelte, erwachte sie aus ihrer Erstarrung. »Im Keller – im Keller – er – hat sich aufgehängt und lebt. Ja, er lebt ...« Sie schrie und schüttelte den Kopf.

Suko stand schon neben mir. Er redete beruhigend auf die Frau ein, während ich meine Beretta zog und das Haus betrat.

Ein düsterer Flur nahm mich auf, denn die Frau hatte vergessen, das Licht einzuschalten. Sie hatte von einem Keller gesprochen, und ich sah den Schatten einer zweiten, offenstehenden Tür.

Das Schreien hinter mir hatte aufgehört. Suko war es gelungen, die Frau zu beruhigen.

Ein lebender Gehängter!

Es gab nur zwei Möglichkeiten. Entweder war das eine ausgemachte Lüge oder eine Tatsache. Wir hatten an sich nur durch Zufall davon Kenntnis erhalten.

Suko und ich hatten uns auf der Fahrt vom Büro nach Hause befunden. Es war ein wenig spät geworden, da wir beide an diesem Tag Abschlußberichte und Akten aufgearbeitet hatten. Dazu waren wir in letzter Zeit nicht gekommen.

Und dann erreichte uns der Hilferuf. Wirklich ein Zufall und nur dadurch entstanden, daß Suko unser Funkgerät auf die Polizeifrequenz geschaltet hatte. So hörten wir mit, daß von der Zentrale ein Wagen losgeschickt werden sollte, weil eine Frau um Hilfe gebeten hatte. Die Stimme sollte sehr panikerfüllt geklungen haben.

Wir befanden uns in der Nähe des Anrufers und wollten die uniformierten Kollegen unterstützen, denn wir brauchten nur zwei Straßen weiterzufahren, um an das Ziel zu gelangen.

Soweit die Vorgeschichte, die mir durch den Kopf ging, während ich mich innerhalb des düsteren Flurs auf die Kellertür zubewegte. Ihr Schatten malte sich vergrößert an der Wand ab. Das aus dem Keller dringende Licht sorgte dafür, daß der Türschatten entstehen konnte.

Auf der Schwelle blieb ich für einen Moment stehen, stützte mich mit der freien Hand am Rahmen ab und lauschte in den Keller hinein.

Dort war alles still.

Hatte die Frau gelogen?

Nachsehen konnte nichts schaden. So schlich ich auf Zehenspitzen die alte Steintreppe hinunter. Ein Handlauf befand sich an der Wand. Er war mit grauer Eisenfarbe gestrichen. So grau wie auch die Wände. Ich nahm den Geruch von Kohlen und Ruß wahr.

Der Kellerflur war sehr schmal. Nur eine Tür führte rechts von ihm ab.

Auch sie war nicht geschlossen und bestand aus roh zusammengehauenen Bohlen.

Wenn der Keller ein Geheimnis barg, dann sicherlich hinter dieser Bohlentür. Ich mußte mich an ihr vorbeidrücken, denn sie berührte fast die Wand.

Ich blieb so stehen, daß ich in den Keller peilen konnte. Zuerst sah ich nichts, im Gegensatz zum Flur brannte dort nämlich kein Licht. Als sich meine Augen an die Düsternis gewöhnt hatten, da entdeckte ich eine Gestalt.

Eine schattenhafte Gestalt …

Eine Gänsehaut kroch über meinen Rücken, denn ich sah, daß die Gestalt keinen Kontakt mit dem Boden hatte.

Er hing wirklich von der Decke. Die Frau hatte nicht gelogen.

Ich tat erst einmal gar nichts. Wenn sich der Mann aufgehängt hatte, konnte ich sowieso nichts mehr tun. Dann hing er dort sicherlich mehr als zehn Minuten, so lange hatte es bestimmt zwischen der Entdeckung seiner Tat und unserem Eintreffen gedauert.

Mit der linken Hand holte ich meine kleine Bleistiftleuchte hervor. Sie hatte mir sehr gute Dienste erwiesen und so manch unheimliche Stätte erleuchtet.

Der Strahl war zwar dünn, doch seine Stärke reichte aus, um den Gehängten zu erfassen. Ich hatte ein wenig zu niedrig gehalten, sah zwei schwarze, dicht nebeneinander in der Luft schwebende Schuhe, erkannte, als ich den Strahl weiter hochwandern ließ, eine dunkelgraue Hose mit einem ausgefransten Gürtel, ein buntes Hemd und eine Fellweste.

Die Arme des Gehängten baumelten reglos zu beiden Seiten des Körpers herab.

Noch ein wenig höher wanderte der Strahl. Drei Knöpfe des Hemds standen offen, ein Stück Hals konnte ich sehen, und im nächsten Augenblick das bleiche Gesicht.

Es war ein makabrer Anblick. Die Augen des Gehängten waren so verdreht, daß ich das Weiße sehen konnte. Die Haut wirkte seltsam bleich, irgendwie teigig. Der Mund stand halboffen, und die Zunge hing ein Stück hervor.

Der Mann selbst hing an einem eisernen Haken, der in der Decke befestigt war und aussah wie ein verrostetes Fragezeichen.

Ich konnte die Frau verstehen, daß der Anblick sie in Panik versetzt hatte.

Zwei Schritte trat ich in den Keller hinein. Erst jetzt sah ich die Schlinge genauer. Sie bestand nicht aus festem Hanf, sondern aus hautfarbenem Nylon, so daß sie aus größerer Entfernung nicht zu erkennen war.

Wenn ich mich reckte, konnte ich mit dem Messer den Gehängten losschneiden.

Als ich den dritten Schritt nach vorn gehen wollte, da bewegte sich der Gehängte. Bei den Händen fing es an. Sie schlossen sich zu Fäusten, gleichzeitig fuhr die Zunge zurück in den Mund, und ein Röcheln drang über die bleichen Lippen, die der ›Tote‹ allerdings zu einem bösen Lächeln verzog.

Er gab damit den Weg frei für sein hervorstechendes Merkmal.

Es waren zwei Vampirzähne!

Sie träumten von einer Allianz der Vampire!

Sie – das waren Pamela Barbara Scott, auch Lady X genannt, und Vampiro-del-mar, der sich selbst als Kaiser der Blutsauger bezeichnete. Zunächst allerdings mußten sie die schweren Niederlagen verdauen. Aber nicht nur sie, auch die übrigen Mitglieder der Mordliga und ihr Chef Solo Morasso, der den Namen Dr. Tod trug, hatten daran zu knacken.

In der letzten Zeit hatte es ihn und seine schreckliche Bande fürchterlich erwischt.

Eigentlich hatte es so kommen müssen, denn alles lief darauf zu. Schuld an der Misere war Dr. Tods Machthunger gewesen. Er hatte es nicht mehr mit ansehen können, daß Asmodina stärker war als er, und er legte alles darauf an, um die Machtverhältnisse in einem entscheidenden Kampf zu klären. Das war geschehen, nachdem er sich der Rückendeckung des Spuks versichert hatte. Solo Morasso und seine Mordliga griffen Asmodina an.

Es war ein Kampf gewesen, in dem auch der Geisterjäger John Sinclair noch kräftig mitmischte. Beide Seiten hatten Federn lassen müssen. Die Seite der Hölle verlor Asmodina. Mit dem silbernen Bumerang war es Solo Morasso gelungen, der Teufelstochter den Kopf abzuschlagen. Aber sie hatte zuvor Marvin Mondo erledigt, er fand seinen Tod in glühender Vulkanerde, und auch Maddox, der Dämonenrichter, war umgekommen. Dieser nicht durch Morasso, sondern durch John Sinclair.

Die große Entscheidung, die so richtig keine gewesen war, hatte im Reich des Spuks stattgefunden, und nach dem Kampf waren Morasso, Xorron, Vampiro-del-mar, Lupina und Lady X wieder zurück in die normale Dimension, sprich Erde, gekehrt. In ihrem Versteck auf Feuerland leckten sie ihre Wunden.

Von einer großen Niederlage erfuhren sie erst jetzt.

Tokata, der Samurai des Satans, existierte nicht mehr. Sein Feind aus uralten Zeiten, der goldene Samurai, hatte ihn getötet. Das war der härteste Schlag für Dr. Tod und seine Mordliga gewesen, noch härter als Mondos Tod und der Verlust des Bumerangs.

Morasso hatte an Ansehen verloren.

Vor allen Dingen bei seinen Vasallen. Sie verfolgten ihn und seine Pläne sehr genau. Sie achteten darauf, was er tat, wie er sich benahm und welche Aktivitäten er zukünftig anstrebte.

Zunächst einmal nichts. Morasso mußte neue Pläne machen und sich erholen.

Dagegen waren die anderen. Hätte er es nur mit Menschen zu tun gehabt, wäre es vielleicht ein Leichtes für ihn gewesen, diese bei der Stange zu halten. Nicht bei Dämonen. Sie waren selbst ungemein machthungrig, wollten die Herrschaft, wollten alles haben, und nach den letzten Vorkommnissen gehorchten sie Morasso nicht mehr bedingungslos. Jeder wollte sein eigenes Süppchen kochen.

Da war Lupina, die von einer weltumspannenden Vereinigung der Werwölfe träumte und mit der Gründung der Werwolf-Elite so etwas wie einen Anfang hatte machen wollen, was allerdings durch Sinclairs Eingreifen nicht klappte. Aufgegeben hatte Lupina den Plan noch längst nicht.

Ebenso wie Lady X und Vampiro-del-mar von einer

Blut-Allianz der Vampire träumten. Es mußte ihnen einfach gelingen, sämtliche Blutsauger der Welt unter ihre Kontrolle zu bringen, damit sie zu einer Geißel der Menschheit werden konnten.

Xorron träumte von den Ghouls und Zombies. Auch davon gab es genügend auf dem Erdball. Irgendwann würde er sie zusammenholen, um eiskalt zuzuschlagen.

Doch nur Lady X und Vampiro-del-mar hatten den Anfang gemacht. Denn sie besaßen die besten Vorbedingungen.

Lady X erinnerte sich noch genau an Francis Drusian, den Leiter der Schönheitsfarm nahe Paris. Diesem Mann war es gelungen, eine Vampirpille herzustellen, und zwar aus dem Blut der Fariacs, was nicht in die Hände der Feinde gefallen war. Diese Vampirpille unterschied sich allerdings in nichts von einer normalen, nur die Wirkung war eine andere. Wer sie einnahm, der wurde zum Blutsauger. Allerdings wußten weder Lady X noch Vampiro-del-mar genau, ob die Eigenschaften genau denen entsprachen, die auch ein normaler Mensch zeigte, wenn er von einem Vampir gebissen worden war. Das mußte sich erst noch herausstellen.

Lady X hatte von der brennenden Schönheitsfarm eine Flasche mit den Vampirpillen retten können. Sie brauchte diese brisanten Tabletten nur durch den richtigen Vertriebsweg an den Mann, beziehungsweise Menschen, zu bringen.

Und da wußte sie einen Helfer.

In London lebte ein Mafiaboß, der Solo Morasso und seiner Mordliga bedingungslos ergeben war. Logan Costello hieß der Gangster. Er hatte seine Hände in jedem schmutzigen Geschäft stecken und paktierte zusätzlich noch mit den Mächten der Finsternis.

Auf Solo Morassos Befehl hin hatte er für Xorron vor fast zwei Jahren ein Sarglager errichten lassen. Es lag im Londoner Norden, einem Manöver-Gebiet, das sich Sandhurst Forest nannte. Dort standen noch einige

Bunker aus dem letzten Weltkrieg. Zum Teil waren die Eingänge verschüttet, allerdings gab es noch ein paar Anlagen, die man betreten konnte.

Und in einem der Bunker hatte Solo Morasso das Sarglager errichten lassen.

Davon wußte auch Lady X, denn sie war damals dabeigewesen, als es innerhalb des Bunkers zu einer Auseinandersetzung gekommen war und auch John Sinclair kräftig mitgemischt hatte, denn einige der Särge waren von Ghouls belegt gewesen.

Der Polizei war es nicht gelungen, Costello das Sarglager wegzunehmen. Es war schließlich nicht verboten, ein solches Lager zu besitzen, denn Costello besaß auch noch ein Bestattungsunternehmen, das er von seinem toten Bruder übernommen hatte.

So griff ein Rädchen ins andere.

Natürlich war Costello bereit, Lady X einige Särge zur Verfügung zu stellen. Sie brauchte die Totenkisten, um die Vampire zu verstecken, die durch die Einnahme der Pillen entstehen würden. Erst wenn sie und Vampiro-delmar einige dieser Exemplare zusammen hatten, würden sie mit den Blutsaugern zuschlagen.

Die Hälfte der Pillen hatte sie geopfert, um sie durch Costello vertreiben zu lassen.

Ein wirklich teuflisches Spiel, zu dem sich die Untoten und der Verbrecher gefunden hatten. Für Lady X und Vampiro-del-mar würde ein kleiner Traum in Erfüllung gehen, wenn es klappte. Vor allen Dingen für den Supervampir, denn seine eigentlichen Diener, die ihm vor unendlich langer Zeit zur Verfügung gestanden hatten, waren im Mahlstrom der Geschichte verschollen.

Sie zu finden hätte momentan eine zu große Arbeit bedeutet, so daß sich beide erst einmal an andere halten wollten. Gemeinsam waren sie auf dem Weg zum Sandhurst Forest.

Am Steuer des Lastwagens saß Lady X. Sie beherrschte dieses Fahrzeug so sicher wie einen Hubschrauber oder eine Sportmaschine. Daran hatte auch ihr Vampirdasein nichts geändert.

Lady X sympathisierte nicht nur mit den Terroristen, sie hatte zu ihnen gehört. Und sich dort einen Namen gemacht. Sie galt als besonders abgebrüht und kaltblütig. Man konnte ihr die gefährlichsten Himmelfahrtskommandos übertragen. Und den Namen Lady X hatte ihr ein Reporter gegeben.

Wie immer trug sie die Kleidung, in der sie sich am wohlsten fühlte. Weiches Leder umschmeichelte ihre Figur. Die langen schwarzen Haare hatte sie zurückgekämmt und im Nacken zu einem Knoten gebunden. Ihre Haut war bleich, die dunklen Augen wie zwei Kohlenstücke, und noch etwas hatte sie aus ihrem menschlichen Dasein übernommen.

Das war ihre Waffe. Wie jeder Soldat sein Gewehr als Braut bezeichnete, so war für Lady X ihre Waffe der Bräutigam. Ein gefährliches Instrument, denn sie verließ sich auch als Blutsaugerin auf die Maschinenpistole. Man hatte Lady X kaum ohne die Waffe gesehen, auch jetzt, als sie hinter dem Lenkrad saß, befand sich die MPi in ihrer Nähe. Sie hatte sie auf den Beifahrersitz gelegt.

Vampiro-del-mar war auch bei ihr. Nur mußte er sich auf der Ladefläche verstecken. Wenn sie aus irgendeinem Grunde mal angehalten wurden, dann sollte Vampiro-del-mar nicht zu sehen sein, denn er sah aus, wie man sich einen Kinderschreck vorstellte.

Verwüstetes Gesicht mit Eiterbeulen und Pickeln, eine Haut, die aufgerissen war. Lange, verfilzte Haare und immer auf der Suche nach einem schnellen Biß, wie Lady X ihn für sich selbst ebenfalls in Anspruch nahm.

London hatte sie bereits hinter sich gelassen. Das heißt, die verkehrsreiche Innenstadt. Durch Paddington und über die Harrow Road waren sie in Richtung Norden gefahren. Auf den Knien der Vampirin lag eine Karte. Dort hatte sie den Weg eingezeichnet, damit sie ihn nicht verfehlen konnte.

Sie war sicher, daß der große Plan gelingen würde. Die Fariacs sollten nicht umsonst gekämpft haben, denn ihr Blut war es schließlich, aus dem die Pillen hergestellt worden waren. Reste hatte man retten können, jetzt würde sich zeigen, ob die Pillen wirklich so gut waren, wie Lady X annahm. Eigentlich ja, denn das Blut befand sich in ziemlich konzentrierter Form darin.

Künstliche Vampire.

War das nicht ein Traum, der endlich in Erfüllung ging? Sie wollte die Särge mit ihren Dienern füllen, mit künstlichen Vampiren, und auch Dr. Tod konnte sie nicht davon abhalten. Gerade er nicht, denn er hatte sich in letzter Zeit nun wirklich nicht als erfolgreicher Macher gezeigt. Ein paarmal war er böse reingefallen, und Tokatas Ende war wohl sein größter Verlust. Sinclair hatte es allerdings nicht geschafft, den Samurai umzubringen, da hatte schon ein anderer kommen müssen. Morasso war nicht mehr der große Führer, für den er sich selbst hielt und auch gern gehalten werden wollte.

Eine Rebellion kam für Lady X nicht in Frage. Morasso konnte sie immer noch vernichten, aber sie wollte mehr Freiheiten, wie auch Lupina und die anderen. Der einzige, der sich nicht darum scherte, war Xorron. Dieses weißhäutige Monstrum stand voll und ganz auf Solo Morassos Seite.

Ein Hinweisschild erschien an der linken Straßenseite. Ein hellerer Fleck in der Dunkelheit, mehr nicht. Es war schnell vorbei.

Weiter.

Lady X peilte auf die Karte. Irgendwann mußte sie ab und war wirklich überrascht, als sie die Stelle schon fast erreicht hatte. Sie schaltete zurück, der Wagen wurde langsamer, und dann sah sie schon die schmale Straße, die in das Gebiet des Sandhurst Forest führte, wo manchmal große Manöver abliefen.

Das Licht der beiden Scheinwerfer schnitt zwei helle Streifen in die Dunkelheit. Schnurgerade führte die

Straße in das Areal hinein. Wo sich der Scheinwerferteppich verlor, schien eine dunkle Wand zu lauern, die jedoch immer mehr zurückgedrängt wurde, je weiter der Wagen fuhr.

Die Straße war von den Militärs angelegt worden. Allerdings nur so weit ausgebaut, bis eine Barackenanlage links des Weges erschien. Die Straße führte an der Anlage vorbei, auch herum, danach wurde sie zu einem Weg.

Kein Asphalt, kein Kopfstein. Die schweren Reifen des Lkws wühlten jetzt den Sandboden auf, und die Bäume wuchsen enger zusammen, so daß sie fast die Dichte eines Waldes bildeten.

Lady X fuhr ohne Rücksicht auf Verluste. Es kümmerte sie nicht, daß Äste und Zweige gegen das Führerhaus peitschten und über Scheiben und Ladefläche kratzten.

Sie war sowieso schon spät dran und mußte sich beeilen. Costello sollte nicht warten. Er hatte versprochen, persönlich zu erscheinen, und das verlangte Lady X auch.

Sie lenkte den Wagen in eine große Kurve. Die hellen Lichttunnel wanderten mit. Kahle Baumäste sahen aus wie dunkle, gespenstische Arme. Der Boden war weich. Eine Laubschicht bedeckte ihn. Es war in den langen Wintermonaten gefault. Die Reifen wühlten Dreck und Schlamm hoch. Es hatte am gestrigen Tag gefroren, danach getaut, so daß der Untergrund tief und weich war.

Vampiro-del-mar wurde auf der Ladefläche ziemlich durchgeschüttelt. Das machte dem Kaiser der Blutsauger nichts aus. Er war härtere Dinge gewohnt. Tausende von Jahren hatte er auf dem Meeresgrund gelegen, versteckt unter Steinen und wahren Gebirgen von Sand und Erde.

Nach der Kurve führte der Weg einen langen Abhang hinunter. Die schweren Räder holperten über Baumwurzeln. Die Maschinenpistole auf dem Beifahrersitz begann zu tanzen und zu rutschen. Lady X mußte die Waffe festhalten, sonst wäre sie von der Kunststoffpolsterung geglitten.

Der Himmel war düster. Lange Wolkenberge verdeckten das Licht der Sterne. Manchmal stand auch ein leichter Dunstschleier über dem Boden. Die Fahnen quirlten dann im Licht der Scheinwerfer.

Noch ein Licht sah sie.

Es stand über den Scheinwerfern und weiter vor ihr. Es bildete plötzlich einen Kreis.

Das Zeichen!

Jemand bewegte eine Taschenlampe im Kreis. So war es abgesprochen. Lady X lächelte kalt. Costello hatte sein Versprechen gehalten, und das war gut. Wenn es um verbrecherische Pläne ging, konnte man sich auf ihn verlassen.

Lady X wußte nicht, ob er bereits von Dr. Tods Teilsieg und Teilniederlage gehört hatte. Sie beschloß auf jeden Fall, ihm nichts zu sagen. Wenn er das Gespräch von selbst darauf brachte, okay, aber sie würde nicht mit diesem Thema beginnen.

Sie fuhr langsamer.

Der Wald um sie herum lichtete sich. Die Bäume verschwanden wie Schatten, die vom Licht aufgelöst wurden. Zwei lange Scheinwerferbahnen stachen vor ihr in die Dunkelheit. Jemand hatte bei einem Wagen das Licht eingeschaltet.

Lady X ließ den Lkw ausrollen. Ein weiteres Scheinwerferpaar durchstieß die Dunkelheit, und im Kreuzlicht der vier Strahlen erkannte Lady X fünf Männer.

Sie grinste. Costello kam nie allein. Trotz seines gepanzerten Fahrzeugs brachte er immer seine Leibwächter mit. Das hatten Gangsterbosse eben so an sich. Man mußte sich damit abfinden, wenn man mit ihnen zusammenarbeitete.

Die Scott fuhr um die Wagen herum und sah den mächtigen Betonbunker, wo die Särge lagerten. Die Bullen hatten Costello damals nichts anhaben können. England war ein freies Land. Jeder konnte Särge kaufen, soviel er wollte, vorausgesetzt, er besaß das nötige Kleingeld wie Logan Costello.

Sie stoppte.

Die Scheinwerfer ließ sie brennen, als sie die Tür öffnete und ausstieg. Ihre Bewegungen waren geschmeidig, nicht so wie die eines Menschen, der lange hinter dem Steuer gesessen hatte.

Die fünf Leibwächter starrten sie an. Es waren kräftige Männer mit harten Gesichtern. Man sah ihnen an, daß sie eine gute Schulung hinter sich hatten. Rücksicht kannten sie nicht. Sie waren auf Gewalt programmiert.

Die Scott blieb stehen und stemmte beide Arme in die Hüften. »Wo ist der Chef?«

Einer der Männer spreizte den Daumen ab und deutete auf den gepanzerten Mercedes 600. »Er wartet bereits auf dich.«

Die Scott nickte, ging auf den Wagen zu und durchquerte dabei einen Lichtstreifen. Ihr Gesicht schimmerte noch bleicher. Sie hatte die Lippen zurückgezogen, und die beiden Eckzähne, ihr Markenzeichen, waren deutlich zu sehen.

Die Fondtür schwang auf. Lady X sah einen Arm und die Hand, die sich aus dem Ärmel geschoben hatte. Sie duckte sich und nahm neben Costello Platz. Ihre MPi hatte sie mitgenommen. Die Waffe legte sie quer über die Knie.

»Schließen Sie die Tür!« sagte Costello.

»Warum so förmlich?« Lady X grinste.

»Wegen der Leute.«

Sacht fiel der Wagenschlag ins Schloß. Costello schaltete eine kleine Lampe ein und holte aus der Kühlbox ein beschlagenes Glas. »Möchtest du einen Wein?«

»Nein.«

Der Mafioso hob die Schultern. Er selbst schenkte sich ein Glas ein, hob es an, nickte Lady X zu und trank, wobei er den Kopf zurücklegte und die Augen halb geschlossen hielt.

»Das tut gut«, sagte er. Einen letzten Tropfen leckte er sich noch von der Oberlippe.

Costello sah aus wie immer. Er trug einen dunklen Mantel und auf dem Kopf einen Hut. Die Lampe gab nicht sehr viel Licht. Beide Gesichter lagen im Schatten. Bei Costello kam hinzu, daß die Hutkrempe ein wenig nach unten gebogen war.

»Wie sieht der Vertrieb der Pillen aus?« Lady X kam sofort zur Sache.

»Eigentlich recht gut.«

»Was heißt das?«

Costello grinste. »Ich weiß nicht, ob du die Bedingungen kennst, aber es ist auch für mich sehr schwierig, die Pillen an den Mann zu bringen. Erstens sind es nur wenige, und die offiziellen Vertriebswege werden durch alteingesessene Firmen verstopft, so daß ich da auf die schnelle nicht reinkommen kann.«

»Das interessiert mich nicht. Ich will wissen, wie dein Vertrieb aussieht.«

»Ich habe da eine Möglichkeit gefunden und tatsächlich alle Pillen an den Mann gebracht.« Er steigerte die Spannung und nahm einen Schluck Wein, bevor er weitersprach. »Es gibt einige Ärzte in London, die mir verpflichtet sind. Keine direkten Unterweltsärzte, sondern normale Doktoren. Als sie ihre Praxen eröffneten, hatte ich ihnen Startkapital gegeben. Allerdings mußten sie sich verpflichten, mich und meine Leute umsonst zu behandeln. Was sie sonst taten, das war mir egal. Ich habe sie nur gesponsert.«

»Zu diesen Ärzten bist du hingegangen?«

»Ja. Ich habe sie an alte Zeiten erinnert. Zuerst stellten sie sich dumm, aber ich machte ihnen klar, daß sie meine Pillenmuster nehmen müssen. Ferner machte ich zur Bedingung, daß sie die Pillen auch weitergeben, und zwar an ihre Patienten.«

»Haben sie das getan?«

»Ja.«

Lady X lachte. »Das ist gut, das ist sogar sehr gut. Welchen Erfolg haben wir erreicht?«

»Ich weiß es nicht. Es ist noch zu früh, um etwas Konkretes zu sagen. Noch ist nichts bekannt geworden. Ich werde morgen die Ärzte einmal persönlich anrufen.«

»Hervorragend, sehr gut«, lobte Lady X. »Dann bin ich nicht umsonst gekommen.«

»Nein, das bist du nicht.« Der Mafioso leerte sein Glas und kaute den italienischen Wein regelrecht. Dabei verdrehte er die Augen. Es war für ihn ein Genuß, Wein aus seiner Heimat zu trinken.

»Ich brauche zwanzig.«

Costello räusperte sich. »Zwanzig Särge?«

»Klar.«

»Ist das nicht ein bißchen viel?«

»Nein«, erwiderte sie hart. »Wenn der Vampirkeim wirklich fruchtet, dann werden aus den zwanzig bald zweihundert und noch mehr. London kann von einer wahren Vampirflut überschwemmt werden.«

»Das hört sich gut an für dich.«

»Für dich etwa nicht?«

»Du weißt, daß meine Interessen ein wenig anders liegen, meine Liebe. Aber wir kommen uns ja nicht ins Gehege.«

»Bestimmt nicht.«

»Wie ich hörte, hat Solo Morasso es geschafft?«

»Was geschafft?«

»Asmodina.«

»Ja.«

»Aber Sinclair lebt noch immer. Dabei habe ich die Voraussetzungen für seinen Tod geschaffen, nachdem meine Männer sein Kreuz vertauschten.«

»Er hat es wieder.«

»Das ist schlecht. Mehr konnte ich nicht tun.«

»Dir macht keiner einen Vorwurf. Außerdem lebt Mondo nicht mehr. Und Tokata ebenfalls nicht.«

»Oh.« Hart stellte Costello das Glas ab. »Das wußte ich nicht. Solo hat es mir nicht gesagt.«

Lady X lachte. »Wer gibt schon gern Niederlagen zu?«

»Das stimmt. Seid ihr trotzdem stark genug?«

»Wir hoffen es.«

»Gut, dann können wir jetzt mit dem Verladen der Särge beginnen. Einverstanden?«

Lady X nickte.

An zwei verschiedenen Seiten stiegen sie aus. Die Scott nahm ihre MPi mit. Sie hörte, wie Costello zwei Leute losschickte, um die Tür des Bunkers zu öffnen. Lady X gesellte sich zu ihm. »Ist im Bunker noch alles in Ordnung?«

»Ich denke schon. Ghouls scheinen nicht mehr darin zu hocken.«

»Und wenn schon.«

Die beiden Männer hatten den Betonklotz erreicht. Durch eine Eisentür war er gesichert. Sie hatte ein Spezialschloß. Man mußte erst eine Zahlenfolge einstellen, um es zu öffnen.

Ein Wagen war so gedreht worden, daß die Lichtlanzen seiner Scheinwerfer auf die Tür wiesen.

Die zwei Männer stemmten sie auf. Sie quietschte erbärmlich in den Angeln. Das Licht fiel in den Bunker. Bereits wenige Yards hinter der Tür waren die ersten Särge gestapelt. Die matt glänzenden Totenkisten standen übereinander, makabre letzte Ruhestätten, von den meisten Menschen nur mit einer Gänsehaut auf dem Rücken beim Anblick zu ertragen, doch Lady X liebte Särge.

Nur keine leeren. Aber sie würde sie füllen.

»Hast du an bestimmte Größen gedacht?« erkundigte sich der Mafioso.

»Nein.«

Costello nickte. Er und auch Lady X schauten zu, wie die beiden Helfer den ersten Sarg aus dem Bunker trugen. Ihre Gesichter wirkten unbewegt, man sah ihnen an, daß ihnen die Arbeit keinen Spaß machte, aber dafür wurden sie bezahlt.

Lady X ließ den Mafioso stehen und lief zu ihrem Wagen. Dort öffnete sie an der hinteren Seite die Ladefläche. Als die Klappe fiel, erschien auch Vampiro-del-mar. Sein Gesicht sah im Dämmer schaurig aus. Nur auf eine Seite fiel ein Reststreifen Licht, die andere lag im Dunkel. Ein gefährliches, böses Grinsen lag auf seinen Lippen, lange, säbelartige Zähne standen weit vor.

»Es ist soweit«, meldete Lady X. »Sie bringen bereits die ersten Särge.« Die Untote trat zurück, da sie Schritte hinter sich vernommen hatte.

Die Mafiosi wuchteten den Sarg hoch, stellten ihn auf die Ladefläche, und Vampiro-del-mar zog ihn tiefer hinein. Er gab dabei grunzende Geräusche von sich und flüsterte Worte, die wohl gehört aber von niemandem verstanden wurden.

Den Mafiosi wurde es unheimlich, sie zogen sich rasch zurück. Zwei ihrer Kollegen schleppten bereits den nächsten Sarg heran.

Lady X war zufrieden. Die Verladung der Särge klappte ausgezeichnet. Sie brauchte nicht einmal dabei zu sein. Sie wollte sich noch ein wenig mit Costello unterhalten.

Die Vampirin hatte es gelernt, ihren Trieb zu unterdrücken. Ein normaler Vampir hätte sich auf die Männer gestürzt. Sie waren für ihn nur Opfer, doch die Scott sah in ihnen Helfer, die daran mitarbeiteten, einen großen Plan zu verwirklichen. Trotzdem fiel es ihr schwer, nicht das Blut zu saugen.

Neben Costello blieb sie stehen. »Klappt sehr gut«, lobte sie.

Der Mafioso hob die Schultern. »Was ich in die Hand nehme, das klappt immer.«

»Eingebildet bist du nicht?«

»Warum sollte ich?«

»Ja, warum?«

Sarg für Sarg wurde aus dem Bunker getragen. Lady X und Costello verfolgten die Männer mit ihren Blicken. Die Totenkisten waren zumeist schwarz, aber es gab auch braune Särge darunter, und sogar ein heller Eichensarg verließ den Bunker.

»Das ist der letzte«, sagte Costello.

»Ich habe mitgezählt.«

»Wo willst du eigentlich damit hin?« fragte der Mafioso. »Es ist nicht einfach, diese Menge von Särgen zu verstecken.«

»Nein, das nicht. Aber ich habe bereits ein gutes Versteck gefunden. Ich schaffe sie auf ein Hausboot.«

»Was?«

»Ja, es gibt doch genügend Hausboote auf der Themse, die leer herumstehen. Und so leicht wird keiner darauf kommen, daß ein Hausboot als Sargversteck dient.«

»Fertig, Capo«, meldete einer der Männer und klopfte sich den Staub von der Jacke.

»Gut, dann können wir«, sagte Lady X.

»Höre ich wieder von dir?« wollte Costello wissen.

»Bestimmt. Wenn nicht von mir persönlich, dann sicherlich von meinen neuen Freunden.« Sie lachte, drehte sich um und ging zum Wagen, um die Plane wieder festzuzurren.

Vampiro-del-mar sah sie nicht. Er hockte im Hintergrund zwischen den Totenkisten.

Die Scott enterte das Fahrerhaus, stellte den Motor an, fuhr einen Bogen und rauschte ab.

Costello und fünf Männer schauten dem Lkw nach.

»So ganz wohl ist mir nicht bei der Sache«, sagte Costellos Leibwächter.

Der Mafiaboß hob die Schultern. »Sei froh, daß sie auf unserer Seite stehen.« Dann stieg er in seinen Mercedes und gab das Zeichen zur Abfahrt.

Die Frau hatte nicht gelogen!

Vor mir hing in der Tat ein Gehängter, der noch lebte. Allerdings kein normales Leben, sondern ein grausames, ein schreckliches. Er führte ein untotes Dasein.

Ich tat noch nichts, sondern beobachtete nur. Obwohl er in der Schlinge hing und das dünne Nylon scharf in seine Haut schnitt, war ihm nichts geschehen. Er reckte sich, bewegte seine Finger, rollte mit den Augen und hob die Schultern. Um mich kümmerte er sich überhaupt nicht.

Ich steckte die Beretta weg und zog meinen Silberdolch. Wenn es zu einem Kampf kam, konnte ich Munition sparen.

Erst einmal griff der Vampir in die Tasche und holte ein Messer hervor. Er klappte es auf, nahm es in die rechte Hand und hob den Arm so hoch er konnte. Dann führte er die scharfe Seite des Messers an das Nylonseil und kappte es.

Er fiel zu Boden und brach in die Knie. Für einen Moment blieb er so liegen. Das schon grau gewordene Haar streifte über die schmutzige Erde. Er wandte mir den Rücken zu, kroch ein paar Schritte, stützte sich an der Wand ab und gelangte so auf die Füße.

Etwas schwankend blieb er stehen. Ähnlich wie ein Kranker, der tagelang im Bett gelegen hatte und erst seinen Kreislauf wieder in Schwung bringen mußte.

Ich schwieg und schaute auf seinen Rücken. Hoffentlich war er redselig und erzählte mir, wie er zur Bestie geworden war.

Aus dem Kellergang hörte ich Schritte und Stimmen. Suko sprach mit der Frau. »Bleiben Sie bitte oben, ich sehe mal nach.«

»Ja, aber seien Sie vorsichtig.«

»Sicher.«

Suko näherte sich der Tür, und ich hörte seine fragende Stimme: »John? Bist du da?«

»Ja.« Ich warf einen Blick über meine Schulter und sah den Chinesen hinter mir stehen. Er lächelte, doch das Lächeln gefror auf seinen Lippen, als er die Gestalt sah. »Ein Vampir!«

Ich nickte.

Der Blutsauger hatte sich umgedreht. Er hatte die Schlinge zwar dicht unter der Decke durchtrennt, doch die Nylonschnur hing weiterhin um seinen Hals und drückte ins Fleisch.

»Willst du nicht schießen?« flüsterte Suko.

»Abwarten. Mal sehen, was er unternimmt. Zudem will ich auch wissen, wie er zum Vampir geworden ist.«

Der Blutsauger hatte unseren kurzen Dialog gehört, gab selbst keine Antwort. Mit etwas unsicheren Schritten zog er sich in den Kellerraum zurück, dorthin, wo das Licht nicht mehr seinen Schein warf und es ziemlich dunkel war.

Er bückte sich und hob irgend etwas auf. Als er wieder vortrat und das Licht der trüben Lampe im Flur ihn erreichte, sahen wir, was er in der Hand hielt.

Es war ein Stemmeisen.

Für einen Vampir seltsam, daß er sich mit so etwas bewaffnete. Normalerweise verließen sich die Blutsauger auf ihre höllischen Kräfte und auf die Zähne, die sie ihren Opfern in den Hals stießen. Er aber wollte uns anders umbringen.

Suko drückte sich an mir vorbei und trat einen Schritt zur Seite, damit wir beide mehr Bewegungsspielraum hatten. Wenn der Blutsauger durchdrehte und mit dem Stemmeisen um sich schlug, durften wir uns nicht gegenseitig ins Gehege kommen.

»Laß es sein!« warnte ich ihn.

Er hob statt dessen den Arm.

So war der Vampir nicht zu belehren. Wenn er jetzt zuschlug, mußten wir uns wehren und ihn töten. Dann erfuhren wir nicht, wer ihn zum Blutsauger gemacht hatte.

»Wer bist du?« fragte ich ihn.

»Hillary, Jack Hillary.«

»Okay, Jack. Du bist ein Vampir.«

»Ja, das bin ich.«

»Ich weiß, daß du stärker bist als wir. Aber wer hat dich zum Vampir gemacht?«

Er riß den Mund auf und lachte. Es war ein hechelndes, fast lautloses Lachen, das aus seinem Rachen drang. Es klang überheblich und spöttisch. Uns wurde klar, daß wir von ihm keine vernünftige Antwort bekommen würden.

»Alle werden Vampire!« flüsterte er. »Der Kreis muß geschlossen werden, und ich sorge dafür. Auch ihr kommt an die Reihe, auch ihr.« Dann warf er sich vor.

Waren seine Bewegungen vorhin noch mit einer Maschine oder einem Roboter zu vergleichen gewesen, so wunderten wir uns beide, wie schnell er sein konnte.

Der rechte Arm kam von oben nach unten, die gefährliche Stange pfiff durch die Luft. Ich stand näher bei ihm, und mich hätte das Stemmeisen auch getroffen.

Ich warf mich zur Seite, prallte mit der rechten Schulterseite gegen die Kellerwand und entging so dem Hieb. Er aber taumelte nach vorn. Suko drehte sich und zielte mit der Beretta auf ihn.

»Nicht!« Mein Ruf hielt ihn davon ab. Ich hatte noch immer nicht aufgegeben, etwas von ihm zu erfahren. Der Blutsauger sollte reden.

Als ich mich von der Wand löste, traf mich Sukos erstaunter Blick. Er wunderte sich, weil ich sonst nicht soviel Federlesens machte. Dem Vampir war es gelungen, den Kellerraum zu verlassen. Er befand sich bereits im Gang.

»John, die Frau!«

Ich wußte Bescheid. Vor Suko noch wischte ich aus dem Keller. Der Vampir hatte sich nach links gewandt, er lief bereits auf die Treppe zu und hatte noch einen Schritt zu gehen, um die letzte Stufe zu erreichen.

Auf der Treppe sah ich eine Gestalt.

Es war die Frau. Sie hatte sich nicht getraut, den Keller zu betreten, und war stehengeblieben.

Als sie ihren Mann sah, schlug sie die Hände gegen ihre Wangen und schrie: »Jack!«

Es war ein gellender Schrei, der durch den düsteren, kahlen Kellerflur hallte. In ihm schwangen die Angst und das Entsetzen mit, das die Frau empfand, als sie ihren Mann als Monster sah.

Der Vampir würde keine Rücksicht nehmen. Was er einmal als Mensch gefühlt und empfunden hatte, war nun ausgeschaltet. Den rechten Arm hielt er weiterhin erhoben, allerdings auch abgeknickt, damit er nicht gegen die niedrige Decke hämmerte, wenn er zuschlug.

Daß ich ihn mit Worten nicht mehr aufhalten konnte, war mir klargeworden. Als er seinen Fuß auf die erste Stufe setzte, jagte ich mit einem gewaltigen Satz nach vorn, war dicht hinter ihm, packte ihn an der Schulter und schleuderte ihn herum.

Er war raffiniert und schlug in der Drehung zu. Dabei vergaß er, die Kellerbreite zu berechnen. Das Stemmeisen traf nicht mich, sondern die Wand.

Es riß dort einen langen Streifen, kleine Staubwolken quollen in die Höhe, und bevor der Vampir zum zweitenmal ausholen konnte, hatte ich mit dem geweihten Dolch zugestoßen.

Die Klinge traf ihn hart. Sie fuhr schräg von unten her dorthin, wo das Herz sitzt.

Für einen Moment erstarrte der Blutsauger mitten in der Bewegung. Dann schüttelte er den Kopf, als hätte jemand Eiswasser über ihn gegossen, und fiel zurück. Die Wand hielt ihn auf.

Suko hetzte an mir vorbei. Er kümmerte sich um Mrs. Hillary, die alles mit angesehen hatte.

Jack Hillary brach zusammen. Ich hatte den Dolch aus seinem Körper gezogen, und meine Augen wurden groß, als ich das Blut erkannte, das aus seiner Wunde strömte.

Ein Vampir verlor Blut.

Und es sah ebenso aus wie das eines Menschen, hatte sich nicht verändert, war weder dunkler noch heller geworden.

Hillary fiel auf den Rücken. Im schrägen Winkel lag er zur Treppe, seine gebrochenen Augen starrten blicklos gegen die schmutzige Decke des Kellers.

Er war tot.

Ich hatte ihn umgebracht. Äußerlich war er ein Vampir gewesen, seine spitzen Eckzähne galten als deutliches Zeichen, aber als ich ihn jetzt so liegen sah, da dachte ich anders darüber.

Vielleicht hätte ich ihn überhaupt nicht zu töten brauchen! In meinem Magen bildete sich ein Klumpen, und ich mußte ein paarmal tief schlucken, bevor ich mich neben den Vampir niederkniete.

Sein Mund stand offen. Die Haut wirkte grau wie mit Schmutz vermischter Kalk. Das konnte allerdings auch an den Lichtverhältnissen liegen. Ich schob seine Oberlippe zurück und schaute mir den Kiefer an.

Die beiden Zähne waren sehr deutlich zu sehen.

Also doch ein Vampir. Ich hatte mich nicht getäuscht. Es setzte keine Rückverwandlung in einen Menschen ein, der Tote blieb so, wie er war.

Ich hörte Schritte auf der Treppe und wußte, daß Suko zurückkam. Bevor er neben mir stehenblieb, sagte er: »Ich habe die Frau nach oben gebracht. Sie hat einen Schock.«

»Hast du einen Arzt angerufen?« fragte ich.

»Ja, einen Dr. Easton.«

Ich nickte und deutete auf den Toten. »Sieh ihn dir genau an, Suko. Fällt dir etwas auf?«

Der Chinese bückte sich. »Ich könnte jetzt sagen, er lebt nicht mehr, aber das meinst du bestimmt nicht.«

»Genau.«

»Vielleicht das Blut?«

»Stimmt. Dieser Vampir, Suko, steckte voller Blut. Wie ein Mensch.«

»Aber er war kein Mensch!«

Ich hob die Schultern.

»Menschen sterben, wenn sie sich aufhängen, und haben auch nicht diese Zähne.«

»Das schon«, erwiderte ich und untersuchte im Licht meiner Bleistiftleuchte den Hals. »Keine Bißstellen.«

»Und das bedeutet?«

Ich holte tief Luft. »Daß er ein Vampir gewesen ist, aber kein echter.«

»Tolle Logik.«

»Sicher.« Ich nickte und erhob mich. »Kannst du mir eine bessere nennen?«

Suko schüttelte den Kopf. »Nein.« Dann murmelte er: »Wenn ich nur wüßte, wie das alles zusammenhängt. Ein Mensch ist zum Vampir geworden, ohne daß man ihn beißt. Verstehst du das?«

»Im Moment nicht.«

»Aber ...?«

Ich begann damit, im Keller auf- und abzuschreiten. Meine Stirn hatte sich in nachdenkliche Falten gelegt. Ich überlegte hin und her. Irgend etwas hatten wir übersehen. Die Erklärung lag förmlich in der Luft, aber ich kam nicht darauf.

»Da ist was, Suko«, sagte ich. »Das spüre ich. Wir müssen nur das Ende des Fadens finden, an dem alles hängt. Vampire – ohne gebissen worden zu sein. An sich ein Unding, aber trotzdem möglich. Wenn ich nur die richtige ...«

»Ich hab's!«

»Wie?«

Suko, der sonst an sich die Ruhe in Person ist, schaute mich aus glänzenden Augen an. »Erinnere dich mal an die Schönheitsfarm in Paris. Wer hat da die Pillen hergestellt?«

»Drusian!«

»Genau, John. Francis Drusian.«

»Aber der ist tot.«

»Klar. Und seine Pillen? Und Lady X? Sie war auch auf der Schönheitsfarm, zusammen mit den Mannequins. Violetta Valeri, Corinna Camacho und die Scott, das höllische Dreieck, haben den Brand überstanden und sind verschwunden. Lady X hielt sich zurück, während die Valeri und die Camacho den Plan schmiedeten, Nadine Berger umzubringen. Ich bin fast hundertprozentig sicher, daß Lady X die Vampirpillen eingesackt hat und sie jetzt in Umlauf bringt.« Suko deutete auf den toten Jack Hillary. »Das ist ein Opfer.«

Ich ließ mir seine Worte durch den Kopf gehen und mußte Suko zustimmen. »Ja, du könntest recht haben.«

»Ich könnte nicht nur, ich habe sogar recht.«

»Aber woher hat er die Pille?«

»Das werden wir noch herausfinden.«

Es schellte. Die Hillarys wohnten in einem Zweifamilienhaus, das sicherlich seine vierzig Jahre auf dem Buckel hatte. Suko und ich stiegen die Treppe hoch, denn ich konnte mir vorstellen, daß es der Arzt war, der geschellt hatte.

Wir öffneten. Suko hielt sich ein wenig im Hintergrund auf, als Rückendeckung.

Ein Mann stand auf der Schwelle. Er trug einen dunklen Mantel. Da er offenstand, sah ich darunter einen Smoking. Das weiße Haar wirkte auf seinem Kopf wie eine Mähne. Das Lächeln war verbindlich und erinnerte mich an Dressmen auf den Werbefotos.

»Dr. Easton?« fragte ich.

»Ja. Haben Sie mich angerufen?«

»Nein, das war mein Kollege.«

Suko trat vor und sagte: »Wir sind von der Polizei. Scotland Yard, Herr Doktor.«

»Oh, was ist geschehen?«

»Kommen Sie erst einmal rein«, forderte ich ihn auf. »Alles andere besprechen wir später.«

»Natürlich.«

Ich schloß hinter dem Arzt die Tür.

Dr. Easton kannte sich hier aus. Er steuerte sofort die nach oben führende Treppe an. Bevor er sie erreichte, drehte er sich noch einmal um. »Sie werden sich über meinen Aufzug sicherlich wundern, aber man hat mich von einer Party weggeholt.«

»Ich wundere mich tatsächlich, Doc«, erwiderte ich, »daß es Ärzte gibt, die mitten in der Nacht zu ihren Patienten kommen, obwohl sie gesellschaftliche Verpflichtungen haben.«

Easton lächelte wieder. »Wissen Sie, Mister ...«

»Oberinspektor Sinclair. Das ist mein Kollege Suko.«

»Aha, danke. Also wissen Sie, man darf nicht alle über einen Kamm scheren. Außerdem kenne ich die Familie Hillary schon sehr lange, und wenn es Thelma Hillary schlecht geht, muß ich kommen.«

»Das finde ich toll.«

»Jetzt entschuldigen Sie mich«, sagte der Arzt.

Wir warteten, bis er die Treppe hinter sich gelassen hatte. Dann stieß Suko mich an. »Warum hast du nicht gesagt, was mit Jack Hillary geschehen ist?«

»Weiß ich auch nicht.«

»Tu doch nicht so.«

»Geht es ihn etwas an?« fragte ich zurück.

»Nein, sicherlich nicht. Das geht höchstens die Mordkommission an. Allerdings würde ich mir seine Behandlungsmethoden gern einmal ansehen.«

»Frag mich mal.«

Wir stiegen die Treppe hoch und gelangten in einen viereckigen kleinen Flur. In Kopfhöhe wurden die Wände bereits schräg. Zwei Türen zweigten zu beiden Seiten ab.

Eine stand offen. Wir hörten Stimmen.

»Es ist so schlimm, Doktor.«

»Nein, nein, gleich wird Ihnen besser. Ich gebe Ihnen eine Spritze. Sie werden danach schlafen und haben morgen früh alles wieder vergessen.«

»Wenn Sie das sagen.«

Ich räusperte mich, denn der Arzt hatte uns nicht bemerkt, als wir den Raum betraten. Er saß auf der Bettkante, mit dem Rücken zu uns, und er sprach mit der Patientin. In der rechten Hand hielt er die Spritze. Die Farbe der Flüssigkeit innerhalb des Zylinders konnten wir nicht erkennen.

Jetzt drehte er sich um.

»Was spritzen Sie?« fragte ich.

Er sagte einen lateinischen Begriff, mit dem wir nichts anfangen konnten. »Es ist ein Beruhigungsmittel«, erklärte er noch.

Das Schlafzimmer sah aus wie tausend andere auch. Vielleicht war es etwas klein. Dafür war die Schräge verantwortlich, die über dem Bett begann. Der Kleiderschrank, im Stil der fünfziger Jahre gebaut, paßte soeben an die Wand. Im rechten Winkel dazu stand die Frisierkommode mit dem großen Spiegel, dessen silberne Fläche bereits einige dunkle Flecken zeigte.

Ich ging zur Seite und baute mich neben der Frisierkommode auf. Suko hatte sich gegen die schmale Fensterbank gelehnt.

Zwangsläufig fiel mein Blick in den Spiegel. Ich konnte einen Großteil des Zimmers überschauen, sah das Bett und den auf der Kante sitzenden Arzt.

Ich zwinkerte mit den Augen. Da stimmte doch etwas nicht. Der Arzt war zwar zu sehen, aber ziemlich verwaschen, undeutlich, verschwommen. An meinen Augen lag es nicht, wahrscheinlich am Spiegel, dessen Fläche man nicht gerade als superblank bezeichnen konnte.

Jetzt bewegte sich der Mann. Er hielt die Hand der Frau fest und drückte dann die Spitze in eine Ader.

Thelma Hillary bäumte sich für einen Moment hoch, atmete zischend die Luft ein und fiel zurück.

Da war das Bild klar.

Seltsam …

Mußte wohl doch am Spiegel liegen. Suko hatte nichts bemerkt, weil er auf das Bett schaute.

Der Arzt richtete sich auf und nahm seine schwarze Tasche. Er klappte beide Hälften auseinander und verstaute die Spritze, wobei er noch einen Blick auf die im Bett liegende Frau warf. Sie hielt die Augen geschlossen und schlief. Das Mittel hatte bereits gewirkt.

Der Doktor wusch sich die Hände, nahm seinen

Mantel auf, der über einer Stuhllehne hing, und zog sich an. »So, das wird bis morgen früh vorhalten, meine Herren. Sollte dann noch etwas sein, stehe ich jederzeit zur Verfügung. Auf Wiedersehen.«

»Noch viel Spaß, Doc.«

Er drehte sich um und lächelte. »Danke sehr.«

Wir hörten ihn die Treppe hinuntergehen und das Zuschlagen der Eingangstür.

»Ein sehr seltsamer Kauz«, murmelte ich.

»Wieso?«

Ich schaute Suko an. »Er hat überhaupt nicht gefragt, wieso es kommt, daß wir uns hier aufhalten. Er nahm es hin wie eine Selbstverständlichkeit. Das finde ich wirklich seltsam.«

»So kann man es sehen.«

»Man muß es so sehen.«

»Mir spukt die Sache mit den Pillen noch immer im Kopf herum«, sagte der Chinese. »Wenn es tatsächlich so war, wie wir vermuten, müßten wir doch irgend etwas finden.«

Da hatte mein Partner recht. Ohne noch lange herumzureden, begannen wir mit der Durchsuchung des Zimmers. Wir gingen methodisch vor. Die Frau schlief auf der linken Betthälfte, demnach mußte ihr Mann rechts geschlafen haben, wo das Oberbett kaum eingedrückt war. Und an beiden Betthälften standen die Nachtkonsolen.

Vier Schubladen zählte ich. Unten fing ich an, entdeckte Wäsche, Taschentücher, Socken, einen alten Rasierapparat und zwei Kugelschreiber. Erst bei der letzten hatte ich Glück.

Die Familie Hillary bewahrte ihre Pillen nicht im Bad auf, sondern in der Schublade des Nachttisches. Zahlreiche Röhrchen und Schachteln bildeten einen Wirrwarr.

Die roten Vampirpillen waren uns nicht unbekannt. Ich hatte sie schon auf der Schönheitsfarm gesehen und würde sie auch jetzt wiedererkennen.

Mit beiden Händen räumte ich die Tabletten zur Seite, die nicht in Frage kamen. Dann hatte ich Glück. Mir fiel eine rote, in Kunststoff eingeschweißte Pille in die Hand, die in der hintersten Ecke der Schublade lag.

Ich nahm sie hervor, hob den Arm und hielt die Pille gegen das Licht der Deckenlampe.

Suko war interessiert näher getreten. »Verdammt«, sagte er, »das ist die Pille. Genau, das ist sie.«

»Jetzt haben wir den Beweis«, murmelte ich und steckte die Tablette ein. »Wir müssen nur noch herausfinden, wer die Pille Jack Hillary gegeben hat.«

»Lady X?«

»Gut möglich. Am besten wäre natürlich, wenn wir Mrs. Hillary fragen könnten, aber die schläft zu tief.«

»Dann müssen wir bis morgen warten.«

Das wollte ich nicht. »Wenn es dann nicht schon zu spät ist«, hielt ich entgegen.

»Hast du noch einen Verdacht?«

»Ich gehe davon aus, daß Lady X wohl kaum durch die Gegend rennt und Pillen verteilt. Sie wird Helfer haben, sogar Helfer haben müssen. Sie braucht Beziehungen, um an unverdächtige Personen heranzukommen, die das Zeug unter die Leute bringen.«

»Wer hat denn hier in London die größten Beziehungen?« fragte Suko. »Einer, der seine Finger in jedem schmutzigen Geschäft stecken hat.«

»Logan Costello.«

»Genau, John.«

»Wir können nur nichts beweisen.«

»Leider. Aber Costello wird sich nicht selbst die Finger schmutzig machen. Er wird andere zwingen, für ihn die Drecksarbeit zu erledigen. Und in diesem Fall wäre ein Arzt dafür der ideale Partner.«

Suko pfiff durch die Zähne und sprach das aus, was ich dachte. »Dr. Easton.«

»Genau, Bruder. Der gute Doc, der uns schon so seltsam vorgekommen ist. Das wird ein Fest.«

»Wie meinst du das?«

»Er läßt doch eine Party steigen.«

»Wie ich dich kenne, wirst du die Feier als ungebetener Gast besuchen«, grinste der Chinese.

»Und nicht allein. Du gehst mit.«

»Sollen wir sofort ...?«

Ich schüttelte den Kopf. »Die Mordkommission muß her. Die Kollegen sollen den Toten wegschaffen.«

»Und die Frau?«

Da hatte Suko ein Problem angeschnitten. »Wir lassen sie ebenfalls mitnehmen. Sie wird kaum etwas merken, da sie tief und fest schläft. Wenn wir sie ins Krankenhaus bringen und sie erwacht, werden Ärzte in der Nähe sein.«

Dem Vorschlag stimmte Suko zu.

Ich hatte inzwischen Licht gemacht. Das Wohnzimmer war ebenfalls ziemlich klein. Die Möbel hatte man vor dreißig Jahren mal als modern bezeichnen können.

Die Nummer unserer Mordkommission kannte ich auswendig. Als der Kollege meine Stimme hörte, stieß er fast einen Tarzanschrei aus. »Nein, nicht schon wieder, Sinclair!«

»Sie brauchen nur einen Toten abzuholen. Und bringen Sie einen Krankenwagen mit, weil noch eine Frau mitgenommen werden muß.«

»Verletzt?«

»Nein, sie schläft.«

Der Kollege hielt es für einen Witz, und ich sagte: »Sie schläft wirklich, Mann. Aber sie muß unter ärztliche Beobachtung. Das Haus kann versiegelt werden.«

»Geht in Ordnung.«

Ich hielt den Hörer noch in der Hand, als die Glocke über der Haustür anschlug.

Suko stand näher als ich. »Den Besucher sehe ich mir an«, sagte der Chinese. Er lief nicht schnell auf die Tür zu, sondern ging langsam und hielt sich dicht an der Wand. Man mußte mit allem rechnen. Auch mit einer MPi-Garbe, die das Holz durchhämmerte.

Mit einem heftigen Ruck riß der Chinese die Tür auf, schaute nach draußen, sah niemanden, ging einen Schritt vor und stolperte fast über einen querstehenden Gegenstand.

Es war ein schwarzer Sarg!

John Sinclair befand sich noch im Wohnraum. Suko glaubte im ersten Augenblick, einer Täuschung erlegen zu sein, dann jedoch wurden seine Augen groß.

Das war tatsächlich eine Totenkiste.

Aber wer hatte sie abgestellt? Und wo war der Unbekannte? Weit konnte er nicht verschwunden sein, denn seit dem Klingeln waren erst einige Sekunden vergangen.

Suko schaute die Treppe hinab, sah die Straße, wo der Bentley am Ende einer Kurve stand, und davor einen dunklen Lieferwagen, von dem ein Geräusch aufklang, das fatal an das Schlagen einer Autotür erinnerte.

Dann heulte der Motor.

Mit einem gewaltigen Satz setzte der Chinese über den Sarg hinweg, hörte nicht mehr die Rufe seines Freundes, sondern wollte den Kerl packen, der das makabre Geschenk vor die Haustür gestellt hatte. Wenn er sich beeilte, holte er den Lieferwagen noch ein.

Suko schien über den Boden zu fliegen. Er erinnerte an einen hastenden Schatten in der Dunkelheit. Als das Fahrzeug, das halb auf dem Bürgersteig stand, die Straße erreichte, hatte Suko es schon fast eingeholt.

Er legte noch mehr zu.

Jetzt sah er das Heck. Die Rückleuchten glühten wie rote Augen. Das Fahrzeug war ein Volvo-Kombi, und es hatte sogar einen Dachträger, wie Suko erkennen konnte.

Ob der Fahrer ihn im Rückspiegel gesehen hatte, wußte der Chinese nicht. Er durfte den anderen nur nicht entkommen lassen.

Noch drei lange Schritte – Sprung!

Suko flog durch die Luft, prallte gegen die hintere Tür und bekam die Enden des Dachträgers mit beiden Händen zu fassen.

Da beschleunigte der Fahrer!

Die Sache mit der Frau hatte ihn verdammt viel Zeit gekostet, aber es mußte sein. Schließlich gehörte Jack Hillary zu den Leuten, die die neue Pille probieren sollten. Er hatte sie genommen. Und wie.

Dr. Cliff Easton lachte lauthals, als er hinter dem Lenkrad seines Jaguars saß. Deutlich erinnerte er sich an den Anruf der Frau. Verzweifelt hatte ihre Stimme geklungen, sehr verzweifelt sogar. Für den Arzt war das ein Zeichen, daß alles glatt lief. Aufgehängt hatte sich Jack, und er lebte weiter. Wenn das kein Schock für seine Frau gewesen war. Er trug den Keim in sich, von dem Costello gesprochen hatte, und weitere Menschen würden ihn bald ebenfalls in ihrem Innern tragen. Sie warteten bereits darauf, waren begierig, endlich die neue Droge zu probieren.

Der Arzt grinste kalt, als er daran dachte. Die Gäste würden sich wundern, wenn er zurückkehrte. Die Feier sollte weitergehen, aber wie. Die Gäste sollten in einen Rausch fallen, aus dem es für sie nur noch das blutige Erwachen gab. Alles war genau geplant.

Wäre die Fahrzeugbeleuchtung nicht gewesen, so hätte man den schwarzen flachen Jaguar kaum gesehen. Er verschmolz mit der Nacht, denn die Gegend war dunkel, durch die der Arzt fuhr. Hier lagen die Häuser versteckt hinter Mauern und weiten Vorgärten. Fast wirkte dieser Teil von Chelsea sogar ein wenig ländlich.

Eigentlich führte Cliff Easton ein Doppelleben. Zweimal in der Woche war er der Arzt für Prominente und Geldmagnaten. An den anderen Tagen kümmerte er sich um die kleinen Leute, half ihnen, so gut es ging, und sein Ansehen war dadurch sehr gestiegen.

Die Prominenz empfing er in seinem Haus, in dessen Anbau seine Praxis lag. Die zweite Praxis befand sich ganz woanders. Jenseits der Themse, in South Bank, inmitten eines Arbeiterviertels, nicht weit vom Waterloo-Bahnhof entfernt.

Der Mann mit den zwei Gesichtern, und er hatte nicht vergessen, wem er dies alles verdankte.

Logan Costello.

Wenn dieser Mafioso oder einer seiner Männer irgendein Wehwehchen hatte, eine Schußverletzung zum Beispiel, wurde Clifford Easton bemüht, dann mußte er springen. Er erledigte seine Sache immer ordentlich und stellte auch die entsprechenden Totenscheine für Leute aus, die auf ungewöhnliche Weise ums Leben gekommen waren, weil sie Costello doch zu sehr im Wege standen.

Bisher hatte er sich immer auf den großen Mann im Hintergrund verlassen können, er hatte auch gar nicht viel über die seltsame Pille wissen wollen, nur daß sie einen Menschen veränderte, ihn zu einem Vampir machte und somit fast unsterblich.

Auch er hatte eine Pille geschluckt. Einfach weil er den Worten des Mafioso mißtraute. Er wollte selbst sehen, wie sie wirkte. Bei ihm so gut wie nicht. Ihm waren keine Eckzähne gewachsen! Er fühlte nur eine gewisse Leichtigkeit, wie jemand, der ein Glas über den Durst getrunken hatte.

Allerdings gefiel ihm überhaupt nicht, daß die Polizei bereits Blut geleckt hatte. Die beiden Yard-Beamten paßten ihm nicht in den Kram, und den Namen Sinclair hatte er ebenfalls schon gehört, allerdings nicht in Verbin-dung mit etwas Angenehmem. So sehr er auch grübelte, er kam nicht auf die Lösung und hatte beschlossen, seinen Sponsor anzurufen. Der mußte ihm mehr sagen können.

An der nächsten Querstraße mußte er nach rechts ab. Es war eine Sackgasse, in der nur zwei Häuser standen.

Auf der linken Seite hatte ein Brillenfabrikant seine Villa, das Haus des Arztes lag auf der anderen.

Die Gäste hatten ihre Fahrzeuge nicht in der Sackgasse abgestellt, sondern waren durch das Tor bis auf den Platz vor dem Haus gefahren. Den Weg durch den Garten markierten Kugellampen.

Das Haus war hell erleuchtet. Auch außen brannten die Lampen. Sie warfen ihre Strahlen nicht nur in den Garten, sondern tupften mit den langen Lichtfingern auch bis unter das vorgezogene Dach, das sehr tief herunterhing. Dafür war es an der Rückseite weniger steil. Die hintere Front bestand fast ausschließlich aus Glas. Im Sommer drängten sich Freunde und Bekannte danach, die Feste des Arztes mitzufeiern.

An diesem Abend war nur ein kleiner Kreis eingeladen. Zwei Paare, eine einzelne Frau und Mabel Jenkins, Eastons Sprechstundenhilfe. Auf sie war der vor drei Jahren geschiedene Arzt besonders scharf, doch bisher war es ihm nicht gelungen, das blonde Wesen ins Bett zu bekommen.

Mabel hatte da ihre eisernen Prinzipien. Es wunderte Easton sowieso, daß sie zu der Party gekommen war. Normalerweise lehnte sie Einladungen von seiner Seite ab.

Ob Mabel einen Freund hatte, wußte der vierzigjährige nicht. Er hatte sie nie danach gefragt. Allerdings würde er auch ihr die Pille zu schlucken geben. Wenn sie eine andere war, würde sie es wohl bedauern, seinen Wunsch abgelehnt zu haben.

Er stellte seinen Wagen neben Mabels kleinen Ford Fiesta, stieg aus und warf den Mantel über den angewinkelten Arm. Dann lief er mit federnden Schritten die wenigen Stufen zur Haustür hoch, hinter deren breiter Glasscheibe Licht schimmerte.

Er schloß auf, Musik und Stimmenwirrwarr drangen ihm entgegen. Der Arzt wunderte sich darüber, daß so wenige Menschen soviel Lärm machen konnten.

Er hörte das Lachen von Mrs. Gibbons, der Frau, die aussah wie ein lebender Malkasten, so vollgeschmiert mit Kosmetik.

Die kalte Pracht seiner großen Diele nahm ihn auf. Links führte eine Holztreppe in die erste Etage. Geradeaus schaute er auf die Doppeltür, die offenstand und einen Blick in den Wohnraum mit dem großen Fenster ermöglichte.

Mabel Jenkins kam ihm entgegen. An diesem Abend hatte sie sich besonders hübsch gemacht. Sie trug eine schwarze Samthose und eine weiße Bluse mit Pumpärmeln. Der Stoff war ziemlich fest und wirkte irgendwie steif, aber das war jetzt modern, wie Easton sich hatte sagen lassen.

In Locken fiel das blonde Haar der Sprechstundenhilfe fast bis auf die Schultern. Ihr Gesicht war feingeschnitten, der Mund vielleicht ein wenig zu klein, aber das störte ihn nicht.

In den blaugrauen Augen lag ein besorgter Ausdruck, als Mabel fragte: »Geht es Mrs. Hillary gut?«

»Ja, natürlich.« Easton nahm seinen Mantel und hängte ihn an die Garderobe, wo er zwischen den Pelzroben der Damen verschwand.

»Was war es denn?« wollte Mabel wissen.

Easton hob die Schultern. »Nur eine leichte Überanstrengung. Ich habe ihr eine Spritze gegeben. Sie wird bis morgen früh schlafen. Wie ist es hier gelaufen?«

»Man amüsiert sich.«

»Das ist fein.«

»Sie hatten doch von einer Überraschung gesprochen«, nahm Mabel den Faden wieder auf.

Der Arzt winkte ab. »Später, Mabel, später. Ich muß erst noch telefonieren.«

»Gut, Chef.«

»Sagen Sie doch nicht immer Chef zu mir.«

Mabel lächelte amüsiert. »Was sonst?«

»Sie wissen schon.«

»He, Clifford!« rief eine rauhe Stimme. »Wann kommst du endlich, und was ist mit deiner Überraschung?« Ted Gibbons hatte gerufen, sein Organ war nicht zu überhören. Er unterhielt eine Kette von Fischständen auf allen großen Märkten Londons. Manchmal stellte er sich noch selbst hin und pries seine Heringe an.

»Warte einen Augenblick.«

»Ja, aber beeil dich, sonst vernasche ich deine kleine Sprechstundenhilfe.«

Easton lachte und kniff Mabel ein Auge zu. »Das wird deine Frau auch zulassen.« Wahrscheinlich befand sie sich nicht in der Nähe, sonst hätte Ted nicht ein so großes Maul riskiert.

Dr. Easton verschwand in seinem Arbeitszimmer. Er drückte die Tür zu und verschloß sie. Sie war schalldicht, eine wohltuende Ruhe empfing ihn, und das Licht der beiden Stehlampen neben dem Schreibtisch schuf inmitten des großen Raumes eine helle Insel.

Easton warf sich in den Ledersessel, nahm das Telefon auf seinen Schoß und wählte Logan Costellos Nummer. Da die Aktion lief, war der Mafioso für ihn immer zu sprechen.

Logan Costello schien neben dem Apparat gewartet zu haben, er hob bereits nach dem ersten Klingeln ab. Seine typische kratzige Stimme formte ein fragendes »Ja?«

»Easton.«

»Aha, der Doktor. Was ist los?«

»Hillary hat die Pille genommen.«

»Wie der Kerl heißt, interessiert mich nicht!« bellte der Mafioso. »Ich will nur etwas über die Wirkung wissen.«

»Die ist positiv.«

»Wirklich?«

»Ja. Jack Hillary muß sich in einen Vampir verwandelt haben.«

»Was heißt das? Haben Sie ihn nicht gesehen?«

»Nein.« Easton schlug seine Beine übereinander. »Mich hat seine Frau angerufen, daß etwas mit ihm nicht stimmte. Sie war völlig durcheinander, ich hörte ihren Erzählungen ...«

»Er ist also ein Monster?«

»Natürlich.«

»Dann habe ich den Sarg nicht umsonst geschickt. Er soll es sich darin bequem machen. Was mit den anderen zu geschehen hat, wissen Sie, Doc?«

»Ja. Ich gebe ihnen die Vampirpillen in meinem Haus.«

»Gut.« Costello lachte. »Gibt es sonst noch irgend etwas?«

»Da wäre eine Sache, die mir nicht gefällt. Und zwar haben sich in dem Haus zwei Polizisten aufgehalten. Man muß davon ausgehen, daß sie den Mann gesehen haben oder vielleicht ...«

»Haben Sie die denn nicht gefragt?« schrie Costello plötzlich los.

»Nein, ich konnte ja offiziell nichts von dieser Verwandlung wissen und dachte mir, es wäre besser, den Mund zu halten.«

»Kennen Sie die Namen?«

»Natürlich, Mr. Costello. Der eine war ein Chinese, der andere hat sich mit John Sinclair vorgestellt. Ich glaube, seinen Namen schon gehört zu haben.«

Für einen Moment war es am anderen Ende der Leitung still. Dann erklang ein Heulton, als würde der Hörer dicht neben der Sirene eines Schiffes liegen. »Sinclair!« brüllte Costello plötzlich los. »Ausgerechnet! Wissen Sie überhaupt, wem Sie da gegenüberstanden?«

»Nein. Das heißt ja, ich habe den Namen ...«

»Man nennt diesen Oberinspektor auch den Geisterjäger. Das sagt alles. Er ist unser Todfeind, Doktor. Merken Sie sich das. Und Sie erzählen ihm noch ...«

»Ich habe ihm nichts gesagt.«

»Kein Wort von Ihren Pillen?«

»Nein.«

»Worüber haben Sie denn gesprochen?«

»Über Mrs. Hillary, denn sie hat in ihrer Panik die Polizei angerufen. So sieht es aus.«

»Warum gerade Sinclair? Welchen Grund kann sie gehabt haben, den Geisterjäger in ihr Haus zu holen? Sie kannte ihn doch überhaupt nicht. Da ist einiges faul. Wissen Sie, Easton, daß wir jetzt hübsch vorsichtig sein müssen?«

»Natürlich.«

»Uns darf kein Fehler unterlaufen. Alles hängt davon ab, wie Sie reagieren und wie die Pillen die Menschen zu …«

Der Arzt ließ den Mafioso nicht erst ausreden. »Ich habe auch eine dieser Pillen geschluckt.«

Für einen Moment war es still. Dr. Easton rechnete schon damit, daß er wieder das Heulen wahrnehmen würde, seltsamerweise geschah dies nicht. Nur ein Aufstöhnen.

»Ist Ihnen nicht gut, Costello?«

»Mann, Sie hätten die verdammte Pille doch nicht zu nehmen brauchen, Sie Idiot.«

»Ich fühle mich aber kaum anders.«

»Sind Sie ein Vampir oder nicht?«

»Natürlich nicht.«

»So natürlich ist das gar nicht.«

»Ich bin eben stärker als die anderen«, behauptete der Arzt.

»Sie sagen das so leichtsinnig. Davon einmal abgesehen, Sie wissen, was Sie zu tun haben.«

»Ja, Mr. Costello.«

»Wenn alles über die Bühne gelaufen ist, melden Sie sich wieder. Und geben Sie auf Sinclair acht. Der sieht so harmlos aus und ist doch ein Bluthund der Extraklasse.«

Easton legte auf. Er grinste schief. Logan Costello war der mächtigste Unterweltboß in London. Daß er vor diesem Sinclair Angst hatte, wollte dem Arzt nicht in den Kopf. Costello konnte den Bullen doch mit einem Fingerschnippen erledigen. Wenn er, Easton, auf Sinclair traf, würde er sich nicht fertigmachen lassen.

Der Arzt stellte den Apparat wieder auf seinen Schreibtisch, stützte sich mit beiden Händen an der Platte ab und stand auf. Die anderen warteten. Außerdem wollte er ihnen die Überraschung präsentieren, auf die sie so scharf waren.

Die würden sich wundern.

Als er zur Tür ging, passierte er den alten Barockspiegel an der rechten Wand. Auf dieses Stück war er sehr stolz, und er hatte vor einem Jahr viel Geld dafür bezahlt.

Immer wieder schaute er sich in der Spiegelfläche an. Doch jetzt zuckte er zusammen.

Was war nur mit seinem Spiegelbild los?

Er sah sich dort zwar noch, die Umrisse allerdings waren sehr verschwommen. Er wirkte wie ein sich auflösender Schatten. Hellgrau zitterte er in der Fläche, und auch als der Arzt näher trat, veränderte sich die Kontur nicht.

Sie blieb so verschwommen.

Easton schluckte. Das war ein Ding der Unmöglichkeit. Er mußte sich doch sehen, wenn nicht, dann war der verdammte Spiegel daran schuld.

Ja, so mußte es sein. Eine andere Möglichkeit gab es für ihn nicht. Er streckte die Hand aus, die Finger fuhren über die helle Fläche, sie suchten nach einer Erklärung, aber der Spiegel war normal. Er, Dr. Easton, war derjenige, der sich selbst als unnormal bezeichnen konnte.

Die Tablette. Verdammt, die rote Pille, die er genommen hatte, trug die Schuld daran. Seine Lippen zogen sich auseinander, die Wangenmuskeln zuckten, ihm wurde heiß und kalt, und in seinem Innern drang langsam die Erkenntnis durch, daß er sich wohl überschätzt hatte.

Die Pille war gefährlich.

Sie sollte aus Menschen Vampire machen. Er hatte darüber nur gelacht, was wohl ein Fehler gewesen war.

Der Arzt schüttelte den Kopf. Noch einen kleinen Schritt trat er vor, so daß sein Gesicht fast die Spiegelfläche berührte.

Der Schatten blieb!

Er wurde auch nicht größer oder in seinen Umrissen

klarer, was eigentlich hätte sein müssen, weil er sich der Fläche genähert hatte.

Ein Phänomen …

Er ging wieder zurück.

Vampire haben ein Merkmal! zuckte es durch seinen Kopf. Ihr Zeichen sind zwei spitze Zähne im Oberkiefer. Wenn er also zum Vampir geworden war, dann mußte er auch die Zähne haben, sie mußten ihm gewachsen sein.

Er öffnete den Mund.

Es waren Sekunden der Spannung, als er seinen rechten Arm hob. Er traute sich noch nicht so recht, nachzufühlen, erst als er sich einen innerlichen Ruck gab, da fuhr er mit dem Daumen die obere Zahnreihe entlang.

Alles normal – bis …

Er zuckte zusammen. Dr. Easton fühlte genau die beiden Spitzen an der rechten und der linken Seite. Sie waren vor vielleicht einer Stunde noch nicht dagewesen.

Es gab keinen Zweifel. Die gefährliche Pille hatte auch bei ihm gewirkt. Er war zu einem Vampir geworden. Zu einer Bestie, die sich vom Blut der Menschen ernährte.

Als er das alles richtig begriffen hatte, stieß er ein hämisches, schadenfrohes Lachen aus.

Die anderen würden sich wundern. Die große Überraschung sollten sie bekommen.

Mit zwei Schritten war er an der Tür und zog sie auf …

Ich schrie Suko hinterher. Er hörte mich nicht oder wollte mich nicht hören. Der Chinese war schnell wie ein Schatten, und er schaffte es, den Wagen zu erreichen, der soeben gestartet angefahren war. Leider konnte ich nichts Genaues sehen, weil in der Nähe zu wenig Laternen brannten und die Straße ziemlich im Dunkeln lag.

Ich glaubte jedoch, an seinem Heck eine Bewegung erkannt zu haben.

Demnach mußte es meinem Partner gelungen sein, sich an dem Fahrzeug festzuklammern.

Wohin würde diese unfreiwillige Reise den Chinesen führen? Ich wußte es nicht, hoffte jedoch, daß Suko sich auf irgendeine Art und Weise melden konnte, wenn er sein Ziel erreicht hatte.

Mir blieb nichts anderes übrig, als zu warten. Ich starrte auf den Sarg. Er war wirklich pechschwarz und stand als makabres Mahnmal auf der Treppe vor dem Haus.

Ich bückte mich und probierte aus, ob er verschlossen war. Nein, ich konnte den Deckel anheben. Mit beiden Händen klappte ich ihn hoch und warf einen Blick in das Innere, wobei mir die Lampe an der Tür mit ihrem Licht half.

Der Sarg war nicht von innen gepolstert, wie ich angenommen hatte. Es war eine normale, leere Totenkiste, an den Innen- und auch Außenwänden glatt gehobelt. Für mich war der Sarg sicherlich nicht bestimmt. Es gab meiner Ansicht nach nur einen, für den dieses makabre Geschenk bestimmt war.

Jack Hillary, der tote Vampir.

Aber wer hatte ihn gebracht? Einer von Dr. Eastons Helfern? Wohl kaum, dann hätte sich der Arzt nicht extra herbemüht. Da mußte es einen anderen Zusammenhang geben.

Suko und ich waren bei unserem letzten Gespräch auf Logan Costello gekommen. Ob er den Sarg vielleicht geschickt hatte? Zuzutrauen war ihm so etwas schon, ich war mir plötzlich sicher, daß ich ihm das makabre Souvenir verdankte.

Meine Lippen verzogen sich zu einem Lächeln. Er hatte ja nicht damit rechnen können, daß etwas schiefgelaufen war und wir bereits am Ball waren. Wenn Costello das herausfand, würde er sicherlich in die Luft gehen.

Ich wollte vor dem Haus auf die Kollegen warten, zündete mir eine Zigarette an und setzte mich auf die Totenkiste. Wirklich, ein Bild für die Götter, wie ich dahockte und rauchte.

Nach drei Zügen aus dem Glimmstengel sah ich

bereits das Rotlicht. Sirenen heulten nicht, dafür geisterte das farbige Licht über die Hauswände in der Nähe und berührte auch schemenhaft die Fahrbahn.

Mehrere Wagen stoppten schräg vor dem Haus. Auch ein Fahrzeug der Ambulanz war dabei. Mit ihm sollte die Frau abtransportiert werden.

Ich erhob mich und schaute den Kollegen entgegen, die natürlich große Augen machten, als sie mich und den Sarg sahen. Chef der Mordkommission war ein Mann namens Bowler. Wie der Hut.

»War das ein Witz, Sinclair?«

»Leider nicht.«

Kopfschüttelnd schaute er sich den Sarg an. »Was sollen wir mit ihm machen?«

»Mitnehmen.«

»Und der Tote?«

»Liegt im Keller.«

»Schade.« Bowlers Knittergesicht verzog sich noch mehr. »Ich dachte schon, wir würden die Leiche wohlverpackt in der Totenkiste finden.«

»Sie machen es sich verdammt leicht.«

»Unser Job ist schon schwer genug.«

Bevor wir in den Keller gingen, zeigte ich den Helfern, wo Mrs. Hillary lag. Die beiden Männer nahmen die Trage mit und betteten die Schlafende darauf.

»Sie ist völlig normal?« fragte mich der Inspektor.

»Ja.«

Im Keller lag Jack Hillary noch so, wie wir ihn verlassen hatten. Halb über den Stufen. Starr und ohne Glanz waren seine Augen. Er hatte viel Blut verloren und bot keinen schönen Anblick. Die Vampirzähne waren verschwunden. Die dünne Schlinge allerdings befand sich noch immer um seinen Hals.

»Wie kommt das denn?« Bowler deutete auf das Nylonseil.

Ich erklärte es ihm und ging auch mit in den Kellerraum, wo der Vampir gehangen hatte.

Selbst dem abgebrühten Inspektor lief ein Schauer über den Rücken, als er den Haken sah. »Das begreife ich nicht«, murmelte er. »Sie vielleicht, Kollege?«

»Nur schwer.«

»Kann ich mir vorstellen.«

Die Arbeit der Mordkommission kannte ich und wollte auch nicht stören. Bowler zog einen Flunsch, als ich mich verabschiedete. »Ist auch nicht die feine englische Art, so einfach Leine zu ziehen.«

»Ob Sie's glauben oder nicht, Kollege, ich habe noch etwas anderes zu tun, wirklich.«

»Meinetwegen.«

Ich ging. Allerdings schaute ich zuvor im Telefonbuch nach, wo Dr. Easton wohnte. Er hatte mir einige Fragen zu beantworten. Zudem machte ich mir große Sorgen um Suko.

Besonders ging es Suko nicht. Aber wer fühlt sich schon wohl, wenn er am Heck eines fahrenden Wagens hängt und sich mit beiden Händen nur am Dachgepäckträger festklammert, so daß die Beine über den Boden schleifen?

Der Chinese wußte nicht, ob der Fahrer ihn bemerkt hatte. Das spielte im Prinzip auch keine Rolle, auf jeden Fall beschleunigte er kurz nach dem Start, und der Wagen wurde verdammt schnell, was Suko überhaupt nicht gefiel. Er hatte schon jetzt Schwierigkeiten, sich festzuklammern, obwohl das Fahrzeug noch in keine Kurve gerissen worden war.

Zum Glück hat der Volvo eine sehr breite Stoßstange. Sie und sein Gewicht haben ihm auch den Spitznamen Panzer eingebracht. Suko zog die Beine an, und es gelang ihm, mit den Füßen auf der Stoßstange Halt zu finden.

Ein wenig hatte sich seine Lage verbessert. Er hatte auch etwas weiter vorgegriffen, so daß seine Hände die hintere Krümmung des Dachgepäckträgers umklammerten.

Dann kam die erste Kurve.

Suko hatte sie nicht gesehen.

Eine Rechtskurve war es. Der Mann am Steuer nahm sie hart, und Suko wurde von der Fliehkraft in die entgegengesetzte Richtung geschleudert. Die Kräfte waren wirklich enorm. Es wurde für ihn schwierig, sich weiterhin festzuklammern.

Raus aus der Kurve.

Der Volvo lag gut auf der Straße und brach trotz der Geschwindigkeit nicht aus. Suko versuchte ein Schild zu erkennen. Er wußte nicht genau, auf welcher Straße sie fuhren. Sein Vorhaben war nicht einfach. Er konnte sich nicht auf den Wagen und gleichzeitig auf seine Umgebung konzentrieren.

Dann geschah das, was unweigerlich hatte kommen müssen. Wie ein gewaltiger heller Teppich glitten die Lichtstrahlen zweier Scheinwerfer heran und erfaßten Suko. Hinter ihm befand sich ein Fahrzeug. Es war klar, daß dessen Fahrer den am Volvo hängenden Chinesen sehen mußte.

Seine Gestalt hob sich deutlich genug ab.

Das Licht nahm an Stärke zu. Es wurde greller. Der Fahrer hinter ihm hatte das Fernlicht eingeschaltet.

Vielleicht John Sinclair, dachte Suko und klammerte sich noch stärker fest. Der Fahrtwind schlug ihm wie eine Peitsche ins Gesicht. Er zerrte an ihm. Seine Jacke knatterte, der Wind biß auf seiner Haut. Suko mußte die Augen schließen, weil sie sonst anfingen zu tränen. Er legte den Kopf ein wenig zur Seite. Als das auch nichts half, zog er den Körper zusammen, so daß sein Gesicht im Windschatten der Heckscheibe lag.

Jetzt ging es etwas besser.

Wagen kamen entgegen.

Ihre Fahrer würden den Chinesen kaum bemerken. Doch der Wagen hinter ihnen wurde beschleunigt. Dessen Fahrer dachte gar nicht daran, aufzugeben. Er wollte der Sache auf den Grund gehen.

Auch der Volvo fuhr schnell. Der Kerl hinter dem Lenkrad hatte natürlich das Fernlicht bemerkt, das in unregelmäßigen Abständen ein- und ausgeschaltet wurde. Aber er dachte nicht daran, zu stoppen oder die Geschwindigkeit zu verringern.

Er drückte weiter auf die Tube.

Allerdings nur bis zur nächsten Ampel. Noch zeigte sie grün. Das hatte auch der Volvo-Fahrer bemerkt. Er beschleunigte.

Suko spürte den plötzlichen Ruck in seinen Armen und quetschte einen Fluch durch die Zähne. Wenn der Mann verrückt spielte und einfach durchraste, dann ...

Gelb!

Zu weit war die Entfernung, der Fahrer konnte es nicht schaffen. Er mußte bremsen, wollte er nicht voll in den Gegenverkehr hineinrasen.

Rot!

Noch fünfzig Yards betrug die Entfernung zur Ampel. Suko klammerte sich noch härter an den Dachreiter.

Der Gegenverkehr fuhr bereits an.

Warum bremste der Mann denn nicht?

Er tat es. Sein Fuß nagelte das Bremspedal fest. Die Straße war nicht völlig trocken, vielleicht waren die Reifen auch nicht mehr die besten, auf jeden Fall geriet der Volvo leicht ins Schleudern, und Suko mit ihm.

Das Fahrzeug schlingerte. Rechts, links. Die Reifen jaulten. Beängstigend schnell wurde es auf die rechte Seite gedrückt. Jetzt mußte der Fahrer gegenlenken, wenn er noch etwas retten wollte. Suko sah ihn nicht, er konnte sich aber vorstellen, wie der Kerl am Lenkrad kurbelte und verhindern wollte, daß der schwere Wagen ausbrach.

Er schaffte es.

Zwar rutschte der Volvo noch weiter, geriet auch ein wenig aus der Spur, holperte über den Bordstein und prallte mit dem breiten Stoßfänger gegen den Ampelmast.

Der Aufprall übertrug sich, und auch Suko mußte ihn voll einstecken. Er wurde nach hinten gerissen, sofort wieder vorgeschleudert und tickte gegen das Heck, wobei er sich mit aller Kraft weiterhin am Dachgepäckträger festklammerte. Wenn er jetzt losließ, wurde er zu Boden geschleudert.

Dann stand der Wagen.

Hinter Suko jaulten Reifen. Sie protestierten, als sie über den Asphalt gerissen wurden. Für einen Moment hatte der Chinese Angst, der andere würde auffahren und ihn zerquetschen.

Das geschah zum Glück nicht, der Fahrer hatte früh genug gebremst.

Suko ließ los. Seine Beine zitterten so sehr, daß er fast umgekippt wäre, als er auf der Straße stand.

Aus dem Verfolgungswagen, es war ein Rover, kletterte der Fahrer. »Sind Sie denn verrückt geworden?« brüllte er. »Das ist ja der reine Wahnsinn, was Sie da veranstalten. Sie können sich doch nicht einfach an einen Wagen hängen und ...«

Suko hörte ihn zwar, doch er kümmerte sich nicht um das Geschrei. Für ihn zählte nur der Fahrer des Volvo. Ihn wollte der Chinese schnappen.

Der Mann hatte den Wagenschlag bereits aufgestoßen und verließ den Volvo. Geduckt sprang er auf den Gehsteig und rannte in der gleichen Haltung auf ein Haus zu, in dem ein Eisenwarengeschäft untergebracht war.

Sein Ziel war jedoch nicht das Geschäft mit dem großen Schaufenster, sondern die schmale Tür daneben, die nicht in den Laden, dafür ins Wohnhaus führte.

Diesen Weg hatte sich der andere ausgesucht.

Und das aus gutem Grund. Denn die Haustür wurde aufgestoßen, und ein Mann erschien. Er mußte wohl das Quietschen der Reifen gehört haben. Als er auf die Straße schaute, tauchte der Volvo-Fahrer wie ein Geist vor ihm auf.

Der Hausbewohner bekam vor Schreck große Augen, wollte noch zurück, als ihn die Faust voll erwischte.

Es war ein aus der Schulter geholter Schlag, der an seinem Kinn detonierte und ihn in den Flur zurückschleuderte, wo er zum Glück gegen die Wand fiel, an ihr entlang taumelte und erst dann zusammenbrach, so daß er nicht mit dem Hinterkopf aufschlug. Trotzdem blieb der Mann stöhnend liegen.

Der Fahrer aber verschwand im Flur. Er sprang über den Liegenden hinweg und visierte die am Ende des Flurs liegende Hintertür an, die deutlich im Licht zu erkennen war.

Suko hatte natürlich gesehen, wohin der Kerl verschwunden war. Der Chinese schüttelte seine Schwäche ab wie ein nasser Hund die Wassertropfen und nahm die Verfolgung auf. Fit war er zwar noch nicht, er hatte das Gefühl, an seinen Armen würden Bleigewichte hängen, aber er wollte den Mann nicht entwischen lassen.

Die Schritte des anderen hallten an den Wänden des Treppenhauses wider. Irgendwo oben wurde eine Tür aufgerissen. Eine grelle Stimme schrie nach Ruhe.

Als der Fahrer des Volvo einen Blick über die Schulter warf, entdeckte er Suko. Der Chinese hatte aufgeholt, er war dem Kerl ziemlich dicht auf den Fersen.

Suko sah den plötzlichen Ausdruck der Panik im Gesicht des anderen und ahnte, daß es zu einer nicht gesteuerten Reaktion kommen würde.

»Bleiben Sie stehen!« schrie der Inspektor. Er fingerte nach seiner Beretta.

Der andere dachte nicht daran. Innerhalb einer halben Sekunde änderte er seinen Entschluß.

Blitzschnell machte er kehrt und hetzte nach links, wo eine Tür offenstand, durch die er in eine Wohnung gelangen konnte. Das Gesicht einer neugierigen Frau war im Türspalt erschienen. Die Bewohnerin wollte nachsehen, was los war. Daß sie damit das Unheil heraufbeschwor, konnte sie nicht wissen.

Mit einem gewaltigen Satz erreichte der Mann die Tür. Er warf sich dagegen, hämmerte sie auf, und die Frau kam nicht schnell genug weg.

Sie wurde von dem Mann und dem Türblatt getroffen. Beide wurden sie in das Zimmer hineinkatapultiert.

Der Chinese befand sich zu weit entfernt. Er konnte das Drama nicht verhindern. Als er endlich die Tür erreichte, da hatte sich der andere schon zurückgezogen.

Er stand am Ende des schmalen Flurs, die Frau hielt er umklammert. Sein linker Arm umschlang ihren Hals, der rechte war angewinkelt. In der Hand hielt der Kerl einen schweren Revolver, dessen kalte Mündung er gegen die Schläfe der Frau drückte.

Suko kannte Situationen wie diese. Da war man machtlos.

Der andere hielt sämtliche Trümpfe in der Hand.

Die Frau, etwa vierzig, wagte nicht, sich zu rühren. Ihre Augen waren weit aufgerissen, der Mund stand ebenfalls offen, und die Lippen zitterten. Sie war im Griff des Mannes erstarrt.

Der Kerl sah wirklich aus wie ein Mafioso. So wie man ihn aus Filmen kannte. Dichtes schwarzes Haar, ein hartes Gesicht mit Furchen zwischen Nase und Mundwinkeln und ein Mund, der nur einen Strich bildete. In seinen dunklen Augen las Suko die Bereitschaft, alles auf eine Karte zu setzen.

Er würde durchdrehen und töten, wenn ihm irgend etwas gegen den Strich lief. Der Mann stand unter Strom, war nicht mehr kaltblütig genug, und das war das Gefährliche an ihm.

Im Flur hing die Garderobe an der rechten Seite. Drei Mäntel und eine Jacke zählte Suko. Zwei Mäntel gehörten einem Mann. Der Chinese hoffte nur, daß er nicht in der Wohnung war. Im Wohnraum, der am Ende der Diele begann, konnte er ihn jedenfalls nicht entdecken. Dafür sah Suko den Schatten eines Fernsehers.

Suko mußte jetzt die Ruhe bewahren, so schwer es ihm

auch fiel. Er durfte dem anderen keine Gelegenheit geben, sein Vorhaben in die Tat umzusetzen.

Bis jetzt hatte niemand ein Wort gesprochen. Nun aber redete der Chinese.

»Okay, Partner, du hast gewonnen!«

Der andere sagte nichts. Er atmete noch schneller und hastiger als die Frau. »Schmeiß deine Kanone weg!«

»Sicher.« Suko nickte.

Er ließ die Beretta fallen. Mit einem dumpfen Laut schlug sie zu Boden.

Da lachte der Verbrecher.

Suko aber sagte: »Noch hast du gewonnen. Nun sieh auch zu, daß es so bleibt.«

»Was meinst du damit?«

»Laß die Frau gehen!«

Ein irrer, kieksender Laut drang aus der Kehle des Mannes. »Wie kommst du darauf?«

»Bisher ist nichts Schlimmes passiert, Partner. Die kleine Autofahrt können wir vergessen. Vielleicht drücke ich auch hier ein Auge zu und vergesse die Geiselnahme. Allerdings nur, wenn du vernünftig bist.«

»Du redest wie ein Bulle!«

»Ich bin auch einer.«

Da zuckte der andere zusammen, als hätte er einen Stromstoß erhalten. »Ein Bulle!« hechelte er. »Du bist wirklich ein mieser, stinkender Bulle?«

»Ja.«

»Das freut mich, das freut mich sogar sehr.« Seine Augen nahmen einen anderen, fanatischen Glanz an, den Suko sehr wohl registrierte und sich eingestand, daß ihm wohl ein Fehler mit seiner Aufklärung unterlaufen war. »Weißt du eigentlich, daß ich Bullen besonders liebe? Die verspeise ich vor dem Frühstück. Zwei von deinen Kumpanen habe ich schon zur Hölle geschickt. Hörst du? Ich habe bereits zwei miese Bullen auf dem Gewissen!«

Suko atmete tief ein. Er hatte den Gegner unterschätzt. Er hätte seinen Beruf nicht nennen dürfen.

»Zwei Bullen sind kaputt. Und du wirst der dritte sein, Chinese. Das kannst du mir glauben.«

»Diesmal kriegt man dich!«

»Nein, nie, denn ich bin besser. Viel besser, als du denkst. Sechs Kugeln sind in der Trommel. Eine ist für sie hier, die anderen fünf jage ich dir in den Schädel, Chinese.« Er grinste böse. Sein Gesicht glich dabei einer teuflischen Maske.

Da begann die Frau zu schluchzen. Bisher hatte sie sich halten können, nun aber konnte sie nicht mehr. Sie schluckte, ihr Mund bewegte sich, sie wollte etwas sagen, doch sie brachte einfach kein Wort hervor. Nur dieses Schluchzen, das die Stille durchschnitt und an den Nerven des Gangsters zerrte.

»Hör auf, du Schlampe!« brüllte er die Frau an. »Hör ja auf, sonst ...« Das andere ließ er unausgesprochen, aber sein Gesicht verzerrte sich noch mehr.

Plötzlich geschah das, was Suko längst befürchtet hatte. Von der Diele zweigte nicht nur die Wohnzimmertür ab, sondern auch eine andere. Die zum Bad.

Sie wurde aufgewuchtet, und über die Schwelle sprang ein rothaariger Mann.

»Helen!« brüllte er.

Sukos Warnschrei kam zu spät. Der Mann war nicht zu halten. Er sah seine Frau als Geisel des Gangsters und stürzte auf sie zu.

Der Killer reagierte sofort. Er drehte den Revolver, so daß die Mündung am Kopf der Geisel vorbei wies.

Dann schoß er!

Aus kalten Augen blickte Dr. Easton, der Vampir, auf die Versammelten.

Sechs Menschen standen vor ihm. Vier Frauen und zwei Männer. Jeder Anwesende hielt ein Glas in der Hand.

Bis zur Hälfte waren die Gläser mit Wasser gefüllt. Auf

dem Boden der Gläser lag ein kleines, ovales Ding. Die gefährliche Pille.

Nur Mabel hatte kein Glas genommen. Sie stand im Hintergrund, nahe dem Büfett und beobachtete die Gesellschaft, die sie irgendwie anekelte. Diese Menschen waren satt, sogar übersatt. Sie suchten nur nach neuen Möglichkeiten, um sich zu amüsieren. Zahlreiche Spielarten hatten sie schon ausprobiert, eine fehlte ihnen noch. Eben diese Pille. Mabel Jenkins wußte nicht, wie Dr. Easton seinen Gästen die Pille schmackhaft gemacht und angepriesen hatte, auf jeden Fall hatte niemand von ihnen, außer ihr, es abgelehnt, die Pille einzunehmen.

Auch Dr. Easton hielt ein Glas in der Hand. Auf dem Grund lag ebenfalls eine kleine, rote Tablette. Er hatte sich entschlossen, noch eine zu nehmen.

»So, Freunde«, sagte er. »Ihr seid alle bedient. Habt ihr noch Fragen?«

»Ja.« Gibbons war es, der sprach. »Wie enthemmt werden wir denn sein?«

»Hemmungslos«, erwiderte Easton. »Ihr werdet euch nach dem Blut anderer sehnen.«

»Ha, ha«, lachte Gibbons. »Das habe ich mir schon immer gewünscht. Toll ist das. Sie sind ein Wunderdoktor, Herr Doktor.« Er lachte über seinen angeblichen Witz.

»Na denn«, sagte der Vampir und hob das Glas. Kalt beobachtete er seine Gäste. Sie würden sich wundern, sie sollten trinken und danach …

Blut gab es ja. Er war gar nicht so traurig gewesen, daß Mabel nichts genommen hatte.

»Cheerio!« rief er.

Die Männer und Frauen blickten sich gegenseitig an, schauten zu Easton und hoben die Gläser.

Sie tranken.

Nicht hastig oder in einem Zug, sondern langsam, genußvoll und bedächtig. Mit dem fließenden Wasser rutschten auch die Pillen über den Glasrand und berührten ihre Lippen, wo sie vorbeiglitten und zwischen den Zähnen verschwanden.

Sie schluckten.

Easton hatte als erster sein Glas geleert. Er stellte es ab, ein Lächeln kräuselte seine Lippen, und er vernahm das Kichern einer Frau, die noch einmal nachtrinken mußte, weil sie beim ersten Schluck die Pille nicht herunterbekommen hatte.

Schließlich waren sämtliche Gläser leer.

»Nun«, fragte der Arzt, »wie haben sie euch gemundet?«

»Komisch, die schmeckten nach nichts«, erwiderte Mrs. Gibbons und stieß auf, wobei sie rot wurde und verlegen ihre Hand vor den Mund preßte.

»Sind das Antörner?« rief Frank Forman.

»Ja.«

»Ich merke noch nichts.«

Da lächelte der Arzt. »Warte ab, bis sie sich im Magen aufgelöst haben.« Er war jetzt dazu übergegangen, alle zu duzen.

Mabel Jenkins hatte sich bewußt zurückgehalten. Sie war auch froh darüber, daß niemand an sie dachte, aber die Sprechstundenhilfe hatte die Anwesenden keine Sekunde aus den Augen gelassen. Und sie fragte sich, was Easton ihnen für ein Teufelszeug verabreicht hatte.

War es tatsächlich eine Enthemmungspille?

Leicht möglich, denn zahlreiche Menschen wurden erst dann richtig lustig, wenn sie solche Aufputscher zu sich genommen hatten.

»Nun haben wir die Pillen genommen«, rief Formans Frau. »Was tun wir jetzt?«

»Abwarten.«

»Worauf?«

»Auf die Wirkung!«

Und eine andere Frau fragte verschüchtert: »Sollen wir schon beginnen, uns zu entkleiden?«

Sie erntete Gelächter und von Easton einen spöttischen

Blick. »Nein, das braucht ihr nicht. Dafür war die Pille auch gar nicht gedacht. Sie erfüllt einen ganz anderen Zweck.«

»Und welchen?« schrie Gibbons.

»Das will ich euch zeigen. Schaut mich mal genau an, ihr netten Gäste!« Sein Spott war nicht zu überhören, und der Arzt lehnte sich zurück, wobei er den Mund öffnete.

Weit riß er die Kiefer auseinander, so daß jeder seine Zähne sehen konnte.

Nur Mabel nicht. Sie brauchte es auch nicht. Dafür hörte sie die Kommentare.

»Ein Vampir!« Dumpf sprach jemand die beiden Worte.

Sie waren noch nicht richtig ausgesprochen, als auch eine Frau anfing zu kreischen. »Ein Vampir! Ja, er ist ein Vampir. Herrlich, wir haben es mit Dracula zu tun.«

Forman schüttelte seinen Bullenschädel. »Okay, du hast uns genügend Schrecken eingejagt, mein lieber Easton. Jetzt nimm deine komischen Zähne aus dem Mund.«

Da grinste der Arzt breit. »Ich kann meine komischen Zähne nicht aus dem Mund nehmen.«

»Und warum nicht?« schrillte die Stimme von Formans Gattin, einer unechten Rothaarigen. »Sind die etwa echt?«

»Genau, meine Liebe. Die Zähne sind echt. Ich bin auch kein nachgemachter Vampir, sondern ein richtiger Blutsauger.«

Lachen. Zuerst zaghaft, ein wenig hilflos klingend. Dann die Blicke. Unsicher, spöttisch, auch nachdenklich.

»Mach doch keinen Unsinn!« sagte Gibbons. »Du kannst zugeben, daß du dir einen Scherz mit uns erlaubt hast.«

»Das war kein Scherz.«

»Wie?«

»Ihr habt doch alle die Pille genommen. Sie löst sich in eurem Magen auf, ihr Wirkstoff wird in den Blutkreislauf geraten und seine, sagen wir ruhig Macht, entfalten. Ihr, meine Lieben, werdet auch zu Vampiren.«

Es lachte niemand. Dr. Easton hatte mit ernster Stimme gesprochen.

Man schaute sich gegenseitig an, suchte in den Gesichtern der gegenüberstehenden Personen nach irgendwelchen Anzeichen, aber da war noch nichts.

Auch Mabel Jenkins bemerkte die Blicke. Und sie hatte die Worte ihres Chefs wohl verstanden. Nein, diese Zähne, die Easton da präsentiert hatte, waren echt. Er hatte sich wirklich kein zweites Gebiß in den Mund gesteckt.

Mabel wollte nicht mehr länger bleiben. Dieses Haus war ihr unangenehm geworden. Sie war zudem nur auf großes Drängen hergekommen. Nun wollte sie nicht mehr. Jeder Spaß hörte irgendwann einmal auf. Obwohl die Sache mit dem Vampirismus wirklich nicht als Spaß zu bezeichnen war.

Sie stand nicht weit von der Tür weg und bewegte sich auf sie zu. Die anderen achteten nicht auf sie, jeder war mit sich selbst beschäftigt, und Dr. Easton wandte ihr den Rücken zu.

Das wollte sie ausnützen.

Sie gelangte ungesehen bis zur Tür, drückte die Klinke nach unten und erstarrte regelrecht.

Die Tür war verschlossen! Jemand, wahrscheinlich Easton, hatte sie unbemerkt abgeschlossen. Er wollte seine Schäfchen nicht entkommen lassen.

Mabels Herz klopfte plötzlich schneller. Sie sah sich in Gefahr. Dazu hörte sie noch die Stimme ihres Chefs. »Wo wolltest du denn hin, Mabel?« Easton drehte sich um und grinste sie breit an, wobei seine beiden Vampirzähne wirklich nicht zu übersehen waren.

»Ich – ich – ich müßte mal zur Toilette.« Im letzten Augenblick fiel ihr die Ausrede ein.

»Das hat Zeit, kleine Mabel. Erst einmal siehst du dir unser Spielchen mit an.«

Ein Schrei!

Hoch und schrill, der in einem Schluchzen endete. Mrs. Forman stand gebückt da. Sie hatte den Mund geöffnet und fühlte mit den Fingern über ihre obere Zahnreihe.

»Was ist los?« rief ihr Mann. »Du stehst da, als hättest du in die Hose gemacht.«

»Ich – ich spüre es. Sie sind da ...«

»Wer ist da?«

»Die Zähne!« schrie sie, sprang in die Höhe, schlug die Hände auf die Schultern ihres Mannes und riß ihn zu sich heran, wobei sie weit den Mund öffnete und ihre Zähne präsentierte.

Ihr Gatte fuhr zurück und hörte wieder das Lachen seiner Frau. Diesmal nicht entsetzt, sondern kalt, hart und triumphierend. »Ich bin ein Vampir!« keuchte sie. »Ein verdammter Blutsauger, und ich werde auch dir das Blut aussaugen.«

Dr. Easton stand dabei und lächelte. Er hielt ein Glas Sekt in der rechten Hand. Ihn schien das köstlich zu amüsieren, im Gegensatz zu Mabel Jenkins, deren Angst immer größer wurde.

»Siehst du mich nicht?« schrie Mrs. Forman. »Ein Vampir! Und ich werde dich beißen, Frank. Du siehst wirklich zum Anbeißen aus.« Sie sprang ihn an und wollte ihre Zähne in seinen Hals hacken, als Forman mit dem Handrücken zuschlug und dabei das Gesicht seiner Frau traf.

Die Zähne verfehlten ihn.

Sie berührten zwar die Haut, drangen jedoch nicht ein, sondern rutschten am Hals entlang.

Forman stieß seine Frau weg. »Hau ab, Mensch! Such dir für deine Spiele einen anderen ...«

Seine Gattin lachte. »Du – du bist doch auch ein Vampir. Fühl mal selbst. Deine Eckzähne, sie – sie stehen schon ziemlich weit vor. Du bist ein Blutsauger, mein Lieber.« Die Frau drehte sich im Kreis, schaute auch die anderen an und deutete auf jeden von ihnen mit einem

Finger. »Ihr seid alle Blutsauger, alle! Jeder von euch ist ein Vampir, und ihr werdet Blut brauchen. Immer und immer wieder!« Sie schrie und kreischte.

Die übrigen Gäste sagten nichts. Allerdings hatten die Worte der Frau sie unsicher gemacht. Das war deutlich an ihren Blicken zu erkennen. Sie blickten sich gegenseitig an und prüften tatsächlich nach.

Währenddessen flüsterte Mrs. Forman: »Die Pille. Sie war es. Sie hat uns verändert.« Wieder lachte sie.

Dr. Easton trank inzwischen das zweite Glas. Gelassen beobachtete er die Vorgänge.

Seine Tabletten hatten ihre Wirkung nicht verfehlt!

Sämtliche sechs Gäste waren zu Vampiren geworden. Alle prüften selbst. Jeder wollte sich von den Worten der Frau überzeugen, und sie stellten fest, daß sich ihre beiden Eckzähne verändert hatten.

Sie waren länger geworden und spitzer.

Mrs. Gibbons sprach es aus. Die Worte klangen wie ein Knurren: »Wir sind keine Menschen mehr. Wirklich nicht. Wir sind Vampire, Blutsauger!« Dann klatschte sie in die Hände und wollte sich überhaupt nicht mehr beruhigen.

Die übrigen Gäste hatten sich mit der Veränderung abgefunden. Sie waren jedoch nicht ängstlich oder drehten durch, sondern freuten sich wirklich mit.

Jeder war plötzlich froh über die Verwandlung, die er durchgemacht hatte.

Der Arzt ließ sie erst einmal in Ruhe. Er wartete einige Minuten ab, bis sich die Leute an die neuen Tatsachen gewöhnt hatten.

Nur Mabel Jenkins konnte sich nicht damit abfinden. Neben der Tür stand sie an die Wand gelehnt, beobachtete mit weit aufgerissenen Augen die sechs Personen, und ihre Angst steigerte sich immer mehr.

Vampirgeschichten und auch Filme über dieses Thema hatte sie des öfteren gesehen, aber nie geglaubt, daß so etwas einmal Wirklichkeit werden könnte.

Sie wußte auch, daß Vampire Blut brauchten.

Menschenblut!

Und sie war der einzige Mensch zwischen ihnen.

Wurde sie nicht schon von kalten, blutgierigen Augen fixiert? Schätzte man nicht bereits ab, wann und wohin die anderen beißen wollten? Stand nicht ihr Hals im Mittelpunkt der Blicke?

Sie schauderte. Über ihren Rücken lief eine Gänsehaut. Sie suchte nach einem Fluchtweg. Da die Tür verschlossen war, blieb nur das große Fenster.

Dahinter lag dunkel der Garten. Die Leuchten brannten nicht, und wenn es hart auf hart kommen sollte, würde sie versuchen, durch das Fenster zu fliehen. Dann mußte sie sich eben gegen die Scheibe werfen, auch wenn sie schwere Verletzungen riskierte.

Trotz der Angst gelang es Mabel Jenkins, ihre Gedanken zu ordnen. Sie sah auch die Möbelstücke und entdeckte einen Stuhl. Wenn sie ihn durch die Scheibe schleuderte, hatte sie bereits viel geschafft. Dann konnte sie hinterherspringen. Die letzte Chance mußte sie nutzen, bevor sich die Blutsauger auf ihre eigentliche Aufgabe besannen und sie direkt angriffen.

Noch waren die sechs Vampire mit sich selbst beschäftigt, so daß Mabel ihre Chance sah.

Sie bewegte sich nach rechts und ging auf Zehenspitzen ihrem Ziel entgegen.

Niemand schenkte ihr Beachtung. Dabei vergaß sie allerdings Dr. Easton, der sie sehr wohl im Auge behielt. Er hatte den großen Über- und Durchblick behalten.

Er wollte, daß das getan wurde, was er sagte und befahl. Auch Mabel mußte ihm gehorchen, denn mit ihr hatte er etwas Besonderes vor. Sie sollte ein Geschenk werden.

Er raubte ihr nicht die Illusion und ließ sie erst einmal weitergehen. Die anderen redeten aufeinander ein. Sie waren völlig durcheinander, konnten es kaum fassen und mußten sich erst damit abfinden, keine Menschen mehr zu sein.

Äußerlich zwar noch, aber innerlich hatten sie sich längst verändert.

Mabel Jenkins streckte ihre Arme aus, und die Hände fielen auf die Lehne des Stuhls.

Die Finger krallten sich um das gebogene Holz. Ein Ruck, und sie hatte den Stuhl in die Höhe gerissen.

Bis zum Fenster betrug die Entfernung leider noch einige Schritte. Sie wollte aber wuchtig und gezielt werfen, deshalb lief sie mit dem Stuhl, wobei sie ihn hoch über den Kopf schwang.

Da griff Easton ein.

Bevor Mabel Jenkins das Sitzmöbel schleudern konnte, war er bei ihr, schnappte nach dem Stuhl und riß ihn Mabel aus den Händen. Zuerst bemerkte sie überhaupt nicht, was geschehen war. Erst als sie ihre Arme nach vorn schleuderte und durch den eigenen Schwung weitertaumelte, wurde ihr bewußt, daß sie verloren hatte.

Den Schlag des Doktors sah sie nicht. Sie spürte nur die Wirkung. Der Hieb schleuderte sie so weit nach vorn, daß sie dicht vor der großen Scheibe liegenblieb.

Unter dem vierten Wirbel schien ihr Rücken zu brennen, dort hatte der Fausthieb sie getroffen. Ihr dumpfer Aufprall wurde auch von den anderen gehört.

Sie benahmen sich plötzlich nicht mehr wie Menschen. Schreiend stürzten sie auf Mabel zu. Bevor Easton eingreifen konnte, waren die ersten schon bei ihr.

Ted Gibbons stand an vorderster Stelle. Er hatte sich gebückt und riß die Sprechstundenhilfe in die Höhe.

Mabel erstarrte in seinem Griff. Die dicken Finger tasteten über ihren Körper. Ekel schüttelte sie. Eine andere Hand griff in ihr Haar, zog den Kopf nach hinten, damit der Hals freilag und die Haut straff gespannt wurde.

Ted Gibbons wollte zubeißen.

Mabel schloß die Augen.

Sie sah nicht, wie Gibbons plötzlich verschwand, sondern hörte nur das klatschende Geräusch. Auch der Griff von ihrem Haar verschwand, und als sie die Augen wieder öffnete, lag Gibbons vor ihr am Boden. Sein Gesicht war verzerrt, der Mund stand offen, Speichel rann aus ihm hervor.

»Laßt sie in Ruhe!« schrie Dr. Easton. »Sie gehört mir!«

»Aber wir wollen Blut!« kreischte Mrs. Forman. »Verdammt, wir wollen Blut!«

»Das bekommt ihr auch. Später. Erst einmal müssen wir hier weg!«

»Und wohin?«

»Es ist alles vorbereitet. Und ihr kommt mit!«

Da schwiegen die Blutsauger. Sie erkannten instinktiv den Arzt als ihren Chef an. Nur die Gibbons reagierten anders. Sie wollten für sich bleiben und keine Befehle annehmen.

Ted Gibbons umfaßte seine Frau und zog sich mit ihr zurück. »Nein, wir gehen nicht mit dir!« schrie er. »Du kannst mich nicht zwingen. Wir werden hier warten und ...«

»Dann muß ich euch pfählen!«

Easton hatte die Worte gesprochen, und sie verfehlten die Wirkung nicht. Alle duckten sich. Angst leuchtete in ihren Augen. Als Vampire wußten sie, was das Wort zu bedeuten hatte. Wenn jemand einen Pflock durch ihr Herz schlug, war es aus. Endgültig ...

»Na?« höhnte der Arzt.

Die Gibbons schauten sich an. »Wohin willst du uns abschleppen? Wohin?«

»Das sage ich euch später.«

»Nein, jetzt!«

Easton lächelte. »Gut, ich will euch das meiste verraten. Wir haben uns etwas ausgedacht. Särge warten auf euch. Herrliche Särge, die eure Ruhestätten werden sollen. Wollt ihr nicht mit?«

Schweigen.

Die meisten nickten. Sie hatten plötzlich eine völlig andere Beziehung zu den Särgen. Sie empfanden sie als wunderbar, als herrlich und schön.

»Na?«

Gibbons blieb hart. »Ich werde nicht mit euch gehen. Ich bleibe hier, verdammt. Und ich gehe morgen in mein Haus. Hast du verstanden, Easton?«

»Ja, du hast laut genug gesprochen.«

»Und was sagst du dazu?«

Als Antwort griff der Arzt unter seine Smokingjacke und holte einen länglichen braunen Gegenstand aus Eichenholz hervor.

Es war ein Pflock ...

Auf dem Weg zu Dr. Easton telefonierte ich mit der Zentrale und fragte nach Suko. Vielleicht hatte er sich dort gemeldet und eine Nachricht hinterlassen.

Ich wurde enttäuscht. Die Kollegen hatten von dem Chinesen nichts gehört.

Das hob meine Laune natürlich nicht, im Gegenteil, sie sackte in den Keller. Ich machte mir wirklich Sorgen um den Chinesen. Was er da getan hatte, war riskant gewesen. Auch ein Kämpfer wie er war nicht unbesiegbar.

Ich rollte durch das nächtliche London. Es war kälter geworden. Die Temperaturen bewegten sich wieder um den Gefrierpunkt herum. Einige Wagen überholte ich, denn ich fuhr ziemlich zügig.

Daß wir erst die kleine Spitze eines gewaltigen Eisbergs entdeckt hatten, war mir längst klar. Diese Vampirpillen stellten eine ungeheure Gefahr dar. Nie hätte ich gedacht, daß das Erbe der Fariacs so eine Wirkung zeigen würde.

Die Mordliga um Dr. Tod herum war auch geschwächt ein verflucht harter Brocken. Aufgeben würde Morasso auf keinen Fall, sondern es immer wieder versuchen. An die anderen Gegner, die Gesamtheit der Hölle und das Erbe des alten Atlantis, wollte ich erst gar nicht denken. Denn was mich und meine Freunde da erwartete, war unabsehbar.

Easton wohnte in Chelsea. Ich kannte die Straße nicht. In der Markham Street, einer Nebenstraße der King's Road, hielt ich an und sah auf dem Plan nach.

Dort entdeckte ich die kleine Sackgasse, wo der Arzt sein Haus hatte.

Ich gab wieder Gas. Nur ein paar Ecken weiter mußte ich fahren, um mein Ziel zu erreichen.

Schließlich rollte ich durch die ausgestorbene Straße. Da war niemand auf den Beinen, aber rechts von mir, durch einen Vorgarten von der Straße getrennt, lag das Haus des Arztes.

Ich fand ein offenes Tor.

Die Gartenleuchten brannten und markierten den Weg zum Haus hoch. Ich entdeckte mehrere Wagen vor dem Bau und konnte davon ausgehen, daß die Party noch nicht beendet war.

Ich dachte daran, daß die Gäste nur Werkzeuge in den Klauen des Vampirs sein würden, und beeilte mich deshalb, die Auffahrt hinter mich zu bringen.

Vor dem Haus stoppte ich.

Es war alles ruhig. Niemand schrie, ich hörte keine Stimmen, blieb unter der Überdachung der Tür stehen und suchte nach der Klingel.

Ein heller Schein im Mauerwerk stach mir ins Auge. Ich lockerte meine Waffe und dachte an das Kreuz sowie an den geweihten Dolch in der Scheide.

Ausgerüstet war ich gut.

Dann vergrub ich den Knopf unter meinem Daumen und lauschte dem Gong nach, der durch das Haus hallte ...

Ein Vampir will einen Vampir pfählen!

So etwas war schon fast pervers und wohl noch nie vorgekommen. Den Pflock hielt Clifford Easton in der rechten Hand seines angewinkelten Arms. Die Spitze zeigte genau auf den Gegner.

Die anderen wichen zurück. Das war eine Sache, die nur Easton und Gibbons etwas anging. Ein Machtkampf zwischen den beiden. Die übrigen waren wie Tiere aus einer Herde. Sie würden sich hinterher dem Sieger zuwenden.

Mrs. Gibbons war zurückgewichen. Sie hielt allerdings zu ihrem Mann und feuerte ihn mit Worten an.

»Laß dir nichts gefallen, Ted! Zeig ihm, daß du der Stärkere bist! Wehr dich!«

Das hatte Easton auch vor. Sein Blick war auf die Spitze der seltsamen Waffe fixiert. Eichenholz konnten die Vampire anfassen, es durfte nur nicht in ihren Körper und damit in das Herz dringen, dann war für sie das ›Leben‹ beendet.

»Willst du es dir nicht noch einmal überlegen?« erkundigte sich Easton lauernd.

»Nein!«

»Dann willst du sterben?«

»Auch nicht.«

Easton lachte. »Du hast keine Chance gegen mich, Gibbons. Wirklich, höre auf mich!«

Starrsinnig schüttelte der andere den Kopf. Er selbst trug keine Waffe bei sich, aber er mußte sich verteidigen, glitt zur Seite und hob ein kleines Beistelltischchen an, dessen Beine er mit den Händen umklammerte und es als Deckung vor seinen Körper hielt.

Das war die richtige Abwehrwaffe.

Easton schlich näher. Dabei schüttelte er den Kopf. »Glaube nur nicht, daß es dir hilft, Ted. Nein, du hast keine Chance gegen mich. Ich werde dich pfählen, darauf kannst du dich verlassen. Wer mir nicht folgt und gehorcht, hat auf dieser Welt als Vampir nichts verloren.«

Ted erwiderte nichts. Er konzentrierte sich auf seinen Gegner. Aus einer Ecke war das Schluchzen der Sprechstundenhilfe zu hören. Ihr Körper bebte, die Angst war riesengroß, doch sie wagte nicht, etwas zu unternehmen, obwohl die übrigen Blutsauger sie für einen Moment aus den Augen ließen. Einen zweiten Fluchtversuch würden sie auf ihre Art und Weise vereiteln, was für Mabel nur den Tod bedeuten konnte.

Gibbons glitt zur Seite, denn Easton hatte zugestoßen. Dabei war sein rechter Arm vorgezuckt, und fast hätte die Spitze des Pflocks das Holz berührt.

»Einfach mache ich es dir nicht«, flüsterte Ted.

Easton lachte nur. Er hatte sich geduckt, seine Augen leuchteten, und ihm machte der Kampf Spaß.

Bis Gibbons den Ausfall riskierte. Er sprang ohne Warnung vor und rammte seine kleine Waffe nach vorn. Der Beistelltisch war auf den Kopf des Doktors gezielt und hätte sicherlich getroffen, wenn Easton nicht nach hinten gesprungen wäre. Dabei hatte er Pech. Eine Teppichfalte wurde ihm zum Verhängnis. Er rutschte aus und fiel zu Boden.

Auf dem Rücken blieb er liegen.

Hoch hob Gibbons das kleine Möbelstück über seinen Kopf und wuchtete es dann nach unten.

Easton drehte sich auf dem Boden liegend zur Seite. Trotzdem konnte er einen Treffer nicht völlig vermeiden. Die Kante streifte seinen Rücken. Ein normaler Mensch hätte vielleicht aufgeschrien, nicht so der Arzt. Er war ein Vampir und spürte keine Schmerzen.

Der zweite Schlag erwischte ihn am Bein, das er halbhoch und ausgestreckt gehalten hatte.

Mrs. Gibbons spornte ihren Gatten an. Sie sah ihn auf der Siegerstraße, denn Easton kam nicht dazu, den Eichenpflock einzusetzen. Er mußte sich auf seinen starken Gegner konzentrieren, der auf keinen Fall aufgeben würde.

Er schlug und schrie: »Ich werde dir den verdammten Pflock entreißen!« zischte er. »Und dann werde ich dich pfählen, wie du es mit mir vorgehabt hast!«

Und wieder hämmerte er zu.

Dieser Hieb traf nur den Teppich. Gibbons befand sich in einem regelrechten Rausch, weil er nicht aufgeben wollte. Er dachte dabei allerdings nicht an seine eigene Sicherheit und Deckung.

Easton konnte zu einem Konterschlag ansetzen. Seine Beine schnellten vor, sie wurden zur Zange und umklammerten die Fußgelenke seines Gegners.

Dem plötzlichen Ruck hatte der andere nichts entgegenzusetzen. Er wurde überrascht. Plötzlich befand er sich in der Luft, ruderte mit den Armen und krachte zu Boden.

Den kleinen Tisch verlor er dabei. Er wirbelte über den Boden und wurde von einem Fuß gestoppt.

Easton warf sich augenblicklich nach vorn. Er hatte den rechten Arm erhoben und kreischte: »Jetzt bist du dran!«

Hart wollte er zustoßen, und sein Gegner schaffte es auch nicht mehr, die Beine anzuziehen, um den anderen wegzustoßen, es gelang ihm allerdings, den rechten Arm des Arztes abzuwehren, so daß die Pflockspitze neben seiner Brust in den Teppich rammte.

»Ich mach' dich fertig!« brüllte Easton.

Mrs. Gibbons begann zu schreien.

Da schellte es.

Der Gong war laut genug, um auch im Wohnraum vernommen zu werden. Die Vampire und auch Mabel, der einzige Mensch, erstarrten zur Bewegungslosigkeit.

Über Mabels Rücken lief ein Schauer.

Ein Besucher mitten in der Nacht. Eine Hilfe vielleicht? Sie hoffte es. Nur, was konnte dieser Mann schon gegen die anderen ausrichten, gegen die Nichtmenschen?

Die Feindschaft zwischen Gibbons und Easton war vergessen. Plötzlich erinnerten sie sich wieder ihrer Gemeinsamkeiten, und Gibbons drehte sich unter Easton zur Seite, ohne daß dieser etwas dagegen unternahm.

Noch einmal ertönte der Gong.

Easton ließ den Pflock verschwinden, zog sein Jackett glatt und nickte den anderen zu. »Ich werde nachsehen.«

»Wer kann das sein?« fragte Forman.

Easton hob die Schultern und grinste. »Auf jeden Fall ein Mensch, meine Freunde.«

Und Elisa Lloyd, der dritte weibliche Vampir, flüsterte: »Blut, Freunde. Wir bekommen Blut ...«

Einer Kugel kann man kaum ausweichen, erst recht nicht, wenn diese aus kurzer Entfernung abgefeuert wird.

Im Sprung bemerkte der rothaarige Mann, auf was er sich eingelassen hatte, daß die Revolvermündung nun auf seinen Körper zeigte.

Für eine Zehntelsekunde vielleicht verzerrte sich sein Gesicht, und in dieser Zeitspanne geschah es.

Der Killer drückte ab.

Ein infernalisches Krachen war zu hören. Vor dem Lauf platzte eine Feuerblume auf. Die Kugel schlug wuchtig in den Körper des springenden Mannes, konnte ihn jedoch nicht mehr stoppen, so daß der Rothaarige gegen seine Frau und den Gangster prallte.

Auf seiner Brust war ein roter Fleck zu sehen, der sich schnell vergrößerte.

Der Schwerverletzte oder schon Tote drückte den Killer und seine Geisel in die Ecke.

Die Frau fing fürchterlich an zu schreien. Ihre Nerven spielten nicht mehr mit, und Suko griff ein. Er machte sich nicht erst die Mühe, seine Beretta aufzuheben, das hätte nur einen Zeitverlust bedeutet. Er überbrückte die Entfernung mit einem gewaltigen Satz, und bevor der Killer seine Waffe abermals herumschwenken konnte, traf Sukos Hieb dessen Handgelenk und prellte ihm den Revolver aus den Fingern. Der Chinese hatte sehr viel Kraft in den Schlag gelegt. Er wußte nicht, ob der andere sich nicht das Gelenk gebrochen hatte, aber das war ihm egal. Hier ging es um das Leben von Unschuldigen.

Der Killer heulte wie eine Sirene. Der Schmerz hatte ihm das Wasser in die Augen getrieben.

Suko packte mit der linken Hand die Schulter des

Mannes, riß mit der rechten die Frau aus seinem Griff und schleuderte den Killer durch den Flur gegen die Garderobe, wo er zwischen die Mäntel fiel und nur noch sein Unterkörper zu sehen war.

Suko wühlte die Kleidung zur Seite, sah das ängstliche Gesicht des Mörders, preßte beide Hände gegen die Brust des Mannes, wobei er ihn mit dem Rücken gegen die Wand drückte.

»So!« zischte der Chinese. »Jetzt hör mir genau zu!« Er mußte laut sprechen, weil die Frau noch schrie, und er wollte auch die Schocksituation des anderen ausnützen. Wenn der Mann tatsächlich zwei Polizisten getötet hatte, dann war er ein eiskalter Profi, den nichts so leicht erschüttern konnte.

»Rede!« zischte Suko. »Woher hast du den Sarg? Zu wem wolltest du?«

»Auf dem Boot!« keuchte der andere. »Die Särge liegen auf dem Boot.«

»Wo genau?«

»Ein altes Haus- und Hotelboot. Es ist nicht mehr im Dienst. Ich werde ...«

Was er wollte, erfuhr Suko nie, denn der Kerl beugte seinen Kopf nach vorn und stieß damit zu.

Suko nahm den Treffer voll. An der Kinnspitze hatte er das Gefühl, seine Knochen würden auseinanderfliegen, und er ließ den Killer los. Der sprang sofort auf Suko zu, wollte zuschlagen, schrie jedoch auf, als er seinen verletzten rechten Arm hob. Die Hand hing seltsam verdreht von seinem Gelenk, er konnte sie nicht mehr gebrauchen.

Mit der anderen war er langsamer. Suko konterte hart, aber dosiert.

Der Killer verdrehte die Augen, seufzte und fiel bewußtlos zu Boden, wo er liegenblieb.

Suko betastete sein Kinn. Der Schmerz strahlte über die Wangen hoch zu seinem Kopf. Doch darum konnte er sich nicht kümmern. Mann und Frau waren wichtiger.

Die Frau war weinend neben ihrem Mann in die Knie

gesunken. Suko war rasch bei ihnen. Er tastete nach dem Puls des Angeschossenen. Der Chinese atmete auf.

»Ihr Gatte ist nicht tot«, beruhigte er die Frau. »Aber er muß sofort abtransportiert werden. Haben Sie ein Telefon?«

»Ja, im Wohnzimmer.«

Suko eilte dorthin. Der Apparat stand neben dem Fernseher. Der Chinese wählte den Notruf und machte die Rettung mobil.

Als er wieder in die Diele zurückkehrte, sah er die beiden Uniformierten. Sie hatten ihre Waffen gezogen, und die Mündungen wiesen auf den Inspektor.

»Die Hände hoch!« wurde Suko angefahren.

Der Chinese folgte der Aufforderung. Es war besser, denn manche Polizisten hatten einen nervösen Zeigefinger, vor allen Dingen in unruhigen Zeiten.

»Was ist hier passiert?«

»Der Mann hinter mir ist angeschossen«, erwiderte Suko. »Ich habe einen Notarztwagen gerufen.«

»Kleiner Kenner, wie?«

»Ja, als Polizist muß man Kenner sein.«

Die Beamten grinsten. »Sie und einer von uns? Das ist ein verdammt fauler Trick.«

»Darf ich mich ausweisen?«

Die beiden Polizisten warfen sich Blicke zu. »Ja, versuchen Sie es. Aber vorsichtig.«

Suko hütete sich, eine Bewegung zu machen, die mißverstanden werden könnte. Er holte den Ausweis in der eingeschweißten Hülle hervor und hielt ihn so, daß die Beamten ihn lesen konnten.

»Tatsächlich, von Scotland Yard«, sagte der eine.

»Aber ein Chinese?«

Suko steckte den Ausweis wieder weg. »Sind nicht alle Menschen gleich?« fragte er.

Die Gesichter der Polizisten liefen rot an. Suko gab den Männern die Anweisung, Neugierige fernzuhalten. Sie gingen nach draußen, und Suko vernahm ihre Stimmen.

Der Killer war noch immer bewußtlos. Er würde es auch eine Weile bleiben, so konnte sich Suko um den Schwerverletzten kümmern.

Der Mann atmete röchelnd und stoßweise. Auf seinen Lippen war Schaum zu sehen. Er mußte starke Schmerzen verspüren, denn sein Gesicht war unnatürlich verzerrt.

»Können wir denn gar nichts tun?« fragte die Frau neben Suko jammernd.

»Leider nicht.«

»Wann kommt der Krankenwagen?«

»Er ist unterwegs.« Suko lächelte aufmunternd. »Ihr Mann wird es schaffen, davon bin ich überzeugt.«

»Hoffentlich.« Die Frau schluckte. »Ich – ich werde für ihn beten.«

»Das wird wohl gut sein.« Der Chinese erhob sich wieder und schaute auf seine Uhr. Auch ihm saß die Zeit im Nacken, denn er hatte eine heiße Spur. Sie führte zu einem alten, ausrangierten Haus- und Hotelboot. Es lag an der Themse, jetzt mußte es nur noch gefunden werden.

Einer der Polizisten stieß die Tür auf. Dann erschienen schon die Helfer. Die weißen Kittel stachen sehr deutlich gegen das düstere Grau des Hausflurs ab.

Ein Arzt war ebenfalls mit. Er untersuchte den Verletzten und schloß ihn an den Tropf an. Er selbst hielt das Gefäß, gab ein paar knappe Anweisungen, die Helfer legten den Schwerverletzten vorsichtig auf die Trage und schafften ihn hinaus.

Die Frau wollte mit, wurde jedoch vom Arzt wieder zurückgeschickt. Suko bediente sich noch einmal des Telefons. Da er eine Spur hatte, sollte John Sinclair davon erfahren.

Die Nummer der Hillarys fand er nach einigem Suchen. Dort hob jedoch niemand mehr ab.

John war schon weg. Suko rief in der Zentrale an, dort wußte man nichts, und auch als er das Autotelefon des Bentley aktivierte, meldete sich niemand.

Wo steckte John Sinclair?

Suko dachte nach. Zeit durfte er auf keinen Fall verlieren, denn noch war die Spur heiß. Wenn die andere Seite erst erfuhr, was mit ihrem Mitglied geschehen war, standen die Chancen schon schlechter.

Leider hatte der Killer nicht gesagt, wo das Boot lag. Aber das ließ sich herauskriegen.

Suko hatte es plötzlich eilig. Er verließ die Wohnung, wühlte sich durch den Ring der Neugierigen und suchte nach einem Taxi. Dabei hatte er Glück, einen Wagen zu erwischen.

Sein Ziel war das Yard-Gebäude!

Ich hörte das Hallen des Gongs hinter der Tür und wartete darauf, daß diese aufgedrückt wurde.

Zunächst geschah nichts. Nicht einmal Schritte waren zu vernehmen. Mir blieb nichts anderes übrig, als ein zweites Mal zu schellen. Dabei gab ich mehr Stoff und drückte länger, so daß auch das Echo in den oberen Räumen zu hören sein mußte.

Daß jemand im Haus war, lag auf der Hand. Vielleicht traute man sich nur nicht zu öffnen. Sollte das der Fall sein, würde ich versuchen, auf eine andere Art und Weise in das Innere des Hauses zu gelangen, das stand fest.

Ich brauchte mich nicht zu bemühen, denn ich vernahm durch das Holz der Tür tatsächlich Schritte.

Dr. Easton öffnete persönlich.

Als er mich sah, hob er voller Erstaunen seine Augenbrauen, lächelte schmal und tat sehr überrascht. »Oberinspektor Sinclair, Sie hier? Wollen Sie mich besuchen?«

»Es sieht so aus.«

»Was kann ich für Sie tun?«

Ich deutete an ihm vorbei in die Diele. »Sollen wir das nicht lieber drinnen besprechen?«

»Wenn Sie meinen.« Er behielt sein Lächeln bei. Nur spiegelte es sich nicht in seinen Augen wider. Für mich war es ganz einfach falsch. Dieser Mann hatte etwas zu verbergen.

Ich ging an ihm vorbei und gelangte in eine Diele, die mit hellem Marmor ausgelegt war.

Die kalte Pracht war nicht so mein Fall. Ich schaute nach links, wo eine freischwebende Treppe nach oben führte, und entdeckte die große geschlossene Doppeltür.

»Ihre Gäste sind noch anwesend?« fragte ich.

»Ja, Mr. Sinclair. Es bestand kein Grund, die Party abzubrechen. Sie werden verstehen, daß ich mich um sie kümmern muß, deshalb fassen Sie sich bitte kurz.«

»Natürlich, gern.« Ich griff in die Tasche und holte die rote, noch eingeschweißte Pille hervor. »Kennen Sie diese Tablette zufällig?« Er wollte sie mir aus der Hand nehmen, doch ich schüttelte den Kopf. »Nein, nein, die behalte ich. Es geht mir nur darum, ob Sie die Pille kennen.«

Er krauste die Stirn. »So sehen viele Pillen aus, Mr. Sinclair. Fast jedes Medikament wird in dieser Form auf den Markt gebracht. Es ist nichts Besonderes daran.«

»Nein, äußerlich bestimmt nicht. Es kommt allerdings auf den Inhalt an. Der ist brisant genug.«

»Inwiefern?«

Ich schaute Dr. Easton schräg von der Seite her an. »Wer diese Pille einnimmt, verändert sich.«

»Das ist bei Tabletten oft der Fall. Denken Sie nur an die Aufputschmittel oder an Beruhigungspulver.«

»Schon, Herr Doktor, nur ist diese Pille wirklich einmalig, wenn ich das so sagen darf.«

»Eine Neuentwicklung?«

»So kann man es nennen. Allerdings mit einer alten Substanz gefüllt. Mit einer besonderen Art von konzentriertem Blut, Herr Doktor. Und Sie haben die Pille an Jack Hillary weitergegeben.«

Er schaute mich lauernd an. »Wer sagt das?«

»Ich.«

»Und Sie haben dieses Medikament untersuchen lassen?« Die Frage klang spöttisch.

»Nein, eine Analyse habe ich nicht vorgenommen. Aber ich habe die Wirkung erlebt.«

»Wie das?«

»Jack Hillary ist das beste Beispiel.«

»Sie behaupten also, daß Mr. Hillary dieses Medikament eingenommen hat?«

»Das stimmt.«

»Woher wollen Sie es wissen?«

»Ich weiß es.«

»Von mir hat er die Pille auf jeden Fall nicht. Oder haben Sie als Zeuge gesehen, daß ich ihm die Pille unterschob?«

»Nein.«

»Sehen Sie. Ihre gesamte Mühe war umsonst, Mr. Sinclair. Sie hätten sich nicht herzubemühen brauchen.«

Abrupt wechselte ich das Thema. »Sie scheinen eine sehr ruhige Party zu führen, Doktor.«

»Wie meinen Sie das?«

»Man hört keine Stimmen, keine Trinksprüche, nicht einmal Gelächter. Wirklich außergewöhnlich.«

Als wollten mich meine Worte Lügen strafen, hörte ich plötzlich den Ansatz eines Schreis. Aber wirklich nur den Ansatz, denn der Schrei wurde sofort erstickt.

Trotz dieser kurzen Zeitspanne hatte ich genau vernommen, daß er hinter der Doppeltür aufgeklungen war. Ich reagierte sofort, ließ den Doktor stehen und rannte auf die Tür zu.

Heftig zog ich sie auf.

Sechs Partygäste sah ich. Nein, sieben. Eine junge blonde Frau lag halb auf dem Boden und wurde von einem wesentlich stärkeren Mann festgehalten.

Wie die anderen fünf hatte er seinen Mund geöffnet. Und wie auch bei den anderen waren bei ihm die beiden spitzen Eckzähne zu sehen.

Ich war in ein regelrechtes Vampirnest gestoßen.

An die Tragweite dieser Entdeckung konnte ich nicht mehr denken, denn Dr. Easton war mir gefolgt. Bevor ich etwas unternehmen konnte, erhielt ich schon einen Schlag in den Nacken, der mich in den Wohnraum katapultierte …

Ich versuchte, mich auf den Beinen zu halten, schaffte es allerdings nicht, denn eine Frau bückte sich blitzschnell und zog an dem Teppich, über den ich lief.

Meine rudernden Armbewegungen wirkten bestimmt grotesk, dann schlug ich hin. Ich prallte nicht voll auf den Rücken, sondern konnte mich noch abdrehen und über die Seite abrollen. Trotzdem sah es nicht gerade günstig für mich aus, der Schlag in den Nacken hatte mich ziemlich geschwächt und meine Reaktionen ein wenig gelähmt. Wie durch einen starken Filter gedämpft, vernahm ich die Befehle des Dr. Easton. »Schnappt ihn euch, saugt ihm das Blut aus! Er soll auch zu einem Vampir werden. Los, er ist der Feind!«

Diese Worte machten mich mobil. Ich gab mir selbst Schwung und rollte unter einen Tisch. Von oben her war ich gedeckt, aber die Gegner griffen nicht aus der Luft an, sondern von vorn. Ich sah sie sehr deutlich.

Beide Hände stemmte ich unter die Platte und warf den Tisch kurzerhand um.

Mit ihm fielen mindestens zwei große Blumenvasen. Eine landete unversehrt auf dem Teppich und lief nur aus, die andere allerdings zerbrach, weil sie auf den harten Marmorboden gefallen war. Das Wasser ergoß sich in einer breiten Lache über den Boden.

Dieser Vorfall hielt die Vampire für einen Moment auf. Einer prallte gegen den auf der Seite liegenden Tisch und schaute über die Kante hinweg zu mir hinunter.

Das Gesicht war verzerrt, eine Hand schlug nach mir, doch als ich meine Pistole ziehen wollte, war die Fratze verschwunden.

Hier konnte ich nicht liegenbleiben, das stand fest. Die anderen befanden sich in einer besseren Lage, irgendwann würden sie mich erwischen, denn ich wußte nicht, ob ich mit jeder Kugel so traf, daß sie erledigt wurden.

Also weg. Zudem wollte ich bei meiner neuen Position Rückendeckung an der Wand haben.

Ich kroch nicht zurück, sondern sprang auf und lief nach hinten, wo an der Wand ein schmales weißes Regal vollgestopft mit Büchern stand. Hier konnte ich mich verteidigen.

Während des Laufs zog ich meine Waffe, preßte mich gegen die Wand und wollte schießen.

Aber wo waren die Ziele?

So schnell hatte ich noch nie Vampire die Flucht ergreifen sehen. Niemand befand sich mehr im Raum. Ich hörte aus dem Flur die Schreie, und Eastons Stimme übertönte alle anderen. »Los, wir müssen weg! Das Versteck wartet! In die Särge!«

Die Überraschung lähmte mich noch. So etwas hatte ich wirklich noch nie erlebt. Da hatte man sechs Gegner vor sich, rechnete mit einem Kampf, und dann passierte so etwas.

Die anderen flüchteten.

Warum? Oder wußten sie etwa, daß ich eine mit geweihten Silberkugeln geladene Waffe bei mir trug?

Nein, weit wollte ich sie nicht kommen lassen, denn sie hatten die blonde Frau mitgeschleppt, deren Schrei ich von draußen hörte. Er klang angsterfüllt, die Frau schwebte wirklich in großer Not.

Ich startete.

Über den Tisch und die Scherben der zerbrochenen Vase sprang ich hinweg und rannte auf den offenstehenden Flügel der Tür zu. Als ich drei Schritte davon entfernt war, passierte es.

Hinter der Tür, im toten Winkel, hatten noch zwei Vampire gelauert. Und sie paßten den günstigsten Moment ab. Sie stießen die Tür genau in dem Moment zu, daß ich keine Chance mehr hatte, meinen Lauf abzustoppen.

Die Holzkante wischte dicht an meinem Gesicht vorbei, ich spürte noch den Luftzug und hörte den Knall, mit dem die Tür ins Schloß hämmerte.

Ich prallte gegen sie.

Sind Sie schon einmal gegen eine Tür gelaufen? Wenn ja, dann wissen Sie sicherlich, wie mir zumute war Mein Gesicht hatte ich nicht richtig schützen können, meine Stirn wuchtete gegen das Holz, und ich sah vor meinen Augen ein Weltall zerplatzen.

Auch die Frauenstimme in meinem Rücken hörte ich. »Pack ihn dir, Ted! Los!«

Ted griff zu.

Seine gewaltigen Arme umschlangen meinen Körper und klammerten auch die Arme ein.

Es war der Kerl, der die Blonde festgehalten hatte, als ich das Zimmer betrat. Ihn hatte ich soeben noch erkennen können, bevor die Tür zuschlug.

Die Beretta konnte ich nicht heben, da der menschliche Schraubstock seinen Griff nicht lockerte. Ich hörte ihn keuchen, dann hob er mich hoch und wuchtete mich gegen die Tür, ohne mich dabei allerdings loszulassen.

Es gibt Dinge, die kann man mit dem Wort gemein umschreiben. Dies hier war schon hinterlistig und auch verdammt tückisch. Ich konnte dem Aufprall kaum etwas von seiner Wucht nehmen, den Kopf hatte ich zwar noch ein wenig zur Seite gedreht, weil ich nicht voll mit dem Gesicht gegen die Tür schlagen wollte, die Nase hatte trotzdem etwas abgekriegt, denn aus dem linken Nasenloch rann Blut.

Das sah auch der weibliche Vampir. »Er blutet schon! Der Hund blutet. Los, noch einmal!«

Wieder wollte mich der andere gegen die Tür wuchten. Wahrscheinlich so lange, bis ich bewußtlos war. Dagegen hatte ich aus verständlichen Gründen einiges.

Als er mich hochhob, streckte ich mein Bein aus, stieß mich mit dem Fuß an der Tür ab und kam ihm zuvor. Sein Stoß nach vorn wurde für ihn zum Bumerang. Ich hatte sehr viel Kraft eingesetzt, und gemeinsam stolperten wir zurück. Dabei trat ich noch mit dem linken Fuß aus und traf sein Schienbein. Ein Mensch hätte sicherlich geschrien, doch er kannte keine Schmerzen.

Dafür fiel er hin.

Und ich auf ihn.

Beide lagen wir auf dem Rücken. Er unter mir, und durch den Aufprall hatte sich sein Griff gelockert. Ich drückte beide Arme nach links und rechts weg und sprengte den Griff.

Das sah die Frau.

Sie erkannte mit einemmal, daß es nicht so lief, wie sie und der Mann es sich vorgestellt hatten. Voller Wut und Haß griff sie mich an. Sie warf sich auf mich, um ihre Zähne in meinen Hals zu hacken. Das aus meiner Nase rinnende Blut stachelte sie noch mehr an.

Ich schoß.

Meine Beretta hatte ich während der Aktion nicht losgelassen. Die Untote mit ihrem geschminkten, verzerrten Gesicht war überhaupt nicht zu verfehlen. Die Kugel schlug in ihre Brust.

Geweihtes Silber zerstört Vampire. Auch wenn sie durch eine neue Art und Weise zum Blutsauger geworden waren. Die Kugel hatte sie an der linken Seite getroffen und mußte in ihr Herz gefahren sein. Steif kippte sie noch auf mich, wobei ihr Kopf gegen meine Brust schlug.

Unter mir vernahm ich einen heulenden Laut. Der Vampir hatte ihn ausgestoßen. Er ahnte wohl, was mit der Frau geschehen war, und konnte es nicht fassen.

Um weitere Aktionen zu unternehmen, mußte ich erst die Frau loswerden. Ich zog die Knie, so gut es ging, an und stemmte den Körper von meinen Beinen.

Als der Vampir nach mir fassen wollte, drehte ich mich mitsamt der Beretta um und schoß ihm in die Hand.

Die geweihte Silberkugel fuhr durch den Handteller. Der Blutsauger brüllte infernalisch. Er dachte nicht mehr an mich, und mir gelang es, auf die Füße zu springen.

Fast wäre ich gestürzt, denn ich war ziemlich wacklig auf den Beinen. Ich stolperte bis zu dem umgekippten Tisch und konnte mich an dessen Kante abstützen.

Tief holte ich Luft. Die letzten Minuten hatten mir wirklich zu schaffen gemacht. In meinem Kopf wurde ich das Schwindelgefühl nicht mehr los. Das Blut aus der Nase rann mir über die Lippen und hinterließ eine feuchtwarme Spur an meinem Kinn.

Der Vampir kniete am Boden, wobei er seine linke Hand mit der rechten umklammert hielt. Der Griff war nicht so fest, das Blut fand trotzdem seine Bahn und tropfte neben dem Teppich auf den hellen Marmorboden des Zimmers.

Erledigt war er nicht. Aber das Silber bereitete ihm Schmerzen. Er schwankte, sein Gesicht war verzogen, die Lippen zusammengepreßt, und ich konnte einen Blick auf seinen angeschossenen Arm erhaschen.

Er faulte nicht ab, löste sich nicht auf, wie ich es von anderen Vampiren her kannte.

Wirkte das Silber bei ihm nicht so?

Mit einem Taschentuch wischte ich mir das Blut von Kinn und Lippe. Dann ging ich auf den Vampir zu, wobei ich die Beretta schußbereit in der rechten Hand hielt.

Er starrte mir entgegen und in das dunkle Loch der Mündung. Haß und Schmerz strahlten aus seinen Augen.

Ich senkte die Pistole. »Es ist vorbei«, sagte ich mit kratziger Stimme. »Du hast verloren.«

»Die anderen werden mich rächen.«

»Wohl kaum.«

»Doch. Darauf kannst du dich verlassen. Die Vampirpillen werden ihren Siegeszug weiterführen. Sie – sie …« Er bäumte sich plötzlich auf, als hätte er einen Schlag erhalten. Seine Augen wurden regelrecht verdreht. Dann verlor er das Gleichgewicht und schlug lang hin.

Aus, vorbei …

Ich schaute ihn an. Sein Gesicht zeigte kein Leben mehr. Das geweihte Silber hatte ihn doch zerstört, und als ich mir seine Hand ansah, da sah ich die graue Farbe der Haut. Am Einschußloch sah sie dunkler aus. Dort lag auch das Blut wie eine Schicht auf ihr. Zum Arm hin wurde die Hand heller.

Er reagierte wirklich wie ein Vampir. Mit geweihtem Silber konnte man auch den synthetischen Blutsaugern ein Ende bereiten. Das freute mich. So modern die Vampirpillen auch waren, den alten Waffen hatten sie nichts entgegenzusetzen.

Wieder hatte es zwei Tote gegeben, und der Fall war noch längst nicht beendet. Aber wie ging es weiter? Wohin waren die anderen geflohen? Ich zählte im stillen nach. Da waren noch vier Vampire. Zwei Männer und zwei Frauen. Dazu kamen Easton und die blonde Frau, die jedoch kein Vampir war. Ich fragte mich aber, ob sie noch lange ein menschliches Dasein führen würde.

Ich verließ den Raum und schritt durch die leere Diele. Meine Beretta hatte ich nicht weggesteckt, doch niemand lauerte mir auf. Das Licht brannte, durch die offene Tür wehte der kalte Nachtwind.

Die Wagen waren alle verschwunden. Nur ein kleiner Ford Fiesta stand noch da.

Und mein Bentley. In ihn setzte ich mich und griff zum Telefon. Ich mußte die Zentrale erreichen, vielleicht hatte sich Suko gemeldet und irgendeine Nachricht hinterlassen, denn der Chinese kannte die Spielregeln sehr genau.

»Oberinspektor Sinclair«, sagte das Mädchen, das die Anrufer zumeist weiter verband, wenn sie nicht direkt wählten. »Man hat nach Ihnen gefragt.«

»Und wer?«

»Inspektor Suko.«

Ich grinste. Also war ihm nichts passiert. »Hat er eine Nachricht hinterlassen?«

»Ja, Sir. Er ist wieder unterwegs. Ich soll Ihnen bestellen, daß Sie zu einem Schiff kommen möchten.«

»Davon gibt es viele.« Ich war plötzlich nervös.

»Das Schiff heißt Star of London.«

»Noch nie gehört den Namen. Und wo liegt es? Hat Inspektor Suko das auch gesagt?«

»Cheyne Walk. Zwischen der Battersea und Albert Bridge.«

»Das ist gar nicht mal so weit weg«, murmelte ich.

»Was sagten Sie, Sir?«

»Nichts Bestimmtes. Eine genauere Angabe können Sie nicht machen?«

»Nein, Sir, tut mir leid.«

»Trotzdem, vielen Dank.« Ich hängte ein, saß zwei Sekunden bewegungslos und startete.

Ich war wirklich gespannt, was das Boot mit unserem Fall zu tun hatte ...

Die Themse wirkte in der Nacht wie eine schwarze Fläche. Der kalte Nordwestwind fuhr über das Wasser, bewegte es zu Wellen, die sich ausbreiteten und den beiden Ufern entgegenliefen, wo sie über Steine und Schwemmsand langsam ausrollten.

Der Wind fuhr auch über die Aufbauten des alten Ausflugdampfers. Als hätte er tausend Hände, so drang der Wind in jeden Spalt, in jede Ritze, wollte anheben, was nicht fest war, und versuchte, an Ecken, Kanten und Vorbauten sein Glück.

Das Schiff, es lag vertäut im Wasser, und ein Steg führte zu ihm hin, wiegte sich im Rhythmus der anlaufenden Wellen, als würde es sich vor der Themse verneigen. Leer und verlassen sah es aus, abgewrackt, dem Zerfall überlassen. Es hatte seine Dienste getan, niemand brauchte es mehr.

Die äußere Ruhe täuschte.

Unterhalb der Aufbauten, im Bauch des Schiffes, gärte es. Dort stand die makabre Last. Zwanzig Särge hatte Lady X herschaffen lassen, und jeder Sarg hatte seinen Platz gefunden. Sie standen nebeneinander. Zehn an jeder Seite.

Eine blakende Laterne unter der Decke gab zwar Licht, produzierte jedoch auch Schatten, so daß es ein unheimliches Wechselspiel zwischen Hell und Dunkel gab.

Gespenstisch flackerte es über die Särge. Im Bauch des Schiffes schienen selbst die Schatten zu leben und von unheimlichen Reichen und Welten zu flüstern.

Vampiro-del-mar war ebenfalls da. Er allerdings hielt sich an Deck auf. Der Supervampir war mißtrauisch. Er glaubte nicht, daran, daß sie sich in Sicherheit befanden. Irgend etwas konnte immer geschehen, und dann hieß es achtgeben.

Die Stadt London war ihm nicht geheuer. Hier lebten die großen Feinde, der Geisterjäger John Sinclair und seine Freunde. Vampiro-del-mar hätte es lieber gesehen, wenn sie sich woanders aufgehalten hätten, aber leider hatte man ihm nicht die Befehlsgewalt übertragen.

Im Dunkeln hockte er an Deck und wartete. Ein stummer, grausamer Wächter.

Die anderen waren eingetroffen. Mit Dr. Easton an der Spitze kamen sie.

Und er hatte nur einen Blick auf ihre Gesichter zu werfen brauchen, um zu erkennen, daß der Plan aufgegangen war. Die Vampirpillen hatten einen durchschlagenden Erfolg erzielt. Sie hatten die beiden Paare in blutsaugende Monster verwandelt.

Aber sie hatten noch jemanden mitgebracht. Ein blondes Wesen, ein Mensch und kein Vampir.

Das wollte Vampiro-del-mar!

Er hatte genau beobachtet, wo die Kleine hingeschafft worden war. Sie befand sich nicht zusammen mit den anderen in einem Gefängnis, man hatte sie extra eingesperrt.

Vampiro-del-mar wollte sie haben. Er brauchte das Blut, denn lange genug hatte er schmachten müssen. Ihm war es egal, wie Lady X darüber dachte, denn auch sie wollte das Opfer haben. Ein Geschenk für die Scott, wie der Arzt versicherte.

Das Geschenk sollte sie nicht behalten.

Er hockte an Deck und starrte zum Ufer hin. Es lief dort flach weiter und stieg später an. Wenn die Themse Hochwasser führte, konnten die Wiesen die Flut auffangen. Oberhalb der ansteigenden Uferböschung führte eine schmale Straße vorbei. Erst dahinter lag der Cheyne Walk, über den auch nachts der Verkehr rollte, was an den heran- und weghuschenden Lichtschleiern zu erkennen war.

Die Wagen waren von den Besuchern bis dicht an den Steg gefahren worden. Selbst im Dunkeln konnte Vampiro-del-mar die Spuren erkennen, die von den Reifen im weichen Boden hinterlassen worden waren.

Auf den Uferwiesen rührte sich nichts. Ein Verfolger war nicht zu sehen. Es blieb dunkel.

Vampiro-del-mar ging davon aus, daß er es wagen konnte, das Schiff ohne Wache zurückzulassen. Niemand würde sich für den alten Kahn interessieren, über dessen Aufbauten der Wind pfiff. Wo früher die Passagiere an Tischen und auf Bänken gesessen hatten, war alles verrottet. Das Holz war im Laufe der Zeit faulig geworden. Schimmel wuchs auf Bänken und Tischen. Die großen Scheiben waren längst zerbrochen. Niemand hatte es für nötig befunden, die Splitter wegzufegen.

Vampiro-del-mar erhob sich.

Eine große, schreckliche Gestalt. Themseabwärts fuhr ein Boot der Polizei. Es hatte Positionsleuchten gesetzt. Für einen Moment schwenkte sogar der breite Strahl eines Scheinwerfers über das Wasser, so daß die Wellenkämme aufblitzten.

Vampiro-del-mar schaute dem Boot nach. Sein schreckliches Gesicht verzerrte sich noch mehr. Er dachte an die Menschen auf dem Boot. Sie waren potentielle Opfer. Er wußte allerdings auch, daß es gefährlich werden konnte, wenn er sie angriff, denn großes Aufsehen wollte und mußte er vermeiden.

In den Bauch des alten Schiffes führte ein Niedergang.

Es war schon gespenstisch, wie sich Vampiro-del-mar darauf zubewegte. Man vernahm keinen Laut. Der riesenhafte Vampir schien über den Planken zu schweben.

Er schritt in Richtung Brücke. Das einst weiß angestrichene Metall hatte längst Rost angesetzt. Wenn der Supervampir mit seiner Klaue darüber fuhr, rieselte er zu Boden. Unterhalb der Brücke befand sich der Niedergang. Er führte in den Bauch des Schiffes.

Der unheimliche Blutsauger stieg die Stufen hinab. Dabei mußte er sich ducken, um nicht mit dem Kopf anzustoßen. Der Bauch des Schiffes war in mehrere Lagerräume unterteilt. In dem größten standen die zwanzig Särge.

Aber dahin wollte er nicht. Er vernahm die Stimmen der anderen. Deutlich hörte er das Organ der Scott heraus. Sie sprach von den Vampirpillen und daß sie erst am Beginn eines langen Weges standen.

Vampiro-del-mar war von den Pillen nicht so überzeugt. Er war ein uraltes Monster und sehnte sich danach, seine alten Diener zurückzuholen. Erst wenn er sie hatte, fühlte er sich wohl. Aber sie waren so schnell nicht aufzuspüren, irgendwo in der Erde, vergraben unter Ruinen und Bergen von Geröll schliefen sie und warteten darauf, erweckt zu werden, so wie man ihn erweckt hatte.

Da er jedoch nicht genau wußte, wo er den Hebel ansetzen sollte und von Solo Morasso ebenfalls keine Unterstützung erwarten konnte, weil der andere Sorgen hatte, mußte sich Vampiro-del-mar mit dem zufriedengeben, was man ihm anbot.

Das waren nun mal die modernen Blutsauger.

Als Vampiro-del-mar den Gang erreicht hatte, der den Bauch des Schiffes teilte, blieb er stehen. Vor ihm, am Ende des Ganges, befand sich eine schmale Tür. Dahinter lag die Kammer, in die man das blonde Mädchen gesteckt hatte.

Lady X wollte sich später mit ihm beschäftigen, dann jedoch war es zu spät.

Geduckt ging der Supervampir weiter, bis er die Tür erreicht hatte. Er konnte sie aufdrücken, wenn er den schweren Holzriegel zur Seite geschoben hatte.

Auch unter der Decke im Gang brannte eine Laterne. Ihre Zickzackschatten geisterten gespenstisch über die Wände, denn die Lampe bewegte sich im Rhythmus des wiegenden Schiffes.

Mit einem heftigen Ruck zog Vampiro-del-mar die Tür auf.

Mabel Jenkins lag auf dem Boden. Sie war völlig verzweifelt. Ein paarmal schon hatte sie versucht, die schwere Tür zu öffnen. Ohne Erfolg. Zudem hörte sie die Stimmen der anderen, mal nah, mal weiter entfernt, und sie wurde immer daran erinnert, in welch einer verzweifelten Lage sie sich befand. Die anderen würden eine Flucht nicht zulassen.

In ihrem Verlies war es stockfinster. Nur durch die Ritzen in der Tür fiel manchmal Licht vom Gang herein. Zudem hörte sie das Klatschen der Wellen, die außen gegen die Bordwand anliefen.

Worüber sich die anderen unterhielten, konnte sie nicht verstehen, sicherlich ging es um sie und ihren schrecklichen Tod. Mabel sah den Biß eines Vampirs als Tod an, und ihre Angst steigerte sich von Sekunde zu Sekunde.

Plötzlich hörte sie, wie der Riegel außen zurückgeschoben wurde. Jemand kam!

Mabel richtete sich auf. In steifer Haltung saß sie da und starrte auf die Tür.

Sie quietschte jämmerlich, als sie nach innen gedrückt wurde. Licht fiel vom Gang her in das kleine Gefängnis, und Mabel sah plötzlich eine gräßliche Gestalt in der Tür.

Riesengroß wuchs sie vor ihr hoch, das Gesicht lag im Schatten, doch der Unheimliche machte einen so drohenden Eindruck, daß sie einen Schrei nicht unterdrücken konnte.

Grell drang er aus ihrer Kehle!

Das hatte Vampiro-del-mar nicht gern, denn die Gefangene sollte auf keinen Fall die anderen alarmieren. Diese Beute wollte sich der Supervampir nicht nehmen lassen.

Mit einem Schritt war er bei ihr, riß sie hoch und preßte ihr seine Klaue auf den Mund.

Der Schrei erstickte.

Aus einer Handbreit Entfernung starrten sich der Vampir und das Mädchen an. So eine Gestalt hatte Mabel nicht einmal in dem schlimmsten Horrorfilm gesehen.

Das Gesicht war ein Zerrbild des Schreckens. Eine aufgerissene Haut, aus der Geschwüre wuchsen. Grausam blickten die Augen, eines davon schimmerte ein wenig trübe, als wäre es nicht mehr völlig intakt, und wirkte so, als würde es jeden Augenblick aus der Höhle rutschen.

Und dann die Zähne.

Wie zwei mörderische Stifte ragten sie aus dem Oberkiefer. Sie waren leicht gebogen wie die eines Säbelzahntigers aus der Urwelt. Mit den Zähnen der anderen Vampire war dieses Paar nicht zu vergleichen, und doch wußte Mabel Jenkins, daß vor ihr ein Monster stand. Sie spürte es einfach, und sie merkte mit jeder Faser ihres Körpers, der wie ein Seismograph reagierte, den Ansturm der Wellen des Bösen. Die unheimliche Gestalt vor ihr verbreitete eine Aura, die man kaum mit Worten fassen konnte.

Gefesselt war Mabel nicht. Die Tür hatte der andere offengelassen. Allerdings würde es Mabel kaum gelingen, zu fliehen. Sie kam an dieser Gestalt nicht vorbei.

Zurück konnte die Sprechstundenhilfe nicht mehr. Mit dem Rücken hatte sie sich bereits gegen die feuchte Wand gepreßt, und der Vampir brauchte sich nur zu bücken, um sie hochzuziehen.

Das tat er.

Er streckte seinen Arm aus. Fetzen alter Kleidung baumelten um ihn. Der Geruch von Moder und süßlichem

Blut umschwebte ihn. Die Hand war eine fürchterliche Klaue, mit langen Fingern und spitzen Nägeln, die an kleine Messer erinnerten.

Vampiro-del-mar packte zu.

Mabel wollte schreien, als sie die riesige Totenklaue an ihrer Kehle spürte. Die Finger wanderten um ihren Hals und drückten ihn zusammen.

Mabel bekam keine Luft mehr. Spielerisch leicht sah es aus, als Vampiro-del-mar sie in die Höhe hievte. Er löste seine rechte Hand von ihrer Kehle, aber nur, um mit der linken zuzugreifen. Bevor Mabel in die Knie sacken oder fallen konnte, hatte er ihr Haar gepackt und zog die junge Frau nach hinten. Mit dem Rücken preßte er sie gegen die Innenwand.

»Dein Hals!« keuchte er. »Dein Hals. Ich werde meine Zähne hineinhacken und dein Blut trinken.« Er lachte rauh und irgendwie girrend.

Mabel konnte nichts tun. Sie war auch zu geschockt, um sich zu wehren. Das Unterbewußtsein sagte ihr, daß es keinen Zweck hatte, auf diese Gestalt einzuschlagen. Sie würde damit doch nichts erreichen. Mit ihren kleinen Fäusten konnte sie den anderen nicht besiegen.

Der Unhold vor ihr atmete nicht. Er produzierte nur drohende Laute und öffnete seinen Rachen noch weiter.

Mabel hatte das Gefühl, in einen regelrechten Schlund zu schauen. In den Eingang der Hölle, in einen Teufelsrachen.

Sie schüttelte sich.

»Blut – Blut ...«, drang es aus dem Rachen. »ich will dein Blut. Ich brauche es ...«

Mabel verging fast vor Angst. Das Gesicht vor ihr verschwamm. Es rotierte und wurde zu einem Kreisel, der sich immer schneller drehte und der in seinen Ausläufen auch ihren Körper erfaßte, bis zu den Knien gelangte und sie weich und zittrig werden ließ.

Die Welt um sie herum verschwamm, und sie wartete auf den für sie tödlichen Biß.

Mabel Jenkins sah die Gestalt nicht, die plötzlich im Türrechteck erschien.

Ein dunkles Wesen, schlank und biegsam, dessen Augen einen leicht grünlichen Farbton hatten.

Es war eine Frau. Sie hatte beide Arme angewinkelt und hielt in ihren Fäusten einen länglichen Gegenstand.

Eine Maschinenpistole. Und die war das Markenzeichen für Pamela Scott, alias Lady X!

Sie hatte sich bereits gewundert, wo Vampiro-del-mar geblieben war. Sie hatte nachgesehen, und ihr Verdacht hatte sich bestätigt. Er wollte die Frau, deren Blut für sie gedacht war.

Dagegen hatte Lady X etwas.

Bevor Vampiro-del-mar merkte, was sich hinter seinem Rücken anbahnte, griff sie ein.

Auch als Vampir hatte Lady X nichts von ihrer ehemaligen Schnelligkeit verloren. Sie wuchtete sich förmlich in das Verlies hinein und schwang die schwere Waffe über ihrem Kopf.

Dann hämmerte sie zu.

Es war ein Rundschlag, seitlich geführt, und er traf auch dort, wo er treffen sollte.

Bevor Vampiro-del-mar zubeißen konnte, traf ihn der mörderische Hieb gegen die linke Wange. Sein Kopf flog zur anderen Seite, die Zähne waren nicht mehr in der Lage, sich im Hals der jungen Frau festzubeißen, und bevor der Supervampir überhaupt wußte, wie ihm geschah, kassierte er den zweiten Schlag.

Dieser Treffer war ebenso hart, und er schleuderte den unheimlichen Blutsauger gegen die Wand, die unter diesem Aufprall erzitterte.

»Du Parasit!« brüllte Lady X. »Du verdammter Parasit! Sie gehört mir, hast du verstanden? Nur mir. Ich will ihr Blut, und ich werde es auch bekommen!«

Ein Mensch wäre bewußtlos, wenn nicht tot gewesen. Der Supervampir jedoch hatte den Hieb überstanden, ohne Schaden zu nehmen. Er schüttelte nur seinen häßlichen Schädel und schaute seine Artgenossin aus funkelnden Augen an.

»Ich brauche Blut!« flüsterte er.

»Ja, ich auch!«

»Aber ich habe ältere Rechte!«

Da lachte Lady X. »Erzähle mir nichts. Unsere Rechte sind gleich. Und ich war als erste da!«

»Treib es nicht zu weit«, flüsterte der Uralt-Vampir. »Verdammt, treib es nicht zu weit. Ich werde dich zerreißen. Ich ...«

»Gar nichts wirst du.« Lady X trat einen Schritt vor und senkte den Waffenlauf. »Irgendwann setze ich meinen Plan in die Tat um und lade diese Maschinenpistole mit geweihten Silberkugeln.« Sie kicherte irr. »Das ist der Gag. Ein Vampir, der selbst eine Waffe mit geweihten Silberkugeln besitzt. Dann möchte ich dich sehen, Vampiro-del-mar. Ich bin dir ebenbürtig, ich kenne mich in der Welt aus, während du nur ein blutgieriges Monster bist.«

Innerhalb von Sekunden war zwischen den beiden die Feindschaft aufgeflammt. Freunde waren sie wirklich nicht. Ihr Zusammenhalt beruhte auf einer reinen Zweckgemeinschaft, dessen Band das Blut der Menschen war.

Mabel Jenkins jedoch war vergessen. Die Frau konnte es selbst nicht fassen, daß es ihr gelungen war, den Schrecken zu überstehen. Sie hörte die Worte, bekam den Streit mit und verstand sogar, um was es dabei ging.

In ihrem Hirn zuckte ein Gedanke auf, der ihre Rettung bedeuten konnte.

Flucht!

Noch stand die Tür offen, die Chance war vorhanden.

Während sich die beiden stritten, bewegte sich Mabel zur Seite. Die Frau war verkrampft, die Nervenanspannung hielt sie fest, aber sie schlich in Richtung Ausgang.

Schritt für Schritt legte sie zurück. Lady X wandte ihr den Rücken zu, Vampiro-del-mar sah sie auch nicht.

Mabels ausgestreckte rechte Hand, die an der Wand entlangfuhr, tastete plötzlich ins Leere. Sie hatte den Ausgang erreicht.

Blitzschnell drehte sie sich und verschwand aus dem Verlies. Die Flucht schien zu klappen …

Die Särge waren geschlossen – aber nicht leer. In fünf Totenkisten befand sich der makabre Inhalt.

Zwei Frauen und drei Männer.

Vampire …

Sie hatten von Lady X den Befehl erhalten, ihre Ruhestätten aufzusuchen, was sie nur allzu gern taten, denn Särge hatten für sie plötzlich eine andere Bedeutung gewonnen. Sie waren zu ihrer Heimat geworden, hier fühlten sie sich wohl, hier konnten sie sich verstecken, denn die meisten Menschen trauten sich nicht, einen Sarg zu öffnen, weil eine natürliche Angst sie davon abhielt.

Deshalb waren Särge für die Blutsauger so wertvoll.

Davon allerdings wußte Mabel Jenkins nichts. Sie ahnte nicht, daß die anderen bereits in den Totenkisten lagen, sie wollte nur weg. Kaum hatte sie das Verlies verlassen, als sie vor sich den Gang sah, an dessen Decke eine Laterne hing, die im Rhythmus der anlaufenden Wellen hin- und herschwang.

Das Licht leuchtete den Gang nicht bis zum Ende aus, so daß Mabel nicht genau erkennen konnte, wohin er führte. Sie hoffte allerdings, in die Freiheit.

Der Boden war nicht glatt. Über dem Holz und an den Seiten lagen Metallstreifen, mit denen es verstärkt worden war. Einige Streifen hatten dem Gegendruck nicht standgehalten, waren abgerissen und standen mit ihren Kanten in die Höhe, so daß sie Stolperfallen bildeten, über die Mabel Jenkins in ihrer Angst auch prompt fiel.

Sie konnte einen Schrei nicht unterdrücken, streckte die Arme aus und stützte sich an der Wand ab.

Den Schrei hatte Lady X gehört. Bisher hatte sie sich

mit Vampiro-del-mar gestritten und nicht darauf geachtet, was die Gefangene tat.

Dann jedoch erwachte sie zu einer fieberhaften Aktivität. Mit einer gedankenschnellen Drehung kreiselte sie herum. Die langen Haare flogen, ihr Gesicht verzerrte sich vor Wut, ein Sprung brachte sie an die schmale Tür, und im selben Augenblick noch leuchtete es an ihrer Hüfte rotgelb auf.

Lady X hatte geschossen.

Sie jagte die Garbe der flüchtenden Frau nicht in den Rücken, sondern zielte dicht an ihr vorbei, wo die Projektile die Bordwand auffetzten, das Holz zerhackten und lange Splitter hervorrissen.

»Bleib stehen!« schrie sie, als noch das Echo der Schußsalve in der Luft schwang.

Mabel dachte nicht daran. Sie rannte aber nicht weiter, denn sie wollte der anderen nicht ungeschützt ihren Rücken darbieten. In ihrer Panik warf sie sich nach rechts und sah dort an der Seite eine Tür, deren Klinke sie mit dem Ellbogen hinunterdrückte und die Tür dann aufstieß.

Lady X hätte längst ein zweitesmal schießen können. Sie tat es nicht, die Blonde lief genau in die Falle.

Das merkte Mabel Jenkins, als es zu spät war und sie nicht mehr zurück konnte. Der Raum, den sie sich bei ihrer Flucht ausgesucht hatte, war nicht dunkel. Auch unter dieser Decke schaukelte eine Lichtquelle, und Mabel sah mit Schrecken, wo sie gelandet war.

In einem Sarglager!

Rechts und links standen die letzten Ruhestätten. Alle Arten waren vertreten. Sie sah dunkle, pechschwarze Särge, deren Holz glänzte wie lackiert, es gab auch helle Totenkisten, die bräunlich schimmerten.

Mabel merkte erst nach drei Schritten, daß sie in eine Falle gelaufen war. Vom Regen in die Traufe geraten, nennt man so etwas.

Sie blieb stehen. Fast wäre sie noch ausgerutscht, denn

auf den Planken lag ein feuchter Film, und auch an den Wänden glänzte die Nässe.

Hinter sich hörte sie das hämische Lachen der Verfolgerin. Sie traute sich kaum, sich umzudrehen.

Lady X schob sich näher, lehnte ihre Maschinenpistole an einen Sarg und streckte den Arm aus.

Ihre linke Hand legte sich auf Mabels Schulter. »Komm schon, kleine Frau!« flüsterte sie. »Ich nehme dich nur zu gern in unseren Reihen auf!«

Mabel erschauerte. Die Atmosphäre im Bauch des Schiffes war drohend und unheimlich. Särge, wohin sie blickte. Makaber aussehend und für Vampire wie geschaffen.

Mabel ahnte, daß auch sie bald in einem Sarg liegen würde, wenn sie nicht etwas unternahm. Sie wollte nicht in diese verfluchte Totenkiste, sie wollte am Leben bleiben, und als sie den ersten Schock der Berührung überwunden hatte, warf sie sich herum.

Damit hatte Lady X nicht gerechnet. Mabels angewinkelter Ellbogen zuckte auf ihr Gesicht zu, und die Spitze traf sie oberhalb des Kinns. Der Treffer schmerzte zwar nicht, er war jedoch unangenehm, denn er beeinträchtigte sie in ihren Reaktionen.

Sie fuhr zurück.

Mabel drehte durch. »Ich bring' dich um!« kreischte sie. »Laß mich vorbei! Ich will nicht ...!«

Sie wollte Lady X einfach überrennen und zwischen die Totenkisten stoßen, wo sie liegenbleiben sollte.

Pamela Scott hatte während ihres normalen menschlichen Daseins eine ausgezeichnete Ausbildung als Kämpferin erhalten. Sie beherrschte die Nahkampftechnik und wendete sie auch an, denn vergessen hatte sie nichts.

Lady X ließ ihre Gegnerin kommen. Sie duckte sich sogar noch zusammen, und Mabel rechnete schon damit, einen Teilsieg errungen zu haben, als der weibliche Vampir explodierte. Er stieß plötzlich in die Höhe, tauchte wie ein drohender Schatten vor Mabel auf, und zwei Fäuste hämmerten von oben nach unten.

Mabel wurde rechts und links auf den Schultern getroffen. Wie Hammerschläge wirkten diese Treffer, und sie schüttelten die Frau durch. Mabel verlor zwangsläufig die Übersicht, denn sie war keine geübte Kämpferin. Bevor sie sich zu einer Gegenwehr entschließen konnte, wurde sie von Lady X gepackt und in die Höhe gestemmt. Sie wunderte sich noch, woher die Untote die Kraft nahm, sie wie ein Leichtgewicht hochzubringen, als Lady X sie schon losließ.

Mabel Jenkins krachte zwischen die Särge. Dumpf schlug sie mit Kopf und Armen auf das Holz, rutschte weiter und krachte mit dem Rücken gegen die Wand.

Normalerweise wäre sie liegengeblieben, um sich zu erholen, doch hier ging es um ihr Leben. Wenn sie aufgab, hatte die dunkelhaarige Blutsaugerin gewonnen. Und solange noch ein Funken Leben in ihr steckte, wollte sie kämpfen.

Mabel hob den linken Arm, ihre Hand faßte die obere Fläche des Sargdeckels, und auf ihm stemmte sich die Frau in die Höhe. Einige Stellen an ihrem Körper schmerzten, auch wenn sie sich nicht bewegte, doch Mabel biß die Zähne zusammen. Sie mußte das durchstehen, sie durfte einfach nicht aufgeben, obwohl sie sich selbst wunderte, daß sie noch die Kraft hatte.

Über einen Sarg kletterte sie hinweg und stürzte Lady X entgegen. Die empfing ihre Gegnerin mit einem Konterschlag. Ihr machte es Spaß, einem Menschen erst Hoffnung vorzugaukeln und dann richtig zuzuschlagen.

Mabel wehrte sich. Der Hieb traf nur ihre hochgerissenen Arme, allerdings drückte ihr der zweite die Luft aus den Lungen. In der Körpermitte hatte sie es erwischt.

Mabel stöhnte. Dabei klappte sie zusammen und preßte beide Hände gegen die getroffene Stelle. Sie hörte das Lachen der Scott, dann wurde sie hochgerissen und quer über die Särge geschleudert. »Du verdammtes Biest!«

fluchte Lady X in das Poltern hinein, das entstand, als Mabel Jenkins mit wirbelnden Armen und Beinen gegen die Totenkisten dröhnte.

Der Kampf war natürlich nicht unbemerkt geblieben. Die anderen Vampire, die in den Särgen lagen, fühlten sich in ihrer Ruhe aufgeschreckt. Sie wollten sehen, was außerhalb ihrer makabren Ruhestätten geschah, und drückten von innen gegen die Sargdeckel, die nicht verschlossen waren.

Mabel schrie gellend!

Bisher hatte sie den Anblick noch einigermaßen verkraften können, doch als jetzt die Deckel in die Höhe schwangen, bleiche Gesichter in den Spalten erschienen und Klauenhände sich um den Rand der Unterteile klammerten, war es mit ihrer Beherrschung vorbei.

Die Vampire erhoben sich.

Auch Mabel, die halb auf einem Sarg lag, wurde hinuntergestoßen. Sie rutschte von der Totenkiste und blieb neben einer anderen liegen. Mrs. Forman, die Frau mit den rötlichen Haaren, erschien.

Ihr Gesicht sah schaurig aus, wie eine schreckliche Clownsmaske, in der die Schminke verlaufen war, aber da waren noch die beiden spitzen Zähne, die nicht zu einer Larve des Frohsinns gehörten.

Sie gierten nach Blut.

Bevor Lady X die blonde Mabel erreicht hatte, griff die andere Frau schon zu.

Ihre Krallen verfingen sich in Mabels Kleidung. In den Fingern steckte eine unheimliche Kraft, der Mabel nichts entgegenzusetzen hatte.

»Ich will dich!« kreischte die Forman. »Ich will dich!«

»Laß sie los!«

Von der Tür her peitschte die Männerstimme. Wie ein rächender Geist war dort jemand aufgetaucht.

Ein Mann – ein Chinese.

Suko war da!

In der rechten Hand hielt er die Beretta, in der linken die ausgefahrene Dämonenpeitsche. Die Schreie hatten ihn alarmiert. Suko hatte das Schiff erst nicht betreten wollen, weil John Sinclair noch nicht da war, dann jedoch merkte er, daß sich jemand in Lebensgefahr befand, und da hatte er nicht mehr warten können.

Die Vampire blieben in ihren offenen Särgen stehen oder hocken und starrten auf den Mann mit der Pistole und der seltsamen Peitsche.

Lady X stand breitbeinig auf zwei Särgen und hatte sich mit dem Rücken gegen die Wand gedrückt. In ihrem Innern tobte der Haß.

Nein, sie war nicht ausgeschaltet. Allerdings fürchtete sie sich vor den Silberkugeln.

Wenn der Chinese schoß, war sie geliefert.

Zum Glück wies die Mündung nicht auf sie, sondern auf Mrs. Forman, die Mabel Jenkins festhielt.

Die Frau mit ihrer zerlaufenen Schminke im Gesicht hielt Mabel wie eine Puppe. Die blonde Sprechstundenhilfe wagte nicht, sich zu rühren. Sie schien zu einem Eisblock erstarrt zu sein, aber die andere dachte auch nicht daran, ihre Beute loszulassen.

Suko wiederholte seine Aufforderung.

»Nein!« schrie die Bestie. Sie fühlte sich so sicher, daß sie zubeißen wollte.

Mabel reagierte nicht, dafür Suko.

Er feuerte.

Der etwas hell klingende, peitschende Klang wurde zur Todesmelodie für den weiblichen Vampir. Zudem stand sie ziemlich günstig, auch in Nähe der Lampe, und das geweihte Silbergeschoß trieb sie zurück, als es ihre Brust traf.

Sie ließ Mabel los und jaulte auf.

Die anderen Vampire hatten gesehen, was mit ihrer Artgenossin geschehen war.

Im Gegensatz zu Lady X, die ihre Chancen genau einzuschätzen wußte und sich im Moment zurückhielt, wollten sie es wissen. Allen voran die zweite Frau, die Mrs. Forman als ihre Freundin angesehen hatte.

Sie wollte Rache.

Suko ließ sie zwei Schritte weit kommen, dann schoß er gezielt. Wieder ein Treffer.

Das Geschoß drang genau in die linke Brustseite, wo bei einem Menschen das Herz schlägt.

Die untote Frau riß die Arme hoch und stieß einen klagenden Laut aus. Dann fiel sie zur Seite und brach über einem Sarg zusammen.

»Und jetzt zu dir!« sagte Suko, nachdem er sich umgedreht hatte und die Mündung seiner Waffe auf Lady X zeigte. »Lange genug hast du Ärger bereitet. Jetzt ist es aus.«

»Willst du mich töten?«

»Ja.«

Da passierte es. Suko hatte unbewußt einen Fehler gemacht. Er hätte den Kahn erst durchsuchen sollen. So hatte er Vampiro-del-mar nicht gesehen. Der Supervampir jedoch hatte Suko gehört und auch die Schüsse vernommen.

Er schlich sich an. Es war schon ein Phänomen, daß er sich bewegen konnte, ohne einen Laut zu verursachen, und dies auf den knarrenden Schiffsplanken.

Suko sah und hörte ihn nicht.

Er spürte nur die Wirkung.

Als Waffe besaß Vampiro-del-mar seine langen Zähne und seine Arme. Die Zähne konnte er nicht einsetzen, es hätte zuviel Zeit gekostet, und Suko hätte noch schießen können.

Bei den Fäusten nicht.

Mit beiden schlug er zu, nachdem er sie ineinander gelegt hatte.

Der Hieb traf Suko im Nacken. Er hatte nicht einmal den Luftzug bemerkt, als die Fäuste nach unten flogen, nur der reißende Schmerz raste in seinen Schädel und brachte dort alles zur Explosion. Suko sah Sterne wie selten, seine Arme sanken nach unten. Er dachte nicht mehr an seine Dämonenpeitsche und vergaß auch die Beretta, die Welt ging einfach unter.

Lady X richtete sich auf. Bei allen schwarzen Vampirseelen, da hatten sie noch einmal Glück gehabt. Dieser Chinese hätte geschossen und sie mit den geweihten Silberkugeln vernichtet. Jetzt lag er vor ihnen, zu ihren Füßen.

Die Scott bückte sich. Für Mabel hatte sie keinen Blick mehr. Statt dessen winkte sie Dr. Easton zu. »Komm! Wir müssen ihn in einen Sarg schaffen.«

»Aber warum? Er soll doch auch ...«

»Nein!« kreischte Lady X. »Nicht sofort. Glaubst du denn, er wäre allein gekommen? Wir suchen erst das Schiff ab. Irgendwo wird auch sein Busenfreund Sinclair stecken.«

Easton lachte. »Der ist doch längst ...«

»Sinclair ist nicht längst«, erwiderte Lady X. »Er hat es geschafft, glaub mir.«

Da hob Easton die Schultern.

Sie hievten Suko in einen Sarg, drückten ihn hinein und legten den Deckel darauf.

»Kommt mit«, sagte Lady X zu den anderen. »Wir durchsuchen das verdammte Schiff.« Dabei blickte sie Vampiro-del-mar fragend an. Der schüttelte nur den Kopf.

»Warum du nicht?« flüsterte die Scott.

»Weil ich hier unten bleibe und auf unsere beiden Freunde achtgebe.«

Die schwarzhaarige Vampirin nahm ihre Maschinenpistole auf und verzog das Gesicht. »Du willst nur an das Blut der beiden.«

»Vielleicht ...«

Da wandte sich Lady X ab und ging mit den anderen. Sie konnte nichts sagen, denn Vampiro-del-mar hatte ihr schließlich das Leben gerettet. Sie hoffte nur, daß der Chinese nicht allein gekommen war und Sinclair ebenfalls in die Falle lief ...

Mir war es tatsächlich unter großen Mühen gelungen, das abgewrackte Boot zu finden. Allerdings war ich nicht mit meinem Bentley bis dicht an das Wasser herangefahren, sondern hatte mich seitlich dem Schiff genähert, und der Wagen stand so, daß er vom Boot aus nicht gesehen werden konnte.

Sir James wußte Bescheid und auch die Verantwortlichen der Flußpolizei. Auf mein Signal hin würden sie angreifen. In letzter Zeit hatten wir oft mit den Kollegen der River Police zusammengearbeitet, und es war immer sehr erfolgreich gewesen. Ich hoffte, daß es heute auch so sein würde.

Wie ein Indianer auf Kriegspfad hatte ich mich angepirscht. Allerdings nicht auf zwei Beinen, sondern im Schlauchboot. Es war mit einer dunklen Tarnfarbe gestrichen und hob sich vom Wasser kaum ab. Man mußte schon sehr genau hinsehen, um es zu erkennen.

Ungesehen, so hoffte ich, war ich bis an die Bordwand gelangt. Dort stieß der Wulst des Bootes an. Das Geräusch war nicht zu hören, und ich richtete mich vorsichtig auf, was gar nicht so einfach war, denn das Boot schwankte im Rhythmus der anlaufenden Wellen. Fast wäre ich gefallen und in den kalten Fluten der Themse gelandet. Ich streckte meine Arme und berührte die Bordwand. Ein paar Zoll weiter befand sich eine senkrecht verlaufende Stützstange der Reling. Sie umklammerte ich und fand so Halt.

Jetzt drückte ich mir selbst die Daumen, damit ich ungesehen an Bord klettern konnte.

Vorsichtig hangelte ich mich hoch. Obwohl das Schiff in völliger Ruhe lag, war ich sicher, daß meine Gegner es besetzt hielten. Bestimmt hatten sie auch Wachen aufgestellt, die es erst einmal zu überrumpeln galt.

Ich überstieg die Reling. An Bord blieb ich flach auf den Planken liegen. Viel Platz befand sich nicht zwischen den hohen Aufbauten und der Reling. Es war nur ein schmaler Gang.

Trotz der Dunkelheit konnte ich sehen, daß dieser ehemalige Ausflugsdampfer ziemlich verrottet war. Es gab keine heile Scheibe mehr, der Lack war von den Aufbauten verschwunden, und die dicken Roststellen konnte ich einfach nicht übersehen.

Wo lauerten sie?

Wenn es eben ging, wollte ich nicht schießen. Ein Schuß hätte andere nur aufgeschreckt. Ich zog eine Pistole, die ich lange nicht mehr eingesetzt hatte.

Es war die Druckluftwaffe, die Eichenbolzen verschießt. Genau richtig bei diesem Einsatz.

Behutsam bewegte ich mich auf den Bug des Kahns zu. Dabei hielt ich mich zwischen Reling und Aufbauten und warf des öfteren einen Blick zurück, weil ich nicht wollte, daß die Gegner plötzlich in meinem ungeschützten Rücken auftauchten.

Die etwas ungewohnte Druckluftpistole lag gut in meiner Hand. Ich hoffte, daß ich damit treffen konnte.

Das Klatschen des Wassers und das Knarren der Aufbauten waren meine Begleitmusik, als ich mich über das Deck des Schiffes bewegte und eine seitliche Tür erreichte, die in das Restaurant führte.

Sie stand offen.

Der Wind spielte mit ihr. Sie schwang hin und her und quietschte in den verrosteten Angeln.

Die Tür versperrte mir den weiteren Weg. Ich mußte sie zudrücken, um durch die Öffnung zu schlüpfen.

Als ich sie berühren wollte, griff der erste Gegner an. Er hatte hinter der Tür gelauert und mußte mich schon eine Zeitlang beobachtet haben, denn die Wucht, mit der er die Tür zustieß, überraschte mich völlig.

Zum zweitenmal innerhalb weniger Stunden erfuhr ich, was es heißt, von einer Tür getroffen zu werden. Zwar konnte ich noch den Kopf zur Seite drehen und mich selbst auch, doch der Stoß erwischte mich an der Schulter und katapultierte mich nach links und damit in das Schiffsrestaurant hinein.

Ich stolperte, hörte hinter mir einen triumphierenden Schrei und fiel über eine querstehende Bank, die ebenso wie die Tische fest im Boden verankert war.

Ich warf mich zur Seite, rollte über die Tischplatte ab und kam auf der anderen Seite wieder mit den Füßen zuerst auf.

Da sah ich schon meinen Gegner.

Er stürzte förmlich auf mich zu und beging dabei den Fehler seines Lebens.

Ich kannte den Vampir, denn ich hatte ihn unter den Gästen des Dr. Easton gesehen. Er trug noch die gleiche Kleidung, nur sah sein Smoking ein wenig verschmutzt aus, denn er schien einiges hinter sich zu haben.

Ich wurde eiskalt. Den rechten Arm hob ich an und legte die Hand auf die Tischplatte. Der Vampir wollte es sich leicht machen und hechtete über den Tisch.

Da schoß ich.

Es gab wirklich kaum ein Geräusch, nur ein leises Pffft, als der Eichenbolzen die Mündung verließ.

Ich hatte gut gezielt.

Der Vampir hatte plötzlich ein drittes Auge, genau zwischen den beiden anderen.

Er schrie gellend, schlug um sich und knallte auf die Tischplatte, wo er sich ein paarmal wild drehte, aufheulte, die Hände gegen sein Gesicht preßte und durch seine heftigen Bewegungen von der Platte fiel. Regungslos blieb er auf dem Boden liegen.

So, den ersten hatte ich.

Mein Optimismus allerdings verflog schnell, als ich die keifende Frauenstimme hörte.

»Sinclair, du Hund!«

Das war Lady X! Eine gefährliche Todfeindin. Nicht nur, weil sie eine Blutsaugerin war, nein, sie hatte auch die alten Angewohnheiten aus ihrem menschlichen Leben nicht abgelegt. Noch immer schleppte sie ihre Maschinenpistole mit sich herum.

Und diese Kugelgarben waren tödlich, wenn sie trafen.

»Wir nehmen den Hund in die Zange!« brüllte sie. »Los, Easton!«

Ich wußte nicht, wie viele Gegner ich noch hatte, aber es konnte sehr kritisch werden. Wenn alle bewaffnet waren, würden sie durch die zerstörte Scheibe ein Zielschießen auf mich veranstalten. Das wiederum fand ich gar nicht gut, und ich dachte daran, daß ich so schnell wie möglich Deckung nehmen mußte.

Ein kurzer Feuerstoß ratterte.

Ich sah noch das Aufblitzen des Mündungsfeuers und kroch hastig unter einen Tisch. Etwa zwei Yards von mir entfernt hackte die Bleigarbe das Holz auf.

Lady X lachte. Dann schickte sie die anderen vor.

»Holt euch den Bastard! Ich gebe euch Rückendeckung. Ich schieße ihn zusammen, darauf könnt ihr euch verlassen. Ich werde ihm keine Sekunde Ruhe lassen.« Sie machte ihr Versprechen wahr, denn abermals ratterte eine Garbe aus der Waffenmündung.

Diesmal allerdings stellte es meine Gegnerin raffinierter an. Sie schoß nicht gezielt auf eine Stelle, sondern drehte sich dabei im Kreis.

Wie bösartige Hornissen jaulten die Kugeln durch das Deckrestaurant des ehemaligen Ausflugsschiffes. Mir wurde angst und bange. Ich hatte mich flach unter einen Tisch gelegt und hoffte, daß ich weder von einer Kugel noch von einem Querschläger getroffen wurde.

Man sagt oft, daß Kugeln pfeifen. Ich empfand es mehr als tödliches Singen, wenn die Geschosse irgendwo gegen eine Metallstrebe hieben und abprallten.

Noch hatte ich Glück.

Die Garben lagen zu hoch.

Dann aber hackte eine in den Boden. Splitter flogen, einige sogar bis zu meinem Gesicht, und ich schloß die Augen. Verdammt, ich lag hier und konnte nichts tun.

Feuerpause.

Danach ein neuer Befehl. »Los, packt ihn euch! Er hat doch Schiß. Ich gebe euch weiter Feuerschutz.«

Ich hatte mich in der kurzen Schießpause zur Seite gewälzt, war unter dem Tisch hervorgerollt und suchte Lady X.

Sie stand an der Bugseite, denn dort blitzte es auf.

In kniender Haltung hockte ich auf dem Boden und feuerte. Zweimal drückte ich ab. Zwei tödliche Bolzen suchten ihren Weg zum Ziel. Ich wußte nicht, ob ich getroffen hatte, auf jeden Fall hörte das Schießen auf, dafür tauchten die beiden Vampire auf. Der eine sprang flach durch ein zerstörtes Fenster. Er hatte mich gesehen und hielt einen länglichen Gegenstand in der Hand, mit dem er zuschlagen wollte.

Ich schoß.

Zu hören war kaum etwas, aber der Bolzen jagte in seine Brust und war nicht mehr zu sehen.

Noch in der Luft brüllte der Untote wie am Spieß. Ich sah sein helles Gesicht als weißen Fleck und den weit aufgerissenen Mund. Dann klatschte er zu Boden.

Schnell glitt ich zur Seite.

Wie viele Gegner noch?

Da sah ich den zweiten. Er stand auf dem Tisch und sprang, als ich mich aufrichten wollte. Diesmal hatte ich nicht soviel Glück. Mit beiden Füßen traf er meinen Rücken, drückte mich auf die Planken, und ich hörte seine wilde, sich überschlagende Stimme.

»Ich habe ihn! Ich habe ihn!« Er gebärdete sich wie toll und schlug sofort zu.

Da ich mich jedoch bewegte, hatte er Pech und ich Glück. Seine Faust verfehlte meinen Kopf und hieb dicht neben meinen Ohr gegen den Boden.

Als er zum zweitenmal zuhämmern wollte, drückte ich ihm meine Waffe ins Gesicht.

Er zuckte zurück. Halten konnte er sich nicht mehr und krachte auf den Rücken.

Jetzt sah ich ihn zum erstenmal. Es war Dr. Easton, der mir ans Leben gewollt hatte.

Als ich schießen wollte, packte er meine Hand und

drehte sie zur Seite, so daß es mir nicht gelang, abzudrücken. Wir wälzten uns über die Planken. Sehr nahe beieinander, so daß ich in sein verzerrtes Gesicht schauen konnte.

»Ich habe ihn! Ich habe ihn!« Seine Schreie waren gräßlich und sollten wohl Lady X mobil machen.

Und sie kam.

Ich hörte sie lachen, etwas polterte, und ich wußte, daß mir vielleicht noch eine Sekunde blieb.

Mit dem Mut der Verzweiflung stemmte ich meinen Gegner weg. Die Knie bohrten sich in seinen Leib, er wurde hochgeschleudert, und bevor er nach hinten kippen konnte, hielt ich ihn an der Kleidung fest.

Dann zog ich mich hoch.

Genau im rechten Augenblick, denn in der Tür, durch die auch ich eingedrungen war, erschien Lady X.

Schußbereit hielt sie ihre MPi. Und sie feuerte sofort, rücksichtslos.

Die Garbe hätte mich nie verfehlt, nicht auf diese Entfernung, aber ich besaß noch einen Trumpf.

Das war Dr. Easton.

Als Lady X abdrückte, da schleuderte ich den Vampir vor, genau in die Schußrichtung hinein. Easton fing die Kugeln auf, die mir eigentlich zugedacht waren. Er wurde durchgeschüttelt, ich sah trotz der Dunkelheit Blut auf seinem Körper und hatte mich mit einem gewaltigen Sprung in relative Sicherheit gebracht, wobei ich mich überrollte und unter einem der festgeschraubten Tische liegenblieb.

Die Schüsse waren natürlich gehört worden, und es geschah das, womit ich eigentlich schon lange gerechnet hatte. Etwa von der Flußmitte aus, wo zwei Boote der River Police lagen, wurde es hell. Zwei starke Scheinwerferstrahlen suchten sich ihren Weg über die Wasserfläche und nahmen sich das alte Ausflugsboot als Ziel.

Auch das ehemalige Restaurant rissen sie aus der Dunkelheit, und plötzlich stand Lady X wie auf dem

Präsentierteller. Wenn ich jetzt schoß, konnte ich sie nicht verfehlen.

Zwischen ihr und mir lag noch der Vampir. Obwohl aus zahlreichen Wunden blutend, lebte er noch. Er hatte sich sogar halb aufgerichtet, und ich sah rote Streifen über sein verzerrtes Gesicht laufen. Er wollte nicht aufgeben und war dabei, sich auf die Füße zu stemmen. So sah die Lage aus, als ich zum Gegenangriff übergehen wollte, um Lady X zu erschießen.

Da halfen ihr meine Kollegen. Ein Scheinwerferstrahl wanderte im selben Augenblick, als ich schießen wollte. Durch dieses Herumzucken wurde ich geblendet, mußte die Augen schließen und verriß den Schuß. Er traf nicht die Scott, sondern Dr. Easton tödlich. Der Zufall hatte es so gewollt, der Eichenbolzen war ihm mitten in den Hals gefahren.

Lady X verschwand.

Als ich auf die Beine sprang, hörte ich das Röcheln des letzten Blutsaugers. Er kippte um, streckte sich ein letztes Mal und starb endgültig.

Ich sprang auf. Lady X sollte mir nicht entwischen, das hatte ich mir vorgenommen. Die Druckluftwaffe steckte ich weg, zog die Beretta und verließ das ehemalige Restaurant.

Ich hörte die Schritte der Untoten. Lady X lief um den Aufbau herum. Hoffentlich sah man mich von den Polizeibooten und schoß nicht aus Versehen.

Meine Füße hämmerten auf die Planken. Wenn Lady X die Nerven behielt, blieb sie stehen und schoß auf mich.

Nein, sie wollte nur weg.

Und sie sprang auch nicht über Bord oder auf den Steg, sondern verschwand über eine Leiter in den Bauch des Schiffes.

Hatte sie noch einen letzten Trumpf?

Suko fiel mir ein. Von meinem Freund und Kollegen hatte ich noch nichts gesehen, wobei fraglich war, ob er sich überhaupt auf dem Kahn befand.

Ich konnte nicht an Bord stehenbleiben, sondern mußte ebenfalls in den Schiffsbauch.

Wesentlich vorsichtiger als Lady X rutschte ich nach unten, wobei ich die gleißende Helligkeit zurückließ.

Dämmer empfing mich, schon in Finsternis übergehend. Ich befand mich in einem langen, schmutzigen Gang. An der Decke baumelte eine Birne. Sie verbreitete ein trübes Licht, und ich sah, daß vom Gang Türen abzweigten.

Zwei mindestens.

»Pamela Scott!« rief ich. »Komm raus aus deinem Versteck! Ich kriege dich doch!«

Dann sah ich sie.

Allerdings nur die Hand. Ein Arm drehte sich aus einer Türöffnung. Ich hörte ihr gellendes Lachen, und plötzlich flog etwas auf mich zu. Es tickte zu Boden, rollte weiter, und erst jetzt sah ich, um was es sich dabei handelte.

Um eine Handgranate!

Lady X hatte wirklich ihren allerletzten Trumpf ausgespielt. Und der war tödlich.

Vielleicht hätte ich noch schießen können, aber dann wäre noch mehr Zeit vergangen. Mir blieb nichts anderes übrig, als mich umzudrehen, die Arme als Deckung über meinen Kopf zu stülpen und mich zu Boden zu werfen.

Da explodierte das Höllenei.

Mitten in das höhnische Gelächter der Lady X hinein. Es war wirklich ein Bombenschlag. Ich hörte ein Krachen, ein Bersten, ein gewaltiges Rauschen. Um mich herum war plötzlich die Hölle los. Es pfiff und heulte, die nähere Umgebung wurde zu einem Chaos aus Trümmern und berstendem Holz. Balken prallten auf mich herab, harte Gegenstände, und ich hatte plötzlich eine mörderische Angst, unter den Schiffstrümmern mein Leben zu verlieren.

Irgendwo spürte ich Blut, ein harter Schlag traf meinen Kopf, ich verlor sekundenlang das Bewußtsein, und es war plötzlich still.

Ich aber lag begraben unter den Trümmern und konnte mich nicht rühren. Daß noch einmal Schüsse fielen, registrierte ich kaum ...

Sie holten mich unter den Trümmern hervor.

Mehr tot als lebendig. Das klingt zwar übertrieben, aber bei mir traf es in etwa zu. Ich muß fürchterlich ausgesehen haben. Ich blutete am Kopf, und meine Kleidung war auch nicht mehr zu gebrauchen. Ich hatte blaue Flecken und Prellungen und dabei ein unwahrscheinliches Glück gehabt, daß mich die Splitter der Granate nicht zerrissen hatten.

Der Teil des Schiffes, wo ich mich befunden hatte, war zerfetzt worden. Die Granate hatte ein Leck gerissen. Wasser strömte hinein. Ich wurde an die Teufelsdschunke erinnert, die einmal auf der Themse gefahren war.

Und damit dachte ich auch an Suko.

»Wo ist mein Kollege?« fragte ich, als man mich an Deck geführt hatte.

Es lag in gleißender Helligkeit. Ein Feuerwehrboot hatte angelegt. Die Besatzung des Bootes hatte mich auch aus den Trümmern geholt.

»Wo ist mein Freund?« keuchte ich.

Da deutete einer der Männer nach rechts.

Dort stand ein Sarg.

Meine Augen wurden groß, mein Herzschlag stockte. Taumelnd lief ich hin und sah, wie sich eine Gestalt in der offenen Totenkiste aufrichtete.

Suko!

Er grinste. »Hi, Partner, hast dir verdammt lange Zeit gelassen.«

»Suko, Mensch, ich ...«

»Die Hunde haben mich in einen Sarg gesteckt, nachdem sie mich bewußtlos schlugen. Vampiro-del-mar wollte sich wohl einen Nachtisch aufheben.«

»Was, der war auch da?«

»Sicher.«

»Und jetzt?«

Suko verzog das Gesicht, befühlte seinen Nacken und kletterte aus der Totenkiste. »Ich weiß nicht. Anscheinend haben es Lady X und er geschafft. Sie sind entkommen. Der Trubel war zu groß. Verdammter Mist.« Er verzog das Gesicht.

Ein Arzt trennte uns. Er behandelte zuerst mich und wollte mich in ein Krankenhaus stecken, worauf ich ihn für verrückt erklärte.

Dann holten die Feuerwehrmänner noch jemanden aus dem Bauch des Schiffes. Eine blonde Frau. Sie war völlig erledigt, schluchzte und konnte sich kaum auf den Beinen halten.

»Sie wäre fast zu einem Vampir geworden«, sagte Suko.

»Ich kenne sie. Es ist, so glaube ich, Eastons Sprechstundenhilfe.«

Sir James Powell traf ein. Da allerdings hockte ich schon in meinem Bentley und leitete eine Großfahndung nach Lady X und Vampiro-del-mar ein. Ich wollte nichts unversucht lassen. Wenn sie allerdings den Würfel des Unheils bei sich hatten, war es ihnen ein Leichtes, sich abzusetzen.

Um es vorwegzunehmen: Die Fahndung brachte nichts. Die Untoten schafften es wieder einmal, in dem unübersichtlichen Gelände an der Themse das Weite zu suchen.

Dabei war mir die Scott so nahe gewesen. Es ging wirklich mit dem Teufel zu, daß ich sie nicht in die Finger bekam. Aber ich würde sie packen, das stand fest.

Wenn nicht morgen, dann übermorgen. Und mit ihr die übrige verfluchte Brut der Mordliga.

Eins wußten wir jedoch. Die Vampirpillen waren ungeheuer gefährlich, und ich glaubte nicht daran, daß alle vernichtet waren. Mit ihnen würde Lady X noch sehr viel Unheil anrichten, falls wir ihr nicht das Handwerk legen konnten.

Sir James erkundigte sich bei uns, ob alles okay wäre.

Ich schaute Suko an, er mich. Dann gab ich die Antwort. »Sicher, Sir, alles ist in Ordnung. Wir leben, mehr auch nicht.«

Das Lächeln gefror meinem Chef in den Mundwinkeln. Es war verständlich.

Am liebsten hätte ich alles hingeschmissen. Aber das war keine Lösung. Also weitermachen. Der nächste Fall, der kam bestimmt …

ENDE

Der Mann, der nicht sterben konnte

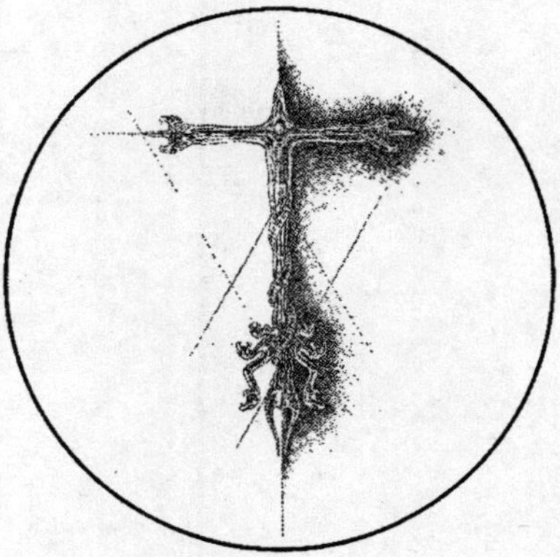

Der Mann saß breitbeinig auf einem Stuhl. An sich war an ihm nichts Besonderes, er sah aus, wie tausend andere Menschen auch aussahen. Sein weißes Haar, das rechts und links des Kopfes wuchs und ansonsten stark gelichtet war, bewies, daß der Mann zur älteren Generation zählte. Sechzig Jahre hatte er sicherlich erreicht. Das Gesicht lag eingehüllt in einen gelblichen Schein, der von einer Lampe produziert wurde, die über dem sitzenden Mann hing.

Auch das Gesicht zeigte keine außergewöhnlichen Merkmale. Vielleicht lagen die Augen etwas tiefer in den Höhlen, auch war die hohe Stirn nachdenklich verzogen und der Mund ein wenig zu klein und von Falten umgeben, aber das alles gehörte auch zu einem Dutzendgesicht.

Der Mann trug ein grauweißes Hemd, darüber eine hellgraue Weste und eine alte Hose von undefinierbarer Farbe. Sie schimmerte braunviolett.

Neben dem Mann stand ein runder Tisch. Eine Decke lag auf der Platte. Darauf stand ein halbvolles Glas Wasser.

Es war wirklich nichts Besonderes an dem Mann, womit er hätte Aufsehen erregen können, bis er hinter sich griff und plötzlich ein Messer in der Hand hielt.

Jetzt wurde er schon interessanter.

Es war ein Küchenmesser. Der Mann senkte den Blick, schaute auf den Griff und nickte wie geistesabwesend. Er umklammerte mit der rechten Hand den Griff und drehte die Waffe um, so daß die Spitze auf seine Brust zeigte.

Dann stieß er sich das Messer in die Brust, und die Klinge drang bis zum Heft ein!

Sekundenlang geschah nichts. Der Mann saß unbeweglich auf seinem Stuhl. Normalerweise hätte er tot umkippen müssen, aber das geschah nicht.

Wie eine Statue hockte er da, das Messer in der Brust und die Hand um den Griff geklammert.

Langsam öffnete er die Finger, wobei er auch seinen Blick hob und in das Halbdunkel des Raumes schaute.

»Edwina!« flüsterte er. »Edwina!«

Schritte aus dem Hintergrund. Zögernd, als wollten sie nicht so recht. An diesen Schritten war zu merken, daß die Person Angst hatte, sich dem Mann zu nähern.

»Edwina!« Diesmal klang die Stimme noch härter. »Komm endlich zu mir, zum Henker!«

»Ja, Fjodor!« Die Schritte wurden schlurfend, Sohlen schleiften über den Boden, dann fiel ein länglicher Schatten in das Licht der Lampe, und die Frau blieb vor dem Stuhl stehen.

Der Mann hob den Blick. Er sah in ein verhärmtes Gesicht, in dem das Leben seine Spuren in Form zahlreicher Falten hinterlassen hatte. Der Mund war schmal, hatte auch einen verbissenen Ausdruck angenommen, als hätte die Frau mehr Negatives als Positives in ihrem Leben hinter sich. Sie trug einen langen dunklen Rock und eine graue Bluse aus festem Stoff. Über den Rock hatte sie eine Schürze gebunden.

Der Mann reckte sich. Er hob seine Arme an und grinste schief. »Edwina, es stimmt.«

»Ich – ich habe es gesehen.«

»Ja, ich bin der Mann, der nicht sterben kann. Ich, Fjodor Rankin. Das wird ein Spaß.«

»Fjodor, bitte, versündige dich nicht«, flüsterte Edwina. »Wirklich, du machst dir den Herrgott ...«

»Ach, hör damit auf! Ich bin mein eigener Herrgott.« Er umfaßte den Messergriff und drehte die Waffe in der Wunde. »Da, es passiert nichts. Man kann mich nicht töten.«

»Hast du jetzt das ewige Leben, Fjodor?« fragte Edwina vorsichtig.

»Sagen wir mal, ich kann nicht sterben.«

»Das ist schlimm, Fjodor.«

»Wieso?«

»Ein Mensch muß sterben können. Er muß eingehen in

den großen Kreislauf der Natur. Wenn er nicht zu Asche wird, dann wird sein Leben zu einem Fluch.«

»Ach, was redest du da, Alte?«

»Es stimmt, Fjodor. Die alten Gesetze kannst du nicht übergehen, wirklich nicht. Reiß dich zusammen, lösche diesen unseligen Fluch. Ich bitte dich darum, um das Leben deiner Mutter, die dich in ihrem Schoß getragen hat ...«

»Alte, sei ruhig!«

Edwina hörte nicht auf. Fjodor Rankin verzog die Lippen. Seine Augen nahmen einen hinterlistigen Ausdruck an. Er beugte sich vor und umfaßte das Handgelenk seiner Frau. »Damit«, sagte er, »damit sollst du das Messer greifen und es mir aus der Brust ziehen. Los, zieh es raus! Zieh es aus meiner Brust!«

»Nein, Fjodor, nein. Ich kann nicht ...«

»Verdammt, stell dich nicht so an! Zieh es raus!«

»Fjodor, ich ...«

»Wenn du es nicht tust, dann töte ich dich!« flüsterte Rankin. »Dann werde ich dich umbringen, Edwina, denn du kannst im Gegensatz zu mir sterben.«

Edwina schluchzte auf. »Dein wievielter Tod ist das, Fjodor?«

»Mein vierter.«

»Ich bitte dich, hör auf ...«

»Nein, Edwina. Ich werde mit jedem Tod stärker. Denn wenn ich gestorben bin und dann wieder lebe, kann ich mit meiner Umwelt spielen, verstehst du das? Ich, Fjodor Rankin, bin ein Mann, den niemand besiegen kann, denn ich bin unsterblich, Edwina!«

»Ich kann es nicht.«

»Los, zieh mir das Messer aus der Brust!« Die Stimme ließ keinen Widerspruch zu, das wußte Edwina. Wenn sie jetzt nicht gehorchte, dann würde ihr Mann sie töten, denn er war der letzte Rankin und mit einem Fluch beladen, den er als Segen empfand.

Der Mann drückte seine Hände gegen die Sitzfläche

und beugte sich nach vorn. Er streckte seinen Brustkorb der Frau entgegen, damit sie das Messer hervorziehen konnte.

»Edwina!« Den Namen seiner Frau sprach er zischend aus, und Edwina gehorchte. Ihre rechte Hand umfaßte den Griff. Sie schloß die Augen, betete innerlich und riß das Messer aus der Wunde.

Da der Mann es sich tief in den Körper gestoßen hatte, klaffte die Wunde weit auseinander. Sie war wie ein breiter Spalt, man konnte in ihn hineinschauen, was Edwina auch tat. Dabei sah sie kaum Blut, nur eine rosafarbene Flüssigkeit, als wäre Blut mit Wasser vermischt worden.

Sie blickte ihrem Mann nicht ins Gesicht, sondern nur auf die Klinge. Auch sie war nicht mehr so blank wie zuvor, als ihr Mann sie sich in die Brust gestoßen hatte. Das Metall zeigte einen schlierigen Überzug, und Edwina warf das Messer angeekelt fort.

Fjodor aber stand auf. Er lachte lautlos. Es war mehr ein Grinsen, und es sah sehr siegessicher aus. »Mir kann niemand etwas!« flüsterte er heiser. »Niemand wird oder kann mich töten. Ich werde es ihnen allen beweisen. Ich, Fjodor Rankin, denn ich bin der Mann, der den Tod überlistet hat.«

Edwina schlug die Hände vor ihr Gesicht. »Bitte«, schluchzte sie. »Ich bitte dich. Du versündigst dich.«

»Gegen wen?«

»Gegen alles.«

»Ach, hör auf, Alte.«

»Der Herrgott wird dich strafen. Sein Gericht wird über dich kommen wie ein Unwetter.«

»Hör auf zu jammern, du altes Weib. Nichts wird geschehen, aber auch gar nichts. Denn ich bin mir selbst Gott genug. Hast du das nicht gemerkt?«

»Nein, Fjodor, sprich nicht so. Ich bitte dich ...«

Der Mann gab keine Antwort. Er senkte den Blick und schaute an sich hinab, wo sich die Wunde, wie von Geisterhänden versorgt, langsam schloß.

»Bring mir was zu trinken!« forderte Fjodor.

»Ich kann nicht, Fjodor. Ich kann das nicht mehr mitmachen. Ich will auch nicht. Es ist so schrecklich.«

Rankins Mund bewegte sich, ohne daß er etwas sagte. »Hast du dir die Worte genau überlegt, Alte?«

»Ja, das habe ich.«

»Und du willst weg?«

Edwina nickte.

»Das geht nicht mehr. Du mußt bei mir bleiben. Du kennst mein Geheimnis. Du und ein paar andere. Ich kann dich nicht gehen lassen, verstehst du?«

»Wie willst du mich daran hindern?« fragte die Frau erstaunt.

»Muß ich dir das sagen?«

»Ja, das mußt du!«

Da verzog Rankin den Mund. »Ich bin unsterblich, du bist es nicht.« Er lachte leise.

Im ersten Augenblick begriff die Frau nicht, was er damit gemeint hatte. Sie dachte nach, und die Gedanken spiegelten sich auf ihrem Gesicht wider. Entsetzen und Angst, Unbegreifen und Ungläubigkeit vereinigten sich zu einer Mischung. »Nein, Fjodor, das wirst du doch nicht tun. Du kannst mich nicht …«

»Ich müßte es.«

»Aber ich bin deine Frau!«

»Kann ich da noch Rücksicht nehmen? Wir sind nicht allein gewesen. Man hat uns beobachtet und belauscht. Meine Freunde wollten wissen, ob ich lüge.«

»Man hat dich gesehen?«

»Ja, mich und dich. Man weiß über dich Bescheid.« Er drehte sich um und schaute auf das kleine Fenster. »Da, sieh! Vielleicht kannst du hinter der beschlagenen Scheibe ein Gesicht erkennen. Dort stehen sie und warten.«

»Wer wartet?«

»Meine Freunde. Noch hast du Zeit, dich zu entscheiden, Edwina. Entweder stehst du voll auf meiner Seite, oder du mußt die unausweichlichen Folgen tragen.«

Das wollte Edwina nicht. Sie war völlig durcheinander. Bisher hatte sie es mit Fjodor ausgehalten, nun war ihr bewußt geworden, daß es nicht mehr so weiterging.

Sie lief zum Fenster.

Die Scheibe war beschlagen. Mit dem Handballen wischte sie das Glas klar. Draußen war nichts zu sehen. Nur der hohe Schnee, der bereits Monate lag und einen dichten, weißen Sperrgürtel um die Hütte gelegt hatte. »Da ist keiner.«

»Dann kommen sie in die Hütte. Sie sind bestimmt schon am Eingang, Edwina. Noch hast du Zeit.«

Die Frau drehte sich um. Sie starrte ihren Mann an, mit dem sie über dreißig Jahre zusammengelebt hatte. Da war kein Band mehr, das sie beide zusammenhielt. Nicht einen Funken Sympathie las sie in den Augen des anderen. Nur Kälte und Härte. Nein, Fjodor würde sich nicht umstimmen lassen. Er war mit einem Fluch beladen, den sie leider zu spät bemerkt hatte.

»Entscheide dich!«

Da klopfte es. Es waren harte, fordernde Schläge, die gegen die Eingangstür donnerten. Fjodor Rankin grinste. »Ich habe nicht gelogen, als ich von meinen Freunden sprach.« Er drehte sich um, verließ den Raum, und eine angststarre Edwina blieb zurück. Da Fjodor die Tür nicht völlig geschlossen hatte, vernahm sie Stimmen. Es waren zwei Männer. Einer von ihnen sprach etwas dumpfer. Der andere antwortete mit einem kalten, metallisch klingenden Organ.

Die Tür fiel ins Schloß. Sekunden später betraten die beiden Männer das Zimmer. Sie hatten Fjodor in die Mitte genommen und blieben dicht hinter der Tür stehen, während Rankin vorging.

»Das sind sie«, sagte er nur, »und sie haben alles gehört.«

Die Fremden nickten synchron.

Edwina musterte die beiden Männer ängstlich. Sie waren groß und trugen grüne Ledermäntel mit

Fellkragen. Die hohen Pelzmützen ließen sie noch größer erscheinen, als sie schon in Wirklichkeit waren. Ihre Gesichter zeigten eine gewisse Glätte, wie sie bei Männern des Geheimdienstes üblich ist, und in den Augen war kein einziger Funke Gefühl zu lesen.

Diese Leute würden keine Gnade kennen. Menschlichkeit war ihnen fremd.

»Ich gebe dir noch eine Chance«, sagte Rankin. »Stellst du dich auf meine Seite?«

Da schüttelte Edwina den Kopf. »Nein, ich kann nicht. Es wäre gegen meine Überzeugung. Du versündigst dich. Gib auf, Fjodor, ich bitte dich. Laß uns weggehen.«

Rankin schüttelte den Kopf. »Ihr habt es gehört?« wandte er sich an die beiden.

»Ja.«

»Was sollen wir machen?«

Die Frage schwebte sekundenlang im Raum. Die Antwort ließ nicht lange auf sich warten. Allerdings nicht mündlich, sondern auf eine beängstigende Art und Weise. Gemeinsam verschwanden die rechten Hände der Männer in ihren Manteltaschen und kamen mit zwei matt glänzenden, schweren Pistolen wieder zum Vorschein. Die dunklen Löcher der Mündungen wiesen auf die schreckensstarre Frau.

»Weißt du nun Bescheid?« fragte Rankin.

»Man will mich töten!« flüsterte die Frau.

»Genau!« sagte einer der Männer.

Edwina schluckte. »Fjodor!« hauchte sie. »Ich bitte dich, das kannst du nicht zulassen ...«

»Du hast dich nicht auf unsere Seite gestellt«, unterbrach Rankin seine Frau kalt.

»Aber ich ...«

»Laß sie nicht so lange reden«, sagte einer der Ledermantelträger. »Wir müssen etwas tun!«

Rankin wußte, daß die Männer jetzt abdrücken wollten, doch dagegen hatte er etwas. »Nein«, sagte er. »Ihr werdet es nicht tun!«

»Dann wirst du sie am Leben lassen?«

»Das habe ich nicht gesagt. Aber ihr kennt mein Geheimnis. Mit jedem Selbstmord, den ich an mir verübe, wird meine Unsterblichkeit bestätigt. Und meine Kräfte nehmen zu, das solltet ihr nicht vergessen. Ich werde mich ihrer annehmen.«

Auch Edwina hatte die Worte gehört. Sie konnte sie allerdings kaum fassen. »Du – du willst mich töten?« flüsterte sie. »Du willst deine eigene Frau umbringen?«

»Ich gebe dir eine Chance zur Flucht.«

»Wie – wie soll ich das verstehen?«

»Du kannst das Haus verlassen, Edwina. Geh, lauf in die Nacht. Verschwinde.«

»Nein!« schrie einer der Geheimdienstleute. »Das ist nicht drin, Genosse. Sie ist eine Zeugin, die nicht auf unserer Seite steht. Sie würde dein Geheimnis verraten.«

»Sie soll gehen!« Rankin schaute den Sprecher so kalt und zwingend an, daß dieser die breiten Schultern hob und zustimmte.

»Gut, wir vertrauen dir. Laß sie laufen!«

Der andere Mann war überrascht. Man konnte es an seinem glatten Gesicht ablesen, er sagte jedoch nichts und starrte wie sein Kumpan die beiden Rankins an.

Edwina wandte sich zur Tür. »Ja, geh!« sagte ihr Mann. »Mach schnell, sonst überlege ich es mir anders.«

»Du Teufel!« flüsterte Edwina. »Du verfluchter Teufel. Dein Leben dauert nicht ewig. Irgendwann wird jemand kommen und den Fluch von dir nehmen. Dann wirst auch du sterben!«

Rankin lachte nur kalt und sah zu, wie seine Frau den Raum verließ. Sie ging dorthin, wo die Schlafkammer war und wo der Vorhang den Raum teilte. Hinter dem groben Stoff befand sich die Speisekammer. An der Holzwand hing eine Öllampe. Der Ofen verbreitete eine bullige Hitze. Die Eisenplatte glühte blaßrot.

Zitternd griff die Frau nach ihrem Mantel, der über einer Kiste lag. Er bestand aus Fell, ebenso die Stiefel, in die sie schlüpfte. Dabei schaute sie Fjodor an, der unbeweglich dastand und sie aus gefühllosen Augen beobachtete.

»Geh«, sagte er nur.

Edwina öffnete den Mund. Es sah wirklich so aus, als wollte sie noch etwas sagen, doch sie traute sich nicht. Die Lippen blieben verschlossen. Ihr Gesicht war blaß, als sie sich umdrehte und nach der Klinke griff. Sie drückte sie nach unten und zog die schwere Tür langsam auf. Sie mußte dabei Kraft einsetzen, und als sie sie endlich offen hatte, da drang die Kälte wie eine eisige Wolke in das Haus.

Es lag ein paar Kilometer vom nächsten Dorf entfernt, ziemlich nahe am Wald. Die hohen Bäume schienen eingefroren zu sein, so wie sie da in ihrer weißen Pracht standen. Der Schnee lag dick auf den Zweigen und Ästen. Der Frost hatte ihn erstarren lassen.

Zur Haustür führte ein schmaler Weg. Fjodor hatte ihn freigeschaufelt. Er endete nach wenigen Metern, denn die Straße zum Dorf war nicht mehr zu sehen. Sie bildete eine schimmernde weiße Fläche. Wie ein gewaltiges Leichentuch hielt der Schnee das Land bedeckt und würde es erst in einigen Wochen wieder freigeben. An der Grenze zwischen Taiga und Tundra hielt sich der Winter sehr lange.

Edwina stolperte über die Schwelle. Trotz des dicken Mantels wirkte sie klein und hilflos, eine Frau, die in der endlosen Weite des Landes verloren wirkte.

Sie lief, und Fjodor wartete.

Ebenso wie die beiden Genossen aus der Zentrale. Sie waren von Moskau angereist und hatten Entbehrungen und Strapazen auf sich genommen.

Edwina lief.

Sie hatte Mühe, sich auf dem glatten Untergrund zu halten. Ihre Bewegungen waren taumelig. Mit ausgebreiteten Armen sorgte sie dafür, daß sie das Gleichgewicht behielt.

»Du läßt sie ja doch laufen, Genosse Rankin!« sagte einer der Männer.

»Noch!«

Der zweite hob seine Waffe und zielte auf den Rücken. Da schlug ihm Fjodor die Hand nach unten.

»Laß es!«

Der Mann sah aus, als wollte er sich wehren. Als er in die Augen des anderen schaute, ließ er es bleiben und senkte die schwere Armee-Pistole.

Rankin drehte sich um. Er wandte den beiden Männern den Rücken zu und schaute auf den Ofen, dessen Platte inzwischen einen intensiveren Farbton angenommen hatte.

Sie war knallrot geworden. Ein glühendes, düsteres Rot, das eine große Hitze abstrahlte.

Rankin konzentrierte sich.

Er blickte nur auf die Platte. Ihr allein galt sein Augenmerk, und er wollte es versuchen. Seine Kräfte waren unheimlich zu nennen, er war ein Phänomen. Nicht allein, daß er nicht sterben konnte, sein Geist beherrschte auch die Materie.

Sie gehorchte ihm!

Und auch die runde Ofenplatte.

In seine Augen war ein seltsames Schimmern getreten. Ein geistiger Kraftstrom floß zwischen ihm und der Platte. Er befahl ihr, daß sie seinen Befehlen gehorchte.

Und die Platte reagierte.

Auch die Männer aus Moskau sahen das Phänomen. Als würde sie von unten her angestoßen, so hob sie sich vom Ofen ab und schwebte einen Atemzug später über ihm.

»Ja!« flüsterte Rankin. »Sie gehorcht mir. Ich bin ein Telepath. Ich kann Gedanken lesen und Materie bewegen. Ich spiele mit der Natur.« Er lachte, wobei sich sein Gesicht auf erschreckende Art und Weise verändert hatte.

Der gleiche Schimmer, der in seinen Augen lag, hatte auch das Gesicht erfaßt. Es wirkte kalt, metallisch glänzend. In seinem Innern mußten unheimliche Kräfte toben, die Rankin gezielt einsetzte.

»Geht zur Seite!« flüsterte er.

Die Männer aus Moskau traten zurück. Sie wollten nicht im Wege stehen.

Noch schwebte die Platte über dem Ofen, dann jedoch erreichte sie der gedankliche Befehl. Wie ein glühender Diskus flog sie davon. Auf die flüchtende Frau zu!

Es zischte regelrecht, als sie an den Männern vorbeifauchte, und die Kerle aus Moskau traten noch weiter zurück.

Nur Rankin blieb stehen. Er beobachtete den Weg der mörderischen Waffe.

Sie war schnell, ungemein schnell, und sie hob sich als knallroter Fleck über dem weißen Schnee ab, deshalb war ihr Weg auch so gut zu verfolgen. In Kopfhöhe raste sie in die kalte Nacht hinein, geleitet von mörderischen Gedankenströmen, die die glühende Ofenplatte auf ihr Ziel programmiert hatten.

Edwina merkte nichts von der tödlichen Gefahr, in der sie schwebte. Sie lief hinein in den eiskalten, dämmrigen Tag, wollte fliehen und so schnell wie möglich das Haus des Schreckens hinter sich lassen. Ihr steckte wahrlich das Grauen in den Knochen.

Rankin stand in der offenen Tür wie zu Stein erstarrt. Noch immer lag das metallische Leuchten in seinen Augen. Der Mund hatte sich verzerrt. Anstrengung zeichnete seine Züge. In der Tat war es auch für ihn nicht leicht, die Materie nach seinem eigenen Willen zu beeinflussen. Er mußte sich seine Kräfte einteilen.

Nur noch wenige Meter, dann mußte die Scheibe die Frau erreicht haben. Sie war bereits weit entfernt und nur als ein roter, verwaschener Fleck zu erkennen.

Dann traf sie.

Es war nicht genau zu sehen, ob Edwina Verdacht geschöpft hatte, auf jeden Fall wankte sie plötzlich und fiel zu Boden.

Mit ihr die glühende Platte.

Ein leiser, verwehender Schrei drang zu den Männern. Das letzte Lebenszeichen einer tapferen Frau.

Fjodor Rankin entspannte sich. Er wandte sich zu den beiden Männern aus Moskau um, die dastanden, als hätte man sie auf dem Boden festgeleimt. Ihre Gesichtsfarbe war noch grauer geworden.

»Nun?« fragte Rankin.

»Gehen wir hin«, sagte der eine nur.

»Wie ihr wünscht, Genossen!«

Die drei Männer stapften durch den Schnee. Niemand sprach ein Wort. Die Kälte biß in ihren Gesichtern. Daß aus der Ofenöffnung die Flammen loderten, störte niemanden.

Erst recht nicht Rankin. Seine Aufgabe sah er hier in Rußland als erledigt an.

Er erreichte seine Frau als erster.

Verkrümmt lag sie auf der weißen Schneedecke. Ihr Kopf war blutig. Sie lebte nicht mehr.

Die glühende Ofenplatte hatte ihr einen schrecklichen Tod bereitet. Fast harmlos steckte sie im hohen Schnee. Die rote Farbe war längst erloschen. Was noch so ähnlich schimmerte, waren Blutspritzer.

Die Männer aus Moskau schwiegen. Sie starrten auf den leblosen Körper. Einem lief sogar eine Gänsehaut über das Gesicht. So etwas sollte bei ihnen was heißen, denn als hohe Offiziere des KGB waren sie abgebrüht.

»Habe ich mein Versprechen gehalten?« fragte Rankin.

»Ja, Genosse, das hast du.«

»Dann haltet ihr auch eures. Bringt mich hier weg. Dorthin, wo ich effektiver eingesetzt werden kann. Ich leiste meinem glorreichen Lande einen unschätzbaren Dienst, das solltet ihr nicht vergessen.«

Die Männer nickten. »Du willst wirklich nach London, Genosse?«

»Da gehöre ich eigentlich hin. Ich habe die Sprache gelernt, alles andere wird sich zeigen.«

»Und wann?«

»Sofort, Genossen. Ich will keine Minute länger hierbleiben.«

»Was geschieht mit der Toten?«

Rankin verzog das Gesicht. »Wir nehmen sie mit in die Hütte. Ich will, daß sie abbrennt. Nichts, aber auch gar nichts soll mehr an die alten Zeiten erinnern.«

»Wir sind einverstanden, Genosse.«

»Worauf wartet ihr dann noch?«

Die Männer aus Moskau nickten. Sie beeilten sich wirklich. In der Nähe dieses Menschen fühlten sie sich mehr als unwohl, wobei sich die Frage stellte, ob sie es überhaupt mit einem Menschen zu tun hatten. Auf jeden Fall war er ein Phänomen.

Aber ein gefährliches …

Ich feierte krank.

Das hört sich zwar komisch an, aber es stimmte. Mein Chef, Sir James Powell, hatte mir verboten, drei Tage lang das Büro zu besuchen. Ich sollte mich zu Hause auskurieren, während Suko den Schreibtisch in unserer gemeinsamen ›Zelle‹ allein hütete.

Natürlich blieb ich nicht im Bett, wo ich nach Ansicht Sir James' hingehört hätte, denn der letzte Fall steckte mir noch buchstäblich in den Knochen.

Die explodierende Handgranate, die Lady X nach mir geschleudert hatte, hätte meinem Leben fast ein Ende bereitet. Auf einem alten Schiff an der Themse hatten Suko und ich sie nebst ihren Vampiren gestellt. Diese Untoten waren durch eine Pille zu Blutsaugern gemacht worden, und das war das Fatale an der Lage. Lady X besaß noch einige Pillen. Da sie in dem allgemeinen Durcheinander zusammen mit dem Supervampir Vampiro-del-mar entkommen war, konnten wir davon ausgehen, daß sie irgendwann wieder zuschlagen würde. Das jedoch sollte mich nicht kümmern, wie Sir James meinte. Ich mußte mich auf seinen ausdrücklichen Befehl hin ausruhen.

Im Bett bleiben wollte ich auch nicht. Gegen neun Uhr morgens hielt ich es auf der Matratze einfach nicht mehr aus und stemmte mich hoch. Das im wahrsten Sinne des Wortes, denn mir tat fast jede Stelle am Körper weh. Ich verzog das Gesicht und sah die zahlreichen Pflaster, die Schürfwunden verdeckten. Auch meine Stirn zierte so ein Ding, und die blauen Flecke nahmen erst jetzt richtig Farbe an. An manchen Stellen schimmerten sie sogar grün und hatten sich wie Masern ausgebreitet. Ich schlich förmlich ins Bad. Dort stellte ich mich unter die Dusche. Vielleicht halfen die heißen Strahlen, meine Muskulatur ein wenig aufzulockern.

Ich hätte nach nebenan gehen können, um zu frühstücken. Doch dann hätte Shao mich anschließend wieder ins Bett gesteckt, und das wollte ich auf keinen Fall. Es war einfach zu schönes Wetter, um zu Hause zu bleiben.

Der Himmel über London war klar. Eine blasse, winterliche Bläue spannte sich über sämtliche vier Himmelsrichtungen. Ein Tag, wie er im Buche stand. Nein, da hielt mich nichts in der Wohnung. Außerdem konnte ich die Besorgungen machen, zu denen mir ansonsten die Zeit fehlte. Ich brauchte mal wieder ein paar Hosen und Hemden. Und eine neue Kombination wollte ich mir auch zulegen. Zum Glück konnte ich es als Spesen abbuchen, da bei meinen Einsätzen genügend Kleidung verdorben wurde.

Das Ankleiden, sonst eine Sache von Sekunden, dauerte diesmal Minuten. Ich mußte mich drehen und wenden, was nur schwerlich gelang. Als ich in die Hose stieg, setzte ich mich auf einen Stuhl. Ich hatte sie soeben hochgezogen, als das Telefon schrillte.

In meiner Wohnung befinden sich zwei Apparate. Einer direkt am Bett. Bei ihm hob ich ab und dachte wirklich, daß es sich um einen Kontrollanruf aus dem Büro handelte.

»Ich bin nicht da«, meldete ich mich.

»Das höre ich, mein Junge.«

Ein Grinsen flog über mein Gesicht. Es gab nur eine, die zu mir ›mein Junge‹ sagte. Das war Sarah Goldwyn, die Horror-Oma. Von ihr hatte ich wirklich lange nichts mehr gehört. Unser letztes gemeinsames Abenteuer hatte uns nach Wales geführt, wo wir gegen einen alten Druidenfluch gekämpft hatten.

»Sarah Goldwyn, Schrecken aller Werwölfe«, sagte ich, »was kann ich für Sie tun?«

»Ich hörte, Sie sind krank, mein Junge.«

Ich verdrehte die Augen. »Hat sich das schon bis zu Ihnen herumgesprochen?«

»Ja.«

»Und wer war Ihr Informant?«

»Ein gewisser Inspektor Suko.«

»Aha. Was hat er denn gesagt?«

»Daß Sie auf höheren Befehl im Bett liegen müssen. So lauteten seine Worte.«

»Ich war noch nie ein guter Befehlsempfänger.«

»Heißt das, daß Sie nicht mehr im Bett liegen?«

»Genau, ich bin soeben aufgestanden.«

»Das ist allerhand. Ich werde sofort Ihrem Chef ...«

»Aber Sarah, ich bitte Sie. Sie wollen mich doch nicht verpetzen.«

Da lachte sie. »Eigentlich nicht. Ich hatte mir vorgenommen, mal mit Ihnen ein wenig zu plaudern. An sich heute abend, deshalb rief ich an. Aber wenn Sie krank sind ...«

»... können wir die Plauderei auch auf den Morgen vorverlegen, teure Freundin.«

Einen Moment war es still. Ich hörte ihr Atmen. Dann sagte sie: »Soll das heißen, daß ich zu Ihnen komme?«

»So ähnlich, aber ich habe einen besseren Vorschlag. Wir könnten uns in einem netten Café treffen, denn ich habe noch nicht gefrühstückt, und mein Magen hängt ziemlich weit unten.«

»Laden Sie mich ein?« erkundigte sich Sarah Goldwyn.

»Auch das.«

»Und Sie wollen sich tatsächlich mit einer alten Schachtel an einen Tisch setzen?«

»Ich habe das Gefühl, daß die alte Schachtel jünger ist als manch zwanzigjähriges Wesen.«

»Sie Schmeichler.«

»Und noch eins«, sagte ich im Verschwörerton. »Zu niemandem ein Wort. Ich soll mich nämlich zu Hause aufhalten und muß zusehen, daß mich auch Shao nicht entdeckt, wenn ich meine Wohnung verlasse. Sie ist der heimliche Aufpasser.«

»Ich schweige wie ein Grab«, gab Lady Sarah dumpf zurück. »Und wo sollen wir uns treffen?«

»Schlagen Sie etwas vor?«

»Ich kenne da ein kleines Café am Trafalgar Square. Es heißt Chez Mimi und ist im französischen Bistrostil aufgemacht.«

»Dort kriege ich keinen Parkplatz.«

»An der National Gallery können Sie doch parken.«

»Danke für den Tip.«

»Okay, mein Junge. Einer wartet auf den anderen. Bis später dann.«

Da ich noch die Schlafanzugjacke trug, mußte ich mich erst anziehen. Ich schlüpfte in mein Hemd, zog einen Pullover darüber und nahm die gefütterte Lederjacke vom Haken. Meine Waffen hatte ich ebenfalls nicht vergessen. Kreuz, Beretta und Dolch fanden ihren gewohnten Platz.

Wie ein Dieb verließ ich meine Wohnung. Wenn Shao jetzt zufällig ihr Apartment verließ, sah ich lecker aus.

Alles ging glatt. Auf dem Flur begegnete mir zwar eine Nachbarin, aber die wußte nichts von meiner Krankheit. Ich drückte mich an ihr vorbei zum Lift und fuhr nach unten in die Parkgarage, wo mein silbergrauer Bentley stand.

Seltsamerweise konnte ich mich wieder besser bewegen, die Dusche hatte wohl geholfen. Einige Pflaster hatte ich nicht mehr erneuert, allerdings mußte ich das auf meiner Stirn lassen.

Als ich startete und den Wagen in Bewegung setzte, grinste ich wie ein Lausbub, dem ein besonderer Streich gelungen war. Daß der Streich allerdings in einen tödlichen Strudel führen würde, konnte ich zu diesem Zeitpunkt noch nicht ahnen ...

In London hatte er nur selten zu tun, denn sein Schloß lag außerhalb der Millionenstadt. Er fuhr nur in die City, wenn es sich nicht vermeiden ließ und geschäftliche Belange ihn dazu zwangen. Sein Wohnsitz lag nahe der Stadt Rochester, wo der Medway River durch eine ruhige Landschaft floß und mit seinem Südufer die Nordgrenze des gräflichen Besitzes bildete.

Der Earl of Rankin war einer der bekanntesten Leute in Rochester und Umgebung. Er konnte es sich leisten, auf einem Schloß zu wohnen. Man sagte dem Earl of Rankin beste Beziehungen zum Oberhaus nach, aber in den unmittelbaren Dunstkreis der Königsfamilie war er nie gelangt, denn da gab es einen grauen Fleck auf seiner sonst blütenweißen Adelsweste.

Einer seiner Vorfahren war nach Rußland emigriert. Er hatte Ärger mit dem Königshaus gehabt und hatte anschließend in Rußland unter dem Zarenregime den Namen Rankin beibehalten. Er sorgte für zahlreiche Nachkommen, die allerdings bald ihren Ursprung vergaßen und sich mit den angelsächsischen Verwandten nicht mehr in Verbindung setzten. Nach der Oktoberrevolution wurde das Geschlecht der Rankins ausradiert. Stalin und Genossen sorgten dafür, daß die meisten verschwanden. Die englische Verwandtschaft erfuhr nicht einmal davon. Man nahm eben an, daß kein Rankin überlebt hatte.

Das war ein Irrtum.

Es gab noch einen Rankin. Fjodor Rankin, und der hatte sich bei dem Earl of Rankin gemeldet. Das war vor einer Woche gewesen. Als nahezu unverschämt konnte man seine Forderungen bezeichnen. Er erhob Anspruch auf einen Teil des Schlosses und damit auch auf das Vermögen des Earls.

Der war natürlich zuerst baff. Dann begann er nachzudenken und gelangte zu dem Entschluß, seinem armen russischen Verwandten keinen einzigen Shilling in den Hals zu stecken. Zudem wollte er das mit seiner Hausbank abklären.

Deshalb der Trip nach London.

Er fuhr nie selbst, denn dafür bezahlte er Charles, den Chauffeur. Charles stand bereits sehr lange in den Diensten der Familie und gehörte einfach dazu. Allerdings hatten die Rankins immer die nötige Distanz bewahrt. Lady Rankin, die vor zwei Jahren verstorben war, ebenso wie der Earl.

Gaylord, der Sohn, sah das allerdings ein wenig lockerer. Nun ja, was konnte man von einem Studenten schon erwarten? Reginald Earl of Rankin, der Vater, hatte mit seinem Sohn über den russischen Verwandten noch nicht gesprochen. Das erfuhr Gaylord früh genug, denn er wollte am heutigen Tag den väterlichen Sitz besuchen.

»Wir sind in London, Sir«, meldete Charles mit seiner leichten Trauerstimme.

»Ich stellte es bereits fest.« Der Earl hob mißbilligend die Augenbrauen, wobei sich seine Stirn in Falten legte. Er haßte die City von London, all den Trubel, den Verkehr, nein, das war nichts für ihn. Auf dem Land fühlte er sich wohler.

Steif wie ein Ladestock saß er im Fond des dunkelblauen Rolls. Der Wagen war zum Glück so hoch, daß er auch dann nicht mit dem Kopf gegen den Fahrzeughimmel stieß, wenn er seinen schwarzen Bowler trug. Ihn nahm der Earl nur ab, wenn er ein Haus oder ein Gebäude betrat, was seinen Ansprüchen gereichte, ansonsten behielt er den typisch englischen Hut auf.

Zudem war er auch wie ein Bilderbuch-Engländer gekleidet. Ein dezenter dunkler Anzug, die passende Weste, das weiße Hemd und die schmale Krawatte aus bester Highland-Wolle. Er wußte, was er sich und seinem Ruf schuldig war.

Die Fahrt wurde jetzt unruhiger. Zahlreiche Ampeln zwangen Charles, den Rolls häufiger zu stoppen. Zwar vibrierte das Fahrzeug nicht oder federte nach, aber der Fahrfluß war doch gestört. Zudem schauten zahlreiche Menschen in das Innere des Fahrzeuges, und der Earl sah sich gezwungen, die Gardinen vorzuziehen.

»Wann werden wir die Bank erreichen, Charles?«

»Ich schätze, in etwa zehn Minuten, Sir.«

»Aha.«

Wieder breitete sich Schweigen aus. Reginald Earl of Rankin nahm seinen Stockschirm, stellte ihn zwischen die Beine, zog die Handschuhe aus feinstem Leder an und legte beide Hände übereinandergeschlagen auf die Krücke.

»Sir, wir haben unser Ziel erreicht«, meldete Charles nach einer Weile.

»Ich sehe es.«

Charles schaltete den Motor aus, verließ den Wagen und öffnete die Fondtür. Er hielt seine Mütze in der Hand, als sein Brötchengeber ausstieg. Die Bank, zu der der Earl wollte, stand unter privater Leitung. Und die Manager hatten es geschafft, tatsächlich hier am Trafalgar Square privaten Parkgrund für ihre Kunden zu schaffen. Hier hatte auch Charles den Wagen abgestellt, neben einem braunen Mercedes 450.

Mißbilligend schaute der Earl auf die zahlreichen Tauben, die über den Platz huschten und von den Touristen noch gefüttert wurden, als wäre London Venedig. Einen kurzen Blick gönnte er der Siegessäule des Lord Nelson, dann überquerte er die Straße und schritt auf das altehrwürdige Bankgebäude zu, dessen

Fassade noch den Stuck und den Pomp der letzten Jahrhunderte zeigte.

Die Sicherungen waren allerdings modern. Nur auf den Türsteher hatte man nicht verzichtet. Er begrüßte den Earl mit einem eleganten Bückling.

Der Earl hatte nicht nach links und rechts geschaut. Vielleicht wäre ihm dann ein Mann aufgefallen, der vor dem Portal der Bank auf dem Gehsteig stand und in dessen Augen es tückisch aufleuchtete.

Doch woher sollte der Earl auch seinen letzten russischen Verwandten kennen? Und wenn, dann hätte er ihn sicherlich mit keinem Blick gewürdigt.

Fjodor Rankin blieb für einen Moment stehen. Er sah nicht die hohen, doppelstöckigen roten Busse, die um den Square fuhren, er nahm auch nicht die Menschen wahr, die an ihm vorbeihasteten und in zahlreichen Sprachen redeten.

Für ihn war einzig und allein der Auftrag wichtig. Er hatte seinen englischen Verwandten angerufen. Dieser jedoch lachte ihn nur aus. Das war ein Fehler, denn Fjodor Rankin, auf abenteuerliche Art und Weise nach England gelangt, wollte ein grausames Exempel statuieren.

Und zwar mitten in London, im Herzen der Millionenstadt, hier am Trafalgar Square …

Ich hatte mit einem Parkplatz weniger Glück. Zudem gehörte ich nicht zu den Privilegierten und mußte suchen.

An der National Gallery war auch alles voll, aber ich hatte trotzdem Glück, weil jemand wegfuhr und ich eine Minute gewartet hatte. Der Fahrer winkte mir noch freundlich zu, und ich quetschte den Silbergrauen in die Lücke neben einen Ford Capri.

Es tat wirklich gut, nicht dienstlich in der Heimatstadt unterwegs sein zu müssen, so nahm ich mir die Zeit und schritt einmal um den Trafalgar Square.

Es war mehr ein Schlendern in der winterlichen Kälte. Der Atem dampfte vor meinen Lippen, ich schaute den Tauben zu und bekam prompt einen Gruß von oben mit, der zum Glück nur meine Schuhe traf.

Das weiße Zeug lief an dem Leder entlang. Mit Papier wischte ich es weg.

Das Wasser des großen Brunnens war gefroren. Als ich daran vorbeischritt, fiel mir die dicke Eisschicht auf. Kinder rutschten darauf. Langsam war ich den Winter leid. Noch eine Woche, dann hatten wir März, den Frühlingsmonat.

Ich überquerte die Straße und suchte das kleine Café. Es lag versteckt zwischen alten Gebäuden, man mußte in eine schmale Passage gehen, um den Eingang zu finden.

Der Raum, in dem serviert wurde, lag allerdings zum Square hin, sogar in der Nähe eines Parkplatzes, den eine Privatbank angelegt hatte.

Ich sah mich um.

Eine völlig andere Atmosphäre hielt mich umfangen. Französische Musik drang aus dem Lautsprecher. Lieder über Paris. Kleine Tische, rund in der Form, die Stühle waren ziemlich schmal, eine lange Theke mit zahlreichen Flaschen dahinter und als Prunkstück auf der Theke eine große Kaffeemaschine.

Das Café war gut besucht, und ich entdeckte Sarah Goldwyn hinten am Fenster.

Es war ihr tatsächlich gelungen, dort noch einen Tisch zu ergattern. Sie hatte mich ebenfalls gesehen und winkte mir zu. Lady Sarah war fidel wie immer. Und wie immer trug sie mehrere Ketten um ihren Hals. Das Sammeln von Ketten war eine der Leidenschaften der mehrfachen Witwe. Allerdings sammelte sie noch stärker alles, was mit Horror irgendwie in Zusammenhang stand. Das ging von Taschenbüchern, Romanen, populärwissenschaftlichen Schriften bis zu Filmen und Tonbandprotokollen. In ihrem Haus hatte sie den Dachboden ausbauen lassen und aus ihm einen Filmraum gemacht.

Lady Sarahs Privatkino.

Ich küßte ihr die Hand. Da Lady Sarah sitzen blieb, mußte ich mich bücken und spürte dabei einen Stich, der sich durch das gesamte Kreuz zog. Ich verzog das Gesicht, worauf die Lady meinte: »Sie hätten doch lieber im Bett bleiben sollen, John.«

»Das gibt sich wieder.« Ich nahm auf einem unbequemen Stuhl Platz und schaute nach, was sich Lady Sarah bestellt hatte.

Es war Kaffee.

»Trinken Sie keinen Tee?«

»Nein, mein Junge. Sie können sich doch nicht in einem französischen Bistro Tee bestellen. Das ist das gleiche, als würden sie in einem Drei-Sterne-Restaurant nach Ketchup verlangen.«

»Sorry, soweit dachte ich nicht.«

»Ich schreibe es Ihrer Jugend gut.«

Worauf ich lachen mußte. »Jugend ist gut. Wenn man die fünfunddreißig erreicht hat, ist der erste Lack auch schon weg.«

»Was soll ich denn sagen?«

»Sie sind ein Phänomen, Lady Sarah.«

»Das sagen Sie so, mein Junge.«

»Wer vier Männer überlebt hat ...«

»Glück.«

Die Bedienung kam. Es war ein hübsches, braunhaariges, junges Ding und sprach mit einem französischen Einschlag.

Ich bestellte Kaffee, Croissants, Marmelade und Butter, da ich noch nicht gefrühstückt hatte. »Und das zweimal«, sagte ich, wobei ich auf Lady Sarah deutete.

Die schüttelte den Kopf. »Nein, danke, für mich bitte nicht. Ich kann nicht soviel essen.«

»Wollen Sie mich wirklich allein frühstücken lassen?«

»Ja.«

»Dann nur einmal.«

»Danke, Sir«, sagte das Mädchen und ging davon.

»Haben Sie sich gut wegschleichen können?« fragte mich Lady Sarah.

Ich nickte. »Und wie. Dabei kam ich mir vor wie auf dem Kriegspfad. Wenn Shao jetzt klingelt, wird sie sich wundern.«

»Und Scotland Yard verrückt machen«, meinte Mrs. Goldwyn.

»Das glaube ich nicht.«

Mein Frühstück wurde gebracht. Die Croissants waren frisch und dufteten herrlich. Zwei lagen auf dem Tablett. Die Marmelade konnte man schon als Konfitüre bezeichnen. In einer Schale sah ich ganze Erdbeeren, in der anderen zerteilte Aprikosen.

Der Kaffee war schwarz wie die Nacht. Milch gab es ebenfalls, und meine Augen strahlten, was auch Lady Sarah bemerkt hatte, denn sie wünschte mir einen guten Appetit.

Den hatte ich.

Die Croissants sahen nicht nur stark aus, sie schmeckten auch dementsprechend. Ich tunkte Konfitüre auf die Stücke und vergaß sogar die Butter.

Mrs. Goldwyn ließ mich in Ruhe essen, obwohl ihr sicherlich einige Fragen auf der Seele brannten, denn wir hatten uns einige Wochen nicht mehr gesehen. Inzwischen war einiges passiert. Asmodina lebte nicht mehr, die Mordliga hatte Verluste einstecken müssen, und bei den Dämonen gab es Verschiebungen. Die Hierarchie stimmte nicht mehr. Inwiefern meine Freunde und ich davon profitieren konnten, stand noch nicht fest. Es würde sich zeigen.

Mein Blick fiel nach links, so daß ich durch die Scheibe schauen konnte.

Auf dem kleinen Privatparkplatz der Bank standen ein Mercedes und ein Rolls. Beides Prachtkarossen. Im Rolls hatte es sich der Chauffeur bequem gemacht. Er saß hinter dem Lenkrad und las die Zeitung. Es war ein Londoner Boulevardblatt.

Die Menschen flanierten vorbei. Winterlich gekleidet waren sie und warfen hin und wieder einen Blick durch die Scheibe in das Innere des kleinen Cafés.

Ein Mann fiel mir auf.

Den Grund konnte ich nicht nennen. Vielleicht weil er einen unmodernen Mantel trug und eine Pelzmütze auf dem Kopf hatte. Der Mantel zeigte eine graue Farbe und endete an den Knien. So lief man heutzutage nicht mehr herum.

Der Mann stand nicht weit von den beiden Wagen entfernt, hatte die Hände in den schrägen Taschen vergraben und starrte auf den Rolls. Auch mich sah er.

Unsere Blicke trafen sich.

Ich sah die Augen nicht, dafür war der Mensch zu weit entfernt, aber ich glaubte, ein Glitzern darin gesehen zu haben, und krauste nachdenklich die Stirn.

»Was ist mit Ihnen?« erkundigte sich Lady Sarah.

»Wieso? Was sollte denn sein?«

»Eigentlich nichts, aber Sie sehen aus, als hätten Sie irgend etwas entdeckt, mein Junge.«

»Mich interessiert der Trubel.«

Lady Sarah setzte die Brille auf, die ansonsten an einer Kette um ihren Hals hing. »Oder meinen Sie den Mann mit der Pelzmütze?«

Ich teilte das zweite Croissant. »Ist er Ihnen auch schon aufgefallen?«

»Ja, er paßt nicht hierher.«

»Das meine ich auch.«

»Kennen sie ihn, John?«

Ich strich Konfitüre auf das Croissant. »Nein, ich habe ihn noch nie gesehen.«

»Er scheint aber doch interessant zu sein, sonst hätten Sie sich nicht so lange mit seinem Anblick beschäftigt«, stellte die Horror-Oma fest.

Ich hob beide Arme. »Sie denken wieder an einen Fall, nicht wahr?«

»Ist doch möglich.«

»Nein, um Himmels willen. Drei Tage lang sollen mich die anderen in Ruhe lassen. Ich bin privat hier und werde es auch bleiben.«

»Jetzt kommt er näher.« Lady Sarah schien mir überhaupt nicht zugehört zu haben, sie sah nur den Mann mit der Pelzmütze.

Ich nahm einen Schluck Kaffee. Er war stärker als der, den Glenda kochte. Dafür schmeckte er mir nicht so gut wie der aus meinem Büro.

»Und?«

»Jetzt bleibt er wieder stehen.«

Ich schaute auf und ärgerte mich schon, daß ich etwas zu Lady Sarah gesagt hatte. Sie witterte wieder einen großen Kriminalfall, wenn nicht noch mehr.

Auch der Chauffeur war auf den Mann aufmerksam geworden. Er saß zwar hinter getönten Scheiben, doch wir konnten erkennen, wie er die Zeitung zusammenfaltete und weglegte.

»Gleich muß etwas passieren!« flüsterte Lady Sarah.

Ich wollte ihr den Glauben nicht nehmen und schwieg. Seltsam war es allerdings schon. Da stand der Knabe mit seiner Pelzmütze und starrte nur auf den Rolls und dessen Fahrer. Das mußte etwas zu bedeuten haben. Vielleicht war er ein Autonarr und interessierte sich besonders für diesen Prunkschlitten.

Dem Chauffeur wurde es zuviel.

»Jetzt steigt er aus«, kommentierte Lady Sarah, weil ich im Moment nicht hinschaute.

Durch ihre Worte allerdings sah ich mich genötigt, abermals einen Blick nach draußen zu werfen.

Der Chauffeur wollte tatsächlich aussteigen und beugte sich nach rechts, um die Fahrertür zu öffnen.

Da geschah es.

Und es war so schrecklich, schlimm und grauenhaft, daß sich mein Verstand fast weigerte, es zu erfassen …

Es begann harmlos. Der Chauffeur blieb mitten in der Bewegung stehen. Das heißt, er erstarrte. Noch hatte er die Tür nicht geöffnet, und er kam auch nicht mehr dazu, denn im Innern des Wagens begann für ihn eine Hölle.

Mit den Armen schlug er plötzlich um sich. Sein Gesicht wurde zu einer Fratze, durch die Scheibe sah ich es nur verschwommen, und im nächsten Augenblick riß ihn eine ungeheure Kraft vom Sitz. So stark und so mächtig, daß er nichts dagegen unternehmen konnte. Das war noch nicht alles. Das Dach des Rolls platzte über dem Fahrersitz wie eine reife Frucht auseinander, Metallteile flogen weg, ein zackiges Loch entstand, und durch dieses Loch raste der Fahrer wie eine Rakete in die Höhe.

Er schrie, und wir hörten seine Schreie selbst durch die Scheibe, die plötzlich zerbarst, weil ein Metallsplitter sie getroffen hatte, und wir von einem Scherbenregen übergossen wurden.

Ich riß Lady Sarah vom Stuhl, suchte selbst Deckung, und die anderen Gäste sprangen schreiend auf. Tische und Stühle fielen um, Geschirr zerschellte am Boden, die Gäste drängten dem Ausgang entgegen, denn jeder dachte wohl an eine explodierende Bombe und wollte der Hölle entfliehen.

Was um mich herum geschah, nahm ich kaum wahr, ich konzentrierte mich auf den Chauffeur.

Er jagte hoch in die Luft. Seine Arme und Beine waren gespreizt, und dann drehte er zur Seite hin ab, schlug einen kleinen Bogen und jagte mit der gleichen Geschwindigkeit wieder nach unten.

Nur mit dem Kopf zuerst.

Ich hatte die Hände geballt und schloß die Augen, weil ich es nicht mit ansehen konnte.

Autofahrer bremsten, Reifen kreischten wild und grell. Einige Fahrer wurden überrascht und fuhren auf die Wagen ihrer Vorderleute.

Ich öffnete die Augen wieder und sah den Chauffeur auf der Straße zwischen den Autos verschwinden.

Meiner Ansicht nach konnte er nicht überlebt haben.

Ich mußte hier raus.

Als ich sah, daß Lady Sarah nichts geschehen war, sprang ich auf und nahm nicht den Weg zum Ausgang, sondern kletterte kurzerhand durch die geborstene Scheibe. Auf dem Gehsteig wäre ich fast auf den Scherben ausgerutscht und konnte mich gerade noch am Rolls abstützen.

Im Nu hatte sich eine gewaltige Menschenmenge versammelt. Nicht nur vor dem Café, auch auf der Straße standen sie. Der Verkehr war völlig zusammengebrochen.

Die Trillerpfeifen der Bobbies übertönten die Stimmen. Man schrie nach der Polizei und einem Krankenwagen, ich allerdings dachte an einen anderen.

An den Mann mit der Pelzmütze.

Er war nicht so harmlos, wie er ausgesehen hatte. Mit diesem gräßlichen Mord mußte er in einem unmittelbaren Zusammenhang stehen.

Aber wo befand er sich?

Auf gut Glück lief ich zur linken Seite hin, wo sich der Eingang zur Passage befand. Dort gab es zahlreiche Geschäfte, sogar in mehreren Etagen, und dort konnte sich der Unbekannte verstecken, ohne daß es auffiel.

Meine Prellungen und blauen Flecken spürte ich nicht mehr. Mich hielt der Streß des Augenblicks gefangen, so daß alles andere zweitrangig wurde.

Rechts lag ein Lederwarengeschäft. Personal und Kunden hatten wie auch bei den anderen Geschäften ihren Laden verlassen, um zu nachzusehen, was geschehen war.

Dafür lief ich hinein. Er war nicht sehr groß und übersichtlich. Mit wenigen Schritten hatte ich ihn durchquert, konnte den Mann mit der Pelzmütze allerdings nicht entdecken. Auch nicht, als ich eine schmale Tür aufstieß und einen Blick in das kleine Lager warf, wo noch das Frühstücksgeschirr der Verkäuferinnen herumstand.

Also wieder raus.

Die Passage hatte sich geleert. Verkäufer sowie Kunden standen auf dem Gehsteig und schienen darauf zu warten, daß noch irgend etwas passierte. In jedes Geschäft sah ich. So klein die Läden auch sein mochten, sie hatten durch die Bank große Schaufenster, die die Breite der Läden einnahmen. Die Vielfalt der Geschäfte war in der Tat enorm.

Da gab es Boutiquen, einen Gewürzladen, ich sah einen Pfeifenshop, ein Laden stellte Kindermoden aus, daneben bot eine dicke Frau Zeitschriften an, ein Wäschegeschäft, Kleinmöbel, Eisdiele, Eßstände und eine Treppe, die nach oben führte, wo rechts und links auf einer Galerie sicherlich noch Geschäfte waren.

Ich fragte die Frau am Zeitungskiosk. Er befand sich dicht neben der Treppe.

»Hören Sie, Gnädigste, haben Sie zufällig einen Mann gesehen, der folgendermaßen aussieht ...« Ich gab ihr die Beschreibung. Die dicke Frau mit den Plastikohrringen unter der Lockenpracht schüttelte den Kopf, daß ihre Haare flogen. »Hab' ich nicht gesehen!«

Ich nickte ihr zu und schritt die Stufen zur Galerie hoch. Noch einmal ließ ich das Vergangene Revue passieren. Da war etwas Schreckliches passiert. Ein Mensch war durch das aufgebrochene Dach seines Autos geschleudert worden, ohne daß jemand mit rein körperlicher Gewalt nachgeholfen hätte.

Wieso?

Nein, mit körperlicher Gewalt nicht, aber mit gedanklicher. Das erinnerte mich wieder an einen Fall, der ungefähr ein Jahr oder etwas mehr zurücklag. Damals hatten wir gegen die Gedanken-Mörder gekämpft, und mit mir hatte der Gedanken-Killer buchstäblich Katz und Maus gespielt. Es war mir so ähnlich ergangen wie dem Chauffeur aus dem Rolls, nur hatte ich überlebt.

Sollten wir es hier mit einem ebensolchen Phänomen zu tun haben? Waren die Gedanken-Killer wieder aus der

Anstalt ausgebrochen? Ich beschloß, meine Nachforschungen auch in diese Richtung voranzutreiben.

Am Ende der Treppe begann in der Tat eine Galerie. Und das im wahrsten Sinne des Wortes, denn das erste Geschäft, das in mein Blickfeld geriet, verkaufte Kunst.

London hat viele Touristen. Dementsprechend waren auch manche Bilder. Sie zeigten die Hauptmotive der Stadt, auf die schnelle in Öl runtergepinselt.

Ich sah auch eine Kneipe. Sie lag der Galerie schräg gegenüber. Rechts und links der grünen Holztür leuchteten zwei gelbe Kugellampen. Es konnte nicht schaden, einen Blick in die Kneipe oder den Pub zu werfen.

Man bemerkte mich kaum. Die Kneipe war wie ein Seemannslokal aufgezogen. Als Abtrennung dienten Taue, unter der Decke hingen Netze. Tische und Stühle waren im Boden festgeschraubt. Das Mahagoniholz gab einen warmen Glanz, wenn das Licht der Lampen es streichelte.

Daß mein Eintreten nicht beachtet wurde, hatte einen Grund. Die Gäste hingen an den Fenstern. Sie führten nämlich zur Straße hin. Man hatte hier oben wirklich einen Logenplatz.

Auch ich schaute hinaus.

Die Straße war abgesperrt worden. Ich konnte genau auf das zerstörte Autodach blicken und sah das zackige Loch. Es mußte mit unheimlicher Gewalt gerissen worden sein.

Ich sah auch Lady Sarah. Sie redete mit mehreren Polizisten gleichzeitig und auch mit einem sehr vornehm aussehenden Herrn, der trotz der Situation seine Haltung nicht verloren hatte. Auf mich machte der Knabe allerdings einen blasierten Eindruck. Dem ganzen Gehabe konnte man entnehmen, daß ihm der Rolls gehörte.

Jemand tippte mir auf die Schulter. Ein Schnäuzer blickte mich an. Jedenfalls sah man kaum mehr von dem Gesicht des Mannes. Der Schnäuzer glich wirklich schon einem Propeller.

»Möchten Sie was trinken?«

»Ja, bringen Sie mir ein Bitter Lemon. Pur.«

Der Schnauzbart mit den schmalen Schultern verschwand. Ich stellte mich an die Theke, wo die Gläser der Gäste ein halbleeres oder leeres Dasein fristeten.

Ich erhielt meine kleine Flasche, schenkte mir ein und drückte dem Wirt Geld in die Hand. Die Gäste an den Fenstern unterhielten sich über das schreckliche Ereignis, auch der Wirt wollte wieder hin, doch ich stoppte ihn und zeigte ihm meinen Ausweis.

»Scotland Yard?«

»Ja, Mister.«

»Ich habe nichts gesehen«, sagte er sofort.

»Das glaube ich Ihnen gern. Ich möchte auch nichts über den Hergang des Unfalls von Ihnen wissen, ich suche einen Mann.«

»Davon gibt es viele.«

»Warten Sie erst einmal die Beschreibung ab.«

Ich gab sie ihm, und er dachte tatsächlich nach. Eine Weile später nickte er. »Ich glaube, so einen habe ich gesehen. Da war jemand mit einer Pelzmütze.«

»Und?«

Der Wirt hob die Schultern. »Keine Ahnung, Mister. Hier ist er jedenfalls nicht mehr.«

»Haben Sie ihn rausgehen sehen?«

Der Wirt dachte einen Moment nach, wobei er mit Daumen und Zeigefinger seiner rechten Hand den Schnäuzer zwirbelte. »Nein, Sir, ich habe ihn auch nicht rausgehen sehen. Hier war soviel los. Ich bin nur froh, daß kein Splitter die Scheibe getroffen und Gäste verletzt hat.«

»Hat er etwas bestellt?«

»Nein. Es herrschte auch das reinste Chaos. Wir sind ja alle zu den Fenstern gelaufen.«

»Klar, kann ich verstehen.« Ich leerte mein Glas und warf einen Blick in die Runde.

Von den Gästen saß noch niemand am Tisch. Alle standen noch immer am Fenster. Mir schräg gegenüber, an der mit Holz getäfelten Wand, befanden sich zwei Türen.

Eine für Gentlemen, die andere für Ladies. Die Männertoilette lag von mir aus gesehen links.

Und die Tür wurde aufgestoßen.

Ich hatte mich wieder halb abgewendet und bemerkte es nur aus den Augenwinkeln.

Dann blickte ich noch einmal hin und sah den Mann.

Ich kannte ihn.

Es war der mit der Pelzmütze!

Er hatte seine Kopfbedeckung sogar noch auf und machte einen völlig harmlosen Eindruck. Wenigstens auf den ersten Blick. Betrachtete man ihn genauer, so bemerkte man den gespannten Ausdruck auf seinem Gesicht. Der Mann wollte das Lokal verlassen, das wiederum paßte mir ganz gut, aber dem Wirt nicht. Vielleicht hatte er es gut gemeint, aber er tat in diesen Augenblicken genau das Falsche.

»He, Mister!« rief er. »Das geht aber nicht. Sie kommen hier rein, pinkeln und wollen verschwinden. Nichts da, einen Schluck müssen Sie schon trinken.«

Der Mann blieb stehen. Es schien, als lauschte er den Worten nach. Mir paßte die Entwicklung überhaupt nicht, und ich spürte das Gefühl im Magen, das ich immer dann hatte, wenn Ärger in der Luft lag. Mein Gesicht verzog sich, aber ich kam nicht dazu, dem Wirt irgend etwas zu sagen, denn der Mann mit der Pelzmütze steuerte die Theke an.

»Was soll's denn sein?« fragte der Wirt.

»Bier.«

Obwohl der andere nur dieses eine Wort sagte, merkte ich sofort, daß er kein Engländer war. Er sprach mit einem harten Akzent, wie ihn die Leute aus Osteuropa haben.

Ein Fremder also.

Der Wirt zapfte, schob ihm das Glas hin und sagte im nächsten Moment wieder etwas Dummes. »Hier ist auch ein Herr von der Polizei, der nach Ihnen gefragt hat.«

Der andere hielt seinen Krug umklammert. Nach den Worten ließ er ihn so hastig los, als hätte er sich verbrannt. Das Wort Polizei mußte ihn aufgeschreckt haben.

Wir starrten uns an.

Und in diesem Augenblick spürte ich, daß wir Feinde waren. Ja, wir standen auf verschiedenen Seiten. Zwischen uns gab es keinerlei Gemeinsamkeiten.

»Ich bin Oberinspektor Sinclair«, stellte ich mich vor, »und habe ein paar Fragen an Sie.«

»Und?«

»Sie haben den Unfall gesehen?«

»Ja.«

»Können Sie eine Erklärung dafür abgeben?«

»Nein, wieso sollte ich?«

Ich schaute den Mann genau an. Er war schon älter. Mindestens sechzig. Das Haar, das ich rechts und links der Mütze sah, war weiß. An seinem Gesicht war nichts Besonderes, vielleicht die Augen, sie hatten einen seltsamen Glanz. Irgendwie metallisch, blaß, gleichzeitig aber auch kalt und gnadenlos.

Ein Feind!

»Sie haben also nichts gesehen?«

»Nein.«

Ich lächelte spöttisch. »Obwohl Sie daneben standen?«

»So ist es.«

»Es tut mir zwar leid, aber ich muß Sie bitten, mich zu begleiten. Wir suchen Zeugen, und Sie sind einer der besten. Sie haben fast neben dem Wagen gestanden, deshalb brauchen wir Ihre Aussage, wenn Sie verstehen, was ich meine.«

»Ich gehe nicht mit.«

Er sagte die Worte so hart und klar, daß ich sofort Bescheid wußte. Umstimmen konnte ich ihn nicht, und ihn mit Gewalt zum Yard zu bringen, dazu hatte ich kein

Recht. Ich konnte ihm nicht beweisen, daß er etwas mit den Ereignissen zu tun hatte. Es war nur ein Verdacht, mehr nicht.

»Darf ich dann um Ihre Personalien bitten?« erkundigte ich mich höflich.

»Auch das nicht. Sie werden gar nichts«, erwiderte er, und sein Gesicht veränderte sich auf einmal.

Es war irgendwie unheimlich. Die Haut wurde grau, die Augen nahmen einen anderen Glanz an. Ihre Pupillen wurden heller. Er blickte auch nicht mich oder den Wirt an, sondern schaute an uns vorbei.

Aber wir spürten gleich darauf die Folgen.

Platzen und Klirren, Splitter flogen, der Wirt fuhr mit einem Aufschrei zurück, und auch ich stemmte mich von der Theke ab. Beide sahen wir aus großen Augen, was geschehen war.

Kein Glas war mehr heil. Jedes einzelne war vor unseren Augen zersplittert.

Soeben zersprang das letzte. Es stand noch auf der Zapfsäule. Die Scherben regneten auf die blanke Fläche der Theke.

Die anderen Gäste wurden aufmerksam. Sie drehten sich um, wollten sehen, was geschehen war, und konnten das Phänomen nicht begreifen. Es war unheimlich.

Auf der Theke lagen nur noch Splitter. Der Wirt starrte auf seinen blutenden Handrücken.

Das hatte er noch nie erlebt.

Ich ebenfalls nicht. Die anderen Gäste standen da und staunten. Der Mann mit der Pelzmütze jedoch bewegte sich langsam rückwärts. Noch immer leuchteten seine Augen in dem geheimnisvollen Silber, aber ich wollte ihn auf keinen Fall entkommen lassen.

»Bleiben Sie stehen!« befahl ich.

Er dachte nicht daran, sondern setzte seine Kräfte weiterhin gezielt ein.

»Vorsicht! Die Lampe!« Der Wirt warnte mich.

Ich sprang zur Seite. Noch im rechten Augenblick, denn

zwei Kugelleuchten unter der Decke zerplatzten, und die Scherben fielen wie ein blitzender Regen herab.

Einige Splitter trafen mich. Ich kümmerte mich nicht darum und zog meine Beretta. Denn jetzt war ich sicher, einen Mörder vor mir zu sehen.

»Es reicht!« peitschte meine Stimme.

Plötzlich wurde es still. Niemand sprach mehr ein Wort. Auch der Mann mit der Pelzmütze sagte nichts. Er starrte mich nur an.

Unheimlich sah er aus, und mir lief eine Gänsehaut über den Rücken. In diesen Augenblicken merkte ich, daß ich es mit einem sehr starken Gegner zu tun hatte, der seine geheimnisvollen und gefährlichen Kräfte voll auf mich konzentrierte.

Und auf meine Waffe.

Was in den nächsten Sekunden geschah, hatte ich noch nie erlebt. Es schien, als hätte eine unsichtbare Hand mein Gelenk umklammert, um es nach oben zu biegen. Ich konnte meinen Arm nicht in der Stellung halten, die andere Kraft war stärker als ich. Sosehr ich mich auch anstrengte, der Arm wurde in die Höhe gedrückt.

Es war verrückt – und grotesk. Da stand ich inmitten des Lokals und kämpfte gegen eine nicht faßbare Kraft an, die mich fertigmachte. Mein Gesicht verzerrte sich vor Anstrengung, weil ich einen Gegendruck ausübte, denn ich wollte nicht so leicht aufgeben, aber ich bekam den Arm nicht nach unten, zu stark war der andere.

Dann erfolgte der Gegenzug.

Obwohl ich die Waffe umklammerte, konnte ich sie nicht halten. Sie wurde mir mit einem Ruck aus den Fingern gerissen, fiel jedoch nicht zu Boden, sondern beschrieb Kreise und Spiralen in der Luft, wobei sie sich gleichzeitig auf die Tür zubewegte.

Alle Gäste starrten der Beretta nach.

Auch ich.

Und der Mann lächelte kalt.

Da traf mich der nächste Hammer.

Es war ein Stuhl. Hinter mir hatte er gestanden, doch die Kraft des anderen riß ihn vom Boden hoch. Ich merkte es, als es zu spät war. Das Ding hämmerte mir ins Kreuz.

In Hochform befand ich mich sowieso nicht. Ich flog bis zur Theke, prallte gegen den Handlauf, und all meine blauen Flecken spürte ich in diesen Augenblicken wieder. Zum Glück konnte ich mich festklammern, sonst hätte ich auf den Scherben noch einen unfreiwilligen Spagat gemacht.

Das Lachen des anderen hallte durch das Lokal. Es traf mich wie der blanke Hohn, denn ich war der Besiegte, nicht er.

Als ich mich umdrehte und nicht mehr das erstaunte und ratlose Gesicht des Wirts sah, war der andere verschwunden.

Im selben Moment erwachten die Gäste aus ihrer Erstarrung. Am Fenster hielt sie nichts mehr. Sie redeten durcheinander, sprachen wirr aufeinander ein. Sie stürmten zum Tresen, drängten sich dabei in der Mitte des Lokals zusammen, so daß ich große Mühe hatte, mir einen Weg zu bahnen. Eine Niederlage hatte ich zwar hinnehmen müssen, aber entkommen lassen wollte ich den Kerl nun doch nicht. Man konnte ihn als eine lebende Zeitbombe bezeichnen, er durfte nicht weiterhin frei herumlaufen, sonst wurde er zu einer Gefahr für die Menschheit.

Im Laufen hob ich meine Beretta auf, erreichte die Tür, sah in den Gang, der noch leer war, und lief in Richtung Treppe.

An deren Ende blieb ich stehen.

Der Mann mit der Pelzmütze stand etwa auf der Treppenmitte. Frech schaute er mich an.

»Keinen Schritt weiter!« schrie ich. »Oder ich schieße!«

Er lachte nur.

Ich erinnerte mich verdammt gut daran, daß er durch seine Kraft dafür gesorgt hatte, daß ich die Waffe verlor. Ich befand mich jetzt in einer Situation, wo ich den anderen stoppen mußte, wenn ich mehr Unheil verhüten wollte.

Deshalb schoß ich.

Ich wollte ihn nicht töten und hatte auf sein Bein gezielt. Das geweihte Silbergeschoß, in seiner Wirkung ähnlich einer normalen Bleikugel, hieb hinein. Es traf den Mann in den rechten Oberschenkel.

Jetzt mußte er zusammenbrechen.

Das geschah nicht. Der Kerl ging tatsächlich weiter, als wäre nichts geschehen.

Meine Augen wurden groß. Zwei Sekunden brauchte ich, um die Überraschung zu verdauen. In der Zwischenzeit war der andere schon wieder vorgegangen und hatte sich ein paar Yards von mir entfernt.

Das war ein Ding der Unmöglichkeit.

Trotz meiner Schmerzen im Rücken sprang ich die nächsten drei Stufen hinab und lief genau in die Falle.

Der Mann manipulierte die Materie. Er spielte mit ihr, denn mit Schrecken stellte ich fest, wie sich die Stufen vor mir plötzlich auflösten. Sie wurden zu einer breiigen Masse, erinnerten mich an rötlichen Schlamm, und der unheimliche Vorgang breitete sich von unten nach oben aus. Der Reihe nach verschwanden die Stufen.

Mir blieb keine andere Chance, als zurückzulaufen. Bevor ich in diesem seltsamen Schlamm steckenblieb, machte ich kehrt und sprang die restlichen vier Stufen wieder hoch.

Sie blieben verschont, weil der andere die Flucht ergriff. Ich hörte seine Schritte, aber ich konnte ihm nicht folgen, die Hälfte der Treppe vor mir war noch eine flüssige, heiße und qualmende Masse.

Wütend und ratlos blieb ich zurück.

Aus der Kneipe kamen die Gäste. Erregt diskutierten sie miteinander und schauten dann auf die Treppe.

So etwas hatten sie noch nie gesehen. Fragen prasselten auf mich nieder. Antworten gab ich nicht, sondern wandte mich ab und drückte mich an den Neugierigen vorbei.

Ich mußte unbedingt telefonieren. Der Apparat stand hinter der Theke. Die Nummer meines Büros kannte ich im Schlaf. Suko meldete sich sofort. Er lachte, als er meine Stimme hörte. »Auch ohne dich steht das Yard Building noch, John. Du brauchst dir keine Sorgen zu machen, hier wird alles ge...«

»Halt die Luft an, Partner«, sagte ich, »und komm zum Trafalgar Square. Ich habe eine Zeitbombe für dich.«

»Wie?«

»Keine Fragen jetzt.« Ich gab dem Chinesen die genaue Adresse an und legte auf.

Als ich mich umdrehte, stand der Wirt neben mir. »Was soll ich denn jetzt machen?« fragte er.

Ich deutete auf die Zapfsäule. »Schenken Sie weiter Bier aus. Mehr kann ich Ihnen auch nicht sagen.« Dann verließ ich die Kneipe mit einem verdammt unguten Gefühl.

Die Treppe hatte ich mit einem Sprung hinter mir gelassen. Es gab einfach keine andere Möglichkeit, nach unten zu gelangen. Der Verkehr lief bereits wieder. Allerdings standen noch zahlreiche Polizisten herum, und ich sah auch den Wagen der Mordkommission. Die Kollegen interessierten mich nicht, ich suchte Lady Sarah Goldwyn, sie konnte mir sicherlich mehr sagen.

Es war nicht einfach, die Horror-Oma in dem Gewühl zu finden. Sie sah mich zuerst.

»Sinclair!« hörte ich hinter mir eine Stimme, die mehr aufstöhnte, als sprach.

Auch ohne mich umzudrehen, wußte ich, wer da hinter mir stand. Chefinspektor Tanner.

Ich sah ihn trotzdem an. Er sah aus wie immer. Auf dem Kopf trug er seinen alten Filz, und das zerknitterte Gesicht zeigte noch ein paar Falten mehr. Der Mantel stand offen. Der Anzug darunter hatte sicherlich schon zehnjähriges Bestehen hinter sich, und auf der Weste sah ich kleine Löcher, wie Tabakglut sie hinterläßt.

»Hallo, Chefinspektor«, sagte ich.

Er nickte nur. »Was war los?«

Ich deutete auf den Wagen, der von Experten der Spurensicherung umringt war. »Da ist einer durch das Dach geflogen.«

»Aber kein Schiebedach.«

»Nein, das Dach des Rolls ist geplatzt.«

Tanner war von mir viel gewohnt, deshalb zeigte er sich auch nicht sonderlich erstaunt und fragte nur: »Wie das?«

»Es war eine geistige Manipulation. Jemand hat mit Materie gespielt, und dieser Jemand kann Materie verändern.«

»Das ist sicher?«

»Wie Ihr Hut, Kollege.«

»Wer war es?«

»Ich habe den Mann verfolgt und ihn auch entdeckt. Aber er machte mit mir die Molly.«

Tanner leistete sich ein aufforderndes Grinsen, so daß ich weiter berichtete. Der gute Chiefinspektor bekam große Augen, aber er nahm mir jedes Wort ab.

Dann meinte er: »Was hatte dieser Kerl mit der Pelzmütze denn mit dem armen Chauffeur zu tun?«

»Das werde ich herausfinden.«

»Wissen Sie überhaupt, bei wem er angestellt war?«

Ich schüttelte den Kopf.

»Bei Sir Reginald, dem Earl of Rankin.«

»Kenne ich nicht.«

»Der stammt aus Rochester. Alter Adel, leicht blasiert, trauert dem Empire und den Traditionen nach. Er lebt in einer anderen Welt und kommt nur nach London, um seine Geldangelegenheiten zu regeln. Heute war so ein Tag.«

»Und da hat es den Chauffeur erwischt.«

»Genau, John. Wobei ich mich allerdings frage, ob der andere es wirklich nur auf den Fahrer abgesehen hat und nicht auf seinen Arbeitgeber.«

»Das ist gar nicht so dumm. Haben Sie mit dem Earl bereits darüber gesprochen?«

»Er stellt sich stur.«

»Wieso?«

»Ich bin ihm wohl zu wenig. Zudem gefällt ihm mein Hut nicht. Er will nur mit dem Commissioner reden.«

Ich zog ein langes Gesicht. Diese Art von Zeugen hatte ich besonders gern, aber er mußte seine Aussagen machen, daran ging kein Weg vorbei.

»Nehmen Sie ihn sich vor, John?«

»Worauf Sie sich verlassen können. Wo steckt er jetzt?«

»Der hat sich ins Café zurückgezogen. Zusammen mit einer älteren Lady, die er zufällig hier traf. Die kannten sich wohl von früher her.«

Ich grinste.

»Haben Sie was?« fragte Tanner.

»Ja, Hunger«, erwiderte ich. »Bis später dann ...«

Ich ließ den Chiefinspektor stehen und bahnte mir einen Weg zum Café. Den Laden betrat ich nicht durch die zerstörte Scheibe, sondern nahm den normalen Eingang.

Lady Sarah saß nicht mehr dort, wo wir gesessen hatten. Sie hatte den Platz gewechselt. Steif wie ein Ladestock hockte ihr der Adelige gegenüber. Den Schirm hatte er zwischen seine Beine gestellt, die Hände lagen über dem Knauf. Die Melone saß kerzengerade auf seinem Kopf, die Mundwinkel waren leicht nach außen gebogen, und vor ihm stand ein Glas mit Whisky.

»Da sind Sie ja, John«, rief Lady Sarah und deutete auf einen freien Stuhl. »Wir haben schon auf Sie gewartet.«

»Sie haben es!« stellte der Earl richtig.

»Auch egal. Nehmen Sie Platz, John.«

Im Café herrschte ein unbeschreiblicher Trubel. Der Besitzer hatte die Tische und die Stühle wieder aufstellen lassen. Er verkaufte sogar gut, die Gäste hatten nach dem Schrecken großen Durst. Allerdings wurde sofort kassiert, da ging er auf Sicherheit.

»Das ist Oberinspektor John Sinclair, von dem ich Ihnen erzählt habe, Sir«, stellte Lady Sarah mich vor.

Der Earl nickte nur. Seinen Namen nannte er nicht. Als Lady Sarah ihn mir sagen wollte, winkte ich ab. Ich ging dafür sofort in die vollen und schoß eine ganze Breitseite gegen den blasiert wirkenden Earl ab. »Können Sie sich eigentlich vorstellen, daß der Anschlag nicht Ihrem Fahrer, sondern Ihnen gegolten hat?«

Kaum hatte ich die Frage ausgesprochen, da öffnete mein Gegenüber zum erstenmal den Mund. »Was unterstehen Sie sich, Oberinspektor? Ich bin Sir Reginald Earl of Rankin.« Er sprach im Brustton der Überzeugung,.

»Und wenn Sie der berühmte Kaiser von China wären, hätte der Anschlag trotzdem Ihnen gelten können.«

»Nein.«

Das klang abweisend. So etwas war ich gewohnt und blieb trotzdem am Ball. »Welchen Grund kann denn die Gegenseite gehabt haben, Ihren Fahrer zu ermorden?«

»Das weiß ich nicht. Als sein Dienstherr bin ich über seine privaten Belange nicht informiert. Darum habe ich mich nie gekümmert. Ich kann Ihnen nicht sagen, welch einen Umgang er pflegte.«

»Bestimmt nicht in Gangsterkreisen«, mischte sich Lady Sarah ein.

»Schauen Sie in den Kopf eines Menschen, Lady?«

»Nein, Sir Reginald, das nicht. Aber Charles arbeitete schon sehr lange bei Ihnen, wie Sie mir selbst sagten. Als mein verstorbener Gatte und ich die Ehre hatten, Sie auf Ihrem Landsitz in Rochester besuchen zu dürfen, sah ich Charles bereits bei Ihnen. Und er hat bei uns einen sehr guten Eindruck hinterlassen, dies möchte ich einmal betonen, Sir Reginald.«

»Danke. Trotzdem kann ich diesem Oberinspektor nicht weiterhelfen. Ich halte die peinliche Fragestunde in der nicht würdigen Umgebung auch für beendet und möchte mich verabschieden. Wenn jemand Fragen stellt, dann der Commissioner.« Der Earl stand auf.

»Moment, ich bin noch nicht fertig!«

Als er so angesprochen wurde, ließ er sich vor Schreck wieder fallen. Dann zeigte ich ihm meinen Ausweis. Er sah ihn sich genau an, denn diese Legitimation, von der ich nur ungern Gebrauch machte, öffnete mir praktisch Tür und Tor.

Sir Reginald schnaufte durch die Nase. »In der Tat beeindruckend«, sagte er.

»Darf ich jetzt fragen, Sir?«

»Bitte.«

Ich kam auf den Mann mit der Pelzmütze zu sprechen, aber Sir Reginald hatte ihn nicht gesehen.

»Tut mir leid«, erwiderte er, und sein langes Pferdegesicht nahm einen traurigen Ausdruck an. »Ich kenne ihn nicht.«

»Sie haben ihn auch nicht gesehen, so daß Sie sich an ihn erinnern können?«

»Nein.«

Der Kerl war ein harter Brocken, aber ich würde ihn schon weichkriegen. Es mußte einfach einen Grund für die schreckliche Tat gegeben haben, deshalb konzentrierte ich meine Bemühungen auf seine Person.

»Ist Ihnen in der letzten Zeit vielleicht etwas aufgefallen, Sir?«

»Wie meinen Sie?«

»Hat es Ärger gegeben? Ist nicht alles so verlaufen, wie Sie es sich vorgestellt haben?«

»Alles ging glatt.« Dabei senkte er den Blick, und seine Wangenmuskeln zuckten. Lügen konnte der Knabe schlecht, das merkte ich sofort. Irgend etwas stimmte da nicht.

Auch Lady Sarah hatte dies bemerkt. »Sir Reginald«, sagte sie. »Bitte, haben Sie zu Oberinspektor Sinclair Vertrauen. Er ist wirklich eine Kapazität, glauben Sie mir.«

»Möglich, aber ich kann ihm da nichts sagen.«

»Sie hatten also Schwierigkeiten«, stellte ich fest.

Sir Reginald Earl of Rankin schnappte nach Luft. Seine

Augen wurden rund. »Wie können Sie so etwas behaupten?«

»Menschenkenntnis, Sir.«

»Dann hat Ihre Menschenkenntnis Sie diesmal verlassen, wenn Sie mir diese Bemerkung gestatten.«

»Sicher gestatte ich sie Ihnen«, erwiderte ich und trommelte mit den Fingern auf dem Tisch. »Nur hat mich meine Menschenkenntnis bei Ihnen nicht im Stich gelassen, Sir. Sie haben Schwierigkeiten, und Sie sollten mit mir darüber reden.«

Sir Reginald schaute Lady Sarah an. »Muß ich mir dies bieten lassen? Ich werde mich bei Lord ...«

Mrs. Goldwyn lächelte in ihrer sanften, aber sehr überzeugenden Art. »Sie sollten es sich gefallen lassen, Sir Reginald. Mr. Sinclair ist ein sehr guter Mann. Glauben Sie mir, ich verspreche Ihnen da wirklich nicht zuviel.«

»Er ist ein Polizist.«

»Na und? Was glauben Sie, wie viele Polizisten sich schon in den Dienst des Adels gestellt haben und auch dafür gestorben sind. Wenn es diese Männer nicht gäbe, dann sähe es auch um Ihren Stand sehr schlecht aus, Sir. Bedenken Sie das.«

Der Earl of Rankin wurde leicht verlegen und rot im Gesicht. So hatte wohl noch niemand mit ihm gesprochen, und er kaute auf seiner Unterlippe herum.

»Haben Sie sich entschlossen, Sir?« fragte Lady Sarah.

»Nun ja, ich, also ich meine, es muß allerdings unter uns bleiben, was ich jetzt sage.«

»Selbstverständlich, Sir«, versicherte ich.

»Es gibt da einen dunklen Fleck in unserer Familie«, begann Sir Reginald. Er sprach leise, so daß niemand außer uns etwas hören konnte, und er beugte sich dabei noch vor. So erfuhren Lady Sarah und ich die Geschichte seiner russischen Ahnen und daß plötzlich einer dieser längst Verschollenen aufgetaucht war. Gesehen hatte Sir Reginald ihn noch nie, nur am Telefon mit ihm gesprochen. Das jedoch reichte ihm, deshalb hatte er sein Vermögen in Sicherheit gebracht.

»Sie glauben also, daß dieser Fjodor Rankin in London ist?« erkundigte ich mich.

»Davon bin ich überzeugt.«

Ich nickte.

»Sie auch?« fragte Lady Sarah.

»Ja, ich habe ihn sogar gesehen«, erwiderte ich und dachte an den Mann mit der Pelzmütze.

»Wieso?«

Ich berichtete haarklein von meinen Erlebnissen. Man kann zwar normalerweise einen Russen kaum von einem Engländer unterscheiden, doch bei dem Mann mit der Pelzmütze wiesen die Merkmale mehr auf einen Russen hin.

Sir Reginald lehnte sich zurück. Auf seiner Stirn hatten sich feine Schweißperlen gesammelt. »Dann ist er also in London«, murmelte er, »und hat mich sogar umbringen wollen.«

Da widersprach ich entschieden.

»Wieso? Welchen Grund sollte er denn gehabt haben, meinen Fahrer zu töten?«

»Das war eine Warnung.«

»Für mich?«

»Ja, Sir, für Sie. Bisher war es nur Ihr Fahrer, der nächste werden Sie sein.«

Er wurde noch blasser. Seine Drüsen produzierten mehr Schweiß. Mit einem Tuch tupfte er sich die Perlen von der Stirn. »Das – das ist ja unglaublich«, flüsterte er. »Was kann man da nur machen? Ich komme gegen den Kretin nicht an. Nicht ich und nicht Sie. Sie haben ihn sogar angeschossen.«

»Werfen Sie mal das Gewehr nicht gleich ins Getreide«, sagte Sarah Goldwyn, und als der Earl sie etwas erstaunt anschaute, präzisierte sie. »Ich meine natürlich die Flinte ins Korn. Dem Oberinspektor und mir wird schon etwas einfallen.«

»Ihnen auch?« fragte ich.

Die Augen der Lady blitzten. »Natürlich, mein Junge.

Oder glauben Sie, ich lasse Sie in der Stunde der Gefahr allein?«

Ich verzog die Mundwinkel. »Beim letzten Fall hätten Sie fast das Zeitliche gesegnet, Lady Sarah. Bitte, übertreiben sie es nicht.«

»Keine Sorge, das Ding schaukeln wir.«

Sir Reginald hüstelte verlegen. »Ich weiß nicht so recht, ob Ihr Optimismus begründet ist. Ich jedenfalls kann keinen empfinden.«

Lady Sarah klopfte dem Earl auf die Schultern. Sie war so richtig in Form. »Keine Bange, Reggie, das kommt noch.«

Ich lief rot an, denn ich konnte hier nicht laut loslachen. Reggie, hatte sie gesagt, das gab es doch nicht. Aber so ist sie nun mal. Unkompliziert und frei von der Leber weg. Das gestelzte Gerede vorhin hatte ich ihr sowieso nicht abgenommen. Warum sollte man nicht zwischendurch auch mal etwas zu lachen haben? Und ein Tag, an dem der Mensch nicht lacht, der ist irgendwie verloren.

»Da wäre noch etwas«, sagte der Earl of Rankin, als er sich wieder erholt hatte. »Mein Sohn Gaylord.«

»Und wo liegt das Problem?« wollte Lady Sarah wissen.

»Er hat sich für den heutigen Abend angemeldet und wird mich besuchen.«

»Lassen Sie ihn kommen.«

»Jetzt, wo das geschehen ist? Gaylord ist erst zweiundzwanzig, und er wird sicherlich geschockt sein ...«

»Ach, die jungen Leute sind heute anders als wir früher«, erwiderte Lady Sarah. »Wenn Sie Ihrem Sohn die Sachlage erklären, wird er dafür Verständnis zeigen.«

So ganz überzeugt hatte Mrs. Goldwyn den Earl nicht. Das war an seinem Gesicht abzulesen. »Wie komme ich jetzt auf mein Gut?« murmelte er. »Der Wagen ist ja zerstört worden.«

»Wir nehmen ein Taxi«, schlug die Horror-Oma vor.

»Ja, wenn das geht.«

»Klar.« Lady Sarah lächelte. Ich wußte, aus welchem Grund. Der Earl gehörte wirklich in die Vergangenheit.

Ich verabschiedete mich zuerst. »Wir sehen uns dann auf Ihrem Gut. Ich werde Sie so rasch wie möglich aufsuchen, Sir«, versprach ich.

»Sie? Ja glauben Sie denn, daß Sie auf meinem Wohnsitz einen Erfolg erringen können?«

»Wenn, dann nur dort.« Ich nickte dem Earl zu und ging, denn ich hatte vor dem Café jemanden entdeckt, der die Lederkleidung eines Motorradfahrers trug, manchmal wie ein Rocker wirkte und doch ein sehr fähiger Polizeibeamter war.

Mein Freund und Kollege Suko.

Auch er sah mich, als ich das Café verließ. »Dich kann man auch nicht eine Stunde allein lassen«, begrüßte er mich. »Da hast du dich ja wieder voll hineingeritten.«

Ich grinste schief. »Das kann man wohl sagen.«

»Was ist denn nun genau passiert?«

Innerhalb von drei Minuten gab ich dem Chinesen einen genauen Bericht. Suko tippte sofort auf den Gedanken-Killer, ich jedoch schüttelte den Kopf.

»Nein, das ist etwas anderes. Eine persönliche Rache. Um sicherzugehen, werde ich in der Klinik anrufen, in der sich die beiden Psycho-Menschen befinden.«

»Ja, das ist gut.«

»Was hat der Alte gesagt, als er hörte, daß ich trotz seines Befehls wieder aktiv bin?«

»Er schüttelte nur den Kopf.«

»Kann ich mir denken.«

»Bist du denn tatsächlich wieder fit?« erkundigte sich mein Freund besorgt.

Ich hob die Schultern. »So einigermaßen. Da gibt es zwar noch einige Stellen, die schmerzen, aber das läßt sich aushalten. Außerdem bin ich kein Baby mehr.«

»Wie du meinst.«

Ich weihte Suko in meine Pläne ein. Der Chinese hatte nichts dagegen. Dann zog ich los, um zu telefonieren.

»Sie wohnen in der Tat sehr schön und außergewöhnlich exklusiv«, sagte Lady Sarah Goldwyn zwei Stunden später, als sie das Taxi verlassen hatten und vor dem Haus des Earls standen.

Sir Reginald nickte. »Es ist zwar nicht sehr prunkvoll und hält keinen Vergleich mit einem der Windsor-Schlösser aus, aber für meine Belange reicht es.«

»Das sehe ich.« Lady Sarah ließ ihren Blick über das Bauwerk schweifen. Es lag in einem großen Park, dessen Rasenflächen mit denen des Wembley-Stadions konkurrieren konnten. In unregelmäßigen Abständen standen alte Bäume, deren Zweige und Äste erst vor kurzem beschnitten worden waren, denn es gab zahlreiche helle Stellen an den Schnittkanten.

Das Haus selbst war ein schmuckloses Gebäude. Sehr breit angelegt mit einer Steintreppe, deren große Stufen nur rechts und links der großen Tür hochführten.

Zahlreiche Fenster wiesen darauf hin, daß dieses Haus eine Menge Zimmer hatte, an der hellgrauen Außenmauer rankte Efeu bis unter die Dachrinne, über der das Rot der Dachziegel glänzte. In der Umgebung gab es keine Industrie, die Hausdächer verschmutzte.

An der linken Hausseite befand sich ein kleiner Anbau. Als Lady Sarahs Blick darauf fiel, hatte Sir Reginald sofort eine Antwort, ohne daß die Horror-Oma eine Frage stellen mußte.

»Dort befinden sich die Garagen.«

»Sehr schön, wirklich.« Lady Sarah schaute zu dem Lord hoch, der seinen Mantel übergestreift hatte. »Sir, lassen Sie uns hineingehen.«

»Sehr gern, Mylady, wenn ich um Ihren Arm bitten dürfte.«

»Sicher.«

Sie gingen auf die rechte Seite der Treppe zu. Der Earl schnaufte ein wenig empört, was Lady Sarah sehr wohl registrierte und eine diesbezügliche Frage stellte.

»Ich wundere mich, daß mein Personal noch nicht

geöffnet hat. Man muß unsere Ankunft bemerkt haben.«

»Wer befindet sich denn noch alles im Haus?«

»Die Köchin, zwei Gärtner, der Diener und zwei Kammermädchen, die allerdings auch in der Küche helfen. Zumindest Edgar hätte erscheinen müssen.«

»Edgar ist der Diener?«

»Sehr richtig, Lady Sarah.«

»Wir sollten vorsichtiger sein«, schlug die Horror-Oma vor. »Die Sache in London ist nicht vergessen.«

»Glauben sie denn, daß dieser Kretin es wagt, in mein Haus einzudringen?«

»Nach allem, was vorgefallen ist, sicherlich.«

»Das wäre eine Unverschämtheit. So etwas in meinem Haus. Nein, er muß doch wissen, wo er hingehört.«

»Eben, Sir Reginald, eben.«

»Wie meinen Sie das?« Er verstand den Doppelsinn der Worte nicht.

»Das erkläre ich Ihnen später, Sir. Wir sind ja schon an der Tür.«

»In der Tat, Mylady.« Der Earl gab sich wieder sehr würdevoll, wurde allerdings auch ärgerlich, weil die Tür noch verschlossen war. »Warum öffnet Edgar nicht?«

»Das hat er nicht nötig.«

»Immerhin ist er mein Diener.«

»Und die Tür ist offen.«

»Sorry, das bemerkte ich nicht.« Der Earl streckte seinen rechten Arm aus und drückte mit der Hand gegen die schwere Eichenholztür.

Lautlos schwang sie nach innen.

»Bitte, Mylady, nach Ihnen«, sagte Sir Reginald galant und ließ der Horror-Oma den Vortritt.

Sarah Goldwyn rechnete mit bösen Überraschungen, doch nicht mit so makabren. Als sie einen Fuß über die Schwelle setzte, blieb sie abrupt stehen.

Vor ihr auf dem Boden lag ein Mann.

Und in seiner Brust steckte ein Messer!

Auch Chiefinspektor Tanner hatte nichts dagegen, daß wir uns verdünnisierten. Wie immer war er froh, wenn er einen Fall abgeben konnte und wir uns darum kümmerten.

»Das ist noch nicht gesagt«, hatte ich ihm beim Abschied unter die Weste gejubelt. »Warten wir erst einmal ab, und behandeln Sie die Mordsache völlig normal.«

Tanner hatte mit der flachen Hand auf seinen alten Filz gehauen. »Das muß ich mir noch überlegen.«

»Ja, aber schnell.«

In unserem Büro schaute mich Glenda Perkins aus ihren großen, dunklen Augen an. »John, sieht so dein Bett aus?«

Ich wurde ein wenig verlegen, und Suko räusperte sich. Dann grinste er breit. »Ihr duzt euch?«

Jetzt stieg auch bei Glenda die Röte ins Gesicht.

Ich war eine Erklärung schuldig und gab sie auch. »Nach dem letzten Fall, als ich Glenda aus dem Labyrinth holte, da hat es sich einfach so ergeben.«

»Einfach so?«

»Ja, genau.«

»Sicher, warum auch nicht?«

Ich bohrte Suko meine Faust in die Hüfte. »Du hast wieder Nachtischgedanken. An was du denkst, das war es nicht – oder?« Ich schaute Glenda an, die noch immer einen hochroten Kopf hatte.

»Habe ich da ein ›leider‹ gehört?« murmelte Suko.

Jetzt drehte sich Glenda um und verschwand. Suko und ich lachten. Der Chinese meinte. »Irgendwann muß es ja einmal kommen.«

»Was?«

»Na das.«

»Ach, hör auf.« Ich setzte mich, verzog das Gesicht, weil ich Stiche verspürte. Dann griff ich zum Telefonhörer. An der Zentrale sollte man mir die Nummer der Klinik raussuchen, in der die beiden Gedanken-Killer untergebracht waren.

Um es vorwegzunehmen. Alles klar. Den beiden ging es gut, es gab keinerlei Probleme.

»Wir haben es demnach mit einem anderen Phänomen zu tun«, stellte ich fest.

»Ist er ein Zombie?« fragte Suko.

»Nicht im eigentlichen Sinne. Dann hätte ihn meine Silberkugel erledigt.«

»Was ist er dann?«

»Einer, der nicht sterben kann«, erwiderte ich leichthin und ahnte nicht, wie nahe ich der Wahrheit kam.

Glenda schaute wieder herein. Die Röte auf ihrer Gesichtshaut war verschwunden. »Soll ich dir einen Kaffee bringen, John, und Ihnen einen Tee, Suko?«

»Wäre nicht schlecht«, erwiderte ich, wobei Suko nickte. »Allerdings haben wir nicht viel Zeit.«

»Beides ist fertig.«

»Du bist ein Prachtmädchen«, lobte ich Glenda.

Sie verschwand lachend. Dann hörte ich die Tür von ihrem Büro. Sir James kam.

Seine Gewittermiene hatte er nicht aufgesetzt. Er sagte nur: »Beim nächstenmal lasse ich Sie in eine Gummizelle sperren. Da bin ich sicher, daß Sie nicht verschwinden.«

»Geht in Ordnung, Sir. Allerdings sollten Sie froh sein, daß ich nicht zu Hause geblieben bin, so gerieten wir an einen Fall, dessen Ausmaße noch nicht abzusehen sind.«

»Ich hörte, daß der Earl of Rankin davon betroffen ist«, sagte der Superintendent.

»Das ist in der Tat richtig, Sir.«

»Was genau hat er damit zu tun?«

»Ich kann es Ihnen nicht sagen, Sir. Allerdings deutet einiges darauf hin, daß es gegen ihn und seine Familie geht.«

»Bitte, erklären Sie das genauer.«

Ich ließ meinen Chef nicht im unklaren. Glenda brachte Tee und Kaffee. Sie lächelte dabei und zwinkerte mir zu.

Als ich meinen Bericht beendet hatte, war Sir James dafür, dem Adelssitz des Earls einen Besuch abzustatten.

»Wenn etwas geschieht, dann nur dort«, sagte ich.
»Warum fahren Sie nicht?«
»Wir waren schon unterwegs, Sir, aber dann erschienen Sie.«
Eine Antwort gab er mir nicht. Der Superintendent holte nur sehr tief Luft. Die Zeit, Glendas Kaffee zu trinken, die nahm ich mir allerdings.

Lady Sarah schwieg und starrte nur auf die Leiche, die in der großen, halbdunklen Halle einen makabren Eindruck bot, wie sie auf dem Rücken lag und das Messer aus der Brust ragte.
»Großer Lord«, flüsterte Sir Reginald hinter der Horror-Oma. »Das muß der Kretin Fjodor Rankin sein. Wie soll ich das verstehen?« Er trat einen Schritt vor und stellte sich neben die Frau.
Sarah Goldwyn war der gleichen Meinung. Dieser Typ hatte vor dem Fenster des Cafés gestanden.
Und jetzt lag er hier.
Tot ...
Oder nicht? Hatte nicht John Sinclair auf ihn geschossen? Sogar mit einer Silberkugel? Und war der Mann nicht mit der Kugel im Bein weitergelaufen, als wäre nichts geschehen?
Das Geräusch hörte sich an, als hätte der Earl einen Schluckauf bekommen. Es war nur die Folge einer makabren Reaktion, denn die ›Leiche‹ auf dem Boden bewegte sich.
Zuerst hob sie den Kopf an. Es sah gespenstisch aus, wie sich der angebliche Tote hinsetzte, seinen Kopf drehte und die beiden Ankömmlinge teuflisch grinsend anschaute.
Lady Sarah, nie ohne ihren berühmten Stockschirm unterwegs, umfaßte den bleigefüllten Griff stärker.
Neben ihr wurde Sir Reginald blaß. Was er da sah, überstieg sein Fassungsvermögen.

Ein Toter stand auf.

Mit einem Ruck befand sich Rankin auf den Beinen und deutete eine spöttische Verbeugung an, wobei das Messer weiterhin in seiner linken Brustseite steckte.

Und dort sitzt das Herz, dachte die Horror-Oma.

»Willkommen zu Hause, mein lieber Vetter Reginald«, grüßte Fjodor freundlich.

»Ich bin nicht Ihr lieber Vetter.«

Fjodor grinste. »Ja, ich vergaß. Du bist ja etwas Besseres. Aber nicht für mich. Wir sind nun einmal verwandt, mein Lieber. Und damit mußt du dich abfinden. Außerdem – wie hast du mich vorhin genannt? Einen Kretin?«

»Ja, mehr bist du in meinen Augen nicht.«

Da lachte Fjodor. »Ich bin gespannt, ob du gleich auch noch so reden wirst, Vetter!« Er hob den rechten Arm und deutete auf das Messer. »Siehst du die Waffe, Vetter? Sie steckt in meiner Brust. Und ich bin nicht tot!« zischte er. »Ich bin nämlich der Mann, der nicht sterben kann. Hörst du? Man kann mich nicht töten.« Er hatte die Worte kaum ausgesprochen, als er schon zugriff. Seine Finger umklammerten den Messergriff, und ruckartig zog er die Waffe aus seiner Brust.

Mit dieser Reaktion hatten weder Lady Sarah noch ihr Begleiter gerechnet.

Fjodor blieb vor ihnen stehen, schaute sie an und forderte sie auf, sich die Wunde anzusehen.

»Da«, sagte er. »Kein Blut, und seht, wie sie sich schließt. Das ist doch phänomenal – oder?«

Niemand gab Antwort. Auch Sarah Goldwyn nicht, die wirklich nicht auf den Mund gefallen war. Magisch wurde ihr Blick von der sich schließenden Wunde angezogen. Nur das Hemd zeigte dort einen Schnitt, wo das Messer hindurchgedrungen war.

»Glaubt ihr mir nicht?« flüsterte der Russe. »Seid ihr immer noch ungläubig?« Er schaute von einem zum anderen. Auf seinem Gesicht lag ein Lächeln, die Augen glänzten seltsam, wobei die Pupillen einen leicht silberfarbenen Schein angenommen hatten. »Warum glaubt ihr mir nicht? Es geht nicht in eure verdammten Schädel rein, aber ich werde es euch beweisen, ihr verfluchten Ignoranten. Ich werde euch meine Macht und meine Magie demonstrieren. Wartet nur ab. Ihr erlebt das Grauen, den nackten, kalten Horror!« Er sprang vor. So heftig und schnell, daß Sir Reginald zurückzuckte und mit dem Rücken gegen die Tür stieß. »Du, mein Vetter, sollst es als erster spüren. Ich werde dir meine Macht beweisen.« Er hielt ihm die Klinge hin. »Da, nimm das Messer und stoße es mir in die Brust.«

»Nein, nein!« flüsterte der Earl und schüttelte heftig den Kopf. »Das werde ich nicht.«

»Du willst dich nicht überzeugen?«

»Das brauche ich nicht.«

Fjodor lachte. »Was bist du nur für ein widerlicher Ignorant, mein kleiner Vetter.« Dann schnappten seine Finger zu und umfaßten den Griff. Sofort drehte er die Hand, so daß die Klingenspitze auf Sir Reginald zeigte.

»Na?« hauchte Fjodor.

Der Earl preßte sich mit dem Rücken gegen die Tür. Seine Gesichtszüge hatten sich verschoben, deshalb wirkte der Ausdruck wie eine Maske. Der Hut war etwas in die Stirn gerutscht. Mit der linken Hand faßte Fjodor den Melonenrand und kickte den Hut vom Kopf des Earls.

»Prächtig siehst du aus, prächtig ...«

»Was erlauben Sie sich ...?«

»Lassen Sie ihn!« peitschte Lady Sarahs Stimme.

»Halt die Schnauze, Oma!«

Sarah Goldwyn konnte manchen Spaß vertragen, das hier ging allerdings zu weit.

Bevor der Russe reagieren konnte, hatte sie mit dem Stock zugeschlagen.

Es war ein gezielter, wuchtiger Stoß, und er traf dort, wo es einem Mann weh tat.

Fjodor wich zurück. Allerdings nicht vor Schmerz, er

wollte nur Platz für eine Gegenreaktion finden, und die erfolgte.

Lady Sarah wußte nicht, wie ihr geschah. Plötzlich wurde sie von einem rasenden Wirbel erfaßt, ein paarmal um die eigene Achse gedreht und fortgeschleudert.

Daß sich die Augen des Russen dabei silbrig verfärbt hatten, sah sie nicht mehr. Sie krachte zu Boden und riß dabei einen kleinen Tisch um, von dessen Platte Zinngeschirr fiel, was zum Glück nicht ihren Kopf, sondern nur den Körper traf.

»Reicht das als Demonstration?« zischte Fjodor.

Lady Sarah sagte nichts. Ihre Knochen waren nicht mehr die jüngsten, der Aufprall hatte geschmerzt, und ihr wurde bewußt, daß sie sich völlig in den Händen dieses unheimlichen Menschen befanden, der nicht sterben konnte.

»Jetzt zu dir, Vetter. Ich hatte dir ein Angebot gemacht. Du solltest mir das Messer noch einmal in die Brust stoßen. Warum tust du es nicht? Hier ist die Waffe. Nimm sie. Nimm sie endlich und stoß sie mir in die Brust.«

»Nein!« keuchte der Earl und verdrehte die Augen, wobei er auf die Klinge schielte. »Ich kann es nicht. Ich kann es wirklich nicht. Gehen Sie, lassen Sie mich!«

»Dann werde ich ein Zeichen setzen!« zischte der Russe. »Gib genau acht, Vetter!«

Es war eine blitzschnelle Bewegung die Fjodor ausführte. Die Klinge drehte sich zweimal in der Luft, dann zielte die Spitze auf das Gesicht des Earls.

Der glaubte zuerst, Rankin würde ihm die Augen ausstechen. Das geschah nicht. Er hatte etwas anderes vor und setzte sein Zeichen, wie er es versprochen hatte.

An der Stirn berührte die Messerspitze die Haut zuerst. Sir Reginald spürte den scharfen Schmerz, und winzige Blutperlen quollen aus der kleinen Wunde.

Teuflisch grinste der andere. Er genoß das Gefühl einer Überlegenheit, die anderen würden es nicht wagen, ihn anzugreifen. Er war der Mann, der nicht sterben konnte.

Keiner würde ihn töten – keiner.

Fjodor schaute wieder auf das Gesicht seines entfernten Verwandten. Er sah die Spannung darin, gepaart mit dem Schrecken und der Angst. Er würde Angst haben, und zwar vor dem, was auf ihn zukam.

Ein Schnitt!

Ohne ihn zuvor anzukündigen, zog ihn Fjodor weiter. Über den Nasenrücken seines Verwandten, die Messerspitze berührte die Lippe und auch das Kinn. Sie hinterließ einen dünnen roten Streifen, nur die Lippe begann stärker zu bluten.

»Ja, mein Vetter«, keuchte Fjodor. »So siehst du schon besser aus!« Er nickte und schaute zu, wie der Earl in die Knie brach.

Er stützte sich mit den Händen ab, noch hockte er, und Sir Reginald wollte nicht vor den Füßen des anderen kriechen. Nein, den Triumph gönnte er dem anderen nicht.

Mühsam hielt er sich in seiner Stellung und schaute auf die Beine des anderen.

Lady Sarah hatte die Szene beobachtet. Sie hockte ebenfalls am Boden und wunderte sich, woher der Earl die Energie nahm. Sie hatte ihn für einen blasierten Schwächling gehalten. Jetzt machte er auf sie den Eindruck wie jemand, der für seine konservativen Werte sterben würde.

»Komm hoch!« befahl Fjodor. »Das war erst der Anfang, Vetter.«

Sir Reginald hob den Kopf. Sein Gesicht verzerrte sich. Schweiß und Blut lagen auf seiner Haut und hatten eine feuchte Mischung gebildet. Seine Mundwinkel zuckten, die Arme zitterten, aber er stemmte sich in die Höhe und schaute auf seinen Vetter hinab, der ein wenig kleiner war als der Earl.

»Willkommen zu Hause!« flüsterte der Russe.

Der Earl holte tief Luft. »Ich fordere Sie noch einmal auf, von hier zu verschwinden«, sagte er. »Verlassen Sie mein Haus!«

Der andere starrte ihn an. »Was bist du für ein arrogantes Schwein!« zischte er, und seine Augen veränderten sich wieder. Sie nahmen den starken Silberglanz an.

Fjodor mobilisierte die Kräfte in seinem Innern und konzentrierte sie auf eine prächtige Kristallvase, die auf dem Tisch stand.

Das Klirren durchdrang überlaut die Stille. Der Earl zuckte zusammen und drehte sich langsam um.

Er sah die Scherben. In seinem Gesicht zuckte es. Die wertvolle Vase lag zerschellt am Boden. Grauenhaft. Ein altes Stück, ein Erbe und jetzt ...

Er holte tief Luft.

»Ist was?« fragte Fjodor.

»Nein.«

»Dann können wir ja zum allgemeinen Teil übergehen. Ich möchte nämlich einige Erklärungen abgeben.« Der Russe ließ seinen Verwandten kurzerhand stehen und schaute Lady Sarah an, die sich mittlerweile erhoben hatte und den Eindringling mit verächtlichen Blicken bedachte.

»Sie habe ich auch schon gesehen«, stellte der Russe fest.

»Ich kann mich an Sie nicht erinnern.«

»Tun Sie nicht so scheinheilig. Ich glaube sogar, Sie haben in dem Café gesessen, aber nicht allein, da war noch ein anderer bei Ihnen. Ein blonder, jüngerer Mann. Stimmt's?«

»Möglich.«

»Und warum haben Sie meinen Vetter hierher begleitet?«

»Ich hatte auf ihn gewartet. Wir wollten uns in dem Café treffen. Das war alles.« Geschickt hatte sich die Horror-Oma eine Ausrede zurechtgelegt.

Der Russe nickte, gab ansonsten keinen Kommentar. Er hatte die Lüge geschluckt.

Fjodor schritt ein paar Yards zur Seite und blieb auf einem Teppich stehen. Es war eine alte Brücke aus dem

Orient und zeigte märchenhafte Motive. »So«, sagte der Russe. »Kommen wir mal zum Klartext. Ich habe beschlossen, dieses Haus zu übernehmen. Es gehört nicht dir allein, Vetter. Du mußt mich an unserem Familienvermögen beteiligen, und du wirst mich auch, ohne Schwierigkeiten zu machen, aufnehmen. Daß ich nicht spaße, hast du erlebt. Der Tod deines Fahrers sollte dir Warnung genug sein, und was ich vorhin mit dir angestellt habe, war ein letzter Test. Noch bist du mit dem Leben davongekommen. Wenn du dich gegen mich stellst, bringe ich dich um, und zwar auf eine Art und Weise, wie du es noch nie gesehen hast. Alles klar?«

Der Earl nickte.

»Gut, dann weiter. Falls die Polizei Fragen stellt, und das wird sie bestimmt, sagst du kein Wort darüber, daß du einen Gast bei dir beherbergst. Auch über die beiden anderen Gäste sprichst du nicht.«

Der Earl fand es unter seiner Würde, nachzufragen. Er zog nur ein erstauntes Gesicht, was der Russe wohl bemerkte.

»Du wunderst dich? Dann will ich dich nicht länger im unklaren lassen. Kommt herunter!«

Im Hintergrund der Halle führte eine breite, freischwebende Treppe in die oberen Etagen.

Von dort erklangen Schritte.

Es waren mehrere Personen, die die Stufen hinabgingen. Erst auf der Treppenhälfte waren sie deutlicher zu erkennen.

Zwei Männer näherten sich der Halle. Sie trugen dunkle Anzüge und dunkle Rollkragenpullover. In ihren Händen hielten sie schwere Waffen, ein Zeichen, daß sie zu den Menschen gehörten, die auf Gewalt setzen.

»Es sind Freunde von mir«, erklärte Fjodor Rankin. »Sogar gute Freunde, die mich nach England gebracht haben. Sie stammen aus dem gleichen Land wie ich und werden sich hier ebenfalls häuslich niederlassen, denn der KGB braucht immer Unterstützung.«

Die Horror-Oma und auch der Earl hatten genau verstanden, was damit gemeint worden war.

KGB! Der russische Geheimdienst! Er mischte also auch mit. Und wahrscheinlich war er die treibende Kraft im Hintergrund, dachte Lady Sarah. Die Russen hatten davon erfahren, welches Goldstück sich in ihrem Land befand, und setzten nun darauf, daß Rankin in der Fremde für sie spionierte.

Ein teuflisches Spiel ...

Der Earl holte ein Taschentuch hervor und tupfte das Blut aus seinem Gesicht. Er schaffte es nicht völlig und verschmierte die rote Flüssigkeit, so daß er ein makabres Aussehen annahm.

»Wie gesagt, das sind meine Freunde«, erklärte der Mann aus Rußland. »Und sie werden genau achtgeben, daß alles so läuft, wie wir es uns vorgestellt haben. Wir sind schon einige Zeit hier und haben uns das Haus angesehen. Ich finde es gut. Es gibt genügend Räume, wo wir uns niederlassen können.«

»Was ist mit dem Personal?« fragte Lady Sarah dazwischen.

»Ach ja, das existiert ja auch noch. Im Moment geht es den Leuten nicht gut«, erwiderte Fjodor. »Wir mußten sie leider ein wenig außer Gefecht setzen. Einer wollte es besonders wissen. Er wehrte sich und tat sich damit keinen Gefallen. Boris und Nicolai, zeigt ihnen, was mit denen geschieht, die mir nicht gehorchen.«

Die beiden Russen nickten, stiegen auch den Rest der Treppe hinunter und steuerten einen großen Schrank an, der den Platz zwischen zwei Fenstern füllte.

Einer der Russen öffnete die Tür.

Gleichzeitig trat Fjodor Rankin an den Lichtschalter und kippte ihn.

Unter der Decke strahlte der Lüster auf.

In der Halle wurde es hell. So hell, daß die Anwesenden sogar einen Blick in den Schrank werfen konnten.

Dort stand jemand.

Ein Mensch!

Einer der Russen streckte seinen Arm aus. Er faßte den Mann an der Schulter, so daß dieser das Übergewicht bekam und nach vorn kippte. Steif und leblos.

Hart schlug er zu Boden.

»Meine Güte, das ist Edgar!« flüsterte der Earl.

»Ja, es ist Edgar«, wiederholte Fjodor. »Er war ein sehr treuer Diener, wollte für seinen Herrn durchs Feuer gehen. Leider mußte ich ihn töten.«

Wir hatten uns erst einmal informiert, wo sich der Sitz des Earls überhaupt befand. Wir fuhren in Richtung Westen und verließen London.

Auf der Fahrt waren wir sehr schweigsam. Suko und ich wußten, daß wir es mit einem schrecklichen Phänomen zu tun hatten. Es war ein wahrer Teufelskreis, der von unserem Gegner in Bewegung gehalten wurde. Dessen Augen glänzten in einem mattsilbrigen Ton, wie ich ihn noch nie erlebt hatte.

Und dieser Mann konnte nicht sterben. Wieso nicht, warum nicht? Er war kein Zombie, denn meine Silberkugel hatte ihm nichts getan. Und die Wunden schlossen sich. Aber er beherrschte die Materie. Er konnte mit ihr spielen, so daß sich in seiner Person der Alptraum vieler Zukunftsroman-Autoren bewahrheitet hatte.

Ein Mann, der die Materie zu seinen Gunsten manipulierte! Was konnten wir gegen ihn ausrichten?

»Denkst du das gleiche wie ich?« fragte Suko, als wir durch die grüne Landschaft rollten.

»Wahrscheinlich.«

»Die Dämonenpeitsche wird wohl nicht viel nutzen«, sagte mein chinesischer Freund und Kollege.

»Glaube ich auch nicht.«

»Wie machen wir es dann?«

»Erst müssen wir ihn haben.«

Suko nickte und meinte: »Weißt du eigentlich, daß du

unwahrscheinliches Glück gehabt hast, mein lieber John? Der Kerl hätte nicht nur Gläser zerspringen lassen können, sondern auch etwas anderes.«

»Denkst du an mich?«

»Ja.«

»Ich weiß nicht, ob das so stimmt. Vielleicht beherrscht er nur die Telekinese und Teleportation ...«

»Das schon. Aber es wäre doch möglich, daß seine Kraft ausreicht, um einen Menschen zu zerreißen.«

Ich biß mir auf die Lippen. Suko malte da wirklich ein Schreckgespenst an die Wand. Es war wohl besser, darüber nicht weiter nachzudenken, sonst kam ich mir unheimlich unterlegen vor. Dieser Mann bedeutete eine kaum faßbare Gefahr. Wenn ich mir vorstellte, daß er seine Kräfte frei entfalten konnte, dazu noch in einer Großstadt wie London, war das ein wirklicher Alptraum.

»Warum sagst du nichts?« fragte Suko.

»Es ist besser so.«

»Das stimmt.«

Zwischen London und Rochester gibt es leider keinen Motorway, so daß wir uns auf der normalen Straße bewegten. Erst nach Rochester begann der Motorway in Richtung Canterbury. Viel Verkehr herrschte nicht, so daß wir zügig vorankamen. Ich überholte ein paarmal, und hinter Dartfort wurde der Verkehr noch spärlicher, so daß ich das Tempo steigern konnte.

Wir hofften beide, unser Ziel zu erreichen, solange es noch hell war. Wie es dann weiterging, das mußte die Situation ergeben.

Der Himmel über uns wirkte wie blankgefegt. Es war wirklich ein kalter, klarer Tag, und auf manchen Weiden lagen noch Schneefelder.

In den Ort brauchten wir nicht. Dafür sahen wir den kleinen Fluß, den Medway River, der uns hin und wieder begleitete und dann verschwand.

Die Sonne stand schon sehr tief. Sie überdeckte das Land mit einem goldenen Schimmer.

Hinweisschilder erschienen. Wir fuhren über eine Kreuzung und stellten anhand der Schilder fest, daß uns nur noch fünf Meilen von dem Ziel trennten.

»Man könnte vielleicht vorher anrufen«, schlug der Chinese vor und hatte damit eine sehr gute Idee gehabt, auf die ich sofort ansprang.

»Okay, wir halten am nächsten Gasthaus.«

Die Gegend wurde etwas belebter. Wir sahen Bauernhöfe, hier und da stand eine Scheune auf dem weiten Feld, und dann entdeckte Suko ein Schild, auf dem ein Koch abgebildet war. Das deutete auf die Nähe eines Gasthauses hin. Wir hatten es schnell gefunden. Es sah aus wie ein Bauernhaus. Die roten Ziegel leuchteten in den Strahlen der tiefstehenden Sonne. Zwei Fahrzeuge standen vor dem Gasthaus. Ein roter Jaguar fiel uns besonders auf. Daneben parkte ein Lieferwagen.

Ich stellte den Bentley neben den Jaguar. Die Eingangstür war dunkelbraun gestrichen und auch lackiert worden. Sie glänzte.

Suko betrat das Lokal als erster. Gleich hinter der Tür begann der Schankraum mit der niedrigen Decke, wo dicke Balken ein geometrisches Muster bildeten.

Es roch nach Pfeifentabak und nach kühlem Bier. Gäste waren kaum da. An einem Tisch saßen zwei Männer und würfelten. Dann sahen wir noch einen jungen Mann, der es sich bequem gemacht und die Beine ausgestreckt hatte.

Wir gingen zur Theke, wo der Wirt ein freundliches Grinsen aufgesetzt hatte.

»Was darf's denn sein?« fragte er.

»Nichts Alkoholisches«, sagte Suko.

»Schade. Ich habe soeben frisch angezapft. Das Bier ist wirklich ausgezeichnet.«

»Das glaube ich Ihnen gern«, sagte ich. »Nur müssen wir noch fahren.«

»Weit?«

»Nein. Nur zum Haus des Earls.«

Hätten wir im Rücken Augen gehabt, so hätten wir

festgestellt, daß der junge Mann sich aufgesetzt hatte und nicht mehr entspannt dalag. Ihn hatte unsere Antwort aus seiner Ruhe gerissen.

Der Wirt verzog seine dicken Lippen. »Sie kennen den Earl?«

»Ja.«

»Dann bestellen Sie ihm einen schönen Gruß vom alten Ike. Ich liefere hin und wieder an ihn.«

»Das werden wir machen«, versprach ich und wechselte das Thema. »Bevor wir zu ihm fahren, möchte ich gern mit ihm telefonieren. Geht das von hier?«

»Klar.« Der Wirt drehte sich um, nahm den schwarzen Telefonapparat und stellte ihn auf den Tresen. »Bitte sehr.«

»Danke.« Ich wollte die Zeigefingerspitze soeben in das Loch der Wählscheibe stecken, die Nummer hatten wir uns in London geben lassen, als hinter mir eine Stimme aufklang.

»Was wollen Sie denn von meinem Vater?«

Ich ließ den Hörer auf die Gabel sinken und wandte mich um. Zwischen mir und Suko stand der junge Mann.

»Sie sind Gaylord Rankin?«

»Ja, das bin ich.«

»Mein Name ist John Sinclair«, sagte ich und stellte auch Suko vor. »Ich bin froh, Sie getroffen zu haben. Wollen wir uns nicht setzen?«

Er hatte die gleiche hohe Stirn wie sein Vater. Das Haar war flachsblond, die Nase schmal und der Mund ein wenig in die Breite gezogen.

»Wenn Sie meinen.«

Wir nahmen dort Platz, wo er gesessen hatte. Hier klärte ich ihn über unsere Berufe auf.

»Scotland Yard? Was ist denn geschehen?«

Es war besser, wenn wir den jungen Mann einweihten. Er wäre sonst vielleicht in die Falle gelaufen, denn daß Rankin nicht spaßte, hatten wir erlebt.

Sein Gesicht wurde immer blasser, je länger Suko und

ich sprachen. »Das ist doch unmöglich«, flüsterte er ein paarmal. »Unser Geschlecht in Rußland ist ausgestorben.«

»Anscheinend nicht«, erwiderte ich.

»Und dieser Fjodor Rankin ist wirklich hier?« fragte er.

»Ja, wir haben ihn selbst in Aktion erlebt. Er besitzt Para-Fähigkeiten, die wir auf keinen Fall unterschätzen dürfen. Deshalb ist uns daran gelegen, heimlich in Ihr elterliches Haus einzudringen, um Menschen zu befreien.«

»Ja, das verstehe ich.« Gaylord lehnte sich zurück. Er trug einen hellbeigen, zweireihigen Blazer und eine schwarze Hose. Als er sich eine Zigarette anzündete, zitterten seine Hände.

»Könnten Sie uns helfen?« fragte Suko.

»Ich glaube schon.« Er atmete tief ein. »Sie wollten vorhin anrufen. Hat sich das jetzt erledigt?«

»Ja und nein. Vielleicht sollten Sie anklingeln und sich bei Ihrem Vater erkundigen, wie die Sache läuft und in welch einer Verfassung er sich befindet.«

»Ja, das wäre nicht schlecht.« Gaylord erhob sich. Beim Wirt bestellte ich Mineralwasser.

Der junge Rankin blieb an der Theke stehen, als er telefonierte. Ich beobachtete ihn. Er sprach in den Hörer, demnach hatte er Verbindung bekommen. Nervös zerdrückte er die Zigarette im Ascher. Auch uns war nicht wohl zumute, denn dieser Fjodor Rankin war ein Gegner, mit dem man nicht spaßen durfte. Der schlug eiskalt und rücksichtslos zu.

Schließlich legte Gaylord auf und kehrte an unseren Tisch zurück. Er nickte.

»Haben sie mit Ihrem Vater gesprochen?« wollte ich wissen.

»Ja.«

»Und? War er anders? Hat er seltsam reagiert?«

»Er schien mir erleichtert zu sein.«

Suko und ich schauten uns an. »Erleichtert? Worüber?«

»Ich habe ihm nämlich gesagt, daß ich nicht kommen werde. Wenigstens heute nicht. Da hat er regelrecht aufgeatmet.«

»Das war gut, Gaylord. Sie haben sich prächtig verhalten. Kompliment.«

Er schaute mich an. Seine Mundwinkel zuckten. »Vaters Stimme klang auch so spröde, als stünde er unter Druck, wenn Sie verstehen, was ich meine.«

»Sicher«, sagte Suko. »Der andere ist da.«

Gaylord hob die Schultern. »Ich begreife das nicht. Unser Haus ist nicht leer. Wir beschäftigen Personal. Er hat es nicht mit einem Gegner zu tun, sondern mit mehreren. Da ist Edgar, der Diener, die Köchin, die Gärtner, die Hausgehilfinnen. Er kann sie doch nicht so ohne weiteres ausschalten.«

»Dieser Mann schon«, erwiderte ich ernst.

»Und was sollen wir jetzt tun?«

»Erst einmal nichts. Es bleibt alles beim alten. Wir gehen so vor, wie wir es abgesprochen haben.«

Gaylord Rankin nickte. »Natürlich. Ich verstehe nur nicht, was dieser Mensch bei uns will. Wir haben nie Kontakt mit ihm gehabt. Ausgerechnet jetzt taucht er auf, das kann ich nicht begreifen. Wirklich nicht. Tut mir leid.«

»Ihr Vater ist vermögend«, gab ich zurück.

»Sie meinen, er will Geld?«

»Unter anderem. Und dann die Macht. Er braucht einen Stützpunkt, wo er sich zurückziehen kann.«

»Ja, das ist möglich.«

Suko blickte erst auf seine Uhr, dann sah er mich an. Ich verstand. Wir zahlten und verließen das Gasthaus.

Draußen blieben wir stehen.

»Und wie gehen wir vor?« fragte Gaylord.

»Das erkläre ich Ihnen jetzt«, erwiderte ich und zog ihn ein paar Schritte zur Seite.

Es dauerte fünf Minuten, dann stand unser Plan. Er barg zwar zahlreiche Risiken, aber wir mußten etwas tun, denn zur Entfaltung kommen durfte der andere nicht ...

Nur allmählich erholten sich Lady Sarah und der Earl von dem Schock, der sie beim Anblick des toten Dieners getroffen hatte. Der Mann lag auf dem Bauch. Unter seinem Hals rann eine Blutlache hervor und versickerte im Teppich.

»Nun?« fragte Fjodor Rankin. »Was sagt ihr dazu?«

»Sie – Sie sind ein Teufel!« erwiderte Sir Reginald keuchend. »Ein wahrer Teufel!«

Der Russe lachte. »Das hat auch niemand bestritten. Ich danke dir für dieses Kompliment, Vetter.«

In diesem Augenblick schlug das Telefon an. Selbst Rankin zuckte zusammen, so überrascht war er. Die beiden KGB-Männer drehten sich um und richteten die Mündungen ihrer Waffen auf den Earl und die Horror-Oma.

Sir Reginald straffte sich. »Soll ich abnehmen?«

Rankin überlegte einen Moment. »Ja«, sagte er dann. »Nimm den Hörer auf. Aber kein falsches Wort.«

»Nein.« Hochaufgerichtet schritt der Earl auf den Apparat zu. Er hielt sich wirklich tapfer und bewahrte auch in dieser schlimmen Situationen seine Würde.

»Ja?« meldete er sich. Zum Glück hatte er den anderen seinen Rücken zugewandt, so daß diese nicht bemerkten, wie es in seinem Gesicht zuckte, als er durch den Hörer eine ihm wohlvertraute Stimme vernahm. Die seines Sohnes.

Gespannt lauschten Rankin, die beiden Russen und auch Lady Sarah auf die Antworten. Besonders Mrs. Goldwyn zitterte. Sie war aufgeregt, ihre Zunge huschte über die Lippen, und sie betete, daß der Earl keinen Fehler machte.

»Ja, das ist gut«, sagte er. »Nein, es geht nicht. Du mußt später kommen, nicht heute, ich bin beschäftigt.« Er lauschte und sagte dann: »Tut mir leid, auch in den nächsten Tagen nicht. Ich kann gesundheitlich nicht.« Wieder eine Pause, dann: »Ja, das werde ich veranlassen. Ich melde mich bei dir.« Er legte auf und wandte sich um.

»Wer war das?« zischte Fjodor Rankin.

»Ein Freund von mir. Wir spielen zusammen Bridge. Er wollte noch zwei Leute mitbringen, damit wir am heutigen Abend spielen können. Ich habe abgelehnt.«

Rankin grinste. »Dein Glück, Vetter, dein Glück.«

»Ja, bestimmt.« Der Earl schaute Lady Sarah an. Die Horror-Oma sah dessen verunstaltetes Gesicht, in dem das Blut inzwischen getrocknet war und einen langen Streifen hinterlassen hatte. Nur noch an der Lippe hingen ein paar Tropfen. Sarah Goldwyn glaubte, in den Augen des anderen so etwas wie Widerstand zu lesen, und sie nahm an, daß Sir Reginald gar nicht mit dem Bridge-Freund gesprochen hatte, sondern mit einem anderen.

Vielleicht war es sogar sein Sohn gewesen, denn er wollte an diesem Abend kommen.

»So, das wäre erledigt«, sagte Fjodor Rankin und blickte auf die Leiche des Dieners. »Wir müssen sie wegschaffen. Wo gibt es hier einen Platz?« Auffordernd schaute er den Earl an.

»Im Keller.«

»Gut, dann dort hinein.« Der Befehl galt den beiden KGB-Agenten. »Aber schafft ihn von der Funkanlage weg. Irgendeinen Winkel werdet ihr wohl noch finden.«

Die Männer nickten. »Sollen wir unten bleiben? Wir müßten Meldungen durchgeben.«

»Meinetwegen.«

Die Kerle bückten sich und hievten den Toten in die Höhe. Sie schleppten ihn quer durch die Halle, verschwanden hinter einer Tür und fanden dort den Gang, der zum Keller führte.

Zurück blieben Sarah Goldwyn, Sir Reginald und natürlich Fjodor Rankin. Er fühlte sich als Herr der Situation, und das bewies auch sein Gesichtsausdruck.

»Wollen sie hier eine Spionage-Filiale errichten?« fragte der Earl.

»Du hast es erfaßt, mein lieber Vetter.« Unter dem Kronleuchter blieb der andere stehen.

»Sie werden irgendwann auffliegen«, sagte Sir Reginald.

»Möglich, aber wer will mir etwas? Gegen mich, gegen den Mann, der nicht sterben kann, kommt niemand an.«

»Und wieso können Sie nicht sterben?« wollte Lady Sarah wissen. »Jeder Mensch stirbt.«

»Ich bin nicht jeder!«

»Dann wollen Sie uns Ihr Geheimnis nicht verraten?« forschte die Lady weiter.

Fjodor Rankin dachte nach. »Warum eigentlich nicht? Schaden kann es nicht. Und gefährlich könnt ihr mir nicht werden. Wenn man mich entdeckt, ist das gleichzeitig euer Tod, denn ihr seid nicht unsterblich wie ich.«

Da hatte er recht.

Er begann auf und ab zu wandern. »Ich bin in Rußland geboren und habe dort auch gelebt. Allerdings nicht in dem Rußland, das ihr vielleicht kennt, sondern in Sibirien. Eines Tages passierte es. Ich war allein im Wald und fällte Holz, es war schon dämmrig, und plötzlich stand der Himmel in Flammen. Grelle Blitze rasten über ihn hinweg, der Erde entgegen. Ich wurde eingehüllt in einen silbernen Mantel, Kräfte zerrten an meinem Körper, ich schrie verzweifelt, doch es half alles nichts. Das andere war stärker. Es riß mich mit. Hinein in einen gräßlichen Strudel. Als ich wieder erwachte, lag ich noch am selben Fleck. Nur der Wald hatte sich verändert. Die Bäume waren abgestorben, ich roch Rauch und Qualm und sah flüssiges Metall aus dem Erdinnern steigen. Wie ich überleben konnte, wußte ich nicht. Auf jeden Fall rannte ich weg. Ich wollte keinen mehr sehen und mußte einmal allein sein. Tage vergingen. Später erfuhr ich, daß aus dem Weltall ein Meteor in das Gebiet eingeschlagen war. Allerdings ein kleiner, er hatte keinen sehr großen Trichter gerissen. Mit mir jedoch war eine Veränderung vorgegangen. Ich merkte es daran, als ich mich an einem Messer schnitt.« Er grinste und fragte: »Wollt ihr weiter zuhören?«

»Ja«, sagte Lady Sarah.

»Also gut, ich schnitt mich an dem Messer, und es tat nicht weh. Ich spürte keine Schmerzen, das gab mir einen weiteren Schock. Einsam lebte ich und stellte Versuche mit mir selbst an. Ich schnitt öfter in meinen Körper, suchte mir die verschiedensten Stellen aus und erlebte immer das gleiche. Keine Schmerzen. Ich war völlig durcheinander. Ich lebte anders als die übrigen Menschen, erzählte aber niemandem davon. Dann ging ich in eine andere Stadt. Dort geriet ich in einen Streit. Miliz kam, ich flüchtete, man schoß hinter mir her und traf mich dreimal in den Rücken.« Er hob die Hand und spreizte drei Finger ab. »Versteht ihr, ich wurde dreimal getroffen, aber ich lebte, obwohl die Kugeln tödlich waren. Ich lebte weiter. Man konnte mich nicht mehr töten. Ich war der Mann, der nicht sterben konnte.«

»Und wie kam das?« wollte Mrs. Goldwyn wissen.

»Da habe ich keine Erklärung. Es muß mit fremden Strahlen zusammenhängen, die mich getroffen haben. Vielleicht waren es magische Strahlen aus einem fernen, dämonischen Universum. Wer weiß? Ich jedoch begann mit diesem Phänomen zu leben. Ich heiratete sogar, sagte meiner Frau lange Zeit nichts. Und als ich ihr eines Tages die Wahrheit offenbarte, da verging sie fast. Sie wollte nichts mehr mit mir zu tun haben, sie wollte weg. Es kam zu einem häßlichen Streit, bei dem ich weitere Fähigkeiten an mir feststellte. Ich konnte Materie bewegen. Mit reiner Geisteskraft gelang es mir, Gegenstände hochzuheben, auf die ich mich konzentrierte. Ich brachte Bäume und Häuser zum Einsturz, nur durch reine Geisteskraft, wobei mir eines Tages der Gedanke kam, diese Kräfte auszunutzen. Ich wollte nicht weiter arm sein und wandte mich an den Geheimdienst. Wir führten Tests durch, die Leute vom KGB waren begeistert. Mit offenen Armen nahmen sie mich auf, als ich in ihre Dienste treten wollte. Und ich beschäftigte mich auch zusammen mit den Agenten vom Geheimdienst mit meiner Vergangenheit.

Wir durchleuchteten sie und fanden heraus, daß ich von Adel bin. Von einem Adelsgeschlecht, dessen Nachfahren hier in England leben. Damit stand der Plan fest. Ich ging nach England, tötete zuvor meine Frau, und hier bin ich.«

Rankin schaute Lady Sarah und seinen entfernten Vetter mit leuchtenden Augen an.

Die beiden schwiegen. Sie hatten so viel Neues gehört, daß sie es erst verkraften mußten. Und nicht nur Neues, sondern auch Unwahrscheinliches. Aber für Lady Sarah Goldwyn und Sir Reginald bestand kein Grund, den Worten des anderen nicht zu trauen.

»Jetzt wißt ihr alles«, sagte Fjodor Rankin. »Seht ihr ein, daß ihr keine Chance habt?«

»Ja, das sehen wir ein«, gab der Earl zu. »Irgendwann wird es auch Sie treffen. Es gibt keinen, der unsterblich ist. Sie werden altern und müde ...«

»Ach, hör auf. Daran denke ich nicht. Fünfzig Jahre habe ich hinter mir. Und ich fühle mich noch immer fit. Das wird einige Zeit so bleiben. Mit meinen Fähigkeiten und deinem Vermögen, Vetter, werde ich hier in England für mein Heimatland einen Stützpunkt aufbauen, der es in sich hat. Das schwöre ich dir!«

»Was ist eigentlich mit dem übrigen Personal geschehen?« fragte Sarah Goldwyn.

»Es liegt wohl verschnürt in den oberen Räumen. Ich weiß noch nicht, ob ich die Leute am Leben lasse. Es kommt dabei auf euch an, wie ihr zu mir steht.«

»Was haben Sie vor?« erkundigte sich Sir Reginald.

»Ganz einfach. Wir erledigen jetzt die Dinge, die mir besonders am Herzen liegen. Du wirst mir die Hälfte deines Vermögens sofort überschreiben und auch dein Testament ändern.«

»Nein, nein, das geht nicht«, schnappte der Earl.

»Und weshalb nicht?« Fjodor Rankins Blick bekam einen lauernden Ausdruck.

»Weil mein Sohn alles erbt. Weil ...« Er verstummte, denn er wußte, daß er einen Fehler gemacht hatte, als er seinen Sohn erwähnte. Auch Lady Sarah schluckte. Sie hatte den Fehler ebenfalls erkannt.

Fjodor Rankin nickte. »So, einen Sohn hast du. Und davon hast du mir nichts erzählt, Vetter. Das finde ich gar nicht gut, das ist sogar ausgesprochen mies von dir. Wo steckt er?« schrie Rankin plötzlich.

»Nicht hier.«

»Das habe ich bemerkt. Wo also?«

»Er studiert. Weit weg von diesem Ort. In Cambridge hat er sich eingeschrieben.«

»Und wann kommt er?«

»Ich weiß es nicht.« Der Earl würde sich eher die Zunge abbeißen, als die Wahrheit zuzugeben, das sah auch Sarah Goldwyn ein. Und der andere nahm ihm wohl ab, daß er die Wahrheit sagte, denn er nickte.

»Ich glaube dir, daß dein Sohn nicht hier ist. Also werden wir uns miteinander beschäftigen. Ich brauche von dir die Überschreibung. Du wirst dich nicht weigern. Solltest du es versuchen, reiße ich dich auseinander.«

Sir Reginald, Earl of Rankin, nickte nur.

Totenblaß war er im Gesicht, und Sarah Goldwyn bedauerte ihn. Sie dachte gleichzeitig an John Sinclair und rechnete damit, daß der Geisterjäger aktiv werden würde. Vielleicht war er sogar schon in der Nähe.

Da die Rankins abgelenkt waren, riskierte Lady Sarah einen Blick auf eines der zahlreichen Fenster.

Heftig erschrak sie.

Hinter der Scheibe schimmerte ein Gesicht!

Gaylord Rankin war uns wirklich eine große Hilfe gewesen. Er kannte die örtlichen Gegebenheiten ausgezeichnet und besaß auch einen Schlüssel für die Tür des kleinen Anbaus an der Rückseite.

Jaguar und Bentley standen so weit entfernt, daß sie vom Schloß her nicht gesehen werden konnten. Zu Fuß hatten wir den Rest der Strecke überwunden. Unterwegs hatte uns der junge Earl alles Wichtige erklärt. Wir gaben genau acht und kannten den Grundriß des Hauses so ungefähr. Zugute kam uns auch die Dämmerung, die den Tag abgelöst hatte. Automatisch leuchteten die beiden Lampen vor dem Haus auf und schufen zwei helle Inseln.

Wir befanden uns am Anbau.

Die Tür stand offen. Von nun an sollte der junge Earl zurückbleiben. Er durfte sich auf keinen Fall in Gefahr begeben. Wir hämmerten ihm noch einmal ein, sich zu verstecken, und er versprach hoch und heilig, sich daran zu halten.

Wir schlüpften in den Anbau und schlossen hinter uns behutsam die Tür. Der typische Garagengeruch empfing uns. Eine Mischung aus Benzin und altem Reifengummi.

Nicht zum erstenmal gelangten wir auf diese Art und Weise in ein Haus. Normalerweise hätte ich ein schlechtes Gefühl gehabt, doch in dem speziellen Fall ging es um das Leben unschuldiger Menschen, da konnte man keine Rücksicht nehmen.

Durch ein Fenster an der Seitenwand drang dämmriges Licht. Wir sahen die Umrisse eines Autos. Ein deutsches Fabrikat, ein dunkelblauer Opel Senator.

Dem Fenster gegenüber lag die Seitentür. Durch sie mußten wir gehen, um ins Haus zu gelangen.

Suko drückte sie auf.

Ich blieb hinter ihm und dachte im Moment an die Waffen, die wir mitgenommen hatten.

Zu meinem Kreuz, der Beretta und dem Dolch hatte ich noch eine ausgezeichnete Waffe mitgenommen. Den magischen Bumerang. Er hing an meinem Gürtel.

Ich hatte die Hoffnung, unseren Gegner vielleicht mit dem Bumerang vernichten zu können. Wenn geweihte Kugeln versagten, konnte es die Kraft dieser Waffe vielleicht schaffen.

Vor mir sah ich Sukos Rücken und seine breiten Schultern. Er ging geduckt und bewegte sich lautlos. Der Chinese konnte wirklich schleichen wie eine Katze.

Der Gang war ziemlich eng, und er endete in einer kleinen Diele, von der mehrere Türen abzweigten. Drei waren es insgesamt.

Wir blieben stehen und unterhielten uns nur wispernd. Jeder von uns hatte den Plan so ziemlich im Kopf, und ich deutete auf die eine der drei Türen, deren Schloß im Licht von Sukos Taschenlampe metallen schimmerte.

Der Chinese nickte. Es war die Tür zum Keller, und durch den Keller wollten wir ins Haus eindringen. Der Überraschung wegen wählten wir diesen kleinen Umweg. Wären wir auf normalem Wege gegangen, hätte man uns leicht entdecken können.

Suko probierte die Klinke. Sie ließ sich butterweich nach unten drücken, und Suko nickte zufrieden, als er feststellte, daß die Tür nicht verschlossen war.

Wir hatten eine Kellertreppe erwartet und wurden nicht enttäuscht. Etwas gebogen führte sie in die Tiefe. Sie bestand aus glattem grauen Beton wie auch die Wand. An ihr war ein Eisengeländer befestigt, an dem wir Halt fanden.

Suko wagte nicht mehr, den Strahl der Lampe voll aufleuchten zu lassen. Er deckte ihn mit der Hand ab, so daß nur noch ein schwaches Schimmern zu sehen war, das allerdings ausreichte, um genügend erkennen zu können.

Normalerweise ist es in so einem großen Keller sehr still. Manchmal nur tropft Wasser oder knarrt Holz, doch das Geräusch, das wir hörten, war zumindest außergewöhnlich.

Wir identifizierten es als ein Summen. Dazwischen ertönte ein Piepen, allerdings in unregelmäßigen Intervallen.

Mitten auf der Treppe stoppte Suko und drehte mir sein Gesicht zu. »Verstehst du das?« fragte er.

Ich hob die Schultern. »Vielleicht irgendeine Anlage.«

Suko verzog die Lippen. »Die noch piept, wie?«

»Sei ruhig und geh weiter.«

Das tat Suko auch. Stufe für Stufe ließen wir hinter uns.

Unsere Sinne waren gespannt, wir lauerten auf irgendwelche Gefahren, wurden jedoch nicht behelligt.

Schließlich standen wir im Kellergang. Nein, das war kein Keller mehr, sondern schon ein Gewölbe mit einer halbrunden Decke und Stützpfeilern, die sie hielten.

An einer Seite sahen wir große Fässer. Sie bestanden aus Holz und konnten sowohl Wein als auch Whisky enthalten. Dicht an den Fässern entlang schlichen wir weiter. Jetzt ohne eingeschaltete Lampe, denn vor uns hatten wir einen hellen Schimmer entdeckt. Noch war er weit entfernt, und da die seltsamen Geräusche lauter geworden waren, vermutete ich, daß Licht und Geräusche von ein und demselben Ort ausgingen.

Wir hatten die vier Fässer passiert und hielten uns in Nähe der Wand. In unregelmäßigen Abständen gab es kleine Nischen. Zu vergleichen mit denen in manchen Kirchen, wo Figuren hineingestellt werden.

Zwei Nischen hatten wir bereits passiert, als Suko stolperte. Manch einer hätte geflucht, der Chinese hielt sich zurück. Er bückte sich nur, um zu sehen, über was er gestolpert war.

»Das sind Beine, John!« wisperte er.

Auch ich ging in die Hocke, warf einen Blick nach vorn, sah dort alles ruhig und riskierte es, meine Bleistiftleuchte einzuschalten. Der schmale Lichtfinger wanderte nicht nur über die Beine, sondern erfaßte auch die übrige Gestalt.

Es war ein Mann. An der gestreiften Weste und der schwarzen Hose erkannten wir den Diener.

Nur sein Gesicht lag noch im Dunkeln. Als der untere Teil von dem schmalen Lichtfinger erfaßt wurde, zuckten Suko und ich zusammen. Man hatte diesen Mann auf grausame Art und Weise umgebracht. Seine Kehle war durchgeschnitten worden.

»O verflucht!« hauchte Suko und schaute mich an. Im Dunkeln glänzten seine Augen. »Wer kann so etwas getan haben?«

»Vielleicht Rankin?«

»Möglich.«

Ich erhob mich und schaltete die Lampe aus. »Komm, wir müssen weiter!«

Die Zeit drängte wirklich. Ich wollte hier unten keine Stunden verbringen. Wir mußten das Kellergewölbe ganz durchqueren, um die Treppe zu erreichen, die zu unserem Ziel führte.

Einige Yards später sahen wir vor uns eine Wand. Der Gang bildete dort einen rechten Winkel, und wir mußten uns nach links wenden. Der etwas hellere Schein lag über der Wand wie ein dünner Schleier. Deshalb war er uns auch aufgefallen.

Dann hörten wir die Stimmen. Zwei Männer unterhielten sich. Allerdings nicht in Englisch, sondern auf Russisch. Suko und ich hatten vor einigen Monaten einen Fall in Sibirien erlebt, deshalb kannten wir die Sprache.

»Rankin hat Verstärkung mitgebracht«, hauchte der Chinese.

Ich nickte. Der Gang führte nicht sehr weit. Er endete vielleicht zehn Yards entfernt vor einer Mauer. Rechts davon führte eine Treppe nach oben, das erkannten wir im letzten Streulicht.

Wir allerdings wurden durch eine nachträglich errichtete Wand gedeckt, die sich bis in die Hälfte des Ganges hineinschob. Hinter der Wand mußten die Männer hocken.

Wir zogen unsere Waffen.

Welche Kerle das waren, wußten wir nicht. Uns war auch nicht bekannt, ob sie eventuell die gleichen Fähigkeiten besaßen wie Rankin, wir hofften es beide nicht.

Die Wand war schnell erreicht. Parallel zu ihr schlichen wir vor, bis wir das Ende erreicht hatten und um sie herumpeilen konnten. Das war natürlich mit dem Risiko einer vorzeitigen Entdeckung verbunden, doch wir hatten Glück.

Die beiden Männer wandten uns ihre Rücken zu und

sahen uns nicht. Sie befanden sich in gebückter Haltung, und was vor ihnen stand, konnten wir unzweifelhaft als eine moderne Funkstation identifizieren. Eine Station, wie sie Spione benutzten.

Mein Gedankenkreislauf schloß sich. Rankin kam aus Rußland. Er besaß besondere Fähigkeiten und war seinem Heimatland sicherlich treu ergeben. Also setzte er die Fähigkeiten auch für die andere Seite ein. Das lag auf der Hand. Und er hatte sich Verstärkung geholt. Die Geräte waren eingeschaltet. Sie produzierten das Summen. Und der Piepton wurde durch einen »Bip« auf einem Oszillographen hervorgerufen. Ein heller Punkt auf einem grünen runden Schirm. Der Punkt erschien, verschwand und tauchte wieder auf. Ein Kreislauf.

Ich nickte Suko zu.

Mein Freund und Kollege war einverstanden. Danach machten wir die nächsten Schritte.

Erst als wir hinter den beiden standen, schlug deren innere Alarmuhr an. Da war es bereits zu spät, denn die Kerle blickten in die Mündungen unserer Pistolen.

»Guten Abend«, sagte ich höflich. »Wir wollten nur fragen, ob wir mitspielen dürfen?«

Beide wurden bleich. Sie sahen in ihrer Kleidung fast aus wie Zwillinge, nur hatte einer von ihnen blondes Haar und der andere leicht rötliches. Ihre Gesichter wirkten gelblich, ebenso wie unsere, weil wir vier genau zwischen der Lampe standen.

»Kleine Feierabend-Beschäftigung?« erkundigte ich mich.

Der Blonde zischte mir etwas in seiner Heimatsprache entgegen, wobei sich sein Gesicht verzerrte.

»Bleib nur ruhig«, sagte ich. »Eine dumme Bewegung, und es ist aus. Verstanden?«

»Zur Hölle!«

»Aha, du kannst also Englisch. Toll.« Ich grinste und wurde sofort ernst. Meine Stimme peitschte durch den Keller, als ich fragte: »Was soll das hier werden? Eine Spionagezentrale? Rückt raus mit der Sprache!«

Die beiden schwiegen. Dabei lächelten sie noch, denn sie wußten einen starken Verbündeten im Rücken.

Ich gab Suko ein Zeichen.

Der Chinese verstand und scheuchte die beiden russischen Agenten an die Wand. »Stellt euch mit dem Gesicht zur Mauer hin auf, tretet einen Schritt zurück, streckt die Arme aus und laßt euch vorfallen.«

Sie gehorchten, denn auch unsere Waffen redeten eine deutliche Sprache.

Der Blonde gehorchte zuerst. Sein Kumpan folgte, aber der legte uns beide rein. Vielleicht hatten wir zu sehr auf die Arme geachtet und die Füße dabei vergessen. Er bewegte den rechten gedankenschnell und mußte ihn wohl unter eine Schnur gehakt haben. Ein Stecker flog aus der Dose, und im nächsten Augenblick wurde es stockfinster.

Schreie gellten. Wir sahen Schatten weghuschen, und dann fielen die ersten Schüsse ...

Sarah Goldwyn bewegte sich nicht. Sie schaute nur auf das Fenster, hinter dessen Scheibe das Gesicht leuchtete. Ein heller Fleck, ein Schemen, mehr nicht.

Der Russe war mit dem Earl of Rankin voll beschäftigt. Sie sprachen miteinander, wandten Mrs. Goldwyn den Rücken zu, und sie nahm überhaupt nicht wahr, was die beiden miteinander redeten.

Für sie war der Unbekannte wichtig.

Vorsichtig ging sie zurück. Sie bewegte sich so, daß sie Sir Reginald und den Russen im Auge behalten konnte. Nur keine hastige Bewegung, die die Aufmerksamkeit des anderen erregt hätte.

Das Fenster behielt sie ebenfalls im Auge, und sie ärgerte sich jetzt, daß sie ihre Brille nicht dabei hatte, denn ihre Sehschärfe hatte doch mit steigendem Alter nachgelassen.

Der Mann draußen reagierte nicht. Er wartete ab, bis

Mrs. Goldwyn nur zwei Schritte vom Fenster entfernt war und schon bald an die breite, aus Marmor gefertigte Bank stieß.

Er winkte.

Lady Sarah legte einen Finger auf die Lippen und sah, wie der Unbekannte seinen Arm ausstreckte und dabei in Richtung Eingangstür deutete. Er wollte das Haus betreten.

Die Horror-Oma schüttelte den Kopf. Das durfte auf keinen Fall geschehen, der Mann mußte zurückbleiben. Da sie ihn jetzt besser sehen konnte, stellte sie fest, daß es noch ein junges Gesicht war, das sie anschaute.

Der Sohn!

Ja, das mußte der Sohn des Earls sein! Wer hätte sonst Interesse gezeigt, heimlich das Haus zu betreten? Und weil er so reagierte, bewies er der Horror-Oma, daß er Bescheid wußte.

Vielleicht von John Sinclair oder Suko?

Lady Sarah hoffte es zumindest, und sie drückte sich, John Sinclair und den anderen beide Daumen.

»Nein!« Sie zuckte zusammen, als sie die Stimme des Russen vernahm. Sofort drehte sie den Kopf.

Sir Reginald mußte irgend etwas getan haben, was dem anderen nicht paßte. Mit wutverzerrtem Gesicht stand der entfernte Vetter vor ihm und schlug mit der Faust auf den Tisch. »Hast du immer noch nicht genug? Willst du, daß dein Schädel in der Mitte gespalten wird?«

»Bitte, hören Sie!«

»Unterschreibe die Vollmacht!« Wild schüttelte er den Kopf. Dabei mußte sein Blick auch Lady Sarah und das hinter ihr liegende Fenster streifen.

Hatte er etwas entdeckt?

Es tat sich nichts, und Mrs. Goldwyn wollte schon aufatmen, als Fjodor Rankin einen gleitenden Schritt nach vorn machte und seine Augen starr auf das Fenster richtete.

Innerhalb weniger Sekunden trat wieder der metallische Glanz in seine Pupillen. Er zeugte davon, daß die unheimlichen Kräfte des Mannes frei wurden.

Sarah Goldwyn schaute zum Fenster. Sie konnte nicht anders und sah noch immer das Gesicht.

»Geh weg!« schrie es in ihrem Innern. »Himmel, warum gehst du denn nicht weg? Verschwinde doch endlich!«

Das Gesicht blieb.

Da wußte sie Bescheid. Vielleicht konnte der andere überhaupt nicht verschwinden. Unter Umständen war die Kraft des Russen so groß, daß er sich nicht vom Fleck rühren konnte und einfach stehenbleiben mußte.

»Reinlegen wolltet ihr mich!« flüsterte Fjodor Rankin. »Reinlegen, ihr verfluchten Schweine. Aber da habt ihr euch geschnitten. Jetzt bin ich an der Reihe. Meine große Stunde kommt!« Er sprach die Worte und stierte auf die Scheibe.

Auch der Earl of Rankin hatte bemerkt, daß etwas nicht stimmte. Er blickte ebenfalls in die Richtung und sah das Gesicht.

»Gaylord!« stöhnte er.

Schrill lachte der Russe auf. Es hörte sich an wie das Kreischen einer Möwe. »Dein Sohn, mein lieber Vetter. Das ist eine Überraschung. Du hast mir doch erzählt, er wäre nicht hier.«

»Ich – ich ...«

»Spar dir deine Worte, Vetter, und sieh genau zu, was nun passiert. Der Mann, den niemand töten kann, wird euch ein Exempel vorführen. Gebt acht!«

Sarah Goldwyn ahnte, daß Rankin Schreckliches vorhatte. Sie rief: »Nein, um Himmels willen! Lassen Sie es!«

Fjodor Rankin dachte überhaupt nicht daran. Er war in Fahrt, und er wollte es den anderen zeigen.

Seine Augen leuchteten noch mehr. Das Silber begann regelrecht zu strahlen, es hatte für Sarah Goldwyn die Wirkung von Laserlicht. Energien wurden frei, konzentrierten sich und fanden ihr Ziel.

Es war Gaylord!

Sein Gesicht befand sich zwar noch immer hinter der Scheibe, aber nicht mehr auf der gleichen Höhe. Die Kräfte des Russen hoben ihn hoch und drückten seinen Unterkörper so nach oben, daß Gaylord waagerecht in der Luft lag.

»Jetzt!« brüllte der Russe.

Mit Schrecken mußten Lady Sarah und Sir Reginald mit ansehen, was der andere mit Gaylord anstellte. Er behandelte ihn wie ein Stück Holz.

Der junge Earl raste auf das Fenster zu.

»Mein Gott!« schrie Sarah Goldwyn und schloß die Augen. Sie hatte sie kaum zu, als es schon splitterte. Die alte Scheibe hielt dem Druck nicht stand. Selbst der Rahmen wurde aus dem Mauerwerk gerissen, und Gaylord Rankin wurde zur lebenden Rakete.

In einem Regen von Glassplittern und Holzteilen wurde er durch die Scheibe und in das Zimmer gewuchtet. Er schrie. Sein Gesicht zeigte ein rotes Muster. Unzählige Splitter hatten sich in seiner Haut festgesetzt, und Blutstropfen perlten aus den kleinen Wunden.

Dumpf prallte er auf.

Für eine halbe Sekunde hielt wohl jeder den Atem an, bis das Schreien des jungen Mannes die Stille unterbrach. Gaylord wälzte sich über das Parkett, er hatte die Arme angewinkelt, wollte die Splitter aus seinem Gesicht schaben und bemerkte nicht, daß er es nur noch schlimmer machte. Wenn er rieb, gerieten Splitterkörner auch in seine Augen, und er konnte seine Sehkraft verlieren.

Keiner hatte sich gerührt. Als die Horror-Oma jedoch sah, was Gaylord Rankin vorhatte, da hielt sie nichts mehr auf ihrem Platz. Sie stürzte auf ihn zu, es war ihr auch egal, wie der andere reagierte, sie wollte den jungen Mann nur vor einem nicht wiedergutzumachenden Fehler bewahren. Sein Vater konnte es nicht. Er stand unter einem tiefen Schock, wankte zurück und fiel in einen hochlehnigen Sessel, wo er sitzen blieb.

Bevor Gaylord die Splitter in seinem Gesicht verreiben konnte, hatte Lady Sarah seine Handgelenke gepackt und hielt sie fest. Sie wunderte sich selbst, woher sie die Kraft nahm, aber in der Stunde der Gefahr wuchs sie über sich selbst hinaus.

Gaylord mußte starke Schmerzen haben. Hin und her warf er seinen Kopf, schluchzte und stöhnte in einem. Er stemmte seine Hacken in den Boden und drückte den Oberkörper hoch, so daß nur seine Schultern das Parkett berührten.

Sein Gesicht war schwer gezeichnet. Überall Blut. Splitter hingen auch an seiner Kleidung. Sie hatten sich in dem beigen Jackett festgesetzt.

Er wimmerte und stöhnte. Es war schrecklich. Lady Sarah versuchte, beruhigend auf ihn einzureden, aber er hörte nicht.

»Laß ihn!« befahl Rankin.

Da fuhr Lady Sarah herum. Sie ließ den jungen Mann los. Noch am Boden kniend, schaute sie den anderen an. Furchtlos, tapfer. »Ich lasse ihn nicht. Er hat mit alledem nichts zu tun. Sie sind es, der ihn fast getötet hätte. Aber Ihre Stunde schlägt auch noch, darauf können Sie sich verlassen. Sie werden …«

»Sei ruhig!« brüllte Rankin mit sich überschlagender Stimme und demonstrierte abermals seine Macht. Plötzlich veränderte sich der Boden. Er wurde weich wie Gummi, und eine dünne Rauchfahne stieg der Decke entgegen.

Mrs. Goldwyn hatte Angst, daß dieser Mensch völlig durchdrehen würde.

Sie sagte nichts mehr.

Bis auf das Stöhnen des Verletzten wurde es still. Und in diese Stille hinein klangen dumpfe Geräusche.

Schüsse!

Wir waren auf Situationen wie diese trainiert und eingestellt. Kaum verlöschte das Licht, da standen wir schon nicht mehr an unseren Plätzen, sondern lagen flach am Boden.

Und das war gut so. Die anderen hatten blitzschnell ihre Waffen gezogen.

Die Schüsse krachten, und es hörte sich an wie ein Gewitter. Fahl leuchteten die Mündungsblitze, in deren Widerschein verzerrte Gesichter für Bruchteile von Sekunden erschienen und dann wieder verschwanden.

Jetzt ärgerte ich mich ein wenig, daß ich keine normale Waffe bei mir trug. Silberkugeln zu verschießen tat mir in der Seele weh, wenn es dabei nicht um Dämonen ging.

Suko und ich waren nicht zur gleichen Seite gehechtet. Es gab da einige Regeln, die uns praktisch in Fleisch und Blut übergegangen waren. Ich war nach links getaucht, Suko hatte sich die entgegengesetzte Seite ausgesucht.

Dicht an der in den Gang hineingebauten Wand robbte ich entlang. Über mir waren zwei Kugeln eingeschlagen, hatten ihre Furchen hinterlassen, und mir war der feine Staub in den Nacken gerieselt.

Zum Glück hatten die beiden Russen nicht getroffen. Sie waren doch nicht so kaltblütig gewesen und wollten sich erst einmal freie Bahn verschaffen.

Ich erreichte das Ende der Mauer und kroch herum. Jetzt lag ich geschützt.

Vorsichtig richtete ich mich auf. Wieviel Zeit seit den ersten Schüssen vergangen war, konnte ich nicht sagen. Bestimmt nicht mehr als fünf Sekunden.

In kniender Lage blieb ich. Mein Atem ging flach. Die Härchen auf meinen Handrücken hatten sich aufgestellt, das Licht war verloschen, und wir standen uns in völliger Dunkelheit lauernd gegenüber.

Ein Nervenkrieg begann.

Die anderen waren dabei im Vorteil. Uns saß die Zeit im Nacken, während es den Russen auf eine Minute nicht ankam.

Etwas schabte über den Boden. Jemand bewegte sich. Nur wußte ich nicht, ob es sich dabei um Suko oder um einen der Russen handelte.

Eigentlich hatte ich es noch am besten, denn mich schützte die Mauer. Ein Feind befand sich nicht in unmittelbarer Nähe, den hätte ich längst bemerkt. Da mich die Wand deckte, überlegte ich, ob ich es riskieren sollte.

Ewig konnten wir nicht hier lauern und auf einen Fehler der anderen warten. Einer mußte die Initiative ergreifen.

Ich holte meine kleine Bleistiftlampe hervor, nahm sie in die linke Hand und schob mich bis zum Ende der Wand vor, so daß ich um sie herumschauen konnte.

Es war riskant, was ich da vorhatte, aber die Lage mußte in Bewegung geraten.

Ein Druck auf den Knopf.

Der fingerdicke, helle Lichtstrahl stach in die Finsternis. Ich bewegte die kleine Lampe, um einen möglichst großen Wirkungskreis auszuleuchten und sah tatsächlich für den Bruchteil einer Sekunde das Gesicht eines Russen.

Aber auch der Mann reagierte.

Das Gesicht tauchte weg, und dann krachten die Schüsse.

Es war ein Inferno, das über mich hereinbrach. Hätte ich mich nicht blitzschnell hinter die Mauer zurückgezogen, die Kugeln hätten mich durchlöchert.

Das Krachen der Waffen, das hohle Pfeifen der Geschosse, die wilden Echos und die harten Einschläge wurden zu einer tödlichen Sinfonie aus Blei.

Dann ein Schrei.

Langgezogen, jaulend und verzweifelt. Kaum war der Schrei aufgeklungen, verstummten die Schüsse. Ein schwerer Fall drang an meine Ohren, und ich hörte eine Stimme auf Russisch irgend etwas flüstern.

Einen der Agenten hatte es erwischt.

Ich kam nicht mehr dazu, mir weitere Gedanken zu machen, denn jetzt handelte Suko.

Plötzlich wurde es hell.

Aber nicht durch einen Taschenlampenstrahl, sondern durch das normale Licht. Suko hatte den Stecker wieder in die Dose geschoben. Er selbst stand halb gebückt, hielt die Waffe schußbereit und schwenkte die Mündung, wobei sie auf den zweiten Russen wies, der neben der Gangwand und nicht weit von der Treppe entfernt flach am Boden lag und nur die Hand mit seiner Pistole erhoben hatte.

»Laß es!« zischte ich.

So abgebrüht war der Mann auch nicht. Er zuckte zusammen, als er meine Stimme vernahm, die ausgerechnet noch in seinem Rücken aufgeklungen war.

Suko trat ihm die Armeepistole aus den Fingern. Sie rutschte über den Kellerboden und blieb dicht neben dem zweiten Russen liegen, dessen Gesichtshaut schon die wächserne Blässe des Todes angenommen hatte. Seine Augen starrten blicklos gegen die Decke. Die rechte Gesichtshälfte war zerstört. Dort hatte ihn das Geschoß getroffen.

»Tut mir leid«, sagte Suko. »Ich konnte nicht zielen. Es ging einfach alles zu schnell.«

Mein Partner hatte den Mann also erwischt.

Wir befahlen dem Russen, sich zu erheben. Er stützte sich dabei an der Wand ab, und als er stand, da hob er die Hände in Schulterhöhe. Der Mann kannte die Regeln.

Suko bedrohte ihn von vorn mit der Beretta, während ich an ihn herantrat und nach Waffen abklopfte. Außer seiner Pistole besaß er nur noch ein Taschenmesser aus bestem Schweizer Stahl.

An der Schulter drehte ich den Mann herum und drückte ihn mit dem Rücken gegen die Wand.

Die Lippen des Kerls waren zusammengepreßt. In seinen Augen lag ein kalter, aber auch entschlossener Ausdruck. Ich kannte diese Leute. Es waren knallharte Burschen, vom KGB ausgebildet, der sagte so leicht nichts.

Trotzdem versuchte ich es. »Wer ist noch alles oben?«

»Er.«

»Was heißt das?«

Der Russe gestattete sich ein Grinsen. Für mich ein Zeichen, daß er sich sicher fühlte. »Gegen ihn kommt ihr nicht an. Er ist der Mann, der nicht sterben kann. Ihr könnt ihn nicht erschießen. Niemand kann ihn töten.«

»Ist er allein?«

»Nein.«

»Wer ist noch bei ihm?«

Da lachte der Russe. »Ich weiß nicht, ob sie noch leben. Da gibt es eine Frau und einen Mann.«

»Beschreibe die Frau.«

Das tat er. Suko und mir fuhr der Schreck durch die Glieder, denn der Russe hatte uns Lady Sarah beschrieben. Um sie handelte es sich. Der Mann war der Earl of Rankin.

Und beide befanden sich in der Gewalt des unheimlichen Mörders, der ohne Rücksicht auf Verluste vorging.

»Ihr könnt nicht gewinnen«, sagte der Agent wieder. »Der andere ist zu stark.«

»John!« Sukos Stimme klang zwar leise, allerdings auch warnend. Ich warf ihm einen raschen Blick zu und bemerkte, wie mein Partner bis zur Treppe schlich und hochschaute. Er mußte dort etwas bemerkt haben. Da ich mich nicht mehr voll auf den Russen konzentrierte, versuchte er es. Schattenhaft sah ich seinen Arm. Er wollte mir die Waffe aus der Hand schlagen.

Ich sprang zurück, der Hieb verfehlte mich, und ich donnerte dem Agenten meine Linke gegen die Brustgrube. Der Treffer warf ihn wieder zurück. Bevor die Wand ihn stoppen konnte, hieb ich abermals zu. Diesmal mit dem Waffenlauf. An der Stirn wurde er getroffen. Die Haut platzte auf, ein Blutrinnsal sickerte aus der Wunde, dann gaben die Beine des Russen nach. Der Mann war bereits bewußtlos, kaum daß er den Boden berührt hatte.

Um ihn konnten wir uns nicht mehr kümmern, denn die andere Gefahr lauerte oben an der Treppe.

Suko stand davor und schaute hoch. Das Licht fiel auch die Stufen hoch. Sie waren ziemlich breit, bestanden aus Stein, und etwa die ersten sechs wurden vom Lichtschein erfaßt. Die anderen lagen im Dunkeln.

Schritte auf der Treppe. Da kam jemand, der Chinese hatte sich nicht verhört.

Wir standen nicht direkt vor den Stufen, sondern rechts und links davon, damit wir auch in Deckung springen konnten, falls uns jemand angriff.

Da die Treppe gebogen war, konnten wir den Ankömmling noch nicht erkennen. Aber wir sahen schon seinen Schatten, wie er über die Wand wanderte.

Dann sahen wir ihn.

Ja, er war es. Ich hatte ihm schon einmal Auge in Auge gegenübergestanden und sogar auf ihn geschossen.

Rankin. Fjodor Rankin, der Mann, den niemand töten konnte. Jetzt trug er keine Pelzmütze. Wir sahen sein weißes Haar, das an den Seiten des Kopfes wuchs. In der Schädelmitte waren die Haare ausgefallen. Dort schimmerte die Haut bleich.

Ich preßte die Lippen zusammen. Mein Herz schlug plötzlich schneller. Dieser Mann, der dort so harmlos vor uns stand, war eine brandgefährliche Person. Man sah es ihm in der Tat nicht an, doch er war eiskalt und würde uns zu vernichten versuchen.

Während ich bewegungslos stand, sah ich Suko aus den Augenwinkeln. Der Chinese versuchte, seinen Stab einzusetzen, wobei seine Hand in dem Jackettausschnitt verschwand.

Rankin sagte nichts. Auch wir blieben stumm, aber ich ahnte, daß er etwas vorhatte.

Er konnte die Materie manipulieren.

Und das tat er.

Ich sah nur seine Augen. Plötzlich nahmen sie einen silberfarbenen Glanz an, als würde sich die Leuchtquelle dafür im Innern des Mannes befinden. Dieses Leuchten signalisierte für mich die große Gefahr.

Ich rief meinem Freund eine Warnung zu, schoß selbst und sah auch, wie die Kugel einschlug. In die Brust hatte ich ihn getroffen, doch das Geschoß tat ihm nichts.

Er grinste nur und blieb stehen.

»Weg hier!« brüllte ich Suko zu.

Der Chinese hatte es nicht geschafft, seinen Stab hervorzuholen. Er sprang genau wie ich zur Seite.

Das war gut so, denn die unheimlichen Kräfte des Russen kamen voll zur Geltung.

Nicht direkt griff er an, sondern unsere Umgebung. Plötzlich lösten sich die Treppenstufen vor unseren Augen auf. Der harte Stein wurde weich und flüssig. Er nahm eine andere Farbe an, wurde dunkelrot und erinnerte mich an flüssige, heiße Lava.

Aber nicht nur die Treppe wurde von seinen unheimlichen Kräften verändert, auch die Wand rechts und links der Stufen.

Sie löste sich ebenfalls auf. Das Gestein verlor seine Dichte, es wurde flüssig und fiel in dicken roten Tropfen nach unten, wo es sich mit dem anderen Strom vereinigte.

Dämpfe quollen auf. Dicke Schwaden zogen in den Keller und begleiteten den Weg des flüssigen Gesteins, das alles fressen und verbrennen würde, was sich ihm in den Weg stellte.

Wir flohen.

Es gab für uns keine andere Möglichkeit. Der Weg nach vorn war uns versperrt, wir mußten den durch die Garage nehmen und wußten dabei nicht, ob es uns unterwegs nicht doch noch erwischte.

Suko rannte neben mir her. Hinter uns hörten wir die Stimme des Russen. Schaurig hallte sie durch den Keller.

»Ich werde euch vernichten. Töten werde ich euch – töten ...«

Wir rannten um unser Leben.

Reichte die Kraft des Mannes, oder waren wir stärker?

Zu beiden Seiten begannen sich die Steine zu verändern. Sie schmolzen ebenso dahin wie vorhin die Treppe.

Die Decke konnte dann nicht mehr gehalten werden, und für uns bestand die Gefahr, daß wir in diesem Keller unser Grab fanden.

Hitze umgab uns.

Wir rannten an den Weinfässern vorbei. Eins krachte auseinander. Es explodierte förmlich. In gewaltigen Strömen ergoß sich die Flüssigkeit aus dem zerstörten Faß, mich trafen einige Holzsplitter, und ich zog den Kopf in den Nacken.

Endlich sahen wir die Treppe. Sie war noch heil. Mit Riesensätzen jagten wir die Stufen hoch, erreichten den schmalen Flur und hatten nur noch ein paar Schritte bis in die Garage.

Dort lehnten wir uns schwer atmend an den Wagen. Wir hatten es geschafft. Vorläufig. Beide schauten wir zurück, aber der Verfolger war uns nicht mehr auf den Fersen.

»Verdammt, den kriegen wir nicht!« keuchte Suko.

Ich schüttelte den Kopf. »Wir müssen, Suko. Der darf uns nicht entkommen. Stell dir vor, was der anrichten kann.«

Mein Freund nickte.

Beide dachten wir an die Menschen, die sich noch im Haus befanden. Wenn wir schon kaum eine Chance hatten, dann besaßen sie erst recht keine …

Als Rankin die Schüsse hörte, blieb er in gebückter Haltung stehen. Seine Ohren schienen zu wachsen, so sehr strengte er sich an. Er lauschte, denn er wollte herausfinden, wo die Schüsse abgefeuert worden waren.

Im Keller!

Ja, deutlich zu vernehmen, als die nächste Schußfolge aufwummerte und als dumpfe Echos von den Anwesenden gehört wurden.

Fjodor Rankin fuhr herum. Sein Gesicht war verzerrt. Er ahnte, daß ihm die Fäden des Spiels aus der Hand genommen wurden, und das konnte er nun gar nicht vertragen.

»Was ist hier los?« brüllte er und eilte dorthin, wo der Boden aufgeweicht war, allerdings wieder hart wurde und nur noch Wellen davon zeugten, was mit ihm geschehen war.

Lady Sarah, die neben dem verletzten Gaylord stand, zuckte zusammen, als sie die Stimme hörte. Der Kerl war rasend, er würde durchdrehen, eine Antwort konnte sie ihm nicht geben.

»Ich weiß es nicht!« schrie sie. »Verdammt, so glauben Sie mir doch. Sie haben die beiden in den Keller geschickt. Vielleicht schießen sie sich gegenseitig über den Haufen.«

Rankin schüttelte den Kopf. Seine Pupillen waren nur noch silberne Kreise. Er stand voll unter Dampf. »Nein, das glaube ich dir nicht. Da muß etwas anderes geschehen sein. Verdammt, da stimmt was nicht. Ich werde es herausfinden.« Mit ein paar Schritten stand er vor Sir Reginald, packte ihn und schüttelte ihn durch. »Du wirst mir Rede und Antwort stehen. Ich will wissen, was da geschehen ist. Mach dein Maul auf, zum Henker!«

Der Earl schaute seinen entfernten Verwandten verwundert an. Sein Blick bewies, daß auch er nicht verstand, was dort im Keller vor sich ging.

Wie die Klauen eines Greifvogels stießen die Arme des Russen vor, und gekrümmte Finger verhakten sich in der Kleidung des Earls. »Was ist da unten geschehen?« schrie er. »Wer befindet sich noch in deinem Keller?«

»Ich habe keine Ahnung.« Tonlos drangen die vier Worte über die Lippen des Adligen.

Wütend ließ der andere ihn los. Er war durcheinander und nicht mehr Herr der Lage. Das merkte auch die Horror-Oma, und sie gestattete sich ein Lächeln, das der andere auf keinen Fall sehen durfte. Lady Sarah ahnte, wer in die Kellerräume eingedrungen war und den beiden Agenten einen Kampf lieferte.

Suko und John.

Mrs. Goldwyn drückte nur die Daumen, daß beide es schafften und die Gegner besiegten.

Rankin fuhr herum. Er schluckte. Sein Adamsapfel hüpfte hoch und nieder. »Ich werde es herausfinden!« flüsterte er rauh. »Verdammt, ich werde es herausfinden. Allen zeige ich es. Das habt ihr nicht umsonst gemacht. Ich zerstöre das Haus und euch mit!« Er sprach die Worte, führte einen wilden Faustschlag gegen einen nicht vorhandenen Gegner und warf sich auf dem Absatz herum. Mit langen Schritten durchquerte er die Halle und verschwand in deren Hintergrund, wo die Treppe in die Kellergewölbe begann.

Mrs. Goldwyn wartete, bis ihr Gegner nicht mehr zu sehen war. In seiner Wut hatte er wirklich einen Fehler gemacht, indem er seine Gefangenen allein ließ.

Die Chance mußte genutzt werden!

Lady Sarah warf einen Blick auf den jungen Earl. Gaylord Rankin war bewußtlos geworden. Das Beste, was ihm in dieser Lage hatte passieren können. So brauchten seine Arme nicht mehr festgehalten zu werden.

Allein konnte die Horror-Oma es nicht schaffen. Sir Reginald mußte ihr beistehen.

Der saß apathisch in seinem Sessel. Das Blut im Gesicht war zu einer Kruste geworden, der Blick ins Leere gerichtet.

»Sir Reginald!« sprach Lady Sarah den Earl an.

Der rührte sich nicht. Er schien überhaupt nicht mehr anwesend zu sein und sich in einer anderen Welt zu befinden.

»Hören sie mich, Sir Reginald?«

Da öffnete der Mann die Augen. »Ja«, flüsterte er. »Ich – ich weiß nicht, was da los ist – ich …«

»Reißen Sie sich zusammen, Mensch! Er hat uns eine einmalige Chance gegeben.«

»Chance? Welche Chance?«

»Wir können fliehen.«

Auch die letzten Worte zeigten bei Sir Reginald keinerlei Reaktion. Er blieb apathisch.

Das wollte Lady Sarah nicht gelten lassen. Sie packte den Arm des Earls und versuchte, den Mann hochzuziehen. Ein jüngerer Mensch hätte es vielleicht geschafft, aber Lady Sarah besaß nicht mehr die Kräfte einer Dreißigjährigen. Sie bekam den alten Earl nicht aus dem Sessel hoch.

Wütend trat sie zurück und zischte einen Seemannsfluch durch die Zähne. Wenn sie es bei dem Alten nicht schaffte, dann mußte sie sich um den jungen Earl kümmern.

Der lag auf dem Rücken. Noch immer steckten die Splitter in seiner Haut und der Kleidung. Lady Sarah mußte achtgeben, daß sie sich nicht verletzte.

Sie schob ihre Hände unter die Schultern des jungen Mannes und versenkte sie in seinen Achselhöhlen. Dann sammelte sie alle Kräfte, hob ihn ein wenig an und zog ihn auf die Tür zu. Das war Schwerstarbeit. Seine Absätze hinterließen auf dem hellen Parkett lange Streifen. Ihn erst auf einen Teppich zu legen und dann weiterzuziehen, dazu hatte Lady Sarah nicht mehr die Zeit.

Sie strengte sich an wie selten. Arme und Beine zitterten unter der Last, die sie zu bewältigen hatte.

Ihr Atem ging pfeifend, und sie stöhnte auf, als sie die Tür endlich erreicht hatte.

Die Horror-Oma zog eine Hälfte auf. Die Kälte fuhr in den Raum. Weil ein Fenster zerstört war, entstand Durchzug. Darum kümmerte sich Lady Sarah nicht, sie wollte Gaylord nur aus der Gefahrenzone bringen, raffte sich noch einmal auf und schaffte ihn über die Türschwelle nach draußen.

Sarah Goldwyn überlegte einen Moment. Direkt vor der Tür befand er sich noch nicht in Sicherheit. Wenn es eben möglich war, wollte sie ihn auch die Treppe hinunterschleifen.

Sie strengte sich an. Noch einmal mußte sie ihre Kräfte sammeln. Die Beine des Mannes schlugen auf die Stufen, als er weitergezogen wurde. Es war inzwischen dunkel geworden. Der Schein der über der Tür hängenden Leuchten verlor sich in der Finsternis, und die hohen Bäume wirkten wie gespenstische Schatten.

Auf dem Weg und dicht neben der Treppenmauer ließ Lady Sarah den jungen Earl liegen.

Dann eilte sie wieder zurück.

Eilen war zuviel gesagt. Sie hatte Mühe, die Stufen hochzukommen. Die letzte Aktion hatte sie Kraft gekostet. Ihre Beine wollten einfach nicht so recht mitmachen. Sie mußte sich schon am Geländer abstützen, um die Treppe hinter sich zu lassen.

Sir Reginald hockte weiterhin in seinem Sessel. Er sah mit seiner langen Blutkruste im Gesicht aus wie eine Figur aus einem Horrorfilm. Man konnte ihn sogar für tot halten, hätten nicht seine Wangen gezuckt. Das einzige Lebenszeichen, das er von sich gab. Ansonsten ging sein Atem flach und war kaum zu merken.

Lady Sarah blieb vor ihm stehen. Sie beugte sich zu dem Sitzenden hinab. Mit beiden Händen umfaßte sie seine Wangen. »Sir Reginald, bitte!« sagte sie drängend. »Sie müssen hoch. Schnell!«

Bisher hatte der Earl die Augen geschlossen gehabt. Jetzt öffnete er sie wieder. »Lassen Sie mich«, flüsterte er.

»Wollen Sie sterben?«

»Vielleicht ...«

»Unsinn, Mann. Seien Sie keine Memme. So habe ich Sie wirklich nicht eingeschätzt. Gaylord befindet sich bereits in Sicherheit, und Sie werde ich auch ...«

»Gaylord?« fragte der Earl mit zittriger Stimme.

»Ja, er.«

»Wo ist er?«

Lady Sarah verdrehte die Augen. Sie hatte keine Lust, die Fragen zu beantworten, ihr saß die Zeit im Nacken, aber sie konnte Sir Reginald auch nicht brüskieren.

»Er wartet auf Sie, Sir!«

»Ja, ja, ich komme.« Plötzlich war alles anders. Der Name seines Sohnes hatte bei dem alten Earl Energien geweckt, an die er wohl selbst nicht mehr geglaubt hatte.

Er stemmte sich hoch, wobei ihm Lady Sarah behilflich war. Etwas schwankend blieb er vor dem Sessel stehen. Er hatte den Kopf gesenkt und wirkte so, als würde er über irgend etwas nachdenken.

Lady Sarah nahm seine Hand. »Kommen Sie, Sir. Wir haben wirklich nicht mehr viel Zeit.«

Wie ein Kind ging der Adelige. Seine Lippen bewegten sich. Er sagte Worte, die Lady Sarah nicht verstand. Sie hatte es brandeilig, denn sie wollte nicht mehr im Raum sein, wenn dieser wahnsinnige Rankin zurückkehrte, falls es John Sinclair oder Suko nicht gelang, ihn zu erledigen.

Sarah Goldwyn stützte den Mann. Er zitterte. Seine Haut war kalt, als hätte er schon im Grab gelegen. Die Augen hatten keinen Glanz mehr.

Hatte der alte Earl bereits mit seinem Leben abgeschlossen?

Die Hälfte der Strecke hatten sie hinter sich gebracht, und die Hoffnung der alten Dame wuchs, als sie durch den Auftritt des Russen jäh zerstört wurde.

»Das hatte ich mir gedacht!« schrie Rankin und lachte schaurig. »Bleibt stehen, ihr Verdammten!«

Mrs. Goldwyn schloß für Sekunden die Augen. Tausend Gedanken wirbelten durch ihren Kopf.

Er hatte es geschafft. John Sinclair und Suko hatten ihn nicht stoppen können. Er war der Mann, der nicht sterben, der von niemandem getötet werden konnte.

Sie hörte die Schritte des Russen und öffnete die Augen wieder. Er tauchte aus dem Hintergrund der Halle auf, seine Augen glänzten wie zwei silberne Platten, der Mund war verzogen, seine gesamte Erscheinung wirkte gespenstisch.

Und er würde sich rächen!

Er ging nicht schnell. Jeder seiner Schritte wirkte wie abgemessen. Das Gesicht blieb unbewegt, es sah aus, als wäre es eingefroren.

Auch Sir Reginald hatte seinen entfernten Verwandten bemerkt. Der Earl drehte den Kopf und schaute Fjodor entgegen. Was der Adelige dachte, war von seinem Gesicht nicht abzulesen, da der gesamte Mensch einen völlig apathischen Eindruck machte.

Fjodor blieb stehen. Er öffnete den Mund und begann zu sprechen. »Es hat nicht gereicht«, sagte er mit dumpfer Stimme. »Ihr wolltet fliehen, aber ihr entkommt mir nicht. Ich bin immer stärker.«

»Was ist im Keller passiert?« fragte Lady Sarah.

»Im Keller?« Es schien, als lauschte der Mann der Frage nach. »Es war eine Schießerei.«

»Zwischen wem?«

»Ich kenne den einen Mann aus London. Aber die Kerle haben sich in den Finger geschnitten. Meine Landsleute können sie besiegen, mich nicht. Der eine schoß auf mich und traf meine Brust. Darüber kann ich nur lachen. Ich habe mich fürchterlich gerächt.«

Mrs. Goldwyns Herz schlug plötzlich schneller.

»Sind sie – sind sie tot?«

»Vielleicht.«

»Sie Mörder ...«

»Halt deinen Mund, Alte!« zischte der Russe und schaute sich so hastig um, als wäre ihm jetzt erst etwas aufgefallen. »Der Junge«, sagte er. »Wo ist der Junge?«

»Nicht mehr hier.«

»Das sehe ich. Du hast ihn weggeschafft.«

Lady Sarah nickte. Warum sollte sie lügen? Es hatte doch keinen Sinn.

»Gut, daß ich dies weiß. Ich werde dich dafür bestrafen. Ich töte dich, dann diesen verfluchten Gaylord, und auch seinen Vater. Danach gehört mir alles.«

»Töten?« Niemand hatte mehr auf den Earl of Rankin geachtet. Jetzt wiederholte er das Wort, und seine Stirn hatte sich in Falten gelegt. Es sah so aus, als wäre er aus einem tiefen, langen Schlaf erwacht. »Du willst ihn töten?«

»Ja!« schrie Fjodor Rankin. »Ich werde ihn töten. Ich werde alle umbringen – alle!«

»Nein!« Es war wie ein Aufstöhnen. Der alte Earl duckte sich, und ein Zittern lief durch sein Gesicht. »Das darfst du nicht. Du kannst ihn nicht töten. Ich verbiete es!« Hoch richtete er sich auf, und er löste seine Hand aus Lady Sarahs Griff.

Fjodor lachte schallend. »Du willst mir etwas verbieten, Vetter? Du? Daß ich nicht lache. Ich lasse mir von dir nichts verbieten, von niemandem. Hast du gehört?«

Der Earl schüttelte den Kopf. Es ging um seinen Sohn, um sein ein und alles. Ihn wollte er beschützen, und er durfte es nicht zulassen, daß man ihn angriff. »Nein, Rankin, du wirst ihn nicht umbringen!« knurrte er fast wie ein Tier. »Das darfst du nicht. Das lasse ich nicht zu. Ich werde dich erwürgen!«

»Sir Reginald!« rief Sarah Goldwyn. »Sind Sie verrückt? Sie schaffen es nicht. Sie können ihn nicht töten. Er wird Sie – bleiben Sie stehen, um Gottes willen ...«

Der andere hörte nicht. Er ging stur auf Fjodor Rankin zu.

Dessen Gesichtshälfte verzog sich in Höhe des Mundes. Auch die Augen begannen wieder zu strahlen. Er mobilisierte seine unheimlichen Kräfte, während er flüsterte: »Jetzt gib genau acht. Ich werde dir zeigen, was es heißt, sich gegen mich zu stellen. Du wirst sterben. Du wirst deinen endgültigen Tod finden, du Wrack!« Er lachte noch einmal auf und ließ seinen Kräften freie Bahn.

Was Lady Sarah Goldwyn in den nächsten Sekunden erlebte, war so grausam, daß sie fast an ihrem Verstand zweifelte.

Fjodor Rankin hatte seinen Vetter bereits mit dem Messer gezeichnet. Das nicht ohne Grund, denn nun tötete er den Earl auf grausame Art und Weise.

Lady Sarah hörte nur die Schreie des Mannes. In höchster Todesnot wurden sie geboren, überschlugen sich und hallten durch die gewaltige Diele bis weit in die oberen Stockwerke.

Wie eine Puppe wurde der Adelige herumgerissen. Von einer Seite auf die andere torkelte er, fing sich wieder, wurde zurückgestoßen, schlug nach vorn, kippte zur Seite, riß Stühle um und wankte durch die große Halle.

Er war zu einem Spielzeug des Satans geworden.

Manchmal konnte Lady Sarah sein Gesicht sehen. Aber war es noch ein Gesicht?

Nein, das Zeichen hatte sich vertieft. Das Gesicht des Earls bestand plötzlich aus zwei Hälften, die auseinanderklafften.

Mit einem dumpfen Laut schlug er zu Boden. Der andere hatte sein Versprechen wahrgemacht.

Sir Reginald, Earl of Rankin, lebte nicht mehr. Sein eigener Vetter hatte ihn getötet.

Sarah Goldwyn atmete tief ein und aus. Sie schüttelte sich vor Entsetzen. »Sie haben ihn getötet«, flüsterte sie rauh und dumpf. »Sie sind ein Mörder, ein Teufel in Menschengestalt.«

»Ja, das bin ich«, erwiderte Rankin. »Und ich habe ihn umgebracht. Ich töte jeden, der sich mir in den Weg stellen will, das solltest du dir merken, Alte. Erst er, dann du, und zum Schluß nehme ich mir den jungen Gaylord vor. Ihr kommt alle an die Reihe, keiner kann mir entrinnen!«

Sarah Goldwyn ging zurück. Schritt für Schritt bewegte sie sich der offenen Tür entgegen. Sie wünschte sich in diesen schrecklichen Augenblicken weit, weit weg, doch dieser Wunsch würde nie in Erfüllung gehen.

»Du entkommst mir nicht!« flüsterte Fjodor Rankin. »Du nicht ...«

Wir hatten Haus und Garage tatsächlich unbeschadet verlassen können. Die Anspannung legte sich ein wenig, und meine Befürchtung, der unheimliche Killer würde das Haus zerstören, war nicht eingetroffen. Tief saugten wir die kalte Luft ein. Erst jetzt merkte ich wieder meine Knochen. Wenn ich mich auf die Bewegungen konzentrierte, dann taten sie weh. In Streßsituationen jedoch kam ich nicht dazu, daran zu denken.

Suko warf mir einen schrägen Blick zu. Er mußte bemerkt haben, was mich quälte. »Bist du okay, John?«

»Ja, so einigermaßen.«

Wir schauten uns kurz um. Viel Zeit blieb nicht, Fjodor würde sicherlich durchdrehen, denn auf seiner makabren Totenliste standen einige Personen.

Auch wir.

Der Park lag im Dunkeln. Nur an der Vorderfront des Hauses schimmerte Licht. Dort brannten zwei Leuchten, so daß wenigstens die beiden Treppen zu erkennen waren.

Suko wollte weiter, das merkte man ihm an. Auch ich wollte hier nicht anwachsen und nickte.

Obwohl die Zeit drängte, blieben wir vorsichtig. Während wir auf den Eingang zuliefen, hielten wir uns immer nah an der Hauswand, so daß wir durch sie ein wenig gedeckt waren.

Die Treppe wurde wirklich gut angeleuchtet, aber wir sahen keinen Menschen.

Dafür hörten wir die Schreie.

Die Tür oder ein Fenster mußte geöffnet sein, sonst hätten wir sie nicht so deutlich vernehmen können. Es waren gellende Rufe, geboren in verzweifelter Todesangst, und sie hallten wie der schrille Gesang einer Höllenfanfare über den Park.

Es waren die Schreie eines Mannes, und Suko sprach das aus, was ich dachte.

»Der Earl!«

Fjodor Rankin drehte durch! Daß er uns nicht hatte

stoppen können, mußte ihn derart angeheizt haben, daß er keine Rücksichten mehr kannte und seine mörderischen Kräfte voll ausspielte. Der Mann, der nicht sterben konnte, bewies es seinen Feinden.

Wie sollten wir ihn stoppen?

Suko, der besser in Form war als ich, lief vor. Er hatte sich auch mehr von der Hauswand entfernt und jagte schon auf die Treppe zu, deren Stufen seitlich an der Hauswand hoch zu dem kleinen Eingangspodest führten, wo sich auch die Tür befand.

Da blieb er stehen, als wäre er gegen ein Hindernis gelaufen. Er mußte etwas entdeckt haben, wandte sich nach rechts, und ich lief zu ihm. Gleichzeitig registrierte ich, daß die Schreie des Mannes verstummt waren.

Als ich Suko erreichte, kniete er bereits neben einem am Boden liegenden Mann.

Ich blieb in gebückter Haltung neben ihm. »Verdammt!« flüsterte ich und schaute auf den jungen Gaylord Rankin, den wir im Gasthaus kennengelernt hatten.

Er sah schrecklich aus. In seinem Gesicht steckten Splitter. Überall sahen wir die Blutperlen, und auch seine Kleidung war mit Glassplittern übersät.

Aber er lebte.

»Gütiger Himmel, was ist da passiert?« flüsterte Suko.

Ich warf einen Blick an der Treppenmauer hoch. »Fjodor Rankin«, sagte ich.

»Ja, genau.«

Ich stellte mich aufrecht, zog die Beretta, hängte das Kreuz vor die Brust und lockerte auch meinen Bumerang am Gürtel. Mein Innerstes schien zu vereisen.

Mit rauher Stimme sagte ich: »Los, Suko, wir holen uns den verdammten Mörder!«

»Ein Traum!« flüsterte Rankin. »Ein irrer, böser Traum, alte Frau. Und du wirst sein Ende nicht erleben. Weil du tot bist. Tot, tot, tot.« Er kicherte wie ein Wahnsinniger und schüttelte dabei den Kopf.

Ich muß ihn stoppen! Ich muß es versuchen! Lady Sarahs Gedanken überschlugen sich, während sie zurückging und an der hereinströmenden Kälte merkte, daß sie der Tür schon ziemlich nahe war.

Aber hatte Flucht einen Sinn? Wohin sollte sie laufen? Der andere würde sie überall finden. Er war jünger, er war schneller, und er wurde von einem unheimlichen Haß angetrieben, der bei ihm wie ein Motor wirkte.

»Mir gehört es, mir!« flüsterte er. »Ich habe alles erreicht, was ich wollte, ich bin hier der Herr, und die einzige, die mich stören könnte, bist du. Doch nicht mehr lange, alte Frau, meine Kraft wird dich zerschmettern. Wie willst du sterben, wie?«

Die Horror-Oma gab keine Antwort. In ihrem Hals hatte sich ein Knoten gebildet, sie konnte nicht sprechen, die heiße Angst drückte ihr die Kehle zu.

Dann stand sie auf der Schwelle. Rechts neben sich sah sie den noch geschlossenen Flügel.

Würde der andere noch einen Schritt zulassen?

Laut schrie Sarah Goldwyn auf. Allerdings nicht wegen des Unheimlichen vor ihr, sondern aus einem anderen Grund. Zwei Hände hatten sich auf ihre Schultern gelegt, rissen sie vom Fleck weg und schleuderten sie zur Seite, auf das Podest vor der Tür zu, wo die Horror-Oma von zwei anderen Händen aufgefangen wurde.

Weit riß sie die Augen auf und schaute in mein Gesicht.

»John!« hauchte sie.

Ich gönnte ihr ein kurzes Lächeln, dann nahmen mich die weiteren Vorkommnisse voll in Anspruch.

Ich hatte die Frau aus der unmittelbaren Gefahrenzone geschafft. Wir waren von Fjodor Rankin nicht gesehen worden, und als dann Suko anstatt der Frau plötzlich auf der Türschwelle stand, war der Russe für eine winzige Zeitspanne durcheinander.

Das war genau die Chance, die Suko brauchte. Er hatte auf so einen Moment gelauert, und er wollte seine stärkste Waffe einsetzen, die er besaß.

Seinen Stab!

In einem alten tibetanischen Kloster hatte er ihn bekommen. Der Legende nach stammte der Stab aus dem Besitz des großen Religionsgründers Buddha. Und er hatte magische Eigenschaften, die nicht genauer erforscht waren.

Wenn Suko ein bestimmtes Wort rief, hielt er die Zeit für fünf Sekunden an. Während dieser Frist erstarrten alle anwesenden Personen in der unmittelbaren Umgebung, nur derjenige, der das Wort gerufen hatte, konnte sich bewegen.

Allerdings durfte Suko seine Gegner während der Zeitspanne nicht töten, dann hätte der Stab seine Wirkung verloren. Der Chinese konnte jedoch Vorbereitungen für eine Vernichtung des Gegners treffen, und das wollte er auch hier.

Vielleicht für eine Sekunde schauten sich Suko und der andere an. Bisher hatte der Chinese Fjodor Rankin noch nie aus dieser unmittelbaren Nähe gesehen. Er sah einen älteren Mann mit weißen Haaren, aber silbrig glänzenden Augen, in denen sich die unheimlichen Kräfte des Mannes konzentrierten, um frontal gegen die Feinde gerichtet zu werden.

Suko mußte dem anderen zuvorkommen.

»Topar!« rief er.

Das war das Wort. All diejenigen, die den Schrei vernommen hatten, erstarrten.

Auch Fjodor Rankin!

Und Suko hatte freie Bahn.

Der Chinese hatte selbst nicht so recht geglaubt, daß der Stab bei Rankin seine Wirkung zeigen könnte. Um so erfreuter war er, als er sah, daß der andere zur Statue geworden war und sich auch der silberne Glanz in seinen Augen etwas abschwächte.

Suko überwand die trennende Distanz zu seinem Feind mit wenigen Schritten. Eine Waffe konnte Rankin nicht töten, aber vielleicht konnte man ihn bewußtlos schlagen.

Im Sprung hatte der Chinese schon ausgeholt. Der Arm war schräg erhoben, die Handkante gekrümmt, damit sie auch die gewisse Stelle traf, die Suko vorgesehen hatte.

Wuchtig pfiff seine Hand nach unten.

Es war ein Hieb wie mit dem Hammer geschlagen. Er traf genau den wunden Punkt.

Für einen Moment wirkte es so, als würde der andere den Treffer schlucken, dann jedoch kippte er wie ein Brett zur Seite und fiel hin. Sein Kopf schlug auf einen Teppich.

Suko atmete aus.

Da war die Zeit auch schon um.

Sarah Goldwyn und ich konnten uns wieder bewegen. Wir stürmten in die Halle, sahen den toten Earl und auch den Russen bewegungslos am Boden liegen.

»Mensch«, sagte ich nur.

Sarah Goldwyn meinte: »Suko, du bist wunderbar.«

Mein Freund und Kollege hob die Schultern. »Der Mann, der nicht sterben kann«, sagte er. »Aber einem gezielten Schlag mit der Handkante hat er nichts entgegenzusetzen.«

»Das sehe ich.«

»Er ist eben doch mehr ein Mensch«, meinte Lady Sarah, »wenn die Schwierigkeiten auch noch nicht beendet sind. Vielleicht sollte man ihn in Blei eingießen.«

»In Blei?« fragte ich erstaunt und verzog meinen Mund.

»Ja.«

»Warum das denn?«

»Weil er möglicherweise radioaktiv verseucht ist.«

Jetzt verstand ich nichts mehr. Die Horror-Oma schien wieder einmal mehr zu wissen.

Suko dachte praktischer und schlug vor, dem Kerl Handschellen anzulegen.

Ich hatte nur welche im Wagen, doch Suko trug ein Paar hinten an seinem Gürtel. »Die habe ich immer bei mir, seit ich Inspektor bin«, sagte er.

»Bravo«, lobte Lady Sarah.

Suko legte dem Mann die stählerne Acht um, während Lady Sarah mir in Stichworten erklärte, wie der Russe zu diesem Monster geworden war. An vieles hatte ich gedacht, nicht aber an den Absturz eines Meteors, der mit seinen gefährlichen, unbekannten Strahlen einen Menschen verändert hatte.

»Das Problem ist damit nicht gelöst«, meinte Suko. »Noch lebt unser Freund.«

»Wohin mit ihm?« fragte Mrs. Goldwyn.

Keiner von uns wußte eine Antwort. Wir standen ziemlich ratlos in der Halle.

»Erst einmal schaffen wir ihn nach draußen«, erklärte Suko, bückte sich, hob den Mann an und schleuderte ihn über seine Schulter. Er ging auch als erster nach draußen, während wir ihm langsamer folgten. Ich hatte noch einen letzten Blick auf den toten Sir Reginald geworfen. Der Earl sah schlimm aus, sein Vetter hatte ihn auf eine schreckliche Art und Weise getötet.

Gaylord Rankin fiel uns wieder ein. Lady Sarah erklärte uns, daß sie ihn nach draußen und damit aus der Gefahrenzone geschafft hatte.

Wir nickten. »Das war eine Leistung.«

Der Junge mußte unbedingt in ärztliche Behandlung. Im Krankenhaus würde man ihm die Splitter vorsichtig aus der Haut entfernen.

»Wer bringt ihn hin?« fragte Suko. Er trug Rankin nicht mehr, sondern hatte ihn zu Boden gelegt.

»Da müßten wir erst den Wagen holen«, sagte ich.

»Und inzwischen erwacht Rankin«, meinte Sarah Goldwyn.

»Genau das ist unser Problem.« Ich schaute die Lady an. »Wenn Sie fahren könnten, dann ...«

»Nein, John, einen Führerschein habe ich nie gemacht. Tut mir leid.«

Suko runzelte die Stirn. »Somit bleibt uns nichts anderes übrig, als zwei Leute zu tragen.«

Wir konnten nicht widersprechen.

Ich wollte mich um den jungen Rankin kümmern und hatte mich schon gebückt, als ich den Schrei der Lady Sarah hörte.

Sofort wirbelte ich herum.

Unser Bewußtloser war wieder da.

Langsam stand Fjodor Rankin auf ...

Uns war klar gewesen, daß wir den Russen nicht hatten ausschalten können, allerdings hatten wir nicht damit gerechnet, daß er nach so kurzer Zeit wieder auf den Beinen stehen würde.

Er lachte uns hämisch an.

»Der Mann, der nicht sterben kann«, sagte er und hob die gefesselten Hände. »Ihr könnt alles versuchen, mich auszuschalten, es wird vergeblich sein. Ich bin der Stärkere. Niemand hat mich bisher besiegt, und es wird mich auch niemand besiegen.«

Er sprach sehr überzeugend, und verdammt noch mal, ich glaubte es ihm.

»Will keiner auf mich schießen?« höhnte er, und seine Augen begannen wieder zu strahlen. »Du da«, damit meinte er mich. »Versuch es noch einmal. Vielleicht schaffst du es.«

Ich schwieg.

Er grinste kalt. »Euch hat der Mut wohl verlassen, ihr tapferen Krieger. Ja, laßt euch etwas einfallen. Ich aber habe keine Lust, noch länger bei euch zu bleiben. Die Gesellschaft gefällt mir nicht. Ich werde gehen.«

Als niemand von uns etwas erwiderte, fragte er: »Will mich keiner aufhalten?«

»Gehen Sie«, sagte ich.

»Danke sehr, vielen Dank. Da ist noch etwas. Mir paßt es nicht, wenn man mich fesselt, deshalb möchte ich gern frei sein.« Er streckte uns die Hände hin. »Wer von Ihnen ist so gütig?«

Wir rührten uns nicht.

»Keiner? Das finde ich unfein. Ich habe es mir gemerkt, und meine Rache wird euch um so furchtbarer treffen. Allerdings bedeuten Fesseln für einen Mann, den man nicht töten kann, gar nichts. Weder Stricke noch Handschellen können mich aufhalten. Einfach lächerlich, so etwas.« Er senkte seinen Kopf, konzentrierte sich auf die Handschellen und bog sie durch seine geistigen Kräfte auf, als bestünden sie aus einfachem Maschendraht. »Das zur Demonstration«, sagte er und nickte uns zu, während die stählernen Reifen zu Boden fielen. »Wie gesagt, ich gehe jetzt«, erklärte er. »Aber seid gewiß, daß ihr lebend hier nicht mehr wegkommt. Ich bin immer in der Nähe und lauere überall ...«

Fjodor Rankin drehte sich um, wandte uns den Rücken zu und schritt mit gemessenen Schritten davon. Er ging über den Rasen und steuerte den größten Baum an, der dort wuchs. Ein gewaltiges Ast- und Zweigwerk streckte sich in den dunklen Himmel.

Wir schauten uns an. Jeder hoffte darauf, daß der andere vielleicht eine Idee hatte.

Nichts, wir schwiegen uns an.

Fjodor Rankin entfernte sich immer weiter. Wir hörten ihn lachen, und dann knisterte und zuckte es plötzlich zwischen den Zweigen des Baumes. Aus dem Knistern wurde ein Blitz, und der Blitz verwandelte sich in Feuer, so daß der Baum in Sekundenschnelle in Flammen stand, als hätte man ihn mit Benzin übergossen.

Der Widerschein des Feuers leuchtete einen breiten Kreis aus, dessen Rand sogar uns erfaßte, aber auch den Russen. Scharf hob sich seine Gestalt vor der Feuerwand ab.

Hitzewellen trafen uns. Unsere Gesichter glühten dunkelrot. Ich überlegte verzweifelt, wie ich den anderen schnappen konnte.

Silberkugeln und Kreuz halfen nichts. Dagegen war er immun. Welche Waffe hatte ich noch?

Den Bumerang!

Warum hatte ich an ihn nicht vorher gedacht? Sukos Augen leuchteten auf, als er sah, was ich hervorholte.

»Damit müssen wir es schaffen«, flüsterte er.

Lange Zeit hatte ich ihn vermißt, weil Dr. Tod ihn mir abgenommen hatte. Nun befand er sich wieder in meinem Besitz, und er hatte nichts von seiner Stärke verloren.

Für zwei Sekunden wog ich ihn in der Hand.

Er lag gut. Er schien wirklich für mich allein geschaffen zu sein. Lady Sarah hob beide Fäuste. Nur die Daumen standen hoch.

Ich holte aus. »He, Rankin!« rief ich. »Sieh her …«

Fjodor Rankin hörte meine Stimme. Er drehte sich um. Provozierend langsam geschah dies, denn er war sich seiner Sache völlig sicher. Was konnten die anderen ihm schon anhaben?

Als er uns sein Profil zuwandte, da schickte ich den silbernen Bumerang auf die Reise. Ich hatte viel Kraft in den Wurf gelegt und auch gut gezielt.

Der Bumerang wurde zu einer Scheibe, so schnell drehte er sich plötzlich, und als Rankin uns anschaute, da sah er die wirbelnde Waffe. Er wollte weg. Zu spät.

Der Bumerang traf ihn mit ungeheurer Wucht. Plötzlich drehte er sich wie ein Kreisel von außen um seinen Hals, fraß sich durch die Haut, weiter und immer weiter. Der Schwung und seine eigene zerstörerische Kraft, angetrieben durch Weiße Magie, vernichteten Fjodor Rankin.

Seine Schreie würden wir nie vergessen. Er taumelte hin und her. Seine Augen strahlten noch einmal auf. Unwillkürlich duckten wir uns, doch die Kraft stieß in den Himmel, wo sie verpuffte.

Er selbst verlor seinen Kopf.

Neben dem Torso blieb er liegen. Vernichtet – tot ...

Der Mann, der nicht sterben konnte, war gestorben.

Endgültig!

Eine Stunde später wimmelte es von Polizeibeamten. Auch der junge Earl of Rankin war abtransportiert worden. Sein Vater ebenfalls. Ihn erweckte niemand mehr zum Leben, ebenso wie Rankin.

Agenten des britischen Geheimdienstes durchforschten den Keller. Beide Russen waren tot. Der zweite hatte noch auf eine Giftkapsel gebissen, weil er keinen anderen Ausweg mehr gesehen hatte, da er bis zur Hüfte im wieder hart gewordenen Boden steckte. Der Mann mußte einen schrecklichen Tod gehabt haben.

Uns aber war ein Stein vom Herzen gefallen. Fast hätten wir Rankin wirklich nicht besiegen können. So konnten wir nur hoffen, daß seine Existenz ein Einzelfall gewesen war.

Lady Sarah war wieder obenauf. Sie schaute den Beamten bei ihrer Arbeit zu und machte sich sogar Notizen.

Als ich sie nach dem Grund fragte, da zwinkerte sie mir zu und sagte: »Vielleicht schreibe ich demnächst Krimis. Erlebt habe ich schließlich genug.«

ENDE

Die Killerfische

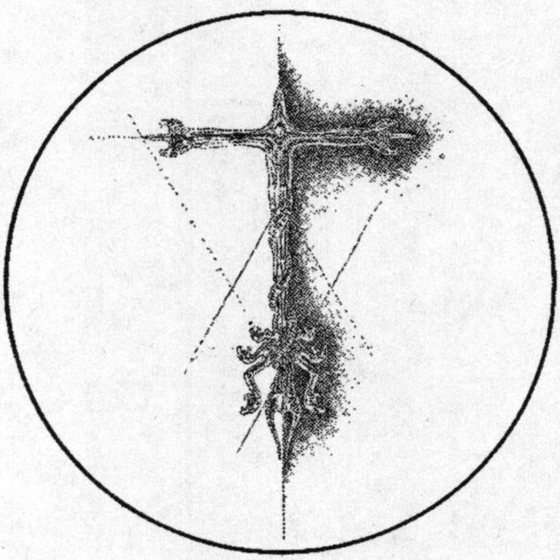

Wo Wellen zu menschenfressenden Ungeheuern werden können und der Wind das ganze Jahr über pfeift, da fühlte sich Cliff McLintock am wohlsten. Denn das alles war seine Heimat.

Das wilde Meer, die Inseln, die Felsen, die Menschen, die der Natur trotzten, und die aufrichtige Kameradschaft, die sie miteinander verband. Hier war einer auf den anderen angewiesen, da konnte niemand aus der Reihe tanzen, denn Ordnung mußte sein.

Auch auf den Booten, denn sie garantierten den Lebensunterhalt der Fischer. Das Meer gab ihnen, was sie brauchten. Das Meer nahm ihnen aber auch die Freunde, den Vater oder den Sohn. Seit Generationen verfluchten sie die See und beteten sie gleichzeitig an, führten ein hartes und karges Leben, und hätte mal einer von ihnen den Vorschlag gemacht, mit viel Geld in die Stadt zu ziehen, um dort in Saus und Braus zu leben, so hätte er abgelehnt.

So waren sie alle, die Menschen aus dem nördlichsten Zipfel Schottlands, dieser von Wind und Wetter umtosten Ecke, wohin sich kaum Touristen verirrten.

Das war ihre Welt, hier gerieten sie noch heute in wahre Fischschwärme, wenn sie mit ihren Booten hinausfuhren bis weit westlich der Orkney-Inseln.

Cliff McLintock und seine Mannschaft waren an diesem Tage zwar hinausgefahren, doch sie blieben, wenn es sich eben machen ließ, in Sichtweite der Küste. Den Wetterbericht hatten sie genau verfolgt, und der hatte für den Nachmittag Sturm angesagt. Die Märzstürme, die Schnee und Regen brachten, waren gefürchtet, schon manches stolze Fischerboot war samt seiner Besatzung ein Opfer des Sturms geworden.

Das wollte McLintock auf jeden Fall vermeiden. Er und seine drei Leute riskierten nicht ihr Leben.

McLintock hatte das Boot von seinem Vater übernommen, als dieser gichtkrank geworden war. Cliff war schon immer auf dem Boot gefahren, nach der Übernahme allerdings hatte er es umbauen lassen und sogar einen Kredit dafür erhalten, so daß sein Schiff jetzt mit Echolot und Radar ausgerüstet war. Obwohl dies bereits zwei Jahre zurücklag, wurde der Kahn noch immer von den anderen Fischern bestaunt, wenn er mal für zwei Tage im Hafen von Cloak lag, wo die Sinclair's Bay wie eine Zunge in das Land hineinschnitt.

In den frühen Morgenstunden und noch vor Sonnenaufgang hatten sie den schützenden Hafen verlassen. In der Nacht war es kalt gewesen, es hatte gefroren, und das Kopfsteinpflaster in der kleinen Fischerstadt war glatt wie Schmierseife.

Die Temperatur war inzwischen gestiegen, der Wetterumschwung deutete sich an.

Kaum eine Meile von der Küste entfernt, hatten sie das große Schleppnetz ausgeworfen und fuhren in langsamer Fahrt der offenen Bay entgegen.

Cliff McLintock stand hinter dem Ruder. Er war vierzig Jahre. Sein Gesicht hatte die Natur gezeichnet. Eine wettergegerbte Haut und tiefe Falten zeugten von einem harten Leben. Das früher dunkelbraune Haar war längst gebleicht, der Wind, das Salz und das Wasser hatten es strohig werden lassen, so daß es manchmal wie eine Bürste abstand, wenn Cliff keine Mütze trug.

Der Wind kam von Norden. Er würde aber bald auf West umschlagen, dann rollten die Wellen nicht mehr von Backbord, sondern von achtern heran. Das Boot wurde damit förmlich nach vorn geschoben.

Sie machten nur langsame Fahrt. Ihre Route hatten sie zuvor festgelegt. Mit einem Bleistift war sie auf der genauen Seekarte eingezeichnet worden.

Im Nordwesten war noch ein Streifen Land zu sehen. Dort stand das alte Kastell. Es war zu einem Hotel umgebaut worden, in dem meist Wissenschaftler campierten, die sich mit dem Gebiet der Ozeanographie beschäftigten. Aber auch Ölbohrer hatten in letzter Zeit dort gewohnt, und für die nächsten Tage hatte sich eine

Truppe von Kampfschwimmern angesagt. So etwas erfuhren die Fischer meist beim alten Paddock. Er war der Wirt der gleichnamigen Kneipe.

Die See war von einem eintönigen Grau. Ein Bild, das McLintock kannte und zu seinem Leben gehörte. Grau war das Meer, grau die Felsen und bräunlich-grün das karge Gras, das auf den Ebenen wuchs.

Noch war die Natur in Ordnung, noch konnten die Fischer ihren Lebensunterhalt aus dem Meer bestreiten, wenn sie auch längst nicht mehr so viel fingen wie noch vor Jahren, denn die Umweltverschmutzung hatte auch vor dieser einsamen Küste nicht haltgemacht. Mit dem Öl kam der Dreck. So manches Mal hatte McLintock schon die langen, schmutzigen Teppiche gesehen, die auf den Wellen schaukelten, wenn wieder ein Mißgeschick passiert war.

Er haßte Ölbohrer, die rücksichtslos die Umwelt zerstörten, und in Cloak, seinem Heimatort, hätte keiner der am Öl Verdienenden auch nur einen Whisky bekommen.

Die kleine Brücke des Fischkutters war gut abgedichtet. Erst als die Tür geöffnet wurde, fegte Wind herein und fuhr in jeden Winkel.

McLintock drehte sich nicht um. Er wußte auch so, wer die Brücke betreten hatte. Das war George Elder, einer seiner ältesten Freunde, der auch schon bei seinem Vater gefahren war.

Elder blieb neben ihm stehen und wischte mit seinen knochigen Fingern über das Faltengesicht. Er trug eine alte Wollmütze, die ehemals blau gewesen war. Jetzt konnte man keine Farbe mehr erkennen. Wieder einmal fiel Cliff auf, daß er Old George Elder nie anders gesehen hatte.

»Was meinst du?« fragte er, denn er verließ sich gern auf den Rat des Älteren.

Elder klemmte sich eine Selbstgedrehte zwischen die Lippen und rieb ein Zündholz an. Als der Tabak brannte, meinte er: »Die Wetterfrösche haben sich geirrt.«

»Wieso?«

»Der Umschwung kommt schon früher.«

McLintock nickte. Nie hätte er gewagt, Elder zu widersprechen. Jeder im Ort kannte dessen Wetterprognosen. Sie waren besser als die modernsten Methoden der Wissenschaftler.

»Was schlägst du vor?« fragte Cliff.

»Wir sollten einholen.«

»Schon hier in der Bucht?«

»Ja.«

»Wird kaum etwas im Netz sein«, bemerkte McLintock und warf einen Blick zum Himmel hoch, wo sich die grauen Wolken immer mehr verdichteten.

»Das ist klar«, erwiderte Elder. »Aber der Orkan läßt nicht mehr lange auf sich warten.«

»Gut, holen wir das Netz ein.«

»Willst du dabeisein?«

McLintock grinste schief. »Sicher, ich will mir doch den Verlust ansehen.«

Elder winkte ab. »Weißt du, Cliff, der Aufkäufer kommt sowieso erst übermorgen, dann sieht die Sache schon ganz anders aus. Auch der Sturm dauert nicht lange, das kennt man doch von diesen Frühjahrswinden.«

»Recht hast du.«

Das Meer war noch relativ ruhig, so daß McLintock es riskieren konnte, das Ruder ohne Aufsicht zu lassen. Er stellte es nur fest. Dann verließ er die Brücke.

Wellen klatschten gegen die Bordwand und sprühten über. McLintock begab sich zum Heck des Schiffes, wo die große Winde stand, die das Netz einholte. Die Winde wurde durch einen Elektromotor angetrieben. Sie war ziemlich neu, vor einem guten Jahr noch hatten die Männer mit der Hand ziehen müssen. Eine große Erleichterung, obwohl der alte George Elder noch immer einiges gegen die Technik hatte, weil ein Stück alter Fischertradition damit verlorengegangen war.

Zwei junge Burschen lehnten am Schanzkleid. Bärtige

Typen, Großstädter sogar, die sich Aussteiger nannten und an der Küste hängengeblieben waren.

Der alte Elder hatte sie erst skeptisch beurteilt, seine Meinung jedoch hinterher geändert, jetzt waren sie die besten Freunde.

»Cliff will einfahren lassen«, sagte er.

Die beiden nickten. »Hat er auf deinen Rat gehört?« wurde Elder gefragt.

»Der ist ja nicht dumm.«

McLintock lachte. »Das hilft auch nicht mehr«, sagte er. »Wir haben wenig gefangen. Zudem haben die Geräte keine großen Fischschwärme angezeigt.«

»Vergiß die Dinger doch. Ich verlasse mich lieber auf meine Nase.«

»Und was machen wir, wenn du erkältet bist?«

»Laß hochziehen, Cliff.«

McLintock gab das Zeichen für die beiden anderen Männer.

Ein schwarzer Schalter wurde umgelegt, und die Winde begann zu arbeiten. Sie hatten sie auf eine mittlere Geschwindigkeit gestellt. Es war nicht sehr viel im Netz, da konnten sie das schon mal riskieren.

Fast jeden Tag wiederholte sich das gleiche Spiel.

Die vier Männer standen dicht an der Reling, hatten ihre Oberkörper vorgebeugt und schauten voller Spannung auf das Wasser, aus dem bald das Netz erscheinen würde.

Der alte George Elder beschwor wieder einmal die Meergeister. Er richtete sich auf, streckte seine Arme weit nach vorn und rief mit markigen Worten nach den Dämonen der Tiefe. Nur würden die ihn kaum hören, denn der starke Wind riß ihm die Worte förmlich von den Lippen.

Irgend etwas stimmte da nicht. Mochte der alte George nach den Meergeistern rufen, McLintock jedoch hatte einen völlig anderen Verdacht. Seiner Ansicht nach stimmte da etwas mit dem Netz nicht. Viel konnten sie wirklich nicht gefangen haben, denn die Geräte hatten keinen Fischschwarm angezeigt, und trotzdem arbeitete die Winde nicht so, wie es eigentlich hätte sein sollen.

Sie hatte viel zu schwer zu ackern.

Das war genau das richtige Wort. McLintock hörte sie förmlich ächzen. Er atmete tief durch.

Sogar die beiden Neulinge an Bord hatten etwas gemerkt. »Da stimmt was mit der Winde nicht«, sagte einer.

McLintock hob die Schultern. »Oder mit der Netzfüllung. Kann sein, daß mehr darin ist, als wir erwartet haben.«

Beide schauten ziemlich skeptisch, und sogar George Elder wurde aufmerksam.

»Stimmt was nicht?« fragte er.

Stumm deutete McLintock auf die Winde.

Der alte Elder begriff sehr schnell. »Verdammt, das Netz ist voll. Oder fast«, schwächte er ab.

Jetzt hatte sich die Spannung der Männer noch mehr gesteigert. Aber das Meer behielt sein Geheimnis noch eine Weile für sich. Es verging fast eine halbe Minute, bevor sie den Anfang des Netzes sahen. Geheimnisvoll erschien es aus der Tiefe. An den Seiten zappelten kleine Fische. Sie hatten sich in den Maschen verfangen. Hell schimmerten die Leiber. Je mehr von dem Netz zu sehen war, um so größer wurde die Anzahl der gefangenen Fische. Allerdings nicht so groß, als daß sie das Gewicht so stark beeinträchtigt hätten.

Da hing etwas anderes darin!

McLintock dachte an irgendeinen schweren Gegenstand, der sich verfangen hatte. Er wußte aus Erzählungen, daß Fischer aus dem Dorf sogar alte Torpedos aus dem letzten Krieg an die Oberfläche geschafft hatten. Die Dinger hatten sich in Küstennähe im Grund verfangen, waren nicht hochgegangen und mußten nach dem Fang erst noch entschärft werden.

Sollte das auch bei ihnen der Fall sein?

Da geriet das Netz in Bewegung. Es schlug plötzlich von einer Seite zur anderen, daß die Männer erschraken und die kleineren Fische aus den Maschen fielen.

»Winde stopp!« schrie Cliff.

Der alte Elder stand am günstigsten. Augenblicklich stellte er die Winde ab.

Da war es bereits zu spät. Alle sahen, was ihnen das Netz an die Oberfläche geschafft hatte.

Es war ein Fisch.

Doch wie sah er aus!

Der Fisch hatte die Größe eines Menschen, hatte das Riesenmaul aufgerissen, und jeder an Bord sah die spitzen, mörderischen Zähne, die die Länge eines Unterarms erreichten ...

Es war grauenhaft!

Die vier Fischer standen stumm und starrten auf das, was da im Netz hing. Der Monsterfisch schimmerte graugrün, er hatte riesige, runde Glotzaugen, mit denen er die Menschen anschaute.

Nein, das war ein Taxieren, ein kaltes Leuchten, als suchte sich die Bestie der Tiefe bereits ihre Opfer aus.

»Heiliger Poseidon«, murmelte der alte George und schlug ein Kreuzzeichen, wobei er langsam zurückwich.

Auch die beiden Aussteiger gingen von der Reling fort. Sie waren blaß geworden wie McLintock.

Er hielt es als einziger noch aus und sah sich die gefährliche Bestie an.

Haie hatte er schon gesehen. Sie waren schlank, ihre Körper zeigten eine Stromlinienform, die bei diesem Fisch jedoch nicht festzustellen war. Er wirkte irgendwie plump, wie ein aufgeblähter Karpfen. Seine Körperform konnte man mit dem Wort oval umschreiben.

So ein Riesentier hatte McLintock noch nie in seinem Leben gesehen. Das durfte es auch gar nicht geben, wenigstens nicht in der heutigen Zeit. Vielleicht vor

Millionen von Jahren in der Urzeit konnte so eine Gattung existiert haben, aber nicht heute.

Oder sollte das ein Restexemplar sein? Hatte sich dieser Fisch vielleicht in irgendeinem schmalen Fjord oder einer Unterwasserhöhle verborgen gehalten und war durch einen unglücklichen Zufall ins Netz gelangt?

Das konnte er durchaus in Betracht ziehen, und McLintock schüttelte sich, als er daran dachte.

Er war sich auch darüber im klaren, daß er etwas unternehmen mußte, bevor der Fisch reagierte. Wie er das machen würde, war an seinen Zähnen zu sehen.

Hinter sich hörte er die Stimme des alten George Elder. »Mensch, Cliff, weg da!«

McLintock nickte. Sprechen konnte er nicht, seine Kehle war wie zugeschnürt.

Als wäre dieses Nicken ein Zeichen gewesen, so bewegte sich der Fisch plötzlich. Er schlug mit seiner Schwanzflosse aus, und dann klappte plötzlich sein Maul zu. Instinktiv sprang Cliff McLintock zurück, doch der Biß galt nicht ihm, sondern dem Netz.

Es wurde zerstört.

Das Netz bestand aus bestem Material. Hin und wieder entstanden Löcher, die geflickt werden mußten, doch bisher hatten es kaum Fische geschafft, das Material zu zerstören. Das war jedoch diesem Monsterfisch gelungen. Und er hatte sich mit diesem Biß freie Bahn verschafft. Ein Loch entstand. Das Netz konnte das Gewicht des gefangenen Tiers nicht mehr halten, und der Riesenfisch rutschte aus der großen Öffnung, wobei er noch zahlreiche kleine Fische mitnahm, bevor die See ihn wieder schluckte. Fast wäre er noch in die Schraube geraten. Mit einer fließenden, gedankenschnellen Drehung jedoch schaffte er es, den rotierenden Blättern zu entgehen.

Dann war nichts mehr von ihm zu sehen.

Schweigend standen die Männer an Bord. Keiner traute sich, überhaupt ein Wort zu sprechen. Sie alle waren zu entsetzt und auch zu erstaunt, um etwas sagen zu können.

Schließlich überwand sich der alte Elder als erster. »Das glaubt uns kein Mensch«, flüsterte er. »Das glaubt uns niemand.« Er schüttelte den Kopf. »Wirklich nicht ...« Dabei blickte er sich um, als wollte er Zustimmung erheischen.

McLintock gab keine Antwort. Er drängte sich nur an Elder vorbei und verschwand auf der Brücke.

Erstaunt schauten ihm die anderen nach.

»Ob er eine Meldung absetzt?« fragte einer der beiden jungen Aussteiger. Wie auch sein Kollege war er ebenfalls blaß im Gesicht. Die Wetterbräune war verschwunden.

Bevor einer der drei Seeleute eine Antwort geben konnte, kehrte Cliff McLintock wieder zurück. Er hielt etwas in der Hand, das unschwer als Fotoapparat zu identifizieren war.

»Was willst du denn damit?« fragte George Elder.

»Wenn das Monster noch einmal auftaucht, dann werde ich es fotografieren.«

»Als Beweis?«

»Genau. Denk an Loch Ness. Ich will mich nicht zum Gespött der Leute machen, wenn wir es erzählen. Die anderen denken dann, wir wären Spinner.«

»Das stimmt.«

»Ihr bleibt auf jeden Fall hier an Bord und behaltet das Wasser im Auge«, ordnete McLintock an. »Der verdammte Fisch wird sich bestimmt noch einmal zeigen.«

»Hoffentlich nicht«, flüsterte einer der jungen Männer und zog die Schultern hoch, als würde er frieren.

McLintock verschwand wieder und übernahm das Ruder. Seine Gesichtszüge wirkten wie eingefroren. Was er erlebt hatte, konnte man wirklich mit den Worten ungeheuer und unwahrscheinlich umschreiben. So etwas hatte er noch nie gesehen, das ging überhaupt nicht in sein Hirn hinein, und er dachte jetzt noch darüber nach, ob er nicht einer Halluzination zum Opfer gefallen war.

Doch es gab Zeugen.

Drei Männer hatten außer ihm ebenfalls den Monsterfisch gesehen, und ihr Netz war von den Zähnen der Bestie zerrissen worden.

Sie fuhren Ostkurs, in Richtung Cloak. Das Fischen war ihnen für heute vergangen, und auch für die nächsten Tage, was nicht allein mit dem zerstörten Netz zusammenhing, denn sie hatten noch ein Reservenetz. Bevor die Sache nicht geklärt war, wollte sich McLintock nicht mehr aufs Meer wagen.

Auch seine Blicke glitten über die Oberfläche, wo spitz anlaufende Wellen ihre Tänze aufführten. Sie rollten von vorn heran, der Fischkutter stampfte, und weißgrünlich schimmernde Gischtwolken sprühten wie feiner Nebel über Bord.

Außerhalb des Ruderhauses war man ebenfalls unruhig. Besonders der alte George Elder lief wie ein aufgescheuchtes Huhn über Bord. Er sprach mit sich selbst und sagte fast immer die gleichen Worte. »Es gibt sie. Die Geister und Dämonen der Tiefsee existieren tatsächlich, die alten Flüche sind längst nicht gelöscht, nein, sie dauern an.« Er nickte und bestätigte sich selbst.

Die beiden Jüngeren hatten immer gelacht, wenn George so redete, jetzt hielten sie den Mund, denn auch sie hatten etwas gesehen, was es eigentlich nicht geben durfte.

»Haltet nur die Augen offen!« rief der alte George und bewegte seinen Kopf so ruckartig wie ein Vogel, damit er einmal nach Backbord und in der nächsten Sekunde nach Steuerbord schauen konnte. Er wollte nichts verpassen.

Auch der Wetterumschwung näherte sich. Die Wolkengebilde am Himmel wurden immer größer, der Wind stärker. Wie ein Tier fiel er über das Wasser, wirbelte es zu Wellen hoch, die schwer gegen das Schiff anrollten.

Und dann erhielt der Kahn einen Schlag.

Dies geschah an der Steuerbordseite, dicht unter der Wasserlinie. Der alte George und einer seiner Kollegen befanden sich zu diesem Zeitpunkt an der Backbordseite, nur der zweite junge Mann hielt sich dort auf, wo es geschehen war.

»Da!« schrie er. Dabei hatte er noch nichts gesehen, aber einen Herzschlag später sah er etwas.

Da katapultierte sich der Monsterfisch aus dem Wasser. Ein gewaltiges Gebilde, von dem der junge Seemann nur das Maul sah, weil es so weit aufgerissen war, und er hatte dabei das Gefühl, in den Schlund der Hölle zu schauen.

»Ahhh …!« Sein Schrei alarmierte die anderen. Auch Cliff McLintock stürmte aus dem Ruderhaus der kleinen Brücke, doch keiner konnte dem Jungen mehr helfen.

Er war wie gelähmt, als er den riesigen Fisch wie ein Gebirge über sich sah. Für zwei Sekunden schien er in der Luft zu schweben, dann fiel er nach unten.

Sein Maul klappte zu.

Einen zweiten Schrei konnte der junge Mann nicht mehr ausstoßen. Etwas fiel über ihn, er wollte noch weg, aber auf den feuchten Planken verlor er den Halt und schaffte es nicht mehr, vom Fleck zu kommen.

Entsetzt mußten die anderen mit ansehen, wie dieser schreckliche Monsterfisch ihren Kameraden tötete. Es war ihm nicht mehr möglich zu schreien, denn plötzlich steckte er zwischen den Zähnen. Das gewaltige Gebiß hielt ihn fest, und nur noch seine Beine ragten hervor.

»Ernie …!« Der zweite junge Mann brüllte den Namen seines Freundes.

»Ernie …!«

Er konnte ihm auch nicht helfen. Der Fisch verschwand im Meer.

Hatten die Männer tatenlos herumgestanden und waren vor Schreck auch wie gelähmt gewesen, so hatte sich einer jedoch an seine Aufgabe erinnert.

Cliff McLintock dachte in diesen Momenten an seine Kamera, die er extra geholt hatte.

Und er fotografierte.

Ein paarmal drückte er auf den Auslöser, und er hoffte, daß es ihm gelang, die schrecklichen Bilder auf den Film zu bannen.

Als der Fisch mit seiner Beute verschwunden war, ließ auch McLintock die Kamera sinken.

»Und wir haben nichts getan!« schluchzte Ernies Freund. »Verdammt, wir haben nichts getan!« Er fiel auf die Knie und schlug beide Hände vor sein Gesicht.

George Elder und McLintock liefen zur Reling und starrten auf das Wasser.

Weder von dem Fisch noch von seinem Opfer war etwas zu sehen. McLintock glaubte allerdings, einen feinen, dünnen Blutstreifen dicht unter der Oberfläche schwimmen zu sehen. Eine letzte makabere Spur des jungen Ernie.

»Und jetzt?« fragte der alte George.

Cliff hob die Schultern. »Wir müssen nach Hause.«

»Niemand wird uns glauben.«

McLintock deutete auf seine Kamera. »Sie ist unbestechlich, mein Lieber.«

George hob die Schultern. »Vielleicht ist es gar nicht gut, wenn du die Aufnahmen zeigst, Cliff.«

»Wieso?«

»Denk mal darüber nach. Es könnte unter Umständen eine Panik geben. Die Leute in Cloak und Umgebung drehen doch durch, wenn sie das sehen.«

»Aber wie soll ich das Verschwinden von Ernie erklären?«

»Da müssen wir eben überlegen.«

Cliff McLintock schüttelte den Kopf. »Nein«, sagte er. »Zu überlegen gibt es da nichts. Wir können nicht so tun, als ob die Gefahr nicht vorhanden wäre. Das geht nicht, glaube mir, mein Lieber. Da wird Ernies Freund auch schon für sorgen. Man kann ihn nicht zum Stillschweigen vergattern ...«

»Ich habe nur Angst vor dem Rummel«, warf Elder ein.

»Das ist nicht Loch Ness, und unseren Fisch gibt es wirklich. Im Gegensatz zu dem Ungeheuer.«

»Glaubst zu daran?«

»Woran?«

»Daß es das Ungeheuer nicht gibt?«

»Ja, George. Ich halte dies für eine ausgemachte Finte und einen reinen Touristentrick.«

»Dann ist ja alles klar.«

Der dritte Mann näherte sich ihnen. Er hieß O'Casey. Seine Augen waren rot. Man sah ihm an, daß er um seinen Freund geweint hatte.

»Es – es tut uns leid«, sagte Cliff McLintock. »Wir hätten vielleicht etwas tun können und …«

O'Casey schüttelte den Kopf. »Unsinn. Niemand konnte ihm helfen. Ich bin ja auch nur stehengeblieben und habe zugesehen. Nein, wir konnten nichts tun. Zudem war es Zufall, daß es gerade Ernie erwischt hat und keinen von uns.«

Er schaute vor seinen Füßen auf die Planken und schielte dann auf die Kamera, die McLintock noch in den Händen hielt. »Sind die Bilder geschossen …?«

»Ja. Ich hoffe nur, daß sie nicht verwackelt sind.«

O'Casey sagte: »Wir müssen alles tun, um diese Sache aufzuklären. Wir dürfen nichts verschweigen. Das ist kein Spaß, sondern verdammt blutiger Ernst. Andere müssen gewarnt werden, es darf keiner mehr auf See fahren, bevor dieser verfluchte Killerfisch nicht gefangen worden ist.«

»Woher willst du wissen, daß es nur einer ist?« fragte George Elder.

O'Casey blickte den Älteren aus großen Augen an. »Meinst du, daß es noch mehr von der Sorte gibt?«

»Möglich.«

McLintock regte sich auf. »Macht euch nicht gegenseitig verrückt«, schimpfte er. »Es reicht, was wir hier erlebt haben. Nachher wimmelt es nur noch von diesen Killerfischen.«

»Auszuschließen ist es aber nicht«, widersprach der alte George Elder.

McLintock schaute ihn nur von oben bis unten an,

wandte sich dann ab und verschwand im Ruderhaus. Der alte George hatte ja recht, nur wollte Cliff das nicht zugeben. Sie hatten mit dem einen Killerfisch schon genug Ärger, es sollten um Himmels willen keine Spekulationen genährt werden.

»Willst du nicht auch ins Ruderhaus?« fragte Elder.

O'Casey schüttelte den Kopf. »Nein, ich bleibe hier. Ich – ich – vielleicht ...« Er sprach nicht mehr weiter und schüttelte nur stumm den Kopf.

Elder schlug dem Jüngeren auf die Schulter. »Ich kann dich verstehen, mein Lieber. Ihr wart gute Freunde, nicht?«

»Ja.«

»Es tut mir leid, so verdammt leid.«

O'Casey zuckte nur mit den Schultern. Sprechen konnte er nicht. Seine Kehle war zu. Er merkte nicht, wie sich der alte George Elder entfernte.

Mit leerem Blick schaute er auf die graugrüne Wasserfläche. Bisher hatte er das Meer immer geliebt. Die wogende, unendlich weite See war für ihn wie der verwirklichte Traum von einer großen Freiheit gewesen. Nun hatte die See ein anderes Gesicht gezeigt. Waren Stürme und Orkane gefährlich, so konnte man bei ihnen sagen, daß sie einfach dazugehörten und in die Natur hineinpaßten. Dieser Fisch jedoch, der paßte da nicht hinein, der gehörte in ein anderes Zeitalter, wo es noch keine Menschen gegeben hatte. Ein Überbleibsel einer längst vergessenen Welt.

Er merkte nicht, daß die Gischt ihn übersprühte und sich das Wasser mit seinen Tränen mischte. Er dachte nur an seinen toten Freund. Und plötzlich zuckte er zusammen. Nicht weit entfernt sah er etwas auf der Oberfläche schwimmen.

Es war ein Arm mit einer gekrümmten Hand, von der O'Casey das Gefühl hatte, sie würde ihm ein letztes Mal zum Abschied zuwinken ...

Wir hatten lange Besprechungen geführt. Wir, das waren die Experten von Scotland Yard und die Wissenschaftler eines atomaren Forschungszentrums, in dem auch Strahlen untersucht wurden. Dort hatten wir die kopflose Leiche von Fjodor Rankin, dem Mann, der nicht sterben konnte, hingeschafft. Gestorben war er schließlich doch, denn mein Bumerang hatte ihm den Schädel abgeschlagen.

Nun, wir hatten ihn geschafft, doch danach stellte sich das Problem: wohin mit der Leiche?

Einfach begraben konnten wir ihn nicht, denn er war strahlenverseucht. Wir hatten den Toten in ein Institut zur Untersuchung gegeben, dort hatte man sich unter allen Vorsichtsmaßnahmen mit der Leiche beschäftigt und war zu dem Ergebnis gelangt, daß Körper und Kopf einen Höchstwert an Radioaktivität aufwiesen.

Da ich der ›Schuldige‹ an seinem Tod war, hatte man mich auch bei den Beratungen hinzugezogen. Suko hatte mich begleitet, und wir hörten uns gemeinsam die Vorschläge der Wissenschaftler an.

Schließlich rückte ein Professor mit einem Vorschlag heraus, der der Lage angemessen war. Er schlug vor, den Toten in Blei zu packen und ihn zu versenken.

Und zwar auf dem Meeresgrund.

Diesen Vorschlag mußte man sich durch den Kopf gehen lassen. Es wurde darüber diskutiert, und es stellte sich heraus, daß so etwas nicht zum erstenmal geschah. Westlich der schottischen Küste gab es ein kleines Inselgebiet, das von der Regierung zur Sperrzone erklärt worden war. Hier versenkte man atomaren Müll, um ihn irgendwann wieder hervorzuholen, damit er, wenn neue und bessere Verfahren gefunden worden waren, abgebaut werden konnte.

Ein brisantes Thema.

Ich brauchte nur an die Demos zu denken, die es wegen dieses Problems schon gegeben hatte. Atommüll, das war heiß, und ich stehe der Sache ebenfalls sehr skeptisch gegenüber, weil ich der Meinung bin, daß es sich einige Verantwortliche einfach zu leicht machen oder gemacht haben.

Meine Skepsis wurde natürlich bemerkt, und man erkundigte sich, ob ich einen besseren Vorschlag hätte.

Da mußte ich passen.

Der leitende Professor beruhigte mich, indem er erklärte, daß seit vielen Jahren dort in der Gegend Atommüll gelagert wurde, ohne daß bisher etwas passiert war.

»Aber sind es die gleichen Strahlen wie bei einer normalen Radioaktivität?« wollte ich wissen.

»Eigentlich ja.«

»Aber nicht hundertprozentig.«

Da schüttelte der Wissenschaftler den Kopf.

»Waren Sie nicht in der Lage, die Strahlen genau zu analysieren?« hakte ich nach.

»So ist es, Mr. Sinclair. Wir müssen uns da auf gewisse Annäherungswerte verlassen.«

Das war natürlich schlecht. Ich wußte das, der Professor ebenfalls. Noch war nichts entschieden, und ich hielt Rücksprache mit meinem Chef. Auch Superintendent Sir James Powell war nicht sehr wohl bei der Sache, doch er wußte keinen besseren Vorschlag. So stimmten wir schließlich unbehaglich zu.

Suko und ich erhielten von Sir James den Auftrag, die Wissenschaftler zu begleiten. Damit waren wir sehr einverstanden, und so wurde ein Transport zusammengestellt, der uns nach Schottland brachte. Wir flogen. Die Air Force war uns dabei behilflich, und ich stellte fest, daß es unter ihnen Leute gab, die schon des öfteren Transporte dieser Art durchgeführt hatten. Es gab sogar ein Spezialflugzeug, das uns in den Norden von Schottland brachte.

Nahe der Stadt Wick existierte ein Flughafen. Dort landeten wir an einem kalten Märztag, wo die Luft noch nach Schnee roch. Ein Spezialschiff lag schon bereit, und die große Kiste, die nicht nur den toten Fjodor Rankin beinhaltete, sondern auch eine dicke Bleischicht, wurde an Bord gehievt.

Zwei Wissenschaftler und wir waren die einzigen Zivilisten inmitten der Gruppe von Soldaten.

Am frühen Nachmittag stach das Boot in See.

Man hatte der kleinen Insel den Namen ZX 17 gegeben. Wie sie richtig hieß, war einfach gelöscht worden. Sie lag so weit von den Fischgründen entfernt, daß die Einheimischen keine Angst zu haben brauchten, obwohl es sich bei ihnen inzwischen herumgesprochen hatte, was auf der Insel und in deren unmittelbarer Umgebung geschah. Die Leute mieden dieses Eiland. Manche sagten auch, daß es dort spuken sollte. Dies war der beste Grund, Menschen von der Insel fernzuhalten, denn in Schottland lebte nach wie vor der Aberglaube.

Während der Fahrt saßen Suko und ich unter Deck und tranken Kaffee.

Beide sprachen wir kaum ein Wort, denn auch dem Chinesen war diese Mission unheimlich.

»Ob das gutgeht?« murmelte er.

Ich hob die Schultern. »Was hätten wir tun sollen?«

»Keine Ahnung.«

»Da siehst du's.«

»Allerdings denke ich darüber nach, ob Rankin der einzige gewesen ist, der diese Strahlen mitbekommen hat. Vielleicht laufen in Rußland noch mehr Menschen dieser Art herum.«

»Mal den Teufel nicht an die Wand, denn das wäre in der Tat ein Problem.« Ich hielt den Kaffeebecher mit beiden Händen fest. Die See war nicht gerade ruhig, das Boot stampfte schwer durch die Wellen, und wie ich gesehen hatte, fiel der Schnee wie ein dichter Vorhang aus den Wolken.

Kein gemütliches Wetter. Aber unsere Fahrt war auch wirklich nicht als gemütlich zu bezeichnen.

Die schmale Eisentür wurde aufgestoßen. Der Kommandant betrat den kleinen Gästeraum, in dem zwei

Betten übereinander standen und der einen Tisch, Stühle sowie einen kleinen Spind aufwies.

»Wir haben das Gebiet bald erreicht«, erklärte er, als er unsere fragenden Gesichter sah.

»Klappt es denn?«

Der bärtige Kommandant lächelte. »Warum sollte es nicht? Wir haben darin Routine.«

»Ich denke da an das Wetter.«

Er winkte ab. »Das ist harmlos. Da haben wir schon schwerere Stürme erlebt, glauben Sie mir.«

»Sicher.«

Der Kommandant hockte sich auf das unterste Bett. »So völlig überzeugt sind Sie nicht?«

»No, Sir. Aber ist das nicht verständlich?«

»Sicher. Bei diesen Dingen reagieren die Laien immer etwas überempfindlich.«

»Sie tun so, als hätte es keine Unfälle gegeben«, hielt ich ihm entgegen.

»Bei uns aber nicht.«

Suko nahm die Antwort vorweg. »Das sagen Sie so, Commander. Ich weiß nicht, was alles vertuscht wird.«

»Das ist eine Hypothese.«

»Wovon wir hoffen, daß wir sie niemals zu beweisen brauchen«, erwiderte ich. »Dieses Gebiet ist mir mehr als unheimlich und jagt mir auch so manchen Schrecken ein.«

»Sie können den Fortschritt nicht aufhalten.«

»Aber kontrollierbar machen.«

Der Commander hatte wohl keine Lust mehr, mit uns zu diskutieren. Er schaute auf seine Uhr. »Ich glaube, wir müssen jetzt an Deck«, sagte er.

Suko und ich standen auf, während der Commander vorging und uns die schmale Tür aufhielt. Wir gelangten in einen engen Gang, unter dessen Decke zahlreiche Rohre entlangliefen. Fast kam ich mir vor wie auf einem U-Boot, dabei war dies hier ein Patrouillenboot.

Auf dem Weg an Deck streiften wir unsere wetterfesten Jacken über und stellten die Kapuzen hoch. Als wir das Deck betraten, empfing uns wäßriger Schnee. Augenblicklich waren wir von einem weißen Schleier umgeben, und die Männer an Deck waren nur schemenhaft zu erkennen.

Kommandos hallten. Die große Winde befand sich am Heck des Schiffes. An ihr hing bereits die schwere Kiste mit ihrer makabren Ladung. Noch warteten die Männer auf den Commander, damit sie die unheimliche Kiste versenken konnten.

Das Schiff machte keine Fahrt mehr. Es dümpelte auf den Wellen, die lang anliefen und das Boot zum Schaukeln brachten.

Der Chinese und ich hatten im Laufe der Jahre schon einige Schiffsreisen unternommen, so daß wir vor dem Problem der Seekrankheit nicht mehr standen. Wir konnten es an Deck schon aushalten, ohne daß uns der Magen in die Kehle stieg.

Wir begaben uns zu den anderen. Die Besatzung salutierte, als der Commander erschien. Einer machte Meldung, die der Kommandeur nickend zur Kenntnis nahm.

Wir hatten unsere Hände in den Taschen vergraben und standen neben dem Professor für Strahlentechnik, dessen Gesicht einen leicht grünlichen Schimmer zeigte.

»Ich habe bereits die Fische gefüttert«, sagte er.

»Legen Sie sich lieber hin«, riet ich ihm.

»Nein, ich muß dabei sein.«

»Was haben Sie denn für ein Gefühl?« wollte Suko wissen.

»Im Gegensatz zu Ihnen bestimmt ein Gutes. Die Männer hier wissen, um was es geht. Sie haben Routine und machen diesen Job nicht erst seit gestern.«

»Das hoffe ich.«

Wieder ertönten Kommandos. Die Militärs machten es immer spannend. Der Commander persönlich sorgte dafür, daß die Winde in Bewegung gesetzt wurde.

In den windgebeutelten Wellen verschwand die makabre Fracht sehr langsam. Der Schnee fiel immer dichter und vereinigte sich mit dem grauen Meer.

Wir schauten zu, bis die Kiste verschwunden war, doch unsere Befürchtungen blieben.

Dann erschienen zwei Soldaten der Besatzung. Sie trugen Taucheranzüge. Obwohl das Meer so aufgewühlt war, wollten und mußten sie tauchen, denn es mußte sichergestellt werden, daß das Objekt auch an seinem richtigen Platz deponiert wurde.

Es dauerte noch eine Viertelstunde, bevor die Männer den Befehl erhielten, in die Tiefe zu steigen. Sie sprangen von Deck und waren bald verschwunden.

Der Commander gesellte sich zu uns. Auf seinem Mantel lag eine dicke Schneeschicht. Im Gesicht und in seinem Bart war er zu kleinen Wassertropfen geschmolzen, die wie Perlen auf der Haut und dem dunklen Gestrüpp lagen.

»Nun?« fragte er. »Noch immer mißtrauisch?«

»Die Bedenken sind nicht weniger geworden«, erwiderte ich.

»Ach, da brauchen Sie wirklich keine Angst zu haben. Unsere Leute wissen schon, worum es geht.«

»Und wo bleibt die Fracht?«

»Sie wird von den Tauchern in eine Unterwasserhöhle geschafft, wo auch der andere Müll lagert.«

»Wird dort auch kontrolliert?«

»Selbstverständlich führen wir Routinekontrollen durch. Was denken Sie denn? Nein, auch uns geht es in erster Linie um die Sicherheit. Aber wir haben nun mal das Problem und müssen damit fertig werden. Meiner Ansicht nach haben wir das geschafft.«

»Nun ja«, sagte ich nur.

»Sie können unter Deck gehen, wenn Sie wollen«, schlug der Commander vor. »Ihre Aufgabe ist ja so gut wie beendet.«

»Wir bleiben trotzdem.«

Dafür verschwand der Professor. Er hielt sich dabei die Hand vor den Mund.

Die Taucher ließen sich Zeit. Wir standen im Flockenwirbel und fühlten uns schon bald wie Schneemänner. Über Funk standen die Männer am Meeresgrund mit den Leuten an Deck in Verbindung. Es lief alles normal, die Besatzung war sehr zufrieden, und als die Taucher wieder erschienen, da wurde geklatscht.

»Naß da unten«, sagte der eine, als er sich aus seinem wärmenden Neoprenanzug schälte.

»Gibt es da unten noch immer keine Meerjungfrauen?« wurde er gefragt.

»Leider nicht. Aber Fische.«

»Die sind mir in der Pfanne am liebsten«, erwiderte der Frager.

Man lachte. Die Spannung war ihnen genommen. Es hatte keine Schwierigkeiten gegeben.

»Unter Deck ist es wärmer«, schlug der Commander vor.

Wir nahmen sein Angebot an. Für uns gab es hier nichts mehr zu tun. Man würde uns wieder an Land bringen, danach würde das Boot wieder in See stechen, um einen anderen Auftrag zu übernehmen, der irgendwie mit einer Bohrinsel in Zusammenhang stand. Nähere Informationen hatte man uns nicht gegeben.

Es gab heißen Tee. Er war mit Rum veredelt worden und schmeckte vorzüglich. Sogar Suko trank. Bei diesem Wetter war es wirklich das beste.

Ich hatte mich auf das Bett gelegt, Teetasse und Aschenbecher standen auf meinem Bauch. Ich schaute dem Rauch nach und machte mir meine Gedanken. Völlig überzeugt hatte mich die Versenkung nicht. Suko erging es ähnlich, das sah ich seinem Gesicht an.

»Was willst du dem Alten melden?« fragte er nach einer Weile.

»Daß alles glattgegangen ist.«

»Zu glatt, wie?«

Ich wälzte mich vorsichtig auf die Seite und blickte den Chinesen an. »Wie meinst du das?«

»Nur so.«

»Vielleicht sehen wir auch zu schwarz.«

»Bei dem Job, den wir haben, ist das kein Wunder.«

Da hatte mein Partner recht.

Eine Stunde später gingen wir von Bord. Ich sah in zahlreiche grinsende Gesichter. Wahrscheinlich hatten die Männer der Besatzung hinter unserem Rücken getuschelt. Das war mir egal. Wenn es um Sicherheit ging, kannte ich keine Kompromisse.

In Wick erlebten wir die erste Enttäuschung. Das Militärflugzeug war abkommandiert worden. Dringender Einsatz, hieß es.

»Und wie kommen wir jetzt nach London?« fragte ich den zuständigen Offizier auf dem kleinen Airport.

Der hob die Schultern.

»Kann ich mal telefonieren?«

»Natürlich, Sir.«

Ich erwischte unseren Chef. Der Alte war obersauer, daß wir hier oben festsaßen. Da kein dringender Einsatz vorlag, konnte er uns auch keine Maschine schicken. Wir mußten also den normalen Weg nehmen. Das hieß: Zugfahrt.

»Auch das noch«, schimpfte ich.

Suko grinste. »Wir können unterwegs Station bei deinen Eltern machen.«

Die Idee war nicht schlecht. Ich nahm mir vor, die Eltern anzurufen. Vorerst jedoch wollten wir uns nach den Zugverbindungen erkundigen.

Da hatten wir abermals kein Glück. An diesem Tag gab es keine durchgehende Verbindung mehr. Wir mußten schon bis zum nächsten warten. Es fuhren zwar Züge, aber was nutzte es, quer durch Schottland zu reisen, ohne dem Ziel näher zu kommen.

Es blieb uns nichts anderes übrig, als hier in Wick zu übernachten. Hotels und Gasthöfe gab es. Zimmer waren überall frei, die Preise niedrig, und wir quartierten uns in einem alten Gasthaus ein, wo noch jede Wand die Geschichte des Landes atmete. Im Gastraum selbst hingen die Wappen der einzelnen schottischen Clans, und der Wirt, er trug einen Kilt, war sehr traditionsbewußt eingestellt.

Die Zimmer waren klein und sehr sauber. Dafür sorgte die Frau des Hauses, eine resolute Person um die Fünfzig, vor der auch der Wirt kuschte. Ein Sohn half ebenfalls mit und auch die Tochter mit ihrem Mann. Mir wurde ein hervorragender Whisky kredenzt, den ich mir schmecken ließ.

Unser Zug fuhr am nächsten Tag. Und zwar nach Mittag.

Wir merkten beide, daß der Wirt etwas auf dem Herzen hatte.

Als wir abends mit den Einheimischen beisammen saßen, da wagte er, die Frage zu stellen.

»Sie kommen doch aus London, Sir. Könnten Sie etwas über die Stadt erzählen?«

Das tat ich gern. Die Runde wurde wirklich urgemütlich. Jeder Gast wußte irgend etwas, und wir erfuhren auch einiges über diesen Landstrich hier, den ich kaum kannte.

Natürlich wurden auch Spukgeschichten erzählt. Je mehr Whisky wir tranken, um so breiter wurden die Geschichten ausgemalt. Suko und ich erzählten nichts, wir verschwiegen unseren Beruf, und als wir schließlich auf die Uhr schauten, war es bereits zwei Stunden nach Mitternacht.

Unsere Betten warteten.

Etwas angetörnt schritt ich die Treppe hoch, und als ich mein Bett nur sah, da fielen mir schon fast die Augen zu.

Tief und traumlos verbrachte ich die Nacht. Am anderen Morgen fühlte ich mich, als wäre ich aus einer Bewußtlosigkeit erwacht. Es war bereits hell, Schnee fiel auch keiner mehr, das konnte ich noch im Bett liegend erkennen, und als ich auf meine Armbanduhr schaute, wurden die Augen groß.

Schon neun Uhr!

Himmel, hatte ich geschlafen. Mit einem Sprung war ich aus dem Bett, vergaß wegen der Schräge den Kopf einzuziehen und verzog das Gesicht, als es hohl dröhnte, wobei ich nicht sicher war, ob dieses Geräusch von meinem Kopf produziert wurde oder von den Balken.

Das zweite Klopfen allerdings entstand an der Tür. »He, du Langschläfer«, hörte ich Sukos Stimme. »Steh endlich auf!«

»Bin schon dabei.«

»Und wann bist du fertig?«

»Sagen wir in einer Viertelstunde.«

»Okay, ich fange schon mit dem Frühstück an.«

»Gut, aber laß mir etwas übrig.«

Aus der Viertelstunde wurden zwanzig Minuten. Ich beeilte mich wirklich nicht, aber ich fühlte mich ausgeruht wie selten. Meine Eltern hatte ich vergessen anzurufen, das wollte ich nach dem Frühstück tun.

Als ich im Gastraum erschien, roch es nach Kaffee und gebratenem Speck. Die Wirtin bediente persönlich. Sie entschuldigte dabei ihren Mann. Er hatte in der letzten Nacht dem Whisky ein wenig reichlich zugesprochen und fühlte sich nicht ganz wohl. Dafür hatte ich Verständnis.

Das dunkle Brot duftete, als wäre es frisch aus dem Ofen gekommen. So war es auch, als ich nachfragte. Ein Bäcker hatte es gebracht. Wie ließen es uns schmecken. Vor allen Dingen hatten wir Zeit. Uns trieb niemand, und fast fühlte ich mich wie im Urlaub.

Die Wirtin las die Zeitung, während ihre Tochter die lange Theke säuberte.

Der Himmel war klarer geworden. Auf den Hausdächern lag noch eine weiße Schicht. Der Schnee blieb dort liegen, während er auf den Straßen bereits getaut war.

Es war still in der Gaststube. Hin und wieder vernahmen wir ein Rascheln, wenn die Wirtin die Zeitung umschlug, dann hörten wir ihren erstaunten Aufschrei.

Ich verschluckte mich fast an einem Stück Schinken. Suko ließ überrascht seine Tasse sinken. Automatisch drehten wir uns um, damit wir die Frau sehen konnten.

Sie war aufgestanden und hatte die Zeitung sinken lassen. Wir sahen ihr Gesicht, das hochrot angelaufen war.

»Was ist denn los?« fragte ich.

Rasch kam sie hinter der Theke hervor. »Das ist wirklich ein Ding«, sagte sie. »Furchtbar. Wir haben doch in der Nacht über Gespenster und alles mögliche gesprochen, nicht wahr?«

»Ja.«

Sie blieb neben dem Tisch stehen. »Stellen Sie sich vor, Mr. Sinclair und Mr. Suko, was die von der Zeitung schreiben, und sogar ein Bild ist dabei.« Sie legte uns das Blatt auf den Tisch.

Suko und ich rückten zusammen, damit wir gemeinsam lesen konnten.

Zuerst sahen wir das Bild. Es war grausam. Das Foto zeigte einen gewaltigen Fisch, der sich über die Reling eines Bootes geworfen hatte, wobei aus seinem Maul mit den höllisch gefährlichen Reißzähnen noch der Unterkörper eines Mannes schaute. Der andere Teil war innerhalb des Rachens verschwunden.

»Der Killerfisch schlägt zu!« murmelte ich, als ich die Überschrift nachlas.

Wir lasen die Geschichte gemeinsam durch und erfuhren, daß es Fischer gewesen waren, die der Fisch angegriffen hatte. Der Artikel endete mit der Frage, ob noch mehr Killerfische die Gewässer um die Küste unsicher machten. Zudem hatte der Reporter eine Erklärung parat. Er sprach von einem Urzeitfisch, einem Überbleibsel aus der langen Vergangenheit der Erde.

Als wir beide den Artikel gelesen hatten, schob ich die Zeitung zur Seite.

»Nun, was sagen Sie?« fragte die Wirtin. »Ist das nicht schrecklich, was da geschehen ist?«

»Da haben Sie recht«, erwiderte ich.

»Ich sage es ja immer. Man ist vor bösen Überraschungen nie sicher. Viele Fischer glauben an Meerungeheuer. In der Nacht haben wir noch davon gesprochen, man soll es wirklich nicht beschwören, denn plötzlich sind sie da.«

»Sie glauben also an eine Echtheit des Bildes?« Suko schaute die Wirtin an.

»Beim Andenken meiner Mutter, es ist echt. Wirklich. Das ist sogar grauenhaft ...«

Der Meinung waren wir auch. Nur wollte ich so recht nicht an die These des Reporters glauben. Es bestand vielleicht die schwache Möglichkeit, daß ein Tier aus der Urzeit die Millionen von Jahren überlebt hatte, aber das Auftauchen dieses Monsterfisches konnte auch einen anderen Grund haben. Schwarze Magie.

»Wo liegt dieser Ort, aus dem die Fischer stammen, die das Ungeheuer gesehen haben?« erkundigte ich mich.

»Nicht weit von hier. Er heißt Cloak, und er liegt an der Sinclair's Bay. Aber wieso fragen Sie? Wollen Sie da etwa hinfahren, meine Herren?«

»Mal sehen.«

»Bei meiner Seele, das würde ich nicht.« Die Wirtin drückte beide Hände gegen ihren beachtlichen Busen. »Dahin könnte man mir eine Reise schenken, ich würde sie nicht annehmen.«

»Dafür können Sie uns die Rechnung bringen«, erklärte ich freundlich lächelnd.

»Natürlich, gern.« Sie verschwand.

»Und?« fragte Suko.

»Ein Fall jagt den anderen«, erwiderte ich.

»Also sind wir am Ball?«

»Und wie. Sollte da tatsächlich etwas dran sein, wird es einen Höllentanz geben.« Ich stand auf. »Begleiche du schon die Rechnung, ich kümmere mich um einen Leihwagen.«

»Aber bring einen vernünftigen, keinen Bentley.«
Von der Tür her drohte ich Suko mit der Faust. Dann verließ ich das Gasthaus.

Seit zwei Jahren lag er auf dem Meeresgrund. Verletzt, angeschlagen, bewegungsunfähig, aber nicht tot. Sein Gegner hatte es nicht geschafft, ihn zu besiegen, obwohl er ihm fast den Schädel von den Schultern geschlagen hatte.

Deutlich erinnerte er sich noch an die letzte rasende Fahrt, an den Kampf in und auf der Kutsche, als er gegen einen Menschen antrat, der den Mächten der Finsternis den Kampf angesagt hatte. Er hatte den Mann mit in die Tiefe reißen wollen, doch der Schlag mit der Peitsche hatte alles vereitelt. Dafür war er gefallen. Hinein in die Klippen. Dort riß ihn die kochende Brandung mit, zog ihn hinein ins Meer, und gefährliche Unterwasserströmungen spielten mit ihm, als wäre er nur ein Stück Treibholz und nicht ein gefürchtetes Monster.

Irgendwann hatte sich sein verunstalteter Körper in eine Felsspalte verfangen. Dort war er steckengeblieben, und keinem Unterwasserstrom war es gelungen, ihn wieder zu befreien.

So vergingen Tage, Wochen, Monate und sogar zwei Jahre. Er dämmerte dahin, nicht lebendig, nicht tot, denn ein gefährlicher Rest Schwarzer Magie hielt ihn am Leben.

Und er wußte, daß irgendwann etwas geschehen würde. Dieser Zustand konnte nicht andauern, und auch nicht die ewigen Schmerzen, die von seiner Wunde am Hals abstrahlten.

Er hatte Zeit. Er starb ja nicht. Geheimnisvolle, nie erforschte Kräfte ließen ihn am Leben. Dem Tod hatte er ein Schnippchen geschlagen, und irgendwann würde auch das Leben wieder in seinen unseligen Körper zurückkehren.

Der Tag nahte.

Er merkte es mit einer Plötzlichkeit und Intensität, daß er in der Spalte hochzuckte und sich sein Oberkörper aufbäumte, wobei er vom Wasser noch weiter getragen wurde. Allerdings klemmte er nach wie vor mit den Füßen fest.

Ein seltsamer Kraftstrom glitt durch das dunkle Wasser und hatte ihn erreicht.

Er fühlte sich besser. Viel freier war er jetzt. Seine Bewegungen konnte er kontrollieren, er schlug mit den Armen um sich, wühlte den sandigen Meeresgrund auf und klammerte sich mit einer Pranke am Felsen fest.

Er wußte nicht, wem er den geheimnisvollen Kraftstrom zu verdanken hatte, das spielte auch keine Rolle. Er wollte nur endlich frei sein, und darum mußte er sich bemühen.

Da er die Kraft wieder in sich spürte, gelang es ihm sehr leicht, sich trotz der festgeklemmten Beine aufzusetzen und seinen Oberkörper vorzubeugen, wobei er die Arme ausstreckte. Mit einer Hand klammerte er sich an dem Felsen fest, die Finger vergrub er in eine Spalte, die aussah, als wäre sie mit dem Beil in das Gestein geschlagen worden.

Jetzt mußte er nur noch die Beine freibekommen.

Das schaffte er auch. Mit all seiner Kraft riß und zerrte er, kümmerte sich nicht darum, daß die alten Lumpen, die ihn umhüllten, noch mehr zerrissen wurden und daß auch Haut in Fetzen ging. Als lappiges Stück fiel es ab, wurde von der Strömung erfaßt und fortgetrieben.

Er aber war frei.

Endlich!

Die langen Monate des Wartens waren vorbei. Nun konnte er das Wasser verlassen und an dem Rache nehmen, dem er sein Schicksal verdankte. Er würde ihn finden, so weit konnte sich der andere überhaupt nicht verstecken.

Noch lag er auf dem Meeresgrund. Er hatte dabei eine

waagerechte Haltung eingenommen, die Arme ausgestreckt, so daß seine Pranken im weichen Untergrund verschwanden. Düster war es hier. Kleinere Fische umschwammen ihn und schauten ihn aus ihren großen Glotzaugen an, bevor sie erschreckt wendeten und davonglitten.

Und wieder erreichte ein neuer Kraftimpuls das Monster. Es schüttelte den Kopf, als wollte es trübe Gedanken verscheuchen, löste seine Hände und geriet so in die Strömung, von der es nicht nur mitgenommen, sondern auch an die Oberfläche getrieben wurde.

Schwimmbewegungen machte es nicht, es ließ sich nur treiben wie ein Stück Holz.

Höher und höher glitt es. Das Wasser wurde klarer, die Trübung war zwar noch vorhanden, jedoch nicht mehr so stark wie auf dem Grund des Meeres. Das Monster hatte freie Bahn.

Grünlich schimmerte das Wasser. Auch hier wurde es von zahlreichen Fischen umkreist, die seinen Aufstieg beobachteten. Dann jedoch verdunkelte ein Schatten die unmittelbare Umgebung. Er war gewaltig, zuerst nur als bizarres Etwas zu sehen, dann jedoch huschte er heran. Erst jetzt hob das Monster den Kopf.

Ein Killerfisch lauerte auf das Monster. Riesig in seinen Ausmaßen, mit runden, starren Augen, die einen stumpfen Blick aufwiesen. Halb war das Maul geöffnet, die Zähne darin wirkten wie Messer, so gefährlich waren sie.

Das Monster war keiner menschlichen Regung fähig, merkte allerdings, daß hier ein Feind lauerte. Ein Feind, der bekämpft werden mußte. Und kämpfen konnte es, das hatte es früher schon gelernt, wo es sich immer durchsetzen mußte, denn die Feinde lauerten überall.

Es versuchte auch gar nicht erst, dem Fisch auszuweichen, im Gegenteil, das Monster schwamm näher heran, wobei es seine langen Arme ausgestreckt hielt.

Der Killerfisch lauerte. Er bewegte nur sein Maul und klappte es langsam auf.

Darin sah das Monster seine Chance. Beide Klauen griffen zu, verhakten sich vor der unteren Zahnreihe im Fleisch des Riesenfisches und rissen es mit einem Ruck entzwei, als bestünde die Haut nur aus Papier.

Ein dunkler Blutstrom schoß aus der Wunde und färbte das Wasser. In Wolken trieb er auf das Monster zu, so daß er ihm für Sekunden die Sicht nahm.

Das Monster paddelte sich frei. Sein viereckiges Maul hatte es geöffnet, es tat ihm nichts, wenn Wasser hineindrang, es war kein normales Lebewesen, und als es aus der Wolke auftauchte, da sah es, wie der Killerfisch abdrehte und eine lange Blutwolke hinter sich ließ, die als schmale Spur zerfaserte und von den Wellen abgetrieben wurde.

Das Monster war zufrieden. Eine erste Bewährungsprobe hatte es hinter sich. Der Kampf war gewonnen. Zuversicht ergriff von ihm Besitz. Auch die anderen Kämpfe würde es gewinnen, und diesmal wollte es das Monster schlauer anstellen.

Einmal drehte es seinen kantigen Schädel und glotzte zurück in die Tiefe.

Es war kein Verfolger zu sehen. Der Killerfisch hatte das Weite gesucht.

Urplötzlich durchbrach das Monster mit seinem schrecklichen Schädel die Oberfläche. Der Kopf schien wie ein Korken auf dem Wasser zu hüpfen, Wellen rollten heran, überschwemmten ihn, so daß es im ersten Augenblick nichts sehen konnte.

Dann wurde es von einer hochlaufenden Welle nicht überspült, sondern auf den Kamm getragen, und er konnte sehen.

In Sichtweite sah es einen unregelmäßig verlaufenden Streifen. Mit dem sicheren Instinkt erkannte es, daß es diesen Streifen ansteuern mußte, denn dort befand sich das Land.

Als es wieder in das Wellental glitt, hatte es seinen Entschluß bereits in die Tat umgesetzt. Mit paddelnden

Bewegungen, die an die eines Hundes erinnerten, sah er zu, daß es die Richtung beibehielt. Seine Rachetour sollte beginnen. Nicht umsonst hatte es die lange Zeit auf dem Meeresgrund verbracht. Derjenige, dem es dies verdankte, sollte sterben.

Der Mann hieß John Sinclair. Und sein Gegner hatte auch seinen Namen. Andere hatten ihm einen gegeben.

Das Frankenstein-Monster!

Von ihren Zimmern aus hatten sie einen herrlichen Blick über die Sinclair's Bay. Und wenn die Tage einmal klar waren, dann konnten sie sogar das offene Meer sehen. Unter ihnen und landeinwärts lag der kleine Fischerort Cloak, und eigentlich gab es in ganz Schottland keine idealere Stelle für sie als dieses Hotel in einer Burg.

Sie, das waren fünf Kampfschwimmer.

Drei Männer und zwei Frauen!

Jawohl, Frauen waren auch dabei, denn im Zeitalter der Gleichberechtigung drängten die weiblichen Personen nicht nur in Männerberufe wie Schlosser oder Automechaniker, auch Jobs, die wirklich alles erforderten, wurden von ihnen ergriffen.

Die fünf Kampfschwimmer wollten zur Armee. Sie mußten erst mehrere Tests bestehen, bevor sie aufgenommen und noch einmal hart trainiert wurden.

Meist war es so, daß bei dieser letzten Prüfung fünfzig Prozent der Neulinge durchfielen.

Die beiden Frauen hatten allen Unkenrufen zum Trotz die Vorprüfungen blendend bestanden. Sowohl den körperlichen Anforderungen waren sie gewachsen als auch den seelischen und dem Dauerstreß. Prüfungsleiter Ray Gannon war nichts anderes übriggeblieben, als die beiden einundzwanzigjährigen Frauen mitzunehmen, um mit ihnen auch den letzten Test durchzuführen.

Gannon gehörte zur Army, und man erzählte sich, daß er einer der härtesten Einzelkämpfer sein sollte, die England aufzubieten hatte. Er war ein Roboter, eine Maschine, ihn konnte man ohne Wasser mitten in der Sahara absetzen, er überlebte ebenso wie im tiefsten Dschungel, allein und ohne Proviant.

Bei den meisten war er gefürchtet, und auch die fünf Kampfschwimmer zählten ihn nicht eben zu ihren Freunden.

An diesem Vormittag sollte zum zweitenmal getaucht werden. Und das direkt voll. Zuerst hatte es geheißen, um vier Uhr wecken, das Wetter jedoch hatte ihnen einen Strich durch die Rechnung gemacht. Jetzt war der Beginn auf elf Uhr verschoben worden.

Die beiden Frauen bewohnten zusammen ein Zimmer. Es lag im Südflügel der alten Burg, war ziemlich geräumig und hatte zwei Fenster, durch die man hinaus in die Bay schauen konnte.

Die Blonde hieß Jill Dalton, ihre Freundin mit dem kurzen braunen Haar hörte auf den Namen Eileen Cooper. Ihre Väter dienten beide in der Armee. Jills alter Herr als General, Eileens Vater als Kommandeur eines Fliegerhorstes.

Von klein auf waren sie mit dem Militär vertraut, und als sie sich entschlossen hatten, Kampfschwimmerinnen zu werden, da hatten ihre Väter sie für verrückt erklärt. Aber die beiden wollten es ihnen beweisen und hatten es bis jetzt geschafft.

Beide packten ihre Taucheranzüge zusammen. Sie sprachen nicht viel, jede war konzentriert. Die Anstrengung der vergangenen Tage war ihnen deutlich anzusehen. Die Gesichter waren härter geworden, sie hatten viel von ihrer Weiblichkeit verloren, und auch die Körper zeigten mehr Muskeln, als es bei Frauen normalerweise üblich ist. Auf Firlefanz wie Schminke und schöne Kleider wurde hier kein Wert gelegt, die Frauen hatten sich damit abgefunden, sie dienten allein ihrer Aufgabe.

»Alles klar?« fragte Jill, als sie sich erhob und durch ihre Haare strich.

»Moment noch.« Eileen hatte eine etwas rauhe Stimme bekommen, denn während der Ausbildung schrie nicht nur Ray Gannon, sondern auch die Fast-Rekruten schrien.

Jill trat ans Fenster. Ihr Gang war geschmeidig. Man hörte kaum, als sie das Zimmer durchquerte. Eine Folge ihrer Grundausbildung, wo man den Frauen auch Karate und den Umgang mit Waffen beibrachte. Als sie durch die Scheibe schaute, sah sie hinter den dünnen Wolken eine blasse Sonne.

»Das Wetter wird besser.«

Eileen richtete sich auf. Ihr Mund war ein wenig breit geraten und wurde noch breiter, als sie lächelte. »Der liebe Gott meint es eben gut mit uns.«

»Hoffentlich denkt Gannon genauso.«

Wenn man vom Teufel spricht, dann erscheint er meist. So war es auch hier. Ohne vorher anzuklopfen, wurde die Tür hart aufgestoßen, und First Lieutenant Gannon stand auf der Schwelle.

Dreißig Jahre war er alt, ein Typ, wie man sich den Schleifer vorstellte. Gar nicht mal groß, mit viel Muskeln bepackt. Breite Schultern, ein Kleiderschrankkreuz und einen Haarschnitt, der gar keiner war. Er hatte sich die blonden Haare so kurz schneiden lassen, daß sie nur noch als winzige Stoppeln auf dem Schädel wuchsen, dafür konnte der Betrachter die abstehenden Ohren besser erkennen, die Gannon auch den Spitznamen Segelflieger eingebracht hatten. Hörte er ihn jedoch, wurde er fuchsteufelswild und wollte den Leuten den Hals umdrehen, die darüber redeten. Sein Gesicht war knochig. Wie ein Schnurrbart wuchs auf seiner Oberlippe eine lange Narbe, die er sich durch einen Messerstich zugezogen hatte, als er in Soho in eine Kneipenschlägerei geraten war. Blasse Augen, man konnte sie auch farblos nennen, ein strichdünner Mund und so helle Augenbrauen, daß sie auf der Gesichtshaut nur bei näherem Hinsehen zu erkennen waren.

Obwohl die beiden Frauen noch nicht zur Armee

gehörten, hatte Gannon militärischen Drill befohlen. Als sein »Achtung!« erklang, standen die beiden zukünftigen Kampfschwimmerinnen sofort still.

Dann erfolgte ihre Meldung.

»Jill Dalton meldet sich zur Stelle!«

»Eileen Cooper meldet sich zur Stelle!«

Da die beiden Frauen noch keine Dienstgrade besaßen, mußten sie ihre Namen nennen und dabei ›Männchen bauen‹. Ein wirklich blödes Spiel.

Gannon nickte. Er musterte die beiden, und in seinem Blick lag kein Funken Gefühl. Männer schauten Frauen normalerweise anders an, Gannon nicht. Er kannte nur seinen Job.

»Abmarsch sofort«, sagte er. »Die anderen befinden sich bereits am Strand! Ich habe ein wenig Auflockerungstraining mit ihnen gemacht.« Er grinste schief. Was das Auflockerungstraining anging, so hatte er die drei Männer sicherlich gescheucht, bis sie nicht mehr konnten. Das war Gannon egal.

Als er sich umdrehte, salutierten die Frauen wieder. Sie nahmen ihre Ausrüstung hoch und folgten Gannon im Laufschritt. Die Treppe hinunter ging es, bis sie den kleinen Platz vor dem Schloß erreichten. Der Bau stand auf einem hohen Felsen. Stufen waren in den Stein gehauen worden. Sie endeten erst am Strand, der an sich keiner war. Es gab nur einen mit Steinen bedeckten schmalen Streifen. Danach begannen sofort die Klippen, wo die Brandung gebrochen wurde und spitze Felsen mit ihrer weißen schaumigen Gischt übersprühte.

Sich mit einem Boot zwischen die Klippen zu wagen war lebensgefährlich, denn die Strömungen hatten so eine Kraft, daß sie die Boote mitsamt Besatzung in die Tiefe zerren konnten. Oft gab es nur schmale Durchfahrten zwischen den Felsen.

Als die beiden Frauen mit dem Ausbilder den Strand erreichten, hatten die Männer das Schlauchboot schon klargemacht. Weiter oben lief die Straße entlang. Sie führte nach Cloak. Am Rand der Straße hatten sich einige Zuschauer eingefunden, um den Kampfschwimmern zuzusehen, die sich bei diesem kalten Wetter tatsächlich nicht scheuten, zu tauchen.

Gannon grinste, als er die Gaffer sah. Er liebte Publikum, wenn er sich hervortat. Da konnte er anderen einmal seine Macht demonstrieren.

»Antreten!« schrie er.

Blitzschnell stellten sich seine fünf Leute auf und nahmen auch sofort Haltung an.

Ganz links stand der lange Burt Lester. Er hatte rote Haare und wurde von Gannon immer nur der ›Blaue‹ genannt.

Cal Borny hatte am meisten Kraft. Er war ein Bulle mit Stiernacken und viel zu langen Armen. Er stammte aus Wales, und man konnte ihn als reines Konditionswunder bezeichnen. Bornys Haar war ebenso kurz geschnitten wie das von Gannon. Da es jedoch dunkel war, hatte man bei dem Mann das Gefühl, ein schwarzer Schleier würde über seinem Kopf liegen.

Dritter und letzter war Kid Rosen. Er wollte es seinem Vater beweisen, daß er etwas taugte. Wieviel Kraft in seinem schmalen Körper steckte, war ihm nicht anzusehen. Er fiel auch dann nicht um, wenn andere schon längst am Boden lagen. Der Kleine hatte eine Pferdelunge. Wegen seiner schmalen Gestalt wurde er nur ›Handtuch‹ gerufen.

Gannon schritt die Mini-Front ab. Er hatte aus seinen Militärbüchern gelernt, die Hände lagen bei ihm auf dem Rücken, die Mundwinkel waren verächtlich verzogen, als wären die drei Männer und zwei Frauen vor ihm nur Dreck.

Heute fand er nichts, woran er hätte etwas aussetzen können. Die Ausrüstung war in Ordnung, die Neoprenanzüge zeigten keine Falten. Glatt saßen sie auf den Körpern.

Er ging die Front wieder zurück, blieb stehen und grinste. »Ich war bereits draußen«, erklärte er. »Es ist direkt ein Kinderspiel, zwischen den Felsen hindurchzufahren, deshalb werden wir das jetzt wiederholen. Aber ich bin nicht aus lauter Spaß an der Freude hinausgefahren, ich habe etwas mitgenommen, und zwar einen Beutel mit Steinen. Ihr sollt denken, es wäre Gold, das ihr zu bergen habt, nur werdet ihr nicht zusammen, sondern gegeneinander arbeiten. Zwei gegen drei. Dalton, Cooper und Rosen bilden die erste Gruppe. Lester und Borny die zweite. Diejenigen, die den Beutel mit Steinen hochbringen, sind angenommen, und damit es auch echt zugeht, werden wir Harpunen mitnehmen, die Betäubungspatronen verschießen. Das ist meine Idee, sie steht in keinem Ausbildungsplan. Wenn es einen aus der Gruppe erwischt, Pech, dann soll der andere zusehen, daß er seinen Kameraden so schnell wie möglich an die Oberfläche schafft, sonst wird er von Neptun für alle Ewigkeiten geholt.« Gannon lachte. »Noch Fragen?«

»Das ist gegen die Vorschrift«, begehrte Kid Rosen auf.

»Was meinst du Scheißer, was mich das interessiert? Hier bin ich der Gott!«

Gannon hatte die Worte so laut geschrien, daß es die Zuschauer auf dem Weg auch hörten. Er wollte mal wieder seine tolle Macht beweisen.

Rosen war still. In Wirklichkeit dachte er darüber nach, Gannon einmal eine Lektion zu erteilen.

»Ab ins Boot!«

Die Gruppe parierte. Was so oft geübt worden war, klappte auch diesmal vorzüglich. Über die blanken Steine wurde das mit Tarnfarbe bestrichene Boot ins Wasser geschoben, wo es die Wellen sofort packten und wieder zurückdrücken wollten.

Die beiden Frauen sprangen als erste hinein. Ihr Gewicht reichte, um das Schlauchboot ein wenig ruhiger werden zu lassen. Die Männer folgten, als letzter Gannon.

»Das hat mir gar nicht gefallen!« schrie er. »Fast wäre das Handtuch noch abgerutscht. Das werden wir üben.«

Die fünf hörten nicht auf seine Worte. Sie hatten genug mit dem Boot zu tun, das in den ersten Strudel geriet und im Kreis gedreht wurde.

»Die Paddel!« brüllte Gannon.

Er hätte den Befehl nicht zu geben brauchen, Lester und Borny hatten sich die Paddel schon geschnappt und stachen sie ins Wasser.

Sie mußten sich verdammt anstrengen, um den Kreisel wieder zu verlassen, aber sie schafften es. Dafür wurden sie förmlich hinauskatapultiert, und eine aus dem Wasser ragende Felsspitze näherte sich bedrohlich schnell.

Mit aller Kraft bewegten die beiden Männer ihre kurzen Paddel gegen die Strömung. Am Heck, wo sich der kleine Außenborder befand, saß Kid Rosen und hielt das Ruder eisern fest.

Gannon erlitt fast einen Anfall. Wie ein Giftzwerg kniete er in einer Sprühwolke aus Gischt und schrie: »Wollt ihr Staatseigentum zerstören, verdammt?«

Sie zerstörten es nicht. Haarscharf lenkten sie das Schlauchboot an dem gefährlichen Felsen vorbei und mußten auch noch die Hürde der nächsten Klippe nehmen, die nicht so weit aus dem Wasser stand, um die herum es allerdings ebenfalls gurgelte und schäumte.

Dann war noch die Brandung zu überwinden. Zum Glück herrschte kein Sturm. Der hätte das Boot sicherlich umgekippt, sie tanzten auch so schon genug auf den Wellenkämmen, rasten dann in das Tal hinein, und für einen Moment hatte es den Anschein, als würde das Schlauchboot mitsamt seiner Besatzung von der graugrünen See gefressen.

Einige Möwen umkreisten aufgeregt schreiend das Schlauchboot und sahen zu, wie die Besatzung die gefährlichen Stellen hinter sich ließ.

»Das war keine Bravourleistung!« meckerte Gannon. Wie auch die anderen war er naß. Tropfen liefen über sein Gesicht. »So kommt ihr nie durch!«

Kid Rosen zeigte ihm einen Vogel, allerdings hinter seinem Rücken. Wenn die Gruppe gedacht hatte, mit dem Außenborder fahren zu können, so sah man sich getäuscht. Gannon dachte überhaupt nicht daran. Er ließ seine Leute paddeln. Jetzt mußten auch die Frauen mit ran. Sie bissen die Zähne zusammen und stachen die Paddel gleichmäßig ins Wasser. Kein Laut drang über ihre Lippen. Die beiden machten ihre Arbeit ebensogut wie die Männer.

Allzu weit wollte Gannon nicht vom Ufer weg. Er war immer auf Zuschauer aus und wuchs förmlich um das Doppelte, wenn Leute zusahen, wie er die anderen scheuchte.

»Stop!« brüllte er plötzlich. »Hier wird getaucht!« ordnete Gannon an. »Fragen sind ja keine mehr. Oder?«

Sein drohender Ton ließ keine weiteren aufkommen.

»Über die Gruppen wißt ihr Bescheid. Drei gegen zwei. Die Harpunen mit den Betäubungspatronen habe ich hier.« Er holte sie unter einer wasserdichten Plane hervor.

»Ich möchte noch einmal darauf hinweisen, daß es gegen die Vorschrift ist!« bemerkte Rosen.

»Halt dein Maul!« Dann das Kommando. »Ab!«

An den beiden verschiedenen Seiten des Schlauchbootes hechteten die fünf Mitglieder ins Wasser.

Zurück blieb Ray Gannon. Er machte es sich bequem und zündete sich eine schmale Zigarre an. Ein breites Grinsen überflog sein Gesicht. Da hatte er sich wirklich etwas Feines ausgedacht. Die würden sich wundern. Fünfzig Prozent Ausfall gab es sicherlich. Wenn diese Übung beendet war, hatten wohl die wenigsten Lust, noch weiterzumachen. Vor allen Dingen unter seinem Kommando.

Allerdings täuschte sich Ray Gannon. So friedlich wie die See schien, war sie gar nicht, denn dicht unter der Wasseroberfläche näherte sich eine unheimliche Gestalt dem Boot.

Das Frankenstein-Monster ...

Ich hatte in der Tat einen Mietwagen auftreiben können. Zwar gab es in Wick keine Niederlassung irgendwelcher großen Mietwagenfirmen, aber es existierte dort ein Privatmann, der Wagen verlieh. Mir hatte er einen blau angestrichenen alten Jeep angedreht, der für diese Gegend goldrichtig war, vorausgesetzt, er schaffte die Strecke und brach nicht unterwegs zusammen.

»Das geschieht auf keinen Fall«, hatte mir der Verleiher versichert.

Ich war großzügig und glaubte ihm. Zudem hätte ich den zweiten Wagen, den er noch hatte, auf keinen Fall genommen. Dieser alte Fiat wurde nur durch Rost zusammengehalten.

Mit dem Jeep gondelten wir los. Als Kundenservice hatten wir noch eine Karte der Gegend erhalten. Die würde uns unterwegs gute Dienste leisten.

Kaum hatten wir die Stadt verlassen, da merkten wir das erste Manko des Wagens. Er hatte keine Heizung. Oder keine, die funktionierte. Wir mußten tatsächlich unsere gefütterten Jacken anziehen, sogar die Handschuhe behielt ich an. Die Sitze waren ziemlich ausgeleiert, federten nach, und auf Sukos Seite quoll stinkendes Seegras aus einem Schlitz im Bezug. Eine angenehme Fahrt würde das auf keinen Fall werden.

Schon bald hielt uns die karge schottische Landschaft gefangen. Hier im Norden mußte man schon wirklich Schottland-Fan sein, um sich wohl zu fühlen. Es gab keinen Wald, alles war flach, der Wind wehte, das Gras hatte einen braungelben Winterschimmer. Hin und wieder sahen wir schmutzige Schneeflecken.

Am Himmel führten die Wolken, getrieben vom Wind, wilde Tänze auf. Es waren gewaltige Gebirge, mal dunkel, mal hell, so daß es mir ganz so aussah, als würde es wieder anfangen zu schneien. In ein Schneegestöber wollten wir nicht kommen.

Die Straße nach Cloak mußte zwischen den Ortschaften mal irgend jemand zusammengedrückt haben, denn plötzlich wurde sie so eng, daß nur noch ein Wagen fahren konnte. Wenn jemand entgegenkam, mußte der schwächere in den Graben.

Uns kam keiner entgegen. Als sich die Fahrbahn wieder verbreiterte, das geschah nach einer langen Kurve, sahen wir auch die Steinwälle, die so typisch für Schottland sind und die den Weg der Fahrbahn haargenau markierten.

Die Reifen des Jeeps waren in Ordnung. Vor der Fahrt hatte ich sie mir genau angeschaut. Deshalb fuhr ich auch voll durch einen plötzlich auftauchenden Schneematschstreifen. Wir rutschten zwar etwas, aber die Reifen griffen.

»Du bist ja heute wieder ein kleiner Niki Lauda!« meinte Suko.

»In Schottland werde ich zum Tier.«

»Aha.«

Ich spielte mit dem Gaspedal. Der Jeep war gut. Wenn man ihn fuhr, konnte man die Heizung vergessen. Ich freute mich wie ein Kind, das ein Spielzeug bekommen hatte. Einmal verließ ich sogar die Straße, scheuchte den Wagen eine kleine Böschung hoch und fuhr wieder hinunter. Diese Aktion hatte bei Suko nur ein Kopfschütteln zur Folge.

Es ging etwas bergab. Deshalb konnten wir weit sehen, erkannten Häuser und dahinter das Meer.

Cloak war fast erreicht.

»Sieht irgendwie stark aus«, sagte ich und blickte über die Häuser hinweg, wo ein langer weißer Streifen gegen die Küste donnerte. Die Brandung.

»So etwas haben wir schon oft gesehen«, maulte Suko. »Fahr endlich, sonst friere ich hier noch fest.«

»Ist dir kalt?«

»Was denkst du denn?«

»Dann mach dir doch warme Gedanken.«

Suko schüttelte nur den Kopf. Er hielt mich für albern und übergeschnappt.

Die Straße folgte jetzt der Küstenlinie. Und zwar in zahlreichen Kurven. Obwohl es fortlaufend bergab ging, blieben wir ziemlich hoch, so daß wir immer aufs Meer schauen konnten, das jetzt linker Hand von uns lag, da der Weg eine große Kurve beschrieben hatte.

Bis zum Ort war es doch noch ein ziemliches Stück. Die Nähe der Häuser war eine optische Täuschung gewesen. Ich ließ die Späße sein, da ich mich voll auf die Fahrbahn konzentrieren mußte. Zu den Klippen hin war sie durch einen langen Steinwall gesichert. Die Steine aufzuschichten hatte sicherlich eine Heidenarbeit gemacht.

Zwangsläufig mußten wir langsamer fahren. Das Donnern der Brandung übertönte sogar das Geräusch des Fahrtwindes. Ein paar vereinzelt stehende Häuser erschienen. Sie sahen ziemlich baufällig aus, wahrscheinlich wurden sie nur als Schuppen benutzt.

Dann hörte auch die Steinmauer auf, und wir konnten erkennen, daß das Gelände dahinter flacher wurde. Wir hatten einen guten Blick auf die Bay, die meinen Namen trug.

Dann sahen wir auch die Jugendlichen und zwei Erwachsene, die sich am Straßenrand eingefunden hatten und aufs Wasser schauten, als gäbe es dort etwas Besonderes zu sehen.

»Da tauchen welche«, sagte Suko.

Ich schaltete zurück und fuhr noch langsamer. »Wo?«

»Sieh mal schräg nach links.«

Das tat ich erst, als der Wagen stand. Suko hatte sich nicht getäuscht. Auf dem Wasser und hinter den Klippen, die von den hellen Schaumstreifen der Brandung umgeben waren, lag ein Schlauchboot auf dem Wasser. Es war nur schlecht zu sehen, da sich die Tarnfarbe kaum vom Wasser abhob. Dafür sahen wir den Mann, der im Boot hockte.

Er hantierte mit zwei Preßluftflaschen und trug eine Schwimmweste, wie sie die Soldaten von der Armee anhatten, wenn sie sich aufs Wasser wagten.

»Ich sehe keine Taucher.«

Einer der Zuschauer hatte meine Worte gehört. Er drehte sich um, und wir blickten in das pfiffige Gesicht eines sommersprossigen Jungen. »Doch, Sir, da sind Taucher.«

»Das hast du gesehen?«

»Klar, wir alle.«

»Ist das etwas Besonderes, daß hier getaucht wird?« wollte ich wissen.

»Nein, das nicht. Aber haben Sie denn keine Zeitung gelesen, Sir?«

Ich begriff. »Denkst du an den Fisch?«

»Genau, Sir. Ich hätte Angst, wenn da diese Riesenfische im Wasser schwimmen. Den armen Ernie haben sie geholt. Ich habe es selbst gehört, wie Mr. McLintock es erzählt hat.«

»Und der weiß das?«

»Klar, der hat doch den Fisch fotografiert.«

Ohne es wohl zu wollen, hatte uns der Junge ein paar gute Auskünfte gegeben. »Sind die Taucher denn von der Polizei?« hakte Suko nach.

»Nein. Die wohnen in der Burg.« Er drehte sich und streckte seinen Arm aus, so daß wir der Hand mit den Blicken folgen konnten und in der Verlängerung der Linie eine auf dem Felsen stehende Burg erkannten.

»Das ist ein Hotel. Wird auch viel von Ölsuchern bewohnt und von Leuten, die im Meer ihre Forschungen betreiben.«

Ich nickte anerkennend. »Du kennst dich aber gut aus.«

»Mein Vater hat auch im Dorf etwas zu sagen.«

»Aha, und was ist er?«

»Polizist«, erwiderte der Knirps stolz. Wir sahen ihm an, daß er auf seinen Vater stolz war. In der Großstadt war das oft anders. Da trauten sich die Polizistensöhne manchmal nicht zu sagen, was ihr Vater von Beruf war.

»Hast du den Fisch denn gesehen?« fragte ich ihn.

»Nein. Aber der kommt bestimmt noch mal hoch. Das

sagen auch alle anderen. Mr. McLintock übrigens auch. Morgen wollen sogar Reporter kommen und am Strand ihre Kameras aufbauen. Das gibt vielleicht einen Wirbel, hat mein Vater gesagt.«

»Da hat er nicht gelogen.«

»Sind Sie auch wegen dem Fisch gekommen?«

Ich hob die Schultern. »Vielleicht.«

»Bleiben Sie lieber hier, dann können Sie ihn bestimmt sehen.«

»Und die Taucher jagen den Fisch?«

»Das weiß ich nicht genau. Kann aber sein.«

Wir blickten wieder aufs Wasser und sahen, daß der Mann im Schlauchboot es sich bequem gemacht hatte. Er lag fast in seinem Boot und hatte die Beine ausgestreckt.

Und da geschah es. Ich hatte es im Anfang nicht richtig mitbekommen, da ich zur Burg hinschaute. Erst Suko machte mich auf den Vorgang aufmerksam.

»Verdammt, John, sieh!«

Sofort blickte ich wieder zum Boot.

Es schwankte. Das hatte seinen Grund. Allerdings nicht in den Bewegungen des Mannes, sondern weil aus dem Wasser eine Gefahr hervorkam, mit der der andere nicht gerechnet hatte. Wir sahen, wie er seine Arme hochwarf, sich im Boot umdrehte, nachsehen wollte, welche Ursache dieses Schwanken hatte, und plötzlich von einem Arm umfaßt wurde, der ihm entgegenschnellte.

»Ein Ungeheuer!« schrie jemand.

Da konnte er recht haben. Ich aber stieß Suko an. »Los, Alter, das sehen wir uns an!«

Ray Gannon zeigte eine gewisse Art von Befriedigung, die schon teuflisch zu nennen war. Das konnte man seinem Gesicht ablesen, auf dem das kalte Lächeln wie eingefroren lag. Er war gespannt, ob die fünf ihrer Aufgabe gerecht wurden. Natürlich war er über das Ziel hinausgeschossen, da mußte er Rosen recht geben. Aber wo kein

Kläger ist, da ist auch kein Richter, und die Leute würden sich hüten, irgend etwas über seine Methoden zu sagen. Gannon verließ sich da ganz auf seine Stärke und auf den Respekt, den man vor ihm hatte.

Die Betäubungsharpunen waren von ihm wirklich ein guter Einfall gewesen. Jetzt zeigte es sich, wer der Stärkere war und ob die Frauen auch mithalten konnten. Bisher hatten sie nicht einmal geklagt. Geflucht und geschimpft hatten nur die Kerle, wahrscheinlich schluckten die Frauen ihren Zorn hinunter.

Ray Gannon schnippte seine Zigarre weg. Sie verlöschte zischend in der See. Er wälzte sich ein wenig zur Seite. Gern wäre er jetzt unter Wasser gewesen und hätte sich seine Schützlinge angesehen, wie sie versuchten, den Sack mit Steinen zu heben und sich dabei gegenseitig behinderten und bekämpften. Er war gespannt, wann der Verlierer auftauchte. Wahrscheinlich mit einem Betäubten im Arm.

Gannon schaute zum Ufer hoch. In der Luft lag ein Wasserstreifen, hochgeschleudert von der Brandung, die sich an den Klippen brach. Weiter oben standen noch immer die Gaffer. Es waren sogar mehr geworden. Scharfäugig erkannte Gannon zwei Männer, die mit einem Jungen sprachen. Die Erwachsenen blickten sehr interessiert.

Sollten sie, um so größer konnte er hier die Schau abziehen. Daß er dazu nicht mehr kommen sollte, ahnte Ray Gannon nicht im geringsten. Er merkte auch nichts von dem Verhängnis, denn das Unheil näherte sich ihm lautlos.

Das Monster hatte nur noch wenige Yards zurückzulegen. Hin und wieder hatte es seinen kantigen Schädel so angehoben, daß es einen Blick über die Wasserfläche werfen konnte.

Der Mann hockte noch immer in seinem Boot und ahnte nichts. Zudem schaute er in die entgegengesetzte Richtung, was dem anderen natürlich sehr gelegen kam.

Die letzten, tapsigen Schwimmbewegungen brachten den Körper bis dicht an das Schlauchboot. Ein wenig noch ließ er sich in die Tiefe sacken, und zwar so, daß er soeben unter der Wasserfläche schwamm.

Dann war es soweit.

Er hatte das Boot erreicht, der Mann wandte ihm den Rücken zu, und dann hob das Monster den rechten Arm. Wie ein Stumpf erschien er aus dem Wasser.

Und er griff zu.

Seine Klaue klatschte auf den Wulst des Bootes, drückte es nach außen, ein Vorgang, den der Mann mitbekommen mußte, und er drehte sich um.

Da schnellte das Monster hoch.

Bevor es seinen Arm um Gannons Hals klemmte, sah dieser noch das schreckliche Gesicht, und selbst ihm, dem harten Mann, schien ein Eispickel ins Herz zu fahren.

Das Gesicht war ein Vorbild für eine asymmetrische Plastik. Es schien aus zahlreichen Teilen zusammengesetzt worden zu sein, die Augen hingen schief, die Nase ebenfalls, das gleiche war mit den Ohren, und die Stirn schien gespalten zu sein. Er sah auch den Hals und die tiefe Wunde darin, sie leuchtete scharlachrot, obwohl das Wasser in der Wundenrinne lief.

Gannon wollte sogar schreien, da wurde ihm die Luft abgedrückt. Aus seiner Kehle drang nur ein Gurgeln, bevor er das Übergewicht bekam und von dem Monster ins Wasser gezogen wurde.

Eiskalt war die Flut. Sofort saugte sich Gannons Kleidung voll. Allerdings trug er noch eine Schwimmweste, die wollte ihn wieder an die Oberfläche drücken.

Das merkte auch das Monster. Es drückte Gannon herum und zerfetzte die Weste mit seiner Pranke.

Erst jetzt wurde Gannon bewußt, daß er sich in einer tödlichen Gefahr befand. Zuvor war er einfach zu überrascht gewesen, und er dachte nicht daran, aufzugeben.

Er wehrte sich.

Ray versuchte, den Griff zu sprengen. Er kannte einige

Tricks, und es gelang ihm auch, die Finger des anderen zu packen. Hart bog er sie herum. Wenn der andere ihn jetzt nicht losließ, würde Gannon ihm die Finger brechen.

Das Monster hielt fest.

Ray Gannon glaubte sogar das Knacken zu hören, als die Finger umgebogen wurden, aber der Griff lockerte sich nicht. Das Wesen verspürte keine Schmerzen.

Diese Erkenntnis jagte dem eisenharten Ray Gannon Angst ein. Hinzu kam der Luftmangel, denn er hatte zuvor nicht die Chance gehabt, noch einmal tief einzuatmen.

Das Monster besaß Bärenkräfte. Während es durch den Auftrieb hin und wieder oberhalb der Wasserfläche erschien, hatte es den anderen praktisch in den Schwitzkasten genommen und drückte ihn in das Wasser hinein.

Ray Gannon wußte genau, daß er mit seinen Tricks nicht mehr freikam. Er mußte sich etwas anderes einfallen lassen, wenn er überleben wollte.

Alles in ihm schrie bereits nach Luft. Jede Faser, jeder Nerv seines Körpers wollte atmen, doch er zwang sich dazu, die Luft anzuhalten, denn nun machte sich sein Training bezahlt. In zahlreichen Stunden hatte er trainiert, und es war ihm gelungen, immer wieder zu überleben. Hier mußte es auch klappen.

Gannon machte sich plötzlich schwer, und er rollte sich zusammen, so gut es möglich war, dabei zog er die Knie an und versuchte, schmaler zu werden, wobei er den Rest an Luft, der sich noch in seinen Lungen befand, ausstieß.

Wenn das Monster ihn weiterhin so halten wollte, mußte es nachgreifen, für den Bruchteil einer Sekunde hätte sich dann der Griff gelockert, und diese winzige Chance blieb Ray Gannon, um sich aus der Umklammerung zu befreien.

Er versuchte es.

Und schaffte das schier Unmögliche!

Zwar hätte ihm das Monster im Nachfassen fast noch ein Ohr abgerissen, aber Gannon kam trotzdem frei, wobei er sich den Schmerz verbiß und nur daran dachte, Luft zu schnappen.

Tatsächlich gelangte er über Wasser. Er riß seinen Mund auf, hatte Glück, daß im Augenblick keine Welle anrollte, sah nur verwaschene rote Kreise vor seinen Augen und glaubte, daß seine Lungen platzen würden, obwohl er tief einatmete. Aber zu lange waren sie ohne Sauerstoff gewesen, dessen Verlust auch sein Denken beeinträchtigte, so daß die nächsten Reaktionen rein instinktiv erfolgten und nur seinem Überlebenstraining zu verdanken waren.

Gannon begann zu schwimmen.

Er wußte, daß er jetzt schnell sein mußte wie nie zuvor in seinem Leben, sonst hatte er keine Chance, dem Monster zu entwischen. Im Kraulen war er schon immer gut gewesen, Bester seines Lehrgangs, und diese Schwimmethode wandte er auch an.

Er warf sich einer Welle entgegen, die ihn überspülte. Er kam sich wie in einem kleinen Berg aus Glas vor, spürte plötzlich den Griff an seinem rechten Fuß, trampelte sich frei, traf dabei den Kopf seines Gegners, zog die Beine an und bewegte die Arme, so daß er aus der Welle herauskam.

An eine Atemtechnik war in diesen Augenblicken nicht zu denken, er mußte erst einiges an Distanz zwischen sich und dem gefährlichen Monster erbringen.

Das schaffte er auch, denn trotz seiner Erschöpfung war er schneller als der Verfolger.

Gannon schwamm um sein Leben. Und dieser eisenharte Typ fand auch seinen Rhythmus.

Vom Boot aus hatte die Distanz zwischen ihm und dem Land nicht so groß ausgesehen. Aus seiner jetzigen Perspektive kam sie ihm vor wie eine Meile. Und noch etwas durfte er nicht vergessen. Zwischen ihm und dem rettenden Ufer befanden sich noch die gefährlichen Strudel. Wenn die ihn zu fassen bekamen, waren sie ebenso tödlich wie das Monster. Die Strudel würden ihn gnadenlos in die Tiefe ziehen, wo er elendig ertrank.

Er kämpfte.

Schon wurden die Wellen unruhiger. Sie liefen von allen Seiten auf ihn zu, es gelang ihm nicht mehr so oft, seinen Kopf über Wasser zu heben, um Luft zu holen.

Vor ihm lauerte der Tod, und hinter sich wußte er ihn ebenfalls. Eine verdammte Falle, in der er steckte.

Einmal schnellte er aus dem Wasser, saugte seine Lungen voll mit Luft und schwamm unter der Oberfläche weiter, mit zielstrebigen, schnellen Bewegungen.

Danach tauchte er wieder auf. Einen Blick zurück warf er nicht. Das hätte nur Zeit gekostet, doch er wußte, daß ihm das Monster auf den Fersen blieb. Da kannte es kein Pardon. Ein sicher geglaubtes Opfer ließ es so leicht nicht mehr los.

Er konnte die Strudel nicht umgehen. Plötzlich drang er in den ersten ein. Da halfen auch keine Schwimmbewegungen mehr. Soviel Kraft besaß er nicht, um gegen das starke Wasser anzukämpfen. Es drückte ihn nicht nur in die Tiefe, sondern wirbelte ihn auch um die eigene Achse, und mit dem Oberschenkel schlug er gegen einen Felsen, dessen Gestein unterhalb des Wassers spitz wie ein Messer war.

Schreien konnte er nicht, da sonst Wasser in seinen Mund gedrungen wäre. So verbiß er sich den Schmerz, schwamm gegen den Strudel an, was eigentlich hoffnungslos war. Trotzdem hoffte er, daß ihn die See wieder ausspie.

Das tat sie in der Tat. Wie ein Korken hüpfte er plötzlich aus den Fluten, er atmete ein, Wasser drang in seinen Mund, er mußte husten und keuchen. Neben ihm gurgelte und schmatzte es. Er sah eine schmale Rinne zwischen zwei Felsen, dahinter den hohen Gischtstreifen, und er hörte hinter sich das Rollen der Wellen, die zum Teil schon von den aus dem Wasser ragenden Felsen gebrochen waren, aber dennoch eine nahezu zerstörerische Kraft in sich bargen.

Die Kraft der Brandung.

Gannon wurde von ihr erfaßt.

Er hatte das Gefühl, als hätten hundert Hände gleichzeitig zugegriffen und ihn in die Höhe gehoben. Er schrie, als er weitergetragen wurde, hinein in den gefährlichen Wirrwarr der Felsen, wo die Brandung ihn zu einem lebenden Spielball machte.

Ray Gannon wußte nicht, wo oben, unten, rechts oder links war. Er war eingefangen in einer Gischtwolke und einem gläsernen Wasserberg, der ihn mit Urgewalt voranschleuderte und ihn an den Felsen zerschmettern wollte.

Instinktiv hatte Gannon die Arme hochgerissen, um seinen Kopf zu schützen. Er wollte nicht, daß sein Gesicht zerschlagen wurde, und dann erfolgte der Aufprall.

Der eisenharte Ray Gannon verlor in diesen Augenblicken die Beherrschung. Er wurde so hart gegen den Felsen geworfen, daß er schrie, dabei öffnete er zwangsläufig den Mund. Statt Luft drang Wasser in seinen Rachen. Er schluckte unbewußt das Zeug hinunter, schlug mit den Armen um sich und hatte das Gefühl, sämtliche Knochen wären gebrochen. Er merkte kaum, daß eine Welle ihn wieder wegholte, doch die nächste rollte bereits heran, packte ihn und schleuderte ihn nach vorn.

Wieder krachte er gegen den Felsen, und diesmal konnte er seinen Kopf nicht schützen. Die scharfe Kante traf ihn zwischen Ohr und Stirn. Der Aufprall löste eine Explosion in seinem Schädel aus, die ihn in einen tiefen, endlosen Schacht riß.

Er merkte nicht mehr, was weiter mit ihm geschah, daß er von einem Wasserstrudel gepackt und fortgezerrt wurde. Wie ein lebloses Bündel trieb er zwischen den Klippen.

Wehrlos für das Monster, das längst nicht aufgegeben hatte. Zwar war es auch gegen das harte Gestein geschleudert worden, aber es konnte nicht bewußtlos werden. Es gelang ihm sogar, sich an einer Kante festzuklammern und sich so zu halten, daß es selbst die Kraft des zurückflutenden Wassers nicht schaffte, es wieder in die See zu reißen.

Nein, aufgegeben hatte das Frankenstein-Monster noch nicht. Es wollte seine Beute nach wie vor …

»Bleiben Sie lieber hier!«

Der Warnruf klang noch in unseren Ohren nach, aber darum kümmerten wir uns nicht. Wir hatten erlebt, daß sich ein Mensch in höchster Not befand, und wir wollten ihm helfen.

Was da aus der Tiefe genau aufgetaucht war, hatten wir nicht erkennen können. Die Entfernung war zu groß. Eins jedoch konnten wir mit Sicherheit sagen. Ein Riesenfisch war es nicht, denn der hatte keine Arme.

Nach der Straße war der Hang ziemlich steil. Erst weiter unten wurde er flacher. Dort lagen auch die ersten Steine, grauweiße Brocken, die sich in ihrer Farbe deutlich vom Untergrund abhoben und wie hingeworfen wirkten.

Wir hatten Pech.

Schon nach den ersten Yards merkten wir, daß der Hang wirklich zu steil wurde. Zudem war er noch feucht, und die Nässe machte ihn rutschig.

Ich verlor zuerst den Boden unter den Füßen, Suko konnte sich noch halten, verlor dann auch das Gleichgewicht und landete wie ich auf dem Hosenboden. Wütend zerbiß ich einen Fluch zwischen den Zähnen, stützte mich mit den Händen ab und gelangte wieder auf die Füße.

Wesentlich vorsichtiger liefen wir weiter. Dabei schauten wir nach vorn, um das Meer im Auge zu behalten, allerdings war unsere Sichtperspektive nicht mehr so gut, denn der hochsteigende Gischtstreifen nahm uns einen Großteil des Blickfeldes.

An einem Felsen konnte ich mich endlich abstützen.

Jenseits davon war das Gras verschwunden. Nur noch ein paar braune Flecken waren zu sehen, mehr nicht. Und jenseits dieser Flecken begann der schmale, steinige Strand, wo bereits die letzten Wellenreste ausliefen, die den Weg zwischen die Klippen gefunden hatten.

Wir suchten den Mann.

Da wir auf den letzten Yards zu sehr mit uns selbst beschäftigt waren, hatten wir ihn aus den Augen verloren. War er vielleicht ertrunken?

»John!« Suko, der einige Schritte vorgelaufen war, hatte ihn entdeckt. Es ging ihm verflucht schlecht, denn die Wellen hatten ihn zu einem Spielball gemacht.

Wir sahen, wie er einmal aus dem Wasser geworfen wurde, ein wenig in die Höhe stieg, dann zurückschleuderte, versank und wieder auftauchte. Gefährlich war nur, daß er in einen Strudel geriet, der ihn aber bald wieder an die Oberfläche spülte und auf einen aus dem Wasser schauenden Felsen zuschleuderte.

Hart krachte er dagegen.

Wir bissen die Zähne zusammen, weil wir ihm nicht helfen konnten. Zwar hatten wir uns dem Wasser, so weit es ging, genähert, denn die Wellen leckten bereits um unsere Füße, aber wir brauchten ein Boot, wenn wir etwas erreichen wollten.

Und das stand uns leider nicht zur Verfügung. Auch war der nächste Felsen zu weit entfernt, als daß wir ihn hätten mit einem Sprung erreichen können, dafür erschien der Mann vom Boot wieder. Für einen Moment sahen wir ihn ziemlich deutlich, denn die Gischtwolke war zusammengefallen. Der aufgerissene Mund zeugte davon, wie sehr er unter Luftmangel litt. Fast sah es so aus, als würde er es schaffen, dann jedoch erreichte ihn die nächste Welle.

Sie hatte eine immense Kraft. Mein Gesicht verzerrte sich, als ich mitbekam, wie der Körper gegen den Felsen geworfen wurde und verschwand.

»Verdammt! Das schafft er nicht mehr!« keuchte Suko.

Beide merkten wir nicht, wie das Wasser um unsere Beine leckte und bereits in die Schuhe gelaufen war, so daß unsere Füße klatschnaß geworden waren.

Suko schaute mich an, und er hob dabei die Schultern. Eine bezeichnende Geste. Da war nichts mehr zu machen. Hoch schäumte die Brandung. Ich suchte nach einer Möglichkeit, wie wir uns dem anderen nähern konnten, aber da war nichts. Wir hätten über die Felsen klettern müssen, und die waren glatt wie Schmierseife.

Gab es noch eine Chance für den Mann?

Ich biß die Zähne zusammen, daß es knirschte. Suko war zur Seite gelaufen, er suchte nach einer anderen, besseren Stelle, dort stieg das Gelände bereits an, und es wurde schwieriger, zwischen die Felsen zu gelangen.

Aber wo steckte der andere? Dieses Wesen, das so urplötzlich aus der Tiefe erschienen war?

Hatte es die Verfolgung nicht überstanden? War es vielleicht ertrunken oder zerschmettert worden?

Wir sahen nichts.

»John, er ist wieder da!« rief der Chinese.

»Wo?«

Suko deutete mit dem ausgestreckten rechten Arm schräg nach unten. »Dort ist eine schmale Rinne, das Wasser treibt ihn da hinein. Verdammt, das sieht für ihn nicht gut aus, ehrlich.«

Auch ich hatte den anderen entdeckt. Leblos trieb er dicht unter der Wasseroberfläche. Heranrollende Wellen überspülten ihn und drückten ihn weiter vor. Er mußte sich verletzt haben, denn wir sahen das dunkle Blut als lange Schlieren im Wasser treiben.

Plötzlich hielt Suko nichts mehr. Er sprang von seinem erhöhten Platz herunter und suchte sich einen Felsen als zweite Startposition. Ich wollte ihm folgen, als ich plötzlich den Verfolger des Mannes entdeckte. Er wurde von einer Welle hoch- und gegen einen Felsen gehoben. Dort kroch er förmlich hinauf, und es gelang ihm, sich tatsächlich an dem Buckel festzuklammern.

Als wir oben standen, hatten wir von ihm so gut wie nichts gesehen. Jetzt waren wir näher dran, vor allen Dingen konnte ich mich um ihn kümmern, während Suko sich mit der Rettung des Mannes beschäftigte.

Es war kein Mensch, das sah ich sofort. Als eine erneute Welle anlief und ihn packte, sah es für einen Augenblick so aus, als könnte er sich nicht mehr halten. Er schaffte es trotz der Wasserkraft, wurde aber angehoben, und ich konnte zum erstenmal sein schreckliches Gesicht erkennen.

Mich traf fast der Schlag.

Das Wesen kannte ich. Verdammt gut sogar.

Das war kein geringerer als das gefährliche Frankenstein-Monster!

Es war immer wieder ein neues Erlebnis, wenn sie in die Tiefe glitten. Obwohl die zwei Frauen und drei Männer schon öfter getaucht waren, begeisterte sie das unendliche Schweigen jedesmal aufs neue. Hier war die Stelle des Meeres, die von keinem Laut unterbrochen wurde, hier herrschte die absolute Ruhe.

Zwei Gruppen hatte Ray Gannon bilden lassen, und beide blieben dicht zusammen.

Die beiden Frauen schwammen mit Kid Rosen, während Burt Lester und Cal Borny ebenfalls zusammenblieben. Da sie sich in der Nähe der Küste befanden, war das Wasser noch trübe. Wenn der Sturm die See aufwühlte, dann spürte sogar der Grund des Meeres dies, dann wurde er aufgewirbelt, als würden riesige Hände in Schlamm und Schlick herumsuchen und den Untergrund zu gewaltigen Wolken hochschleudern.

Auch jetzt befanden sich noch zahlreiche Teilchen im Wasser, die sich noch nicht abgesetzt hatten und diese Trübung verursachten. Um überhaupt einigermaßen sehen zu können, mußten die Taucher ihre mitgenommenen Unterwasserleuchten einschalten.

Fünf helle Strahlen stießen in die trübe Suppe, die sie

kaum aufhellen konnten, denn schon knapp eine Körperlänge weiter verloren sie sich im Dunst.

Sie waren trotzdem eine Hilfe, und so konnten die fünf Taucher erkennen, wann sie den Grund erreicht hatten.

Dort fanden sich die Gruppen wieder und besprachen sich. Das hatte mit normalem Reden nichts zu tun, die Frauen und Männer verständigten sich durch Zeichen, deren Sprache sie zuvor genau einstudiert und auswendig gelernt hatten.

Kid Rosen hatte das Kommando übernommen. Seine Hand beschrieb einen Kreis.

Jill Dalton und Eileen Cooper nickten. Jills Haar wurde dabei vom Wasser wie eine Fahne hochgeweht, auch hier unten herrschte eine Strömung, so daß die Taucher sie mit Arm- und Beinbewegungen ausgleichen mußten, um stehenzubleiben.

Sie sahen etwas seltsam aus mit ihren Preßluftflaschen, den Atemmasken und den Harpunen in den Händen. Irgendwie wirkten sie wie Ungeheuer.

Kid Rosen hob die Hände. Alles klar, sollte das bedeuten, und auch die Frauen lösten ihre Beine vom Boden.

Sie wollten den ›Schatz‹ suchen. Dabei mußten sie ungemein wachsam sein, denn die zweite Gruppe war ebenfalls nicht auf den Kopf gefallen. Einer würde die anderen immer beobachten. In der ersten Gruppe war dies Kid Rosen. Die beiden Frauen sollten suchen, und er deckte ihnen dabei den Rücken.

Sie hatten keinen Anhaltspunkt, wo die versenkten Steine lagen. Der Sauerstoff reichte für zwei Stunden. In dieser Zeit mußten sie die Aufgabe gelöst haben.

Zudem wurde es dann kalt. Da hielten auch die wärmenden Taucheranzüge die Kälte nicht ab, die wie ein gefährlicher Feind überall hinkroch und sich einnistete.

Jill und Eileen blieben zusammen. Sie orientierten sich nach dem Kompaß, den sie wie eine Uhr an den Handgelenken trugen. Gleichmäßig waren ihre Bewegungen. Sie atmeten nur wenig, denn man hatte ihnen beigebracht, mit dem Luftvorrat sparsam umzugehen, auch dann, wenn die Flaschen noch gefüllt waren.

Sie schwammen in Richtung Norden und bewegten sich dabei auf die Steilküste der Bay zu. Einen genauen Plan des Meeresgrunds kannten sie nicht, dennoch wußten sie, daß es in dieser Region zahlreiche Unterwasserberge gab, die durch ein Höhlensystem miteinander in Verbindung standen. Jeder traute Ray Gannon zu, daß er seinen ›Schatz‹ innerhalb dieses verwinkelten Systems versteckt hatte.

Auch die andere Gruppe mit Burt Lester und Cal Borny hatte sich die Felsen als Ziel gesucht. Sie gingen ebenfalls davon aus, daß sich dieses Gebiet hervorragend als Versteck eignete, nur näherten sie sich von der anderen Seite. Vielleicht trafen sie sogar innerhalb der Höhlen aufeinander, was sich im Prinzip keine Gruppe wünschte, denn wenn eben möglich, wollte man die Konfrontation untereinander vermeiden.

Die Frauen erreichten das Zielgebiet als erste, während Kid ein wenig zurückblieb und sicherte.

Als gewaltige Schatten hob sich das Unterwassergebirge vor ihnen ab. Es wirkte wie eine düstere, zerfließende Wand, deren Konturen jedoch deutlicher hervortraten, je mehr sich die beiden Taucherinnen der Wand näherten.

Nun erkannten sie, daß diese nicht glatt war, wie es zuerst den Anschein gehabt hatte, sondern aufgerauht und rissig. Versehen mit zahlreichen Spalten, kleinen Höhlen, Eingängen und Einschnitten. In ihrer Nähe hielten sich eine Unmenge Fische auf. Winzige Dinger, die erschreckt weghuschten, wenn sie in das Streulicht der Lampen gerieten.

Jill Dalton streckte die linke Hand aus, berührte das mit Muscheln und Kalk überwachsene Gestein und trat Wasser. Hinter der Brille wirkten ihre Augen unnatürlich vergrößert.

Wenn Gannon seinen ›Schatz‹ tatsächlich hier versteckt hatte, dann konnten sie suchen, bis sie schwarz wurden, ohne ihn jemals zu finden.

Trotzdem mußten sie in das Labyrinth.

Ihre Warterei hatte einen simplen Grund. Erst sollte der dritte Mann dabei sein, dann wollten sie weitersehen. Von der anderen Gruppe hatten sie noch keine Spur entdeckt.

Als Kid Rosen heranglitt und seine Partnerinnen sah, schüttelte er schon den Kopf. Die Frauen verstanden, er hatte keinen Verfolger ausmachen können. Die Harpune mit der am Körper haftenden Betäubungspatrone hielt er in der rechten Hand. Damit deutete er auf die gewaltige Felswand und bewegte nickend seinen Kopf.

Also hinein.

Eileen schwamm an Kid heran und bedeutete ihm durch Zeichen, daß sie Jill folgen wollte und er am besten draußen blieb und Wache hielt.

Kid war einverstanden. Er hob die freie Hand, spreizte Zeige- und Mittelfinger. Das Siegeszeichen.

Sie wollten es schaffen, und sie würden es schaffen, das hatten sie sich fest vorgenommen.

Dicht an der Felswand bewegten sie sich entlang. Kid Rosen blieb zurück, sein heller Lampenfleck wurde schon bald vom trüben Wasser aufgesaugt.

Die blonde Jill hatte wieder die Führung übernommen. Yard für Yard tastete sie sich an der Wand entlang und suchte nach einem Einstieg. Irgendeine Rinne mußte doch breit genug sein, um ihre Körper zu fassen. Was dahinter lag, wußte niemand.

Dann sah sie eine Höhle. Aber unter sich. Sie merkte es daran, daß Wasser hineingezogen wurde und ihre Beine in den Bereich der Strömung gerieten.

Jill gab ihrer Freundin ein Handzeichen.

Eileen verstand. Sie schlug eine Rolle und hatte noch vor Jill den Schlund erreicht.

Mit dem Wasser ließ sie sich treiben, machte sich schmal und lang, wobei sie die Arme ausgestreckt hielt und die eingeschaltete Lampe wenigstens die unmittelbare Umgebung erhellte.

Die beiden dicht hintereinander schwimmenden Frauen waren in einen regelrechten Schlauch geraten. Fast waagerecht stach er in den unterseeischen Berg hinein, an seinen Rändern war er rauh und rissig. Übersät mit zahlreichen Spalten und kleinen Einschnitten. Ideale Schlupflöcher für winzige Fische und allerlei Kleingetier.

In diesem Schlauch war es noch trüber als vor dem Berg. Die Lampen leisteten den Taucherinnen wirklich eine wertvolle Hilfe. Als sich der Tunnel verbreiterte, da wußten die Frauen, daß sie das Ende erreicht hatten.

Das war in der Tat so.

Er öffnete sich an seinem Ende. Jill und Eileen stellten fest, daß sie einen breiten Canyon erreicht hatten, dessen Wände steil anstiegen und über ihnen verschwanden.

Sie berieten sich.

Links oder rechts, das war hier die Frage. Schließlich entschieden sie sich, nach rechts zu schwimmen, doch Eileen hatte bereits nach wenigen Yards etwas dagegen. Sie holte auf, stieß ihre Freundin an und machte ihr klar, daß es besser für sie wäre, wenn sie sich teilten und in verschiedene Richtungen davonschwammen.

Jill Dalton hatte Bedenken und schüttelte den Kopf. Doch Eileen wollte nicht. Sie deutete auch auf ihre Uhr, so daß Jill einfach verstehen mußte.

Sie begriff auch. Die Zeit war eben zu kostbar. Eileen hielt beide Hände hoch, wobei sie die Finger spreizte.

Zehn Minuten Frist, mehr nicht.

Damit war auch die blonde Jill einverstanden.

Die Frauen winkten sich noch einmal zu und trennten sich dann. Jill schwamm in die entgegengesetzte Richtung. Schon bald hatte sie ihre Freundin aus den Augen verloren, denn als sie den Kopf wandte, war nicht einmal mehr ein heller Fleck zu sehen.

Das Schweigen des Meeres umfing die mutterseelenallein schwimmende Jill Dalton. Viele Menschen hätten

Angst gespürt, nicht so Jill. Sie kannte sich aus, dafür war sie schon zu oft getaucht. Sie war praktisch im Wasser zu Hause. Selbst die australische Küste war ihr nicht mehr unbekannt.

Jill Dalton hielt sich dicht am Grund. Wenn sie den Sack finden wollte, dann lag er irgendwo im sandigen Schlamm des Meeresgrundes. Sie hoffte nur, daß er nicht völlig bedeckt war.

Der unterseeische Canyon änderte seine Breite nicht. Dafür waren seine Wände aufgelockerter. Zahlreiche Höhlen, Schlünde und Öffnungen kamen der Taucherin wie die weit aufgerissenen Mäuler geheimnisvoller Wesen vor.

Manchmal spielte sie mit dem Gedanken, in einer dieser Öffnungen zu verschwinden, dann wiederum sagte sie sich, daß es keinen Sinn hatte, bevor sie nicht sicher war, daß der ›Schatz‹ auf dem Boden des Canyons lag.

Die Hälfte der Zeit war schon um, und der Lampenschein glitt noch immer über einen leeren Meeresboden. Leer insofern, daß von dem gesuchten Gegenstand nichts zu entdecken war.

Dafür erschien vor ihr ein bizarrer Schatten, der auch in der Höhe wuchs.

Im ersten Moment erschrak Jill, dann verzogen sich ihre Lippen zu einem Lächeln. Der Schatten war nichts anderes als ein gesunkenes Schiff. Es war nicht einmal groß. Obwohl Algen und Planken die Aufbauten überwuchert hatten, erkannte Jill Dalton an der Form des Schiffes eine Barkasse.

Sie glitt weiter. Hin und wieder stiegen ein paar Luftperlen wie von der Schnur gezogen in die Höhe, und als die Frist um war, hatte sie noch immer keine Spur von dem gefunden, was sie suchte.

Dieser Sack war zu gut versteckt.

Jill mußte umkehren. Die Hälfte der verabredeten Minuten war bereits überschritten. Auf dem Rückweg wollte sie schneller schwimmen, da brauchte sie nicht mehr zu suchen, und vielleicht hatte auch Eileen Erfolg gehabt. Noch standen die Chancen fünfzig zu fünfzig.

Jill machte geschmeidig kehrt.

Und erstarrte vor Entsetzen.

Vor ihr stand stumm und drohend der Killerfisch.

Es hatte also überlebt!

Dieser Gedanke schoß mir zuerst durch den Kopf, als ich das Monster anschaute. Automatisch glitten meine Gedanken zurück in die Vergangenheit. Ich dachte an einen unheimlich kalten Winter, an ein Schloß, in dem ein seltsamer Graf mit seinen Monstern lebte, zu denen auch dieser Frankenstein-Verschnitt gehörte. Der Fall hatte mich schließlich zu einem Stützpunkt der Teufelstochter Asmodina geführt, und ich dachte an den kleinen Marcus, mit dem ich die rasende Fahrt in der Teufelskutsche unternommen hatte, attackiert von dem Frankenstein-Verschnitt. Es hatte einen mörderischen Kampf gegeben, während wir dem Abgrund immer näher zurasten. Fast hätten wir es nicht mehr geschafft. Im letzten Augenblick war es mir schließlich gelungen, das Frankenstein-Monster mit der Dämonenpeitsche zu schlagen, bevor Marcus und ich von der Kutsche sprangen. Das Monster war weitergerast, die Kutsche hatte nicht mehr stoppen können und war mit dem unheimlichen Fahrgast über dem Klippenrand verschwunden.

Ich hatte wirklich gehofft, daß es vernichtet sein würde. Dies allerdings war eine Täuschung gewesen, wie ich leider feststellen mußte.

Der Frankenstein-Verschnitt lebte.

Und er sah so aus wie früher. Nur eins war noch hinzugekommen. Die Narbe an seinem Hals. Ich hatte sie ihm mit der Peitsche geschlagen, jetzt leuchtete die Spur blutrot.

Auch mich mußte er gesehen haben. Sein viereckiger Schädel mit dem verwüsteten Gesicht bewegte sich pendelnd hin und her, und dies im Rhythmus der anrollenden Wellen. Mir schoß durch den Kopf, daß ihn die Strömung an diese Stelle getragen haben mußte, denn wie sollte er sonst hierhergekommen sein?

Tief atmete ich ein.

Ich schaute auf Suko. Der hatte sich von mir entfernt, stand bis zu den Hüften im Wasser und versuchte, den Mann zu retten, der von dem Monster attackiert worden war. Gischtregen umsprühte meinen Partner, er konnte mich nicht sehen, und ich wollte ihn auch durch mein Rufen nicht von seiner Tat abhalten.

Nein, das Monster gehörte mir.

Ohne daß es mir richtig bewußt wurde, hatte ich die Beretta gezogen. Ob es durch Silberkugeln vernichtet werden konnte, wußte ich nicht, hoffte es jedoch.

Wieder ließ sich das Monster von einer Welle hochschwemmen. Dabei gelang es ihm, auf den glatten Felsen zu klettern und dort auch sitzen zu bleiben.

Hinter und über mir hörte ich die Schreie der Zuschauer. Auch sie mußten das Monster gesehen haben und waren ebenfalls entsetzt.

Ich schoß.

Dabei hielt ich den rechten Arm ausgestreckt, stützte noch mein Gelenk ab.

Mein Arm bewegte sich kaum, als das geweihte Silbergeschoß den Lauf verließ.

Der Einschlag erfolgte nicht. Vielleicht war die Entfernung zu weit, oder ich hatte nur den Felsen getroffen, auf jeden Fall blieb das Frankenstein-Monster stur hocken.

Noch eine Kugel.

Wieder traf ich nicht, aber jetzt reagierte das Monster. Sein schauriges Brüllen übertönte selbst die Brecher der Brandung und erreichte meine Ohren. Hoch hob es seinen rechten Arm, der an einer Schulter saß, die nach unten gezogen war, und es ballte die Hand zur Faust.

Wie ein finsterer Racheschwur kamen mir das Brüllen und die Drohgebärde vor.

Danach ließ sich der Frankenstein-Verschnitt kurzerhand wieder ins Meer fallen.

Es hatte keinen Sinn, noch eine dritte Kugel zu vergeuden. Vor meinen Augen war er verschwunden, und ich hatte das Nachsehen. Mal wieder, muß man sagen.

Langsam sank mein Arm nach unten. Ich spürte, daß aus meinem Gesicht das Blut gewichen war, die letzten Sekunden hatten mich stark mitgenommen, denn das Auftauchen dieses alten Gegners hatte mir eine verdammt unangenehme Überraschung bereitet.

Doch ich war gewarnt. Ich wußte, daß jemand unterwegs war und sogar ganz in meiner Nähe, der mich umbringen wollte. Eiskalt töten, vielleicht aus dem Hinterhalt, denn möglich war schließlich alles.

Suko fiel mir ein.

Er lief mir schon entgegen. Die Beretta hatte er gezogen, ich winkte ab. »Du kannst sie wegstecken, es ist vorbei«, sagte ich ihm.

»Was war denn los?« fragte mein Freund, der naß bis zu den Ohren war.

»Erzähle ich dir gleich. Wie geht es dem Mann?«

Suko hob die Schultern. Die Geste sagte eigentlich genug aus. Trotzdem hakte ich nach. »Tot?«

»Leider. Ich konnte nichts mehr tun. Die Verletzung am Kopf war zu schlimm. Er muß bewußtlos geworden sein und trieb dann zwischen die Felsen. Wahrscheinlich ist er ertrunken, genau kann das nur ein Arzt feststellen.«

Wir schauten uns die Leiche an. Der Mann sah irgendwie seltsam aus. Der sehr kurze Haarschnitt und auch seine Kleidung wiesen auf einen Soldaten hin, aber hatte nicht der Junge oben an der Uferstraße von mehreren Tauchern gesprochen?

Ich fragte Suko, ob er noch andere Taucher gesehen hatte.

»Nein, John.«

Dann näherten sich schon die ersten Helfer. Zwei Männer trugen eine Trage. Es war für sie nicht leicht, den steilen Hand hinunterzugehen. Sie rutschten mehr, als daß sie liefen.

Ich winkte ihnen zu und auch dem Polizisten, der ihnen folgte. »Sie brauchen sich nicht zu beeilen, der Mann ist tot!« rief ich.

Der Konstabler hatte meine Worte gehört. Er trat auf uns zu und blieb schwer atmend stehen. Ein beträchtlicher Bauch spannte sich unter seiner Uniformjacke.

»Wer sind Sie?«

Suko und ich wiesen uns aus.

Sein Gesicht, das als große Zierde einen Schnauzbart aufwies, veränderte sich schlagartig und wurde bleich. »Sind Sie dienstlich hier?« erkundigte er sich und schaute von einem zum anderen.

»Ja.«

»Darf man den Grund wissen, Sir?«

Ich nickte. »Es ist wegen des Killerfischs.«

Da schluckte der Polizist. »Das hat sich aber schnell bis London herumgesprochen.«

»Nein, Konstabler, nicht bis London. Wir waren zufällig in der Nähe, als wir davon hörten.«

»So ist das. Ja, glauben Sie denn an den Fisch?«

Ich schaute ihn an. »Genau wie Sie. Allerdings möchte ich zuvor mit Mr. McLintock darüber sprechen.«

»Natürlich, das verstehe ich.« Er wischte mit dem Handrücken über seine Lippen. »Man hat mir berichtet, daß Sie geschossen haben. Gab es einen Grund?«

»Den gab es, Konstabler, allerdings kann ich noch nichts Genaues sagen.«

»Natürlich.« Er nickte. »Ich heiße übrigens McDough.«

»Kommen Sie mal, Konstabler!« rief einer der beiden Träger, und McDough verließ uns, was mir recht war, denn so konnte ich ungestört mit Suko reden.

»Was war denn nun wirklich?« fragte mich der Chinese.

»Ein alter Bekannter ist aufgetaucht. Der Frankenstein-Verschnitt.«

»Moment«, sagte Suko. »Gehört habe ich davon ...«

Da fiel mir ein, daß Suko damals nicht dabeigewesen war, sondern Bill Conolly, ich hatte es hinterher nur erwähnt, deshalb war dem Chinesen dieser Begriff nicht so geläufig.

»Aber wieso?« fragte er.

»Das finde ich heraus.«

»Ob sein Erscheinen wohl in einem unmittelbaren Zusammenhang mit dem der Killerfische steht?« folgerte er.

»Möglich.«

»Falls es die Fische gibt.«

»Davon bin ich überzeugt. Wir kriegen sie schon noch zu Gesicht. Keine Bange. Etwas anderes macht mir viel größere Sorgen im Augenblick.« Ich deutete aufs Meer, wo vor den Brandungswellen ein Boot auf dem Wasser tanzte.

»Darin waren Taucher«, erklärte ich. »Sie sind jetzt unter Wasser, nehme ich an, wobei ich nur hoffe, daß es nicht zu einer für die Menschen tödlichen Begegnung kommt.«

»Die Fische?«

»Von mehreren hat keiner gesprochen. Einer würde schon reichen. Wenn es eben geht, möchte ich mir ein Boot besorgen und selbst gern aufs Meer fahren.«

»Das sowieso, und dabei könnte uns dieser McDough behilflich sein. Ich rufe ihn mal.«

Der Konstabler kam sofort. Er war völlig aus dem Häuschen. Zwei Sensationen so dicht hintereinander, das konnte er kaum verkraften, der gute Mann.

»Wir sprechen über die Taucher«, klärte ich ihn auf.

»Von den Männern habe ich gehört, die wohnen in der alten Burg. Das ist inzwischen ein Hotel geworden. Da sind immer einige Zimmer für Ölsucher reserviert.«

Das wollte ich alles gar nicht wissen, mir ging es nur um die Männer. »Wie viele Männer waren es denn?« fragte ich den Konstabler.

Er runzelte die Stirn und grinste dann. »Männer? Daß

ich nicht lache. Nein, das waren keine Männer. Ich meine, nicht nur Männer. Auch zwei Frauen waren dabei.«

»Wieviel also insgesamt?« fragte Suko ungeduldig.

»Fünf.«

»Und die sind getaucht?«

»Sieht so aus«, erklärte der Konstabler.

»Zeiten können Sie da nicht sagen?« wollte ich wissen.

»Nein.«

»Moment«, mischte sich Suko ein. »Da ist doch noch Ihr Sohn. Er hat zugesehen.«

Der Gendarm wurde vor Stolz rot. »Dieser Bengel«, sagte er, drehte sich um und winkte. »Ian, komm doch mal her! Los, beeil dich!«

Und Ian kam. Er rutschte den Hang herab. Zum Glück trug er eine Hose aus Leder. Vor uns blieb er stehen und äugte seinen Vater mißtrauisch an, als hätte er ein schlechtes Gewissen. »Die beiden Herren hier sind Polizisten und kommen von Scotland Yard. Sie haben einige Fragen an dich, Ian.«

Der Junge nickte.

Ich ging in die Knie. »Hör mal zu, Ian, deine Aussage ist sehr wichtig, deshalb überlege bitte genau, was du mir jetzt sagst. Alles klar?«

»Sicher.«

»Es geht um die Taucher. Wie du sicherlich mitbekommen hast, ist das Boot leer. Ich möchte von dir wissen, wann die Männer und Frauen ungefähr getaucht sind.«

»Die genaue Zeit?«

»Wenn's geht.«

»Hm.« Er überlegte und legte seine Hand gegen die Stirn. »Das ist gar nicht so einfach. Als wir kamen, waren sie bereits auf dem Wasser. Zwar noch nicht an der Stelle, aber sie fuhren gerade hin. Ich habe sie dann beobachtet und konnte auch sehen, wie sie sich ins Wasser warfen. Das ist vielleicht ...« Er unterbrach seinen Redefluß und krauste die Stirn. »Ja, vielleicht ist es ungefähr eine halbe Stunde her. Bestimmt nicht länger.«

»Du bist dir da sicher?«

»Klar.«

Ich stand wieder auf und schaute McDough an. Der Konstabler nickte. »Wenn das so ist und mein Sohn das sagt, dann stimmt es. Ich kenne ihn.«

»Gut gemacht, Ian«, lobte ich ihn.

»Ich will ja auch mal Polizist werden«, erklärte er.

»Das finde ich toll.« Leider konnte ich mich nicht länger mit ihm unterhalten, denn die Zeit drängte. »Konstabler, wir müssen unbedingt aufs Wasser. Wie kommen wir am schnellsten an das Schlauchboot heran?«

»Nicht über die Klippen.«

»Das hatten wir uns gedacht. Kann ich mir hier ein Boot leihen? Gibt es einen Hafen?«

»Natürlich, der Fischerhafen. Da bekommen Sie auch ein Boot. Ich fahre mit Ihnen.«

»Das ist prima. Vielen Dank.«

Wir stiegen den Hang wieder hoch. Der Konstabler atmete schwer. Einmal mußte er von Suko geschoben werden. Auf der Straße meinte er: »Bin eben nicht mehr der Jüngste.«

Der Chinese grinste. »Die Ablösung wartet ja schon.« Dabei deutete er auf den mitgelaufenen Ian.

Ich aber schaute auf das Meer.

Leer und verlassen schaukelte das Schlauchboot auf den Wellen. Ich dachte an den Frankenstein-Verschnitt und an die Killerfische. Waren sie tatsächlich Verbündete?

Daß mir eine Gänsehaut über den Rücken lief, dafür war nicht nur die Kälte verantwortlich …

Jill wußte nicht, woher dieser Riesenfisch gekommen war. Er mußte sich in einer der Spalten oder Öffnungen verborgen gehalten haben.

Gelesen hatte sie über diesen Fisch ebenfalls noch nichts, denn in dem als Hotel umgebauten Schloß waren sie und die anderen so gut wie kaserniert und von der

Außenwelt abgeschnitten. Vielleicht wären sie dann nicht getaucht, so aber wurde Jill Dalton mit dem Grauen konfrontiert.

Der Riesenfisch sah aus wie ein aufgeblähter Ballon. Nur war ein Ballon harmlos und hatte kein Maul mit gefährlichen Reißzähnen darin wie dieser Fisch.

Und dann die Augen.

Glotzend stierten sie die Taucherin an. Sie erinnerten an Kugeln, die etwas oberhalb und rechts und links des Mauls in den Fischleib hineingedrückt worden waren.

Wie eine Wand stand der Fisch im Wasser. Wegen seiner Größe fielen die Flossen kaum auf, denn sie waren relativ klein, und Jill erkannte sie nur als huschende Bewegungen.

Sie wagte nicht, sich zu rühren. Fast still stand sie im Wasser und bewegte nur die Schwimmflossen an ihren Füßen. Vom Magen her stieg die Angst in ihr hoch. Es war ein drückendes Gefühl, das sich immer weiter ausbreitete, die Brust erreichte, das Herz wie mit unsichtbaren Reifen umklammerte und Atemnot verursachte.

Lange hatte Jill nicht mehr so eine Angst verspürt. Zum letzten Mal als Kind, als sie in einer Geisterbahn gewesen war und sich vor den Figuren erschreckt hatte.

Und jetzt traf sie das würgende Gefühl wieder. Sie merkte, daß sie anfing zu zittern, und diese Vibrationen pflanzten sich durch den gesamten Körper bis hin zum Kopf. Sie lähmten ihr Denken, das Blut pochte hinter ihren Schläfen, bis sie diesen Zustand plötzlich überwunden hatte und ihr einfiel, daß sie eine Waffe bei sich trug.

Die Betäubungsharpune!

Konnte sie den Monsterfisch damit erledigen? Schaffte es das Gas? Es gab keine andere Chance, denn daß der Fisch ihr Leben wollte, war ihr längst klargeworden.

Der war gefährlicher als ein Weißer Hai.

Jill mußte sich zusammenreißen, um keine zu heftige Bewegung zu vollführen, die das Monster reizen konnte. Langsam hob sie ihren rechten Arm an, sie spürte dabei eine Steifheit in der Schulter, sicherlich eine Folge der ungemeinen Nervenbelastung.

Dann hielt sie die Harpune so, daß sie auf das geöffnete Maul des Monsterfisches zielen konnte.

Da bewegte er sich.

Nie hätte Jill dem Fisch diese Schnelligkeit zugetraut. Er war ebenso flink wie ein Hai, wuchs noch größer vor ihrer Atemmaske auf, und Jill drückte ab.

Das Monster war überhaupt nicht zu verfehlen und auch sein geöffneter Rachen nicht.

Die an ihrem Ende stumpfe Patrone hieb in den geöffneten Rachen und verschwand. Sobald die Patrone Kontakt fand, würde sie ihr betäubendes Gas verbreiten.

Jill Dalton spürte den Rückschlag der Waffe und drückte noch ihren Körper zur Seite, um dem zuklappenden Maul des Fisches zu entgehen.

Sie überrollte sich unter Wasser, berührte mit den Schwimmflossen den Grund und stieß so schnell es ihr möglich war auf eine der Canyonwände zu, um dort alles weitere abzuwarten.

Die Angst und den Schrecken hatte sie inzwischen abgeschüttelt, jetzt ging es darum, sich zu verteidigen. Das Auftauchen des Riesenfisches gehörte bestimmt nicht ins Trainingsprogramm.

Der Riesenfisch war von der Betäubungspatrone voll getroffen worden. Sie entfaltete auch ihre Wirkung, denn Jill sah, wie der Fisch nicht mehr so ruhig im Wasser lag. Halb geöffnet war sein Maul. Dabei griffen die Zähne ineinander wie die Zinken eines Kammes. Und zwischen ihnen hätte sie jetzt stecken sollen, wenn es nach dem Willen des Fisches gegangen wäre.

Jill schüttelte sich.

Über die Felswand schabte der Fisch mit seinem Körper. Er bewegte dabei seinen gewaltigen Körper auf und nieder, trudelte zu Boden und blieb liegen.

Die eine Betäubungspatrone hatte ihn erledigt und Jill das Leben gerettet.

Das mußte sie erst einmal richtig begreifen. In ihrem Sinne hatte sie die Patrone wirklich optimal eingesetzt. Der ›Schatz‹ kümmerte sie nicht mehr, dieser Killerfisch war viel wichtiger. Ein regelrechtes Monster, ein Untier, das in diesem gefährlichen Labyrinth auf Beute lauerte. Jill hatte noch einmal Glück gehabt. Sie fragte sich allerdings, ob es wohl auch die anderen hatten, wenn so ein Fisch ihren Weg kreuzte, wobei Jill davon ausging, daß in dieser lautlosen und geheimnisvollen Unterwasserwelt mehrere dieser Exemplare umherschwammen.

Auf jeden Fall mußte sie die anderen warnen. Auch Gannon sollte Bescheid wissen, die ganze Suche mußte abgebrochen werden, und zuerst wollte sie Eileen von dem Erlebnis erzählen.

Mein Gott, Eileen. Sicherlich wartete sie schon voller Sorge auf sie. Jill sah zu, daß sie den Weg so rasch wie möglich zurückschwamm. Die Freundin mußte Bescheid wissen, falls sie nicht auch schon eine Begegnung mit einem Killerfisch gehabt hatte.

Jill Dalton war so mit ihren Gedanken und auch dem Vorsatz beschäftigt, daß sie nicht mehr auf die Umgebung achtete.

In einem breiten Spalt hatte sich ein zweiter Riesenfisch verborgen. Und er wartete ab, bis sein Opfer ihn fast passiert hatte. Dann stieß er vor.

Jill ahnte den gefährlichen Schatten mehr, als daß sie ihn sah. Sie wollte auch weg, sich herumwerfen, doch das war nicht mehr möglich, der andere hatte sie schon erreicht.

Riesig erschien ihr der Schlund, sie sah die Reihen der Zähne, als das Maul dicht vor ihr aufklappte und im nächsten Augenblick geschlossen wurde.

Jill Dalton geriet zwischen das mörderische Gebiß. Sie merkte zum Glück nicht viel, denn in derselben Sekunde, als der Fisch zubiß, ereilte sie der Tod.

Der Killerfisch schwamm weiter. Aus seinem Maul floß eine Blutspur, die sich im Wasser verlor.

Mittlerweile machte sich Eileen Cooper Sorgen. Jill war noch immer nicht zurück, und dabei konnte man sie wirklich als ein Muster an Pünktlichkeit bezeichnen. Wer sich verspätet hatte, war Eileen. Gleich um eine Minute war sie nach der Zeit gekommen.

Die Frau fand den leeren Platz. Sie schwamm einen Kreis und leuchtete mit der Lampe auch die Wände des unterseeischen Canyons ab. Von Jill keine Spur.

Eileen blickte auf ihre Uhr. Sie wollte der Freundin noch ein paar Minuten hinzugeben, bevor sie sich auf die Suche machte. Damit war der große Sieg natürlich gefährdet.

Plötzlich erschien ein Schatten. Lang und schmal war er. Eileen dachte zuerst an Jill, doch der Schatten kam aus einer anderen Richtung, und die Frau identifizierte ihn als Kid Rosen.

Sie hob grüßend den Arm.

Kid schwamm auf sie zu. Er machte eine fragende Bewegung, die Eileen richtig deutete. Sie klärte Rosen darüber auf, daß sie hier auf Jill wartete und diese die Zeit überzogen hatte.

Kid nickte. Er hatte gut verstanden. Die Unterhaltung ohne Worte klappte bei ihnen ausgezeichnet.

Er spreizte zwei Finger ab und deutete damit an, wie lange er noch warten wollte.

Eileen war einverstanden.

Sie blieben nicht auf der Stelle, sondern schwammen weit gezogene Kreise. Hin und wieder stiegen Luftperlenschlangen hoch und zerplatzten weit über ihnen.

Kid Rosen hielt sich dicht an der Canyonwand und leuchtete in die schmalen Spalten und Tunnels. Doch da konnte sich Jill nicht versteckt halten. Vielleicht hat sie den ›Schatz‹ gefunden, dachte Kid, und schafft es jetzt nicht, ihn zu transportieren.

Eileen hatte andere Sorgen. Sie dachte darüber nach, daß sich Jill noch nie verspätet hatte. Das war einfach nicht ihre Art. Obwohl sich die Frauen selbst als

Draufgängerinnen bezeichneten, vergaßen sie die Sicherheit nicht.

Safety first, hieß es auch bei ihnen.

Eileen sah den Killerfisch zuerst. Langsam schwamm er heran, er war sich seiner Beute sicher.

Zuerst glaubte die Frau an eine Wolke im Wasser, die, aus welchem Grund auch immer, aufgewirbelt worden war. Dann jedoch erkannte sie die Umrisse des Fisches, und mit Schrecken sah sie auch, was aus dem Maul des Fisches schaute.

Jills Unterkörper!

Als der Monsterfisch näher schwamm, sah sie das Paar Beine, das aus dem Maul hing. Die Zähne dieses unheimlichen Fisches leuchteten in einem verschwommenen Weiß, alles sah aus, als würde Eileen den Fisch durch ein Glas betrachten.

Der Schreck nagelte sie buchstäblich auf der Stelle fest. Mit allem hatte sie gerechnet, nur nicht mit diesem Schrecken. Vor Angst war sie starr geworden, und sie sah, wie der Fisch sein Maul öffnete.

Ihre Freundin lag bewegungslos. Sie war auf der unteren Zahnreihe festgeklemmt.

Welch ein Grauen!

Und dieses Tier sah nicht so aus, als wäre es schon satt, denn jetzt hatte es zwei neue Opfer entdeckt.

Kid hatte noch nicht bemerkt, in welch einer Gefahr er überhaupt schwebte, denn er wandte dem Riesentier nach wie vor den Rücken zu.

Eileen mußte ihn warnen.

Nach links glitt sie weg, gelangte hinter Kid und schlug ihm auf die Schulter.

Der Mann kreiselte herum.

Aufgeregt deutete Eileen auf das schwimmende Ungeheuer. Hinter der Maske verzerrte sich Kids Gesicht. Seine Augen wurden groß von Panik und Schrecken. Er schüttelte sich, als hätte ihn jemand in Eiswasser gesteckt. Sein Blick streifte Eileen, die auf einen Spalt deutete. Es war der, den auch sie auf dem Herweg genommen hatten.

Plötzlich wurde der Killerfisch schnell. Eine kaum zu erkennende Bewegung seiner Flossen, und wie ein Blitz war er in der Nähe seiner beiden nächsten Opfer.

Kid Rosen riß noch seine Harpune hoch und drückte ab. Die Betäubungspatrone verließ auch die Waffe, aber sie traf nicht so, wie er es sich vorgestellt hatte. Er hätte sich eine Sekunde zum Zielen nehmen sollen, so aber jagte das Geschoß schräg am Maul des Monsterfisches vorbei und verlor sich im Wasser.

Dann war der Mörder am Mann. Noch immer hing Jill in den Zähnen fest. Das blieb auch so, als der Fisch sein Maul weit aufklappte, um das zweite Opfer zu fangen.

Verzweifelt versuchte Kid, diesem tödlichen Biß zu entgehen. Er drückte sich zu Boden, und als das Maul zuklappte, da trafen die Zähne nicht das Fleisch, sondern die Taucherausrüstung des Mannes. Sie bissen den Atemschlauch durch und hackten auch gegen die beiden Preßluftflaschen auf dem Rücken des Mannes.

Ein Blasenwirbel entstand über Kid, der sich auf dem Meeresgrund im weichen Sand wälzte.

Zum Glück behielt Eileen Cooper in diesem Augenblick die Nerven. Sie feuerte ihre Betäubungsharpune ab. Von schräg unten fuhr sie auf den Fisch zu und verschwand in dem halb geöffneten Maul, wo sie sofort ihre Wirkung entfaltete.

Die Bewegungen des Riesenfischs wurden langsamer. Er fiel ruckartig zur Seite und hatte seine Opfer vergessen.

Das war für Eileen Cooper natürlich die große Chance. Bevor sie sich um ihre Sicherheit sorgte, mußte sie sich erst um Kid Rosen kümmern, dessen Atemgerät von dem Killerfisch zerstört worden war. Es gab da einige Regeln, die bis zum Erbrechen trainiert worden waren und die sich in dieser lebensgefährlichen Situation bezahlt machen mußten, denn Eileen hatte nichts vergessen und behielt vor allen Dingen die Nerven.

Während der betäubte Killerfisch dem Boden entgegensank, glitt Eileen auf ihren Partner zu. Kid hockte auf dem Meeresgrund. Seine Augen hinter der Sichtscheibe waren unnatürlich geweitet. Er hatte die Luft angehalten und wartete darauf, daß er wieder mit frischem Sauerstoff versorgt wurde.

Dann war Eileen bei ihm. Mit einer Hand faßte sie ihn an der Schulter, atmete selbst noch einmal tief ein, löste dann das Mundstück und steckte es Kid zwischen die Lippen.

Jetzt konnte er atmen!

Eileen ließ ihm die Luft, bis sich sein Atem wieder normalisiert hatte.

Durch ein Zeichen gab sie ihm zu verstehen, daß sie das Mundstück jetzt lösen wollte, und Kid war damit einverstanden. Eileen nahm es wieder zwischen ihre Lippen. Sie schwamm zur Seite und deutete auf den Eingang in der Canyonwand.

Kid verstand.

Eileen glitt als erste hinein, überrollte sich und wartete auf ihren Partner, der den gleichen Weg nahm.

Da sah die Frau den nächsten großen Schatten.

Ein zweiter Fisch kam.

Aufgeregt bedeutete sie Kid, schneller zu schwimmen. Der hatte die Gefahr zwar noch nicht gesehen, er ahnte jedoch, daß in seinem Rücken das Verderben lauerte.

So schnell es ging, drückte er sich in die Spalte, die zum Glück so schmal war, daß die gewaltigen Monsterfische mit ihren unförmigen Körpern nicht hineinpaßten.

Als Kid seine Beine das letzte Mal anzog, schnappte der Fisch zu und verfehlte die Füße.

Eileen, die alles beobachtete, fiel ein Stein vom Herzen. Sie reichte ihrem Partner sofort das Mundstück, und er atmete gierig ein. Dabei drehte er etwas den Kopf und erkannte den lauernden Riesenfisch vor dem Spalt.

Kalt und erbarmungslos glotzten die Augen des Tieres. Das waren Killeraugen.

Eileen nahm das Mundstück wieder an sich. Sie mußten so schnell wie möglich weg. Auch sollten die anderen gewarnt werden, denn niemand kannte die Anzahl der Mörderfische genau, die sich in den Tiefen der Sinclair's Bay herumtrieben.

Jill hatte ihr Leben verloren. Diese Fische sollten sich nicht noch mehr Opfer holen.

Abwechselnd atmeten sie. Wie in den Trainingsstunden, und es klappte hervorragend. Beide bewahrten die Disziplin, die in diesen gefährlichen Momenten nötig war.

Der durch die Wand führende enge Schlauch erschien ihnen doppelt so lang wie auf dem Herweg. Obwohl es beide nicht aussprachen, hatten sie doch Angst davor, daß auf der anderen Seite abermals die Monsterfische lauerten.

Als erste streckte Eileen ihren Kopf durch den Spalt. Sie schaute nach rechts und links, von einer Gefahr war nichts zu erkennen. Ihre Lampe leuchtete hinein in die dunkelgrüne Wasserwand, die wie ein unendlich erscheinender Vorhang vor ihren Augen hin und her wogte.

Nein, da war kein Fisch zu sehen.

Sie ließ ihren Partner noch einmal atmen, bevor sie endgültig aus dem Spalt glitten. Danach klammerten sie sich aneinander fest und trieben in die Höhe.

Angst hatten sie weiterhin, während sie abwechselnd atmeten. Immer wieder schauten sie sich um, von den Killerfischen sahen sie kein Exemplar mehr. Beide waren allerdings davon überzeugt, daß sie in der unheimlichen Tiefe des Meeres auf Beute lauerten …

Wir hatten uns ein Boot besorgt. Einen blau angestrichenen Holzkahn mit einem starken Außenborder. Wie uns McDough erklärt hatte, war dieses Boot so gut wie hochseefest, denn mit ihm fuhren noch zahlreiche Fischer hinaus aufs Meer.

Suko und ich saßen im Heck. Ich hielt auch das Ruder, als wir durch den kleinen Hafen der Gemeinde Cloak fuhren. Das Wasser war hier ruhig, die Wellen würden uns erst zu schaffen machen, wenn wir draußen in der Bay waren.

Zahlreiche Schiffe lagen vor Anker. Einige veraltet, andere ausgerüstet mit modernen Radaranlagen und elektronischen Fischschwarmsuchgeräten.

Unser Ziel konnten wir vom Hafen aus nicht sehen. Er lag in einer etwas geschützteren Bucht, und nur eine schmale Fahrrinne führte hinaus in die Bay.

Kaum hatten wir die Rinne hinter uns gelassen, erfaßten uns die Wellen. Damit begann auch die Schaukelei, die unser Boot einmal bugwärts hochtrieb, dann in ein Tal drückte, bevor das Spiel von neuem begann.

Der Konstabler drehte sich um. Er trug eine gelbe, wetterfeste Jacke. »Ich hoffe, Sie werden nicht seekrank als Londoner Landratten.«

Ich gab die Antwort. »Wenn ja, gebe ich Ihnen vorher Bescheid, damit Sie den Platz wechseln können.«

Er lachte.

Wir wurden schnell ernst, denn wir sahen bereits das Schlauchboot, das vor uns ein wenig nach Backbord versetzt auf den langen Wellen schaukelte.

Immer wenn der Bug unseres Schiffes gegen eine heranlaufende Welle prallte, wurde Spritzwasser als Gischtwolke über Bord geschleudert und traf uns.

Nach wie vor war das Schlauchboot leer. Von den übrigen Tauchern hatten wir bisher keine Spur entdeckt, und ich begann mir langsam Sorgen zu machen. Ich dachte dabei nicht nur an den Killerfisch, sondern auch an unseren speziellen Freund, das Frankenstein-Monster. Es war wieder getaucht, und ich kannte seinen ungemein starken Mordtrieb. Wenn ihm unter Wasser ein Taucher begegnete, würde es ohne Umschweife angreifen und den Mann oder die Frau töten.

Es war auf Mord programmiert wie fast alle Dämonen.

In voller Fahrt näherten wir uns dem einsam treibenden Schlauchboot. Inzwischen erkannten wir es besser. Es gehörte tatsächlich zur Ausrüstung der Armee.

Grüngrau war die wogende Fläche des Meeres. Eine lange Dünung herrschte in der Bucht. Manche Wellen hatten weiße Kämme, andere sahen aus wie flache Berge.

Suko nahm Fahrt weg, und relativ langsam tuckerten wir auf das Schlauchboot zu.

Von einem Boot in ein anderes umzusteigen ist normalerweise nicht schwer. Wenn die beiden Boote jedoch auf dem wogenden Meer schwimmen, muß man schon ein wenig Glück haben, um trockenen Fußes hinüberzusteigen. Ich vertraute auf mein Glück, richtete mich nach dem Wellengang und schwang meinen Körper mit, bis ich einen günstigen Moment erwischte, um das Schlauchboot entern zu können.

Drüben ließ ich mich zusammensinken. Das war geschafft. Suko hob die Hand. Er und der Konstabler würden nicht zurückfahren, erst wollten wir wissen, was mit den Tauchern geschehen war.

Ob ich selbst einmal hinunterstieg? Möglich wäre es, denn im Boot lag noch eine Ersatzausrüstung.

Als ich mit dem Gedanken spielte, hörte ich Sukos Ruf und sah, wie mein Partner mit der ausgestreckten Hand neben das Schlauchboot deutete. Ich peilte über den Rand und erkannte im nächsten Moment einen Arm, der aus dem Wasser tauchte, wobei sich eine Hand um den Wulst des Schlauchbootes legte.

Schnell ließ ich mich auf die Knie nieder, um der Person an Bord zu helfen.

Da erschien der zweite Taucher. An der Haarlänge erkannte ich eine Frau. Beide rollten sich geschickt in das schwankende Boot hinein, ohne daß ich nachzuhelfen brauchte. Für einen Moment blieben sie erschöpft liegen. Ich ließ sie in Ruhe, obwohl mir die Fragen auf der Zunge brannten. Die Frau richtete sich als erste auf. Dies geschah ruckartig, und ihre Augen nahmen einen erstaunten Ausdruck an.

»Wo ist Gannon?« fragte sie.

»Ist das der Mann, der im Boot gewartet hat?«

»Ja.«

»Er ist tot.«

Als ich dies sagte, erhob sich auch der Mann. In seinem Gesicht malte sich der Schrecken ab. »Ist er auch eine Beute des Killerfischs geworden?«

Ich bejahte erst einmal und hakte sofort nach. »Sie haben den Fisch gesehen?«

Die Frau lachte schrill.

»Einen? Es gibt mehrere davon, und einer hat Jill Dalton getötet.«

Sekundenlang schwiegen wir. Dann fragte ich leise: »Wie viele Taucher sind noch unten?«

»Zwei«, erhielt ich zur Antwort. »Burt Lester und Cal Borny. Wir haben sie nicht mehr warnen können, weil ein Killerfisch meine Ausrüstung fast zerfetzt hatte.« Der Taucher hob die Schultern und schüttelte sich noch im nachhinein. »Aber wie kommen Sie hierher?«

Ich erklärte es in knappen Worten und verschwieg auch nicht, daß ich von der Polizei war.

»Und Sie wollen die Killerfische jagen?«

»Ich werde es versuchen.«

»Die kriegen Sie nicht«, sagte die Frau. »Wir sind ihnen nur durch Glück und mit Hilfe unserer Betäubungspatronen entkommen.«

»Wie das?«

»Ganz einfach. Wir haben die Nerven behalten, als die Riesenfische auf einmal auftauchten.« Die Frau berichtete jetzt detaillierter, was vorgefallen war. Ich erfuhr auch ihren und den Namen ihres Partners. Dann sprach sie von Ray Gannon, den es erwischt hatte, was sie kaum glauben konnte.

Kid Rosen schaute auf seine Uhr. »Eigentlich ist die Zeit bald um. Sie müßten hoch.«

»Wenn sie noch können«, fügte Eileen Cooper leise hinzu.

»Wollen Sie noch einmal tauchen?« fragte ich.

Die beiden schauten mich an. »Vielleicht«, antworteten sie fast aus einem Mund. »Wir können unsere Freunde ja nicht im Stich lassen. Das geht einfach nicht.«

»Dann werde ich mittauchen.«

»Sie?«

»Ja, haben Sie etwas dagegen?«

»Sogar einiges«, sagte Eileen. »Sie sind ein Laie. Sie sind bestimmt noch nie ...«

»Woher wollen Sie wissen, daß ich noch nie getaucht bin?«

»Ich nehme es an.«

»Das ist falsch.« Und damit hatte ich nicht gelogen. Ich war zwar kein perfekter Taucher, konnte mich unter Wasser jedoch bewegen.

»Sie haben keine Ausrüstung, Mister. Sie werden ...«

»Und was ist das?« Ich deutete auf die beiden Preßluftflaschen.

»Vergessen Sie die.« Die Frau winkte ab. »Wichtig ist der schützende Neoprenanzug. Ohne ihn sind Sie verloren.«

So schwer es mir fiel, ich mußte der Taucherin recht geben. Mein Blick glitt über das Wasser. Völlig normal bewegte es sich. Keiner konnte ahnen, welches Grauen unter dieser Oberfläche lauerte. Ich machte mir auch Gedanken darüber, wie viele Killerfische es waren, die in der Tiefe lauerten.

Zwei, drei oder vielleicht ein Dutzend?

Sollte das der Fall sein, sahen wir wirklich schlecht aus. Stellte sich auch die Frage, woher die Fische kamen und wieso es möglich war, daß sie sich so verändert hatten.

»Ich glaube, wir müssen noch einmal runter«, sagte der Mann und schaute auf das Wasser. »Wir wissen nicht, was mit unseren beiden Kameraden ist. Wir können sie nicht einfach in der Tiefe lassen.«

»Haben Sie denn genügend Waffen?« wollte ich wissen.

»Die Betäubungspatronen.«

»Damit töten Sie die Killerfische nicht.«

»Können Sie es denn?« fuhr mich der Taucher hart an.

»Möglich.«

»Bitte, dann zeigen Sie es mir. Ich hindere Sie ...« Er sprach nicht mehr weiter, denn seine Augen weiteten sich. Dabei schaute er an mir vorbei, und ich wußte, daß sich hinter meinem Rücken etwas abspielte.

Schon vernahm ich Sukos Ruf. Da wirbelte ich bereits herum, und sah, wie der Konstabler beide Arme hochriß, denn ein gewaltiger Körper hatte unterhalb der Wasseroberfläche das Boot gerammt und brachte es fast zum Kentern.

Genau in diesem Augenblick schnellte der Killerfisch aus dem Wasser!

Das Frankenstein-Monster war wieder verschwunden. Es hatte genau gemerkt, wer geschossen hatte, und es war nur knapp den geweihten Silberkugeln entgangen.

John Sinclair! Sein Feind!

Er war da, er war sogar in der Nähe. Besser hätte es nicht laufen können. Triumph erfüllte das unheimliche Wesen, als es sich in die Fluten fallen ließ und versank.

Im Meer hatte es keine Angst. Lange genug hatte es unter Wasser gelegen, und auch die riesigen Fische konnten ihm kaum etwas anhaben. Sie würden es auch wohl nicht, denn sie gehörten zu ihm, waren ebenfalls Wesen einer gefährlichen Schwarzen Magie.

Mit paddelnden Bewegungen schwamm er unter Wasser weiter. In seinem ansonsten leeren Gehirn war ein teuflischer Plan entstanden. Er wollte irgendwo an Land waten und auf John Sinclair lauern. Irgendwann würde er auftauchen, denn er war ein Schnüffler und gab so leicht nicht auf. Dann lief er in die Falle.

Eine unter Wasser fließende Strömung packte den Frankenstein-Verschnitt und drehte ihn um die eigene Achse. Er lag jetzt auf dem Rücken, umgeben von einer trüben Brühe, hatte die wie Glas wirkenden Augen weit geöffnet und schaute dem langen Schatten eines Unterwasserberges nach, der vom Grund des Meeres hochwuchs.

Und er merkte etwas.

Zuerst sah er einen großen sich bewegenden Schatten, der näher schwamm und ihn passierte, ohne sich um ihn zu kümmern.

Es war einer der Killerfische. Sicherlich hatte er festgestellt, daß der Frankenstein-Verschnitt zu seiner Art gehörte, deshalb griff er nicht an.

Als der Fisch langsam der Oberfläche entgegenstieg, da empfingen die dämonischen Sinne des Monsters andere Wellen.

Sie stammten nicht von einem Monster wie dem Fisch eben, sondern von Menschen.

Ja, es waren Menschen in der Nähe. Deutlich spürte das Monster deren Ausströmung.

Auf einmal wurde es vorsichtig. Jetzt ließ es sich nicht mehr so einfach treiben, sondern bewegte sich mit der Strömung, damit es in die Nähe der Menschen gelangte.

Menschen bedeuteten Opfer! Und die brauchte es nun mal, um seinen Trieb stillen zu können.

Nur – wo steckten sie?

Noch sah es die grüne Wasserwand, die es umgab. Sie wurde auch von keinem Schatten durchbrochen und schien in die Unendlichkeit zu stoßen.

Dann drehte es sich um und blickte nach links, wo die Unterwasserberge aus dem Grund wuchsen und mit ihren unter der Oberfläche liegenden Gipfeln eine Gefahr für in die Bay einlaufende Schiffe bedeuteten.

Da sah er die Opfer!

Zwei waren es.

Sie lösten sich soeben aus dem Schatten der Felswand.

Sie blieben dabei eng zusammen, denn sie hielten mit ihren Händen einen Sack umklammert, den sie gefunden haben mußten. Über ihren Köpfen perlten Luftblasen der Oberfläche entgegen, so daß die Spur der beiden genau zu verfolgen war.

Die Taucher waren ahnungslos. Sie merkten auch nicht, wie sich das Monster näherte. Dies geschah in deren Rücken. Zudem kam der Frankenstein-Verschnitt von unten.

Er würde sie überraschen und sie töten.

Selbst in seinem untoten Körper breitete sich so etwas wie Spannung aus. Er wußte, daß er sich beeilen mußte, damit die beiden Taucher nicht die Oberfläche erreichten, bevor er zulangen konnte.

Kräftig trat er mit den Beinen aus. Die Distanz war geschmolzen, nur noch ein paar Beinschläge, und er hatte es geschafft.

Jetzt!

Das Monster griff zu. Beide Pranken klammerte es um das rechte Bein des unteren Tauchers, riß daran und sprengte somit den Griff des Mannes um den Steinbeutel.

Der Taucher war von dieser Aktion so überrascht worden, daß er mit den Armen um sich schlug, wobei sein Freund den Sack nicht mehr halten konnte, weil er einfach zu schwer war und von ihm langsam in die Tiefe gezogen wurde.

Als der Mann jedoch sah, in welch einer Situation sich sein Freund Cal befand, ließ er den Steinbeutel sofort los. Der war in diesen Augenblicken nicht mehr wichtig.

Burt Lester stieß hinab. Während er tiefer sank, löste er die Harpune von seinem Gürtel. Noch konnte er nicht klar sehen, die Umrisse der Körper verschwammen vor seinen Augen, denn Cal wehrte sich. Zusammen mit dem anderen bildete er ein Knäuel.

Cal hatte sich wieder fangen können. Er stemmte sich gegen den Griff, wurde nicht mehr weiter in die Tiefe gerissen, zog sein Messer und krümmte den Oberkörper.

Wer so unter Wasser angegriffen wurde, für den bedeutete dies ein Kampf auf Leben und Tod.

Das war Cal Borny klar, deshalb konnte und durfte er auf den anderen keine Rücksicht nehmen.

Seine rechte Hand fuhr nach unten. Der andere dachte überhaupt nicht daran, auszuweichen, und so fuhr die lange Klinge des Tauchermessers in seinen Rücken.

Kein Mensch hätte diese Verletzung überstanden. Denn sie war tödlich, das wußte Cal Borny, deshalb wartete er darauf, daß sich der Griff um seinen Körper lockern würde, doch das Gegenteil trat ein. Der andere umkrampfte ihn nur noch härter.

Wieder stach der Taucher zu.

Zwar bremste das Wasser die Wucht des Messerstoßes, dennoch drang die Klinge tief in den Rücken des Monsters.

Sie tat ihm nichts. So war dem Frankenstein-Verschnitt wirklich nicht beizukommen. Bevor Borny die Tragweite des Geschehens erfassen konnte, reagierte bereits das Frankenstein-Monster.

Seine Arme schnellten in die Höhe. Borny ahnte die schreckliche Gefahr, er wollte noch zurückweichen, doch sein Gegner war schneller. Die gierigen Klauen bekamen die Atemmaske und den Schlauch zu fassen. Was das Monster einmal in den Händen hielt, das ließ es nicht mehr los. Es fetzte dem Taucher das lebensrettende Gerät vom Gesicht. Es ging so schnell, daß Cal Borny nicht einmal dazu kam, die Luft anzuhalten. Er öffnete den Mund, augenblicklich drang Wasser ein, und die Luftzufuhr war abgeschnitten.

Der Tod streckte seine gierigen Knochenklauen nach dem Taucher aus. Und nicht nur er, auch das Frankenstein-Monster sorgte dafür, daß sich der Mann aus seinem Griff nicht mehr befreien konnte, denn die Finger des Unheimlichen hatten sich in das Fleisch seines Halses verkrallt.

Und Burt Lester?

Er hatte den Kampf beobachtet. Als sein Freund mit dem Messer zustieß, da hielt er die Auseinandersetzung für beendet und entspannte sich ein wenig. Bis er tatsächlich merkte, was geschehen war, da hatte sich die Lage grundlegend verändert.

Cal schwebte in Todesgefahr. Das Monster hatte ihm die Atemmaske vom Gesicht gerissen und würgte mit aller Kraft. Cal war bereits unter dem Griff erschlafft.

In Windeseile machte Burt Lester seine Harpune schußbereit. Er zielte und schoß.

Auch das Frankenstein-Monster hatte bemerkt, was der andere wollte. Und es reagierte goldrichtig. Das Wesen drehte seine Beute herum und hielt sie als schützenden Schild vor sich.

Die Patrone traf den Mann.

Er zuckte nicht einmal zusammen, ein Zeichen, daß er entweder schon tot, zumindest aber bewußtlos war. Er wurde losgelassen und trieb dem Meeresgrund entgegen.

Das alles sah Burt Lester. Er erkannte klar und deutlich, daß Cal nicht mehr zu helfen war, und er wußte, daß dieses Unterwasser-Monster stärker war als er.

Deshalb gab es für ihn nur eins: den taktischen Rückzug, auch Flucht genannt.

Das Grauen steckte ihm noch in den Knochen, als er sich mit einem kräftigen Beinschwung in die Höhe beförderte. Dabei schaute er nach unten, weil er sehen wollte, ob ihn das unheimliche Wesen verfolgte.

Es blieb zurück.

Schon bald war es nur noch als Schatten zu sehen, dann überhaupt nicht mehr.

Burt Lester aber schwamm der Oberfläche entgegen. Arm- und Beinstöße trieben ihn hoch. Er mußte die anderen warnen, mußte von dem Schrecken berichten, der in der Tiefe lauerte, sonst waren sie alle verloren. Wenn sie jetzt nicht reagierten, kamen sie nie mehr dazu.

Schon wurde es heller, ein Zeichen, daß er sich der Oberfläche näherte. Seine Bewegungen waren fließend, sie wirkten wie einstudiert, und wenige Sekunden später durchstieß sein Kopf die Wasseroberfläche. Er wußte nicht, wie weit er vom Boot entfernt aufgetaucht war. Sein Sichtfenster beschlug, er wischte es blank, drehte den Kopf und seine Augen weiteten sich in panischem Schrecken.

Nicht weit von ihm entfernt schnellte ein monströser Fisch aus dem Wasser, der sich als Angriffsziel ein mit Menschen besetztes Boot ausgesucht hatte ...

Nicht nur ich überblickte die große Gefahr, auch mein Partner und Freund Suko. Der Chinese stand zudem günstiger im Zentrum und konnte eingreifen.

Suko hatte ebenfalls gesehen, wie McDough die Arme hochriß und fast gestürzt wäre. Daß es nicht so kam, das hatte er dem Chinesen zu verdanken, der sich nach vorn warf und gedankenschnell zugriff. Er packte den Konstabler an der Schulter und schleuderte ihn so wuchtig herum, daß McDough hinfiel und auf den Planken des Holzbootes liegenblieb.

»Bewegen Sie sich nicht!« schrie Suko, während er gleichzeitig die Dämonenpeitsche und die Beretta zog. Er schlug mit der Peitsche einmal einen Kreis über den Boden, so daß die drei Riemen aus der Röhre fuhren.

Jetzt konnte er sie einsetzen!

Der Fisch war wieder getaucht. Er hatte mit seiner ersten Attacke nur das Boot am Kiel getroffen. Vielleicht sollte es auch eine Warnung gewesen sein, auf jeden Fall würde der Killerfisch nicht aufgeben, und das merkten wir schon bald.

Zwischen den beiden Booten wuchtete er wieder aus dem Wasser. Zwar lagen die Schiffe einige Yards voneinander entfernt, der Wellengang allerdings traf beide. Und in die Lücke schoß der Killerfisch hoch, wobei man das Gefühl haben konnte, er würde auf der Schwanzflosse tanzen.

Tanzen wollte er nicht, sondern töten. Er war so gesprungen, daß er sich nicht dem Schlauchboot, sondern dem Holzkahn zugewandt hatte. Wie ein Gebirge erschien er an der Backbordseite. Er hatte sein breites Maul aufgerissen, und jeder sah die mörderischen Zahnreihen.

Suko hörte den peitschenden Klang einer Beretta, und ihm war klar, daß John Sinclair geschossen hatte, doch er wußte nicht, ob eine Silberkugel reichte.

Mit der Dämonenpeitsche schlug er zu. Schräg pfiffen die drei Riemen durch die Luft. Sie trafen nicht das Maul des Killerfischs, sondern seitlich davon die Haut.

Wie Messer rissen sie sie auf.

Das sah Suko noch, denn zu einem zweiten Schlag kam er nicht mehr. Der Riesenfisch fiel ihm und dem Konstabler entgegen. Wenn sie nichts taten, würde er sie unter sich begraben.

Suko sprang zur Seite. Der Konstabler kniete auf den rauhen Holzplanken, dicht an der mittleren Ruderbank. Er hatte seine Arme von sich gestreckt und die Hände gespreizt. Es sah so aus, als wollte er den Riesenfisch auffangen.

Suko schleuderte den Mann mit einem gewaltigen Kraftakt über Bord in das eiskalte Wasser. Er selbst befand sich noch in der Luft, als der Fisch auf das Boot krachte.

Als Suko eintauchte, wurde das Boot zerstört. Es zersplitterte und versank mit dem Monsterfisch in den Fluten, der absackte wie ein dicker schwerer Stein.

Suko tauchte wieder auf. Er schüttelte den Kopf, Tropfen flogen von seinem Gesicht, und als er wieder klar sehen konnte, entdeckte er den Konstabler dicht neben sich. Dessen Mund war wie zum Schrei geöffnet, doch über seine Lippen drang kein Ton. Nur Wasser schwappte ihm in den Mund.

»Schwimmen Sie!« schrie Suko den Mann an und kraulte selbst auf das Schlauchboot zu, in dem die beiden Taucher und ich abwartend hockten.

Mir war es gegen den Strich gegangen, nicht richtig eingreifen zu können. Ich hatte zwar geschossen, wußte allerdings nicht, ob die eine Silberkugel reichte. Der Fisch war verschwunden – würde er wieder auftauchen?

Ja, er kam zurück!

Nur – wie sah er aus!

Ein Großteil der Haut hatte sich aufgelöst. Nur noch hinter dem gewaltigen Maul sahen wir die nasse, schuppige Haut, ansonsten zeigte sein Körper ein Knochengerippe, das bleich schimmerte und langsam zerfiel.

Wieder ging der Fisch unter. Er schloß sein Maul ein letztes Mal, die Zähne hieben dabei aufeinander, und wir konnten sehen, wie sie abbrachen.

Das war das Ende des Killerfischs. Er bildete keine Gefahr mehr für die Menschen.

Aber er war nicht allein. Sicherlich würden wir auch die anderen Ungeheuer erleben.

Ich winkte Suko zu, der Kurs auf das Schlauchboot genommen hatte und durch das Wasser kraulte. Der Konstabler folgte ihm langsamer. Er hatte Schwierigkeiten und sackte ein paarmal so tief weg, daß sein Kopf überspült wurde.

Ihm half ich zuerst ins Boot, während Suko den Wulst umklammert hielt und Wasser trat.

Keuchend blieb der Polizist liegen. Aus seiner klatschnassen Uniform rann das Wasser. Er würgte und spie. Wahrscheinlich kannte er Wasser nur von der Badewanne her.

Ein Schrei ließ mich herumfahren. Eileen Cooper hatte ihn ausgestoßen, und sie deutete aufs Wasser, wo wir den schwarzglänzenden Taucheranzug eines Mannes sahen, der die Wellen durchpflügte und Kurs auf unser Schlauchboot nahm.

»Das ist Burt Lester!« rief Eileen. »Himmel, wo ist Cal?«

Die Antwort ließ nicht lange auf sich warten, denn Lester ließ sich ins Boot helfen.

»Tot«, keuchte er, nachdem er die Atemmaske abgerissen hatte. »Ich konnte ihm nicht mehr helfen. Ein – ein Monster hat ihn getötet.«

»War es ein Fisch?« fragte ich.

»Nein, er sah fast aus wie ein Mensch.«

Da wußte ich Bescheid. Das Frankenstein-Monster hatte zugeschlagen. So erbarmungslos, wie ich es von ihm gewohnt war. Verdammt noch mal, wo steckte diese verdammte Bestie? Sie lauerte irgendwo unter uns, aber wir konnten schließlich nicht durch das Wasser schauen.

Auch Suko war ins Boot geklettert. Es hatte inzwischen Tiefgang bekommen, schließlich befanden sich sechs Personen an Bord.

»Und jetzt?« fragte Kid Rosen.

»Wir müssen an Land«, erwiderte ich, wobei ich auf die Trümmer des zweiten Boots schaute. Sie trieben auf der Wasserfläche. »Hier sind wir praktisch hilflos.«

Damit waren die anderen natürlich einverstanden, allerdings hatten wir das Problem der Killerfische noch immer nicht gelöst. Ich wußte ja nicht, wie viele sich noch in der Tiefe befanden.

Suko hatte Nägel mit Köpfen gemacht und den Außenborder angeworfen. Ich schaute zum Ufer hin. An der Straße sah ich noch immer die Zuschauer. Allerdings nicht mehr so deutlich, weil vom offenen Meer her lange Dunstfahnen in die Bay trieben. Sie wirkten wie riesige Schleier und schienen sich mit ihren unteren Enden an den Wellen festzuhalten.

Die lange Dünung ließ das Boot schaukeln. Der Konstabler fror wie ein Schneider. So schnell konnte er gar nicht zittern. Nur Suko merkte man nichts an. Er beherrschte sich tapfer.

Wir fuhren nicht zwischen den Klippen, sondern nahmen Kurs auf den Hafen. Dort bestand nicht die Gefahr, daß wir an irgendwelchen Felsen Schiffbruch erlitten.

Natürlich behielten wir die See im Auge und achteten auf alles, was ungewöhnlich war. Wir suchten Strudel oder irgendwelche dicken Blasen, die aufstiegen, denn die Ankunft der Fische würde sich auf irgendeine Art und Weise bemerkbar machen, davon war nicht nur ich fest überzeugt.

Unendlich langsam nur rückte der Hafen mit seiner zum offenen Meer hin wellenbrechenden Mauer näher. Die graugrünen Wogen wurden gegen den Beton geschleudert und gischteten als lange Fahnen daran hoch.

Die See blieb ruhig.

Auch hinter uns tat sich nichts, die Taucher hätten sonst etwas gemeldet, denn sie hielten das Gebiet im Auge.

Vier Tote hatte es bisher gegeben, wobei ich den unbekannten Schiffer mitzählte, und uns war es noch nicht gelungen, dieser unheimlichen Plage Herr zu werden.

Das bereitete mir Sorgen.

Vom langen Starren wurde mein Blick auch nicht besser. Manchmal verschwammen See und Wolken vor meinen Augen. Da wir mit voller Kraft fuhren, stach der runde Wulst des Schlauchboots am Bug höher aus dem Wasser.

Wer gedacht hatte, die Fische würden Ruhe geben, der sah sich getäuscht.

Urplötzlich waren sie da. Aber nicht nur ein Killerfisch, sondern derer zwei.

Etwa zwanzig Yards vor uns schossen sie aus dem Wasser, wobei sie die Mäuler geöffnet hatten. Bei dem linken Fisch sah ich noch einen Teil einer Taucherausrüstung zwischen den Zähnen hängen.

Ich schüttelte mich.

Die würden uns packen, daran gab es nichts zu rütteln. Da reagierte der Chinese. Er stellte den Motor ab, stieß den Konstabler zur Seite, und während wir auf die beiden Killerfische zutrieben, riß der Chinese bereits seinen geheimnisvollen Stab unter seiner Jacke hervor. Er setzte jetzt alles auf eine Karte.

Ich wollte ihn zurückhalten, da war es bereits zu spät. Suko rief das Beschwörungswort.

»Topar!«

Alles in Rufweite des Stabträgers erstarrte. Bis auf Suko. Und der hechtete bereits über Bord …

Mit dem Wasser hatte der Chinese in den letzten Minuten genug Bekanntschaft gemacht. Er spürte die Kälte kaum noch, als er in die grünlichen Fluten eintauchte.

Fünf Sekunden blieben ihm.

Verdammt wenig, aber er mußte es riskieren. Wenn er diese Zeitspanne voll ausnutzte, konnte er es unter Umständen schaffen, oder er wurde gefressen.

Weil die Zeit eben so kurz war, hatte er sich so kräftig abgestemmt wie möglich. Im spitzen Winkel war er eingetaucht und schwamm mit kräftigen Kraulstößen weiter, bis er plötzlich vor den Mäulern der beiden Fische wieder an der Oberfläche erschien.

Es waren gewaltige Rachen, und selbst Suko schauderte, als er aus dieser kurzen Entfernung in sie hineinschaute. Wenn sie zuklappten und er sich im Innern befand, gab es nichts mehr, was ihn noch retten konnte.

Zu Stein schienen sie erstarrt zu sein, wie auch die Menschen in dem Schlauchboot. Sogar das Wasser kam dem Chinesen träger vor als üblich, als er sich hinausstemmte und an der schuppigen rauhen Außenhaut des Monsterfisches hochkletterte. Die Dämonenpeitsche hatte er sich zwischen die Zähne geklemmt und hielt sie dann in der Hand, als die fünf Sekunden vorbei waren.

Suko merkte, wie der Fisch zuckte. Ein wenig mußte er noch höher, dann hatte er den Rücken erreicht und hämmerte mit der Peitsche zu, während das Schlauchboot weiter auf die Killerfische zutrieb, als wäre nichts geschehen.

Das Klatschen der Peitsche war Musik in Sukos Ohren, als er die Riemen über die Haut des Fisches zog und auch in Höhe der Augen traf, so daß das Monsterwesen wirklich empfindlich getroffen wurde, herumschwenkte und Suko ins Wasser schleuderte.

Das beobachtete ich entsetzt. Mein Freund und jetziger Kollege verschwand im hohen Bogen in den Fluten, mit ihm jedoch der linke der beiden monströsen Fische, denn die Wunden in seiner Haut machten ihm so schwer zu schaffen, daß er in die Tiefe sackte und gurgelnd verschwand.

Sein Artgenosse allerdings war nicht verletzt. Und genau auf ihn trieben wir zu.

Die beiden männlichen Taucher versuchten vergeblich, mit den Paddeln gegenzulenken. Dadurch wurden wir zwar langsamer, aber die Gefahr blieb nach wie vor.

Ich hatte mich hingekniet und schoß in den Rachen. Eine Kugel nach der anderen jagte ich in den Schlund, der überhaupt nicht zu verfehlen war.

Ich traf ihn auch und sah, wie das geweihte Silber seine Haut aufriß. Faustgroße Brocken flogen hervor, fauliges Dämonenfleisch, doch der verfluchte Fisch blieb nach wie vor an der gleichen Stelle und wartete darauf, daß er uns schnappen konnte.

Die beiden Taucher taten ihr Bestes. Sie wollten das Boot herumreißen, doch es reagierte nur träge, weil es im Prinzip überladen war.

Und dann zuckte der Monsterfisch zusammen, als hätte er einen gewaltigen Schlag erhalten. Den hatte er in der Tat abgekriegt, denn Suko erschien wie ein rächender Meergeist aus der See und mit ihm die Dämonenpeitsche.

Mit ihr räumte er fürchterlich auf.

Plötzlich sackte der Fisch weg.

Er verschwand wie ein Stein, den jemand ins Wasser geworfen hatte. Suko mußte zusehen, daß er dem Strudel entkam, deshalb paddelte er wie ein Weltmeister. Nach hinten kippte der Killerfisch weg, als wäre er ein Schiff, das langsam sinkt.

Nur noch das gewaltige Maul ragte aus dem Wasser,

aber jeder von uns sah, wie es langsam verfaulte, bis es eine schwarze Farbe angenommen hatte und sich die Haut von den Knochen löste.

Zurück blieb das Gerippe.

Sekunden später war auch dies verschwunden. Wir aber saßen im Boot und schauten auf die Wellen, die alles überspülten, so als hätte es das Grauen nie gegeben.

»Mein Gott«, hörte ich Eileen Cooper flüstern. »Das ist ja der blanke Horror.«

Ich widersprach nicht.

»Wollt ihr mich hier erfrieren lassen?« hörten wir plötzlich Sukos Stimme, sahen zwei Hände auf dem Wulst und ein grinsendes Gesicht. Zu dritt zogen wir den klatschnassen Suko in das Schlauchboot, wo er sich hinkauerte und das Wasser abschüttelte wie ein nasser Hund.

»Das war's wohl«, sagte er.

»Meinen Sie, daß es alle Killerfische gewesen sind?« fragte Kid Rosen.

»Ja.«

»Was macht Sie so sicher?«

Suko hob die Schultern. »Sie haben einen Frontalangriff versucht. Und das mit geballter Macht. Er ist gestoppt worden, die Fische sind tot.«

»Aber wieso?«

»Keine Ahnung«, erwiderte Suko wider besseres Wissen. »Nennen Sie es einfach Glück.«

Das wollte man Suko auf keinen Fall abnehmen, denn die skeptischen Blicke blieben. Der Chinese schwieg. Er wollte die anderen im unklaren lassen, was mir natürlich sehr recht war.

Wieder wurde der Außenborder gestartet. Diesmal lenkte der Konstabler, und er zitterte immer noch. Die Taucher sprachen darüber, wie es wohl möglich sein konnte, daß sich Tiere so veränderten.

Einmal fiel auch das Wort Strahlen. Mich erinnerte es wieder an Fjodor Rankin. Aber der lag ja noch nicht so lange im Meer. Vielleicht hing es ja mit den Strahlenabfällen zusammen, die hier in der Nähe am Meeresgrund deponiert wurden.

Zwei Taucher waren und blieben vorläufig vermißt. Auch darüber sprachen die Überlebenden. Sie waren sich einig darin, daß ihre Kameraden nicht mehr lebten. Trotzdem wollten sie veranlassen, daß eine Suchaktion gestartet wurde.

Als wir endlich in den kleinen, geschützten Hafen einliefen, da hatten sich zahlreiche Menschen an der Mole versammelt, und wir wurden mit Fragen bestürmt.

Ich verfluchte die Blitzlichter der Fotografen und das Klicken der Kameras. So gut es ging, versuchten Suko und ich, die Köpfe zu verbergen. Ganz schafften wir es nicht.

Auch die Taucher hatten keine Lust, den Pressehaien Rede und Antwort zu stehen. Es kam sogar zu Handgreiflichkeiten. Eine Kamera zerschellte auf dem Kopfsteinpflaster.

Suko und ich hielten uns bei dem Konstabler auf. Er führte uns durch eine schmale Gasse zum Mittelpunkt des Dorfes, einem kleinen Marktplatz, wo ein Brunnen stand. Hier befand sich in einem schmalbrüstigen Haus die Polizeistation. Daneben lag eine kleine Halle, in der Fischmehl hergestellt wurde. Dementsprechend stank es. Der Geruch war auch nicht aus dem Büro zu kriegen. Er hing sogar in den Decken, in die sich der Konstabler und Suko wickelten.

»Ich muß ja ein Protokoll aufnehmen«, sagte McDough und nieste zweimal. »Allerdings weiß ich wirklich nicht, was ich schreiben soll.« Er schaute uns aus geröteten Augen an. »Können Sie mir nicht einen Tip geben?«

Das konnten wir auch nicht. »Am besten ist es, wenn Sie die Sache unter den Tisch kehren«, schlug ich vor.

»Aber was sage ich meinen Vorgesetzten?«

»Das lassen Sie mal unsere Sorge sein.«

»Wollen Sie denn noch bleiben?«

Ich nickte. »Sicher.« Dabei dachte ich an das Frankenstein-Monster.

»Dann können Sie ja in der Burg übernachten, wo auch die Taucher untergebracht sind. Die Zimmer sind gut und vor allen Dingen geräumig.«

Wir bedankten uns für den Tip und verschwanden. Der Jeep stand noch am Hafen. Dort hatten sich die Gaffer verstreut. Reporter sah ich auch nicht mehr.

Unbehelligt stiegen wir in den Jeep und brausten davon. Die Killerfische waren, so hofften wir beide, erledigt. Der Frankenstein-Verschnitt existierte noch. Und ich würde nicht eher hier weggehen, bis ich ihn vernichtet hatte …

Das Monster freute sich, falls es so etwas überhaupt bei ihm gab. Zumindest war es zufrieden, denn es hatte dämonische Helfer gefunden. Killerfische, die eine blutige Spur hinterließen und die Feinde dadurch von ihm ablenkten.

Ungesehen schwamm es durch die Bucht und kletterte dort aus dem Wasser, wo die Küste am steilsten und auch am unübersichtlichsten war.

Dorthin wagten sich nicht einmal die erfahrensten Fischer. An der Stelle waren die Felsen besonders spitz, als hätte sie jemand geschliffen. Danach begann eine regelrechte Steilküste, wo die Wand senkrecht anstieg und mit ihren Löchern und Rissen Nistplätze für zahlreiche Vögel bot.

Unaufhörlich rollten die langen Wogen heran, fuhren krachend gegen die Klippen und wurden gebrochen. Der Wind brachte auch Kälte mit. Es sah ganz danach aus, als würde es bald anfangen zu schneien.

Das war dem Monster egal. Es spürte weder Kälte noch Hitze, sondern kannte nur einen Trieb.

Töten!

Vor allen Dingen John Sinclair, den ein magisches Schicksal in seine Nähe geführt hatte.

Der Frankenstein-Verschnitt hatte Zeit. Er brauchte nichts zu überstürzen, und er wollte vor allen Dingen die Dunkelheit abwarten. Wenn sie über das Land gefallen war, konnte er sich dem Geisterjäger nähern. Er wußte zwar nicht, wo er sich aufhielt, aber das herauszufinden war keine Schwierigkeit.

Dann nahte die Dämmerung. Sie brachte feinen Schnee mit, der vom Wind zu langen, heißen Wirbeln gedreht wurde, und das Frankenstein-Monster fand es nun an der Zeit, sich auf den Weg zu machen.

Sinclair lockte.

Sich immer in Deckung der Klippen haltend, näherte es sich dem Ort. Auf dem Wasser herrschte noch Betrieb. Scheinwerfer erhellten einen Teil der wogenden Fläche, denn zwei Suchboote waren ausgeschickt worden, um die Leichen zu finden.

So etwas interessierte das Monster nicht. Es wollte John Sinclair.

Geschickt kletterte es einen steilen Hang hoch. Es war schon ein kleines Phänomen, wie es sich trotz seiner unförmigen Körperproportionen bewegen konnte, denn an ihm stimmte so manches nicht. Die Arme saßen in verschiedener Höhe, und auch die einzelnen Gesichtsteile wirkten verschoben.

Es bot einen schrecklichen Anblick und schien die zum Leben erweckte Figur aus einem Horror-Film zu sein.

Als es die Straße erreichte, blieb es witternd stehen. Schneeflocken umtanzten das Wesen, das sich breitbeinig aufgebaut hatte und seinen Kopf wie suchend vorstreckte.

Wenn es den Schädel nach links drehte und weiter die Straße hinabschaute, so sah es die verwaschen wirkenden Lichter. Dort lag der kleine Ort Cloak, und da befand sich auch John Sinclair, der sicherlich schon wartete.

Aber diesmal sollte er Pech haben.

Nach einer Weile setzte sich das Monster wieder in Bewegung. Sein Ziel war Cloak, dessen Bewohner nicht ahnten, welch eine Bedrohung auf sie zukam.

Der Schneewirbel deckte es zu. Er war wie ein gewaltiges Leichentuch, das dem Monster Schutz bot. Und als es sich dem Ort so weit genähert hatte, daß aus dem Flockenwirbel bereits die Umrisse der ersten Häuser erschienen, da merkte es, daß Sinclair in der Nähe war.

Es war die Weiße Magie, das andere, das es aufmerksam werden ließ. Wie sensible Fühler waren seine Sinne. Tastend streckten sie sich vor, sie orteten und loteten aus. Dabei wußten sie haargenau, wo sich das Ziel befand.

Sinclair war da!

Der Frankenstein-Verschnitt duckte sich, als hätte ihm jemand einen Schlag verpaßt. Dann drehte er den Kopf und schaute hinein in die Schneewand.

Nach oben mußte er sehen, nur nach oben.

Licht. Schwach schimmerte es hinter dem grauweißen Schleier. Da waren mehrere Fenster erleuchtet. Sie gehörten zu einer alten Burg, in der noch immer Menschen wohnten.

Auch Sinclair!

Der Frankenstein-Verschnitt wußte haargenau, daß sich dort der Feind befand. Er stieß ein zufriedenes Knurren aus, wandte sich nach rechts und verließ die Straße.

Die Burg lag auf einem Felsen. Sehr hoch, und das Monster wußte nicht, ob es einen Weg gab, der zu ihr führte. Den hätte es sowieso nicht genommen. Ihm kam es darauf an, ungesehen in das Innere der Burg zu gelangen. Das schaffte es nur, wenn es sich seinem Ziel so näherte, daß es keiner bemerkte.

Es hatte eine gewisse Bauernschläue und nutzte diese voll aus, als es damit begann, an der Rückseite zwischen den Felsen hochzuklettern …

Mit dem Jeep waren wir hochgefahren. Eine kurvenreiche Strecke, manchmal hart am Abgrund entlang. Zudem hatte es noch angefangen zu schneien, auch kein

Vergnügen, aber als wir das Licht durch den Flockenwirbel schimmern sahen, ging es uns besser.

Eine Burg war es nicht direkt, das einmal vorweggenommen. Selbst in der Dunkelheit sah das Gebäude mehr wie ein hochherrschaftliches Landhaus aus, und der Eingang bestand aus einer großen Glastür, die sich auf einen Kontakt hin öffnete.

Zimmer waren noch frei gewesen. Auf dem Parkplatz sah ich zahlreiche Wagen, und ich glaubte daran, daß hier auch die Reporter und Pressefritzen wohnten, was mir überhaupt nicht schmeckte.

Als wir das Hotel betraten, hörten wir sie auch schon. Sie grölten im Hintergrund, und wir vernahmen das Klirren von Gläsern.

»Denen gehen wir aus dem Weg«, sagte Suko.

»Und wie.«

Eine adrett gekleidete Frau in mittleren Jahren trat auf uns zu und erkundigte sich nach unseren Wünschen. Wir sagten unsere Namen und daß wir Zimmer bestellt hatten.

»Natürlich, Mr. Sinclair und Mr. Suko.« Sie lächelte. »Ich darf Ihnen gratulieren?«

»Wozu?«

»Sie haben doch diese Fische getötet.«

Ich beugte mich vor und senkte meine Stimme zu einem Flüstern. »Erzählen Sie das bitte nicht herum. Vor allen Dingen nicht den Schreiern im Hintergrund.«

»Selbstverständlich.«

»Das ist nett.«

»Kann ich sonst noch etwas für Sie tun, Gentlemen?«

»Nein, das ist im Augenblick alles.«

»Gut, dann zeige ich Ihnen jetzt Ihre Zimmer.«

Einen Fahrstuhl gab es nicht. Wir mußten eine Treppe hoch, die herrlich breite Stufen hatte, aus dunklem Holz bestand und Schnitzereien zeigte, wie sie nur durch die Hand eines Künstlers geschaffen werden konnten.

Unsere Zimmer befanden sich zwar nebeneinander,

waren jedoch durch ein Bad getrennt. Man konnte es von beiden Räumen betreten. »Haben hier auch die Taucher gewohnt?« fragte ich.

»Nein, nein, die sind über Ihnen einquartiert worden. Sie haben nicht so große Räume.« Die Frau zog sich zurück und bot uns ihre Dienste an, falls wir irgend etwas brauchten.

»Und wir?« fragte Suko. »Was machen wir?«

»Du nimmst ein Bad. Schau mal, wie du aussiehst«, antwortete ich. »Das ist ja schlimm. Wie ein nasser Kater.«

»Ich habe auch die Drecksarbeit geleistet«, beschwerte sich Suko.

»Das bestreitet keiner, Herr Inspektor. Aber denk an eine Erkältung. Wenn du nicht aus den feuchten Klamotten herauskommst, kannst du dir wer weiß was holen.«

Suko verschwand im Bad und schloß die Tür. Ich hörte, wie Wasser in die Wanne rauschte.

Es war inzwischen dunkel geworden. Hinzu kam der Schnee. In Massen fiel er vom Himmel. Ein steifer Wind trieb die langen Schleier nach Südosten. Es war wirklich eine Nacht oder ein Abend, wo man keinen Hund vor die Tür jagen würde. Aber mein Gegner war auch kein Hund, sondern ein Monster. Wie ich es kannte, würde es sich von keinem Wetter abhalten lassen, seiner Aufgabe nachzugehen.

Und die hieß Mord.

Mord an dem Geisterjäger John Sinclair.

Abermals war ich ihm über den Weg gelaufen, und sein Haß hatte nach wie vor Bestand. Es würde kommen, dessen war ich mir sicher. Erkennen konnte ich nicht viel. Wenn ich durch die Scheibe schaute, sah ich nur den rasenden Schneewirbel. Das Zimmer hatte zwei Fenster mit sehr hohen Scheiben, die fast bis an die Decke reichten. Schwere Vorhänge hingen zu beiden Seiten der Fenster. Ich hätte sie zuziehen können, ließ es jedoch bleiben. Falls das Monster kam, sollte es auch sehen, wo ich zu finden war.

Meine Gedanken schweiften wieder ab zu Fjodor Rankin. Auch als Toter gab er noch die geheimnisvolle Strahlung ab. Die Wissenschaftler hatten sie nicht genau analysieren können, sie konnten dabei nur von Annahmen ausgehen. Versucht hatten sie alles. Modernste physikalische Meßmethoden wurden angewandt, aber kam man diesen Strahlen überhaupt mit den Methoden der Physik bei?

Das war die Frage. Ich hatte meine eigene Antwort. Die lautete nein. Für mich hatte die geheimnisvolle Strahlung allein einen magischen Ursprung, daran ging kein Weg vorbei. Es mußte Schwarze Magie mit im Spiel gewesen sein, und vielleicht war es sogar möglich, daß in der kurzen Zeit, in der Rankin unter Wasser gelegen hatte, durch die Strahlung die Killerfische entstanden waren.

Die Strahlen, die Rankin zu dem Mann gemacht hatten, der nicht sterben konnte, waren aus dem Weltall gekommen. Ein abgestürzter Meteor hatte sie abgegeben.

Da im Zimmer Stille herrschte und Suko auch nicht mehr das Wasser einlaufen ließ, hörte ich die Reporter. Sie schrien und sangen so laut, daß selbst die dicken Mauern es nicht schafften, das Getöse abzuhalten.

Im Zimmer gab es einen kleinen Kühlschrank. Ich verspürte Durst und holte mir eine Dose dunkles Bier. Mit der Dose in der Hand ließ ich mich in einen Sessel fallen und schaute auf die Fenster. In kleinen Schlucken leerte ich die Dose und zündete mir eine Zigarette an. Aus dem nahen Bad hörte ich Suko. Er pfiff leise vor sich hin, und wenn er sich in der Wanne bewegte, hörte es sich jedesmal an, als ginge ein kleines Gewitter nieder.

Zwei Heizkörper sorgten nicht nur für eine behagliche, sondern auch für eine einschläfernde Wärme. Ich wurde langsam müde, und fast wären mir sogar die Augen zugefallen, erst als ich Sukos »He, du Penner!« hörte, zuckte ich erschrocken zusammen.

Er stand im Zimmer und war angezogen. »Schlafen kannst du morgen, wenn alles vorbei ist.«

Ich rieb mir die Augen. »Das sagst du so einfach.«
Der Chinese schaute sich um.
»Suchst du was?« fragte ich.
»Ja, ein Telefon.«
»Wen willst du denn anrufen?«
»Shao.«
»Unten habe ich einen Apparat gesehen.«
Suko verzog das Gesicht. »Mir bleibt auch nichts erspart. Wirklich nichts.« Er ging zur Tür und zog sie auf.
»Grüß Shao von mir«, rief ich ihm nach.
»Mach' ich.« Mein Freund verschwand. Ich blieb allein im Zimmer.

Auf meinem Bett lag der Einsatzkoffer. Wenn ich den Arm ausstreckte, konnte ich ihn von meinem Platz aus erreichen. Ich zog den Koffer zu mir heran, legte ihn auf die Knie und öffnete die beiden Verschlüsse.

Als ich die magische Kreide sah, dachte ich daran, Sperrzonen auf den Boden zu zeichnen, vielleicht auch einige magische Symbole. Das würde den Frankenstein-Verschnitt vielleicht abhalten. Ja, und genau das war das Problem. Ich wollte ihn gar nicht abhalten. Er sollte ruhig kommen, dann würden wir weitersehen.

Deshalb ließ ich die magische Kreide, wo sie war, und holte statt dessen den Bumerang hervor. Er hatte sich lange Zeit in den Händen von Solo Morasso befunden, und es war mir gelungen, ihn zurückzuholen. Mit dem Bumerang mußte ich es schaffen, das Frankenstein-Monster endgültig zu vernichten.

Ich wog die »Banane« in der Hand. Irgendwie war diese Waffe für meine Handfläche wie geschaffen. Der Seher hatte den Bumerang aus den letzten Seiten des Buches der grausamen Träume geformt und mir zu erkennen gegeben, daß ich der Sohn des Lichts war. Weiter wußte ich nicht Bescheid. Nach wie vor umgab ein Geheimnis diesen Begriff, und ich hoffte, daß ich irgendwann Licht in das Dunkel bringen konnte.

Den Koffer legte ich wieder auf das Bett und warf den

Bumerang auf den zugeklappten Deckel. Als mein Blick nach vorn fiel und ich durch ein Fenster schaute, da stellte ich fest, daß es aufgehört hatte zu schneien. Hinter beiden Scheiben lag die Dunkelheit. Wenn ich den Kopf schräg legte, konnte ich sogar einen Ausschnitt des Nachthimmels sehen und entdeckte ein paar Sterne wie winzige, helle Punkte.

Beide Hände legte ich auf die Sessellehnen und stemmte mich hoch. Mit langsamen Schritten ging ich zum linken der beiden Fenster, faßte nach dem Griff und drehte ihn um.

Ich wollte das Fenster öffnen. Es klemmte etwas. So mußte ich zweimal ziehen, dann jedoch war es offen.

Kühle Nachtluft strömte mir entgegen. Es war noch kälter geworden. Meiner Ansicht nach roch es sogar nach Frost. Weit beugte ich mich aus dem Fenster.

Das Meer sah ich als dunkle Fläche. Es befanden sich auch keine Suchboote mehr draußen, und wo die Wellen gegen die Klippen schäumten, erkannte ich einen langen weißen Streifen.

Ein wildromantisches Bild, das mich irgendwie von meiner wahren Aufgabe ablenkte und meine Wachsamkeit leider einschläferte.

Dabei lauerte mein Gegner schon.

Ich hatte ihn nicht gesehen, aber er mich. Schräg von mir hatte er sich auf einen Vorsprung an der Fassade gehockt und lauerte auf eine günstige Gelegenheit, um angreifen zu können.

Die war plötzlich da.

Ich sah noch einen Schatten, drehte den Kopf und hörte plötzlich das Splittern, als das Fenster neben mir zu Bruch ging.

Ich zuckte zurück und drehte mich um, doch es war schon zu spät. Das Monster hechtete bereits auf mich zu …

Der Aufprall war fürchterlich. Ich kam nicht mehr dazu, meine Beretta zu ziehen, das Frankenstein-Monster warf mich einfach um. Über mir vernahm ich sein Gebrüll und schlug mit dem Hinterkopf zu Boden. Zum Glück lag dort ein Teppich, sonst wäre ich unter Umständen noch bewußtlos geworden.

Dann stand es über mir.

Vielleicht blieb mir eine halbe Sekunde, um seinen Anblick wahrzunehmen, und ich mußte zugeben, daß es noch immer so aussah wie früher. Bis auf die lange, blutrote Narbe hatte es sich nicht verändert. Der viereckige Schädel, die schiefen Augen und die schräg sitzende Nase, der breite Mund, schon mehr ein Maul, die hängenden Schultern, die gewaltigen Pranken und die tot wirkenden Augen, all das gehörte bei ihm zusammen und machte seine Gefährlichkeit aus.

Ein wahrer Mordroboter. Mir hatte er eine Niederlage zu verdanken, dafür wollte er sich nun rächen.

Das Monster stürzte vor.

Wäre ich still liegengeblieben, so hätte es mich mit seinem Gewicht zermalmt, so aber zog ich die Beine an und ließ sie wieder vorschnellen.

Fast hätte ich es nicht geschafft, denn das Frankenstein-Monster war wirklich verdammt schwer. Sein Gewicht konnte einen Menschen schon zerdrücken. Nur mühsam gelang es mir, das Biest nach hinten zu schieben, es geriet ins Stolpern, aber es hielt sich auf den Beinen.

Ich schnellte hoch und zog meine Beretta. Inzwischen hatte ich nachgeladen und wollte mit ein paar Silberkugeln dem Spuk ein Ende bereiten. Es blieb beim Vorsatz, denn das Monster hatte ebenso schnell reagiert, sich einen Stuhl geschnappt und hieb ihn mir entgegen.

Zurückspringen konnte ich zwar noch, aber ich bekam die rechte Hand nicht rasch genug weg. Der Stuhl hieb mir gegen die Finger und schleuderte meine Beretta zu Boden.

Das kam dem Monster natürlich gelegen. Es röhrte regelrecht auf, als es mich wieder attackierte. Die Zeit, noch die Waffe aufzuheben, blieb mir nicht, ich mußte schnellstens ausweichen, und die Pranke fuhr dicht an meinem Gesicht vorbei, so daß der harte Hieb ins Leere sauste.

Leider befand ich mich zu weit vom Bett weg, wo mein Koffer und auch der Bumerang lagen. Als Waffe hatte ich noch das Kreuz, denn der Silberdolch lag ebenfalls im Koffer.

Beim nächsten Angriff hatte ich einen Stuhl hochgewuchtet. Den haute ich dem Monster um die Ohren. Seine Angriffswut wurde nicht gebremst, nur der Stuhl zersplitterte. Die einzelnen Teile regneten zu Boden.

Einen Vorteil hatte ich dem Monster gegenüber. Ich war schneller als dieses Biest. Leider konnte ich nicht nach rechts zum Bett hin, sondern mußte erst links an dem Wesen vorbei, das mich fast noch erwischt hätte, als es den Arm nach mir ausstreckte.

Dann hatte ich Pech. Genau in dem Augenblick, als ich ein wenig Zeit gewann.

Ich rutschte auf einer Glasscherbe aus, die der Frankenstein-Verschnitt bei seinem unkonventionellen Eintritt ins Zimmer geschleudert hatte.

Plötzlich hing ich in der Luft und machte eine Figur wie bei einem verunglückten Rittberger, den ein Eisläufer vorführen wollte. Allerdings gelang es mir, mich in der Luft zu drehen und einigermaßen gut aufzukommen. Ich konnte mich sogar abstützen und auf dem Boden herumwirbeln.

Frankenstein flog auf mich zu. Diesmal gelang es mir nicht, auszuweichen. Wir prallten zusammen. Sein Kopf wuchtete gegen meine Brust. Ich spürte einen scharfen Schmerz und bekam für einen schrecklich langen Augenblick keine Luft mehr. Auch weiterhin sollte ich keine bekommen, denn die Pranken meines Gegners suchten meinen Hals. Zwar konnte ich noch meine Hand dazwischenschieben, aber mit vier Fingern umklammerte er meine Kehle, und sein Daumen drückte gegen mein Kinn.

In dieser Lage konnte er mich ohne weiteres umbringen.

Leider war die geweihte Kette, an der mein Kreuz hing, verrutscht. Seine Pranken berührten sie nicht, aber das Kreuz war wirklich meine letzte Hoffnung. Ich mußte es einsetzen.

Deshalb löste ich meine Hand, die sich unter seine Pranke geschoben hatte, und gab dem Frankenstein-Monster die Gelegenheit, mit beiden Klauen meinen Hals zu umfassen. Was ich da tat, war sehr riskant, aber es gab keine andere Chance.

Ein Hemd trug ich nicht, nur einen Pullover. Das Frankenstein-Monster war so damit beschäftigt, mich zu erwürgen, daß es ihm nicht auffiel, als meine Rechte unter dem Pullover verschwand, höher wanderte und das Kreuz umfaßte.

Schon längst kriegte ich keine Luft mehr. Vor meinen Augen verschwamm die schiefe Fratze des Monsters, und ich wußte, daß mir nur noch Sekunden blieben.

Das blanke Metall mußte seine untote Haut berühren. Ich schob das Kreuz höher, wollte es durch den Ausschnitt pressen, doch der Frankenstein-Verschnitt schien meine Absicht erraten zu haben. Er ließ mich plötzlich los und zuckte zurück. Schleierhaft erkannte ich, daß er den rechten Arm gehoben hatte. Seine Hand war eine Faust. Sie sollte auf mich niederrasen, damit er mich erschlagen konnte.

Mein linker Arm fuhr ihm entgegen.

Ich schrie vor Schmerzen auf, als beide kollidierten, aber der Hieb traf mich nur geschwächt, als mein Arm nach unten geschlagen wurde, weil die andere Kraft wesentlich größer war.

Dann stemmte ich die Knie an, und es gelang mir, den Unheimlichen von meinem Körper zu drücken.

Sekundenlang hatte ich freie Bahn. Das Monster mußte sich erst einmal wieder sammeln.

Ich kam nicht richtig auf die Füße, sondern torkelte in gebückter Haltung und nach Luft schnappend auf einen an der Wand angebrachten Kamin zu.

Dabei fiel ich gegen die Steine, rutschte ab, und der Zufall wollte es, daß meine Hände einen schweren Schürhaken zu fassen bekamen, der neben dem Kamin stand. Mit beiden Händen den Griff des Schürhakens umklammernd, wirbelte ich herum. Waagerecht fuhr dieses schwere Stück Eisen durch die Luft, und es traf den heranstürmenden Frankenstein genau vor die Brust.

Es gab einen dumpfen Laut. Ein Mensch hätte den Schlag nicht überstanden. Mein Gegner allerdings wurde nur zu Boden gewuchtet, wo er sich noch überrollte und mit sich selbst beschäftigt war, was mir Zeit zu einer Gegenattacke gab.

Ich ließ den schweren Schürhaken fallen und taumelte auf das Bett zu, wo der Bumerang lag. Ich wollte meinem Gegner den Kopf abschlagen, wie auch Fjodor Rankin, doch das Monster ließ mir keine Zeit, die Waffe zu fassen.

Noch in liegender Stellung zog es mit beiden Pranken an dem schmalen langen Teppich. Der Boden wurde mir unter den Füßen weggerissen, ich fiel hin und schlug vor dem Bett auf, wo der Koffer lag. Jetzt unerreichbar für mich.

Ein triumphierendes Heulen vernahm ich hinter mir. Das Monster sah sich auf der Siegerstraße.

Als ich mich umdrehte, sah ich es vor mir. Mit dem Schürhaken. Damit wollte es mich erschlagen. Es stand im Begriff, den rechten Arm hochzuheben, aber ich hatte das Kreuz während der Drehung über den Kopf gestreift.

Und das warf ich ihm entgegen.

Der Frankenstein-Verschnitt schaffte es nicht mehr, mit dem Schürhaken meinen Schädel zu zertrümmern, er wurde von dem geweihten Kreuz voll im Gesicht getroffen.

Sein Brüllen war infernalisch.

Er ließ den Schürhaken fallen, riß beide Hände vor sein Gesicht und taumelte zurück. Noch immer brüllte er, und er brüllte auch, als er gegen den Kamin krachte und zusammenbrach.

Plötzlich bröckelte es zwischen seinen Fingern. Staub rann hervor. Graubraun in seiner Farbe. Er verlor die Augen, die zu Boden fielen und wie kleine Kugeln aussahen, bevor auch sie grau und trübe wurden.

Dann kippte er um.

Nur noch eine Hülle mit leeren Augenhöhlen, einem Loch, wo die Nase gesessen hatte, und einer Mundhöhle.

Ich saß auf dem Boden, atmete schwer und sah, daß zwischen ihm und mir das Kreuz lag. Es hatte mich gerettet und den Frankenstein-Verschnitt zu Staub zerfallen lassen.

Dann flog die Tür auf. Mit gezogener Beretta stürmte Suko ins Zimmer, blieb stehen, schaute sich um, sah mich dann an und fragte: »Was war denn hier los? Ich hörte die Schreie!«

»Meine Abendgymnastik«, erwiderte ich und ließ mich einfach fallen, um mich auszuruhen. Daß der durch das zerstörte Fenster fahrende Wind den Staub hochwirbelte, sah ich nicht. Für mich war der Fall erledigt.

Ganz konnten wir ihn nicht vergessen. Einen Tag später befanden sich die Wissenschaftler im Ort. Ich hatte sie mobil gemacht, denn Fjodor Rankin sollte noch einmal vom Meeresgrund gehievt werden, damit Messungen vorgenommen werden konnten.

Das geschah auch.

Die Wissenschaftler zeigten sich sehr überrascht, daß keinerlei Strahlung mehr zu messen war.

»Da ist nichts«, sagten sie. »Falscher Alarm. Die Person muß ausgestrahlt sein.«

Ausgestrahlt. Ein tolles Wort. Ich hoffte sehr, daß es

sich tatsächlich so verhielt, denn auch die restliche Strahlung hatte genügend Schaden angerichtet.

Dazu konnte man nichts mehr sagen. Die Sache war zum Glück gelaufen.

»Und was machen wir?« fragte Suko.

»Wir fahren nach Hause.«

»Wolltest du nicht deine Eltern anrufen?«

»Verflixt, das hatte ich vergessen.«

»Jetzt hast du Zeit.«

»Sicher.«

Daß ich mit dem Anruf einen neuen Fall ins Rollen brachte, konnte ich zu dem Zeitpunkt noch nicht ahnen, denn von der Gruft mit dem Höllenauge hatte ich bisher nichts gehört …

ENDE

Die Gruft mit dem Höllenauge

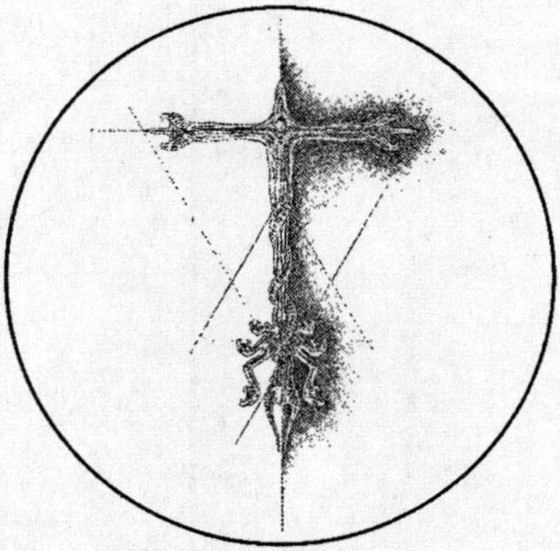

Eine plötzlich auftretende Windbö schüttelte das Segelflugzeug so durch, daß der Pilot es nicht mehr schaffte, gegenzusteuern. Über den linken Tragflügel schmierte das Flugzeug ab.

Frank Evans rutschte fast das Herz in die Hose. Sein Blick glitt über die Instrumentenanzeigen. Rapide verlor er an Höhe. Der Wind fiel gegen die Flugmaschine und packte sie wie gierige Hände.

»Verdammt, verdammt«, fluchte Evans, »die Mühle kriege ich nicht mehr hoch!«

Und in Gedanken fluchte er weiter. Es war eine Schnapsidee gewesen, sich in die Maschine zu setzen und zu starten. Das nur wegen dieser blöden Wette, die er und seine Kumpane am Abend zuvor abgeschlossen hatten.

Er hörte sich jetzt noch reden, wie er angegeben hatte, welch ein guter Flieger er doch war. Heimlich war er gestartet, nur seine Kollegen waren dabei.

Zu Beginn ging alles glatt, dann war er in den verfluchten Frühjahrssturm geraten, der seinen fliegerischen Plänen abrupt ein Ende setzte.

Jetzt mußte er zusehen, daß er mit heilen Knochen die Notlandung überstand, denn eine normale würde es nicht geben, und zum Flugplatz konnte er auch nicht mehr.

Er schaute in die Tiefe.

Dunkelheit im Norden. Dort lagen die Hügel, da wuchs der Wald, und die Bäume standen dicht an dicht. Dort konnte er nicht landen, es sei denn, er war lebensmüde.

Also nach Westen.

Als er den Kopf drehte, sah er die Lichter. Sie funkelten unter ihm wie winzige Sterne. Der Name des Ortes hieß Maghel und lag nicht weit von einem kleinen See weg. Natürlich konnte Evans nicht auf dem Wasser landen, aber gleich in der Nähe des Sees befanden sich große Schafweiden, dort mußte er die Mühle runterkriegen.

Im Westen braute sich etwas zusammen. Trotz der

Dunkelheit sah er die gewaltigen Wolkenberge. Düster und drohend lagen sie dicht unter dem Himmel, eine geballte Masse an Gefahr, die aussah wie das Maul eines riesigen Ungeheuers, das bereit war, ihn mit Haut und Haaren zu verschlingen.

Er mußte hinein. Wenn er die Wiesen erreichen wollte, gab es keinen anderen Weg.

Ein wenig hatte sich das Flugzeug wieder gefangen.

Der erste Schrecken war vorbei. Frank klopfte gegen das Armaturenbrett. »Halt dich tapfer, alte Lilly«, murmelte er. »Wir wollen beide heil unten ankommen.«

Als hätte das Flugzeug seine Worte verstanden, so neigte es die Schnauze nach vorn und gehorchte plötzlich wieder dem Ruder. Evans fiel ein Stein vom Herzen. Er achtete auf den Wind und den Höhenmesser. Die Geräusche des Flugwindes kannte er, sie waren ihm nicht neu, und allmählich trocknete auch der Schweiß auf den Innenflächen seiner verkrampften Hände.

Er wollte nicht mehr steigen, obwohl das sicherlich geklappt hätte. Je weiter er vom Boden entfernt war, um so unsicherer wurde es mit der Landung.

Behutsam jonglierte er mit dem Höhenruder. Ja, es klappte, die Maschine gehorchte ihm. Gute, alte Lilly. Obwohl sie bereits mehr als fünfundzwanzig Jahre auf dem Buckel hatte, war sie noch ausgezeichnet in Schuß, und Evans atmete tief durch.

Die Lichter wurden größer. Er flog in direktem Kurs nach Westen, mußte allerdings bald nach Süden hin ausweichen, um den Landeplatz zu finden.

Auch die Wolkenbank näherte sich. Sie war wirklich dunkler als der Himmel, der ein seltsames Grau zeigte, nicht zu hell und nicht zu düster. Frank hatte das Gefühl, als wäre es von schweflig gelben Schlieren durchzogen.

Frühjahrsgewitter waren gefährlich. Die stellten oft die gesamte Natur auf den Kopf, da mußte man höllisch achtgeben.

Da war schon die nächste Bö. Sie griff unter das

Segelflugzeug, hob es regelrecht an und stellte es fast waagerecht hin, so daß Evans in Gefahr geriet, einen unfreiwilligen Looping zu vollführen.

Dazu allerdings kam es zum Glück nicht mehr. Eine Gegenbö drückte das Flugzeug wieder zurück, schüttelte es dabei aber so durch, daß der Pilot fast die Orientierung verlor.

In diesen schrecklichen Sekunden wußte er, daß er es nicht schaffen konnte. Nein, das war einfach nicht drin, er bekam die Maschine nicht mehr in den Griff, denn der Wind hatte sie voll in diese Regen- und Gewitterfront hineingetrieben.

Zuerst kam der Regen.

Als hätte man Erbsen über dem Flugzeug ausgegossen, so sehr klatschten die dicken Tropfen auf die Außenhaut. Es war ein monotones Hämmern und Prasseln, das in den Ohren des von Panik geschüttelten Piloten dröhnte.

Er saß wie auf einem Rüttelsieb, den Kopf eingezogen, den Körper angespannt, und er lauerte darauf, daß etwas geschah. Vielleicht ein Wunder.

Der Wind heulte wie ein waidwundes Tier. Er jaulte über die Tragflächen und die wie geduckt wirkende Kanzel. Er spielte auch mit dem Leitwerk.

Als der erste Donnerschlag erklang, hatte das Segelflugzeug schon bedrohlich an Höhe verloren. Wie durch ein Wunder hielt es noch den Kurs mit nur geringen Abweichungen.

Frank Evans begann zu beten. Er fühlte sich so hilflos in dieser Hölle aus Regen, Blitzen und Donner.

Vor allen Dingen waren es Blitze, die so schnell aus den Wolken fuhren, als wollte einer den anderen einholen. Sekundenlang war der Himmel um das Flugzeug herum von einem geisterhaft fahlen Leuchten erhellt, das die Wolken seltsam bleich erscheinen ließ und in Frank Evans die Erinnerung an urwelthafte Monster hervorrief.

Es war die Hölle, und er befand sich mitten drin.

Über Maghel mußte er hinwegkommen. Die Maschine trudelte wie ein loses Blatt Papier über die Dächer. Evans wurde es schlecht. Nie zuvor hatte er dieses Gefühl gespürt, nun aber hing ihm der Magen bereits in der Kehle.

Als er plötzlich den Schornstein der alten Fabrik sah, dachte er, sein letztes Stündlein habe geschlagen. Vom Boden aus hatte er immer so schmal und lang ausgesehen, nun aber tauchte er in seinem gesamten Umfang vor ihm auf, und er erschien ihm wie eine höhnisch grinsende Wand. Zu steuern hatte keinen Sinn mehr, das Flugzeug gehorchte ihm sowieso nicht, und Evans konnte das Verderben einfach nicht mit ansehen. Er schlug beide Hände vor sein Gesicht und wartete auf den alles zerschmetternden Aufprall.

Das Schicksal meinte es gnädig und gewährte ihm eine Frist. Eine Fallbö schleuderte das Flugzeug herum. Es schmierte zur rechten Tragfläche hin ab und fegte um Haaresbreite an dem Wulst des Schornsteins vorbei.

Das war noch einmal gutgegangen.

Als Frank Evans die Augen öffnete, sah er nicht mehr den Schornstein vor sich, sondern wieder den schwarzen, von Blitzen hin und wieder aufgerissenen Gewitterhimmel, und der von hinten drückende Wind schob das Flugzeug in die Wand hinein.

Ein gewaltiger Donner rollte über das Land. Er hörte sich für Evans an wie das Lachen des Teufels, und in einer Hölle steckte er auch, die noch einmal sämtliche Pforten öffnete. Der Regen wurde zur Sintflut. Dicht wie ein Vorhang kippten die Wassermassen vom Himmel. Zu sehen war nichts mehr, alles verschwamm in einem tristen Grau, selbst die Lichter konnte Frank nicht mehr erkennen, als er nach unten schaute. Oder war er schon hinter der Stadt?

Sein Segelflugzeug wurde zum Spielball der Gewalten, die er nicht kontrollieren konnte. Und sie sorgten auch für das Ende der guten alten Lilly.

Als ein regelrechter Sturmstoß den Regenschleier

etwas lichtete und Evans wieder einigermaßen freie Sicht hatte, sah er die dunklen Schatten unter sich.

Bäume! schrie es in ihm.

Da geschah es.

Das Leitwerk des Flugzeugs jagte zuerst in die blattlosen Kronen hinein und zerfetzte Äste sowie Zweige, als wären es Zündhölzer.

Allerdings bekam auch das Leitwerk sein Fett mit. Etwas brach plötzlich ab und wirbelte irgendwie in die Dunkelheit. Stützen brachen. Ein hochwachsender, ziemlich starker Astwirrwarr reagierte wie ein gespanntes Netz. Die alte Lilly wurde förmlich von ihm aufgefangen.

Die Kräfte der Physik reagierten. Aktion gleich Reaktion. Wirkung entspricht Gegenwirkung.

Die Gegenwirkung spürte Frank Evans voll. Wurde das Segelflugzeug wie von einem Netz fast gehalten, so schüttelte es den Piloten durch.

Sein Körper gehorchte ihm plötzlich nicht mehr. Andere Kräfte spielten mit ihm, drückten ihn herum, schleuderten ihn, rissen ihn nach vorn, warfen ihn wieder zurück, und wäre der Gurt nicht gewesen, hätte es schlecht für ihn ausgesehen.

Er hörte sich selbst schreien und dachte, es wäre ein Fremder. Splittern von Glas, ein widerliches Kreischen, dazwischen der Donner, die hellen Blitze, ein Inferno, wie es im Buche stand, und zwischen allem Frank Evans als Mittelpunkt.

Die Maschine fing sich nicht mehr. Der starke Baum hatte ihr den Rest gegeben. Die Eigengeschwindigkeit schleuderte sie dennoch nach vorn und über eine Mauer hinweg.

Sie fiel schräg, berührte mit der rechten Tragfläche zuerst den Boden, schlug dann in ihrer gesamten Länge auf, drehte sich ein paarmal wie ein Kreisel um die eigene Achse und rasierte voll über das alte Gräberfeld eines Friedhofs hinweg, wo sie Sträucher, Büsche, Blumenbeete und auch Grabkreuze zerstörte.

Mit der deformierten Nase hieb sie gegen einen sehr hohen Grabstein. Der stoppte sie endgültig. Ein letztes Mal ging ein schweres Beben und Ächzen durch das Segelflugzeug, als würde es noch einmal tief Luft holen, aber das nutzte alles nichts.

Die gute, alte Lilly war nur noch Schrott. Über die gläserne Haube der Kanzel liefen Sprünge. Hätte jemand in das Cockpit geschaut, so hätte er den blutüberströmten Piloten sehen können.

Frank Evans hatte von dem endgültigen Aus seiner Lilly nichts mehr mitbekommen.

Von niemandem war der Absturz bemerkt worden. Der grollende und manchmal auch hell peitschende Donner hatte alles übertönt. Und Menschen befanden sich bei diesem Wetter sowieso nicht auf den Straßen. Sie hielten sich in den Häusern auf.

Und nachts einen Friedhof zu besuchen, das taten sowieso nur Verrückte oder Lebensmüde, denn wer die Ruhe der Toten störte, konnte leicht verflucht werden.

So blieb Frank Evans allein.

Allein in seiner Bewußtlosigkeit. Er mußte einen besonders guten Schutzengel gehabt haben, denn er hatte den Absturz der Maschine tatsächlich überstanden und das, obwohl er ohne Helm geflogen war.

Der Regen prasselte weiterhin auf die Trümmer des Segelflugzeuges nieder, nur das Gewitter hatte sich verzogen. Es war nur kurz gewesen und grollte irgendwo über dem See.

Zuerst spürte Frank Evans die Feuchtigkeit. Sie tropfte gegen seine Stirn und rann langsam an seinem Gesicht entlang. Er wollte es nicht wahrnehmen, doch als das Tropfen nicht aufhörte, da dämmerte es ihm langsam, daß er gar nicht tot war, sondern noch lebte.

Er öffnete die Augen.

Rauschen und Prasseln um ihn herum. Jemand hatte

ein Tuch vor seine Augen gelegt, das eine graue Farbe hatte. Mühsam hob Frank Evans die rechte Hand, damit er das Tuch wegwischen konnte. Das Grau blieb, da tat sich nichts.

Was war nur geschehen?

Frank Evans stöhnte auf. Plötzlich zitterte er, und gleichzeitig spürte er die Schmerzen, die seinen gesamten Körper umfaßt hielten. Er hatte das Gefühl, irgendwie eingepackt zu sein. Als er Luft holte, schmerzten seine Rippen so sehr, daß er überhaupt nicht durchatmen konnte und steif sitzen bleiben mußte.

Er probierte, ob er sich überhaupt bewegen konnte. Ja, die Arme ließen sich anheben, und als er noch einmal über sein Gesicht wischte und sich danach die Hand anschaute, sah er das Blut auf seinen Fingern.

Sein Blut!

Er fühlte weiter nach und fand die dunkle, klebrige Flüssigkeit überall im Gesicht verteilt. Auch die Wunden ließen sich ertasten. Sie lagen auf der Stirn und an den Wangen.

Aber er lebte.

Das allein zählte. Wie viele Piloten bei Flugzeugabstürzen ihr Leben verloren hatten, konnte er nicht sagen, nur er gehörte zu den wenigen, die nicht gestorben waren.

Das erfüllte ihn mit Glück, und er begann plötzlich zu lachen. Auf einmal löste sich die Anspannung, und er ignorierte die Schmerzexplosionen in seinem Gehirn, die durch das Lachen ausgelöst worden waren.

Geschafft! schrie es in ihm. Ich habe es geschafft! Mein Gott, ich lebe. Gute, alte Lilly. Du warst doch stärker, als ich angenommen hatte.

Frank Evans riß sich unwahrscheinlich zusammen. Er dachte in den nächsten Sekunden folgerichtig. Zuerst mußte er das Flugzeug verlassen, was gar nicht einfach war, denn Teile der Konstruktion waren durch den Aufprall verbogen, das hatte er mit einem raschen Seitenblick festgestellt. Wahrscheinlich konnte er nicht das

Dach der Kanzel zur Seite klappen, trotzdem mußte er es versuchen und sich Gewißheit verschaffen.

Er hob beide Arme, so mühsam dies auch war, und legte seine Handflächen unter das Dach.

Dann sammelte er all seine Kräfte und stemmte sich, so stark es eben möglich war, gegen die Kanzel, denn die Verriegelung hatte sich beim Aufprall aus irgendeinem nicht erklärbaren Grunde gelöst.

Zum zweitenmal hatte Frank Evans Glück. Nicht nur den Absturz hatte er überstanden, er konnte auch das Dach der Kanzel nach außen schwingen. Sofort wurde er von dem strömenden Regen übergossen. Im Nu war er naß bis auf die Haut. Der Regen wusch auch sein Gesicht sauber. Das Blut verschwand daraus als rote Rinnsale, die in Evans' Kleidung versickerten.

Der Regen machte ihn munter. Diese Kälte tat einfach gut. Selbst die Schmerzen schienen aus seinem Kopf verdrängt zu werden. Frank Evans traute sich ohne weiteres zu, sein zerstörtes Segelflugzeug zu verlassen.

Seine Hand tastete zum Gurtverschluß und löste ihn. Ja, der Gurt hatte ihm das Leben gerettet, und hätte er einen Helm getragen, wären vielleicht auch die Kopfwunden weniger gewesen. Aber er hatte es ja besser gewußt.

Die Kanzel war sehr eng. Mühsam stemmte er sich hoch. Seine Hände suchten Halt, und als er gebeugt dastand, merkte er plötzlich, daß es ihm doch schlechter ging als erwartet. Schwindel überfiel ihn. Vor seinen Augen drehte sich alles. Er hatte das Gefühl, nach vorn zu kippen, dabei fiel er glücklicherweise zurück in den Sitz. Der Aufprall ließ seinen Kopf fast zerspringen, und Evans jammerte vor Schmerzen. Der erste Versuch war mißlungen. Im hereinströmenden Regen mußte er sich minutenlang Ruhe gönnen, bis die Schmerzen so weit abgeklungen waren, daß er einen zweiten Versuch unternehmen konnte.

Diesmal war er noch vorsichtiger. Sobald ein Stich seinen malträtierten Kopf durchfuhr, hielt er inne, wartete ein paar Sekunden und setzte seine Bemühungen dann fort.

Evans war zäh. Schon als Soldat hatte ihn diese Zähigkeit ausgezeichnet. Er schaffte den Ausstieg aus der Kanzel beim zweiten Versuch. Fast wäre er dabei auf den Kopf gefallen, im letzten Augenblick konnte er sich mit einer Hand von außen am Rand des Cockpits festklammern, während seine Füße im Schlamm versanken.

Noch immer goß es. Um sich herum vernahm er das Prasseln, als der Regen zu Boden fiel und die Tropfen in hohen Spritzern zurückgeworfen wurden.

Wohin sollte er?

Zunächst einmal mußte er sich orientieren. Es war ihm klar, daß er auf einem fremden Gelände aufgeschlagen war, aber ein Wald konnte es nicht sein. Der sah anders aus. Auch keine große Wiese oder Weide, auf beiden standen kaum so viele Bäume und Sträucher, wobei letztere etwa die Größe eines ausgewachsenen Menschen erreichten.

Also auf einem Mittelding zwischen beiden.

»Nein!« keuchte er plötzlich, als ihm bewußt wurde, wo er die Bruchlandung hinter sich gebracht hatte.

Er war auf einem Friedhof gelandet!

Als Lebender unter Toten!

Frank Evans schluckte. Das durfte doch nicht wahr sein, aber es stimmte.

Grabsteine in der Nähe. Manche groß und breit, andere lang und schmal, so ragten sie aus dem Boden, und durch den dichten Regenvorhang nahmen sie ein gespenstisches Aussehen an.

An Geister glaubte er zwar nicht, aber dieser Friedhof war ihm schon unheimlich.

Noch stand er neben seiner zerstörten Maschine und hielt sich an ihr fest. Ewig konnte er hier nicht bleiben. Er mußte weg und den Friedhof verlassen. Im Dorf fand er sicherlich Hilfe. Er kannte dort einige Leute, die er während seiner Berufsausübung als Vertreter schon besucht hatte.

Wo befand sich der Ausgang?

Frank Evans drehte den Kopf. Dunkelheit und Regen machten es ihm unmöglich, seine genaue Position zu bestimmen. Deshalb blieb ihm nichts anderes übrig, als aufs Geratewohl hinein in die Nacht und den Regen zu laufen.

Er ging vor.

Nein, gehen konnte man das nicht nennen. Frank schwankte wie ein Betrunkener. Jetzt, wo er keine Stütze mehr hatte, da bewegte sich vor ihm der Boden, da warf er Wellen, die ineinander flossen und zu seltsamen Figuren wurden, und die Grabsteine schienen einen gespenstischen Tanz aufzuführen.

Der Pilot wußte selbst nicht, woher er den Willen nahm, durchzuhalten. Am liebsten hätte er sich auf die nasse Erde geworfen und wäre liegengeblieben, aber das ging nicht. Er mußte weiter, zu einem Arzt, denn er selbst diagnostizierte bei sich eine Gehirnerschütterung. Deshalb war ihm auch übel.

Eine Pfütze wäre ihm fast zum Verhängnis geworden. Knöchelhoch stand dort das Wasser. Er stolperte hinein, glitt aus und fiel. Dabei streckte er die Arme aus, was man als Glück bezeichnen konnte, denn so gelang es ihm, seine Hände an einem Strauch festzuklammern und sich auf den Beinen zu halten.

Auf die Füße erheben konnte er sich nicht so ohne weiteres, deshalb ließ er sich auf die Knie fallen und stemmte sich erst dann langsam wieder auf die Beine.

Schwankend blieb er für einen Moment stehen und schloß die Augen, während der Regen in wahren Sturzbächen über sein Gesicht rann und seine Kleidung nicht mehr war als ein triefend nasser Aufnehmer.

Stehenbleiben durfte er nicht. Er mußte weiter. In seinem Kopf hämmerten und bohrten die Schmerzen. Er sah nicht, wo er hinging, denn der dicht fallende Regen machte ihm eine Orientierung so gut wie unmöglich. Er stolperte auch nicht über einen Weg, sondern lief quer über die alten Gräberfelder, prallte gegen Grabsteine, trat in weiche, schlammige Erde, hielt sich manchmal an nassen, glitschigen Baumästen fest und zog sich Yard für Yard weiter.

Und dann sah er den roten Punkt.

Zuerst glaubte er an eine Täuschung. An eine Halluzination. In seinem Zustand wirklich kein Wunder, denn wo sollte auf diesem alten, verlassenen Friedhof ein rotes Licht brennen?

Auf einem Grab stand es nicht, dafür schwebte es zu hoch. Frank Evans blieb stehen, um es genau herauszufinden. Er preßte eine Hand auf sein linkes Auge und schaute nur noch mit dem rechten.

Ja, das Licht blieb.

Ein unheimliches rotes Auge glühte vor ihm in der Finsternis. Sogar dunkelrot, wie die Glut in einem alten Ofen, und irgendwie hatte Frank das Gefühl, daß von diesem Auge eine direkte Bedrohung ausging, die allein ihm galt.

Er schüttelte sich.

Was hatte das zu bedeuten? Langsam bewegte er sich darauf zu. Es konnte doch nicht mitten in der Luft stehen, so etwas gab es nicht, das mußte irgendwo fest sein, und als er näher kam, da sah er, daß dieses rote Auge tatsächlich nicht in der Luft schwebte.

Um das Auge herum schälten sich die Konturen eines hohen Grabsteins aus der Dunkelheit.

Ein Grab mit einem Auge!

So etwas fiel ihm ein, und er merkte nicht, daß es unter seinen Schritten auf einmal so hohl klang, denn er ging bereits über eine steinerne Grabplatte.

Mit der Schuhspitze wäre er fast in dem alten eisernen Ring hängengeblieben, der auf der Platte lag, dann streckte er die Arme aus und berührte den Grabstein.

Überhaupt nicht kalt fühlte er sich an, obwohl man das

hätte erwarten können bei diesem Regen. Der Stein vibrierte, als er ihn berührte. Wie mit Leben erfüllt.

Er trat wieder zurück.

Der Widerschein des strahlenden Auges traf ihn und hinterließ einen rötlich schimmernden Kreis auf seiner Kleidung. Frank Evans wollte es jetzt genau wissen. Er senkte den Blick, so daß er in das Auge schauen konnte.

Zuerst zögerte er noch, aber wie von einem magischen Bann angezogen, brachte er sein Auge näher an das andere, geheimnisvolle heran und schaute hinein.

In seinem Gehirn rastete etwas aus. Er hatte das Gefühl, direkt in die Tiefe der Hölle zu blicken. Blutroter Nebel wallte über eine trostlose Landschaft. Grauenhafte Gestalten, halb Mensch, halb Tier, tanzten in einem verrückten Reigen, und über allem schwebte eine gräßliche Fratze.

Es war das Gesicht des Teufels!

Ja, sehr deutlich konnte er es sehen. Diese dreieckige Form des Gesichts, die breite Stirn, die Hörner, die grausamen Augen, das kalte, tödlich wirkende Grinsen, dies konnte einfach nur einem gehören.

Dem Herrn der Hölle – dem Satan!

Bisher war Frank Evans noch nicht mit den Mächten der Finsternis konfrontiert worden. Er war ein Mensch der Technik, er glaubte nur an das, was mathematisch bewiesen werden konnte, aber das da widersprach allen Naturgesetzen. So etwas hatte er noch nie in seinem Leben gesehen, das war unheimlich, und auch als die Teufelsfratze verwischte und sich ein anderes Gesicht davor schob, konnte Evans seinen Blick einfach nicht von der schaurigen Szenerie lösen.

Das Gesicht, das er jetzt sah, war ein anderes. Blutleer, bleich, mit scharfen Falten, die regelrecht in die helle Haut gegraben waren und die jemand mit einem schwarzen Stift genau nachgezeichnet hatte, damit sie sich von der hellen Haut abhoben.

Dieses Gesicht zeigte menschliche Züge, was noch

lange kein Grund war, vor ihm keine Angst zu verspüren. Aus den Zügen sprach eine Weltraumkälte, eine Gnadenlosigkeit und Arroganz, die erschreckend wirkten. Der Blick des anderen bohrte sich tief in Evans' Augen, eine Hand erschien in seinem Blickfeld und ein gekrümmter Zeigefinger, der sich hin und herbewegte, als wollte er den Piloten auffordern, zu ihm zu kommen.

Frank schüttelte den Kopf. »Nein!« keuchte er. »Nein, ich …«

Da merkte er, daß der Stein seine Konsistenz aufgegeben hatte. Das Material war längst nicht mehr fest, es fühlte sich weich an, und Frank Evans gelang es nicht mehr, sich an dem hohen Grabstein abzustützen.

Er wurde hineingezogen.

Auf einmal waren seine Hände verschwunden. Bis zu den Ellbogen steckte er bereits im Grabstein. Jetzt erst begann er zu brüllen. In panischer Angst schrie er seinen Schrecken hinaus.

Die Schreie hallten über den einsamen Friedhof, markerschütternde Laute, die von niemandem gehört wurden, denn wie das Schicksal es wollte, kehrte das Gewitter zurück, und die nächsten Schreie des Mannes gingen in einem krachenden Donnerschlag unter.

Frank Evans, der dem Tode entronnene Pilot, erlebte das nackte Grauen. Immer weiter wurde er hineingezogen, obwohl er sich mit aller Kraft gegen den unheimlichen Grabstein anstemmte. Auf einmal sah er das Flimmern vor seinen Augen.

Es war keine Halluzination, es hatte auch nichts mit seinem ungeheuren Angstzustand zu tun, das Flimmern war echt, und die einzelnen Buchstaben aneinandergereiht bedeuteten: JOHN SINCLAIR

Ein Name, den Frank Evans nie gehört oder gelesen hatte, nur jetzt in diesen schrecklichen Augenblicken, wo es für ihn um Leben und Tod ging.

Er gab nicht auf. Gegen den Boden wollte er sich stemmen, doch die Grabplatte unter ihm war durch den

Regen blankgewaschen worden und bildete eine Rutschbahn. Er wäre fast hingefallen, wenn der Grabstein nicht gewesen wäre.

Laut hallte das schaurige Gebrüll über den Friedhof und vermischte sich mit dem Donner. Fahlgelb leuchteten die Blitze, der Regen prasselte aus den Wolken, und ein einsamer Mensch kämpfte verzweifelt um sein Leben.

Mit dem Knie wollte er sich am Grabstein abstoßen. Die weiche Masse gab nach und umfing auch sein Bein in Kniehöhe.

Nein, eine Chance gab es nicht mehr. Die Hölle würde ihn fressen, dessen war er sicher.

Plötzlich stürzten Tränen aus seinen Augen. Er schluchzte laut und merkte überhaupt nicht, daß er nicht mehr weitergezogen wurde. Das schreckliche Ereignis war zum Stillstand gekommen.

Frank Evans aber hing fest. Er konnte seine Arme und sein rechtes Knie nicht aus dem Grabstein zurückziehen. Der Pilot war und blieb mit dem Stein verwachsen …

Wenn Orson, der alte Küster von Maghel, morgens in die Kirche ging, um die Glocken zu läuten, dann kürzte er seinen Weg immer ab, indem er über den Friedhof schritt.

Von seinem elterlichen Haus konnte er die Kirche zwar sehen, doch zwischen ihr und dem Haus lag noch der alte Friedhof. Die Kirche stand an der West-, das Haus an der Ostseite.

Es war ein Weg von ungefähr zehn Minuten, den Orson allerdings gern in Kauf nahm, denn die frische Luft tat ihm gut. Außerdem liebte er diesen alten Friedhof, auf dem seine Eltern begraben lagen und er ebenfalls ewige Ruhe finden sollte.

In der Nacht hatte es ein fürchterliches Gewitter gegeben, doch am Morgen war die Luft rein und klar. Vom Meer her hatte es aufgebrist, Frischluft trieb über das Land. Sie schmeckte nach Meer und Salz.

Das tat der alten Lunge gut, und der Küster war zufrieden, als er sein schiefes Steinhaus verließ. Die Tür schloß er nicht ab, denn in Maghel stahl niemand.

Er nahm wie immer den kleinen Weg durch den Vorgarten, ging um die große Hecke herum und erreichte das alte Friedhofstor, das ein unbekannter Künstler vor langen Jahren einmal aus Eisen hergestellt hatte. Dieses Tor war schon von vielen Menschen bewundert worden. Es bestand aus zwei Flügeln.

Der rechte zeigte eine Figur, über deren Kopf ein Heiligenschein schwebte. Die Figur hatte die Hand ausgestreckt, und sie fand sich mit der, die zu der Figur auf der linken Torhälfte gehörte.

Es war der Tod!

Ein Knochenmann mit der Sense über der Schulter und trotz der Stilisierung schaurig anzusehen.

Wenn man das Tor aufdrückte, wie der Küster es jetzt tat, dann trennte er die beiden Hände, und sie kamen erst wieder zusammen, als Orson den Eingang hinter sich schloß.

Er hatte sich den dicken Wintermantel übergeworfen und trug auch die derben Schuhe, denn auf dem Friedhof war es naß und schlammig. Wie jeden Morgen fuhr er durch seinen weißen Vollbart und schaute sich um, ob alles in Ordnung war.

Bisher hatte er nichts feststellen können, und er überquerte den Friedhof wirklich schon jahrelang. Da die Mitte des dritten Monats im Jahr schon erreicht war, brauchte er auch nicht mehr im Dunkeln über den Gottesacker zu gehen. Zwar war es noch nicht richtig hell, aber immerhin so, daß er sehen konnte, was da geschehen war.

»Großer Gott, das ist ja schrecklich!« flüsterte er und begann zu laufen.

Es sah so aus, als hätte auf dem Friedhof der Blitz eingeschlagen.

Nur – ein Blitz war es nicht, sondern ein abgestürztes

Flugzeug, das buchstäblich zerrissen worden war und von dem einzelne Teile wie eine Sense in die Büsche und Bäume gefegt waren, wo sie einiges an Pflanzen zerstört hatten.

Sogar zwei Grabsteine waren umgekippt. Das Flugzeug mußte wirklich mit unheimlicher Wucht vom Himmel gefallen sein.

Und der Pilot?

Sofort dachte der alte Küster an den Piloten. So schnell seine Beine ihn tragen konnten, lief er auf die alte Maschine zu und warf einen Blick in das Cockpit.

Es war leer.

Der Küster stutzte einen Moment und blickte sich um. Sollte der Pilot vielleicht hinausgeschleudert worden sein? Die Wucht des Aufpralls war sicherlich groß genug gewesen.

Wohin sich seine Blicke auch tasteten, er sah nichts Verdächtiges. Keine Leiche, keinen Verletzten. Bis auf die Zerstörung durch die Maschine war alles normal.

Aber daran wollte er nicht glauben. Jemand mußte das Flugzeug gelenkt haben. Und der lag sicherlich noch auf dem Friedhof. Der Küster war zwar schon ein alter Mann, doch etwas hatte er den meisten jüngeren voraus.

Seine Gründlichkeit.

Was er sich einmal in den Kopf gesetzt hatte, führte er auch durch. Wie in diesem Fall. Er mußte den Piloten finden, denn daß dieser den Absturz überlebt haben könnte, daran glaubte der Küster auf einmal.

Neben der zerstörten Maschine blieb er stehen. Fußspuren waren nicht zu entdecken. Der Regen der vergangenen Nacht hatte alles blankgewaschen. Wo konnte der Pilot also hingegangen sein?

Der Küster versuchte, sich in dessen Lage zu versetzen. Vielleicht hatte er einen Schock erlitten, so daß er einfach weggerannt war, hinein in die Dunkelheit, bis ihn etwas aufgehalten hatte. Eine Mauer vielleicht ...

Dieser Gedanke kam ihm auf einmal nicht mehr so

absurd vor. Deshalb wollte er nicht nur auf den Wegen bleiben, sondern auch in den Büschen suchen.

Und dann hörte er das Jammern. Ein paar Schritte war er erst gegangen, als das Geräusch in seinen Ohren nachklang. Es war schrecklich und schmerzte regelrecht. Dort mußte sich ein Mensch in großer Not befinden.

»Hallo?« rief der Küster. »Melden Sie sich! Wo sind Sie denn hingelaufen?«

»Hier. Mister. Ich bin hier ...«

Der Küster blieb stehen und schaute sich um. Sehen konnte er nichts, doch er hörte wieder die Stimme, die nach ihm rief.

Das ist ja gar nicht so weit entfernt, dachte er sich und beschleunigte seine Schritte. Er hatte sich genau gemerkt, aus welcher Richtung die Rufe aufgeklungen waren. Genau dort, wo die großen, alten Grabsteine standen.

Da fand er den Piloten auch.

Aber was war mit ihm geschehen! Seine Arme steckten in einem Grabstein, ebenso sein Knie. Er war einem schrecklichen Unfall zum Opfer gefallen.

»Das – das darf doch nicht wahr sein«, flüsterte der Küster. »Ich – ich träume ...«

»Helfen Sie mir, bitte ...«

Der Küster stand da und schüttelte den Kopf. Er wußte wirklich nicht, was er tun sollte. Das Grauen schnürte ihm den Hals so zu, daß er nicht einmal einen Laut hervorbrachte. Eine Gänsehaut rann über seinen Körper, denn der Pilot vor ihm war der Beweis dafür, daß die alten Legenden doch nicht vergessen waren.

So kam es, daß an diesem Morgen in Maghel keine Glocken läuteten ...

Ich hatte es versprochen und hielt es auch ein. Wenn ich schon in Schottland war, dann wollte ich meine Eltern anrufen. Sie wohnten nicht weit von der englischen Grenze entfernt, in einem malerischen Ort mit dem

Namen Lauder. Mein Vater war in Lauder geboren und hatte sich nach seiner Tätigkeit als Anwalt dorthin wieder zurückgezogen. So ganz als Rentner konnte er nun doch nicht leben. Er half in der Gemeindeverwaltung mit, unterstützte den Bürgermeister mit seinen Ratschlägen und gab auch juristische Tips, so daß er sich um Beschäftigung keinerlei Sorgen zu machen brauchte.

Vor einem dreiviertel Jahr etwa hatte ich meine Eltern besucht, was allerdings mehr zu einer dienstlichen Angelegenheit geworden war, denn ein wahnsinniges Mädchen namens Melina hatte den kleinen Ort in eine wahre Mordhölle verwandelt.

Zum Glück war alles gut verlaufen, und danach hatte ich wohl mit meinen Eltern mal telefoniert, aber zu einem Besuch hatte es nie gereicht.

Vielleicht ergab sich jetzt die Gelegenheit. Suko und ich hielten uns noch immer in dem Burghotel auf, in dem auch die Taucher wohnten, die den letzten Fall lebend überstanden hatten. Eigentlich gab es für uns in Cloak nichts mehr zu tun.

Bevor ich mich zusammen mit Suko auf den Heimweg begab, wollte ich mit meinen Eltern sprechen. Wenn uns die Zeit blieb, konnten wir bei ihnen vorbeifahren. Wir mußten sowieso den Zug nehmen, der Bentley stand in London.

Es war gegen Mittag, als ich zum Telefonhörer griff und meine Mutter sofort am Apparat hatte. Als sie meine Stimme hörte, jubelte sie auf.

»John, meine Junge!«

Ich mußte grinsen, denn so redete auch immer Sarah Goldwyn, die Horror-Oma. Sie nannte mich ebenfalls ›mein Junge‹.

Ich erzählte meiner Mutter, daß ich in Schottland steckte.

Sofort unterbrach sie mich. »Dann mußt du vorbeischauen, wirklich. Ich freue mich.«

»Und Dad?«

»Der ist nicht da.«

»Wieso?«

»Er ist da einer komischen Sache nachgegangen, die eigentlich auch dich interessieren könnte, aber Dad wollte sich das erst einmal allein ansehen.«

Meine Neugierde war erwacht. »Was ist denn geschehen?«

»Das hängt mit einem Grab zusammen, wie ich hörte.«

»Womit?«

»Genaues weiß ich auch nicht, John, Dad wird dir bestimmt mehr sagen können, wenn er zurückgekehrt ist.«

So lange wollte ich nicht warten. »Wo steckt er denn jetzt?«

»Der Ort heißt Maghel und liegt etwa fünfzig Meilen nordwestlich von Lauder.«

Maghel. Ich überlegte. Hatte ich den Namen schon einmal gehört? Nein, bestimmt nicht. Dieser Name war so außergewöhnlich, daß ich mich sicherlich erinnert hätte.

»John, bist du noch dran?«

»Ja, natürlich.«

»Warum sagst du denn nichts?«

»Weil ich nachdenke.«

»Es hat keinen Sinn, jetzt zu spekulieren. Warte lieber, bis Dad zurück ist.«

»Das werde ich nicht. Ich fahre hin.«

»Aber wieso denn?«

»Das Wort Grab hat mich mißtrauisch gemacht. Vielleicht wird es ein Fall für mich.«

»Ach, Junge, hör auf. Du siehst aber hinter allem gleich Gespenster und Dämonen.«

»Manchmal ist das kein Fehler, Mutter.«

Mary Sinclair seufzte. »Da gleichst du deinem Vater. Auch er reagiert so. Was er sich einmal in den Kopf gesetzt hat, das führt er auch durch. Ihr seid Dickschädel.«

»So schlimm ist es auch nicht. Hat Dad denn nicht nähere Angaben gemacht? Und wer hat ihn überhaupt angerufen?«

»Ein Bekannter.«

»Aus Maghel?«

»Ja.«

»Okay, Mutter, ich fahre hin und sehe mir die Sache mal an. Vielleicht ist es wirklich harmlos.«

»Kommst du dann mit Dad auf dem Rückweg vorbei?« wollte meine Mutter noch wissen.

»Sicher.«

»Dann gebt gut auf euch acht.«

»Das werden wir schon. See you ...« Ich legte auf und nickte der Wirtin zu, die im Hintergrund der Hotelhalle gewartet hatte. »Das Gespräch zahle ich sofort. Über das andere hätte ich gern eine Rechnung, auch über die Zerstörung des Mobiliars.«

Da spielte die Wirtin nicht mit. Sie wollte kein Geld, denn ich hatte das Frankenstein-Monster erledigt und auch noch die Killerfische. Die Frau sprach von den Einwohnern, die in unserer Schuld standen. Es war ein Hin und Her. Schließlich bedankte ich mich und ging hoch, wo Suko schon abmarschbereit war.

»Wurde auch Zeit«, begrüßte er mich. »Der Zug nach London ist sonst gleich weg.«

Ich schüttelte den Kopf. »Sorry, mein Lieber, ich fahre nicht nach London.«

»Wie?« Erstaunt schaute er mich an und konnte nur den Kopf schütteln. »Du fährst nicht?«

»Nein.«

»Aber weshalb nicht?«

Ich berichtete ihm von dem Telefongespräch, das ich mit meiner Mutter geführt hatte. Sukos Gesicht nahm einen nachdenklichen Ausdruck an. »Das Wort Grab hat dich mißtrauisch gemacht, wie?«

»Stimmt genau.«

»Und du meinst, daß dein Vater da in einen Fall hineingestolpert ist?«

»Zumindest besteht die Möglichkeit.«

Der Chinese wiegte den Kopf. »Ich weiß nicht, was Sir James dazu sagen wird.«

»Vielleicht fährst du allein nach London?«

Suko schüttelte den Kopf. Dann grinste er plötzlich. »Wir haben ja nicht gesagt, wann wir eintreffen. Einen kleinen Umweg könnten wir uns wohl leisten.«

»Der Meinung bin ich auch.«

»Hoffentlich fährt ein Zug nach ...« Er runzelte die Stirn. »Wie heißt der Ort doch gleich?«

»Maghel.«

»Aha. Und den Leihwagen nehmen wir nicht?« fragte Suko grinsend.

Ich tippte gegen meine Stirn. »No, Sir, das kannst du nicht verlangen. Der komische Jeep stirbt bald an Altersschwäche. Ob er die weite Strecke schafft, ist fraglich. Ich verlasse mich da lieber auf die Eisenbahn. Etwas Nostalgie schadet nichts.«

Mit dem Jeep gab es so seine Probleme. Wir hatten ihn uns geliehen, weil kein anderer Wagen greifbar gewesen war. Für kurze Strecken reichte der Wagen, bei dem die Sitze durchgesessen waren und nicht einmal die Heizung funktionierte, aber für längere Fahrten konnte ich ihn nicht brauchen.

»Dann also nach Maghel« sagte Suko. »Wann fährt der nächste Zug dorthin?«

»Keine Ahnung.«

»Da hättest du ja schon mal nachsehen können«, beschwerte sich der Chinese.

Ich grinste schief. »Wieso? Vier Augen sehen immer besser als zwei. Suchen wir gemeinsam.«

Das taten wir auch.

Maghel hatte einen kleinen Bahnhof. Er wurde von einem einzigen Menschen betreut, der den ruhigsten Job der Welt hatte, wie er von sich selbst behauptete.

Zwei Züge hielten pro Tag in Maghel. Der eine morgens, der andere am Nachmittag. Dabei waren es Züge, die noch ein wenig Nostalgie repräsentierten. Bummelzüge, hatte man früher gesagt. Man konnte fast nebenherlaufen und Blumen pflücken, wenn er fuhr.

Als der Zug an diesem Morgen einlief und hielt, entstieg dem dritten Wagen ein Fahrgast. Ein schon älterer Herr mit grauen, dichten Haaren und einem markanten Gesicht, das noch die Bräune des letzten Sommers aufwies. Der Mann war hochgewachsen, trug einen Kamelhaarmantel und hielt einen schmalen Lederkoffer in der rechten sowie einen Hut in der linken Hand.

Als der Mann auf dem Bahnsteig stand, runzelte der Stationsvorsteher die Stirn.

Langsam kam der Reisende näher, den Kopf leicht vorgeschoben. Er lächelte. »Hallo, Louis ...«

»Ja«, sagte der Beamte und nickte. »Ja, zum Henker. Er ist es. Sie sind es. Tatsächlich, meine alten Augen haben sich nicht getäuscht. Horace F. Sinclair wie er leibt und lebt. Das ist aber eine Überraschung.«

»Wieso? Man hat mir Bescheid gegeben.«

»Ich weiß. Wegen der Sache auf dem Friedhof.«

»Genau.«

»Schrecklich, kann ich Ihnen sagen, einfach schrecklich, so etwas.« Der Beamte schüttelte den Kopf, und bevor Horace F. Sinclair nachfragen konnte, mußte Louis das Signal zur Abfahrt des Zuges geben. Er hob die Kelle.

Die Strecke war nicht elektrifiziert worden. Eine Dampflok zog die fünf Wagen. Aus dem Schornstein quoll weißgrauer Qualm, der sehr schnell vom Wind erfaßt wurde und zerflatterte. Die Lok stampfte und fuhr ruckend an.

Beide Männer schauten dem Zug nach, bis er nicht mehr zu sehen war. Mr. Sinclair wollte wissen, was genau geschehen war.

Louis verzog das zerknitterte Apfelgesicht. Er hatte rosige Wangen. »Das weiß ich auch nicht. Man spricht nur von einem im Grabstein Gefangenen und dem Namen Sinclair. Aber Sie haben ja nichts mehr mit Maghel zu tun.«

»Nein, das ist vorbei. Nur die Vorfahren meiner Familie lebten hier«, erhielt Louis zur Antwort.

»Eben.«

Horace F. Sinclair lächelte. »Mal sehen, was es wirklich gegeben hat. Schönen Tag noch, Louis.«

»Danke, ebenfalls ...«

Der Ankömmling verschwand durch die Hintertür und betrat das aus Holz gebaute Stationsgebäude.

Zwei Wartebänke, Fahrpläne, ein paar vergilbte Reklametafeln, das war alles, was in dem Vorraum zu sehen war. Und der Schalter, wo Louis die Fahrkarten verkaufte. Ein richtig gemütlicher alter Bahnhof, wie sie immer seltener wurden.

An der anderen Seite, wo die Straße vorbeiführte, mußte man eine breite Treppe hinuntersteigen, erreichte einen Bürgersteig, überquerte auf Holzbohlen zwei stillgelegte Gleisanlagen und gelangte nach ein paar Schritten in das Zentrum des Dorfs.

Von den Bergen wehte ein kräftiger Wind. Horace Sinclair stellte den Kragen seines Mantels hoch und setzte den Hut auf. Er hatte bewußt auf den Wagen verzichtet, denn das Wetter konnte sich nicht so recht entscheiden. Wurde es nun wärmer, oder blieb die Kälte? Es war sehr wechselhaft, und kräftige Schneeschauer verwandelten so manche Straße in den höheren Lagen in Rutschbahnen. Da war es schon besser, sich auf die Bahn zu verlassen.

Verabredet war Horace F. Sinclair mit einem Mann, den er gut kannte. Er hieß einfach Miller. Gordon Miller hatte jahrelang das Amt des Bürgermeisters innegehabt, jetzt war er pensioniert und kümmerte sich zusammen mit seiner Familie um den Betrieb. Miller besaß eine Whiskydestille. Der Schornstein dieser Fabrik war praktisch zu einem Wahrzeichen von Maghel geworden. Wenn er rauchte, dann ging es auch den Leuten gut, denn Miller beschäftigte einige Arbeiter und Angestellte. Er selbst besaß zwei Häuser. Eins außerhalb, wild romantisch gelegen, und das zweite in der Stadt.

Dort wartete er auf Sinclair.

Ein feines Lächeln umspielte die Lippen des älteren Mannes, als er durch den Ort schritt. Nichts hatte sich verändert. Frauen gingen einkaufen, Kinder spielten, es herrschte wenig Verkehr, und der kleine Marktflecken wirkte wie leergefegt.

Hier wohnte Gordon Miller. Sein Haus zeigte einen kräftigen Anstrich. Es war schon älter, hatte drei Etagen und eine mit Stuck besetzte Fassade. Eigentlich paßte es von seiner äußeren Form nicht hierher, doch Miller, der es von seinem Vater übernommen hatte, sah keinen Grund, die Fassade zu verändern.

Verschwunden war allerdings der kleine Vorgarten. Statt dessen gab es dort Einstellplätze für zwei Autos.

Ein Range Rover stand dort neben einem dunkelblauen Bentley. Horace Sinclair schritt zwischen den beiden Wagen durch und sah die Klingel an der Tür.

Er drückte den Knopf, hörte den melodischen Gong. Wenig später wurde geöffnet. Der Hausherr stand vor ihm.

»Horace«, sagte er, »ich freue mich.«

Die beiden Männer begrüßten sich. Sie waren ungefähr im gleichen Alter. Miller führte seinen Gast sofort in das Arbeitszimmer, wo sich dieser seines Mantels entledigte.

»Wo ist denn Ann?« fragte er.

»In Glasgow«, erwiderte der Whiskybrenner. »Sie will sich etwas gönnen. Frühjahrsgarderobe. Die Tochter hat sie mitgenommen. Du weißt ja, wie die Frauen sind. Aber setz dich doch. Möchtest du einen Whisky?«

Horace Sinclair lächelte verschmitzt. »Habe ich dein Angebot schon einmal abgelehnt?«

»Nein, das nicht. Es wäre auch eine Todsünde.«

»Das weiß ich.« Sinclair griff in seine Seitentasche und holte eine Dunhill-Pfeife nebst Tabak hervor. Mit ruhigen Bewegungen stopfte er sie und schaute sich dabei um.

Verändert hatte sich nichts. Noch immer stand der große Eichenschreibtisch mitten im Raum. Umgeben war er von Bücherregalen, nur von dem großen Fenster unterbrochen, durch dessen Scheibe der Blick in einen Garten fiel, der um diese Jahreszeit allerdings trostlos aussah.

Horace Sinclair zündete sich die Pfeife an und paffte die ersten, würzigen blaugrauen Wolken, die träge der Decke entgegenstiegen.

Miller brachte den Whisky. Er hatte in letzter Zeit fast seine gesamten Haare verloren. Die wenigen ihm gebliebenen hatte er nach hinten gekämmt. Wie eine dünne Schicht lagen sie auf seinem Kopf. Sein Gesicht war auch etwas schmaler geworden. Unter den dunklen Augen lagen Ringe, ein Zeichen, daß er wenig Schlaf gefunden oder Sorgen hatte. Das fiel auch seinem Besucher auf. Er meinte: »Du siehst nicht gerade wie das blühende Leben aus, Gordon.«

Miller nickte. »Da hast du recht, Horace. Ich fühle mich auch dementsprechend.«

»Hängt das mit den Ereignissen zusammen, deretwegen du mich gerufen hast?«

»Ja.«

»Und? Ist es sehr schlimm?«

Miller antwortete noch nicht. Er ließ sich in den zweiten Ledersessel fallen und hob sein Glas. »Cheerio, Horace.«

»Auf dein Wohl.«

Die beiden Männer tranken. Sinclair verzog anerkennend das Gesicht. »Superklasse.«

Gordon Miller lächelte. »Wenn einer Whisky brennen kann, dann der alte Miller.«

»Ja, das schmeckt man.«

Miller stellte sein Glas weg und rieb sich die Hände. »Um noch einmal auf die Ereignisse zurückzukommen«, sagte er. »Sie sind wirklich schlimm, und du, Horace, hängst irgendwie mit drin.«

»Dann berichte mal.«

Miller erzählte.

Er mußte sich einiges zusammenreimen, wie den Flugzeugabsturz, aber er konnte Tatsachen nennen, als es darum ging, die Szene auf dem Friedhof zu schildern.

»Der Mann hängt fest, Horace. Er ist mit dem verdammten Grabstein verwachsen. Wir haben mit dem Unglücklichen sprechen können. Er hat den Namen Sinclair genannt.«

»Wie ist er darauf gekommen?«

»Zuerst hat er das rote Auge auf dem Grabstein gesehen, und dann war plötzlich der Name auf dem Grabstein der Gruft zu lesen.«

»Nur Sinclair?«

»Nein, auch ein Vorname. Und zwar John.«

Horace stellte das Glas weg und atmete dabei tief ein. »Also John Sinclair«, murmelte er.

»Heißt so nicht dein Sohn?«

»Genau.«

»Wenn mich nicht alles täuscht, hat er einen etwas außergewöhnlichen Job.«

Horace Sinclair lächelte. »Er ist Polizist, Gordon.«

»Bei Scotland Yard.«

»Richtig.«

»Und hat er da nicht einen ungewöhnlichen Job zu erledigen? Du hast doch da mal etwas angedeutet.«

Horace F. Sinclair nickte. »Das stimmt, Gordon. Er hat einen ungewöhnlichen Job. John beschäftigt sich mit Geistern, Dämonen und übersinnlichen Phänomenen.«

Miller produzierte Falten auf seiner Stirn. »Im Ernst? Aber so etwas gibt es nicht.«

»Und wie willst du dann die Sache erklären, die dem Piloten passiert ist?«

»Das ist wahr.« Miller leerte sein Glas und schaute versonnen auf den Kristallschliff. »Vielleicht ein übersinnliches Phänomen«, murmelte er. »Nur, was hast du, beziehungsweise dein Sohn, damit zu tun?«

»Das muß ich herausfinden.«

»Ich habe mich schon ein wenig umgehört und umgesehen, Horace.«

»Wirklich?«

»Ja. Du kennst ja selbst die wechselvolle Geschichte deiner Familie. Vor über hundert Jahren hat hier ein Sinclair gelebt. Ein John Sinclair.«

»Das war ein entfernter Verwandter. Nicht der direkte Sproß unserer Familie.«

»Sei froh, denn John Sinclair steht nicht gerade in guter Erinnerung bei uns. Er hat es ziemlich toll getrieben, und zu seinem Clan gehörten nur Hundesöhne und Huren. Die alten Chroniken berichten, daß er und seine Leute den Teufel angebetet haben und Kirchen entweihten.«

»Und dann hat er die Gruft bekommen?«

»Das geschah nach der Neugestaltung des Friedhofes. Du kennst selbst die alten Erbrechte. Die Familie dieses John Sinclair hat schon zu seinen Lebzeiten eine Gruft gekauft. Als er starb, hat man ihn nicht in der alten Gruft beerdigt. Bei der Neugestaltung des Friedhofes dachte man nicht mehr an die alten Geschichten und bettete ihn um. So liegt er jetzt unter diesem Grabstein.«

»Bist du dir sicher?«

»Ja.«

»Aber davon selbst überzeugt hast du dich nie?«

»Nein«, erwiderte Miller erstaunt. »Weshalb auch? Ich sah wirklich keinen Grund.«

»Klar, bis heute.«

»Wir wollten ja erst dein Erscheinen abwarten, Horace, bevor wir etwas unternehmen. Schließlich mußt du deine Einwilligung geben. Es sind deine Verwandten.«

»Na, na. Mit denen will ich nichts zu tun haben. Wie ich dir schon sagte, stammt dieser Sinclair nicht aus der direkten Linie ab. Er muß ein Bruder meines Ur-Ur-Urgroßvaters gewesen sein oder so ähnlich jedenfalls. Ich habe ihn aus meinem Gedächtnis gestrichen. Und in unserer Familienchronik steht nicht viel über ihn geschrieben. Ein Beweis dafür, daß er ein Schwarzes Schaf war.«

Da gab ihm Miller recht.

Horace F. Sinclair schlug mit der flachen Hand auf den Tisch. »Sehen wir uns die Sache einmal an?«

»Klar. Nur was ist mit deinem Sohn?«

»Wie meinst du?«

»Willst du ihm nicht Bescheid sagen? Er kümmert sich schließlich von Berufs wegen um diese Dinge.«

»Sicher gebe ich ihm Bescheid. Aber erst einmal möchte ich mir einen genauen Überblick verschaffen.«

»Tun wir das.«

Beide Männer standen auf und zogen die Mäntel über. »Dein Haus ist ruhig geworden«, stellte Horace Sinclair fest, als er sich den Mantel zuknöpfte.

»Well, die Kinder sind groß. Bei dir wird auch kein Trubel mehr herrschen. Gefällt es dir in Lauder?«

»Ausgezeichnet.«

»Besser als hier?«

»Ja, Gordon. Dort ist mehr los. Hier komme ich mir irgendwie verlassen vor.«

Miller lachte. »Da hast du ein wahres Wort gelassen ausgesprochen. Die beiden Jahre, die du hier verbracht hast, gehören trotzdem zu den schönsten. Weißt du, Horace, nach dem Krieg mußten wir alle ran und aufbauen. Du hast es geschafft, ich ebenfalls. Jetzt sind die Zeiten wieder schlecht, aber die jungen Leute sind satt geworden, sie haben nicht mehr die Härte wie wir, kennen nur Wohlstand und haben nie Hunger gelitten. Das ist irgendwie schade, so sehr ich den Jüngeren ihren Wohlstand gönne.«

Horace Sinclair lächelte. »Trotzdem sehne ich mich nach den alten Zeiten nicht mehr zurück, wenn ich ehrlich bin.«

»Ich war schon immer etwas konservativer als du.« Miller schlug Horace Sinclair auf die Schulter. Dann verließen die beiden Männer das Haus und schlugen den direkten Weg zum Friedhof ein.

Sie mußten quer durch den Ort. Allerdings nahmen sie nicht die breiten Straßen, sondern kürzten ab. Es gab noch ein paar Gassen in Maghel, und dort schien die Zeit stehengeblieben zu sein. Windschiefe Häuser, kein Asphalt auf den Straßen, an manchen Stellen nicht einmal einfaches Pflaster.

Sie kamen an einem alten Pub vorbei. Der Wirt stand vor der Tür und grüßte höflich.

Miller nickte zurück. Er wurde hier respektiert. »Und wenn uns noch Zeit bleibt, dann besichtigen wir die Brennerei«, schlug er Horace Sinclair vor.

Der war einverstanden.

Schließlich erreichten sie den Friedhof. Die Mauer war aus Bruchsteinen gebaut. An ihr schritten sie entlang und erreichten wenig später das seltsame Tor.

Horace Sinclair blieb stehen. »Das gibt es immer noch?« staunte er.

»Wie du siehst.«

Sinclair trat näher an das Tor heran und strich mit den Fingerkuppen über das Eisen. »Es ist wirklich einmalig«, murmelte er. »Ich habe so etwas nie wieder gesehen, und ich bin viel herumgekommen, wie du dir vorstellen kannst.« Er stieß die rechte Seite auf, wo die Heiligenfigur zu sehen war, und der Griff der beiden Hände wurde unterbrochen.

Normalerweise war der Friedhof um diese Zeit leer. Jetzt aber hatten sich Menschen versammelt. Männer und Frauen standen an den Rändern der Wege und blickten zumeist betreten zu Boden. Die beiden Neuankömmlinge wurden scheu begrüßt. Die Angst stand den Menschen in den Gesichtern geschrieben. Hier war etwas Schreckliches passiert, für das sie keine Erklärung fanden.

Übernatürliche Kräfte waren im Spiel.

Unter den Füßen der Männer knirschte der feine Kies, als sie den Hauptweg entlangschritten. Winterfeste Pflanzen und Buschwerk nahmen ihnen oftmals den Blick auf die Grabreihen. Sie steuerten nicht den neuen Teil des Friedhofs an, sondern den alten, wo die hohen Grabsteine standen, die zum größten Teil aus dem letzten

Jahrhundert stammten und die Zeiten überdauert hatten.

»Was es wohl mit dem Auge auf sich hat?« fragte der Whiskybrenner.

»Ich weiß auch keine Antwort«, gab Sinclair ehrlich zu. »Vielleicht erscheint es wieder. Dein Ahnherr scheint wirklich ein Höllensohn gewesen zu sein, denn der Pilot, er heißt übrigens Frank Evans, erzählte von schrecklichen Szenen und Gestalten, die er gesehen hat, als er durch das Auge schaute.«

Horace F. Sinclair schwieg. Er hatte längst einen Entschluß gefaßt. Sobald er sich hier von der Richtigkeit der Angaben überzeugt hatte, wollte er seinen Sohn anrufen. John mußte so rasch wie möglich aus London herkommen.

Noch eine Kurve mußten sie nehmen, um die Gruft sehen zu können.

Wie vor eine Wand gelaufen, blieb Horace Sinclair stehen. Was er und Miller sahen, war wirklich unbegreiflich ...

Gordon Miller hatte nicht gelogen. Der Pilot war in der Tat mit dem Grabstein verwachsen. Er stand in einer etwas gebückten Haltung, seine Arme steckten im Stein und sein rechtes Knie ebenfalls. Er stand unbeweglich da und drehte den beiden Männern den Rücken zu.

In der Nähe standen vier Menschen. Eine Frau, es war die Haushälterin des Pfarrers, hielt einen Korb fest, in dem sich Proviant für den armen Menschen befand. Sie hatte vom Weinen gerötete Augen.

Langsam ging Horace F. Sinclair vor. Sein Gesicht war eine steinerne Maske. Er wollte sich alles genau ansehen, und dabei stach ihm etwas ins Auge.

War der gesamte Vorgang schon makaber und unheimlich anzusehen, so fiel ihm auf, daß die Arme bis zu den Ellbogen im Grabstein steckten. Der Stein selbst war nicht so breit. Die Hände zumindest hätten an der Rückseite wieder hinausschauen müssen.

Das war aber nicht der Fall, und Horace Sinclair stand einem zunächst unerklärlichen Phänomen gegenüber. Er wußte sich wirklich keinen Reim darauf zu machen.

Der Pilot hatte gemerkt, daß jemand gekommen war. Langsam drehte er den Kopf nach links und schaute Horace F. Sinclair an. »Noch ein Glotzer!« schimpfte er. »Verdammt, was schaut ihr alle so? Ich kann doch nichts dafür.« Sein Gesicht verzerrte sich. Es war verquollen. In den Augen spiegelte sich die Angst. »Soll ich denn hier verrecken?« brüllte er. Aus seiner Stimme war die ganze Qual zu hören, die er in seiner schlimmen Lage empfand. »Verrecken, ja, ich werde verrecken, und ihr schaut dumm zu ...« Er schluchzte auf und holte pfeifend Atem. »Verdammt, schießt mir doch eine Kugel in den Schädel! Los, ihr feigen Schweine, macht ein Ende. Ich kann nicht mehr, verdammt ich kann nicht mehr ...«

Die Zuschauer wandten sich ab. Nur Sinclair und Miller nicht. Die Haushälterin des Pfarrers ging weinend davon.

Gordon Miller blieb neben Sinclair stehen. »Was meinst du dazu?« fragte er.

»Ich habe keine Erklärung.«

»Dein Sohn vielleicht?«

»Ja, ich werde ihn kommen lassen. Dieser Grabstein ist etwas Besonderes. Er widerspricht den Naturgesetzen.«

»Wieso?«

Sinclair erklärte dem Freund die Sache mit den Händen.

»Tatsächlich, Horace, du hast recht. Eigentlich hätten sie aus dem Stein schauen müssen.«

»Das Auge ist auch nicht da«, murmelte der ehemalige Anwalt.

»Es hat sich bisher nur dem Gefangenen gezeigt«, erklärte Miller.

Horace Sinclair nickte. Er ging jetzt um das Grab herum. Zu beiden Seiten wuchsen dichte Büsche, die wie zu klein geratene Tannen aussahen, allerdings an den

Zweigen keinerlei Nadeln aufwiesen. Man sah die kleinen Bäume auch in den Trauerhallen. Den Namen hatte Sinclair senior vergessen.

Ihn interessierten auch nicht die Gewächse, sondern die Gruft. Die Füße des armen Piloten standen auf einer dicken Steinplatte, die sogar einen Halte- und Hebering aufwies.

Der Stein war alt. Moos hatte eine grünliche Schicht gebildet, und er war sicherlich seit Jahren nicht mehr bewegt worden. Das wollte Horace Sinclair ändern.

»Wir müssen in die Gruft«, sagte er.

Miller erschrak. Das schien ihm nicht ganz geheuer zu sein, und der Pilot rief: »Dann holt Sie der Teufel!«

»Mal sehen«, sagte Horace.

»Willst du wirklich?« fragte Miller.

»Ja, was sonst? Wir müssen doch versuchen, den Fall aufzuklären. Durch Herumstehen erreichen wir nichts.«

»Gebt mir doch die Kugel!« schrie Evans. »Verdammt, schießt endlich, ihr Hundesöhne.«

»Hören Sie auf zu jammern!« fuhr Sinclair den Mann an. »Wir wissen selbst, was wir zu tun haben.«

Evans verstummte.

Horace Sinclair bückte sich bereits und hob den runden Griff der Platte an. Dann zog er. Er strengte sich sehr an, seine Schläfenadern traten hervor, doch einen Erfolg erzielte er nicht. Er konnte die Platte zwar ein wenig bewegen, sie scheuerte auch an den Rändern, doch anheben konnte er sie nicht, zudem stand noch der gefangene Frank Evans darauf.

»Da ist nichts zu machen«, gab der ehemalige Rechtsanwalt zu, erhob sich und rieb seine Handflächen gegeneinander.

»Also bleibt er da«, bestätigte Miller.

»Vorerst ja.«

»Siehst du denn überhaupt eine Chance, Horace?«

»Für mich nicht, aber für meinen Sohn. John wird die Sache klären, davon bin ich überzeugt. Der holt ihn aus dem Stein. Wie ich die Lage sehe, ist hier Schwarze Magie am Werk, und John besitzt sehr starke Waffen der Weißen Magie.«

»Aha.« Miller nickte, obwohl er nichts verstanden hatte, was Sinclair senior mit einem Lächeln quittierte.

»Sie müssen noch ein wenig warten«, wandte sich Horace an den Piloten. »Wir finden eine Möglichkeit, Sie zu befreien.«

Das Lachen des Mannes klang schallend und bitter. »Was meinen Sie, wie oft mir das schon gesagt wurde. Vor allen Dingen der Pfarrer und der Küster, diese Schwätzer. Aber ich glaube nicht mehr daran, ich glaube nur noch an die Hölle. Sie habe ich gesehen, verdammt. Den Himmel nicht. Nur die Hölle ...«

Zum Schluß überschlug sich seine Stimme, und sie sprühte regelrecht vor Haß.

Horace F. Sinclair sagte nichts. Irgendwie konnte er den Mann sogar verstehen. Der hatte ungemein viel durchgemacht. Den Absturz hatte er überstanden, er war geflohen und voll in diese satanische Falle gelaufen.

»Horace!« Millers zittrige Stimme ließ Sinclair aufhorchen.

»Was ist denn?«

»Da, sieh doch. Die Platte vor der Gruft. Sie – sie bewegt sich.«

Der pensionierte Anwalt senkte den Blick. Auch er wurde bleich, denn Miller hatte nicht gelogen. Die Grabplatte bewegte sich nicht nur in der Steinfassung, sie schwang auch langsam in die Höhe ...

Wir saßen im Zug.

Es war ein herrliches Gefühl, mit der Bahn zu fahren. Kein Verkehrsstau, kein Streß hinter dem Steuer, keine Hetze, keine Ampeln, die die Fahrt unterbrachen, keine Konzentration auf die Fahrbahn und keine anderen Autos.

Einfach Ruhe.

Die Bahn war etwas Besonderes. Keiner dieser schnellen Züge, die das Land durchrasten. Wenn wir aus dem Fenster schauten, dann zerflatterten vor der Scheibe die letzten Reste der von der Lok ausgestoßenen Dampfwolken.

Wir saßen auch nicht in einem Abteil, sondern konnten uns im Wagen die Bänke aussuchen. Sie waren zwar gepolstert, aber so dünn, daß man die Unterlage kaum spürte.

Ein in der Tat nostalgisches Erlebnis, wie wir durch das schottische Hochland fuhren und in aller Ruhe aus dem Fenster blicken konnten. Die Landschaftsform wechselte sehr oft. Manchmal sahen wir grüne Hügel, dann wiederum hohe Berge, dazwischen Wald, kleine Seen und auch große Weideflächen.

Über allem lag ein wuchtiger Himmel. Dicke, unförmige Wolken, vom Wind getrieben, und zwischen ihnen lugte ein strahlendes Blau. Hier kämpfte der Frühling gegen den Winter. Letzterer würde verlieren, da gab es nichts, er konnte den Lauf der Zeit nicht aufhalten.

Der Zug fuhr natürlich nicht durch. An kleinen, malerischen Bahnhöfen stoppte er, ließ Fahrgäste ein- oder aussteigen. Postsäcke wurden ein- und ausgeladen, es ging noch alles sehr gemütlich zu.

»Na, was sagst du?« fragte ich Suko, der mir gegenüber saß.

Der Chinese hob die Schultern. Er war noch nie mit so einer Eisenbahn gefahren. »Nicht schlecht.«

»Könnten wir öfter machen.«

»Natürlich, wenn ein Fall auf einen Ort konzentriert bleibt und wir nicht hin- und herfahren müssen.«

»Ich merke schon, dir fehlt der richtige Draht zur Eisenbahn. Solche Stunden, Suko, die muß man auskosten. Wer weiß, wie lange die alten Dampfloks noch fahren. In vielen Ländern gibt es sie überhaupt nicht mehr. Auch in Schottland werden immer mehr Strecken elektrifiziert oder von Diesellocks befahren.«

»Vielleicht sehe ich das wirklich falsch«, gab der Chinese zu.

»Bestimmt.«

Der Schaffner erschien. Höflich bat er um die Fahrkarten. Wir gaben ihm unsere, er knipste sie durch.

»Nach Maghel wollen Sie?« fragte er.

»Ja«, erwiderte ich. »Stimmt etwas nicht?«

»Doch, doch.«

»Warum fragen Sie dann?«

»Da ist was passiert.«

»Wann?«

Da der Schaffner Zeit hatte, ließ er sich neben Suko auf der Bank nieder und beugte sich vor, wobei er die Arme verschränkte. »Dieser Zug fährt durch Maghel, da hört man so einiges. In der vergangenen Nacht ist dort ein Segelflugzeug abgestürzt. Und wissen Sie wo?«

Suko und ich sahen den Mann so gespannt an, daß wir uns eine Antwort sparen konnten.

Der Schaffner senkte seine Stimme. »Direkt auf einem Friedhof, Gentlemen. Können Sie sich das vorstellen, daß ein Segelflugzeug auf einem Friedhof abstürzt?«

»Kaum«, gab Suko zu.

»Sehen Sie, ich auch nicht.« Der Mann schob seine Mütze in den Nacken und nickte.

Ich stellte eine realistische Frage. »Hat der Pilot überlebt?«

»Ja, Sir, er hat.«

»Konnte er etwas über die näheren Umstände des Absturzes sagen?«

»So gut bin ich nicht informiert. Sie wissen ja, man hört so etwas aus zweiter und dritter Hand, und die Leute dichten immer etwas dazu. Aber in der vergangenen Nacht hat es ein fürchterliches Gewitter gegeben. Ein Frühjahrsgewitter, das sich für Stunden in den Bergen festgesetzt hatte. Schlimm, kann ich Ihnen sagen. In so ein Gewitter ist der Mann mit seinem Flugzeug geraten. Da gab es keine Rettung. Die Maschine ist einfach abgeschmiert, wie man so schön sagt.«

»Da hatte der Mann wirklich Glück«, sagte Suko.

»Ich weiß nicht so recht, ob man das sagen kann«, meinte der Schaffner. »Da ist nämlich hinterher mit ihm noch etwas passiert, wie die Leute sagen.«

»Und was?«

Jetzt senkte der Schaffner seine Stimme. »Der Friedhof ist nicht ganz geheuer, wissen Sie. Da spukt es, da sollen alte Geister lauern. Die schlimme Vergangenheit wird oft lebendig. Man kann wirklich Angst bekommen.«

»Was ist denn nun passiert?«

»Der Pilot kann nicht mehr weg.«

»Wie?« fragte ich.

»Ja, der Friedhof läßt ihn nicht los. Wie einen Gefangenen hält er ihn fest.«

»Hat man Stacheldraht um ihn gezogen?« hakte Suko nach, seine Lippen kräuselten zu einem Lächeln .

»Sie sollten nicht spotten, Mister. Hier in Schottland gibt es so viele Geheimnisse, die man nie wird lösen können: Die Vergangenheit, die alten Flüche und Legenden, die leben weiter. Überall.« Er deutete aus dem Fenster. »In jedem Berg, in jedem Hügel, auf jedem Friedhof. Dieses Land lebt nicht nur an der Oberfläche, sondern auch tiefer, wenn Sie verstehen.«

Wir nickten. »Aber was hat das alles mit dem Friedhof zu tun?« brachte ich ihn wieder auf die richtige Schiene.

»Der Friedhof in Maghel birgt ebenfalls ein Geheimnis, von dem ich gesprochen habe.«

»Aber was für eins?«

»Das kann ich nicht sagen. Ich kenne die Geschichte nicht genau. Ich habe sie Ihnen auch nur erzählt, weil Sie bis Maghel fahren, damit Sie nicht zu überrascht sind, wenn Sie aussteigen und man Ihnen seltsame Dinge erzählt.« Er drückte seine Hand auf die Bank, um aufzustehen, doch Suko hielt ihn an der Schulter fest.

»Können Sie uns denn keinen Tip geben, Mister?«

»Haben Sie denn damit zu tun?«

»Möglich.«

Der Schaffner wurde unsicher. Er schaute erst mich, danach Suko an und schüttelte den Kopf. »Ich glaube, Sie machen sich über mich lustig. Sie sehen nicht aus wie Leute, die sich mit übersinnlichen Phänomenen beschäftigen.«

»Wie sehen wir denn aus?«

Er lächelte. »Das soll keine Beleidigung sein, Gentlemen, aber Sie kommen mir vor wie zwei Männer, die Gordon Miller besuchen wollen.«

»Und wer ist das?« fragte Suko.

»Er hat eine Whiskybrennerei«, erwiderte der Schaffner. »Und Sie könnten Vertreter sein.«

»Ist doch auch schön«, lächelte Suko. »Besonders aus dem Grunde, weil ich keinen Alkohol trinke.«

»Kaum«, schwächte ich ab. »Kaum ...«

»Ich kann Ihnen wirklich nicht mehr sagen.« Der Schaffner hob die Schultern. »Sie müssen sich schon selbst einen Eindruck verschaffen.«

»Ja, das werden wir.«

Der Schaffner stand auf und wünschte uns noch eine gute Reise.

»Dabei sind wir in einer Viertelstunde da«, meinte Suko.

»Es ist eben ein freundlicher Mensch. Nicht so ein Muffel wie du«, hielt ich Suko vor.

»Das mußt du gerade sagen.«

Ich grinste nur und wurde schweigsam, was Suko nach einer Weile auffiel, denn er fragte mich, was mit mir los wäre.

»Eigentlich nichts, nur denke ich über den Namen Miller nach. Den habe ich schon gehört.«

Suko nickte mit todernstem Gesicht. »O ja«, sagte er. »Der Name Miller. Er ist ja so selten.«

»Hör auf, so meine ich das nicht. Nein, dieser Miller in Maghel. Ich glaube, mein Vater ist zu ihm gegangen, denn sein Name ist früher bei uns im Hause des öfteren gefallen. Dad und er müssen sich kennen.«

»Eine gewagte Logik.«

»Die unter Umständen bestätigt werden könnte.«

»Mich interessiert viel mehr, was mit dem Piloten geschehen ist«, murmelte Suko. »Ob er der Aufhänger des ganzen Falls ist?«

»Von welchem Fall sprichst du?«

»Jetzt willst du mir aber einen zurückschießen.«

»Wieso? Noch haben wir keinen Fall. Wir sitzen in einem Zug und gondeln durch die Gegend, obwohl wir eigentlich in London gebraucht würden, denn dort steht die Zeit auch nicht still.«

»Hast du Gewissensbisse?«

»Müßte ich die haben?«

»Kaum. Trotzdem bin ich auf diesen Friedhof gespannt. Und das solltest du auch sein, John. Mit Friedhöfen haben wir schließlich unsere Erfahrungen, denk daran.«

Da hatte mein Freund und Kollege wirklich recht. Inzwischen hatte sich auch in mir ein Gefühl der leichten Unruhe ausgebreitet. Ich wußte es zwar nicht, aber ich ahnte, daß da unter Umständen einiges auf uns zukam, obwohl wir bisher nicht den Zipfel des Geheimnisschleiers in der Hand hielten.

Bei modernen Zügen sind die Bremsmanöver sanft und gleichmäßig. Man merkt sie kaum. Hier jedoch war es anders.

Ruckartig bremste der Zug. Durch die Wagen liefen regelrechte Schläge, und wir wurden einmal nach vorn gestoßen und dann wieder zurück. Wenn wir aus dem Fenster schauten, dann sahen wir, daß ein Bahnhof in der Nähe lag.

Es liefen jetzt drei Gleise nebeneinander. Auf einem standen vier abgestellte Güterwaggons. Masten wuchsen aus dem Schotter, Signale waren zu sehen und auch ein alter Wassertank.

Die Räder rumpelten, ein hohles Kreischen ertönte, dann kam der Zug allmählich zum Stehen.

Wir standen auf und schnappten unser Gepäck. Es waren drei kleine Koffer. Einer davon enthielt keine Kleidung, sondern meine Waffen.

Nur wenige Reisende stiegen aus. Mit uns waren es vier. An der Tür nickte uns der Schaffner noch einmal zu und sagte: »Denken Sie an die Geschichte und den Friedhof.«

Ich lächelte. »Immer.«

Suko war bereits ein paar Schritte vorgegangen und schaute sich um. »Himmel«, sagte er. »Hier liegt nicht nur der Hund begraben, sondern die Katze gleich mit.«

Gelogen hatte er nicht. Wir sahen einen kleinen Ort, der malerisch inmitten einer Hügellandschaft eingebettet lag. Die Luft war kalt. Der Atem dampfte vor unseren Lippen. Wir mußten das Bahnhofsgebäude durchqueren und standen dann vor der Station auf der Straße, wo wir uns abermals umsahen.

Kleine Häuser, die meisten sehr alt. Eine mit Kopfsteinen gepflasterte Straße, die ins Dorfinnere führte. Nur ein hoher Schornstein war als markantes Zeichen zu sehen.

»Und wo liegt der Friedhof?« fragte Suko.

»Den werden wir jetzt suchen.«

»Kann ja nicht schwer sein, bei der Größe.«

Ich entdeckte ein Schild. Es zeigte leider nicht den Weg zum Friedhof, sondern zu einem See, der Loch Maghel hieß. Dahin wollten wir nicht, sondern schlugen die entgegengesetzte Richtung ein. Da wir nicht erst lange suchen wollten, erkundigten wir uns bei einem Mann mittleren Alters, der uns entgegenkam und eine Handkarre hinter sich herzog, auf der gefüllte Jutesäcke lagen.

»Zum Friedhof wollen Sie?« fragte er mißtrauisch.

»Ja.«

Er verzog die Mundwinkel. »Wo kommen Sie denn her? Hat sich das schon herumgesprochen? Sind Sie Reporter?« Seine Stimme wurde immer schärfer.

»Nein, Reporter sind wir nicht. Aber was soll sich denn herumgesprochen haben?« Mittlerweile war ich neugierig geworden. Ich wollte wissen, was los war, und mich nicht mehr mit irgendwelchen ungenauen Angaben abspeisen lassen.

»Die Sache mit dem Piloten.«

»Was ist mit ihm?«

Der Mann zog die Nase hoch und schaute uns mißtrauisch an. »Sie sehen es ja doch, wenn Sie zum Friedhof gehen, dann kann ich es Ihnen auch sagen. Der Mann hängt fest.«

»Wo?«

»In einem Grabstein!«

Suko und ich warfen uns einen kurzen Blick zu. »Was sagen Sie da? Der Mann, vielmehr der Pilot, soll in einem Grabstein festhängen?«

»Ja, so ist es.«

»Wie ist das möglich?«

»Das müssen Sie sich schon selbst ansehen. Ich habe genug gesagt.« Er ging weiter.

»Halt!« rief ich ihm nach.

»Was ist denn jetzt noch?«

»Den Weg, Sir, wenn Sie uns den erklären könnten?«

Er drehte sich unwillig um. »Gehen Sie in Richtung Dorfmitte. Da halten Sie sich dann rechts. Es gibt eine schmale Straße, die zum Friedhof führt und auch zur Kirche. Sie müssen nur nach dem Turm Ausschau halten.«

»Danke sehr.«

Suko atmete tief ein. »Weißt du was, John? Jetzt bin ich wirklich mal gespannt, was hier passiert ist.«

»Frag mich mal ...«

»Unwahrscheinlich«, flüsterte Gordon Miller. »Das begreife ich nicht.« Er schüttelte den Kopf.

Auch Horace F. Sinclair war geschockt. Er schluckte

und trat sicherheitshalber einen Schritt zurück, denn die ganze Sache war ihm mehr als unheimlich.

Hier waren Kräfte am Werk, für die die beiden Männer einfach keine rationale Erklärung hatten, ebensowenig wie für das Piloten-Phänomen.

Sinclair und Miller waren die einzigen Zeugen, außer Frank Evans natürlich, und sie mußten mit ansehen, wie sich die schwere Platte plötzlich um die eigene Achse drehte und dabei unter den Füßen des eingeklemmten Piloten wegglitt.

Der Unglückliche hatte bisher mit seinen Füßen den entsprechenden Halt gefunden, nun wurde ihm dieser Halt geraubt, und er hing mit den Beinen in der Luft, wobei sein Körpergewicht zog und seine Arme belastete.

In diesem Augenblick war auch er zu entsetzt, um die volle Tragweite des Geschehens zu begreifen, dann jedoch verzerrte sich sein Gesicht in unendlicher Qual, und er begann gellend zu schreien.

»Nein!« brüllte er. »Das halt' ich nicht aus. Verdammt, das halte ich nicht aus – aaahhh ...« Die Worte endeten in einem wilden Gebrüll.

Horace Sinclair und Gordon Miller konnten dem Piloten nicht helfen, so gern sie es getan hätten. Der Mann mußte an dem Grabstein hängenbleiben, er war eins geworden mit ihm, er war mit ihm verwachsen. Welch ein Grauen!

Frank Evans schwebte in der Luft, er mußte in seiner Haltung rasende Schmerzen haben. Es war nur eine Frage der Zeit, wann er es nicht mehr aushalten konnte.

In seiner Hilflosigkeit schüttelte Gordon Miller den Kopf. Er war zwei, drei Schritte zur Seite gegangen, als könnte er es nicht mehr mit ansehen, was sich dort vor seinen Augen abspielte. Der Mann war einfach zu geschockt, die Angst leuchtete aus seinen Augen.

Sinclair merkte, was mit ihm los war, und sagte: »Bleib hier, Gordon.«

Miller nickte.

Horace F. Sinclair aber beobachtete weiterhin die Platte. Sie hatte sich jetzt so weit von der Gruft gelöst, daß sie in der Luft schwebte, als würde sie von starken unsichtbaren Händen getragen, und der Blick in die geheimnisvolle Tiefe war frei.

Es kostete Sinclair Überwindung, bis dicht an den Rand zu treten und hineinzuschauen, aber er riß sich zusammen, obwohl ein Schauer nach dem anderen über seinen Rücken jagte und auch sein Gesicht erfaßt hatte, das eine Gänsehaut zeigte.

Es gelang ihm nur schwer, sich zu konzentrieren, aber er stellte fest, daß die Gruft unter der Grabplatte sehr geräumig war. Es paßten mindestens fünf Särge hinein, denn unter der Platte weitete sie sich zu beiden Seiten.

Nur ein Sarg stand darin.

Er war seltsamerweise gut erhalten, obwohl er nicht aus Stein gefertigt war, sondern aus dunklem Holz. Der Sarg stand so, daß Horace Sinclair direkt auf seinen Deckel schauen konnte.

Dort lag er.

John Sinclair – sein unheilvoller Ahnherr!

Horace schwitzte plötzlich. Er schaute auf die Grabplatte, die ein paar Schritte weiter etwa kniehoch über dem Boden schwebte, und er dachte an seinen Vorsatz.

Er wollte in die Gruft steigen und das Geheimnis seines Ahnherrn ergründen.

»Ich gehe runter« flüsterte er.

Miller hatte die Worte gehört. »Nein, Horace!« durchbrach seine Stimme das schmerzhafte Jammern des Piloten. »Tu es nicht, bitte! Ich flehe dich an!«

»Ich muß, Gordon. Verdammt, ich muß es. Ich will endlich das Geheimnis lüften. Das kann nicht so weitergehen. Vielleicht finde ich eine Möglichkeit, Mr. Evans zu befreien. Und drück mir die Daumen, wir beide müssen stark sein.«

»Was willst du da unten? Den Sarg öffnen?«

»Ja.«

»O Gott, nur das nicht.«

»Sei ruhig, Gordon. Verdammt, sei ruhig.« Horace Sinclair bückte sich und stützte sich dabei mit einer Hand am Rand der offenen Gruft ab. Sie war ja nicht tief, er konnte springen. Wenn er es geschickt anstellte, würde er neben dem Sarg landen, so daß er die alte Totenkiste nicht beschädigte.

»Horace, bitte …«

Der ehemalige Rechtsanwalt hörte nicht. Das war sein Fall. Der Name Sinclair war gefallen, und er wollte das Geheimnis seines Ahnherrn lüften.

Er sprang.

Schon in der Luft gab er sich Schwung, so daß er neben dem Sarg landete. Dumpf schlugen dabei seine Füße auf. Er knickte in den Knien ein und fing sich wieder.

Dann schaute er sich um.

Unheimlich war die Gruft schon. Die Wände bestanden aus dicken Steinen. Man hatte sie übereinander geschichtet, und sie schienen wirklich eine Ewigkeit zu halten.

Im Laufe der Jahre hatte allerlei Getier in der Gruft seine Heimat gefunden. Käfer und Würmer krabbelten über die Steine und suchten Ritzen, wo sie verschwinden konnten und dabei geschickt den an den Innenwänden hängenden Spinnweben auswichen, so daß sie sich nicht darin verfingen.

Durch die Öffnung fiel genügend Licht. Horace F. Sinclair konnte den Sarg gut erkennen. Dunkler war es nur dort, wo sich rechts und links des Sargs die seitliche Begrenzung der Gruft befand, denn dort fiel kaum Licht hin.

»Horace?« Millers Stimme klang dünn.

»Ja, ich bin hier.«

»Alles in Ordnung?«

»Natürlich. Was sollte denn nicht in Ordnung sein? Ich sehe mir jetzt den Sarg genauer an.« Sinclair antwortete bewußt forsch.

Er war allerdings ehrlich gegen sich selbst und mußte zugeben, daß ihm nicht besonders wohl zumute war. Doch er hatte einmal in den sauren Apfel gebissen.

Gedämpft hörte er das Wimmern des Piloten. Hier in der Gruft hatte es einen hohlen Klang angenommen, wenn es seine Ohren erreichte. Und verdammt, er tat es auch wegen dieses Mannes. Er konnte es nicht mehr länger mit ansehen und mit anhören. Dieser Mensch mußte gerettet werden.

Genau schaute er sich den Sarg an. Er war pechschwarz. Wie Miller erzählte, hatte man den Ahnherrn umgebettet. Wahrscheinlich war er dabei in den neuen Sarg gelegt worden. Wann die Umbettung genau geschehen war, wußte auch Gordon Miller nicht. Wahrscheinlich zu Beginn des Jahrhunderts oder noch früher.

Trotzdem hätte der Sarg längst verfault sein müssen.

Daß dies nicht geschehen war, machte Horace F. Sinclair mißtrauisch. Etwas skeptisch blickend blieb er neben der Totenkiste stehen. Die an den Seiten angebrachten Beschläge des Sargs bestanden aus Messing. Im Laufe der Zeit hatte das Metall Grünspan angesetzt. Er klebte förmlich an den Griffen.

Sinclair runzelte die Stirn. Er schaute wieder nach oben und sah den viereckigen Ausschnitt der Öffnung. Sollte er versuchen, den Sarg zu öffnen, oder sollte er nicht?

Er tat es.

Horace Sinclair bückte sich und schaute sich die Beschläge an. Sie waren leicht zu öffnen, man brauchte sie nur hochzuklappen. Schrauben konnte er nicht sehen.

Er konzentrierte sich so auf sein Vorhaben, daß er auf die Stimmen außerhalb des Grabs nicht achtete. Er nahm sie wohl im Unterbewußtsein wahr, was allerdings gesprochen wurde, das war ihm egal. Der Sarg war wichtiger.

Zwei Beschläge hatte er gelöst, ging um die Totenkiste herum und lockerte auch die anderen beiden.

Jetzt hatte er freie Bahn.

Noch einmal holte Horace F. Sinclair tief Luft und faßte den Deckel so an, daß er ihn mit beiden Händen hochwuchten konnte. Das Holz war schwer und ließ auf eine massive Herstellungsweise schließen. Sinclair mußte sich wirklich anstrengen.

Er schaffte es.

Der Deckel bekam das Übergewicht und fiel an der anderen Seite zu Boden.

Horace F. Sinclair hatte freie Sicht in das Innere des alten Sargs. Er wollte seinen Ahnherrn sehen, der innerhalb der Familienchronik einen dunklen Punkt bildete.

Als er sich vorbeugte, hörte er Gordon Millers Warnschreie. Er sprang zurück, schaute nach oben, und in seinen Blick stahl sich das nackte Entsetzen …

Gordon Miller war nervös. Schon jetzt machte er sich Vorwürfe, die Dinge überhaupt ins Rollen gebracht zu haben, doch es ging kein Weg daran vorbei, er konnte nicht mehr kneifen. Zudem mußte dieses grauenvolle Rätsel endlich einmal gelüftet werden.

Ein schwarzes Schaf bei den Sinclair-Vorfahren. Ein dämonischer Ahnherr, wo doch der Namensvetter John Sinclair diese Wesen bis aufs Blut bekämpfte.

Kaum zu fassen das alles. Da sah man wieder, welche seltsamen Wege das Schicksal ging.

So völlig allein war er nicht. Ein heimlicher Beobachter stand zwischen den Büschen. Als Miller ein Augenpaar sah, da zog sich der andere sofort zurück, weil er entdeckt worden war.

Miller hatte ihn nicht erkannt. Vielleicht war es ein Neugieriger aus dem Dorf.

Frank Evans stöhnte und jammerte. Er hing in verrenkter Haltung über dem offenen Grab und mußte wahnsinnige Schmerzen haben. Sein Gesicht war entstellt, Speichel rann über seine Unterlippe.

Ein paarmal war Gordon Miller versucht, den anderen

anzusprechen, doch er ließ es bleiben. Er fand einfach nicht die richtigen Worte, und nur einfach Trost zu spenden oder etwas Aufmunterndes zu sagen, das wollte ihm nicht gelingen.

Gordon Miller war überfordert. Noch nie in seinem Leben hatte er so eine Situation erlebt. Er konnte sich da nicht hineinversetzen.

Wieder wurde er angesprochen. »Bitte, Mister«, flüsterte Frank Evans. »Bitte geben Sie mir eine Kugel. Es ist kein Mord, was Sie da machen. Es ist eine Erlösung. Ich – ich komme hier nie frei, bitte, so seien Sie doch menschlich.«

»Ich bin menschlich«, erwiderte Miller lahm.

»Nein, das sind Sie nicht! Wirklich nicht. Sie sind ein Unmensch. Ein verdammter Unmensch. Sie lassen mich hier leiden, wobei Sie genau wissen, daß es für mich keine Chance gibt. Keine mehr. Ich werde hier sterben. Qualvoll – o verflucht ...«

Miller konnte das Jammern nicht mehr hören. Er versuchte es mit Worten. Er sprach davon, daß sie alles unternehmen wollten und daß bereits Hilfe unterwegs war. Und daß auch Horace Sinclair alles tat, um ihn zu retten.

»Ihr könnt doch nichts tun«, stöhnte der andere.

»Doch – ja, wir schaffen es. Sie müssen nur daran glauben.«

Das Lachen des Piloten klang schluchzend. »Sie haben gut reden. Wenn es Ihnen so ergehen würde wie mir, dann würden Sie anders sprechen. Sie können herumlaufen, aber ich, ich hänge hier fest, bin mit diesem verdammten Stein verwachsen. Wäre ich doch nur bei dem Absturz umgekommen, dann wäre alles vorbei ...« Seine Worte endeten in einem verzweifelten Schluchzen.

Gordon Miller hörte es nicht. Er hatte etwas anderes bemerkt. Etwas, das ihm abermals unbegreiflich war.

Schuld daran war die schwere Grabplatte.

Sie bewegte sich plötzlich.

Die Platte lag halb auf dem Weg und zur anderen Hälfte im Gebüsch. Als sie sich nun drehte, da knirschte unter ihr der Kies, und dieses Geräusch ließ Gordon Miller aufmerksam werden. Seine Augen wurden groß und weit, aufgeregt fuhr die Zunge über die rauhen, spröden Lippen. Im ersten Augenblick war er unfähig, sich zu rühren, er wollte das Schreckliche nicht begreifen, und ein grausamer Verdacht keimte in seinem Innern hoch.

Die Platte hob vom Boden ab.

Knöchelhoch schwebte sie bereits, drehte sich wieder um die eigene Achse und schwang langsam auf das offene Grab zu.

Es war klar, was dies zu bedeuten hatte.

Die Steinplatte wollte das Grab verschließen, in dem sich nicht nur der Sarg befand, sondern auch ein Mensch.

Horace F. Sinclair!

Er sollte in der schaurigen Gruft für immer seinen Platz finden.

Und er war ahnungslos!

»Horace!« brüllte Gordon Miller. »Horace, verdammt, komm zurück! Ich bitte dich!«

Miller war völlig aufgelöst. Noch konnte er dicht an den Rand der Gruft treten. Er schaute hinunter, sah den offenen Sarg, aber er konnte nicht genau erkennen, was und wer in ihm lag.

Sinclair stand vor dem Sarg. Er wirkte wie in Trance, bis Millers Stimme dumpf und hallend die unheimliche Gruft erfüllte. »Horace, die Platte!«

Da hob der ehemalige Anwalt den Kopf.

»Du mußt raus, Horace!« schrie Miller. »Die Steinplatte wird sich auf das Grab legen!«

Sie schwebte noch immer über dem Boden, hatte allerdings an Höhe gewonnen, und ihr Ziel war nach wie vor das Grab.

»Schnell, schnell!« Miller bückte sich und streckte dabei seinen rechten Arm vor. Er wollte seinem Freund aus der Gruft helfen, und jetzt endlich reagierte auch dieser. Sinclair hatte gemerkt, daß es um Leben und Tod ging.

Es war zu spät.

Die beiden Hände hatten sich kaum berührt, als die Platte bereits den offenen Schacht erreicht hatte, darüber schwebte, sich noch einmal drehte, damit sie genau paßte und nach unten gedrückt wurde.

Millers Gesicht verzerrte sich.

Er hörte das Lachen des gefangenen Piloten und wußte mit brutaler Deutlichkeit, daß er es nicht mehr schaffen würde. Horace konnte die Gruft nicht mehr verlassen, die schwere Platte war einfach zu schnell. Schon fiel ihr Schatten über Miller. Der Fabrikant hörte Sinclair reden, schrie selbst und merkte am Druck der Hand, daß Horace versuchte, die Gruft zu verlassen. Er mußte einsehen, daß es zu spät war.

Er ließ los.

Wuchtig warf er sich zurück. Das war sein Glück, denn die Platte hätte ihn sonst noch getroffen und zerdrückt.

So aber senkte sie sich genau über die Graböffnung, und das letzte, was Miller vernahm, waren die verzweifelten Rufe des eingeschlossenen Mannes.

Dann schloß die Platte fugendicht …

Ich holte tief Luft und blieb stehen.

Den Weg zum Friedhof hatten wir gefunden. Deshalb stoppte ich allerdings nicht, denn ich hatte noch etwas anderes vernommen.

Schreie!

Rufe und ein Wimmern. Beides zeigte uns an, daß wir nicht mehr weit vom Ort des Geschehens entfernt waren.

Was passierte dort?

»Komm weiter, John!«

Suko trieb mich an. Auch er hatte die gleichen Geräusche vernommen. Da wir uns schon auf dem

Friedhof befanden, nahmen wir den anderen Weg.

Das heißt, wir liefen querbeet.

Der Boden war sehr weich. Wenn wir die Füße hoben, wirkte der Schlamm wie zäher Leim, der unsere Schuhe nicht loslassen wollte. Knöcheltief wühlten wir den Untergrund auf, schon bald zeigten unsere Hosen einen Dreckrand.

Wir erreichten ein altes Gräberfeld. Hohe Grabsteine standen hier. Einfache graue Klötze oder Platten, auf denen die Moosschicht grünlich schillerte. Andere waren wesentlich kunstvoller. Sie zeigten Figuren und Szenen aus der christlichen Lehre.

Oft zeigten sich die Büsche von ihrer sperrigen Seite. Mit beiden Armen mußten wir sie zur Seite drücken, um unseren Weg fortsetzen zu können.

Dann endlich hatten wir es geschafft. Beide blieben wir stehen, wobei ich in einer Schlammpfütze fast noch ausgerutscht wäre. Wir sahen das Schreckliche und konnten es kaum fassen, was bei uns schon etwas heißen sollte, denn wir hatten in unserer Laufbahn wirklich viel gesehen. Aber dies hier war so schaurig und grausam, so unbegreiflich, daß ich ein »mein Gott« ausstieß.

In einem hohen Grabstein steckte ein Mensch. Beide Arme waren bis zu den Ellbogen darin verschwunden, und auch das rechte Knie hatte sich förmlich in den Stein hineingegraben. Für den armen Kerl war es unmöglich, sich zu befreien.

Wir hörten sein leises Wimmern und Schluchzen. Manchmal von Worten unterbrochen, die wir nicht verstanden. Sein Gesicht war tränennaß. Er mußte Schreckliches durchgemacht haben.

Das war also der Pilot.

Aber er war nicht allein. Vor ihm, wo eine Platte aus schwerem Stein das Grab verschloß, hockte ein älterer Mann. Er kniete und schlug mit beiden Fäusten auf die Platte. Er wandte uns den Rücken zu und schien uns nicht bemerkt zu haben.

Wir aber mußten uns um den Piloten kümmern.

»Was willst du unternehmen?« fragte Suko, der ziemlich ratlos wirkte und blaß im Gesicht war.

»Ich muß ihn befreien.«

»Und wie?«

Mein lauernder Blick traf den Chinesen. »Vielleicht gibt es eine Chance, wenn ich das Kreuz nehme.«

»Versuch es, John!« knirschte er. »Verdammt, versuch es, und befreie den armen Teufel!«

Das hatte ich auch vor. Schnell streifte ich die Kette über meinen Kopf. Dann schritt ich langsam vor. Mit dem anderen Mann wollte ich später reden, denn der im Grabstein festsitzende Mensch war arm genug dran.

Er hatte uns gesehen, drehte den Kopf, so daß er mich anschauen konnte, und holte schnell hintereinander Luft. »Was wollen Sie denn?« keuchte er. »Auch nur glotzen und sehen, wie ich hier festhänge? Das kann ich mir vorstellen. Immer mehr kommen hier an. Ich frage auch Sie: Wollen Sie mir eine Kugel geben? Los, tun sie es! Schießen Sie mir eine Kugel durch den Kopf, und ich bin Ihnen dankbar!«

»Nein« erwiderte ich. »Töten werde ich Sie nicht.«

»Was dann?« heulte er.

»Ich werde versuchen, Sie zu befreien.«

Sein kreischendes Lachen schmerzte fast in meinen Ohren. Er war fertig, deprimiert, er glaubte nicht daran, daß ihm noch geholfen werden konnte, und es war wirklich verständlich, daß er so dachte.

»Bleiben Sie bitte ruhig«, sagte ich und hielt mein geweihtes Kreuz so, daß er es sehen konnte. »Ich weiß, daß Sie durch Schwarze Magie in diese Lage geraten sind. Ich werde versuchen, Sie mit meiner Gegenmagie zu befreien.«

»Eine Kugel ist mir lieber!« fuhr er mich an.

»Reden Sie keinen Unsinn. So leicht wirft man sein Leben nicht weg.«

»Sie hängen ja nicht fest!«

Im Prinzip hatte er recht, aber darum konnte und durfte ich mich nicht kümmern.

Ich stieg auf die Grabplatte und stellte mich dicht neben den gefangenen Piloten.

Von der Seite schielte er mich an. Sein Gesicht war mit einer dicken Schicht aus Schweiß und Tränen bedeckt. Die Lippen zitterten. Er zwinkerte mit den Augen, seine Wangenmuskeln zuckten. Er mußte innerlich fertig und aufgewühlt sein.

»Bitte seien Sie jetzt still«, hörte er meine beschwörende Stimme. Ich sprach zu ihm wie ein Arzt mit seinem Patienten und hatte Erfolg damit, denn er hielt tatsächlich den Mund. Aus weit aufgerissenen Augen verfolgte er jede meiner Bewegungen.

Ich brachte meine rechte Hand, in der ich das Kreuz hielt, so nahe wie möglich an den Stein heran. Noch tat sich nichts, ich merkte keine Reaktion, denn das Kreuz erwärmte sich nicht.

Hatte ich mich etwa getäuscht?

Dann berührte ich den Stein.

Es war nur ein kurzes Antippen, aber es reichte. Das Zischen war so laut, daß es Suko ebenfalls vernommen hatte, denn er hob den Kopf und schaute auf.

Das Zischen war nur die erste Reaktion, die zweite, viel stärkere folgte.

Plötzlich veränderte sich die Farbe des Steins. Das Grau verschwand völlig, der Grabstein wurde durchsichtig, und ich sah ein schreckliches Bild, das mir einen Blick in die Hölle gewährte.

Monströse Gestalten tanzten einen schrecklichen Reigen. Sie lachten, aber ich hörte nichts, und über allem schwebte die Fratze des Satans.

Das Gesicht des Asmodis. Er hatte nicht aufgegeben, obwohl seine wichtigste Helferin Asmodina nicht mehr war.

Haß sprühte aus den Augen des Satans, und ich glaubte, ein höhnisches Lächeln zu sehen, dann war die Szene verschwunden, und ich schaute auf einen völlig normalen Grabstein.

Normal und leer!

Denn der Pilot hatte sich von ihm gelöst. Er lag jammernd auf der Grabsteinplatte, wo er zusammengebrochen war. Er wurde nicht nur von Suko und mir angestarrt, sondern auch von dem älteren Mann, der neben der Platte kniete.

»Du hast es geschafft!« flüsterte Suko.

Ich nickte nur und beugte mich nach unten, weil ich mich um den Piloten kümmern mußte.

Seine Hände waren normal. Allerdings bleich und teigig, denn sein Kreislauf mußte völlig zusammengebrochen sein. Was mit seinem Knie geschehen war, konnte ich nicht sehen, das Hosenbein verdeckte es.

Er sprach. »Ich – ich – bin frei!«

Tief holte er Luft und redete weiter. Wirre Worte, aus denen keiner von uns einen Sinn entnahm.

Ich nickte Suko zu.

Der Chinese wußte, was er zu tun hatte. Er faßte Frank Evans unter beide Schultern und zog ihn von der Platte. Auf dem nassen weichen Grasboden blieb er liegen.

Der andere Mann hatte sich ebenfalls erhoben. Wir sahen das Nichtbegreifen auf seinem Gesicht, die Verständnislosigkeit, und er schaffte es nicht, etwas zu sagen.

»Beruhigen Sie sich«, sagte ich. »Es ist alles klar.«

Da nickte er.

Ich deutete dorthin, wo Suko stand. »Können Sie uns mehr sagen, Mister ...«

»Miller. Mein Name ist Miller«, gab er flüsternd zur Antwort.

»Gordon Miller?«

»Ja.«

Jetzt lächelte ich. »Da bin ich ja an den richtigen Mann geraten. Sie habe ich gesucht.«

»Wieso?«

»Ich heiße John Sinclair, und das dort ist mein Freund und Kollege Suko.«

Miller schluckte. »Sie – Sie sind tatsächlich John Sinclair, der Sohn von Horace F. Sinclair?«

»Ja, glauben Sie mir nicht?«

»Doch, doch ...«

Er schüttelte den Kopf, wischte über sein Gesicht und fragte leise: »Jetzt wollen Sie sicherlich wissen, wo sich Ihr Vater befindet?«

»Wenn Sie es wissen.«

»Er ist hier.«

»Wo?«

»Im Grab, John. Verdammt, Ihr Vater ist in dieser verfluchten Gruft eingeschlossen!«

Ich wurde blaß.

Horace F. Sinclair hörte die Warnschreie seines alten Freundes wie durch einen Watteschleier. Der Anblick des im Sarg liegenden Ahnherrn faszinierte ihn und stieß ihn gleichzeitig ab.

»Du mußt raus, Horace! Schnell, schnell!«

Schrill klang Millers Stimme, und endlich wurde auch Sinclair klar, daß sein alter Freund nicht scherzte. Er riß sich von dem schaurigen Anblick los, schwang herum und schaute nach oben, wo sich die rechteckige Öffnung befand.

Dort war ein Schatten.

Allerdings keiner, den Millers Körper warf, sondern ein rechteckiger, wie ihn nur die Platte produzieren konnte. Sinclair dachte an das Schweben der Steinplatte, und er brauchte nicht erst groß zu raten, um zu wissen, daß sie sich wieder selbständig gemacht hatte und auf das Grab zuglitt, um es zu verschließen.

Da streckte sich ihm eine Hand entgegen. Miller gab wirklich alles, um dem Freund aus der Klemme zu helfen.

Auch Horace Sinclair machte seinen Arm lang. Die Hände berührten sich, doch sie mußten wieder gelöst werden, denn die Platte war schon zu nahe.

Horace F. Sinclair duckte sich unwillkürlich und fuhr zurück. Sein Mund stand halboffen, er atmete schnell und keuchend, mit den verdrehten Augen schaute er dabei nach oben, wo die Platte immer größer wurde und die Graböffnung schon bedeckte.

Dann glitt sie nach unten.

Horace F. Sinclair sah noch die letzten Lichtstreifen, die das Grab nachzeichneten, dann fiel die Platte endgültig und saß fest und fugendicht auf der Öffnung.

Es wurde finster.

Horace F. Sinclair hatte sich gegen die Wand gepreßt. Jetzt bereute er seine Neugierde, aber er hatte den Ahnherrn sehen und das Geheimnis des Grabsteins lüften wollen.

Die Falle war zugeschnappt.

Die Stille wirkte erdrückend in diesen schrecklich langen Augenblicken. Er hörte nur sein eigenes Atmen und auch den Widerhall des Herzklopfens in seinem Gehirn.

Wie schwere Schläge.

Hart und fordernd …

Und dann vernahm er noch etwas.

Ein leises, hämisches Lachen. Da er es nicht ausgestoßen hatte, gab es nur eine Möglichkeit, wer für das Lachen verantwortlich war.

Der Ahnherr …

»Haben Sie nicht gehört, John?« fuhr mich Gordon Miller an. »Ihr Vater ist dort unten in der Gruft eingeschlossen! Ich habe ihn gewarnt, er wollte nicht auf mich hören, und jetzt sitzt er fest. Den kriegen wir da nicht raus.«

Ich schaute auf das Grab und schwieg. Die Steinplatte sah völlig normal aus, nichts Magisches war an ihr zu sehen. Sie hatte einen eisernen Haltering wie viele andere

Platten auch. Und doch mußte sich unter ihr ein schreckliches Geheimnis verbergen, das jetzt keines mehr war, weil sich mein Vater da unten befand.

Mir lief es kalt den Rücken hinab. Ich schaute auf die Platte, als könnte ich sie mit meinen Blicken durchbohren, aber die Gabe besaß ich leider nicht.

Miller faßte mich am Arm. »Wenn Sie mir nicht glauben, John, dann rufen Sie Ihren Vater doch.« Er schüttelte sich. »Machen Sie schnell, sofort.«

»Ich glaube Ihnen«, erwiderte ich heiser und blickte zu meinem Freund und Kollegen Suko hin.

Der hob nur die Schultern. Rat wußte er auch nicht. Ob ich es noch einmal mit meinem Kreuz probierte? Vielleicht wurde die Platte wieder durchlässig wie der Stein.

»Rufen Sie ihn!« drängte mich Miller. »Er soll wenigstens ihre Stimme hören, damit er Hoffnung bekommt.«

»Nein«, erwiderte ich schroff. »Wenn wir es nicht schaffen, war die Hoffnung vergebens.«

»Was schaffen?«

»Die Platte hochzuwuchten.«

Millers Augen wurden rund vor Erstaunen. »Sie wollen die Platte …?«

»Ja, ich will die Platte in die Höhe heben. Ist das so schwer zu verstehen?«

»Das schaffen Sie nie.«

»Ich allein nicht«, erwiderte ich scharf. »Wenn Sie mit uns anfassen, könnten wir es packen.«

Miller schüttelte den Kopf. »Nein!« flüsterte er. »Nein. Ich gehe nicht auf die Platte. Nachher passiert mit mir das gleiche wie mit ihm.« Er deutete auf den am Boden liegenden Piloten, der eigentlich in ärztliche Behandlung mußte. Die Zeit allerdings hatten wir jetzt nicht, denn ein anderer befand sich in Lebensgefahr.

»Sie brauchen auch nicht auf die Platte«, herrschte ich Miller an. »Bleiben Sie neben dem Grab stehen, und strecken Sie Ihre Arme aus, zum Henker!«

Er schaute mich noch immer skeptisch an.

»Oder ist Ihnen das Schicksal meines Vaters völlig egal?«

»Nein ...«

»Dann los!«

Ich hatte bewußt auf einen Kontakt mit dem Kreuz verzichtet. Im nachhinein fand ich es besser, wenn wir es erst auf eine unkonventionelle Art und Weise versuchten.

Suko hatte sich schon gebückt. Mit der rechten Hand umklammerte er den Ring. Aus seiner Haltung schaute er zu mir hoch und mußte wohl an meinem Gesicht abgelesen haben, welche Gefühle mich in diesen Augenblicken durchtobten.

Es war wirklich schrecklich. Ich sah meine Eltern viel zu wenig, und dann kam ich endlich einmal und fand meinen Vater eingeschlossen in einer Gruft.

Das war für mich nicht leicht zu verkraften. Wenn wir es nicht schafften, den Stein hochzuwuchten, sah es für meinen alten Herrn sehr schlecht aus.

Aber daran wollte ich nicht denken.

»Können wir?« Sukos Stimme klang ruhig. Er hatte sich von uns am besten in der Gewalt.

Ich nickte und beugte mich ebenfalls nach unten.

Millers Hand zitterte. Der Ring war zum Glück groß genug, daß der Chinese und ich beide Hände um ihn klammern konnten. Ein paarmal atmeten wir tief durch.

Wind rauschte in den Büschen und kühlte unsere erhitzten Gesichter.

Ich schaute auf den Stein, nickte und flüsterte mit rauher Stimme: »Zugleich!«

Kaum hatte ich das Wort ausgesprochen, als wir unsere gesamten Kräfte einsetzten.

Suko besitzt wirklich Kraft, und auch ich bin kein Schwächling, über Miller wagte ich mir kein Urteil zu bilden, trotzdem gelang es uns nicht, die Platte anzuheben.

Sie saß zu fest und war zu schwer.

Miller rutschte ab und fiel halb auf den Rücken, da er die Balance nicht halten konnte.

Ich knirschte vor Wut mit den Zähnen, in Sukos Augen loderte der Zorn. »Noch einmal«, sagte der Chinese.

Diesmal warteten wir nicht auf Gordon Miller, sondern versuchten es zu zweit.

Abermals setzten wir alles ein. Vor Konzentration biß ich mir fast die Lippen blutig, auf meiner Stirn stand ein dicker Schweißfilm, aber die Platte brachten wir nicht in die Höhe.

»Es klappt nicht!« keuchte mein Partner. »Verdammt, John, wir schaffen es nicht.«

Ich stand auf und atmete ein paarmal durch.

Miller flüsterte: »Ich wußte es, die anderen sind stärker. Wir können es nicht schaffen.«

Auf seine Worte hörte ich nicht, denn so leicht wollte ich nicht aufgeben.

Mein Kreuz hatte ich mir nicht wieder umgehängt, sondern in die Tasche gesteckt. Ich holte es hervor, faßte die Kette an und ließ das Kreuz nach unten fallen.

Die letzte Chance.

Ich bückte mich und befand mich noch in der Bewegung, als wir alle drei die dumpfen Laute vernahmen, die aus der Gruft klangen.

Schreie!

Am schlimmsten war die Finsternis!

Das Lachen hatte sich nicht wiederholt, aber Horace F. Sinclair fürchtete sich vor dieser absoluten Dunkelheit. In einem Haus, in einem unbekannten Zimmer hätte ihm das nichts ausgemacht, aber er befand sich in einer Gruft.

Das war das Schlimme.

Eingeschlossen in einem Grab. Allein mit einem Monster, das es überhaupt nicht geben durfte und das trotzdem lebte.

Zwar war er allein, aber von oben hörte er Stimmen. Männerstimmen. Es mußten welche gekommen sein. Vielleicht Neugierige aus dem Dorf. Konnten sie ihm helfen?

Horace F. Sinclair wollte schreien, überlegte es sich anders und schwieg. Nein, zuerst mußte er die Panik unterdrücken und versuchen, sich selbst zu helfen.

Im Rücken spürte er noch immer die Wand. Er hatte sich in den letzten Sekunden nicht bewegt. Automatisch hatte er seine Augen weit geöffnet, trotzdem war es ihm unmöglich, in der Dunkelheit etwas zu sehen.

Sie war absolut.

Nicht einmal an der Decke, wo die Steinplatte die Ritzen verschloß, schimmerte ein Lichtstreifen.

Der ehemalige Anwalt trug als Pfeifenraucher nicht nur Zündhölzer bei sich, sondern auch ein Feuerzeug. Auf das griff er zurück, holte es aus der Tasche und zündete es an.

Die Flamme brannte sehr ruhig, denn sie wurde von keinem Windhauch gestört. Sinclair drehte sie höher, so daß sie die Gruft ausleuchtete. Die Beschaffenheit der Wände kannte er schon, den Sarg auch, trotzdem trat er näher an den Sarg, denn aus ihm war das hämische Lachen erklungen. Er wich vor dem Grauen nicht zurück. Wenn es zu einer Konfrontation mit seinem Ahnherrn kam, wollte er sich ihm stellen.

Der Sarg war offen. Auf der anderen Seite lag der Deckel. Sinclair hatte ihn hinabgestoßen. Der Anwalt beugte sich ein wenig vor und leuchtete in den offenen Sarg.

Da lag er.

John Sinclair! Der Ahnherr, ein grausamer Tyrann, ein Mensch, der zu seinen Lebzeiten einen Pakt mit dem Satan geschlossen hatte. Jetzt war er kein Mensch mehr.

Vor Horace F. Sinclair lag ein ovales Etwas, das so gut wie keine menschlichen Formen mehr aufwies und nur an der Oberseite zwei Augen hatte.

Eine Schauergestalt!

Grün leuchteten die Augen in der schwarzen, an Teer erinnernden Masse. Dieses Etwas sah aus, als wäre es verbrannt worden und während des Vorgangs zusammengeschrumpft. Schaurig anzusehen, klumpig und eine Ausgeburt der Hölle.

Etwas, was der Teufel weggeworfen und einfach liegengelassen hatte, das aber doch nicht sterben konnte, weil der Satan wahrscheinlich noch seine schützende Hand über es hielt.

Das Feuerzeug in Sinclairs Hand zitterte. Dadurch flackerte auch der Schein, und er übergoß das schwarze Wesen mit einem unruhigen, gelbroten Licht.

Ein schlimmes Bild.

Da hörte Sinclair wieder die Stimme. Aus dem schwarzen Körper drang sie, ohne daß sich eine Mundöffnung zeigte. »Sinclair, Horace F. Sinclair, du bist ein Nachkomme von mir. Ich werde dich auch in die Hölle reißen und dem Satan zu fressen geben. Lange genug habe ich gewartet. Alle dachten, ich wäre vernichtet, doch einen John Sinclair tötet man nicht. Darauf kannst du dich verlassen. Ich stehe unter dem Schutz der Hölle. Ihr werdet es nicht schaffen ...« Wieder kicherte er böse, und Horace Sinclair wich zurück.

»Nein!« keuchte er. »Du wirst nichts mehr tun. Du hast genug Unheil angerichtet. Diese Gruft hier bleibt dein Grab für alle Ewigkeiten. Auch der Satan wird dir nicht helfen. Die anderen sind stärker als er. Glaube mir ...«

»Die Hölle wird nicht besiegt. Sie hat hier ihren Stützpunkt, und ich bin der, der die Menschen noch immer in seinen Bann schlägt. Ich bin zurückgekommen. Nacht für Nacht erscheine ich ihnen. Ich bringe ihnen die grausamen Träume, dann wälzen sie sich in den Betten, schreien auf, kreischen, würgen, schlagen um sich und erleben im Schlaf eine Hölle.«

»Wer – wer – bist du?«

»Ich bin der Alp!«

Horace F. Sinclair atmete tief durch. »Wie soll ich das verstehen?« fragte er mit tonloser Stimme.

»Wie ich dir schon sagte, ich bin der Alp. Der Satan hat mich ausgeschickt, damit ich den anderen die schlimmen

Träume bringe. Hast du noch nie etwas von den Alpträumen gehört?«

»Doch ...«

»Siehst du. Und diese Träume werden in der Hölle geboren. Asmodis persönlich teilt sie mir mit, und ich gebe sie weiter an die schlafenden Menschen. Ich bin auch bei ihnen, hocke auf ihren Körpern, wenn sie schlafen, und erzeuge einen starken Druck. Der schwarze Alp ist immer da, er wird immer da sein, und niemand ahnt, daß ich mich am Morgen in mein Grab zurückziehe.«

Sinclair schauderte. Das waren harte Worte, die er zu hören bekam. Und der andere hatte ihm gleichzeitig die Lösung des Falles verraten.

Konnte er etwas damit anfangen?

»Du hast Angst, nicht?« drang die höhnische Stimme aus dem Grab. »Ja, ich sehe es dir an, daß du Angst hast. Du zitterst, denn der Alp wird sich auch mit dir befassen. Nur macht er bei dir einen Unterschied, Horace Sinclair.«

»Welchen?«

»Dich werde ich töten!«

Hohl drangen die Worte aus der im Sarg liegenden schwarzen Masse. Ein schauriges Versprechen, das der Alp in dieser unheimlichen Gruft gegeben hatte, und er ließ ein höhnisches Lachen folgen, das Horace F. Sinclair in den Ohren gellte.

Der Anwalt zweifelte keine Sekunde daran, daß sein Ahnherr dieses Vorhaben wahr machen würde und daß es ihm auch leichtfiel, denn Sinclair war mit dem Alp in der Gruft eingeschlossen.

»Glaubst du mir nicht?« ertönte es wieder.

»Doch, doch ...«

Da lachte der Alp. »Ja, ich bin stark. Ich bin stärker, als ihr denkt, denn ich habe in dieser Gruft einen herrlichen Platz gefunden. Sie besitzt das Höllenauge, und es ist mir gelungen, die Menschen nach ihren Alpträumen herzulocken. Manche sind schon in der Nacht gekommen. Der Drang, auf den Friedhof zu laufen, steigerte sich in ihnen und wurde unheimlich. Sie kamen an dieses Grab, weil ich sie führte. Sie schauten durch das Auge, und sie sahen hinein in die schreckliche Hölle, wo sich das abspielte, was sie zuvor geträumt hatten. Die Gruft mit dem Höllenauge wurde auch für sie zum Schicksal. Zur alles entscheidenden Wende, denn die Alpträume, die ich schicke, werden sie im Leben nie mehr los.«

Horace F. Sinclair glaubte ihm jedes Wort, so unwahrscheinlich dies auch klang, aber dieses Wesen hatte einfach keinen Grund zur Lüge. Allein seine Existenz war grausame Tatsache genug, warum sollte es dann noch lügen?

Trotz der Angst, die Sinclair umklammert hielt, hatte er seinen analytisch geschulten Verstand nicht verloren. Er dachte über die Sätze nach, und er stellte Fragen, weil er alles genau wissen wollte.

»Warum wurde der Pilot gefangen? Hatte auch er Alpträume?«

»Nein, aber in dieser Nacht wollte ich eine andere Seite meiner Macht demonstrieren. Wen die Gruft mit dem Höllenauge einmal in ihren Klauen hält, den läßt sie so leicht nicht mehr los, das kannst du mir glauben. Und er, der Pilot, wird für alle Ewigkeiten gefesselt sein, denn der Stein ist mit dem Atem des Teufels gefüllt und voll aufgeladen mit Schwarzer Magie.«

Nach diesen Worten war es still. Sogar so still, daß Horace F. Sinclair Stimmen vernehmen konnte. Über ihm waren sie aufgeklungen. Auf der Platte tat sich etwas. Da waren Menschen. Vielleicht wollten sie ihm helfen? Aber würden sie es schaffen? Konnten sie tatsächlich stärker als die unheimliche Magie der Hölle sein?

Ein tiefes Knurren klang aus dem Sarg, danach ein röchelndes Pfeifen, und im nächsten Augenblick sah Horace F. Sinclair einen Schatten, der über den Sargrand quoll.

Der Alp kam!

Da verlosch das Feuerzeug. Sinclair war nervös. Sein

Daumen war feucht geworden und abgerutscht. Der Mann schaffte es nicht mehr, den Kontakt festzuhalten, der das Gas weiterhin aus der Düse strömen ließ.

Dunkelheit.

Darin ein Wispern, Lachen und Schmatzen. Der Alp freute sich. Er würde töten, brauchte dem anderen nicht nur die bedrückenden Träume zu bringen, sondern konnte endlich selbst zuschlagen.

»Horace F. Sinclair«, raunte er in der Dunkelheit. »Jetzt bist du an der Reihe. Keiner wird dir helfen. Keiner ...«

Der Anwalt versuchte alles. Seine zitternden Hände wollten das Kontaktrad wieder betätigen. Die Dunkelheit war am schlimmsten. Er wollte seinen Gegner sehen, denn der heimtückische Überfall aus der Dunkelheit machte ihm noch mehr Angst.

Endlich zischte die Flamme wieder auf. Ihr Lichtkreis breitete sich aus und erfaßte auch die steinernen Wände, wo sofort allerlei Getier aufgeschreckt wurde und versuchte, in Spalten und kleine Ritzen zu kriechen.

Der Alp hatte den Sarg verlassen.

Über der Totenkiste schwebte er. Ein schwarzer ovaler Klumpen mit glühenden Augen, die dem Opfer den Tod prophezeiten. Wie er töten wollte, das wußte Horace F. Sinclair nicht, er konnte sich allerdings vorstellen, daß der andere einige Möglichkeiten besaß, denn er hatte die Unterstützung der Hölle.

Der Satan stand auf seiner Seite.

Und er kam. Lautlos schwebte er näher. Dicht unter der Decke bewegte er sich. Seine Form veränderte sich dabei und wurde länger. Schon bald erinnerte er an einen zu dick gewordenen Aal oder an eine schwarze Schlange mit grünen Augen, die sich zielstrebig ihrem Opfer näherte.

»Tod ...«, wisperte er, »... ich bringe dir den Tod ...«

Horace F. Sinclair wagte nicht, sich zu rühren. Seine Angst wurde riesengroß, und er beobachtete, wie der Alp seine Dichte veränderte. Plötzlich war er nicht mehr so fest, keine kompakte Masse, sondern eher durchscheinend, dabei schon fast an einen Schatten erinnernd.

Sein Ziel war Horace F. Sinclair.

Ausweichen konnte dieser nicht mehr, er riß nur seine Hände hoch. Die Flamme verlosch!

Dunkelheit!

Und zwei schillernde grüne Augen, die für einen Moment in der Luft standen, dann hin und her wischten, so daß Sinclair nicht mehr genau wußte, wo sich sein Gegner befand.

Auf einmal spürte er den Druck an seinem Hals. Und nicht nur an, sondern auch um seinen Hals.

Der Alp wollte ihn erwürgen!

Wie ein Blitzstrahl zuckte diese Erkenntnis in seinem Hirn auf. Bevor ihm jedoch die Luft abgeschnürt wurde, stieß er die abgehackten, gellenden Schreie aus …

Wir standen für einen Moment wie Denkmäler. Die Schreie aus der Gruft waren uns durch und durch gegangen. Dumpf klangen sie. Dumpf und unheimlich …

»John!« Suko zischte meinen Namen. »John, tu was, es kommt auf jede Sekunde an!«

Ja, das wußte ich selbst. Ich hatte trotzdem Angst. Es ging hier um meinen Vater. Ich fürchtete, daß die Magie des Kreuzes auch ihn treffen könnte.

Tief atmete ich durch.

Zwei Augenpaare beobachteten mich. Suko und Gordon Miller. Sie drückten mir die Daumen. Konnte ich das Unheil stoppen, das unsichtbar über diesem geheimnisvollen Gräberfeld lag?

Dann ließ ich das Kreuz fallen.

Es geschah ruckartig, zudem trennte es nur eine kurze Distanz von der Platte.

Ein klirrendes, leicht singendes Geräusch ertönte, als Kreuz und Steinplatte Kontakt bekamen. Die Platte mußte magisch aufgeladen sein, denn Miller hatte erzählt, wie sie sich bewegte. So etwas ging nicht mit normalen Mitteln.

Da geschah es!

Von der Steinplatte fuhr ein regelrechter Blitzstrahl in die Höhe. Etwa eine Handbreit von meinem Körper entfernt zischte er in die Höhe, verästelte sich und wurde hoch über unseren Köpfen zu einem regelrechten Gespinst.

Suko und Gordon Miller verfolgten das helle Netz mit ihren Blicken, während ich mich auf die Grabplatte konzentrierte, denn dort sollte sich der Erfolg abzeichnen.

Rauch quoll mir entgegen. Er vernebelte die Sicht, so daß ich die Platte nicht sehen konnte. Ich wedelte mit der Hand, um mir Sicht zu verschaffen. Während dieser Tätigkeit hörte ich das Knirschen, als wären ungemein starke Kräfte dabei, die Steinplatte vor meinen Füßen zu zermalmen.

Schafften sie es?

Ja, die Platte hielt dem Druck der Weißen Magie nicht stand. Sie löste sich vor meinen Augen auf, und ich hatte einen freien Blick in die Gruft, denn auch der Qualm verzog sich.

Ein schauriges Bild bot sich meinen Augen.

Ich sah meinen Vater halb auf dem Boden liegen. Seine Augen waren so weit aufgerissen, daß sie mich an Kugeln erinnerten. Auch der Mund stand offen, doch atmen konnte der alte Herr nicht, denn um seinen Hals hatte sich ein schwarzes Etwas geschlungen, das ihm wie ein tödlicher Schal die Luft abwürgte.

Es dauerte wirklich nicht länger als eine Sekunde, um diesen Augenblick aufzunehmen.

Und schon handelte ich.

Ich stieß mich ab, sprang in die Gruft hinein und landete neben dem Sarg. Das Kreuz hielt ich fest umklammert, denn damit wollte ich dem Wesen zu Leibe rücken.

Mit einem Sprung hechtete ich auf meinen Vater zu, um ihn zu befreien.

Ich rechnete nicht mit der Schnelligkeit des Wesens. Urplötzlich löste es die Umklammerung, war wie ein Schatten und wischte an meinem Gesicht vorbei.

Obwohl mein rechter Arm zur Seite fuhr, war ich zu langsam. Das geweihte Kruzifix schaffte es nicht mehr, das seltsame Wesen zu berühren.

Ich spürte einen kalten Lufthauch, der dicht vor meinem Gesicht entlangfuhr, und als ich mich umdrehte, da hatte es bereits die Gruft verlassen.

Es zischte förmlich aus dem Grab und war verschwunden.

Sukos überraschter Ruf drang an meine Ohren. Danach ein Fluch, der mir bewies, daß mein Partner Pech gehabt hatte. Auch er hatte das Wesen nicht aufhalten können.

Es war uns entkommen.

Einen Teilsieg jedoch konnten wir auf unser Konto verbuchen. Es war mir gelungen, meinen Vater zu retten. Er hätte keine Chance gegen dieses unheimliche Höllengeschöpf gehabt.

Horace F. Sinclair hockte auf dem Boden. Mit dem Rücken lehnte er an der Wand. Weit hatte er den Mund aufgerissen, und er saugte hastig den Atem ein, wobei seine Unterlippe zitterte. Sein Gesicht wirkte bleich, wie mit klebrigem Mehl bestreut.

Neben ihm kniete ich mich nieder. Mein Vater sah mich. Er wollte lächeln, doch es klappte nicht. Dann streckte er den Arm aus. Zitternde Finger berührten meinen Handrücken.

»Junge«, röchelte er. »Mein Junge …«

Verdammt, Freunde, mir saß ein Kloß in der Kehle, als ich meinen alten Herrn so reden hörte. Es war wirklich Hilfe im letzten Augenblick gewesen.

»Okay, Daddy«, sagte ich. »Wir haben es gepackt. Du bist noch mal davongekommen.«

Er schloß den Mund und legte seinen Kopf nach hinten. Auf seinem Gesicht glänzte es naß, noch immer hatte er Schwierigkeiten, Atem zu holen, zudem war er so geschwächt, daß er nicht allein aufstehen konnte.

Ich faßte ihn unter den Schultern und hob ihn an.

»Soll ich helfen?« erklang Sukos Stimme vom Rand der Gruft.

Über meine Schulter hinweg schaute ich schräg nach oben. »Nein, laß mal, das schaffe ich auch so. Bleib aber da.«

»Mach' ich. Der andere ist sowieso entwischt.«

Auch mein Vater hatte die Worte vernommen. Mit kratziger Stimme sagte er: »Der kommt wieder, das kannst du mir glauben.«

»Aber jetzt nicht«, erwiderte ich und zog meinen Vater auf die Beine.

»Ich – ich weiß, wer er ist, John ...«

»Später, Dad. Das kannst du mir alles später erzählen. Zuerst einmal müssen wir aus dieser verdammten Gruft.« Der alte Herr war sehr wacklig auf den Beinen. Als er die ersten zögernden Schritte ging, wollte er in den Knien einknicken. Ich hatte Mühe, ihn auf den Beinen zu halten.

Sukos Hilfe kam mir sehr gelegen. Der Chinese kniete am Rand der Gruft und hatte die Arme ausgestreckt. Gemeinsam hievten wir meinen Vater hoch.

Oben kümmerten sich Suko und Gordon Miller um ihn.

Ich blieb in der Gruft und untersuchte den Sarg. Er war im Gegensatz zur Steinplatte nicht zerstört worden, doch er verfiel, da er schon sehr alt war und immer in diesem luftdicht abgeschlossenen Käfig gestanden hatte. Jetzt drang Sauerstoff an das Holz, es zollte dem Alter Tribut und wurde brüchig.

Mit dem Fuß trat ich dagegen. Das Holz splitterte nicht einmal, es fiel zusammen wie nasse Pappe.

Ansonsten befand sich nichts in der Gruft, was mich auf die Spur des geheimnisvollen Wesens gebracht hätte. Ich entdeckte auch keine Verbindung zwischen der Gruft und dem Grabstein, beide schienen unabhängig voneinander zu sein.

Mir blieb nichts anderes übrig, als ebenfalls ins Freie zu klettern. Der Grabstein stand noch, während die Grabplatte verschwunden war. Sie hatte sich einfach aufgelöst. Ich konnte mir das nur so erklären, daß sich in dem Stein eine stärkere Magie als in der Platte verborgen gehalten hatte.

Mein Vater wurde zwar noch immer von Suko gestützt, er hatte sich aber inzwischen wieder einigermaßen erholt. Tief und schwer atmete er durch. Sein Gesicht hatte auch Farbe angenommen, und er schaute mich lächelnd an, als ich den unheimlichen Raum unter der Erde verließ.

»Du hast mir das Leben gerettet, John.«

Ich stand auf und klopfte mir die Hände sauber. »Hör auf, Dad. Das hätte jeder andere auch getan.«

»Aber du hast es geschafft.«

»Weil ich mein Kreuz hatte, das ist alles.« Ich schaute mich um. »Eigentlich haben wir hier nichts mehr verloren«, sagte ich. »Das Wesen ist entkommen. Wir müssen sehen, wo wir den Hebel ansetzen.«

»Ich kann dir dazu etwas sagen, John.«

»Klar, Dad. Aber nicht hier.«

»Wir gehen zu mir«, sagte Gordon Miller sofort.

»Und was fangen wir mit ihm an?« Ich hatte den Piloten nicht vergessen.

»Den nehmen wir mit.«

Das war eine Aufgabe für Suko. Er warf sich den Mann über die Schulter, der dies apathisch über sich ergehen ließ. Ich stützte meinen Vater, Miller ging neben uns her. So verließen wir den Friedhof. Allerdings war ich mir sicher, daß ich noch einmal zurückkehren würde. Und dann unter veränderten Vorzeichen.

Wir saßen in Gordon Millers Arbeitszimmer. Wir, das waren Mr. Miller, mein Vater, Suko und ich. Der völlig erschöpfte und entnervte Pilot hatte im Gästezimmer seinen Platz gefunden. Dort lag er auf einem Bett.

Wir hofften, daß er schlafen konnte.

Mein Vater hatte berichtet. Gut erholt zeigte er sich. Es hing auch damit zusammen, daß er seine Stimme mit Mineralwasser geschmiert hatte, wie er sich auszudrücken pflegte, und er hatte trotz seiner Angst unten in der Gruft gut aufgepaßt. Kaum ein Wort war ihm entgangen, und so erfuhren wir, welch eine Bewandtnis es mit unserem Ahnherrn auf sich hatte.

John Sinclair, mein Namensvetter, hatte sich tatsächlich dem Teufel verschrieben. Ich konnte es immer noch nicht fassen. Asmodis hatte mir nie etwas darüber erzählt. Die Chance dazu hatte er längst gehabt, denn mehr als einmal hatte ich ihm bereits gegenübergestanden. Ein Ahnherr in der Sinclair-Familie als Dämon war wohl einer seiner großen Trümpfe gewesen. Allerdings hatte er ihn bisher nicht so ausspielen können, wie er es sich wohl vorstellte. Wir waren da ein wenig schneller gewesen.

Bei einem ausgezeichneten Whisky dachte ich über das nach, was mein Ahnherr geworden war.

Ein Dämon.

Genauer gesagt: ein Alp.

Was wußte ich darüber? In den Sagen und Legenden der Völker geisterte der Alp als schwarzes, großes, kugelförmiges Wesen herum, das des Nachts die Menschen besuchte und sich auf ihren Betten festsetzte, wobei seine höllischen Gedanken ihr Unterbewußtsein beeinflußten und ihnen die schrecklichen Alpträume brachten.

Eine Sage war es also nicht gewesen. Dieser Alp existierte tatsächlich.

Und er war vom Teufel persönlich erschaffen worden, wenn ich den Worten meines Vaters glauben sollte. Über meinen Namensvetter selbst wußte ich nicht allzu viel. Er war das Schwarze Schaf seiner Familie gewesen, hatte sich einen Dreck darum gekümmert, was andere taten, und war seine eigenen Wege gegangen.

Die Wege der Hölle!

Er hatte mit dem Teufel paktiert. Wie und wieso, das wußte niemand zu sagen, doch der Teufel hatte sich seiner erbarmt. Oder auch nicht. Es kam darauf an, aus welcher Perspektive man die Sache betrachtete. Für meinen Ahnherrn war das wohl das beste gewesen. Er lebte weiter. Nur wie. Als Alp, um die Menschen zu quälen und ihnen die schrecklichen Träume zu bringen.

Ich zündete mir eine Zigarette an und schaute versonnen dem blaugrauen Rauch nach.

»Woran denkst du, John?« fragte mich mein Vater.

»An den Alp.«

Daddy lächelte. »Das ist klar, aber wie willst du ihn vernichten?«

Ich hob die Schultern.

»Das ginge wohl am besten nachts«, meinte Suko. »Dann sucht er die Menschen auf und bringt seine grausamen Träume.«

Ich gab meinem Freund recht. »Fragt sich nur, zu welcher Person er kommt. Wir haben da leider keinen genauen Anhaltspunkt und sind nur auf Spekulationen angewiesen.«

»Vielleicht kann uns Mr. Miller weiterhelfen« meinte der Chinese.

»Ich?« Miller war baff erstaunt.

»Ja« sagte Suko. »Sie kennen sich doch am besten hier in Maghel aus und wissen über die Leute Bescheid. Der Alp sitzt ja nicht ewig in seiner Gruft. Sie ist für ihn ein Schlupfwinkel. Ich kann mir vorstellen, daß er sie des Nachts verläßt und mit seinem schlimmen Treiben beginnt.«

Die Gedankengänge meines Partners waren wirklich nicht von der Hand zu weisen. Ich ahnte, worauf er hinauswollte, und er bestätigte es mir mit der nächsten Frage.

»Haben Sie vielleicht von irgendwelcher Seite erfahren, daß sich die Alpträume in letzter Zeit vermehrt haben? Nahmen sie zu? Haben die Menschen etwas erzählt?«

Miller schien nicht zugehört zu haben, denn er deutete auf sich und fragte: »Bin ich gemeint?«

»Natürlich.«

Er hob die Schultern. »Das ist eine schwierige Frage. Sicher, in meiner Firma arbeiten zahlreiche Menschen aus dem Ort, ich unterhalte mich auch mit vielen, aber wir reden ja nie über private Dinge. Ich kann die Leute schlecht fragen, was sie geträumt haben.«

Das stimmte. Es wäre wirklich zuviel verlangt gewesen. Wir mußten es anders anpacken.

»Haben Sie selbst in der letzten Zeit stärkere Alpträume verspürt?« wandte ich mich an Gordon Miller.

»Nein.«

Die Antwort kam ein wenig plötzlich. Das hatte auch mein Vater bemerkt, denn er sagte zu seinem Freund: »Überlege genau, Gordon. Vielleicht hast du tatsächlich ...«

»Wirklich nicht. Ich nehme immer Schlaftabletten, weil ...«

»... Sie nicht einschlafen können und Alpträume Sie quälen«, vollendete ich.

»Da haben Sie sich verkalkuliert, Mr. Sinclair. Ich habe andere Probleme. Sie müssen wissen, daß ich ein kleiner Unternehmer bin und seit Jahren in einem Existenzkampf stehe. Hier ist es wie überall. Die großen Konzerne wollen uns kaputtmachen, und man muß wirklich am Ball bleiben, um mithalten zu können. Zum Glück ist es meinem Sohn und mir gelungen, eine Marktlücke zu entdecken. Wir haben uns spezialisieren können und auch entsprechende Abnehmer. Als Optimist sehe ich einen Aufschwung, doch in den letzten Monaten hat es mies ausgesehen, das muß ich einmal sagen, um Ihnen meine Schlafbeschwerden zu erklären.«

So kamen wir wirklich nicht weiter.

Ziemlich betrübt schauten wir aus der Wäsche. »Hat einer einen anderen Vorschlag?« fragte ich.

»Bleibt uns nur der Friedhof, John«, sagte Suko.

»Du meinst, wir sollten dort warten?«

»Ja, daran denke ich. Wenn der Alp seine Tour hinter sich hat, wird er in sein Versteck zurückkehren.«

Ich war skeptisch. »Auch jetzt, wo wir die Gruft und seinen Sarg zerstört haben?«

»Verflixt, daran habe ich nicht gedacht.«

»Und der Alp hat freie Bahn«, sprach mein Vater genau das aus, was ich dachte.

Es war wirklich ein Kreuz.

»Der Alp kommt in der Nacht«, resümierte ich. »Demnach müssen wir bis zur Dunkelheit warten. Bis dahin hält er sich versteckt. Ist jemand anderer Meinung?«

Keine Einwände.

»Ich würde aber trotzdem gern mit Leuten aus Maghel sprechen«, warf ich ein und blickte Gordon Miller dabei an. »Wäre es möglich, mit Ihren Arbeitern und Angestellten kurz zu sprechen?«

»Ja, das geht.«

Ich nickte und stand gleichzeitig auf. »Worauf warten wir noch? Untätiges Herumsitzen hilft niemandem.«

Gordon Miller grinste. »Das, John, hätte auch Ihr Vater sagen können. Nicht wahr, Horace?«

Mein alter Herr nickte.

Man hatte das Zimmer abgedunkelt. Vorhänge, die fast bis zum Boden reichten, verdeckten die beiden Fenster und ließen kaum einen Lichtstreifen hindurch.

Frank Evans lag auf dem Bett. Er konnte es nicht richtig fassen, daß er gerettet war, und wenn er die Augen schloß, dann glaubte er sich noch immer in seiner schrecklichen Lage am Grabstein zu sehen. Danach öffnete er ruckartig die Augen und sah über sich keinen Himmel, sondern das verschwommene Weiß der Zimmerdecke.

Er hatte es geschafft. Tatsächlich ...

Einen Arzt hatte er abgelehnt. Erstens gab es in Maghel keinen, zudem wollte er seinen Rettern nicht zumuten, bis zum nächsten Dorf zwölf Meilen zu fahren. So blieb er allein. Allerdings waren seine Retter so nett gewesen und hatten ihm zu essen und zu trinken dagelassen.

Gegessen hatte er nichts. Er kriegte einfach keinen Bissen herunter. Er hatte wohl getrunken, und der kühle Saft rann wohltuend durch seine Kehle.

Manchmal packte ihn der Schüttelfrost. Urplötzlich war er da und lief durch seinen Körper. Dabei zitterte das Bett mit, so sehr pflanzten sich die Vibrationen fort. Einmal hatte es ihn getroffen, als er das Glas in der Hand hielt. Der Fruchtsaft war übergelaufen und hatte einen Fleck auf der Decke hinterlassen.

Man hatte ihm geraten, ein wenig zu schlafen. Er lachte auf, als er daran dachte. Wer konnte schon schlafen nach so einem Erlebnis? Er jedenfalls nicht. Dabei hatte er gedacht, gute Nerven zu haben, denn die brauchte er als Flieger, doch die Erlebnisse der nahen Vergangenheit hatten ihn buchstäblich überrollt und kehrten in der Erinnerung immer wieder, als er auf dem Bett lag und seine Ruhe hatte.

Nein, das war so leicht dahergesagt. Keiner konnte sich in seine Lage versetzen, niemand hatte das durchgemacht, was hinter ihm lag. Der Schrecken, das Grauen, die Angst um sein Leben, das Wissen um seine aussichtslose Lage – dann die Rettung.

Er stöhnte auf, als abermals die Ereignisse vor seinem geistigen Auge vorbeizogen. Nie wieder wollte er so etwas erleben. Sollte sich noch einmal so etwas abzeichnen, würde er lieber Selbstmord verüben, denn ein zweites Mal wurde er sicherlich nicht gerettet.

Das Bett stand so, daß sein Blick auf die beiden Fenster fiel. Eins lag links von ihm, das zweite genau gegenüber. Zwischen den Fenstern wurde die Wand von einem hohen Schrank ausgefüllt, dessen Oberteil fast bis an die Decke reichte. Das Möbelstück hatte sicherlich seine hundert Jahre auf dem Buckel.

Er hatte sich nicht auf die Seite gelegt, sondern auf den Rücken. Das Halbdunkel des Zimmers wirkte irgendwie gespenstisch. Die langen Vorhänge erinnerten ihn an ruhende, düstere Gespenster. Sie wurden von keinem Windhauch bewegt.

In den beiden Vorhängen erkannte er plötzlich Feinde. Kalt lief es seinen Rücken hinab, wieder schüttelte er sich, und seine Zähne klapperten aufeinander.

Da! Ein Vorhang hatte sich bewegt. Er gehörte zu dem Fenster, das ihm gegenüberlag. War der Spalt zwischen den beiden dunklen Tüchern nicht größer geworden, und hatte sich dort nicht eine Gestalt hindurchgeschoben?

Wild trommelte sein Herz. Er lag still im Bett, starrte auf das Fenster, und seine Angst wurde von Sekunde zu Sekunde größer. Er wußte nicht, was er tun sollte, aber er rechnete damit, daß sich jemand im Raum befand.

Ja, er war nicht mehr allein!

Das Unheimliche lauerte. Ein Gespenst aus der Gruft, ein furchtbarer Geist – ein Dämon.

Frank Evans stöhnte auf. Alles hätte ihm passieren können, nur das nicht, um Himmels willen keine Erinnerung an diese schreckliche Zeit auf dem Friedhof.

War da nicht ein Schatten? Huschte nicht etwas Schwarzes durch den Raum, flog der Decke entgegen, vermischte sich mit dem Dämmer und kreiste im Raum?

Jetzt war es bei ihm!

Er spürte es.

Da war plötzlich der Druck auf seiner Brust. Sein Luftholen wurde zu einem Pfeifen, die Augen weiteten sich, sie quollen hervor, als wollten sie die Höhlen verlassen.

Frank Evans krallte seine Finger in die Bettdecke. Heisere Laute drangen aus seinem Mund. Er wollte die Hände falten, doch das gelang ihm nicht. Die andere Kraft war stärker.

Sie saß auf ihm, sie drückte …

Der Pilot stöhnte auf. O Gott, was war das? Warum ließ man ihn nicht atmen? Er wollte doch Luft holen. Er brauchte sie, um weiterleben zu können. Was hatten die anderen denn mit ihm vor? Und wer war dieses Wesen?

Er senkte den Kopf, blickte an seiner Brust entlang, um die unter der Bettdecke hervorschauenden und hochkant stehenden Füße zu sehen. Er schaffte es nicht. Da war etwas dazwischen, ein schwarzes Ding, das ihm die Sicht nahm und dicht wie eine Wand war, durch die er nicht schauen konnte.

Unförmig, wallend, doch irgendwie an eine Kugel erinnernd, so kam ihm das Ding vor.

Und es hockte auf seiner Brust.

Gnadenlos war es, es bewegte sich sogar. Er wollte es fortwischen, aber es gelang ihm nicht einmal, seine Arme zu bewegen. Zu beiden Seiten seines Körpers lagen sie neben ihm, die Hände in das Laken verkrallt.

Das war ein Alptraum, aber einer, der zur Realität geworden war. Etwas anderes konnte er sich nicht denken. Er kannte diese Träume noch, hatte sich jetzt wieder an sie erinnert, denn als Jugendlicher hatte er während der Pubertät diese Träume gehabt und sie mit all ihren Schrecken erlebt.

Jetzt waren sie wieder da. Nur grausamer und bedrückender als je zuvor.

Der Druck wanderte höher. Er konzentrierte sich nicht mehr nur auf seinen Brustkorb, sondern geriet in die Nähe seines Halses und schnürte ihm dort die Luft ab. Er sollte nicht mehr atmen, sondern langsam und qualvoll ersticken, dabei einen Tod erleiden, wie er schlimmer und grausamer nicht sein konnte.

Da drehte sich der Schatten auf seiner Brust um, und Frank Evans sah das grüne Schimmern.

Zwei Augen starrten ihn an.

Grüne Augen!

Wie Gift, so sprühend vor Haß, und die Augen rollten

in der Schwärze. Dann vernahm er die Stimme von diesem amorphen Etwas.

»Ich hab' dich!« flüsterte das Wesen. »Du entkommst mir nicht. Wer einmal in meinen Krallen gewesen ist, den lasse ich nicht mehr los ...«

Der Pilot röchelte. Mehr brachte er nicht hervor. Etwas schnürte seine Kehle zusammen, Speichel sprühte vor seinen Lippen, der Druck auf der Brust wurde immer stärker. Wenn überhaupt noch Luft in seine Lungen drang, dann war dies mit einem pfeifenden Geräusch verbunden.

Der Alp hatte seinen Spaß. Er, der sonst immer nur Schlafende aufsuchte und seine grausamen Botschaften in deren Unterbewußtsein pflanzte, hatte es hier mit einer lebenden Person zu tun. Mit einem Menschen, den er töten konnte.

»Ich bin der Alp!« zischte er. »Ich bin der Tod. Du wirst es nicht mehr schaffen, keiner ist da, der dich retten kann. Ich habe sie weggehen sehen. Sie denken, sie wären schlau, doch das stimmt nicht, ich bin viel schlauer und ihnen weit überlegen ...«

Wahre Worte, dumpf klingend, aber Frank Evans vernahm sie kaum noch. Seine Aufnahmefähigkeit war stark reduziert worden. Eine Platte schien sich vor sein Gehirn geschoben zu haben, die sämtliche Worte filterte und sie nur bruchstückhaft an den Empfänger weitergab.

Der Tod nahte.

Er hatte bereits seine dunklen Schwingen ausgebreitet, um einen Menschen in sein Reich zu ziehen. Der Tunnel der Unendlichkeit öffnete sich für Frank Evans, und er hatte das Gefühl, als würden große Kräfte an seinem Körper zerren, um ihn in dieses schwarze Loch hineinzuziehen.

Noch wehrte er sich, doch es war nur ein schwaches Aufflackern, wie bei einer Kerze die Flamme, der jemand immer mehr Sauerstoff entzog.

Die Finger umkrallten noch immer das Bettuch. In

einer letzten Aufwallung bäumte Frank Evans seinen Körper auf, ein röchelnder Schrei drang über seine Lippen, und der Alp auf seinem Körper wurde zu einem riesenhaften Gebilde, das die Größe des Zimmers annahm und schließlich übergangslos zusammen mit Frank Evans in den Tunnel hineinschoß, aus dem es für den Menschen keine Rückkehr gab …

Unsere Mission war erfolglos verlaufen. Über zwei Stunden hatten wir auf diese Art und Weise ›vertrödelt‹. Nun rechnete ich nicht mehr mit der Offenheit der Menschen. Die Schotten, besonders die, die auf dem Lande lebten, waren ziemlich verschlossen. Als wir die Männer und Frauen nach ihren Träumen fragten, hatten wir manches Mal überhaupt keine Antwort erhalten, sondern nur ein stummes Kopfschütteln geerntet.

Das war alles.

Gordon Miller hatte mit seiner Prognose recht behalten. Die Menschen gaben nicht so einfach etwas zu. Schon gar nicht vor ihrem Arbeitgeber und drei Fremden.

Als wir Millers Haus erreichten, war es später Nachmittag. Ich blickte zum Himmel. Die graue Färbung ließ nicht allein auf eine starke Wolkenbildung schließen, es war auch die Dämmerung, die sich langsam ausbreitete, um den Tag abzulösen.

Der Abend nahte …

»Bleibt es bei unserem Vorsatz?« fragte Gordon Miller, als er die Haustür aufschloß.

»Natürlich« antwortete ich. »Wir müssen einfach auf dem Friedhof warten.«

Wir betraten das Haus.

Mein Vater hielt mich zurück, während Suko und Miller schon vorgingen. »Ist das nicht zu gefährlich, John? Du hast gesehen, zu welchen Taten deine Gegner fähig sind.«

Ich klopfte dem alten Herrn auf die Schulter. »Laß nur,

Dad, ich schaffe das schon. Wenn du wüßtest, gegen wen ich schon alles gekämpft habe, ich glaube, du und Mutter hättet keine ruhige Minute mehr.«

»Ja, ich weiß es. Deshalb sage ich Mutter auch nichts. Für sie bist du immer noch ein Kind.«

Ich lächelte. »So sind Mütter nun einmal. Es wäre schade, wenn es anders wäre.«

»Da hast du recht.«

»Was ist mit euch?« rief Gordon Miller. »Wollt ihr für heute im Flur stehenbleiben?«

»Nein, nein.« Ich ging schon vor. »Außerdem müssen wir nach Frank Evans schauen.«

»Der wird schlafen«, sagte Miller.

»Hoffentlich.« Ich ging noch vor dem Hausherrn und steuerte als erster die Tür des Gästezimmers an. Erst wollte ich klopfen, dann überlegte ich es mir anders, drückte die Klinke und betrat das Zimmer.

Halbdunkel. Man konnte wirklich schlecht etwas sehen, deshalb machte ich Licht.

An der Decke wurde die Lampe hell. Ihr Licht fiel auf das Bett, in dem Frank Evans lag.

Er schlief – oder?

Zuerst fiel mir seine unnatürliche Haltung auf. Er hatte seinen Körper hochgehoben, die Hände waren in das Laken gekrallt, der Mund stand offen – und er war tot!

»O nein!« stöhnte ich, als ich neben seinem Bett stand, und biß danach die Zähne so hart zusammen, daß es knirschte. »Ich werde hier noch verrückt. Das kann es doch nicht geben. Der Alp hat ihn erwischt, Teufel auch.«

Die anderen hatten mich erreicht und blieben neben mir stehen. Wie auch ich, so starrten sie ebenfalls fassungslos in das bleiche Gesicht des toten Piloten.

Der andere hatte ihn ermordet. Dieser verfluchte Alp war schneller gewesen als wir.

Ich wandte mich ab, ging zum Fenster und riß einen der Vorhänge beiseite. In ohnmächtigem Zorn ballte ich die rechte Hand zur Faust. Wären wir nur dageblieben und hätten auf unseren Gegner gelauert, dann läge jetzt kein Toter im Bett. Aber wir waren weggegangen, noch dazu auf meinen Vorschlag hin, und das war das Schlimme an der Sache. Ich gab mir die Schuld am Tod dieses Menschen.

»John.« Hinter mir hörte ich die Stimme meines Vaters und spürte die Hand, als sie sich auf meine rechte Schulter legte. »Du brauchst dir keinen Vorwurf zu machen, wirklich nicht. Wir alle sind nicht schuld an dieser Sache.«

»Daddy, es hat keinen Sinn. Ihr seid nicht schuld, aber ich. Glaube mir.«

»Unsinn.«

»Doch. Ich hätte wissen müssen, wie unberechenbar Dämonen reagieren. Ich habe lange genug Erfahrungen sammeln können, wir hätten nicht gehen sollen.«

»Aber John, ich bitte dich ...«

»Nein, Dad, hör auf! Ein Mensch ist von einem Dämon getötet worden. Dazu von einem, der meinen Namen trägt. Ein dämonischer Mörder namens John Sinclair. Stell dir das einmal vor, Dad ...«

»Ich rufe den Leichenbeschauer an«, sagte Gordon Miller. Er verließ den Raum. Draußen im Gang hörten wir, wie er aufstöhnte. Auch ihm war dieser Fall an die Nieren gegangen. Dabei hätten wir diesen Mord verhindern können. Mit ein wenig mehr Überlegung und Nachdenken.

Ich drehte mich wieder um. Wortlos trat mein Vater zur Seite. Ich blieb neben dem Bett stehen und blickte in das Gesicht der Leiche.

»Deinen Mörder, Frank Evans, den holen wir uns. Dann wird er vernichtet.« Ich sprach die Worte leise. Sie waren ein Schwur, und ich würde ihn halten.

Auch wir verließen den Raum. Mein Vater tat das einzig Richtige. Er schenkte einen Whisky ein.

Obwohl er wirklich ausgezeichnet war, schmeckte er mir wie Seifenwasser.

Der Alp lauerte in seinem Versteck. Böse Gedanken durchstreiften das schwarze Gebilde. Sie waren von der Hölle geschickt worden, und der Teufel selbst sandte sie aus. Er freute sich über die Tat seines Dieners, der einmal John Sinclair geheißen hatte.

Der Tod des Piloten war erst ein Vorgeschmack auf das Kommende gewesen. In der folgenden Nacht wollte und sollte der Alp zuschlagen. Er würde den Menschen die gräßlichsten Träume bringen, die man sich vorstellen konnte, und sie würden reagieren, denn die Träume waren so stark und grausam, daß die Menschen nicht anders konnten, als sie beim Erwachen nachzuvollziehen.

Sie würden das tun, was ihnen der Alp eingegeben hatte. Der Friedhof sollte für sie zu einem Sammelpunkt werden. Niemand konnte den Alp mehr aufhalten.

Er war stärker!

Der Tag neigte sich seinem Ende entgegen. Er starb allmählich dahin, die Dämmerung kam und mit ihr die Nacht. Sie breitete über alles Böse ihren dunklen Mantel, deckte die Untaten der Menschen ebenso zu wie die der Hölle. Sie war ein Verbündeter der Schwarzblüter seit ewigen Zeiten, und sie würde es immer bleiben, solange es Dämonen gab.

In den Häusern wurden die ersten Lichter eingeschaltet. Kinder durften nicht mehr auf die Straße, die wenigen Geschäfte schlossen, die Wirte warteten auf den Besuch ihrer Gäste.

Und auch der Alp wartete. Er hatte Zeit, für ihn spielten Stunden oder Tage keine Rolle. Er dachte nur an seine Aufgabe, die er erfüllen wollte und auch würde.

Bisher hatte er sich ziemlich zurückgehalten. Seine letzte Ruhestätte, der Sarg, war von ihm nicht jede Nacht verlassen worden. Und auch die Träume waren nicht so schlimm gewesen. Es hatten zwar Menschen wie verrückt im Schlaf geschrien, aber dennoch konnte man all dies als harmlos bezeichnen.

Das sollte sich in der folgenden Nacht ändern, denn

dann würde es Tote geben, das hatte sich der Alp fest vorgenommen. Geübt hatte er bereits. Der Pilot lebte nicht mehr.

Die Gruft mit dem Höllenauge!

Sie sollte zum Ziel all derjenigen werden, die er mit seinen schrecklichen Alpträumen beglückte. Und wer sich seinen Dienern in den Weg stellte, wurde vernichtet.

Wie seine Feinde!

Er wußte sehr wohl, daß sie da waren. Auch sie würden sicherlich auf dem Friedhof lauern, aber da hatten sie sich geschnitten, da hingen sie voll in der Falle. Der Alp wußte auch schon, wie er an die Geisterjäger herankam.

Sein Plan war einfach und doch genial. Im Mittelpunkt standen die Menschen, die er nach seinem Willen lenken konnte.

Noch wartete er, doch als es dunkel war und die ersten Menschen zu Bett gingen, machte er sich auf den Weg ...

Es hatte eine kleine Auseinandersetzung mit meinem Vater gegeben, weil er Suko und mich nicht allein gehen lassen wollte, denn er fühlte sich noch fit und hatte schließlich ebenfalls ein Wörtchen mitzureden.

»Daddy, laß es sein. Du bist zwar okay, aber nicht mehr so fit wie ich. Zudem habe ich Routine, was den Umgang mit Dämonen und anderen finsteren Geschöpfen angeht. Wenn ich Mutter erzählen würde, wie du dich anstellst, dann ...«

»Das wirst du doch hoffentlich nicht tun, John.«

»Nur wenn du hierbleibst.«

Dieses Argument überzeugte. Mein Vater blieb mit Gordon Miller zurück.

Der Whiskyfabrikant hatte sowieso keine Lust, uns zu begleiten. Allerdings fühlte er sich in seinem Haus auch nicht sicher. Zu Recht, wie der Mord an dem Piloten bewiesen hatte.

Es war inzwischen dunkel geworden. Suko und ich

wollten noch nicht zum Friedhof. Wir gingen davon aus, daß der geheimnisvolle Dämon irgendwo in der Stadt lauerte und sich seine Opfer genau aussuchte.

Der Chinese wollte wissen, in welch einem verwandtschaftlichen Verhältnis dieser John Sinclair zu mir stand.

Da hob ich die Schultern. »Genaueres kann ich dir nicht sagen, Suko. Er ist auf jeden Fall kein direkter Ahnherr.«

»Wie meinst du?«

»Er paßt nicht in die Linie, wenn ich sie mal zurückverfolge.«

Suko lächelte. »Dann brauchst du also keine Angst zu haben, daß das Dämonische auch einmal bei dir zum Ausbruch kommt.«

»Doch.«

»Wieso?«

»Wenn du weiter so redest, werde ich zum Tier.«

Suko lachte, und ich grinste mit.

»Aber im Ernst«, fuhr ich fort. »Wie mir mein Vater sagte, gehörte dieser Sinclair zu einer Nebenlinie unserer Familie. Er ist damals von den Menschen geächtet und zugleich gefürchtet worden. Zu recht, wie du jetzt siehst.«

»Kennst du eigentlich deine genaue Abstammung?«

Ich schüttelte den Kopf. »Nein, so intensiv habe ich mich damit wirklich nicht befaßt.«

»Solltest du aber.«

»Weshalb?«

»Vielleicht erlebst du noch andere Überraschungen, so daß es nicht nur der eine Ahnherr war, der bei euch aus der Art geschlagen ist.«

Ich schaute Suko mit einem Blick an, als wollte ich ihn fressen. Im Prinzip jedoch hatte er Recht. Es wäre wirklich mal interessant, die Ahnenforschung genau zu betreiben. Allerdings fehlte mir dazu die Zeit. Vielleicht konnte ich meinen Vater für so einen Job gewinnen. Oberflächlich hatte er sich ja mit dem Gebiet beschäftigt.

Das Dorf war nicht groß.

Maghel unterschied sich zudem in nichts von anderen schottischen Orten. Vielleicht der hohe Schornstein der Whisky-Brennerei, ansonsten sah alles normal aus.

Die kleinen Häuser, die engen Straßen, das Kopfsteinpflaster, die Kneipen oder auch Destillen, wie manche sagten, fehlte nur noch der Mann im Kilt.

Der begegnete uns nicht. Dafür hörten wir plötzlich einen Schrei. Wir standen etwa in der Mitte des Dorfes, und der Schrei war aus einer Seitengasse gekommen. Wir sahen sie, als wir uns umdrehten, und sie erschien uns wie ein dunkler Schlauch.

»Da hinein!« zischte Suko.

Ich war bereits unterwegs, während mir der Chinese den Rücken deckte. Bevor ich stoppen konnte, sprang mich die Gefahr an.

Eine Katze schoß aus der Gasse. Schwarz mit türkis leuchtenden Augen. Sie war so erschreckt und aufgewühlt, daß sie mich fast mit ihren Krallen im Gesicht erwischt hätte. Im letzten Augenblick konnte ich meinen Kopf zur Seite nehmen, und die Katze verfehlte mich.

Hinter mir kam sie auf die Beine und verschwand schattenhaft in der Finsternis.

»Eine Katze«, sagte Suko. »Sie wird auch so geschrien haben.«

Ich nickte. »Klar, aber warum hat sie geschrien?«

»Warum schreien Katzen?«

»Nicht ohne Grund. Und den werde ich erforschen.« Ich fingerte bereits nach meiner Bleistiftleuchte, um die schmale Gasse vor uns zu erhellen.

Viel sahen wir nicht. Links befand sich die Hauswand, rechts eine Mauer. Und in der Wand sah ich nach wenigen Schritten die Umrisse eines Fensters. Als ich näher heran trat, da bemerkte ich, daß das Fenster nicht geschlossen war.

Man hatte es gekippt.

Vor dem Fenster blieb ich stehen und lauschte.

Durch die kleine Scheibe konnte ich nichts sehen, denn

im Raum dahinter war es finster. Dafür hörte ich etwas.

Schwere Atemzüge, dazwischen ein Seufzen und Stöhnen, als würde jemand unter Schmerzen leiden.

Oder unter Alpträumen …

Ich bemerkte Suko neben mir und legte einen Finger auf die Lippen. Der Chinese verstand. Gemeinsam lauschten wir den Geräuschen. Der Person im Raum schien es nicht gut zu gehen. Zudem hörten wir das Knarren eines Betts, was unsere Annahme nur bestätigte, daß hinter dieser Scheibe jemand lag und nicht einschlafen konnte.

Das hatte seinen Grund. Für mich kam nur einer in Frage. Es mußte der Alp sein.

Ich wollte ihn sehen. Das Fenster stand, wie ich bereits erwähnte, schräg. Zum Glück war der Spalt groß genug, um einen Arm dazwischenzuklemmen.

Ich hob den rechten, in dem ich die Lampe hielt, und schob meine Hand zwischen Fenster und Rahmen. Eine störende Gardine war zum Glück nicht vorhanden, so daß es mir sogar gelang, die Hand noch ein wenig zu bewegen.

Dann schaltete ich die Lampe ein.

Der dünne Strahl bohrte sich in die Dunkelheit. Viel konnte ich nicht sehen. Leider stach er am Bett vorbei und traf nur einen dunklen Stuhl, auf dem die Kleider einer Frau lagen.

Im selben Augenblick verstummten die Geräusche.

Und plötzlich huschte etwas Schwarzes durch den Lichtschein und war im nächsten Moment verschwunden.

Der Alp!

Verdammt, er war da! Wenn wir uns beeilten, dann konnten wir ihn unter Umständen packen.

Ich war drauf und dran, die Scheibe einzuschlagen, als ich einen erschreckten Ruf vernahm. Danach knarrte das Bett stärker, und jemand rief mit sich überschlagender Stimme: »Einbrecher, Einbrecher!«

Die Person war erwacht. Für uns wurde es Zeit, daß

wir verschwanden. Hastig zog ich meine Hand zurück und eilte mit Suko die schmale Gasse entlang, damit wir wieder die Straße erreichten. Als wir dort stehenblieben, fiel Licht aus dem Fenster und malte einen hellen Fleck in die Gasse.

Ich schaute Suko an.

»Er ist verschwunden«, sagte der Chinese. Dabei deutete er in die Runde. »Irgendwo hier in der Umgebung steckt er.«

»Ja.«

»Ob er es geschafft hat?«

»Ich glaube nicht. Wir haben ihn noch rechtzeitig gestört.«

»Aber wir können nicht überall zur gleichen Zeit sein.«

Da hatte mein Freund ein wahres Wort gesprochen. Ich dachte darüber nach, ob es jetzt schon Sinn hatte, zum Friedhof zu gehen und dort auf den Alp zu warten. Daß er unterwegs war, hatten wir deutlich genug gesehen.

Suko war auch dafür, unser eigentliches Ziel jetzt schon aufzusuchen. Ich hatte keine Widersprüche. Trotzdem setzten wir unsere Runde durch das Dorf noch fort.

Es gab drei Gasthäuser. Wir passierten alle und schauten durch die Fenster in die Schankräume hinein.

Leer sahen sie aus. Kaum einer hatte noch Lust, sich vollaufen zu lassen.

In Maghel war es ruhig. Es schien mir so, als hielten die Bewohner den Atem an. Jeder wußte, welche Schrecken auf dem Friedhof geschehen waren, deshalb traute sich niemand aus den Häusern.

Sie blieben zurück.

»Da bleibt uns wohl nichts anderes übrig, als wirklich nur zu warten«, meinte Suko und deutete auf einen schmalen Weg. Er führte zum Friedhof.

Wir schlugen ihn ein.

Schon jetzt merkte man die Nähe des Totenackers. Es war so ein typischer Geruch, den eigentlich alle Friedhöfe an sich haben. Da roch es nach Laub, nach verwelkten Blumen, nach Gräbern, feuchter Erde, Tod und Vergänglichkeit.

Wir hatten vorhin einen Bogen geschlagen, so daß wir uns nun dem Friedhof von einer anderen Seite her näherten. Und zwar kamen wir von dort, wo die Kirche stand. Hinter ihr begann der Wald. Wir sahen die dicht an dicht stehenden Bäume nur als kompakten Schatten.

Einen plattierten Weg erreichten wir. Er führte zur Kirche hin, traf allerdings davor auf einen Pfad, der uns zum Friedhof brachte. Ihn schlugen wir ein.

Ein schwacher Lichtschimmer geisterte durch die Büsche. Er lag rechts von uns, drang aus keinem Kirchenfenster, sondern von dorther, wo wir das Pfarrhaus vermuteten. Dem Geistlichen hatten wir nicht Bescheid gesagt, wir wollten den Fall allein lösen.

Wir bemühten uns, so wenig Geräusche wie möglich zu verursachen. Auch schauten wir uns um, suchten in der Dunkelheit die Schwärze des gefährlichen Alps.

Wir sahen nichts.

Schließlich standen wir vor der Friedhofsmauer. Hier hörte der Weg auf. Die Mauer war nicht sehr hoch. Wir konnten über sie hinwegschauen.

Trotz der schlechten Lichtverhältnisse erkannte ich die Zerstörung auf dem Friedhof. Das abgestürzte Segelflugzeug hatte eine regelrechte Schneise in die Büsche geschlagen. Die Trümmer des Flugzeugs lagen verstreut umher.

»Sieh dir mal das Tor an«, wisperte Suko.

Ich senkte ein wenig den Blick. Es war wirklich außergewöhnlich. Das Tor bestand aus zwei Hälften. Auf der linken Seite war der Tod in Form des Knöchernen zu sehen, auf der rechten eine Figur, die einen Heiligenschein hatte. Beide reichten sich die Hand.

Es war symbolisch dargestellt. Der Tod und die Auferstehung. Anfang und Ende. Ein wirklich interessantes Bild.

Suko drückte das Tor auf. Es quietschte nicht einmal in den Angeln, so gut war es geölt. Hinter uns schlossen wir es und begaben uns auf den Weg zu unserem eigentlichen Ziel.

Um die Gruft mit dem Höllenauge zu erreichen, mußten wir quer über den Friedhof. Unsere Schuhe versanken auf den matschigen Wegen. Auf den kleinen Gräberfeldern sahen wir die Steine. Manchmal leuchteten oder schimmerten sie geisterhaft fahl, hervorgerufen durch Metalleinschlüsse innerhalb des Gesteins.

Die noch kahlen Bäume zeigten mit ihren Ästen und Zweigen ein gespenstisches Filigran. Sie bildeten über unseren Köpfen ein regelrechtes Netz, dann mußten wir uns nach links halten und erreichten endlich das Gebiet, in dem sich die Gruft mit dem Höllenauge befand.

Sofort fiel uns das Leuchten auf.

Zum erstenmal sah ich es, und wir blieben ein paar Schritte vor dem Grabstein stehen.

»Ein Auge!« hauchte Suko. »Verdammt, das ist tatsächlich ein Auge.«

Er hatte sich nicht getäuscht. In der Mitte des Grabsteins befand sich in der Tat ein rotes, glühendes Auge. Und darüber funkelte eine Schrift.

JOHN SINCLAIR

Es war schon seltsam, seinen eigenen Namen dort zu lesen. Ich konnte die Gänsehaut nicht unterdrücken, die über meinen Rücken kroch. Würde später einmal mein eigener Grabstein ähnlich aussehen?

Das war die große Frage, um die ich mich jetzt nicht kümmern konnte, denn ich wollte das Auge zerstören.

Das Grab lag noch immer offen. Die schwere Steinplatte blieb auch weiterhin verschwunden, als hätte es sie nie gegeben. Wer nicht achtgab, fiel in das Grab hinein. Wir schlugen einen Bogen und näherten uns dem Stein von der Seite.

Wir betrachteten ihn genau.

Das Auge bewegte sich. Allerdings nicht an seinen

äußeren Rändern, sondern in der Mitte, wo es besonders rot glühte. Ich ging noch näher heran und erkannte lange, rote Schlieren, die innerhalb des Auges wallten. Allerdings sah ich noch mehr. Hinter den Schlieren befand sich eine alptraumhafte Landschaft, die von schrecklichen Monstern bevölkert wurde.

Ein Pandämonium, wo sich Wesen ein Stelldichein gaben, von denen in Fabeln und Märchen erzählt wird. Man hatte den Verfassern der Geschichten niemals geglaubt, wir allerdings sahen, daß es die höllischen Gestalten der Schriftsteller wirklich gab und sie nicht nur ihrer Phantasie entsprungen waren.

Lautlos glitt ein grünlich schillerndes Monster mit drei Köpfen auf mich zu. Als es die Mäuler öffnete, sprangen schwarze Zungen hervor, und aus den Augen drangen wurmartige Gebilde.

Unwillkürlich zuckte ich zurück. Die gesamte Szenerie erinnerte mich an das Zentrum des Schreckens, in das ich vor kurzem gestoßen worden war, als ich das Tor zur Hölle aufgestoßen hatte.

Der Satan machte mit diesem Grabstein die Hölle transparent. So kam es mir vor, weil jeder einen Blick hineinwerfen konnte. Schuld daran trug das Höllenauge.

Das wollte ich zerstören!

Die Gruft bedeutete eine große Gefahr für die Menschen. Sie sollte nicht mehr länger existieren. Ich saugte den Atem durch die Nase ein und nickte Suko zu, während ich die Kette mit dem Kreuz über meinen Kopf streifte.

»Freie Bahn!« flüsterte der Chinese.

Ich wog mein Kruzifix noch einen Moment auf der flachen Hand und führte es dann auf das Auge zu.

Würde das Kreuz es schaffen?

Gut gegen Böse – Himmel gegen Hölle …

Plötzlich begann das Auge zu zucken. Das geschah nicht wie bei einem Menschen, es bewegte sich nur an den Rändern. Es zerfaserte, klappte hoch und vibrierte.

Ich stieß das Kreuz mitten hinein.

Ein seltsames Zischen erklang, als würden sich die Türen eines Zugs schließen. Gleichzeitig verschwand das düstere Rot. Das geschah nicht von einem Augenblick zum anderen, sondern nur langsam. Es wurde dunkler, immer dunkler, die schwarze Farbe überwog, und als ich das Kreuz aus dem Auge zog, hatte ich bereits keinen Durchblick mehr in die andere Dimension.

Das Höllenauge war verlöscht!

Und auch mein Name verblaßte. Ein letztes Flirren noch, dann starrte ich auf den nackten Stein ohne Schrift. Dort, wo das Auge gesessen hatte, befand sich ein schwarzer Fleck im Stein.

Ich steckte das Kreuz in die Tasche und drehte mich zu Suko um. Meine Lippen hatten sich zu einem Lächeln verzogen. »Jetzt bin ich mal gespannt, was der Alp macht. Der Rückzug in die Hölle ist ihm versperrt, und in seinen Sarg kann er auch nicht mehr. Er wird sich uns stellen müssen.«

»Und gefährlich sein.«

»Da sagst du was.«

Suko blickte sich schon um. Er brummelte etwas, das ich nicht verstand, und fragte: »Was ist los?«

»Ich suche nach einer Stelle, wo wir uns verstecken können. Wir müssen zudem die Gruft im Auge behalten können.«

Ich wies auf eine Buschgruppe. Sie lag nicht weit entfernt und wuchs um ein Grab herum. »Die Stelle scheint mir am günstigsten zu sein.«

Suko war einverstanden. Kaum hatten wir das Grab meines Ahnherrn verlassen, als Suko stehenblieb und witternd den Kopf hob.

»Was ist?«

»Da stimmt was nicht, John.« Mein Partner senkte seine Stimme zu einem Flüstern. »Ich habe das verdammte Gefühl, daß wir nicht mehr allein auf diesem Totenacker sind.«

»Der Alp?«
»Nein, andere.«
»Menschen also?«
»Möglich.«
»Hast du Schritte gehört?«

Suko hob die Schultern. »Ich bin mir nicht sicher. Laß uns mal vorgehen.«

Das taten wir auch. Möglichst geräuschlos bewegten wir uns auf unser Ziel zu. Wir hatten die Buschgruppe noch nicht erreicht, als es geschah. Plötzlich bewegten sich die Zweige, und aus den Büschen stürmten sechs Männer, die sich uns beide als Ziel ausgesucht hatten.

Über ihren Köpfen schwebte eine dunkle, schwarze Wolke.

Der Alp!

Die Männer hatten während des Schlafs ihre genauen Befehle erhalten. Und die saßen so fest in ihrem Unterbewußtsein, als wären sie dort verleimt. Sie ließen sich durch nichts von ihrem Vorhaben abbringen, zudem waren wir nur zu zweit, und sie befanden sich in der Überzahl.

Sie waren bewaffnet.

Zwar besaßen sie keine Schießeisen oder Messer, aber die Hartholzknüppel reichten aus, um uns einige verdammt unangenehme Minuten zu bereiten.

Suko und ich waren auf solche Dinge trainiert. Wären es Dämonen gewesen, Zombies oder Ghouls, hätten wir keinen Augenblick gezögert und sofort geschossen. Aber es waren Menschen, irregeleitete Personen, ferngelenkt von einem grausamen Wesen, das unseren Tod und die Vernichtung wollte.

Wir sprangen zu beiden Seiten weg. Suko nach links, ich nach rechts. Wir hofften darauf, daß sich auch die Angreifer teilten, und dies geschah. Drei wandten sich mir zu, die anderen konzentrierten sich auf Suko.

Trotz der Finsternis erkannte ich, daß es kräftige Männer waren, erfüllt von Wut und Zorn, geleitet von den Gedanken des Bösen.

Die Dunkelheit verzerrte ihre Körper, ließ sie noch wuchtiger und größer erscheinen, als sie tatsächlich waren. Gefährlich leuchteten ihre Augen, und der erste schlug auch schon zu. Was Suko machte, konnte ich nicht sehen, von links hörte ich nur ein Keuchen und mußte den ersten Hieb abwehren.

Das gelang mir ganz gut. Mit der Handkante fegte ich gegen den herabsausenden Arm, der Schlag geriet aus der Richtung, und der Knüppel verfehlte meinen Kopf.

Meine rechte Faust schleuderte den Angreifer zurück. Ich hatte ihn hart getroffen, er fiel zu Boden und seinen beiden Kumpanen vor die Füße, die über ihn springen mußten und so aus dem Gleichgewicht gerieten.

Dann war ich bei ihnen.

Meine Fäuste arbeiteten präzise. Ich hörte das Klatschen, das Keuchen der Männer und trieb sie mit gezielten Schlägen zurück. Einer fiel in das Gebüsch. Er breitete dabei die Arme aus wie eine Fledermaus ihre Schwingen, und ein Grabstein stoppte seinen Flug.

Mein nächster Schlag senste ins Leere. Die Faust wischte dicht am Kinn eines Gegners vorbei. Ich zerbiß einen Fluch und kämpfte weiter. Bisher hatte mich noch kein Schlag mit dem Knüppel erwischt, doch das änderte sich, als der von mir niedergeschlagene Typ seinen Arm ausstreckte und meinen rechten Fußknöchel umklammerte.

Nichts rettete mich mehr vor einer unfreiwilligen Landung. Ich fiel auf den schlammigen Boden, schlug mit dem Gesicht auf und hörte hinter mir ein Pfeifen.

Ein verdammt bekanntes Geräusch. Hastig nahm ich den Kopf zur Seite. Ich zog ihn ein und drehte ihn gleichzeitig nach links. Deshalb traf mich der Schlag nicht voll, sondern streifte nur mein Ohr. Mein Gesicht verzerrte sich, der Schmerz war verdammt schlimm, und der zweite Hieb dröhnte auf meine Schulter.

»Ich hab ihn!« keuchte der Schläger. »Verdammt, ich habe ihn!«

Mühsam wälzte ich mich auf den Rücken, und es gelang mir, einen weiteren Hieb mit dem Knüppel zu parieren. Mein Gegner kniete vor mir, sein helles Gesicht leuchtete, die Augen waren weit aufgerissen, er hatte wuchtig zugeschlagen, und hätte dieser Hieb getroffen, wäre es unter Umständen aus gewesen.

Vielleicht war es Glück, auf jeden Fall schlossen sich meine Finger gedankenschnell, und es gelang mir, den Hartholzknüppel an mich zu reißen.

Erschreckte Augen starrten mich an. Aus dem Handgelenk schlug ich zu. Es war ein dumpfes Geräusch, als der Knüppel die Stirn des Gegners traf und die Wucht des Treffers ihn umhaute.

Das war meine letzte Aktion. Da ich mich auf nur diesen einen Gegner konzentrierte, hatten die anderen Gelegenheit, sich zu sammeln.

Das taten sie auch.

Und sie schlugen zurück.

Der Hieb mit dem Knüppel traf meinen Nacken. Es war wie ein Schock. Zuerst spürte ich noch den Schmerz, der mich zu zersprengen drohte, dann wurde ich nach vorn geschleudert und merkte nicht mehr, wie ich auf die feuchte Friedhofserde fiel …

Als ich erwachte, konnte ich mich nicht bewegen. Das hatte seinen Grund.

Man hatte mich gefesselt.

Allerdings nicht die Hände oder die Füße, nein, meine Gegner hatten es viel raffinierter angestellt. Ich war an das Tor des Friedhofs gebunden worden.

Hinzu kam, daß die Kerle Blumendraht benutzt hatten, der meine Hand- sowie Fußgelenke mit dem Eisen des Tors verband. Ich hing da nach vorn gebeugt, denn das Tor war nicht so groß, daß es mir bis zum Kopf reichte.

Mein Gewicht drückte nach vorn, der Draht schnitt in die Haut, und diese Schmerzen waren fast schlimmer als die in meinem Kopf.

Sie spürte ich. Besonders im Nacken, wo mich der Hieb mit dem Knüppel getroffen hatte, lag das Zentrum. Von ihm gingen regelrechte kleine Explosionen aus.

Die Männer waren noch da.

Wie eine Mauer umstanden sie mich und starrten mich an, als ich die Augen aufschlug. Zuerst sah ich sie nur verschwommen, dann, nachdem ich ein paarmal tief durchgeatmet hatte, klärte sich mein Blick, und ich erkannte sie genauer.

Sie hielten ihre Knüppel in den Händen. Ich zählte auch sechs Männer, so daß die Folge auf der Hand lag. Auch Suko war es nicht gelungen, einige von ihnen auszuschalten. Sie hatten den Chinesen ebenfalls überwältigen können.

Nur – wo befand er sich?

Mein Blick glitt nach rechts. Zwischen den Männern und mir lag dort eine männliche Gestalt am Boden.

Suko!

Mühsam hob ich den Kopf und blickte in ihre Gesichter. Einige kamen mir bekannt vor. Am späten Nachmittag hatte ich die Männer gesehen, als wir den Rundgang durch die Fabrik machten. Nur hatten sie da noch nicht den verdrehten Augenausdruck besessen, der mir bewies, daß sie unter einem Bann standen.

Der Alp hatte zugeschlagen!

Ich verfluchte innerlich das Wesen, das einmal mein Ahnherr gewesen war. Wir hatten uns reinlegen lassen. Das Höllenauge auf dem Grabstein war zerstört, doch der Alp existierte weiter, und er hatte Helfer gefunden.

Menschen!

Keine Dämonen. Doch es war ihm gelungen, das Unterbewußtsein der Menschen so zu beeinflussen, daß sie ihm gehorchten. Er hatte seine magischen Kräfte voll ausgespielt. Zuvor hatte er sich immer zurückgehalten, war den Menschen nur als monströses Wesen in der Nacht erschienen und hatte bei ihnen die Alpträume verursacht. Jetzt lief die Sache anders. Der Alp hatte sein eigenes Gebiet verlassen und tötete auch. Dabei hatte er es tatsächlich geschafft, seine Feinde auszuschalten. Wir befanden uns in seiner Gewalt.

Einen Befreiungsversuch konnte ich mir sparen. Die Fesseln waren so angelegt, daß es schon schmerzte, wenn ich meine Hände nur bewegte und der Draht über die Haut scheuerte. Noch war sie nicht aufgerissen, wenn ich allerdings nicht stillhielt, würden meine Hände bald anfangen zu bluten.

Vom Boden her vernahm ich ein schweres Seufzen. Suko erwachte. Er drehte sich um und schien jetzt zu merken, daß er gefesselt war, denn er zuckte zusammen.

»He, Tiger!« rief ich krächzend.

Er verdrehte die Augen und schielte zu mir hoch. Seine Lippen verzogen sich.

»Haben Sie dich auch erwischt, John?«

»Und wie.«

»Dabei dachte ich, daß du es schaffst.«

»Wer kann denn von uns so gut Karate?«

»Ach, hör auf! Mir ist ein eingesunkenes Grab zum Verhängnis geworden. Ich knickte plötzlich weg, und da erwischten sie mich. Dabei kam ich gerade in Form.«

»Jetzt nicht mehr.«

Die Männer hatten uns reden lassen, ohne uns zu unterbrechen. Mir schien es, als warteten sie auf irgend etwas, und ich hatte mich nicht getäuscht.

Der Alp näherte sich!

Zuerst nahm ich ihn nur aus den Augenwinkeln wahr. Ich glaubte, etwas Schwarzes rechts von mir zu erkennen. Suko konnte ihn aus seiner Lage besser beobachten, und ich sah, wie sein Gesicht versteinerte.

Ich dachte an unsere Waffen. Wir trugen sie bei uns, starke Mittel, doch einsetzen konnten wir sie nicht, weil man uns auf diese raffinierte Art und Weise gefesselt hatte. Auch Suko konnte nicht an seinen von Buddha geerbten Stab heran, und so blieb uns nichts weiter übrig, als auf ein Wunder zu hoffen.

Zwei Geisterjäger gefangen! Das hatte es wirklich selten gegeben, und ich fragte mich, ob wir den Fall nicht zu leicht genommen hatten.

Meine Schultern schmerzten, denn die vornübergebeugte Haltung war nicht gerade ein Vergnügen für die Gelenke. Sie wurden ungemein strapaziert. Da ging es Suko schon besser.

Der Alp näherte sich lautlos. Plötzlich wallte zwischen den Helfern und mir ein schwarzes, wolkenartiges Gebilde, aus dem zwei grüne Augen stachen, die mich fixierten.

Augenblicklich spürte ich die böse Aura meines Ahnherrn, die mich wie ein eisiger Hauch traf, und über meine Haut lief ein Frösteln.

Nie hatte ich den Alp so deutlich gesehen, und ich konnte mir kaum vorstellen, daß er einmal zu meinen Ahnherren gezählt hatte.

Was würde er tun? Würde er sich auf meine Brust setzen, wie es seine Art war, um zu versuchen, mir den Atem zu rauben, damit ich elendig erstickte?

Oder würde er mir die schlimmen Träume bringen? Wollte sein Geist in mein Bewußtsein dringen?

Leider bin ich kein Telepath und konnte auch keine magische Sperre in meinem Hirn aufbauen, aber ich konzentrierte mich voll auf ihn, um die dämonischen Gedanken so weit wie möglich von mir fernzuhalten.

Konnte er sprechen?

Ja, eine tiefe, geisterhafte Stimme drang aus der schwarzen Wolke und wurde von Suko als auch von mir vernommen. »Du bist John Sinclair«, sagte er, »du trägst meinen Namen, und ich habe viel von dir gehört. Asmodis berichtete mir von dir, und selbst der Teufel hat ein wenig Respekt vor dem Geisterjäger. Als ich mich vor langer Zeit mit ihm verband, da dachte ich nicht daran, daß es einmal jemanden geben würde, der meinen Namen trägt und auf der falschen Seite steht. Ja, John Sinclair, du stehst auf der falschen Seite und bekämpfst uns, wo es nur eben geht. Das wird dir in Zukunft nicht mehr gelingen, denn der Teufel selbst hat mich aus meinen Fesseln entlassen und mir die Kraft gegeben, Menschen nicht nur zu manipulieren, sondern sie auch zu töten. Bei einem habe ich es bewiesen, er lebt nicht mehr. Du wirst der zweite sein und dein Freund der dritte. Ich werde mich auf dich legen und dir langsam die Luft aus den Lungen saugen. Mein Druck, der Alp, wird dich vernichten. Grausame Träume habe ich genug geschickt. Jetzt werde ich töten und auch töten lassen, denn diese sechs Männer hier sind meine ersten Helfer. Ich habe ihnen so starke Träume geschickt, daß sie unter Hypnose stehen und diese Träume in die Tat umsetzen. Es waren Mordträume, und sie sollen dafür sorgen, daß es Tote gibt. Sie werden ihre Träume in die Tat umsetzen.«

Er hatte lange gesprochen, und von mir war jedes seiner Worte aufgesaugt worden. Ich hatte begriffen.

Aus dem Alp war mit Hilfe der Hölle eine Bestie geworden, die nun ihr wahres Gesicht zeigte.

Die Dämonenfratze!

Während seiner Worte hatte ich das Gefühl gehabt, als würden seine Augen noch stärker leuchten. Er bewegte sich und wuchs vor mir auf. Wie eine schwarze Woge wirkte er, die über mir zusammenschlug, und ich merkte den plötzlichen Ansturm der grauenhaften Gedanken in meinem Kopf. Es waren schlimme Visionen, die kamen alle auf einmal, so daß ich einzelne nicht trennen und aus diesem Grund auch kein klares Bild erkennen konnte.

Dann zog sie der Alp zurück.

Sofort war mein Kopf wieder frei, nur noch die Schmerzen an der hinteren Seite blieben.

Er hatte mir bewiesen, wie stark er war, und ich glaubte nicht, daß ich allein mit der Kraft meines Geistes gegen ihn ankommen konnte. Nein, ich war hilflos.

Und Suko?

Ihm ging es nicht besser als mir. Obwohl er sich vielleicht besser gegen den Dämon wehren konnte, denn er besaß die Gabe, völlig abschalten zu können.

Die rauhe Stimme des Dämons unterbrach meine Gedanken. »Noch seid ihr am Leben«, sagte er. »Und ich werde euch auch nicht töten lassen. Nein, das übernehme ich selbst. Ich will euch allerdings meine Pläne mitteilen. Diese sechs Männer hier habe ich ausgesucht und ihnen meine schrecklichen Träume gegeben. Für mich sind sie Balsam, für die Menschen Gift. Dieses Gift werden sie verspritzen, denn ich schicke sie in den Ort, damit sie ihre Träume nachvollziehen können. Väter werden ihre Söhne umbringen, da zünden Männer ihre Häuser an und sehen zu, wie die Angehörigen verbrennen, um sich an den Schreien zu ergötzen. Maghel wird in ein Chaos stürzen, und ich, der Alp, kann nur lachen.«

Das waren grausame Zukunftsaussichten.

Es kostete mich Überwindung, eine Frage zu stellen. »Bist du der einzige Alp, oder gibt es noch mehr von deiner Art?«

Zum erstenmal hörte ich ihn lachen. Es klang finster und drohend aus der Wolke mit den grünen Augen. »Natürlich bin ich nicht der einzige. Alps gibt es auf der ganzen Welt, denn sie bringen den Menschen die grausamen Träume. Einer allein schafft es nicht. Der Satan besitzt eine Armee.« Abermals lachte er, und mir rann ein Schauer über den Rücken.

Diese Wahrheit war nicht gerade erhebend für uns. Ich wollte nicht weiter darüber nachdenken, denn im Augenblick hatte ich andere Sorgen. Mein Blick fiel auf Suko, und ich sah dessen verzerrtes Gesicht. Mein Freund schien auch keinen Ausweg aus dieser verfahrenen Lage zu wissen.

Für die nächsten Sekunden waren wir uninteressant geworden. Der Alp wandte sich an seine Diener. Er gab ihnen einen stummen Befehl. Wir sahen, wie sie kehrtmachten und bereits nach wenigen Schritten von der Dunkelheit verschluckt wurden.

Diese Männer hatten ein Ziel. Das Dorf, wo ihre Freunde, Verwandten und Mitbürger völlig ahnungslos waren.

Die Wolke bewegte sich wieder und drehte sich dabei um die eigene Achse. Das grüne Augenpaar starrte mich an. Ich hörte die dumpfe, haßerfüllte Stimme.

»Nun zu dir, Namensvetter ...«

Mit einem Knall fiel die Tür hinter Horace F. Sinclair zu. Der ältere Herr blieb auf der Treppe stehen, drückte seinen Oberkörper durch und holte tief Luft.

Die Kühle tat ihm gut. In Millers Haus war es zu warm gewesen. Er hatte es einfach nicht mehr aushalten können. Nicht nur wegen der Wärme, sondern auch wegen seines Sohnes.

John und Suko waren allein gegangen, und er war zurückgeblieben. Aber hatten sie sich nicht zuviel vorgenommen? Horace F. Sinclair war überzeugt, daß man diesen dämonischen Gegner nicht so ohne weiteres besiegen konnte, auch wenn man Routine hatte wie John Sinclair und Suko. Sechs Augen sehen immer mehr als vier, und so hatte sich Horace Sinclair entschlossen, die Abmachung, die er mit seinem Sohn getroffen hatte, zu brechen.

Er hatte das Haus verlassen, ohne auf die Proteste seines Freundes Gordon Miller zu hören.

Miller hatte Angst.

Verständlich.

Dessen Sohn war ja nicht in Gefahr, vielleicht hätte er dann auch anders gehandelt.

Horace F. Sinclair wußte, wie er zu gehen hatte. Der Weg zum Friedhof schwebte ihm noch genau vor, und er schlug den kürzesten ein.

In Maghel war es ruhig. Seltsam ruhig, wie Sinclair

fand. Hinter den zahlreichen Hausfenstern brannte kaum Licht, und der Anwalt hatte das Gefühl, als wären die Einwohner samt und sonders schlafen gegangen.

Dabei war es noch früh. An Mitternacht fehlten zwei Stunden. Und trotzdem lag alles dunkel, bis auf eine einsame Kneipenbeleuchtung, die allerdings ausgeschaltet wurde, als er den Pub passierte.

Die Ruhe vor dem Sturm …

Dieser Vergleich fiel Sinclair ein, und so kam es ihm auch vor. Er selbst hatte ja innerhalb des Millerschen Hauses den Druck gespürt, der auf seinem Kopf lastete. Allerdings hatte er es auf die Wärme in dem überheizten Zimmer geschoben, doch als er jetzt durch das stille Dorf ging, dachte er anders über den Fall.

Ob diese Stille etwas mit dem Alp zu tun hatte? War er bereits unterwegs und breitete seine dunklen Schwingen über die Einwohner aus, damit er sie in seinen Bann ziehen konnte?

Bisher hatte Horace F. Sinclair nur seine eigenen Schritte vernommen. Er blieb jedoch stehen, als die Echos fremder Schritte an seine Ohren hallten.

Hallten, das war genau der richtige Ausdruck. Denn es hörte sich so an, als würden mehrere Personen gehen. Und sie kamen vom Friedhof zurück.

Sinclair wurde sehr mißtrauisch. Er suchte nach einem Versteck und hatte auch sehr schnell einen Holzstapel gefunden, hinter dem er sich verbergen konnte.

Die Schritte wurden lauter. Hauswände warfen die Echos zurück. Dann waren die anderen da.

Sechs Männer zählte Sinclair. Sie gingen nebeneinander und waren mit Knüppeln bewaffnet.

Da sie vom Friedhof kamen oder zumindest aus der Richtung, hatte Horace F. Sinclair einen schrecklichen Verdacht. Konnte es möglich sein, daß die sechs Männer zu den Freunden des Alps gehörten und John sowie Suko überwältigt hatten?

Die Männer passierten Sinclair, ohne ihn zu sehen. Der

Anwalt blickte ihnen nach, bis sie um die Ecke bogen, wo dann auch die Schritte verklangen.

Es wurde Zeit.

Sinclair hatte es plötzlich sehr eilig. Sein Gefühl sagte ihm, daß auf dem Friedhof nicht alles mit rechten Dingen zuging. Hatte er vorhin Rücksicht genommen, so achtete er jetzt nicht mehr auf Geräusche.

Er begann zu laufen ...

Ich hatte die Todesdrohung des Alp wohl verstanden und machte mich darauf gefaßt, daß er sie in die Tat umsetzen würde. Ja, er wollte mich vernichten, daran gab es nichts zu rütteln.

John Sinclair tötet John Sinclair!

Welch ein Wahnsinn!

Um sich zu beweisen und seine Stärke zu demonstrieren, wuchs er vor meinen Augen zu einer immensen Größe empor. Er war ein wallendes Gebilde, eine riesige Wolke, die mich fressen wollte und für die der Mensch nur ein Winzling war, mehr nicht.

In ihr leuchteten die Augen. Zwei grüne Punkte, klein, aber wegen des farblichen Unterschieds gut zu erkennen.

Ich zerrte jetzt doch an meinen Fesseln. Es waren keine überlegten Handlungen, sondern wilde, verzweifelte Befreiungsversuche, weil ich keine andere Chance mehr sah.

Der Draht hielt.

Und es geschah das, was ich befürchtet hatte. Er scheuerte mir die Haut auf. Ich spürte ein scharfes Stechen an meinen Händen, als hätte jemand mit einem kleinen Messer hineingeschnitten.

Vielleicht lenkte mich der Schmerz von dem ersten grausamen Gedankensturm des Alps ab. Jedenfalls kam er nicht so recht durch in mein Gehirn, merkte dies wohl und zog sich zurück, allerdings nur, um sich zusammenzuballen, damit er zu einer schwarzen Kugel wurde, die langsam in der Luft voranrollte und sich auf mich zubewegte.

Auf meine Brust …

Das Gebilde wurde länger, ovaler und erinnerte mich an eine aufgeblasene Schlange.

Dann hatte sie Kontakt!

Der Druck auf meiner Brust! Auf einmal spürte ich ihn, und er verstärkte sich innerhalb von Sekunden. Der Alp setzte all seine Kraft ein, wobei ich mich fragte, wie ein Wesen, das als Wolke vor mir quoll, so etwas nur schaffen konnte.

Der Atem wurde mir buchstäblich geraubt. Zum Glück hatte ich vor der Berührung tief eingeatmet, so konnte ich die Luft anhalten und dem ersten plötzlichen Ansturm widerstehen.

Die Sicht auf Suko war mir versperrt, denn die Wolke wallte vor meinem Körper hoch, und das grüne Augenpaar befand sich etwa in Höhe des meinigen.

Schlimme Gedanken durchtobten mein Gehirn. Sie breiteten sich aus und wurden intensiver, je mehr sich der Druck verstärkte. Ich versuchte verzweifelt, an mein Kreuz zu denken, das in der Tasche steckte und von dem Verfluchten überhaupt nicht wahrgenommen wurde.

»Ersticken, John Sinclair, das wirst du …« Da war die Stimme in meinem Hirn. Sie gehörte nicht dem Alp, sondern einem anderen, dem ich auch schon Auge in Auge gegenübergestanden hatte.

Asmodis!

Er meldete sich aus den Tiefen seines schrecklichen Reiches, um mich zu verhöhnen und zu verspotten.

Er würde triumphieren!

»Im Zentrum des Schreckens hast du gesiegt, Sinclair. Jetzt siege ich. Alles hole ich mir zurück – alles …«

Danach verstummte seine Stimme, und in meinem Kopf klang nur ein dumpfes Brausen auf.

Atmen konnte ich nicht mehr. Der Druck auf meiner Brust wurde unerträglich. Zudem hatte ich meinen

Oberkörper zwangsläufig zurückgebogen. Die harten Eisenstäbe drückten in meinen Rücken und hinterließen dort ein Muster.

Es war wirklich ein verzweifelter Kampf. Ich bekam es mit der Angst zu tun, zitterte an allen Gliedern, denn das Grauen wollte kein Ende nehmen und hatte sich in meinem Kopf festgesetzt.

Schemenhafte Eindrücke füllten mein Gehirn aus. Ich konnte sehen. Es erschien mir, als würde ich durch das Höllenauge blicken. Fratzenhafte Gestalten, Monster von widerlicher Scheußlichkeit, lebende Leichen, Ghouls, die sich gegenseitig fraßen, die Hölle öffnete in meinem Gehirn ihre Pforten und gab Geheimnisse preis.

Wann würde das endgültige Aus kommen?

Luft, ich mußte Luft kriegen. Aber wenn ich den Mund öffnete, würde der Alp durch diese Öffnung in meinen Körper dringen, und danach war alles verloren!

Wieviel Zeit blieb mir?

Drei, vier – oder weniger Sekunden?

Dann schien die Zeit plötzlich langsamer abzulaufen, weil irgend etwas in meinem Kopf platzte. Ich hörte eine gellende Stimme, die ich kannte.

Es war nicht der Satan, der schrie, sondern ein Mensch.

Suko!

Weshalb nannte er mich nicht John, sondern Mr. Sinclair? Er konnte mich doch John nennen, er konnte …

»Das Kreuz! Das Kreuz in seiner Tasche …!«

Was rief er da?

Dann wurde ich wieder abgelenkt.

Ich dachte an die Erzengel, versuchte, gedanklich Kontakt mit ihnen aufzunehmen, doch meine geistigen Impulse zerflatterten.

Der Alp ließ keine anderen Gedanken zu.

Er berührte mich überall. Vorn, an der Seite – Luft – mein Gott, ich wollte atmen …

»Das Kreuuuuuzzz …!«

Ein heulender Schrei, der in die Tiefe meines Bewußtseins drang. Dann konnte ich einfach nicht mehr, ich riß den Mund auf, auch wenn der Alp in meinen Körper drang. In diesen Sekunden der höchsten Not war mir alles egal.

Ich atmete.

Mein Gott, ich konnte atmen. Frische, kühle Nachtluft drang in meine Lungen, und ich riß nicht nur den Mund weit auf, sondern auch die Augen.

Nebulös sah ich eine Gestalt vor mir stehen. Ein älterer Mann, hochgewachsen, und er hielt ein Kreuz, das aus seiner Faust ragte.

Mein Kreuz!

Wie kam er dazu, wie ...?

Da drehte der Mann den Kopf und schaute mir ins Gesicht. Ich wollte das Wort Vater sagen, aber ich brachte es nicht über die Lippen, denn die Welt versank in dem rasenden Wirbel der Bewußtlosigkeit ...

Ich kam noch auf dem Friedhof zu mir. Suko war dabei, mir mit zwei Taschentüchern die Handgelenke zu verbinden. Als er sah, daß ich die Augen offen hatte, verzog sich sein Mund zu einem breiten Grinsen. »Diesmal war es verdammt knapp, John.«

Ich hob die Schultern, weil ich mich noch nicht erinnern konnte.

Suko erzählte es mir. »Dein Vater ist im letzten Augenblick aufgetaucht, der Alp hatte dich schon fast in seiner Gewalt. Ich habe alles mit ansehen müssen. Zum Glück war ich nicht bewußtlos, so konnte ich deinem Vater sagen, was er tun sollte.«

»Und was hat er getan?«

»Er hat dein Kreuz aus der Tasche gerissen und es in die verfluchte Wolke gestoßen. Er hat dir das Leben gerettet, mein Lieber.«

Ich bekam große Augen und glaubte mich zu erinnern, daß ich meinen alten Herrn gesehen hatte.

»Nun?«

»Wenn du es sagst, Suko, dann muß es wohl stimmen.«

»Und wie. Dein Kreuz hat mit diesem Spuk aufgeräumt. Der Alp wurde buchstäblich zerrissen, eine Chance gab es für ihn nicht, denn das Kreuz zerfetzte ihn. Wir können uns wirklich gratulieren.«

Ich hörte Schritte.

Mein Vater kam, blieb neben uns stehen und ging in die Hocke. »Wie geht es dir, Junge?«

»Danke, Dad, gut. Ohne deine Hilfe …«

»Hör damit auf. Denk nur an das Grab. Da war es genau umgekehrt. Allerdings habe ich einen Wunsch, den du mir bitte nicht abschlagen darfst.«

»Raus damit.«

»Sage nur deiner Mutter nichts davon, was wir hier erlebt haben. Die fällt im nachhinein noch in Ohnmacht.«

»Worauf du dich verlassen kannst«, erwiderte ich und stemmte mich hoch. So einigermaßen konnte ich mich auf den Beinen halten, mußte mich allerdings am Tor abstützen. Dann fielen mir die sechs Männer wieder ein. Was war mit ihnen?

Ich sprach darüber. Mein Vater hatte sie gesehen. Hoffentlich hatten sich die Träume nicht bewahrheitet …

Unsere Befürchtungen blieben grundlos. Mit der Vernichtung des Alps war auch der Bann gebrochen, der die Männer im Bann gehalten hatte. Wir sahen sie noch auf der Straße stehen. Sie redeten heftig miteinander und starrten dabei verwundert auf ihre Schlagwaffen.

Als sie uns sahen, entdeckten wir kein Anzeichen des Erkennens in ihren Gesichtern.

Da wußten wir, daß noch einmal alles gutgegangen war.

Es wurde eine lange Nacht bei Gordon Miller. Er holte seinen besten Whisky, und wir hatten uns viel zu erzählen.

Mein Vater versprach, sich intensiver um die Ahnenforschung zu bemühen. Vielleicht erlebten wir noch irgendwelche Überraschungen.

Unser Zug fuhr erst am nächsten Abend, so war es weiter nicht schlimm, daß wir in den frühen Morgenstunden unsere Betten sahen.

London wartete, und wir waren gespannt, was sich unsere Gegner inzwischen hatten einfallen lassen …

ENDE

Drei Leichen im Garten

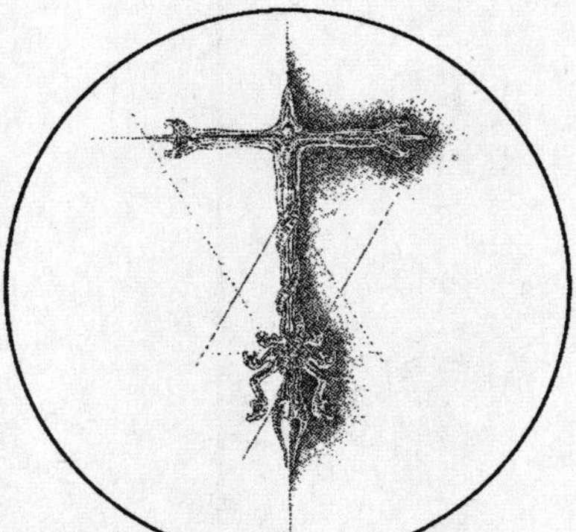

Also nichts gegen die Eisenbahn, aber es war schon ein Kreuz mit ihr. Suko und ich hatten in der verflossenen Nacht kaum geschlafen – wer kann das schon bei diesem Rütteln? Und kurz vor London ging es nicht mehr weiter.

Schluß – Ende.

Der Zug bremste und hielt auf offener Strecke, und beide erwachten wir, denn es war uns tatsächlich gelungen, eine halbe Stunde zuvor die Augen zu schließen.

Stotterbremse, kreischende Räder, Funkensprühen, Reisende, die erschreckt und mit noch schlaftrunkenen Gesichtern aufsprangen, danach der Stillstand.

Ein Vertreter, der mit uns das Abteil belegte, fragte: »Hier ist doch kein Bahnhof – oder?«

Ich drehte mich zu ihm um. »Sehen Sie einen?«

»Nein.«

»Na bitte.«

Suko stand schon am Fenster. Unser Waggon gehörte noch zu denen, bei denen sich die Fenster öffnen ließen. An zwei Griffen zog der Chinese es nach unten.

Frühmorgendliche, kalte Luft strömte in das Abteil und quirlte den Mief durcheinander. Wir atmeten erst einmal richtig durch, wobei Suko es am besten hatte, denn er streckte seinen Kopf durch das Fenster und schaute nach rechts und links.

»Was siehst du?« fragte ich.

»Nichts.«

»Wie schön.«

»Ehrlich, John. Wir stehen mitten auf der Strecke. Weit und breit kein Haus, nur rechts ein paar Lichter.«

Plötzlich quiekte der Vertreter. »Rechts die Lichter. Ha, das muß Hampstead sein. Dann sind wir ja bald in London. Ausgezeichnet, nur gut, daß uns das Malheur nicht weiter oben im Norden passiert ist, in den Bergen meine ich.«

»Welches Malheur?« wollte ich wissen.

»Der Aufenthalt auf freier Strecke. Wer wie ich viel mit der Bahn fährt, kennt das. Vor allen Dingen, wenn es stark geregnet hat, da sind oft die Gleise unterschwemmt. Kein Grund zur Aufregung.«

»Und wie geht es weiter?«

»Zu Fuß. Wenn Sie Glück haben, dann wissen schon die Taxifahrer, was passiert ist, und Sie bekommen einen Wagen. Ich kenne mich da ein bißchen aus …«

»Ja, ja, Sie fahren die Strecke öfter.«

»Genau, Sir.« Der Vertreter griff nach seinem Fischgrätenmantel und streifte ihn über. Dabei war ihm sein Kugelbauch im Wege. Er bekam den Mantel kaum zu.

Suko stand noch immer am Fenster. »Von den unterspülten Gleisen sehe ich nichts«, meldete er, »wird wohl weiter vorn sein.«

»Sehr richtig«, gab der Vertreter seinen Senf dazu. »Das ist auch weiter vorn, dort hat die Strecke nämlich ein kleines Gefälle.«

Die Abteiltür wurde aufgeschoben. Ein Schaffner erschien. Er hatte von Natur aus traurige Augen und blickte jetzt noch trauriger, wobei sein Seehundbart zitterte. »Es tut mir leid, Gentlemen, aber für Sie ist die Reise hier leider beendet.«

»Hat das einen Grund?«

Der Schaffner schaute mich an. »Natürlich, Sir. Wir hatten in dieser Gegend starken Regen, und der Bahnkörper ist unterspült worden, da kann man nichts machen. Daß wir hier halten, geschieht nur zu Ihrer eigenen Sicherheit.«

»Danke.«

»Wie geht es denn weiter?« fragte der Vertreter. »Sollen wir wieder zu Fuß los?«

»Leider, Sir.«

»Immer das gleiche, wenn ich hier im Frühjahr herfahre. Kann man das denn nicht ändern?«

Der Schaffner hatte Humor. »Ich bin kein Wettergott, Sir. Da Sie den Weg schon kennen, können Sie ihn den beiden Gentlemen ja zeigen, falls es Ihnen nichts ausmacht.«

Der Vertreter schluckte, und sein Kopf ruckte herum wie der einer Gliederpuppe. »Ja, denn …«

Begeistert schien er nicht zu sein. Ich verspürte auch keine Lust auf seine Begleitung und nickte dem Schaffner grüßend zu, als er unser Abteil verließ.

Wir hörten das Schlagen von Türen. Ein Zeichen, daß die ersten Fahrgäste den Zug bereits verließen.

Auch für uns wurde es Zeit. Der Vertreter mit dem Kugelbauch stülpte seinen Wildlederhut auf den Kopf und verschwand im Gang. Das Ganze sah mir nach Flucht aus.

Suko stand noch immer am Fenster.

»He«, rief ich meinem Partner zu. »Willst du nicht aussteigen? So schön ist es hier auch nicht.«

»Verdammt«, sagte der Chinese nur.

»Was ist denn?« Ich trat neugierig näher.

Suko hob die Hand und deutete nach draußen. »Da vorn, John, da ist ein Skelett …«

Ich glaubte erst einmal nichts und fragte Suko, ob er noch alle Tassen im Schrank hätte.

Pikiert trat mein Freund zur Seite. »Sieh selbst. Schräg nach rechts mußt du schauen. Das ist ein Skelett, es leuchtet und bewegt sich.«

Ich verrenkte mir fast den Hals. Mein Blick glitt über eine dunkle Fläche. Ob Wiese oder Acker, das konnte ich wegen der Dunkelheit nicht genau erkennen, aber Suko hatte nicht gelogen. In der Ferne hob sich tatsächlich etwas Helles, Leuchtendes von dem dunklen Untergrund ab.

Ein Skelett!

Leider sind meine Augen nicht so gut wie die von Suko, doch unter dieser leuchtenden Erscheinung konnte ich mir sehr wohl einen Knöchernen vorstellen.

»Was sagst du nun?« Sukos Stimme klang triumphierend.

»Das sehe ich mir an«, erwiderte ich und machte es kurz und schmerzlos. Bevor mein chinesischer Freund protestieren konnte, war ich mit einem Fuß schon auf die Ablage gestiegen und kletterte aus dem Fenster.

»He, John, bist du verrückt ...«

Es kümmerte mich nicht, was Suko hinter mir herrief. Zudem traf er keine Anstalten, mich festzuhalten, so gab ich mir Schwung und sprang aus dem Fenster.

Hart landete ich auf dem Schotterdamm und rutschte ihn hinab. Dann wurde es weich unter meinen Schuhen. Ackerboden. Schlammig, mit Pfützen überladen. Wieder einmal beschmutzte ich mir die Hosenbeine, wie in der letzten Nacht in Schottland, als wir einen Ahnherrn von mir jagten, der sich als Dämon entpuppt hatte. Ich hatte den Anzug trocknen lassen und den Dreck abgebürstet. Jetzt begann das Spiel von vorn.

Die Richtung hatte ich mir gemerkt, und so lief ich quer über den Acker und entfernte mich immer weiter vom Zug. Immer wieder versank ich bis zu den Knöcheln im Schlamm. Der Wind pfiff mir ins Gesicht und trieb die Schöße meines Jacketts hoch. Die Lauferei tat gut nach dem langen Sitzen, nur der Boden gefiel mir nicht, aber er änderte sich. Aus dem Schlammacker wurde eine Wiese oder Weide. Bedeckt mit großen Pfützen, die wahre Rutschfallen waren.

Es sah etwas grotesk aus, wie ich mit weiten Sprüngen über die Wiese hetzte. Innerlich schalt ich mich einen Narren. Vielleicht hatten Suko und ich überhaupt kein Skelett gesehen und waren einer Täuschung erlegen, doch wer in so einem Job tätig ist wie wir, der ging jeder Spur nach, auch wenn sie hinterher ins Leere mündete.

Da sah ich es wieder.

Und jetzt deutlicher, denn ich hatte etwa die Hälfte der Distanz hinter mich gebracht.

Vor mir befand sich wirklich ein Skelett. Ich lief langsamer, nicht, weil ich erschöpft war, aber ich wollte sehen, ob sich das Skelett bewegte.

In der Tat geschah dies. Es hob sogar den rechten Arm und winkte mir zu.

Da wurde doch der Hund in der Pfanne verrückt. Der Knochenmann wollte mich wohl auf den Arm nehmen. Da hatte er falsch gewettet. Ich war immer schneller als er.

Dachte ich.

Plötzlich mußte ich feststellen, daß das Skelett verschwunden war. Nicht ein Knochen war mehr von ihm zu sehen. Es hatte mich im wahrsten Sinne des Wortes geleimt.

Ich blieb keuchend stehen. Vor mir sah ich einen Zaun. Die Lichter waren jetzt besser zu erkennen. Weiter vor mir lag also Hampstead, der kleine, gemütliche Ort vor London, mehr ein Dorf, das eingemeindet worden war.

Wo konnte der Knöcherne stecken?

Ich ging ein paar Schritte zur Seite und entdeckte einen Graben, der das Gelände durchschnitt. Entweder war ich an seinem Anfang oder an seinem Ende angelangt, denn aus dem Graben ragte eine Tonröhre, die ein paar Yards weiter unter der Erde verschwand.

Ich runzelte die Stirn. Der Verdacht, daß der Knöcherne durch die Röhre verschwunden sein konnte, kam automatisch. Deshalb bückte ich mich und sah nach.

Mein Blick fiel in einen dunklen, unheimlich wirkenden Tunnel, eine düstere Röhre, die sich irgendwo unter der Erde verlor. Als ich mit der Bleistiftlampe hineinleuchtete, traf der fingerdicke Strahl auf kein Hindernis. Er wurde von der Schwärze aufgesogen.

Skelett, ade!

Es war allerdings eins gewesen, das hatte ich genau gesehen. Falls es sich nicht in Luft aufgelöst hatte, dann konnte es nur durch die Röhre verschwunden sein.

Stellte sich die Frage, ob das Ganze nur ein Scherz gewesen war oder Ernst. Ein Scherz war nämlich nicht von der Hand zu weisen, es gab genügend Läden, in denen man Skelette und Monsterköpfe sowie die unheimlichsten Dinge kaufen konnte.

Aber keine Skelette, die sich von selbst oder ferngesteuert bewegten. Davon hatte ich jedenfalls noch nichts gehört.

Es hatte keinen Sinn, noch länger in die Röhre hineinzuleuchten. Also quälte ich mich wieder in die Senkrechte und bog den Rücken durch. Dann rannte ich über den Acker und die Wiese.

Weiter vorn sah ich über dem Boden eine Lichterkette in der Luft schweben. Das war der haltende Zug. Die Fenster wirkten wie viereckige Augen.

Mir blieb nichts anderes übrig, als den gleichen Weg wieder zurückzugehen. Diesmal jedoch langsamer. Da der Zug stand, sich in seiner Nähe jedoch Lichter bewegten, mußten sie von fahrenden Autos stammen, denn eine Straße gab es dort auch. Hoffentlich erwischten wir ein Taxi, auf einen langen Fußmarsch war ich wirklich nicht scharf.

Wieder mußte ich über den weichen Acker. Es ist ein widerliches Gefühl, wenn man bei jedem Schritt tief einsackt, und ich unterdrückte nur mühsam einen Fluch.

»John!« Ich erkannte Suko an der Stimme. Ihn selbst sah ich nicht. Wahrscheinlich hielt er sich noch im Zug auf.

Ich hob meinen Arm und winkte. Der Chinese sollte sehen, daß alles in Ordnung war.

Minuten später standen wir beisammen. Ich wunderte mich, daß sich keine Fahrgäste mehr im Zug aufhielten. Als ich Suko danach fragte, meinte er: »Da waren auf einmal die Taxifahrer und haben die Leute mitgenommen. Ich glaube, die haben mit der Bahn einen Vertrag abgeschlossen, so schnell wie die hier waren …«

»Und unser Vertreter?«

Suko deutete mit dem Daumen über die Gleise hinweg, wo unterhalb der Böschung die Straße verlief. Der Vertreter stand dort. In der rechten Hand sein Köfferchen, die linke halb erhoben, um einen Wagen heranzuwinken. Leider kam kein Taxi mehr.

Von der Lok her hörten wir Stimmen. Die Eisenbahner diskutierten erregt miteinander. Was sie sich erzählten, war nicht zu verstehen, es interessierte uns auch nicht.

»Dann werden wir wohl oder übel einen kleinen Marsch machen müssen«, sagte Suko und rutschte die schräge Böschung hinab. Er fing sich allerdings, drehte den Kopf und meinte grinsend: »Nach dem Skelett brauche ich wohl gar nicht erst zu fragen, wie?«

»Nein.«

»War es schneller als du?«

Ich hob die Schultern. »Es kannte sich nur hier in der Gegend besser aus.«

»Aha, ein Einheimischer.«

»So ist es.«

Damit war das Thema Skelett für uns erledigt, denn auch ich war inzwischen bereit, an einen Scherz zu glauben. Als wir auf der Straße standen, drehte der Vertreter den Kopf. Er hatte ein rundes Gesicht mit kleinen Schweinsäuglein und rosigen Wangen und wirkte immer ein wenig hektisch. Unter seiner Nase wuchs ein kleines Bärtchen.

»Nun reisen wir doch zusammen«, sagte ich und nickte ihm zu.

»Ha, ja, sieht so aus.« Er schob seinen Hut zurecht. »Hoffentlich kommt ein Wagen. Ich habe heute auch wirklich Pech. Keine Geschäfte, nichts.«

»Sie haben doch uns getroffen«, versuchte ich witzig zu sein.

»Das kommt zu meinem Pech noch hinzu.«

»Seien Sie Optimist. Wir werden sicherlich noch einen Wagen finden.«

»Klar, aber erst in Hampstead.«

»Der Fußmarsch wird uns nicht schaden«, sagte ich und deutete auf unsere drei kleinen Koffer. »Wir haben auch Gepäck wie Sie.«

»Ja, aber mein Koffer ist schwerer.«

»Schleppen Sie darin Ihre Muster mit?«

»Was sonst?«

»Und was ist das?« fragte Suko.

»Metallwaren!«

Beide mußten wir ein Lachen unterdrücken. Daß er kein Vertreter für Damenunterwäsche war, hatten wir ihm angesehen, aber Metallwaren, da würde er wirklich lange Arme bekommen.

Er mußte wohl unser Grinsen gesehen haben, denn er wandte sich demonstrativ ab und ging ein paar Schritte zur Seite. Dabei hob er den Koffer hoch und knirschte.

»Da kommt wohl kein Taxi mehr«, sagte Suko und bewegte dabei den Kopf nach rechts und links.

Der Chinese schien recht zu behalten. Es sah wirklich trübe aus. Kein Scheinwerferpaar, das aufleuchtete, nur der Zug stand auf den Gleisen. Einer vom Personal nahm uns noch auf den Arm. »Sie können so lange hier warten, bis der Bahndamm wieder in Ordnung ist. Wir nehmen Sie gern mit.«

»Ich dreh' dir den Hals zum Korkenzieher!« rief ich zurück. Der Mann lachte und verschwand zwischen den Wagen.

»Auf denn«, sagte Suko und drehte schon ab.

Da meldete sich wieder der Vertreter. Er war aufgeregt und rief: »Ein Wagen, da hinten!« Er deutete nach links, weg von Hampstead. »Der nimmt uns bestimmt mit.«

In weiten Kurven stieß die Straße in das flache Land hinein. Mal sahen wir die Scheinwerfer, dann waren sie wieder verschwunden. Schließlich wurden sie heller, und unser Vertreter, der ähnliche Dinge wohl kannte, sprang auf die Straßenmitte und winkte mit beiden Händen.

Der Fahrer schaltete das Fernlicht ein. Zwei gleißende Lichtteppiche hüllten den Mann ein, der geblendet die Augen schloß, allerdings weiterhin winkte.

Der Fahrer machte keinerlei Anstalten zu bremsen, ich hatte Angst um den Mann. Eine Hupe erklang röhrend, doch der Vertreter blieb stehen, als hätte er Leim unter den Sohlen.

Bremsen!

Klar, daß der Fahrer es nicht riskierte, den Mann zu überfahren. Die Reifen griffen trotz der feuchten Fahrbahn gut, und ich erkannte auch das Modell des Autos.

Es war ein Bentley. Nur nicht silbergrau wie meiner, sondern dunkelblau.

Allerdings kein Taxi. Da nur der Fahrer im Wagen saß, hofften wir, daß er uns mitnahm. Die Scheibe an der Fahrerseite surrte nach unten. Unser Vertreter war schon da und sprach auf den Mann ein. Er deutete auf den Zug, dann auf uns und erklärte, was geschehen war.

»Gut, ich nehme Sie mit.«

Der Mann hinter dem Lenkrad hatte eine dunkle Stimme, die leicht kratzte.

»Danke, Sir, danke. Wirklich nur bis Hampstead. Von da kommen wir schon weiter.«

»Ich fahre auch nicht bis London.«

Wir öffneten die Türen. Suko und ich nahmen im Fond Platz, während sich der Vertreter auf den Beifahrersitz hockte, den Wagenschlag zuzog und zufrieden durchatmete. »Sie glauben gar nicht, welch einen großen Gefallen Sie uns damit tun, Sir. Außerdem brauchen Sie dies nicht umsonst ...«

»Schon gut, Mister.«

Wir hatten bisher nichts gesagt, was den Fahrer wohl wunderte, denn er drehte sich um und betrachtete uns.

Das war schon ein Kerl. Ungemein kräftig und breit in den Schultern. Er hatte einen Stiernacken, sehr große Ohren, und das schwarze, dünne Haar lag zu Locken geringelt auf dem mächtigen Schädel. Sein Gesicht konnte kleinen Kindern Angst machen. Es war breit, und die Haut grobporig. Seine Hände glichen kleinen Schaufeln. Am linken Ohrläppchen trug er einen goldenen Ring. Mit so einem wollte ich keinen Streit bekommen.

»Wollen Sie auch nach London?« fragte er uns.

»Ja.«

»Manchmal ist der Regen schlimm, dann spült das Wasser fast die Gleise weg.«

»Wohnen Sie in Hampstead?« fragte ich.

»Sicher. Ich arbeite für Lady Clarence.«

»Aha«, gab ich zurück, obwohl ich mit dem Namen wirklich nichts anfangen konnte.

Der Fahrer wollte auch keine näheren Erklärungen geben, sondern startete.

Sanft fuhr der Bentley an. Ich genoß es, wieder in einem solchen Fahrzeug zu sitzen. Schließlich fuhr ich selbst ein Auto dieser Marke. Es war zwar älter als dieses Fahrzeug hier, doch ich hatte mich zu sehr an den Silbergrauen gewöhnt, daß ein neuer Wagen nicht in Frage kam. Zudem fehlte mir das Kleingeld.

Wir rollten an dem wartenden Zug vorbei. Die breiten Reifen schmatzten über den Asphalt. Sekunden später waren die Lichter des Zugs verschwunden, und wir sahen vor uns nur die hellen Lanzen der Scheinwerfer, die über die Straße glitten.

Der Vertreter redete ununterbrochen. Er konnte sich überhaupt nicht mehr beruhigen und sprach davon, wie toll er es doch fand, daß der Mann gehalten hatte.

»Ja, ja, schon gut«, brummte dieser.

Zum erstenmal stellte auch ich eine Frage. »Wie weit ist es noch bis Hampstead?«

»Fünf Meilen ungefähr.«

Das war weiter, als wir gedacht hatten.

»Hoffentlich ist die Straße nicht unterspült«, sagte der Mann. »Hin und wieder hat man Pech.«

»Malen Sie den Teufel nicht an die Wand!« rief der Vertreter.

Der Fahrer lachte. »Teufel ist gut«, erwiderte er …

Wir fuhren in eine Kurve. Zwar sahen wir vor uns einige Lichter in der Dunkelheit, jedoch war es schwer, Entfernungen zu schätzen. Da hatte man hin und wieder das Gefühl, als würde das helle Ziel überhaupt nicht näher rücken.

Der Wagen schwebte dahin. Es war ein wirklich komfortables Fahren, und es tat uns richtig gut. Bis wir plötzlich brutal aus unserer Ruhe gerissen wurden.

Das Verhängnis kam von rechts, wo einige hohe Bäume standen. Etwas löste sich aus der Deckung eines Stammes und lief auf die Straße, wo es einfach stehenblieb.

»Shit!« fluchte der Fahrer und trat auf die Bremse.

Wir hatten uns nicht angeschnallt und wurden nach vorn katapultiert. Dabei hörten wir noch den Aufschlag gegen den Kotflügel, und dann war der Unheimliche nicht mehr zu sehen. Ich sage bewußt der Unheimliche, denn vor uns auf der Straße hatte das Skelett gestanden.

Der Wagen stoppte.

»Ein Skelett!« schrie der Vertreter. »Ein Skelett ...«

»Warten Sie hier!« rief ich und stieß im selben Augenblick wie Suko die Fondtür an meiner Seite auf.

Diesmal sahen wir es beide, und es rannte wieder quer über das Feld. Mit schwingenden Armen und irgendwie leichtfüßig.

Jetzt wollten wir es packen!

Der Vertreter war blaß geworden. Er zitterte wie Espenlaub, wischte über seine Augen und starrte dem Skelett nach, das wegrannte und von den beiden anderen Fahrgästen verfolgt wurde.

»Das ist ja Teufelsspuk!« flüsterte der Mann und zitterte noch stärker.

Der Fahrer drehte sich langsam um. Er grinste breit. Ein Lichtreflex verlor sich auf seinem Ohrring und ließ ihn funkeln. »Gefällt es Ihnen nicht, Mister?«

»Wie – wie können Sie so etwas fragen? Solche Scherze liebe ich nicht.«

»Wenn es nun kein Scherz ist?«

»Wie meinen Sie das?«

»Vielleicht ist das Skelett echt.«

Der Vertreter holte tief Luft. »Sie machen Witze.«

»Warum sollte ich? Sehe ich so aus?«

»Eigentlich nicht.«

»Da sehen Sie.«

»Trotzdem, ich kann es nicht fassen. Es gibt keine echten Skelette. Wenigstens nicht solche.«

»Da bin ich anderer Meinung.«

»Dann fahren Sie doch.«

»Wollen Sie nicht auf Ihre beiden Freunde warten?«

»Es sind nicht meine Freunde. Wenn Sie hinter dem Knochenmann her sind, sind sie selbst schuld. Ich will weg.«

»Sie können ja zu Fuß gehen.«

Da schwieg der Vertreter, zuckte aber hoch, als er sah, wie der Fahrer den Wagenschlag aufstieß. »Wo wollen Sie denn jetzt hin?«

»Ich muß mal. Ist doch nicht verboten – oder?«

»Nein, nein.«

Der Fahrer wuchtete die Tür wieder zu, und der andere blieb allein im Wagen zurück. Er verfolgte gebannt, wie der Vierschrötige hinter einem Baum verschwand.

Die Angst des Vertreters steigerte sich noch. Er fühlte sich auf einmal wie in einem Gefängnis. Dieser Wagen war eine verdammte Falle. Er drehte sich um, warf einen Blick nach hinten und sah durch die Heckscheibe die dunkle Straße. Auch rechts und links des Bentley war es finster. Von den beiden Verfolgern des Skeletts war nichts mehr zu sehen.

Der Vertreter hatte seinen Koffer zwischen den Beinen stehen. Die Hände umklammerten den Griff. Wie kleine Bergspitzen stachen die Knöchel hervor. Sein Blick glitt zu den Bäumen hin, wo der Fahrer verschwunden war. Der stand dahinter und verrichtete sein Geschäft. Warum kam er denn nicht zurück? Oder hatte er ihn bewußt allein gelassen? Damit ihn vielleicht das Skelett holte?

Als der Vertreter daran dachte, begann er wieder zu zittern. Sein Herzschlag raste. Schweiß bedeckte seine

Stirn, und er dachte wieder, daß er in einer Falle saß.

Er mußte hier raus! Hier hielt er es nicht länger aus. Daß er dabei genau das Falsche tat, konnte er nicht ahnen, denn das Verhängnis lauerte bereits.

Es war eine Gestalt, die sich lautlos herangeschoben hatte. Sie befand sich bereits am rechten Kotflügel des Bentley. Kein Skelett, sondern ein Wesen, das an sich ziemlich dürr war und bei dem nur die Hände auffielen, die in einem unnatürlichen Verhältnis zur Körpergröße standen. Aus den Gelenken wuchsen große Pranken mit dicken Fingern, auf deren Oberseite dunkle Härchen zitterten, die erst kurz vor den großen, aber stumpfen Fingernägeln aufhörten. Der dürre Körper schien nur aus Haut und Knochen zu bestehen, und der Kopf saß auf einem dünnen Hals, wobei der Betrachter jeden Augenblick das Gefühl haben konnte, er würde vom Rumpf kippen.

Als der Wagenschlag aufgedrückt wurde, bewegte sich die dünne Haut in dem Gesicht. Ein Spalt entstand im unteren Teil des Kopfes. Allerdings ein Spalt ohne Lippen, dafür mit scharfen Zähnen versehen, die an spitze Feilen erinnerten. Die Haut des Wesens war braun.

Der Vertreter verließ den Bentley. Er zog seinen Kopf ein, ließ den Wagenschlag offen und ging einen zögernden Schritt auf den Straßenrand zu.

»He, Mister«, zischte er durch die Zähne und meinte damit den Fahrer, der zwischen den Bäumen verschwunden war. »Was ist los? Kommen Sie zurück, bitte ...«

Er erhielt keine Antwort.

Der Mann schluckte. Er drehte sich um und wünschte, daß seine Mitfahrer zurückkehrten, damit er in ihnen Unterstützung hatte, doch von den beiden war nichts zu sehen, zu stark lag die Dunkelheit über dem Land.

Der Vertreter empfand sie plötzlich als unheimlich. So etwas hatte er noch nie erlebt, und dieses Gefühl steigerte seine Angst.

Er sah allerdings nicht, wie das Wesen aus der

Deckung der offenstehenden Tür langsam hervortrat und die Finger seiner rechten Hand öffnete. Ein Stein lag auf der Fläche.

Dunkel und kantig. Mit einer breiten Spitze. Wieder verzerrte ein teuflisches Lächeln das Gesicht des Wesens, als es sich so lautlos wie möglich an der Tür vorbeischob, um in den Rücken des Vertreters zu gelangen.

Der merkte nichts.

Er stand da und schaute nach vorn.

Einmal glaubte er, die schattenhafte Gestalt des Fahrers zwischen den Bäumen zu sehen, was allerdings auch eine Täuschung sein konnte, trotzdem rief er: »Mister, zeigen Sie sich. Es ist …« Seine Stimme brach ab. Mit einer hilflosen Bewegung hob er die Schultern und wandte sich um.

Da sah er das Grauen!

Hinter ihm hatte sich der Unheimliche aufgerichtet. Der rechte Arm war erhoben, in der Klaue lag der schwere Stein, und es gab keinen Zweifel, was der andere vorhatte.

Der Vertreter konnte nicht einmal mehr einen Schrei ausstoßen, alles ging viel zu schnell.

Der Arm raste nach unten. Er hatte genau die richtige Distanz, um zu treffen.

Ein dumpfes Geräusch entstand. Der Vertreter zuckte zusammen. Plötzlich war sein Gesicht voller Blut. Er kippte nach hinten, versuchte sich noch am Türrahmen festzuhalten, doch seine Hand griff ins Leere. Schwer fiel er gegen den Kotflügel und mußte wie durch einen Nebelschleier mit ansehen, daß der andere auf ihn eindrang und noch einmal zuschlug.

Der Stein traf genau.

Es war ein Hieb, den wohl kein Mensch überstanden hätte. Auch der Vertreter nicht. Der Stein wirkte wie ein Messer und tötete den Mann auf der Stelle.

Neben dem rechten Vorderrad fiel er schwer zu Boden und blieb leblos auf dem Bauch liegen.

Sein Mörder stieß ein pfeifendes Geräusch aus und

schaute auf die Leiche, bevor er den Stein zur Seite schleuderte, an dem das Blut des Mannes klebte.

Dann bückte er sich, wobei er sein Maul öffnete und in seine farblosen Augen ein harter Glanz trat.

Er hatte etwas Scheußliches vor, doch er fühlte sich dabei gestört, denn mitten in der Bewegung erstarrte er, als der Schatten eines Mannes ihn traf.

Der Fahrer kehrte zurück.

Das Grinsen spaltete seine Lippen, verflog aber sehr schnell, als er einen Lichtpunkt auf dem Feld sah.

»Laß ihn!« zischte der Fahrer, bückte sich, stieß den Mörder zur Seite, packte die Leiche und warf sie in den nahen Graben. Dann stieg er hastig ein und rief noch über die Schulter zurück: »Geh nach Hause, los, verschwinde!« Er selbst schlug die Wagentür zu und startete mit durchdrehenden Reifen.

Der unheimliche Mörder aber verschwand in der Dunkelheit ...

Auch Suko mußte über einen Acker. Vorhin hatte er über mich gelästert, jetzt konnte ich lachen, denn wir beide sanken bei jedem Schritt bis über die Knöchel ein.

Wir blieben dem Skelett auf den Fersen. Es war einfach, weil es leuchtete und uns genau den Weg wies.

Allerdings lief es auf einen kleinen Wald zu, dessen Bäume sich als kompakte, dunkle Masse vom Boden abhoben. Das gefiel uns nicht, weil so ein Wald zahlreiche Versteckmöglichkeiten bot, deshalb beschleunigten wir unser Tempo.

Auch das Skelett lief schneller. Obwohl es sich nicht umgedreht hatte, mußte es instinktiv gespürt haben, daß wir alles auf eine Karte setzen wollten, und es rannte uns weg.

Wir konnten das Tempo plötzlich nicht mehr mithalten. So etwas hatte ich noch nicht erlebt: ein Skelett, das schneller rannte als ein Mensch.

»Sollen wir schießen?« fragte Suko schwer atmend und fingerte nach seiner Beretta.

Ich war dagegen. Das Skelett hatte uns nichts getan. Wenn sich hinter seiner Existenz ein Geheimnis verbarg, dann sollten wir es herausfinden. Und ein zerstörtes Knochenwesen konnte uns nicht weiterbringen.

Es verschwand im Wald. Damit hatten wir gerechnet und gingen entsprechend vor.

Wir teilten uns.

Suko verschwand nach rechts, ich zur anderen Seite hin. Wenige Schritte später spürte ich schon, wie Unterholz brach, das von meinen Füßen geknickt wurde.

Fichtenzweige strichen durch mein Gesicht und über die Haare. An den Bäumen hingen noch die Tropfen vom letzten Regen. Aus dem weichen Boden wuchsen Baumwurzeln, die wegen ihrer glitschigen Oberfläche sehr rutschig waren.

Keine Spur von dem Skelett.

Dafür hörte ich Sukos Stimme. »John, komm mal her.« Damit ich mich besser orientieren konnte, hatte der Chinese die Bleistiftleuchte eingeschaltet, und der dünne Strahl wies mir den Weg.

Geduckt näherte ich mich meinem Partner, der auf einer kleinen Lichtung stehengeblieben war, an die eine Mulde grenzte. Der Chinese leuchtete in die Mulde hinein. Sie wurde an der linken Seite schmaler und lief dort als Graben weiter. Rechts jedoch war es wesentlich interessanter. Da sahen wir eine Öffnung, eine Höhle in der Muldenwand. Sie bildete das Ende eines Rohres.

Das gleiche wie vorhin auf dem Feld.

»Da könnte das Skelett reingekrochen sein«, vermutete mein Freund und Kollege.

»Es könnte nicht nur, es ist sogar«, gab ich zurück.

»Was macht dich so sicher?«

Jetzt erst berichtete ich ihm genau, wie ich das Skelett beim erstenmal aus den Augen verloren hatte.

»Verdammt«, flüsterte Suko, »dann hat der Knochenmann seinen Schlupfwinkel in einem unterirdischen Röhrensystem.«

»Darauf deutet alles hin.«

»Und?«

Ich zog ein schiefes Gesicht. »Es gibt nur eine Chance. Ich muß ihm nach.«

»Was?« Suko riß erstaunt die Augen auf. »Du willst tatsächlich in die Röhre hinein?«

»Ja, gern tue ich es nicht, aber ich bin schmaler als du.«

Während dieser Worte war ich bereits den Muldenhang hinuntergerutscht, bückte mich und sah mir die Öffnung an.

Sie war groß genug, um mich aufnehmen zu können. Das Kreuz, die Beretta und den Dolch trug ich bei mir. Eigentlich konnte nicht viel schiefgehen, es sei denn, ich blieb irgendwo stecken.

»Soll ich auf dich warten?« fragte Suko.

»Nein, wer weiß, wo ich rauskomme. Vielleicht in London oder an einer Stelle, wo du gar nicht mit mir rechnest. Lauf wieder zurück, aber warte in Hampstead!«

»Und wo genau?«

»Wenn alle Stricke reißen, an der Polizeistation.«

Suko war einverstanden. Seinem Gesicht jedoch sah ich an, daß er mich nicht gern allein ließ. Was sollte es? Ungewöhnliche Vorgänge erfordern eben außergewöhnliche Maßnahmen.

Wie in diesem Falle.

Ich machte mich so klein wie möglich und schob mich in die Röhre hinein …

Suko wartete noch, bis sein Freund John Sinclair verschwunden war. Dann hielt ihn nichts mehr in dem Wäldchen. Er kehrte um und begab sich auf den Rückweg.

Als er den Wald verließ, war er so weit von der Straße entfernt, daß er den Bentley nicht sah. Zudem war das

Fahrzeug dunkel, es verschmolz mit der Straße. Auch die Scheinwerfer leuchteten nicht mehr. Warum hatte der Fahrer das Licht gelöscht? Wenn er im Dunkeln parkte, wurde er von einem anderen Fahrzeug viel zu spät gesehen.

Der Chinese war mißtrauisch. Er hatte plötzlich das Gefühl, daß dort einiges nicht stimmte. Andererseits wiederum konnte der Fahrer auch die Lust verloren haben und war kurzerhand abgedampft.

Mit Schrecken dachte Suko daran, daß sich Johns und sein Gepäck noch im Bentley befand. War der Wagen wirklich abgebraust, konnten die Koffer erst einmal abgeschrieben werden. Um die zwei normalen war es nicht schlimm, allerdings war noch der Einsatzkoffer dabei. Ihn zu verlieren konnte als großer Verlust bezeichnet werden.

Deshalb lief Suko so schnell es ging über den weichen, matschigen Boden, sah schließlich die Straße besser und erkannte, daß die Fahrbahn leer war.

Kein Bentley mehr da!

Selbst Suko verlor seine Gelassenheit. Vor Wut knirschte er mit den Zähnen und stieg die letzten Yards der Böschung zur Straße hoch. Dort blieb er stehen und schaute sich um.

Mutterseelenallein befand er sich auf der Fahrbahn. Da hatte man ihn und John ganz schön geleimt. Über die Schuldfrage dachte Suko gar nicht erst nach, denn eine Antwort hätte er sowieso nicht gefunden. Eigentlich trugen sie selbst die Schuld daran, sie hätten eben nicht die Koffer allein lassen sollen.

Koffer! Das war es.

Vielleicht hatte der Fahrer doch einen menschlichen Zug und wenigstens das Gepäck ausgeladen. Da es nicht auf der Straße zu finden war, hatte er es möglicherweise in den nahen Graben geschleudert. Suko traute dem Knaben alles zu, und deshalb bewegte er sich auf den Straßenrand zu, um nachzusehen.

Dabei schaute er zu Boden, und es fielen ihm trotz der Dunkelheit die Flecke auf dem Belag auf. Suko runzelte die Stirn, dachte zuerst an Öl und bückte sich, um die kleinen Lachen genauer zu untersuchen. Er tunkte den Finger hinein und roch daran.

Das war kein Öl. Aber eine dunkle Farbe hatte es. In der Nähe brannte keine Laterne, so blieb dem Chinesen nichts anderes übrig, als mit der Lampe gegen den Finger zu leuchten.

Jetzt sah er die Flüssigkeit genauer.

Öl schimmerte nicht rot. Was an seinem Finger als dicker Tropfen hing, war Blut!

Menschenblut?

Sukos Rücken spannte sich. An einem Taschentuch wischte er sich den Finger sauber, dabei überschlugen sich seine Gedanken. Blut auf der Straße! Von einem Tier stammte es sicherlich nicht. Er wollte einfach nicht daran glauben und schaute genau nach, ob er die Blutspur verfolgen konnte.

Ja, im dünnen Licht der Bleistiftleuchte sah er die Tropfen auf dem Boden. Sie bildeten eine etwas krumme Markierung, liefen jedoch nicht auf der Straße weiter, sondern verschwanden schon bald im dichten Gras, das am Rand wuchs.

Dahinter lag der Graben.

Auch in ihn leuchtete Suko.

Der Lichtfinger traf wie ein heller Speer einen bleichen Gegenstand. Es war eine Hand!

Scharf saugte der Chinese die Luft ein. Die Hand war zur Faust geformt, der dahinter beginnende Arm zweigte in einem Winkel von neunzig Grad ab, und als Suko ein Stück zur Seite leuchtete, riß der Lichtschein ein blutüberströmtes Gesicht aus dem Dunkel.

Der Inspektor erkannte den Mann.

Es war der Vertreter, und seine Kopfwunden deuteten darauf hin, daß man ihn erschlagen hatte …

Als ich in die Röhre kroch, erinnerte ich mich wieder an einen Fall, der schon sehr lange zurücklag. Damals war ich zum erstenmal auf Ghouls getroffen, und ich hatte sie in dem unterirdischen Labyrinth eines alten Friedhofs gejagt. Dort hatten sie ihre Heimstatt gefunden und Gänge von Grab zu Grab gebuddelt. Innerhalb der Gänge war es ebenso eng gewesen wie in dieser Röhre und auch so dunkel.

Auf dem Boden der Röhre stand das Wasser. Es verdeckte die Schmier- und Schmutzschicht, die unterhalb des Wasserspiegels lag. Ich glitt hindurch und zog dabei den Kopf ein, da die Röhre nicht sehr hoch war. Zudem auch ziemlich eng, Suko hätte kaum hineingepaßt. Ich mußte mich dünn machen, um voranzukommen. Dabei hielt ich die Arme vorgestreckt, damit ich Hindernisse rechtzeitig ertasten konnte.

Zwischen Daumen und Zeigefinger der rechten Hand hatte ich die Bleistiftleuchte geklemmt. Nur ab und zu schaltete ich sie ein, denn ich wollte die Batterie schonen, um nicht Gefahr zu laufen, irgendwann in der Röhre im Dunkeln festzustecken.

Auch hatte ich mit einem anderen Problem zu kämpfen. Je weiter ich mich von dem Ein- und Ausgang entfernte, um so schlechter wurde die Luft. Daran war nichts zu ändern.

Ich hoffte nur, daß ich irgendwann im Freien landete, denn die Strecke rückwärts zurückzulegen, wäre eine höllische Qual für mich gewesen, da ich mich in der engen Röhre nicht umdrehen konnte.

Das Skelett war verschwunden. Ich sah es nicht. Aber ich hatte es einmal gehört. Weiter vorn waren dumpfe Geräusche entstanden, die schwach an meine Ohren drangen.

Das mußte der Gegner sein, und diese Annahme beflügelte meine Aktivitäten.

Ich bemühte mich um eine schnellere Gangart. Das war nicht einfach. Wie eine Schlange wand ich mich vor.

Je tiefer ich in die Röhre eindrang, um so mieser wurde die Luft und um so schlechter ging es mir auch.

Schweiß und Dreck bedeckten mein Gesicht. Manchmal stand das Wasser höher, so daß ich mit dem Kinn eintauchte. Da ich ein Mensch und keine Maschine bin, mußte ich hin und wieder Pausen einlegen, um zu verschnaufen. Dann schaltete ich die Lampe ein. Ihr dünner Lichtfinger leistete mir wertvolle Dienste, und plötzlich sah ich etwas durch den Lichtstrahl huschen.

Ein Tier!

Ich kroch näher und stellte fest, daß das Tier hocken blieb und nicht davonrannte.

Ich hatte eine Ratte entdeckt.

Unwillkürlich blieb ich liegen, und mein Gesicht verzerrte sich. Ratten sind nicht eben meine liebsten Freunde. Wenn sie hungrig waren und sich dabei in die Enge getrieben fühlten, schreckten sie auch nicht davor zurück, Menschen anzugreifen.

Hoffentlich war das Biest vor mir satt.

Wir belauerten uns.

Mir schien es, als würde auch das Tier seine Chancen abschätzen. Da ich ebenfalls am Boden lag und nicht stand, mußte ich der Ratte nicht sehr groß vorkommen. Vielleicht animierte sie dies, auf mich zuzulaufen, denn sie trippelte los.

Weiter durfte ich sie nicht an mich heranlassen, denn sie würde mir mit einem Satz ins Gesicht springen, dafür kannte ich diese Biester zu genau.

Ich drehte mich ein wenig nach rechts, schob meinen Arm am Körper entlang und suchte nach dem Dolch. Diese Waffe eignete sich ausgezeichnet, die Ratte umzubringen.

Ich zog den Dolch aus der schmalen Scheide. Den Arm ließ ich in angewinkelter Haltung, um ihn blitzschnell vorstoßen zu können, wenn es soweit war.

Aus meiner Perspektive sah die Ratte unnatürlich groß aus. Wie ein gewaltiger braungrauer Klumpen bewegte sie sich lauernd auf mich zu. Sogar das Zittern der Barthaare konnte ich erkennen.

Würde sie springen?

Ja, sie wuchtete sich auf mich zu. Dabei hatte sie die Schnauze weit aufgerissen, ich sah die kleinen, nadelspitzen Zähne und hörte auch ihr Kreischen.

Etwas Bewegungsfreiheit hatte ich für meinen Arm. Schräg stach ich zu, wobei ich das Tier keinen Augenblick aus den Augen gelassen hatte. Und die Klinge traf.

Es gelang mir, die Ratte regelrecht aufzuspießen. Der Dolch bohrte sich von der Seite her durch ihren Körper, und zwar so wuchtig, daß die Spitze an der gegenüberliegenden Körperseite wieder hervortrat und dickes Blut zu Boden tropfte.

Das Kreischen verstummte. Die Ratte zappelte noch, dann schleuderte ich sie mit einem Ruck von der Klinge weg. Dabei klatschte sie gegen die Wand und blieb vor mir in der engen Röhre als Kadaver liegen.

Es ärgerte mich, daß mich dieses verfluchte Biest aufgehalten hatte, so war es dem Skelett sicherlich gelungen, seinen Vorsprung weiter auszubauen.

Hören konnte ich es nicht mehr.

Es blieb mir nichts anderes übrig, als mich weiter durch die enge Röhre zu wühlen.

Die Ratte passierte ich so, daß ich sie nicht zu berühren brauchte. Ihr Blut hatte sich mit dem in der Röhre stehenden Wasser vermischt. Meine Kleidung war sowieso verdorben.

Da würden die Spesenknaben vom Yard wieder dumm gucken, das allerdings störte mich nicht. Wenn sie meckerten, sollten sie sich mal in den Dreck legen und gegen Dämonen kämpfen.

Mittlerweile empfand ich Platzangst. Ich glaube, das geht jedem Menschen so, der durch eine enge, dunkle Röhre unter der Erde kriecht. Daran, was alles dabei schieflaufen konnte, wagte ich überhaupt nicht zu denken. Da konnte, aus welchen Gründen auch immer, die

Erde einbrechen, und ich steckte hier fest und würde elendig ersticken.

Nein, diese Gedanken verscheuchte ich, dafür robbte ich immer weiter.

Mein Rücken schmerzte, die Glieder ebenfalls, und jeder Yard wurde fast zu einer Qual. Manchmal gab ich auch nicht acht, geriet mit dem Kopf zu hoch und holte mir ein paar Beulen.

Plötzlich streifte etwas mein Gesicht.

Eine Ratte war es nicht, die hätte ich im Licht der Lampe längst gesehen. Spinnweben auch nicht, blieb nur noch eine Möglichkeit.

Luft!

Jawohl, mein nasses Gesicht war von einem kühlen Luftzug gestreift worden, was nichts anderes bedeutete, daß ich fast das Ende der Röhre erreicht hatte.

Dieses Wissen beflügelte mich. Ich beeilte mich und atmete auch tiefer ein. Je weiter ich kroch, desto kühler wurde es, und die frischere Luft fächerte in mein Gesicht.

Daß das Wasser in der Röhre gestiegen war, störte mich nicht, auch nicht der Abfall, der sich dicht vor dem Röhrenende am Ausgang türmte. Das war Holz und Altmetall sowie Schutt. Allerdings gut verteilt, so daß für mich genügend Platz blieb, um aus der Röhre zu klettern.

Ich bewegte mich noch ein wenig vor und zeichnete dann mit dem Lampenstrahl einen Kreis, der die Röhrenöffnung genau nachbildete.

Da traf mich der Schock!

Ich war nicht allein, denn von außen und an der oberen Rundung der Röhre erschienen zwei gewaltige Hände. Sie waren blutverschmiert ...

Das Licht der Schreibtischlampe fiel auf ein helles Blatt Papier, das mit krakeliger Schrift vollgeschrieben war. Ein Brief, der es in sich hatte und der die Frau, die ihn hielt, in eine regelrechte Alarmbereitschaft versetzt hatte.

Die Frau war Sarah Goldwyn, auch Horror-Oma genannt.

Man hätte über sie viel schreiben können, über ihre außergewöhnliche Person, ihr Hobby und ihren Kettentick, denn alles an ihr paßte nicht in den normalen Rahmen.

Mit knapp siebzig lebte sie ein Leben wie andere mit vierzig. Sie hatte drei Männer überlebt, interessierte sich für alles mögliche und hatte eine besondere Schwäche für Gruselgeschichten. Was es an Büchern auf dem Markt gab, besaß sie. Jeder Film, der gespielt wurde und sich nur annähernd mit dem Thema Horror oder Krimi beschäftigte, wurde ein Muß für die Horror-Oma. Wenn ihr einer besonders gut gefiel, kaufte sie ihn sich für ihre Video- oder Super-Acht-Filmanlage, denn den Speicher ihres Hauses hatte sie zu einem regelrechten Kino ausbauen lassen. Sie war wirklich außergewöhnlich. Oft blieb es nicht bei der reinen Theorie, nein, sie wandelte auch selbst gern auf kriminalistischen Pfaden und hatte einen regelrechten Riecher für Kriminalfälle entwickelt.

Daß sie dabei hin und wieder Bekanntschaft mit Dämonen gemacht hatte, paßte ihr sogar in den Kram. An die großen Gefahren dachte sie dabei nicht, und bei manchem Fall hatte sie wirklich das Glück des Tüchtigen gehabt, sonst wäre sie längst nicht mehr am Leben.

Sie wohnte in einem Haus in Mayfair, das sie allerdings schon seit über einer Woche verlassen hatte, um einen Job anzunehmen.

Den Job als Haushälterin!

Nicht, weil sie Geld brauchte, das besaß sie, denn jeder ihrer drei Männer hatte ihr bei seinem Tod ein erkleckliches Sümmchen hinterlassen, aber sie witterte einen Fall.

Schuld daran trug der Brief, den sie zum wiederholten Male las. Darin wurde sie von einer Bekannten, die sonst niemanden mehr hatte, gebeten, sich um eine gewisse Lady Clarence zu kümmern. Die Bekannte war eine Woche lang Haushälterin bei Lady Clarence gewesen, bevor sie durch einen Unglücksfall gestorben war. Sie hatte sich bei einem Sturz das Genick gebrochen. Allerdings hatte sie einen Tag zuvor den Brief an Lady Sarah abgeschickt.

Lady Clarence brauchte natürlich eine neue Haushälterin. Sarah Goldwyn hatte sich sofort entschlossen. Sie traf bei Lady Clarence ein, als die Tote noch nicht unter der Erde lag. Lady Sarah tat natürlich sehr überrascht, weinte auch, und als Grund für ihr Kommen gab sie an, daß sie nur eine alte Freundin besuchen wollte.

Nun war diese tot.

Wie von selbst war das Gespräch auf die neue Haushälterin gekommen, und Lady Clarence unterbreitete Sarah Goldwyn ein Angebot, das die Horror-Oma natürlich begeistert annahm. Allerdings zeigte sie ihre Begeisterung nicht zu deutlich und mußte sich praktisch dazu ›überreden‹ lassen, den Job zu übernehmen.

Eine Woche arbeitete sie jetzt schon bei Lady Clarence in Hampstead. Während dieser Tage hatte sie die Frau kennengelernt. Die Lady war ein exzentrisches Biest. Sie hatte Launen und malträtierte ihre beiden Angestellten, den Chauffeur und Mädchen für alles namens Serge, und natürlich auch Sarah Goldwyn.

Ein paarmal war die Horror-Oma soweit gewesen, daß sie ihrer Arbeitgeberin am liebsten die Sachen vor die Füße geworfen hätte, aber sie dachte an ihren Job und auch an das Geheimnis, das Lady Clarence umgab. Es mußte einfach ein Geheimnis geben, denn es war der Horror-Oma verboten, des Nachts den Garten zu betreten. Nur tagsüber durfte sie hinein. Da war ihr aufgefallen, daß die Erde manchmal sehr zerwühlt aussah, als hätte dort jemand etwas vergraben.

Was mochte dort versteckt sein?

Sarah Goldwyn war natürlich neugierig. Sie hatte sich fest vorgenommen, dem Garten in der folgenden Nacht doch einen Besuch abzustatten.

Sie konnte sowieso schlecht schlafen. Immer wieder

schreckte sie hoch, blieb still im Bett liegen und lauschte den Geräuschen, die das alte Haus mit den zahlreichen Zimmern von sich gab.

Manchmal hatte sie Stimmen und das Klirren von Gläsern gehört, sich aber nie getraut, nachzuschauen.

Auch in dieser Nacht war sie zweimal erwacht. Zuerst gegen ein Uhr, dann in den Morgenstunden um fünf. Da konnte sie nicht mehr schlafen, setzte sich an den kleinen Sekretär in ihrem Zimmer und las noch einmal den Brief.

Ihre Bekannte hatte ihn in aller Hast geschrieben. Hatte sie ihren Tod schon geahnt?

Die Horror-Oma war bereits angezogen, faltete den Brief zusammen und versteckte ihn unter der Matratze. Wenn er von Lady Clarence gefunden wurde, sah es böse aus. Dann würde sicherlich Serge zuschlagen, der Mann, der Lady Clarence ungemein ergeben war.

Vor ihm fürchtete sich Sarah Goldwyn. Er war ein düsterer Typ und trug nur seine grauen Anzüge, die ihn als Chauffeur auswiesen. Dabei hatte er regelrechte Mörderhände, die einem Menschen Angst einflößen konnten.

In Lady Sarahs Zimmer befand sich auch ein kleiner Kühlschrank. Sie öffnete ihn, holte eine Flasche mit Mineralwasser hervor und füllte ein Glas zur Hälfte. Während sie trank, ging sie zum Fenster und blickte nach draußen.

Der Garten war nicht zu sehen. Er lag hinter dem Haus. Sie konnte nur auf den kleinen Parkplatz und den Privatweg schauen, der das Haus mit der nahen Straße verband.

Soeben tauchten auf der Straße die hellen Augen eines Scheinwerferpaares auf. Lady Sarah rechnete damit, daß der Wagen vorbeifahren würde, sie täuschte sich jedoch, die Lichter schwenkten ab, dann rollte der dunkelblaue Bentley über den Weg und wurde bis auf den Parkplatz gefahren.

Die Tür schwang auf. Serge verließ den Wagen. Er

mußte gesehen haben, daß in Lady Sarahs Zimmer Licht brannte, denn er warf einen kurzen, prüfenden Blick in die Höhe.

Dann verschwand er mit eiligen Schritten im toten Winkel an der Hauswand. Die Horror-Oma hörte, wie eine Tür schlug und Serge von Lady Clarence begrüßt wurde.

Was die beiden besprachen, konnte Sarah Goldwyn nicht verstehen. Sie leerte ihr Glas und stellte es auf den Kühlschrank. Dieses Haus war ihr irgendwie unheimlich. Wohl fühlte sie sich nicht in diesen Wänden. Es strömte eine düstere Atmosphäre aus, aber es paßte zu Lady Clarence, die auch nicht anders war.

Dann hörte sie die Glocke.

Es war ein schrilles Läuten. Lady Sarah mochte es nicht, aber es war ihr Zeichen.

Man verlangte nach ihr.

Sie löschte das Licht, öffnete die Tür, gelangte in den schmalen Flur und schlug den Weg zur Treppe ein.

Lady Clarence und Serge erwarteten sie im Wohnraum. Ein großes Zimmer, vollgestopft mit dunklen Möbeln aus der Jahrhundertwende, einem grünen Kachelofen, hohen Fenstern und viel Plüsch als Dekoration. Der Lüster an der Decke war nicht eingeschaltet, dafür zwei Stehlampen, auf deren Pergamentschirmen Staub lag, obwohl Lady Sarah erst vor einigen Stunden geputzt hatte.

Die Frau saß in einem Ohrensessel. Serge stand wie ein finsteres Denkmal neben ihr und hatte einen Arm auf die Rückenlehne gelegt. Seine rechte Hand umklammerte einen an der Lehne befestigten Knauf.

»Sie haben mich rufen lassen?« fragte Sarah Goldwyn.

»Ja.« Lady Clarence nickte. »Serge sagte mir, daß in Ihrem Zimmer Licht brennt und Sie am Fenster gestanden hatten.«

»Ich konnte nicht schlafen.«

Lady Clarence lachte meckernd. »Warum soll es Ihnen

besser gehen als mir. Aber was gab es denn da so Aufregendes zu sehen?« wollte sie wissen.

»Wo?«

»Draußen vor dem Haus!« lautete die bissige Antwort.

»Ich – ich schaue des öfteren aus dem Fenster. Es macht mir einfach Spaß.«

»Wirklich?«

»Ja, Lady Clarence.« Sarah Goldwyn hielt dem Blick dieser Frau stand, was gar nicht so leicht war.

Lady Clarence konnte man schon als eine böse Karikatur bezeichnen, so wie sie aussah.

Jünger als Sarah Goldwyn war sie. Ungefähr zehn Jahre. Die Haare hatte sie sich nicht nur kurz und zu einem Pagenkopf schneiden, sondern auch rot färben lassen. Ein Rot, das den Augen weh tat, grell und mit dunkleren Strähnen versehen. Einmal in der Woche ging sie zum Friseur, damit ihr der Pony geschnitten wurde. Unter ihm begann das Gesicht mit der faltigen Haut. Allerdings sah man von den Falten nicht sehr viel, weil immer eine dicke Schicht Schminke darüber lag. Zudem noch eine Feuchtcreme, so daß ihr Gesicht immer glänzte, als wäre jemand mit einer Speckschwarte über die Haut gefahren.

Ihre Kleidung holte Lady Clarence in den teuersten Boutiquen. Da es den Verkäuferinnen dort egal war, wer die Fummel kaufte, Hauptsache, sie wurden bezahlt, sagte ihr auch niemand, daß die Kleidung für ihr Alter nichts mehr war. Die grellen, neuen Farben paßten einfach nicht zu ihr – wie das Kleid, das sie jetzt trug. Es war geschnitten wie ein Cape, als Farbe dominierte Grün, wurde jedoch von roten Querstreifen unterbrochen. Das gleiche helle Rot, das auch die Fingernägel zeigten, die den Abschluß der knochigen Klauen bildeten, denn als Hände konnte man sie kaum bezeichnen.

Als Krönung des Ganzen trug Lady Clarence noch hochhackige Schuhe, in denen sie kaum laufen konnte. Unter dem Rocksaum schauten die Beine wie Stöcke hervor, und ihre dünnen, aber immer grell geschminkten Lippen wirkten irgendwie verschmiert.

Die Frau war eine Erscheinung zum Weglaufen. So wie ihr Äußeres war auch ihr Inneres.

Kalt, ohne Gefühl …

Die Augen lagen unter den künstlich angemalten Brauen wie zwei kalte Perlen in den Höhlen. Menschliche Wärme hatte dieser Blick noch nie ausgestrahlt.

Auch jetzt nicht, als sie Lady Sarah kalt musterte. »Sie scheinen sehr viel Zeit zu haben, daß Sie immer aus dem Fenster schauen können, meine Liebe.«

»Nicht immer, Lady Clarence, nur wenn ich nicht schlafen kann.«

Die Augen der Frau verengten sich. »Und Sie können öfter nicht schlafen?«

»In unserem Alter ist das so eine Sache …«

Lady Clarence atmete zischend ein. »Was heißt hier unserem Alter?« keifte sie, denn Lady Sarah hatte mit ihrer Antwort einen wunden Punkt berührt. »Sie sind wohl alt, ich nicht. Verstanden?«

»Natürlich.«

»Unverschämtheit«, regte sich die Frau auf, wobei sich ihre Hände öffneten und schlossen. »Was sagst du, Serge?«

»Ich stimme Ihnen zu, Lady Clarence.«

Klar, du Affe. Von dir hätte ich auch nichts anderes erwartet, dachte die Horror-Oma.

»Nun, da Sie schon mal unten sind und auch nicht schlafen können, bereiten Sie das Frühstück vor. Wir werden in einer halben Stunde essen und anschließend nach London fahren. Sie begleiten mich, Sarah. Klar?«

»Sehr wohl, Mylady.«

»Dann ist es gut.« Sie räusperte sich. »Serge, deine Hand!« Der Mann streckte den Arm aus und zog die Frau aus dem Sessel. Sie hatte ein Hüftleiden, und das ärgerte sie. Zwar konnte sie allein gehen, allerdings mußte sie sich dabei immer auf einem Stock abstützen, und manch neidischer Blick traf Sarah Goldwyn, die sich ohne jegliche Hilfe bewegte. »Ich habe noch Briefe zu schreiben«, sagte Lady Clarence. »Bring mich in mein Arbeitszimmer, Serge.«

»Ja, Mylady.«

Serge öffnete die Tür. Lady Sarah schaute den beiden so lange nach, bis sie die Tür hinter sich zugezogen hatten. Dann ging sie in die Küche und widmete sich ihrer Arbeit.

Die eingebaute Küche gehörte zu dem Teuersten, was auf dem Markt zu finden war. Sie hatte ein großes Fenster, durch das man in den Garten blicken konnte.

Das tat die Horror-Oma.

Verlassen lag der Garten in der grauen Dunkelheit. Grau deshalb, weil bereits die Morgendämmerung hochzog und die Schwärze allmählich vertrieb.

Gespenstisch wirkten die sorgfältig gestutzten Bäume und Büsche. Die Hecke sah aus wie ein Schatten. Sie grenzte das Grundstück zum Nachbarn ab. Von den Beeten waren nicht viele zu sehen. Sie lagen im hinteren Teil des Gartens. Wer allerdings in dem geräumigen Wohnraum mit dem großen Fenster saß, der konnte den Garten voll überblicken.

Mrs. Goldwyn wußte genau, was die beiden immer zum Frühstück wollten. Lady Clarence aß nur eine dünne ungesüßte Marmelade mit Brot, während sich Serge den Bauch mit Fleisch und Eiern vollschlug. Er aß nicht, er fraß und trank eimerweise Kaffee.

An diesem Morgen wollte Lady Sarah Hähnchenschenkel grillen. Sie holte vier davon aus dem Tiefkühlfach und legte sie in den Grill, auch Kaffee kochte sie literweise und briet Eier in der Pfanne.

Trotz ihrer Arbeiten vergaß sie niemals, aus dem Fenster zu schauen. Immer wieder fiel ihr Blick in den Garten.

Und da sah sie den Schatten.

Im ersten Augenblick dachte sie an einen Einbrecher.

Als sie genauer hinsah, merkte sie, daß es kein Mensch war, sondern ein Vierbeiner.

Ein Hund.

Schon hörte sie das Kläffen.

Der Hund bellte wie verrückt, als würde ihm jemand Gewalt antun. Dabei lief er aufgeregt im Garten umher, gelangte auch an die Hecke und scharrte dort mit den Hinterläufen.

»Serge!« Grell und keifend schnitt die Stimme der Frau durch das Haus. »Sorg dafür, daß der verdammte Köter nie mehr bellt.«

»Sehr wohl, Mylady!«

Mrs. Goldwyn erschrak. Die Worte der Alten waren deutlich genug. Serge sollte den Hund töten, anders konnte man diesen Befehl nicht auffassen.

Lady Sarah hörte die Schritte des Mannes, wie er durch das Haus polterte. Dann riß er die Tür auf und stürmte nach draußen. Er hatte nicht den Haupteingang genommen, sondern den an der Seite, der nicht weit von der Küche entfernt lag.

Sarah Goldwyn sah ihn. Eine Waffe hatte er nicht mitgenommen, seine Pranken reichten ihm.

Aber mit bloßen Händen einen Hund töten? War das nicht auch für Serge ein wenig zuviel?

Geduckt hetzte Serge durch den Garten. Dabei nahm er keine Rücksicht auf Beete und Pflanzungen. Sein Ziel war der Hund, der an der Hecke stand und scharrte.

Da hörte das Tier ihn.

Sofort hielt es mit seiner Beschäftigung inne und sprang knurrend herum. Es ahnte die Gefahr, war jedoch gewohnt, ihr nicht auszuweichen, sondern sich ihr entgegenzustemmen.

Wuchtig stieß sich der Hund ab.

Es war ein regelrechtes Monstrum, das auf den Mann zusprang und gegen ihn prallte. Serge hatte nicht einmal den Versuch unternommen, auszuweichen, er ging voll in den durch die Luft fliegenden Körper hinein, und seine beiden Hände umkrallten die Kehle des Tieres, noch bevor dessen Maul zuschnappen konnte.

Lady Sarah glaubte, das Knurren des Tieres bis in die Küche zu hören. Sie vergaß die Vorbereitungen des Frühstücks und schaute dem Kampf aus großen Augen zu. Schon immer hatte sie sich vor Serges Händen gefürchtet. Nun sah sie, daß dies zu Recht gewesen war, denn mit seinen Pranken war Serge ein gnadenloser Gegner. Er ließ dem Hund keine Chance.

Wie Schraubstöcke hatten sie sich um die Kehle des Tieres gelegt, das verzweifelt um sein Leben kämpfte, mit Vorder- und Hinterläufen schlug und doch keine Chance hatte, dem mörderischen Griff zu entgehen.

Die Bewegungen wurden schlaffer. Serge stand breitbeinig auf der Gartenerde. Sein Gesicht war verzerrt, als er sich umdrehte und zum Küchenfenster schaute. Lady Sarah glaubte, einen dämonischen Ausdruck in seinen Zügen zu erkennen.

Die Bewegungen des Hundes hörten schließlich ganz auf. Wütend schmetterte Serge den Tierkadaver zu Boden, drehte sich um und ging davon.

Ins Haus kam er nicht. Er holte statt dessen einen Spaten und begann dicht an der Hecke ein Loch zu graben. Er arbeitete schnell und zielstrebig, als hätte er so etwas schon öfter getan.

Sarah Goldwyn atmete schwer. Ihr Herz trommelte in der Brust. Die vergangenen Minuten hatten sie ziemlich mitgenommen. Denn sie hatte einen scheußlichen Mord mit angesehen.

Ein klopfendes Geräusch ließ sie herumfahren. Mrs. Goldwyn stieß dabei einen leisen Schrei aus, so sehr hatte sie sich erschreckt. Auf der Türschwelle stand Lady Clarence. Das Geräusch war durch ihren Stock entstanden, mit dessen Spitze sie auf den Boden geklopft hatte.

Sarah Goldwyn preßte hart die Lippen zusammen und hielt dem Blick stumm stand.

»Ist was?« höhnte die Frau.

»Nein, Mylady.«

»Dann machen Sie weiter.« Sie lachte irr. »Und freuen Sie sich, daß Sie kein Hund sind …«

Blutige Hände!

Ich hatte mich nicht getäuscht. Sie hingen tatsächlich vom oberen Rand der Röhre nach unten, und die Finger bewegten sich wie Würmer.

Aber wem gehörten die Hände? Dem Skelett bestimmt nicht. Und woher kam das Blut? Hatte derjenige jemanden umgebracht, oder hatte er seine Hände einfach nur in Blut getaucht, um mich zu erschrecken?

Es war schon seltsam, diese Klauen zu sehen, und mir rann ein Schauer über den Körper.

Ich löschte das Licht.

Sofort umfing mich wieder die Dunkelheit der Röhre, aber vor mir, wo sie zu Ende war und wo sich die Hände noch immer bewegten, da sah ich den grauen Tag.

Die Morgendämmerung war bereits heraufgezogen und hatte die Reste der Nacht vertrieben. Ein graues Licht lag über dem Land, seltsam verwaschen wirkend, wobei die Konturen verschwammen.

Ich saugte den Atem durch die Nase ein. Es war für mich so etwas wie ein Startsignal, denn ich mußte das Geheimnis dieser blutigen Hände ergründen. Das gelang mir nicht, wenn ich in der Röhre hocken blieb.

Möglichst lautlos glitt ich voran. Mein Blick blieb dabei auf den gespenstisch wirkenden Händen haften, an denen sich das Blut zu Tropfen gesammelt hatte, die nach unten fielen und auf dem Boden eine Lache bildeten.

Die Finger hatten aufgehört, sich zu bewegen. Ich rutschte schneller vor und dachte daran, auf die Hände zu schießen, als sie weggezogen wurden.

Von einem Augenblick zum anderen waren sie verschwunden, noch bevor ich das Ende der verdammten Röhre erreichte.

Wäre über mir keine Erde gewesen, so hätte ich sicherlich gehört, wenn sich ein Gegner auf der Röhre bewegte. So allerdings wußte ich nicht, wo mein Feind lauerte.

Ich traute mich auch nicht, den Kopf hinauszustrecken, da ich nicht wußte, was der andere vorhatte.

Es war eine dumme Situation. Ich hockte in der Röhre, dicht vor dem Ausgang, der andere über mir.

Beide sahen wir uns nicht, und es war die Frage, wer als erster die Nerven verlor.

Ich hatte nicht vor, lange in der verfluchten Röhre zu bleiben, dafür war ich zu durchnäßt. Ich konnte mir, wenn ich mich nicht bewegte, den Tod holen.

Wenn draußen tatsächlich ein dämonisches Wesen lauerte, wollte ich es vertreiben.

Deshalb streifte ich mein Kreuz über den Kopf. Die Silberkette glitt durch meine Nackenhaare und stellte sie aufrecht. Dann wog ich das Kreuz auf dem Handteller, holte noch einmal tief Luft, bewegte mich um eine Idee weiter vor und schleuderte mein Kreuz aus der Öffnung, ohne allerdings die Kette loszulassen.

Das Silberkreuz klirrte gegen Steine. Ich rechnete damit, daß mein Gegner etwas tun würde, doch das geschah nicht.

Es geschah überhaupt nichts.

Das Kreuz lag da, ich klemmte in der Röhre und glaubte, es riskieren zu können.

So schnell es ging, kroch ich hinaus und landete in einem Graben. Etwa drei Fuß hoch war rechts und links die Böschung, die sich mir leer präsentierte. Von den blutigen Händen keine Spur.

Da wurde doch der Hund in der Pfanne verrückt. Ich steckte mein Kreuz weg und kletterte aus dem Graben.

Die Luft war kalt. In meiner durchnäßten Kleidung fing ich an zu frieren. Zuerst machte ich eine Standortbestimmung. Mitten auf einem Feld hielt ich mich auf. Im Norden sah ich das schmale Band der Straße. Die Fahrzeuge hatten noch immer ihre Scheinwerfer eingeschaltet, und es herrschte inzwischen mehr Betrieb.

In Richtung Hampstead sah ich einige Bäume aus dem Ackerboden wachsen, eine Scheune, dann machte die Straße einen Bogen, und dort grenzte auch der Acker.

Alles normal ...

Wo steckte der Typ mit den blutigen Händen? Es hatte ihn gegeben, an eine Halluzination glaubte ich nicht. Und er konnte sich auch nicht in Luft aufgelöst haben.

Vielleicht lief er mir unterwegs noch in die Quere, obwohl ich da auch nicht viel Hoffnung hatte.

Wieder blieb mir nichts anderes übrig, als den Weg über einen matschigen Acker hinweg in Richtung Straße zu laufen, denn ich hatte nicht vergessen, daß ich mich mit Suko in Hampstead treffen wollte.

Einen Baum nahm ich mir als Markierung. Wenn ich eine Linie von mir bis zur Straße dachte, stand er genau in der Mitte. Erst jetzt sah ich die schwarzen Vögel, die auf seinen Ästen und Zweigen hockten. Aber auch nur, weil sie aufflatterten, als hätte sie irgend etwas aufgescheucht. Ein dunkler Schwarm stieg aus der Baumkrone und schwebte als Wolke darüber.

Was hatte sie gestört? Ich blieb stehen und fixierte den Baum. War es allein meine Anwesenheit?

Das konnte ich mir einfach nicht vorstellen, denn ich befand mich noch ziemlich weit entfernt. Nein, es mußte einen anderen Grund geben. Vielleicht der Unbekannte mit den blutigen Händen?

Ich lief schneller. Plötzlich fror ich auch nicht mehr. Etwas mehr Helligkeit hätte ich mir schon gewünscht, denn im Zwielicht der Dämmerung war es so gut wie unmöglich, alles genau zu erkennen.

Dann sah ich ihn.

Ich hatte mich nicht getäuscht. Er hatte tatsächlich hinter dem Baumstamm gelauert.

Es war ein Mensch, das will ich einmal vorwegnehmen. Ein dürrer Mann, der nur aus Haut und Knochen zu bestehen schien.

Riesengroß waren seine Hände, sie fielen mir sofort auf. Ob sie blutig waren, konnte ich nicht sehen, aber der Mann hatte es eilig, von mir wegzulaufen.

Er floh in Richtung Straße.

Wer war schneller?

Ich, denn das merkte ich bereits nach einigen Schritten, weil ich gut aufholte.

Der Dürre duckte sich während des Laufens, als würde er mit Peitschenschlägen traktiert.

»Bleiben Sie stehen!« schrie ich ihn an.

Er dachte nicht daran und jagte weiter. Dabei lief er wie ein Hase. Im Zickzack.

Ich schlug einen Bogen, und es gelang mir, ihm den Weg abzuschneiden. Er gab für einen Moment nicht acht, so daß ich mich auf einmal mit ihm auf gleicher Höhe befand.

Erschreckt wandte er den Kopf.

Ein Skelett war es nicht. Viel allerdings fehlte nicht daran. Die Haut auf seinem großen Schädel wirkte wie durchsichtiges Papier. Sie spannte sich auf seinen Knochen. Groß waren die Augen. Auf einmal bewegte sich die dünne Gesichtshaut. Über dem Kinn entstand ein Spalt, der wohl einen Mund darstellen sollte.

Ich zog die Beretta. »Keinen Schritt mehr«, sagte ich hart und ging weiter auf ihn zu. Jetzt sah ich auch die Hände. Ja, es waren die, die ich am Rand der Röhre entdeckt hatte. Gewaltige Klauen. Sie standen in keinem Verhältnis zu den Proportionen des dürren Körpers.

Und ich sah das Blut …

Drei Schritte von ihm entfernt verhielt ich meinen Schritt. Der Wind fegte kalt über das Feld. Ich fröstelte wieder, doch ich durfte mich nicht ablenken lassen. Der Mann vor mir war wichtiger. Eine Gestalt wie aus einem Horrorfilm. Die Kleidung schlotterte um seinen Körper. Sie war grau und bestand praktisch aus Fetzen, an denen der Dreck wie angeleimt klebte.

»Wer sind Sie?« fragte ich.

Eine Antwort erhielt ich nicht. Dafür bewegte er den Kopf von einer Seite zur anderen. Er suchte nach einem Ausweg, doch das Mündungsloch meiner Beretta war Argument genug, so daß er sich nicht von der Stelle bewegte.

Ich hatte bisher nicht feststellen können, ob ich einen Untoten oder einen normalen Menschen vor mir sah. Ich tippte rein gefühlsmäßig auf einen Menschen.

»Wo wohnen Sie?«

Er schwieg weiter. Als einzige Reaktion zeigte er ein Ducken, wobei er den Kopf nach vorn drückte und seine Pranken öffnete und schloß. Dann zeigte er sein wahres Gesicht.

Plötzlich riß er den Mund noch weiter auf, und im nächsten Augenblick quoll eine dicke, gallertartige, grüngelbe Masse hervor, die an seinem Körper hinab rann und ihn umhüllte. Doch nicht nur aus dem Mund quoll das Zeug, ebenfalls aus den Nasenlöchern und aus den Ohren. Gleichzeitig hörte ich das Schmatzen und Schlürfen des Wesens, da wußte ich, wen ich vor mir hatte.

Einen Ghoul!

Nun gehören Ghouls zu den Dämonen, die ich besonders ›mochte‹. Es gibt nichts Widerlicheres als diese Wesen, die sich von Toten ernähren. Schmarotzerhaft, und selbst von einigen hohen Dämonenarten wurden sie gemieden. Zudem verbreiteten sie einen penetranten Leichengeruch, der mir den Atem raubte, denn der Wind stand für mich ungünstig und wehte mir den Gestank ins Gesicht.

Ich atmete nur flach durch die Nase. Mein rechter Zeigefinger lag um den Abzug, ich war drauf und dran, den widerlichen Dämon zu erschießen, aber ich ließ es bleiben.

Er hatte mich noch nicht angegriffen, und es sah mir ganz so aus, als wollte er dies auch nicht.

Gurgelnde Laute drangen gemeinsam mit dem

Schleim hervor. Allerdings konnte ich kein Wort verstehen und wartete ab, bis die Verwandlung vollständig war.

Der Schleim hatte sich verteilt. Wie eine dicke Schicht bedeckte er seinen gesamten Körper. Entgegen der Erdanziehung war er auch hochgestiegen und lag auf seinem Kopf wie ein Helm aus Gelee.

Was würde der Ghoul unternehmen?

Er drehte sich um.

Das hatte ich noch nicht erlebt. Ein Dämon, der vor der Mündung meiner Beretta stand, wandte mir kurzerhand den Rücken zu. Dabei mußte er damit rechnen, daß ich schoß, aber dieser Ghoul schien darauf zu vertrauen, daß ich es nicht tat.

Er hatte sich nicht verkalkuliert. Ich war tatsächlich neugierig geworden. Mein Gefühl sagte mir, daß der Ghoul irgend etwas im Schilde führte, und das wollte ich herausfinden.

Ein Skelett hatte ich gesucht, auf einen Ghoul war ich gestoßen. Ich war wirklich gespannt, welche Überraschungen noch auf mich lauerten.

Der Dämon ging vor mir her.

Diesmal bewegte er sich langsam, als würde der auf seinem Körper haftende Schleim ihm hinderlich sein. Er ging auch nicht mehr auf die Straße zu, sondern hatte die Richtung geändert. Im rechten Winkel zur Straße schritt er quer über das Feld, so daß er sich dabei einer einsam stehenden Scheune näherte.

War sie sein Versteck?

Ein paar Minuten später wußte ich, daß es nicht so war. Wir gingen an der Scheune vorbei.

Die ganze Sache wurde immer rätselhafter und auch irgendwie unheimlicher.

Ich konnte mir einfach nicht vorstellen, was der Ghoul bezweckte und welches Ziel er sich ausgesucht hatte.

Die Richtung, die er einschlug, führte nach Hampstead. Die behielt er auch bei. Das Wesen war nicht davon abzubringen, wieder auf die Straße zuzulaufen.

Seinen Weg zeichnete eine Schleimspur, denn während er ging, verlor er Schleim, der noch durch einen dünnen Faden mit seinem Körper verbunden war und hinter ihm hergezogen wurde, aber nie abriß, sondern sich wie von selbst aufrollte und dabei wieder mit der Hauptmasse vereinigte.

In der nächsten halben Stunde schritten wir hintereinander her. Meine Beretta behielt ich in der Hand, aber der Ghoul kümmerte sich überhaupt nicht um die Waffe, er vertraute seinem Glück und meiner Neugierde.

Es war inzwischen hell geworden. Am Himmel lag nur noch ein schmaler grauer Streifen. Der letzte Rest der Nacht würde auch bald verflogen sein.

Und wir erreichten die ersten Ausläufer von Hampstead.

Diese Stadt ist mehr ein Dorf. Oder eine Zusammenballung von mehreren Dörfern. Obwohl Hampstead inzwischen zu London gehörte, fühlten sich die Einwohner nicht als Londoner, und Reisende, die von London nach Hampstead fuhren, sagten, wir fahren aufs Land. So sah es auch aus.

Dieser Eindruck täuschte wirklich nicht. Ich konnte zwar schon zahlreiche Häuser sehen, doch sie lagen verstreut und nicht dicht an dicht wie in den Siedlungen. Längst hatten wir das freie Gelände verlassen und bewegten uns auf einem schmalen Pfad weiter, der auch an einigen bewohnten Häusern vorbeiführte, und der Ghoul schien sich vor einer Entdeckung nicht zu fürchten.

Es war auch nicht mehr so ruhig. Menschen fuhren zur Arbeit. Ich hörte das Brummen der Motoren.

Kirchtürme stachen in den grauen Himmel, in der Ferne läuteten Glocken.

Und vor mir marschierte ein Ghoul.

Verrückt war dies, wirklich.

Nur – wo wollte er hin? Ich glaubte fest daran, daß irgendwo in Hampstead sein Ziel lag.

Aber mitten in der Stadt oder vielmehr in einem großen Dorf? Hatte er vielleicht in einem alten Haus sein Versteck, denn alte Bauten gab es hier genug, auch welche, die leerstanden.

Meine Spannung wuchs.

Wenn wir den Weg weitergingen, erreichten wir eine breite Straße, wo die Häuser schon dichter zusammenstanden. Da war die Gefahr einer Entdeckung groß.

Der Ghoul dachte nicht daran. Seine Schleimspur knickte nach rechts ab, und wir schritten auf einem schmalen, von Buschwerk eingerahmten Weg weiter.

Er war nicht lang. Schon als ich hinter dem Ghoul in den Weg einbog, sah ich sein Ende. Und dort stand als Begrenzung eine grüne Hecke.

Der Ghoul schritt so zielsicher auf die Hecke zu, daß es für mich keine andere Möglichkeit gab, daß er nur dort und nicht woanders hinwollte.

Erst beim Näherkommen entdeckte ich das kleine Tor in der Hecke. Es war ebenfalls grün gestrichen und hob sich deshalb nicht so sehr von dem Hintergrund der Hecke ab.

Unser Ziel!

Der Ghoul kannte sich hier aus, denn er beschleunigte seine Schritte. Ohne vorher zu überlegen, fand seine schleimige Pranke den Griff des Tors und drückte ihn nach unten.

Da der Ghoul mit seinem Körper das kleine Tor verdeckte, hörte ich nur an dem Quietschen, daß es aufgestoßen wurde. Sperrige Heckenzweige drangen in den Körperschleim des Ghouls, was ihm allerdings nichts ausmachte, er ließ sich von seinem Weg nicht abbringen und betrat einen Garten, den ich nur Sekunden später nach ihm erreichte.

Überrascht blieb ich stehen.

Der Garten wurde von der Hecke eingezäunt. Sie hatte etwa die Höhe eines ausgewachsenen Menschen, so daß man sich schon auf die Zehenspitzen stellen mußte, um über sie hinwegschauen zu können. Der Besitzer des Gartens wollte nicht, daß ihm jemand auf die Finger sah. Aus gutem Grund, wie ich jetzt wußte. Denn wer beherbergt schon einen Ghoul im Garten?

Ein ziemlich breiter Mittelweg teilte den Garten in zwei Hälften. In der von mir aus gesehen rechten wuchsen Blumen, waren Beete angelegt, und die sorgfältige Pflege war auch an den Wegen zu erkennen, die die einzelnen Beete voneinander trennten.

Ich sah Krokusse, schon die Knospen einiger Narzissen, und die Sträucher zeigten bereits das erste zarte Grün.

Die linke Hälfte des Gartens war mehr als Zierde gedacht. Der Rasen hätte mit dem im Wembley-Stadion konkurrieren können. Ihm war eine sorgfältige Pflege zuteil geworden.

Irgend jemand mußte ein Faible für Figuren haben, denn aus Büschen und Sträuchern hatte die Hand eines Künstlers Figuren geschnitten. In meiner Nähe war ein Busch zu einem spitz zulaufenden Zapfen beschnitten worden. Dahinter stand eine grüne Säule, und ein Stück weiter sah ich einen Buckelbusch.

Als ich einen Schritt vorging und die seitliche Begrenzung entdeckte, da wunderte ich mich doch, daß an dieser Stelle der Rasen irgendwie aufgewühlt wirkte. Hatte dort jemand etwas vergraben? Oder war etwas aus der Erde gekrochen?

Weiter vorn, wo der Garten zu Ende war, sah ich die Rückseite des Hauses.

Das Haus selbst war alt. Bis auf den Anbau mit der großen Scheibe. Er bildete die Begrenzung zum Garten. Über dem Anbau sah ich altes Mauerwerk. Nur an manchen Stellen schimmerte es grau durch den ansonsten dichten Efeubewuchs.

Das Dach bestand aus dunklen Pfannen. Zwei Schornsteine ragten wie breite Stummelfinger daraus hervor.

Die Sache wurde immer rätselhafter. Was wurde hier gespielt? War dieses Haus etwa ein Hort der Dämonen oder Wesen der Finsternis? Denn Menschen sah ich nicht. Es schien leer zu sein. Und doch deutete alles darauf hin, daß hier jemand lebte, nicht umsonst machte der Garten einen so gepflegten Eindruck.

Der Ghoul hatte den Garten als erster hinter sich gebracht. Er stand neben dem Haus, wo ein Bambusbusch wuchs, der sehr dicht war und den Dämon gut deckte.

Ein Gefühl sagte mir, daß der Ghoul irgend etwas vorhatte. Ich beeilte mich, ihn einzuholen.

Die feuchten Blätter des Bambusbusches strichen über meine Kleidung, als ich die Zweige zur Seite bog und nachschaute.

Der Ghoul war verschwunden!

Das gab es doch nicht! So langsam wurde ich noch verrückt, und ich zwang mich, klar und logisch zu denken.

Mein Blick fiel zu Boden.

Es hatte ja so kommen müssen. Neben mir sah ich in der Erde die Öffnung einer Tonröhre.

Dahin also hatte sich der Ghoul verkrochen.

Ich nahm die Lampe und leuchtete hinein. Sehr tief stach die Röhre nicht in die Erde, dennoch mußte es einen Gang geben, der von ihr abzweigte, denn den Ghoul entdeckte ich nicht.

Dafür hörte ich ihn.

Sein Schmatzen und Keuchen waren bekannte Geräusche. Und dann sah ich etwas Schauriges. Wo die Röhre nicht mehr senkrecht weiterführte, sondern ein unterirdischer Tunnel begann, wurde etwas hervorgeschleudert.

Knochen …

Ich verzog den Mund. Der Ghoul war dabei, ein schauriges Mahl zu verzehren. Zum Glück waren es keine Menschenknochen, ich glaubte an ein Tier, aber es war schlimm genug.

Jetzt machte ich mir Vorwürfe, den Ghoul nicht erschossen zu haben. Hätte ich jedoch anders gehandelt, wäre ich nie bei diesem Haus gelandet.

Wer wohnte denn hier?

»Guten Morgen!« hörte ich hinter mir plötzlich eine leise Stimme.

Wie von der Tarantel gebissen, fuhr ich herum.

Vor mir stand eine blonde Frau und lächelte.

Während seiner Zeit in London hatte Suko auch zahlreiche Flüche gelernt. Dieses Repertoire war für ihn praktisch eine Entladung, denn zu Fuß nach Hampstead zu laufen machte wirklich keinen Spaß.

Und so fluchte der Chinese das Graue vom Himmel herunter.

Es nutzte nichts. Niemand nahm ihn mit. Vier Wagen waren vorbeigerast, als der Chinese winkte, und Suko wünschte den Fahrern die Pest an den Hals.

Dabei hatte er es sehr eilig. Im Straßengraben lag ein Toter. Schrecklich zugerichtet, erschlagen, blutüberströmt, und in der Gegend lief der Mörder frei herum. Er bildete eine Gefahr auch für andere Menschen, deshalb mußte so rasch wie möglich die Polizei herbei.

Suko hatte natürlich einen Verdacht. Er traute dem Fahrer des Bentley nicht. Aber das wäre zu einfach gewesen. Jeder Idiot hätte ihn sofort in Verdacht gehabt.

Nein, die Sache war bestimmt anders gelaufen, davon war der Chinese fest überzeugt.

Suko fiel in einen Trab. Es gibt Indianer, die so laufen. Die versuchte der Chinese zu kopieren. Der Morgenwind war kalt. Vor Sukos Lippen dampfte der Atem, und manchmal hatte er das Gefühl, seinem Ziel überhaupt nicht näher zu kommen.

Wieder näherte sich ein Wagen. Suko drehte sich um. Es war ein Lkw. Hoch mit hellen Gemüsekisten beladen. Sie standen noch über dem Führerhaus. Der Chinese blieb stehen, winkte, und was er nicht für möglich gehalten hatte, trat ein.

Der Fahrer stoppte.

Eine Tür schwang auf. »Hast du dich verlaufen, Partner?« rief der gutmütige Fahrer und grinste breit.

»So ungefähr.« Suko stieg schon ein.

»Wo willst du denn hin?«

»Hampstead.«

»Ist ja nicht weit.«

Suko schlug die Tür zu, da gab der Mann bereits Gas. »Hast wohl auf dem Feld übernachtet«, bemerkte er mit einem Blick auf die Kleidung des Chinesen.

»Nein, das nicht. Aber der Zug kam nicht mehr weiter.«

»Den habe ich stehen sehen. Die Strecke macht vor Hampstead einen Bogen. Da ist bestimmt wieder alles unterspült. Das kommt öfter mal vor. Die Leute haben sich daran gewöhnt. Manchmal sind sogar die Straßen unpassierbar. Wo soll ich dich denn absetzen?«

»An der größten Polizeistation.«

Der Fahrer pfiff durch die Zähne. »Das darf doch nicht wahr sein. Du willst zu den Bullen?«

»Ich gehöre selbst dazu.«

Vor Überraschung hätte der Mann fast das Lenkrad verrissen. »Nicht möglich«, stöhnte er. »Du – ähm – Sie sind ein Bul... ein Polizist?«

»Ja, aber trotzdem können wir beim Du bleiben.«

»Meinetwegen.« Der Fahrer war trotzdem ziemlich schweigsam. Manchmal verzog er die Lippen zu einem Grinsen. Ein Polizist, der per Anhalter fuhr, war ihm wohl noch nie begegnet. Sie erreichten die ersten Randbezirke von Hampstead. Es war eine saubere Stadt. Ein großer Park bildete praktisch das Zentrum. Die Häuser machten einen guten Eindruck, der Verkehr hielt sich noch in Grenzen, und vor einer Kreuzung stoppte der Fahrer.

»Du brauchst nur auf das alte Haus da gegenüber zuzugehen. Da befindet sich die Polizeistation.«

»Danke, Partner.«

»Gern geschehen.«

Suko stieg aus, überquerte die Straße und sah, wie aus einer anderen Straße ein dunkler Bentley kam. Er bog nach rechts ein, wo der Weg in Richtung London führte.

Das war der Wagen!

Suko stand für einen Moment starr. Jetzt hätte er sich seine Harley gewünscht, aber die stand in der Tiefgarage. Es blieb ihm nichts anderes übrig, als den Bentley fahren zu lassen.

Pech ...

Suko las an einem Straßenschild das Wort High Street. Er befand sich im Zentrum.

Eine Tasse Kaffee oder Tee hätte Suko jetzt vertragen können, doch der Tote lag ihm schwer im Magen.

Das Haus, in dem die Polizeistation untergebracht worden war, stammte noch aus alter Zeit. Die Fassade zeigte zwei schmückende Säulen, die Fenster waren hoch, und von zwei Seiten führten Stufen zur Eingangstür.

Vor dem Haus parkten zwei Streifenwagen. Ihre Antennen wippten im Morgenwind.

Suko nahm die Stufen und fand die Tür offen. Er gelangte in einen Flur mit hoher Decke. Rechts standen Bänke an der Wand. Links befanden sich drei Türen. Zwei davon waren nicht geschlossen, und Suko hörte die Stimmen der Beamten.

Er zog die erste Tür bis zum Anschlag auf und trat ein, ohne anzuklopfen.

Zwei Beamte spielten Schach. Sie saßen an einem Schreibtisch hinter der Holzbarriere. Der eine konnte dabei die Tür im Auge behalten und stand auf, als Suko den Raum betrat. Sein Kollege drehte sich gemächlich um. Er hatte rote, übermüdete Augen.

Der Beamte an der Barriere legte seine Hände auf das Holz und maß Suko mit arroganten Blicken, denn der Chinese sah wirklich nicht gesellschaftsfähig aus.

»Welcher Wind hat dich denn hergetrieben? Bist du beim Bau der großen Mauer abgehauen?«

Beide Polizisten lachten.

Suko fand ihr Benehmen sehr rüpelhaft. Er gab die Antwort auf seine Weise, griff in die Tasche und holte seinen Ausweis hervor, der ihn als Inspektor auswies.

»Noch Fragen, Gentlemen?«

Zwei Polizisten starrten auf das Dokument. Ihre Gesichter wurden rot. »Ist der echt?«

»So echt wie Ihre Uniform. Außerdem bin ich nicht zum Spaß hier, denn es geht um Mord. Ich habe einige Meilen vor dieser Stadt einen Toten im Straßengraben gefunden. Der Mann wurde wahrscheinlich erschlagen. Alarmieren Sie die Mordkommission, aber ein bißchen schneller als gewöhnlich.«

Plötzlich waren die Polizisten durcheinander. Sie wußten nicht, was sie zuerst tun sollten. Von einem Mord hatten sie vielleicht mal gehört, aber nie selbst mitgeholfen, einen aufzuklären. Deshalb dieses konfuse Umher-laufen.

»Wo kann ich mich hier waschen?« fragte Suko dazwischen.

Man zeigte ihm den Weg. Der Waschraum war klein. Suko grinste sich im Spiegel zu. Diese Knaben hatte er auf Trab gebracht, und die Arroganz Fremden gegenüber war ihnen hoffentlich vergangen. Als Polizisten sollten sie schließlich wissen, was sich gehört.

Serge fuhr.

Lady Clarence hatte im Fond des Wagens Platz genommen. Neben ihr saß Sarah Goldwyn. Sie hatte den Tod des Hundes noch immer nicht überwunden und war sehr schweigsam, während Lady Clarence so tat, als wäre nichts geschehen.

Sie sprach von London und auch davon, was sie dort alles zu tun hatte. Sie wollte zwei Banken besuchen und nach neuen Kleidern Ausschau halten. Eine Boutique-Besitzerin hatte sie zu einer Modenschau eingeladen. Natürlich waren die dort vorgeführten Kleidungsstücke sehr teuer.

Lady Sarah schaute aus dem Fenster. Der Ort erwachte langsam zum Leben. Man konnte merken, wie die alten Häuser ›gähnten‹, als würden sie den Schlaf der Nacht von sich schütteln. Erste Pendler fuhren in Richtung London, an einer großen Kreuzung trafen die meisten zusammen.

Links sah Lady Sarah einen Lastwagen halten. Aus dem Führerhaus stieg ein Mann.

Mrs. Goldwyn wollte den Blick schon abwenden, als sie den Mann erkannte.

Es war Suko.

Oder war er es nicht? In den Augen der Horror-Oma leuchtete es auf. Das konnte eine Täuschung gewesen sein, nein, was sollte der Chinese hier in Hampstead? Sie drehte sich noch um, doch die Sicht war zu schlecht. Das Zwielicht ließ die Gestalten verschwimmen.

»Haben Sie etwas?« fragte Lady Clarence.

»Nein, nein.«

»Dann ist es gut.«

Serge fuhr jetzt schneller. Die Straße erlaubte es. Zudem überholte er oft, in die Staus würde er noch früh genug geraten, das stand fest.

Lady Sarah hatte sich nicht getäuscht. Nicht mehr weit vom Regent's Park entfernt begannen fünfzehn Minuten später die ersten Staus. Die Park Road war zu.

Da half auch nicht Lady Clarences Schimpfen, sie kamen einfach nicht weiter.

»Feuer!« herrschte sie Mrs. Goldwyn an und klaubte sich aus dem goldenen Etui eine filterlose Zigarette.

Lady Sarah hatte ein Feuerzeug immer parat. Sie kannte die Angewohnheiten der Frau.

Die rauchte nervös. Sie mußten an der gesamten Westseite des Parks entlangfahren, und dies dauerte eine halbe Stunde. Endlich konnten sie in die Baker Street einbiegen, die auf die Oxford Street mündete. Dort in der Nähe lagen auch die Einkaufszentren, die sich Lady Clarence als Ziel ausgesucht hatte.

Die Frau wurde aufgeregt. Sie entnahm dem Etui eine neue Zigarette und verlangte abermals Feuer. Ihre Augen nahmen einen hungrigen Glanz an. Wenn sie in den Boutiquen herumstrolchen konnte, war sie in ihrem Element. Da sah sie die große Welt oder das, was sie dafür hielt. Da lachte man nicht über sie, es zählten nur die Scheine, die sie auf den Tisch des Hauses blätterte.

Sie wollte zu Jill's Corner, einem Laden, der nur die Entwürfe italienischer Top-Designer verkaufte. Da waren Blusen teurer als Mäntel, aber das interessierte Lady Clarence nicht.

Die Geschäfte waren noch nicht offen. Es herrschte ein sagenhafter Verkehrswirrwarr, dessen Hektik jedoch an Serge vorbeiging. Er blieb cool und gelassen.

Das Parkhaus kurz vor der Einmündung in die Oxford Street war das Ziel. Auch hier gerieten sie in eine Schlange. Doch das grüne Licht zeigte noch freie Plätze an.

Ununterbrochen öffnete und schloß sich die Schranke. Auspuffgase hingen wie Nebelschleier in der Luft, und endlich kam auch der dunkelblaue Bentley an die Reihe. Die oberen Etagen waren bereits voll. Sie mußten in die Tiefe.

Serge fuhr in die enge Kurve. Es war eine Kunst, den schweren Wagen dort hinein- und auch hindurchzulenken. Serge hatte Routine und schaffte es sicher.

Sie fanden Platz im ersten Unterdeck. Serge lenkte den Bentley in die Lücke. An der rechten Seite befand sich die Wand. Es war der letzte Abstellplatz in der langen Reihe.

»Ha«, sagte Lady Clarence. Es hörte sich triumphierend an. London hatte sie wieder.

Als Lady Sarah ebenfalls Anstalten traf, auszusteigen, schüttelte ihre Chefin den Kopf. »Nein, Sie bleiben hier im Wagen und warten auf uns. Diese Parkhäuser sind mir zu unsicher, und es treibt sich allerlei Gesindel herum.«

»Wie Sie wünschen, Mylady.« Innerlich atmete die Horror-Oma auf. Sie hatte wirklich keinen Bock darauf, mit Lady Clarence einen Stadtbummel zu unternehmen. Es würde vielleicht so weit kommen, daß sie hinterher Botengänge erledigen mußte.

Serge half seiner Chefin beim Aussteigen. Lady Clarence war sehr hektisch. Sie schrie nach ihrem Mantel.

Serge holte den Nerz vom Rücksitz. Er hatte bisher drei Koffer verdeckt gehabt. Nun lagen sie frei. Auch Sarah Goldwyn sah die Koffer zum ersten Mal, und sie dachte sich nichts dabei. Noch einmal wurde ihr eingeschärft, im Wagen zu bleiben, dann verschwanden die Lady und ihr treuer Lakai.

Die Horror-Oma schaute ihnen so lange nach, bis sie nicht mehr zu sehen waren. Dann lehnte sie sich entspannt zurück. Am liebsten wäre sie jetzt ausgestiegen und in ihre Wohnung gefahren, aber noch mußte sie das Spiel mitmachen. Einen Erfolg hatte sie leider bisher nicht erzielen können.

Ihr Blick fiel auf die Koffer. Zwei von ihnen waren völlig normale Gepäckstücke, in die man Kleidung verstaute. Der andere jedoch sah aus wie ein Aktenkoffer. Eine dunkelbraune Farbe, helle Schlösser, der Griff, der so lag, daß Lady Sarah ihn umfassen konnte.

Das tat sie auch und zog den Koffer zu sich heran. Dabei runzelte sie die Stirn und kramte in ihrem Gedächtnis nach. Ihrer Meinung nach hatte sie den Koffer schon mal gesehen. Allerdings nicht bei Lady Clarence, sondern bei einer anderen Person.

Aber wer schleppte sich mit so einem Koffer ab? Ein Diplomat oder ein kleiner Angestellter?

Fast jeder hatte so einen Koffer.

Sogar John Sinclair.

Und da stolperte sie im Geiste. John Sinclair. Verdammt, das konnte sein Koffer …

Unsinn, wie sollte der in diesen Wagen gelangen? Nein, diese Theorie erschien der Horror-Oma doch zu unwahrscheinlich. Allerdings hatte sie in Hampstead einen Chinesen gesehen und ihn als Johns Freund Suko identifiziert. Wenn sie diese beiden Tatsachen betrachtete, dann war es doch nicht so unwahrscheinlich, daß der Koffer des Geisterjägers in diesem Bentley gelandet war.

Allerdings mußte ein Grund vorliegen. Wo gab es eine Verbindung? Natürlich immer davon ausgehend, daß es tatsächlich Johns Koffer war, der neben ihr lag.

Sarah Goldwyn ärgerte sich über sich selbst. Sie hätte sich den Koffer besser ansehen sollen, als die Chance dazu bestand. Flüchtige Blicke hatten da nicht ausgereicht. Zudem traute sie sich nicht, den Koffer zu öffnen, denn sie wußte, daß er gesichert war. Machte sich ein Unbefugter daran zu schaffen, dann strömten verborgene Düsen ein Gas aus, das einen Menschen in die Bewußtlosigkeit trieb, einen Dämon jedoch tötete.

So sah die Lage aus.

Mrs. Goldwyn überlegte hin und her, was sie tun sollte. Bis sie die Idee hatte. Wenn sie die beiden anderen Koffer durchsuchte, erhielt sie unter Umständen Hinweise auf deren Besitzer. Warum hatte sie daran nicht früher gedacht?

Die Schlösser der beiden kleinen Koffer waren nicht verschlossen. Zweimal ein Druck mit dem Daumen, und die Riegel schnappten nach oben, so daß die Horror-Oma den Deckel abheben konnte.

Ihr fiel auf, wie schlampig der Koffer gepackt war. Einer Frau gehörte er demnach nicht. Die hätte ihre Sachen nicht so einfach hineingeworfen, denn der Inhalt lag wie Kraut und Rüben durcheinander.

Unterwäsche, Hemden, Rasierzeug.

Gehörte das tatsächlich John Sinclair oder Suko?

Die Horror-Oma holte ein Hemd hervor. Kopfwiegend betrachtete sie es. Ja, die Größe stimmte, das Hemd konnte ohne weiteres dem Geisterjäger passen.

Genauer schaute sie sich das Rasierzeug an. Es war ein elektrischer Apparat, den konnte auch jeder benutzen, und er wies nicht unbedingt auf John Sinclair hin.

Noch immer keine Klarheit. Lady Sarah klappte den Deckel wieder zu und nahm sich den anderen Koffer vor. Das Ergebnis blieb gleich.

Die Chancen standen fünfzig zu fünfzig.

Wenn sie jetzt den dritten Koffer unsachgemäß öffnete, konnte es ihr passieren, daß sie durch das aus der Düse strömende Gas das Bewußtsein verlor.

Nein, sie ließ lieber alles so, wie es war.

Durch diese Entdeckung war Unruhe in ihr aufgekeimt. Zudem fühlte sie sich plötzlich unwohl. Dieses Parkdeck wurde nicht mehr angefahren, die Plätze waren restlos vollgestellt.

Vorhin hatte die Horror-Oma schlafen wollen. Jetzt fühlte sie sich dazu nicht mehr in der Lage.

Sie war innerlich zu aufgewühlt, ihre Gedanken liefen in die Runde, sie suchte Verbindungen zwischen ihrer Aufgabe und dem Job des Geisterjägers.

Sollte John Sinclair vielleicht gegen Lady Clarence ermitteln, ohne daß sie etwas davon wußte?

Sie mußte sich Gewißheit verschaffen. Es gab keine andere Möglichkeit.

Ein Anruf beim Yard würde ihr Klarheit verschaffen.

Die Horror-Oma rutschte zur Seite und suchte den Türgriff. Sie fand ihn auch, aber sie konnte die Tür nicht aufdrücken, die anderen hatten sie verriegelt.

Das war Berechnung gewesen.

Dann hatten sie doch etwas zu verbergen!

Lady Sarah fiel jetzt erst auf, daß das Fenster an der Beifahrerseite spaltbreit offenstand, damit frische Luft in das Wageninnere dringen konnte, falls man überhaupt in der Tiefgarage von frischer Luft reden konnte.

Lady Sarah kletterte nach vorn und versuchte, per Knopfdruck die Scheiben nach unten fahren zu lassen. Es ging nicht. Auch dieser Kontakt war unterbrochen.

Der Bentley war für die Horror-Oma zu einem Gefängnis geworden.

Was tun?

Und dann vernahm sie das Geräusch. Es war nicht von außen her an ihre Ohren gedrungen, und das jagte ihr Angst ein. Lady Sarah war normalerweise eine couragierte Persönlichkeit, da sie sich allerdings in diesem vierrädrigen Gefängnis befand, sah die Sache schon ganz anders aus.

Jemand befand sich außer ihr in diesem Wagen!

Aber wo?

Das Geräusch war in ihrem Rücken aufgeklungen. Sollte sich dort ein Fremder verschanzt halten? Was gab es denn hinter dem Rücksitz? Dort befand sich die Ablage. Und weiter unten, zwischen ihr und dem Rücksitz gab es einen Hohlraum, der sicherlich mit einer Klappe vom Kofferraum getrennt war.

Dort mußte jemand stecken!

Lady Sarah Goldwyn blieb erst einmal still sitzen und lauschte, ob sich das Geräusch wiederholte. Zuerst tat sich nichts, es blieb ruhig, dann vernahm sie das Kratzen, und zwar direkt an der Rückseite des Sitzes.

Die Horror-Oma bewies auch jetzt, daß sie mit guten Nerven ausgerüstet war. Sie drehte sich herum und kniete sich auf den Sitz, so daß sie die Ablage sehen konnte. Mehr jedoch nicht. Sie konnte nicht erkennen, was darunter lag.

Mrs. Goldwyn dachte bereits daran, die Ablage hochzunehmen, als dies geschah.

Von unten drückte jemand dagegen.

Instinktiv zuckte die Horror-Oma zurück. Das war ihr doch zu unheimlich. Und noch unheimlicher wurde es, als sie plötzlich die bleiche Knochenhand sah, die sich durch den Spalt der hochgestemmten Ablage schob …

Ein Gegengruß blieb mir im Hals stecken, denn mit dieser Frage und vor allen Dingen mit dem Auftauchen der Frau hätte ich nie im Leben gerechnet.

Sie lächelte weiter, sagte auch nichts, so daß ich Zeit hatte, sie zu betrachten.

Ihr Haar war strohblond, sehr dicht und lang. An den Spitzen, die über die Schultern fielen, zeigte es dunklere Strähnen. Sie verdeckten auch einen Teil des tief ausgeschnittenen Kleides, dessen Grundfarbe hell war, allerdings innerhalb des Gewebes blaßblau und leicht violett schimmerte. Sie trug Leinenschuhe, und ich konnte sehen, daß sie keine Strümpfe anhatte.

Ihre Haupt zeigte eine ungesunde Blässe, die ich eigentlich nur von Zombies her kannte, so daß in mir der Verdacht aufkeimte, es hier mit einem weiblichen Zombie zu tun zu haben.

Wo ein Ghoul war, dort konnte auch ein Zombie existieren.

Das Gesicht glich mehr dem eines Mannes. Es war ebenfalls bleich, die Wangen waren eingefallen, und die Augen, die wie blasse Murmeln wirkten, lagen tief in den Höhlen. Die Lippen zeigten kaum Farbe. Mit viel gutem Willen konnte man ein blasses Rot erkennen.

Die Beretta ließ ich nicht sinken. Wie zufällig deutete die Mündung auf den Körper der Frau, die nach wie vor ein Geheimnis umgab.

»Gehört Ihnen das Haus?« fragte ich.

»Möglich.«

»Ja oder nein.«

»Mit welchem Recht fragen Sie?«

»Ich bin Polizist.«

»Das stört mich nicht.«

»Es ist noch immer keine Antwort auf meine Frage, Miss ...«

»Nennen Sie mich Carla.«

»Schön, Miss Carla. Vielleicht können Sie mir jetzt eine Antwort geben.«

»Das Haus gehört nicht mir«, sagte sie mit einer flachen Stimme.

»Wem denn?«

»Meiner Freundin.«

»Und die heißt?«

»Lady Clarence.« Diesmal schwang unüberhörbarer Stolz in ihrer Stimme mit, und in meinem Kopf begann es sofort zu klicken.

Den Namen hatte ich schon gehört. Es war gar nicht mal lange her, und ich fand auch sofort die Verbindung. Erwähnt hatte ihn der Fahrer des Bentley, als ich ihn nach seinem Wohnort gefragt hatte. Da ich den Namen jetzt abermals hörte, mußte diese Lady Clarence eine sehr interessante Persönlichkeit sein. Interessant für mich als Geisterjäger, denn wer beherbergt schon Ghouls in seinem Haus? Und vielleicht auch Zombies.

»Wo kommen Sie her?« fragte ich die Frau.

Sie deutete in den Garten.

Das wurde immer mysteriöser. »Was haben Sie denn da gemacht?« fragte ich.

»Gewartet.«

»Auf wen?«

»Vielleicht auf Sie.«

Ich fühlte mich wie jemand, der reingelegt werden sollte. »Erzählen Sie keinen Unsinn. Wo haben Sie sich versteckt gehalten und warum?«

»Ich habe mich nicht versteckt. Ich bin immer dort.«

Mein Lächeln fiel eisig aus. »Das soll ich Ihnen glauben?«

»Ja. Sie können sich überzeugen.«

»Bitte.«

Die Frau nickte, drehte sich mit steifem Rücken um und schritt in den Garten hinein.

Ich war überzeugt, daß man mir hier ein Lügenmärchen nach dem anderen unter die Weste schob, aber ich wollte sehen, wie sich diese Carla aus dem Lügenkreis herauswand.

Zudem war ich davon überzeugt, daß die Überraschungen noch kein Ende genommen hatten.

Längst war es hell. Von der Straße her hörte ich die Geräusche fahrender Wagen, und ich spazierte im Garten, nur durch ein Haus getrennt, mit einer Untoten herum.

Wirklich unwahrscheinlich.

Alles wies daraufhin, daß ich es mit einer lebenden Leiche zu tun hatte. Einem Zombie, der keine Scheu zeigte, der sich sogar mit mir unterhielt, was ich kaum fassen konnte, denn schließlich war ich ein Erzfeind dieser Wesen.

Vom Weg wichen wir ab. Danach spürte ich weichen Rasen unter meinen Schuhen. Gras streichelte meine Schuhe. Die Hose war noch immer feucht. Bei jedem Schritt klatschte mir der Stoff kalt gegen die Oberschenkel.

Wir betraten den Teil des Gartens, der so gepflegt aussah. In ihm standen die gestutzten Büsche. Aus einer anderen Sichtperspektive erkannte ich, daß es noch ein paar beschnittene Büsche mehr gab, als ich beim ersten Hinsehen entdeckt hatte. Manche waren nur klein, andere sahen aus wie große Kugeln. Drei von ihnen standen nebeneinander, und vor ihnen war der Rasen zerstört und Erde aufgeworfen, als hätte dort ein gewaltiger Maulwurf gearbeitet. Die braune Erde bildete einen Hügel, hinter dem das Loch liegen mußte.

Carla stieg über den Hügel hinweg. Es störte sie nicht, daß sie dabei mit ihren Leinenschuhen bis über die Knöchel im feuchten Erdreich versank. Auf der anderen Seite des Hügels stoppte sie.

»Hier bin ich immer«, sagte sie. Dabei streckte sie ihren Arm aus und deutete nach unten.

»Wo?«

»Sie müssen schon näher kommen«, lautete die Antwort.

Ich bedachte sie mit einem schnellen Blick. Sollte das etwa eine Falle sein?

Sicherheitshalber schlug ich einen Halbkreis, damit ich schon früher erkennen konnte, was hinter dem Erdhügel lag.

Das sah ich auch.

Ein Loch.

Kein Grab, sondern ein regelrechtes Loch, durch das sich jemand nach oben an die Oberfläche gewühlt hatte.

Wahrscheinlich dieser weibliche Zombie.

»Zufrieden?« fragte die Untote.

»Noch nicht ganz«, erwiderte ich und ging einen weiteren Schritt vor. Das war mein Verhängnis. Ich mußte dabei dicht an einem dieser Ziersträucher vorbei und berührte einen verborgenen Kontakt.

Neben mir hörte ich ein Surren, wollte noch weg, als die Falle im wahrsten Sinne des Wortes zuschnappte.

Es war ein Fangeisen.

Plötzlich spürte ich den Schmerz an meinem rechten Bein, wurde umgerissen, fiel gegen den Kugelstrauch und rutschte zu Boden, wobei das Fangeisen mit seinen mörderischen Zähnen meinen Schuh festhielt.

»Reingelegt!« höhnte die Blonde und ließ ein satanisches Lachen folgen ...

Lady Sarahs Gesicht verzerrte sich. Weit riß sie den Mund auf, die Augen wollten aus den Höhlen springen. Hektische rote Flecken tanzten auf ihren Wangen, und das Herz pochte plötzlich doppelt so schnell wie normal.

Zu schaurig war der Anblick dieser Skeletthand.

Eine Knochenklaue, die lebte, denn Lady Sarah sah genau, wie sich die Finger bewegten. Als würden sie über die Tasten eines Klaviers gleiten, so kam es der Horror-Oma vor, und sie schüttelte sich in der plötzlichen Angst.

Wer hatte sich dort verborgen?

Sie sollte es bald erfahren, denn es blieb nicht bei der bleichen Knochenhand. Einen Herzschlag später glitt sie weiter in die Höhe, und ein Arm folgte.

Dann ein Teil von der Schulterspeiche, und schließlich sah Mrs. Goldwyn auch den Kopf.

Es war ein Skelettschädel mit leeren Augenhöhlen, einer offenen Mundhöhle und zwei Löchern, wo die Nase gesessen hatte.

Ein Skelett, das lebte!

Die Knochen wirkten gelblich bleich, und sie leuchteten ein wenig, das konnte Lady Sarah erkennen, weil es im Wagen düster war. Ein lebendes Skelett hatte in diesem Wagen gelauert, der für Lady Sarah zu einer tödlichen Falle geworden war, denn sie konnte nicht raus, weil die Türen verriegelt waren.

Fieberhaft suchte sie nach einer Möglichkeit, dem Monster dennoch zu entkommen.

Sie hatte ihren Schmuck zu Hause lassen müssen. Lady Sarah Goldwyn trug mit Vorliebe Ketten. Um nicht aufzufallen, hatte sie sich schweren Herzens entschlossen, sie nicht mitzunehmen. Aber sie hatte nicht auf das kleine Kreuz verzichtet, das an einer dünnen Kette um ihren Hals hing. Es war geweiht.

Würde es das Skelett zerstören können? Lady Sarah wußte es nicht, sie hoffte es nur, und sie wich immer weiter vor dieser gräßlichen Gestalt zurück, bis sie in einer Ecke des Fonds saß und nicht mehr weiter konnte.

Sie wunderte sich, wie geschmeidig sich das Skelett bewegte. Es stieg über die Ablage, streckte seine Knochenarme aus und berührte mit den schimmelig wirkenden Fingern das kostbare Leder auf dem Sitz. Dabei hatte es seinen Kopf so gedreht, daß es Lady Sarah ins Gesicht starren konnte.

»Geh weg!« flüsterte die Horror-Oma. »Bitte, geh weg. Ich will nichts von dir wissen …« Sie hatte gewaltige Angst, zitterte und bebte. Noch immer hoffte sie, daß sie von irgendeiner Seite Hilfe erhalten würde.

Aber wer sollte sich in diesem Parkhaus schon um sie kümmern? Es war leer, verwaist, nur die Status-Symbole der Menschen standen hier in Reih und Glied.

Nein, es gab kaum Plätze in einer Stadt wie London, wo man so allein war wie in diesem Parkhaus.

Das Skelett hatte sein Versteck jetzt ganz verlassen. Es drehte sich noch einmal zur Seite und konnte nun auf dem Sitz knien, wobei es Lady Sarah anstarrte.

»Bitte«, flüsterte die Horror-Oma. »Geh weg! Was willst du von mir? Ich habe dir nichts getan ...«

Diese schrecklichen Sekunden nervten sie. Selbst einer Frau wie Lady Sarah wurde es zuviel.

Das war Terror!

Es sollte noch schlimmer kommen, denn das Skelett konnte sich nicht nur bewegen, sondern auch reden.

Und es sprach mit der Stimme einer Frau. »Warum willst du mich wegschicken, Sarah?«

Es durchfuhr die Horror-Oma wie ein eisiger Schreck. Die Stimme kam ihr bekannt vor. Sie gehörte Florestine Everett, der verstorbenen Haushälterin der Lady Clarence und Sarah Goldwyns Freundin, deretwegen sie überhaupt die Stellung in diesem unheimlichen Haus angenommen hatte ...

Diesmal war die Fahrt eine Sache von Minuten. Dann hatten Suko und die Beamten der Mordkommission den Tatort erreicht. Da die Landstraße überall fast gleich aussah, hatte sich Suko die Anordnung der Bäume gemerkt und gab dem Fahrer das Kommando zum Halten.

Die Wagen stoppten am Straßenrand.

Für eine wahnsinnig lange Sekunde hatte Suko Angst, daß die Leiche nicht mehr da war, doch der tote Vertreter lag in der gleichen Haltung wie zuvor.

Nur das Blut in seinem Gesicht war geronnen.

»Verdammt«, sagte der Leiter der Mordkommission. »Den hat es aber erwischt.«

»Ja, da hat jemand zweimal zugeschlagen.« Diesen Kommentar gab der Arzt. Mit einem Blick hatte er festgestellt, was geschehen war. »Zwei Wunden am Kopf.« Er kletterte in den Graben und beugte sich über den Toten. »Von einem spitzen Gegenstand stammen sie.«

»Was das gewesen sein könnte, wissen Sie nicht?« wollte der leitende Oberinspektor wissen.

»Nein, dazu muß ich ihn erst untersuchen.«

»Tun Sie das.«

Der Fotograf schoß inzwischen die ersten Fotos. Suko stand ein wenig abseits. Er starrte ins Leere und schaute den vorbeifahrenden Autos nach, deren Fahrer sich die Köpfe ausrenkten, als sie die Polizeiwagen erkannten.

»Was ist mit Ihnen?« Der Oberinspektor sprach seinen Kollegen an.

Suko hob die Schultern. »Ich denke nach.«

»Über den Fall?«

»Sicher.«

»Ist Ihnen dazu etwas eingefallen?« Der Beamte holte ein Päckchen Zigaretten hervor und bot dem Chinesen auch ein Stäbchen an, doch Suko schüttelte den Kopf.

»Eigentlich nicht«, erwiderte er.

»Wieso eigentlich?«

»Der Mann im Bentley wird es nicht gewesen sein. So dumm ist kein Mensch.«

Da lachte der Oberinspektor. »Lehren Sie mich die Menschen kennen, mein Lieber.«

»Trotzdem, das hätte er sich nicht leisten können.«

»Wissen Sie seinen Namen?«

»Nein.«

»Aber er fährt einen blauen Bentley«, murmelte der Oberinspektor. »Das muß doch rauszukriegen sein.«

»Natürlich.«

»Na ja, wir werden uns darum kümmern. Oder wollen Sie den Fall haben?«

»Nein, Sir, ich nicht. Ich bin ja nur zufällig Zeuge geworden, denn ich befand mich auf der Fahrt nach London.«

»Zusammen mit Sinclair.«

»Richtig.«

»Wenn es keine Anhaltspunkte gibt, dann werden wir eben ermitteln. Das gibt eine Aufregung in Hampstead, die sich gewaschen hat. Bin gespannt, wie die Leute reagieren.«

Ich auch, dachte Suko, und er dachte auch daran, daß er vorhin gelogen hatte. Der Chinese hatte einen Anhaltspunkt. Ein Name war gefallen.

Lady Clarence ...

Der Schmerz biß durch mein rechtes Bein, und für einen Augenblick traten wirklich Wasserschleier in meine Augen, und ich mußte die Zähne zusammenpressen.

Das Lachen der Untoten schallte mir in den Ohren. Ich kümmerte mich nicht darum, sondern sah mir die Falle an.

Glück muß der Mensch haben. Dieses alte Sprichwort traf diesmal auf mich zu.

Die Falle hatte mich nicht richtig erwischt. Der Großteil ihrer Zinken war in den Schuh gehackt. Nur zwei Fangzähne waren so zugefallen, daß sie auch oberhalb meines Schuhs in den Fuß hieben. Noch sah ich kein Blut, das würde bestimmt kommen, doch zuvor wollte ich sehen, was die Untote unternahm.

Nichts.

Der weibliche Zombie hatte nicht das Weite gesucht, sondern sich versteckt.

Bestimmt aus gutem Grund. Ich saß zwar in der Falle, bewaffnet war ich aber weiterhin. Allein aus diesem Grund war die Vorsicht der Untoten schon zu verstehen.

Mit dem Rücken war ich gegen einen dieser Kugelbäume gefallen, daran hinabgerutscht und hatte mich gefangen. Nun hockte ich auf dem Boden.

Ich mußte diese verfluchte Falle loswerden.

Ich hatte nicht nur den Zombie gegen mich, sondern auch den Ghoul, der in der Röhre verschwunden war. Auch er würde sich freuen, mich umbringen zu können.

Als mir das einfiel, drehte ich meinen Kopf und warf einen Blick nach hinten.

Ja, da war der Ghoul zu sehen. Er hatte sich aus der Tonröhre geschoben. Sein Kopf schaute hervor, mit dem Körper allerdings steckte er noch in der Röhre.

Die Beretta legte ich neben mich und kümmerte mich um das Fangeisen. Es hatte zwei Hälften mit Haifischzähnen und war mit starken Federn versehen, für die meine Kraft wohl kaum ausreichte. Trotzdem versuchte ich es, umklammerte beide Hälften des Fangeisens und versuchte, sie auseinanderzubiegen. Mein Gesicht verzerrte sich dabei, ich setzte wirklich alles ein, und die Hälften bewegten sich auch, aber ich kriegte sie nicht so weit auf, daß ich meinen Fuß hätte hervorziehen können.

Und dann legte die Untote mich rein.

Leider war ich so mit meiner Befreiungsaktion beschäftigt, daß ich nicht auf meine Gegnerin achtete. Sie stellte es geschickt an, denn sie hatte sich einen Spaten geholt. Erst als das Schaufelblatt gegen meine Beretta klirrte, wußte ich, was die Stunde geschlagen hatte, wurde aufmerksam und rollte mich herum.

Da befand sich die Waffe schon nicht mehr in meiner Reichweite. Ich hätte hinkriechen müssen. Sie war über den Rasen gerutscht, und ich hörte, wie die Blonde lachte.

Es war ein rauhes, gellendes Gelächter. Siegessicher, denn nun glaubte sie, die Stärkere zu sein.

Den Spaten hielt sie nach wie vor fest, als sie auf die Beretta zuging, um sie aufzuheben.

Das sollte sie nur versuchen. Meine Finger hielten längst den Dolchgriff umklammert. Als sich die Untote bücken wollte, riß ich den Dolch hervor, drehte ihn einmal, damit er richtig in meiner Hand lag, und schleuderte ihn auf das Monster zu.

Tausendmal geübt, tausendmal getroffen. Auch hier traf ich. Allerdings nicht den weiblichen Zombie. Der Teufel mußte seine Hand im Spiel gehabt haben, denn als ich den geweihten Silberdolch losließ, da zog der Zombie den Spaten in die Höhe, so daß die Klinge nicht den Körper, sondern nur das metallene Blatt traf.

Der Klang, der bei dem Aufprall entstand, war für mich eine höllische Musik.

Ich verzog das Gesicht, als hätte ich in eine Zitrone gebissen. Das hatte mir noch gefehlt. Jetzt war ich die Beretta los und auch meinen Silberdolch. Langsam veränderte sich die Summe der Vorteile zu meinen Ungunsten.

Der Dolch lag nicht neben der Schußwaffe. Er war ein Stück weiter gelandet. Sein Silber schimmerte im grünen Gras. Die Untote würde sich hüten, ihn anzufassen, dafür konnte sie meine Waffe aufheben und mich erschießen.

Kein Problem.

Das war mir klar. Ferner wußte ich, daß ich den weiblichen Zombie unbedingt an seinen Aktionen hindern mußte. Fragte sich nur wie. Mit der Hand konnte ich die Beretta nicht erreichen, sie lag zu weit weg, und wenn doch, hätte mir die andere die Hand dabei abhacken können.

Blieb nur mein Kreuz.

Gern trennte ich mich davon nicht, aber ich sah keine andere Chance. Zu meinem Glück bewegte sich der Zombie nicht so schnell, so gelang es mir, das Kreuz hervorzuholen und sogar noch zu zielen. Ja, das mußte einfach klappen.

Die Untote beobachtete mich aus den Augenwinkeln. Als ich den rechten Arm hob, und das Kreuz in meiner Hand aufblitzte, da war sie gewarnt. Mit einem Sprung warf sie sich zurück und hatte Glück, weil sie hinter einem der gestutzten Büsche verschwinden konnte und ich kein Ziel mehr sah.

Wenigstens keines, das sich bewegte.

Langsam ließ ich den Arm sinken. Verdammt noch mal, das war eine Situation, die ich mir wirklich nicht herbeigesehnt hatte. Hinzu kamen die Schmerzen, denn je länger sich das Fangeisen um meinen Schuh befand, um so stärker drückten die eisernen Zähne. Glücklicherweise trug ich Schuhe aus dickem Leder, aber dicht über dem Knöchel hatte ein Zinken meinen Fuß verletzt. Mein Socken war bereits naß, weil Blut aus der Wunde strömte.

Da konnte ich nur die Zähne zusammenbeißen.

Ich drehte mich um, denn ich wollte sehen, wo meine höllische Gegnerin steckte.

Sie lauerte irgendwo hinter einem der Büsche, denn es konnte durchaus sein, daß sie ihren Standort gewechselt hatte. Tief atmete ich ein. Was konnte ich tun?

Irgendwo war das Fangeisen im Boden befestigt. Mir war nicht bekannt, wieviel Spielraum ich hatte. Das mußte ein Versuch zeigen, also bewegte ich mich und streckte dabei meinen Körper, weil ich in Richtung Beretta kriechen wollte.

Der weibliche Zombie war verflucht schlau. Er erstickte meine Bemühungen bereits im Ansatz, denn kaum hatte ich mich bewegt, da sah ich, wie das helle Spatenblatt hinter dem Busch erschien und auf die Beretta zugeführt wurde.

Das wurde kriminell. Jetzt kam es darauf an, wer die Waffe zuerst erreichte.

Sie oder ich …

Ich bewegte mich schneller und keuchte, weil ein wilder Schmerz von meinem Fuß hochzuckte. In der rechten Hand hielt ich weiterhin mein geweihtes Kreuz. Wenn alles nichts half, dann mußte ich es werfen, und zwar so, daß es die Beretta berührte.

Alles nur Theorien. Die Praxis sah anders aus, denn die Untote war schneller als ich.

Bevor ich knapp die Hälfte der Distanz überwunden hatte, erreichte der Spaten bereits meine Beretta. Er tickte gegen sie, der Zombie gab Druck und schob die Waffe noch weiter.

Er hatte mich geleimt.

Jetzt lagen Beretta und Dolch ungefähr gleich weit von mir weg. Im Klartext hieß das: unerreichbar.

Gleichzeitig spannte sich auch die Kette, mit der das Fangeisen im Boden befestigt war. Ich kam nicht mehr weiter.

Meine Chancen sanken. Wie einen lebensrettenden Strohhalm umklammerte ich das Kreuz. Ich spürte seine beruhigende Wärme, doch in diesen Augenblicken beruhigte sie mich nicht, wenn ich ehrlich sein sollte. Ich hatte eher Angst.

Wie würde sich der Zombie verhalten?

Der Spaten verschwand. Langsam wurde er zurückgezogen. Ich vernahm das leise Kichern und merkte daran, wie siegessicher die Untote war.

Auch ich zog mich wieder zurück. Hart preßte ich die Zähne aufeinander. Es war wirklich nicht einfach, in diesen schrecklichen Minuten die Nerven zu behalten, denn einen Fehler konnte ich mir auf keinen Fall leisten.

Er wäre tödlich gewesen.

»Ich kriege dich ...«

Die geflüsterten Worte hinter mir ließen einen Schauer über meinen Rücken rieseln. Für einen Moment krampfte sich bei mir alles zusammen, und mich packte der Schüttelfrost.

Langsam drehte ich den Kopf.

Fast zu langsam.

Aus dem Gebüsch schoß das Spatenblatt. Waagerecht wurde es geführt, und es hätte mich fast am Hals getroffen, wenn es mir nicht im letzten Augenblick gelungen wäre, mich zur Seite zu werfen. So verfehlte es mich knapp und wurde sofort wieder zurückgezogen, bevor ich nachgreifen konnte.

Jetzt war es besonders tragisch, daß ich keine Schußwaffe mehr bei mir trug. Ich hätte durch den Busch feuern können. Es war müßig, sich darüber weiterhin Gedanken zu machen, denn der Spaß ging weiter.

Das scharfe Spatenblatt hieb Teile des gestutzten Busches entzwei. Das Grünzeug flog mir um die Ohren, und ich sah wieder die gefährliche Waffe. Diesmal fuhr sie nicht waagerecht auf mich zu, sondern schräg.

Ich rollte mich zur Seite, achtete dabei nicht auf die Schmerzen in meinem Fuß und sah aus den Augenwinkeln, wie das blanke Blatt dicht hinter meinem Rücken in den weichen Boden rammte.

Mit der linken Hand griff ich zu.

Leider um einen Sekundenbruchteil zu spät. Meine Finger glitten zwar noch über den blanken Stiel, sie rutschten allerdings ab, weil meine Gegnerin den Spaten rasch wieder zurückzog und ich abermals das Nachsehen hatte.

Sofort erfolgte der dritte Angriff.

Wie ein Stehaufmännchen ließ ich mich auf den Rücken fallen, allerdings kam ich nicht sofort wieder hoch, sondern konnte nur meine Arme schützend vor das Gesicht halten.

Diesmal hieb das Blatt auf meine Brust. Gott sei Dank mit der flachen Seite, die schärfere Schneide zerfetzte mein Hemd und hinterließ einen kleinen Riß auf der Haut, was nicht weiter tragisch war.

Augenblicklich rollte ich mich wieder herum, gab mir Schwung und kam hoch.

Wenn sie jetzt zustach, konnte ich kaum noch ausweichen. Das tat die Untote nicht. Statt dessen hörte ich ihre Schritte. Die Füße schlugen dumpf auf den Rasen. Ich drehte mich nach links und sah meine Gegnerin hinter dem Gebüsch hervorjagen.

Sie hatte den Spaten fallen lassen, lief auf die Beretta zu und riß sie an sich.

Es war eine Sache, die sich innerhalb von Sekunden abspielte. Wenn sie schoß, konnte sie mich überhaupt nicht verfehlen, denn die Distanz war zu kurz.

Ich erlebte alles wie mit einer Zeitverzögerung. Die blonde Untote keuchte, ihr Mund stand offen. Das Gesicht war zur Grimasse verzerrt, und sie hielt meine Beretta mit beiden Händen umklammert, damit sie den Schuß auch nicht verriß, wenn sie feuerte.

Der weibliche Zombie schwang herum.
Und mit ihm die Waffe.
Ich schaute plötzlich in die Mündung. Mir wurde heiß und kalt zugleich, und ich entschloß mich zu einer Verzweiflungsaktion.
Wahnsinn! Ich mußte schneller sein als eine Kugel.
Mit aller Kraft warf ich das Kreuz.
Sie konnte mich kaum verfehlen, ich sie ebenfalls nicht.
Das Kreuz befand sich noch auf dem Weg, als sie abdrückte. Doch sie mußte in dieser kurzen Zeitspanne den Schrecken gespürt haben, der sich ihr näherte, denn sie wollte noch ausweichen und verriß dabei die Waffe.
Ich sah die Feuerblume, hörte auch den peitschenden Abschuß, aber die Kugel jaulte an mir vorbei und schlug hinter mir durch einen dieser gepflegten Kugelbäume.
Da wurde sie getroffen.
Auf die Brust hatte ich gezielt. Da sich die Untote jedoch duckte, traf das Kreuz ihren Kopf. Es wühlte sich förmlich in die dichte Haarflut hinein, blieb zwar nicht stecken, aber es rutschte langsam an der linken Seite herab.
Das Silber war für Wesen aus der Finsternis mörderisch. Es zerstörte sie radikal.
Wie auch hier.
Die Schreie hörten sich schaurig an. Dabei richtete sich die Untote auf und stellte sich auf die Zehenspitzen. Ihre rechte Faust öffnete sich, die Beretta glitt hervor und blieb neben ihrem Fuß im Gras liegen.
Die Blonde taumelte zurück. In den Knien sackte sie zuerst ein, und ich sah, wie aus ihrem Gesicht plötzlich ein Zerrbild des Schreckens wurde. Die Haut nahm einen grauen Ton an, erinnerte mich an Asche, und jemand schien von hinten ihre Augen aus den Höhlen zu drücken, die wie Glasmurmeln aussahen.
Das Haar zerfiel, und auch das Gesicht blieb nicht grau, sondern wurde schwarz und bröckelte auseinander.
Es war ein schauriger Anblick, und er wurde noch

schlimmer, denn aus dem Mund und den Nasenlöchern quoll grünlicher Dampf. Er stank nach verbranntem Fleisch, als er mir entgegengeweht wurde.

Ich habe schon zahlreiche Geschöpfe der Finsternis sterben sehen, gewöhnen konnte ich mich daran nie. Wie auch hier überfiel mich selbst ein Schütteln, und es hörte erst auf, als der weibliche Zombie schwer zu Boden fiel, dumpf aufschlug und liegenblieb, wobei der Zerfalls-prozeß weiterging.

Das war's.

Einen Gegner hatte ich besiegt, doch den Ghoul hatte ich nicht vergessen. Wahrscheinlich würde er es jetzt versuchen. Ich schaute dorthin, wo sich die Röhre befand.

Keine Spur von dem Ghoul. Vielleicht hatte ihn das Schicksal des Zombies gewarnt, und er hielt sich erst einmal zurück. Diese Abwasserröhren mußten für ihn ja ein idealer Schlupfwinkel gewesen sein. Da konnte er sich kreuz und quer innerhalb der Erde bewegen, ohne gesehen zu werden.

Das alles war jetzt egal, ich mußte zusehen, daß ich dieses verfluchte Fangeisen von meinem rechten Fuß lösen konnte. Hoffentlich schaffte ich es, die dicken Federn auseinander zu drücken. Leicht war es sicherlich nicht, das hatte ich gleich beim ersten Versuch festgestellt.

Ich gab mein Bestes.

Beide Hände nahm ich zu Hilfe, drückte so fest es ging. Der Schweiß lag auf meinem Gesicht, aber es gelang mir nicht, mich von dem Fangeisen zu befreien.

Pech ...

Erschöpft ließ ich mich fallen. Meine Arme zitterten von der Anstrengung. Der rechte Socken war naß. Blut hatte ihn getränkt. Ich schaute mir die Wunde genau an, konnte jedoch nicht viel erkennen. Es war zum Glück keine Ader verletzt worden, dafür ein Knochen.

Ein erneuter Versuch. Das Aufrichten, die beiden Hälften packen und sie auseinanderzuziehen versuchen.

Das klappte nicht. Allerdings nicht aus den gleichen

Gründen wie bei den vorherigen Versuchen, sondern aus einem anderen, denn ich hielt in meinen Bemühungen inne.

Vor dem Haus war ein Wagen vorgefahren.

Da es still war, konnte ich sogar das Motorengeräusch hören. Es kam mir sehr bekannt vor, denn der Wagen, der vor dem Haus gehalten hatte, war ein Bentley.

Ich erhielt Besuch ...

Sarah Goldwyn wußte nicht, ob sie lachen oder weinen sollte. Oder einfach nur schreien, denn was sie eingeschlossen innerhalb des Wagens erlebte, war der blanke Horror.

Ein Skelett sprach mit ihr. Zudem mit der Stimme einer Frau, deretwegen sie überhaupt die Stellung bei Lady Clarence angenommen hatte. Eine Tote war nicht tot oder doch?

»Ich sehe dich erstaunt, meine liebe Sarah«, sagte Florestine Everett.

»In der Tat.«

»Ja, es ist ungewöhnlich.«

Sarah Goldwyn hatte das Gefühl, einen Traum zu erleben. Sicher, sie hatte schon häufiger mit Geistern und Wesen der Finsternis zu tun gehabt, doch was hier geschah, das machte ihr Angst. In diesen Augenblicken war sie persönlich von dem Unwahrscheinlichen betroffen.

»Warum schweigst du?« fragte das Skelett, das einmal Florestine gewesen war. Ihre Stimme drang irgendwo aus dem Knochenkopf, und Lady Sarah nahm an, daß es der Mund war.

Die Horror-Oma schluckte. »Was – was soll ich sagen?« gab sie stockend zurück. »Ich bin einfach sprachlos. Du – du bist doch tot – oder?«

»Ja und nein.«

»Aber du hast mir einen Brief geschrieben.«

»Sicher. Da war ich auch noch normal. Ich wußte nicht,

an wen ich mich hätte wenden sollen, du warst die einzige. Ich weiß, daß du Courage hast und daß nur du den Fall lösen kannst.«

»Ich?« Lady Sarahs Stimme klang schrill. »Was soll ich tun? Sieh dich um, man hat mich eingesperrt.«

»Nicht wegen dir, sondern wegen mir.«

»Das kann ich nicht glauben!«

»Du mußt es, denn sie haben Angst, daß ich ihnen davonlaufe. Ich will nicht ...«

Lady Sarah holte tief Luft, bevor sie das Wesen unterbrach, das einmal Florestine gewesen war.

»Du hast vorhin von einem Fall gesprochen. Welcher Fall ist es?«

»Lady Clarence.«

»Was ist mit ihr?«

»Sie ist gefährlich. Unheimlich gefährlich sogar, denn sie ist kein Mensch.«

»Eine Untote?«

»So kann man es vielleicht nennen. Aber es gibt ein anderes Wort für sie: Hexe!«

»Eine Hexe?«

»Ja, eine Hexe, und sie ist sehr alt. Über einhundert Jahre.«

»Hat sie denn immer in dem Haus gewohnt?«

»Ja und nein. Soviel ich weiß, hat man sie im Keller eingemauert. Aber dann wurde das Haus von einem jungen Ehepaar gekauft. Anfangs ging alles gut, bis sie auf die Idee kamen, den Keller umzubauen. Der Mann mußte eine Mauer einreißen. Als er das tat, wurde der unselige Geist der Hexe frei. Aber nicht nur der Geist, auch der Körper. Das Ehepaar hatte keine Chance. Grausam schlug die Hexe zu. Sie vernichtete die beiden und machte sie zu Dämonen. Die Frau wurde zu einer Untoten, der Mann nahm die Gestalt eines Ghouls an ...«

Lady Sarah öffnete den Mund. Bevor sie einen Schrei ausstoßen konnte, legte sie ihre Hand gegen die Lippen.

»Ja, es ist schrecklich«, sagte das Skelett.

»Aber wieso bist du so geworden?« hauchte die Horror-Oma. »Wie bist du überhaupt in das Haus gekommen?«

»Eine gute Frage, Sarah. Weil die andere eine Haushälterin suchte, deshalb. Sie wollte die Arbeit nicht allein machen. Und ich hatte London satt, wollte aufs Land, da kam mir dieses Angebot gerade recht. Ich bin hingefahren und wurde eingestellt. Eine Weile ging alles gut, doch dann merkte ich, daß etwas nicht stimmte, und stellte Lady Clarence zur Rede. Sie stritt nichts ab. Das war an dem Tage, an dem ich dir den Brief schrieb. Ich merkte die plötzliche Gefahr, wollte weg, aber sie ließen mich nicht, sondern lockten mich in den Keller. Dort gibt es noch immer die Nische, in der die Hexe über einhundert Jahre verbracht hatte. Sie ist angefüllt mit einer schlimmen Magie. Das bekam ich zu spüren. Ich mußte erleben, wie sich mein Fleisch vom Körper löste und ich zu einem Skelett wurde, während die anderen zuschauten. Danach war mein Platz dort, wo auch der weibliche Zombie und der Ghoul hausen. Im Garten. Drei Leichen im Garten«, sagte Florestine Everett. »Sie hat tatsächlich drei Leichen im Garten. Unter der Erde.«

»Und warum hat man dich mitgenommen?«

»Weil ich nicht so eingeschlagen bin, wie sie es sich vorgestellt haben.«

»Das verstehe ich nicht«, gab Lady Sarah zu.

»Laß es mich dir erklären, meine Liebe. Du siehst zwar ein Skelett vor dir, aber mich hat der unselige Geist der Hexe nicht fassen können. Ich bin menschlich geblieben. Das heißt, ich fühle und denke wie die Menschen, und ich kann den Horror verstehen, den du empfunden hast. Ich wehre mich auch jetzt noch gegen den Zustand, aber ich kann nichts ändern. Die anderen sind zu stark. Wie oft bin ich ausgebrochen, ich wollte nicht in der feuchten Erde liegen, doch meine Peiniger fingen mich immer wieder ein. Ich kann mich ja nicht unter Menschen wagen, sie würden sich zu Tode erschrecken. Zudem würde ich sie auf die Spur der Lady Clarence bringen. Das ist verständlich – nicht wahr?«

Die Horror-Oma nickte. In der Tat mußte die andere Seite dafür sorgen, daß das Skelett den höllischen Reigen nicht verließ. Als dritte Leiche im Garten mußte es weiter existieren. »Und was ist mit den beiden anderen, dem Ehepaar?«

»Es ist voll dabei.«

»Dann hat bei ihnen die Magie gewirkt?«

»Ja.«

Durch die Nase holte Lady Sarah Luft. Sie spürte den kalten Schweiß auf ihrer Oberlippe, und sie fühlte sich dieser Situation hilflos gegenüber. Trotzdem fragte sie: »Was kann ich für dich tun, Florestine? Sag es bitte ...«

»Gar nichts, Sarah.«

»Aber du kannst nicht immer ...«

»Doch, ich kann. Ich muß sogar. Glaub mir, ein Zurück gibt es für mich nicht. Ich habe mein Anrecht auf ein normales Leben endgültig verloren. Zurück kann ich nicht mehr. Ich werde für alle Zeiten als Skelett existieren ...«

»Es sei denn, es gibt jemanden, der dich erlösen kann.«

»Das stimmt«, drang es aus dem knöchernen Schädel. »Aber kennst du so einen?«

Sarah Goldwyn nickte gedankenverloren. »Diesen Mann gibt es, Florestine. Er ist sogar ein Freund von mir. Sein Name lautet John Sinclair. Er ist Oberinspektor bei Scotland Yard, und seine Freunde haben ihm den Spitznamen Geisterjäger gegeben, der inzwischen zu einem Begriff bei den Schwarzblütern geworden ist. John Sinclair könnte dich erlösen. Er besitzt die Waffen dazu.«

»Dann hol ihn!«

»Wie? Ich komme hier nicht weg. Ich bin eingesperrt ...«

»Schreibe einen Brief. Aber schnell. Am besten noch heute, denn es wird immer schlimmer mit mir.«

»Wieso?«

»Ich merke, wie das andere von mir Besitz ergreift.

Mein menschliches Denken und Fühlen tritt stärker in den Hintergrund. Die Schwarze Magie, die in Haus und Garten lauert, ist wie ein Gift. Keiner kann ihr entgehen, auch ich nicht. Du wirst es auch nicht können, wenn du nicht schnell genug handelst. Das Haus ist gefährlich. Wie auch seine Bewohner, denn nicht umsonst fühlen sich Lady Clarence und Serge so wohl dort.«

»Serge, richtig. Was ist mit ihm? Ist er auch ein Dämon?«

»Nein, ein Mensch, aber er ist der Lady hündisch ergeben, denn sie hat ihn vom Jahrmarkt geholt, wo der Schausteller mit ihm und seiner Kraft Geschäfte machte. Die Frau hat ihn gekauft und in ihr Haus genommen. Serge tut für die Lady alles. Er ist ihr Beschützer, ihr Leibwächter, und er würde auch für sie sterben.«

»So kam er mir vor«, erwiderte Sarah Goldwyn.

Plötzlich zog sich das Skelett zurück. Es drehte den Kopf und preßte sich gegen den Sitz. Die Horror-Oma merkte sofort, daß irgend etwas nicht in Ordnung war. Bevor sie eine Frage stellen konnte, sagte das Skelett: »Sie kommen zurück.«

»Und jetzt?«

Das Lachen hörte sich kratzig und dumpf an. »Ich werde wieder in meinem Versteck untertauchen. Und kein Wort zu den anderen, daß ich dir alles berichtet habe.«

»Darauf kannst du dich verlassen.«

Wie schon zuvor bewegte sich das Skelett geschickt an der Rückenlehne hoch und verschwand in der offenen Ablage. Lady Sarah hörte es noch rumoren, dann war es still.

Sie saß wieder allein im Wagen.

Geistesabwesend schaute sie nach vorn. Die vergangenen Minuten kamen ihr wie ein böser Traum vor. Aber es war kein Traum, sie hatte das alles erlebt. Über ihren Rücken rann eine Gänsehaut. Hoffentlich merkten die anderen nichts davon. Sie mußte sich zwingen, ruhig zu bleiben, als die beiden Gestalten an der Seite des Wagens auftauchten.

Lady Clarence hatte eingekauft. Ihr Zerberus trug die Pakete und Tüten. Er schloß den Wagen auf, ließ Lady Clarence einsteigen und verstaute die Einkäufe im Kofferraum.

Prüfend schaute Lady Clarence ihre Haushälterin an. »Sie sehen schlecht aus, Sarah. War etwas?«

»Die Luft.«

Die Hexe lachte. »Ja, sie ist nicht gut, das stimmt. Aber wir mußten abschließen, schließlich sollten Sie nicht weglaufen, wo Sie es doch so gut bei uns haben.«

Die Horror-Oma nickte.

Dann stieg Serge ein. Er drehte sich um und fragte: »Bleibt es dabei?«

»Ja.«

Er nickte und startete.

Lady Clarence sagte: »Sie haben Glück, Sarah, wir fahren zurück nach Hampstead. Die anderen Besorgungen erledigen wir in den nächsten Tagen.«

»Wie Sie wünschen, Lady Clarence.«

»Was denn sonst?« giftete die Hexe. »Was denn sonst?« Dann lachte sie und rieb sich die Hände, während ihr die Horror-Oma die Pest an den Hals wünschte …

Kam jetzt der Besitzer des Hauses? Der wahre Besitzer, meine ich, denn die Untote hatte mir sicherlich einen Bären aufgebunden, als sie von den Eigentumsverhältnissen sprach.

Ich ließ das Fangeisen los und drehte mich so, daß ich an der Seite des Hauses vorbeischauen konnte. Zwar wurde mir die direkte Sicht von Bäumen genommen, aber ich hörte Stimmen.

Die einer Frau klang besonders schrill. »Bring die Pakete schon ins Haus, Serge.«

»Ja, Lady Clarence.«

Ich zuckte zusammen. Der Mann hatte ziemlich laut gesprochen, so daß ich seine Stimme erkannte. Es war der Fahrer des Bentley, der Suko, den Vertreter und mich hatte mit nach Hampstead nehmen wollen.

Nun traf ich ihn wieder.

Hier also wohnte er, und ich erinnerte mich auch an den Namen Lady Clarence. Mir schien es, als würden hier die Fäden des geheimnisvollen Falles zusammenlaufen.

In den Garten kam niemand. Dafür wurde in dem Raum mit dem großen Fenster das Licht angeknipst. Ein Teil des Scheins fiel auch in den Garten, wo er sich mit dem Tageslicht vermischte, denn die Dunkelheit war inzwischen längst verschwunden.

Der Ghoul zeigte sich nach wie vor nicht. Ich schaute auch nicht mehr zur Röhre, sondern behielt das Fenster unter Kontrolle. Als Schemen sah ich die Gestalt eines Mannes. Er machte jedoch keinerlei Anstalten, näher an die Scheibe heranzutreten, sondern verschwand im Hintergrund des Raumes und ließ zwei Frauen zurück.

Eine von ihnen war sicherlich Lady Clarence. Wer die andere war, wußte ich nicht. Es war einfach zu schwer, etwas zu erkennen. Ich glaubte jedoch an eine ältere Person, wenigstens den Bewegungen nach zu schließen.

Auch die Frau ging.

Dafür näherte sich die zweite dem Fenster. Sie schaute in den Garten.

Und sie sah mich.

Sie mußte mich gesehen haben, denn sie verhielt sich so anders. Ihre Bewegungen erstarrten, sie froren regelrecht ein, wobei sie durch die Scheibe starrte.

Sehr dicht hatte sie ihr Gesicht an das Glas gebracht. Ich sah es als einen hellen Kreis.

Zwei, drei Sekunden geschah nichts.

Dann flog sie herum. Sie schrie etwas, das ich nicht verstand, und einen Augenblick später erschien der Mann im Raum. Die Frau packte seinen Arm und zerrte ihn zum Fenster.

Auch der Kerl schaute nach draußen. Hatte er mich erkannt? Wahrscheinlich, denn er sagte irgend etwas zu der Frau, die daraufhin den Arm ausstreckte und in den Garten wies.

Die gläserne Fassade bestand nicht nur aus einem Fenster, eine Tür war ebenfalls abgeteilt. Sehr schmal allerdings und dicht an der rechten Seite.

Der Mann riß die Tür auf. Dann kam er.

Er war wirklich ein Schrank. Ungemein breit und massig. Seinen Kopf hatte er vorgereckt, die Augen waren leicht zusammengekniffen, die Arme hingen zu beiden Seiten des Körpers wie Pendel herab. Jetzt ärgerte ich mich noch mehr, daß ich nicht an meine Waffen herankam. Sie lagen unerreichbar für mich.

Die Frau, das mußte Lady Clarence sein, stand in der offenen Tür und schaute zu, wie ihr Leibwächter einen Schritt vor mir stoppte.

Ich versuchte es auf die lässige Art und grinste ihn an. »Wollen Sie mir nicht das verdammte Ding abnehmen?«

Er schaute mich an, verzog die Mundwinkel, stülpte dann die Lippen vor und spie zu Boden. Das reichte als Antwort. Nun wußte ich genau, was ich von diesem Menschenfreund zu erwarten hatte.

Von der Tür her keifte die Frau. »Was liegt da auf dem Boden, Serge?«

Er drehte sich um. »Waffen, auch ein Kreuz!«

Da drang ein wilder Fluch über die Lippen der Frau, und sie fuhr zurück. Aus dem Zimmer brüllte sie: »Nimm sofort das Zeug weg, und wirf es fort!«

»Jawohl, Mylady.«

Ich runzelte die Stirn. Die Frau hatte Angst vor meinen Waffen gezeigt. Vor allen Dingen interessierte sie das Kreuz im negativen Sinne. Sollte sie etwa einen Grund dafür haben?

Serge tat, was man ihm geheißen hatte. Er bückte sich und hob die Waffen auf. Als er die Beretta in der Hand wog, grinste er, fuhr herum und legte auf mich an.

Mein Herz übersprang einen Schlag. Ich mußte etwas blaß geworden sein, denn er lachte. »Keine Angst, Mister. So leicht erledige ich dich nicht. Dein Tod wird härter sein.«

Dann hob er den Dolch auf. Er nickte anerkennend. »Eine feine Waffe, wirklich.« Das Kreuz folgte. Er warf es allerdings nicht weg, sondern steckte es in die Innentasche seiner Jacke.

Nur noch die Beretta hielt er in der Hand, als er auf mich zutrat. Mein Fuß steckte noch immer im Fangeisen. Serge zögerte einen Moment, nickte dann und bückte sich. »Wag es nur nicht!« warnte er mich, als er die Beutewaffe zu Boden legte und die beiden Hälften des Fangeisens packte.

Ich schwieg dazu.

Dann drückte er die verdammte Falle auf. Das geschah mit einer spielerisch anmutenden Leichtigkeit. Serge hatte wirklich immense Kräfte. Ich zog hastig meinen Fuß zurück, und die Falle klappte wieder zusammen. Endlich war ich frei.

Sofort nahm Serge die Beretta auf und zielte auf mich. Dabei dachte ich nicht daran, etwas zu unternehmen. Dazu schmerzte mir mein rechter Fuß zu stark.

»Komm hoch, du Stinktier!« fuhr Serge mich an.

»Sicher, sicher«, erwiderte ich keuchend, drehte mich auf dem Boden herum, stützte mich ab und wuchtete mich auf die Füße. Füße war gut. Als ich mit dem rechten auftrat, schoß eine Schmerzwelle bis hoch in die Wade. Um Serge keine Schwäche zu zeigen, biß ich die Zähne hart zusammen. »Wie geht es weiter?«

»Zum Haus!«

»Hier an der Rückseite?«

»Ja, ich will dich der Lady vorstellen.« Er lachte. »Du hättest dich um andere Dinge kümmern sollen.«

»Ich liebe nun mal Skelette.«

»Das ist nun vorbei.«

Es war kein gutes Gefühl, diesem Menschen den

Rücken zuzudrehen, aber mir blieb nichts anderes übrig. Vor Serge und dem Waffenlauf humpelte ich her, dabei immer darauf bedacht, meinen rechten Fuß nicht allzu stark zu belasten.

Der Rasen war weich. Auf dem Weg kam ich etwas besser voran. Ich bewegte die Zehen an meinem rechten Fuß. Es schmerzte zwar, aber ich hatte Gefühl, und das war wichtig.

Dann ging ich ins Haus. Nur schleppend gelangte ich bis zum Haus, hielt mich am Rahmen der Tür fest und stand schließlich im großen Wohnzimmer.

Dort schaute ich mich erst einmal um.

Lady Clarence stand inmitten ihres alten Plunders. Es waren keine kostbaren Antiquitäten, sondern tatsächlich alte, leicht brüchige Möbel, dekoriert mit verschlissenen Häkeldeckchen und buntem Kitschporzellan. Das Zimmer war vollgestopft, und wie eine geschminkte Greisin kam mir die Frau vor, die sich neben einer eingeschalteten Stehlampe aufhielt, so daß ihre linke Gesichtshälfte von dem gelblichen Licht beschienen wurde.

Aus kalten, gefühllosen Augen fixierte sie mich. Mir fiel ein, daß sie vor dem Kreuz Angst hatte, und ich fragte mich, ob sie tatsächlich ein Mensch war und nicht irgendein Schwarzblüter.

Wahrscheinlich traf letzteres zu, doch Serge war ein Mensch, sonst hätte er meine weißmagischen Waffen nicht berühren können.

Lady Clarence konnte nicht normal stehen. Sie mußte einen Stock zu Hilfe nehmen. Mit dessen Spitze stieß sie hart auf den Boden. »Wer bist du?« herrschte sie mich an.

»Ich heiße John Sinclair.«

»Und?«

»Habe mich verlaufen.«

In ihren Augen sah ich einen grünen Schimmer der Wut. »Verlaufen, verlaufen! Du lügst, du Bastard!«

Die Rolle, hier weiterhin den Harmlosen zu spielen,

gefiel mir gut. »Wirklich nicht. Ich lüge Ihnen nichts vor. Ich habe mich verlaufen. Das ganze Pech fing mit dem verdammten Zug an, der auf einmal nicht mehr weiterfahren konnte. Mein Freund und ein Mitreisender sind zur Straße gelaufen, um ein Taxi anzuhalten. Wir bekamen keines, aber Ihr Fahrer war so freundlich, anzuhalten und uns mitzunehmen.«

»Und dann sind sie ausgestiegen«, sagte Serge.

»Wo?« keifte die Frau.

»Mitten auf der Strecke. Sie haben das Skelett gesehen.«

Die Frau brachte einen Fluch über die Lippen. »Diese verdammte Florestine. Nur Schwierigkeiten macht sie. Wie ist es denn weitergegangen?« Die Frage war nicht an mich, sondern an den schwergewichtigen Lakai gerichtet.

»Ganz einfach. Der Chinese und er verfolgten das Skelett. Ich blieb mit dem anderen zurück. Dann kam der Ghoul, wahrscheinlich wollte er das Skelett einfangen, sah den Vertreter und tötete ihn, bevor er verschwand. Ich konnte nichts machen.«

Wieder stieß Lady Clarence mit dem Stock auf. »Warum hast du mir davon nicht berichtet?«

»Ich hielt es nicht für wichtig.«

»Du hirnloser Affe. Natürlich ist es wichtig. Da ist ein Mord geschehen, und die Polizei wird im Ort herumschnüffeln, um Fragen zu stellen. Sie kommen auch zu uns, denn es gibt einen Zeugen. Oder hast du den anderen inzwischen gesehen?«

»Nein.«

»Na also. Wir können uns auf etwas gefaßt machen. Verflucht auch. Immer dieser Ärger.«

Hinter mir hörte ich Serge schwer atmen. Der Anpfiff schien ihm in die Knochen gefahren zu sein, er wagte auch keinerlei Widerspruch.

Lady Clarence hob den Stock und schlug nach mir. Damit hatte ich nicht gerechnet und mußte einen Treffer an der rechten Wange hinnehmen. »Du lügst!« zischte sie.

»Du hast dich hier nicht einfach verlaufen. Nicht du, Sinclair.«

»Und wieso nicht?«

»Ich habe gesehen, welche Waffen auf dem Rasen lagen. Vor allen Dingen war es das Kreuz, das mich so faszinierte. Ich merkte sofort, daß es damit eine besondere Bedeutung hatte. So etwas trägt nicht jeder mit sich herum. Nur jemand, der damit auch umgehen kann. Und woher stammen die verbrannt wirkenden Reste im Garten? Wen hast du getötet?« Die Frau funkelte mich an, ihre roten Haare zitterten, als sie den Kopf bewegte.

Vormachen konnte ich ihr nichts, deshalb blieb ich bei der Wahrheit. »Ich habe eine blonde Untote erlöst«, erwiderte ich.

»Erlöst?« Sie kreischte wild und schlug wieder zu. Diesmal nahm ich den Kopf nach hinten, und die Gummispitze verfehlte mich. Dafür spürte ich den Waffenlauf im Kreuz, und Serge drückte verdammt hart zu. »Beweg dich nicht mehr!«

Das hatte ich auch nicht vor und blieb kerzengerade stehen.

»Es braut sich etwas zusammen!« flüsterte die Frau. »Ich spüre es. Wir müssen schnell handeln. Sehr schnell sogar. Serge, du weißt, was du zu tun hast?«

»Sicher. Ich bringe ihn in den Keller.« Der Mann hinter mir lachte röhrend und schlug mit der Faust gegen meine Schulter.

Die Alte aber funkelte mich an. »Was willst du werden, Sinclair? Ein Ghoul, ein Skelett, ein Zombie ...?«

»Wenn, dann ein Werwolf«, erwiderte ich. »Darin habe ich Erfahrung.«

»Dir wird das Spotten vergehen, glaub mir. Ich mach' dich fertig. Du hast gegen mich keine Chance, denn du bist waffenlos und ich eine Hexe. Ich zer...«

Was sie weiter sagen wollte, erfuhr ich nie, denn vom Flur her rief eine Stimme. »Möchten Sie jetzt Ihren Kaffee serviert haben, Lady Clarence?«

Ich hörte überhaupt nicht mehr hin, was die Hexe antwortete, denn die Stimme der Ruferin hatte mich aufgeschreckt. Die kannte ich. Aber das war nicht möglich, das konnte nicht sein. Sie hier?

Im nächsten Augenblick hatte ich die Bestätigung. In der offenen Wohnzimmertür erschien Lady Sarah Goldwyn, die Horror-Oma!

Wahrscheinlich wußte sie nicht, daß man mich hier festhielt. Sie stand einfach da, schaute auf die Anwesenden, und dann sah sie mich.

Noch nie im Leben habe ich einen Menschen so erstaunt gucken sehen. Die Gesichtszüge veränderten sich, und ich hoffte nur, daß Lady Sarah meinen beschwörenden Blick bemerkte. Wenn nicht, dann befand sie sich ebenfalls in akuter Lebensgefahr. Die anderen durften auf keinen Fall merken, daß wir uns kannten, dann war tatsächlich der Zug abgefahren.

Zum Glück reagierte Lady Clarence nicht so schnell. Sie drehte sich nur langsam um. Als sie die Horror-Oma anschaute, hatte sich diese bereits wieder in der Gewalt.

»Ich will jetzt keinen Kaffee, verstanden!« zischte sie.

»Entschuldigung. Es war nur, weil Sie auf der Fahrt davon gesprochen hatten. Und Ihr Gast? Möchte der Herr vielleicht …?«

Ich bewunderte Lady Sarahs Ruhe und auch ihr Einfühlungsvermögen. Herrlich hatte sie das wieder hingebogen. Am liebsten hätte ich geklatscht. Für solche Gefühlsanwandlungen war die Lage allerdings viel zu ernst.

»Verschwinden Sie, Sarah! Gehen Sie in Ihr Zimmer! Ich rufe Sie, wenn ich Sie benötige.«

»Aber ich …«

»Kein Aber. Hauen Sie ab!«

»Sehr wohl, Mylady.« Und nicht nur ich hörte den Spott aus ihrer Stimme.

Die Hexe zuckte zusammen. »Haben Sie etwas gesagt?« forschte sie.

»Nein, Mylady, nur gedacht.«

»Dann ist es ja gut.«

Sarah Goldwyn ging. Bevor sie die Treppe hinaufstieg, drehte sie sich noch einmal um und nickte mir zu. Sie würde irgend etwas versuchen, das stand für mich fest. Fragte sich nur, ob sie sich dabei nicht übernahm, denn unsere Gegner waren höllisch gefährlich. Zum Glück hatten die Hexe und Serge nicht mitbekommen, daß Lady Sarah und ich uns kannten. Nur – was tat sie hier in Dreiteufelsnamen? Welcher Wind hatte die Horror-Oma in dieses Haus geweht und ließ sie das Dienstmädchen spielen? Darauf hätte ich gern eine Antwort gewußt.

»Ist das auch eine Hexe?« fragte ich.

»Sarah?« Lady Clarence lachte krächzend. »Nein, eine Hexe ist sie nicht. Aber sie könnte leicht eine werden, wenn ich dafür sorge. Nur der Reihe nach. Erst bist du dran!«

»Und dann sie?«

»Das soll dich nicht mehr kümmern, Sinclair. Wir rechnen mit dir ab. Schaff ihn mir aus den Augen.«

Serge stieß mich vor. Dabei belastete ich meinen rechten Fuß zu stark und spürte wieder Schmerzen. Dieses widerliche Fangeisen hatte mir einiges angetan.

Wir verließen den großen Wohnraum, hielten uns dann links, wo ein schmaler Gang angebaut war, an dessen Ende sich eine Tür befand. Die Treppe ließen wir rechts liegen. Sie bestand aus Holz und führte in die obere Etage. Am Ende glaubte ich, den Kopf von Lady Sarah zu sehen. Sie behielt alles im Blick.

Da die Tür nicht verschlossen war, mußte ich sie öffnen.

Kühle Luft schlug mir entgegen, vermischt mit dem Gestank von brackigem Wasser.

Dieser Keller war feucht, das merkte ich sofort.

Die Steintreppe hatte wellige Stufen. Sie waren schon lebensgefährlich.

»Runter mit dir!« fauchte mich die Hexe an.

Damit es schneller ging, gab Serge mir einen Stoß in den Rücken. Mit dem rechten Fuß knickte ich weg und verlor das Gleichgewicht. Bevor ich mit dem Gesicht aufschlagen konnte, gelang es mir, mich am Handlauf festzuhalten.

Serge wollte mir folgen, da klingelte es an der Tür.

Der menschliche Riese blieb stehen und drehte den Kopf. Er schaute Lady Clarence an, die im offenen Türrechteck stand.

»Zurück!« zischte sie. »Wir wissen nicht, wer es ist. Vielleicht brauche ich dich.«

Geschmeidig glitt Serge die Stufen wieder hoch. Dann wurde die Tür zugerammt und abgeschlossen.

Ich befand mich noch auf der Treppe und mutterseelenallein in der absoluten Finsternis.

Ein paar Sekunden wartete ich und dachte über meine Chancen nach.

Die wirkungsvollen Waffen befanden sich nicht mehr in meinem Besitz. Was ich bei mir trug, war Ersatzmunition und die magische Kreide. Nicht gerade viel, um gegen Wesen der Finsternis anzukämpfen.

Und noch etwas besaß ich.

Die Bleistiftleuchte. Sie war im Augenblick ein wertvoller Gegenstand, denn ohne sie tappte ich tatsächlich im Dunkeln.

Ich holte die schmale Lampe hervor, knipste sie an und leuchtete die Stufen hinab.

Der feine Strahl schnitt einen Lichttunnel in das Dunkel. Er traf auch ein Ziel.

Vor der Treppe hockte der Ghoul.

Und ich war waffenlos!

Suko hatte den blauen Bentley entdeckt!

Das war gar nicht so einfach gewesen. Mit einem Wagen der Polizei war er bis an den Ortsrand von

Hampstead gefahren worden und hatte sich von dort auf die Suche gemacht.

Nach zehn Minuten bereits gab er auf. So kam er nicht voran. Deshalb erkundigte er sich bei einem Passanten, der einer Bushaltestelle entgegenstrebte und sich wohl darüber ärgerte, daß er arbeiten mußte, denn er zog ein brummiges Gesicht.

Trotzdem erhielt Suko auf seine Frage eine Antwort. »So einen Wagen fährt unter anderem die alte Clarence.«

»Und ist der blau?«

»Ja. Zumindest dunkel.«

Suko erkundigte sich noch nach der genauen Adresse und war losgetigert. Froh darüber, endlich ein Ziel vor Augen zu haben. Das Haus stand abseits der stark befahrenen Straßen. Er mußte durch einen kleinen Park, überquerte eine Brücke mit Eisengeländer, unter der ein Bach rauschte, und erreichte eine schmalere Straße, die vor ihm eine Kurve beschrieb. Direkt dahinter sollte die Adresse sein.

Von nun an bewegte sich der Chinese vorsichtig. Ihm fiel auch die hohe Hecke auf, die zwar nicht das Haus umgab, dafür den Garten, der zum Grundstück gehörte.

Das Haus stand, von der Straße aus gesehen, nach hinten versetzt. Ein Vorgarten war nicht vorhanden, dafür ein Platz, auf dem irgendwann mal Asche gelegen hatte. Jetzt allerdings war sie von kniehohem Unkraut überwuchert.

Vor dem Haus stand der Bentley.

Dunkelblau und mit der Schnauze zur Straße. Da war Suko genau richtig.

Er pirschte sich näher. Dabei duckte er sich und sah zu, daß er vom Haus her gesehen immer durch den Wagen gedeckt war. Wenn sich allerdings jemand in den beiden oberen Etagen aufhielt, konnte dieser ihn ohne weiteres entdecken.

Suko vertraute seinem guten Stern.

Die mit Efeu bewachsene Fassade ließ er nie aus den

Augen. Zur Tür führte eine breite Stufe hoch, schon fast ein Podest.

Bis auf wenige Schritte hatte sich der Chinese dem Wagen genähert, als seine Aufmerksamkeit vom Kofferraum des Bentley in Anspruch genommen wurde, denn da tat sich etwas.

Die Haube bewegte sich!

Unter ihr mußte sich jemand befinden, der die Haube langsam nach oben drückte.

Bevor der andere ihn sah, huschte Suko vor und blieb neben der hinteren linken Tür des Wagens knien.

Dort wartete er ab. Allerdings richtete er sich so weit auf, daß er nicht nur durch die Seiten, sondern auch durch die Heckscheibe schauen konnte und mitbekam, wie der Deckel immer weiter hochgehoben wurde, bis er fast senkrecht stand.

Jetzt war dem Chinesen die Sicht allerdings verwehrt. Er konnte nicht erkennen, wer den Kofferraum verließ.

Einen Verdacht hatte er. Irgendwie rechnete er damit, daß es seinem Freund John Sinclair gelungen war, sich im Kofferraum zu verstecken. Da er jedoch keine Gewißheit hatte, blieb er vorerst in seiner Stellung.

Das war gut so, denn eine Knochenhand hatte der Geisterjäger nicht. Es sei denn, er hätte sich verändert. Die Hand umfaßte den Deckel und drückte ihn nach unten.

Er klappte zu.

Suko hielt die Luft an, denn er sah den unheimlichen Gast sehr deutlich. Es war das Skelett.

Ein abgebrühtes Wesen, dem es tatsächlich nichts ausmachte, bei hellem Tageslicht sein Versteck zu verlassen. Allerdings wurde die Straße hier auch nur wenig befahren. In der Zeit, in der sich Suko nun schon vor dem Haus aufhielt, war kein Wagen vorbeigefahren.

Das Skelett hatte freie Bahn.

Es schaute sich auch gar nicht groß um, sondern strebte dem Hauseingang zu.

Suko glitt um den Bentley herum, lief parallel zur breiten Seite des Kofferraums entlang und schlich hinter dem Knöchernen her.

Der merkte nichts.

Suko wollte es kurz machen. Er ließ die Beretta stecken und zog seine Dämonenpeitsche. Während er ging, schlug er einmal einen Kreis über den Boden, und aus dem Griff rutschten die drei Riemen.

Sie bestanden aus einem besonderen Material. Aus der Haut eines Dämons waren sie gefertigt worden. Welcher Dämon das gewesen war, wußte Suko allerdings nicht. Er hoffte jedoch, es irgendwann einmal herauszufinden.

Das Skelett hatte jetzt die einzige Treppenstufe erreicht. Es hob das rechte Knochenbein, setzte es auf die Platte und wollte das linke nachziehen, als Suko einen Zischlaut ausstieß.

Der Knöcherne schien zu vereisen. Dann jedoch drehte er sich um. Suko starrte auf einen Totenschädel mit leeren Augenhöhlen, einem offenen Schlund als Mund und in zwei Löcher, wo einmal die Nase gewesen war.

Breitbeinig stand der Chinese vor dem Monster, die Peitsche ausgefahren, den rechten Arm dabei ein wenig vom Körper abgespreizt und jederzeit schlagbereit.

Inspektor Suko wußte nicht, daß er ein Wesen vor sich hatte, das er mit anderen lebenden Skeletten nicht vergleichen konnte. Dieses hier wollte nichts von ihm. Ein Rest des menschlichen Geistes steckte noch in ihm.

Der Knöcherne hob die Klaue.

Suko verstand die Bewegung falsch. Er deutete sie als einen Angriff auf seine Person und reagierte.

Eine kaum zu verfolgende Bewegung mit der rechten Hand. Waagerecht schnitten die drei Riemen durch die Luft und wickelten sich in Taillenhöhe um die gelbweiß schimmernden Knochen.

Das Skelett wurde nach vorn gerissen und flog auf Suko zu, der zur Seite sprang und die Peitsche in Gegenrichtung bewegte, so daß sich die Riemen wieder lösten.

Das brauchten sie nicht, denn ihre magische Kraft hatte das Skelett in der Mitte geteilt. Zwei Hälften lagen auf dem Boden. Ein Teil der Knochen auf der Treppe, der zweite Teil davor.

Suko sah, wie sich die Farbe veränderte, wie die Knochen grau und unansehnlich wurden und zusammenfielen. Als mehliger Staub blieben sie am Boden liegen. Bis auf den Kopf.

Der hielt sich länger. Eine Idee schoß Suko durch den Kopf, als er ihn anschaute. Er bückte sich, hob den Kopf an, behielt ihn in der linken Hand und steckte die Dämonenpeitsche weg. Der blanke Schädel fühlte sich kalt und irgendwie seifig an. Wahrscheinlich würde er sich auch verändern und zu Staub werden.

Mit einem Sprung stand Suko vor der Tür. Ein hartes Lächeln hatte sich in seine Mundwinkel gegraben. Er würde es den anderen schon zeigen, denn hier war er an der richtigen Adresse. Nicht allein, daß Johns und sein Koffer im Wagen lagen, auch das Skelett war Beweis genug.

Er schellte. Ein schrilles Geräusch hallte durch das Haus. Es mußte auch oben zu hören sein.

Suko vernahm Schritte, die sich näherten. Dann wurde die Tür aufgezogen. Eine ältere Frau mit rötlichen Haaren und lauerndem Blick starrte den Chinesen an.

»Was wollen Sie?«

»Gehört der Ihnen?« erkundigte sich der Chinese freundlich und hob seine Hand mit dem Totenschädel an …

Die Frau zuckte nicht einmal zusammen. Sie bewahrte ihre Fassung, was Sukos Mißtrauen bestätigte, denn jeder Mensch hätte sich beim Anblick eines Totenschädels erschreckt. Die Rothaarige jedoch nahm es gelassen hin. Nur ihre Mundwinkel verzogen sich spöttisch, als sie fragte: »Soll das ein Scherz sein?«

»Leider nicht«, erwiderte Suko. »Dieser Schädel gehört gewissermaßen zu Ihrem Hausstand.«

»Was erlauben Sie sich?«

»Ich wollte Ihnen wirklich nur das bringen, was Ihnen gehört«, klärte der Chinese die Frau auf.

»Verschwinden Sie!«

»Nein, das werde ich nicht«, antwortete Suko und ging vor, so daß der Frau nichts anderes übrigblieb, als zur Seite zu treten. Das tat sie auch ohne Widerstand, so daß Suko das Gefühl hatte, in eine Falle zu tappen.

»Was Sie sich erlauben, ist ...«

»Polizei«, erklärte der Chinese. »Scotland Yard. Wollen Sie meinen Ausweis sehen?«

In den Augen der rothaarigen Alten blitzte es. Die Wangen zuckten, als sie sagte: »Nein, nicht nötig. Ich glaube Ihnen auch so.« Sie schloß die Tür.

Suko sah sich schnell um. Er befand sich in einem ziemlich engen Flur. An dessen Ende führte links eine Treppe hoch. Geradeaus ging es zu den Wohnräumen. Die Bilder und das Mobiliar atmeten einen gewissen Mief aus, den man mit dem Wort spieß- und kleinbürgerlich umschreiben konnte. Und doch war es hier anders. Suko bezeichnete sich selbst als einen sensiblen Menschen, und er spürte die Gefahr, die innerhalb dieses Hauses lauerte.

»Ihr Besuch wird ja einen Grund haben«, sagte die Frau. »Oder ist es nur der komische Schädel, den Sie irgendwo gefunden haben?«

Suko lächelte. »Den habe ich nicht irgendwo gefunden, sondern in Ihrem Wagen. Als ich kam, stieg soeben ein Skelett aus dem Kofferraum. Das hier ist der Rest.«

»Ach, wirklich? Und wo befinden sich die übrigen Teile?«

»Sie sind zu Staub geworden.«

»Einfach so?« höhnte die Frau.

»Nein, nicht einfach so. Ich habe dafür gesorgt. Ich kann nämlich lebendige Skelette nicht leiden«, gab Suko lächelnd zurück und hatte mit dieser Antwort ins

Schwarze getroffen, denn die Frau preßte so hart die Lippen aufeinander, daß die beiden Hälften nur noch einen Strich bildeten. »Aber deswegen bin ich gar nicht hier«, erklärte Suko. »Es gibt einen anderen Grund.«

»Und welchen?«

»Es geht um Mord.«

»Damit habe ich nichts zu tun«, erwiderte die Frau sofort.

»Wer weiß, wer weiß, Gnädigste.«

»Und wer soll getötet worden sein?«

»Ein Mann. Von Beruf Vertreter.«

»Ich kenne keine Vertreter.«

»Das glaube ich Ihnen gern. Sie haben den blauen Bentley auch nicht gelenkt. Es war wahrscheinlich Ihr Diener oder Sohn gewesen, kann ich mir vorstellen. Er war so freundlich, zwei Polizisten und diesen Vertreter mitzunehmen. Während mein Kollege und ich ausstiegen und ein lebendes Skelett verfolgten, blieb der Vertreter allein mit dem Fahrer zurück. Als ich die Straße erreichte, da sah ich den Vertreter wieder. Er war tot. Erschlagen lag er im Graben. Der blaue Bentley war fort und mit ihm sein Chauffeur. Irgend etwas stimmt da nicht, das werden Sie mir sicher bestätigen.«

»Und Sie meinen, daß mein Chauffeur der Mörder ist?«

»Er zählt zumindest zu den Verdächtigen.«

»Das ist völlig absurd und aus der Luft gegriffen«, sagte die Frau und schüttelte den Kopf.

»Kann ich trotzdem mit ihm reden?«

»Wenn Sie wollen.«

»Danke.«

Die Alte drehte sich um, wandte Suko ihren knochigen Rücken zu und ging einige Schritte vor. An der Treppe blieb sie stehen. Lauernd schaute sie die Stufen hoch.

»Serge!« Ihr scharfer Ruf peitschte nach oben.

Der Mann erschien sofort. Zuerst sah Suko seinen Schatten. Der Chinese selbst war wirklich nicht klein zu nennen, aber gegen Serge kam er sich fast winzig vor.

Zudem stand Serge auf dem Podest und höher als Suko, aus diesem Grunde wirkte er noch größer. Er trug noch die gleiche graue Uniform wie in den frühen Morgenstunden, und er stieg langsam die Stufen herab, wobei eine Hand über das Geländer strich.

»Ach, halten Sie doch mal«, sagte Suko, drehte sich um und drückte der überraschten Lady Clarence den Totenschädel in die Finger. Kaum hatte sie ihn berührt, da veränderte er sich. Seine weißgelbe Farbe verschwand, die Knochen wurden grau, und auch die Festigkeit ging zurück. Auf einmal zerbröselte er zwischen den Fingern der Frau. Lady Clarence grinste dabei und drückte von beiden Seiten gegen die Reste des Schädels.

Staub rieselte zu Boden. Eine lange, gräulich schimmernde Fahne, die vor ihren Füßen liegenblieb.

Der Rest eines Skeletts ...

»Seltsam, nicht wahr?« fragte Suko. Diesmal klang seine Stimme spöttisch.

»Ja, nicht jeder Schädel zerfällt«, erwiderte Lady Clarence, und ihre Augen nahmen einen seltsamen Glanz an. Dabei bewegte sie den Kopf. Suko sah es, er wußte allerdings nicht, daß die Bewegung ein Zeichen für Serge war.

Nicht nur ein Zeichen, sondern ein Mordbefehl!

Serge hatte die Treppe noch nicht hinter sich gelassen. Auf der Hälfte war er stehengeblieben. Locker lag seine Hand auf dem Geländer. Es war die linke, die rechte hatte er frei.

Lady Clarence stellte es geschickt an. Sie lenkte Suko ab, ging dabei ein paar Schritte zur Seite und begann zu sprechen, so daß Suko sie anschauen mußte und dem Mann auf der Treppe dabei den Rücken zuwandte.

Serge griff mit der freien Hand in die Tasche. Er holte weder ein Messer noch einen Revolver hervor, sondern ein kurzes Bleirohr, das an seinem Ende eine beulenartige Verdickung hatte und den Schädel eines Gegners zertrümmern konnte.

Jetzt erst ging Serge weiter.

Aber auch er dachte nicht mehr an die Person, die sich ebenfalls noch in der ersten Etage aufhielt.

Es war Lady Sarah.

Sie hatte in ihrem Zimmer gelauert und natürlich gehört, wie geschellt worden war. Zu große Neugierde durfte sie nicht zeigen, sie lauschte allerdings in Nähe der Tür und vernahm die zweite bekannte Stimme.

Sie gehörte Suko.

Ein Leuchten trat in ihre Augen. John Sinclair in der Nähe und auch Suko. John Sinclair war allerdings nicht voll einsatzfähig und verschwunden.

An der Tür blieb sie stehen, horchte und drückte sie dann langsam auf. Allerdings nur einen Spalt weit, Serge brauchte sie nicht zu sehen.

Der Mann stand im Flur. Durch einen Spalt sah Lady Sarah seinen breiten Rücken.

Noch tat er nichts, er lauerte und ging erst vor, als Lady Clarences stummer Befehl ihn erreichte.

Serge hatte überhaupt keine Veranlassung, einen Blick zurückzuwerfen. Außerdem war die alte Dame für ihn keine Gefahr. Er hatte sie längst als harmlos eingestuft …

Lady Sarah wartete ab, bis er die Treppe erreicht hatte und nach unten schritt.

Dann erst verließ sie das Zimmer.

Serge wollte Suko töten. Das erkannte die Horror-Oma, als der Mann seinen Totschläger aus der Tasche holte. Zudem stand sie äußerst günstig, daß sie zwar Serge sehen, aber von unten nicht entdeckt werden konnte.

Sie hörte die Stimme der Frau. »Ich weiß nicht, was Sie wollen, aber Sie haben sich zuviel vorgenommen. Serge!« Beim letzten Wort überschlug sich ihre Stimme.

Und Serge stieß sich ab.

»Suko, Vorsicht!« gellte die Stimme der Horror-Oma …

Ich hätte ihn doch vorher vernichten sollen, denn nun war ich waffenlos.

Und der verdammte Ghoul machte mir den Eindruck, als hätte er heute noch kein Frühstück gehabt. Er hockte vor der Treppe, sein großer Kopf war mit einer Schleimschicht überzogen, und der Schleim befand sich auch an seinem Körper. Das Wesen bot einen widerlichen Anblick.

Ich schluckte, blieb auf der Treppe stehen und sah im dünnen Strahl der Lampe, wie sich der Ghoul halb aufrichtete und mit seltsam rollenden Bewegungen die Stufen heraufglitt.

Ja, er glitt, denn von gehen konnte man bei ihm nicht sprechen, da die Schleimspur dafür sorgte, daß bei ihm alles wie geschmiert ablief.

Das Schmatzen und Hecheln kannte ich zur Genüge. Nicht zum erstenmal stand ich einem Aasfresser gegenüber.

Ich dachte an die magische Kreide. Vielleicht konnte sie mir helfen. Ein Ghoul war kein großer Dämon, er besaß kaum Macht und würde sich bestimmt durch eine Barriere aufhalten lassen. Ich mußte es nur geschickt anfangen.

Während er schon die zweite Stufe erreicht hatte, leuchtete ich an ihm vorbei und erlebte die erste Enttäuschung. Ich hatte damit gerechnet, hinter diesem Wesen einen trockenen Boden zu finden, doch der dünne Lichtspeer glitt über eine schwarze Fläche, die dort aufleuchtete, wo sie vom hellen Licht getroffen wurde.

Im Keller stand Wasser.

Pech für mich, denn so konnte ich hinter dem Ghoul keinen magischen Ring legen.

Jedoch zwischen ihm und mir. Die Kreide hielt ich bereits in der Hand. Ich bückte mich, wobei ich das Geländer festhielt, um nicht zu fallen. Dann streckte ich den Arm aus und zog vor mir auf der Stufe einen Strich.

Ich bin wirklich kein Magier und kannte kaum die

Zeichen und Symbole, weil mir einfach die Zeit fehlte, mich damit zu beschäftigen. Doch einiges wußte ich dennoch.

Da gab es zum Beispiel die Zeichen der Planeten. Die Gestirne selbst waren uralt, ebenso alt wie die Dämonen. Wie ich aus alten Büchern wußte, standen sie den Mächten der Finsternis nicht immer positiv gegenüber. Deshalb hoffte ich, mit einem Planetenzeichen den Ghoul zu stoppen.

Ich nahm das des Jupiters, und dies hatte seinen Grund. Das Jupiter-Zeichen hatte folgende Bedeutung:

Stoff besiegt von Intelligenz.

Der Ghoul war in diesem Falle der Stoff, ich die Intelligenz. Und ich malte über den Strich das Planetensymbol. Es sah aus wie eine Vier. Die normale Vier hat zwei senkrechte Balken, die durch einen waagerechten verbunden sind. Bei dem Jupiterzeichen war der linke, senkrecht verlaufende Strich eingebogen und erinnerte an eine Neun, bei der die Schleife nicht geschlossen ist.

Es wurde auch höchste Zeit, daß ich dieses Zeichen aufmalte, und als sich der Ghoul nur noch eine Stufe davon entfernt befand, zog ich die Hand zurück.

Er hatte seine schleimige Klaue ebenfalls erhoben und wollte damit nach meiner Hand greifen. Mitten in der Bewegung stoppte er, denn die magische Sperre entfaltete ihre Wirkung.

Das Zeichen und der Strich begannen in einem düsteren Violett zu leuchten. Zwischen ihnen und dem Ghoul baute sich ein Flimmern auf. Eine regelrechte Wand bildete sich, die den Ghoul von einer weiteren Attacke abhielt.

Ich war geschützt.

Aber der Ghoul konnte sich weiterhin in die Tiefe des Kellers zurückziehen, deshalb sprang ich an dem vor Überraschung erstarrten Dämon vorbei und zeichnete flink auf die Stufe hinter ihm ebenfalls das Symbol.

Jetzt war er eingekesselt.

Wie ein Häufchen Elend hockte er auf der Treppenstufe. Er konnte mir nur noch nachsehen, wie ich die Treppe hinter mich brachte und vor ihr in der großen Wasserpfütze landete, die sich innerhalb des gesamten Kellerraumes ausbreitete. Das Wasser spritzte hoch auf, als ich mit beiden Füßen aufkam. Diese Hexe hatte von einer Nische gesprochen, in die man mich stecken wollte.

Okay, die mußte ich finden.

Hinter mir heulte und jammerte der Ghoul. Er hockte auf der Stufe und konnte weder vor noch zurück. Ich wollte ihn dort so lange sitzen lassen, bis ich meine Beretta wiederhatte. Dann würde ich ihn mit einer Silberkugel erledigen.

Meine Füße platschten durch das Wasser. Spritzer flogen hoch. Wieder wurden meine Hosenbeine durchnäßt, das Wasser lief auch in meine Schuhe, doch das alles spielte jetzt keine Rolle mehr, für mich war nur wichtig, die geheimnisvolle Nische zu finden.

Ich leuchtete mit meiner Bleistiftleuchte die Wände ab. Sie sahen alt aus, dazu waren sie brüchig. Der Zahn der Zeit hatte schwer an ihnen genagt. Feuchte Flecken, Schimmel, dazwischen ein Zeug, das einen grünlichen Schimmer hatte, so sah ich die Kellerwände.

Nur die Nische fand ich nicht.

Als ich mir den Kopf an der Decke stieß, obwohl ich schon geduckt ging, blieb ich stehen. Während ich meinen Arm und mit ihm den dünnen Lampenstrahl schwenkte, da entdeckte ich die geheimnisvolle Nische. Genau vor mir, wo die Decke schräg in einen schmalen Gang hineinlief, an dessen Ende die Mauer eingehauen worden war.

Schutt lag nicht mehr herum, aber ich sah die Öffnung und leuchtete hinein.

Sie war leer und doch nicht leer.

Ein geheimnisvolles Flimmern lag dort in der Luft. Kein helles, sondern ein schattenhaftes. Hier also hatte diese geheimnisvolle Hexe gelauert.

Wenn ich mein Kreuz bei mir gehabt hätte, dann wäre alles kaum ein Problem gewesen, aber so traute ich mich nicht näher an die Nische heran.

Die Magie erschien mir zu gefährlich.

Mir lief eine Gänsehaut über den Rücken. Hinter mir hörte ich weiterhin das Heulen und Jammern des Ghouls, unterbrochen von widerlichen Schmatzgeräuschen. Vor mir befand sich die mit starker Magie angefüllte Nische.

Da lauerte es!

Ich spürte den Dunstkreis des Bösen und stellte fest, daß ich nicht mehr so konzentriert denken konnte. Etwas anderes, Fremdes wollte in mein Hirn. Es war wie ein Druck, und ich zog mich sicherheitshalber zurück.

Die Stelle hier war mir zu unheimlich.

Ich leuchtete wieder in den Keller hinein und sah den Ghoul auf der Treppe sitzen. Er hatte jetzt seinen gesamten Schleim abgesondert und wirkte wie ein übergroßes grüngelb schimmerndes Ei. Eine schreckliche Gestalt.

Ich hatte die Nische entdeckt und konnte die Schwarze Magie darin nicht zerstören. Der Ghoul war auch gefangen, was also blieb mir noch zu tun?

Rückzug.

Allerdings hatte ich mitbekommen, daß die Kellertür abgeschlossen worden war. Wenn ich raus wollte, mußte ich sie eben aufbrechen, was schwierig sein würde, denn sie wirkte ziemlich stabil.

Vorhin hatte ich die dumpfen Geräusche nicht gehört. Erst als ich ein paar Schritte vorging, vernahm ich sie. Sie klangen jenseits der Kellertür auf, und ich hörte auch die wilden Schreie einer Frau. Irgendein Drama mußte sich in der Wohnung abspielen. Mit Schrecken dachte ich an Sarah Goldwyn, doch meine Gedanken wurden abrupt unterbrochen, als die Kellertür wuchtig aus den Angeln gerissen wurde und auf die Treppe knallte.

Allerdings nicht nur sie, denn ihr folgte eine Gestalt, die kopfüber die Stufen hinabrollte, und ich erkannte, daß es Suko, mein Freund und Kollege, war ...

Lady Sarahs Alarmruf erreichte den Chinesen fast zu spät, denn da befand sich der andere schon in der Luft, und er hatte seinen rechten Arm schlagbereit erhoben, um den mörderischen Totschläger auf Sukos Schädel zu schmettern.

Die Drehung sah aus wie bei einem Tänzer, als Suko zur Seite glitt und dabei den Kopf einzog.

Er hörte den Totschläger pfeifen, so nah wischte er an seinem Gesicht vorbei und traf nicht seinen Schädel, sondern das Treppengeländer.

Mit unheimlicher Wucht hämmerte er gegen den Handlauf, dieses alte, massive Stück Holz, das er fast teilte. Das gesamte Geländer vibrierte, als der Totschläger eine dicke Kerbe hineinschlug und der Lack abspritzte wie winzige Plättchen.

Serge hatte soviel Schwung, daß er sich selbst nicht mehr stoppen konnte. Er fiel über das Geländer und knallte zu Boden, wobei er sich allerdings über die Schulter abrollte und wieder auf den Füßen stand, kaum daß Lady Clarences Schrei erklungen war.

Auch Suko hatte sich gefangen.

Er ließ den anderen noch hochkommen, dann erfolgte der Gegenangriff des Chinesen.

Suko sprang plötzlich in die Höhe, stieß dabei einen Schrei aus und wuchtete sich auf Serge zu, wobei er sein linkes Bein ausstreckte und die rechte Faust ebenfalls auf die Reise schickte.

Es war ein typischer Karatetreffer, der Serge gegen eine Kommode schleuderte, aber nicht von den Beinen riß. Dieser Riese fing sich wieder.

Wie ein nasser Hund die Tropfen wegschleudert, so schüttelte er den Kopf. Aus seiner Kehle drang ein tiefes Brummen, mehr mit dem Knurren eines Hundes zu vergleichen. Seine Lippen verzogen sich, und ohne Vorwarnung drosch er ein zweites Mal zu.

Suko sprang zur Seite. Vor seinem Gesicht pfiff der Totschläger vorbei und hätte ihm das Kinn zertrümmert.

Dann folgte der Tritt.

Hinterrücks und gemein. Suko sah ihn fast zu spät. Es gelang ihm kaum, abzudrehen, an der Hüfte wurde er gestreift und herumgeschleudert. Nicht nur Serge sah Land, sondern auch Lady Clarence. Durch Schreie feuerte sie ihren Zerberus an, der weiterhin am Mann blieb und Suko mit einem Tritt erledigen wollte.

Die Handkante traf sein Schienbein. Serge war zwar ein Riese, aber er hatte keine Knochen aus Stahl. Mit diesem Konterschlag mußte ihn der Chinese empfindlich getroffen haben, denn Serge verzog das Gesicht zu einer Grimasse, und in seine Augen trat das Wasser. Plötzlich konnte er sich nicht mehr so rasch bewegen, und Suko holte zu einem neuen Hieb aus, den er auch abschoß.

Da riß Serge die Arme hoch. Er blockte diesen Schlag ab. Suko wurde gegen ihn getrieben, was Serge sofort ausnutzte und seinen Kopf als Waffe einsetzte.

Er rammte ihn vor.

Er hatte einen ungemein harten Schädel und traf den Chinesen zwischen Hals und Brustbein. Auf einmal bekam Suko keine Luft mehr, er öffnete seine Deckung ein wenig und kassierte den nächsten Treffer am Kopf, der ihn herumwirbelte und gegen die Kellertür drosch. Mit der Frontseite knallte Suko dagegen. Er hörte alle Englein singen.

»Jaaa!« brüllte die Hexe. »Ja ...«

Oben auf der Treppe stand Lady Sarah Höllenqualen aus, denn sie mußte mit ansehen, wie Serge sein gesundes Bein hob, um es dem Chinesen in den Rücken zu rammen.

Der Tritt hätte Suko das Kreuz brechen können. Daß er die Tür traf, war reines Glück, weil sich Suko instinktiv umgedreht hatte und der Tritt ihn so verfehlte.

Er rammte statt dessen gegen die Kellertür. Es gab einen dumpfen Laut, dann splitterte das Holz in der Türmitte, und einen Sekundenbruchteil später dröhnte auch Serge gegen die Tür.

Sie zitterte in den Angeln.

Suko sah sofort seine Chance. Trotz der Schmerzen im Kopf fuhr er herum, packte den Mann, zog ihn an sich und wuchtete ihn vor, genau gegen die Tür.

Diesmal hielt sie dem Aufprall nicht stand. Sie wurde aus den Angeln gerissen, kippte und klatschte auf die Stufen. Doch Serge fiel nicht mit. Er breitete reaktionsschnell die Arme aus, stemmte sich am Futter ab und trat Suko die Beine weg.

Bevor sich der Chinese von dieser überraschenden Attacke erholen konnte, erhielt er von der Hexe einen Stoß in den Rücken, der ihn an Serge vorbei und hinein in den Keller schleuderte. Suko sah die Treppenstufen auf sich zurasen, zog den Kopf ein, prallte mit der Schulter auf und rollte kopfüber die Stufen hinab, wobei er mit dem Ghoul kollidierte, ihn umriß und sich seine Hand in den Schleim hineinwühlte, bevor der Ghoul von der magischen Barriere erfaßt und buchstäblich zerrissen wurde.

Er starb in dem allgemeinen Chaos, aber Serge und Lady Clarence lebten noch.

Trotz der Verletzung sah Serge seine große Siegeschance, denn ein Sturz über die Stufen der Treppe war so leicht nicht zu verkraften.

Er folgte dem Chinesen mit Riesenschritten und ausgebreiteten Armen, um endlich den Sieg für sich verbuchen zu können.

Nur hatte er einen vergessen.

Mich!

Ich hatte Angst um Suko, als er die Stufen herabstürzte, in das Wasser klatschte und vor der Treppe liegenblieb. Er bewegte sich zwar, doch diese Bewegungen wirkten hilflos.

Sein Gegner hatte alle Vorteile.

Einen Totschläger hielt er in der Hand. Mit ihm wollte

er Suko den Rest geben. Schnell ging er auch nicht die Treppe hinab, er humpelte, weil irgend etwas mit seinem Bein war. Mich hatte er noch nicht gesehen. Er trat auf den schreienden und vergehenden Ghoul, und dann sprang ich vor, wobei ich mir den Schmerz in meinem rechten Fuß verbiß.

Allerdings riß ich den Arm hoch und leuchtete mit der Bleistiftlampe genau in das Gesicht des Mannes.

Der feine, scharf gebündelte Strahl traf seine Augen und blendete ihn.

Das genau irritierte den Koloß.

Mir aber gab es Gelegenheit, auf Suko zuzuspringen und mich über ihn zu beugen. Ich wollte seine Beretta haben, es blieb beim Wunsch, denn Serge war schon da.

Er hechtete auf mich zu.

»Ja, kill ihn auch!« brüllte die Hexe. »Verdammt, mach ihn fertig!«

Serge war ein Gebirge. Er wuchs förmlich vor meinen Augen hoch, sein Gesicht war eine wütende Grimasse, und ich sprang zurück, beide Fäuste zusammengelegt, holte aus und stieß sie wuchtig vor. Ausweichen konnte Serge nicht, weil er sich mitten im Sprung befand. Mein Schlag hämmerte seitlich gegen seinen Kopf und riß ihn fast von den Schultern.

Serge, dieser menschliche Kampfroboter, wurde zu Boden geschleudert, überschlug sich dort, kam allerdings wieder auf die Füße und hielt plötzlich einen Dolch in der Hand.

Meinen Dolch.

Ein teuflisches Lachen drang aus seinem Maul. Man mußte schon Maul zu diesem Mund sagen. Die Augen glitzerten. Haß, Wut und Schmerz zeichneten sich dort ab. Die Lampe hatte ich fallen lassen, von der Tür her fiel genügend Licht in den Keller, obwohl Lady Clarence auf der Schwelle stand.

Serge griff an.

Seine Bewegungen waren durch die Verletzung am

Bein gehandikapt, aber er fintierte sehr geschickt. Für mich ein Zeichen, daß er mit dem Messer umgehen konnte.

Ich wich zurück, denn ich wollte auf keinen Fall durch meinen eigenen Dolch umgebracht werden.

Sein Atem war laut und keuchend. Immer wieder zuckte die Klinge auf mich zu und trieb mich zurück.

Verdammt, ich geriet in einen Teil des Kellers, der mir überhaupt nicht gefiel, denn hinter mir befand sich die mit Schwarzer Magie angefüllte Nische.

Ich mußte einen Angriff riskieren. Hoffentlich machte da mein Fuß auch mit, denn durch die Verletzung konnte ich kaum auftreten.

Einmal gelang es mir, an ihm vorbeizuschauen. Ich sah, wie sich Suko aufrichtete.

Davon bemerkte mein Gegner nichts. Er kümmerte sich auch nicht darum, nur mich sah er.

Und dann hörte ich Sukos Schrei. Er klang auf, als ich bereits die bösen Gedanken spürte und abermals mit dem Kopf gegen die Decke schrammte.

»An die Wand, John!«

Freunde, wir waren aufeinander eingespielt. Wenn Suko so etwas brüllte, dann hatte es seinen Sinn.

Ich warf mich nach rechts vor die Mauer und hatte sie kaum berührt, als Serge einen ungeheuren Schlag in den Rücken erhielt. Suko hatte sich mit seinem gesamten Gewicht gegen ihn geworfen und katapultierte den menschlichen Riesen nach vorn.

Serge wischte an mir vorbei, hieb mit dem Schädel gegen die Decke, wurde ein wenig gebremst, doch nicht aufgehalten, und so wuchtete er in die mit Schwarzer Magie angefüllte Nische, die eigentlich für Suko und mich gedacht war.

Serge wand sich!

Selten in meinem Leben habe ich solche Schreie gehört. Der Körper klemmte förmlich in der Nische, und plötzlich wurde es dort hell. Unheimliche Kräfte breiteten sich aus, sie rissen Serges Arme hoch, seine Beine wurden auseinandergezogen, und er stand in der magischen Nische wie ein X.

Sein Gebrüll hallte durch den Keller. Plötzlich glühte sein Körper. Ein schwarzroter Schein strahlte von innen ab, aber er verlöschte sofort, denn ein anderer Gegenstand kam voll zur Wirkung.

Mein Kreuz!

Ein grausamer Vorgang bot sich unseren Augen. Wir konnten durch den Mann schauen und sahen auch das Kreuz, das in seiner Tasche steckte. Es war zu einem silbernen Lichtmeer geworden, und es kämpfte mit der Macht des Guten gegen die dunkle Magie an.

Serge geriet zwischen die Pole. Er wurde förmlich pulverisiert. Beide Kräfte konzentrierten sich auf ihn und zerstörten ihn.

Plötzlich war von ihm nichts mehr zu sehen. Nur eine flirrende Staubfigur stand noch in der Nische, dann war es vorbei.

Wir schauten gegen eine leere Wand, vor der mein Kreuz, der Dolch und die Beretta lagen.

Ich stürzte auf die Waffen zu, um sie an mich zu nehmen. Kaum hatte ich sie berührt, als ich einen markerschütternden Schrei vernahm.

Ich wirbelte herum.

Auf der obersten Treppenstufe stand Lady Clarence. Allerdings keine Frau mehr, sondern ein Monster.

Da die Magie, die sie am Leben gehalten hatte, zerstört war, wurde auch sie von dem Sog gepackt. Ihr Recht zu leben war verwirkt.

Wie eine Wilde drehte sie sich auf der Stelle im Kreis. Wir hörten ein Jaulen und Kreischen, gingen näher heran und blieben entsetzt auf halber Treppe stehen.

Das Heulen wollte fast unsere Trommelfelle zerstören, und die Frau drehte sich immer schneller. So schnell, daß wir sie fast nicht mehr erkennen konnten, sondern nur eine tobende, sich rasend um ihre eigene Achse drehende

Windhose, die die Hexe regelrecht verschlang und sie aus dem Leben zog.

Sekunden später fiel auch der magische Wirbel in sich zusammen. Zurück blieb nichts.

Ich lag auf der Couch. Lady Sarah kümmerte sich um meinen Fuß. Sie kannte sich im Haus aus, wußte, wo Verbandsmull lag und auch Pflaster. »Das Pflaster reicht«, sagte ich.

»Ruhig, mein Junge, ich bin hier die Krankenschwester.«

Ich warf Suko einen gequälten Blick zu. Der Chinese grinste nur. Er kannte ja die Horror-Oma.

Sie hatte uns ansonsten auch gut bedient, schließlich war sie hier als Haushaltshilfe angestellt. Suko trank Wasser, ich ein kleines Bier.

Während sie meinen Fuß behandelte, erzählte sie die ganze Geschichte. Endlich erfuhren wir die Zusammenhänge. Suko tat es nachträglich leid, daß er das Skelett zerstört hatte.

»Vielleicht war es besser so«, sagte ich.

»Bestimmt«, erwiderte Lady Sarah, obwohl gerade sie daran schwer zu knacken haben mußte.

»So, John, Sie können den Schuh wieder anziehen.«

»Wenn er noch paßt.« Er paßte, allerdings konnte ich ihn nicht mehr zuschnüren.

Der Chinese war von Lady Sarah auch behandelt worden. Er hatte bei dem mörderischen Kampf einige Blessuren davongetragen.

Als ich mein Glas leerte, fragte ich: »Wollen oder werden Sie irgendwann noch einmal Hausgehilfin spielen, Lady Sarah?«

»Nein, das ist vorbei.«

»Wieso, John ist doch Junggeselle.« Suko grinste. »Wenn Sie mal Langeweile haben, könnten Sie seine Wohnung putzen.«

»Soweit kommt es noch«, beschwerte sich die Horror-Oma. »Ich unterstütze doch nicht die Faulheit der Männer.«

Im Prinzip hatte sie recht. »Da ihr gerade von Faulheit sprecht«, sagte ich: »Es gibt bestimmt jemanden, der sich auf unseren Anruf freut.«

»Sir James!« sagte Suko.

»Und wie.«

Ich ging zu einem Telefon. Auftreten konnte ich, das war die Hauptsache. Sir James mußte wie ein Rabe auf seine Beute neben dem Telefon gelauert haben, denn er schnappte den Hörer, kaum daß es geklingelt hatte.

»Guten Morgen, Sir«, sagte ich.

»Sinclair«, knurrte er und nannte mich beim Nachnamen, was bei ihm auf schlechte Laune hindeutete. »Wo haben Sie sich eigentlich die ganze Zeit über herumgetrieben?«

»Wir waren hier und dort, haben einige Dämonen erledigt und sitzen nun in Hampstead zusammen mit Lady Sarah Goldwyn.«

»Und hier kocht die Suppe bald über!« knirschte Sir James.

»Wir ruhen uns auch nicht aus. Schließlich ist es uns in den letzten zwei Stunden gelungen, einige Zombies zu erledigen und eine Hexe gleich mit. Sie sehen, Sir, wir sind in Form, obwohl ich einen Dämon als Ahnherrn habe.«

»Das interessiert mich im Augenblick nicht. Darüber reden wir später. Auf Sie und Suko warten ganz andere Aufgaben.«

»Und welche, Sir?«

»Das sage ich Ihnen, wenn Sie im Büro sind.«

Ich dachte an meinen Fuß und seufzte: »Okay, Chef, was tut man nicht alles für seinen Boß und seine Königin ...«

ENDE

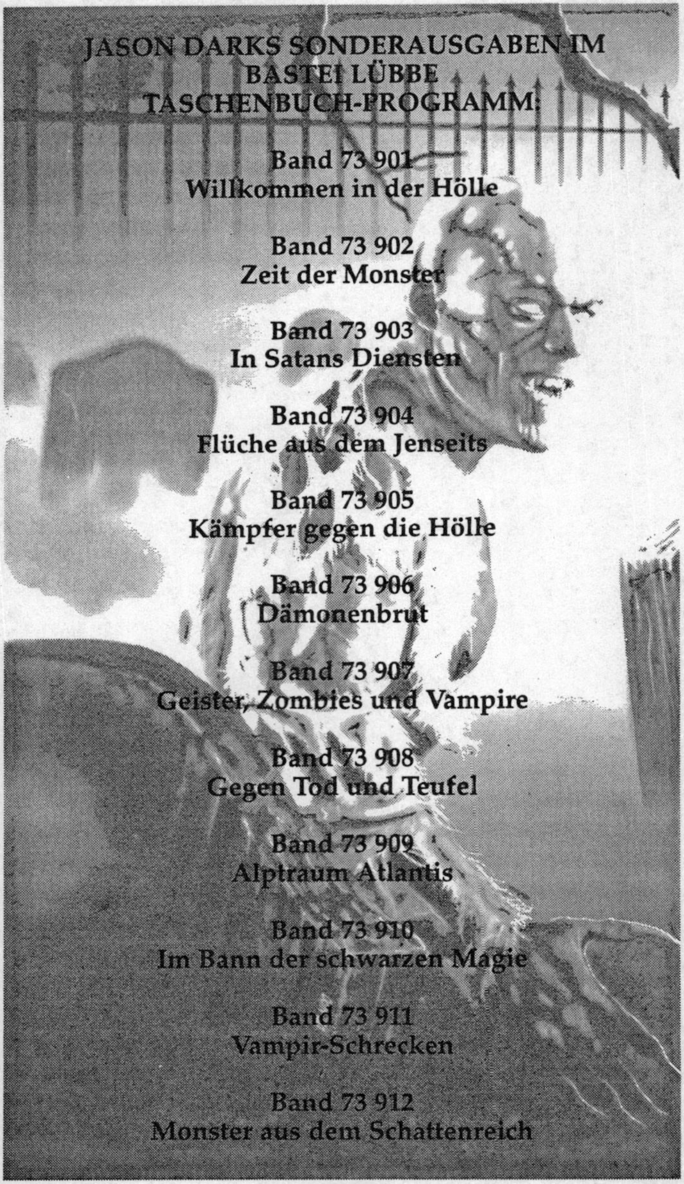
JASON DARKS SONDERAUSGABEN IM
BASTEI LÜBBE
TASCHENBUCH-PROGRAMM:
Band 73 901
Willkommen in der Hölle
Band 73 902
Zeit der Monster
Band 73 903
In Satans Diensten
Band 73 904
Flüche aus dem Jenseits
Band 73 905
Kämpfer gegen die Hölle
Band 73 906
Dämonenbrut
Band 73 907
Geister, Zombies und Vampire
Band 73 908
Gegen Tod und Teufel
Band 73 909
Alptraum Atlantis
Band 73 910
Im Bann der schwarzen Magie
Band 73 911
Vampir-Schrecken
Band 73 912
Monster aus dem Schattenreich

Band 73 913
Hexenspuk und Teufelssaat

Band 73 914
Im Reich des Bösen

Band 73 915
Grauen aus der Hölle

Band 73 916
Sarggeflüster

Band 73 917
Im Haus der Angst

Band 73 918
Todesträume

Band 73 919
Das Spiel der Dämonen

Band 73 920
Schreckenswelten

Band 73 921
Nächte des Wahnsinns

Band 73 922
Werwolf-Grauen

Band 73 923
Grabgespenster

Band 73 924
Liebesgrüße aus dem Jenseits

Band 73 925
Hexensabbat

Ein Sterbender hatte in den letzten Sekunden des Lebens etwas über seinen Mörder verraten. Es war ein Werwolf. Unglaublich. Doch gerade deshalb wurden Suko und ich auf den Fall angesetzt. Überzeugt von der Korrektheit der Aussage waren wir zu Beginn nicht – bis es zum ersten Zusammentreffen kam. Dabei sahen wir und mit bekannten und gefährlichen Feinden konfrontiert:
Morgane Layton und Fenris, der Götterwolf!

ISBN 3-404-73233–2

BASTEI LÜBBE